GW01606148

PRÉLOGIE

INTÉGRALE
ÉPISODES I, II, III

PRÉLOGIE

INTÉGRALE
ÉPISODES I, II, III

Titres originaux :
THE PHANTOM MENACE
ATTACK OF THE CLONES
THE REVENGE OF THE SITH

Pocket, une marque d'Univers Poche, est un éditeur qui s'engage pour la préservation de son environnement et qui utilise du papier fabriqué à partir de bois provenant de forêts gérées de manière responsable.

ISBN : 978-2-266-26219-4

SOMMAIRE

LA MENACE FANTÔME

par

TERRY BROOKS

Basé sur une histoire et un scénario de
George LUCAS
Traduit de l'anglais (États-Unis) par
Jean-Marc TOUSSAINT, *Thierry* ARSON
et Jean Claude MALLÉ

À Lisa, Jill, Amanda et Alex,
ces enfants qui ont grandi avec la saga,
et à Hunter,
la première de la génération suivante.

Il y a bien longtemps dans une
galaxie lointaine, très lointaine…

1

Tatooine

Les soleils jumeaux brillaient de mille feux dans un ciel d'un bleu sans nuages, déversant sur les étendues désertiques de la planète une lumière d'un blanc étincelant. À perte de vue, le sable réfléchissait le reflet aveuglant des deux astres diurnes. Des vagues de chaleur étouffante montaient en colonnes entre les crevasses de massives falaises et les affleurements géologiques qui constituaient les seuls reliefs du paysage alentour. Aussi acérés que des crocs, les monolithes semblaient monter la garde au-dessus de cet enfer bouillonnant.

Quand les Podracers fusèrent à travers les formations rocheuses, leurs moteurs hurlant comme des fauves déments et affamés, la lumière et la chaleur se mirent à vaciller. Même les montagnes parurent trembler.

Anakin Skywalker se pencha à l'intérieur du virage. Cette portion du premier tour de circuit passait sous une grande arche de pierre qui marquait l'entrée du Canyon des Voleurs. Il poussa en douceur la commande d'accélération des propulseurs. Les fusées triangulaires crachèrent avec plus de puissance encore, la gauche de façon un peu plus intense que la droite, forçant le Pod à l'oblique. Anakin déporta son poids vers la gauche afin de négocier le virage avec plus de facilité. Prestement, il ramena le guidon à lui, redressa son engin de course et accéléra à nouveau pour passer sous l'arc rocheux. Du sable se souleva dans son sillage et l'air fut soudainement empli de particules étincelantes, tournoyant et dansant dans la chaleur. Le jeune garçon traversa le canyon en trombe, les mains agrippées au guidon, les doigts virevoltant au-dessus des commandes.

Tout allait si vite. Tout était instantané. Une faute d'attention, une défaillance de jugement et la course serait terminée. Avec un peu de chance, il pourrait s'en tirer vivant. C'est cela qui rendait les choses si excitantes. Cette puissance, cette vitesse, là, au bout de ses doigts. Aucun droit à l'erreur. Deux énormes turbines entraînant un fragile véhicule au-dessus des étendues sablonneuses, autour de montagnes aux flancs escarpés, au cœur de passages obscurs, par-delà des précipices à couper le souffle. Deux fusées enchaînant virages en épingle et descentes vertigineuses aux vitesses les plus extrêmes qu'un pilote puisse supporter. Les câbles de contrôle couraient sur les flancs du Pod jusqu'aux moteurs et des coupleurs d'énergie reliaient les deux propulseurs l'un à l'autre. Si l'un de ces trois éléments venait à heurter quelque chose de solide, l'assemblage se désintégrerait en un nuage d'éclats de métal et de combustible en fusion. Si l'une des pièces venait à se détacher, c'en était fini.

Un sourire traversa le visage juvénile d'Anakin et il poussa un peu plus sur la poignée des gaz.

Devant lui, le canyon se faisait plus étroit et les ombres étaient plus oppressantes. Anakin décida de suivre la bande de lumière qui coulait entre les parois. Il se mit à voler au ras du sol, là où le passage était le plus large. S'il restait en hauteur, il risquait de percuter l'un des pans des falaises qui s'élevaient de part et d'autre du couloir rocheux. C'est ce qui était arrivé à Regga lors de la course qui avait eu lieu le mois précédent. Ils étaient toujours à la recherche de ses restes…

Mais cela ne lui arriverait pas à lui.

Il appuya un peu plus sur l'accélérateur. Ses moteurs se mirent à gémir et il passa comme une fusée entre les deux parois.

Assis dans son Pod, les mains sur les commandes, Anakin ressentit les moindres vibrations de ses propulseurs remonter le long des câbles de contrôle et résonner comme une musique à l'intérieur de son corps. Emmitouflé dans sa combinaison de facture grossière, avec son casque de pilote, ses lunettes de protection et ses gants, il était si profondément installé à l'intérieur du Pod qu'il pouvait sentir les gifles du vent sur la carrosserie du véhicule. Quand il participait ainsi à une course, il n'était jamais le simple pilote d'un Podracer, il n'était jamais la pièce rapportée. Non. Il ne faisait qu'un avec la machine. Le Pod, ses moteurs et lui faisaient partie d'un tout unique d'une façon que le jeune garçon avait beaucoup de mal à expliquer. Chaque vibration, chaque pulsation, tiraillement ou déformation du pilier central ou d'une traverse de l'engin lui sautait aux yeux. À tout instant, il pouvait déterminer ce qui se passait avec exactitude à n'importe quel point de la machine de course. Le Pod lui parlait dans sa propre langue. Un mélange de sons et de sentiments, dénué de mots, qu'Anakin comprenait parfaitement.

En un éclair, un objet métallique orange passa sur sa droite. Il aperçut la caractéristique traînée en X des réacteurs de l'engin de Sebulba qui filait droit devant, lui arrachant ainsi la première place qu'il détenait jusqu'à présent grâce à un départ étonnamment rapide. Anakin fronça les sourcils, se morigénant pour cette courte perte de concentration, et éprouva une flambée de dégoût à l'encontre des autres concurrents. Dégingandé et les jambes arquées, Sebulba était aussi tordu dans sa tête qu'il l'était physiquement. C'était un adversaire dangereux, qui l'emportait souvent et ce fréquemment aux dépens des autres. Le Dug avait été la cause d'une bonne douzaine de collisions de Podracers au cours de l'année qui venait de s'écouler, et les yeux de Sebulba étincelaient d'un plaisir vicieux quand il évoquait ses actions à ceux qui voulaient bien l'écouter dans les rues poussiéreuses de Mos Espa. Anakin connaissait bien Sebulba. Il savait également qu'il valait mieux ne pas prendre trop de risques avec lui.

Il poussa la commande d'accélération, donnant ainsi encore plus de puissance aux moteurs, et se mit à filer de plus belle.

Évidemment, se dit-il en voyant la distance entre leurs deux véhicules se réduire, le fait d'être humain ne lui facilitait pas la tâche. Il était d'ailleurs le seul humain à participer aux courses de Pods, et cette particularité était presque un handicap. Ce challenge absolu de Tatooine, requérant talent et audace, ce sport préféré des spectateurs de Mos Espa semblait inaccessible pour tout humain normalement constitué. Bras supplémentaires, membres à articulations multiples, yeux pédonculés, têtes qui pouvaient se tourner à cent quatre-vingts degrés et corps capables de se tordre en tous sens donnaient aux créatures, souvent dénuées de squelettes, des avantages que les humains ne pouvaient même pas imaginer. Les pilotes les plus connus, l'élite d'une race fort peu répandue, étaient dotés de morphologies étonnantes. Ces êtres aux formes complexes avaient, en plus, un penchant pour le risque qui frisait la démence absolue.

Mais Anakin Skywalker, bien que parfaitement humain en apparence, avait instinctivement acquis les talents requis par ce sport. Il se sentait tellement à l'aise avec les exigences de cette discipline que son manque naturel d'anomalie physique ne semblait guère lui importer. Pour beaucoup, le garçon représentait un mystère. Pour Sebulba en particulier, Anakin était une source d'irritation et de répulsion.

Le mois précédent, lors d'une course, ce fou de Dug avait tenté de pousser Anakin contre les parois d'une falaise. Il avait échoué car le jeune humain l'avait senti arriver par le bas et par l'arrière. Une lame aiguisée comme un rasoir – accessoire parfaitement illégal – s'était déployée pour découper le câble de la commande tribord de direction du Pod d'Anakin. Celui-ci avait réussi à redresser son engin avant que la lame puisse causer de réels dégâts. Cette manœuvre lui avait coûté la victoire mais il était resté en vie. Il était toujours furieux à l'idée d'avoir été contraint à ce marché.

Les pilotes filèrent entre d'antiques colonnes sculptées avant de se lancer sur le sable de l'arène installée à la sortie de Mos Espa. Ils passèrent sous l'arche d'arrivée, devant des rangées et des rangées de gradins pleins à craquer de spectateurs en liesse, le long des ateliers de réparation où se tenaient les droïdes officiels et sous les loges depuis lesquelles, surplombant la plèbe, les Hutts assistaient à la course drapés dans leur splendeur égoïste. Depuis sa cabine d'observation, installée au sommet de la tour centrale de l'arche, le Troig à deux têtes qui faisait office de commentateur allait bientôt hurler à la foule le nom et la position de chacun des concurrents. Anakin se permit un bref coup d'œil à ces silhouettes floues qui filaient si vite autour de lui qu'elles auraient pu être des mirages. Sa mère, Shmi, devait être quelque part au milieu des spectateurs en train de se faire du souci. Elle s'en faisait toujours. Elle détestait le voir participer aux courses de Pods mais elle ne pouvait s'empêcher d'y assister. Le jeune garçon pensait qu'elle s'était convaincue que le simple fait d'être présente aux épreuves aidait à ce qu'il ne lui arrive rien de fâcheux. Elle ne le lui avait jamais avoué mais jusqu'à présent, cela avait plutôt bien marché. Il avait déjà eu deux accidents et était même, une fois, passé à deux doigts de la mort. Mais depuis une bonne demi-douzaine de courses, rien ne lui était arrivé. Et puis, il aimait la savoir dans le public. Cela lui donnait une étrange confiance en lui-même. Une confiance à laquelle il préférait ne pas trop penser.

De plus, quels étaient les choix qui s'offraient à lui ? Il concourait parce qu'il était doué. Watto savait qu'il était doué. Et il faisait toujours tout ce que Watto lui demandait. C'était le prix à payer quand on était esclave, et Anakin Skywalker était un esclave depuis sa naissance.

Le Canyon de l'Arche, vaste et profond, s'étendait devant lui. C'était un ensemble de formations rocheuses qui menaient à la Gorge de Jag Crag, une série de canaux tortueux que les pilotes devaient emprunter pour rejoindre les hauts plateaux. Sebulba était juste devant, filant au ras du sol pour essayer de distancer Anakin. Derrière ce dernier, trois autres pilotes se dessinèrent sur l'horizon. Le garçon jeta un rapide coup d'œil par-dessus son épaule. C'était Mawhonic, Gasgano et Rimkar, à bord de son drôle d'engin en forme de bulle. Tous trois gagnaient du terrain. Skywalker appuya sur la poignée des gaz puis se ravisa. Il était trop près de la gorge. Trop de puissance aux fusées et il courrait au-devant de graves ennuis. Le temps de réaction, au cœur des canaux, était quasiment réduit à néant. Mieux valait attendre.

Mawhonic et Gasgano semblaient du même avis. Ils firent glisser leurs engins juste derrière le sien à l'approche de la crevasse. Rimkar, lui, ne paraissait pas résolu à attendre. Il dépassa Anakin en trombe, une fraction de seconde avant que celui-ci négocie son entrée dans la gorge, et disparut dans les ténèbres.

Anakin tira doucement les commandes vers lui. Le Pod se souleva légèrement pour se décoller du sol parsemé de cailloux. Le jeune garçon laissa sa mémoire et son instinct prendre le dessus pour traverser la gorge. Quand il courait, tout ce qui l'entourait paraissait ralentir plutôt qu'accélérer. Tout semblait différent de ce à quoi on pouvait s'attendre. La roche, le sable et les ombres se mettaient à créer toutes sortes de motifs aux formes et aux teintes fantastiques. Et pourtant, il y voyait toujours aussi clair. Chaque détail, si minime fût-il, lui sautait aux yeux, comme si ce qui les rendait si difficiles à distinguer décidait paradoxalement de les mettre en valeur. Il lui semblait presque concevable de piloter les yeux fermés. Il était parfaitement en phase avec ce qui l'entourait. Il était parfaitement conscient de l'endroit précis où il se trouvait.

Il fila dans la gorge avec habileté, voyant, à intervalles réguliers, la traînée écarlate des réacteurs de Rimkar étinceler dans l'ombre. Là-bas, loin devant, le ciel était d'un bleu éclatant. Il projetait au cœur de la montagne une mince bande de lumière dont l'intensité s'amenuisait mètre après mètre à l'approche du sol. Au niveau d'Anakin et des autres concurrents, l'obscurité était quasi totale. Pourtant, le jeune garçon était calme, perdu dans les profondeurs de son esprit tout en pilotant sa machine, ne faisant qu'un avec les moteurs, s'abandonnant aux pulsations et vibrations de son engin, se laissant couler dans la chape de velours noir qui l'entourait.

Lorsque les concurrents émergèrent à nouveau en pleine lumière, Anakin s'arc-bouta sur l'accélérateur et se lança à la poursuite de Sebulba. Mawhonic et Gasgano le suivirent aussitôt. Devant, Rimkar avait rattrapé Sebulba et était en train d'essayer de le dépasser. Le Dug dégingandé fit basculer ses réacteurs en X pour venir heurter le Pod de son adversaire. La carrosserie arrondie de la capsule de Rimkar dévia le coup sans anicroche. L'un contre l'autre, les deux pilotes fusèrent au travers des hauts plateaux en direction de la Côte de Metta. Anakin les talonna et réussit à semer Mawhonic et Gasgano. Les gens pouvaient bien dire ce qu'ils voulaient à propos de Watto – il y avait d'ailleurs beaucoup à dire et pas que du flatteur –, mais il n'avait pas son pareil pour recruter un pilote de Pod. Les moteurs firent une embardée. Anakin venait de forcer l'injection de fuel dans ses propulseurs. En une seconde il rattrapa les fusées en X de Sebulba.

Ils atteignirent ensemble le haut de la Côte de Metta, bondirent par-dessus son sommet avant d'entamer sa descente vertigineuse.

Pour bien négocier ce genre de descente, le truc consistait à accumuler suffisamment de vitesse pour distancer ses rivaux. Tous les pilotes savaient ça. Mais il y avait une limite à ne pas dépasser. Trop de vélocité en descente et le pilote, incapable de redresser, n'avait pas d'autre choix que de planter le nez de son appareil dans les graviers du bas de la côte. Sebulba tira sur le manche plus tôt que prévu et Anakin en fut momentanément surpris. C'est alors qu'il sentit les remous causés par les réacteurs en X de son adversaire pilonner sa propre coque. Ce traître de Dug n'avait agi que dans le but de leur faire croire qu'il redressait. Au lieu de cela, il venait de se laisser glisser juste au-dessus des appareils d'Anakin et de Rimkar afin d'utiliser la poussée de ses propulseurs pour les plaquer contre la falaise.

Rimkar fut pris de panique. Il poussa l'accélérateur à fond pour essayer d'échapper au piège de Sebulba et alla percuter la montagne de plein fouet. Des fragments de métal, arrachés au Pod et à ses moteurs, cascadèrent le long des rochers comme une douche incandescente, laissant une longue traînée noire sur la surface ravagée de la falaise.

Anakin aurait pu finir de la même façon. C'était sans compter sur son instinct. Bien avant de savoir ce qu'il était en train de faire, sentant au même moment la pression des réacteurs de Sebulba contre son engin, il s'arracha à sa propre descente et se décolla de la montagne. Il faillit entrer en collision avec Sebulba, qui ne s'attendait pas à pareille manœuvre. Le Dug dut donner un violent coup sur les commandes pour sauver sa peau. Ce changement de cap subit envoya le Pod d'Anakin tourbillonner en tous sens. Perdant le contrôle de son engin, le jeune garçon quitta la piste. Il repoussa tout doucement le manche, relâcha l'accélérateur et coupa l'apport de fuel aux propulseurs. Anakin regarda la terre se précipiter vers lui dans un ouragan de sable et de lumière aveuglante.

Il rebondit contre le sol avec une violence telle que ses câbles de contrôle en furent sectionnés. Les moteurs principaux volèrent dans deux directions différentes. Le Pod dévia vers la gauche puis vers la droite avant de se lancer dans une série de tonneaux. Il ne restait plus à Anakin qu'à serrer les dents dans ce maelström de sable et de chaleur, tout en espérant que l'engin ne heurterait pas quelque aspérité de rocher dans sa course folle. Le métal se mit à gémir et la poussière envahit l'intérieur du Pod. Quelque part sur sa droite, le jeune garçon entendit l'un des moteurs exploser dans un rugissement assourdissant. Il tendit les bras vers les parois pour tenter, vaille que vaille, de rester calé au centre de l'engin qui ne cessait de rouler sur lui-même.

Enfin, il s'arrêta, vacilla et s'affaissa sur le flanc. Anakin attendit quelques instants puis il décrocha son harnais de sécurité et se glissa à l'extérieur. La chaleur du désert lui brûla les poumons, et l'éclat aveuglant des soleils se refléta dans ses verres protecteurs. Les derniers Pods, tonnant et sifflant de toute la puissance de leurs moteurs, étaient en train de disparaître à l'horizon. Puis ce fut le silence. Un silence profond et insondable.

Anakin jeta un coup d'œil à droite et à gauche sur ce qui restait de ses moteurs, évaluant les dégâts et la quantité de travail nécessaire à leur remise en état. Il finit par poser les yeux sur son Pod et fit la grimace. Watto n'allait pas être content.

Mais Watto l'était rarement.

Anakin Skywalker s'assit par terre, le dos contre l'épave de son Pod, essayant de profiter de cette minuscule zone ombragée dans l'éclat des astres jumeaux de Tatooine. Un landspeeder serait là d'ici quelques minutes pour le récupérer. Watto serait à bord pour lui faire des remontrances. Sa mère serait à bord pour le serrer dans ses bras et le ramener à la maison. Il n'était pas satisfait de la tournure qu'avaient prise les choses mais il n'avait pas, non plus, perdu espoir. Il aurait très bien pu gagner cette course si Sebulba avait joué franc-jeu. Il aurait pu gagner facilement.

Il soupira et repoussa son casque en arrière.

Un jour, bientôt, il gagnerait quantité de courses. Qui sait, peut-être même l'année suivante, quand il aurait atteint l'âge de dix ans.

2

— Tu as une idée de ce que cela va me coûter, gamin ? Ne serait-ce que la plus petite idée ? Hein ? *Oba chee ka !*

Watto flottait au-dessus de lui. Il s'était mis à parler huttais sans même y penser. Cette langue, il est vrai, proposait une vaste gamme d'adjectifs insultants parmi lesquels le choix était quasi illimité. Anakin ne broncha pas, restant stoïquement debout, le visage dénué d'expression, les yeux rivés sur le Toydarian bleu et rondouillard qui volait devant lui. Les ailes de Watto étaient presque indiscernables. Elles battaient l'air avec une telle férocité qu'elles semblaient vouloir se détacher du petit corps rondelet. Anakin réprima un éclat de rire en imaginant ce qui se passerait si cela arrivait. Dans sa situation, rire était certainement la dernière des choses à faire.

Quand Watto marqua une pause pour reprendre son souffle, Anakin prit calmement la parole :

— Ce n'est pas de ma faute. Sebulba m'a dérouté avec ses réacteurs et il a failli m'écraser dans la Côte de Metta. Il a triché.

La bouche de Watto se mit à bouger comme s'il était en train de mastiquer quelque chose. Son groin se plissa au-dessus de ses dents proéminentes.

— Mais évidemment qu'il a triché, mon garçon ! Il triche toujours ! C'est pour ça qu'il gagne ! Peut-être qu'une fois de temps en temps tu pourrais tricher, toi aussi, non ? Peut-être que comme ça tu ne bousillerais pas ton Pod à chaque fois ! Avec tout l'argent que ça me coûte !

Ils étaient dans l'atelier de Watto, au cœur du quartier des marchands de Mos Espa. C'était une hutte miteuse de boue et de sable, plantée à l'entrée d'un terrain où s'entassaient fusées et pièces de moteurs diverses récupérées par-ci, par-là sur des épaves. Dans l'ombre de la hutte, il faisait bien frais. Les épais murs de boue savaient arrêter la chaleur accablante de la planète. La poussière restait en suspension dans les rayons brumeux de la lumière projetée par les lampes à incandescence. La course était finie depuis longtemps et les soleils jumeaux de Tatooine glissaient doucement derrière l'horizon pour céder la place à la nuit. L'épave du Pod et ses moteurs avaient été ramenés des hauts plateaux jusqu'à l'atelier par des droïdes mécanos. Et Anakin par le même chemin, sans grand enthousiasme.

— *Rassa dwee cuppa, peedunkel !* hurla Watto, s'en reprenant à Anakin avec une volée fraîche d'insultes huttaises.

Le petit corps replet bondissait de quelques centimètres à l'annonce de chaque nouvelle épithète, obligeant Anakin à reculer malgré son intention de tenir tête à son interlocuteur. Les jambes et les bras squelettiques de Watto se mirent à gesticuler en rythme avec sa tête et son torse, lui donnant une apparence des plus comiques. Il était en colère, certes, mais Anakin l'avait déjà vu dans cet état-là et il savait à quoi s'attendre. Il s'abstint de baisser la tête ou de battre en retraite, signes de soumission. Il se contenta de camper sur ses positions et de se soumettre aux remontrances de Watto sans broncher. Il était un esclave et Watto était son maître. Les remontrances faisaient partie de son existence. Et puis, Watto ne tarderait pas à se calmer. Son désir de passer sa colère sur une autre personne que lui-même serait bientôt assouvi et les choses redeviendraient normales.

Les trois doigts de la main droite de Watto se tendirent vers le jeune garçon.

— Je ne devrais plus te laisser concourir pour moi ! C'est ça que je devrais faire ! Voilà ! Il faudrait que je me trouve un nouveau pilote !

— Je pense que c'est une très bonne idée, acquiesça Shmi.

La mère d'Anakin s'était tenue en retrait, sans piper mot tout le temps que dura la diatribe de Watto. Elle saisit promptement la suggestion au vol. Une suggestion qu'elle aurait volontiers émise lui eût-on demandé son avis.

Watto pivota vers elle violemment. Ses ailes se mirent à vrombir et il vola à sa rencontre. Le regard calme et fixe de Shmi l'arrêta en plein élan et il resta à virevolter, indécis, entre la mère et l'enfant.

— C'est trop dangereux, de toute façon, continua-t-elle sur le ton de la raison. Ce n'est qu'un petit garçon.

Watto fut aussitôt sur la défensive.

— Peut-être mais c'est *mon* petit garçon ! Il est ma propriété et il fera ce que je lui dirai de faire !

— Exactement. (Les yeux sombres de Shmi étincelèrent, animant son visage fatigué d'une vive résolution.) C'est donc pour cela qu'il ne participera plus aux courses si vous l'en empêchez. N'est-ce pas ce que vous venez de suggérer ?

Watto ne sut que répondre. Sa bouche s'ouvrit, son nez en forme de trompe se tordit comme une vieille racine mais aucun mot ne franchit ses lèvres. Anakin regarda sa mère avec reconnaissance. Ses longs cheveux ternes et foncés commençaient à grisonner. Ses gestes, jadis vifs et gracieux, se faisaient plus lents jour après jour. Mais il se dit qu'elle était splendide et courageuse. Il se dit qu'elle était parfaite.

Watto se rapprocha d'elle de quelques centimètres puis s'arrêta à nouveau. Shmi se tenait droite, tout comme Anakin, refusant toute concession à sa condition. Watto la fixa sans aménité pendant quelques instants, fit volte-face et vola vers le jeune garçon.

— Tu vas me réparer tout ça, gamin ! aboya-t-il en agitant ses doigts vers Anakin. Tu vas me réparer les moteurs et le Pod, faire en sorte qu'ils soient comme neufs. Que dis-je, mieux que neufs ! Et tu vas t'y mettre illico ! Tout de suite ! Allez, file dehors et mets-toi au travail ! (Il se tourna vers Shmi et la défia du regard.) Il fait encore suffisamment jour pour qu'un petit garçon se mette au travail ! Le temps, c'est de l'argent ! (Il fit un geste en direction de la mère puis du fils.) Allez, vous deux ! Au boulot, au boulot !

Shmi adressa un sourire chaleureux à Anakin.

— Vas-y, Anakin. Le dîner attendra.

Elle tourna les talons et franchit le seuil. Watto, après avoir lancé à Anakin un dernier regard foudroyant, vola à sa suite. Le jeune garçon demeura encore quelques instants dans la pièce plongée dans l'obscurité, les yeux perdus dans le vide. Il se dit qu'il n'aurait pas dû perdre la course. La prochaine fois – et il y aurait une prochaine fois, connaissant Watto comme il le connaissait –, il ne perdrait pas.

Il laissa échapper un soupir de frustration et se rendit dans la cour, derrière l'atelier. Même à neuf ans, il n'était encore qu'un petit garçon, un peu courtaud, des mèches de cheveux blonds comme le sable, un nez retroussé et des yeux bleus inquisiteurs. Il était rapide et fort pour son âge, faisant montre de talents qui ne cessaient de surprendre son entourage. Il était déjà pilote confirmé de Pod. C'était une prouesse qu'aucun autre être humain, quel que soit son âge, n'avait réussi à accomplir. Il était particulièrement doué pour le bricolage et ces dons lui permettaient de construire pratiquement tout et n'importe quoi. C'étaient deux des raisons pour lesquelles il était si utile à Watto, et celui-ci n'était pas du genre à gaspiller les dons d'un esclave.

Mais ce que personne ne savait, hormis sa mère, c'est qu'il était capable de sentir les choses avant qu'elles se produisent. Fréquemment, il parvenait à prévoir des événements longtemps avant qu'ils aient lieu. C'était comme un tiraillement dans l'air, un chuchotement d'avertissement, une suggestion que personne ne pouvait percevoir. Cela s'était révélé très utile lors des courses de Pods mais l'effet se produisait en d'autres occasions. Il avait une capacité hors norme à discerner les choses et leurs réelles valeurs. Il n'avait que neuf ans et pourtant il portait sur le monde un regard qu'aucun adulte ne pourrait jamais porter.

Mais, à l'heure qu'il était, ça lui faisait une belle jambe. Il donna un coup de pied dans la poussière de la cour et se dirigea vers l'endroit où des droïdes avaient déposé ce qui restait du Pod et de ses moteurs. Son esprit était déjà au travail, cherchant une solution pour remettre l'engin en état de marche. Le moteur droit n'avait pas trop souffert, à part quelques éraflures et accrocs dans la coque métallique. Le gauche, en revanche, n'était plus que l'ombre de lui-même. Le Pod était tordu et cabossé, son tableau de bord était une vraie pagaille.

— Quel bazar, murmura-t-il. Allez, remuez-vous !

À ce signal, des droïdes se précipitèrent pour démonter les parties endommagées de l'appareil. Après quelques minutes passées à faire le tri, il se rendit compte qu'il lui manquait certaines pièces. Entre autres un variateur thermique et des relais de propulseurs. Des pièces dont même Watto ne disposait pas. Il allait lui falloir essayer de les obtenir auprès d'autres ateliers avant d'envisager d'entamer les réparations. Watto n'allait pas être content. Il détestait s'adresser à d'autres pour quémander des pièces, insistant sur le fait que si quelque chose était nécessaire, il le possédait certainement. À moins que la pièce en question ne provienne d'une autre planète. Aller marchander ce dont il avait besoin n'arrangeait pas non plus la rancœur maladive qu'il nourrissait à l'égard de la population locale. S'il avait besoin d'une pièce, Anakin n'avait qu'à la gagner lors d'une Podrace. Ou la voler.

Anakin leva les yeux vers le ciel. Les dernières lueurs du jour étaient en train de disparaître. Les premières étoiles commençaient à luire, semblables à d'étincelantes têtes d'épingle dans la noirceur des deux nocturnes. Il y avait là-bas des mondes qu'il n'avait jamais vus. Des mondes qu'il ne pouvait qu'imaginer, des mondes qui l'attendaient. Un jour, il irait les visiter. Il ne resterait pas coincé sur Tatooine toute sa vie. Certainement pas lui.

— Psstt ! Anakin !

Une voix, provenant de la zone d'ombre du fond de

la cour, appelait dans un chuchotement. Deux petites silhouettes se glissèrent par l'étroite ouverture pratiquée dans la clôture, là où le grillage avait disparu. Kitster, le meilleur ami d'Anakin, avança prestement dans l'obscurité, suivi de très près par Wald, un autre de ses amis. Kitster était petit, il avait la peau sombre, des cheveux courts coupés au bol, et portait des vêtements amples destinés à conserver l'humidité et à protéger de la chaleur et du sable. Wald, trottinant derrière lui d'un pas incertain, était un Rodien, un étranger récemment débarqué sur Tatooine. Il avait quelques années de moins que les deux garçons, mais il était audacieux, raison pour laquelle Kitster et Anakin le laissaient la plupart du temps traîner avec eux.

— Hé ! Anakin ! Qu'est-ce que tu fais ? demanda Kitster tout en lançant des regards soupçonneux alentour pour ne pas se laisser surprendre par Watto.

Anakin haussa les épaules.

— Watto dit que je dois réparer le Pod. Qu'il soit comme neuf…

— Ouais, mais pas aujourd'hui, lui conseilla Kitster d'un ton solennel. Parce que la journée, eh bien elle est presque terminée. T'auras bien le temps de faire ça demain. Viens, on va se prendre un Bliel Rubis.

C'était leur boisson préférée et l'eau monta à la bouche d'Anakin.

— Je ne peux pas. Il faut que je reste pour travailler jusqu'à…

Il marqua une pause. Jusqu'à ce qu'il fasse nuit, s'était-il dit. Et il faisait déjà nuit, alors…

— Et comment va-t-on se les payer ? demanda-t-il, d'un air de doute.

Kitster fit un pas vers Wald.

— Il a cinq druggats. Il dit qu'il les a trouvés je ne sais où. (Il jeta un bref coup d'œil à Wald.) Enfin, c'est ce qu'il dit.

— Tiens, j'les ai là, c'est vrai. (Wald hocha sa drôle de tête écailleuse pour appuyer ses dires. Ses yeux protubérants se mirent à étinceler et l'une de ses oreilles vertes se coucha.) Vous ne me croyez pas ? demanda-t-il en huttais.

— Si, si, on te croit. (Kitster adressa un clin d'œil à Anakin.) Bon, faut y aller avant que l'autre vieille mouche rapplique.

Ils sortirent par le trou dans la clôture et filèrent sur la route. Ils tournèrent à gauche et traversèrent la place, encore pleine de monde, en direction des magasins d'alimentation. Les rues étaient bondées. La plupart des gens étaient sur le chemin du retour, d'autres se rendaient dans les cabarets huttais. Les garçons se faufilèrent entre les passants, les chariots et les speeders qui glissaient juste au-dessus du sol. On repliait les auvents de certains magasins, on enfermait soigneusement les marchandises à double tour dans d'autres.

Ils atteignirent la boutique qui vendait du Bliel Rubis et se précipitèrent vers le comptoir.

Wald, fidèle à sa parole, sortit les druggats nécessaires à l'achat des trois boissons avant de tendre les verres à ses amis. Ils sortirent dans la rue en sirotant à la paille leur mixture visqueuse. Tout en marchant tranquillement, ils se mirent à discuter de courses, de speeders, de navires interstellaires, de croiseurs de combat, de chasseurs spatiaux et des pilotes qui en avaient le commandement. Un jour, ils seraient tous pilotes, se promirent-ils. Un pacte qu'ils rendirent officiel en crachant par terre et en se tapant dans les mains.

Ils étaient en pleine discussion, sur les mérites comparés de tel ou tel chasseur spatial, quand une voix tout près d'eux les interrompit :

— Donnez-moi le choix et je prendrai sans hésiter un Chasseur de Tête Z95 !

Les garçons se retournèrent comme un seul homme. Un vieil astropilote, adossé à un plot d'accrochage de speeder, les observait. Ils comprirent immédiatement ce qu'il était à ses vêtements, ses armes et au petit insigne usé jusqu'à la trame de la chasse galactique accroché au revers de sa tunique. C'était un médaillon de la République. On n'en voyait pas souvent sur Tatooine.

— J't'ai vu courir aujourd'hui, dit le vieux pilote à Anakin. (Il était grand, mince et noueux. Son visage semblait à la fois buriné par les intempéries et tanné par le soleil, ses yeux étaient d'un gris étonnant et ses cheveux coupés si court qu'ils étincelaient à la surface de son crâne. Son visage se barra d'un sourire ironique et chaleureux.) C'est quoi ton nom ?

— Anakin Skywalker, lui dit le jeune garçon d'un ton un peu hésitant. Et voilà mes copains, Kitster et Wald.

Le vieil astropilote adressa un salut silencieux aux deux garçons sans quitter Anakin des yeux.

— Tu pilotes aussi bien que ton nom le laisse entendre, Anakin. Skywalker... Court le Ciel... Tu cours dans le ciel comme si le ciel t'appartenait... Ça promet ! (Il se redressa, déplaça son poids d'une jambe sur l'autre avec une aisance et une souplesse qui laissaient deviner des années d'entraînement physique intensif. Son regard s'attarda sur les trois garçons.) Vous voulez piloter de vrais vaisseaux un de ces jours ?

Les trois garçons hochèrent la tête à l'unisson. Le vieux pilote sourit.

— Je ne connais rien de meilleur. Rien. J'ai volé sur tous les modèles, il y a une éternité, quand j'étais plus jeune... J'ai piloté tout ce qu'il était possible de piloter, que ce soit au sein de la Chasse ou dans le civil. Vous reconnaissez l'insigne, les p'tits gars ?

Ils hochèrent à nouveau la tête, captivés à l'idée de se retrouver face à face avec un authentique pilote. Pas un simple coureur de Pod, non, mais un vrai capitaine ayant volé sur des chasseurs, des croiseurs et autres navires interstellaires.

— C'était il y a bien longtemps, dit l'astropilote d'une voix subitement distante. J'ai quitté la Chasse il y a six ans. Trop vieux. Le temps passe et vous oblige à faire quelque chose avec ce qui vous reste de vie. (Il pinça les lèvres.) Et comment sont ces Bliels Rubis ? Hein ? Toujours aussi bons ? Ça fait des lustres que je n'en ai pas bu. Ça me ferait peut-être du bien d'en reprendre un. Dites, les garçons, ça vous dit de m'accompagner ?

Ça vous dit de boire un bon Bliel Rubis avec un vieux pilote de la République ?

Il n'eut pas à leur poser la question une deuxième fois. Il leur fit faire demi-tour et les conduisit jusqu'au magasin qu'ils venaient juste de quitter. Le pilote se paya un verre et leur offrit une seconde tournée. Ils retournèrent à l'extérieur et se trouvèrent un petit coin calme, légèrement en retrait de la grand-place, pour déguster leur breuvage tout en admirant le ciel. La lumière était tombée et les étoiles, comme une poignée de diamants sur du velours noir, brillaient dans la nuit.

— Toute ma vie, j'ai volé, leur annonça solennellement le vieil astropilote, les yeux levés vers les cieux. Je suis allé partout où il m'était possible d'aller. Et vous savez quoi ? Je n'ai même pas pu voir ne serait-ce que le centième de ce qu'il y a là-haut... Que dis-je ? Le millionième de ce qu'il y a là-haut. Mais ça valait le coup d'essayer. Ça valait vraiment le coup. (Son regard se posa à nouveau sur les trois jeunes garçons.) J'ai piloté un croiseur, bourré de soldats de la République, jusqu'à Makem Te, où une rébellion s'était formée. J'en ai encore des sueurs froides, tiens. Et puis, une autre fois, j'ai même transporté des Chevaliers Jedi...

— Des Jedi ? laissa échapper Kitster. Waouh !

— Vraiment ? Vous avez vraiment transporté des Jedi ? insista Anakin en écarquillant les yeux.

L'astropilote éclata de rire devant leur stupéfaction.

— Je vous le jure. Que je sois donné en pâture aux banthas si je vous mens ! C'était il y a très longtemps. J'ai effectivement emmené quatre d'entre eux jusqu'à un endroit dont je ne suis pas censé parler, même aujourd'hui. Je vous le dis. Je suis allé partout où un homme peut aller de son vivant. Partout.

— J'aimerais bien piloter un appareil pour aller visiter tous ces mondes, un de ces jours, dit doucement Anakin.

Wald poussa un grondement de doute.

— T'es un esclave, Anakin. Tu peux aller nulle part.

Le vieux pilote baissa les yeux vers Anakin. Le garçon n'eut pas le courage de soutenir son regard.

— Eh bien, dit l'homme à voix basse, il y a des fois dans la vie où tu nais sous une certaine étoile et où tu meurs sous une autre. Tu n'es pas obligé d'accepter le fait que ce qu'on te donne quand tu viens au monde est nécessairement tout ce qui te reste quand tu le quittes.

Il laissa échapper un rire soudain.

— Ça me rappelle quelque chose, tiens. Une fo[illegible] traversé la Passe de Kessel, ça fait une paye. [illegible] a pas beaucoup qui peuvent se vanter d'av[illegible] pli un tel exploit. Enfin, il n'y en a pas [illegible] soient encore en vie pour en parler. Des [illegible] m'ont dit que je n'y arriverais pas, ils m'ont d[illegible] n'était même pas la peine d'essayer, ils m'ont con[illegible] d'abandonner et de penser à autre chose. Mais je vou[illegible]lais tenter l'expérience, alors je me suis jeté à l'eau et j'ai découvert le moyen de leur rabattre le caquet. (Il fixa Anakin.) C'est peut-être ce que tu dois faire, jeune Skywalker. J'ai bien vu comment tu te débrouillais avec un Pod. Tu as l'œil. Tu as ça dans le sang. Tu es bien meilleur que moi lorsque j'avais le double de ton âge. (Il hocha solennellement la tête.) Tu veux piloter un vrai vaisseau, un de ces jours ? Eh bien, moi, je pense que tu finiras par y arriver.

Il observa le jeune garçon. Anakin releva les yeux vers lui. Le vieil astropilote sourit et opina doucement du chef.

— Ouais, Anakin Skywalker, je suis certain que tu y arriveras.

Il rentra à la maison en retard pour le dîner et dut subir une deuxième série de remontrances. Il aurait parfaitement pu inventer quelque chose, par exemple qu'il avait travaillé tard pour le compte de Watto, mais Anakin Skywalker ne mentait jamais à sa mère. Jamais. Quelle que soit la raison, quel que soit le motif. Il lui raconta la vérité, lui parla de son escapade avec Kitster et Wald, des Bliels Rubis et des histoires du vieil astropilote. Shmi ne fut pas impressionnée par son récit. Elle n'aimait guère que son fils passe du temps avec des inconnus. Elle comprenait cependant parfaitement le tempérament des garçons de son âge et savait pertinemment qu'Anakin était capable de prendre soin de lui-même.

— Si tu ressens le besoin d'échapper au travail que te donne Watto, viens donc me voir. Il y a toujours quelque chose à faire à la maison, lui conseilla-t-elle d'un ton sévère.

Anakin ne voulut pas discuter. Il savait par expérience qu'essayer de discuter dans une situation pareille ne le menait jamais nulle part. Il resta assis sans broncher, le nez dans son assiette, hochant la tête quand il estimait que c'était nécessaire, sachant très bien que sa mère l'adorait, qu'elle se faisait du souci pour lui et que cela suffisait souvent à compenser les frustrations et les colères qu'elle pouvait nourrir à l'égard de son fils.

Après le repas, ils allèrent s'asseoir dehors, devant la maison. L'air de la nuit était frais et ils s'installèrent confortablement pour observer les étoiles. Anakin aimait rester assis dehors pendant un moment avant d'aller au lit. À l'intérieur, il se sentait à l'étroit, pas libre de ses mouvements. Ici, au moins, il pouvait respirer. Leur maison était petite et miteuse, coincée au beau milieu de douzaines d'autres, toutes construites sur le même modèle, avec d'épais murs de boue et de sable. C'étaient les logements typiques fournis aux esclaves de ce quartier de Mos Espa : une hutte grossière avec une pièce principale dans laquelle s'ouvraient une ou deux niches destinées au couchage. Mais sa mère parvenait à tenir l'endroit parfaitement propre et Anakin disposait de sa propre chambre – plus grande que la moyenne – où il pouvait conserver ses affaires. Il y gardait un grand établi, et des monceaux d'outils occupaient le reste de la place disponible. Ces jours derniers, il avait entrepris de construire un droïde protocolaire destiné à assister sa mère. Il était obligé de l'assembler pièce après pièce, à partir de matériaux récupérés ici ou là, et le montage prenait beaucoup de temps. Le droïde était cependant déjà capable de parler et de réaliser quelques petites tâches. Bientôt il serait complètement opérationnel.

— Tu es fatigué, Anakin ? demanda sa mère après un long silence.

Il secoua la tête.

— Non, pas vraiment.

— Tu penses encore à la course ?

— Oui.

C'était vrai. Mais il pensait surtout au vieil astropilote et à ses histoires de vols intersidéraux, aux mondes lointains, aux batailles livrées pour le compte de la République et à l'immense honneur de côtoyer des Chevaliers Jedi.

— Je ne veux plus que tu participes aux Podraces, Anakin, dit sa mère tout doucement. Je ne veux plus que tu demandes à Watto de t'y inscrire. Promets-moi que tu ne le feras plus.

Il hocha la tête à contrecœur.

— Je te le promets. (Il réfléchit à la question pendant quelques instants.) Mais, si Watto me dit que c'est ce que je dois faire, M'man, hein ? Qu'est-ce que je suis censé faire ? Je suis bien obligé de faire ce qu'il me demande, non ? Alors... S'il l'exige, je serai bien obligé de participer aux courses...

Elle se pencha vers lui, tendit la main et lui tapota gentiment le bras.

— Je pense qu'après ce qui s'est passé aujourd'hui il ne te le demandera plus. Il trouvera quelqu'un d'autre.

Anakin savait que sa mère avait tort mais s'abstint de le lui dire. Personne n'était meilleur que lui aux Podraces, y compris Sebulba quand il ne trichait pas. De plus, Watto ne verserait jamais d'argent à quelqu'un d'autre pour tenir le manche puisqu'il pouvait employer gratuitement Anakin pour ce faire. Watto ruminerait sa colère encore un jour ou deux ; ensuite, il ne penserait qu'à une seule chose : remporter la victoire. Avant la fin du mois, Anakin participerait à nouveau aux Podraces.

Il leva les yeux vers le ciel, sentant toujours la main de sa mère peser sur son avant-bras, et réfléchit à ce que pouvait bien être la vie dans l'espace. Il s'imagina pilotant des croiseurs de combat, des chasseurs, il s'inventa des voyages vers des mondes lointains et des lieux étranges. Il se moquait bien de ce que pouvait dire Wald. Il ne resterait pas esclave toute sa vie. Tout comme il ne resterait pas le petit garçon qu'il était. Il trouverait bien un moyen de quitter Tatooine. Il trouverait bien un moyen d'emmener sa mère avec lui. Ses rêves tourbillonnèrent devant ses yeux, en un kaléidoscope d'images étincelantes sur fond d'étoiles. Il songea à son avenir. Il le vit clairement se former dans son esprit et il sourit.

Un jour, se dit-il, revoyant le visage du vieil astropilote – avec son sourire entendu et ses étranges yeux gris – émerger des ténèbres, moi aussi j'accomplirai tout ce que tu as accompli. Tout.

Il inspira profondément et retint son souffle.

Moi aussi, je volerai en compagnie de Chevaliers Jedi.

Lentement, il laissa son souffle s'échapper, comme pour sceller sa promesse.

3

Le petit croiseur spatial de la République arborait les armoiries rouges, signe de sa neutralité. Il filait à travers la noirceur étoilée en direction du disque d'émeraude étincelant de la planète Naboo et de la nuée de vaisseaux de la Fédération du Commerce qui l'entourait. Les appareils étaient gigantesques, telles d'imprenables forteresses, en forme d'anneau incomplet de section tubulaire encerclant une sphère qui abritait le pont, le centre des communications et l'hyperpropulsion. Des batteries d'armement saillaient de tous les ports et de toutes les baies. Des chasseurs de la Fédération du Commerce virevoltaient autour des mastodontes comme des parasites. L'appareil de la République affichait une ligne plus traditionnelle : trimoteur, coque plate et cockpit aux angles nettement découpés. D'aspect bien dérisoire à côté des vaisseaux de guerre de la Fédération, il ne dévia pas pour autant de sa trajectoire.

Le capitaine du croiseur républicain et son copilote étaient assis côté à côte à la console avant. Leurs mains allaient et venaient avec dextérité sur les commandes pour manœuvrer leur appareil vers l'énorme vaisseau qui portait sur sa coque le blason du Vice-Roi de la Fédération du Commerce. Leurs mouvements étaient animés d'une nervosité qu'il était difficile de ne pas remarquer. De temps en temps, ils s'adressaient l'un à l'autre un regard gêné ou lançaient, par-dessus leurs épaules, de brefs coups d'œil aux silhouettes qui se tenaient dans l'obscurité derrière eux.

Sur le moniteur devant eux apparut l'image de Nute Gunray, Vice-Roi de la Fédération du Commerce, installé sur la passerelle de commandement du vaisseau vers lequel le croiseur se dirigeait. Dans ses yeux d'un rouge orangé se lisait une certaine forme d'impatience. Le Neimoidien affichait sa sempiternelle expression amère. Les coins de sa bouche tombaient et les plis de ses arcades sourcilières osseuses lui donnaient un air de mécontentement permanent. Sa peau d'un gris verdâtre reflétait l'éclairage ambiant du vaisseau amiral, produisant un contraste pâle et froid avec les teintes foncées de son manteau, de son jabot et de son tricorne.

— Capitaine ?

La femme qui pilotait le croiseur se tourna à demi dans son fauteuil pour regarder une des silhouettes dissimulées dans l'obscurité.

— Oui, monsieur ?

— Dites-leur que nous souhaitons monter à leur bord immédiatement.

La voix était douce et grave mais imprégnée d'une résolution qui ne pouvait passer inaperçue.

— À vos ordres, dit le capitaine. (Elle adressa au copilote un regard entendu, que celui-ci comprit aussitôt, puis se tourna vers l'image de Nute Gunray sur l'écran.) Mes respects, Vice-Roi. Les ambassadeurs du Chancelier Suprême demandent à être accueillis à votre bord immédiatement.

Le Neimoidien hocha rapidement la tête.

— Oui, oui, capitaine, bien entendu. Nous serons très heureux de recevoir les ambassadeurs à leur convenance. Très heureux, capitaine.

L'écran devint noir. Le capitaine hésita en se tournant vers la silhouette postée derrière elle.

— Monsieur ?

— Exécution, capitaine, dit Qui-Gon Jinn.

Le Maître Jedi regarda en silence la coque brillante du vaisseau spatial de la Fédération du Commerce obstruer les hublots de sa masse gigantesque. Qui-Gon était un grand homme à la forte carrure et aux traits léonins. Sa barbe et sa moustache étaient soigneusement taillées. Il portait les cheveux très longs attachés en catogan. Sa tunique, son pantalon et son manteau à capuche, amples et confortables, étaient retenus à la taille par un baudrier. Hors de vue mais pas hors d'atteinte, on devinait la présence d'un sabre laser accroché à sa ceinture.

Les yeux bleus et vifs de Qui-Gon étaient rivés sur le vaisseau de guerre comme pour essayer d'en percer les secrets. Depuis leur mise en application, les taxes républicaines perçues sur les routes marchandes d'un système solaire à un autre faisaient l'objet de nombreuses disputes. Mais, jusqu'à présent, la Fédération du Commerce s'était contentée de se plaindre. Le blocus de Naboo représentait leur premier geste de résistance. La Fédération était une puissante corporation, équipée de ses propres flottes de combat et de ses propres armées de droïdes. Mais imposer un blocus n'était pas dans les habitudes des Marchands. Les Neimoidiens étaient des entrepreneurs, pas des guerriers. Ils n'avaient pas les tripes pour tenir ainsi tête à la République. Pourtant, ils semblaient avoir découvert récemment l'existence de ces tripes. Et ce qui perturbait Qui-Gon, c'est qu'il n'arrivait pas à s'expliquer comment.

Il se cala plus confortablement. Le croiseur pénétra lentement dans l'ouverture de l'anneau extérieur du vaisseau amiral de la Fédération du Commerce et se dirigea vers la baie d'embarquement. Les rayons tracteurs s'enclenchèrent et guidèrent le croiseur jusqu'à l'intérieur du hangar. Des pinces magnétiques agrippèrent le vaisseau pour le maintenir en place. Le blocus était soutenu depuis plus d'un mois. Le Sénat Républicain ne cessait de débattre de la situation, cherchant à tout prix un moyen de résoudre le conflit à l'amiable. Mais aucun progrès n'avait été obtenu à ce jour. Au bout du compte, le Chancelier Suprême avait secrètement demandé au Conseil des Jedi de désigner deux Chevaliers afin d'aller rencontrer les Neimoidiens, instigateurs évidents de cet état de siège, dans l'espoir de régler le problème de manière plus directe. Le geste était des plus audacieux. En théorie, les Chevaliers Jedi étaient au service du Chancelier Suprême, répondant à ses ordres en cas de crise pouvant entraîner la perte de vies humaines. Toute interférence dans la politique interne menée par les membres du Sénat, particulièrement en cas de conflit armé interplanétaire, requérait une autorisation sénatoriale. Le Chancelier Suprême avait pour l'occasion passé outre les limites de son autorité. Dans le meilleur des cas, cette action clandestine déclencherait ultérieurement quelques débats animés au sein du Sénat.

Le Maître Jedi soupira. Tout ceci ne le concernait guère mais il ne pouvait ignorer les implications d'un échec éventuel. Les Chevaliers Jedi étaient des messagers de paix, c'était dans la nature même de leur ordre et c'est cela qui dictait leur croyance. Depuis des milliers d'années, ils étaient au service de la République et représentaient une constante source de stabilité et d'ordre dans un univers perpétuellement en mouvement. À la base groupe d'étude théologique et philosophique, fondé depuis si longtemps que ses origines prenaient des allures de légende, l'Ordre Jedi n'avait découvert que graduellement l'existence de la Force. Des années avaient été consacrées à son étude, à l'observation de sa signification, à la maîtrise de ses secrets. Lentement, l'ordre avait évolué, abandonnant des pratiques et des croyances liées à une vie d'isolement et de méditation pour des prises de responsabilités dans la vie sociale de tous les jours. Comprendre la Force suffisamment pour en dompter les pouvoirs demandait bien plus que de simples études. Il était nécessaire de se mettre au service de la communauté et d'implanter un système de lois qui garantirait à tous une véritable justice. Cette bataille-ci n'avait pas encore été gagnée. Elle ne le serait probablement jamais. Mais les Chevaliers Jedi n'avaient pas l'intention de baisser les bras.

Qui-Gon Jinn savait que, pendant qu'il accostait le vaisseau de la Fédération, dix mille autres Chevaliers Jedi au service de la République luttaient, et ce quotidiennement, pour la paix et la justice sur des milliers de mondes éparpillés aux quatre coins d'une galaxie dont les limites restaient difficiles à cerner.

Son partenaire dans cette entreprise le rejoignit sur le pont et vint se poster à côté de lui. Qui-Gon se tourna légèrement pour l'observer.

— On monte à leur bord ? demanda à voix basse Obi-Wan Kenobi.

Qui-Gon hocha la tête.

— Le Vice-Roi accepte de nous recevoir.

Il jeta un coup d'œil à son protégé comme pour le jauger : Obi-Wan, âgé d'un peu plus d'une vingtaine d'années, de trente ans son cadet, et toujours en train d'apprendre à maîtriser ses talents. Il n'était pas encore complètement Jedi mais il n'était pas loin d'être prêt à le devenir. Obi-Wan était un peu plus petit que Qui-Gon mais il était sec et très rapide. Son doux visage de petit garçon suggérait une certaine forme d'immaturité enfouie depuis longtemps au plus profond de son être. Il portait le même type de vêtements que Qui-Gon mais ses cheveux étaient coupés à la mode des Apprentis Padawan, courts et bien égalisés sur l'avant, avec une longue tresse qui lui partait de l'arrière du crâne pour retomber sur son épaule droite.

Par les hublots, Qui-Gon observa l'intérieur du hangar du vaisseau de guerre de la Fédération du Commerce.

— Pourquoi Naboo ? demanda-t-il enfin. Qu'est-ce que tu en penses, mon jeune apprenti ? Pourquoi imposer un siège à cette planète en particulier quand il en existe tant d'autres qui sont plus grandes, plus importantes et plus à même de sentir les effets d'une telle action ?

Obi-Wan ne répondit rien. Naboo était effectivement un drôle de choix pour une opération de cette envergure : une planète nichée à l'autre bout de la galaxie, sans rôle prépondérant à jouer dans l'ordre des choses. Amidala, sa Reine, était inconnue de tous. Montée récemment sur le trône, elle n'avait régné que quelques mois avant la mise en place du blocus. Elle était très jeune mais on la savait prodigieusement douée et extrêmement bien entraînée. On prétendait qu'elle était capable de tenir politiquement tête à quiconque. On la disait à la fois circonspecte et, quand cela était nécessaire, capable de toutes les audaces. On racontait que sa sagesse était immense malgré son très jeune âge.

On avait montré aux Jedi un hologramme de la Reine Amidala juste avant leur départ de Coruscant. La Reine semblait adorer le maquillage de théâtre et les atours particulièrement ornés. Elle se parait d'étoffes et de fards qui dissimulaient sa véritable apparence et lui donnaient une aura de splendeur et de beauté. Tel un caméléon, elle se masquait aux yeux du monde et n'avait quasiment pour toute compagnie que ses suivantes, qui ne la quittaient pas d'une semelle.

Qui-Gon hésita encore quelques instants, réfléchissant posément à la situation, puis se tourna vers Obi-Wan.

— Il est temps d'y aller. Débarquons.

Ils descendirent dans les entrailles du croiseur jusqu'au sas principal, puis attendirent que le signal lumineux passe au vert avant de tourner la barre de verrouillage qui libérait la rampe d'accès. Ils remontèrent leurs capuches pour dissimuler leurs traits et sortirent en pleine lumière.

Un droïde protocolaire appelé TC-14 les attendait au pied de la passerelle pour les escorter jusqu'à leur rendez-vous. Il les conduisit hors du hangar, par une série de coursives, jusqu'à une salle de conférences déserte et les invita à entrer.

— J'espère que nos honorables visiteurs seront à leur aise dans cette salle, dit la petite voix métallique sortie de la carapace d'acier. Mon Maître va vous rejoindre dans quelques instants.

Le droïde tourna les talons et s'en alla en refermant sans bruit la porte derrière lui. Qui-Gon le regarda partir, jeta un bref coup d'œil aux créatures exotiques, ressemblant à des oiseaux, qui voletaient dans une cage à côté de la porte et rejoignit Obi-Wan près de la grande baie vitrée. Pendant quelques instants, ils observèrent des fragments de la resplendissante sphère verte de la planète Naboo par-delà le dédale de vaisseaux spatiaux de la Fédération.

— J'ai un mauvais pressentiment, dit Obi-Wan après avoir regardé avec attention la planète.

Qui-Gon releva les yeux doucement.

— Je ne sens rien.

Obi-Wan hocha la tête.

— Je ne pense pas que cela ait quelque chose à voir avec ce qui se passe ici, Maître. Cela ne concerne pas cette mission. C'est quelque chose... qui se passe ailleurs... Quelque chose d'insaisissable...

Le Jedi le plus âgé posa une main réconfortante sur l'épaule de son compagnon.

— Ne fais pas une fixation sur ta propre anxiété, Obi-Wan. Garde ta concentration pour ce lieu et cet instant car c'est là qu'elle va te servir.

— Maître Yoda dit que je dois faire attention au futur...

— Oui, mais à condition de ne pas le faire au détriment du présent. (Qui-Gon attendit que son apprenti le regarde.) Sois bien attentif à la Force vivante, mon jeune Padawan.

Un petit sourire se dessina sur les lèvres d'Obi-Wan.

— Oui, Maître. (Il laissa ensuite son regard vagabonder par la baie vitrée.) Comment croyez-vous que le Vice-Roi va réagir à l'annonce des exigences du Chancelier Suprême ?

Qui-Gon haussa les épaules de façon presque débonnaire.

— Ces gens sont des couards. Je pense qu'il ne sera pas très difficile de les convaincre. Les négociations seront de courte durée.

Sur le pont du vaisseau de guerre de la Fédération du Commerce, le Vice-Roi Neimoidien Nute Gunray et son lieutenant Daultay Dofine regardaient d'un air éberlué le droïde protocolaire qu'ils avaient envoyé accueillir les ambassadeurs du Chancelier Suprême.

— Qu'est-ce que tu as dit ? siffla Gunray, furieux.

TC-14 resta de marbre sous le regard terrible que venait de lui lancer le Neimoidien.

— Les ambassadeurs sont des Chevaliers Jedi, dit le droïde. L'un d'eux est même un Maître Jedi. J'en suis presque certain.

Dofine, un individu aux traits ternes qui avait tendance à s'emporter facilement, se tourna brusquement vers son compagnon.

— Je le savais ! On les a envoyés ici pour qu'ils nous forcent à mettre de l'eau dans notre vin ! La partie est finie ! On est cuits !

Gunray lui fit signe de se calmer.

— Doucement ! Je suis prêt à parier que le Sénat n'est absolument pas au courant de la décision du Chancelier Suprême. Va. Occupe-toi d'eux pendant que je contacte le Seigneur Sidious.

L'autre Neimoidien s'emporta.

— Non mais ça va pas ? Il est hors de question que moi tout seul, j'aille distraire deux Chevaliers Jedi ! Envoyez plutôt le droïde ! s'énerva-t-il tout en chassant du geste TC-14.

Celui-ci s'inclina respectueusement, produisit un drôle de petit couinement en guise de réponse et s'en alla.

Quand le droïde protocolaire fut sorti, Dofine fit appeler Rune Haako, le troisième membre de leur délégation. Ils se rendirent dans une cabine fermée à l'autre bout du pont, là où personne ne pouvait les voir ni les entendre, et enclenchèrent un communicateur holographique.

Il leur fallut patienter quelques instants avant de voir apparaître la silhouette holographique. Une forme voûtée, drapée dans un long manteau noir, la capuche rabattue pour qu'on ne distingue rien de son visage, se matérialisa.

— Que se passe-t-il ? demanda une voix impatiente.

La gorge de Nute Gunray se dessécha instantanément et il eut du mal à trouver ses mots.

— Les ambassadeurs de la République sont des Chevaliers Jedi.

— Des Jedi ? dit Dark Sidious dans un chuchotis presque respectueux. (Il semblait prendre la nouvelle avec un certain calme.) En êtes-vous sûr ?

Nute Gunray sentit le peu de courage qu'il avait réussi à accumuler partir en fumée. Pétrifié de terreur, il regarda la silhouette obscure du Seigneur des Sith.

— Ils ont été identifiés, Monseigneur.

Comme incapable de supporter le silence pesant qui suivit, Daultay Dofine s'immisça dans la conversation.

— Votre plan a échoué, Seigneur Sidious, dit-il en écarquillant les yeux. C'en est fini du blocus ! On ne va tout de même pas tenir tête à des Chevaliers Jedi !

La sinistre silhouette se tourna légèrement.

— Prétendez-vous que vous préféreriez me tenir tête à moi, Dofine ? Voilà qui est amusant. (La capuche pivota à nouveau vers Gunray.) Vice-Roi ?

Nute fit prestement un pas en avant.

— Oui, Monseigneur ?

La voix de Dark Sidious se fit lente et sifflante.

— Je ne veux plus que cette raclure d'immondice croise à nouveau mon chemin. Me suis-je bien fait comprendre ?

Les mains de Nute se mirent à trembler et il joignit les doigts pour tenter d'en garder le contrôle.

— Oui, Monseigneur...

Il se tourna prestement vers Dofine mais l'autre, avec une expression terrifiée, disparaissait déjà à l'autre bout du pont dans un grand effet de cape et de tunique flottant derrière lui.

Quand il fut parti, Dark Sidious reprit la parole :

— La tournure que prennent les événements est bien malheureuse, certes, mais pas fatale. Nous devons accélérer nos plans, Vice-Roi. Ordonnez à vos troupes de se poser. Immédiatement !

Nute jeta un rapide coup d'œil à Rune Haako. Ce dernier semblait prêt à se volatiliser.

— Ah mais... Bien sûr, Monseigneur... Mais... Cette action est-elle légale ?

— Je vais faire en sorte qu'elle le soit, Vice-Roi.

— Bien sûr, bien sûr. (Nute marqua une pause pour retrouver son souffle.) Et les Jedi ?

Les reflets obscurs de la cape de Dark Sidious parurent

s'assombrir encore plus et son visage glissa dans les ténèbres.

— Le Chancelier Suprême n'aurait jamais dû mêler les Jedi à cela. Tuez-les sur-le-champ.

— Oui, Monseigneur, répondit Nute Gunray. (L'hologramme du Seigneur des Sith avait déjà disparu. Pendant un moment, il regarda l'espace resté vide sur le communicateur avant de se tourner vers Haako.) Faites sauter leur vaisseau. J'envoie une escouade de droïdes de combat pour les éliminer.

Dans la salle de conférences où on les avait abandonnés, Qui-Gon et Obi-Wan se dévisageaient de part et d'autre de la grande table.

— C'est courant chez les Neimoidiens de faire attendre leurs invités si longtemps ? demanda le jeune Jedi.

Avant que Qui-Gon puisse répondre, la porte s'ouvrit. Le droïde protocolaire entra dans la pièce en portant un plateau chargé de nourriture et de boissons. TC-14 alla jusqu'à la table, posa le plateau devant eux et leur tendit à chacun un verre. Il fit ensuite quelques pas en arrière et attendit. Qui-Gon fit un signe à son jeune compagnon. Ils levèrent leurs verres et goûtèrent le breuvage.

Qui-Gon hocha la tête à l'attention du droïde puis regarda Obi-Wan.

— Je ressens comme une surenchère inhabituelle de manœuvres autour de ce désaccord commercial pourtant dérisoire. Je ressens de la peur également.

Obi-Wan posa son verre sur la table.

— Peut-être...

Une explosion ébranla la pièce, renversant les boissons et projetant le plateau chargé de nourriture contre le mur. Les Jedi furent instantanément sur pied, sabre laser au poing. Le droïde protocolaire fit demi-tour, leva les bras au ciel, murmura quelques excuses et fila, l'air apeuré.

— Que s'est-il passé ? demanda prestement Obi-Wan.

Qui-Gon hésita, ferma les yeux et chercha au plus

profond de lui-même. Ses paupières se rouvrirent rapidement.

— Ils ont détruit notre vaisseau.

Il regarda autour de lui. Il ne lui fallut qu'une fraction de seconde pour détecter le faible chuintement qui provenait des ouïes de ventilation installées près de la porte.

— Du gaz, dit-il à Obi-Wan pour seul avertissement.

Dans la cage près de la porte, les volatiles exotiques se mirent à tomber comme des mouches.

Sur le pont, Nute Gunray et Rune Haako regardaient à partir d'un moniteur l'escouade de droïdes de combat avancer dans les coursives jusqu'à la salle de conférences dans laquelle les Jedi étaient pris au piège. Ils approchèrent de la porte sur leurs jambes de métal tordues et sortirent leurs blasters. Derrière eux, un hologramme de Nute leur donnait des instructions.

— Ils doivent être morts à l'heure qu'il est, mais autant en être certain.

Il pianota un ordre à l'attention des droïdes de combat et interrompit la transmission holographique.

Les deux Neimoidiens virent la première ligne de droïdes ouvrir la porte puis faire un pas en arrière. Un nuage verdâtre se déversa par l'ouverture et une silhouette avança en titubant et en agitant les bras.

— Pardon, messieurs, je suis désolé... ânonna TC-14.

Il se fraya un chemin au milieu des droïdes de combat avec son plateau contenant ce qui restait de nourriture.

L'instant d'après, les Jedi firent irruption dans la coursive. Ils chargèrent avec leurs sabres laser. L'arme de Qui-Gon transforma deux des droïdes de combat en un nuage d'étincelles et de débris de métal qui allèrent voler un peu partout. Le sabre d'Obi-Wan dévia un tir de blaster qui pulvérisa d'autres droïdes. Il leva la main, la paume grande ouverte, et un nouveau combattant mécanique fut projeté contre le mur.

L'image sur le moniteur du pont ne fut plus qu'un mélange incertain de fumée et de volutes de gaz vert. Des alarmes retentirent alors à travers tout le vaisseau spatial, le son strident allant rebondir sur les murs d'acier des corridors.

— Mais bon sang, qu'est-ce qui se passe en bas ? demanda Nute Gunray à son associé en écarquillant les yeux.

Rune Haako secoua la tête en un geste signifiant qu'il n'en savait rien. La peur pouvait se lire dans ses yeux rouge orangé.

— Vous n'aviez jamais eu l'occasion de rencontrer des Chevaliers Jedi avant aujourd'hui, c'est ça ? demanda Rune Haako.

— Eh bien, euh, non, pas exactement. Mais je ne vois pas ce... (Les alarmes se mirent à hurler de plus belle et, soudain, Nute Gunray laissa sa peur prendre le dessus.) Scellez le pont ! cria-t-il avec frénésie.

Rune Haako fit quelques pas de côté pour éviter la lourde porte blindée qui se refermait.

— Cela ne sera pas suffisant, chuchota-t-il, ses mots avalés par le vacarme.

En quelques secondes, les Jedi rejoignirent la coursive qui menait à la passerelle de commandement. Ils se débarrassèrent aisément des derniers droïdes de combat qui leur barraient la route. Telle une puissance implacable, les deux hommes avancèrent d'un même pas sur leurs adversaires, semblant anticiper la moindre de leurs attaques. Les sabres laser étincelèrent et de brillants éclats colorés fusèrent en tous sens. Des morceaux épars de droïdes et de blasters jonchèrent bientôt le sol.

— Qu'on fasse immédiatement charger les droïdes destroyers ! hurla Nute Gunray en regardant, par son moniteur de contrôle, l'un des Jedi entamer le métal d'une porte blindée à coups de lame. (Le Vice-Roi sentit sa gorge se serrer et sa peau se couvrir de chair de poule.) Scellez les corridors ! Exécution !

Les uns après les autres, les panneaux blindés glissèrent sur leurs axes et se verrouillèrent en produisant un sifflement. L'équipage, médusé, observait sur les écrans les Jedi qui progressaient toujours, se frayant un passage avec leurs sabres, coupant dans l'alliage renforcé comme dans du beurre fondu. Des marmonnements incrédules s'élevèrent, que Nute fit taire dans un cri. Des étincelles jaillirent de la dernière porte blindée sous les assauts des Jedi. Un point rouge incandescent apparut au centre du panneau, là où le plus grand des deux Chevaliers venait de plonger sa lame presque jusqu'à la garde.

Les écrans de contrôle s'éteignirent brusquement. Au centre de la porte, le métal en fusion se mit à couler à grosses gouttes.

— Ils progressent toujours, chuchota Rune Haako, qui se mit à reculer en serrant les pans de son manteau autour de lui.

Le Vice-Roi Nute Gunray ne répondit rien.

Impossible, songea-t-il. Impossible !

Qui-Gon pilonnait la paroi métallique avec toute l'énergie dont il disposait, déterminé à atteindre ces traîtres de Neimoidiens, quand son instinct l'avertit d'un danger provenant d'un autre secteur du vaisseau spatial.

— Obi-Wan ! cria-t-il à l'adresse de son compagnon. (Celui-ci se tourna vivement vers lui.) Des droïdes destroyers !

Le jeune Jedi hocha la tête et sourit.

— A priori, je dirais que nous venons de brûler les étapes de la négociation de cette mission !

Plus loin dans la coursive où les Jedi s'étaient battus, dix droïdes destroyers apparurent. Ils ressemblaient à de grandes roues de métal et progressaient avec une lenteur silencieuse. L'un après l'autre, ils se transformèrent, déployèrent leurs triples jambes arachnéennes et leurs bras rabougris armés de blasters et de pointes d'acier. Les droïdes se redressèrent en position d'attaque, leurs têtes blindées penchées vers l'avant. Ils étaient aussi terrifiants que déterminés à tuer. On ne les avait construits que dans ce but.

Cliquetant sur leurs pattes, ils franchirent le dernier coude qui menait à la passerelle et ouvrirent le feu. L'air fut irradié par les tirs nourris des traits mortels des lasers.

Ils cessèrent brusquement de faire feu et s'avancèrent à la recherche de leurs proies.

Mais l'antichambre du pont de commandement était vide. Les Chevaliers Jedi avaient disparu.

Sur la passerelle, les écrans de contrôle se rallumèrent. Nute Gunray et Rune Haako virent les droïdes destroyers se transformer à nouveau en roues et faire demi-tour dans la coursive pour se lancer à la poursuite des intrus.

— On les a mis en fuite, soupira Haako, ayant du mal à croire que la chance leur souriait soudain.

Nute Gunray ne répondit rien et se fit la réflexion qu'ils étaient passés à deux doigts de la catastrophe. En arriver à devoir se battre contre des Chevaliers Jedi était parfaitement ridicule. Le problème était purement commercial, pas politique. La Fédération du Commerce avait toutes les raisons du monde de tenir tête à la République. La décision du Sénat d'imposer une taxe sur les voies commerciales n'était pas fondée. Il n'existait aucune loi autorisant ce genre de mesures. Que les Neimoidiens aient réussi à se trouver un allié capable de les épauler dans leur prise de position, de les conseiller dans l'organisation du blocus et d'encourager la mise en œuvre de sanctions ne justifiait en rien la présence des Jedi.

Il se pencha et tenta maladroitement de lisser les pans de sa tunique pour dissimuler les tremblements de ses mains.

Il fut soudain interrompu dans ses gestes par un appel du centre de communications situé juste derrière lui :

— Monsieur, une transmission en provenance de la ville de Theed, sur Naboo.

L'écran de liaison avec la planète s'anima et le visage d'une femme apparut. Elle était belle, jeune et sereine. Un trait de fard, d'un rouge profond, barrait sa lèvre inférieure et une tiare en or massif encadrait son visage poudré de blanc. Par l'intermédiaire du moniteur, elle observa les Neimoidiens d'un air supérieur, distant, presque inaccessible.

— La Reine Amidala en personne... chuchota Rune

Haako en s'écartant du champ de la caméra holographique.

Nute Gunray hocha la tête et fit un pas vers l'écran.

— On va peut-être enfin arriver à quelque chose, murmura-t-il pour toute réponse.

Il se rapprocha de la caméra pour que la Reine puisse le voir. Drapée dans sa tenue de cérémonie, la Reine Amidala était assise sur son trône. C'était un siège très ouvragé, monté sur une estrade élevée, entouré de cloisons basses. La Reine était accompagnée de cinq dames de compagnie, elles-mêmes vêtues de manteaux écarlates à capuche. Le regard fixe et direct de la souveraine dissipa le semblant de prestance qui restait au Vice-Roi.

— Vous nous honorez de votre présence, Votre Altesse, commença-t-il d'une voix douce. La Fédération du Commerce vous en remercie...

— Elle me remerciera moins quand vous aurez entendu ce que j'ai à vous dire, Vice-Roi, l'interrompit-elle abruptement. C'en est fini de votre boycott commercial.

Nute serra les dents pour ne pas laisser transparaître sa surprise. Il redressa le torse et adressa un sourire narquois à l'attention de Rune.

— Vraiment, Votre Altesse ? Je ne suis pas au courant...

— On vient de m'apprendre que le Sénat avait finalement voté une décision à ce sujet, continua-t-elle en ignorant sa repartie.

— Et je suppose que vous connaissez déjà les résultats de ce scrutin, donc. (Nute sentit une vague d'incertitude le submerger.) Je me demande d'ailleurs pourquoi ils ont pris la peine de soumettre cela aux voix.

Amidala se pencha légèrement en avant et le Neimoidien put discerner le feu intense qui brûlait au fond de ses yeux.

— Je n'ai que faire de vos remarques fallacieuses, Vice-Roi. Je sais que les ambassadeurs du Chancelier Suprême sont actuellement à votre bord et qu'on vous a ordonné de trouver un terrain d'entente. Qu'en est-il ?

Nute Gunray eut la sensation qu'une large brèche

s'ouvrait dans la confiance qu'il avait si difficilement regagnée.

— Des ambassadeurs ? Mais je n'en ai pas été informé. Vous devez certainement faire erreur.

Un éclair de surprise traversa le visage de la Reine. Elle dévisagea Gunray attentivement.

— Prenez garde, Vice-Roi, dit-elle tout doucement. La Fédération est allée beaucoup trop loin cette fois-ci...

Nute secoua vivement la tête et adopta une posture de défense.

— Votre Altesse, jamais, au grand jamais, nous n'oserions faire quoi que ce soit allant contre la volonté du Sénat. Vous supposez beaucoup trop de choses.

Amidala ne bougea pas. Ses yeux bruns scrutèrent le Neimoidien comme pour tenter de percer les secrets qu'il dissimulait, comme s'il était fait de verre.

— C'est ce que nous allons voir, dit-elle calmement.

L'écran s'éteignit. Nute Gunray inspira profondément. Il laissa ensuite l'air s'échapper lentement de ses lèvres, sans prêter attention au malaise que la Reine avait suscité en lui.

— Elle a raison, dit Rune Haako par-dessus l'épaule du Vice-Roi. Le Sénat ne laissera jamais...

Nute leva prestement une main pour l'interrompre.

— C'est trop tard, maintenant. L'invasion a déjà commencé.

Rune Haako garda le silence pendant quelques instants.

— Croyez-vous qu'elle se doute d'une attaque ? finit-il par demander.

Le Vice-Roi se tourna pour lui faire face.

— Je n'en sais rien, mais je préfère ne prendre aucun risque. Nous devons agir rapidement pour couper toutes leurs communications jusqu'à ce que nous en ayons fini avec eux.

Qui-Gon Jinn et Obi-Wan Kenobi étaient cachés dans le hangar principal du vaisseau amiral. Ils avaient trouvé refuge dans une large bouche de ventilation. Celle-ci surplombait six imposantes barges de débarquement à ailes doubles de la Fédération et une vaste escadrille d'appareils de transport en forme de bottes. Les massives portes des vaisseaux transporteurs, percées dans leurs nez bulbeux, étaient grandes ouvertes et des passerelles avaient été déployées. Des milliers de silhouettes argentées montaient à bord en rangs serrés et dans un ordre parfait afin d'être arrimées dans les cales.

— Des droïdes de combat, dit doucement Qui-Gon.

Sa voix grave se teinta d'une pointe de surprise et de consternation.

— C'est une armée d'invasion, dit Obi-Wan.

Ils observèrent la scène pendant encore quelques instants, comptant les transports et les droïdes qui embarquaient à bord de la demi-douzaine de barges, évaluant les forces en présence.

— Une manœuvre inhabituelle de la part de la Fédération, remarqua Qui-Gon. Il faut prévenir les gens sur Naboo et contacter le Chancelier Valorum.

Obi-Wan hocha la tête.

— Il serait préférable de s'arranger pour le faire depuis un autre endroit qu'ici.

Son mentor tourna les yeux vers lui.

— On pourrait peut-être demander à nos amis, là en bas, de nous déposer quelque part…

— Ce serait la moindre des choses, vu la manière avec laquelle nous avons été traités jusqu'à présent. (Obi-Wan pinça les lèvres.) Vous aviez raison pour une chose, Maître. Les négociations ont été de courte durée.

Qui-Gon Jinn sourit et fit signe à son élève de le précéder.

4

Les brumes argentées qui couraient au-dessus de la végétation luxuriante de Naboo semblaient plonger la planète dans un perpétuel crépuscule. Les barges de débarquement de la Fédération émergèrent des étendues noires du cosmos pour descendre en douceur vers la terre ferme. Un détachement de trois appareils s'écarta de la formation et plongea silencieusement au travers des nuées immobiles qui recouvraient à perte de vue le paysage vert émeraude. Tels des fantômes, leurs ailes doubles évoquant de gigantesques « i », les barges progressèrent dans le brouillard. L'un après l'autre, les vaisseaux se matérialisèrent enfin au-dessus d'un vaste marais. Ils se posèrent en douceur près des eaux noires, au milieu de bosquets d'arbres et d'herbes folles. Leurs entrailles d'acier s'ouvrirent pour permettre aux transporteurs de débarquer et de se mettre en rang.

À quelques dizaines de mètres de la première barge spatiale, la tête d'Obi-Wan Kenobi creva les eaux stagnantes du marais. Le jeune Jedi inspira vivement et replongea. Il remonta de nouveau à l'air libre un peu plus loin et prit cette fois-ci le temps d'observer les troupes se préparant à l'invasion. Des douzaines de transports, remplis de droïdes de combat et de véhicules blindés, étaient en train de se ranger en colonnes devant la barge. Certains appareils évoluaient déjà au-dessus des eaux marécageuses. D'autres étaient posés sur des promontoires de terre.

Loin sur sa gauche, Kenobi aperçut une silhouette

incertaine courant à travers la brume et les arbres. Qui-Gon. Obi-Wan inspira profondément, s'enfonça sous les eaux et se mit à nager énergiquement.

Qui-Gon Jinn progressait tel un spectre à travers les marais, attentif aux bruissements et craquements de branchages produits par l'avancée des véhicules de la Fédération du Commerce. Les moteurs des vaisseaux émettaient une plainte grave à laquelle répondait le bourdonnement strident des STAP (Système de Transport Aérien Personnel), des petits engins monoplaces lourdement armés, pilotés par des droïdes de combat et envoyés en reconnaissance. Les STAP filèrent au-dessus des terrains détrempés de Naboo, ombres furtives apparaissant et disparaissant devant les gros appareils de transport.

Des animaux de toutes formes et de toutes tailles, pris de panique, quittèrent précipitamment leurs cachettes diverses et dépassèrent Qui-Gon en trombe, dans l'espoir de trouver un nouvel abri. Des ikopis, des falumpasets, des motts, des peko pekos... Leurs noms, appris au cours de la préparation de cette mission, rejaillirent dans l'esprit du Maître Jedi. Tout en essayant d'éviter les créatures qui fuyaient en tous sens, il tenta de repérer Obi-Wan mais dut reprendre sa course sur-le-champ car l'ombre d'un appareil de transport venait de surgir du brouillard juste derrière lui.

L'absence de terrain solide ralentissait la progression. Qui-Gon était en train de réfléchir au moyen de traverser un vaste étang quand il aperçut une étrange créature, ressemblant à une grenouille, juste devant lui. La bestiole au corps caoutchouteux, recroquevillée dans l'eau, se délectait, à grand renfort de bruits de déglutition et de coups de langue, de la chair d'un coquillage fraîchement ouvert. La créature jeta la coquille de côté et se redressa pour faire face à Qui-Gon. De longues oreilles plates pendaient de part et d'autre de sa tête d'amphibien, et son espèce de trompe, évoquant un bec de canard, s'activait encore à déguster les substances délicates arrachées au coquillage. Ses yeux protubérants au sommet de son crâne clignèrent plusieurs fois sous le coup de la confusion. La créature regarda Qui-Gon et les animaux en fuite. Elle aperçut ensuite l'ombre gigantesque responsable de cette débâcle.

— Oh oh... marmonna-t-elle.

Les syllabes étaient inarticulées mais le ton y était.

Qui-Gon contourna en vitesse la créature par la gauche, anxieux de se sortir du passage de l'engin en approche. L'amphibien écarquilla les yeux de frayeur et s'agrippa à la tunique du Maître Jedi.

— Aidmoi ! aidmoi ! gémit-elle.

Sa figure élastique affichait une expression entre la terreur et le désespoir.

— Laisse-moi ! cria Qui-Gon tout en tentant de se dégager.

Le transport avançait inexorablement vers eux dans un fracas de tonnerre, rasant la surface du marais, écrasant le moindre végétal et laissant derrière lui un sillage tumultueux.

Qui-Gon se débattit pour se débarrasser de la créature qui s'accrochait désespérément à lui, la tiraillant dans tous les sens dans le vain espoir de lui échapper.

Alors que le transport n'était plus qu'à quelques mètres de distance, les dominant comme un immeuble sur le point de s'écrouler, le Maître Jedi poussa violemment la créature à l'eau et plongea tête la première à sa suite. L'appareil de la Fédération du Commerce passa à grand bruit au-dessus d'eux dans un tourbillon d'eau et d'air comprimé. Les vibrations terribles semblèrent s'acharner sur les deux silhouettes allongées sous la surface, les poussant encore plus profondément dans la vase.

Une fois le danger passé, Qui-Gon se dégagea de la boue et inspira de grandes goulées d'air salvateur. L'étrange créature se releva à son tour et de l'eau boueuse dégoulina de sa figure aplatie. Elle tenait toujours désespérément la tunique du Jedi. Elle adressa un rapide coup d'œil à l'engin en train de s'éloigner puis se jeta sur Qui-Gon pour le serrer frénétiquement dans ses bras.

— Ochouet ! Ochouet ! gargouilla-t-elle sur un ton haut perché. Jtaime ! Jtaime pour touzours !

La créature se mit à embrasser son sauveur.

— Hé ! lâche-moi ! s'époumona Qui-Gon. Tu n'as donc rien dans le crâne ! Tu as failli nous faire tuer !

La créature eut un geste de stupéfaction.

— Rien dans le crâne ? Mais si. Moi parle !

— Le fait de parler n'est pas nécessairement une preuve d'intelligence ! répondit Qui-Gon, agacé. Bon, allez, laisse-moi partir, débarrasse-moi le plancher !

Il s'arracha à l'étreinte de la chose et se mit en marche, observant les alentours avec prudence car le bourdonnement aigu des STAP résonnait un peu partout dans les marais.

L'amphibien hésita quelques instants puis se mit à gambader à sa suite.

— Non-non-non ! Moi reste avec toi ! Moi reste ! Jar Jar, humble Gungan, loyal serviteur ! Moi ami de toi !

Le Maître Jedi lui jeta à peine un regard et scruta les ténèbres à la recherche d'Obi-Wan.

— Merci, mais ce ne sera pas nécessaire. Il vaut mieux que tu files.

Jar Jar le Gungan sauta dans l'eau derrière lui en agitant les bras et en faisant claquer son curieux bec.

— Mais si ! Nécessaire ! Obligé par les Dieux ! Dette à vie ! Moi sais ! Aussi certain que m'appelle Jar Jar Binks !

Un feulement de propulseurs de STAP retentit dans la brume. Deux plates-formes armées émergèrent des nuées lancées à la poursuite d'Obi-Wan Kenobi qui approchait. Les droïdes de combat firent pivoter leurs engins pour passer à l'attaque.

Qui-Gon dégaina son sabre laser et fit signe à Jar Jar de se pousser.

— Désolé, je n'ai pas le temps de discuter...

— Mais si ! Faut m'emmener avec toi ! Faut mgarder... (Jar Jar s'interrompit en entendant les STAP. Il se tourna et les vit plonger vers leur proie. Ses yeux s'écarquillèrent à nouveau.) Oh oh... On va...

Qui-Gon saisit le Gungan et le poussa de tout son long dans l'eau du marais.

— Ne bouge pas !

Qui-Gon activa son sabre laser et se mit en garde à l'approche d'Obi-Wan et de ses poursuivants.

La tête de Jar Jar rejaillit soudainement à la surface.

— On va mourir ! cria-t-il.

Au moment où Obi-Wan rejoignait son compagnon, les droïdes de combat enclenchèrent les canons laser de leurs plates-formes. Qui-Gon para les rayons avec son arme et les renvoya sur les engins d'attaque. Les deux STAP explosèrent en projetant des éclats de métal en fusion dans l'eau des marécages alentour.

Obi-Wan, épuisé et hors d'haleine, essuya son front couvert de boue du revers de la main.

— Désolé, Maître. Je crois bien que les marais ont eu raison de mon sabre laser.

Il sortit son arme. Le générateur de la lame était carbonisé. Qui-Gon s'empara du sabre et l'inspecta méticuleusement. Derrière lui, Jar Jar s'extirpa des eaux vaseuses et, clignant des yeux, observa l'autre Jedi avec curiosité.

— Tu as encore oublié de couper l'alimentation principale, n'est-ce pas, Obi-Wan ? demanda Qui-Gon d'un ton mordant à son élève.

Obi-Wan hocha la tête, tout penaud.

— Apparemment, Maître.

— Il ne faudra pas trop de temps pour le recharger mais c'est le nettoyage qui risque d'être long. Je subodore que tu as enfin assimilé la leçon, mon jeune Padawan.

— Oui, Maître, répondit tristement Obi-Wan en récupérant son arme endommagée.

Jar Jar s'avança, ses pieds palmés soulevant des gerbes d'écume, ses oreilles battant comme des ailes et ses longs bras gesticulant comme animés chacun d'une vie propre.

— Encore sauvé moi, hein ? demanda-t-il à Qui-Gon avec emphase.

— C'est quoi, ça ? demanda Obi-Wan, éberlué.

— Un Gungan. Un natif de cette planète. Il s'appelle Jar Jar Binks. (Qui-Gon reporta son attention sur les marais.) Nous ferions mieux de décamper avant que d'autres STAP rappliquent.

— D'autres ? s'étrangla Jar Jar avec inquiétude. Toi dire autres ?

Qui-Gon s'était déjà remis en marche, avançant à petites foulées dans les eaux marécageuses. Obi-Wan lui emboîta le pas. Roulant des yeux et pédalant frénétiquement dans la boue avec ses longues jambes, Jar Jar mit un petit moment pour se hisser à leur hauteur.

— Scuse-moi mais lieu le plus sûr ici, c'est Otoh Gunga ! aboya-t-il pour essayer d'attirer leur attention. (À ce moment précis, quelque part dans la brume, le rugissement des STAP se fit entendre.) Otoh Gunga ! répéta Jar Jar. Moi grandir là. Ville sûre.

Qui-Gon s'arrêta et dévisagea le Gungan.

— Qu'est-ce que tu dis ? Une ville ? (Jar Jar hocha la tête avec enthousiasme.) Tu peux nous y conduire ?

Le Gungan sembla s'interrompre en plein élan.

— Ah... heu... oh... Ptêt pas emmener toi... Pas vraiment... non-non-non...

Qui-Gon se pencha en avant. Son regard s'assombrit.

— Comment ça, non ?

L'expression de Jar Jar était celle de quelqu'un souhaitant disparaître dans les vases du marais. Il se racla la gorge, et sa bouche s'ouvrit et se ferma à répétition comme celle d'un poisson.

— Très embarrassant mais moi... heu... banni. Moi oublier Boss Nass me faire beaucoup mal si je retourne. Beaucoup mal terrible !

Un bourdonnement très grave s'éleva derrière la plainte des STAP. Dans la brume obscure, la vibration se fit de plus en plus constante. Jar Jar se mit à regarder en tous sens, visiblement très mal à son aise.

— Oh oh...

— Tu as entendu ? demanda doucement Qui-Gon en tapant de l'index la poitrine décharnée du Gungan. (Jar Jar hocha la tête à contrecœur.) Il y a un bon millier de ces affreux engins en train d'avancer dans notre direction, mon petit Gungan...

— Et quand ils te trouveront, ils te feront mordre la

poussière, te mettront en pièces et te vaporiseront dans l'oubli ! ajouta Obi-Wan sur un ton jubilatoire.

Jar Jar leva les yeux au ciel et déglutit.

— Oh... Oh... zavez raison, oui-oui-oui... (Il se mit à faire des gestes frénétiques.) Par là ! Par là ! Vite ! Vite !

Et ils s'enfoncèrent à grands pas dans les volutes de brouillard crépusculaire.

Quelques instants plus tard, les Jedi et le Gungan émergèrent d'un massif de hautes herbes et de joncs épais. Ils se retrouvèrent sur les berges d'un lac aux eaux si troubles que, dans la lumière tamisée, rien ne se reflétait à sa surface. Jar Jar se pencha en avant et posa ses mains à trois doigts sur ses genoux osseux pour essayer de reprendre son souffle. Ainsi courbé en deux, il put regarder dans la direction qu'ils venaient d'emprunter. Ses longues oreilles plates ondulaient au rythme des mouvements de son corps élastique. Obi-Wan secoua la tête et adressa un regard réprobateur à Qui-Gon Jinn. Il ne partageait guère avec le Maître Jedi cette drôle d'envie de s'associer à une créature à l'allure si farfelue.

Quelque part dans le lointain, ils entendirent le grondement grave et régulier des propulseurs des appareils de transport de la Fédération.

— C'est encore loin ? demanda avec insistance Qui-Gon à leur guide improvisé.

Le Gungan tendit un doigt vers le lac.

— Faut aller sous l'eau, d'ac ?

Les deux Jedi échangèrent un regard. Chacun sortit des pans de son manteau une petite boîte hermétique contenant un respirateur à air comprimé grand comme la paume.

— Zêtes prévenus. (Les yeux de Jar Jar passèrent rapidement de l'un à l'autre.) Les Gungan zaiment pas les étrangers. Vous pas les bienvenus.

Obi-Wan haussa les épaules.

— Ne t'inquiète pas, on a l'habitude. Depuis ce matin, nous ne sommes les bienvenus nulle part.

— Mettons-nous en route, dit Qui-Gon.

Il leur fit signe d'avancer et plaça le respirateur entre ses dents.

À son tour, le Gungan haussa les épaules comme pour se décharger de la responsabilité de ce qui allait suivre. Il se tourna vers le lac, exécuta un double saut périlleux et disparut dans l'obscurité.

Les Jedi plongèrent à sa suite.

Ils nagèrent dans les courants vaseux derrière la silhouette élancée du Gungan. Celui-ci semblait nettement plus dans son élément sous l'eau que sur la terre ferme. Il progressait avec grâce et souplesse. Ses longs membres étaient tendus et son corps ondulait avec aisance. Ils nagèrent ainsi très longtemps, s'enfonçant de plus en plus profondément. La lumière en provenance de la surface se fit de plus en plus ténue au fur et à mesure de leur descente. L'éclairage ambiant provenait certainement de sources sous-marines. Les minutes filaient et Obi-Wan commença à avoir des doutes sur ce qu'ils étaient en train de faire.

Et puis, soudainement, une nouvelle lumière à l'éclat constant apparut devant eux. Lentement, Otoh Gunga se matérialisa sous leurs yeux. La cité était un aggloméré de sphères et de bulles reliées entre elles, amarrées à d'énormes colonnes rocheuses. L'une après l'autre, les bulles se firent plus distinctes et il devint possible d'observer les structures des installations construites à l'intérieur ainsi que d'apercevoir les traits des Gungan qui allaient et venaient.

Jar Jar se dirigea sans hésiter vers la plus imposante des sphères, les Jedi toujours sur ses talons. Quand il atteignit la bulle, il appuya ses paumes contre la surface. Celle-ci s'entrouvrit. Le Gungan y passa les bras, la tête, le torse, et finalement son corps tout entier fut avalé par la bulle. La bulle se referma derrière lui comme s'il n'y avait jamais eu la moindre fissure. Stupéfaits, les deux Jedi exécutèrent les mêmes gestes, traversèrent l'étrange membrane et pénétrèrent dans la bulle avec une incroyable facilité.

À l'intérieur, ils se retrouvèrent sur une plate-forme

qui menait à une place entourée de bâtiments. Une lumière vive, émanant des parois de la sphère, illuminait les constructions. Les Jedi se rendirent compte que l'air était respirable. Leurs vêtements ruisselant d'eau, ils entreprirent de descendre vers la place en contrebas. Les Gungan remarquèrent leur présence et certains détalèrent à leur approche en poussant de petits cris d'alarme.

Rapidement, un détachement de soldats Gungan en uniforme – montés sur des créatures bipèdes dont la tête d'amphibien évoquait de façon frappante celle de leurs cavaliers – arriva sur les lieux. Qui-Gon identifia les montures : des kaadu, coureurs de marais aux jambes puissantes, aux sens particulièrement aiguisés et doués d'une grande endurance. Les soldats étaient équipés de longues lances électrifiées à l'allure redoutable, dont ils se servirent pour écarter la foule tout en avançant vers les intrus.

— Bienbonjour, Cap'taine Tarpals, dit joyeusement Jar Jar en saluant l'officier qui commandait le détachement de soldats. Moi revenu !

— Encore toi, Jar Jar Binks ? aboya l'autre, visiblement très irrité. Voir Boss Nass tout dsuite. Voir ce qu'il dit. Grosennuis pour toi, cette fois !

Ignorant les Jedi, il administra une décharge à Jar Jar du bout de sa lance. Sous le choc, l'infortuné Gungan fit un bond de cinquante centimètres. Jar Jar se frotta pitoyablement le derrière en grommelant.

Les soldats Gungan les conduisirent par les rues de la ville, serpentant entre les immeubles. Ils empruntèrent de nombreuses passerelles de connexions et atteignirent ce que Jar Jar décrivit dans un chuchotement à ses compagnons comme la Haute Tour du Conseil. Ce dernier occupait une vaste pièce aux murs transparents. De petits poissons lumineux nageaient par-delà la membrane comme de minuscules étoiles sur fond de ténèbres. Au fond de la salle se trouvait un long pupitre en hémicycle. L'une des sections de ce pupitre était bien plus haute que le reste. Tous les sièges étaient occupés par des officiels Gungan en tenue d'apparat. On demanda à la population présente à l'audience de s'écarter pour laisser un passage aux nouveaux arrivants.

Le Gungan installé sur le fauteuil le plus élevé était un individu massif et courtaud. Il semblait tellement ployer sous le poids des ans et de la graisse qu'il était difficile d'imaginer qu'il ait pu un jour être aussi svelte que Jar Jar Binks. Des plis de peau ondulaient à la surface de son corps en cascades molles. Son visage arborait une expression d'une telle aigreur que même Jar Jar ne put réprimer un frisson en avançant dans la grande salle du Conseil.

Les officiels dévisagèrent les Jedi qui approchaient et échangèrent moult messes basses.

— Que veulent les étrangers ? gronda Boss Nass à l'adresse des deux humains après s'être présenté.

Qui-Gon prit la parole. Il expliqua la présence des Jedi sur Naboo, mit en garde l'assemblée sur l'invasion en cours à la surface et demanda aux Gungan s'ils étaient prêts à apporter leur aide. Le Conseil Gungan écouta patiemment et personne ne prit la parole avant la fin de l'exposé de Qui-Gon.

Boss Nass secoua sa lourde tête, les plis de son cou gigotant en rythme.

— Ndevez pas être ici. Cette armée de mécachines, là-haut, pas notre affaire.

Qui-Gon resta ferme sur ses positions :

— Cette armée de droïdes de combat s'apprête à attaquer les habitants de Naboo. Nous devons les prévenir.

— On naime pas les Naboo ! grogna Boss Nass avec irritation. Zaiment pas les Gungan. Naboo se croient plus malins que Gungan. Ils pensent leurs cerveaux très gros. Ils veulent pas smêler à nous parce qu'on habite le marais et qu'ils habitent là-haut. Chacun chez soi depuis bien longtemps. Pas changer à cause des mécachines.

— Si l'armée prend le contrôle des Naboo, il est évident qu'ils voudront prendre le contrôle des Gungan, annonça calmement Obi-Wan.

Boss Nass éclata de rire.

— Non, moi pas penser. Moi parler une fois, ptêt

deux fois, avec Naboo dans ma vie. Jamais parler avec mécachines. Savent pas Gungan existent !

Les autres membres du Conseil hochèrent la tête en signe d'approbation. Ils apportèrent, en marmonnant, leur soutien verbal à la sagesse de Boss Nass.

— Vous et les Naboo, vous êtes intimement liés, insista Obi-Wan. (L'intensité qui se lisait sur son jeune visage indiquait clairement qu'il n'était prêt à céder sur aucun point.) Ce qui arrive aux uns affectera certainement les autres. Vous devez bien comprendre cela.

Boss Nass rejeta l'idée d'un geste vague de sa grosse main.

— On sait rien de vous, étrangers, on se moque des Naboo.

Avant qu'Obi-Wan puisse répondre, Qui-Gon fit un pas en avant.

— Alors aidez-nous à vite partir d'ici, exigea le Maître Jedi en levant, l'air de rien, une main pour la passer devant les yeux du chef des Gungan.

La technique Jedi de contrôle de l'esprit fit son effet. Boss Nass regarda Qui-Gon et hocha la tête.

— On vous aide à partir d'ici.

Qui-Gon soutint son regard.

— Nous avons besoin d'un transport jusqu'à Theed.

— D'ac, dit Boss Nass en hochant à nouveau la tête. On vous donne bongo. Plus rapide jusqu'aux Naboo, c'est dpasser par le noyau. Allez maintenant.

Qui-Gon fit quelques pas en arrière.

— Merci pour votre aide. Nous partons en paix.

Les deux Jedi tournèrent les talons.

— Maître ? Qu'est-ce qu'un bongo ? chuchota Obi-Wan.

Qui-Gon lui lança un coup d'œil et haussa un sourcil d'un air songeur.

— Une sorte de vaisseau. Enfin, je l'espère.

Ils étaient en train de s'éloigner de Boss Nass et des membres du Conseil officiel Gungan quand ils aperçurent Jar Jar Binks, attendant pitoyablement à l'écart, menottes aux poignets, que l'on statue sur son sort.

Qui-Gon ralentit l'allure et regarda la créature dans les yeux.

— Maître... commença doucement Obi-Wan sur le ton de l'avertissement.

Il connaissait trop bien Qui-Gon pour ne pas deviner ce qui allait suivre.

Le grand Jedi se dirigea vers Jar Jar et lui fit face.

— Très mauvais ça. Un piège où tu vas tomber, déclara le Gungan d'un ton maussade, regardant tout autour de lui pour vérifier que personne ne les écoutait. Passer par le noyau. Gros danger.

Qui-Gon lui fit un signe de tête.

— Merci, mon ami.

Jar Jar Binks haussa les épaules. Il eut soudainement l'air encore plus triste.

— Nan... c'est rien. (Il adressa au Maître Jedi un sourire penaud et son regard s'illumina d'espoir.) Hé... peux pas m'aider, là ?

Qui-Gon hésita.

— Maître, le temps presse, l'avertit Obi-Wan à voix basse en venant se poster à ses côtés.

Le Maître Jedi se tourna pour faire face à son protégé. Son regard se fit distant.

— Le temps dépensé ici pourrait bien nous être d'une grande utilité dans l'avenir. Jar Jar pourrait nous aider.

Obi-Wan secoua la tête en signe de frustration. Son mentor avait souvent tendance à s'impliquer dans certaines affaires plus que de raison. Il pouvait en un éclair adopter une cause qui n'était pas la sienne. Ce genre de comportement lui avait déjà occasionné bon nombre de soucis avec le Conseil des Jedi. Qui sait si un jour cela ne le mènerait pas à sa perte.

Obi-Wan se rapprocha encore.

— Je sens chez vous une perte de concentration...

Les yeux de Qui-Gon se fixèrent sur lui.

— Fais bien attention, jeune Obi-Wan, le rabroua-t-il avec gentillesse. Ta réceptivité particulièrement aiguë des voies de la Force ne constitue pas un pouvoir en tant que tel.

L'apprenti Jedi soutint le regard de son maître pendant quelques instants puis détourna les yeux, blessé dans son amour-propre par la critique émise par Qui-Gon. Ce dernier fit volte-face et retourna auprès de Boss Nass.

— Que va-t-il advenir de Jar Jar Binks ? demanda-t-il.

Boss Nass, engagé en pleine conversation avec les autres officiels Gungan, se tourna vers lui, avec une expression d'ennui, les bajoues gonflées.

— Binks a enfreint loi pas revenir. Brisé exil. Lui puni.

— Pas trop sévèrement, j'espère ? insista le Maître Jedi. Il nous a été d'un grand secours.

Un rire lent et gras monta de la gorge de Boss Nass.

— Pas sévèrement ce coup-ci. Juste mourir.

Quelque part dans le fond de la salle, Jar Jar Binks poussa un gémissement particulièrement sonore. Un brouhaha de marmonnements s'éleva dans le Conseil. Même Obi-Wan, revenu aux côtés de son Maître, eut l'air choqué.

Qui-Gon réfléchit rapidement.

— Nous avons besoin d'un navigateur pour nous emmener vers Theed à travers le noyau. J'ai sauvé la vie de Jar Jar, là-haut, à la surface. Il m'est redevable. J'invoque mon droit à me faire rembourser la dette qu'il me doit.

Boss Nass dévisagea le Jedi en silence. Il plissa le front, geste qui lui creusa de nouvelles rides sur le visage et lui tordit la bouche. Sa tête sembla s'enfoncer encore plus dans ses épaules, dans les plis de peau qui pendaient autour de son cou.

Puis ses petits yeux cherchèrent Jar Jar et il lui fit signe d'approcher.

— Binks ?

Jar Jar obtempéra et vint se poster à côté des Jedi.

— T'as une dette de vie avec l'étranger ? demanda Boss Nass d'un ton sinistre.

Jar Jar hocha la tête. Ses oreilles pendaient tristement de part et d'autre de sa figure mais une lueur d'espoir venait de naître au fond de ses yeux.

— Vos Dieux exigent qu'il s'acquitte de cette dette,

insista Qui-Gon, passant la main devant les yeux de Boss Nass, ayant à nouveau recours à ses pouvoirs Jedi. Sa vie m'appartient maintenant.

Le chef des Gungan réfléchit quelques instants avant de signaler son approbation par un lourd hochement de la tête.

— Sa vie vous appartient. Vaut rien de toute façon. Filez avec lui.

Un garde s'avança et débarrassa Jar Jar de ses menottes.

— Allez viens, Jar Jar, dit Qui-Gon Jinn en lui faisant signe de le suivre.

— Dans le noyau ? s'étrangla Jar Jar en réalisant soudainement ce qui venait de se passer. Non-non-non. Sans moi. Mieux mourir ici que mourir dans noyau ! Moi pas aller…

Mais les deux Jedi l'entraînaient déjà hors de la pièce, loin des yeux et des oreilles de Boss Nass.

Seuls sur le pont du vaisseau de guerre de la Fédération du Commerce, Nute Gunray et Rune Haako faisaient face à un hologramme de Dark Sidious. Les deux Neimoidiens n'osaient pas se regarder et faisaient le vœu silencieux que le Seigneur des Sith ne devine pas leurs pensées.

— L'invasion se déroule comme prévu, Monseigneur, dit le Vice-Roi, sa tunique et son couvre-chef dissimulant les tremblements de terreur occasionnels que lui inspirait la sinistre silhouette drapée de noir matérialisée devant lui. Notre armée s'approche de Theed.

— Bien. Très bien, dit Dark Sidious d'une voix calme et douce. Je me suis arrangé pour que le Sénat s'enlise complètement dans les procédures. Quand le temps de prendre une décision à propos de cet incident sera venu, ils seront bien obligés d'accepter le fait que votre blocus est un succès.

Nute Gunray adressa un rapide coup d'œil à son compatriote.

— La Reine fait toute confiance au Sénat. Elle pense qu'ils se rangeront de son côté.

— La Reine Amidala est jeune et naïve. Vous vous apercevrez bien vite qu'il n'est pas très difficile de la contrôler. (L'hologramme sembla se brouiller.) Vous avez très bien agi, Vice-Roi.

— Merci, Monseigneur, dit Nute Gunray à l'hologramme en train de disparaître.

Dans le silence qui suivit, les deux Neimoidiens se regardèrent d'un air entendu.

— Vous ne lui avez rien dit, déclara Rune Haako sur un ton accusateur.

— À propos des Jedi disparus ? (Nute Gunray fit un geste de la main comme pour éluder la question.) Inutile de lui en parler. Inutile de lui dire quoi que ce soit avant de connaître la vérité sur ce qui s'est passé.

Rune Haako étudia longuement son interlocuteur avant de tourner les talons.

— Effectivement, c'est inutile, dit-il doucement en quittant la pièce.

5

Obi-Wan Kenobi, penché au-dessus des commandes du bongo, se familiarisait avec leurs différentes fonctions, tandis que Jar Jar Binks, posté à côté de lui, ne semblait pas vouloir tenir en place. Qui-Gon, silencieux et attentif, était assis dans l'ombre juste derrière eux.

— C'est dla folie ! gémit Jar Jar.

Le sous-marin s'éloigna, à vitesse réduite, des amas de bulles et de sphères illuminées d'Otoh Gunga et s'enfonça plus profondément dans les eaux troubles de Naboo.

Le bongo était un petit submersible disgracieux, constitué principalement d'une centrale électrique, d'un système de guidage et de quelques sièges passagers. Il ressemblait à une espèce de pieuvre, avec ses gouvernails en forme de nageoires profilées vers l'arrière et ses tentacules rotatifs chargés de la propulsion à la poupe. Trois bulles, renfermant les espaces destinés aux voyageurs, étaient disposées de façon symétrique sur sa structure : une sur chaque aile et la troisième à la proue.

Les Jedi et le Gungan occupaient la bulle avant. Obi-Wan s'était installé à la barre. On avait ordonné à Jar Jar de jouer le rôle de navigateur pour la traversée du noyau. Apparemment, il existait toutes sortes de tunnels sous-marins sous les eaux de Naboo et, pour peu qu'il soit possible de les localiser, ils permettaient de gagner un temps considérable quand il s'agissait de relier deux points précis de la planète.

L'autre éventualité, songea Obi-Wan, sinistre, c'est qu'ils pouvaient aussi vous mener à une mort certaine…

— On est foutus, marmonna Jar Jar d'un ton plaintif. (Son visage plat se releva des systèmes de navigation et se tourna vers le Maître Jedi. Ses longues oreilles se mirent à flotter de façon ridicule.) Hello ? Où qu'on va, Cap'taine Quiggon ?

— C'est toi, le navigateur, remarqua Qui-Gon.

Jar Jar secoua la tête.

— Moi ? Va pas, non ? J'y connais rien de rien à ça, moi.

Qui-Gon posa la main sur l'épaule du Gungan.

— Détends-toi, mon ami, la Force sera notre guide.

— La Force ? C'est quoi ça, la Force ? (Jar Jar ne semblait aucunement impressionné.) Très balèze la Force, pour sûr ! Sauver moi. Sauver vous. Sauver tout le monde, pas vrai ?

Obi-Wan, consterné, ferma les yeux quelques instants. Tout ceci n'était qu'une catastrophe en puissance. Mais c'était la catastrophe de Qui-Gon. À lui de la gérer. L'élève ne contredirait pas le Maître. Qui-Gon avait pris la décision d'emmener Jar Jar avec eux, après tout. Il n'avait aucun talent de navigateur. Il avait l'air, d'ailleurs, de n'avoir aucun talent du tout. Mais Qui-Gon avait la manie de ne jamais tenir compte des ordres ou des avis, émaneraient-ils même du Conseil des Jedi, et s'il avait entraîné le Gungan avec eux, c'est qu'il devait avoir de bonnes raisons.

Cette obsession avait le don à la fois de stupéfier et de frustrer Obi-Wan. Son mentor était probablement le plus grand Jedi ayant jamais existé, un membre prépondérant du Conseil, un guerrier farouche et courageux refusant de se laisser intimider fût-ce par le plus inconcevable des défis. C'était aussi un homme bon et gentil. Et peut-être étaient-ce ces deux dernières qualités qui lui attiraient tellement d'ennuis. Il tenait régulièrement tête au Conseil pour des sujets qu'Obi-Wan jugeait fréquemment peu dignes d'intérêt. Il était comme possédé par sa propre vision de la ligne de conduite du Jedi, de la nature de ses services et des causes qu'il se devait de défendre. Et il s'attachait à cette vision avec un entêtement inébranlable.

Obi-Wan était jeune et impatient, une forte tête, et loin d'être aussi en phase avec la Force que son Maître. Mais il lui semblait très risqué de vouloir entreprendre trop de choses à la fois et de s'impliquer dans trop de tâches en même temps. Qui-Gon était prêt à tout quand un défi le passionnait, au point de prendre toutes sortes de risques inutiles pour parvenir à ses fins.

Et le risque était bien présent. Jar Jar Binks lui-même représentait un risque d'une importance incalculable. Et il était évident que prendre un tel risque n'apporterait aucune forme de récompense.

Le Gungan ronchonnait tout en jetant des coups d'œil alentour, par-delà la bulle du cockpit, comme s'il recherchait un quelconque panneau indicateur lui permettant de prétendre qu'il savait exactement ce qu'il était en train de faire. Obi-Wan serra les dents. Ne t'en mêle pas, se dit-il sévèrement, ne t'en mêle pas...

— Tiens, prends le relais ! aboya-t-il à l'attention de Jar Jar.

Il s'extirpa de son siège et alla s'agenouiller près de Qui-Gon.

— Maître, dit-il, incapable de tenir plus longtemps, pourquoi faut-il que nous traînions une forme de vie si misérable et si inutile avec nous ?

Qui-Gon afficha un mince sourire.

— C'est ton impression pour le moment mais il te faut peut-être regarder plus profondément, Obi-Wan.

— J'ai regardé assez profondément, croyez-moi, et il n'y a rien à voir ! s'emporta Obi-Wan sentant la colère lui monter aux joues. C'est un poids mort ! On n'a pas besoin de ça !

— Pour le moment peut-être, mais il se pourrait que cela change avec le temps. (Obi-Wan ouvrit la bouche, prêt à défendre son point de vue, mais le Maître Jedi l'interrompit en plein élan :) Écoute-moi bien, mon jeune Padawan. Il existe certains secrets, dissimulés dans le tréfonds de la Force, difficiles à exhumer. La Force est immense, pénétrante, et toute chose vivante en fait partie. L'utilité de chaque élément ne semble pas toujours évidente. Il arrive bien souvent que cette utilité soit d'abord sous-jacente et mette bien du temps à être révélée.

Le jeune visage d'Obi-Wan s'obscurcit.

— Il y a certains secrets auxquels il vaut mieux ne pas toucher, Maître, dit-il en secouant la tête. Et puis, pourquoi faut-il que ce soit toujours vous qui les exhumiez ? Vous savez bien comment le Conseil réagit à chacune de vos... incartades. Peut-être que, pour une fois, vous devriez laisser à quelqu'un le loisir de découvrir un secret à votre place...

Un éclair de tristesse traversa la figure de Qui-Gon.

— Non, Obi-Wan. Les secrets doivent être connus de tous à l'instant même où ils sont découverts. Il faut savoir prendre un détour quand un obstacle se dresse sur la route. Quand tu te retrouves à la croisée des chemins, face au secret même, tu ne dois laisser personne agir à ta place.

Les dernières lueurs d'Otoh Gunga disparurent dans un brouillard vaseux et les eaux se refermèrent autour du sous-marin comme un voile de ténèbres. Jar Jar Binks pilotait l'appareil à vitesse réduite et constante. Il ne marmonnait plus, il ne gémissait plus. Ses mains étaient posées sans frémir sur les commandes. Il alluma les projecteurs de plongée et, trouant l'obscurité, les larges faisceaux jaunes situés à la proue de l'engin révélèrent de vastes étendues de coraux multicolores dont les volutes se perdaient dans la noirceur des profondeurs.

— Je respecte votre jugement, Maître, dit finalement Obi-Wan. Mais cela n'empêche pas que je me fasse du souci.

Comme tous les Chevaliers Jedi, Obi-Wan Kenobi avait été repéré dès son plus jeune âge et réclamé par l'Ordre à ses géniteurs. Il n'avait aujourd'hui plus aucun souvenir de ses vrais parents. Les Chevaliers Jedi étaient devenus sa famille. De tous les champions de la Force, il était le plus proche de Qui-Gon. Cela faisait une douzaine d'années que celui-ci était son mentor. Il était également devenu son ami le plus cher.

Qui-Gon comprenait cet attachement et partageait ce sentiment avec son élève. Obi-Wan était le fils qu'il n'aurait jamais. Il représentait la descendance qu'il laisserait à sa mort. Les espoirs qu'il nourrissait envers Obi-Wan étaient gigantesques mais il avait souvent du mal à partager les croyances de son jeune apprenti.

— Sois patient avec moi, Obi-Wan, répondit-il doucement. Un peu de foi peut souvent te mener très loin.

Le bongo s'engagea dans un tunnel de corail. Des fissures pourpres et mauves se dessinèrent sur la voûte dans les rayons lumineux du petit submersible. Un peu partout, des bancs de poissons aux vives couleurs allaient et venaient entre les arêtes rocheuses.

— Les Gungan et les Naboo sont-ils en guerre ? demanda Qui-Gon à Jar Jar d'un ton pensif.

Le Gungan secoua la tête.

— Non pas guerre. Naboo et Gungan combattent pas. Il y a longtemps, peut-être alors. Aujourd'hui, Naboo évitent marais et Gungan évitent plaines. Se voient jamais.

— Mais ils ne peuvent pas se supporter, c'est ça ? insista le Maître Jedi.

— Naboo ont la grosse tête, grogna Jar Jar. Pensent tout le temps qu'ils sont meilleurs que Gungan. Sont fous !

Obi-Wan se pencha vers Jar Jar Binks et laissa son regard vagabonder dans les profondeurs de l'eau.

— Dis-moi, Jar Jar, pourquoi t'a-t-on banni ? demanda-t-il.

Le Gungan produisit une série de bruits de succion avec ses lèvres proéminentes.

— Ah... longue histoire. Faire court : moi... heu... ha... un peu maladroit.

— On t'a banni à cause de ta maladresse ? s'exclama Obi-Wan, incrédule.

Le bongo manœuvra dans un courant d'eau filant entre deux immenses rangées de coraux. Les Jedi et le

Gungan ne remarquèrent pas l'ombre sinistre qui venait de se détacher d'une cavité percée dans la paroi pour se lancer à leurs trousses.

Jar Jar poussa un gémissement.

— Moi causer, heu... un ou deux ptits accidents. Boum, tout casser. Foutu leur blibber en l'air. Alors moi banni.

Obi-Wan ne saisit pas vraiment ce que Jar Jar venait de lui dire. Avant qu'il ait eu le temps de lui demander des éclaircissements, un bruit terrible retentit, quelque chose heurta le bongo et le petit submersible partit en travers. Un énorme crustacé, avec de nombreuses pattes et une mâchoire gigantesque incrustée de milliers de dents, venait de les agripper avec sa langue démesurée. Il s'employa alors à tracter le sous-marin vers ses mandibules grandes ouvertes.

— Un tueur des mers opee ! cria Jar Jar, terrifié. Nous foutus !

— En avant toute, Jar Jar ! ordonna prestement Qui-Gon en surveillant les immenses mâchoires prêtes à se refermer sur eux.

Mais au lieu de pousser les commandes vers l'avant, Jar Jar, pris de panique, enclencha la marche arrière. Le submersible plongea directement vers la bouche du prédateur et cogna au fond de la gorge du monstre. La violence du choc éjecta les Jedi de leurs fauteuils et les projeta contre les parois du sous-marin. Des rangées de dents acérées commencèrent à descendre vers eux. Les lumières du tableau de bord se mirent à clignoter de façon incertaine.

— Oh, oh, dit Jar Jar Binks.

Obi-Wan sauta immédiatement dans le siège du copilote.

— Allez, repasse-moi les commandes !

Le Jedi s'empara de l'accélérateur et de la barre de guidage. Il poussa le tout vers l'avant, à pleine vitesse. À sa grande surprise, la bouche de l'opee s'ouvrit de façon spasmodique. L'engin passa au travers des dents comme éjecté d'un canon laser.

— Nous libres ! Nous libres ! cria Jar Jar, ivre de joie devant cet heureux revirement de situation, tout en faisant des bonds dans son fauteuil.

Un rapide coup d'œil par-dessus leur épaule suffit à leur indiquer qu'ils avaient eu de la chance mais pour une raison bien différente de toutes celles qu'ils auraient pu imaginer. Le tueur des mers opee était pris dans les crocs d'une créature si grande que même le crustacé paraissait minuscule à côté. Le nouveau monstre était une sorte d'anguille gigantesque, dotée de puissantes pattes avant garnies de griffes, de longues nageoires caudales et d'une paire de mandibules redoutables. L'animal était en train d'avaler goulûment le tueur des mers réduit en bouillie.

— Oh, oh ! Un aqua-monstre sando ! gémit Jar Jar en enfouissant son visage entre ses mains.

Obi-Wan s'arc-bouta sur l'accélérateur pour essayer de distancer cette nouvelle menace. Le sando disparut dans les ténèbres mais les lumières du bongo se mirent à clignoter de façon inquiétante. Le petit submersible descendit encore plus profondément vers le noyau de la planète. Soudain, quelque chose explosa sur un panneau de contrôle situé derrière les occupants du sous-marin, et la cabine fut illuminée par une cascade d'étincelles. Une déchirure fendit la partie supérieure de la coque, et de l'eau pénétra à l'intérieur du bongo.

— Maître, nous perdons de la puissance, dit Obi-Wan alors que le bourdonnement des propulseurs ralentissait considérablement.

Qui-Gon s'affairait déjà au panneau de commandes endommagé.

— Restez calmes, dit-il sans relever la tête. Nous ne sommes pas encore en danger.

— Pas encore ! (Jar Jar avait perdu toute notion de calme. Il s'agitait dans son fauteuil.) Monstres dehors, fuite dedans ! Nous couler, pas de puissance ! Va pas, non ! Nous pas encore en danger ? Quand alors ?

À peine avait-il prononcé ces paroles que toutes les

lumières du submersible s'éteignirent. Jar Jar venait d'obtenir sa réponse.

Dans la salle de conférences du vaisseau de guerre de la Fédération du Commerce, un hologramme de Dark Sidious était penché au-dessus de Nute Gunray et de Rune Haako. Le Vice-Roi Neimoidien et son lieutenant ne bougeaient pas, leurs yeux orangés étaient fixes et leurs faces reptiliennes laissaient transpirer la terreur qui les paralysait.

La silhouette drapée de noir de Dark Sidious les observait en silence. Aucune expression particulière ne se lisait sur son visage obscur, dissimulé sous les plis de sa capuche, mais la rigidité de son attitude en disait bien assez.

— Vous me décevez, Vice-Roi, finit-il par dire d'un ton sifflant à Nute Gunray, l'objet de sa colère.

— Monseigneur, je puis vous assurer que tout… commença-t-il dans le vain espoir d'expliquer la situation.

— Pire, l'interrompit Sidious. Vous m'avez défié !

Le visage du Neimoidien subit alors une terrible transformation.

— Non, Monseigneur, jamais je ne ferais une chose pareille ! Ces Jedi sont… pleins de ressources, c'est tout. On ne peut pas les détruire si facilement…

— Ils sont donc vivants, Vice-Roi ?

— Non, non, je suis sûr qu'ils sont morts. Ils doivent être morts. Nous… nous n'en avons pas eu la confirmation, enfin pas encore.

Dark Sidious ignora les propos de son interlocuteur.

— S'ils sont en vie, ils finiront bien par se montrer. Quand ils le feront, Vice-Roi, je veux en être informé sur-le-champ. Je m'occuperai d'eux personnellement.

Nute Gunray eut l'impression qu'il allait s'écrouler tellement le regard pénétrant du Seigneur des Sith pesait sur lui.

— Oui, Monseigneur, réussit-il à articuler.

Et l'hologramme disparut.

À bord du bongo en détresse, Obi-Wan tentait désespérément de garder le contrôle du sous-marin en train de dériver.

Brusquement, les propulseurs se mirent à gémir de nouveau et les tentacules arrière à tourner.

— C'est bon, le courant est revenu !

Obi-Wan laissa échapper un soupir reconnaissant.

Les témoins sur le tableau de bord clignotèrent, vacillèrent puis se stabilisèrent. Les projecteurs extérieurs firent de même et révélèrent, dans une lueur aveuglante, des parois rocheuses et des arêtes déchiquetées. Jar Jar poussa un hurlement. Un nouveau monstre se tenait juste devant eux. La créature, toute en écailles, ergots et crocs, leva ses pattes antérieures tordues, armées de griffes, comme pour se défendre.

— Un poisson colo ! couina le Gungan. Jedi, faites quelque chose ! L'est où la Force, là, hein ?

— Du calme, dit paisiblement Qui-Gon en posant une main rassurante sur l'épaule de Jar Jar agitée de soubresauts.

Le Gungan se tétanisa et s'évanouit.

— Vous en avez trop fait, observa Obi-Wan en effectuant un demi-tour avec le bongo.

Le submersible fila dans les ténèbres.

Sans avoir à se retourner pour vérifier, le jeune Jedi savait que le poisson colo s'était lancé à leur poursuite. Ils se trouvaient à l'intérieur d'un tunnel qui tenait certainement lieu de repaire à la créature. Ils avaient eu la chance de la surprendre bien assez tôt. Obi-Wan mit le cap vers l'entrée de la caverne, passant au milieu d'une série de stalactites susceptibles de leur apporter un semblant de protection dans leur fuite. Quelque chose heurta le bongo, le retint momentanément avant de le relâcher. Kenobi injecta plus de puissance aux nageoires de propulsion.

— Allez... Allez... dit-il dans un souffle.

Ils émergèrent de la cave juste devant les crocs de l'aqua-monstre sando qui les attendait, tapi dans l'ombre.

La créature eut un mouvement de recul devant l'irruption soudaine du submersible. Obi-Wan eut juste le temps d'exécuter un virage très serré vers la droite. Ils passèrent entre les dents, de la taille d'un immeuble, de la mâchoire grande ouverte du monstre aquatique.

Jar Jar ouvrit brièvement les yeux et, apercevant les dents de l'animal, s'évanouit derechef.

Ils longèrent en trombe les canines du monstre. Sous la poussée des propulseurs, la structure du bongo se mit à trembler. Le poisson colo, toujours lancé à leur poursuite, n'eut pas la même chance. Il n'eut pas le temps de viser et plongea, tête la première, dans la bouche du gigantesque prédateur. Les mâchoires se refermèrent sur lui et l'engloutirent.

Obi-Wan poussa les moteurs à leur maximum. Des morceaux du poisson colo jaillirent d'entre les crocs acérés de l'aqua-monstre sando avant d'être de nouveau avalés prestement par le monstre.

— Espérons qu'il a assez mangé pour aujourd'hui, observa le Jedi avec un rapide coup d'œil derrière lui.

C'était apparemment le cas car le monstre aquatique abandonna la poursuite. Il fallut un bon moment pour ranimer Jar Jar et pas mal de temps pour achever la traversée du noyau. Grâce à l'aide plus ou moins efficace du Gungan, ils remontèrent des profondeurs obscures vers des eaux moins troubles illuminées par les rayons du soleil. Le bongo surgit à la surface azurée d'une vaste étendue d'eau. Des collines verdoyantes, plantées d'arbres gigantesques, s'élevaient à perte de vue sous un ciel bleu parsemé de nuages.

Obi-Wan manœuvra le petit submersible jusqu'au rivage le plus proche, coupa les moteurs et ouvrit le sas de proue. Qui-Gon se leva et observa les alentours.

— Nous sauvés, maintenant, observa Jar Jar, poussant un soupir de soulagement tout en se laissant aller contre le dossier de son fauteuil. C'est d'ac, là, non ?

— Ça reste à prouver, dit le Maître Jedi. Mettons-nous en route.

Il s'extirpa du bongo, sauta à terre et se mit à marcher.

Obi-Wan, après avoir adressé à Jar Jar un regard qui en disait long, rejoignit son mentor.

Jar Jar, interloqué, observa les deux Jedi en train de s'éloigner.

— Moi venir, moi venir ! marmonna-t-il en se dandinant à leurs trousses.

6

Il s'était écoulé plus d'une semaine depuis la Podrace et la rencontre d'Anakin avec le vieux pilote. Watto avait demandé au jeune garçon de le rejoindre dans l'atelier contenant le bric-à-brac qui servait de réserve de pièces détachées. Là, il lui avait ordonné de se rendre en speeder jusqu'à la Mer de Dunes afin d'aller commercer avec les Jawas. Ceux-ci, véritables ferrailleurs du désert, proposaient à la vente un certain nombre de droïdes, dont certains spécialisés en mécanique. Watto n'avait nulle envie de dépenser pour eux quelques espèces sonnantes et trébuchantes mais n'était pas prêt non plus à laisser passer une occasion de trouver une bonne affaire. Anakin avait déjà eu par le passé la possibilité de marchander au nom de Watto et le Toydarian savait que le jeune garçon excellait également dans cette discipline.

La créature au visage bleu vola vers Anakin en remuant furieusement ses petites ailes.

— Rapporte-moi ce qu'il me faut, gamin ! Et pas d'entourloupe ce coup-ci !

Il confia à Anakin une série de systèmes de guidage et de pièces de moteurs particulièrement difficiles à trouver. Il savait que les Jawas en avaient besoin et Watto était prêt à les échanger contre quelques droïdes en parfait état de marche. Le jeune garçon était censé se rendre en speeder jusqu'à la Mer de Dunes pour y rencontrer les Jawas à la mi-journée, procéder au troc et être de retour avant le coucher des soleils. Pas de détour, pas d'incartade. Watto ne lui avait pas encore pardonné son échec et la destruction de son meilleur Pod lors de la dernière course. Il avait mis un point d'honneur à bien le faire comprendre à son jeune esclave.

— Fais revenir les droïdes à pied, si tu ne te trouves pas de remorque flottante, ordonna-t-il en virevoltant tel un petit nuage bleu. S'ils ne sont pas capables de couvrir une telle distance, ils ne me sont d'aucune utilité. *Peedunkel !* Attention à ne pas te faire avoir ! Ma réputation est en jeu !

Anakin écouta attentivement en hochant la tête à intervalles réguliers aux moments qui lui semblaient opportuns. C'est un truc qu'il avait appris au cours des années passées au service de Watto. La matinée était à peine entamée et il avait largement le temps de s'acquitter de la mission qu'on lui confiait. Il avait souvent eu l'occasion de commercer avec les Jawas et il savait comment s'y prendre pour ne pas se faire rouler par les petits ferrailleurs.

Watto ignorait un grand nombre de choses à propos d'Anakin Skywalker, songea le jeune garçon en sortant de l'atelier pour récupérer son speeder et se mettre en route. L'une des clés de la survie à l'esclavage, c'était de savoir des choses que le maître ignorait et de tirer tout le parti possible de ces connaissances quand cela était utile. Anakin était particulièrement doué pour le pilotage de Podracers, il n'avait pas son pareil pour démonter et remonter toutes sortes de machines, en les améliorant considérablement. Mais c'était son étonnante habileté à sentir les choses, à percevoir un infime changement d'humeur, à analyser une réaction ou un mot, qui lui avait rendu les meilleurs services. Il était capable de se mettre en phase avec les créatures qu'il rencontrait, de se lier mentalement à elles, de telle sorte qu'il pouvait en deviner les pensées et les intentions bien avant qu'elles entreprennent quoi que ce fût. Cela s'était révélé fort utile lors des échanges commerciaux avec les Jawas, entre autres, et c'est ce talent particulier qui lui donnait bien souvent l'avantage quand il négociait quelque chose pour le compte de Watto.

Anakin dissimulait encore deux secrets à Watto. Le premier était ce droïde protocolaire qu'il finissait d'assembler dans l'atelier qu'il avait installé dans sa chambre à coucher. Certes, il lui manquait encore un œil et une carapace extérieure mais il était à même de se déplacer tout seul et son intelligence et ses processeurs de communication étaient en parfait état de marche. C'était bien suffisant pour le travail qu'il attendait de lui, conclut le jeune garçon, à savoir l'accompagner et le conseiller dans sa mission de marchandage. Le droïde serait capable d'écouter ce que les Jawas pourraient bien se chuchoter dans leur propre langue, un dialecte qu'Anakin ne comprenait et ne parlait pas très bien. Ainsi, le droïde protocolaire pourrait signaler à son propriétaire toute tentative d'arnaque de la part des ferrailleurs. Watto ne savait rien de l'état dans lequel se trouvait le droïde et il n'y avait aucune raison pour que cela change.

Le second secret, et de loin le plus important, concernait le Podracer que le garçon était en train de se construire. Cela faisait maintenant deux ans qu'il y travaillait, récupérant des pièces à droite à gauche et procédant à l'assemblage sous une vieille bâche installée près d'un tas de rebuts derrière le quartier des esclaves. Sa mère n'avait jamais fait aucune remarque. Elle était consciente de sa passion pour les engins. Elle ne voyait donc aucun mal à le laisser travailler sur un projet personnel pendant ses heures de détente. Watto ignorait tout du Pod.

C'était un petit subterfuge soigneusement entretenu par Anakin. Il savait que si Watto découvrait que l'une de ses créations, que ce soit le droïde ou le Podracer, pouvait avoir une quelconque valeur, il se l'approprierait illico. Il avait donc décidé, dans un cas comme dans l'autre, de laisser délibérément croire que ses deux projets n'étaient que deux assemblages incertains, tout juste bons pour la casse. Leur valeur intrinsèque était donc bien dissimulée. Pour son entourage, le Podracer ne fonctionnerait jamais et n'était qu'un autre de ses projets enfantins, de ses rêves de petit garçon.

Mais pour Anakin Skywalker, c'était une étape

supplémentaire dans le plan de vie qu'il s'était tracé. Il réaliserait le Podracer le plus rapide jamais construit et il gagnerait toutes les courses auxquelles il participerait. Ensuite, il se construirait un chasseur stellaire et il pourrait quitter Tatooine et voler vers de nouveaux mondes lointains. Il deviendrait le plus grand pilote de tous les temps, capable de manœuvrer n'importe quel type d'appareil. Sa mère serait fière de lui.

Un jour, quand il serait parvenu à ses fins, ils ne seraient plus esclaves. Ils seraient libres.

Cette pensée lui traversait bien souvent l'esprit. Ce n'était pas parce que sa mère l'encourageait dans ce sens, ni qu'un quelconque indice lui laissait présager que cela se produirait. Non. C'était simplement parce qu'il croyait, tout au fond de lui – et c'était ça qui comptait –, que cela arriverait bel et bien.

Il y songea en manœuvrant son speeder par les rues de Mos Espa. Le droïde protocolaire occupait l'une des places réservées aux passagers à l'arrière du véhicule. Il ressemblait à un squelette, sans sa coque de métal, et ne pipait mot car Anakin l'avait désactivé pour la durée du voyage. Le jeune garçon pensa à toutes ces choses qu'il entreprendrait, à tous ces mondes qu'il visiterait, à toutes ces aventures qu'il vivrait et à tous ses succès. À tous ses rêves qui se réaliseraient enfin. Le speeder quitta la ville sous les soleils jumeaux de Tatooine. La chaleur montait des sables du désert telle une vague miroitante. Les rayons solaires se réfléchirent sur la carrosserie métallique du speeder comme des flammes d'un blanc incandescent.

Il mit le cap à l'est pendant deux heures standard et atteignit les limites de la Mer de Dunes. La rencontre avec les Jawas était déjà prévue. Watto l'avait organisée la veille par transmetteur. Les ferrailleurs devaient l'attendre au pied des Marches de Mochot, une curieuse formation rocheuse située à peu près au milieu de la Mer de Dunes. Lunettes de protection, gants et casque bien arrimés, le garçon appuya sur l'accélérateur et fila dans la chaleur écrasante de la mi-journée.

Il découvrit que les Jawas l'attendaient. La monstrueuse chenille des sables était garée à l'ombre des Marches et les droïdes destinés à la transaction avaient été alignés en bas de sa rampe d'accès. Anakin arrêta le speeder à proximité des petites silhouettes engoncées dans leurs manteaux. Leurs yeux jaunes, étincelants dans l'ombre de leurs capuches, l'observèrent tandis qu'il descendait de son véhicule. Anakin réactiva le droïde protocolaire et lui ordonna de le suivre. Obéissant, celui-ci lui emboîta le pas et ils passèrent en revue la file de robots en prenant bien soin d'étudier chacun d'eux.

Quand l'inspection fut terminée, Anakin entraîna son droïde à l'écart.

— Lesquels sont les meilleurs, C-3PO ? demanda-t-il.

Il lui avait attribué ce numéro la nuit précédente, choisissant le 3 parce que le droïde représentait le troisième membre de sa petite famille après sa mère et lui.

— Oh, eh bien, Messire Anakin, je suis très flatté que vous me demandiez mon avis mais je ne me permettrais pas de douter de votre choix. Mes connaissances en la matière sont bien succinctes. Voyez-vous, je n'ai dans mes répertoires que cinq mille cent modèles de droïdes, un peu plus de cinq mille références de motivateurs internes, environ dix fois ce nombre de microprocesseurs et…

— Contente-toi de me dire lesquels sont les meilleurs, lâcha Anakin entre ses dents. (Il avait un peu oublié que C-3PO était avant tout un droïde protocolaire : bien que doté d'immenses connaissances, sa fonction principale était de s'en remettre à l'opinion des humains pour lesquels il travaillait.) Lesquels, C-3PO ? répéta-t-il. On va aller de gauche à droite. Signale-les-moi par leur numéro.

— Souhaitez-vous que j'énumère leurs capacités et les spécificités de leur conception, Messire Anakin ? demanda C-3PO avec sollicitude, la tête légèrement penchée.

D'un signe de la main, Anakin lui intima l'ordre de se taire car le chef des Jawas approchait. Ils discutèrent pendant un bon moment et Anakin perçut les limites des Jawas, les vices et les défauts de certains droïdes et les sacrifices que les ferrailleurs étaient prêts à envisager pour obtenir les pièces de rechange si ardemment convoitées. Il comprit même que certains des meilleurs droïdes étaient encore dissimulés à l'intérieur de la chenille, détail que C-3PO déduisit d'une remarque en aparté d'un Jawa à son chef, lequel lui adressa toutes sortes de couinements réprobateurs, mais le mal était fait.

Trois droïdes supplémentaires furent descendus de l'énorme véhicule tout-terrain. Anakin prit le temps, C-3PO à ses côtés, de les passer en revue. C'étaient de bons modèles et les Jawas ne semblaient pas particulièrement prêts à s'en séparer, à moins d'ajouter une rallonge en espèces à la quantité de pièces détachées proposées en échange. Anakin et le chef des Jawas, qui devaient sensiblement être de la même taille et peser le même poids, se retrouvèrent nez à nez à négocier farouchement pendant un long moment.

Au terme du marchandage, Anakin avait troqué un peu plus de la moitié du matériel qu'il avait apporté contre deux droïdes mécaniciens en excellente condition, trois autres droïdes à usages multiples qui pouvaient être facilement réactivés et un convertisseur d'hyperpropulsion endommagé qu'il arriverait certainement à faire tourner en deux temps, trois mouvements. Il aurait pu essayer de récupérer un ou deux autres droïdes supplémentaires, mais leur état général n'était pas suffisamment bon pour mériter en échange les marchandises fournies par Watto, et ce dernier s'en serait aperçu très vite.

Les Jawas ne disposant pas de remorques sur répulseurs, Anakin fit aligner les droïdes récemment acquis derrière son speeder. Il installa C-3PO sur le siège arrière du véhicule afin que celui-ci puisse garder un œil sur le nouveau cheptel mécanique et se mit en route pour Mos Espa. L'après-midi venait à peine de commencer. La petite procession offrait un bien curieux spectacle. Le speeder, en tête, progressait au ralenti juste à ras du sol. Les droïdes, eux, avançaient au pas à sa suite, leurs membres articulés moulinant dans le sable pour ne pas se laisser distancer.

— Vous avez fait une excellente affaire, Messire Anakin, déclara joyeusement C-3PO, son seul œil valide fixé sur les acquisitions du jeune garçon. Vous méritez des compliments ! Je pense que ces Jawas ont appris une bonne leçon aujourd'hui ! Vous leur avez bien fait comprendre ce que marchander veut dire ! Tenez, ce droïde mécano, à lui tout seul, vaut bien plus que...

Et le droïde protocolaire se mit à déblatérer inlassablement. Anakin ne l'interrompit pas, ignorant la plupart de ses propos. Son esprit vagabondait maintenant que le plus dur du travail était fait. Même en avançant au ralenti à cause des droïdes, ils auraient rejoint la limite de la Mer de Dunes avant la fin de l'après-midi et seraient à Mos Espa à la tombée de la nuit. Il aurait juste le temps de cacher C-3PO dans sa chambre avant d'aller livrer les droïdes et de restituer ce qui restait de marchandises à Watto. Avec un peu de chance, il retrouverait les bonnes grâces du Toydarian. Watto serait certainement ravi de l'acquisition du convertisseur. Ce genre de pièce était très difficile à trouver dans la région et si Anakin arrivait à le remettre en état – ce qu'il ne manquerait certainement pas de faire –, il vaudrait bien plus que tout le reste des achats combinés.

Ils traversèrent les plaines du centre et entamèrent l'ascension de la longue côte qui menait à la Passe de Xelric, un canyon étroit qui séparait en deux les hauts plateaux de Mospic à la lisière de la Mer de Dunes. Le speeder s'engagea doucement dans la gorge, sa guirlande mécanique de droïdes étincelants à sa suite. La drôle de caravane s'enfonça dans l'ombre. La température chuta de quelques degrés et le silence se fit particulièrement pesant entre les parois oppressantes. Anakin, qui connaissait les dangers du désert au moins aussi bien que ceux des rues de Mos Espa, regardait prudemment autour de lui. Il se répétait souvent qu'on était plus en sécurité ici, dans l'immensité, qu'en ville.

— ... et il y avait encore quatre fois plus de Rodiens que de Hutts quand le campement se mit petit à petit à ressembler à une plate-forme commerciale, même s'il était clair que les Hutts représentaient la race dominante et que les Rodiens auraient certainement mieux fait de rester chez eux, s'évitant ainsi un vol long, pénible et sans but réel…

C-3PO parlait toujours, changeant de sujet au gré de son humeur et ne demandant absolument rien en retour, si ce n'est le droit de poursuivre son interminable récit. Anakin se demanda si son droïde souffrait d'un quelconque trouble des fonctions vocales dû à une désactivation trop longue. Ces droïdes protocolaires avaient la réputation d'être capricieux.

Le regard du jeune garçon fut attiré vers la droite, vers quelque chose qui semblait étrange et déplacé. De prime abord, ce n'était qu'une forme et une différence de coloration dans l'ombre au milieu des sables et des roches du désert. Il regarda plus attentivement et découvrit ce que c'était réellement. Il braqua brusquement le speeder vers la droite et entraîna sa colonne de droïdes dans le virage à sa suite.

— Messire Anakin ? Mais que faites-vous donc ? protesta C-3PO d'un ton grincheux, en dévisageant Anakin. Mos Espa est là-bas, à la sortie du canyon, pas dans cette direc… Oh, bonté divine ! Est-ce bien ce que c'est censé être ? Maître, nous avons toutes les meilleures raisons de faire demi-tour !

— Je sais, dit Anakin coupant court aux réflexions du droïde. Je veux juste jeter un coup d'œil.

C-3PO, anxieux, leva les bras au ciel.

— Je me dois de protester, Messire Anakin. Tout ceci est extrêmement déraisonnable. Si je ne me trompe pas, je dois vous annoncer que j'ai calculé à un degré de probabilité de quatre-vingt-dix-neuf virgule sept que nous sommes en train de nous diriger droit vers un…

Mais Anakin n'avait nul besoin de précisions sur ce qui se trouvait juste devant eux. Il savait exactement ce que c'était. Un Raider Pillard Tusken, un Homme des Sables, gisait au sol, à moitié enseveli sous des éboulis provenant sans doute des flancs de la falaise. Même à cette distance, il était impossible de se tromper. Personne d'autre au monde ne pouvait avoir cette allure que les redoutables pillards du désert : des vêtements amples, d'un brun clair, des gants épais et de lourdes bottes de cuir, un baudrier et une ceinture, des bandelettes de linge dissimulant le visage et ne laissant voir que des lunettes de protection et un appareil respiratoire, et un long fusil blaster à double crosse. L'arme se trouvait à un peu plus d'un mètre du bras de l'individu. Une brèche bien visible au sommet de la falaise indiquait clairement que le pillard avait dû dévisser. Le Tusken devait certainement se cacher en haut de la paroi quand le sol avait glissé sous ses pieds, entraînant dans sa chute les rochers sous lesquels il était à présent coincé.

Anakin arrêta le speeder et mit pied à terre.

— Messire Anakin, je ne pense pas que tout ceci soit une très bonne idée ! déclara prestement C-3PO sur le ton du reproche.

— Je veux juste aller voir, c'est tout, répéta le jeune garçon.

Il était partagé entre la méfiance et la peur mais il n'avait jamais vu de Raider Pillard Tusken de près, même s'il avait entendu de nombreuses histoires à leur sujet. Les Tuskens étaient un peuple nomade, féroce et reclus, qui prétendait que le désert lui appartenait. Ils vivaient d'ailleurs aux dépens de ceux qui étaient assez fous pour s'aventurer, sans préparation ni protection, sur leur territoire. À pied ou montés sur des banthas sauvages capturés dans certaines régions arides, ils voyageaient où bon leur semblait, pillant les fermes isolées ou les postes-frontières, attaquant les caravanes pour s'emparer des biens et des équipements. En règle générale, ils terrorisaient tout le monde. En quelques occasions, ils s'en étaient même pris aux Hutts. Les résidents de Mos Espa, eux-mêmes guère respectables, détestaient farouchement les Hommes des Sables.

Anakin ne s'était pas encore vraiment fait d'opinion à leur sujet. Les histoires étaient effrayantes, certes, mais le jeune garçon disposait déjà d'une expérience suffisante pour savoir qu'il existait différents points de vue à chaque récit et que ce n'était souvent qu'une version des faits qu'on racontait. Il était très intrigué par la nature sauvage et la soif de liberté des Tuskens, leur absence de sens du devoir, leur manière de vivre, sans limites et sans entraves. Il était fasciné par cette communauté où chacun était l'égal de l'autre.

Délaissant son speeder, il marcha vers l'Homme des Sables. C-3PO se dépêcha de lui faire toutes sortes de reproches et lui signala qu'il était certainement en train de commettre une grave erreur. En vérité, Anakin hésitait encore à donner raison, ou non, au droïde. Mais sa curiosité l'emporta finalement sur le bon sens. En quoi un simple coup d'œil pourrait-il être cause de quoi que ce soit ? Sa nature de gamin intrépide prit le dessus. Il pourrait raconter à tous ses amis qu'il avait vu un Homme des Sables de près. Il pourrait leur dire à quoi ils ressemblaient exactement.

Le Tusken était allongé à plat ventre, les bras écartés et la tête légèrement tournée de côté. Des cailloux et des débris recouvraient la moitié inférieure de son corps. Une de ses jambes était écrasée sous un gros pan de rocher. Anakin se rapprocha doucement de l'endroit où se trouvait le fusil blaster. Il se pencha avec précaution et le ramassa. Il était lourd et guère maniable. Pour pouvoir s'en servir correctement, il fallait être très fort et doué d'une certaine expérience, songea le jeune garçon. Il remarqua les curieuses entailles qui ornaient la crosse. Des gravures tribales, probablement. Il avait entendu dire que les Tuskens étaient un peuple tribal.

Soudain, le pillard bougea. Il ramena un bras à lui, tenta de se ressaisir et leva sa tête entourée de bandelettes. Les verres opaques de ses lunettes se tournèrent vers Anakin. Instinctivement celui-ci fit un pas en arrière. Le Tusken l'observa quelques instants, essayant visiblement de comprendre qui était ce gamin et ce qu'il était en train de faire, puis reposa sa tête sur le sol.

Anakin Skywalker attendit, se demandant que faire. Il savait ce que Watto aurait dit en une telle occasion. Il savait ce que n'importe qui aurait dit. « Déguerpis !

Maintenant ! » Il reposa le fusil à terre. Après tout, il n'avait rien à faire là. Il recula d'un pas, et d'un autre encore.

Le Tusken leva de nouveau la tête et le dévisagea. Anakin l'étudia en retour. Il perçut la douleur dans le regard du pillard. Il sentit son désespoir d'être coincé sans défense sous ce rocher, privé à la fois de son arme et de sa liberté.

Anakin fronça les sourcils. Et sa mère ? Lui conseillerait-elle, elle aussi, de déguerpir ? Qu'aurait-elle dit si elle s'était trouvée à ses côtés ?

— C-3PO ? appela-t-il. Ramène tout le monde par ici.

Protestant avec véhémence à chaque pas, C-3PO rassembla les autres droïdes et les fit approcher de l'endroit où le jeune garçon était debout à observer le Tusken étendu. Anakin mit immédiatement les droïdes au travail. Ils enlevèrent toutes les petites pierres puis glissèrent un levier sous le rocher. Ils se servirent du speeder comme d'un contrepoids et parvinrent à soulever le roc suffisamment pour que la jambe du pillard soit libérée. L'Homme des Sables brièvement sorti de son inconscience reperdit connaissance. Anakin demanda aux droïdes de vérifier s'il n'avait pas d'autres armes dissimulées et alla déposer le fusil blaster hors de portée de son propriétaire.

Pour procéder à l'inspection de ses blessures, les droïdes allongèrent le pillard évanoui sur le dos. La jambe écrasée par le rocher était cassée en plusieurs endroits. Anakin palpa les fractures du Tusken par les pans déchirés de son vêtement. Il ne connaissait cependant pas grand-chose à l'anatomie des Hommes des Sables. Que faire pour le soigner ? Il alla jusqu'au speeder chercher la trousse de secours et en sortit une attelle à scellement rapide pour maintenir la jambe en place.

Après l'avoir placée, il alla s'asseoir un peu à l'écart et réfléchit à la suite des opérations. La lumière commençait à baisser. Il avait passé bien trop de temps à s'occuper du Tusken et il était trop tard pour regagner Mos Espa avant la tombée de la nuit. Avec un peu de chance, il pouvait atteindre la lisière de la Mer de Dunes avant l'obscurité. Cela signifiait qu'il lui fallait abandonner l'Homme des Sables, seul et sans soins. Anakin plissa le front. Vu les choses qui erraient dans le désert dès le coucher du soleil, autant lui creuser une tombe tout de suite...

Il demanda aux droïdes de déballer l'une des unités lumineuses rangées dans le coffre du speeder. Quand le crépuscule s'installa, il alluma la torche et y brancha une réserve secondaire de carburant afin qu'elle brûle toute la nuit. Il sortit un vieux sachet de nourriture lyophilisée et se mit à mastiquer d'un air absent, tout en observant le Tusken. Sa mère allait se faire du souci. Watto serait furieux. Mais tous deux savaient qu'il était capable et digne de confiance et ils attendraient jusqu'au lever du jour avant de se mettre à sa recherche. À ce moment-là, se dit-il, il aurait déjà couvert une bonne partie du chemin du retour.

— Tu penses qu'il va s'en tirer ? demanda-t-il à C-3PO.

Il avait garé le speeder et rangé les droïdes, hors de vue, sous un promontoire de la falaise, derrière l'unité d'éclairage. Il avait gardé C-3PO à ses côtés pour qu'il lui tienne compagnie. Le garçon et le droïde restèrent assis, l'un contre l'autre, d'un côté du cercle lumineux dessiné par la torche, à observer le Raider Pillard Tusken qui dormait de l'autre côté.

— Je ne dispose malheureusement pas des compétences médicales et des informations nécessaires pour en être persuadé, Messire Anakin, dit C-3PO en penchant la tête vers lui. Je suis en revanche convaincu que vous avez fait tout ce qui était en votre pouvoir pour lui porter secours.

Le garçon, l'air pensif, hocha la tête.

— Messire Anakin, reprit le droïde après une pause, je pense que nous ne devrions pas passer la nuit ici. Cette contrée est très dangereuse.

— Mais on ne peut pas le laisser là comme ça, non ?

— Ma foi, ce me semble une décision fort difficile à prendre, déclara C-3PO après avoir analysé la question.

— On ne peut pas non plus l'emmener avec nous.

— Certainement pas !

Le jeune garçon resta silencieux un long moment à observer le Tusken endormi. Un si long moment en fait que ce fut une surprise quand l'Homme des Sables s'ébroua. Il se réveilla en sursaut à un moment où Anakin n'était plus sur ses gardes. Le Raider Pillard se tourna brusquement sur le flanc, laissa échapper un souffle bref, se redressa en s'appuyant sur un bras, inspecta son état et regarda le garçon. Celui-ci ne broncha pas. Le Tusken le dévisagea pendant une très longue minute. Ensuite, il s'installa plus confortablement en position assise, sa jambe blessée étendue devant lui.

— Heu… Salut… dit le garçon.

Le Tusken ne répondit rien.

— Vous avez soif ? demanda Anakin.

Pas de réponse.

— Je pense qu'il ne nous aime pas beaucoup, déclara C-3PO.

Anakin essaya une bonne douzaine d'approches différentes pour engager la conversation mais le Tusken les ignora toutes. Son regard ne dévia qu'une seule fois, en direction de son fusil blaster posé contre un rocher derrière le jeune garçon.

— Dis-lui quelque chose dans sa langue, ordonna finalement Anakin à C-3PO.

Le droïde s'exécuta. Il parla longuement au Tusken dans sa langue maternelle mais l'homme refusa de répondre, se contentant de dévisager le garçon. Enfin, interrompant l'interminable monologue de C-3PO, l'Homme des Sables tourna les yeux vers lui et aboya un seul et unique mot.

— Seigneur ! s'exclama le droïde.

— Qu'est-ce qu'il a dit ? demanda le garçon, tout excité.

— Eh bien, heu… Enfin, il m'a ordonné de me taire !

Voilà qui coupait court à toute tentative de conversation. Le jeune garçon et le Tusken demeurèrent assis face à face en silence. Dans l'obscurité du désert, leurs visages respectifs accrochèrent la clarté des flammes. Anakin en vint à se demander ce qu'il lui faudrait faire si le Tusken décidait de passer à l'attaque. Il n'y avait finalement que peu de chances que cela arrive mais l'homme était grand et fort et s'il réussissait à s'approcher du garçon, il pourrait rapidement et facilement le maîtriser. À ce moment-là, il pourrait récupérer son fusil blaster et qui sait ce qu'il adviendrait alors d'Anakin.

Mais, aussi incroyable que cela puisse paraître, Anakin perçut que ce n'était pas dans les intentions du Tusken. Ce dernier ne fit aucun effort pour bouger, et ne donna non plus aucun indice que telle était son intention. Il se contenta de rester assis, emmitouflé dans son équipement de pillard du désert, le visage caché derrière ses bandelettes, perdu dans ses propres pensées.

Enfin, il se mit à parler. Le garçon adressa un rapide coup d'œil à C-3PO qui traduisit pour lui.

— Il veut savoir ce que vous comptez faire de lui, Messire Anakin.

Anakin, troublé, regarda à nouveau vers le Tusken.

— Dis-lui que je ne compte rien faire, répondit-il. Dis-lui que j'ai simplement cherché à l'aider.

C-3PO s'adressa à l'Homme des Sables en tusken. Celui-ci écouta. Il ne répondit rien. Il ne dit plus rien.

Anakin réalisa soudain que le Tusken avait peur. Il avait pu le sentir dans sa voix, dans sa manière de s'asseoir. Il était handicapé et désarmé : à la merci d'Anakin. Le jeune garçon fut surpris par la frayeur du Tusken. Elle ne s'expliquait pas. Les Hommes des Sables avaient la réputation d'être farouches. Lui, en revanche, n'avait pas peur du Tusken. Peut-être aurait-il dû mais tel n'était pas le cas.

Anakin Skywalker n'avait peur de rien.

À moins que…

Il regarda droit dans les verres opaques qui dissimulaient les yeux du Raider Pillard Tusken et réfléchit quelques instants. En général, songea-t-il, rien ne l'effrayait. La plupart du temps, il s'estimait assez courageux pour se dire qu'il ne connaîtrait jamais la peur.

Mais au plus profond de son être, là où il avait caché les choses qu'il ne voulait révéler à personne, il savait bien qu'il trichait avec la vérité. Il n'avait peut-être jamais eu peur pour lui-même mais il lui arrivait de temps en temps d'avoir très peur pour sa mère.

Que se passerait-il s'il lui arrivait quelque chose ? Quelque chose de terrible, quelque chose qu'il n'aurait pas pu sentir venir…

Un frisson glacé lui parcourut l'échine.

Qu'arriverait-il s'il la perdait ?

Quel courage lui resterait-il si la personne qui lui était la plus proche dans cet univers infini lui était brutalement arrachée ? Non, cela n'arriverait jamais, évidemment. C'était impossible.

Mais si cela devait arriver ?

Anakin observa le Raider Pillard Tusken et, dans le silence enveloppant de la nuit, il sentit sa confiance en lui-même vaciller comme une simple feuille dans le vent du soir.

Lorsqu'il finit par s'endormir, Anakin rêva à d'étranges choses. Les songes se mélangèrent et se métamorphosèrent de façon impromptue, adoptant à chaque changement de nouveaux fils conducteurs et de nouvelles significations. Au cours de son rêve Anakin interpréta plusieurs rôles. Il fut d'abord Chevalier Jedi, affrontant des choses noires et dénuées de substance, qu'il ne put identifier. Puis pilote de croiseur stellaire, plongeant dans l'hyperespace, traversant des galaxies entières en une fraction de seconde. Commandant d'une armée, puissant et respecté, débarquant sur Tatooine avec des troupes et du matériel pour libérer les esclaves de la planète… Sa mère l'attendait, souriante, les bras tendus vers lui… S'évanouissant dans la nuit au moment où il s'approchait d'elle.

Des Hommes des Sables firent aussi leur apparition vers la fin de son rêve. Il n'y en avait que quelques-uns, se tenant devant lui, fusil blaster au poing ou lance gaffi levée, et le regardant en silence… Se demandant ce qu'ils allaient bien pouvoir faire de lui…

Et c'est à ce moment précis qu'une terrifiante sensation de danger le réveilla. Il se redressa en sursaut et jeta alentour des regards confus et apeurés. La torche avait fini par s'éteindre. Dans la clarté naissante de l'aube, il se retrouva face à face avec les silhouettes obscures et sans visage des Hommes des Sables de son rêve.

Anakin déglutit péniblement. Figures immobiles se découpant sur l'horizon faiblement éclairé, les Raiders Pillards Tuskens faisaient cercle autour de lui. Le jeune garçon songea un instant à prendre ses jambes à son cou, avant de comprendre immédiatement que c'était bien la dernière des choses à faire. Il était à leur merci. Ne restait plus qu'à attendre de voir ce qu'ils allaient décider à son sujet.

Un marmonnement guttural s'éleva dans la brume du matin. Toutes les têtes se tournèrent pour voir d'où il provenait. Par une brèche dans les rangs des Tuskens Anakin entrevit une silhouette que l'on transportait à bout de bras. C'était le pillard à qui il avait porté secours. Il était en train de s'adresser à ses congénères. Les autres Hommes des Sables hésitèrent un instant puis se mirent à reculer tout doucement.

Quelques secondes plus tard, ils avaient disparu.

Les rayons solaires vinrent caresser les crêtes de Mospic.

C-3PO se mit à parler à toute vitesse. Les mots se bousculaient sur ses lèvres et ses bras mécaniques squelettiques s'agitèrent en tous sens.

— Messire Anakin ! Ils sont partis ! Oh, quelle chance nous avons d'être en vie ! Le ciel soit loué, vous n'êtes pas blessé !

Anakin se leva. Il y avait des empreintes de pas de Tuskens un peu partout. Il jeta rapidement un coup d'œil aux environs. Le speeder et les droïdes échangés aux Jawas attendaient tranquillement sous l'arête rocheuse. Le fusil blaster du Raider Pillard Tusken avait disparu.

— Messire Anakin, que faisons-nous ? gémit C-3PO.

Anakin regarda le sol désert du canyon, les hautes parois de la falaise et les étoiles en train de s'évanouir dans un ciel de plus en plus clair. Il écouta attentivement le silence et se sentit terriblement seul et vulnérable.

— On rentre chez nous, chuchota-t-il.

Et il se mit au travail pour que cela se produise dans les plus brefs délais…

7

Nute Gunray se tenait, silencieux, au beau milieu de la salle du trône du palais royal de Theed, capitale de la planète Naboo.

Il écoutait patiemment les protestations du Gouverneur Sio Bibble sur l'intrusion de la Fédération du Commerce. Rune Haako était à ses côtés. Tous deux portaient leurs tuniques de fonction de la Fédération et arboraient la même insondable expression. Deux douzaines de droïdes de combat, arme au poing, tenaient en respect tous les occupants Naboo de la salle. La ville était tombée peu de temps après le lever du soleil. Il n'y avait eu que très peu de résistance. Les Naboo étaient un peuple paisible. L'invasion fomentée par la Fédération du Commerce leur était tombée dessus sans préavis et l'armée de droïdes avait eu l'opportunité de franchir les portes de la ville avant qu'aucune défense digne de ce nom n'ait pu s'organiser. Les rares armes qui avaient fait leur apparition avaient été confisquées et leurs propriétaires conduits aux baraquements de détention. Les droïdes de combat étaient en train de passer la ville au peigne fin dans le but d'éradiquer toute tentative d'insurrection.

Gunray eut du mal à ne pas sourire. Apparemment, la Reine avait cru jusqu'au bout que les négociations l'emporteraient sur l'intervention armée et que le Sénat fournirait toute la protection nécessaire au peuple Naboo.

— Cela ne vous suffit pas, Vice-Roi, d'oser ainsi interrompre toutes les communications entre la Reine et le

Sénateur Palpatine, alors que ce dernier est en train de défendre notre cause auprès du Sénat. Cela ne vous suffit pas de prétendre que ce blocus est une action légale... Il faut que vous fassiez en plus débarquer une armée entière sur le sol de notre planète pour occuper notre capitale ! Les mots me manquent pour décrire l'outrecuidance d'une telle initiative !

Sio Bibble était un homme de grande taille, légèrement dégarni, avec une petite barbe grise taillée en pointe et une langue au moins aussi pointue. Jusqu'à présent, il avait réussi à accaparer l'attention de tout le monde mais Nute Gunray commençait à se lasser de l'écouter.

Il examina les autres prisonniers. Le capitaine Panaka, chef de la sécurité royale, et quatre gardes personnels de la Reine se tenaient sur le côté, désarmés et désemparés. Panaka conservait un faciès de marbre en regardant fixement les Neimoidiens. C'était un homme grand et fort, avec un visage sombre et lisse et des yeux vifs. Les Neimoidiens n'appréciaient pas outre mesure la façon dont ces yeux les observaient.

La Reine était assise sur son trône, entourée de ses dames de compagnie. Elle paraissait sereine et distante, comme détachée de tout, comme si ce qui était en train d'arriver ne pouvait avoir aucun effet sur elle ni la toucher de quelque manière que ce soit. Elle était vêtue de noir et son visage poudré de blanc se détachait en un contraste parfait sous sa coiffe de plumes couleur d'ébène. Une chaîne en or parait son front majestueux et une marque rouge d'apparat barrait sa lèvre inférieure. On la disait belle, avait-on expliqué à Gunray, mais il n'avait aucune notion de beauté humaine et, selon les standards Neimoidiens, elle était simplement terne et petite.

Ce qui intriguait le Vice-Roi, en revanche, c'était sa jeunesse. Cela ne devait faire que très peu de temps qu'elle n'était plus une petite fille. Elle n'était pas encore une femme mûre. Et pourtant, c'était elle que les natifs de Naboo avaient choisie pour Reine. Ce n'était pas l'une de ces monarchies de type dynastique où le droit à gouverner s'appuie sur la naissance. Les Naboo choisissaient parmi eux la personne la plus sage pour occuper le poste le plus élevé. C'était une démarche populaire et la Reine Amidala ne pouvait gouverner que tolérée par son propre peuple. Avoir choisi quelqu'un d'aussi jeune et naïf était encore un grand mystère pour Gunray. À son avis, cela ne leur avait pas rendu franchement service jusqu'ici.

La voix du gouverneur Sio Bibble résonnait dans l'immense salle, montant vers les plafonds ouvragés, rebondissant sur les murs baignés par le soleil. Theed était une cité opulente et prospère, et la salle du trône reflétait l'histoire de ce succès.

— ... Vice-Roi, je vous pose la question de but en blanc, dit Sio Bibble en conclusion. Comment avez-vous l'intention d'expliquer cette invasion au Sénat ?

Le visage calme, plat et reptilien du Neimoidien fut soudainement animé d'une étincelle d'humour.

— Les Naboo et la Fédération du Commerce vont signer un traité destiné à rendre légitime notre occupation de Theed. On m'a assuré qu'un tel traité, une fois rédigé, peut être très rapidement ratifié par le Sénat.

— Un traité ! s'exclama le gouverneur, stupéfait. Alors que vos actions sont complètement illégales ?

Amidala se leva de son trône et fit un pas en avant, entourée de ses dames de compagnie drapées dans leurs lourds manteaux à capuche. Ses yeux brûlaient de colère.

— Je ne coopérerai pas.

Nute Gunray et Rune Haako échangèrent un coup d'œil.

— Allons, allons, Votre Altesse, ronronna le Vice-Roi. Ne vous prononcez pas avec une telle précipitation. Vous n'allez pas vraiment apprécier ce que nous tenons en réserve pour votre peuple. En temps et en heure, leur souffrance vous persuadera de vous rallier à notre point de vue. (Il tourna les talons.) Bon, assez parlé. Commandant ? (Il fit un signe au droïde de combat OOM-9. Celui-ci s'avança et hocha son étroite tête de métal en guise de réponse.) Chargez-vous d'eux ! ordonna le Vice-Roi.

OOM-9 fit à son tour signe à l'un de ses sergents. De sa voix métallique, il donna l'ordre de conduire les prisonniers au camp numéro quatre. Les droïdes de combat escortèrent la Reine, ses dames de compagnie, le gouverneur Bibble, le capitaine Panaka et les gardes Naboo hors de la salle.

Nute Gunray les suivit de ses yeux rouge orangé puis il reporta son attention sur Haako et le reste des occupants de la pièce. Une profonde satisfaction l'envahit. Tout se déroulait comme prévu.

Le sergent et la douzaine de droïdes de combat firent avancer les prisonniers entre les murs de pierres polies des couloirs du palais Theed. Ils traversèrent une série de terrasses extérieures et descendirent des volées de marches bordées de statues dressées sur des socles ouvragés. Ils atteignirent une large place. Celle-ci fourmillait de tanks et de droïdes de combat de la Fédération. Nul citoyen Naboo alentour. Les tanks étaient des véhicules trapus, aux capots aplatis, avec des tourelles de canons montées à l'avant et à l'arrière du cockpit et des batteries de blasters installées de part et d'autre. Ils ressemblaient à de gros scarabées, allant et venant ainsi sur la grand-place.

Au-delà, les immeubles de Theed s'étiraient vers l'horizon : un vaste labyrinthe de très hauts murs de pierre, de dômes dorés ou cuivrés, de tours délicates et d'arches sculptées. Les rayons du soleil irradiaient les resplendissants édifices à l'architecture rehaussée par la luxuriante verdure de la planète. Des grondements de cascades et des gargouillis de fontaines créaient un doux et étrange bruit de fond dans le silence causé par l'absence de population.

Les prisonniers furent emmenés de l'autre côté de la place. Ils passèrent devant les machines de guerre de la Fédération. Personne ne dit mot. Même le gouverneur Bibble ne bronchait pas, son visage à barbe grise était penché en avant, plongé dans d'intenses réflexions. Ils quittèrent la place et s'engagèrent sur une large avenue qui conduisait, à la sortie de la ville, vers les camps de détention de la Fédération du Commerce. Des STAP passèrent en bourdonnant au-dessus de leurs têtes, leurs ombres glissant le long des murs des immeubles. Leurs carapaces de métal renvoyèrent quelques éclats quand ils filèrent dans le soleil.

Les droïdes venaient d'ordonner à leurs prisonniers d'emprunter une calme contre-allée quand le sergent qui marchait en tête de la procession leur fit signe brusquement de s'arrêter.

Deux hommes se tenaient sur leur chemin. Tous deux étaient vêtus de larges manteaux passés sur des tuniques retenues par des ceintures. Le plus grand portait les cheveux longs coiffés vers l'arrière. Le plus petit avait les cheveux courts à l'exception d'une longue tresse qui lui descendait dans le dos. Leurs bras pendaient de part et d'autre de leurs corps. Ils avaient cependant l'air d'hommes décidés et prêts à tout.

Pendant un long moment, les deux groupes s'observèrent en silence. Puis le visage étroit d'un Gungan, avec des yeux écarquillés et effrayés, jaillit de derrière les deux silhouettes en longs manteaux.

Qui-Gon Jinn s'avança.

— Êtes-vous la Reine Amidala du peuple Naboo ? demanda-t-il à la jeune fille à la coiffe de plumes.

La Reine hésita.

— Qui êtes-vous ?

— Les ambassadeurs du Chancelier Suprême, dit le Maître Jedi en inclinant légèrement la tête. Nous sollicitons une audience de votre part, Votre Altesse.

Le droïde sergent sembla soudainement se souvenir de l'endroit où il était et de ce qu'il avait à faire. Il fit signe aux soldats.

— Faites-les dégager !

Quatre droïdes de combat s'avancèrent pour obéir aux ordres. Ils venaient à peine de lever leurs armes pour mettre leurs cibles en joue lorsque les Jedi dégainèrent leurs sabres laser et réduisirent les quatre soldats à l'état de pièces détachées. Cette première vague anéantie, les Jedi bondirent en avant pour s'occuper des autres. Des décharges de laser furent bloquées, des armes jetées à terre et le reste des droïdes ne fut bientôt plus qu'un tas de copeaux de métal.

Le sergent se tourna pour prendre la fuite. Qui-Gon leva les mains et parvint à retenir le droïde grâce à la puissance de la Force. En un éclair, le sergent subit le même sort que son détachement.

Rapidement, les gardes Naboo se jetèrent sur les armes des droïdes. Les Chevaliers Jedi éteignirent leurs sabres laser et prirent les devants pour que tous aillent se cacher dans une petite allée courant entre deux immeubles. Jar Jar Binks leur emboîta le pas, marmonnant son étonnement quant à l'efficacité et le sang-froid avec lesquels les Jedi s'étaient débarrassés de leurs ennemis.

Qui-Gon alla trouver la Reine.

— Votre Altesse, je m'appelle Qui-Gon Jinn. Mon compagnon s'appelle Obi-Wan Kenobi. Nous sommes Chevaliers Jedi et ambassadeurs du Chancelier Suprême.

— Vos négociations semblent ne pas avoir abouti, Ambassadeur, observa Sio Bibble sur un ton méprisant.

— Les négociations n'ont jamais eu lieu. (Qui-Gon ne quittait pas la Reine des yeux. Le visage maquillé de cette dernière ne trahit aucune émotion.) Votre Altesse, reprit-il. Nous devons contacter la République.

— C'est impossible, répliqua le capitaine Panaka. Ils ont détruit tous nos systèmes de communication.

Une alarme fut déclenchée dans les environs et un bruit de cavalcade retentit. Qui-Gon regarda vers la rue où ils avaient abandonné les droïdes de combat.

— Vous avez un moyen de transport quelconque ?

Le capitaine Naboo, qui avait compris à demi-mot les intentions du Jedi, hocha la tête :

— Au hangar principal. Par ici.

Il conduisit le groupe jusqu'au bout de l'allée ; ils traversèrent d'autres passages et d'autres boyaux mais ne rencontrèrent pas âme qui vive. Ils se déplaçaient rapidement et en silence. Les alarmes se faisaient de plus en plus nombreuses et stridentes, et étaient, à intervalles réguliers, coupées par l'inquiétant bourdonnement des STAP. Les Naboo n'avaient émis aucune objection quand Qui-Gon Jinn avait pris la direction des opérations. Ils n'avaient pas, non plus, émis la moindre remarque quant à son entrée en scène. Avec Panaka et ses hommes à nouveau armés, la Reine Naboo et ses dames de compagnie eurent l'impression de contrôler de nouveau leur destin et semblaient prêtes à laisser une chance à leurs sauveteurs.

Il ne leur fallut pas très longtemps pour rejoindre leur destination. C'était une succession de bâtiments reliés les uns aux autres et dominant une large place. Chaque immeuble était coiffé d'un dôme, les portes des structures centrales étaient ornées d'arches et de murets longs et plats. La place grouillait de droïdes de combat, l'arme au poing, prêts à ouvrir le feu. Le capitaine Panaka découvrit un accès qui n'était pas gardé, en passant par un couloir qui descendait entre deux bâtiments.

Arrivé à une issue de secours du hangar principal, Panaka fit signe au groupe de s'arrêter. Après un rapide coup d'œil alentour pour repérer les droïdes de combat, il s'employa à crocheter la serrure avant d'ouvrir la porte d'un coup d'épaule. Qui-Gon Jinn à ses côtés, il pénétra à l'intérieur. Quelques vaisseaux Naboo étaient regroupés au centre du hangar, des transports aux lignes pures, à la coque étincelante. Leurs nez étaient tournés vers une large baie qui s'ouvrait dans la paroi la plus éloignée. Des droïdes de combat montaient la garde devant chacun d'entre eux. Ils étaient positionnés en ligne sur toute la largeur du hangar afin de pouvoir réduire à néant toute tentative d'approche.

Panaka indiqua du doigt un long vaisseau, avec des ailes tendues vers l'arrière et de puissants moteurs Headon 5, rangé sur le côté du bâtiment.

— Le vaisseau personnel de la Reine, chuchota-t-il au Maître Jedi.

Qui-Gon hocha la tête. C'était un J-type 327 Nubian. Au loin, les alarmes jetaient toujours leurs cris.

— Il fera parfaitement l'affaire, dit-il.

Panaka inspecta l'intérieur du hangar.

— Les droïdes de combat. Ils sont bien trop nombreux.

Le Jedi regagna la petite porte et ressortit.

— Ce ne sera pas vraiment un problème. (Il fit face à la Reine.) Votre Altesse, vu les circonstances, je suggère que vous veniez à Coruscant avec nous.

La jeune fille secoua la tête, les plumes de sa coiffe émettant un doux bruissement. Son visage poudré de blanc était calme, et son regard franc et direct.

— Merci, Ambassadeur, mais ma place est ici, avec mon peuple.

— Non, je ne le pense pas, répondit Qui-Gon en soutenant son regard. La Fédération du Commerce a d'autres plans. Ils vous tueront si vous restez ici.

Sio Bibble vint se poster au côté de la Reine.

— Ils n'oseront pas !

— À leurs yeux, il est indispensable que la Reine signe ce traité afin de rendre légale cette histoire d'invasion ! remarqua le capitaine Panaka. Ils ne peuvent pas se permettre de la tuer !

Le regard de la Reine passait d'un visage à l'autre, une minuscule lueur d'incertitude brillant au fond de ses yeux.

— La situation ici est trompeuse, insista Qui-Gon. Il est évident qu'ils ne vont pas en rester là, Votre Altesse. Les actions de la Fédération ne sont dictées par aucune logique. Mon instinct me dit qu'ils cherchent à vous détruire.

Une ombre de réelle terreur traversa le visage de Sio Bibble quand le Maître Jedi eut fini sa phrase. Ses traits, ordinairement durs, semblèrent fondre comme neige au soleil.

— Votre Altesse, commença-t-il doucement. Peut-être devriez-vous reconsidérer la question. Notre seul espoir de survie, c'est que le Sénat prenne notre parti. Le Sénateur Palpatine va avoir besoin de votre aide.

Le capitaine Panaka ignora les arguments du gouverneur.

— Mais enfin, passer outre la barrière de leur blocus est impossible, Votre Altesse... Même si nous réussissons à décoller de cette planète ! Toute tentative d'évasion me paraît vouée à l'échec.

— Votre Majesté, je vais rester ici et tenter de faire tout ce qui est en mon pouvoir, intervint Sio Bibble avec un hochement de la tête à l'intention de Panaka. Il leur faudra bien traiter directement avec le Conseil des Gouverneurs s'ils veulent maintenir un semblant d'ordre. Mais vous devez partir...

La Reine Amidala leva prestement la main pour les réduire au silence. Elle tourna le dos au gouverneur, au chef de la sécurité et aux Chevaliers Jedi et observa ses dames de compagnie qui se pressaient autour d'elle.

— Chaque décision comporte sa part de risque pour chacun d'entre nous... dit-elle doucement, son regard allant d'un visage à l'autre.

Qui-Gon, stupéfait, assistait à l'échange de propos. À quel jeu la Reine était-elle en train de jouer ?

Les dames de compagnie se regardèrent. Leurs traits étaient à peine visibles sous les plis or et pourpre de leurs épais manteaux. Elles restèrent silencieuses.

Enfin, l'une d'entre elles prit la parole :

— Nous sommes courageuses, Votre Altesse, dit avec fermeté celle qui se nommait Padmé.

Les alarmes sonnaient de plus belle.

— Si vous décidez de partir, il faut que ce soit maintenant, insista Qui-Gon.

La Reine Amidala inspira profondément et hocha la tête.

— Soit. Je vais aller plaider notre cause auprès du Sénat. (Elle se tourna vers Sio Bibble.) Soyez prudent, Gouverneur.

Ayant serré brièvement la main de Bibble, elle fit signe à trois de ses dames de compagnie. Celles qui ne furent pas choisies se mirent à pleurer doucement. Amidala alla les embrasser et leur chuchota des mots d'encouragement. Le capitaine Panaka sélectionna deux de ses hommes et leur demanda de rester en compagnie des dames de compagnie et du Gouverneur Bibble.

Les Chevaliers Jedi passèrent la porte et pénétrèrent dans le hangar, suivis par Jar Jar et les Naboo.

— Restons groupés, ordonna Qui-Gon par-dessus son épaule.

Le capitaine Panaka remonta jusqu'à sa hauteur, son visage sombre animé d'une expression intense.

— Nous avons besoin d'un pilote pour le vaisseau. (Il indiqua l'un des coins du hangar où un groupe de Naboo étaient retenus captifs par un détachement de droïdes de combat. Les insignes sur leurs uniformes indiquaient qu'il y avait là des gardes, des mécaniciens et des pilotes.) Là, regardez.

— J'en fais mon affaire, déclara Obi-Wan avant de se diriger vers le groupe de prisonniers.

Qui-Gon et le reste des fuyards reprirent leur marche, avançant bravement sur le tarmac du hangar vers le vaisseau de la Reine, sans prêter attention aux droïdes de combat qui convergeaient sur eux pour les intercepter. Qui-Gon remarqua que la rampe d'accès à l'appareil était baissée. D'autres droïdes s'approchèrent. Ils semblaient plus curieux qu'alarmés.

— Ne vous arrêtez sous aucun prétexte, dit le Jedi à la Reine tout en passant la main dans son manteau pour empoigner son sabre laser.

Ils se trouvaient encore à une vingtaine de mètres de la nef royale quand un droïde de combat les interpella.

— Où allez-vous ? demanda-t-il de sa voix terne et métallique.

— Dégagez le passage, ordonna Qui-Gon. Je suis l'ambassadeur du Chancelier Suprême et j'emmène ces gens à Coruscant.

Le droïde leva prestement son arme, bloquant la route du Maître Jedi.

— Vous êtes en état d'arrestation.

En une fraction de seconde, il ne fut plus qu'un tas de métal fumant, réduit en pièces par le sabre laser de Qui-Gon. D'autres droïdes se mirent à courir vers le Jedi. Celui-ci leur fit face pour les affronter pendant que sa petite troupe embarquait à bord du vaisseau Nubian. Le capitaine Panaka et les gardes Naboo formèrent une ligne de défense pour protéger la Reine et ses dames de compagnie qui remontaient précipitamment la rampe. Jar Jar Binks se dandina à leur suite, cachant sa tête derrière ses longs bras. Des rayons laser fusèrent à travers le hangar dans toutes les directions et de nouveaux signaux d'alarme se mirent à beugler de façon insupportable.

À l'autre bout du site, Obi-Wan Kenobi venait d'engager le combat contre les droïdes qui retenaient les pilotes Naboo prisonniers, les déchiquetant avec une féroce détermination. Du coin de l'œil, Qui-Gon inspecta les progrès de son élève. Puis il repoussa un nouvel assaut des droïdes de combat, bien décidés à reconquérir le vaisseau de la Reine. Dans l'intensité de la mêlée au pied de la passerelle, les longs cheveux du Maître Jedi volaient en tous sens. D'une main experte, il parait de sa lame les rayons laser qu'on tirait sur lui. Obi-Wan courait vers lui à présent. Une poignée de Naboo l'accompagnaient. Des explosions s'élevèrent tout autour d'eux et des rayons mortels dardèrent le métal et les chairs. Plusieurs Naboo s'écroulèrent mais les droïdes de combat furent incapables d'arrêter les Jedi.

Qui-Gon interpella rapidement Obi-Wan au passage. Il lui ordonna de prendre l'air immédiatement avec le vaisseau. D'autres droïdes apparurent, l'arme au poing, aux portes du hangar. Qui-Gon remonta rapidement la rampe à reculons et se mit à l'abri dans le sas faiblement éclairé de l'appareil. La passerelle se releva derrière lui et se referma en produisant un léger chuintement.

Les propulseurs Headon 5 se mirent à vrombir bien avant que le Maître Jedi ait rejoint la cabine principale et se soit installé dans un fauteuil. Des traits de laser percutèrent la coque de l'élégant vaisseau qui s'avançait déjà vers la baie d'envol. Le pilote était recroquevillé sur les commandes, sa face burinée figée en un masque de concentration, des gouttes de sueur perlant sur son front, ses mains gantées posées avec assurance sur les contrôles.

— Accrochez-vous, dit-il.

La nef Nubian fila entre les grandes portes du hangar, s'arracha aux attaques des droïdes de combat et à leur feu mortel, et s'éleva au-dessus de la ville de Theed dans un ciel d'azur gorgé de soleil. Ils quittèrent la planète Naboo en quelques secondes. L'appareil exécuta un arc gracieux et plongea dans la noirceur de l'espace, droit sur la flotte des vaisseaux de la Fédération du Commerce qui lui bloquaient le passage.

Qui-Gon se leva de son siège et vint se poster derrière le pilote.

— Moi, c'est Ric Olié, annonça ce dernier avec un rapide coup d'œil au Jedi. Merci pour le coup de main, là, en bas.

Qui-Gon hocha la tête.

— Gardez vos remerciements pour plus tard. Essayons d'abord d'en finir avec ce qui nous attend, ici, en haut.

Le pilote lui adressa un sourire désinvolte.

— Pigé. Qu'est-ce qu'on fait au sujet de ces enquiquineurs ? Nos communications sont toujours brouillées.

— L'heure n'est plus aux discussions, contentez-vous de garder le cap. (Qui-Gon se tourna vers Obi-Wan.) Assure-toi que tout le monde est bien en sécurité à sa place.

Son regard se porta sur Jar Jar Binks, qui s'était déjà levé de son siège et gesticulait en tous sens.

Le jeune Jedi attrapa rapidement la main du Gungan. Il l'entraîna à sa suite, traversa la cabine principale et s'engagea dans une coursive. Ignorant les protestations de Jar Jar, Obi-Wan chercha des yeux un endroit pour y enfermer la créature afin qu'elle ne les gêne plus. Il aperçut une trappe d'accès très basse, manipula le système de déverrouillage et poussa le Gungan par l'ouverture. Sur la porte, un panneau indiquait DROÏDES ASTROMECHS.

— Reste là, ordonna-t-il au Gungan en le foudroyant du regard. Et pas de bêtises, hein ?

Jar Jar Binks vit la porte se refermer derrière lui et regarda autour de lui. Cinq droïdes astromechs étaient alignés le long d'une paroi. Ils étaient petits, surmontés d'un dôme pivotant et peints de différentes couleurs en fonction de leurs attributions. Leurs signaux lumineux étaient éteints et leurs servomoteurs arrêtés. Cinq unités identiques, retenues par des harnais mécaniques de sécurité, qui ne semblaient guère prêter attention à la présence du Gungan. Celui-ci se mit à faire les cent pas devant eux, attendant d'être remarqué. Peut-être n'avaient-ils pas été activés. Peut-être n'étaient-ils pas vivants.

— Heydey ho ! dit-il en agitant les mains. Sacrée balade, hein ?

Pas de réponse. Jar Jar tapota le dôme de l'unité R2 la plus proche, un droïde rouge vif. Le coup produisit un son creux et la tête du corps cylindrique se souleva de quelques centimètres.

— Weouh ! s'exclama Jar Jar, stupéfait.

Il regarda autour de lui, se demandant pourquoi les Jedi l'avaient enfermé ici alors que tous les autres étaient restés sur le pont. Il n'y avait pas grand-chose à faire dans cette soute, songea-t-il tristement. Il ne se passait pas grand-chose non plus.

Cédant à la curiosité, il agrippa le dôme du droïde rouge et le souleva délicatement.

— Ça ouvrir, ça ? chuchota-t-il. (Il souleva un peu plus. Quelque chose coinça. Il tira plus fermement.) Ça... Oups !

La tête du droïde fut soudainement éjectée de son logement. Un enchevêtrement de ressorts et de câbles jaillit par l'ouverture. Jar Jar replaça maladroitement le dôme de l'astromech à sa place et écarta tout doucement ses mains à trois doigts.

— Oh, oh, oh... murmura-t-il, lançant des regards paniqués alentour pour vérifier que personne ne l'avait vu.

Inquiet, il recula d'un pas.

Il inspecta le reste de la colonne de droïdes, histoire de faire quelque chose pour tuer le temps. Cela ne lui plaisait pas de rester là mais il savait également qu'il ne fallait pas qu'il quitte la pièce. Le Jedi le plus jeune, celui qui l'avait enfermé ici, ne semblait pas beaucoup l'apprécier. Les deux Chevaliers l'apprécieraient encore moins s'ils découvraient qu'il s'était échappé des quartiers qu'on lui avait assignés.

Des explosions retentirent près du vaisseau. Des coups de canon. L'appareil se mit à tanguer afin d'éviter les missiles. Jar Jar, paniqué, lança des regards affolés dans la soute. Décidément, cet endroit lui plaisait de moins en moins. Les néons se mirent à clignoter, à grésiller. Le vaisseau encaissa un choc particulièrement violent. Jar Jar poussa un gémissement et alla se recroqueviller dans un coin. D'autres explosions tonnèrent et la nef fut ballottée de gauche à droite.

— Nous fichus ! marmonna le Gungan, effrayé. Pas bon, cette histoire, pas bon !

Brusquement, le vaisseau se mit à tournoyer, comme pris dans un tourbillon. Jar Jar laissa échapper un hurlement, s'agrippant de toutes ses forces à un montant de la paroi afin d'éviter de voler d'un bout à l'autre de la pièce et d'aller s'écraser contre un mur. Les lumières de la soute se rallumèrent et les droïdes s'animèrent soudainement. L'un après l'autre, ils commencèrent à ronronner et à émettre des cliquetis électroniques. Ils quittèrent leurs arceaux de sécurité et roulèrent vers un sas qui venait de s'ouvrir à l'autre bout du compartiment. Tous, sauf le R2 rouge qui se dirigea vers le mur et s'écroula en vomissant ses entrailles mécaniques.

L'unité R2 peinte en bleu marqua une pause devant son congénère rouge, puis elle passa en trombe devant Jar Jar en poussant un crissement sonore, obligeant le Gungan terrifié à battre en retraite.

Une par une, les quatre unités R2 franchirent le sas et disparurent dans le conduit élévateur qui montait vers les hauteurs du vaisseau.

Abandonné dans la soute en compagnie du droïde qu'il avait involontairement saboté, Jar Jar Binks poussa un long gémissement de désespoir.

8

Obi-Wan Kenobi venait à peine de réintégrer le cockpit de la nef quand des explosions firent ballotter le vaisseau. À travers le hublot panoramique, il pouvait voir un énorme vaisseau de guerre de la Fédération du Commerce qui avançait sur eux, ses canons en action. Les explosions secouèrent si violemment le transport de la Reine qu'il fut dévié de sa trajectoire. Les mains gantées de Ric Olié serraient les commandes de direction, et il luttait de son mieux pour remettre le vaisseau sur sa route.

— Il faut abandonner ! cria le pilote à Qui-Gon, arcbouté près de lui, les yeux rivés sur le bâtiment de guerre. Nos boucliers déflecteurs ne tiendront plus longtemps !

— Gardez le cap, ordonna calmement le Maître Jedi en jetant un œil sur les commandes. Avez-vous un mécanisme d'invisibilité ?

— Ce n'est pas un bâtiment de guerre ! répliqua le capitaine Panaka, qui paraissait à la fois irrité et déçu. Nous n'avons pas d'armes, Ambassadeur ! Nous sommes un peuple non violent, et c'est d'ailleurs pourquoi la Fédération du Commerce a l'audace de nous attaquer !

Une série de déflagrations fit vaciller le Nubian, et les voyants du pupitre de commande clignotèrent un instant. Une alarme mugit rageusement. Toute la superstructure du transport vibra et son propulseur marqua une perte de vitesse momentanée signalée par un sifflement suraigu.

— Pas d'armes… souffla Qui-Gon Jinn.

Obi-Wan se tenait près de lui, et il sentait le poids de son regard qui cherchait à accrocher le sien, droit et fixe. Une main s'appesantit sur l'épaule de Ric Olié.

— La Fédération utilise le guidage par impulsions pour ses armes. Modifiez l'axe de trajectoire. Il leur sera plus difficile de nous détecter.

Le pilote acquiesça, exécuta quelques réglages et fit faire au Nubian un lent tour sur lui-même. Sous leurs yeux, le vaisseau de guerre emplit le hublot, puis devint flou tant il était proche. Le transport de la Reine accéléra, fonçant droit sur le vaisseau ennemi. Il rasa des tourelles et des batteries de canons, des baies et des stabilisateurs, puis fila le long d'un couloir bordé de protubérances diverses et illuminé par le tir des canons. Une décharge de laser les atteignit avec la force d'un coup de marteau géant. Des étincelles et de la fumée s'élevèrent d'un des panneaux, et le vaisseau tangua. Pendant un bref moment, ils perdirent le contrôle, puis Ric Olié s'agrippa aux manettes et la coque du vaisseau de guerre s'éloigna.

— Il y a un problème, annonça placidement le pilote sans cesser de se cramponner aux commandes qui lui transmettaient les vibrations anormales de son vaisseau. Les écrans sont hors service !

Ils s'étaient engagés dans une vrille lente, longeant l'énorme vaisseau de guerre de la Fédération du Commerce, si près de lui que les plus gros canons de l'ennemi étaient inutilisables et que seuls les plus légers pouvaient tenter de les toucher. Mais sans les écrans déflecteurs, même un coup oblique pouvait être désastreux.

— Envoi d'une équipe de réparation ! cria Olié en abaissant un levier.

Sur l'écran de contrôle, un sas s'ouvrit et un par un des droïdes astromechs sortirent sur la coque du vaisseau. Le transport se stabilisa, et les droïdes parcoururent rapidement la coque à la recherche des avaries, tandis que Ric Olié maintenait le bâtiment dans l'ombre du cuirassé, pour les dissimuler.

Mais il existait maintenant une nouvelle menace. Incapable de diriger les armes de son vaisseau de manière à ce qu'elles soient efficaces, le commandement de la Fédération du Commerce lança à l'attaque une escadrille de chasseurs stellaires. Petits, avec des lignes pures, ces engins robotisés étaient composés de compartiments jumeaux flanquant un module central en retrait. Alors qu'ils jaillissaient des baies de lancement, leurs compartiments s'ouvrirent sur de longues fentes contenant des canons laser. Ils filèrent le long du vaisseau-mère à la recherche du transport de la Reine. Rapides et très maniables, ils n'avaient aucune difficulté à longer la coque du vaisseau de guerre à pleine vitesse. En quelques secondes ils avaient localisé le transport et ouvraient le feu. Ric Olié s'efforça de les éviter en accélérant. Deux des unités R2 furent éliminées, l'une d'un coup direct, l'autre quand son système d'arrimage à la coque du transport fut pulvérisé.

Sur l'écran de contrôle, on voyait clairement l'unité R2 bleue qui travaillait à reconnecter une série de câbles sortant d'un panneau endommagé. Les éclairs des lasers frappaient autour d'elle, mais l'unité R2 poursuivait ses efforts sans hésitation. Non loin, le quatrième droïde disparut dans un nuage d'éclats de métal et de flammes.

Il ne restait plus à présent que l'astromech bleu, toujours affairé au milieu de la danse mortelle des chasseurs ennemis. Un changement perceptible se produisit dans l'affichage du pupitre de commande, et Ric Olié se permit une exclamation d'approbation :

— Les écrans refonctionnent ! Ce petit droïde a réussi !

Il poussa les propulseurs au maximum et le transport fit un bond dans l'espace qui l'éloigna d'un coup du vaisseau de guerre et des chasseurs stellaires, laissant derrière lui le barrage de la Fédération du Commerce et la planète Naboo.

L'unité R2 survivante fit demi-tour, regagna le sas et disparut de l'écran.

Quand ils furent suffisamment loin de toute présence ennemie, Ric Olié se livra à une vérification approfondie des commandes, afin d'évaluer les dégâts. Obi-Wan s'installa à ses côtés, à la place du copilote, et l'aida dans sa tâche. Qui-Gon et le capitaine Panaka se tenaient debout derrière eux, dans l'attente de leur rapport. La Reine et les Naboo restants étaient en sécurité dans d'autres compartiments.

Ric Olié eut une moue dubitative.

— Nous ne pourrons aller très loin. Il y a une défaillance dans l'hyperpropulsion.

— Il va falloir nous poser quelque part pour effectuer les réparations, remarqua Qui-Gon Jinn. Quelle planète proche ferait l'affaire ?

Ric Olié fit apparaître une carte stellaire et ils se penchèrent sur l'écran pour l'étudier.

— Ici, Maître, dit Obi-Wan dont le regard aigu avait immédiatement repéré la seule option raisonnable. Tatooine. C'est une petite planète pauvre, à l'écart. Elle attire peu l'attention. Et la Fédération du Commerce y est totalement absente.

— Comment pouvez-vous en être certain ? s'enquit vivement le capitaine Panaka.

Qui-Gon se tourna vers lui.

— Tatooine est sous le contrôle des Hutts.

Panaka sursauta.

— Les Hutts ?

— C'est risqué, commenta Obi-Wan, mais nous n'avons pas le choix.

Le capitaine Panaka ne paraissait pas convaincu.

— Vous ne pouvez pas y amener Son Altesse Royale ! Les Hutts sont des contrebandiers et des trafiquants d'esclaves ! S'ils découvraient son identité...

— Ce ne serait pas différent si nous nous posions sur une planète d'un système sous contrôle de la Fédération du Commerce, interrompit Qui-Gon. À cela près que les Hutts ne recherchent pas la Reine, ce qui nous confère un léger avantage.

Le chef de la sécurité faillit ajouter quelque chose, mais il se ravisa et se contenta d'inspirer profondément. Cependant, l'amertume était gravée sur son visage sombre et lisse quand il se détourna.

Qui-Gon Jinn donna une petite tape sur l'épaule de Ric Olié.

— Cap sur Tatooine.

Dans une salle de conférences retirée, à bord du vaisseau-amiral de la Fédération du Commerce, Nute Gunray et Rune Haako étaient assis côte à côte et regardaient avec nervosité l'hologramme de Dark Sidious à l'autre bout de la table. L'hologramme miroitait chaque fois que bougeaient les vêtements sombres du Seigneur des Sith, patchwork aux nuances infimes que les Neimoidiens étaient incapables de décrypter.

Le Seigneur des Sith n'avait pas été appelé. En fait, les Neimoidiens auraient été très heureux qu'il choisisse de ne pas communiquer du tout avec eux aujourd'hui. Mais il semblait toujours deviner quand les choses allaient mal, et il avait décidé seul de son intervention. Ayant exigé un rapport sur les progrès de l'invasion, il s'était carré dans son fauteuil pour écouter le résumé de Nute Gunray et ne soufflait mot.

— Nous contrôlons toutes les cités dans les parties nord et ouest du territoire Naboo, disait le Vice-Roi. Et nous sommes à la recherche des autres colonies où la résistance…

— Oui, oui, coupa soudain Dark Sidious, sa voix onctueuse relevée d'un soupçon d'impatience. Vous avez bien agi. À présent, éliminez tous leurs hauts dignitaires. Faites-le avec discrétion, mais n'oubliez personne… Et la Reine Amidala ? A-t-elle signé le traité ?

Nute Gunray inspira lentement, puis expira avec la même lenteur avant de répondre :

— Elle a disparu, Excellence. Il y a eu une évasion…

— Une… évasion ? répéta le Seigneur des Sith dans un sifflement bas.

— Un vaisseau Naboo a réussi à franchir le blocus…

— Comment a-t-elle fait pour s'évader, Vice-Roi ?

Nute Gunray coula un regard oblique vers Rune Haako pour implorer son aide, mais son homologue était paralysé par la peur.

— Les Jedi, Excellence. Ils ont trouvé leur chemin jusqu'à elle, ont neutralisé les gardes...

Tel un félin, Dark Sidious bougea dans ses amples vêtements, et les ombres luirent à l'intérieur de son capuchon.

— Retrouvez-la, Vice-Roi ! Je veux que ce traité soit signé !

— Excellence, nous n'avons pas pu localiser le vaisseau dans lequel elle a fui, dut admettre le Neimoidien en regrettant de ne pouvoir disparaître dans le plancher dans la seconde.

— Vice-Roi !

— Une fois qu'il nous a dépassés, nous avons tenté de le poursuivre, mais il a réussi à nous échapper ! Il est à présent hors de notre portée et...

La vague noire d'un bras l'interrompit.

— Pas hors de portée d'un Sith, murmura l'autre.

Quelque chose brilla fugitivement dans les profondeurs de l'hologramme, et une silhouette émergea des ténèbres derrière Dark Sidious. Nute Gunray se figea. C'était un autre Seigneur des Sith. Mais alors que Dark Sidious demeurait une présence floue, ce nouveau Sith était réellement terrifiant à contempler. Son visage n'était qu'un masque de traits déchiquetés rouges et noirs imprimés dans la peau, son crâne nu était couronné d'une série de cornes courtes recourbées en crocs. Des yeux d'un jaune à l'éclat malveillant clouèrent les Neimoidiens sur place, anéantirent toutes leurs défenses, les sondèrent jusqu'au tréfonds de leur être et les rejetèrent comme des créatures insignifiantes et insensées.

— Vice-Roi, dit doucement Dark Sidious dans le silence soudain, voici mon élève, le Seigneur Maul. Lui retrouvera le vaisseau perdu.

Nute Gunray hocha légèrement la tête en signe d'assentiment, ce qui lui permit de se soustraire un instant à cette présence effrayante.

— Oui, Excellence.

L'hologramme frissonna, puis disparut, laissant la salle de conférences dans un silence pesant. Les Neimoidiens restèrent un moment sans bouger, sans même se regarder, leurs yeux reptiliens toujours fixés sur l'endroit qu'avait occupé l'hologramme.

— La situation nous échappe, finit par lâcher Nute Gunray d'une voix tendue et mal assurée.

Assurément, leur projet de détourner l'impôt sur les routes commerciales ne valait pas de risquer ainsi leur vie.

Rune Haako parvint à acquiescer, dans un mouvement saccadé.

— Nous n'aurions jamais dû passer ce marché. Qu'arrivera-t-il quand les Jedi se rendront compte que nous traitons avec ces Seigneurs des Sith ?

Mains crispées sur ses genoux, Nute Gunray n'osa même pas avancer une réponse.

À bord du transport royal, les Jedi et le capitaine Panaka se tenaient auprès de l'unité R2 rescapée, pendant que le capitaine faisait son rapport à la Reine sur les événements ayant trait à leur percée du blocus de la Fédération du Commerce. Assise au milieu de ses trois dames de compagnie, son visage pâle encadré par sa coiffe noire, ses yeux sombres et calmes, Amidala écoutait la conclusion de Panaka.

— Nous avons bien de la chance d'avoir celui-là à notre service, Votre Altesse, disait le capitaine en parlant de l'astromech au dôme bleu. Ce petit droïde est extrêmement bien conçu. Il a, sans l'ombre d'un doute, sauvé le vaisseau, sans parler de nos vies.

— Qu'il en soit félicité, dit Amidala. Quel est son matricule ?

De petites lumières clignotèrent sur le droïde bleu qui émit une brève série de trilles et de pépiements. Le capitaine Panaka se baissa et gratta une tache sur le dôme du droïde, puis se redressa.

— R2-D2, Votre Altesse.

La Reine Amidala se pencha en avant et une main blanche et fine émergea de la manche de sa tenue pour toucher le dôme du droïde.

— Merci, R2-D2. Tu as prouvé à la fois ta loyauté et ta bravoure.

Elle regarda par-dessus son épaule.

— Padmé.

Une des dames de compagnie approcha. Qui-Gon Jinn, qui n'écoutait l'échange que d'une oreille distraite car il réfléchissait aux problèmes futurs qui les attendaient sur Tatooine, reconnut la jeune fille qui avait soutenu la décision de la Reine de s'échapper de Naboo. Il se rembrunit. C'était elle, sans toutefois être tout à fait elle...

— Veillez à ce que ce brave petit droïde soit nettoyé, disait la Reine à sa dame de compagnie. R2-D2 mérite notre gratitude. (Puis, s'adressant à Panaka :) Continuez votre rapport, je vous prie, capitaine.

Mal à l'aise, celui-ci jeta un coup d'œil aux Chevaliers Jedi.

— Votre Altesse, nous faisons route vers une planète isolée nommée Tatooine.

Il se tut, peu désireux d'en dire plus sur le sujet.

— Elle est située dans un système qui se trouve très largement hors de portée de la Fédération du Commerce, intervint Qui-Gon avec douceur. Une fois là, nous pourrons effectuer les réparations que nécessite le vaisseau, et ensuite reprendre notre voyage jusqu'à Coruscant...

— Votre Altesse, fit d'une voix tendue le capitaine Panaka qui s'était repris, Tatooine est un endroit très dangereux. Elle est sous la coupe des Hutts, qui sont des bandits et des marchands d'esclaves. Je ne puis approuver la décision des Jedi de faire halte sur cette planète.

La Reine interrogea Qui-Gon du regard. Le Jedi ne broncha pas.

— Vous devez avoir confiance en mon jugement, Votre Altesse.

— Le dois-je ? répondit Amidala d'un ton posé.

Elle considéra un instant ses dames de compagnie, et ses yeux s'attardèrent sur Padmé. La jeune fille était toujours auprès de la Reine, et elle parut soudain se souvenir qu'on lui avait confié une tâche à accomplir. Avec un petit hochement de tête, elle recula pour s'occuper de R2-D2.

Amidala reporta son attention sur Qui-Gon Jinn.

— Notre sort est entre vos mains, trancha-t-elle.

Le sujet était clos.

Jar Jar Binks était resté confiné dans la remise à droïdes jusqu'à ce que l'unique unité R2 arrive par le sas et que le Naboo vienne le chercher. Ils ne semblaient avoir aucun ordre précis concernant le Gungan, aussi le laissèrent-ils se débrouiller à sa guise. Dans un premier temps il hésita à se risquer au-dehors, car il avait encore à l'esprit l'ordre du jeune Jedi de ne pas bouger et de ne pas chercher d'ennuis. Or il n'était pas sûr de vouloir tenter le destin.

Mais en fin de compte la curiosité et le besoin d'action l'emportèrent. Le transport ne tanguait plus, l'attaque de la Fédération avait dû prendre fin car les sirènes d'alarme s'étaient tues. Tout était paisible, et le Gungan ne voyait aucune raison de rester cloîtré dans cette petite pièce une minute de plus.

Il entrouvrit la porte, passa la tête par l'embrasure et balaya les alentours d'un regard prudent. Ne voyant personne, il se décida. Il quitta le magasin et s'aventura dans les couloirs du vaisseau, avec une nette préférence pour ceux qui l'éloignaient du poste de pilotage où les Jedi se trouvaient probablement. Il s'attendait à ce que quelqu'un lui dise de retourner d'où il venait, mais personne ne lui prêtait attention, aussi se mit-il à fureter ici et là, avec circonspection mais sans pouvoir s'en empêcher.

Il suivait un couloir étroit qui montait des niveaux inférieurs du vaisseau jusqu'au pont principal. Il passa la tête par un sas et découvrit une des dames de compagnie de la Reine occupée à nettoyer l'astromech R2 avec un vieux chiffon.

— Heydey ho ! lança-t-il.

La jeune fille comme le droïde sursautèrent, la dame de compagnie avec un petit cri et le droïde avec un bip sonore. Jar Jar tressaillit à son tour, puis il entreprit de se hisser lentement par l'ouverture.

— Moi désolé, dit-il, gêné de les avoir ainsi effrayés. Moi pas vouloir vous faire peur. Okeday ?

La jeune fille sourit.

— C'est bon. Approchez donc.

Jar Jar avança de quelques pas tout en étudiant l'état du droïde.

— Moi vu bidon d'huile niveau plus bas. Vous vouloir ?

— Cela ne serait pas inutile, reconnut la dame de compagnie. Ce petit droïde est en mauvais état.

Jar Jar disparut par le sas, retrouva l'endroit où il avait repéré le bidon d'huile et le rapporta à la jeune fille.

— Ça aider ?

— Merci, dit-elle en ouvrant le bidon pour en humecter son chiffon avant de frotter le dôme de l'unité R2.

— Moi Jar Jar Binks, se présenta Jar Jar après quelque secondes, dans l'espoir de poursuivre la conversation, car cette jeune Naboo lui plaisait bien.

— Je m'appelle Padmé, répondit-elle en faisant disparaître une tache sur le support du droïde. Au service de Son Altesse la Reine Amidala. Et voici R2-D2. Vous êtes un Gungan, n'est-ce pas ?

Jar Jar acquiesça, et ses longues oreilles battirent contre son cou.

— Comment avez-vous échoué ici ? s'enquit-elle.

Jar Jar réfléchit une minute.

— Moi pas savoir exactement. Ce jour commencer okeday avec soleil. Moi manger coquillage. Puis boum ! Mécaniques voler, rouler... Moi très peur. Alors Jedi courir, et moi agripper Quiggon, alors mécanique se retourner et tomber sous lac jusqu'à Otoh Gunga...

Il s'interrompit, indécis quant à ce qu'il pourrait encore dire. Padmé lui adressa un signe d'encouragement et R2-D2 pépia dans le même sens.

— Être tout, à peu près. Avant moi savoir quoi, poum ! Moi ici !

Il s'accroupit et haussa les épaules.

— Moi très, très peur.

Il regarda la jeune fille, puis le droïde. Padmé souriait amicalement. R2-D2 émit un nouveau trille. Jar Jar se sentait beaucoup mieux.

Dans le poste de pilotage, Ric Olié dirigeait le transport vers une grande planète jaunâtre qui envahissait peu à peu le hublot à mesure qu'ils approchaient de sa surface. Les Jedi et le capitaine Panaka se tenaient derrière lui et étudiaient par-dessus ses épaules les cartes du sol qu'il avait affichées sur les écrans.

— Tatooine, confirma Obi-Wan Kenobi, sans s'adresser à quelqu'un en particulier.

Ric Olié désigna une des cartes.

— Il y a une colonie qui devrait posséder ce dont nous avons besoin… Un spatioport, on dirait. Mos Espa, fit-il avec un regard aux Jedi.

— Posez-vous au large de la cité, ordonna Qui-Gon Jinn. Nous ne désirons pas attirer l'attention.

Le pilote apporta les corrections nécessaires à la trajectoire du vaisseau. Il ne fallut que quelques instants pour entrer dans l'atmosphère de la planète et atteindre une zone désertique à distance de la ville. Ric Olié posa l'appareil avec un savoir-faire consommé, et les trains d'atterrissage touchèrent le sol sans heurt majeur, dans un tourbillon de poussière. Au loin, Mos Espa chatoyait doucement dans la brume de chaleur de l'après-midi.

Qui-Gon envoya son protégé découpler l'hyperpropulseur et le capitaine Panaka avertir la Reine qu'ils étaient arrivés. Il avait décidé de se rendre en éclaireur à l'astroport et sortait du poste de pilotage pour aller changer de tenue quand il rencontra Jar Jar Binks, la dame de compagnie de la Reine nommée Padmé et la petite unité R2.

Il ralentit le pas en songeant soudain qu'une arrivée en solitaire dans la cité risquait de le faire remarquer.

— Jar Jar, dit-il finalement, prépare-toi. Tu m'accompagnes. Le droïde aussi.

Il les contourna et s'éloigna sans un regard en arrière.

Le Gungan le suivit des yeux, avec une expression incrédule, puis horrifiée. Quand enfin il eut repris ses esprits, le Jedi avait disparu. Avec un gémissement de désespoir il s'élança à sa poursuite et arriva dans la chambre principale où Obi-Wan treuillait l'hyperpropulseur hors des entrailles du vaisseau.

— Obi-One, Seigneur ! glapit-il en se jetant aux pieds du jeune Chevalier Jedi. Vous en prie, moi pas aller avec Quiggon !

Obi-Wan aurait été assez enclin à l'approuver, mais il était trop malin pour le montrer.

— Désolé, mais Qui-Gon a raison. C'est un astroport multinational, un centre d'échanges commerciaux. Vous serez moins voyants en y allant ensemble.

Il fronça les sourcils en reportant son attention sur l'hyperpropulseur.

— Du moins je l'espère, murmura-t-il pour lui-même.

Jar Jar se remit debout et s'approcha d'un pas traînant de R2-D2, la bouche déformée par une grimace qui pouvait signifier la résignation. L'astromech bipa en signe de sympathie, puis lança une série de cliquetis qui se voulaient rassurants.

Qui-Gon réapparut, vêtu maintenant en paysan d'une tunique, de cuissardes et d'un poncho. Sans prêter attention au Gungan et au droïde, il alla droit à Obi-Wan qui examinait le système d'hyperpropulsion.

— Qu'as-tu découvert ?

Le visage de l'élève Jedi était sombre.

— Le générateur est à bout. Il nous en faudra un autre.

— C'est bien ce que je pensais, dit le Maître Jedi en s'agenouillant auprès de son protégé. Eh bien, nous ne pouvons tenter d'établir une communication avec Coruscant d'aussi loin en bordure de la galaxie. Elle risquerait d'être interceptée, et notre position d'être révélée. Nous devrons nous débrouiller par nos propres moyens. (Il baissa la voix et ajouta :) Ne laisse personne envoyer de transmission pendant mon absence. Reste sur tes gardes, Obi-Wan. Je sens une perturbation dans la Force.

Les yeux d'Obi-Wan se levèrent pour rencontrer les siens.

— Je la sens aussi, Maître. Je serai prudent.

Qui-Gon se redressa, prit au passage Jar Jar et l'unité R2, et le trio descendit la rampe de chargement abaissée sur le sol de la planète. Un tapis de sable nu s'étendait dans toutes les directions, ponctué ici et là par des formations rocheuses massives et au loin par les tours de Mos Espa. Les soleils jumeaux qui assuraient la vie sur la planète dardaient des rayons d'une telle férocité qu'on les aurait dits déterminés à éradiquer de nouveau cette vie. La chaleur montait du sol en vagues miroitantes, et l'air était tellement sec qu'en quelques secondes il dessécha leur bouche et leurs narines.

Jar Jar leva vers le ciel des yeux exorbités, et son visage d'amphibien se renfrogna.

— Ce soleil assassiner la peau du Gungan, ronchonna-t-il.

Au signal de Qui-Gon ils se mirent en route. Une étrange caravane d'animaux et de cavaliers, de chariots et de traîneaux apparut à l'horizon, semblable à un mirage brumeux, déformé et menaçant de s'évaporer en un clin d'œil. Jar Jar marmonna encore, mais nul ne l'écoutait.

Ils n'avaient guère progressé quand un cri les fit se retourner. Deux silhouettes couraient vers eux, en provenance du vaisseau. Bientôt Qui-Gon put identifier le capitaine Panaka et une jeune fille portant la tenue fruste d'une paysanne. Le Jedi resta immobile et les attendit, mais le souci avait fermé ses traits léonins.

Panaka était en sueur.

— Son Altesse vous ordonne d'emmener avec vous sa dame de compagnie. Elle désire que Padmé lui fasse son propre rapport sur ce que vous pourriez…

— Plus aucun ordre de Son Altesse pour aujourd'hui, coupa Qui-Gon en secouant la tête. Mos Espa n'est pas un endroit très agréable pour…

— C'est le désir de la Reine, répliqua Panaka, le visage durci par la colère. Elle a insisté. Elle désire en savoir plus sur cette planète.

La jeune fille avança d'un pas. Ses yeux noirs rencontrèrent ceux de Qui-Gon.

— J'ai suivi un entraînement d'autodéfense. Je parle maintes langues. Je n'ai pas peur. Je peux prendre soin de moi.

Le capitaine Panaka soupira et regarda vers le transport, derrière lui.

— Ne m'obligez pas à retourner auprès d'elle pour lui annoncer que vous refusez...

Qui-Gon hésita, car telle était précisément son intention. Il dévisagea Padmé, décela de la force dans ses prunelles, et changea d'avis. Elle pourrait se révéler utile. En compagnie d'une jeune fille, ils auraient l'air d'une famille en transit et présenteraient un tableau moins remarquable.

— Très bien. Le temps manque pour discuter, capitaine. Je continue à penser que c'est une mauvaise idée, mais elle peut venir.

Il lança à Padmé un regard d'avertissement.

— Ne vous éloignez pas de moi.

Et il reprit son chemin, les autres lui emboîtant le pas. Panaka resta là un moment à observer, avec un soulagement non dissimulé, l'étrange petite troupe composée du Maître Jedi, de la dame de compagnie, du Gungan et de l'astromech qui s'éloignait dans le paysage désertique en direction de Mos Espa.

9

On n'avait pas encore atteint le milieu de l'après-midi quand le petit groupe avec Qui-Gon Jinn à sa tête arriva à Mos Espa et se dirigea vers le centre de l'astroport. La ville s'étendait en longueur comme la trace sinueuse d'un serpent fuyant la canicule. Les bâtiments étaient surmontés de dômes, leurs murs épais incurvés pour mieux protéger du soleil, et les échoppes et boutiques étaient toutes équipées d'auvents ou de vérandas qui offraient

un semblant d'ombre aux marchands. Les rues larges étaient encombrées d'êtres de tous aspects et de toutes tailles, la plupart venus d'autres mondes. Certains chevauchaient des eopies desséchés par le désert. De gros banthas domestiqués, avec leurs cornes en spirales, et des dewbacks tiraient des carrioles, des chariots et des traîneaux montés sur roues ou patins mécaniques selon les besoins, un méli-mélo de trafics commerciaux entre les ports plus petits de Tatooine et les étoiles des systèmes au-delà.

Qui-Gon restait en état d'alerte. Il repéra quelques Rodiens, des Dugs et d'autres dont les menées étaient toujours suspectes. La plupart les croisaient sans même les regarder. Un ou deux se retournèrent sur Jar Jar, mais l'oublièrent dès qu'ils l'eurent mieux vu. En tant que groupe, ils allaient bien ensemble. Il existait ici tant de combinaisons de créatures de toutes les espèces que l'apparition d'une de plus ne signifiait rien.

— Tatooine est le domaine de Jabba le Hutt, qui contrôle la majeure partie de la contrebande de denrées illégales, des butins d'actes de piraterie, et de la vente d'esclaves. Ces activités génèrent le gros de la richesse de cette planète, expliqua Qui-Gon à Padmé (naguère, il était déjà venu sur Tatooine). Jabba contrôle les astroports et les colonies, toutes les zones peuplées. Le désert appartient aux Jawas, qui récupèrent tout ce qu'ils peuvent trouver pour le revendre ou l'échanger, et aux Tuskens, qui vivent en nomades et se sentent autorisés à dépouiller tout le monde.

Le Jedi parlait à voix basse, sur le ton de la conversation. À côté de lui la jeune fille marchait en silence, mais ses yeux ne rataient aucun détail de ce qu'ils voyaient. Des landspeeders les frôlaient à vitesse réduite, et des droïdes de tous modèles roulaient derrière des non-humains en costumes du désert.

— Il existe également de nombreuses fermes, des exploitations isolées dirigées par des êtres venus d'ailleurs qui n'appartiennent ni aux tribus indigènes ni aux pillards du désert, et qui n'ont aucun lien avec les Hutts. (Son regard balaya la rue devant eux.) C'est un endroit rude et dangereux. Les gens avisés l'évitent. Ses quelques astroports sont devenus des havres pour ceux qui ne désirent pas être retrouvés.

Padmé leva les yeux vers lui.

— Comme nous, dit-elle.

Un couple de banthas domestiqués descendait lentement la grande artère, leurs masses poilues suffisant à ouvrir un passage au convoi de traîneaux chargés de blocs de pierre et d'étançons métalliques. Leurs têtes cornues oscillaient paresseusement au rythme de leurs pattes couvertes de fourrures qui soulevaient à chaque pas un nuage de poussière et de sable. Le conducteur somnolent dodelinait de la tête, perché qu'il était au sommet du premier traîneau, silhouette insignifiante à l'ombre des énormes animaux.

Jar Jar Binks se tenait aussi près que possible du Jedi et de la jeune fille, et lançait sans arrêt des œillades méfiantes à gauche et à droite. Rien de ce qu'il voyait ne lui était familier ou accueillant. Des regards durs se posaient sur lui, le jaugeaient selon des critères auxquels il préférait ne pas penser. Il y voyait au mieux un défi muet, au pire un avertissement particulièrement inamical. Non, il n'aimait pas cet endroit, et il aurait souhaité se trouver n'importe où, pourvu que ce fût ailleurs.

— Être très mauvais, ici, grommela-t-il en déglutissant pour chasser une sécheresse dans sa gorge qui ne tenait pas qu'à la chaleur. Rien de bon ici ! (Son pied s'enfonça jusqu'à la cheville dans une substance puante.) Oh, oh. Être pouah, ça !

R2-D2 roulait joyeusement à son côté, en déversant un mélange de trilles et de cliquetis supposé démontrer au Gungan que tout allait pour le mieux.

Ils remontèrent l'artère principale de l'astroport jusqu'à son extrémité et tournèrent dans une petite rue latérale qui menait à une place bordée d'échoppes vendant des objets de récupération, et de boutiques de brocante. Qui-Gon laissa son regard errer sur les amoncellements de parties de moteurs, de tableaux de bord, de panneaux de contrôle et de mécanismes de communication récupérés sur des vaisseaux spatiaux et des speeders.

— Nous tenterons notre chance auprès d'une des boutiques les moins importantes, décida-t-il en désignant celle qui s'élevait devant eux, isolée de la place par une énorme pile de composants de transporteurs.

Ils franchirent l'entrée en courbant la tête et furent accueillis par une créature bleue rondelette qui se précipita au-devant d'eux telle une sonde devenue folle, ses petites ailes battant si vite qu'on les discernait à peine.

— *Hi chubba da nago ?* criailla-t-elle d'une voix gutturale, pour leur demander ce qu'ils voulaient.

Un Toydarian, songea Qui-Gon. Il en savait assez sur cette race pour l'identifier, mais guère plus.

— J'ai besoin de composants pour un transporteur J-type 327 Nubian, expliqua-t-il.

Le Toydarian parut ravi, à en juger par son groin réticulaire qui se retroussa sur ses dents et produisit de curieux sons rappelant ceux d'un baiser obscène.

— Ah oui ! Du matériel Nubian ! Nous en avons beaucoup !

Les yeux bulbeux allèrent de l'un à l'autre, s'arrêtèrent sur le Gungan.

— Qu'est-ce que c'est, ça ?

Jar Jar recula peureusement derrière Qui-Gon.

— Peu importe, dit le Jedi. Pouvez-vous nous aider ou non ?

— Pouvez-vous payer ou non ? Telle est la question !

Les bras maigres et bleus enserrèrent le torse rond du Toydarian tandis qu'il les considérait avec dédain.

— Quelle sorte de camelote cherches-tu, fermier ?

— Mon droïde a une liste de ce qu'il nous faut, dit Qui-Gon en désignant l'unité du regard.

Toujours suspendu en l'air devant le nez de Qui-Gon, le Toydarian regarda par-dessus son épaule.

— *Peedunkel ! Naba dee unko !*

Un garçonnet humain de petite taille, les cheveux ébouriffés, arriva en courant du fond du magasin et s'arrêta à quelques pas d'eux, en se dandinant d'un pied sur l'autre. Ses vêtements étaient en lambeaux, raidis par la crasse, et il affichait l'expression d'un enfant qui craint d'être battu une fois de plus. Il eut un mouvement de recul quand le Toydarian avança vers lui et leva la main.

— Qu'est-ce qui t'a pris si longtemps ?

— *Mell tass cho-pas kee*, répondit aussitôt le gamin, ses yeux bleus englobant le groupe des arrivants en un instant. Je nettoyais la poubelle comme vous l'avez...

— *Chut-chut !* s'exclama le Toydarian en levant les mains vers le ciel avec colère. Oublie la poubelle ! Surveille le magasin ! J'ai une vente à faire !

Il tournoya sur lui-même pour faire face à ses clients.

— Alors suivez-moi sur la place. Vous trouverez bientôt ce que vous cherchez.

Il fonça vers l'extérieur en faisant signe au passage à Qui-Gon de le suivre. Le Jedi obtempéra, R2-D2 sur ses talons. Jar Jar s'approcha d'une étagère et y prit un objet métallique à la forme curieuse. Quel pouvait être son usage ?

— On ne touche à rien ! lança Qui-Gon sans se retourner, mais d'un ton sans réplique.

Jar Jar reposa l'objet et décocha une grimace au dos de Qui-Gon, agrémenté d'une langue tirée. Quand le Jedi fut hors de vue, il reprit l'objet.

Anakin Skywalker ne parvenait pas à détacher son regard de la jeune fille. Il l'avait remarquée dès qu'il avait franchi le seuil de la boutique de Watto, et depuis il ne pouvait s'empêcher de l'admirer. Il entendit à peine le Toydarian lui ordonner de surveiller l'échoppe, et il ne vit pas plus l'étrange créature entrée avec elle qui farfouillait sur les étagères et dans les boîtes. Et même quand la jeune fille se rendit compte de l'attention qu'il lui portait, il fut incapable de modifier son comportement.

Il alla jusqu'à un endroit dégagé du comptoir, s'y hissa et s'assit pour la contempler tout en feignant de nettoyer une cellule de transmetteur. Elle se retournait maintenant vers lui, sa gêne faisant place à la curiosité. Petite et mince, elle avait des cheveux bruns coiffés en une natte, des yeux marron et un visage qu'il trouvait si ravissant qu'il ne pouvait le comparer à rien de connu. Elle portait la tenue peu seyante des paysannes, mais elle semblait très sûre d'elle-même.

Elle lui adressa un sourire amusé, et il se sentit fondre d'embarras et d'émerveillement. Il prit sa respiration et demanda :

— Êtes-vous un ange ?

La jeune fille le regarda sans comprendre.

— Quoi ?

— Un ange, répéta Anakin en se redressant un peu. Ils vivent sur les lunes de Iego, je crois. Ce sont les plus belles créatures de tout l'univers. On dit qu'elles sont bonté et sagesse, et si jolies que les pirates de l'espace les plus endurcis pleurent comme des enfants en les voyant.

Elle lui décocha un regard déconcerté.

— Je n'ai jamais entendu parler des anges, avoua-t-elle sans ambages.

— Vous devez en être un, insista Anakin. Mais peut-être que vous l'ignorez, voilà tout.

— Vous êtes un drôle de petit garçon, fit-elle. (Le sourire réapparut sur ses lèvres.) Comment en savez-vous autant sur l'univers ?

Anakin sourit à son tour et haussa les épaules.

— J'écoute ce que racontent tous les pilotes et les marchands qui passent ici. Moi aussi, je suis pilote, vous savez. Un jour je m'envolerai loin d'ici.

La jeune fille marcha jusqu'à une extrémité du comptoir, regarda ailleurs, puis vers lui.

— Cela fait longtemps que vous êtes ici ?

— Depuis que je suis tout petit. Depuis l'âge de trois ans, je crois. Ma mère et moi avons été vendus à Gardulla la Hutt, mais elle nous a donnés à Watto, parce qu'elle avait perdu en pariant avec lui aux courses. Watto est un bien meilleur maître, je trouve.

Elle le considéra avec incrédulité.

— Vous êtes un esclave ?

La façon dont elle prononça le mot emplit Anakin de honte tout autant que d'une juste irritation. Il lui lança un regard plein de défi.

— Je suis une personne !

— Je suis désolée, dit-elle. (Elle semblait sincère.) Je ne comprends pas très bien, je suppose. Ce monde m'est étranger.

Il l'étudia un long moment. Un millier de choses lui traversaient l'esprit, choses dont il aurait tant voulu lui parler.

— Et vous, vous êtes une fille étrange pour moi, déclara-t-il seulement. Je m'appelle Anakin Skywalker.

— Padmé Naberrie, se présenta-t-elle en passant avec coquetterie une main dans ses cheveux.

La créature qui était entrée avec elle tangua vers l'entrée de la boutique et s'intéressa à un petit droïde trapu au nez bulbeux. Il appuya sur le groin d'un doigt. Instantanément des armatures jaillirent du corps du robot dans toutes les directions, tels des membres mécaniques. Les moteurs du droïde s'allumèrent et il commença à avancer droit devant lui. L'étrange compagnon de Padmé s'élança derrière lui avec un gémissement de détresse et saisit les bras mécaniques pour tenter de le ralentir, mais le droïde poursuivait sa route à travers la boutique, renversant tout ce qui se trouvait sur son passage.

— Appuyez sur le nez ! hoqueta Anakin, plus qu'amusé.

La créature appliqua cette recommandation et bombarda de coups de poing le droïde qui s'arrêta brusquement. Ses membres mécaniques se rétractèrent et les moteurs s'éteignirent. Anakin et Padmé riaient maintenant sans retenue, et leur hilarité redoubla en voyant l'expression désemparée sur la face de batracien de l'infortunée créature.

Anakin regarda la jeune fille, qui fit de même. Leurs rires s'éteignirent. Dans un geste délicieusement emprunté, Padmé effleura encore sa chevelure, mais elle ne détourna pas les yeux.

— Je vais vous épouser, dit soudain le garçon.

Il y eut un moment de silence, puis elle se remit à rire, d'un rire perlé et musical qui ne le troubla pas du tout. La créature qui l'accompagnait roula des yeux.

— Je suis sérieux, ajouta-t-il.

— Vous êtes quelqu'un de très singulier, répondit-elle en reprenant son sérieux. Pourquoi dites-vous cela ?

Il n'eut qu'un instant d'hésitation.

— Parce que c'est ce que je crois…

Elle lui décocha un sourire éblouissant.

— Mais j'ai bien peur de ne pouvoir vous épouser…

Elle marqua un temps d'arrêt pendant qu'elle cherchait à se remémorer son prénom.

— Anakin, rappela-t-il.

— Anakin, répéta-t-elle en penchant la tête de côté. Vous n'êtes qu'un enfant.

Le feu de ses prunelles possédait une extraordinaire intensité quand il la fixa.

— Il n'en sera pas toujours ainsi, répondit-il avec assurance.

Dehors, Watto étudiait l'écran de son inventaire

électronique qu'il tenait dans une main. Bras croisés sous son poncho de paysan, Qui-Gon attendait calmement, l'unité R2 à côté de lui.

— Ah, voilà. Un générateur d'hyperpropulsion T-14 ! fit le Toydarian en tapotant l'écran de ses doigts tordus tandis qu'il voletait devant le Jedi. C'est votre jour de chance. Je suis le seul dans le coin à en avoir en stock. Mais vous feriez aussi bien d'acheter un vaisseau neuf, cela vous reviendrait moins cher. À propos de sous, combien comptez-vous offrir pour cet équipement, fermier ?

— J'ai vingt mille crédits républicains à mettre dans cet achat, répondit Qui-Gon après un moment de réflexion.

— Des crédits républicains ? explosa Watto, outré. Ici, ils ne valent rien ! Il me faut mieux que ça, quelque chose qui ait une vraie valeur...

Le Maître Jedi secoua lentement la tête.

— Je n'ai rien d'autre, fit-il en sortant une main du poncho et en la passant nonchalamment devant la face du Toydarian. Mais les crédits feront l'affaire...

— Non, pas question ! rétorqua Watto dont les ailes bourdonnaient furieusement.

Qui-Gon repassa une nouvelle fois la main devant la créature bleue et rondelette en mettant toute la force de suggestion Jedi dans le geste.

— Les crédits feront l'affaire...

— Non, pas question ! ricana le Toydarian. Qu'est-ce que vous croyez faire, là, à agiter la main devant moi ? Vous vous prenez pour un de ces Chevaliers Jedi ? Ah ! Mais moi je suis un Toydarian ! Les tours mentaux n'ont aucun effet sur moi, il n'y a que l'argent qui en ait ! Pas d'argent, pas d'équipement, pas d'affaire conclue ! Et personne d'autre à Mos Espa n'a en stock un générateur d'hyperpropulsion T-14, je peux vous le promettre !

Masquant sa déception, Qui-Gon retourna dans l'échoppe, l'unité R2 sur les talons. Sur la place, le Toydarian lui cria de ne revenir que lorsqu'il aurait mieux à lui proposer, en raillant encore la tentative du Jedi de lui faire accepter des crédits républicains. Au moment où Qui-Gon entrait dans la boutique, Jar Jar tira sur une pièce métallique au pied d'un tas de rebuts qui s'écroulèrent dans un vacarme d'enfer. Ses efforts pour remédier au mal précipitèrent un nouvel amoncellement de pièces détachées au sol.

Le garçon et la dame de compagnie de la Reine étaient engagés dans une conversation apparemment très prenante, car ils ne prêtaient aucune attention au Gungan.

— Nous partons, annonça Qui-Gon à l'adresse de la jeune fille avant de faire demi-tour.

R2-D2 le suivit vers la sortie, et Jar Jar les rejoignit en hâte, désireux de s'éloigner de la catastrophe qu'il venait de déclencher. Padmé gratifia le garçon d'un sourire chaleureux.

— Je suis heureuse d'avoir fait votre connaissance, Anakin, dit-elle avant de suivre le Jedi.

— Moi aussi ! lança-t-il, le regret étant perceptible dans sa voix.

Watto arriva en voletant de la cour. Il secouait la tête d'un air dégoûté.

— Ces barbares ! Parce que nous vivons loin de tout, ils nous prennent pour des ignorants !

Anakin observait toujours Padmé d'un regard mélancolique.

— Ils m'ont semblé agréables, à moi.

Watto renifla avec dédain et vint battre l'air devant son nez.

— Nettoie tout ce désordre, ensuite tu pourras rentrer chez toi !

Le visage d'Anakin s'illumina. Avec une petite exclamation de joie, il se mit promptement au travail.

Qui-Gon mena ses compagnons vers l'avenue principale. À un endroit où deux bâtiments se divisaient pour former une niche plongée dans l'ombre, le Maître Jedi poussa tout son monde à l'abri des regards et sortit son comlink de sous son poncho. Padmé et R2-D2 attendaient patiemment, mais Jar Jar arpentait l'espace réduit comme s'il était en cage, sans quitter des yeux l'agitation de l'artère.

Dès qu'Obi-Wan répondit à l'appel, Qui-Gon le mit au courant de la situation.

— Es-tu sûr qu'il ne reste rien de valeur à bord ? demanda-t-il en conclusion.

Il y eut un silence à l'autre bout.

— Des containers de provisions, la garde-robe de la Reine, peut-être quelques bijoux. Pas assez pour que vous puissiez procéder à un échange comme vous l'entendez. Pas pour les sommes dont vous parlez.

— Très bien, répondit Qui-Gon en fronçant les sourcils. Une autre solution se présentera. Je vais y retourner.

Il glissa le comlink sous son poncho et fit signe aux autres. Il se dirigeait vers la ruelle latérale quand Jar Jar agrippa son bras.

— Pas encore, Seigneur, implora-t-il. Créatures ici dingues-mauvaises. Nous être volés et battus !

— Ce serait très étonnant, soupira Qui-Gon en se libérant d'une saccade. Nous n'avons rien qui vaille d'être volé. C'est même là notre problème.

Ils redescendirent la rue. Qui-Gon réfléchissait à la tactique à adopter. Padmé et R2-D2 restaient proches de lui pour fendre la foule, mais Jar Jar se mit à lambiner derrière, distrait par toutes ces odeurs inconnues et ces créatures bizarres. Ils passaient devant la terrasse d'un café occupée par un groupe d'extraterrestres à l'air peu aimable, parmi lesquels un Dug qui pérorait sur les mérites des courses de Pods. Jar Jar pressait le pas pour rattraper ses compagnons lorsqu'il aperçut des grenouilles pendues à des fils métalliques au-dessus d'un étal proche. Le Gungan ralentit. Il salivait, car il n'avait rien mangé depuis déjà quelque temps. Après un coup d'œil alentour pour s'assurer que personne ne s'intéressait à lui, il déroula sa longue langue dont l'extrémité préhensile saisit une grenouille. La friandise disparut dans la bouche de Jar Jar en un éclair.

Malheureusement l'animal était toujours solidement

attaché à son fil métallique, et Jar Jar resta là, le fil sortant de sa bouche, incapable de bouger.

Le marchand qui tenait l'étal se précipita vers lui.

— Hé, ça fera sept truguts !

Jar Jar scruta frénétiquement la rue devant lui, mais la foule mouvante masquait déjà ses compagnons. Désespéré, il ouvrit les mâchoires : la grenouille jaillit de sa bouche comme d'une catapulte et se mit à tressauter au bout de son fil. Elle ricocha ici et là, se détacha et finit son vol directement dans la soupe du Dug qui fut arrosé d'un liquide gluant.

Furieuse, la créature dégingandée bondit sur ses pieds et aperçut Jar Jar qui tentait sans succès d'échapper au marchand de grenouilles. Zigzaguant entre les tables, l'instant suivant il saisissait le Gungan à la gorge.

— *Chubba !* Toi ! grinça le Dug à travers son groin plissé, tandis que ses mandibules et ses antennes vibraient de colère. C'est à toi ?

Le Dug faisait osciller la grenouille devant la face de Jar Jar, avec une expression plus que menaçante. Le Gungan ne pouvait articuler aucun mot, en fait il étouffait. Ses yeux roulaient follement et il cherchait une aide qui n'existait pas. D'autres créatures firent cercle autour de lui. Il reconnut quelques Rodiens. Le Dug jeta Jar Jar au sol, en l'injuriant et en se penchant sur lui.

— Non, non, gémit plaintivement le Gungan en essayant de s'échapper en rampant, bien qu'il n'eût nulle part où aller. Pourquoi être toujours moi ?

— Parce que tu as peur, répondit une voix calme.

Anakin Skywalker se fraya un passage dans la masse des curieux et se campa près du Dug. Le garçon ne semblait absolument pas effrayé par la créature pourtant réputée redoutable, pas plus que par la foule hostile. Il considéra le Dug d'un regard paisible.

— *Chess ko*, Sebulba, lui dit-il. Prudence. Celui-là a de très bonnes relations.

Sebulba pivota légèrement pour faire face à l'arrivant, et le dédain tordit son visage cruel quand il identifia le gêneur.

— *Tooney rana dunko, shag ?* gronda-t-il, demandant ce que sous-entendait le garçon.

— Des relations... comme les Hutts, dit Anakin d'un ton nonchalant, en remarquant la lueur de peur dans les yeux de l'autre. Très hautes relations, celui-là, Sebulba. Je détesterais que tu sois découpé en dés avant que nous ayons l'occasion de courir ensemble une fois de plus.

Le Dug cracha rageusement au sol.

— *Neek me chawa !* La prochaine fois que nous ferons la course, *wermo*, ce sera ta fin ! lâcha-t-il en gesticulant. *Uto notu wo shag !* Si tu n'étais pas un esclave, je t'écraserais sur-le-champ !

Après un dernier regard meurtrier à Jar Jar recroquevillé à ses pieds, Sebulba s'éloigna avec ses compagnons, et tous se réinstallèrent aux tables du café. Anakin suivit le Dug du regard.

— Oui, ce serait vraiment dommage que tu aies à payer pour moi, soliloqua-t-il à mi-voix.

Il aidait Jar Jar à se relever quand Qui-Gon, Padmé et R2-D2 les rejoignirent. Le trio avait enfin remarqué l'absence du Gungan et aussitôt fait demi-tour.

— Salut ! lança joyeusement Anakin, ravi de revoir Padmé aussi vite. Votre ami ici présent allait être réduit à l'état de bouillie orange. Il s'est disputé avec un Dug. Un Dug particulièrement dangereux.

— Non, Seigneur ! Non, Seigneur ! geignit le Gungan mortifié en époussetant ses vêtements. Moi détester être écrabouillé. Dernière chose moi vouloir !

Qui-Gon vérifia rapidement que Jar Jar n'avait rien, puis il saisit le Gungan par le bras.

— Il n'empêche que ce garçon t'a sauvé d'une sale correction. Tu as un penchant pour les ennuis. (Et, à l'adresse d'Anakin :) Merci, mon jeune ami.

Padmé sourit également au garçon qui se sentit rosir de fierté.

— Moi rien fait ! insistait Jar Jar qui désirait toujours se disculper.

— Tu étais effrayé, lui dit Anakin avec gravité. La peur attire ceux qui ont peur. Sebulba allait vaincre sa propre peur en t'écrasant. Si tu veux te venir en aide, aie moins peur.

— Et ça marche pour vous ? demanda Padmé avec un peu de scepticisme.

Anakin lui sourit.

— Eh bien... jusqu'à un certain point.

Désireux de passer autant de temps que possible en compagnie de la jeune fille, Anakin persuada le petit groupe de le suivre sur une courte distance jusqu'à un étal de fruits, un commerce branlant formé d'un auvent troué par endroits et tendu sur un bâti de perches. Des cageots de fruits aux couleurs vives étaient disposés sur une planche inclinée vers la rue pour attirer le chaland. Une vieille femme voûtée, au visage parcheminé et aux cheveux gris, se leva de son tabouret pour les accueillir. Ses vêtements simples étaient usés jusqu'à la trame.

— Comment te sens-tu aujourd'hui, Jira ? s'enquit Anakin en l'embrassant brièvement.

La vieille femme eut une petite grimace.

— La chaleur ne m'a jamais rien valu, tu le sais bien.

— Devine ? enchaîna vivement le garçon, rayonnant. J'ai trouvé ce refroidisseur que je cherchais. Il est tout cabossé, mais je te l'installerai très bientôt, je te le promets. Cela devrait te rafraîchir un peu.

Jira effleura la joue du garçon de sa main décharnée.

— Tu es gentil, Anakin.

Celui-ci se mit à étudier l'arrangement de l'étalage.

— Je vais te prendre quatre pallies, dit-il en jetant un coup d'œil pétillant à Padmé. Vous allez voir, ça vous plaira.

Il plongea la main dans sa poche pour y pêcher les truguts qu'il avait économisés, mais quand il les sortit pour payer Jira, une pièce lui échappa. Le fermier près de lui se baissa pour la ramasser, et dans le mouvement le poncho s'ouvrit juste assez pour qu'Anakin aperçoive le sabre laser qui pendait à sa ceinture.

Les yeux du garçon s'écarquillèrent, mais il dissimula sa surprise en se concentrant sur les pièces. Il n'en avait que trois.

— Aïe, je croyais être plus riche, dit-il sans lever les yeux. Trois pallies seulement, Jira. De toute façon, je n'ai pas faim.

La vieille marchande tendit un pallie à Qui-Gon, un à Padmé et un à Jar Jar et accepta les pièces d'Anakin. Un coup de vent soudain dévala la rue, fit frémir le bâti de perches et gonfla l'auvent comme une voile. Une seconde bourrasque souleva des tourbillons de poussière.

Jira se frotta les bras de ses mains déformées par le labeur et l'âge.

— Mes os sont douloureux. Une tempête approche, Anakin. Tu devrais rentrer chez toi au plus vite.

De courtes rafales firent voler le sable et les divers débris jonchant le sol. Anakin scruta le ciel, puis se tourna vers Qui-Gon.

— Avez-vous un endroit où vous abriter ?

— Oui, répondit le Maître Jedi. Nous allons retourner au vaisseau. Merci encore, mon jeune ami, pour...

— Votre vaisseau est loin d'ici ? interrompit le garçon avec excitation.

Tout autour d'eux les marchands fermaient leur boutique ou rangeaient leur étal. Ils ajustaient les volets aux fenêtres et verrouillaient leur porte.

— C'est à la périphérie de la ville, répondit Padmé en se détournant pour se protéger d'une bourrasque.

Anakin lui prit la main et la tira.

— Vous n'arriverez jamais là-bas à temps. Les tempêtes de sable sont très, très dangereuses. Venez, vous pourrez attendre chez moi que celle-ci soit passée. C'est juste à côté. Ma mère ne dira rien. Dépêchons !

À présent le vent hululait et l'air était assombri par le sable. Anakin cria au revoir à Jira et guida au pas de course ses nouveaux compagnons vers le bout de la rue.

À la périphérie de Mos Espa, Obi-Wan Kenobi se tenait à côté du nez du vaisseau Nubian. Ses amples vêtements étaient fouettés par le vent qui roulait sur les vastes espaces désertiques de Tatooine. Son regard troublé fouillait le lointain, là où Mos Espa commençait à disparaître derrière un rideau de sable. Il se tourna au moment où le capitaine Panaka descendait la rampe d'accès pour le rejoindre.

— Cette tempête va les ralentir, observa le Jedi sans cacher son inquiétude.

— C'est probable. Elle semble particulièrement mauvaise. Nous ferions bien de fermer hermétiquement le vaisseau avant que cela empire.

Il y eut un appel sur le comlink du capitaine qui le décrocha de sa ceinture pour répondre.

— Oui ?

La voix de Ric Olié s'éleva du haut-parleur :

— Nous recevons un message de la maison.

Panaka et Obi-Wan se regardèrent.

— Nous arrivons, dit le capitaine.

Ils remontèrent la rampe qu'ils replièrent derrière eux. La transmission aboutissait dans les appartements de la Reine. Suivant Ric Olié, ils trouvèrent Amidala et ses dames de compagnie Eirtaé et Rabé face à un hologramme de Sio Bibble qui luisait faiblement à l'autre bout de la pièce. La voix du gouverneur était déformée par la distance.

— ... coupé totalement les vivres jusqu'à votre retour... Le taux de mortalité s'accroît et atteint des proportions catastrophiques... devons nous plier à leurs désirs, Votre Altesse... (L'image et la voix de Sio Bibble se dissipèrent, puis revinrent, toujours faibles.) Je vous implore de nous dire ce que nous devons faire ! Si vous m'entendez, Votre Altesse, contactez-moi !...

La transmission se brouilla, puis cessa. La voix du gouverneur disparut. Les traits tendus, Amidala resta assise, à contempler l'endroit où l'hologramme du gouverneur se trouvait un instant plus tôt. Les mains de la Reine s'étaient crispées sur ses genoux, signe d'une nervosité qu'elle ne parvenait pas à maîtriser totalement.

Elle se tourna vers Obi-Wan. Le Jedi secoua vivement la tête.

— C'est un piège. N'envoyez aucune réponse, Votre Altesse. Aucune transmission d'aucune sorte.

La Reine le fixa un moment, incertaine, puis elle acquiesça. Obi-Wan quitta ses appartements sans autre commentaire, en espérant qu'il avait vu juste.

10

La tempête de sable faisait rage dans les rues de Mos Espa dans un tourbillon aveuglant et étouffant qui tiraillait les vêtements avec une force incroyable. Anakin serrait la main de Padmé dans la sienne pour ne pas la perdre. Le fermier, la créature amphibienne et l'unité R2 suivaient juste derrière et luttaient eux aussi contre les éléments pour atteindre la maison du garçon, située dans le quartier des esclaves, pendant qu'il en était encore temps. Ils croisèrent d'autres habitants et des voyageurs qui peinaient pareillement contre les éléments déchaînés, tête baissée, visage voilé et dos courbé tels des vieillards. Quelque part, au loin semblait-il, un eopie meugla de peur. La lumière avait viré à un jaune-gris sinistre, obscurci par le sable et la poussière, et les bâtiments de la cité s'évanouissaient dans une brume dense et mouvante.

Bien qu'il tendît toute son énergie à avancer dans la tempête, Anakin pensait à tout autre chose. Il pensait à Padmé, à cette occasion inespérée de l'emmener chez lui et de la présenter à sa mère, de lui expliquer ses projets d'avenir, de lui tenir la main un peu plus longtemps. Et il en éprouvait une chaleur intérieure aussi douce qu'inquiétante. Puis il songea au fermier… s'il était bien ce qu'il prétendait, ce dont Anakin doutait fort. L'homme portait un sabre laser, une arme réservée aux seuls Jedi. C'était presque trop d'imaginer qu'un Chevalier Jedi puisse venir chez lui, Anakin Skywalker. Mais l'instinct du garçon lui murmurait qu'il ne se trompait pas, et qu'une raison mystérieuse – et donc très excitante – avait mené le petit groupe à Mos Espa.

Il pensait enfin aux rêves qu'il avait faits pour lui et sa mère, et il se disait que peut-être quelque chose de merveilleux découlerait de cette rencontre inattendue, quelque chose qui changerait à jamais le cours de son existence.

Ils atteignirent le quartier des esclaves, une masse de taudis entassés les uns sur les autres de telle sorte qu'ils faisaient irrésistiblement songer à une fourmilière, chaque ensemble lié au voisin par des murs communs et des escaliers en épingle à cheveux. Devant eux la place était vide. La tempête de sable avait chassé tout le monde des rues. Anakin guida le petit groupe à travers la grisaille virevoltante jusqu'à une porte qu'il ouvrit.

— Maman ! Maman ! Je suis rentré ! cria-t-il.

Les murs de pisé, chaulés et parfaitement propres, brillaient doucement dans la lumière solaire atténuée par la tempête qui filtrait par les petites fenêtres arrondies et dans l'éclairage léger dispensé par des appliques au plafond. Ils se trouvaient dans la pièce principale, un espace réduit essentiellement meublé par une table et des chaises. Une cuisine occupait un mur, un espace de travail un autre. Des ouvertures dans les murs donnaient sur des recoins plus petits et sur les chambres.

Au-dehors le vent hurlait et giflait les façades.

Jar Jar Binks regardait autour de lui, partagé entre la curiosité et le soulagement.

— Être bien, décida-t-il.

La mère d'Anakin apparut d'un espace de travail mitoyen, et s'essuya les mains à sa robe. C'était une femme d'une quarantaine d'années, aux longs cheveux bruns ramenés en arrière d'un visage las, simplement vêtue. Il fut un temps où elle avait été jolie, et Anakin aurait dit qu'elle l'était toujours, mais les ans et les vicissitudes de sa pauvre vie commençaient à la marquer. Cependant son sourire était chaleureux et juvénile quand elle accueillit son fils ; mais il s'effaça dès qu'elle vit le groupe massé dans son dos.

— Oh, ça par exemple ! s'exclama-t-elle en découvrant les nouveaux arrivants. Anakin, qu'est-ce que ça signifie ?

Son fils rayonnait de fierté.

— Ce sont mes amis, Maman, claironna-t-il. Je te présente Padmé Naberrie, et voici… mince, je crois bien que je ne connais pas vos noms, admit-il.

Qui-Gon s'avança d'un pas.

— Je suis Qui-Gon Jinn, et voici Jar Jar Binks, ajouta-t-il en désignant le Gungan qui exécuta une sorte de salut complexe avec ses mains.

L'unité R2 émit un trille timide.

— Et notre droïde, R2-D2, termina Padmé.

— Je suis en train de construire un droïde, dit Anakin qui brûlait d'envie de montrer son œuvre à la jeune fille. Vous voulez le voir ?

— Anakin ! (La voix de sa mère l'arrêta net.) Anakin, pourquoi sont-ils ici ?

Il se tourna vers elle, embarrassé.

— Il y a une tempête de sable, M'man. Écoute.

Elle regarda la porte, puis les fenêtres au-delà desquelles se déversait un torrent rageur de poussière et de sable.

— Votre fils a eu l'amabilité de nous proposer de venir nous abriter ici, expliqua Qui-Gon. Nous l'avons rencontré à la boutique où il travaille.

— Allons ! insista Anakin en saisissant une fois encore la main de Padmé. Laissez-moi vous montrer mon droïde.

Il mena la dame de compagnie dans sa chambre tout en se lançant dans des explications. La jeune fille lui emboîta le pas sans discuter, et en écoutant avec attention. R2-D2 fermait la marche et pépiait des bips commentant les dires du garçon.

Jar Jar resta où il était, l'air désorienté. Apparemment, il attendait que quelqu'un lui dise quoi faire. Qui-Gon se tenait immobile, face à la mère d'Anakin, dans un silence curieux. Le sable crépitait contre les fenêtres.

— Je suis Shmi Skywalker, dit-elle enfin en tendant la main. Mon fils et moi sommes honorés de vous avoir pour hôtes.

Qui-Gon avait déjà jaugé la situation et déterminé ce qu'il fallait faire. Il glissa la main sous son poncho et sortit cinq capsules d'une bourse pendue à sa ceinture.

— Je sais que notre présence n'était pas prévue. Prenez-les. Il y a là assez de nourriture pour un dîner.

Elle accepta les capsules.

— Merci, dit-elle. (Ses yeux se levèrent vers l'homme devant elle, puis se rabaissèrent.) Merci beaucoup. Je suis désolée de m'être montrée aussi brusque. Je crois que jamais je ne m'habituerai aux surprises que me réserve Anakin.

— C'est un garçon très spécial, répondit Qui-Gon.

Shmi releva les yeux et le regard qu'elle lui lança suggérait qu'ils partageaient là un secret d'importance.

— Oui, dit-elle dans un souffle. Je sais.

Dans sa chambre, Anakin présentait C-3PO à Padmé. Le droïde gisait sur l'établi, pour le moment désactivé parce que le garçon était en train de fabriquer sa peau métallique. Il avait terminé les branchements internes, mais le torse, les bras et les jambes étaient toujours à découvert. Un œil était également ôté de sa cavité orbitale et posé là où Anakin l'avait laissé après avoir ajusté le dispositif de réfraction visuelle la nuit précédente.

Padmé était penchée sur son épaule et examinait le droïde avec beaucoup d'attention.

— Il n'est pas super ? se rengorgea Anakin. Il n'est pas encore terminé, mais c'est pour bientôt.

— Il est magnifique, répondit la jeune fille, sincèrement impressionnée.

La fierté fit rougir le garçon.

— Il vous plaît vraiment ? C'est un droïde protocolaire… pour aider Maman. Regardez !

Il activa C-3PO en appuyant sur le commutateur, et aussitôt le droïde s'assit. Anakin le contourna en un instant, ramassa l'œil manquant sur l'établi et l'enfonça dans l'orbite.

C-3PO les regarda.

— Comment allez-vous ? Je suis un droïde protocolaire,

très compétent dans les robots spécialisés... entre relations et humains...

— Oops ! s'exclama Anakin. Il est un peu confus...

Le garçon saisit un outil à long manche pourvu à son extrémité d'un désignateur électronique et en inséra soigneusement la pointe dans un des points d'accès de la tête de C-3PO, puis il fit plusieurs tours avec le manche en surveillant le cadran en même temps. Quand il eut obtenu le résultat désiré, il pressa un bouton sur le manche de l'outil. En réponse, le droïde fut parcouru de spasmes. Quand Anakin retira le désignateur, C-3PO descendit de l'établi et se tint debout devant Padmé.

— Enchanté. Je suis Zix-Peye, droïde protocolaire très compétent, spécialisé dans les relations humains/cyborgs. Que puis-je pour vous ?

Anakin haussa les épaules.

— Je l'ai baptisé l'autre jour, mais j'ai oublié d'entrer le code dans sa banque de données pour qu'il puisse se présenter correctement.

Padmé paraissait amusée, ce qui ravit le garçon.

— Il est parfait !

R2-D2 roula jusqu'à eux et émit une série de sifflements et de cliquetis réprobateurs.

C-3PO l'observa avec curiosité.

— Je vous demande pardon... Comment cela, je suis nu ?

R2-D2 gazouilla sa réponse.

— Seigneur ! C'est très gênant ! se plaignit C-3PO en regardant ses membres squelettiques. Mes parties sont visibles, dites-vous ? Seigneur !

Anakin retint un sourire.

— D'une certaine façon, expliqua-t-il. Mais ne t'inquiète pas, je vais y remédier très bientôt.

Il raccompagna le droïde à l'établi, sans cesser de couver Padmé du coin de l'œil.

— Quand la tempête sera passée, je vous montrerai mon véhicule de course. Je suis en train de construire un Podracer. Mais Watto l'ignore. C'est un secret.

— Pas de problème. Je suis très douée pour garder les secrets, répondit doucement Padmé.

La tempête sévit pendant tout le reste de la journée, écrasant Mos Espa sous un nuage géant. Le sable s'amoncela contre les constructions aux ouvertures soigneusement fermées, formant des tas contre les portes et les murs, rendant l'air irrespirable et dévorant la lumière des soleils. Shmi Skywalker utilisa les capsules alimentaires offertes par Qui-Gon pour préparer le repas. Pendant qu'elle cuisinait et que Padmé s'extasiait du savoir-faire d'Anakin dans la chambre voisine, Qui-Gon alla discrètement se placer dans un coin et contacta Obi-Wan grâce à son comlink. La connexion n'était pas bonne du tout, mais ils purent parler suffisamment longtemps pour que le Maître Jedi apprenne l'existence du message holographique envoyé de Naboo.

— Tu as fait le bon choix, Obi-Wan, assura-t-il à son élève à voix basse.

— La Reine est très contrariée, lui répondit son protégé.

Qui-Gon jeta un coup d'œil dans la pièce pour vérifier que Shmi travaillait toujours dans le coin cuisine, dos tourné.

— Cette transmission n'était qu'un appât lancé pour vous localiser. J'en ai la certitude.

— Mais si le Gouverneur Bibble disait vrai et que la population était réellement en train de mourir de faim ?

Qui-Gon soupira.

— D'une façon comme d'une autre, nous manquons de temps, dit-il tranquillement avant de mettre un terme à la communication.

Peu après, ils s'attablèrent pour dîner. Au-dehors la tempête hululait toujours, en un contraste singulier avec le silence qui régnait dans la pièce. Qui-Gon et Padmé étaient assis aux deux extrémités de la table, tandis qu'Anakin, Jar Jar et Shmi occupaient ses côtés. À la manière des jeunes garçons, Anakin se mit à parler de la vie d'esclave, sans aucun embarras, car sa condition n'était pour lui qu'un fait qu'il voulait expliquer à ses nouveaux amis. Soucieuse d'appuyer les dires de son fils,

Shmi fit un effort pour aider leurs hôtes à saisir toute la dureté de leur situation.

— Tous les esclaves ont des transmetteurs greffés dans le corps, dit-elle.

— J'ai déjà essayé de les localiser avec un scanner, enchaîna le garçon, mais pour l'instant ça n'a rien donné...

Shmi eut un sourire triste.

— Toute tentative de fuite...

— Et ils vous font exploser ! termina son fils. Boum !

Jar Jar avait bu à grand bruit sa soupe, en n'écoutant que d'une oreille distraite. Et les bruits de déglutition s'amplifièrent au point que tous les regards convergèrent sur lui. Mal à l'aise, il baissa la tête et fit semblant de n'avoir rien remarqué.

Padmé se tourna vers Shmi.

— Je n'arrive pas à croire que l'esclavage soit encore permis dans la galaxie. Les lois antiesclavagistes de la République devraient...

— La République n'existe pas ici, la coupa Shmi d'un ton dur. Nous devons survivre par nous-mêmes.

Padmé ne trouva rien à répondre.

— Avez-vous jamais assisté à une course de Pods ? intervint Anakin pour atténuer sa gêne.

Padmé secoua la tête négativement. Elle remarqua la soudaine inquiétude sur le visage marqué de la femme. Jar Jar projeta sa langue vers un morceau de nourriture resté au fond d'un bol, à l'autre bout de la table. L'organe saisit sa cible, se rétracta, et le Gungan l'avala, non sans un claquement de lèvres satisfait. La mine sévère de Qui-Gon le convainquit de se montrer plus discret à l'avenir.

— Ils ont des courses de Pods sur Malastare, observa le Maître Jedi. C'est très rapide, et très dangereux.

— Je suis le seul humain qui peut le faire ! dit Anakin avec un sourire qui s'évanouit quand sa mère lui lança un regard désapprobateur. Quoi, M'man ? Je ne me vante pas, c'est vrai ! Watto a dit qu'il n'avait jamais entendu parler d'un humain qui ait participé à ces courses.

Qui-Gon l'étudiait attentivement.

— Tu dois avoir des réflexes de Jedi, si tu y participes.

Sous le compliment, le sourire s'épanouit sur le visage du garçon. La langue de Jar Jar jaillit vers un autre bol pour y dérober un autre morceau, mais cette fois Qui-Gon veillait. Sa main bougea à la vitesse de l'éclair et, l'instant suivant, il tenait la langue du Gungan entre le pouce et l'index. Jar Jar se figea, bouche ouverte, yeux agrandis.

— Ne recommence pas, l'avertit Qui-Gon avec une légère pointe d'impatience.

Jar Jar voulut dire quelque chose et ne put émettre qu'un gargouillis inintelligible. Qui-Gon ouvrit les doigts et le Gungan s'empressa de faire disparaître sa langue dans sa bouche.

Anakin tourna son visage juvénile vers celui de l'homme et dit d'une voix hésitante :

— Je... je me demandais quelque chose...

D'un petit signe de tête, Qui-Gon le pria de continuer.

Le garçon s'éclaircit la voix et rassembla tout son courage.

— Vous êtes un Chevalier Jedi, n'est-ce pas ?

Il y eut un long moment de silence durant lequel l'homme et l'enfant se regardèrent droit dans les yeux.

— Qu'est-ce qui te fait penser cela ? dit enfin Qui-Gon.

Anakin déglutit avant d'expliquer :

— J'ai vu votre sabre laser. Seuls les Chevaliers Jedi portent ce genre d'arme.

Qui-Gon l'observa encore pendant quelques secondes, puis il se renversa lentement dans sa chaise et prit une expression malicieuse.

— Peut-être que j'ai tué un Jedi et que je lui ai volé son sabre laser...

— Je n'en crois rien, rétorqua aussitôt le garçon. Personne ne peut tuer un Jedi.

Un semblant de tristesse passa dans les yeux de Qui-Gon quand il dit :

— J'aimerais que ce soit vrai...

— J'ai rêvé que j'étais un Jedi, dit Anakin avec fougue,

car il désirait beaucoup discuter de ce sujet. Je revenais ici et je libérais tous les esclaves. J'ai fait ce rêve l'autre nuit, quand j'étais dans le désert. (Il marqua une pause, puis, ne pouvant y tenir, ajouta :) Vous êtes venus nous libérer ?

— Non, j'ai bien peur que non... répondit Qui-Gon après une hésitation.

— Moi, je crois que oui, insista le garçon d'un air de défi. Pourquoi seriez-vous ici, sinon ?

Shmi allait prendre la parole, peut-être pour blâmer son fils de son impudence, lorsque Qui-Gon la devança. Se penchant en avant avec une mine de conspirateur, il déclara :

— Je vois qu'il n'y a pas moyen de te duper, Anakin. Mais tu ne dois parler de nous à personne. Nous sommes en route pour Coruscant, le centre nerveux de la République, pour une mission très importante. Tout cela doit rester secret.

Les yeux d'Anakin s'étaient agrandis.

— Coruscant ? Waouh ! Comment avez-vous échoué ici, sur la Bordure Extérieure ?

— Notre vaisseau a été endommagé, expliqua Padmé. Nous sommes bloqués ici tant que nous ne l'aurons pas réparé.

— Je peux vous aider ! certifia le garçon. Je peux réparer n'importe quoi !

Qui-Gon sourit de cette assurance juvénile.

— Je le crois volontiers, mais notre première tâche, comme tu l'as compris lors de notre visite à la boutique de Watto, consiste à trouver les pièces à remplacer.

— Sans rien à troquer, précisa aigrement Jar Jar.

— Ces vendeurs doivent bien avoir une faiblesse, dit Padmé à Qui-Gon.

— Le jeu, répondit aussitôt Shmi en se levant et entreprenant de débarrasser la table. À Mos Espa, tout tourne autour des paris sur ces horribles Podraces.

À son tour, Qui-Gon quitta son siège. Il alla se camper devant une fenêtre et observa les rafales de sable et de poussière au-dehors.

— Les Podraces, répéta-t-il, songeur. La cupidité peut constituer une alliée puissante, quand elle est utilisée comme il faut.

Anakin bondit sur ses pieds.

— J'ai construit un Podracer ! lança-t-il d'un air triomphal, le visage rayonnant de fierté. C'est le plus rapide qu'on ait jamais vu ! Après-demain, il doit y avoir une grande course, pour la fête de la Boonta. Vous pourriez inscrire mon Pod ! Il est presque terminé...

— Anakin, du calme ! ordonna sèchement sa mère dont les yeux disaient toute l'inquiétude. Watto ne te permettra pas de concourir.

— Watto n'a pas à savoir que le Podracer m'appartient ! répliqua le garçon en se tournant vers Qui-Gon. Vous pourriez lui faire croire qu'il est à vous ! Et le convaincre de me laisser piloter en votre nom !

Le Maître Jedi avait remarqué l'anxiété de la mère. Leurs regards se croisèrent, et en silence il reconnut le bien-fondé de son accablement. Il attendit qu'elle réponde.

— Je ne veux pas que tu participes à cette course, Anakin, dit Shmi posément. C'est trop horrible. J'ai l'impression de mourir chaque fois que Watto te force à concourir. Chaque fois.

Anakin se mordit la lèvre inférieure.

— Mais j'adore ça, M'man ! (Il désigna Qui-Gon.) Et ils ont besoin de mon aide. Ils ont des ennuis. L'argent du prix serait largement suffisant pour payer les pièces dont ils ont besoin.

Jar Jar opina du chef pour soutenir le garçon.

— Nous être dans mauvaise bouillie.

Qui-Gon s'approcha d'Anakin et le regarda droit dans les yeux.

— Ta mère a raison. Abandonnons ce sujet. (Puis, se tournant vers Shmi :) Connaissez-vous quelque sympathisant de la République qui pourrait nous aider ?

La femme resta silencieuse un moment, pendant qu'elle réfléchissait à la question, mais elle finit par secouer la tête.

— Non, je ne vois personne...

— Il faut que nous les aidions, M'man, insista Anakin, persuadé d'avoir raison et d'être destiné à aider le Jedi et ses compagnons. Tu te souviens de ce que tu as dit ? Tu as dit que le plus grand problème dans l'univers, c'est que personne n'aide personne.

Shmi soupira.

— Anakin, ne commence pas...

— Mais c'est ce que tu as dit, M'man !

Cette fois la mère ne répondit pas devant la détermination qu'elle sentait en son fils.

— Je suis sûre que Qui-Gon ne veut pas mettre votre fils en danger, intervint soudain Padmé que la tension qu'ils avaient involontairement créée entre la mère et le fils mettait mal à l'aise. Peut-être était-il destiné à nous aider.

Elle prononça ces mots comme si c'était là une vérité qui, pour douloureuse qu'elle fût, n'en était pas moins évidente.

Le visage d'Anakin s'éclaira.

— C'est un oui ? Oui, c'est un oui ! dit-il en tapant des mains.

La nuit recouvrait le vaste paysage urbain de Coruscant, ouatant l'horizon infini de flèches luisant dans l'épais velours des ténèbres. Les lumières brillaient aux fenêtres, petites étoiles vacillantes qui piquetaient l'obscurité. Aussi loin que portait la vue, aussi loin qu'un être pouvait voyager, les bâtiments de la cité se dressaient à la surface de la planète telles des aiguilles d'acier et de verre. Longtemps auparavant, les constructions s'étaient étendues sur la planète entière qui n'était plus maintenant qu'une mégapole immense, le centre de la galaxie, le cœur de la République.

Un cœur que certains désiraient arrêter une fois pour toutes. Une République que certains méprisaient.

Dark Sidious se tenait sur un balcon élevé dominant Coruscant, et ses amples vêtements noirs donnaient l'impression qu'il était une créature issue de la nuit elle-même. Il contemplait les lumières de la ville, le ballet incessant de la circulation aérienne, sans prêter attention à son élève, Dark Maul, qui attendait à son côté.

Ses pensées étaient tout entières concentrées sur les Sith et l'histoire de leur ordre.

Les Sith étaient nés quelque deux mille ans plus tôt. Ils constituaient un culte voué au côté sombre de la Force, fondé sur le principe que tout pouvoir nié est un pouvoir gaspillé. Le fondateur des Sith était un Chevalier Jedi dévoyé, dissident surprenant dans un ordre harmonieux, un rebelle qui avait estimé dès le commencement que le pouvoir réel de la Force résidait non dans la lumière, mais dans les ténèbres. N'ayant pu arracher au Conseil l'approbation de ses conceptions, il avait rompu avec l'Ordre Jedi, qu'il avait quitté en emportant son savoir et ses talents, et en jurant secrètement d'abattre ceux qui l'avaient rejeté.

Il avait d'abord lutté seul, puis d'autres membres de l'Ordre Jedi partageant ses croyances et l'ayant suivi dans son étude du côté sombre se joignirent bientôt à lui. D'autres encore furent recrutés, et assez rapidement les Sith dépassèrent la cinquantaine. Dédaignant l'idée de coopération et de consensus, persuadés que l'acquisition du pouvoir sous n'importe quelle forme donne la puissance qui seule permet la véritable autorité, les Sith entreprirent de bâtir leur culte en opposition aux Jedi. Leur ordre n'avait pas pour but de servir, mais de dominer.

Leur guerre contre les Jedi fut vengeresse, furieuse et, en définitive, condamnée à l'échec. Le Jedi dévoyé qui avait fondé l'ordre Sith était son chef en titre, mais son ambition excluait tout partage du pouvoir. Aussi ses disciples se mirent-ils à conspirer contre lui et contre leurs propres coreligionnaires dès les premiers temps, de sorte que la guerre qu'ils déclenchèrent visait moins l'ordre des Jedi qu'eux-mêmes.

En fin de compte, les Sith s'autodétruisirent. Ils commencèrent par supprimer leur chef avant de s'entre-tuer. Les rares survivants de ce massacre furent abattus par les Jedi. En quelques semaines seulement, tous moururent.

Tous, sauf un.

L'impatience gagnait Dark Maul. Le jeune Sith n'avait pas encore appris l'impassibilité de son Maître ; elle ne lui viendrait qu'à force de temps et d'efforts. C'est la patience qui avait sauvé ce qui restait de l'ordre Sith. La patience qui lui donnerait la victoire sur les Jedi.

Le Sith qui avait survécu, à l'inverse de ses semblables, l'avait bien compris. Il avait fait de la patience une vertu quand les autres la négligeaient. Il avait opté pour la ruse, la dissimulation et l'art du subterfuge afin de tracer son chemin. Il s'était tenu à l'écart de ses comparses quand ils s'entre-déchiraient comme des kriks et, quand le carnage fut absolu, il se cacha et attendit son heure.

Lorsque la rumeur se répandit dans la galaxie que plus un Sith n'existait, il fit sa réapparition. Tout d'abord il œuvra seul, mais il vieillissait et était le dernier de sa race. Aussi se mit-il à la recherche d'un élève. Quand il l'eut trouvé, il l'entraîna pour en faire un Maître à son tour, qui, le moment venu, prendrait un élève et ainsi assurerait la continuité de leur dessein. Mais ils ne devaient jamais être plus de deux. Les erreurs de l'ancien ordre ne seraient pas réitérées, il convenait donc d'éviter la possibilité que les Sith luttent entre eux pour le pouvoir. Leur ennemi commun était les Jedi, pas l'autre. C'est pour leur guerre contre les Jedi qu'ils devaient se préserver mutuellement.

Le Sith à l'origine de la renaissance de l'ordre s'appelait Dark Bane.

Un millier d'années s'étaient écoulées depuis qu'on croyait l'ordre Sith éteint, et le moment qu'ils avaient attendu était enfin venu.

— Tatooine a une population clairsemée.

La voix rauque de son élève brisa le courant de ses pensées, et Dark Sidious leva les yeux sur l'hologramme.

— Les Hutts font la loi, poursuivit Dark Maul. La République n'est aucunement présente sur la planète. Si la piste est bonne, Maître, je les trouverai rapidement et sans problème.

Les yeux jaunes brillaient d'excitation dans l'étrange

mosaïque que formait la face de Dark Maul. Son Maître serait content de lui.

— Occupe-toi du Jedi en premier, conseilla Dark Sidious à mi-voix. Ensuite tu n'auras aucune difficulté à ramener la Reine à Naboo, où elle signera le traité.

Dark Maul inspira brièvement. La satisfaction transparaissait dans sa voix :

— Enfin nous allons nous révéler aux Jedi. Enfin nous allons goûter à la vengeance.

— Tu as bien appris, mon jeune élève, le flatta Dark Sidious. Le Jedi ne sera pas de taille contre toi. Ils ne peuvent plus nous arrêter, à présent. Tout se déroule comme prévu. Bientôt la République sera en mon pouvoir.

Dans le silence qui suivit, le Seigneur des Sith sentit une vague de chaleur envahir sa poitrine et le consumer dans un plaisir furieux.

Dans le foyer d'Anakin Skywalker, Qui-Gon Jinn se tenait immobile et silencieux sur le seuil de la chambre du garçon endormi et l'observait. Sa mère et Padmé occupaient l'autre chambre, et Jar Jar ronflait avec entrain, recroquevillé en position fœtale sur le sol de la cuisine.

Mais Qui-Gon demeurait pleinement éveillé. C'était ce garçon – *ce garçon !* Il y avait quelque chose chez lui… Le Maître Jedi observait sa poitrine qui se soulevait et s'abaissait au rythme d'une respiration paisible. Il était spécial, avait-il dit à Shmi Skywalker, et elle avait approuvé. Elle aussi le savait. Elle le sentait, tout comme lui. Anakin Skywalker était différent.

Qui-Gon tourna son regard vers une fenêtre enténébrée. La tempête s'était enfin dissipée, et le vent était tombé. Le calme était revenu au-dehors, la nuit était douce et agréable. Le Maître Jedi pensa un moment à sa propre existence. Il n'ignorait pas ce qu'on disait de lui au Conseil. Il était obstiné, souvent téméraire dans ses choix. Il était fort, très fort, mais il gaspillait son potentiel dans la défense de causes qui ne méritaient pas son attention. Mais les règles n'avaient pas été édictées uniquement pour gouverner le comportement. Elles avaient été créées pour tracer une carte permettant de comprendre la Force. Avait-il réellement tort d'infléchir les règles quand sa conscience le lui conseillait ?

Le Jedi croisa les bras devant sa large poitrine. La Force était un principe complexe et difficile à appréhender pleinement. Elle était ancrée dans l'équilibre de toute chose, et toute chose pouvait à un moment donné mettre en péril cet équilibre. Un Jedi cherchait à maintenir l'équilibre en place, à se mouvoir au rythme de son flot et de sa volonté. Mais la Force existait sur plus d'un plan, et parvenir à la maîtrise de ses multiples aspects représentait le travail de toute une vie. Ou plus. Il connaissait ses propres faiblesses. Il était trop attaché à la Force vitale alors qu'il aurait dû se montrer plus attentif à la Force unificatrice. Il savait qu'il tendait à s'occuper des créatures du présent, celles qui vivaient ici et maintenant. Il éprouvait moins d'intérêt pour le passé et le futur, pour les êtres qui avaient occupé ou occuperaient ces temps et ces espaces.

C'est la Force vitale qui le motivait, qui donnait l'élan à son cœur, à son âme et à son esprit.

C'est pourquoi il sympathisait avec Anakin Skywalker avec une intensité que d'autres Jedi se seraient refusée, c'est pour cela aussi qu'il décelait chez le garçon une promesse qu'il ne pouvait ignorer. Obi-Wan jugerait Anakin et Jar Jar sous le même éclairage – des fardeaux inutiles, des sources de distraction. Obi-Wan s'appuyait sur la nécessité d'une vision plus ample, sur la Force unificatrice. La nature intuitive de Qui-Gon lui faisait défaut. Tout comme lui faisaient défaut l'intérêt et la compassion portés par son Maître à tous les êtres vivants. Il ne voyait pas les mêmes choses que lui.

Qui-Gon soupira. Ce n'était pas une critique, rien qu'une constatation. Qui était en droit de décréter lequel d'entre eux était le meilleur dans son interprétation des exigences de la Force ? Parfois cependant leurs différences les mettaient en désaccord, et la plupart du temps c'est la position d'Obi-Wan que soutenait le Conseil, et non celle de Qui-Gon. Il en serait encore ainsi bien des fois, il n'en doutait pas.

Mais cela ne le dissuaderait pas de faire ce qu'il pensait être son devoir. Il connaîtrait la vérité au sujet d'Anakin Skywalker. Il découvrirait quelle était sa place au sein de la Force, qu'elle soit vitale ou unificatrice. Il apprendrait qui ce garçon devait devenir.

Quelques minutes plus tard, il était étendu sur le sol et dormait.

11

Un jour clair s'était levé sur Tatooine, et les soleils jumeaux dardaient avec férocité leurs rayons dans un ciel bleu dégagé. La tempête de sable s'était déplacée vers d'autres régions, laissant derrière elle un paysage parfaitement nu hormis les montagnes et les amas rocheux du désert, et les bâtiments de Mos Espa. Anakin fut debout et habillé avant tout le monde. Il avait hâte d'aller à la boutique et d'expliquer à Watto son plan pour la course à venir. Qui-Gon lui conseilla de ne pas mettre trop d'enthousiasme dans son exposé au Toydarian, de rester calme pendant que le Maître Jedi mènerait les négociations. Mais Anakin était tellement excité qu'il entendit à peine ce qu'on lui disait. Qui-Gon comprit qu'il lui incomberait de faire usage de toute la ruse et de toute la diplomatie nécessaires pour parvenir à leurs fins.

Le profit, tel était le mot clef dans tout marché avec Watto, le sésame qui leur ouvrirait n'importe quelle porte gardée fermée par le Toydarian.

Ils quittèrent le quartier des esclaves et se rendirent à la boutique de Watto, Anakin ouvrant la marche, Qui-Gon et Padmé sur ses talons, Jar Jar et R2-D2 en queue. La ville s'était réveillée et bourdonnait déjà d'activité. Les marchands et les propriétaires des boutiques ôtaient le sable accumulé par la tempête avec des pelles, réinstallaient les étals et les auvents, réparaient les chariots endommagés. Eopies et rontos accomplissaient le travail de force, et des charrettes apportaient des réserves fraîches tirées des entrepôts. Les aires de débarquement de l'astroport accueillaient à nouveau des vaisseaux venus d'ailleurs.

Qui-Gon laissa Anakin prendre de l'avance quand ils approchèrent de la boutique, pour permettre au garçon de parler seul à Watto de la course. Suivi de ses compagnons, le Maître Jedi se dirigea vers un étal et persuada le vendeur de lui donner une poignée de dweezels gluants. Les dweezels avalés, il emmena son petit monde sur la place où se trouvait l'échoppe de Watto. L'activité environnante perturbait de nouveau Jar Jar qui alla se jucher sur une caisse près de l'entrée de la boutique. Ses yeux ne cessaient de balayer les alentours avec crainte, pour détecter la catastrophe imminente. R2-D2 alla se poster près de lui et émit quelques trilles rassurants.

Qui-Gon recommanda à Padmé de garder un œil sur le Gungan. Il ne voulait pas que Jar Jar crée d'autres problèmes. Il allait entrer dans la boutique quand la jeune fille posa une main sur son bras.

— Êtes-vous sûr de ce que vous faites ? dit-elle, le doute se lisant dans ses yeux. Vous mettez notre destin à tous entre les mains d'un garçon que nous connaissons à peine. La Reine ne serait pas d'accord.

Qui-Gon plongea son regard dans le sien.

— La Reine n'a pas besoin de le savoir.

Elle releva le menton et tout son être exprima le défi.

— Eh bien, moi non plus, je ne suis pas d'accord !

Il la considéra un instant, interloqué par cette réaction, puis se détourna sans un mot.

Dans la boutique, il trouva Watto et Anakin engagés dans une discussion animée. Le Toydarian voletait à quelques centimètres du visage du garçon, ses ailes bleues formant un nuage indistinct, son groin retroussé tandis qu'il gesticulait dans tous les sens avec véhémence.

— *Patta go bolla !* cria-t-il en langue hutt, son petit corps grassouillet tressaillant d'énervement.

Anakin cligna des yeux, mais ne céda pas.

— *No batta !*

— *Peedunkel !* siffla Watto en reculant et en avançant dans l'air.

— *Banyo, banyo !* lança le garçon.

Qui-Gon émergea de l'entrée ombrée et avança dans la lumière où ils pouvaient le voir clairement. Watto délaissa aussitôt Anakin et se précipita vers le Jedi. Visiblement, il était hors de lui.

— Ce gamin me dit que vous voulez le parrainer pour la course de demain ! explosa-t-il. Comment pouvez-vous vous payer le luxe de l'inscrire à la course ? Pas en crédits républicains, je pense !

Il éclata d'un rire rocailleux qui se voulait blessant, mais Qui-Gon ne manqua pas de remarquer l'éclair de curiosité dans ses prunelles.

— Mon vaisseau constituera le montant de son engagement, lâcha-t-il.

De sous son poncho il sortit l'holoprojecteur miniaturisé. Actionnant le boîtier, il projeta un hologramme du transport de la Reine dans l'air, devant Watto. Le Toydarian s'approcha en voletant de la représentation et l'étudia avec intérêt.

— Pas mal. Pas mal, fit-il. Un vaisseau Nubian.

— Il est en bon état, à part les éléments dont nous avons besoin.

Qui-Gon lui accorda encore quelques secondes, puis éteignit la projection holographique et rangea le boîtier de commande sous son poncho.

— Mais quel engin utiliserait le gamin ? demanda Watto d'un ton irrité. Il a réduit en miettes mon Pod lors de la dernière course. Il ne sera pas réparé pour la course de la Boonta Ève.

Qui-Gon interrogea du regard Anakin, visiblement embarrassé.

— Bah, ce n'était pas ma faute, vraiment. Sebulba m'a déséquilibré avec ses tuyaux d'échappement. En fait j'ai réussi à préserver le Podracer… en grande partie.

Watto partit d'un rire goguenard.

— Pour ça, il l'a fait ! Le gamin est doué, pas de doute ! (Il secoua la tête.) Mais quand même…

— J'ai gagné un Pod au jeu, intervint Qui-Gon. Le plus rapide jamais construit.

Il ne regarda pas Anakin, mais il imaginait très bien l'expression du garçon à cet instant.

— J'espère que vous n'avez tué personne de ma connaissance pour l'avoir ! rétorqua Watto avec un rire grossier, avant de se reprendre et de revenir aux affaires : Bon, vous fournissez le véhicule et vous payez le droit de participation ; je fournis le pilote. Nous partageons les gains. Cinquante-cinquante, c'est correct.

— Cinquante-cinquante ? fit Qui-Gon en feignant l'incrédulité. Si nous faisons cinquante-cinquante, je suggère que vous assumiez le droit d'entrée. Nous gagnons, vous empochez tous les gains moins le prix des équipements dont j'ai besoin. Si nous perdons, vous gardez mon vaisseau.

À l'évidence, la proposition prit Watto au dépourvu. Il se gratta le mufle en réfléchissant posément, ses ailes fouettant l'air en vrombissant. L'offre, trop généreuse, éveillait ses soupçons.

— De toute façon, vous êtes gagnant, appuya Qui-Gon d'un ton persuasif.

Watto frappa du poing droit la paume de sa main gauche.

— Marché conclu !

Il se tourna alors vers le garçon.

— Ton ami vient de faire une mauvaise affaire, gamin ! Tu devrais lui apprendre ce que tu sais sur le troc !

Il riait toujours quand Qui-Gon sortit de la boutique.

Le Maître Jedi passa prendre Padmé, Jar Jar et R2-D2, non sans laisser un message pour Anakin lui demandant de les rejoindre dès que Watto l'aurait libéré, afin de travailler sur le Podracer. Or le Toydarian était plus intéressé par la course prochaine que par la tenue de sa boutique, et il libéra le garçon aussitôt avec pour instructions de s'assurer que le Podracer qu'il piloterait était un engin capable et non une vieillerie qui ridiculiserait le Toydarian.

Ainsi Anakin fut-il de retour chez lui peu après Qui-Gon et ses compagnons. Il les conduisit sur-le-champ là où son projet était caché, dans le cimetière du quartier des esclaves. Le Podracer avait la forme d'un cylindre étroit posé sur un traîneau à patin orientable, un cockpit creusé dans sa partie supérieure courbe, et des bras de direction attachés à ses flancs. Deux moteurs brillants de chasseur, modèle Radon-Ulzer, munis de stabilisateurs, tractaient le Pod au bout de câbles Steelton. L'ensemble évoquait un peu un doop bug attaché à un couple de banthas.

Unissant leurs efforts, les membres du petit groupe activèrent les treuils antigrav et guidèrent le Pod et ses énormes moteurs jusqu'à la petite arrière-cour du foyer des Skywalker. Avec l'aide et les encouragements de Padmé, Jar Jar et R2-D2, le garçon se mit immédiatement à l'ouvrage et entreprit de préparer l'engin pour la course.

Pendant qu'Anakin et les autres travaillaient, Qui-Gon s'isola sur le porche de la maison, s'assura que personne ne pouvait l'entendre et alluma le comlink afin de contacter Obi-Wan. Son protégé répondit immédiatement, car il attendait avec inquiétude des nouvelles, et Qui-Gon lui résuma l'évolution de leur situation.

— Si tout va bien, nous aurons notre générateur d'hyperpropulsion demain après-midi, et nous pourrons reprendre notre route, conclut-il.

Le silence d'Obi-Wan était éloquent.

— Et si le plan échouait, Maître ? Nous serions coincés sur Tatooine pour un temps indéfini.

Qui-Gon Jinn survola du regard la misère noire du quartier des esclaves, et les toits des bâtiments de Mos Espa au-delà, luisant sous le feu des deux soleils.

— Un vaisseau sans *une* source d'énergie ne nous mènera nulle part. Nous n'avons pas le choix.

Il mit un terme à la communication et rangea le comlink sous son poncho.

— Et puis, il y a quelque chose chez ce garçon... murmura-t-il pour lui-même, mais sans terminer sa pensée.

Shmi Skywalker sortit par la porte arrière et s'approcha

de lui. Ensemble ils observèrent l'activité dans la cour en contrebas.

— Vous devriez être fière de votre fils, dit Qui-Gon après un moment. Il donne sans penser à recevoir en retour.

La femme hocha la tête, et un fin sourire flotta sur son visage las.

— Il ignore la cupidité. Il ne fait que rêver. Il a...

— Il a des pouvoirs spéciaux.

La femme lui jeta un regard circonspect.

— Oui.

— Il peut voir les choses avant qu'elles se produisent, continua le Maître Jedi. C'est pourquoi il possède des réflexes aussi rapides. C'est un trait de caractère commun aux Jedi.

Les yeux de la femme restaient fixés sur lui, et la lueur d'espoir qui y brillait ne lui échappa pas.

— Il mérite mieux qu'une vie d'esclave, dit-elle calmement.

Qui-Gon gardait les yeux rivés sur la cour.

— La Force est inhabituellement présente chez lui, c'est un fait avéré ; qui est son père ?

Il y eut un long silence entre eux, suffisamment long pour que le Maître Jedi se rende compte qu'il avait posé une question à laquelle la mère d'Anakin n'était pas préparée. Il lui laissa le temps de réfléchir à la chose, sans la presser ni rien faire qui aurait pu lui laisser penser qu'elle devait donner une réponse.

— Il n'a jamais eu de père, dit-elle enfin, en secouant lentement la tête. Je l'ai porté, je lui ai donné le jour, je l'ai élevé. Je ne peux rien vous dire de plus.

Elle effleura le bras de Qui-Gon, le forçant à la regarder.

— Pouvez-vous l'aider ?

Le Maître Jedi resta silencieux un long moment, réfléchissant. Il éprouvait pour Anakin un attachement qu'il ne parvenait pas à s'expliquer. Au tréfonds de son esprit, il ressentait l'obligation de faire quelque chose pour ce garçon, en tout cas d'essayer. Mais tous les Jedi étaient identifiés dans les six mois suivant leur naissance, et ils commençaient aussitôt leur formation. La règle était vraie pour lui, pour Obi-Wan, pour tous ceux qu'il connaissait ou dont il avait entendu parler. Il n'y avait aucune exception.

Pouvez-vous l'aider ? Il ne savait pas comment cela serait possible.

— Je l'ignore, dit-il d'une voix douce mais ferme. Je ne suis pas venu ici pour libérer des esclaves. S'il était né dans les territoires de la République, nous l'aurions identifié plus tôt et il aurait pu devenir un Jedi. Il en a l'étoffe. Je ne suis pas sûr de ce que je peux faire pour lui maintenant.

Elle hocha la tête, résignée, mais sous le masque de l'acceptation un espoir ténu vivait encore.

Alors qu'Anakin terminait l'installation électrique des relais de micropropulseurs au moteur gauche, un groupe de ses amis arriva. Les garçons étaient Kitster et Seek, la fille Amee, et le Rodien Wald. Anakin interrompit sa tâche le temps de les présenter à Padmé, Jar Jar et R2-D2.

— Waoh, un vrai droïde astromech ! s'exclama Kitster avec un petit sifflement admiratif. T'as une de ces chances !

— Bah, ça ce n'est rien, lâcha Anakin avec une feinte nonchalance. Demain, je participe à la course de la Boonta Ève...

Kitster grimaça et rejeta en arrière la mèche noire qui barrait son front.

— Quoi ? Avec ça ?

— Ce tas de ferraille n'a jamais décollé du sol, railla Wald en poussant Amee du coude. C'est une blague !

— Tu travailles dessus depuis des années, observa Amee, ses traits fins se crispant en une moue dubitative tandis qu'elle secouait sa chevelure blonde. Il ne marchera jamais.

Anakin allait répliquer, mais il se ravisa au dernier moment. Ils pouvaient bien penser ce qu'ils voulaient. Il leur montrerait.

— Allez, viens jouer au ballon avec nous, suggéra

Seek qui tournait déjà les talons, une pointe d'ennui dans la voix. Continue comme ça, Anakin, et tu finiras écrabouillé comme un cancrelat.

Seek, Wald et Amee s'éloignèrent en riant. Mais Kitster était son meilleur ami, et il connaissait assez Anakin pour ne pas douter de lui quand il affirmait quelque chose. Aussi resta-t-il en arrière, sans s'occuper des autres.

— Qu'est-ce qu'ils y connaissent ? dit-il tranquillement.

Anakin lui adressa un clin d'œil reconnaissant. Puis il aperçut Jar Jar qui tripotait le coupleur d'énergie sur le moteur gauche, la source de puissance qui maintenait les deux moteurs synchrones, et son sourire disparut.

— Hé, Jar Jar ! cria-t-il. Écarte-toi de là !

Courbé sur le coupleur, le Gungan releva le mufle d'un air coupable.

— Qui ça, moi ?

Anakin posa les poings sur ses hanches.

— Si tes mains sont prises dans le rayon, elles seront engourdies pour des heures.

Une grimace tordit la face du Gungan. Il mit les mains dans son dos et se repencha sur l'engin. Presque instantanément, un arc électrique s'éleva du coupleur d'énergie jusqu'à sa bouche. Il poussa un petit cri et bondit en arrière, puis plaqua les deux mains sur sa bouche et contempla le garçon d'un air ahuri.

— Être engourdie ! Plus sentir ! marmotta Jar Jar, sa langue interminable pendant mollement. Langue grossie. Malheur !

Anakin secoua la tête et se remit à travailler sur le câblage électrique.

Kitster s'approcha pour l'observer. Son visage sombre affichait une grande concentration.

— Tu ne sais même pas s'il pourra démarrer, Anakin, remarqua-t-il en se renfrognant.

— Il marchera, assura son ami sans relever la tête.

Qui-Gon apparut près de lui.

— Je pense qu'il est temps que nous le sachions, fit-il en tendant au garçon un petit cylindre épais. Sers-toi de ce bloc d'alimentation. Je l'ai... trouvé plus tôt dans la journée. Watto en a moins l'usage que toi.

Un coin de sa bouche s'était relevé en un léger rictus où l'amusement le disputait à l'embarras.

Anakin connaissait la valeur d'un tel élément. De quelle façon le Jedi s'y était pris pour en subtiliser un sous le nez de Watto, il n'en avait aucune idée et ne voulait pas le savoir.

— Oui, M'sieur ! fit-il joyeusement.

Il sauta dans le cockpit, ajusta le bloc d'alimentation dans son logement sur le tableau de bord et mit l'activateur en marche. Puis il coiffa son vieux casque de course cabossé et enfila ses gants. Pendant ce temps, Jar Jar, qui était allé fouiner à l'arrière de l'engin, avait trouvé le moyen de se coincer une main dans le tuyau de postcombustion. Le Gungan se mit à sautiller follement, sa bouche toujours ankylosée, claquant du bec sans raison visible. Padmé l'aperçut au dernier instant – il agitait frénétiquement son bras libre pour attirer l'attention – et le libéra en le tirant de côté, une fraction de seconde avant que les moteurs ne s'allument.

Une flamme fusa des tuyaux de postcombustion, et un vrombissement puissant monta des Radon-Ulzer, de plus en plus aigu, jusqu'à ce qu'Anakin ralentisse les propulseurs, puis réduise la puissance à un grondement sourd. Les spectateurs lancèrent des acclamations, et le garçon leur répondit d'un geste de la main.

Du porche de leur foyer, Shmi Skywalker regardait silencieusement la scène. Son regard était distant, et triste.

Le crépuscule avança dans un brasier d'or et de pourpre quand les deux soleils de Tatooine quittèrent le ciel, et un éclaboussement de couleurs envahit l'horizon en une grande courbe gracieuse. La nuit arriva alors, assombrissant le ciel et révélant les éclats de cristal des étoiles. Dans l'obscurité qui s'épaississait, la planète fit silence et attendit.

Une forme métallique brilla vivement en accrochant les ultimes rayons des soleils, et un petit transport fila hors de la Mer de Dunes en direction de Mos Espa. Avec son nez en forme de pelle et son pourtour aigu comme une lame de couteau, ses ailes repliées en arrière et ses stabilisateurs verticaux rentrés, il collait au relief, gravissait les promontoires et descendait dans les vallées, en chasse. Sombre et inaltérable, il avait des airs de prédateur. Il était pareil à un tueur à la recherche de sa victime.

Au-delà de la Mer de Dunes, suivant la lumière déclinante, le vaisseau se posa sans hésiter sur le vaste plateau d'une mesa qui offrait une vue dégagée dans toutes les directions. Des banthas sauvages s'égaillèrent lourdement à son approche, secouèrent leurs têtes poilues et leurs cornes massives et barrirent leur mécontentement. Le transport s'immobilisa et ses moteurs se turent.

Le panneau arrière glissa et s'ouvrit, un escalier métallique se déplia jusqu'au sol et Dark Maul apparut. Le Seigneur des Sith avait abandonné ses amples vêtements noirs et portait la tenue lâche du désert, sous un manteau à col, serré à la taille par une ceinture où pendait son sabre laser. Ses cornes rabougries, pleinement visibles à présent puisque non masquées par le capuchon, formaient une couronne à l'aspect malfaisant au-dessus de son étrange visage coloré de rouge et de noir. Ignorant les banthas, il marcha jusqu'au bord de la mesa, sortit des électrobinoculaires à vision nocturne et entreprit de scruter méthodiquement l'horizon.

Rien que du sable et des amas rocheux, pensa-t-il. Le désert. Mais il y avait une cité là-bas, et une autre là. Et ici, une troisième.

Il abaissa ses électrobinoculaires. Les lumières des villes se détachaient nettement sur la toile sombre de la nuit. S'il y en avait d'autres, elles se trouvaient de l'autre côté de la Mer de Dunes, où il s'était déjà rendu, ou par-delà l'horizon, beaucoup plus loin encore, là où plus tard il devrait aller.

Mais le Jedi était ici.

Aucune expression ne marquait son visage semblable à une mosaïque, pourtant ses yeux jaunes brillaient d'impatience. Bientôt, maintenant. Très bientôt...

Il consulta le tableau de commande miniature attaché à son avant-bras, entra les réglages qu'il souhaitait et déclencha les calculs requis pour localiser l'ennemi qu'il cherchait. Les Chevaliers Jedi manifestaient une présence particulièrement puissante dans la Force. Il ne fallut qu'une minute. Il se tourna alors vers son vaisseau. Les droïdes sondes sphériques sortirent en flottant du panneau, l'un après l'autre. Quand tous furent au-dehors, ils filèrent vers les cités qu'il avait identifiées.

Dark Maul suivit leur vol un instant, puis la nuit les engloutit. Il eut un mince sourire. Bientôt.

Il retourna à l'intérieur du vaisseau pour suivre de près leurs réponses.

L'obscurité enveloppait peu à peu Mos Espa. Anakin était tranquillement assis sur la balustrade du porche dominant l'arrière-cour, pendant que Qui-Gon examinait une coupure profonde dans le bras du garçon. Celui-ci avait supporté la blessure pendant une partie de la journée, alors qu'il préparait le Podracer, et à la façon typique des enfants de son âge, il ne l'avait remarquée qu'un moment plus tôt.

Il n'accorda qu'un coup d'œil à la plaie que Qui-Gon s'apprêtait à nettoyer, et se renversa légèrement en arrière pour admirer le spectacle des étoiles.

— Ne bouge pas, Anakin, lui dit Qui-Gon.

Le garçon l'entendit à peine.

— Il y en a tellement ! Ont-elles toutes un système de planètes ?

— La plupart, répondit Qui-Gon en sortant de sa poche un morceau de tissu propre.

— Est-ce que quelqu'un les a déjà toutes visitées ?

Le Maître Jedi eut un petit rire.

— C'est très improbable.

Anakin hocha la tête, les yeux toujours levés.

— Alors je veux être le premier à les voir toutes... Aïe !

Qui-Gon essuya un filet de sang sur le bras du garçon, puis appliqua un antiseptique sur la blessure.

— Te voilà remis à neuf.

— Anakin, c'est l'heure d'aller au lit ! cria Shmi de l'intérieur de la maison.

Qui-Gon prit une microplaquette de comlink et y étala un peu de sang. Anakin se pencha en avant, intrigué.

— Qu'est-ce que vous faites ?

— Je vérifie que tu n'as aucune infection.

Anakin fronça les sourcils.

— Je n'ai encore jamais vu...

— Anakin ! appela encore sa mère, d'un ton plus impérieux cette fois. Je ne te le répéterai pas !

— Vas-y, le pressa Qui-Gon en désignant la porte. Tu as une journée chargée demain. Bonne nuit.

Il glissa le tissu taché sous son poncho.

Anakin hésita. Interdit, il garda les yeux fixés sur le Maître Jedi un instant encore avant de rentrer. Qui-Gon laissa s'écouler quelques secondes pour s'assurer qu'il était bien seul, puis il glissa la microplaquette portant l'échantillon sanguin dans une fente du comlink et contacta Obi-Wan à bord du transport de la Reine.

— Oui, Maître ? répondit son élève, toujours sur le qui-vive malgré l'heure tardive.

— Je transmets un échantillon sanguin, avertit Qui-Gon en jetant des coups d'œil méfiants autour de lui pendant qu'il parlait à mi-voix. Soumets-le à un test midi-chlorelle.

Il envoya les paramètres du sang par l'intermédiaire du lecteur intégré dans le comlink et patienta en silence pour la réponse. Il sentait les battements excités de son cœur. S'il ne s'était pas trompé...

— Maître, dit Obi-Wan, il doit y avoir une erreur dans cet échantillon.

Qui-Gon inspira lentement, puis expira de même.

— Que donnent les paramètres ?

— Le test midi-chlorelle affiche une estimation de vingt mille, fit la voix tendue du jeune Jedi. Personne n'en a autant. Pas même Maître Yoda.

Personne. Qui-Gon resta immobile, les yeux perdus dans le vide des ténèbres, ébranlé par l'importance de sa découverte. Puis son regard glissa vers la masure où dormait le garçon, et tout son corps se raidit.

Shmi Skywalker se tenait sur le seuil de la porte ouverte et l'observait fixement. Leurs regards se rencontrèrent, et l'espace d'un instant le Maître Jedi eut l'impression que l'avenir venait de lui être révélé dans son intégralité. Gênée, la femme tourna les talons sans un mot et disparut à l'intérieur.

Qui-Gon attendit un peu, puis il se souvint du comlink toujours allumé.

— Bonne nuit, Obi-Wan, dit-il doucement avant d'éteindre le transmetteur.

Minuit approchait. Incapable de trouver le sommeil, Anakin Skywalker s'était glissé hors de son lit et était redescendu dans l'arrière-cour pour une ultime vérification du Podracer : réglages, câblage, relais, moteurs – tout ce à quoi il pouvait penser, en fait. À présent il se tenait à deux pas de l'engin et le contemplait en réfléchissant à ce qu'il aurait pu négliger. Il ne pouvait se permettre aucune erreur. Il désirait être certain d'avoir fait tout ce qui était en son pouvoir.

Et ainsi il gagnerait la course demain.

Parce qu'il le fallait.

Il le devait.

Il regarda R2-D2 qui se déplaçait rapidement autour de l'engin pour appliquer sur sa carrosserie de métal nu de grandes bandes de peinture qu'il projetait d'un réceptacle monté au-dessus de ses senseurs visuels, tandis que C-3PO l'abreuvait d'un flot ininterrompu de conseils plus ou moins judicieux. Le garçon avait activé le droïde protocolaire un peu plus tôt, sur le conseil de Padmé. « Des mains nombreuses rendent le travail plus léger », avait-elle déclamé avec une solennité malicieuse. C-3PO n'était pas d'une grande aide sur le plan manuel, mais son vocodeur était à l'évidence inépuisable. En tous les cas R2-D2 semblait apprécier sa présence, et il répondait par des bips et des trilles à son compagnon tout en s'activant. Le petit astromech travaillait avec entrain, et sans faiblir. Rien ne pouvait le perturber. Anakin se surprit à l'envier. Les droïdes étaient bien conçus, ou n'étaient pas. À la différence des humains, ils ne réagissaient pas à la lassitude, à la déception ou à la peur...

Il chassa cette pensée de son esprit et leva de nouveau les yeux vers le ciel étoilé. Après un moment, il s'assit et s'adossa à une caisse emplie de vieux composants. Il avait posé son casque et ses gants sur le sol, à côté de lui. Sans s'en rendre compte, il caressait la petite statuette dans sa poche, celle qu'il façonnait pour Padmé. Ses pensées dérivèrent au hasard. Il ne pouvait se l'expliquer clairement, mais il savait que la journée du lendemain changerait sa vie. Cette étrange capacité à voir ce qui échappait aux autres, à prévoir parfois ce qui allait se passer, le lui avait affirmé. Son avenir se précipitait sur lui, il le sentait, et il n'aurait pas le temps de réfléchir.

Que lui apporterait-il ? La question effleurait constamment les limites de sa conscience sans s'imposer clairement. Un bouleversement, mais sous quelle forme ? Qui-Gon et ses compagnons étaient ceux par qui ce changement arriverait, mais Anakin avait le sentiment que pas même le Chevalier Jedi ne connaissait avec certitude ce qui en résulterait.

Peut-être la liberté dont il avait tant rêvé, pour sa mère et pour lui-même, songea-t-il avec espoir. Ou une fuite vers une nouvelle vie pour eux deux. S'il gagnait la course de la Boonta Ève, tout était possible. Tout.

Cette pensée obsédait toujours son esprit fatigué quand ses paupières se fermèrent et qu'il sombra dans le sommeil.

12

Cette nuit-là, Anakin Skywalker rêva, et dans son rêve il était d'un âge différent quoique indéterminé. Encore jeune, bien que pas aussi jeune qu'aujourd'hui, mais vieux aussi. Il était taillé dans la pierre, et ses pensées célébraient une vision tellement terrifiante qu'il ne parvenait pas à l'appréhender dans sa totalité. Il ne pouvait que la laisser juste hors de sa portée, frémissant sur un feu dévorant d'ambition et d'espoirs. Il se trouvait en un temps et en un endroit autres, dans un monde qu'il ne reconnaissait pas, au milieu d'un paysage qu'il n'avait jamais vu et qui demeurait vague et brumeux, à la fois plat et accidenté, et changeant avec la rapidité d'un mirage né dans les immensités désertiques de Tatooine.

Le rêve parut scintiller, et des voix le hélèrent, douces et distantes. Il se tourna vers elles, loin du gigantesque mouvement sombre qui soudain s'était dressé devant lui, loin du sommeil qui donnait vie à son rêve.

— J'espère que vous en avez presque terminé, entendit-il Padmé lui dire.

Mais la jeune femme se trouvait en tête de la vague obscure de son rêve, et cette vague était une armée, et cette armée marchait vers lui…

R2-D2 siffla et bipa, et C-3PO fit chorus avec une assurance empressée, affirmant que tout était prêt. De nouveau, il s'étira.

Une main toucha sa joue, l'effleurant avec légèreté, et le rêve s'estompa, pour disparaître rapidement. Anakin cligna des yeux, les frotta de ses deux poings, bâilla et se retourna sur le flanc. Il n'était plus allongé près de la caisse de composants où la fatigue l'avait terrassé la veille au soir, mais dans son lit.

La main quitta sa joue, et Anakin ouvrit enfin les yeux sur Padmé, sur ce visage qu'il trouvait si beau qu'il en avait la gorge serrée. Pourtant il la dévisagea sans comprendre, car elle avait été le personnage central de son rêve, différente de ce qu'elle était aujourd'hui, plus âgée, plus triste... et autre chose aussi, qu'il n'arrivait pas à définir.

— Vous étiez dans mon rêve, dit-il après avoir péniblement dégluti. Vous meniez une grande armée au combat.

La jeune fille posa sur lui un regard étonné, puis sourit.

— J'espère bien que non. Je déteste le combat.

Sa voix était légère et joyeuse, avec une distance qui le troubla.

— Votre mère veut que vous vous leviez. Nous devons partir bientôt.

À présent complètement éveillé, Anakin se mit debout. Il alla jusqu'à la porte et resta là, à contempler la fourmilière du quartier des esclaves, l'agitation des gens qui se hâtaient vers leurs tâches matinales, ce ciel clair et lumineux qui promettait du beau temps pour la course de la Boonta Ève. Devant lui, le Podracer se tenait bien à l'horizontale sur ses répulseurs antigrav, fraîchement repeint et étincelant sous les rayons des soleils jumeaux. R2-D2 s'affairait autour de l'engin, avec une brosse et un bidon de peinture, pour mettre la dernière touche à son œuvre. Toujours dépourvu d'une bonne partie de son revêtement externe, C-3PO le suivait et désignait les endroits encore à peindre tout en débitant des avis très discutables et des conseils en pagaille.

La respiration sifflante d'un eopie le fit se retourner. Kitster arrivait dans leur direction, chevauchant l'un des deux animaux qu'il avait réquisitionnés pour aider à amener le Podracer dans l'arène. L'espérance faisait rayonner son visage et il adressa un salut vigoureux de la main à son ami.

Anakin lui répondit de la même façon et cria :

— Attache-les, Kitster !

Puis, à l'intention de Padmé :

— Où est Qui-Gon ?

— Il est parti pour l'arène en compagnie de Jar Jar. Ils voulaient trouver Watto.

Anakin courut dans sa chambre pour se laver et s'habiller.

Qui-Gon arpentait le hangar principal attenant à l'arène des courses de Pods de Mos Espa, et il observait l'activité qui régnait autour de lui avec ce qui semblait être un intérêt très relatif. L'endroit était un bâtiment caverneux qui abritait tout au long de l'année l'équipement et les Podracers, et servait de garage pour les véhicules et les équipes les jours de course. Une partie des compétiteurs étaient déjà sur place dans les blocs de service ; des douzaines de non-humains venus de tous les coins de la galaxie rampaient sur les Pods et les moteurs tandis que les responsables de stand et les pilotes leur criaient des instructions. Le claquement et le crissement du métal contre le métal éveillaient des échos assourdissants dans l'enceinte du hangar, et on ne pouvait communiquer qu'avec force hurlements.

Jar Jar tenait une des épaules du Maître Jedi tandis que Watto voletait près de l'autre. Comme de coutume, le Gungan était nerveux, et il écarquillait les yeux. Sa tête pivotait d'un côté à l'autre à une telle vitesse qu'elle paraissait sur le point de se dévisser et de tomber. Watto se maintenait en l'air avec un mépris affiché de tout ce qui n'avait pas trait à son propre discours, lequel s'étirait sans fin, revenant encore et encore sur les mêmes points.

— Qu'il soit donc bien clair que notre marché est conclu, barbare, répéta-t-il pour la troisième fois en moins de dix minutes, sa tête au groin bleuté s'agitant pour souligner son propos. Je verrai votre vaisseau dès la fin de la course.

Il ne faisait nullement mystère du fait qu'il croyait obtenir la possession légale du transport. Ce n'était pour lui qu'une question de temps. Il n'avait pas laissé entendre autre chose depuis que Qui-Gon l'avait surpris aux guichets des paris.

Le Maître Jedi rejeta cette certitude avec le sourire.

— Patience, mon ami bleuté. Vous aurez vos gains avant le coucher des soleils ; quant à mes compagnons et moi, nous serons déjà loin d'ici.

— Pas si votre vaisseau me revient, me semble-t-il ! ronchonna Watto avant d'éclater d'un rire satisfait. (Mais l'instant d'après il reprenait tout son sérieux pour préciser :) Je vous préviens, pas d'entourloupe !

Qui-Gon continuait de déambuler dans le hangar, le regard vague. Il appâtait peu à peu le Toydarian.

— Vous ne croyez pas à la victoire d'Anakin ? fit-il en simulant l'étonnement.

Watto battit des ailes et vint se placer devant le Maître Jedi, qui fut bien forcé de s'arrêter. D'un geste furieux il désigna un Podracer orange vif proche, dont les moteurs avaient été modifiés de façon qu'une fois les coupleurs d'énergie activés et les turbines reliées l'ensemble formât un X. Assis à côté de l'engin se trouvait Sebulba, le Dug qui avait agressé Jar Jar deux jours auparavant. Ses yeux mauvais étaient fixés sur eux, et son corps efflanqué s'était immobilisé en une posture vaguement menaçante. Deux Twi'leks agiles massaient diligemment le cou et les épaules du Dug. Les Twi'leks étaient des non-humains de la planète Ryloth ; ils avaient les dents pointues, une peau bleue douce et des tentacules jumeaux qui descendaient gracieusement de leur crâne chauve pour reposer sur leur dos soyeux. Leurs prunelles rouges se fixèrent un instant sur Qui-Gon, une lueur d'intérêt y passa, puis ils revinrent rapidement à leur maître.

— Ne vous méprenez pas, grommela Watto en dodelinant de la tête dans un mouvement curieux. J'ai grande foi en ce garçon. Il fait honneur à votre race... (Sa bouche aux dents non alignées se durcit.) Mais Sebulba va gagner, à mon avis.

Qui-Gon fit semblant d'étudier le Dug avec soin.

— Pourquoi ?

— Parce qu'il gagne toujours ! répliqua le Toydarian en éclatant de rire, réjoui de sa propre finesse d'esprit. Et j'ai misé gros sur lui !

— J'accepte le pari, dit aussitôt Qui-Gon.

Le rire de Watto cessa d'un coup, et il sursauta comme si on venait de l'asperger d'huile bouillante. Il secoua la tête, incrédule.

— Quoi ? Que voulez-vous dire ?

Qui-Gon avança d'un pas, ce qui força le Toydarian à reculer de même.

— Je parie mon nouveau Podracer… (Il feignit de réfléchir quelques secondes.) Disons, contre la mère et le garçon.

Watto était atterré.

— Un Pod contre des esclaves ! Ah non, je ne crois pas ! (Ses ailes bleuâtres frappaient l'air à un rythme effréné tandis qu'il voletait ici et là, tête penchée de côté.) Bon, peut-être. Mais un esclave seulement. La mère. Le garçon n'est pas à vendre.

Qui-Gon se rembrunit.

— Le garçon est petit. Il ne peut pas valoir beaucoup.

Watto secoua la tête. Un refus net.

— Même contre le Pod le plus rapide jamais construit ?

Même mouvement du chef chez le Toydarian.

— Les deux, ou pas de pari.

Ils se tenaient à l'entrée du hangar, où le brouhaha était moins fort. Dehors, les gradins de l'arène s'élevaient contre le ciel du désert, un vaste ensemble courbe complété par des loges pour les Hutts, une cabine pour le présentateur de la course, l'équipement de contrôle et des stands où l'on vendait de la nourriture. Les tribunes commençaient à se remplir. La population de Mos Espa venait toujours en foule assister à l'événement : le jour avait été décrété férié et la plupart des boutiques étaient fermées. Des banderoles et des bannières aux couleurs vives flottaient dans la brise et les Podracers qui approchaient paraissaient enflammés sous les soleils.

Qui-Gon aperçut Anakin qui émergeait de la masse. Monté sur un eopie, Padmé derrière lui, il remorquait un des gros moteurs Radon-Ulzer. Son ami Kitster suivait sur un deuxième eopie et tirait le second moteur. Les eopies étaient des animaux de bât aux membres et au mufle longs, pourvus d'une peau cornée sous une fourrure rase particulièrement adaptée pour résister à la chaleur du désert sur Tatooine. R2-D2 et C-3PO fermaient la petite procession, avec Shmi et le Pod. Le Maître Jedi pivota délibérément pour suivre leur progression, ce qui attira l'attention de Watto sur eux. Les yeux du Toydarian s'étrécirent à la vue du garçon et de son racer. Il se tourna vers Qui-Gon.

— Aucun Pod ne vaut deux esclaves… il s'en faut de beaucoup ! grogna-t-il. Un esclave ou rien du tout !

Qui-Gon croisa les bras sur sa poitrine.

— Le garçon, alors.

Watto souffla et grommela. La tension née de son débat intérieur faisait tressauter son petit corps rond.

— Non, non…

Et brusquement il fouilla dans une poche, en ressortit un dé et le fit passer d'une main dans l'autre comme si le petit cube était brûlant.

— Nous laisserons le hasard décider. Bleu, c'est le garçon. Rouge, la mère.

Watto lança le dé sur le sol du hangar. Dans le même temps Qui-Gon esquissait un geste imperceptible pour faire appel à son pouvoir de Jedi et produire une légère modification dans la Force.

Le dé rebondit, roula et s'arrêta, face bleue en l'air. Watto leva les bras dans un geste de colère.

— Vous avez gagné au tirage au sort, barbare ! grinça-t-il. Mais vous ne gagnerez pas la course, et donc m'est avis que cela ne fait pas grande différence !

— Nous verrons, répondit Qui-Gon sans se départir de son calme.

Anakin et les autres arrivaient. Ils pénétrèrent dans le hangar avec le Pod et les moteurs. Watto s'écarta de Qui-Gon en marmonnant, et ne s'arrêta que le temps de décocher une tape irritée au garçon.

— Tu devrais conseiller à ton ami de cesser les paris !

déclara-t-il avec colère, ou bien je finirai par l'avoir comme esclave, lui aussi !

Un des eopies le renifla avec intérêt, et le Toydarian l'injuria en hutt avec une telle férocité que la pauvre bête recula. Ses ailes battant follement l'air, Watto lança un regard venimeux à Qui-Gon avant de s'éloigner à tire-d'aile dans les ombres du hangar.

— Que voulait-il dire par là ? s'enquit Anakin en stoppant l'eopie à côté de Qui-Gon.

— Je te le dirai plus tard, éluda le Maître Jedi.

Kitster arrêta sa monture à hauteur de celle de son ami. Il buvait des yeux la scène qu'il découvrait autour de lui et paraissait surexcité.

— C'est trop chouette ! Je suis sûr que cette fois tu vas le faire, Anakin !

Le regard de Padmé allait de l'un à l'autre.

— Faire quoi ? voulut-elle savoir.

— Finir la course, évidemment ! s'exclama Kitster.

La jeune fille pâlit, et ses prunelles étincelèrent en se tournant vers Anakin.

— Vous n'avez jamais fini une course ? demanda-t-elle, incrédule.

Le garçon rougit.

— C'est-à-dire... Pas exactement. (La détermination tendit son visage, et il ajouta :) Mais Kitster a raison. Cette fois, je vais réussir.

Qui-Gon prit les rênes de l'eopie dans une main et de l'autre tapota la jambe du garçon.

— Bien sûr, tu vas réussir.

Du haut de l'animal, Padmé Naberrie le toisa sans rien dire.

Le centre de Mos Espa se vidait progressivement, à mesure que la population se dirigeait massivement vers l'arène des courses située près de l'astroport. La plupart des boutiques avaient déjà fermé, les étals étaient pliés, et les quelques marchands acharnés à leur commerce étaient sur le point d'abandonner à leur tour. Clients et vendeurs achevaient leurs dernières transactions avant de rejoindre le flot animé qui désertait la ville.

Au sein de cette confusion, un droïde sonde Sith flottait lentement au-dessus de la foule, et son œil mécanique allait d'une échoppe à l'autre, d'un visage à l'autre, à l'affût.

En milieu de matinée, plus de cent mille êtres d'origines diverses avaient empli l'arène des Podracers. Ils se massaient dans les tribunes ou sur les grandes plates-formes et occupaient le moindre espace libre. L'endroit s'était transformé en une vaste mer de couleurs, de mouvements et de sons plantée au cœur du désert environnant. Drapeaux et bannières portant l'insigne des concurrents et de leurs sponsors claquaient au-dessus de l'assemblée. Des fanfares jouaient en soutien à tel ou tel candidat, et des cuivres isolés couinaient en réponse aux roulements de tambours. Les marchands ambulants arpentaient les allées, proposant des friandises et des boissons. Partout l'excitation et l'impatience croissaient.

Soudain un rugissement monta de la foule. Les Podracers émergeaient du hangar principal, de l'autre côté de la ligne de départ. Un par un les véhicules de course arrivèrent en vue de la multitude, certains remorqués par des eopies, certains à la main, d'autres par des traîneaux munis de répulseurs, tous intégrés dans une longue procession de pilotes, d'équipiers et de parasites. Les porte-étendard, chacun chargé d'une oriflamme identifiant le pilote et son sponsor, marchaient de concert en formant une ligne colorée devant la troupe des Podracers. Au-dessus de ce spectacle, les soleils jumeaux de Tatooine écrasaient l'ensemble d'un éclat aveuglant. Tandis que les Podracers atteignaient la piste devant les tribunes, une agitation subite dans la loge royale signala l'arrivée de Jabba le Hutt et de Gardulla, sa compagne. Se déplaçant en ondulant dans l'espace rafraîchi de leur loge, les deux Hutts atteignirent les places qui leur étaient réservées. Jabba se plaça sur le devant, sous l'arche en surplomb d'où il pourrait être vu. Il leva un bras grassouillet pour saluer la foule, laquelle répondit par une ovation tonitruante. Gardulla bredouilla son appréciation et hocha sa tête sans cou posée sur un corps énorme et informe. Dans les longues fentes de ses yeux, les prunelles luirent. Une coterie d'humains et de non-humains s'installa derrière les deux Hutts : les invités des maîtres de Mos Espa un jour de course, un honneur très convoité. Au fond de la loge, vinrent s'aligner des esclaves femelles de races diverses. Elles étaient enchaînées ensemble et leur présence n'avait pour seul motif que de distraire ceux qui avaient librement choisi de venir.

Au sol, les pilotes se mirent en ligne face à la loge royale et, au signal, s'inclinèrent pour rendre hommage à leur bienfaiteur.

— *Chobaso !* gargouilla Jabba, sa voix profonde se répercutant dans les haut-parleurs et sur le désert proche. *Tam ka chee Bontaa rulee ya, kee madd ahdrudda du wundee !* Bienvenue !

La foule poussa un rugissement appréciateur, et une marée de bras et de drapeaux s'agita. Des cuivres résonnèrent, annonçant la présentation des concurrents par Jabba.

— *Kubba tee*. Sebulba *tuta* Pixelito !

Le Dug, qui se tenait juste à côté d'Anakin, se leva sur ses jambes gainées de noir et salua les tribunes. Un orchestre entama sauvagement un petit air de soutien, et les fans de Sebulba accompagnés des parieurs anxieux qui avaient misé sur lui crièrent et sifflèrent en retour.

Un par un, Jabba présenta les pilotes de Podracers. Gasgano. Boles Roor. Ben Quadinaros. Aldar Beedo. Ody Mandrell. Xelbree. Mars Guo. Clegg Holdfast. Bozzie Baranta. Wan Sandage. Anakin écoutait les noms en se dandinant nerveusement. Il était pressé d'en découdre. Un regard par-dessus son épaule lui révéla que Kitster raccordait les Radon-Ulzer à son Pod avec les câbles Steelton et vérifiait les fixations par des tractions violentes.

— ... Mawhonic *tuta* Hok, grondait Jabba. Teemto

Pagalies *tuta* Moonus Mandel. Anakin Skywalker *tuta* Tatooine...

Des applaudissements montèrent du public, moins enthousiastes et fournis que pour Sebulba, Gasgano ou maints autres, auxquels Anakin répondit d'un geste de la main. Ses yeux parcoururent la multitude, mais son esprit était déjà dans la plaine.

Quand il tourna les talons pour rejoindre son Podracer, il vit sa mère qui s'était approchée. Son visage fatigué était calme et déterminé quand elle se pencha pour le serrer dans ses bras et lui baiser le front. Son regard était ferme quand elle recula et posa les mains sur ses épaules, mais elle ne put totalement dissimuler l'inquiétude qui la rongeait.

— Sois prudent, Anakin, dit-elle simplement.

Il acquiesça en déglutissant.

— Je te le promets, M'man.

Elle sourit, d'un sourire chaleureux et rassurant, puis s'éclipsa. Anakin observa Kitster et Jar Jar qui dételaient les eopies de façon que Kitster puisse les emmener à l'écart. R2-D2 arriva en roulant vers le jeune pilote et lui adressa des encouragements sous forme de trilles et de sifflements enthousiastes. Toujours un brin grandiloquent, C-3PO tint à le mettre en garde contre les dangers d'une conduite trop rapide avant de lui souhaiter bonne chance. Tout était prêt.

Jar Jar tapota le dos du garçon, sa face de batracien partagée entre l'inquiétude et l'incompréhension.

— Être timbré, ça. Espérer le Dug correct, mon ami.

Du coin de l'œil Anakin vit Sebulba qui s'écartait de son propre Podracer et venait vers le sien. À grandes enjambées élastiques, il se fraya un chemin autour des Radon-Ulzer qu'il examina avec un intérêt non dissimulé. Il fit halte devant le moteur gauche et brusquement assena un coup de poing sur le stabilisateur, avec un regard alentour pour s'assurer que personne n'avait remarqué son geste.

Padmé apparut et se pencha pour déposer un baiser

sur la joue d'Anakin. Ses yeux sombres étaient habités d'un feu intense.

— Vous portez tous nos espoirs, dit-elle avec simplicité.

— Je ne vous décevrai pas, promit crânement Anakin.

Elle le contempla un long moment avant de s'en aller. Alors qu'elle se fondait dans la foule, Sebulba se faufila jusqu'à lui et pencha sa face poilue et desséchée vers son jeune adversaire.

— Tu ne te tireras pas de celle-ci, racaille d'esclave, siffla-t-il doucement, avec un rictus hargneux. Tu n'es que de la chair à bantha !

Anakin regarda le Dug sans qu'aucun muscle de son visage ne tressaille.

— N'y compte pas, face de rat.

Qui-Gon arrivait, et Sebulba battit promptement en retraite vers son Podracer, la malveillance dans ses prunelles. Des cuivres criaillèrent un chorus et un rugissement impatient s'éleva de la foule. Jabba le Hutt se pencha au bord de la loge royale et leva un bras.

— *Kaa bazza kundee da tam hdrudda !* clama-t-il. Que le défi commence !

Le vacarme qui montait de la foule redoubla. Qui-Gon aida Anakin à grimper dans son Pod. Le garçon s'installa sur son siège, boucla les sangles de sécurité et assujettit son vieux casque de course sur son crâne.

— Tu es paré, Anakin ? demanda le Maître Jedi. (Devant le hochement de tête serein du garçon et son regard farouche, il rappela :) Souviens-toi, concentre-toi sur l'instant. Ressens, ne pense pas. Aie confiance en ton instinct.

Il posa la main sur l'épaule du garçon et lui sourit.

— Que la Force soit avec toi, Anakin.

Alors il recula, et Anakin Skywalker se retrouva seul.

Qui-Gon fendit rapidement la foule pour rejoindre la plate-forme d'observation où Shmi, Padmé et Jar Jar attendaient. Il ne regarda Anakin qu'une seule fois, et vit que le garçon mettait posément ses lunettes de protection. Le Maître Jedi en fut satisfait. Anakin serait à la hauteur.

Il grimpa sur la plate-forme au moment où elle s'élevait pour se mettre en position avant le début de la course. Shmi tourna vers lui un visage torturé par l'inquiétude.

— Tout va bien, affirma Qui-Gon en lui touchant l'épaule dans un geste de réconfort.

Padmé fit la moue.

— Vous autres Jedi êtes bien trop téméraires, lâcha-t-elle. La Reine...

— La Reine a confiance en mon jugement, jeune dame de compagnie, coupa Qui-Gon avec douceur, en parlant assez bas pour qu'elle seule entende. Peut-être devriez-vous l'imiter.

— Vous présumez trop de votre jugement, rétorqua-t-elle sèchement.

La plate-forme s'arrêta en position d'observation, et tous les yeux se tournèrent vers les concurrents. Les coupleurs d'énergie étaient enclenchés, de puissants courants électromagnétiques couraient entre les condensateurs qui reliaient les deux moteurs de chaque Podracer. À présent les moteurs eux-mêmes démarrèrent, et leur rugissement reçut en écho celui de la foule. Les porte-étendard et les équipiers s'écartèrent en hâte pour dégager la ligne de départ sous l'arche. Au-dessus, une lumière rouge interdisait tout mouvement aux Podracers. Anticipant le passage au vert, les pilotes poussaient leurs moteurs et les carrosseries massives tremblaient sous la puissance enchaînée. Les câbles qui les attachaient aux Pods étaient tendus au maximum et menaçaient de casser.

Debout près de Qui-Gon, Jar Jar Binks se couvrit les yeux en disant d'un ton pleurnichard :

— Moi pas regarder. Ça être sale affaire !

Bien qu'il ne pût se résoudre à le reconnaître, le Maître Jedi n'était pas loin de partager cette crainte. Du calme, Anakin Skywalker, songea-t-il. Concentre-toi.

Au-dessus de la ligne de départ, la lumière passa au vert. C'était parti.

13

Dès que le vert s'alluma, Anakin Skywalker poussa les manettes des micropropulseurs en position maximale, envoyant ainsi toute la puissance disponible aux Radon-Ulzer. Les gros moteurs de fusée regimbèrent, grondèrent telle une bête fantastique en cage… et s'éteignirent.

Le garçon se figea. Tout autour de lui, les racers s'élançaient en une cacophonie de vrombissements et un arc-en-ciel de couleurs et de métal brillant. Des geysers de sable giclaient dans leur sillage et assombrissaient l'air dans un tourbillon subit. En quelques secondes Anakin se retrouva seul avec le Quadra-Pod de Ben Quadinaros, immobile sur la ligne de départ comme lui.

Son esprit travaillait furieusement. Il avait mis trop de carburant pour démarrer. Les moteurs retravaillés ne pouvaient supporter une telle puissance d'un coup si le racer n'était pas déjà en mouvement. Il rabaissa les manettes des micropropulseurs au point mort. Ensuite il coupa les circuits d'alimentation, remit le compteur à zéro et refit la manœuvre en sens inverse. Il prit une profonde inspiration et appuya sur les boutons de contact. Les démarreurs crachotèrent une seconde, et les énormes Radon-Ulzer revinrent à la vie dans un ronflement encore hésitant. Il monta le régime d'alimentation avec plus de prudence cette fois, malgré l'impatience qui l'aiguillonnait, puis poussa les manettes des micropropulseurs en douceur. Les moteurs foncèrent en avant, entraînant le Pod et le garçon derrière eux.

Anakin se lança à la poursuite des autres avec une

détermination inflexible, sans se soucier de rien d'autre que des petits points mobiles au loin qui trahissaient la position de ses adversaires. Il se ruait dans la plaine et le hurlement des moteurs du Podracer montait peu à peu dans les aigus, tandis que le sol sous lui n'était plus qu'une mer de chaleur et de lumière. La course empruntait un parcours plat et ouvert au début, et il poussa un peu plus les manettes des micropropulseurs. Il allait si vite qu'autour de lui tout se réduisait à une masse floue et indistincte brûlée par les soleils.

Devant lui, le premier amas rocheux surgit à l'horizon. Anakin distinguait maintenant les autres Podracers, formes de métal brillantes qui filaient au-dessus du sol, leurs moteurs crachant des flammes et de la fumée. Il réduisait rapidement la distance. Les Radon-Ulzer hurlaient comme des démons. En vitesse pure, il le savait, aucun des autres moteurs ne pouvait rivaliser avec les siens.

L'excitation du chasseur l'envahit quand il rattrapa les derniers concurrents.

Il décéléra en arrivant sur eux pour se donner une marge de manœuvre. Il en dépassa deux comme s'ils étaient à l'arrêt, en se faufilant d'abord à gauche et ensuite à droite pour profiter de l'espace minime qui les séparait. Une fois devant, il remit les gaz et la force gravitationnelle le plaqua contre le dossier rembourré de son siège. Il arrivait sur l'engin de Gasgano. Se rapprochant du Podracer à nez court du Troiken, il se prépara à le déborder. Le Canyon de l'Arche approchait, et il voulait être débarrassé des autres avant de s'engager dans les traîtres méandres du ravin. Avec prudence, il se prépara à passer sur la droite. Mais Gasgano comprit son intention et se rabattit pour l'en empêcher. Anakin attendit un peu, puis se déplaça sur la gauche pour une autre tentative. Une fois encore, Gasgano lui coupa la route. Ils continuèrent ainsi de louvoyer à une vitesse folle au-dessus de l'étendue sableuse, comme un dragon krayt à la poursuite d'un rat-womp.

À l'horizon apparut la silhouette déchiquetée d'un

à-pic. Anakin ralentit, pour donner l'impression à Gasgano qu'il se préparait à un changement d'altitude afin de le dépasser par en dessous. L'autre était un pilote expérimenté, et il maintint sa position jusqu'à ce qu'il arrive au bord de la mesa. Alors il plongea le premier. À cet instant précis, Anakin poussa les propulseurs à fond et son Podracer bondit en avant dans une accélération telle qu'il fila au-dessus de Gasgano avant que celui-ci puisse réagir.

La ligne sombre du canyon grossissait, et Anakin enfila le chas de l'aiguille de son entrée avec l'aisance d'une couturière. Aussitôt il plongea dans un monde d'ombres. Les Radon-Ulzer grondaient, parfaitement synchrones, les câbles Steelton tiraient le Pod avec juste ce qu'il fallait de souplesse pour négocier les virages vicieux. Anakin jouait des micropropulseurs en petites touches précises sur les manettes. En esprit il voyait la course – chaque bifurcation, chaque élévation, chaque obstacle. Tout était clair. Tout lui était révélé.

Il jaillit hors du canyon et retrouva la platitude de la plaine. Devant, parmi une douzaine d'autres, Mawhonic et Sebulba luttaient pour la première place. Les moteurs en X très reconnaissables du Dug se mirent en position haute, mais le Podracer plus rapide de Mawhonic s'éloignait peu à peu.

Soudain Sebulba accéléra et fit une embardée volontaire sur la gauche, vers l'autre engin. Mawhonic réagit instinctivement pour garder la distance. Il s'écarta et percuta une formation rocheuse massive. Le concurrent et son Podracer disparurent dans une énorme boule de feu empanachée de fumée noire.

C'est Xelbree qui en profita et tenta de dépasser Sebulba par en haut, comme Anakin l'avait fait avec Gasgano. Mais le Dug sentit sa présence et éleva brusquement son engin pour le bloquer. Xelbree glissa sur la gauche, et se rapprocha. Sebulba semblait perdre du terrain, mais quand l'autre fut à son niveau, le Dug actionna un mécanisme et d'un tuyau d'échappement latéral gauche une longue flamme fusa, qui enveloppa le moteur de Xelbree, dont le revêtement métallique s'embrasa comme s'il s'était agi de flimsiplast. Xelbree essaya désespérément de s'écarter, mais ses gestes furent trop lents. Le carburant prit feu, le moteur endommagé explosa et l'autre moteur fila avec le Pod vers une falaise contre laquelle il se pulvérisa.

Sans ralentir, Sebulba s'éloigna de la carcasse. Il était maintenant seul en tête de la course.

Dans les tribunes de l'arène et depuis les plates-formes d'observation disséminées tout au long du parcours, la foule suivait le déroulement de la course sur des écrans portables recevant les images des Podracers transmises par les holo-caméras des droïdes de surveillance. D'une tour de contrôle, un commentateur bicéphale lançait plaisanterie sur plaisanterie sur les aléas de la compétition. Qui-Gon étudiait un écran avec Padmé et Shmi, mais il n'était fait nulle part mention d'Anakin, et on ne le voyait pas pour l'instant. Les voix jumelles de l'annonceur montaient et baissaient en cadence, emplissant l'air de leurs inflexions, atteignant des sommets pour stimuler un peu plus le public déjà déchaîné.

Qui-Gon scruta la plaine, espérant apercevoir un mouvement révélateur. Sur sa droite, Jar Jar se chamaillait avec un non-humain maigre et antipathique nommé Fanta. Il essayait de regarder par-dessus son épaule, le submergeait de questions et tentait maladroitement de faire connaissance en commettant l'erreur de croire que, parce qu'ils partageaient une vague ressemblance physique, le Poldt se montrerait coopératif. Mais Fanta ne voulait rien avoir à faire avec Jar Jar, et pour bien le lui signifier il gardait le dos tourné et cachait délibérément l'écran à la vue du Gungan. L'impatience gagnait Jar Jar.

Qui-Gon se tourna vers les stands. R2-D2, C-3PO et Kitster attendaient anxieusement dans leur coin.

Dans une loge privée en retrait et plus bas que celle de Jabba, Watto riait et plaisantait avec des amis. Le Toydarian voletait de-ci, de-là, saisissait une vue de la course sur un écran ou un autre, et se frottait nerveusement les mains. Il aperçut Qui-Gon et lui adressa un geste sans équivoque.

En bas, sur la ligne de départ, Ben Quadinaros s'échinait toujours à faire démarrer son Quadra-Pod. Sans succès.

Qui-Gon ferma les yeux et dressa une barrière mentale entre lui et le monde, ne prêtant plus aucune attention aux sons et aux mouvements environnants. Il devint un avec la Force, disparut dans son flot, à la recherche d'Anakin. Il demeura ailleurs tandis que la foule rugissait et que le grondement des moteurs de fusée s'élevait au loin. À l'horizon, un groupe de points sombres venait d'apparaître.

Sur la ligne de départ, Ben Quadinaros réussit enfin à mettre en marche son Podracer et les quatre énormes moteurs grondèrent et vibrèrent de concert. Le pilote abaissa la manette des propulseurs. Pod et moteurs firent une embardée, mais l'instant suivant les coupleurs d'énergie cédaient sous la pression et les câbles de connexion cassaient. Les moteurs jaillirent dans quatre directions différentes et allèrent exploser contre des murs de pierre, un amas rocheux et le flanc d'une dune. Le public poussa un cri d'horreur et beaucoup se cachèrent les yeux ou se couvrirent les oreilles de leurs mains quand le Pod et Ben Quadinaros s'effondrèrent sur la piste en une masse inutile.

Presque au même moment le Podracer de Sebulba passa en flèche devant l'arène, fila sous l'arche et entama le deuxième tour en trombe. Deux autres engins passèrent à toute vitesse dans le hurlement de leurs moteurs et l'éclair bariolé de leurs carrosseries.

Aucun signe d'Anakin.

Qui-Gon gardait les yeux clos et continuait sa recherche mentale. À côté de lui, Shmi et Padmé échangèrent un regard anxieux. Jar Jar s'accrochait toujours à Fanta, et lui tapotait le dos de petits coups de poing. Irrité, le Poldt grimaçait et essayait de s'écarter, mais il n'en avait pas la place.

Trois autres Podracers franchirent l'arche. Un quatrième, celui d'Ody Mandrell, ralentit et alla s'arrêter devant son stand. Les moteurs de son engin vibraient et fumaient. Les droïdes mécanos se précipitèrent pour réparer l'engin. Ody se leva dans le cockpit. C'était un Er'Kit reptilien courtaud et puissant. Il agita les bras avec rage. Mais quand les moteurs s'allumèrent de nouveau, DUM-4, un droïde mécano, se tenait encore à gauche d'une prise d'air. Le moteur l'aspira, le mâchouilla en une seconde et le recracha par l'échappement sous forme de bouillie métallique.

La foule s'était penchée de nouveau sur les écrans pour ne rien perdre de la course.

C'est alors que R2-D2, qui se tenait à l'entrée de leur stand en compagnie de Kitster et de C-3PO, lança un bip excité.

Qui-Gon ouvrit subitement les yeux.

— Il arrive ! s'exclama-t-il.

Anakin Skywalker surgit soudain dans le paysage écrasé de lumière. Les gros Radon-Ulzer mugissaient rageusement.

Acclamations et cris montèrent de la foule et de ses compagnons. Qui-Gon se contenta de sourire. Anakin avait commencé sa remontée.

Au début du deuxième tour, Anakin occupait la sixième position. À mesure que la course se déroulait, la symbiose entre lui et son engin s'accentuait. Il ne faisait plus qu'un avec les moteurs, et il ressentait la tension et la pression sur chaque rivet, chaque vis. Le vent le giflait continuellement et l'isolait dans une sorte de bruit blanc. Il n'y avait plus que lui et son racer, dans un monde de vitesse et de réflexes. C'est l'effet que lui faisait la course, et cet effet s'accroissait à chaque seconde, jusqu'à ce qu'il voie et comprenne des choses qui transcendaient ses sens et son savoir, jusqu'à ce qu'il soit projeté hors du présent, en un endroit que les autres ne pouvaient atteindre.

À l'approche du Canyon de l'Arche, il fondit sur les premiers. Son visage juvénile affichait une expression farouche. Au ras du sol il dépassa Aldar Beedo en un éclair et d'un glissement latéral laissa Clegg Holdfast derrière lui. Sur le côté, Ody Mandrell, qu'il allait rattraper, attaqua trop vite la pente d'une dune et capota. Son Podracer fit la roue dans un enchevêtrement spectaculaire de moteurs et de Pod avant d'exploser.

Quatre concurrents seulement séparaient encore Anakin de Sebulba, et il pouvait maintenant apercevoir l'engin du Dug au loin.

Ensuite, tout alla très vite.

Les Podracers filèrent dans le Canyon de l'Arche et rejaillirent à l'autre extrémité en une ligne brisée, avec Anakin qui réduisait la distance entre lui et les autres. Des Raiders Pillards Tuskens cachés dans les rochers surplombant les falaises au coin de l'Aiguille Tusken eurent de la chance et abattirent Teemto Pagalies. Le Podracer de Teemto explosa en l'air, et Anakin s'élança dans le nuage de débris à la poursuite des autres. Il dépassa Elan Mak et Habba Kee sans coup férir. Devant lui, Mars Guo se rapprochait de Sebulba, mais avec méfiance, en restant assez loin et plus bas que le Dug, dans l'attente du moment opportun pour attaquer. Anakin sautait les dunes de sable avec aisance, et la distance entre son Pod et celui de Mars Guo allait s'amenuisant.

Soudain, Sebulba sortit un bras de son cockpit et lâcha un morceau de métal directement dans l'admission d'air du moteur gauche de Mars Guo. Le métal heurta violemment le métal, et le moteur endommagé se mit à cracher des gerbes d'étincelles et de la fumée. Mars essaya de stabiliser son engin, mais le moteur gauche toussait et perdait de la puissance, et son Podracer vira brusquement vers celui d'Anakin. Les deux engins se heurtèrent dans un crissement métallique, et l'arête principale du stabilisateur vertical de Mars Guo tira sur le câble Steelton gauche du Podracer d'Anakin, qui se décrocha.

Instantanément le Pod d'Anakin se mit à tanguer violemment au bout de l'unique câble. Les Radon-Ulzer continuaient de vrombir à l'unisson, maintenus ensemble par les coupleurs d'énergie, mais le Podracer échappait au contrôle de son pilote. Celui-ci s'arc-bouta sur les pédales du stabilisateur en luttant pour garder l'assiette du Pod qui commençait à osciller comme un pendule. Le câble détaché fouettait dangereusement l'air dans le sillage de l'échappement du moteur et menaçait à tout instant d'accrocher une saillie rocheuse, ce qui aurait précipité le racer au sol. Anakin se baissa et tâtonna sur le plancher du cockpit à la recherche du collecteur magnétique. Dès qu'il l'eut trouvé, il l'alluma et le tendit à bout de bras sur le côté gauche pour essayer de lui faire toucher le câble. L'effort l'obligea à réduire la puissance des propulseurs et il perdit une fois encore du terrain sur Sebulba. Elan Mak, Habba Kee et même Obitoki le dépassèrent.

Anakin jeta un coup d'œil derrière lui. Le gros des concurrents le rattrapait de nouveau.

Après une douzaine d'essais infructueux, il se concentra suffisamment pour enfin réussir à saisir le câble grâce au collecteur magnétique et à l'assujettir à son point d'attache. Son visage était couvert de sueur et de poussière, et la manche de son blouson était déchirée. Il laissa rouler le collecteur sur le plancher du cockpit et augmenta de nouveau la puissance des propulseurs. Bien stable au bout de ses câbles Steelton, le Pod filait droit à nouveau, entraîné par les Radon-Ulzer, et le Podracer accéléra progressivement.

Anakin rattrapa d'abord Elan Mak, qu'il contourna aisément. Il se rapprochait de Habba Kee quand Obitoki tenta de dépasser Sebulba. Le Dug attendit que son rival soit à sa hauteur pour user de la même tactique qu'avec Xelbree. Ouvrant un petit volet dans le tuyau d'échappement gauche, il envoya un jet de flammes dans le moteur droit d'Obitoki. Il y eut une déflagration, et le Podracer d'Obitoki piqua vers le sol du désert où il s'écrasa dans un geyser de débris et de sable.

Habba Kee volait en rase-mottes et il traversa le nuage juste devant Anakin. Momentanément aveuglé, il vira du mauvais côté et toucha un morceau d'un des moteurs d'Obitoki qui saillait du sable. Moteurs et Pod se mêlèrent et s'écrasèrent dans une violente explosion. Anakin suivait Habba Kee dans la fumée et la poussière, et lui aussi se trouva sans visibilité pendant un moment. Surgi de nulle part, un morceau de métal surchauffé frôla sa tête, le ratant de peu. Mais le garçon voyait avec plus que ses yeux. Il sentait avec son esprit, et intérieurement il demeurait calme et déterminé. Il détectait le danger qui guettait, et il manœuvra les manettes des propulseurs en douceur pour éviter les obstacles.

Il émergea du nuage et fonça sur Sebulba.

Il talonnait à nouveau le Dug alors qu'ils filaient devant l'arène et sous l'arche pour entamer le troisième et dernier tour.

En esprit, Anakin voyait Qui-Gon et Jar Jar qui l'observaient ; Kitster, devant le stand, qui applaudissait et criait, avec R2-D2 et C-3PO ; l'astromech émettait des trilles d'encouragement, le droïde protocolaire jacassait en retour ; Padmé, dont le beau visage était marqué par l'inquiétude ; et sa mère, les yeux emplis d'effroi. Il pouvait tous les distinguer comme s'il se tenait auprès d'eux, comme s'il était hors de son corps, que lui aussi était un spectateur de la course…

Il chassa ces images de son esprit et se concentra totalement sur Sebulba.

Ils jaillissaient hors du Canyon de l'Arche lorsque le Dug décida de se débarrasser une fois pour toutes d'Anakin. Il savait l'emplacement exact de tous les droïdes de surveillance, il connaissait le champ balayé par leurs holo-caméras et comment éviter de se trahir. D'une glissade il rapprocha son Podracer de celui du garçon, ouvrit la trappe latérale dans le tuyau d'échappement de son moteur et voulut brûler celui de son adversaire comme il l'avait fait pour Xelbree et Obitoki. Mais Anakin avait déjà été victime de ce stratagème par le passé, et il se tenait sur ses gardes. Il bondit juste au-dessus du jet de flammes, hors de leur portée. Quand Sebulba voulut l'imiter pour le bloquer, Anakin redescendit, mais trop vite, et en une fraction de seconde il perdit le contrôle de sa trajectoire. Son Podracer percuta une ligne de balises qu'il envoya voler dans toutes les directions. Il releva le nez de son engin, poussa les manettes à fond et accéléra.

Les Radon-Ulzer hurlèrent, son Podracer effectua un bond quelque peu effrayant, sauta et dépassa Sebulba. Anakin Skywalker menait la course.

Ils plongèrent dans la première série de grottes, puis contournèrent l'Aiguille Tusken, Anakin en tête, Sebulba juste derrière lui. À des vitesses trop importantes pour conserver une maîtrise parfaite de leurs engins, les adversaires louvoyaient et viraient au mépris de toute prudence.

Enfin ils débouchèrent de nouveau sur la plaine.

À cet instant, Sebulba tenta de reprendre la première place et serra Anakin, mais celui-ci tint bon. Soudain, un des stabilisateurs horizontaux du Radon-Ulzer gauche se mit à vibrer dangereusement. Le souvenir du coup de poing assené par le Dug sur cette pièce juste avant la course traversa l'esprit d'Anakin. Il baissa d'un cran les manettes des propulseurs, se délesta du stabilisateur défectueux et enclencha l'auxiliaire. Mais la manœuvre permit à Sebulba de reprendre la tête.

Le temps et la distance allaient manquer à Anakin Skywalker, il en était conscient. Il remit les gaz et fonça derrière Sebulba. Le Dug, qui l'avait vu venir, zigzagua pour l'empêcher de passer. Ils se ruaient au-dessus du parcours et luttaient pour l'emporter. Anakin eut recours à toutes les feintes qu'il connaissait, mais Sebulba était un vétéran et contra chacune de ses attaques. Les Podracers fusèrent des dunes dans le rugissement de leurs moteurs et s'élancèrent pour la dernière partie en plaine.

Anakin oscilla à gauche, puis à droite, mais quand Sebulba se déplaça pour le bloquer, le garçon simula un troisième écart pour revenir sur la gauche. Le Dug se rabattit dans cette direction. Alors Anakin lança son Podracer sur la droite et parvint à hauteur de son concurrent.

Au bout de la plaine, au bout de la dernière ligne droite, les tribunes de l'arène s'élevaient, et les deux adversaires commençaient à les distinguer. Avec un cri de frustration, Sebulba jeta délibérément son Pod contre le flanc de celui d'Anakin. Furieux de l'obstination de son ennemi, il recommença une, deux fois. Au troisième choc, leurs bras de direction se croisèrent, les soudant l'un à l'autre. Anakin luttait avec ses commandes pour essayer de se dégager, mais les Pods étaient trop bien accrochés l'un à l'autre. Avec un rire de triomphe, Sebulba poussa le Podracer du garçon avec le sien, dans l'espoir de précipiter l'adversaire au sol. Anakin mit toute la puissance puis réduisit les gaz, sans parvenir à se libérer. Les Radon-Ulzer vibraient sous l'effort, et les bras de direction crissaient en se tordant.

Finalement celui d'Anakin se brisa net, cassant dans le mouvement l'armature et le stabilisateur horizontal. Le Pod du garçon cahotait et pivotait au bout des câbles Steelton, agité par des secousses si violentes que le garçon aurait été projeté hors de son siège s'il n'y avait été étroitement sanglé.

Sebulba était dans une situation encore moins reluisante. Quand le bras de direction de son engin cassa, son Pod fut catapulté en avant et heurta les câbles de remorque, ce qui bouscula les moteurs. L'un d'eux percuta un morceau de vieille statue et se désintégra aussitôt en une boule de flammes. Puis le second s'enfonça dans le sable et explosa à son tour. Les câbles de remorque se détachèrent et le Pod de Sebulba partit dans une longue glissade cahotante à travers les débris incandescents de ses moteurs, sur le sol inégal du désert, avant de s'arrêter enfin. Le Dug s'extirpa du cockpit en hurlant de rage. Il lui fallut un instant avant de se rendre compte que son pantalon était en feu.

Anakin Skywalker passa au-dessus de lui, et les échappements de ses gros Radon-Ulzer envoyèrent un jet brûlant de sable et de poussière à la face du Dug. Cramponné à ses commandes pour garder le contrôle de son Podracer pendant qu'il franchissait la ligne d'arrivée, il devint ainsi à l'âge de neuf ans le plus jeune vainqueur de la course de la Boonta Ève.

14

Alors que la plate-forme d'observation sur laquelle il se tenait avec Shmi, Padmé et Jar Jar descendait lentement, Qui-Gon regarda la foule se précipiter vers le Pod d'Anakin. Au prix d'un beau dérapage contrôlé, l'enfant s'était stabilisé au centre de la piste. Il désactiva les Radon-Ulzer et sauta à terre.

Kitster le rejoignit et le serra dans ses bras à l'en étouffer. Autour d'eux, R2-D2 et C-3PO décrivaient des cercles frénétiques...

Quelques instants plus tard, les spectateurs envahirent la piste, soulevèrent Anakin du sol et le portèrent en triomphe en criant son nom à pleins poumons.

Qui-Gon échangea un sourire chaleureux avec Shmi. D'un signe de tête, il salua la performance de l'enfant. Décidément, Anakin Skywalker n'était pas n'importe qui !

Lorsque la plate-forme d'observation atteignit le sol, ses occupants en descendirent dans un beau désordre. Laissant Shmi, Padmé et Jar Jar se mêler à la liesse générale, le Maître Jedi s'approcha des tribunes. Il monta l'escalier et parvint devant la loge privée de Watto au moment où plusieurs non-humains s'en éloignaient. Ils plaisantaient dans une myriade de langues et comptaient avec ravissement les crédits et autres devises qu'ils venaient de gagner.

Watto voletait au-dessus de la loge, les yeux rivés sur la foule exubérante. Un profond découragement s'affichait sur son visage à la peau bleue ridée.

Dès qu'il aperçut Qui-Gon, sa mélancolie se transforma en fureur. Il piqua sur le Maître Jedi.

— Maudit sois-tu ! Tu m'as escroqué ! (Fou de rage, il sautillait dans les airs en face de Qui-Gon.) Tu savais que le gamin gagnerait ! D'une façon ou d'une autre, tu le savais ! Et j'ai tout perdu !

Qui-Gon eut un sourire bienveillant.

— Quand on joue, mon ami, on prend le risque de perdre. Ce n'était pas ton jour... (Le sourire du Jedi disparut.) Fais livrer les pièces de l'hyperpropulseur dans le hangar principal. Je passerai plus tard à ta boutique pour que tu affranchisses le gamin...

Le Toydarian colla son museau contre le nez de Qui-Gon.

— Pas question ! Le pari n'était pas honnête.

Le Jedi le foudroya du regard.

— Veux-tu en discuter avec les Hutts ? Je suis sûr qu'ils seraient heureux de statuer sur la question...

Watto sursauta comme si un insecte l'avait piqué, ses yeux de fouine remplis de haine.

— Non ! J'en ai assez de tes ruses. (Il écarta théâtralement les bras.) Prends le gamin ! Et fiche le camp !

Il se détourna et s'envola, le corps recroquevillé entre des ailes qui battaient furieusement. Qui-Gon le regarda s'éloigner, puis regagna la piste, l'esprit déjà tourné vers d'autres problèmes.

Moins préoccupé par ses plans, il aurait sans doute repéré le droïde sonde Sith qui le suivait...

L'arène se vida en une heure. Les Podracers retournés dans leur box ou remorqués vers des ateliers de réparation, le hangar principal était presque désert. Imperturbables, quelques droïdes mécanos nettoyaient les lieux. Dernier pilote encore sur place, Anakin s'affairait autour de son Podracer endommagé et de ses moteurs. Sale, dépenaillé, les cheveux en bataille, il avait le visage couvert de sueur et de crasse. Sa veste était déchirée ; une tache de sang s'étalait sur son bras à l'endroit où il s'était blessé avec un morceau de métal lors de son duel contre Sebulba.

À l'écart avec Padmé et Shmi, Qui-Gon regardait pensivement le gamin faire le tour du Pod et de ses moteurs en compagnie de Jar Jar, de R2-D2 et de C-3PO.

Est-ce possible ? se demanda-t-il pour la centième fois.

Il pensa à la manière dont l'enfant pilotait un Podracer, à la maturité dont il faisait preuve, à son instinct...

Était-ce possible ?

Qui-Gon remit ses questions à plus tard. Le Conseil déciderait. Le Maître Jedi s'éloigna des deux femmes, s'approcha de l'enfant et s'agenouilla à côté de lui.

— Tu n'as pas l'air très frais, Anakin, dit-il gentiment. (Les mains sur les épaules du gamin, il le regarda dans les yeux.) Mais tu t'en es bien tiré.

Avec un sourire rassurant, il essuya une traînée de crasse sur la joue d'Anakin.

— Te voilà comme neuf !

Il ébouriffa les cheveux déjà hérissés de l'enfant et l'aida à bander son bras blessé. Shmi et Padmé approchèrent. Elles serrèrent le vainqueur dans leurs bras et le couvrirent de baisers. Puis elles l'examinèrent avec soin, palpant ses joues et son front.

— Hé... ça suffit ! marmonna Anakin, très embarrassé.

Sa mère sourit et secoua la tête, admirative.

— Ce que tu as fait est merveilleux, Anakin ! Tu comprends ? Tu as rendu l'espoir à ceux qui l'avaient perdu. Je suis tellement fière de toi !

— Nous te devons tout ! ajouta Padmé avec un regard à faire fondre une banquise.

Anakin s'empourpra.

— Se sentir aussi bien est déjà une récompense, dit-il en souriant.

Qui-Gon se dirigea vers le coin du hangar où les pièces de l'hyperpropulseur étaient chargées sur un chariot antigrav tiré par deux eopies. Si Watto avait effectué la livraison comme promis, il ne s'était pas privé de maugréer et d'égrener un chapelet de menaces à peine voilées. Qui-Gon vérifia les fixations des conteneurs, jeta un coup d'œil dehors – il faisait très chaud, comme toujours vers midi – et retourna près de ses compagnons.

— Padmé, Jar Jar, allons-y ! ordonna-t-il. Il est temps d'acheminer les pièces vers le vaisseau de la Reine.

Sans cesser de rire et de parler, le petit groupe s'approcha des eopies. Padmé enlaça Anakin et l'embrassa une dernière fois. Puis elle sauta sur le dos d'un animal, derrière Qui-Gon, et passa les bras autour de la taille du Jedi.

Jar Jar bondit sur la deuxième monture. Emporté par son élan, il glissa le long du flanc opposé de la bête et s'écrasa sur le sol. R2-D2 lança un trille approbateur quand le Gungan, au second essai, parvint à se stabiliser sur son perchoir.

Les remerciements et les au revoir fusèrent joyeusement.

Pourtant, ce fut un moment pénible pour Anakin. Comme s'il désirait dire quelque chose à Padmé, il leva les yeux sur elle... et ne réussit qu'à lui lancer un coup d'œil triste et troublé.

Les eopies se mirent en route. Debout près de C-3PO, Anakin et sa mère agitèrent la main en guise d'adieu.

— Je vous renverrai les eopies vers midi, promit Qui-Gon en se retournant.

Padmé ne jeta pas un regard en arrière...

Qui-Gon Jinn et ses compagnons sortirent de Mos Espa et s'enfoncèrent dans le désert de Tatooine. R2-D2 roulait devant les eopies à une allure martiale. Les soleils jumeaux approchaient de leur zénith et l'air surchauffé ondulait au-dessus du sable.

Le trajet de retour jusqu'au vaisseau fut rapide et sans incident.

Obi-Wan, qui les attendait, apparut au pied de la rampe d'accès dès qu'il les aperçut.

Son visage encore juvénile exprimait une émotion intense.

— Je commençais à m'inquiéter, déclara-t-il sans préambule.

Qui-Gon mit pied à terre, puis aida Padmé à en faire autant.

— Commence à installer le générateur d'hyperpropulsion, ordonna-t-il. Je retourne à Mos Espa. Un travail à finir...

— Un travail ? répéta Obi-Wan, un sourcil levé.

— Je n'en aurai pas pour longtemps...

Obi-Wan le dévisagea puis soupira :

— Pourquoi ai-je l'impression que nous allons récupérer un autre chien perdu sans collier ?

Qui-Gon le prit par le bras et l'attira à l'écart.

— Ce garçon nous a permis d'avoir le générateur, dit-il. L'échantillon de sang sur lequel tu as fait le test midi-chlorelle lui appartient...

Obi-Wan croisa le regard du Maître Jedi, le soutint un instant, puis s'éloigna.

Au sommet d'une dune, à l'aplomb de la nef, dissimulé par la lumière des soleils jumeaux et les ondulations du sable, le droïde sonde Sith envoya son dernier message et quitta vivement les lieux.

Anakin retourna chez lui avec sa mère et C-3PO. Toujours euphorique du fait de sa victoire, il se désolait pourtant du départ de Padmé. Jamais il n'avait pensé à ce qui arriverait s'il remportait la course et permettait par là même à Qui-Gon d'obtenir le générateur d'hyperpropulsion. Quand Padmé l'avait embrassé pour lui dire au revoir, il s'était enfin penché sur cette question. Profondément troublé, il aurait aimé l'implorer de ne pas partir. Mais les mots avaient refusé de franchir ses lèvres. C'était sans doute préférable, car ils étaient absurdes : l'eût-elle souhaité, Padmé ne pouvait pas rester.

Aussi muet qu'un droïde protocolaire privé de vocodeur, Anakin l'avait regardée s'éloigner, conscient que c'était peut-être la dernière fois qu'il la voyait.

Si c'était vrai, comment pourrait-il continuer à vivre ?

Quand il eut raccompagné sa mère à la maison, Anakin se sentit incapable de tenir en place. Il conduisit C-3PO dans sa chambre et, après l'avoir désactivé, sortit prendre l'air.

Selon Qui-Gon, il était dispensé de travailler chez Watto. Il pouvait donc faire comme bon lui semblait jusqu'au retour du Jedi. Refusant de penser à ce qui se passerait alors, il se dirigea vers Mos Espa Way. Dans tous les quartiers qu'il traversa, les gens le reconnurent et crièrent son nom. Il les salua et se dora avec délice au soleil de sa gloire. Même s'il ne parvenait toujours pas à assimiler sa victoire, il lui semblait avoir toujours su qu'il remporterait la course…

Kitster apparut, puis Amee et Wald. Bientôt, une douzaine d'admirateurs l'entouraient.

Il approchait du connecteur de Mos Espa Way quand un Rodien plus jeune mais bien plus grand que lui se dressa sur son chemin.

Anakin avait triché, déclara le non-humain. Sinon, il n'aurait pas gagné. Car les esclaves n'étaient jamais victorieux…

Anakin attaqua si vite que le Rodien eut à peine le temps de parer un coup avant de se retrouver à terre.

L'enfant frappait à coups redoublés. Il perdit conscience de tout, hormis sa colère, oubliant qu'elle était sans rapport avec sa victime, car elle avait pour source l'irrémédiable perte de Padmé.

Soudain, Qui-Gon, revenu avec les eopies comme promis, se pencha sur Anakin. Il le tira en arrière, séparant les deux adversaires, et exigea de savoir ce qui se passait. Penaud, mais toujours furieux, l'enfant lui raconta toute l'affaire.

Qui-Gon dévisagea le jeune Rodien et lui demanda s'il pensait toujours qu'Anakin avait triché.

Les yeux rivés sur l'enfant, le non-humain affirma n'avoir pas changé d'avis.

Qui-Gon mit une main sur l'épaule d'Anakin ; en silence, il l'éloigna de la foule.

— Tu vois, Anakin, fit-il, pensif, quand ils furent seuls, te battre n'a modifié en rien sa position. Que tu les partages ou non, il faut apprendre à tolérer les opinions des gens…

Il raccompagna l'enfant et lui parla de la vie et de ses

secrets sans retirer la main de son épaule – un contact qui réconforta Anakin.

Quand ils furent en vue de la maison, le Jedi sortit de sous son poncho une bourse de cuir pleine de crédits.

— Ils sont à toi, dit-il. J'ai vendu le Pod. (Il sourit.) À un Dug très désagréable et très insistant...

La bagarre et son motif aussitôt oubliés, l'enfant accepta le cadeau avec un grand sourire.

Il entra en trombe chez lui, suivi de Qui-Gon.

— Maman ! Maman ! cria Anakin quand il aperçut Shmi. Devine ce qui est arrivé ? Qui-Gon a vendu le Pod. Nous sommes riches !

Il laissa tomber la bourse dans les mains de Shmi et savoura sa stupéfaction.

— Anakin ! s'exclama sa mère en regardant la bourse. C'est merveilleux !

Elle leva les yeux pour chercher le regard de Qui-Gon, qui s'avança vers elle.

— Anakin est libre, dit-il.

— Quoi ? demanda l'enfant, ébahi.

Qui-Gon tourna la tête vers lui.

— Tu n'es plus un esclave...

Pétrifiée, incrédule, Shmi dévisagea le Jedi.

— Tu as entendu ça, Maman ? explosa Anakin avec des cris de joie, bondissant aussi haut qu'il en était capable. C'est incroyable !

Pourtant, c'était vrai ! Vrai de vrai !

Il réussit à se calmer un peu.

— Ça faisait partie du prix ? demanda-t-il, tout heureux.

Qui-Gon lui sourit.

— Contentons-nous de dire que Watto a reçu une leçon salutaire en matière de pari...

Toujours assommée par la nouvelle, Shmi Skywalker s'efforçait en vain de l'assimiler. Un coup d'œil sur le visage épanoui d'Anakin lui éclaircit les idées. Elle tendit les bras et le serra contre elle.

— Tes rêves vont devenir réalité, Anakin ! murmura-t-elle. (Radieuse, elle caressa la joue de son fils.) Tu es libre !

Elle lâcha l'enfant et se tourna vers Qui-Gon, les yeux brillant d'espoir.

— Vous l'emmenez ? Il deviendra un Jedi ?

Cette idée enthousiasma Anakin. Il regarda Qui-Gon et attendit sa réponse.

Le Maître Jedi hésita.

— Notre rencontre n'est pas le fruit d'une coïncidence... Rien n'arrive par hasard. La Force est en toi, Anakin, mais il se peut que le Conseil ne t'accepte pas...

Anakin n'entendit pas les derniers mots de Qui-Gon. Pour lui, une seule chose comptait : ses rêves et ses espoirs avaient une chance de se réaliser.

— Un Jedi ! cria-t-il. Ça veut dire que j'irai sur votre vaisseau ? Avec vous ?

Et avec Padmé ! Cette pensée le frappa comme la foudre, et le réjouit au point qu'il ne put ajouter un mot et se contenta d'écouter ce que le Jedi avait à dire.

L'air sombre, Qui-Gon s'agenouilla près de lui.

— Anakin, l'entraînement d'un Jedi est très compliqué. Il s'agit d'un défi ! Et si tu réussis, ta vie ne sera pas facile...

— C'est ce que je veux ! répliqua l'enfant. J'en rêve depuis toujours. (Il se tourna vers sa mère.) Je peux y aller, Maman ?

Qui-Gon lui tapota l'épaule pour qu'il lui fasse face à nouveau.

— C'est ton chemin, Anakin, dit-il. Toi seul peux choisir...

L'homme et l'enfant se dévisagèrent. Une vague d'émotions déferla sur Anakin, menaçant de l'emporter avec elle. Au cœur de cette tempête, un sentiment dominait : la joie d'avoir à portée de la main ce qu'il désirait le plus au monde, être un Jedi et sillonner la galaxie !

Il regarda le visage fatigué de sa mère et lut la réponse dans ses yeux : aujourd'hui, comme toujours, elle désirait ce qui serait le mieux pour lui.

— Je veux venir, déclara Anakin.

— Alors, il faut t'occuper de tes bagages, répliqua le Jedi. Nous n'avons pas beaucoup de temps.

— Hourra ! cria l'enfant.

Il sauta de joie, déjà pressé de partir. Il bondit sur sa mère, la serra dans ses bras avec force, puis la lâcha et courut vers sa chambre.

Il était sur le seuil de la pièce quand il réalisa qu'il avait négligé quelque chose. Un frisson courut le long de son échine ; il se tourna vers Qui-Gon.

— Et Maman ? Elle est libre aussi, n'est-ce pas ? Et elle vient avec nous ? demanda-t-il, son regard passant du Jedi à sa mère.

Qui-Gon et Shmi Skywalker se regardèrent, visiblement troublés. Anakin devina la réponse avant que le Jedi n'ouvre la bouche.

— J'ai essayé d'obtenir la libération de ta mère, mais Watto n'a rien voulu entendre. Sur Tatooine, les esclaves confèrent un grand prestige à leur maître…

Anakin sentit sa gorge se serrer.

— Mais l'argent de la vente…

Qui-Gon secoua la tête.

— C'est loin d'être suffisant…

Un lourd silence suivit. Shmi Skywalker s'approcha de son fils et s'assit sur une chaise. Elle prit les mains de l'enfant, l'attira à elle et chercha son regard.

— Anakin, ma place est ici, dit-elle. Et mon avenir aussi. Il est temps que tu partes… que tu partes loin de moi. Je ne peux pas t'accompagner.

Anakin déglutit avec peine.

— Dans ce cas, je ne pars pas ! Je refuse que les choses changent !

Sa mère lui sourit tendrement.

— On ne peut pas les en empêcher… Ce serait comme vouloir interdire à nos soleils de se coucher. Fie-toi à tes sentiments, Anakin. Tu sais ce qui est juste…

Anakin prit une longue inspiration et baissa la tête. En lui, la joie était morte et l'enthousiasme s'évanouissait.

Puis il sentit les mains de sa mère serrer les siennes. Ce contact lui donna la force de faire ce qu'il *devait* faire.

Pourtant, quand il leva de nouveau la tête, des larmes perlaient à ses paupières.

— Tu me manqueras tellement, Maman... soupira-t-il.

— Je t'aime, Anakin, dit Shmi en lui lâchant les mains. À présent, dépêche-toi !

Dans sa chambre, Anakin regarda autour de lui avec une stupéfaction croissante. Il partait sans savoir quand il reviendrait. Jamais il n'avait quitté Mos Espa, ni connu personne d'autre que ses habitants et les voyageurs qui commerçaient avec eux. L'enfant avait rêvé de mondes différents – et de vies différentes – et il voulait devenir un pilote de vaisseau stellaire et un Jedi. Mais être au seuil d'une nouvelle existence, aussi désirable fût-elle, le bouleversait.

Voir ses rêves se réaliser était un sacré choc !

Il se souvint du vieux loup de l'espace qui affirmait qu'Anakin Skywalker ne resterait pas toute sa vie un esclave. Combien il avait souhaité que cette prédiction se réalise !

Mais il n'avait jamais envisagé de laisser sa mère derrière lui...

Il essuya les larmes qui roulaient sur ses joues, lutta contre celles qui lui montaient encore aux yeux et tendit l'oreille pour écouter ce que Shmi et le Jedi disaient dans la pièce adjacente.

— Merci... souffla Shmi.

— Je veillerai sur lui, vous avez ma parole, la rassura Qui-Gon. Supporterez-vous le choc ?

Anakin n'entendit pas la réponse de sa mère.

Mais elle ajouta :

— Il est resté si peu de temps avec moi...

Sa voix mourut.

Anakin se força à cesser d'écouter et entreprit de fourrer ses vêtements dans un sac. Comme il ne possédait pas grand-chose, l'opération ne lui prit pas longtemps. Il inspecta une dernière fois la chambre, se demandant ce qu'il avait pu oublier.

Ses yeux se posèrent sur C-3PO, assis sur l'établi où il l'avait laissé.

Il activa le droïde protocolaire, qui inclina la tête et braqua sur lui ses yeux dénués d'émotion.

— Eh bien… hum… C-3PO, je vais partir… Je suis libre, et j'embarque sur un vaisseau…

Que dire de plus ?

Le droïde hocha la tête.

— Messire Anakin, vous êtes mon créateur et je vous souhaite bonne chance. Cela étant, je me sentirais mieux si je n'étais pas aussi… nu…

Anakin soupira.

— Désolé de ne pas t'avoir terminé, C-3PO. Tu méritais bien d'avoir une… hum… carrosserie parfaite… et tout ce qui va avec. Travailler sur toi me manquera. Tu as été un formidable ami. Je demanderai à Maman de ne jamais te vendre. Au revoir…

L'enfant prit son sac et sortit.

— Me vendre ? gémit le droïde dans son dos.

Décidé à affronter son destin, Anakin fit ses adieux à sa mère et quitta la maison en compagnie de Qui-Gon.

À peine avaient-ils parcouru dix mètres que Kitster, qui les suivait depuis le pugilat avec le Rodien, se précipita vers eux.

— Où vas-tu, Anakin ? demanda-t-il.

— Je suis libre, Kitster. Je pars avec Qui-Gon, sur un vaisseau spatial.

Kitster écarquilla les yeux, la bouche ouverte sur une exclamation muette. Anakin plongea une main dans sa poche et en sortit une poignée de crédits.

— C'est pour toi…

Kitster regarda l'argent et leva les yeux sur Anakin.

— Est-ce que tu dois vraiment partir ? Tu es un héros ! Reste donc !

— Je… commença Anakin. (Il regarda par-dessus l'épaule de Kitster. Sur le seuil de la maison, sa mère le couvait des yeux.) Je… (Il tourna la tête vers Qui-Gon, qui l'attendait un peu plus loin.) Je ne peux pas !

— Alors… soupira Kitster.

— Alors… répéta Anakin.

— Merci pour tout, Anakin ! (Les yeux humides, Kitster accepta les crédits.) Tu es mon meilleur ami...

— Je ne l'oublierai pas, promit Anakin en se mordant les lèvres.

Il serra Kitster dans ses bras avant de courir rejoindre Qui-Gon.

Avant d'atteindre le Jedi, il se retourna une dernière fois. Voir sa mère le bouleversa. Il resta un instant cloué sur place, pétrifié, déchiré par des émotions contradictoires. Et ses résolutions toutes fraîches s'évanouirent. Il courut vers Shmi, les joues ruisselantes de larmes.

— Je ne peux pas, Maman ! gémit-il en s'accrochant à elle. Je ne peux pas !

Tremblant, secoué de sanglots et l'esprit vide, il se serrait contre sa mère, incapable d'autre chose. Shmi le laissa s'abandonner un moment dans sa chaleur rassurante avant de le repousser.

Elle s'agenouilla devant lui, le visage grave.

— Anakin, te souviens-tu du jour où tu es monté sur une dune pour disperser des banthas afin qu'ils ne se fassent pas tuer ? Tu avais cinq ans... À cause de la chaleur, tu t'es évanoui plusieurs fois, persuadé que tu n'y arriverais pas...

En pleurs, Anakin hocha la tête.

Shmi chercha son regard.

— Aujourd'hui, tu dois de nouveau relever un défi qui te paraît trop dur. Je connais ton courage, mon fils. Tu réussiras !

L'enfant ravala ses larmes, convaincu que sa mère se trompait. Pourtant, elle avait décidé qu'il devait partir, même si cela lui semblait au-dessus de ses forces.

— Est-ce que je te reverrai un jour ? demanda-t-il, exprimant ainsi la plus terrible de ses peurs.

— Que te dit ton cœur ? répliqua Shmi.

— Je n'en sais rien... Il me répond oui, je crois...

— Alors, nous nous reverrons...

Anakin inspira profondément. Ses pleurs avaient cessé.

— Je serai bientôt un Jedi, affirma-t-il. (Il essuya les

dernières larmes qui brillaient encore sur ses joues.) Et je reviendrai te libérer, Maman. C'est juré !

Sa mère l'embrassa.

— Où que tu ailles, mon petit, mon amour te suivra… Maintenant, sois courageux et ne regarde pas derrière toi !

— Je t'aime, Maman…

Elle le serra contre elle une dernière fois. Puis elle le prit par les épaules pour l'orienter dans la bonne direction.

— Ne te retourne plus, Anakin… murmura-t-elle en le poussant gentiment.

Son sac sur l'épaule, Anakin s'éloigna de sa mère, le regard rivé bien au-delà de l'endroit où l'attendait Qui-Gon. Il dépassa le Maître Jedi et lutta contre les larmes qui menaçaient toujours de perler à ses paupières.

Quelques minutes plus tard, sa mère et sa maison furent *vraiment* derrière lui.

Ils passèrent par la boutique de Watto. Le Toydarian avait rempli les documents attestant de la libération d'Anakin. L'émetteur qui enchaînait l'enfant à sa vie d'esclave fut désactivé de manière permanente. Plus tard, une intervention chirurgicale l'en débarrasserait. Quand ils le quittèrent, Watto maudissait toujours l'injustice de la vie.

Sur l'insistance d'Anakin, ils firent un détour par le magasin de fruits de Jira. L'enfant, un peu remis de la douleur de la séparation d'avec sa mère, s'approcha de la vieille femme et posa une poignée de crédits dans ses paumes ridées.

— Je suis libre, Jira. Et je m'en vais… Avec cet argent, achète l'unité de réfrigération dont tu as besoin. Ça m'évitera de m'inquiéter pour toi…

Ébahie, Jira regarda les crédits et hocha la tête.

— Je peux te serrer dans mes bras ? demanda-t-elle. (Sans attendre sa réponse, elle l'enlaça, les yeux clos.) Tu me manqueras, Anakin. (Elle le lâcha.) Il n'y a pas de garçon plus gentil que toi dans la galaxie. Sois prudent.

Anakin se détourna et courut rejoindre Qui-Gon, visiblement pressé de quitter les lieux. Silencieux, ils longèrent les rues, l'enfant se remplissant les yeux de toutes ces choses qu'il ne reverrait plus, pensant à sa vie passée et lui faisant ses adieux. Perdu dans ses souvenirs, il sursauta quand Qui-Gon saisit son sabre laser, l'activa et l'abattit dans une ruelle sombre nichée entre deux bâtiments.

La vibrolame rencontra un objet métallique qui explosa à son contact.

Qui-Gon désactiva son sabre laser et s'agenouilla pour examiner les débris qui crépitaient encore sur le sable. Une odeur acide d'ozone et de brûlé flottait dans l'air sec de Tatooine.

— Qu'est-ce que c'était ? demanda Anakin.

Qui-Gon se releva.

— Un droïde sonde. Mais ce modèle est très inhabituel. Je n'en ai jamais vu de semblable...

Le Jedi regarda autour de lui, l'air inquiet.

— Viens, Anakin, ordonna-t-il.

Ils s'en furent à grandes enjambées.

15

Qui-Gon Jinn et Anakin passèrent rapidement des rues bondées de Mos Espa à celles de ses faubourgs, beaucoup moins fréquentées. Les yeux et l'esprit du Jedi étaient aux aguets. Si les premiers sondaient les paysages arides de Tatooine, le second explorait la Force. Prévenu par son instinct de la présence du droïde sonde, Qui-Gon, grâce à son entraînement de Jedi et à son contrôle de la Force, sentait l'approche d'un plus grand danger. Une modification de l'équilibre des choses annonçait une intrusion dans l'harmonie de la Force. On eût dit qu'une masse obscure tombait en elle comme une énorme pierre…

Une fois dans le désert, le Maître Jedi accéléra encore le pas. Le vaisseau apparut bientôt, sa forme sombre évoquant un havre de paix. Qui-Gon entendit Anakin l'appeler. Malgré ses efforts pour suivre le rythme, l'enfant était à la traîne.

Quand il se retourna pour crier des encouragements à son petit compagnon, le Jedi aperçut le speeder et son pilote en uniforme noir qui fonçaient vers eux.

— À terre, Anakin !

L'enfant se jeta à plat ventre sur le sable. Une seconde plus tard, le speeder le frôlait avant de continuer sa course vers Qui-Gon, qui brandissait déjà son sabre laser activé.

Véhicule oblong apparemment sans armes – à l'évidence, il était conçu pour la vitesse et la maniabilité, pas pour la puissance de feu –, le speeder atteindrait bientôt sa proie. Si l'engin ne rappelait au Jedi rien qu'il ait vu de ses propres yeux, il éveilla en lui de lointaines réminiscences.

Le pilote émergea de l'éclat aveuglant des soleils de Tatooine et se révéla enfin. Sous les cornes rabougries qui couronnaient son crâne chauve, des tatouages rouge et noir dessinaient d'étranges motifs géométriques sur son visage. Bien qu'il fût humanoïde, ses yeux réduits à de simples fentes et ses crocs évoquaient irrésistiblement un prédateur.

Le cri qu'il poussa était bien celui d'un chasseur qui aperçoit sa proie. Il n'avait pas fini de retentir quand le pilote, après avoir survolé Qui-Gon, fit faire un demi-tour serré à son engin. Après avoir coupé les propulseurs, il sauta de selle. Armé d'un sabre laser très différent de celui du Jedi, il l'abattit sur son adversaire avant même d'avoir touché le sol. Surpris par la férocité et la vitesse d'exécution du guerrier, Qui-Gon para le coup de justesse avec son sabre. L'attaquant s'écarta dans un tourbillon de cape noire, puis frappa de nouveau. Sur son visage se lisait une frénésie meurtrière qui promettait un duel à mort.

Anakin se releva et regarda les deux combattants, incapable de décider ce qu'il devait faire.

Tandis qu'il luttait pour ne pas perdre de terrain, Qui-Gon l'aperçut du coin de l'œil.

— Anakin ! Va-t'en ! cria-t-il.

Son adversaire approcha de nouveau et le força à reculer en frappant sous tous les angles possibles.

Le Maître Jedi comprit qu'il affrontait un être formé à l'art du combat des Jedi. Pire encore, ce guerrier compétent et dangereux était plus jeune, plus vif et plus fort que lui. Conséquence logique, il prenait rapidement l'avantage. Qui-Gon esquivait et parait, mais aucune possibilité de rompre l'engagement ne s'offrait à lui.

— Anakin ! cria-t-il de nouveau, s'apercevant que l'enfant n'avait pas bougé, cours à la nef ! Dis-leur de décoller ! Vite !

Tandis qu'il ripostait aux attaques du guerrier tatoué

avec une détermination renouvelée, Qui-Gon vit l'enfant se mettre enfin en mouvement.

La peur au ventre, Anakin Skywalker passa à côté des duellistes et courut vers la nef Naboo posée à moins de trois cents mètres de là, sa coque noire brillant sous la lumière de l'après-midi. La rampe d'accès était déployée, mais il n'y avait aucun signe de l'équipage. Couvert de sueur, Anakin accéléra. Le cœur près d'exploser, il atteignit la rampe, la gravit et déboula dans le navire.

Il était encore dans le sas quand Padmé et un homme à la peau noire apparurent. Dès qu'elle le vit, la jeune fille écarquilla les yeux.

— Qui-Gon a des problèmes… haleta Anakin. Il vous ordonne de décoller !

L'homme approcha.

— Qui es-tu ? demanda-t-il, soupçonneux.

Padmé prit Anakin par le bras et le tira hors du sas.

— C'est un ami, dit-elle. Il faut se dépêcher, capitaine !

Tout en courant vers le poste de pilotage, Anakin, rouge comme une pivoine et fou d'angoisse, essayait de raconter à son amie ce qui était arrivé, les mots se bousculant à ses lèvres.

Padmé s'efforça de le calmer, hocha la tête pour lui faire part de sa compréhension et l'implora de se presser.

Dans la cabine, ils trouvèrent deux hommes occupés à vérifier le tableau de commande de la nef. Quand ils se retournèrent, Anakin vit que l'un d'eux portait sur la poitrine un insigne de pilote. À la coupe de cheveux et aux vêtements du deuxième homme, l'enfant devina que c'était un Jedi.

— Qui-Gon est en danger ! cria Padmé.

— Il dit qu'on doit décoller ! ajouta Anakin.

Le Jedi se releva d'un bond. Beaucoup plus jeune que Qui-Gon, il avait des traits réguliers et un regard intense, les cheveux ras, hormis une tresse qui lui tombait sur l'épaule droite.

— Où est-il ? demanda-t-il.

Sans attendre la réponse, il se tourna vers la baie d'observation et sonda les dunes.

— Je ne vois rien, constata le pilote, qui regardait par-dessus son épaule.

— Par là ! cria le Jedi dont les yeux d'aigle avaient capté un mouvement dans la direction de Mos Espa.

— Ric, décolle et vole en rase-mottes !

Ric s'installa à la place du pilote. Les autres, Anakin compris, cherchèrent un siège. Avec un grondement, les répulseurs s'activèrent, et, une fois la rampe d'accès repliée, le vaisseau luisant s'éleva dans les airs.

— Par là ! répéta le Jedi, l'index pointé.

Qui-Gon Jinn était toujours aux prises avec son démoniaque adversaire. Comme s'ils dansaient un étrange ballet, les combattants disparurent derrière une dune pour réapparaître l'instant d'après, leurs sabres laser crépitant d'étincelles chaque fois qu'ils se heurtaient. Du sable et des petits cailloux tournoyaient autour d'eux. Les longs cheveux du Maître Jedi, qui tourbillonnaient dans son dos, contrastaient avec la tête cornue mais parfaitement chauve de son adversaire.

Maintenant son vaisseau à peine plus haut qu'une motospeeder, Ric s'approcha des deux combattants.

Pour l'instant, le guerrier vêtu de noir leur tournait le dos.

Anakin retint son souffle quand la main du pilote vola vers la touche qui commandait la rampe d'accès.

— Accrochez-vous ! ordonna-t-il.

Tous se figèrent. Les duellistes disparurent dans une colonne de sable violemment éclairée par les soleils jumeaux de Tatooine.

Qui-Gon reparut. Il sauta sur la rampe d'accès et agrippa une traverse afin de garder l'équilibre.

Ric salua l'exploit d'un sifflement et continua à batailler pour garder la nef en position stationnaire.

Le guerrier cornu poursuivait déjà sa proie. Il émergea de la colonne de sable et de lumière et bondit sur la rampe au moment où la nef s'élevait. Malgré le tangage du vaisseau, il parvint à ne pas tomber.

Ses yeux brûlaient de rage…

Qui-Gon attaqua. Il fondit sur l'homme et le repoussa vers le bord de la rampe, au bord d'un gouffre de vingt mètres.

Comme le duel recommençait, Ric décida de garder la même position. Prendre plus d'altitude eût été trop dangereux tant que Qui-Gon restait exposé.

Le Maître Jedi et son adversaire apparurent sur l'écran qui balayait la rampe. Couverts de sueur, les deux hommes semblaient ne pas avoir perdu une once de leur détermination.

— Qui-Gon… murmura le deuxième Jedi.

Il regarda un instant la bataille, puis se détourna, sortit de la cabine de pilotage et s'engagea dans le couloir.

Sur l'écran, Anakin vit Qui-Gon reculer pour prendre de l'élan. Il leva son sabre laser et, le tenant à deux mains, l'abattit sur son adversaire. Celui-ci para le coup de justesse, mais il perdit l'équilibre. L'impact le projeta en arrière. Il tomba de la rampe d'accès et s'écrasa sur le sable.

Comme si de rien n'était, il se releva aussitôt. Mais la chasse avait pris fin. Ses yeux jaunes remplis de frustration, il regarda la rampe d'accès se replier.

La nef fila dans le ciel comme une flèche.

Avant que le pilote accélère, Qui-Gon avait eu le temps de ramper jusqu'au sas et d'y entrer. Perclus de douleur, les vêtements couverts de poussière et trempés de sueur, il gisait sur le sol métallique glacé.

Il respira profondément, attendant que son cœur cesse de battre la chamade. Sa vie n'avait tenu qu'à un fil et cette idée le perturbait. Son adversaire l'avait poussé dans ses derniers retranchements.

La conclusion s'imposait : il se faisait vieux et il n'aimait pas ça.

Obi-Wan et Anakin entrèrent dans le sas et l'aidèrent à se relever. Déterminer lequel des deux était le plus inquiet eût été difficile. Cette observation arracha un sourire au Maître Jedi.

— Vous allez bien ? demanda Anakin, l'air soucieux.

Qui-Gon hocha la tête avant de s'épousseter.

— Je crois... Voilà une surprise que je ne suis pas près d'oublier.

— Quelle sorte de créature était-ce ? s'enquit Obi-Wan, un sourcil levé.

Il veut y retourner et reprendre les choses où je les ai laissées, pensa Qui-Gon.

— Je n'en suis pas sûr... Mais une chose est certaine, les techniques des Jedi n'ont pas de secret pour ce guerrier. Je crois qu'il en avait après la Reine...

— Il va nous suivre ? s'inquiéta Anakin.

— Une fois dans l'hyperespace, nous serons momentanément en sécurité, éluda le Maître Jedi. Mais je suis convaincu qu'il connaît notre destination. Il nous a trouvés une fois, donc il peut recommencer.

— Qu'allons-nous faire ? voulut savoir Anakin.

Obi-Wan interrogea l'enfant du regard sur ce qu'il entendait par ce « nous ». Anakin ne détourna pas les yeux et resta impassible.

— Nous ferons preuve de patience, répondit Qui-Gon. Anakin Skywalker, je te présente Obi-Wan Kenobi.

— Ravi de vous rencontrer, dit l'enfant, rayonnant. Vous êtes aussi un Chevalier Jedi, pas vrai ?

Kenobi regarda Anakin puis se tourna vers Qui-Gon et roula des yeux désespérés.

Ils gagnèrent la cabine, où Ric Olié préparait la nef au passage en hyperdrive. Après avoir présenté Anakin à ses compagnons, Qui-Gon s'approcha de la console de pilotage.

— Paré à plonger dans l'hyperespace, annonça Ric, dubitatif.

— Espérons que le générateur fonctionnera, dit Qui-Gon. Sinon, c'est Watto qui aura eu le dernier mot...

Tous se massèrent autour de Ric quand il posa les mains sur les commandes et activa l'hyperdrive.

Il y eut un bref gémissement. Puis les étoiles, derrière la baie d'observation, se transformèrent en longues traînées blanches aux reflets argentés.

La nef fila dans l'hyperespace, laissant Tatooine loin derrière elle.

Il faisait nuit sur cette face de la planète Naboo, mais le silence de Theed était plus profond que celui qui enveloppait à l'accoutumée les habitants désireux de s'endormir. Dans la salle du trône richement aménagée qui avait été un temps la seule province de la Reine Amidala, une étrange assemblée de créatures attendait que la condamnation de Sio Bibble soit prononcée. Nute Gunray, Vice-Roi de la Fédération du Commerce, avait organisé la réunion, convoquant Rune Haako, plusieurs autres Neimoidiens, le gouverneur, quelques officiels Naboo au service de la Reine et une escouade de droïdes de combat chargés de surveiller les prisonniers.

Nute Gunray était assis sur une chaise mécanique. Ce robot déambulateur lui permettait d'aller d'un bout de la pièce à l'autre. Les jambes de métal répondaient à une simple pression de ses doigts sur les touches.

Le robot amena Gunray jusqu'à Sio Bibble et les officiels Naboo, ses armatures de métal se déplaçant avec une précision millimétrique, permettant à Nute Gunray de rester vigilant face à l'angoisse qu'il remarqua dans les yeux des notables massés derrière Bibble.

Le Gouverneur, lui, n'avait pas peur. Inébranlable, le regard arrogant, la tête droite, il faisait face à Gunray sans cacher sa colère et sa détermination.

Le Neimoidien lui renvoya un regard furieux. Sio Bibble commençait à lui taper sur les nerfs.

— Quand allez-vous arrêter cette absurde résistance ? cria Gunray, penché en avant pour souligner son déplaisir.

— Vice-Roi, j'arrêterai quand la Reine…

— Votre Reine est absente et son peuple crève de faim !

— Les Naboo ne se laisseront pas intimider, même si ça doit coûter la vie à des innocents…

— Vous devriez vous inquiéter pour *votre* peau, Gouverneur, le coupa Gunray. Il y a de fortes chances que vous soyez le prochain à mourir. (À bout de patience, le

Vice-Roi tremblait de colère.) Assez de cette comédie ! Qu'on l'emmène !

Les droïdes de combat séparèrent Sio Bibble de ses collègues et le poussèrent vers la sortie.

— Cette invasion ne vous rapportera rien ! cria le Gouverneur. Nous sommes une démocratie ! Le peuple a tranché, Vice-Roi ! Il ne vivra pas sous le joug d'un tyran...

La fin de sa tirade fut épargnée à Gunray, car les droïdes lui firent prestement franchir la porte. Silencieux et abattus, les autres Naboo le suivirent.

Le Neimoidien les regarda sortir, puis se tourna vers OOM-9, le chef des droïdes, qui approchait, son visage métallique aussi inexpressif qu'à l'accoutumée.

— Mes soldats sont prêts à fouiller les marécages pour découvrir les villages immergés, à supposer qu'ils existent, dit-il de sa voix atone. S'il y a quelque chose à trouver, ce ne sera pas long.

Nute Gunray hocha la tête et congédia distraitement le droïde. Il se fichait des sauvages qui peuplaient les marécages. D'ailleurs, ils seraient bientôt écrasés...

Virtuellement, la planète était sous son contrôle.

Un peu calmé, il se cala dans son étrange siège. Désormais, il lui suffisait d'attendre que les Seigneurs des Sith lui ramènent la Reine. Et ils n'auraient certainement pas de mal à accomplir leur mission.

Et tant que ce ne serait pas fait, Gunray ne serait pas vraiment heureux...

Sur le transport de la Reine, Anakin était assis dans un coin de la salle centrale. Tremblant comme une feuille, il cherchait un moyen de se réchauffer. Tous les autres dormaient. Après un court moment de sommeil agité, l'enfant s'était réveillé, surpris par le silence et paralysé par autre chose que le froid.

Vautré sur une chaise, Jar Jar ronflait comme un sonneur. Rien au monde ne pouvait empêcher le Gungan de dormir ou de manger.

Anakin esquissa un sourire.

Près de lui, quasiment silencieux, ses voyants clignotant doucement, R2-D2 se reposait.

Anakin sonda l'obscurité et s'exhorta à vaincre son inertie. Mais ses rêves le hantaient toujours. Dès qu'il pensait à sa mère et à sa maison, plus rien n'allait. Shmi lui manquait tellement ! Il avait espéré que l'éloignement mettrait un baume sur sa blessure, mais ce n'était pas le cas. Tout lui rappelait sa mère. Et quand il fermait les yeux, c'était encore son visage fatigué et anxieux qui apparaissait sur l'écran noir de ses pensées.

Les larmes lui montèrent aux yeux et coulèrent sur ses joues sans qu'il cherche à les retenir. Avait-il commis une erreur en suivant le Jedi ? Devait-il rentrer chez lui ? Mais il ne le pouvait plus. Et il ne le pourrait peut-être jamais !

Une silhouette entra dans la pièce. À la lueur de l'écran qu'elle activa, Anakin reconnut le doux visage de Padmé. Immobile comme une statue, elle sélectionna un enregistrement et regarda Sio Bibble implorer la Reine Amidala de revenir chez elle pour sauver son peuple de la famine et l'aider en ces temps difficiles.

Quand l'enregistrement fut terminé, Padmé éteignit l'écran et resta immobile, la tête inclinée, le regard dans le vide.

Que faisait-elle ? se demanda Anakin.

Elle dut sentir qu'on l'observait, car elle se retourna brusquement vers la couche sur laquelle Anakin était allongé. Son superbe visage marqué par la lassitude, elle s'en approcha et s'agenouilla près de l'enfant, qui tentait vainement d'arrêter de pleurer et de trembler.

Voilà qu'il était comme nu devant elle !

— Ça va, Anakin ?

— Il fait froid...

Souriante, Padmé enleva son blouson et le posa sur les épaules d'Anakin.

— Tu viens d'une planète très chaude, Anakin. L'espace est glacial...

Anakin s'emmitoufla dans le vêtement.

— Tu as l'air triste, dit-il.

Si Padmé saisit la touche d'ironie qu'il y avait dans sa remarque, elle ne la releva pas.

— La Reine s'inquiète... Son peuple souffre et meurt... Elle doit convaincre le Sénat d'intervenir. Sinon... (Sa voix mourut, comme si elle refusait de prononcer certains mots.) J'ignore ce qui arrivera, conclut-elle.

Ses yeux se détournèrent d'Anakin pour fixer il ne savait trop quoi.

— J'ignore aussi ce qui m'arrivera, avoua l'enfant. Je ne sais même pas si je reverrai...

Il se tut, la gorge serrée. Puis il prit une grande inspiration, fronça les sourcils et plongea une main dans sa poche.

— Voilà, dit-il. Je l'ai fait pour toi. Comme ça, tu ne m'oublieras pas. Je l'ai sculpté dans un petit bout de japor. Prends-le, il te portera chance.

Il lui tendit un pendentif en bois délicatement ciselé. Padmé l'étudia un moment, les yeux plissés pour mieux voir dans la pénombre, puis se le passa au cou.

— Il est splendide. Mais je n'avais pas besoin de ça pour me souvenir de toi. (Elle lui sourit.) Comment oublier mon futur mari ? (Elle baissa les yeux sur le pendentif et le caressa.) Beaucoup de choses changeront quand nous atteindrons Coruscant, Anakin. Mais pas mon affection pour toi...

— Je sais... Et j'en aurai toujours pour toi... Mais ma...

Sa voix se brisa ; et ses larmes se remirent à couler de plus belle.

— Ta mère te manque, dit la jeune fille.

Anakin hocha la tête, incapable d'ajouter un mot.

Padmé Naberrie l'attira vers elle et le serra dans ses bras.

16

Avant même de l'avoir vu d'assez près pour en comprendre la raison, tout étranger abordant Coruscant devinait que ce monde était différent des autres. Les vétérans de l'espace les plus endurcis étaient surpris par l'aspect de la planète. Au lieu d'apercevoir les taches bleues et blanches des globes encore verdoyants et exempts de pollution, l'œil captait l'étrange éclat argenté du soleil se reflétant sur du métal.

L'impression n'était pas trompeuse. Les temps où Coruscant avait une apparence naturelle étaient révolus depuis des lustres. La capitale s'était étendue au cours des siècles, bâtiment après bâtiment, jusqu'à couvrir la planète. Les forêts, les océans et autres formations naturelles avaient été submergés. L'atmosphère, filtrée par des régulateurs d'oxygène, transitait par des systèmes de purification. Quant à l'eau, on la collectait et la stockait dans des bassins artificiels. Les animaux terrestres, les poissons et les plantes restaient visibles dans les musées, ou dans des réserves aménagées, au climat soigneusement contrôlé.

Tandis que le transport royal descendait lentement vers la surface, Anakin vit que Coruscant était hérissée de gratte-ciel pointés vers les étoiles comme autant de lances. On eût dit qu'une armée de géants pétrifiés obstruait l'horizon dans toutes les directions.

Ébahi, l'enfant cherchait une rupture dans cet alignement infini de constructions. Bien entendu, il n'en trouva pas. Il regarda Ric Olié, qui lui sourit gentiment.

— Coruscant, capitale de la République ! annonça le pilote. Une cité-planète, la seule de la galaxie ! (Il grimaça.) Un chouette endroit à visiter, mais je ne voudrais pas y vivre pour un empire !

— C'est si grand ! souffla Anakin.

Ils descendirent dans une voie d'accostage et slalomèrent entre les bâtiments le long des lignes de guidage magnétique destinées aux véhicules volants. Ric se lança dans des explications techniques qu'Anakin écouta d'une oreille distraite, car il était toujours captivé par le gigantisme de la cité.

Derrière le pilote et l'enfant, Obi-Wan s'activait en silence. Recroquevillé dans un coin, Jar Jar tendait le cou au-dessus de la console pour regarder par la baie d'observation. À l'évidence, il était terrifié par ce qu'il voyait. Certain que le Gungan regrettait déjà son marécage natal, Anakin songea qu'il préférait de beaucoup le désert à cette jungle de métal.

La nef ralentit, sortit de la voie d'accostage et se dirigea vers un spatiodock qui flottait près d'un groupe de tours géantes. Dubitatif, Anakin étudia ces bâtiments. Hauts de plusieurs centaines de mètres, ils devaient avoir une multitude d'étages. Pris de vertige, l'enfant détourna les yeux.

La nef se posa en douceur sur la plate-forme d'atterrissage. Ses systèmes antigrav se verrouillèrent. La Reine attendait déjà dans le couloir, accompagnée de ses dames de compagnie, d'une poignée de gardes et du capitaine Panaka.

Elle fit un signe à Qui-Gon pour lui indiquer d'ouvrir la marche. Après avoir souri à Padmé, Anakin suivit le Jedi jusqu'au sas. Celui-ci s'ouvrit et la rampe d'accès se déplia.

Les deux Jedi, Anakin et Jar Jar sortirent sous le soleil de Coruscant. L'enfant se concentra pour ne pas être désorienté, un exercice difficile étant donné le paysage qui l'entourait et la hauteur à laquelle il se trouvait. Pour ne pas risquer de faire un faux pas et de basculer dans le vide, il garda les yeux rivés sur ses pieds ou sur Qui-Gon.

En bas de la rampe, deux hommes vêtus des toges de fonction du Sénat de la République attendaient en compagnie d'un groupe de gardes républicains. Qui-Gon s'approcha d'eux et s'inclina pour les saluer.

Anakin et Jar Jar l'imitèrent, même si seul l'enfant savait devant qui et pourquoi ils faisaient la révérence.

La Reine Amidala apparut, splendide dans sa robe noir et doré. Sa coiffe de plumes dansait au rythme de ses mouvements tandis qu'elle descendait la rampe. Ses dames de compagnie l'entouraient, drapées dans leurs manteaux, le visage à peine visible sous leurs capuches.

Le capitaine Panaka et ses gardes Naboo fermaient la marche.

Amidala s'immobilisa devant les deux hommes et regarda celui dont le visage avenant trahissait une grande anxiété.

Le Sénateur Palpatine, représentant de la Reine au Sénat, avança d'un pas et fit une révérence, les mains croisées sous les manches de sa tunique bleu-vert.

— Vous voir vivante et en bonne santé est un grand soulagement, Votre Majesté, déclara-t-il. Puis-je vous présenter le Chancelier Suprême Valorum ?

Valorum était un homme de haute taille aux cheveux argentés. Son âge aurait été difficile à déterminer, car il ne semblait ni jeune ni vieux… Son maintien et sa voix évoquaient la puissance, mais son visage et ses yeux d'un bleu saisissant étaient las et inquiets.

— Bienvenue, Votre Grâce, dit-il, avec un pâle sourire. C'est un honneur de vous rencontrer… Sachez que tout le monde ici est préoccupé par la situation de Naboo. J'ai convoqué une session extraordinaire du Sénat pour que vous puissiez présenter votre requête…

La Reine soutint le regard du Chancelier sans qu'un muscle bouge sur son visage maquillé de blanc aussi froid que la glace.

— Je vous suis reconnaissante de penser à mon peuple, Chancelier, dit-elle.

Anakin vit que Padmé le regardait sous sa capuche.

Quand il se tourna vers elle, il eut droit à un clin d'œil et s'empourpra aussitôt.

Palpatine montra à la Reine la navette qui les attendait.

— Il reste quelques soucis de procédure, mais je crois que nous pourrons les surmonter, dit-il en conduisant Amidala et sa suite sur la rampe d'accès de la navette.

Anakin et Jar Jar leur emboîtèrent le pas. Mais l'enfant s'arrêta net quand il constata que Qui-Gon et Obi-Wan étaient restés près du Chancelier. Ne sachant pas où aller, Anakin interrogea Qui-Gon du regard. La Reine et ses compagnons ralentirent aussi. D'un geste, Amidala indiqua à Anakin et au Gungan de les suivre. L'enfant regarda de nouveau Qui-Gon, qui hocha affirmativement la tête.

Anakin et Jar Jar entrèrent dans la navette et s'assirent sur les sièges du fond.

Palpatine se retourna pour les examiner, l'air franchement dubitatif. Puis il s'intéressa de nouveau à la Reine.

— Moi pas me sentir très bien ici, Anakin... souffla le Gungan.

Anakin approuva du chef et serra les lèvres pour paraître plein de détermination.

Ils parcoururent une courte distance jusqu'à un nouvel ensemble de tours et se posèrent sur une plate-forme réservée aux navettes. Quand ils eurent débarqué, Palpatine les conduisit dans ses appartements, dont une partie avait été préparée pour la Reine et son entourage. Anakin et Jar Jar furent logés dans la même chambre, où on les laissa seuls le temps qu'ils se rafraîchissent.

Quand ce fut fait, une des dames de compagnie (ce n'était pas Padmé, à la vive déception d'Anakin) vint les chercher et les mena dans l'antichambre du bureau de Palpatine.

— Attendez ici, dit-elle avant de s'éclipser.

La porte étant ouverte, Anakin et Jar Jar purent jeter un coup d'œil dans le bureau. La Reine était là, vêtue d'une robe en velours pourpre dont les manches larges cascadaient gracieusement sous ses bras. Une couronne incrustée de perles reposait sur sa tête. Assise sur un fauteuil, elle écoutait le Sénateur. Deux de ses dames de compagnie se tenaient à sa droite, toujours vêtues de leurs manteaux et dissimulées par leurs capuches.

Anakin les observa et conclut qu'aucune n'était Padmé. Il eut envie d'aller la retrouver au lieu de rester là à ne rien faire, mais il ignorait où la chercher.

La conversation entre Palpatine et la Reine tenait en fait du monologue. Devant une Amidala imperturbable, le Sénateur marchait de long en large en gesticulant. Anakin regretta de ne rien entendre. Lorsqu'il regarda Jar Jar, il comprit que le Gungan s'en désolait aussi.

Quand le capitaine Panaka passa devant eux pour entrer dans le bureau, les dissimulant un instant, Anakin se leva. Il plaqua un doigt sur sa bouche pour indiquer à Jar Jar de se taire et lui fit signe de l'attendre sans bouger.

L'enfant avança jusqu'à la porte, se colla contre le battant et glissa un œil par l'entrebâillement. De là, il entendait ce qui se disait.

Palpatine avait cessé de marcher. Debout devant la Reine, il secoua tristement la tête.

— La République n'est plus ce qu'elle était... Le Sénat regorge de délégués carriéristes soucieux de leur intérêt personnel et qui défendent exclusivement leur monde natal. Plus personne ne se préoccupe de l'intérêt général. La basse politique domine et tout sens civique a disparu. (Il soupira.) C'est écœurant. Je ne veux rien vous cacher, Majesté : il y a peu de chance que le Sénat réagisse à l'invasion...

— Le Chancelier Suprême Valorum semble penser qu'il reste un espoir...

— Hélas, Votre Grâce, le Chancelier a peu de pouvoir. Il est sous le coup d'une accusation de corruption, sans fondement, bien sûr. Un scandale fabriqué de toutes pièces ternit sa réputation. Aujourd'hui, ce sont les bureaucrates qui commandent !

La Reine se leva, très droite devant son interlocuteur.

— Quelles options avons-nous, Sénateur ?

Palpatine parut réfléchir profondément à la question.

— Le mieux serait de favoriser l'élection d'un nouveau Chancelier Suprême. Un homme qui contrôlerait les bureaucrates, renforcerait la loi et nous rendrait justice. Vous pouvez demander un vote de défiance contre Valorum.

Amidala ne sembla pas convaincue.

— Il est notre plus fidèle soutien. N'y a-t-il pas une autre solution ?

— Oui : porter notre affaire devant les tribunaux...

— Le temps nous manque ! coupa la Reine. (Elle perdait son calme pour la première fois.) Les tribunaux sont encore plus longs à se décider que le Sénat. (Sa voix se durcit.) Notre peuple se meurt. Il y a chaque jour davantage de victimes ! Il faut agir d'urgence et arrêter la Fédération du Commerce avant qu'il soit trop tard.

Palpatine s'assombrit.

— Votre Majesté, j'ai peur que nous ne devions nous montrer réalistes. Pour le moment, il faut peut-être accepter la domination de la Fédération...

Amidala secoua la tête.

— Je ne peux pas me résoudre à cela...

Sans rien ajouter, la Reine et le Sénateur se défièrent du regard.

Toujours caché derrière la porte, Anakin se demanda soudain ce qu'il était advenu de Qui-Gon Jinn.

À l'inverse des autres bâtiments de Coruscant, le Temple des Jedi était isolé. Pyramide colossale au toit plat hérissé de tourelles s'élançant vers le ciel, il se dressait solitaire au bout de la large promenade qui le reliait à des tours massives aux sommets pointus où la solitude et la méditation étaient certainement des denrées plus rares.

Dans le temple habité par les Chevaliers Jedi et leurs disciples, tous se consacraient à la contemplation et à l'étude de la Force. Ici, on cherchait à codifier les exigences de la Force, à maîtriser ses diverses disciplines et à apprendre comment servir le bien ultime dont elle était la source.

La Salle du Conseil dominait la partie centrale du complexe.

Aujourd'hui, le Conseil était en session derrière des portes closes qui protégeaient ses secrets des yeux et des oreilles de tous, à l'exception des quatorze personnes présentes.

Douze d'entre elles – humaines ou non humaines – étaient les membres de cette institution.

Expérimentés et différents les uns des autres, ces hommes et ces femmes avaient travaillé pour l'Ordre aux quatre coins de la galaxie.

Les deux Jedi qui se tenaient devant eux – des invités – avaient pour noms Qui-Gon Jinn et Obi-Wan Kenobi.

Les sièges des douze conseillers formaient un cercle autour des intervenants. Tandis que Qui-Gon racontait les événements des dernières semaines, Obi-Wan, un pas derrière lui, écoutait avec attention. La pièce circulaire était surmontée d'une coupole soutenue par d'élégants piliers disposés entre les hautes fenêtres qui laissaient entrer la lumière à flots. La forme de la salle et la configuration des sièges reflétaient une des croyances essentielles des Jedi : l'interconnexion entre toutes choses, à l'instar des points d'un cercle. Dans le monde des Jedi, l'équilibre de la vie, à l'intérieur de la Force, était le chemin vers la compréhension et la paix.

En parlant, Qui-Gon scrutait les visages des conseillers.

Tous lui étaient familiers.

C'étaient des Maîtres Jedi, comme lui… Les doyens, Yoda et Mace Windu, respectaient la discipline de l'Ordre avec une rigueur qu'il n'avait jamais eue, et qu'il doutait d'avoir un jour.

Debout sur le cercle de mosaïque qui tenait lieu de podium aux orateurs, Qui-Gon fascinait son auditoire. Regardant tour à tour les conseillers, il guettait une réaction sur leurs visages.

Pas un ne le quittait des yeux. Ki-Adi-Mundi, toujours imposant… Adi Gallia, tellement jeune et belle… Depa Billaba, presque frêle… Even Piell, avec sa crête et son visage marbré... Et tous les autres, différents et uniques, mais liés par leur importance pour le Conseil.

Qui-Gon regarda Mace Windu et Yoda, les Maîtres qu'il devait à tout prix convaincre, car ils étaient les plus puissants et les plus respectés par leurs pairs.

— Ma conclusion, dit le Jedi quand son histoire fut terminée, c'est que l'être qui m'a attaqué sur Tatooine était un Seigneur des Sith.

Cette déclaration fut suivie d'un long silence. Puis des bruissements de bure indiquèrent que les conseillers se déplaçaient légèrement ou dépliaient les jambes. Après quelques échanges de regards, des murmures incrédules firent le tour du cercle.

— Un Seigneur des Sith ? grogna Mace Windu en se penchant en avant.

Solide comme un roc, cet homme à la peau noire, au crâne rasé et aux yeux pénétrants avait conservé un visage lisse en dépit des années.

— Impossible ! s'écria Ki-Adi-Mundi, sans se soucier de dissimuler son irritation. Les Sith ont disparu depuis des millénaires.

Yoda bougea à peine sur son siège. Minuscule créature dans une assemblée de géants – à son échelle ! –, il tourna vers Qui-Gon son visage ridé et braqua sur lui des yeux plissés comme ceux d'une panthère des sables en train de ronronner.

— Si impliqués Sith sont, la République menacée est, déclara-t-il.

Les autres conseillers recommencèrent à chuchoter. Qui-Gon attendit qu'ils aient fini. Ces sages pensaient que les Sith avaient été détruits, ses suppôts consumés par leur propre soif de pouvoir.

Derrière lui, Qui-Gon sentit qu'Obi-Wan luttait pour ne pas rompre son silence.

Mace Windu se pencha un peu plus, ses épais sourcils froncés.

— C'est difficile à accepter, Qui-Gon. Je ne vois pas comment les Sith auraient pu renaître de leurs cendres sans que nous le sachions.

— Toujours difficile à voir est le Côté Obscur, dit Yoda. L'assassin nous devons trouver.

— Nous n'aurons peut-être pas besoin de le chercher, corrigea Ki-Adi-Mundi en regardant Qui-Gon.

— Exact, approuva Mace Windu. Cette attaque n'était pas un hasard. La Reine est la véritable cible. Puisque l'assassin a échoué, il essayera de nouveau.

Yoda leva un de ses bras décharnés et désigna Qui-Gon.

— Rester avec la Reine de Naboo tu dois, Qui-Gon. La protéger il faut.

Des murmures approbateurs témoignèrent de la confiance que ses pairs accordaient au Maître Jedi.

Pourtant, Qui-Gon ne répondit rien.

— Nous devons mobiliser toutes nos ressources pour résoudre ce mystère et découvrir l'identité de ton agresseur, dit Mace Windu. (Il leva une main pour renvoyer les deux Jedi.) Que la Force soit avec toi, Qui-Gon Jinn.

— Qu'avec toi la Force soit, lui fit écho Yoda.

Obi-Wan commença à tourner les talons. Voyant que Qui-Gon ne bougeait pas, il s'immobilisa, devinant ce qui allait suivre.

— Davantage à dire tu as, Qui-Gon ? demanda Yoda.

— Avec votre permission, Maître... J'ai été témoin d'une convergence de la Force...

— Une convergence, tu dis ? répéta Yoda, les yeux ronds.

— Qui avait une *personne* pour point focal ? demanda Mace Windu.

— Un jeune humain. Ses cellules présentent la plus forte concentration midi-chlorelle que j'aie relevée sur un être vivant. (Il marqua une pause.) Il est possible qu'il ait été *conçu* par des midi-chlorelles.

Cette fois, un silence choqué suivit sa déclaration. Qui-Gon Jinn postulait l'impossible : l'enfant n'aurait pas été conçu par un contact entre humains, mais par l'essence de la vie, les midi-chlorelles, ciment de la Force elle-même. Dotés d'une conscience collective et d'intelligence, les midi-chlorelles reliaient tous les êtres et toutes les choses qui vivaient dans la Force.

Ce n'était pas ce qui troublait le plus le Conseil. Une prophétie, tellement ancienne que nul ne se rappelait ses origines, annonçait qu'un Élu apparaîtrait un jour, ces cellules saturées de midi-chlorelles. Capable de contrôler la Force à un niveau jamais atteint, sa destinée serait de la modifier pour toujours.

Mace Windu exprima à voix haute ce que pensaient les autres conseillers.

— Tu fais référence à la prophétie, dit-il. À celui qui apportera l'équilibre ultime à la Force. Et tu crois qu'il s'agit de ce garçon...

— Je n'oserais pas... commença Qui-Gon.

— Mensonge c'est ! l'interrompit Yoda. Ton opinion tu dois révéler !

Qui-Gon prit une grande inspiration.

— Je demande que cet enfant soit mis à l'épreuve.

Les membres du Conseil se regardèrent, communiquant par un autre canal que la parole.

Puis tous les yeux se tournèrent de nouveau vers Qui-Gon.

— Qu'il soit entraîné pour un Jedi devenir, tu demandes ? s'enquit Yoda.

— Je l'ai rencontré par la volonté de la Force, insista Qui-Gon. C'est une certitude pour moi. Il ne peut pas s'agir d'un hasard. Trop de choses sont arrivées...

Mace Windu leva une main pour signifier que la discussion était close.

— Si c'est ainsi, amène-le-nous.

Les yeux clos, Yoda hocha la tête.

— Mis à l'épreuve il sera...

— Il est temps d'y aller, Votre Majesté, déclara le Sénateur Palpatine.

Il s'approcha de son bureau et ramassa une pile de datacartes.

Amidala se leva.

Anakin retourna s'asseoir près de Jar Jar. Histoire de faire bonne mesure, il le foudroya du regard pour lui rappeler de tenir sa langue.

Le Gungan sembla vexé.

Un instant plus tard, Palpatine, la Reine et ses dames de compagnie entrèrent dans l'antichambre. Sans un regard pour Anakin et Jar Jar, le Sénateur sortit en trombe.

Amidala ralentit imperceptiblement quand elle passa devant l'enfant.

— Tu devrais venir avec nous, souffla Rabé sans regarder Anakin. Cette fois, tu n'auras pas besoin d'écouter aux portes...

Anakin et Jar Jar échangèrent un regard consterné. Puis ils se levèrent et suivirent le mouvement.

17

Laissant les hommes attendre dehors, Amidala se retira dans ses appartements avec ses dames de compagnie. Quand elle reparut, elle avait changé de tenue, soucieuse de souligner qu'elle était la souveraine de Naboo.

Vêtue d'une robe de velours pourpre brodée de fils d'or, elle portait une couronne en or incrustée de pierreries. Sa dignité régalienne ainsi mise en valeur, elle passa devant Anakin et Jar Jar – qui ouvrirent de grands yeux éberlués –, semblable à une déesse descendue du ciel pour se mêler aux mortels. Toute de grâce distante et d'inhumaine beauté, elle paraissait aussi belle qu'inaccessible.

Eirtaé et Rabé, les dames de compagnie présentes dans le bureau de Palpatine, glissaient silencieusement derrière elle dans leurs éternels manteaux à capuche.

Anakin chercha Padmé et ne la vit nulle part.

— Si vous voulez bien nous montrer le chemin, dit la Reine à Palpatine.

Elle invita Anakin, Jar Jar et le capitaine Panaka à la suivre.

Ils traversèrent une série de couloirs qui reliaient les quartiers de Palpatine à d'autres salles, puis à d'autres bâtiments. Les lieux étant déserts, à l'exception de quelques gardes, le petit groupe avança sans encombre. Anakin s'émerveilla des hauts plafonds et des gigantesques fenêtres qui ouvraient sur une vue saisissante sur Coruscant. Songeur, il imagina ce que devait être la vie dans une cité pareille...

Quand ils arrivèrent devant le Sénat, il fut encore plus ébahi.

La salle des délibérations, énorme et circulaire, évoquait une arène. Des déambulatoires en faisaient le tour à plusieurs niveaux. Au centre, une haute et fine colonne soutenait le podium du Chancelier Suprême. Cet espace clos sur trois côtés était assez grand pour permettre à Valorum de s'y tenir à sa convenance en compagnie de son assesseur et de ses assistants. Autour des murs lisses de l'arène, les Capsules Salons des Sénateurs flottaient devant les portes des délégations. Certaines étaient arrimées, les Sénateurs conversant déjà avec leurs secrétaires ou avec des visiteurs. D'autres attendaient non loin de leur point d'ancrage.

Quand un Sénateur demandait la parole et l'obtenait, sa Capsule volait jusqu'au centre de l'arène, à proximité du perchoir du Chancelier, où elle restait jusqu'à la fin de son intervention.

Anakin vit tout cela en un éclair pendant qu'il suivait la Reine et Palpatine jusqu'à la porte de la Capsule Salon de Naboo.

Des tentures et des étendards pendaient du plafond de l'arène tels des rubans géants. Un éclairage indirect illuminait l'intérieur caverneux de la rotonde. Sur les déambulatoires, des droïdes couraient en tous sens pour distribuer les messages que les délégations échangeaient. La ronde infinie de leurs corps métalliques conférait aux lieux des allures de mouvement d'horlogerie complexe.

— Si la Fédération du Commerce essaie de faire différer la motion, dit Palpatine à la Reine, je vous implore d'exiger la clôture de la session, puis de demander l'élection d'un nouveau Chancelier Suprême.

— J'aimerais me fier autant que vous à cette stratégie, Sénateur, répondit-elle, sans un regard pour Palpatine.

— Vous devez exiger l'élection d'un nouveau Chancelier, insista Palpatine. Je peux vous assurer que nous ne serons pas privés de soutien. C'est notre meilleure chance. (Il jeta un coup d'œil au perchoir de Valorum.) Notre seule chance !

Un murmure monta de l'assemblée quand Amidala apparut à l'entrée de la Capsule Salon de Naboo, la tête droite et le visage impassible.

Si la Reine se rendit compte que le ton des conversations avait monté d'un cran, elle n'en montra rien. Ses yeux se posèrent un instant sur Palpatine.

— Vous êtes sûr que Valorum ne mettra pas notre motion aux voix ? demanda-t-elle.

— Il est préoccupé et mort de peur. Croyez-moi, il ne nous sera d'aucun secours.

Rabé donna un petit visioécran métallique à Anakin et à Jar Jar et leur fit signe de rester où ils étaient. Accompagnée par Palpatine, ses deux dames de compagnie et le capitaine Panaka, Amidala entra dans la Capsule Salon. Anakin fut déçu de ne pas être invité, mais soulagé quand il découvrit que l'écran lui permettrait de voir et d'entendre ce qui se passait dans la Capsule.

— Elle va demander de l'aide au Sénat, Jar Jar, souffla-t-il à son compagnon. Qu'en penses-tu ?

Le Gungan plissa la bouche et secoua la tête, faisant osciller ses longues oreilles.

— Me dit rien de bon, Anakin. Trop de gens pour être d'accord sur quelque chose…

La Capsule de Naboo s'éloigna de son point d'arrimage et flotta jusqu'à mi-chemin du podium du Chancelier, où elle attendit la permission d'approcher. Palpatine, Amidala et les autres s'étaient assis.

Valorum fit un signe de tête à Palpatine.

— Le Chancelier donne la parole au Sénateur du système souverain de Naboo.

La Capsule flotta jusqu'au centre de l'arène. Palpatine se leva et balaya l'assemblée du regard.

Tous les yeux se tournèrent vers lui.

— Chancelier Suprême, honorables délégués du Sénat, commença-t-il, obtenant aussitôt le silence, une tragédie s'est produite sur Naboo, ma planète natale. Nous sommes impliqués dans une dispute dont vous connaissez les tenants et les aboutissants. Cela a commencé par une affaire de taxation des routes commerciales pour finir par l'occupation illégale d'un monde pacifique. La Fédération du Commerce est responsable de cette injustice et elle devra en répondre...

Une Capsule aux couleurs de la Fédération flotta jusqu'au podium. Elle abritait le Sénateur Lott Dod, assisté par une poignée de capitaines d'industrie.

— C'est un outrage ! cria Dod en direction du podium. (Le Neimoidien, maigre et desséché, gesticulait au-dessus de la balustrade basse de la Capsule. Il évoquait irrésistiblement un vieux tronc d'arbre.) Les assertions du Sénateur Palpatine sont ridicules, et j'exige qu'il soit contraint au silence !

Valorum tourna sa tête blanche vers Lott Dod et leva une main.

— Pour l'heure, l'Assemblée n'accorde pas la parole à la Fédération du Commerce, dit-il d'une voix douce mais ferme. Retournez à votre point d'arrimage.

Lott Dod parut sur le point d'ajouter quelque chose, mais il se ravisa. Il s'assit ; sa Capsule recula lentement.

— Pour présenter notre requête, continua Palpatine, j'invite la Reine Amidala, récemment élue souveraine de Naboo, à prendre la parole.

Il s'écarta. La Reine se leva sous un tonnerre d'applaudissements. Elle s'avança et fit face à Valorum.

— Honorables représentants de la République, distingués délégués et Chancelier Suprême Valorum... Je viens à vous en des circonstances d'une extrême gravité. À l'encontre de toutes les lois de la République, la planète Naboo a été envahie et réduite en esclavage par les armées de droïdes de la Fédération du Commerce...

Lott Dod se releva et brailla :

— Objection ! C'est un tissu de mensonges ! Où sont les preuves ? (Il n'attendit pas que le Chancelier lui donne la parole et s'adressa à l'assemblée :) Je suggère qu'une commission soit envoyée sur Naboo pour vérifier les faits.

Valorum secoua la tête.

— Suggestion rejetée...

Lott Dod soupira et leva les bras au ciel comme si ces deux mots venaient de ravager sa vie.

— Votre Honneur, vous ne pouvez pas permettre qu'on nous condamne sans accéder d'abord à notre requête. Une mission d'observation impartiale, voilà tout ce que nous demandons ! Refuser va à l'encontre de toutes les règles de procédure.

Il sonda l'assemblée à la recherche d'un soutien. Quelques délégués murmurèrent leur approbation.

Une troisième Capsule quitta son point d'arrimage. Valorum reconnut Aks Moe, le Sénateur de la planète Malastare.

Costaud, d'une extrême lenteur, ses trois yeux pédonculés s'agitant sans cesse, Aks Moe plaqua ses énormes mains – presque des pattes – sur ses hanches.

— Le Sénateur de Malastare est d'accord avec l'honorable délégué de la Fédération du Commerce, déclara-t-il d'une voix rauque. Si une des parties le demande, une commission *doit* être constituée quand se présente un conflit de ce type. C'est la loi.

Valorum hésita.

— Ce point de droit est...

Il ne termina pas sa phrase et se tourna vers l'assesseur. À en croire le registre officiel, il s'agissait d'un certain Mas Amedda.

Amedda appartenait à une espèce inconnue d'Anakin. Sur un corps d'apparence humaine, sa tête était surmontée par des antennes et par une masse de tissus d'où naissaient les deux tentacules qui lui tombaient sur les épaules.

Valorum, Amedda et leurs assistants s'engagèrent dans une conversation animée. Quand la voix de Palpatine sortit du petit haut-parleur du visioécran, Anakin et Jar Jar échangèrent des regards inquiets.

— Bienvenue dans le monde enchanté des bureaucrates ! souffla le Sénateur à l'oreille de la Reine. Ce sont les vrais maîtres de la République, et les premiers à manger dans la main de la Fédération du Commerce. Voilà l'instant magique où la détermination du Chancelier Valorum va fondre comme neige au soleil...

Valorum reprit sa place, une grande lassitude sur le visage.

— Ce point de droit est exact. La section 523A du code s'applique... (Il se tourna vers la Capsule Naboo.) Reine Amidala, acceptez-vous de différer la motion pour qu'une commission sénatoriale vérifie vos allégations ?

Anakin vit la Reine se raidir. Quand elle parla, sa voix vibrait de colère et de détermination.

— Je refuse de différer la motion, déclara-t-elle, les yeux rivés sur Valorum. Je me suis présentée devant vous pour que cette atteinte à la souveraineté de Naboo cesse sans délai. On ne m'a pas élue Reine pour regarder mon peuple souffrir et mourir pendant que vos commissions pérorent. Si le Chancelier est incapable d'agir, peut-être avons-nous besoin d'un nouveau chef. (Elle marqua une courte pause.) Je dépose une motion de défiance contre Valorum.

Des exclamations retentirent aussitôt, approuvant ou critiquant la proposition. Avec un bel ensemble, Sénateurs et spectateurs se levèrent. Les murmures se transformèrent en cris répercutés par les parois de la rotonde.

Sur le podium, assommé et incrédule, Valorum restait sans voix. Il regardait Amidala et son visage reflétait le coup que ses propos lui avaient porté.

La Reine lui fit face et attendit la suite des événements.

Mas Amedda avança vers le bord du podium comme s'il voulait le prendre d'assaut.

— De l'ordre ! cria-t-il. Il nous faut de l'ordre !

Le brouhaha mourut.

Les délégués se rassirent.

Anakin remarqua que la Capsule de la Fédération du Commerce avait manœuvré pour se rapprocher de la Capsule Naboo.

Lott Dod échangea un regard avec Palpatine, mais aucun des deux ne parla.

Une nouvelle Capsule flotta jusqu'au centre de l'arène. C'était celle d'Edcel Bar Gan, Sénateur de Roona.

— Je soutiens la motion de la Reine Amidala, lança-t-il d'une voix aiguë.

Mas Amedda encaissa le choc.

— La motion est soutenue, déclara-t-il.

Il se tourna vers Valorum et plaqua une main devant sa bouche pour qu'on n'entende pas ce qu'il lui disait. Les yeux vides, l'air perdu, le Chancelier le regarda comme s'il ne comprenait pas un mot de son discours.

— Il ne doit pas y avoir de retard ! lança Aks Moe de Malastare pour attirer l'attention d'Amedda. La motion est déposée et elle doit être sur-le-champ soumise à un scrutin !

Lott Dod se leva d'un bond.

— Je propose qu'elle soit transmise à la commission juridique pour une étude approfondie…

De presque toutes les gorges jaillit une litanie sans équivoque :

— Le vote ! Le vote ! Le vote !

Mas Amedda prit le Chancelier par les épaules et lui parla pour tenter de ramener son esprit des contrées lointaines où il dérivait.

— Vous voyez, Majesté, le Sénat est avec nous ! dit la voix de Palpatine dans le haut-parleur de l'écran. (Anakin baissa les yeux sur le petit appareil.) Valorum va être destitué, croyez-moi. Le nouveau Chancelier ne sera pas du genre à ignorer une injustice.

Mas Amedda s'adressa de nouveau aux délégués :

— Le Chancelier Suprême demande une suspension de séance.

Des huées montèrent de l'assemblée, roulant dans l'arène comme un coup de tonnerre.

Valorum tourna la tête vers Palpatine et Amidala.

Même de loin, Anakin Skywalker vit l'expression du Chancelier. C'était celle d'un homme trahi…

Moins d'une heure plus tard, Anakin entra en trombe dans l'antichambre de la Reine. Il cherchait Padmé, mais se retrouva nez à nez avec... Amidala en personne !

Debout au centre de la pièce, elle rayonnait dans sa robe comme un soleil miniature.

— Votre Majesté... Je suis désolé... Je...

La Reine hocha la tête en silence. Une fois encore, Anakin fut frappé par la perfection de ses traits.

— Je cherchais Padmé, continua-t-il, sans savoir s'il devait rester ou partir. (Dubitatif, il regarda autour de lui.) Qui-Gon va me conduire devant le Conseil des Jedi. Je voulais que Padmé le sache.

Un petit sourire flotta sur les lèvres de la Reine.

— Elle n'est pas là, Anakin. Je l'ai envoyée en... mission...

— Ha...

— Mais je lui transmettrai ton message.

L'enfant sourit.

— Je vais peut-être devenir un Chevalier Jedi ! s'exclama-t-il, incapable de contenir son excitation.

— C'est très possible... approuva Amidala.

— Je crois que ça fera plaisir à Padmé.

— Je le pense aussi...

Anakin recula.

— Je ne voulais pas vous...

Il chercha le mot exact et ne le trouva pas.

— Bonne chance, Anakin, dit la Reine. Fais de ton mieux...

Ravi, l'enfant tourna les talons et sortit.

Pour Qui-Gon Jinn et Obi-Wan Kenobi, la journée était passée à la vitesse de l'éclair.

Au crépuscule, sur un balcon du Temple des Jedi, ils contemplaient Coruscant en silence. Ils étaient passés prendre Anakin revenu du Sénat dans les quartiers de Palpatine et l'avaient conduit devant le Conseil.

À présent, ils attendaient la décision...

Pour Obi-Wan, l'affaire était déjà réglée. Le jeune Jedi

se sentait mécontent et embarrassé pour son maître, qui une fois de plus avait dépassé les bornes.

Qui-Gon ne s'était pas trompé en supposant que l'enfant avait un taux midi-chlorelle anormalement élevé. Obi-Wan ne pouvait pas en douter, puisqu'il avait réalisé lui-même le test. Mais ça ne suffisait pas à démontrer qu'Anakin était l'Élu. S'il en existait un, ce dont Obi-Wan doutait. Des *centaines* de légendes et de prophéties avaient traversé les siècles pour constituer peu à peu une part de l'héritage des Jedi... En outre, comme souvent, Qui-Gon se fiait à son instinct. Or l'instinct était utile quand il puisait sa source dans la Force, pas quand cette source n'était qu'une émotion. Qui-Gon adorait défendre les causes perdues. Il aimait prendre sous son aile des créatures qu'il était le seul à juger importantes dans le schéma du monde.

Obi-Wan étudia son mentor à la dérobée. Pourquoi persistait-il à s'engager dans des voies sans issue ? Même si le Conseil parvenait aussi à la conclusion que l'enfant possédait plus de midi-chlorelles que la normale, il n'accepterait jamais qu'il suive une formation de Jedi. Les règles étaient clairement définies, avec des raisons évidentes et inattaquables. Commencer un entraînement de Jedi une fois le premier anniversaire passé impliquait un échec certain. À neuf ans, Anakin Skywalker était beaucoup trop vieux.

Hélas, Qui-Gon ne baisserait pas les bras ! Il défierait le Conseil une fois de plus et le résultat serait le même qu'en maintes autres occasions : il n'aurait pas gain de cause ; sa stature de Maître Jedi en prendrait un nouveau coup.

Obi-Wan s'approcha de son mentor, qui observait intensément la forêt de gratte-ciel.

— L'enfant ne réussira pas les épreuves du Conseil, Maître, et vous le savez. Il est trop vieux.

Qui-Gon ne détourna pas les yeux du coucher de soleil.

— Anakin deviendra un Jedi, je te le garantis.

— Maître, ne défiez pas le Conseil une fois de trop !

Avant de se tourner vers son protégé, le Jedi sembla

atteindre en un éclair un insondable niveau de calme. Peut-être même avait-il cessé de respirer.

— Je ferai ce que je juge bon, Obi-Wan. Que penserais-tu de moi s'il en allait autrement ?

— Maître, si vous respectiez les règles, vous siégeriez déjà au Conseil. Et vous méritez cet honneur ! (Il laissa exploser sa colère.) Les conseillers ne vous suivront pas !

Qui-Gon soutint le regard du jeune homme et sourit.

— Il te reste beaucoup à apprendre, jeune Padawan.

Obi-Wan ravala sa réplique et regarda au loin. Qui-Gon avait sans doute raison, se dit-il. Pourtant, cette fois, peut-être devrait-il se fier à sa propre opinion...

Dans le Temple, Anakin faisait face au Conseil, debout à l'endroit où Qui-Gon se tenait quelques heures plus tôt. Après que le Maître Jedi l'eut laissé seul devant les douze sages, il avait d'abord éprouvé une atroce nervosité. Debout au centre du cercle de mosaïque, entouré par une assemblée silencieuse et dubitative, il se sentait toujours vulnérable et exposé.

Les Jedi semblaient sonder son âme...

Sans explication ni préliminaire, ils entreprirent de le questionner, négligeant de le saluer ou de le mettre à l'aise.

Qui-Gon lui avait décrit certains conseillers. Versé dans l'art de mettre un nom sur un visage, Anakin eut tôt fait de les identifier.

Les questions testaient ses connaissances et sa mémoire à la recherche d'énigmatiques indices. Les Jedi savaient tout de son passé d'esclave et de sa vie sur Tatooine : sa mère, ses amis, les Podraces, Watto... Rien ne leur échappait.

Mace Windu se tourna vers un écran que l'enfant ne pouvait pas voir et lui demanda d'associer un nom aux images qui s'y affichaient. Elles jaillirent dans la tête d'Anakin, lui rappelant la façon dont le paysage défilait pendant une course de Pods.

— Un bantha... Un hyperdrive... Un blaster à

protons... (Les images changeaient à mesure qu'il les identifiait.) Une coupe rodienne... Un speeder hutt...

L'écran redevint noir. Mace regarda de nouveau l'enfant.

— Très bien c'est... déclara le petit non-humain nommé Yoda. (Ses yeux qui semblaient endormis le dévisagèrent, attentifs derrière de lourdes paupières mi-closes.) Comment te sens-tu ?

— J'ai froid, monsieur...

— Effrayé tu es ?

L'enfant secoua la tête.

— Non, monsieur...

— Tu as peur de renoncer à ton ancienne vie ? demanda le Jedi appelé Mace Windu en se penchant vers Anakin.

— Je ne crois pas...

Il hésita. Quelque chose sonnait faux dans ses paroles.

Yoda cligna des yeux ; ses oreilles se pointèrent en avant.

— Voir en toi nous pouvons, dit-il.

— Sois conscient de tes sentiments ! ajouta Mace Windu.

Le Jedi nommé Ki-Adi-Mundi se tripotait la barbe.

— Tes pensées tournent sans cesse autour de ta mère, dit-il.

Anakin sentit son estomac se nouer. Il se mordit les lèvres.

— Elle me manque...

Yoda échangea quelques regards avec les conseillers.

— Peur de la perdre, il a...

— Quel rapport cela a-t-il avec mon avenir de Jedi ? demanda Anakin, sur la défensive.

— Un grand rapport, dit Yoda. Au Côté Obscur, à la colère et à la haine mène la peur. Aussi à la souffrance...

— Je n'ai pas peur ! cria Anakin, pressé d'en finir avec cet interrogatoire et de quitter les lieux.

Yoda ne sembla pas l'avoir entendu.

— Un profond engagement un Jedi doit avoir. Un

esprit fort aussi. Beaucoup de peur je sens en toi, mon petit.

Anakin prit une grande inspiration et la relâcha lentement.

Quand il parla, il avait retrouvé son calme.

— Je n'ai pas peur ! répéta-t-il.

— Alors, continuer nous allons, trancha Yoda.

L'épreuve se prolongea.

18

Jar Jar le Gungan et Amidala la Naboo étaient campés devant une des hautes fenêtres des appartements de la Reine. En silence, ils regardaient les tours étincelantes de Coruscant.

Un duo étrange, à la vérité ! Régalienne et impassible comme à l'accoutumée, Amidala contemplait le coucher du soleil en compagnie d'un Jar Jar aussi mal à l'aise et excité qu'à son habitude.

Le ciel teinté d'or par les derniers rayons du couchant projetait sur le métal et le verre des gratte-ciel des taches de lumière qui explosaient comme des feux d'artifice.

Amidala, ses dames de compagnie, Jar Jar et Anakin avaient quitté le Sénat quelques heures plus tôt. Dans l'immédiat, la Reine ne pouvait plus rien faire. Le Sénateur Palpatine était resté pour préparer avec ses collègues l'élection d'un nouveau Chancelier Suprême. Le capitaine Panaka, chargé d'apporter des nouvelles à la souveraine, ne s'était pas encore montré.

Rien de neuf, donc, sinon qu'Anakin avait été conduit devant le Conseil des Jedi et que personne n'avait vu Padmé depuis des heures.

Jar Jar avait traîné comme une âme en peine dans les quartiers de Palpatine jusqu'à ce qu'Amidala le prenne en pitié et l'invite à venir s'asseoir avec elle. Enfermée dans sa chambre depuis son retour du Sénat, la Reine avait revêtu une robe noire brodée de fils d'or. Moins impressionnante que la précédente, elle soulignait combien la jeune fille était en réalité mince et petite. Malgré sa couronne à la haute branche centrale ornée d'un médaillon d'or, elle faisait toujours quelques centimètres de moins que le Gungan.

Elle semblait si triste que Jar Jar eut envie de la réconforter. S'il s'était agi d'Anakin ou de Padmé, il leur aurait tapoté la tête. Avec la Reine, c'était hors de question ! Il n'y avait pas de gardes en vue, mais Eirtaé et Rabé, toujours encapuchonnées, se tenaient devant la porte, attentives. De plus, Jar Jar aurait parié que les soldats Naboo n'étaient pas bien loin.

S'il était insouciant et franchement gaffeur, le Gungan n'avait rien d'un idiot.

Ça n'était pas une raison pour se montrer insensible. Il s'éclaircit la gorge et remua les pieds pour attirer l'attention de la Reine, qui se retourna, lui montrant son visage au maquillage blanc agrémenté de points rouges sur les joues et d'un trait de la même couleur sur sa lèvre inférieure, un visage dénué d'expression semblable à celui d'une poupée.

— Moi me demander souvent pourquoi Dieux inventer douleur… commença le Gungan.

— Pour nous motiver, je suppose, répondit Amidala, le regard serein.

— Vous penser peuple Naboo mourir ? demanda Jar Jar, sa longue bouche se tordant comme s'il pouvait percevoir l'amertume de ces mots.

La Reine réfléchit à la question puis secoua la tête.

— Je n'en sais rien, Jar Jar…

— Les Gungan mourir aussi ?

— J'espère que non…

Jar Jar bomba le torse, le regard plein de fierté.

— Gungan pas mourir sans se battre. Nous guerriers ! Avoir grande armée !

— Une armée ? répéta la Reine, surprise.

— Énorme armée ! Beaucoup Gungan. Venir de partout ! Pour ça que créatures des marécages nous inquiètent pas. Trop de Gungan pour elles ! Avons aussi champs de force ! Rien passer à travers ! Avons boules d'énergie et frondes électriques ! Beaucoup choses ! Gungan jamais baisser bras devant mécachines ou hommes. (Il se tut, mal à l'aise, et haussa les épaules.) Naboo différents, peut-être...

La Reine le dévisagea, le regard vif, comme si une idée venait de lui traverser l'esprit.

Elle était sur le point de formuler sa pensée, comprit Jar Jar, quand le Sénateur Palpatine et le capitaine Panaka entrèrent.

Les deux hommes s'inclinèrent devant Amidala.

— Votre Grâce, déclara Panaka, incapable de maîtriser son excitation, le Sénateur Palpatine vient d'être choisi par une partie de ses collègues. Il sera candidat à la Chancellerie !

Un sourire modeste sur les lèvres, Palpatine, très humble, enchaîna d'une voix contenue :

— C'est une grande surprise, mais c'est une bonne surprise ! Votre Majesté, si je suis élu, je rétablirai la démocratie dans la République. C'en sera fini de la corruption qui infeste le Sénat. La Fédération du Commerce perdra son influence sur les bureaucrates et notre peuple sera libéré de son intolérable joug...

— Qui sont les autres candidats ? l'interrompit Amidala.

— Bail Antilles d'Alderman et Aks Moe de Malastare, répondit Panaka en évitant de regarder Palpatine.

Le Sénateur ne mit pas longtemps à retrouver le fil de son discours :

— Votre Majesté, je suis sûr que le malheur qui nous frappe m'assurera le soutien d'une majorité de Sénateurs. Le scrutin aura lieu demain matin. (Il marqua une pause théâtrale.) Je serai Chancelier Suprême, c'est promis !

La Reine ne parut guère impressionnée. Elle retourna devant la fenêtre et regarda les lumières de la ville briller de plus en plus intensément à mesure que le soleil disparaissait.

— Le temps que vous preniez le dessus sur les bureaucrates, Sénateur, j'ai peur qu'il ne reste rien à sauver de nos villes, de notre peuple et de sa culture...

Palpatine eut l'air déconcerté.

— Je comprends vos angoisses, Majesté. Hélas, la Fédération a pris possession de notre planète. Il sera impossible de l'en déloger vite...

— Peut-être... (Elle se détourna de la fenêtre pour faire face à Palpatine.) Avec la période de transition que va connaître le Sénat, je ne sers plus à rien ici... Sénateur, c'est votre champ de bataille. Je dois retourner sur le mien. Il est temps de revenir sur Naboo, près de mon peuple.

— Vous en aller ! s'exclama Palpatine, stupéfait. (Panaka regarda la Reine, puis le Sénateur.) Votre Majesté, soyez réaliste ! Vous seriez en danger. Nos ennemis vous forceront à signer un traité.

— Je m'y refuserai. Et mon destin sera celui de mon peuple... (Elle se tourna vers Panaka.) Capitaine !

— Majesté ?

— Préparez ma nef au décollage.

Palpatine se campa devant la souveraine.

— Je vous en supplie, Votre Grâce, restez ici, où vous serez en sécurité !

— Je ne serai en sécurité nulle part tant que le Sénat refusera de condamner l'invasion. Il est clair à mes yeux que la République ne fonctionne plus... Si vous êtes élu, Sénateur, je sais que vous ferez tout pour arrêter la Fédération. J'espère que vous trouverez un moyen de rendre son bon sens et sa compassion à la République.

Panaka et ses dames de compagnie sur les talons, Amidala contourna le Sénateur et sortit. Jar Jar Binks la suivit, se faisant aussi discret qu'il lui était possible de l'être, et ne jeta au passage qu'un regard à Palpatine.

Il fut surpris de voir l'ombre d'un sourire flotter sur les lèvres du Sénateur...

Dans le Temple des Jedi, Qui-Gon, Obi-Wan et Anakin faisaient face aux douze conseillers. Massés sur le cercle de mosaïque, ils attendaient la décision des sages. Dehors, la nuit descendait lentement sur la ville.

— Fini nous avons, déclara Yoda de sa voix gutturale. L'épreuve terminée est. (Les yeux mi-clos, les oreilles rabattues, le doyen continua :) Qui-Gon, erreur tu ne faisais pas…

— Ses cellules présentent une concentration *très* élevée de midi-chlorelles, ajouta Mace Windu.

— La Force coule à flots en lui, surenchérit Ki-Adi-Mundi.

Qui-Gon fut submergé de satisfaction. Ainsi, il avait eu raison de libérer l'enfant et de le conduire sur Coruscant.

— Il suivra une formation de Jedi ! triompha Qui-Gon.

— Non, répondit Mace Windu. Il ne recevra pas notre entraînement.

Anakin se décomposa. Les larmes aux yeux, il regarda Qui-Gon.

— Non ? répéta le Maître Jedi, incrédule au point d'en avoir le souffle coupé.

Il tenta d'ignorer le regard que lui lança Obi-Wan. Un regard qui voulait dire : « Je vous avais prévenu ! »

— Il est trop vieux, précisa Mace Windu. Et il y a trop de colère en lui.

Qui-Gon était furieux, mais il parvint à se contrôler. Cette décision absurde ne pouvait pas être définitive.

— C'est l'Élu ! insista le Maître Jedi. Vous le voyez bien !

Pensif, Yoda inclina sa tête ronde.

— Lourd de nuages est l'avenir de ce garçon. Cachés par sa jeunesse…

Sur les visages des autres membres du Conseil, Qui-Gon chercha en vain du soutien. Bombant le torse, il hocha la tête pour indiquer qu'il acceptait la décision.

— Très bien… Si c'est ainsi, je le formerai. Anakin Skywalker est désormais mon Padawan…

Du coin de l'œil, Qui-Gon vit Obi-Wan se raidir de surprise. Il capta aussi dans les yeux d'Anakin une soudaine lueur d'espoir. Sans s'attarder sur ces réactions, il continua de fixer les conseillers.

— Un apprenti tu as déjà, Qui-Gon, lui rappela Yoda. Impossible prendre un autre…

— L'Ordre l'interdit, souligna Mace Windu.

— Obi-Wan est formé, déclara Qui-Gon.

— C'est vrai ! explosa son protégé, fou de rage. (Il essaya en vain de cacher la déception que lui causait la décision de son maître.) Je suis prêt à affronter les épreuves !

— Prêt tu es si tôt ? demanda Yoda. Qu'en sais-tu ?

Qui-Gon et Obi-Wan se défièrent du regard et mesurèrent la profondeur de leur soudain antagonisme. Entre eux, le fossé s'élargissait si vite qu'il pourrait bientôt contenir un océan.

Qui-Gon inspira profondément avant de se lancer :

— Obi-Wan est une forte tête et il a encore beaucoup à apprendre de la Force, mais il est capable. Il n'a plus grand-chose à apprendre de moi à présent.

— Qui est prêt ou non, le Conseil décide, Qui-Gon, dit Yoda. Encore beaucoup à apprendre il a...

— L'heure n'est pas à ce genre de polémique, intervint Mace Windu. Demain, le Sénat élira un nouveau Chancelier Suprême. On nous a informés que la Reine rentre chez elle. Avec la pression que cela mettra sur la Fédération, le conflit peut s'étendre. Ceux qui en portent la responsabilité ne manqueront pas de réagir...

— L'assassin de l'ombre sortira, murmura Yoda.

— Les temps sont trop graves pour que nous traitions de sujets secondaires, renchérit Ki-Adi-Mundi.

Mace Windu consulta du regard les autres conseillers, puis il se tourna de nouveau vers Qui-Gon.

— Retourne sur Naboo avec la Reine et découvre l'identité du guerrier noir, qu'il soit Sith ou non. C'est le fil qu'il faut tirer pour dérouler la pelote de ce mystère...

Yoda approuva d'un hochement de tête impérieux.

— Plus tard le destin du jeune Skywalker décidé sera...

Qui-Gon tremblait de colère et de frustration. Il ne s'était pas attendu à ça. Anakin ne serait pas formé alors qu'il avait proposé de le prendre comme Padawan. Pour ne rien arranger, le Maître Jedi avait offensé Obi-Wan. Si ce n'était pas intentionnel, ça n'en restait pas moins grave. La déchirure ne serait pas éternelle, mais il faudrait du temps pour que la blessure du jeune homme guérisse.

Un temps qu'ils n'avaient pas...

Qui-Gon s'inclina devant le Conseil.

— J'ai amené Anakin ici. Il doit rester avec moi. Cet enfant n'a nulle part où aller.

— Il peut être sous ta protection, approuva Mace Windu. Le Conseil ne te conteste pas ce droit.

— Mais de formation il ne doit pas recevoir ! prévint Yoda. Avec toi le garder tu peux, mais ne l'entraîne pas !

Ces mots avaient la force de coups de poing. Sous le choc, Qui-Gon tituba intérieurement.

Mais il n'en montra rien.

— Protège la Reine, conclut Mace Windu. Si la guerre éclate, ne t'en mêle pas avant que nous ayons l'approbation du Sénat.

En silence, les douze conseillers dévisagèrent Qui-Gon Jinn. Immobile, celui-ci essayait de trouver des arguments pour plaider sa cause.

Dehors, l'obscurité régnait. Les lumières de la cité semblaient clignoter comme si des paupières géantes battaient sur elle.

— Qu'avec toi la Force soit, dit enfin Yoda pour signifier au Maître Jedi que l'audience était terminée.

Informés du départ imminent de la Reine, les deux Jedi et l'enfant gagnèrent directement la plate-forme pour attendre l'arrivée d'Amidala.

Dans la navette, les Jedi ne desserrèrent pas les dents. Mal à l'aise, Anakin passa le plus clair du trajet à regarder ses chaussures. Il aurait tant aimé trouver un moyen d'empêcher Qui-Gon et Obi-Wan d'être fâchés !

Quand ils arrivèrent sur la plate-forme, R2-D2 était déjà là. Il trilla joyeusement en apercevant Anakin, puis s'approcha du bord de la structure pour observer le trafic ; ce faisant, il se pencha un peu trop et bascula dans le vide.

Anakin étouffa un cri. Mais le droïde réapparut un instant plus tard, ramené sur la plate-forme par ses propulseurs intégrés. En l'entendant pépier triomphalement, l'enfant ne put s'empêcher de sourire.

Au pied de la rampe d'accès, Qui-Gon et Obi-Wan

conversaient âprement. Le vent qui s'engouffrait entre les tours et hurlait comme un fantôme empêcha Anakin de comprendre ce qu'ils disaient.

Il s'approcha discrètement.

— Ce n'est pas de l'irrespect, Maître ! s'exclama Obi-Wan. C'est la vérité !

— De ton point de vue, peut-être, grogna Qui-Gon, les mâchoires serrées de colère.

Le jeune Jedi adopta un ton plus mesuré.

— Cet enfant est dangereux. Tous les conseillers l'ont senti. Pourquoi en êtes-vous incapable ?

— Son destin est incertain, mais il n'est pas dangereux, corrigea Qui-Gon, agressif. Le Conseil décidera de son avenir. Ça devrait te suffire ! (Il se détourna.) Maintenant, montons dans la nef !

Obi-Wan s'engagea sur la rampe. R2-D2 le suivit, trillant toujours joyeusement.

Qui-Gon se tourna vers Anakin, qui s'approchait de lui.

— Maître, dit l'enfant, rongé par le doute et la culpabilité, je ne veux pas être un problème pour vous...

Le Jedi lui posa une main rassurante sur l'épaule.

— Tu n'en seras pas un, Anakin. (Il jeta un coup d'œil à la nef, puis s'agenouilla.) Je n'ai pas le droit de t'entraîner, mais je veux que tu m'observes et que tu enregistres tout ce que tu vois. N'oublie jamais : ta vision détermine ta réalité. Reste près de moi, et tu seras en sécurité...

L'enfant fit signe qu'il avait compris.

— Puis-je vous demander quelque chose ? (Le Maître Jedi acquiesça.) Que sont les midi-chlorelles ?

Le vent fit voler les longs cheveux de Qui-Gon. Des mèches dansèrent devant son visage.

— Ce sont des minuscules formes de vie qui résident dans les cellules de tous les êtres vivants et qui communiquent avec la Force.

— Ils sont en moi ? s'étonna l'enfant.

— Dans tes cellules, oui... Nous sommes les symbiotes des midi-chlorelles.

— Les *symb*-quoi ?

— Symbiotes... Des créatures qui se lient et en tirent des avantages mutuels. Sans les midi-chlorelles, la vie n'existerait pas et nous ne connaîtrions pas la Force. Les midi-chlorelles nous parlent sans cesse, Anakin. Ils nous communiquent les volontés de la Force.

— Vraiment ?

Qui-Gon leva un sourcil.

— Quand tu auras appris à apaiser ton esprit, tu les entendras...

Anakin réfléchit un moment puis plissa le front.

— Je ne comprends pas...

Qui-Gon sourit, le regard plein de chaleur et de mystère.

— Avec du temps et de l'entraînement, ça viendra...

Deux navettes se posèrent sur la plate-forme. La Reine, ses dames de compagnie, les gardes et le capitaine Panaka en descendirent. Jar Jar Binks fut le dernier à émerger du second appareil.

Amidala portait un manteau de velours dont le capuchon brodé d'or conférait à son visage la grâce d'un portrait.

Qui-Gon se redressa et resta près d'Anakin pendant que la souveraine et sa suite approchaient.

— Votre Grâce, salua-t-il en inclinant la tête. Continuer à vous servir et à vous protéger est un grand honneur pour nous.

— Votre aide est la bienvenue. Le Sénateur Palpatine craint que la Fédération n'essaye de me tuer...

— Cela n'arrivera pas, je le jure ! déclara le Maître Jedi.

La Reine et ses compagnons montèrent dans la nef.

Jar Jar s'avança et serra Anakin dans ses bras.

— Nous rentrer à la maison, Anakin ! se réjouit-il.

L'enfant lui rendit son étreinte.

Quand tous furent à bord, le navire décolla et abandonna Coruscant derrière lui.

Il faisait nuit sur Theed, la capitale de Naboo. Dans les rues désertes et silencieuses, on entendait seulement le bruit du vent et le fracas métallique des rares patrouilles de droïdes de combat.

Dans la salle du trône d'Amidala, Nute Gunray et Rune Haako faisaient face à un hologramme de Dark Sidious. Menaçante, l'image occupait tout un coin de la pièce.

La silhouette en manteau sombre leva les bras.

— La Reine est sur le chemin du retour, dit le Seigneur des Sith. Quand elle arrivera, contraignez-la à signer le traité.

Les Neimoidiens échangèrent des regards inquiets.

— Oui, Seigneur, répondit Gunray, mal à l'aise.

— Vice-Roi, la planète est-elle pacifiée ? demanda la silhouette.

— Oui, Seigneur, répondit Gunray, heureux de se retrouver sur un terrain moins glissant. Nous avons détruit les dernières poches de résistance. Pour l'essentiel, il s'agissait de créatures primitives. Nous avons les choses en main.

— Très bien, dit le Seigneur des Sith au visage caché dans l'ombre. Je m'assurerai que les choses, au Sénat, évoluent dans le sens qui nous convient. Et je vous envoie Dark Maul. Il s'occupera des Jedi.

— Oui, Seigneur, répéta Gunray avec le sentiment d'égrener une litanie.

L'hologramme disparut.

Les Neimoidiens restèrent un long moment immobiles.

— Un Seigneur des Sith ici ? grogna Rune Haako.

Cette fois, Nute Gunray ne trouva rien à dire...

19

Alors que la nef sortait de l'hyperespace et approchait le système de Naboo, Qui-Gon Jinn, convoqué par la Reine, s'arrêta en chemin pour observer Anakin Skywalker.

L'enfant était assis à la console de pilotage, près de Ric Olié. Le Naboo désignait les commandes et expliquait leur fonction à son jeune « assistant ». Très concentré, le front plissé, Anakin absorbait les informations à une vitesse stupéfiante.

— Et celle-là ? demanda-t-il.

— Le stabilisateur avant.

Ric attendit la question suivante.

— Donc, ces leviers, sur votre droite, contrôlent l'altitude ?

Le visage buriné de Ric fut illuminé par un sourire.

— Tu piges vite, petit !

Aussi vite que le plus brillant des adultes, songea le Jedi.

Voilà pourquoi Anakin était hors du commun. Son taux élevé de midi-chlorelles expliquait tout. Une preuve de plus qu'il était l'Élu.

Le Maître Jedi soupira. Pourquoi le Conseil refusait-il d'en convenir ? Et pour quelle raison les conseillers ne voulaient-ils pas parier sur l'enfant alors que les signes étaient aveuglants ?

Qui-Gon éprouva la même colère que la veille. Il comprenait le raisonnement des sages. L'âge d'Anakin était bien un obstacle, mais il ne ruinait pas pour autant ses chances. La véritable raison, c'était son conflit intérieur. Anakin luttait contre son passé, déchiré d'avoir dû se séparer de sa mère, de ses amis et de son monde natal. Shmi représentait le principal problème. Assez grand pour deviner ce qui risquait de lui arriver, l'enfant vivait avec un sentiment d'incertitude qui se débattait en lui comme un animal résolu à s'évader de sa cage. Le Conseil savait que cette bête dangereuse ne pouvait pas être apprivoisée de l'extérieur. Il fallait que cela soit fait de l'intérieur ! Yoda et ses pairs estimaient l'enfant trop âgé pour y parvenir. En d'autres termes, ses pensées et ses convictions leur semblaient trop *ancrées* pour être remodelées sans danger. Le conflit qui se livrait dans le cœur d'Anakin le rendait vulnérable et le Côté Obscur de la Force serait prompt à en tirer avantage.

Qui-Gon secoua la tête sans quitter Anakin des yeux. Le prendre comme apprenti était effectivement un risque. Mais peu de choses de valeur s'accomplissaient en toute sécurité. L'Ordre des Jedi reposait sur des règles strictes en matière d'éducation et d'entraînement des jeunes recrues. Cela dit, il y avait des exceptions à tout ! Obstiné, le Conseil refusait d'envisager que ce cas méritait d'en faire une, et ce refus était intolérable aux yeux de Qui-Gon.

Pourtant, il ne devait pas perdre espoir, il le savait. Il fallait croire à l'avenir. La décision de ne pas former Anakin serait reconsidérée à leur retour et les choses changeraient. Sinon, ce serait à lui de contourner les règles pour que l'enfant réalise son potentiel.

Le Maître Jedi poursuivit son chemin. Il traversa le couloir, pénétra dans un turbo-élévateur et descendit d'un niveau pour rejoindre les quartiers de la Reine.

Quand il arriva, les autres participants de la réunion étaient là. Obi-Wan, qui le salua d'un bref regard, se tenait à côté du capitaine Panaka. Jar Jar Binks se cachait dans un coin, plaqué contre une cloison comme s'il avait voulu s'y enfoncer.

Amidala était assise sur son trône, deux de ses dames de compagnie, Rabé et Eirtaé, à ses côtés. Son visage maquillé de blanc et ses yeux profonds semblaient aussi sereins que d'habitude.

Quand elle parla, le calme céda la place à la détermination :

— *Dès que nous serons sur Naboo*, informa-t-elle le Maître Jedi après qu'il l'eut saluée et se fut placé près de Panaka, je m'occuperai de l'invasion. Mon peuple a suffisamment souffert.

Panaka ne put contenir sa colère.

— Dès que nous serons sur Naboo, Majesté, la Fédération du Commerce vous arrêtera et vous contraindra à signer le traité !

Qui-Gon hocha pensivement la tête, curieux de connaître le plan de la Reine.

— Le capitaine a raison. Je ne suis pas sûr de comprendre quelles sont vos intentions...

— Les Naboo reprendront ce qui leur appartient !

— Votre Grâce, nous ne sommes que douze ! explosa Panaka. Nous n'avons pas d'armée !

La Reine regarda Qui-Gon.

— Les Jedi ne peuvent pas mener la guerre à votre place, Majesté. Notre mission est de vous protéger, rien de plus.

Le regard de la Reine se posa sur Jar Jar, très occupé à étudier ses doigts de pieds.

— Jar Jar Binks ! appela Amidala.

— Hum... Moi, Votre Grâce ?

— Oui, toi ! confirma la Reine. J'ai besoin de ton aide !

Au plus profond des marécages de Naboo, au bord du lac proche d'Otoh Gunga, la capitale des Gungan, les passagers qui venaient de débarquer de la Nef Royale contemplaient les reflets de l'eau en attendant le retour de Jar Jar.

Amidala et ses dames de compagnie, les deux Chevaliers Jedi, le capitaine Panaka, Anakin, R2-D2, Ric Olié, d'autres pilotes et une poignée de gardes Naboo patientaient dans un silence lourd d'arrière-pensées. Tous, hormis la Reine elle-même, ignoraient ce qu'elle avait en tête. Ceux qui étaient en position de le lui demander avaient reçu une réponse lapidaire : elle entendait prendre contact avec les Gungan et Jar Jar était son émissaire.

Malgré les réticences de Panaka et des deux Jedi, Amidala avait insisté pour atterrir dans le marécage...

Un unique vaisseau orbitait autour de la planète, dernier vestige du blocus de la Fédération du Commerce. La station de commande qui dirigeait l'armée d'occupation, exclusivement composée de droïdes, était à l'intérieur.

Quand Panaka s'était étonné de la disparition du blocus, Qui-Gon lui avait vertement répliqué qu'il n'était plus utile de bloquer un port une fois qu'on le contrôlait.

Un peu à l'écart des autres en compagnie de R2-D2, Anakin les observait à la dérobée. Jar Jar était parti depuis longtemps. Et, à l'exception de la Reine, la tension montait en chacun.

Amidala se tenait au milieu de ses dames de compagnie, silencieuse et implacable. Padmé, Eirtaé et Rabé avaient troqué leurs manteaux à capuche contre des vestes, des pantalons et des bottes plus appropriés à la circonstance. Des blasters pendaient à leurs hanches.

L'enfant n'avait jamais vu son amie équipée ainsi. Il se demanda quel genre de combattante elle était.

Comme si elle avait deviné qu'il pensait à elle, Padmé s'éloigna de ses compagnes et le rejoignit.

— Comment vas-tu, Anakin ? demanda-t-elle.

L'enfant haussa les épaules.

— Ça peut aller. Tu m'as manqué...

— Je suis contente de te revoir. Désolée de n'avoir pas pu te parler plus tôt, mais j'ai été occupée...

Ils avaient à peine échangé quelques mots après leur départ de Tatooine et l'enfant n'avait plus vu son amie depuis qu'ils avaient quitté Coruscant. Cela l'avait perturbé, mais il ne s'était pas plaint.

— Je ne... commença-t-il, les yeux baissés. Ils ont décidé de ne *pas* faire de moi un Jedi.

Il lui raconta sa comparution devant le Conseil. Padmé l'écouta avec attention, puis elle lui caressa la joue.

— Ils peuvent encore changer d'avis, Anakin. Ne perds pas espoir.

Elle se pencha vers lui.

— J'ai quelque chose à te dire, continua-t-elle. La Reine a pris une décision difficile qui changera tout pour les Naboo. Nous sommes un peuple pacifique et nous ne croyons pas aux vertus de la guerre. Mais parfois, il n'y a pas d'autre solution : il faut s'adapter ou mourir ! Amidala en a conscience. Elle a résolu d'adopter une attitude agressive vis-à-vis de la Fédération. Les miens devront se battre pour reconquérir leur liberté.

— Il y aura une bataille ? demanda l'enfant, essayant sans succès de cacher son excitation.

— J'ai peur que oui...

— Et tu y participeras ?

— Anakin, je n'ai pas le choix...

Qui-Gon et Obi-Wan se tenaient également à l'écart des autres. Ils ne s'adressaient toujours pas la parole, sauf en cas d'absolue nécessité. Pendant le voyage, ils s'étaient soigneusement évités. À l'évidence, le fossé n'était pas comblé. Anakin avait essayé de parler à Obi-Wan sur la nef – pour lui dire qu'il regrettait que tout ça soit arrivé –, mais le Jedi l'avait repoussé.

Kenobi supportait de plus en plus mal la situation. Il était trop proche de Qui-Gon pour laisser un désaccord momentané gâcher une amitié de vingt ans. Son Maître était comme un père pour lui, le seul qu'il eût jamais connu. Furieux que Qui-Gon le rejette pour s'occuper de l'enfant, il n'en connaissait pas moins trop le caractère passionné du Jedi pour s'en étonner. Quand il croyait à quelque chose, Qui-Gon allait jusqu'au bout.

Pour lui, faire d'Anakin un Jedi était une cause plus sacrée que toutes celles qu'Obi-Wan l'avait vu défendre. Qui-Gon n'avait pas eu l'intention de blesser son protégé. Il croyait au destin de l'enfant et cela primait sur tout.

En un sens, Obi-Wan le comprenait. Qui pouvait être

sûr ? Et si Qui-Gon avait raison ? La formation d'Anakin Skywalker était peut-être une cause digne qu'on combatte pour elle.

— J'ai réfléchi, murmura soudain Qui-Gon en surveillant leurs compagnons du coin de l'œil. Nous sommes sur un terrain glissant. Si la Reine veut faire la guerre, nous ne devons pas nous impliquer. Et il ne faut pas l'aider à convaincre les Gungan de s'allier aux Naboo, si c'est ce qu'elle entend faire ici. Les Jedi ne sont pas mandatés pour prendre parti.

— Mais on nous a chargés de protéger la Reine... rappela Obi-Wan.

Qui-Gon tourna la tête et chercha le regard de son disciple.

— Nous marchons sur la corde raide...

— Maître, déclara soudain Obi-Wan, je me suis mal comporté sur Coruscant et cela m'embarrasse. Je n'entendais pas vous manquer de respect. Et je ne veux pas compliquer les choses en ce qui concerne l'enfant...

— Tu n'as rien compliqué, répliqua Qui-Gon avec un petit sourire. Obi-Wan, tu as été honnête. Ce n'est jamais négatif. Je ne mentais pas en disant au Conseil que tu es prêt. Tu n'as plus rien à apprendre de moi. Mon jeune Padawan, tu seras un grand Jedi qui fera ma fierté...

Leurs mains volèrent l'une vers l'autre et le fossé se combla.

Un peu plus tard, une forme noire déchira la surface de l'eau avec un grand *splash*. Jar Jar Binks sauta sur la berge, et s'ébroua en aspergeant copieusement l'assemblée. Ses longues oreilles trempées, son museau dégoulinant d'eau, il secoua la tête, l'air inquiet.

— Personne ! Tous partis ! (Ses gros yeux pivotèrent en tous sens.) Gungan ont dû se battre ! Contre les mécachines, peut-être. Très mauvais ! Otoh Gunga vide. Tous les Gungan ailleurs. Tous !

— Ont-ils été internés dans des camps ? demanda Panaka.

— Ils ont dû être massacrés, lâcha Obi-Wan, indigné.

— Moi crois pas ! Gungan trop malins ! Se seront cachés. Quand problèmes, vont dans endroit sacré. Mécachines pas pouvoir les trouver !

Qui-Gon avança d'un pas.

— Un endroit sacré ? répéta-t-il. Peux-tu nous y conduire ?

Le Gungan lâcha un énorme soupir, comme s'il voulait dire : « Et nous y revoilà ! »

Il leur fit signe de le suivre.

Ils longèrent le lac puis s'enfoncèrent dans une forêt d'arbres géants entourés de hautes herbes. Enfin, ils s'engagèrent sur un chemin boueux qui reliait une succession de tertres. Dans le lointain, les STAP de la Fédération du Commerce bourdonnaient et bipaient. L'ennemi s'était lancé à la recherche des passagers de la nef.

Inquiet, Jar Jar regarda plusieurs fois autour de lui, mais il ne ralentit pas son allure.

Ils débouchèrent dans une clairière au sol détrempé ceinte d'arbres aux racines entrelacées formant une barrière apparemment infranchissable. Jar Jar s'arrêta, huma l'air et déclara :

— Être ici.

Il leva la tête. Un son étrange sortit de sa gorge et résonna longuement dans le silence de la forêt.

Tous attendirent, sondant la brume.

Le capitaine Tarpals et une patrouille de Gungan montés sur des kaadu émergèrent du brouillard, électrolances et bâtons d'énergie brandis.

— Hey dey do, Capt'ain Tarpals ! lança Jar Jar.

— Binks ! s'exclama l'officier Gungan, qui n'en croyait pas ses yeux. Pas encore toi !

Nonchalant, Jar Jar haussa les épaules.

— Nous venir voir Boss.

— Mauvais moment, Binks ! Peut-être pour vous tous…

Escorté par les cavaliers Gungan, le petit groupe suivit Tarpals dans les entrailles du marécage. La frondaison devint si dense que le ciel et la lumière du soleil disparurent quasiment. Des vestiges de statues furent bientôt visibles sur les colonnes délabrées qui s'enfonçaient dans la boue. Les lianes qui avaient envahi les ruines et les branches alentour évoquaient des membres distordus tellement entremêlés qu'on ne les distinguait plus les uns des autres.

Se frayant un passage dans les hautes herbes, la colonne arriva dans une clairière pleine de réfugiés Gungan. Il y avait là des hommes, des femmes et des enfants de tous âges, serrés les uns contre les autres sur une butte au sol sec. À leurs pieds reposaient leurs maigres possessions.

Tarpals conduisit Amidala et son groupe vers les ruines d'un grand temple lentement avalé par le marécage. Seules les plates-formes et les marches étaient intactes. Quant aux colonnes et au plafond, ils s'étaient écroulés depuis longtemps. Les têtes et les torses d'énormes statues émergeaient de la boue, leurs yeux aveugles perdus dans le vide et leurs mains encore fermées sur des armes.

Du fond des ruines, Boss Nass et d'autres membres du Conseil Gungan sortirent de l'ombre et s'assirent sur la tête d'une statue. Pour s'approcher d'eux, Amidala et sa suite slalomèrent dans un labyrinthe de tertres et de chemins pavés.

— Jar Jar Binks, pourquoi toi ici ? lança agressivement Boss Nass. Toi devais partir avec étrangers et plus revenir ! Cette fois, toi seras puni ! (Le chef gungan regarda les intrus.) Qui toi amener dans endroit sacré des Gungan ?

Amidala avança, la tête droite.

— Je suis Amidala, la Reine des Naboo.

— Naboo ! tonna Boss Nass. Nous détester Naboo ! Eux apporter mécachines. Elles détruire nos foyers ! Et nous chasser de chez nous ! (Il leva un bras et le pointa sur la Reine.) Vous mauvais ! Vous mourir, peut-être...

Anakin réalisa alors subitement qu'ils étaient entourés de Gungan, certains sur leurs kaadu, d'autres à pied. Tous brandissaient des électrolances et des frondes. Le capitaine Panaka et les soldats Naboo jetaient des regards inquiets autour d'eux, les mains glissant vers leurs blasters. Les Jedi se tenaient près de la Reine et de ses dames de compagnie, mais leurs armes pendaient toujours à leurs ceintures.

— Nous voulons nous allier avec vous, précisa Amidala.

— Jamais alliance avec Naboo ! grogna Boss Nass.

Padmé s'écarta du petit groupe de dames de compagnie et vint se camper devant la Reine.

— Tu t'en tires bien, Sabé, dit-elle, mais il vaut mieux que je m'en charge...

— Qui es-tu ? cria le chef des Gungan.

À côté d'Anakin, R2-D2 trilla de satisfaction. Il avait été le premier à deviner...

Padmé bomba le torse.

— Je suis la véritable Reine Amidala, déclara-t-elle d'une voix ferme. Sabé me sert de temps en temps de doublure. Désolée de vous avoir induits en erreur. Dans les circonstances présentes, j'espère que vous comprendrez. (Elle se tourna vers les Jedi, puis jeta un rapide coup d'œil à Anakin.) Mes amis, navrée de vous avoir menti...

Elle fit de nouveau face à Boss Nass. Le front plissé, le chef des Gungan ne comprenait plus rien à ce qui se passait.

— Seigneur Nass, continua la véritable Reine, même s'ils ne sont pas d'accord sur tout, nos peuples ont toujours vécu en paix. Jusqu'à présent... Avec ses tanks et ses... *mécachines*, la Fédération du Commerce a détruit l'univers que nous avons mis si longtemps à construire. Les Gungan se cachent et les Naboo sont prisonniers dans des camps. Si nous n'agissons pas vite, tout ce que nous chérissons sera perdu à jamais. (Elle tendit les mains vers le Gungan.) Je vous demande de nous aider, Seigneur. Non... je vous en supplie ! fit-elle en s'agenouillant devant Boss Nass, ébahi. (Les Naboo hoquetèrent de surprise.) Nous sommes vos humbles serviteurs, Seigneur, déclara Padmé. Notre destin est entre vos mains. Par pitié, aidez-nous !

Elle fit un geste impérieux de la main. Les uns après les

autres, Panaka, les gardes et les pilotes s'agenouillèrent près d'elle.

Anakin et les Jedi furent les derniers à obéir. Du coin de l'œil, l'enfant vit Jar Jar, le seul qui restait debout parmi eux, regarder autour de lui avec stupéfaction.

Un long moment, personne ne dit rien. Puis un rire rauque sortit de la gorge de Boss Nass.

— Ah ! Ah ! Ah ! Moi aimer ça ! Très bien ! Naboo pas penser être meilleurs que Gungan !

Il avança vers Padmé et lui tendit la main.

— Debout, Reine Amidoll ! Nous parler, d'accord ? Peut-être devenir amis...

Dark Sidious apparut dans un chatoiement d'ombre et de lumière. Son envoyé et les deux Neimoidiens s'immobilisèrent dans le couloir qui conduisait de la salle du trône à la place.

— Nous avons lancé des patrouilles à la recherche de la Reine, dit Nute Gunray à l'hologramme. Sa nef a été repérée dans le marécage. Ces gens seront bientôt nos prisonniers, Seigneur.

Dark Sidious ne réagit pas. Un instant, Gunray craignit qu'il ne l'ait pas entendu.

— La Reine se comporte d'une manière inattendue, déclara enfin le Seigneur des Sith d'une voix si basse qu'il fallait tendre l'oreille pour l'entendre. Je ne m'attendais pas à ce genre d'initiative. Maul, agis avec discernement...

— Compris, Maître, répondit le second Seigneur des Sith, ses yeux jaunes brillant dans la pénombre.

— Et sois prudent, ajouta Dark Sidious, le visage dissimulé dans l'ombre et les mains dans les manches de son manteau. Laisse-les attaquer les premiers !

L'hologramme disparut. En silence, Dark Maul et les Neimoidiens continuèrent leur chemin.

Boss Nass se révéla aussi lunatique que grand, ce qui n'était pas peu dire. Son changement d'attitude envers les Naboo fut spectaculaire. Une fois convaincu que la

Reine ne se croyait pas supérieure à lui, et que son plaidoyer pour obtenir l'aide des Gungan était sincère, il ne fut pas long à donner son accord. Sa haine des droïdes de combat, au moins égale à celle d'Amidala, facilita beaucoup les choses.

Boss Nass admit qu'il s'était trompé en postulant que les mécachines ne débusqueraient jamais les Gungan dans les marécages. Otoh Gunga avait été attaquée deux jours plus tôt, à la tombée de la nuit, et ses habitants avaient dû fuir leurs foyers. Nass n'entendait pas accepter cela. Si on lui proposait un plan susceptible de chasser les envahisseurs, l'armée des Gungan s'acquitterait volontiers de sa part du travail.

Nass conduisit Amidala et ses compagnons hors du marécage, à la lisière de la plaine qui s'étendait au sud de Theed, la capitale des Naboo. L'attaque devrait être lancée à partir de là.

La Reine Amidala avait à l'esprit un plan très particulier...

La première étape consistait à envoyer le capitaine Panaka en mission de reconnaissance dans la ville...

Alors que tous attendaient le retour de l'officier, Boss Nass s'approcha lourdement de Jar Jar.

— Toi très bien agir, Jar Jar Binks ! tonna-t-il, un énorme bras posé sur les épaules du Gungan. Grâce à toi, Naboo et Gungan unis ! Très très bien !

Jar Jar remua nerveusement les pieds, franchement embarrassé.

— Inutile dire ça. Être rien.

— Toi grand guerrier ! insista Boss Nass en serrant dans ses bras son pauvre compatriote, qui faillit étouffer.

— Non, non, non... balbutia Jar Jar.

— Alors, continua Boss Nass, toi devenir général dans armée des Gungan.

— Quoi ? s'étrangla Jar Jar. Général, moi ? Non ! Non !

Les yeux révulsés, la langue tirée, il perdit connaissance et tomba comme une masse.

Padmé était en conférence avec les Jedi et les généraux Gungan, au nombre desquels comptait désormais Jar Jar Binks.

Abandonné à lui-même, Anakin alla tenir compagnie aux sentinelles qui guettaient toujours le retour de Panaka. Pendant ce temps, les patrouilles, à dos de kaadu, sillonnaient le périmètre du marécage. D'autres Gungan, perchés en haut des arbres ou sur la tête de statues, surveillaient la zone avec des jumelles pour s'assurer que les troupes de la Fédération ne leur tomberaient pas dessus par surprise.

Au pied d'une des rares colonnes encore debout, Anakin essayait toujours d'assimiler la récente révélation de Padmé. Tout le monde avait été étonné, bien sûr. Pas autant que lui, pourtant. Depuis qu'il savait qu'elle n'était pas simplement une jeune fille, mais une Reine, l'enfant se posait de terribles questions. Il avait juré qu'il l'épouserait un jour, et il était sincère, mais comment un ancien esclave pouvait-il devenir le mari d'une souveraine ? Il aurait voulu en parler avec elle, mais ce n'était pas le moment…

Anakin supposait que rien ne serait plus jamais pareil. Pourtant, il espérait le contraire. Il aimait Padmé autant qu'avant. Et pour tout dire, il se fichait qu'elle soit Reine ou pas.

Il jeta un coup d'œil vers la jeune fille et les Chevaliers Jedi, puis songea que tout était différent dans sa vie depuis qu'il avait quitté Tatooine. Pour ses amis et pour lui, rien ne s'était passé comme il l'espérait. Et il lui restait à découvrir si abandonner sa mère et sa maison avait été une si bonne idée que ça.

La sentinelle en équilibre sur la tête d'une statue, juste au-dessus de lui, grogna un avertissement.

— Eux arriver…

Anakin poussa un petit cri et courut vers la Reine.

— Ils sont de retour ! beugla-t-il.

Tous se retournèrent pour voir quatre speeders traverser la plaine et s'arrêter dès qu'ils eurent atteint la pénombre sécurisante du marécage. Panaka, les pilotes et quelques dizaines de soldats Naboo en descendirent. Le capitaine se dirigea aussitôt vers la Reine.

— Je crois qu'ils ne nous ont pas repérés, Votre Majesté, dit-il en époussetant ses vêtements.

— Quelle est la situation ? demanda la Reine.

— La plupart des nôtres sont prisonniers dans des camps. Quelques centaines d'officiers et de soldats se sont organisés pour former une résistance clandestine. J'ai ramené avec moi un grand nombre de gradés...

— Bien... (Elle se tourna vers Boss Nass.) L'armée des Gungan est plus puissante que nous ne l'imaginions...

— Très puissante ! tonna le Gungan.

Panaka soupira.

— Nous en aurons besoin. L'armée de la Fédération est également plus nombreuse que prévu. Et plus forte. À mon avis, nous ne gagnerons pas cette bataille, Majesté.

Jar Jar lança un regard désespéré à Anakin.

Mais Padmé ne semblait nullement abattue.

— Je n'ai jamais cru en cette victoire, capitaine. La bataille est une diversion. Les Gungan devront éloigner les droïdes de Theed pour que nous puissions nous y infiltrer et capturer le Vice-Roi. La Fédération du Commerce ne peut pas agir sans son chef. Les Neimoidiens sont incapables de pensée autonome. Privés de leur maître, ils seront inoffensifs.

Elle laissa ses compagnons réfléchir au plan, puis regarda Qui-Gon.

— Qu'en pensez-vous ?

— C'est bien raisonné... Les risques sont élevés, mais ça paraît la meilleure chose à faire. Cela dit, même en l'absence du gros des droïdes, le Vice-Roi sera bien gardé. Et bon nombre de Gungan risquent de périr.

Boss Nass ricana.

— Blasters pas percer nos boucliers ! Sommes prêts à nous battre !

Jar Jar lança à Anakin un nouveau coup d'œil désespéré. Boss Nass s'en aperçut et foudroya du regard le « général malgré lui ».

— Nous pouvons limiter les pertes des Gungan en attaquant le hangar principal, dit Padmé. Si nous nous emparons des chasseurs, nos pilotes pourront détruire le vaisseau amiral droïde. Sans lui, les droïdes ne fonctionneront plus.

Tous approuvèrent.

— Si le Vice-Roi parvient à s'enfuir, fit remarquer Obi-Wan, il reviendra avec une autre armée de droïdes et vous en serez au même point qu'aujourd'hui. Donc, il faut s'emparer de lui à tout prix.

— C'est exact, admit Padmé. Tout dépend de sa capture. Si on lui coupe la tête, le serpent meurt. Sans le Vice-Roi, la Fédération du Commerce n'est rien.

Ils passèrent à d'autres sujets et discutèrent en détail de tactique et de répartition des responsabilités. Anakin écouta un moment, puis il s'approcha de Qui-Gon et tira sur sa manche.

— Et moi ? demanda-t-il.

Le Jedi lui ébouriffa les cheveux.

— Reste à mes côtés, Anakin. Si tu m'obéis, tu seras en sécurité.

Ce n'était pas le principal souci de l'enfant, mais il n'insista pas. Près de Qui-Gon, il ne serait jamais loin de l'action.

Dans la salle du trône de Theed, l'image holographique de Dark Sidious flottait devant Dark Maul, OOM-9, le chef des droïdes, et les deux Neimoidiens.

Douce, presque soyeuse, sa voix sortit de l'ombre qui l'enveloppait.

— Cette jeune Reine me surprend, souffla-t-il, toujours caché par sa capuche. Elle est plus téméraire que je ne le pensais !

— Toutes les troupes disponibles affronteront son armée, dit très vite Nute Gunray. Les Gungan sont en train de se regrouper à la lisière du marécage. Un ramassis de primitifs, Seigneurs ! Nous les écraserons !

— J'ai renforcé la sécurité de tous les camps de détention, ajouta OOM-9.

Dark Maul secoua sa tête cornue.

— Je crois que nous ne savons pas tout sur les plans de l'ennemi, Maître, dit-il. Les deux Jedi manipulent peut-être la Reine…

— Ils ne peuvent pas prendre parti, susurra Dark Sidious, les mains tendues en un geste apaisant. Ils doivent protéger Amidala, rien de plus. Même Qui-Gon ne saurait déroger à cette règle. Un grand avantage pour nous…

Dark Maul grogna, guère convaincu.

— Vous m'autorisez donc à agir, Seigneur ? demanda Nute Gunray en évitant le regard furieux de Dark Maul.

— Agissez ! ordonna Dark Sidious. Écrasez-les, Vice-Roi ! Jusqu'au dernier !

20

À midi, alors que le soleil brillait dans un ciel sans nuages et que le vent venait de tomber, la plaine qui s'étendait entre Theed et le marécage des Gungan était déserte et paisible. Des colonnes d'air surchauffé montaient du sol. Tout était si tranquille qu'on entendait distinctement le chant des oiseaux et le bourdonnement des insectes.

Puis les transports de troupes et les tanks de la Fédération du Commerce brisèrent le silence, taches métalliques fendant les hautes herbes comme la proue d'un navire brise les vagues.

Au cœur du marécage, tout était encore paisible. Dans la perpétuelle pénombre sous le couvert des arbres, entourée par un vaste canevas de lianes, la surface de l'eau boueuse semblait aussi lisse et régulière que du verre. Pas un buisson ne bougeait. Parfois, un insecte aquatique sautait en silence de flaque en flaque, dérangeant à peine l'impassibilité de l'onde. Soudaines explosions de lumière, les oiseaux voletaient de branche en branche tandis que de petits animaux, les yeux brillants, le museau frémissant et tous les sens en alerte, sortaient de leur cachette pour aller boire.

Alors l'armée de Gungan émergea de l'eau dans un tourbillon d'éclaboussures et de bulles d'air. Des têtes aux longues oreilles jaillirent à la surface comme autant de bouchons. Par dizaines, par centaines, puis par milliers, les soldats émergèrent de l'onde.

Dans la plaine et dans le marécage, les petits animaux

retournèrent se cacher ; les oiseaux s'envolèrent et les insectes se posèrent.

Montés sur leurs kaadu, les Gungan portaient des armures et brandissaient des armes. Ils étaient équipés de lances d'énergie et de frondes pour le combat à distance, et des boucliers les protégeaient en cas de corps-à-corps.

Arrivés sur la berge, les kaadu se secouèrent, chassant l'eau boueuse de leur peau dépourvue de poils. Encouragés par leurs cavaliers, ils avancèrent sur la terre ferme.

Les Gungan se mirent en formation. Bientôt, des rangées de guerriers s'étendirent à perte de vue au bord du marécage.

L'eau bouillonna de nouveau quand apparurent les fambaas, des lézards géants au corps couvert d'écailles, avec un long cou et une queue interminable, munis de quatre pattes. Sur leur dos, les animaux portaient des générateurs de champ de force. Une fois connectées, ces machines produiraient une barrière d'énergie capable de protéger les soldats Gungan des armes de la Fédération du Commerce. Tandis que leurs cornacs les exhortaient à avancer, ces mastodontes ployaient sous le poids de leur fardeau.

Jar Jar commandait un bataillon et se demandait ce qu'il était censé faire. Pour l'essentiel, conclut-il, il serait avisé de rester à l'écart, histoire de ne gêner personne. C'était le désir que les autres généraux, et même les officiers placés sous ses ordres, avaient exprimé sans ambiguïté. Si Boss Nass se félicitait de l'avoir nommé général, les officiers de carrière ne goûtaient guère la plaisanterie. Quand on lui avait annoncé cette promotion, le général Ceel, commandant en chef de l'armée, avait gratifié Jar Jar d'un grognement réprobateur. Puis il lui avait recommandé d'être un exemple pour ses hommes... et de mourir dignement.

Peu disposé à rendre l'âme, Jar Jar s'était fait le plus discret possible jusqu'à ce que l'armée sorte du marécage.

À présent, il chevauchait à la tête de ses soldats comme un chef se devait de le faire.

Hélas, il n'avait pas parcouru cent mètres quand il tomba de son kaadu. Personne n'ayant pris la peine de s'arrêter pour l'aider à remonter en selle – une opération qui lui demandait toujours beaucoup de temps –, il se retrouva au milieu de ses troupes, complètement désorienté.

— Très mauvais, répétait-il sans cesse en avançant.

Lentement, l'armée des Gungan sortit du marécage et prit position sur la plaine où les troupes de la Fédération du Commerce l'attendaient.

Au cœur de Theed, en face du hangar principal de la flotte stellaire Naboo, Anakin Skywalker s'était tapi au coin d'un immeuble.

L'endroit semblait tranquille. La majorité des droïdes de combat étaient partis affronter les Gungan ; les autres patrouillaient dans la cité ou surveillaient ses abords.

Les lieux grouillaient cependant de tanks et un détachement de droïdes gardait le hangar. S'emparer des chasseurs ne serait pas une partie de plaisir.

Anakin regarda ses compagnons. Vêtue de sa tenue de combat, Padmé était accroupie aux côtés d'Eirtaé et des Jedi. Elle attendait que le capitaine Panaka et ses hommes aient pris position de l'autre côté de la place.

Sabé, la pseudo-Reine, et l'autre dame de compagnie avaient également revêtu des tenues de combat. Des blasters pendaient à leurs ceintures.

Derrière elles, en compagnie d'une vingtaine d'officiers, de soldats et de pilotes Naboo, R2-D2 clignotait en silence.

Pour la mission en cours, le groupe semblait très insuffisant en nombre. Mais il n'y avait pas moyen de faire autrement…

Par bonheur, Qui-Gon et Obi-Wan se parlaient de nouveau. Cela s'était confirmé lors de leur arrivée dans le marécage. Quelques mots par-ci, quelques autres par-là : des approches prudentes, histoire de tâter la température.

Très sensible aux non-dits de leurs conversations,

Anakin avait écouté attentivement chaque inflexion de leurs voix. À mesure que le fossé se comblait, les deux Jedi s'étaient sentis plus à l'aise. Ils avaient même échangé des sourires furtifs – presque tristes – mais néanmoins encourageants.

Les Jedi étaient de vieux amis. Leur relation rappelait celle d'un père et d'un fils et ils se refusaient à tout gâcher pour un désaccord passager. Anakin se réjouissait de ce que les deux hommes se réconcilient – d'autant plus qu'il était lui-même la cause de cette dissension.

Comble de bonheur, Padmé lui avait parlé pendant qu'ils approchaient de la ville. Son sourire avait balayé les doutes et les angoisses d'Anakin.

« Désolée de ne pas t'avoir révélé plus tôt mon identité, avait-elle dit. Je sais que ça a été une surprise pour toi.

— Pas de problème, avait-il répondu, jouant les durs.

— Savoir que je suis une Reine doit changer ta façon de me considérer…

— Je crois, oui, mais ce n'est pas grave… J'espère seulement que tu as toujours de l'affection pour moi. Parce que la mienne n'a pas changé…

— Bien sûr que j'ai de l'affection pour toi, Anakin… Te révéler mon identité n'implique pas que mes sentiments sont différents. Que tu saches ou non la vérité, je suis la même personne… »

Anakin avait réfléchi un moment.

« Je suppose que tu as raison… Donc *mon* affection pour toi n'a aucune raison d'être différente. »

Elle s'était éloignée après lui avoir souri. À cet instant, il avait eu le sentiment de mesurer dix mètres de haut.

En paix avec lui-même en ce qui concernait Padmé et les Jedi, Anakin connaissait de nouveaux tourments. Et si quelque chose leur arrivait pendant la bataille ? S'ils étaient blessés, ou même…

L'enfant n'eut pas le courage d'aller au bout de cette pensée. Rien ne leur arriverait ; il n'y avait pas à revenir là-dessus ! Il les regarda, agenouillés en silence au bord de la place, et se jura de les protéger coûte que coûte. Ce serait sa mission.

Il s'en fit le serment.

— Quand on sera à l'intérieur, Anakin, dit Qui-Gon en se retournant, tu trouveras un endroit sûr et tu y resteras jusqu'à ce que tout soit fini.

Le Jedi avait-il lu dans ses pensées ?

— Bien sûr, promit Anakin.

— Et tu n'en bougeras pas ! insista le Maître Jedi.

De l'autre côté de la place, Panaka était en position, plaçant les tanks et les droïdes sous le feu croisé de son groupe et de celui de Padmé.

La Reine leva une petite lampe torche et envoya un signal codé au capitaine.

Autour d'Anakin, les armes sortirent de leurs holsters. Il entendit les déclics caractéristiques des crans de sûreté qu'on relève.

Le groupe de Panaka ouvrit le feu sur les droïdes. Les rayons laser firent exploser leurs corps métalliques.

Les droïdes encore intacts ripostèrent. Concentrés sur leurs agresseurs, ils ne remarqueraient pas le groupe de Padmé...

Qui-Gon se releva.

— Reste près de moi, souffla-t-il à Anakin.

Quelques secondes plus tard, l'homme, l'enfant et leurs compagnons se ruaient vers la porte ouverte du hangar principal.

Très droit sur son kaadu, Jar Jar avait repris contenance et avançait de nouveau à la tête de ses troupes. Aussi loin qu'il pouvait voir, à droite comme à gauche, les Gungan étaient déployés sur la plaine. Tête inclinée, les kaadu se frayaient un chemin dans les hautes herbes. Sur leurs dos, les cavaliers Gungan se balançaient au rythme de leurs mouvements. En plus de leurs casques de métal et de cuir, les soldats portaient de solides armures. À leurs hanches étaient fixés de petits boucliers circulaires ; les blocs d'alimentation à triples capteurs qui servaient de relais au champ de force dépassaient de leurs sacoches de selle comme des plumes de métal. Les fambaas porteurs de générateurs étaient répartis à intervalles réguliers parmi les soldats afin de leur assurer une protection maximale dès que le dispositif serait activé. La terre tremblant sur leur passage, les lézards géants avançaient lourdement au milieu des kaadu, beaucoup plus agiles.

Le général Ceel et ses officiers d'état-major marchaient à la tête de l'armée. Les étendards d'Otoh Gunga et des autres cités Gungan flottaient au-dessus de leurs têtes.

L'armée gravit une butte puis s'immobilisa sur un geste du général Ceel.

En position dans une dépression, ses arrières protégés par une crête, l'armée de la Fédération attendait. Au premier rang, les STAP et les tanks étaient déployés sur plus d'un kilomètre de large ; leur blindage et leurs armes brillaient sous le soleil de midi. Les transports de troupes de la Fédération, beaucoup plus imposants, attendaient derrière, leurs cockpits bulbeux pointés vers les Gungan. Des droïdes de combat étaient aux commandes des véhicules. Guerriers sans visage, insensibles à la douleur et dépourvus d'émotions, ils étaient programmés pour combattre jusqu'à la destruction de l'ennemi ou la leur.

Jar Jar regarda l'armée adverse et frissonna. Pas une créature vivante en vue ! Personne qui fût fait de chair et de sang, personne pour réagir au chaos de la bataille comme les Gungan ne manqueraient pas de le faire.

Cette vision donna la chair de poule au nouveau général.

Quand les fambaas furent en position, le général Ceel activa les générateurs de champ de force. Les énormes machines bourdonnèrent.

Un rayon de lumière rouge jaillit d'un générateur et décrivit un arc de cercle pour se connecter à l'antenne d'une autre machine. Le phénomène se répéta de fambaa en fambaa jusqu'à ce que le bouclier protège toute l'armée. La couleur du champ de force vira du rouge au jaune, troublante évocation des reflets d'un mirage dans le désert. On eût dit que les soldats Gungan étaient sous l'eau, enveloppés par une mer limpide et brillante.

La Fédération ne tarda pas à tester l'efficacité du bouclier. Sur un ordre d'OOM-9 – qui répondait à une consigne du vaisseau amiral droïde –, les tanks ouvrirent le feu, leurs canons blasters martelant le champ de force. Leurs tirs percutèrent le dôme d'énergie liquide et se fragmentèrent sans parvenir à le traverser.

Les Gungan ne bronchèrent pas. Sûrs de la résistance du champ de force, ils levèrent leurs armes, prêts à riposter.

Sur son kaadu, Jar Jar Binks était loin de partager cette impassibilité. Mort de peur, il marmonnait des prières censées le protéger de la mort qu'il sentait rôder autour de lui.

Infatigables, les canons de la Fédération du Commerce continuèrent à marteler le champ de force. Le bruit des explosions devint assourdissant. Leur lueur aveuglait les Gungan…

Mais ils tenaient leur position !

Les armes de la Fédération se turent. Malgré leur obstination, elles n'avaient pas réussi à ouvrir une brèche dans la défense adverse.

Sous leur bouclier, les Gungan brandirent leurs armes et poussèrent des hurlements triomphants.

Les tanks et les STAP s'écartèrent et laissèrent avancer les transports de troupes. Leurs sas s'ouvrirent, révélant une multitude de nacelles montées sur des rails qui contenaient d'innombrables rangées de droïdes de combat soigneusement pliés et suspendus à des crochets. Quand les nacelles eurent touché le sol, elles s'ouvrirent pour déverser des milliers de guerriers sur le champ de bataille.

Le général Ceel et ses officiers échangèrent des regards inquiets.

Les nacelles libérèrent les droïdes de combat, qui se déplièrent avec un bel ensemble et se mirent en position. Le corps bien droit, les jambes et les bras tendus, ils saisirent leur fusil blaster réglementaire.

Sur un ordre d'OOM-9, tous les droïdes avancèrent vers les Gungan. On eût dit qu'une vague de soldats métalliques déferlait sur la plaine.

Le bouclier des Gungan était conçu pour repousser de gros objets qui se déplaçaient lentement, comme des véhicules d'artillerie, ou des petits objets rapides qui généraient une chaleur extrême tels que des projectiles. Contre de petits objets qui se déplaçaient lentement – même groupés – ils seraient inopérants.

Jar Jar Binks commença à regretter de ne pas être ailleurs. Aussi puissante que fût l'armée des Gungan, elle paraissait minuscule comparée aux hordes de droïdes qui approchaient.

Mais les Gungan s'étaient préparés à la bataille. Loin de les inciter à fuir, la supériorité numérique de l'ennemi leur donnait du cœur au ventre. Déterminés à accueillir fraîchement leurs adversaires, les soldats activèrent leurs lances d'énergie et leurs frondes.

Au pied de la butte, les premiers rangs de droïdes atteignirent le champ de force et entreprirent de le traverser. Comme on pouvait le craindre, le bouclier n'eut aucun effet sur eux.

Ils épaulèrent leurs blasters et ouvrirent le feu.

Au son de leurs grandes cornes de bataille, les Gungan ripostèrent. Une pluie de lances s'abattit sur les droïdes de tête. Les hampes et les pointes, en explosant au moment de l'impact, leur arrachèrent bras et jambes. Une volée de boules d'énergie lancées par les frondes paracheva le travail.

Puis les catapultes entrèrent en action et fauchèrent les attaquants par grappes. Les droïdes chancelèrent et ralentirent. Hélas, ils reprirent rapidement leur progression. Des centaines de nouveaux tueurs sans âme remplaçaient ceux qui étaient tombés.

Ils traversaient le bouclier puis la zone de tir des Gungan comme s'il s'était agi d'une banale promenade.

Le général Ceel massa ses défenses devant les fambaas pour protéger les générateurs de champ de force. Si le bouclier disparaissait, les tanks de la Fédération du Commerce écraseraient les Gungan !

Les droïdes et les Gungan engagèrent le combat rapproché.

Bien que tenté de fermer les yeux pour ne pas voir ce qui allait suivre, Jar Jar Binks éperonna son kaadu et chargea à la tête de son bataillon.

Dans la salle du trône du palais Theed, un endroit qu'ils pensaient jusque-là à l'abri des menaces, Nute Gunray et Rune Haako regardaient sur un écran géant la bataille qui se déroulait dans le hangar principal.

Accompagnés par des soldats et des pilotes Naboo, les Chevaliers Jedi étaient entrés dans le complexe. Leurs sabres laser faisaient des ravages parmi les droïdes de combat qui tentaient de les arrêter.

— Comment ont-ils pu s'introduire en ville ? demanda Rune Haako.

— Je n'en sais rien, avoua Nute Gunray. La bataille était censée se dérouler loin d'ici. C'est beaucoup trop près de nous !

Les deux Neimoidiens se retournèrent. Dark Maul venait de faire irruption dans la salle. Il tenait un sabre laser à la poignée inhabituellement longue. Dans son visage rouge et noir, ses yeux jaunes brillaient comme des soleils.

Gunray et Haako reculèrent d'instinct, peu désireux de se trouver sur le chemin du guerrier.

— Seigneur Maul, le salua Gunray en inclinant la tête.

— Je vous avais bien dit que nous ne savions pas tout sur l'ennemi ! Vice-Roi, les Jedi ne sont pas ici par hasard. Ils ont un plan, c'est certain !

— Un plan ? répéta le Neimoidien.

— Il échouera, je vous l'assure, affirma Dark Maul avec un regard démoniaque. J'ai attendu ce moment si longtemps... Et je me suis entraîné sans relâche pour triompher ! Les Jedi regretteront d'être revenus ici.

Le son de sa voix était terrifiant. Le Seigneur des Sith attendait impatiemment de se battre. Cela se voyait à la façon dont il serrait son arme.

Le tueur était prêt ! Les deux Neimoidiens n'enviaient pas ses ennemis...

— Restez ici jusqu'à mon retour, ordonna Dark Maul avant de se détourner.

— Où allez-vous ? demanda Nute Gunray en le voyant se diriger vers le spatioport.

— Vous craignez que je prenne la fuite, Vice-Roi ? Rassurez-vous : je vais au hangar principal pour nous débarrasser à tout jamais des Jedi.

21

R2-D2 et les soldats Naboo sur les talons, Anakin Skywalker franchit les portes du hangar principal en compagnie des Jedi et de Padmé. Des droïdes de combat se campèrent devant eux, mais les sabres laser et les blasters les taillèrent en pièces avant qu'ils comprennent ce qu'il leur arrivait. Les droïdes encore valides se regroupèrent et appelèrent des renforts. Hélas pour eux, Panaka et ses hommes occupaient trop leurs camarades pour qu'ils puissent leur venir en aide.

Les Jedi et les Naboo contrôlaient provisoirement le complexe.

Se souvenant de l'ordre de Qui-Gon, Anakin se tapit sous le fuselage du chasseur le plus proche. Autour de lui, les rayons laser zébraient furieusement l'air.

— À vos chasseurs ! cria Padmé aux pilotes.

À la tête de ses soldats, elle se lança à la poursuite des droïdes qui battaient en retraite.

Accroupie ou à plat ventre, la Reine tirait avec une précision ravageuse ; chacun de ses coups abattait un ennemi. Devant elle, les Jedi utilisaient leurs sabres laser pour dévier les tirs, décapitant sans coup férir les droïdes assez stupides pour se dresser sur leur chemin.

Anakin ne quittait pas Padmé du regard. Il n'avait jamais vu cette facette de sa personnalité. À vrai dire, il ignorait même jusqu'à son existence. Son amie se déplaçait avec la fluidité et l'efficacité d'un vétéran. Elle ne ressemblait plus à une jeune fille, mais à une guerrière mortellement dangereuse.

L'enfant repensa à son rêve, où Padmé, en un autre temps et dans d'autres lieux, menait une armée au combat. Soudain, la chose ne lui paraissait plus impossible...

Les pilotes et leurs unités R2, libérées du magasin de stockage du hangar, slalomaient vers les chasseurs en essayant d'éviter les tirs de blasters. Quand ils furent en place, les hommes dans leur cockpit et les droïdes astromechs dans leur compartiment, ils mirent en route les moteurs. Leurs rugissements emplirent le hangar, couvrant le bruit des armes, et devinrent rapidement assourdissants. Un à un, les appareils se mirent en position de décollage.

Une pilote Naboo passa devant Anakin et sauta dans le chasseur sous lequel il se cachait.

— Sors de là, petit ! cria la femme. Cherche-toi une autre planque ! Celle-là ne te fera plus beaucoup d'usage !

Plié en deux pour éviter les tirs de blasters, concentrés sur les chasseurs, l'enfant courut aussi vite qu'il le pouvait. L'appareil dont il s'éloignait s'éleva du sol et se plaça face à la porte du hangar. D'autres filaient déjà dans le ciel.

Pendant que les Jedi et les Naboo continuaient à repousser les droïdes, Anakin chercha une nouvelle cachette. Puis il entendit R2-D2 l'appeler d'un trille frénétique.

Le petit droïde était dans le compartiment d'un chasseur. Tous ses voyants clignotaient et le dôme qui lui tenait lieu de tête tournait sur lui-même avec frénésie.

L'enfant courut dans la salle au sol jonché de débris de droïdes, évita plusieurs rayons mortels et sauta dans le cockpit de l'appareil avec un cri de soulagement.

Quand il regarda dehors, il vit les deux derniers chasseurs Naboo essayer de sortir du hangar. Le premier réussit. Touché par le tir d'un tank, le deuxième partit en vrille et s'écrasa au sol.

Anakin fit la grimace et baissa davantage la tête.

Panaka, Sabé et les soldats Naboo qui combattaient sur la place entrèrent dans le hangar et se mirent aussitôt à tirer. Pris sous un feu croisé, les derniers droïdes furent vite détruits. Au terme d'un rapide conciliabule, les deux groupes se dirigèrent vers la porte arrière du hangar.

Quand ils passèrent devant lui, Anakin les appela :

— Où allez-vous ? demanda-t-il, sortant la tête du cockpit.

— Anakin, reste ici ! ordonna Qui-Gon. Et baisse la tête ! (Le Jedi avait les cheveux en bataille et le regard fou.) Rentre dans ce cockpit !

L'enfant n'obéit pas.

— Non ! Je veux venir avec Padmé et avec toi !

— Reste ici ! répéta Qui-Gon sur un ton qui ne souffrait pas de contradiction.

Indécis, Anakin ne bougea pas tandis que les combattants se précipitaient vers la sortie.

L'enfant refusait pourtant qu'on le laisse en arrière ! Pas question que Qui-Gon et Padmé s'en aillent sans lui ! Comment pourrait-il les aider s'il restait coincé dans le hangar ?

Il débattait toujours de la question quand le groupe ralentit avant d'avoir atteint la porte.

Une silhouette vêtue d'un manteau noir se dressait devant les Jedi et les Naboo. Anakin retint son souffle. C'était le Seigneur des Sith qui les avait attaqués dans le désert de Tatooine. Un adversaire dangereux, lui avait confié Qui-Gon, et un ennemi séculaire des Jedi.

Comme une panthère des sables, le guerrier était sorti de l'ombre, son visage tatoué de rouge et de noir plus démoniaque que jamais. Dans ses yeux jaunes s'affichaient la haine et le désir de tuer.

Barrant le passage aux hommes de Padmé, il brandissait un sabre laser à la poignée inhabituellement longue.

Le capitaine Panaka et ses hommes reculèrent. Sur un ordre de Qui-Gon, Padmé et ses dames de compagnie les imitèrent à contrecœur.

Qui-Gon et Obi-Wan Kenobi, restés seuls face au Seigneur des Sith, enlevèrent leurs capes et activèrent leurs sabres laser. Leur adversaire à la tête cornue se débarrassa de son manteau puis leva son arme comme s'il voulait la faire admirer aux Jedi. Deux faisceaux jaillirent des extrémités du manche. Une arme double ! Voilà pourquoi la poignée était si longue !

Un sourire flotta sur le visage du guerrier noir quand il marcha sur les Jedi.

Qui-Gon et Obi-Wan avancèrent aussi.

Au sud de Theed, dans la plaine, la bataille entre l'armée de Boss Nass et celle de la Fédération faisait rage. On en était à présent au corps à corps, sinistre ballet de mort où droïdes et Gungan ne se faisaient pas de quartier.

Le bouclier empêchait toujours les tanks d'intervenir. Seuls les droïdes avaient traversé le champ de force, mais ils étaient beaucoup plus nombreux que leurs adversaires.

Le général Ceel avait déjà engagé ses réserves dans la bataille…

Jar Jar Binks luttait au centre de ce maelström. Maniant comme une massue une lance d'énergie brisée, il se frayait un passage parmi les droïdes. Entortillé dans les câbles de celui qu'il venait de décapiter, il n'avait pas réussi à se dégager et traînait derrière lui le torse de sa victime. Toujours activé malgré la perte de sa tête, le guerrier de métal continuait à faire feu. Par bonheur, ses tirs désordonnés touchaient plus souvent ses camarades que les Gungan…

— Très mauvais ! Très mauvais ! criait sans arrêt Jar Jar en essayant de se libérer de son fardeau.

Quand il y fut enfin parvenu, il s'empressa d'écrabouiller les restes du droïde, avant de se rendre compte qu'il était au centre d'une vaste zone libre que les combattants des deux camps tentaient désespérément d'éviter. Avec son étrange compagnon, il avait fait le vide autour de lui !

Mais de quel côté aller, à présent ?

Un cri monta de la gorge des Gungan les plus proches.

— Jar Jar Binks ! Jar Jar Binks !

— Qui, moi ? s'étrangla le Gungan, désorienté.

Inspirés par son héroïsme, des soldats se massèrent

autour de lui et l'entraînèrent dans une audacieuse contre-attaque.

À l'inverse des Gungan, la Fédération du Commerce avait des armes en réserve. Sur les ordres du vaisseau amiral droïde, OOM-9 fit sortir des transports de troupes un bataillon de droïdes destroyers. Ils roulèrent le long des longues rampes d'accès, atteignirent le sol puis traversèrent la plaine en écrasant sans pitié les débris des droïdes de combat.

Enfin, ils traversèrent le champ de force. Passés en mode guerrier, ils se mêlèrent à la bataille, leurs blasters jumelés tirant à une cadence infernale.

Les Gungan et leurs kaadu tombaient comme des mouches. D'autres les remplaçaient, déterminés à ne pas céder un pouce de terrain.

L'affrontement continua...

Anakin s'était juré de protéger Qui-Gon et Padmé afin que rien de grave ne leur arrive. Au moment de faire ce serment, il savait que rien ne l'empêcherait de le tenir.

Quelque part dans un coin de sa tête, là où il pouvait être franc avec lui-même, il s'avouait que cet engagement était d'une idiotie totale. Mais l'enfant, jeune *et* courageux, avait toujours suivi sa propre voie dans la vie, conscient que procéder autrement l'aurait brisé depuis longtemps. Cette règle de conduite n'avait pas toujours été facile à suivre, surtout pour un esclave. Anakin avait survécu grâce à sa faculté à obtenir de minuscules victoires dans les situations les plus difficiles. Et il savait depuis toujours qu'il trouverait tôt ou tard un moyen de se libérer de la malédiction de sa naissance.

Cet optimisme avait été récompensé. Depuis sa victoire dans la course de la Boonta Ève, sur Tatooine, sa vie avait changé du tout au tout.

Dans ces conditions, il n'était pas absurde qu'il pense pouvoir influer sur l'existence d'un Chevalier Jedi et d'une Reine, même s'il ignorait comment s'y prendre.

L'enfant n'avait pas peur d'assumer cette responsabilité. Et le défi qu'il devait relever ne le décourageait pas.

Mais sa détermination allait être mise à l'épreuve.

Qui-Gon et Obi-Wan ferraillaient toujours contre le Seigneur des Sith. Chaque fois que les sabres laser se heurtaient, un bruit pareil à celui d'une scie à métaux qui attaque de l'acier retentissait dans le hangar. Les trois combattants feintaient et paraient, attaquaient et contre-attaquaient avec une frénésie indiquant qu'il n'y aurait pas de quartier. Souple et rapide, le guerrier noir combattait les Jedi avec une nonchalance arrogante. Son sabre laser à deux lames frappait sous tous les angles sans offrir d'ouverture à ses adversaires. Il est très fort, songea Anakin. Plus fort, peut-être, que les hommes qu'il affrontait. Et son assurance avait quelque chose de perturbant. Il ne serait pas facile à vaincre.

Padmé et les Naboo étaient dans une situation encore plus délicate. À l'autre bout du hangar, des droïdes destroyers venaient de franchir la porte et commençaient à passer en mode combat. R2-D2 les vit le premier et trilla un avertissement à l'enfant.

Anakin détourna le regard des deux Jedi et du Seigneur des Sith.

Les droïdes avançaient vers les Naboo en tirant. Plusieurs soldats s'écroulèrent. Légèrement blessée, Sabé tomba à la renverse dans les bras de Panaka.

Padmé et ses hommes résistèrent, mais il leur fallut bientôt reculer pour se mettre à couvert.

— R2, on doit les aider ! lança Anakin en se redressant dans le cockpit.

Il chercha vainement une arme.

Par bonheur, R2-D2 avait des ressources. Il se connecta à l'ordinateur du chasseur. Tous ses voyants clignotèrent tandis qu'il activait les moteurs.

Quand l'appareil vibra, Anakin, surpris, retomba sur son siège.

Le chasseur se souleva du sol et s'éloigna de son point d'arrimage.

— Génial, R2 ! s'exclama Anakin en s'emparant du manche à balai. À présent, voyons si...

Il fit pivoter le chasseur jusqu'à ce qu'il soit en face

des combattants. Puis il étudia le tableau de bord à la recherche des commandes d'armement.

Si Anakin s'y connaissait un peu en chasseurs à cause des pièces détachées, il ne savait rien des modèles Naboo en particulier et des systèmes d'armement en général. Sa *spécialité*, c'étaient les moteurs et les dispositifs de guidage – surtout sur les Pods, les speeders et les vieux transporteurs.

— Lequel ? Lequel ? marmonna-t-il.

Il passa les mains au-dessus d'une myriade de touches, de leviers et de commutateurs.

Puis il leva les yeux. Un nouveau soldat Naboo venait de s'écrouler. Son casque et son blaster roulèrent sur le sol avec un bruit métallique. Autour des défenseurs, les rayons laser des droïdes carbonisaient les parois et les poutrelles. Bientôt, Padmé et ses hommes seraient submergés.

Désespéré, Anakin bascula une rangée de commutateurs placés sur un panneau rouge. Le chasseur vibra violemment, une réaction normale quand on modifiait le réglage des stabilisateurs.

— Pas bon du tout... marmonna l'enfant avant de remettre les commutateurs dans leur position initiale.

Son regard se posa sur quatre touches noires entourées d'un cercle vert.

— Peut-être celles-là...

Il essaya. Les lasers de proue détruisirent d'un seul coup trois droïdes qui s'écroulèrent, transformés en vulgaires tas de métal.

— Oui ! jubila Anakin. Trois de moins !

Derrière lui, R2-D2 siffla son approbation.

Les droïdes encore intacts pivotèrent vers le chasseur et avancèrent en zigzaguant pour faire des cibles moins faciles. Derrière eux, Padmé, ses dames de compagnie, Panaka et les soldats survivants en profitèrent pour se ruer vers la sortie. Anakin les regarda disparaître avec satisfaction.

— Bonne chance, murmura-t-il.

Les droïdes marchaient toujours sur le chasseur. Leurs

tirs le faisaient vibrer comme s'il allait se démanteler. Du coin de l'œil, Anakin vit que le Seigneur des Sith avait forcé ses adversaires à traverser le hangar. Il les contraignit à reculer encore, puis à s'engouffrer dans une salle adjacente.

La furie de ce guerrier était terrifiante.

Quand les trois combattants eurent disparu, l'enfant se retrouva seul face à ses ennemis.

Un rayon laser toucha le fuselage du chasseur et le fit bouger latéralement. Anakin serra plus fort le manche à balai puis riposta avec ses lasers. Les droïdes étant déployés en éventail, les rayons ne touchèrent rien, sinon la cloison du hangar.

Anakin se baissa de nouveau au-dessous du niveau de la verrière et étudia le tableau de bord.

— Les boucliers ! souffla-t-il, résolu à se concentrer malgré le tir nourri des droïdes. Les commandes des boucliers sont toujours sur la droite ! Sur la droite !

Il écrasa plusieurs touches, activant sans le vouloir les systèmes de postcombustion.

Il pianota alors sur d'autres touches. Soudain, le manche à balai lui échappa. L'appareil pivota, se positionna face à la porte du hangar, la franchit et décolla.

Le cockpit se referma sur l'enfant.

— R2, que se passe-t-il ? cria Anakin.

Le droïde lâcha un chapelet de sifflements et de bips.

— Je sais bien que j'ai appuyé sur quelque chose ! Mais maintenant, je ne touche plus à rien ! (Il se tut, car R2 parlait toujours et ses propos s'affichaient sur l'écran de contrôle.) Il est en pilotage automatique ? Alors, essaie de le désactiver !

Le chasseur jaune était déjà sorti de l'atmosphère de Naboo et s'enfonçait dans l'espace. Derrière lui, Anakin aperçut la planète, un joyau vert et bleu niché dans un écrin noir.

Devant, des petits points argentés apparurent puis grossirent régulièrement. D'autres appareils !

— R2, où allons-nous ? gémit Anakin, qui tentait

toujours de comprendre la configuration du tableau de bord.

La radio grésilla. Quelques secondes plus tard, les voix de Ric Olié et des autres pilotes sortirent du haut-parleur.

— Ici Bravo Leader, disait Ric Olié dans un flot de parasites. Bravo Deux, interceptez les chasseurs ennemis. Bravo Trois, passez à l'attaque du vaisseau amiral droïde.

— Compris, Bravo Leader !

Anakin identifia enfin les points argentés. Les chasseurs des pilotes Naboo ! Ils allaient attaquer le vaisseau amiral droïde de la Fédération !

— Chasseurs ennemis droit devant, avertit Ric Olié.

Au même instant, R2-D2 émit une nouvelle série de sifflements. Anakin baissa les yeux sur l'écran et crut que son estomac allait se retourner.

— Comment ça, le pilote automatique cherche à rejoindre les autres appareils ? Quels appareils ? (Il regarda les chasseurs Naboo.) Pas ceux-là ?

R2 bipa une implacable confirmation. Anakin frissonna.

— Le pilote automatique nous conduit là-bas, avec eux ? Au cœur de la bataille ? Désactive-le, R2 !

Le droïde astromech trilla sa réponse.

— Quel contrôle manuel ? gémit Anakin. Il n'y en a pas ! Ou alors, je ne sais pas où il est ! R2, fais quelque chose ! Modifie ta connexion !

À travers la verrière, Anakin, impuissant, vit son chasseur filer comme une flèche vers le vaisseau amiral droïde de la Fédération.

Qu'allait-il faire pour en sortir vivant ? pensa-t-il, accablé.

22

Qui-Gon Jinn était l'une des plus fines lames de l'Ordre Jedi. Selon le Maître qui l'avait entraîné, il comptait parmi les meilleurs élèves passés entre ses mains en plus de quatre cents ans d'exercice. Au cours de sa vie tumultueuse, Qui-Gon avait participé à des conflits aux quatre coins de la galaxie, souvent dans des conditions telles que peu de guerriers auraient eu une chance de s'en

tirer. Survivre à ces batailles avait affiné ses compétences et affermi sa résolution.

Aujourd'hui, il avait peut-être rencontré son maître. Le Seigneur des Sith qu'il combattait aux côtés d'Obi-Wan était plus que son égal en matière d'armes, et il avait l'avantage de la jeunesse. Qui-Gon approchait de la soixantaine. Ses jeunes années étaient derrière lui et sa force diminuait sensiblement. Ses atouts, s'il lui en restait encore, étaient sa longue expérience et son instinct du combat. Jusqu'à présent, il avait toujours *deviné* comment ses adversaires utiliseraient leurs armes contre lui.

Obi-Wan mettait dans l'affrontement sa jeunesse et sa détermination. Hélas, il manquait d'expérience, car il s'était rarement servi de son arme. Ensemble, ils parvenaient à contenir les assauts du guerrier noir. Mais tous leurs efforts pour passer à l'offensive échouaient.

Dark Maul était un guerrier dans la force de l'âge et au zénith de ses compétences. Motivé par une haine religieuse des Jedi – les ennemis de toujours des Sith –, il s'était entraîné toute sa vie dans l'espoir d'en découdre contre un membre de l'Ordre. En avoir deux face à lui était un bonus inespéré !

Le Seigneur des Sith ne craignait pas la mort et il ne doutait pas un instant de sa victoire. Sa concentration avait une qualité que Qui-Gon reconnut au premier coup d'œil. C'était celle d'un Jedi, focalisé sur le moment présent et ses exigences immédiates. Cela se lisait dans les yeux du guerrier et sur son visage tatoué de rouge et de noir. Le Seigneur des Sith appliquait à la perfection les techniques que Qui-Gon avait enseignées à Obi-Wan pour qu'il entende le plus clairement possible les volontés de la Force.

Au fil de leurs passes d'armes, les trois combattants traversèrent le hangar. Toute leur science du sabre laser mobilisée, ils échangeaient les attaques et les parades à un rythme inouï.

Les Chevaliers Jedi avaient une stratégie précise : repousser le Seigneur des Sith vers le fond de la salle, loin des Naboo et des chasseurs prêts à décoller. Pourtant, alors que cette tactique semblait réussir, Qui-Gon aurait juré que leur adversaire contrôlait en fait les événements. Pivotant, sautant, se fendant et esquivant avec une aisance déconcertante, il les entraînait vers l'endroit qui lui convenait le mieux. Son agilité et son adresse lui permettaient de les contenir et de chercher sans cesse une brèche dans leur défense.

Conscient que cet homme était dangereux, Qui-Gon avait engagé le combat comme un enragé, résolu à ce qu'il ne dure pas. Ses longs cheveux tourbillonnant derrière lui, il attaquait avec férocité et détermination. Obi-Wan appliquait la même stratégie. Les deux Jedi avaient déjà lutté côte à côte et ils se connaissaient bien. Après tout, Qui-Gon avait formé Obi-Wan ! S'il n'était pas encore son égal, le Maître savait qu'il serait un jour meilleur que lui.

Ils attaquèrent à outrance, mais découvrirent vite que leurs efforts ne suffiraient pas à leur assurer une victoire rapide.

Alors, ils entreprirent de fatiguer leur adversaire

jusqu'à ce qu'une ouverture se présente. Mais comme le Seigneur des Sith était trop malin pour leur en offrir une, le combat s'éternisait.

Ils sortirent du hangar et s'engouffrèrent dans une salle électrique. Des passerelles se croisaient au-dessus de la fosse où étaient placés les deux générateurs du complexe spatial. Semblable à une énorme caverne, le grondement des machines se répercutant contre ses cloisons, la salle était éclairée par des projecteurs dont les faisceaux traversaient à peine les épaisses colonnes de vapeur.

Les Jedi et le Seigneur des Sith s'engagèrent sur une passerelle et poursuivirent leur lutte dans le vacarme que produisaient leurs bottes en martelant le sol et leurs lames en se percutant.

Seuls dans la salle électrique, isolés de Theed et de ses habitants, ils ne pensaient qu'à une chose : triompher !

Le Seigneur des Sith sauta sur la passerelle qui courait au-dessus de celle où ils se tenaient. Son étrange visage plein d'une joie malsaine, il défia ses adversaires de le suivre. Les Jedi bondirent à leur tour. L'un atterrit devant lui, l'autre derrière. Pour la première fois, ils l'avaient pris en tenaille !

Le combat recommença.

Le guerrier noir s'accommoda avec talent de sa délicate position.

Il parvint même à déséquilibrer Obi-Wan, puis, d'un coup puissant, à le faire basculer de la passerelle. Tirant avantage de cet épisode, Qui-Gon attaqua. Le Seigneur des Sith tomba à son tour.

Il s'écrasa sur une passerelle, plusieurs niveaux au-dessous de celle où Obi-Wan avait atterri. L'impact de sa chute – ou peut-être la surprise – semblait l'avoir sonné. Qui-Gon sauta, décidé à saisir l'occasion d'en terminer. Hélas, le Seigneur des Sith se releva et prit la fuite.

Le temps qu'Obi-Wan reprenne ses esprits, Qui-Gon s'était lancé à la poursuite de Dark Maul, qui courait le long de la passerelle en direction d'une petite porte, au fond de la salle.

Le Maître Jedi sprintait, son sabre laser brillant dans

la pénombre. Fatigué, tous les muscles douloureux, il était proche de l'épuisement. Mais le Seigneur des Sith était enfin sur la défensive. Pas question de lui laisser une chance de se ressaisir !

— Qui-Gon ! cria Obi-Wan.

Il courut parallèlement à son Maître, qui ne ralentit pas. Puis il sauta sur la bonne passerelle.

Les trois combattants franchirent la porte et déboulèrent dans un couloir. Ils couraient si vite, obsédés par leur affrontement, qu'ils ne comprirent pas tout de suite où ils étaient et moins encore pourquoi des rayons laser se croisèrent soudain en différents points du couloir pour former cinq cloisons d'énergie mortelle.

Les tirs avaient commencé au moment où le Seigneur des Sith passait la porte. Dark Maul était coincé entre les « cloisons » quatre et cinq. Qui-Gon, qui le talonnait, en avait une de retard. Obi-Wan, attardé, n'avait pas franchi la deuxième.

Les trois hommes s'immobilisèrent, chacun cherchant une issue impossible.

Qui-Gon comprit qu'ils étaient dans le couloir de maintenance du puits de fusion destiné à la destruction des résidus de la station électrique. Point d'intrusion possible, le passage était défendu par des lasers à déclenchement automatique. Il devait y avoir à chaque extrémité un tableau de commande permettant de les désactiver, mais il était trop tard pour y recourir.

Les Chevaliers Jedi regardèrent le Seigneur des Sith à travers les cloisons d'énergie. Le guerrier noir les gratifia d'un rictus pervers. *Ne vous en faites pas*, semblait-il dire, *ce n'est que partie remise !*

Qui-Gon échangea un regard avec Obi-Wan. Puis il s'assit en tailleur sur le sol pour méditer et attendre.

Accompagnée par ses dames de compagnie, le capitaine Panaka et les soldats survivants, Padmé Naberrie, Reine des Naboo également connue sous le nom d'Amidala, avançait dans les passages qui reliaient le hangar à la cité et au palais. Bâtiment après bâtiment, couloir après couloir, la bataille faisait rage contre les droïdes laissés en arrière pour défendre Theed. Le petit groupe rencontrait des adversaires isolés ou des détachements. À chaque fois, il devait nettoyer le terrain sans se laisser trop ralentir.

Pour gagner du temps, Padmé et ses compagnons délaissèrent le chemin le plus direct – où ils étaient certains de rencontrer une multitude d'adversaires – pour emprunter un itinéraire détourné. Au sortir du hangar, ils s'étaient précipités vers le palais, persuadés que leur rapidité et l'effet de surprise leur permettraient d'éviter les ennuis.

Quand il eut constaté que ce n'était pas le cas, Panaka opta pour une approche plus prudente.

Ils empruntèrent les conduits souterrains, les passages discrets et les passerelles aériennes où les droïdes étaient le moins à même de patrouiller. Lorsqu'ils en rencontraient, ils déblayaient le chemin aussi vite que possible et reprenaient aussitôt leur avance.

Grâce à cette tactique, ils atteignirent le palais plus vite que Padmé n'avait osé l'espérer. Après y être entrés par une passerelle aérienne connectée à une tour de garde, ils se dirigèrent vers la salle du trône.

Ils n'en étaient plus très loin quand une patrouille de droïdes de combat se dressa devant eux et ouvrit le feu. Padmé et ses compagnons se tapirent dans les alcôves de la salle qu'ils traversaient et ripostèrent en cherchant un moyen de filer. Alors que les alarmes résonnaient dans le palais, d'autres droïdes vinrent prêter main-forte à leurs camarades.

— Capitaine ! cria Padmé à Panaka tandis que les armes se déchaînaient, nous n'avons pas le temps de nous offrir une bataille rangée !

Panaka tourna vers elle son visage ruisselant de sueur.

— Opérons une sortie ! proposa-t-il.

Son blaster braqué sur une fenêtre, il désintégra le cadre et la vitre en transparacier. Tandis que les dames de compagnie et certains des soldats Naboo les couvraient, la Reine, le capitaine et une demi-douzaine d'hommes sortirent de leur cachette et s'engouffrèrent dans l'ouverture béante.

Ils se retrouvèrent piégés sur une grande corniche, six étages au-dessus des chutes d'eau et du collecteur qui alimentaient les bassins ornementaux du palais. Plaquée contre le mur de pierre, la Reine regarda autour d'elle pour trouver une issue. Panaka désigna une seconde corniche, quatre étages plus haut, et ordonna à ses hommes d'utiliser leurs systèmes d'ascension personnels.

Les soldats détachèrent de leurs ceintures leurs grappins spéciaux et les fixèrent aux canons de leurs blasters. Levant leurs armes, ils tirèrent en l'air. Des câbles très fins jaillirent des canons des blasters comme des serpents qui attaquent. Les grappins s'arrimèrent dans la pierre de la corniche.

Padmé et ses compagnons activèrent les mécanismes d'ascension et furent prestement hissés le long du mur.

Derrière eux, dans la salle où les dames de compagnie et les soldats affrontaient toujours les droïdes, la fusillade avait atteint son paroxysme. Padmé se contraignit à ne pas penser à ses compagnons. Il fallait aller de l'avant, c'était la loi de la guerre !

Quand ils eurent atteint la corniche, ils réenroulèrent les câbles tandis que Panaka, toujours avec son blaster, désintégrait une fenêtre pour leur permettre de retourner dans le bâtiment. Ils passèrent par l'ouverture et sautèrent dans un couloir au sol tapissé d'échardes de transparacier et de permabéton.

Ils n'étaient plus loin de la salle du trône. Plus qu'un étage à monter et quelques couloirs à redescendre ! Padmé exulta. Bientôt, le Vice-Roi serait son prisonnier !

Mais il ne faut pas vendre la peau du rancor avant de l'avoir tué ! Devant eux, deux droïdes destroyers apparurent et passèrent instantanément en mode combat. Quelques secondes plus tard, dans leurs dos, cette fois, deux autres monstres de métal prirent position, prêts à ouvrir le feu.

D'une voix mécanique, le droïde le plus proche leur ordonna de jeter bas les armes.

Padmé hésita. Ils n'avaient aucune possibilité de fuite, sinon en repassant par la fenêtre. Là, ils seraient coincés sur la corniche, totalement vulnérables. Et s'ils essayaient de passer en force, ils auraient peu de chances contre les droïdes destroyers, beaucoup plus puissants que de simples droïdes de combat.

Pendant qu'elle se livrait à cette sinistre analyse, une idée traversa l'esprit de Padmé. Elle la mit aussitôt en application.

Puis elle se redressa, lâcha son blaster et leva les bras.

— Jetez vos armes, ordonna-t-elle au capitaine Panaka et à ses hommes. Ils ont remporté cette manche…

L'officier blêmit.

— Votre Majesté, nous ne pouvons pas…

— Capitaine ! coupa Padmé. J'ai dit de jeter vos armes !

Panaka la dévisagea comme si elle avait perdu la raison. Puis il laissa tomber son blaster sur le sol et fit signe à ses hommes de l'imiter.

Les droïdes s'avancèrent pour s'assurer de leurs prisonniers. Padmé attendait, impassible.

— Faites-moi confiance, capitaine, dit-elle à son officier.

Elle tapota le comlink, dans sa poche.

Les choses ne se présentaient pas mieux pour les Gungan. Comme les Naboo, ils ne faisaient pas le poids face aux droïdes destroyers. Lentement mais sûrement, ils perdaient du terrain, incapables de repousser les attaques de la Fédération du Commerce. Le long de leurs lignes, les brèches se faisaient de plus en plus nombreuses.

Jar Jar Binks vivait la catastrophe en direct.

Au début, sa position avait été une des plus fortes. Stimulés par le courage de leur chef – un pur malentendu –, ses hommes avaient transformé une débandade en brillante contre-attaque. Emportés par leur enthousiasme, ils avaient poussé trop loin dans les lignes ennemies. L'apparition des droïdes destroyers avait sonné le glas de leurs espoirs.

En vue d'un hypothétique regroupement, Jar Jar et ses braves battaient en retraite vers le gros de l'armée, massé près des générateurs défaillants.

Jar Jar avait perdu son kaadu depuis longtemps et il courait pour sauver sa peau. Cherchant désespérément à semer les droïdes destroyers qui le poursuivaient, il rattrapa un chariot rempli de boules d'énergie – des munitions pour les catapultes des Gungan...

Il parvint à s'accrocher à la porte et tenta de sauter à l'intérieur tandis que le véhicule cahotait sur le sol accidenté. Ses efforts eurent pour seul résultat de déverrouiller la porte, qui s'ouvrit en grand. Les boules d'énergie tombèrent au sol, rebondirent sur quelques mètres, puis poursuivirent leur route en roulant.

Jar Jar zigzagua pour éviter les projectiles devenus fous. S'il parvint à ne pas être touché, les droïdes, moins agiles que lui, n'eurent pas cette chance. Les boules d'énergie les percutèrent. L'un après l'autre, les monstres de métal explosèrent.

— Ça très bon ! se réjouit Jar Jar en regardant les droïdes de la Fédération encore intacts s'éparpiller comme une volée de moineaux pour éviter le tapis roulant mortel qui fondait sur eux.

Partout ailleurs, hélas, la bataille tournait mal pour les Gungan. Après avoir brisé la ligne de défense qui protégeait les fambaas, les droïdes destroyers visaient à présent les générateurs de champ de force. Ils tiraient sur les fambaas, qui s'écroulaient, fracassant les précieuses machines.

Le bouclier commença à faiblir. OOM-9, qui observait le combat avec des électrobinoculaires, en informa aussitôt le commandement Neimoidien.

Les tanks avancèrent et tirèrent.

Quand le général Ceel vit que le bouclier perdait inexorablement de la puissance, il comprit que la bataille touchait à sa fin. Les Gungan avaient fait tout ce qu'ils pouvaient pour la Reine des Naboo... À présent, la cause était entendue.

Ceel se tourna vers ses officiers et les informa qu'il

fallait battre en retraite. Les cornes de bataille résonnèrent dans la plaine.

L'armée des Gungan commença aussitôt à reculer...

Jar Jar s'était procuré une nouvelle monture. Talonné par les droïdes et les tanks, il chevauchait à bride abattue vers le marécage quand son kaadu s'écroula sous lui. Projeté dans les airs, le Gungan vola latéralement et alla atterrir sur la tourelle d'un blindé. S'y accrochant comme à une bouée, il traversa la plaine avec le tank tandis que la bataille continuait à faire rage autour de lui.

Le droïde qui pilotait le blindé ne tarda pas à s'apercevoir de la présence de l'intrus. Pour le désarçonner, il fit osciller la tourelle de droite à gauche. Décidé à rester là où il était, Jar Jar serrait le canon dans ses bras comme s'il s'était agi de son meilleur ami.

— Aidmoi ! Aidmoi ! beugla-t-il.

Toujours monté sur un kaadu, le capitaine Tarpals rattrapa le tank, s'en approcha le plus possible et cria à Jar Jar de sauter. Un rayon laser alla ricocher sur le blindage du véhicule, manquant d'un cheveu le pauvre Gungan, qui ne parvenait toujours pas à trouver le courage d'abandonner son perchoir.

Une écoutille s'ouvrit et des têtes de droïdes apparurent, bientôt suivies par des bras. Jar Jar écarquilla les yeux de terreur quand il vit des blasters se braquer sur lui.

Le Gungan se décida à sauter. Par miracle, il atterrit en croupe, derrière le capitaine. Le kaadu, soudain lesté de deux cavaliers, manqua s'effondrer. Heureusement, il parvint à garder son équilibre et repartit comme une flèche.

Des explosions retentirent autour des deux fuyards et soulevèrent des colonnes de poussière. Les bras autour de la taille du capitaine, Jar Jar Binks ferma les yeux pour ne plus voir le chaos environnant.

Sa dernière heure avait sonné, il l'aurait parié.

Dans l'espace, Anakin Skywalker était pris au piège d'un combat aérien qui opposait les chasseurs de la

Fédération aux Naboo. Toujours occupé à essayer de désactiver le pilote automatique, il n'avait pas encore essuyé le feu ennemi, sans doute parce que son appareil volait de façon exotique, s'éloignant des zones dangereuses chaque fois qu'il s'en approchait trop.

Autour de lui, des chasseurs explosaient. Parfois si proches qu'il voyait les débris passer devant la verrière de son cockpit.

— Quelle super bagarre ! lança l'enfant sans cesser d'essayer toutes les commandes du tableau de bord.

En réponse à ses tentatives, le chasseur plongeait et se redressait frénétiquement.

En procédant ainsi par tâtonnements, Anakin se familiarisait avec les fonctions des leviers, des touches et des commutateurs qui constellaient le tableau de bord. Une seule chose le désolait : les détentes des lasers étaient verrouillées et il ne parvenait pas à les débloquer.

Un trille angoissé de R2-D2 lui fit lever les yeux. Deux chasseurs ennemis approchaient par la proue.

— R2, tire-nous de ce...

La fin de la phrase fut couverte par le pépiement du droïde.

— Quoi ? Le pilote automatique est désactivé ! s'exclama Anakin.

Il saisit le manche à balai, donna toute la puissance et vira à gauche. À sa grande surprise – et à son grand soulagement –, le chasseur accéléra et dépassa ses deux ennemis pour filer vers un autre groupe de combattants.

— Oui ! triompha Anakin. Je contrôle l'appareil ! Tu es un génie, R2 !

Le droïde lâcha une série de bips impérieux.

Quand il lut son message sur l'écran, Anakin fronça les sourcils.

— Retourner sur Naboo ? Pas question ! Qui-Gon m'a ordonné de rester dans ce cockpit et je vais lui obéir. À présent, accroche-toi !

Son bon sens balayé par l'enthousiasme, l'enfant dirigea son chasseur vers le cœur de la bataille. Son instinct de pilote prit le dessus. Il eut l'impression d'être revenu au temps des courses sur Tatooine, à l'époque où il ne faisait plus qu'un avec son Pod, ivre à l'idée de remporter la victoire. Son serment de protéger Qui-Gon et Padmé ne comptait plus : ils étaient trop loin pour qu'il pense à eux. Une seule chose importait : être dans l'espace, aux commandes d'un chasseur ; libre de vivre un de ses rêves.

Un appareil de la Fédération entra dans son champ de vision.

— Accroche-toi ferme, R2 ! lança-t-il. Je vais descendre ce moucheron !

Quand il fut en position de tir derrière son ennemi, Anakin se rappela un peu tard que les détentes de ses lasers étaient verrouillées.

Il chercha frénétiquement de nouveau un moyen de les débloquer.

— Comment faire ? cria-t-il dans son casque. R2, je dois tirer !

Le droïde trilla frénétiquement.

— Quelle touche ? Celle-là ?

Anakin enfonça la touche que le droïde venait de lui indiquer. Au lieu de déverrouiller l'armement, cela fit accélérer le chasseur, qui dépassa sa cible.

— Misère ! cria Anakin.

À présent, c'était le pilote ennemi qui volait derrière lui, en position idéale pour l'abattre. Anakin tira sur le manche à balai, frôla le vaisseau de la Fédération et décrivit plusieurs spirales dans l'espace pour échapper à son poursuivant.

— Ce n'était pas la touche de déverrouillage ! reprocha-t-il à R2-D2. Rien que la turbopropulsion !

R2-D2 s'excusa d'un trille penaud.

Malgré ses efforts, Anakin n'avait pas semé le chasseur ennemi, qui se rapprochait.

L'enfant fit un demi-tour acrobatique et revint vers le vaisseau amiral droïde. Il orienta les stabilisateurs dans des directions opposées et partit volontairement en vrille.

R2-D2 lâcha une série de bips affolés.

— Je sais que nous avons des problèmes ! lui répondit Anakin. Accroche-toi, c'est tout ! Le seul chemin qui nous éloignera de nos ennuis, c'est celui qui nous y a conduits !

Il fila vers le vaisseau amiral droïde, le chasseur de la Fédération à ses trousses. Des rayons laser manquèrent d'un rien le cockpit.

Anakin attendit de voir l'emblème de la Fédération du Commerce peint sur la coque du vaisseau amiral droïde se dresser devant lui comme un mur. Puis il inversa la poussée et vira sec sur la droite.

Son chasseur faillit caler. Il tomba comme une pierre pendant quelques instants avant de se stabiliser. Le pilote ennemi, pris de court par la manœuvre, continua tout droit et alla s'écraser contre le vaisseau amiral droïde.

Des débris enflammés fusèrent autour du cockpit d'Anakin.

L'enfant réactiva les propulseurs puis vira sur la gauche à la recherche de nouveaux ennemis. À travers la verrière, il vit que les pilotes Naboo passaient à l'attaque du vaisseau amiral droïde.

La voix de Ric Olié retentit :

— Bravo Trois, visez la passerelle centrale !

— Compris, Bravo Leader !

Quatre chasseurs foncèrent sur le vaisseau amiral droïde en faisant feu. Mais les boucliers du navire n'eurent aucun mal à dévier les rayons. Deux appareils, touchés par des tirs de canons, explosèrent. Les deux autres rompirent l'attaque.

— Leur bouclier est trop puissant ! cria un des pilotes. Impossible de le traverser !

Anakin s'aperçut qu'un nouvel ennemi l'avait pris en chasse. Il accéléra, descendit en piqué vers le vaisseau amiral droïde et zigzagua pour échapper à ses tirs.

— Je sais bien que ce n'est pas une course de Pods ! répliqua Anakin aux bips pleins de reproche de son droïde astromech.

Pourtant, au fond de son cœur, il ne faisait pas la différence. Ravi, il continua à faire voler son chasseur le long de la coque du vaisseau amiral droïde hérissée de tourelles et de protubérances. Grisé par la vitesse de son appareil et l'excitation du combat, il n'aurait cédé sa place pour rien au monde.

Mais la chance l'abandonna. Alors qu'il approchait de la proue du vaisseau amiral droïde, un rayon laser atteignit son appareil, qui partit dans une vrille apte à retourner l'estomac de n'importe qui, y compris d'un droïde.

Tandis que R2-D2 criait de terreur, Anakin essaya de reprendre le contrôle de son chasseur.

— Par les crachats d'un bantha ! cria-t-il en luttant avec les commandes, alors que son appareil fonçait sur le vaisseau amiral droïde.

Anakin tira sur le levier des propulseurs et les désactiva. Le chasseur ralentit puis se stabilisa. Conscient qu'il était trop tard pour faire demi-tour, l'enfant orienta son appareil vers l'immense ouverture qui béait au centre du vaisseau amiral droïde. Les canons ennemis le prirent pour cible, résolus à l'abattre. Après avoir réactivé les propulseurs, Anakin évita ce tir de barrage et s'engouffra dans le hangar principal.

L'appareil frôla des navettes, des tanks, des chasseurs au repos et des piles de caisses.

Les yeux écarquillés, l'enfant cherchait un endroit où atterrir.

R2-D2 trillait à lui en faire exploser les tympans.

— J'essaye de me poser ! répondit Anakin. Bien sûr, que j'essaye !

Le chasseur percuta le sol et rebondit, puissance inversée au maximum pour ralentir sa course.

Une cloison se dressa devant Anakin. En désespoir de cause, l'enfant plongea de nouveau vers le sol, se posa et glissa contre une paroi avec un atroce grincement métallique.

Le chasseur ralentit, tourna sur lui-même et s'arrêta enfin.

Les propulseurs toussotèrent puis calèrent.

R2-D2 trilla son soulagement.

— Super ! Super ! s'exclama Anakin, content de lui.

On est entiers ! Pour filer d'ici, il ne nous reste plus qu'à rallumer les propulseurs…

Il baissa la tête pour calculer quelle puissance utiliser en fonction de ses réserves de carburant et survola du regard le tableau de bord.

— R2, tous les voyants sont rouges ! Surchauffe générale !

Anakin allait activer le système de refroidissement quand R2-D2 lâcha un trille affolé.

L'enfant releva la tête pour jeter un coup d'œil dans le hangar.

— Ça se gâte, murmura-t-il.

Des dizaines de droïdes de combat approchaient, leurs armes menaçantes.

Leur seule issue était bloquée.

23

Dans le couloir de maintenance, Obi-Wan Kenobi tournait comme un animal en cage. Il était furieux de s'être laissé piéger si loin de Qui-Gon et enrageait contre son maître, responsable du désastre parce qu'il s'était précipité seul dans le couloir au lieu de l'attendre.

Et le Jedi était aussi inquiet. Force lui était de le reconnaître... Ils auraient dû vaincre rapidement ! Contre un autre adversaire, cela aurait été le cas. Mais le Seigneur des Sith était plus aguerri et mieux entraîné que tous les guerriers qu'ils avaient rencontrés. Il leur avait rendu coup pour coup. Et ils ne s'étaient à aucun moment *approchés* de la victoire.

Obi-Wan estima la distance qu'il devrait parcourir pour atteindre Qui-Gon et le guerrier noir quand les lasers cesseraient de tirer. Avant qu'ils recommencent, activés par ses mouvements, il aurait quelques secondes pour rejoindre son Maître. Il faudrait courir vite. Très vite !

Pas question de laisser Qui-Gon en découdre seul contre le guerrier tatoué...

Loin de son Padawan, coincé entre deux cloisons de rayons laser, Qui-Gon méditait toujours, assis en face du Seigneur des Sith et du puits de fusion. La tête posée sur la poignée de son sabre laser, il tentait d'entrer en harmonie avec la Force pour se préparer à l'assaut final.

Quand Obi-Wan vit les épaules voûtées de son Maître et son dos qu'il ne parvenait plus à tenir droit, il frissonna. Qui-Gon était le meilleur combattant qu'il ait connu, mais il commençait à se faire vieux.

Plus loin, le Seigneur des Sith bandait ses blessures, une série de brûlures et d'écorchures repérables aux endroits où ses vêtements étaient déchirés. Adossé à la paroi du couloir, son sabre laser posé à côté de lui, il observait Qui-Gon. Ses yeux jaunes brillaient toujours aussi intensément dans la pénombre et la haine n'avait pas déserté son visage.

Il remarqua qu'Obi-Wan le regardait et le nargua d'un sourire pervers.

À cet instant, les lasers se désactivèrent.

Obi-Wan se lança en avant, sabre laser au poing, et sprinta dans le couloir.

Qui-Gon s'était levé d'un bond et avait activé son propre sabre. Il bondit, parcourut la courte distance qui le séparait du guerrier noir et s'engouffra avec lui dans la salle du puits de fusion.

Obi-Wan accéléra encore et cria comme si le son de sa voix avait pu ramener les deux hommes vers lui.

Puis il entendit le déclic du mécanisme qui commandait les lasers. Il se jeta en avant, conscient qu'il était trop loin de son objectif.

De fait, il ne franchit pas tous les obstacles. La dernière cloison d'énergie le contraignit à s'arrêter à quelques mètres de l'endroit où il *devait* absolument se rendre.

Tenant son sabre laser à deux mains, il regarda, désespéré, Qui-Gon Jinn et le Seigneur des Sith recommencer à se battre sur l'étroite corniche qui entourait le puits de fusion. Un simple mur d'électrons le séparait des duellistes, mais il aurait tout aussi bien pu s'agir d'une cloison de permabéton épaisse de trois mètres.

Obi-Wan chercha du regard le système de commande manuel des lasers. En vain. Il ne lui restait plus qu'à prier pour que Qui-Gon résiste jusqu'à ce que les lasers se désactivent de nouveau.

Il sembla un instant que ça allait être le cas… Ayant retrouvé des forces pendant sa méditation, le Maître Jedi attaquait avec une férocité qui paraissait déborder le Seigneur des Sith.

Qui-Gon marchait sur son adversaire, déterminé à combattre de près pour l'empêcher de tirer parti des deux lames de son sabre laser.

Forcé de reculer vers le gouffre, le Seigneur des Sith, réduit à la défensive, n'avait plus rien d'un guerrier arrogant. Si Qui-Gon n'était plus un jeune homme, il restait puissant et dangereux.

Dans les yeux jaunes du guerrier, Obi-Wan vit pour la première fois une ombre d'incertitude.

C'est bien, maître, continuez ! pensa-t-il, anticipant les feintes et les assauts de Qui-Gon comme s'il se battait à sa place.

Au prix d'un flip arrière suicidaire, le Seigneur des Sith sauta par-dessus le puits de fusion. Il atterrit sur ses pieds et gagna ainsi le temps dont il avait besoin pour se ressaisir.

En un éclair, Qui-Gon fit le tour par la corniche et recommença à harceler son adversaire. Mais prendre le combat à son compte l'avait fatigué. Le visage tiré et ruisselant de sueur, il ne frappait plus avec la même force et perdait de sa précision.

Le guerrier noir renversait peu à peu la tendance. Il reprenait l'offensive.

Vite ! implora mentalement Obi-Wan, pressé que les lasers se désactivent et le libèrent de sa prison.

Qui-Gon et le Seigneur des Sith en décousaient toujours au bord du puits. Ce combat de titans semblait promis à ne jamais finir, comme s'il était impossible qu'il ait un vainqueur.

Le guerrier noir para un coup qui visait ses jambes et pivota vivement vers la droite. Le dos tourné à son adversaire, il lui décocha à l'aveugle un revers de lame.

Qui-Gon comprit trop tard le danger. Le sabre laser du Seigneur des Sith le frappa au ventre. La lame carbonisa ses vêtements, puis sa chair et ses os.

Obi-Wan crut entendre crier le Maître Jedi. Une

seconde plus tard, il réalisa que c'était lui qui avait hurlé le nom de son mentor.

Qui-Gon n'avait pas lâché un son lorsque la lame lui avait déchiré les entrailles. Sonné par l'impact, il recula d'un pas quand le guerrier noir retira son sabre laser de la blessure. Immobile, presque pétrifié, le Jedi essayait de lutter contre l'engourdissement qui le gagnait.

En vain...

Ses yeux se voilèrent. Il baissa les bras et une grande lassitude s'afficha sur son visage. Un genou en terre, il lâcha son sabre laser qui toucha le sol avec un bruit métallique.

Il s'était écroulé quand les lasers se désactivèrent. Fou de colère, Obi-Wan vola au secours de son Maître...

Nute Gunray et Rune Haako étaient en conférence avec quatre membres du Conseil d'Occupation de la Fédération quand le capitaine Panaka, une des dames de compagnie de la Reine et six soldats Naboo entrèrent dans la salle du trône sous la garde de dix droïdes de combat.

Si le Vice-Roi reconnut immédiatement Panaka, il fut incapable de mettre un nom sur le visage de la dame de compagnie. Mais il constata qu'elle ressemblait beaucoup à la Reine...

Gunray sursauta. Bon sang ! *C'était la Reine !* Sans son maquillage, ses vêtements d'apparat et les symboles de son rang... Vêtue en guerrière, elle avait l'air encore plus jeune, mais son regard glacial la trahissait.

Gunray jeta un coup d'œil à Haako et vit qu'il était aussi troublé que lui.

— Votre Majesté... dit le Vice-Roi tandis qu'on poussait la jeune fille vers lui.

— Vice-Roi... répondit la Reine, lui confirmant ainsi son identité.

Ce point éclairci, Gunray adopta l'attitude d'un vainqueur qui toise sa prisonnière :

— Votre petite insurrection est terminée, Majesté. La misérable armée que vous avez envoyée contre nous est en déroute. À l'instant où nous parlons, quelqu'un s'occupe définitivement des Jedi. Et vous êtes en mon pouvoir.

— Vraiment ? demanda la Reine.

Son ton irrita Nute Gunray. On aurait dit qu'elle le mettait au défi de lui prouver ses propos.

Panaka la regarda, dubitatif.

— Vraiment ! rugit Gunray, soudain inquiet à la pensée qu'il aurait pu avoir négligé un détail. Il est temps que vous mettiez fin à l'absurde débat que vous avez provoqué au Sénat. Vous allez signer le traité !

Des tirs de blasters retentirent dans le couloir, suivis par des bruits de chutes – des corps métalliques, apparemment.

La porte s'ouvrit.

La Reine Amidala était dans l'antichambre, une demi-douzaine de droïdes de combat allongés à ses pieds. Derrière elle, une poignée de soldats Naboo empêchaient quiconque d'approcher.

— Je ne signerai rien, Vice-Roi ! dit la souveraine avant de se détourner de Gunray. Vous avez perdu la partie !

Un instant, Nute Gunray fut si sonné qu'il ne put esquisser un mouvement. Une deuxième Reine ? Mais celle-là était la vraie. En robe d'apparat, le visage maquillé de blanc, elle parlait sur le ton autoritaire qu'il connaissait trop bien.

Gunray se tourna vers les droïdes de combat qui surveillaient toujours Panaka et la fausse Reine.

— Rattrapez-la, vous six ! (Amidala n'était déjà plus en vue.) Et ramenez-la-moi ! La bonne, cette fois, pas une doublure !

Les droïdes qu'il avait désignés se lancèrent à la poursuite de la Reine, laissant les prisonniers sous la garde de quatre de leurs camarades.

Gunray se tourna vers la dame de compagnie.

— Ta Reine ne s'en sortira pas si facilement ! cria-t-il, furieux d'avoir été abusé.

La dame de compagnie se décomposa. Elle se détourna

de lui, tête basse, s'approcha du trône et s'y laissa choir, abattue.

Nute Gunray s'en désintéressa. Il regarda les autres Naboo, pressé de les voir partir pour un camp de détention.

Dans son dos, la dame de compagnie se redressa, son découragement oublié, et brandit les deux blasters qu'elle avait trouvés dans le compartiment secret d'un des accoudoirs du trône.

Elle lança une arme à Panaka avant de faire feu sur les droïdes de combat, aussitôt imitée par le capitaine.

Pris par surprise – car ils se souciaient surtout des soldats Naboo –, les guerriers de métal tombèrent sous le feu croisé de la dame de compagnie et de l'officier.

La fusillade fut courte mais assourdissante…

Criant des ordres aux Naboo, la dame de compagnie (si c'en était vraiment une, ce dont Gunray commençait à douter) s'approcha de la porte de la salle, la ferma et la verrouilla.

Elle se tourna vers les Neimoidiens. Debout au centre de la pièce, ils regardaient autour d'eux à la recherche de renforts qui ne viendraient plus. Tous les droïdes étaient hors de combat et les Naboo avaient récupéré leurs armes.

La « dame de compagnie » s'approcha de Nute Gunray.

— Reprenons les choses au début, Vice-Roi, dit-elle.

— Votre Majesté, souffla Nute Gunray, exaspéré de découvrir trop tard la supercherie.

La Reine hocha affirmativement la tête.

— C'est la fin de l'occupation neimoidienne…

Gunray ne baissa pas les bras.

— Ne soyez pas ridicule ! Vous êtes trop peu nombreux. Bientôt, des centaines de droïdes destroyers et de combat attaqueront pour nous secourir…

Au moment où il finissait sa phrase, des bruits de roues retentirent dans l'antichambre, suivis par les cliquetis caractéristiques de corps métalliques en train de se déplier.

La Reine foudroya son interlocuteur du regard.

— Le temps qu'ils défoncent cette porte, nous aurons négocié un nouveau traité. Et vous l'aurez signé !

Débarrassé de la cloison d'énergie, Obi-Wan Kenobi sprinta dans le couloir et s'engouffra dans la salle du puits de fusion. Toute prudence jetée aux orties, il fondit sur le guerrier noir avec une telle furie que les deux hommes faillirent basculer ensemble dans le gouffre.

Sans souci de sa propre sécurité, Obi-Wan, ivre de colère, abattit son sabre laser. Qui-Gon était gravement touché et il n'avait rien pu faire pour l'empêcher !

Le Seigneur des Sith devait payer cette infamie de sa vie !

Déséquilibré par l'attaque du Chevalier Jedi, et pris de court par sa sauvagerie, le guerrier noir recula jusqu'au mur de fond de la salle. Acculé, il essaya de repousser son adversaire pour combattre de loin, sa tactique favorite.

Les sabres laser se heurtèrent. Comme cela s'était passé avec Qui-Gon, le Seigneur des Sith réussit à reprendre l'offensive. Il frappait le plus bas possible avec l'intention de couper une jambe à Obi-Wan.

Le Jedi, bien que moins aguerri que son Maître, était cependant plus rapide. Comme il anticipait les coups, il parvenait à les esquiver sans trop de mal.

Les deux hommes firent le tour du puits, entrèrent dans des petites salles sans cesser de combattre, en ressortirent, décrivirent des cercles autour de piliers ou de tuyaux… À deux reprises, Obi-Wan glissa sur le sol trop lisse et faillit basculer dans le puits. Un des coups du Seigneur des Sith, précis et violent, déchira la tunique du Jedi du cou à la taille. Au prix d'une contre-attaque éclair et d'une roulade arrière – suivie d'un impeccable rétablissement –, Obi-Wan échappa de justesse au sort de son Maître.

Les combattants sortirent de la salle, passèrent devant Qui-Gon et ferraillèrent un moment devant un enchevêtrement de câbles et de tuyaux. De la vapeur s'échappait des conduits qu'ils brisaient. L'air s'emplit d'une odeur de roussi tandis que les câbles électriques crépitaient.

Le guerrier noir fit appel au Côté Obscur de la Force pour projeter toutes sortes d'objets vers Obi-Wan. Le but de la manœuvre était évident : déséquilibrer le Jedi, ralentir son attaque et le déconcentrer.

Obi-Wan ne s'en laissa pas conter et riposta de la même manière. Bientôt, un flot de projectiles mortels fusa dans les airs. Les sabres laser déviaient ces missiles improvisés, qui s'en allaient rebondir avec bruit sur le sol ou contre les cloisons.

Le duel se poursuivait, apparemment égal. Mais le guerrier noir était le plus fort et sa frénésie meurtrière prenait peu à peu le pas sur la détermination d'Obi-Wan. Saoulé de coups, réduit à la défensive, le Jedi sentait la fatigue gagner ses muscles et son cerveau. S'il se laissait vaincre, songea-t-il, qu'adviendrait-il de la Reine et des Naboo ?

Pas question de perdre ! se jura-t-il.

Les paroles de Qui-Gon lui revinrent à l'esprit : « Ne pense pas à tes angoisses. Concentre-toi sur le moment présent. »

Obi-Wan s'efforça de contrôler les émotions qui l'affaiblissaient.

« Entre en contact avec le courant de la Force, mon jeune Padawan. Sois fort. »

Conscient que la victoire s'éloignait de lui, Obi-Wan rassembla son énergie pour lancer un dernier assaut. Il décocha à son adversaire une série de coups latéraux destinés à amener le sabre laser aux deux lames en position horizontale. Feintant ensuite une attaque sur la gauche, il leva son sabre laser et l'abattit avec tant de force qu'il coupa en deux l'arme du Seigneur des Sith.

Avec un cri de triomphe, il visa la tête cornue du guerrier noir.

Un coup mortel !

… lamentablement raté…

Dark Maul avait déjoué la ruse et s'était écarté d'un bond. Renonçant à récupérer la moitié la plus courte de son arme cassée, il contre-attaqua avec suffisamment de violence pour déséquilibrer le Jedi. Poussant son avantage, il frappa, encore et encore.

Débordé, Obi-Wan vacilla au bord du puits. Son sabre laser glissa de ses doigts.

Kenobi tomba dans le gouffre obscur, persuadé que sa dernière heure avait sonné. In extremis, il se rattrapa à un échelon de métal fixé sous le muret du puits de fusion.

Impuissant, il leva les yeux sur le guerrier noir, qui savourait déjà son triomphe.

Quand Anakin Skywalker eut jeté un coup d'œil aux droïdes qui entouraient son chasseur, il baissa vivement la tête au-dessous du niveau de la verrière. Si cela avait été possible, il se serait caché dans le fuselage de l'appareil. Mieux encore, il lui aurait fait traverser le sol pour gagner un endroit plus sûr !

— Pas bon du tout… marmonna-t-il.

Le front ruisselant de sueur, il essaya de trouver une solution. S'il n'était qu'un enfant, il avait assez l'expérience des situations délicates pour garder la tête froide.

Trouve un moyen de ficher le camp d'ici ! s'admonesta-t-il.

Un rapide coup d'œil au tableau de bord lui apprit que les voyants étaient toujours au rouge. Rien à attendre de ce côté-là.

— R2, dit-il, on est toujours en surchauffe. Tu peux faire quelque chose ?

Un droïde approchait.

— Où est ton pilote ? demanda-t-il à R2 d'une voix monocorde.

R2-D2 répondit d'un trille.

— C'est *toi*, le pilote ?

L'astromech confirma d'un bip.

— Montre-moi ton identification, ordonna le droïde de combat après un instant d'hésitation.

Anakin entendit des commutateurs basculer. Des circuits s'activèrent. R2-D2 essayait toujours de les sauver…

Ce brave vieux R2, songea l'enfant.

Le droïde astromech trilla discrètement à l'attention d'Anakin, qui baissa les yeux et vit que les voyants venaient de passer au vert.

— Bravo, R2 ! cria-t-il. On est de nouveau dans la course !

Il activa les moteurs, qui rugirent joyeusement. Puis il sortit de sa cachette et reprit place sur le siège du pilote, les mains tendues vers le manche à balai.

Le droïde de combat le vit et leva son arme.

— Sortez immédiatement du cockpit ou je détruis votre vaisseau !

— Essaye toujours ! lança l'enfant. (Il enfonça une touche.) Boucliers levés !

Tirant sur le manche à balai, il activa les répulseurs. Le chasseur décolla et renversa le droïde de combat, qui exécuta involontairement un saut retourné. Les autres guerriers de métal ouvrirent le feu, leurs tirs allant ricocher sur les boucliers du chasseur.

R2-D2 bipa triomphalement.

— Tu as déverrouillé les lasers ? s'exclama Anakin. Maintenant, ils vont voir de quel bois je me chauffe !

Il appuya sur les détentes et fit tourner le chasseur dans le sens des aiguilles d'une montre. Ce tir rotatif, original dans sa conception, faucha les droïdes avant qu'ils puissent penser à fuir.

Anakin exultait, heureux d'avoir repris la situation en main et d'être de nouveau aux commandes de son vaisseau. Il continua de tirer, nettoya le hangar, détruisant au passage les chasseurs ennemis et les caisses de matériel.

Puis quelque chose bougea dans l'encadrement de la porte d'un long couloir. Ce n'était qu'une ombre, pourtant l'instinct d'Anakin prit le dessus et lui dicta sa réaction. Il ignorait si ce qu'il apercevait était une arme, une machine ou autre chose, et il s'en fichait. Comme pendant la course de la Boonta Ève, alors qu'il affrontait Sebulba, il pouvait voir ce que personne ne distinguait.

Oui, ce qui était caché aux autres...

Sans réfléchir, il obéit à la voix qui ne parlait qu'à lui seul, évoquant son avenir et le protégeant des dangers du présent.

La main de l'enfant lâcha la détente des lasers et fit basculer un double commutateur, sur sa droite. Aussitôt, deux torpilles filèrent vers le couloir. Elles évitèrent les droïdes de combat, les caisses de fournitures et les chasseurs, et sortirent du champ de vision d'Anakin.

— Mince ! J'ai tout raté ! grogna l'enfant.

Il se désintéressa aussitôt du problème, orienta le chasseur vers la sortie du hangar et donna toute la puissance des moteurs. L'appareil volait en rase-mottes, envoyant valser dans toutes les directions les droïdes encore debout, et il jaillit dans l'espace, aussitôt poursuivi par les rayons blancs des canons du vaisseau amiral droïde.

Dark Maul avança lentement vers le bord du puits. La sueur ruisselait sur son visage ; ses yeux jaunes brillaient d'une joie sauvage. Le combat était fini ! Dans quelques secondes, le deuxième Jedi serait mort.

Le Seigneur des Sith sourit et fit passer plusieurs fois la moitié intacte de son sabre laser de sa main gauche à sa main droite. Il retardait l'issue, histoire de mieux savourer son triomphe.

Les yeux rivés sur le guerrier noir, Obi-Wan Kenobi plongea au plus profond de lui-même à la recherche d'un contact avec la Force. Il essaya de se calmer et d'apaiser les battements de son cœur. Puis il oublia la colère et la peur et mobilisa ses dernières réserves. L'esprit clair et le cœur pur, il lâcha le barreau de métal, s'écarta de la paroi du puits et se catapulta vers le haut.

Porté par la Force, il jaillit hors du gouffre. Dans le même mouvement, il sauta par-dessus le Seigneur des Sith, atterrit, exécuta une roulade, se rétablit, fit voler jusqu'à sa main le sabre laser lâché par Qui-Gon Jinn et frappa sans se retourner.

Dark Maul avait fait volte-face, la colère et la surprise mêlées sur son visage rouge et noir. Avant qu'il ait pu esquisser un geste, le sabre laser de Qui-Gon s'enfonça dans sa poitrine.

Il carbonisa ses chairs.

Le Seigneur des Sith cria de douleur et d'incrédulité.

Obi-Wan se retourna, désactiva son sabre laser puis regarda son ennemi agonisant basculer dans le puits.

— C'est encore plus marrant qu'une Podrace ! cria Anakin à R2-D2.

Avec un grand sourire, l'enfant faisait zigzaguer son chasseur pour échapper aux tirs des canons.

Beaucoup moins joyeux, le droïde pépiait comme s'il avait grillé tous ses circuits. Anakin refusa d'écouter ses jérémiades et continua à s'éloigner du vaisseau amiral droïde, direction Naboo !

La voix d'un pilote ami sortit du haut-parleur :

— Leader Bravo, le vaisseau amiral droïde... Que se passe-t-il ?

Un éclair de lumière fusa devant le cockpit d'Anakin. Il jeta un coup d'œil derrière lui et vit que le vaisseau était ravagé par une série d'explosions. Des plaques de blindage se détachèrent de la coque et volèrent dans l'espace.

— Il... implose ! cria le pilote Naboo.

— Ce n'est pas nous, Bravo Deux, intervint Ric Olié. Nous n'avons pas réussi à le toucher...

Le vaisseau amiral droïde continuait à se désagréger. Les explosions se propagèrent le long de sa coque comme des langues de feu.

Enfin, il explosa.

De nouveaux débris frôlèrent le chasseur d'Anakin.

Puis la lumière se dissipa.

Bravo Deux brisa le silence :

— Regardez ! C'est un des nôtres ! Il vient juste de sortir du hangar principal ! Ça ne peut être que lui !

Anakin se fit tout petit. Il espérait revenir sur Naboo sans se faire remarquer, histoire de ne pas avoir à s'expliquer avec Qui-Gon. Maintenant, c'était fichu !

R2-D2 le gratifia d'un trille réprobateur.

— Je sais, je sais... marmonna l'enfant.

Dans quel pétrin s'était-il encore fourré ?

Dans le palais, les droïdes destroyers pilonnaient la porte de la salle du trône. Le capitaine Panaka et ses hommes allèrent se placer des deux côtés du battant, prêts à prendre les droïdes sous un feu croisé.

Nute Gunray aurait bien voulu s'écarter, mais la Reine le tenait en respect, blaster à la hanche, et il n'avait aucune intention de l'inciter à appuyer sur la détente. En conséquence, il ne bougea pas.

Les autres membres du Conseil d'Occupation l'imitèrent.

Soudain, le bruit des armes mourut. Derrière la porte, plus rien ne bougea.

Le capitaine Panaka se tourna vers la Reine.

— Que se passe-t-il ?

Sans cesser de tenir en joue Gunray, Amidala secoua la tête.

— Je n'en suis pas sûre... Essayons la vidéo-surveillance...

L'officier obéit. Tous le regardèrent allumer les écrans.

Sur la plaine, les Gungan avaient été submergés. Certains soldats fuyaient vers le marécage, d'autres en direction des collines, à l'ouest. Impitoyables, les STAP et les tanks de la Fédération du Commerce les poursuivaient. Bientôt, tous seraient prisonniers.

La plupart des Gungan avaient déjà été capturés. Jar Jar était du nombre. En compagnie du général Ceel et des officiers survivants, il regardait ses camarades tenter d'échapper aux droïdes de combat.

— Ça très mauvais, soupira Jar Jar.

Le général approuva, tout aussi sombre.

— Moi espérer qu'aller mieux pour Reine...

Jar Jar soupira de plus belle. Et pour Anakin, pour Quiggon, pour Obi-Un, R2 et tous les autres... ajouta-t-il mentalement. Il se demanda ce qui leur était arrivé. Avaient-ils également été pris ?

Jar Jar pensa soudain à Boss Nass. Sûr qu'il n'allait pas être content ! Le Gungan espérait qu'il ne l'accuserait pas du désastre, mais la possibilité n'était pas à écarter...

Puis les droïdes, autour d'eux, se mirent subitement à trembler comme des vieillards. Certains tournaient en rond, d'autres zigzaguaient, comme si tous leurs circuits étaient grillés. Les tanks s'arrêtèrent et les STAP s'écroulèrent.

Toute activité électronique cessa.

Jar Jar et le général Ceel échangèrent un regard interloqué. Partout, leurs ennemis étaient pétrifiés.

Les prisonniers contemplaient leurs geôliers sans comprendre. Sur un ordre de Ceel, Jar Jar s'éloigna de ses compagnons et tapota le dos d'un guerrier de métal...

... qui tomba comme une pierre...

— Ça étrange, murmura le Gungan, se demandant ce qui était arrivé.

Obi-Wan ne prit pas le temps de penser à ce que lui avait coûté sa victoire sur le Seigneur des Sith. Il se précipita vers Qui-Gon, s'agenouilla à ses côtés, le souleva par les épaules et le serra dans ses bras.

— Maître... murmura-t-il.

Qui-Gon ouvrit les yeux.

— Il n'y a plus rien à faire, mon jeune Padawan...

— Non ! C'est impossible !

— À présent, il te faudra être prêt, que le Conseil le veuille ou non. Tu dois être le professeur de... (La douleur tordit les traits du Jedi, mais son regard resta serein.) Obi-Wan... promets-moi que tu formeras l'enfant...

Kenobi hocha immédiatement la tête. Il n'avait pas besoin de réfléchir, car il était prêt à dire ou à faire tout ce qui pouvait soulager la souffrance de son Maître. Et il aurait tout fait pour le sauver !

— C'est promis, Maître...

Le souffle de Qui-Gon s'accéléra.

— C'est l'Élu, Obi-Wan. Il apportera l'équilibre ultime à la Force. Entraîne-le bien.

Ses yeux se rivèrent sur son disciple puis se voilèrent. Il cessa de respirer. La vie et la puissance le quittèrent.

— Maître, Maître, répétait Obi-Wan en serrant plus fort le corps sans vie. Maître…

Des larmes roulèrent sur les joues du Jedi.

24

Trois jours plus tard, Obi-Wan se recueillait dans la petite salle du Temple Theed où on venait pleurer la mort des héros et célébrer leurs exploits. Dehors au milieu de la place, le corps de Qui-Gon reposait sur un bûcher, en attente de la crémation. Les citoyens et les notables de Naboo, ainsi que les Gungan, affluaient pour honorer la mémoire du Maître Jedi.

Beaucoup de choses avaient changé dans les vies de ceux qui avaient lutté pour Naboo. L'armée de droïdes neutralisée, la domination de la Fédération du Commerce sur la planète n'était plus qu'un mauvais souvenir. Tous les transporteurs, les blindés et les STAP, sans compter les armes et les équipements, étaient entre les mains de la République. Nute Gunray, Rune Haako et les autres membres du Conseil d'Occupation avaient été envoyés sur Coruscant, où ils attendaient de passer en jugement. Élu Chancelier Suprême, le Sénateur Palpatine affirmait qu'il serait prompt à châtier les coupables.

La Reine Amidala avait bluffé les Neimoidiens en faisant mine de se rendre pour pouvoir coincer le Vice-Roi avant qu'il ait le temps de fuir. Avant de jeter son blaster aux pieds des droïdes, elle avait appelé Sabé avec son comlink pour lui ordonner d'abandonner le combat, d'emprunter les couloirs de service, de gagner la chambre royale, de se déguiser puis de faire son petit numéro devant Gunray. Si cette diversion n'avait pas eu lieu, Amidala/Padmé aurait quand même tenté de récupérer les blasters dans leur cachette et combattu pour la liberté de son peuple.

La Reine était jeune, mais ni le courage ni l'audace ne lui faisaient défaut. Depuis que les Jedi étaient venus à son secours, elle n'avait cessé de faire preuve d'intelligence et de clairvoyance.

Obi-Wan était persuadé qu'elle serait une excellente souveraine.

Pourtant, c'était un enfant de neuf ans qui les avait tous sauvés ! Sans vraiment savoir ce qu'il faisait, Anakin Skywalker avait piloté un chasseur sous le feu ennemi, trouvé une brèche dans les boucliers du vaisseau amiral droïde et réussi à atterrir dans son hangar principal. Là, il avait expédié deux torpilles dans le réacteur du navire, provoquant les explosions en chaîne qui l'avaient détruit. Privés de cerveau, les droïdes s'étaient immobilisés, aussi inoffensifs que des boîtes de conserve.

Anakin affirmait n'avoir jamais eu de plan en tête. À l'en croire, il avait lancé ses torpilles sans savoir qu'elles atteindraient le réacteur.

Après avoir écouté l'enfant lui raconter son aventure, et l'avoir longuement questionné, Obi-Wan était persuadé qu'Anakin avait été guidé par quelque chose de plus grand que la réflexion des hommes ordinaires. Grâce à son taux hors du commun de midi-chlorelles, l'enfant avait avec la Force un lien que des maîtres de l'envergure de Yoda ne pouvaient qu'envier. Qui-Gon avait raison. Anakin Skywalker était l'Élu.

Vêtu d'une robe de bure de Jedi couleur sable, Obi-Wan Kenobi faisait les cent pas dans la salle. À sa ceinture pendait le sabre laser de Qui-Gon. Le sien, désormais.

Les douze conseillers de l'Ordre étaient venus sur Naboo pour les funérailles et pour interroger de nouveau Anakin. Ils étaient avec l'enfant, occupés à l'évaluer. Obi-Wan n'avait guère de doute sur leur décision. Ils n'avaient pas le choix.

Il s'immobilisa et, le regard dans le vide, pensa à Qui-Gon, son Maître, son professeur et son ami.

Obi-Wan n'avait rien pu faire pour le sauver. Mais il

continuerait son œuvre et honorerait sa mémoire en assurant la formation d'Anakin, que le Conseil soit d'accord ou pas.

Et voilà ! pensa-t-il avec un sourire mélancolique. Je parle comme lui, à présent…

La porte s'ouvrit. Yoda entra, appuyé sur sa canne, son visage ridé toujours aussi assoupi et contemplatif.

— Maître Yoda… le salua Obi-Wan.

Il alla à sa rencontre et s'inclina.

— Le Conseil le statut de Chevalier Jedi t'a conféré. Prise est la décision au sujet de l'enfant…

— Il recevra une formation ?

Les oreilles de Yoda s'inclinèrent vers l'avant et ses paupières se soulevèrent.

— Impatient tu es… Tellement sûr de la décision ?

Obi-Wan se mordit la langue et attendit que le Maître continue.

Yoda l'étudia attentivement.

— Un grand guerrier était Qui-Gon, dit-il tristement. Mais beaucoup plus il aurait pu être, s'il n'avait pas voulu aller trop vite. Plus doucement tu devras vivre, Obi-Wan.

— Au sujet de l'enfant, il avait tout compris, et pas nous… objecta Kenobi.

Yoda secoua la tête.

— À juger ne sois pas si rapide ! *Tout* n'est pas compris… ni révélé… Des années il faut pour devenir un Maître Jedi. Et beaucoup d'autres pour avec la Force ne faire qu'un…

Il se plaça sous la pâle lumière jaune qui filtrait par une fenêtre. Le crépuscule approchait : le moment choisi pour dire adieu à Qui-Gon.

Yoda reprit la parole, le regard fixe.

— Décidé le Conseil a. Entraîné l'enfant sera.

Submergé de joie et de soulagement, Obi-Wan ne put s'empêcher de sourire. Réaction qui n'échappa pas à Yoda.

— Heureux tu es ? Si certain que c'est bon ? (Le

Maître Jedi se rembrunit.) Sur son avenir, les nuages toujours pèsent. L'entraîner une erreur est...

— Mais le Conseil...

— Décidé a, oui... (Yoda leva les yeux.) Avec cette décision, en désaccord je dois être...

En silence, les deux Jedi se firent face tandis que retentissaient sur la place les échos de la préparation du rituel funèbre. Obi-Wan ne savait que dire. Le Conseil avait tranché contre l'avis de Yoda. La chose était inhabituelle en soi. Que le Maître Jedi le souligne ainsi indiquait combien Anakin Skywalker l'inquiétait.

— Maître, l'enfant va devenir mon Padawan. Je lui donnerai la meilleure formation possible. Et je garderai à l'esprit ce que vous m'avez dit. Je serai prudent et je ne perdrai pas de vue vos avertissements. Comptez sur moi pour surveiller attentivement ses progrès.

Yoda hocha la tête.

— Ta promesse n'oublie jamais, jeune Jedi. Si tu fais cela, suffisant ce sera.

Obi-Wan inclina la tête.

— Je n'oublierai pas...

Ils sortirent ensemble sous la lumière du crépuscule.

Sur le bûcher funéraire, les flammes commençaient à envelopper et à consumer la dépouille mortelle de Qui-Gon. Ceux qui avaient été choisis pour lui rendre un dernier hommage formaient un cercle autour du héros mort.

Il y avait là Amidala et ses dames de compagnie, le Chancelier Suprême Palpatine, le Gouverneur Sio Bibble, le capitaine Panaka et une garde d'honneur de cent soldats Naboo. Boss Nass, Jar Jar et une vingtaine de Gungan se tenaient parmi eux. Les uns à côté des autres, les conseillers étaient présents aussi, y compris Yoda et Mace Windu. Quelques Chevaliers Jedi, amis de longue date du défunt, fermaient le cercle.

Le visage douloureux à force de contenir ses larmes, Anakin Skywalker avait pris place au côté d'Obi-Wan.

Un long roulement de tambour accompagna les

flammes tandis qu'elles réduisaient en cendres – et en pur esprit – le corps de Qui-Gon. Quand le feu l'eut emporté à jamais, des colombes blanches furent lâchées dans le ciel teinté de pourpre du crépuscule. Elles s'enfuirent à tire-d'aile, ombres blanches dans des nues déjà obscures.

Obi-Wan plongea dans ses souvenirs. Toute sa vie, il avait étudié avec les Jedi – Qui-Gon en particulier. À présent, son Maître était mort et lui allait faire ses premiers pas dans une nouvelle existence.

Car il était un Chevalier Jedi, plus un Padawan ! Son passé avait disparu derrière une porte à jamais fermée pour lui.

C'était difficile à accepter. En même temps, il éprouvait un étrange soulagement...

Il baissa les yeux sur Anakin. L'enfant pleurait en regardant les cendres du bûcher funéraire.

Obi-Wan lui posa une main sur l'épaule.

— Il ne fait plus qu'un avec la Force, Anakin. Tu dois le laisser partir...

L'enfant secoua la tête.

— Il me manque...

— À moi aussi, et je ne l'oublierai jamais. Mais il est mort. Nous n'y pouvons rien changer.

Anakin essuya ses larmes.

— Que va-t-il m'arriver ?

Obi-Wan accentua sa pression sur l'épaule du gamin.

— Je te formerai, comme Qui-Gon l'aurait fait... Je suis ton nouveau Maître, Anakin. Tu étudieras avec moi et tu deviendras un Chevalier Jedi, je te le jure.

L'enfant se redressa légèrement. Obi-Wan sourit intérieurement. Où qu'il soit, songea-t-il, Qui-Gon devait sourire aussi.

Près de Yoda, Mace Windu, avec un air rêveur, regardait Obi-Wan et son Padawan.

— Une vie se termine et une autre commence, tout autant dévouée à l'Ordre, murmura-t-il.

Yoda se pencha en avant, appuyé sur sa canne, et secoua la tête.

— L'enfant comme Qui-Gon n'est peut-être pas, dit-il.

Troublé, il est. Entouré par les Ombres et rongé par des choix difficiles…

Mace Windu acquiesça. Il connaissait l'opinion de Yoda. Mais le Conseil avait tranché…

— Obi-Wan fera du bon travail avec lui… Qui-Gon avait raison : son élève est prêt !

Il savait quel exploit le jeune Jedi avait accompli pour échapper au Seigneur des Sith après la défaite de Qui-Gon. Cela nécessitait un extraordinaire courage et une volonté hors du commun. Seul un Chevalier en parfaite harmonie avec la Force pouvait triompher d'un pareil adversaire. Obi-Wan avait fait ses preuves au-delà des attentes de ses pairs.

— Prêt pour combattre il est, admit Yoda. Pour entraîner l'enfant, peut-être pas.

— Vaincre un tel guerrier démontre qu'il est capable de tout, insista Windu, les yeux toujours posés sur Anakin et Kenobi. Il n'y a aucun doute. L'homme qu'il a vaincu était un Seigneur des Sith !

Yoda battit des paupières.

— Toujours deux les Seigneurs sont… Pas plus, pas moins. Un Maître et un apprenti.

— Lequel a péri, selon vous ? demanda Mace Windu. Le Maître ou l'apprenti ?

Les deux Jedi se regardèrent. Aucun ne put répondre à cette question.

Cette nuit-là, Dark Sidious resta longtemps seul sur un balcon qui surplombait la ville. Silhouette sombre parmi une multitude de lumières clignotantes, furieux et triste, il songeait à la perte de son disciple. Des années d'entraînement avaient été nécessaires pour faire de Dark Maul un Seigneur des Sith. Supérieur aux Chevaliers Jedi qu'il affrontait, il aurait dû les vaincre sans difficulté. Le hasard et la malchance l'avaient conduit à la mort. Une combinaison de faits contre laquelle le Côté Obscur lui-même ne pouvait rien…

Pas pour l'instant, en tout cas.

Le Seigneur des Sith fronça les sourcils. Remplacer

Dark Maul s'imposait. Pour cela, il devrait former un nouvel élève. Trouver le candidat idéal ne serait pas facile...

Dark Sidious approcha de la balustrade et posa les mains sur le métal glacé. Une chose était certaine : les responsables de la mort de Dark Maul ne s'en sortiraient pas comme ça ! Jamais il n'oublierait, et ils devraient payer, tôt ou tard.

Les yeux du Seigneur des Sith s'éclairèrent. Malgré l'échec, il avait retiré de cette aventure ce qu'il désirait plus que tout. Sous cet angle, même la perte de Dark Maul était acceptable.

Dark Sidious prendrait son temps. Il attendrait qu'une occasion se présente. Et il préparerait le terrain à ce qui devait inévitablement arriver.

Un sourire flotta sur ses lèvres. Bientôt, le jour de son triomphe viendrait...

Le lendemain des funérailles de Qui-Gon, il y eut dans les rues de la ville un grand défilé pour saluer la nouvelle alliance entre les Naboo et les Gungan, célébrer leur rude victoire sur les envahisseurs de la Fédération du Commerce et rendre hommage aux héros qui avaient combattu pour la liberté de la planète.

La foule massée le long des avenues regarda les Gungan montés sur leurs kaadu et les Naboo juchés sur leurs speeders traverser la ville sous les acclamations et les chants.

Les fambaas participaient à la fête. Munis de harnais brodés, le dos couvert d'une pièce de soie, ils inclinaient sans cesse leurs têtes plantées au bout d'interminables cous.

De temps en temps, un blindé de la Fédération passait, des drapeaux Naboo et Gungan fixés à ses canons.

Jar Jar Binks et le général Ceel, à dos de kaadu, conduisaient les Gungan. Pour une fois, Jar Jar parvint à ne pas vider les étriers pendant la parade. Mais dans l'assistance, nul ne fut dupe des efforts que cela lui coûtait.

En haut d'un escalier de pierre, sur la place centrale, le capitaine Panaka, la Reine et son escorte personnelle regardaient approcher le défilé. En grand uniforme, des galons d'or sur les épaules, Panaka avait fière allure.

Anakin et Obi-Wan se tenaient près de la souveraine.

L'enfant ne se sentait pas à sa place et mal à l'aise. Il trouvait le défilé magnifique et appréciait qu'on lui rende honneur comme aux autres combattants, mais son esprit était ailleurs.

Avec Qui-Gon, retourné au sein de la Force...

Avec Padmé, qui lui avait à peine dit trois mots depuis que le Conseil avait accepté qu'il suive une formation...

Dans son foyer, où il ne retournerait peut-être plus...

Avec sa mère, qui aurait été si fière de le voir aujourd'hui...

Les cheveux coupés court, Anakin portait les vêtements rituels d'un Padawan. Désormais, il était un élève promis à devenir un Chevalier de l'Ordre. Tous les espoirs qu'il avait en venant sur Coruscant avec Qui-Gon s'étaient réalisés au-delà de ses espérances. Il y avait de quoi se sentir satisfait et heureux...

Anakin *se sentait* satisfait et heureux ! Mais son bonheur était obscurci par l'absence de Qui-Gon et de sa mère. S'il ne les avait pas perdus de la même façon, le résultat demeurait : ils ne faisaient plus partie de sa vie. Le Maître Jedi lui avait fourni la stabilité dont il avait besoin pour quitter Shmi. Depuis sa mort, Anakin se sentait abandonné. Personne, pas même Obi-Wan ou Padmé, ne pouvait lui apporter l'équilibre que Qui-Gon lui avait donné.

Un jour, cela changerait peut-être. Alors le Jedi et la jeune fille joueraient dans sa vie un rôle qui ferait de lui une autre personne...

Pour l'heure, il se sentait seul.

Et il aurait tant aimé qu'il en fût autrement !

Il sourit, mais son esprit et son cœur étaient tourmentés.

Peut-être parce qu'il avait deviné ses sentiments, Obi-Wan lui posa sur l'épaule une main rassurante.

— Anakin, une nouvelle vie commence pour toi, dit-il.

L'enfant sourit encore – n'était-ce pas ce qu'on attendait de lui ? – et ne dit rien.

Obi-Wan regarda la foule.

— Qui-Gon n'aimait pas les célébrations... Mais il comprenait qu'on en ait besoin. Je me demande comment il se serait comporté aujourd'hui...

Anakin haussa les épaules.

Le Jedi sourit.

— Il aurait été fier que tu sois parmi les héros de la fête.

L'enfant leva les yeux.

— Tu crois ?

— Oui. Et ta mère serait fière aussi...

Anakin détourna le regard.

— J'aimerais qu'elle soit là... Elle me manque tant.

Le Jedi lui serra l'épaule, avec plus de force.

— Tu la reverras un jour... Quand tu seras devenu un Chevalier Jedi !

Le défilé traversa la place et passa devant l'escalier où la Reine l'attendait en compagnie de ses suivantes, du Gouverneur Sio Bibble, du Chancelier Suprême Palpatine, de Boss Nass et des membres du Conseil des Jedi. R2-D2 se tenait entre les dames de compagnie et Anakin. Son dôme pivotait et ses voyants clignotaient tandis que ses capteurs ne perdaient pas une miette du spectacle.

Il lança un trille joyeux à l'enfant, qui lui tapota gentiment le dôme.

Boss Nass avança et leva le Globe de Paix au-dessus de sa tête.

— Être super ! caqueta Jar Jar, aux anges. Gungan et Naboo amis pour toujours, pas vrai ?

Son enthousiasme arracha un sourire à Anakin. Ses longues oreilles oscillant en cadence, il montait l'escalier de sa démarche pataude. On aurait dit une danse maladroite...

Jar Jar ne se laisserait jamais abattre par les mauvaises choses de la vie. Il y avait peut-être là une leçon à retenir...

— Nous héros, Anakin ! lança le Gungan, les bras levés, un superbe sourire sur le visage.

Anakin éclata de rire.

Des héros ? C'était peut-être vrai, après tout...

Dans l'avenue, en contrebas, comme un long ruban de vie coloré, le défilé qui les avait conduits jusqu'en cet endroit et en ce lieu continuait...

L'ATTAQUE DES CLONES

par

R.A. SALVATORE

D'après une histoire de George Lucas
et un scénario de George Lucas et Jonathan Hales
Traduit de l'anglais (États-Unis) par
Jean-Marc Toussaint

Il y a bien longtemps, dans une galaxie lointaine,
très lointaine...

PRÉLUDE

Son esprit s'imprégna de la scène qui se déroulait devant lui. Une scène si calme, si paisible, si… normale.

C'était l'image de l'existence dont il avait toujours rêvé. Sa famille et ses amis, rassemblés. Il savait qu'il s'agissait bien de ses proches, mais la seule personne qu'il parvenait à reconnaître était sa chère et tendre mère.

C'était ainsi que tout aurait dû être. La chaleur et l'amour, la joie et la quiétude. C'était ainsi qu'il avait toujours imaginé les choses. C'était ainsi qu'il avait tant souhaité qu'elles soient. Les sourires chaleureux, agréables. Les conversations plaisantes, même s'il était incapable d'en saisir le moindre mot. Les tapes amicales sur ses épaules.

Mais, plus que toute autre chose, il y avait le sourire de sa mère, si heureuse à présent qu'elle n'était plus esclave. Lorsqu'elle le regarda, il devina tout cela dans ses yeux. Et bien plus encore. Il vit combien elle était fière de lui, il nota combien sa vie était devenue joyeuse.

Elle s'approcha de lui, un sourire éclatant sur le visage, tendant les mains devant elle pour lui caresser la figure. Son sourire s'élargit. Encore et encore.

Beaucoup trop.

L'espace d'un instant, il crut que l'exagération était produite par cet amour qui dépassait tout ce qu'il était concevable d'imaginer. Mais le sourire continua de s'élargir, encore plus, et le visage de sa mère s'étira et se contorsionna d'étrange façon.

Elle sembla se mouvoir au ralenti. Toutes les personnes

présentes firent de même, comme si leurs membres étaient devenus trop lourds.

Non, pas trop lourd, comprit-il, sentant son impression de chaleur prendre des proportions infernales. C'était un peu comme si sa mère et ses amis étaient sur le point de se rigidifier, de se transformer en quelque chose qui n'avait plus rien de vivant ou d'humain. Il reporta son attention sur cette caricature de sourire, sur ce visage tordu, et y décela une profonde douleur, une agonie en pleine cristallisation.

Il voulut l'appeler, lui demander ce qu'il pouvait bien faire pour elle, lui proposer son aide.

Son visage se tordit encore plus et du sang se mit à couler de ses yeux. Sa peau se cristallisa, devenant translucide, pareille à du verre.

En verre ! Elle était en verre ! La lumière se reflétait à présent sur ses traits transparents et le sang coulait toujours sur la surface si lisse de son visage. Son expression changea, adoptant une attitude résignée, presque d'excuse, un regard qui disait qu'elle avait trahi son amour et que lui-même l'avait trahie. Un regard qui lui transperça le cœur comme avec une aiguille effilée.

Il essaya d'aller vers elle, il voulait la sauver.

Des fêlures apparurent à la surface du verre. Il entendit un crissement terrifiant au fur et à mesure que les crevasses s'étendaient.

Il appela son nom plusieurs fois, tenta désespérément de courir vers elle. Il songea à la Force et projeta ses pensées avec toute la puissance de sa volonté, essayant de l'atteindre avec toute son énergie.

Alors, elle explosa.

Le Padawan Jedi se redressa en sursaut sur sa couchette à bord du vaisseau spatial, les yeux grands ouverts, la sueur perlant à son front, le souffle court.

Un rêve. Ce n'était qu'un rêve.

Il se le répéta maintes et maintes fois en tentant de se recoucher. Tout cela n'était qu'un rêve.

Mais en était-ce bien un ?

Après tout, n'était-il pas capable de deviner les choses avant qu'elles se produisent ?

— Ansion ! lança quelqu'un depuis l'avant du vaisseau.

La voix familière de son Maître.

Il sut qu'il lui fallait à présent chasser ce rêve de sa tête, qu'il lui fallait se concentrer sur les événements présents. Ce serait sa dernière mission aux côtés de son Maître. Clarifier son esprit ? C'était probablement plus facile à dire qu'à faire.

Car l'image revint. L'image de sa mère, l'image de son corps se rigidifiant, se cristallisant, puis explosant en un million d'éclats étincelants.

Il releva la tête, vit son Maître à l'avant de l'appareil, installé aux commandes, se demanda s'il devrait tout lui raconter, si le Jedi serait à même de l'aider. Mais la pensée s'évanouit aussitôt après lui avoir traversé l'esprit. Son Maître, Obi-Wan Kenobi, ne serait pas capable de l'aider. Tous deux étaient bien trop absorbés par autre chose. L'entraînement. Les missions sans importance. Comme cette dispute frontalière qui, aujourd'hui, les emmenait si loin de Coruscant.

Le Padawan voulait retourner sur Coruscant, aussi vite que possible. Il avait besoin de conseils, à présent, mais pas de ceux que pouvait lui prodiguer Obi-Wan.

Il voulait à nouveau s'entretenir avec le Chancelier Palpatine et entendre les paroles rassurantes de cet homme. Palpatine s'était particulièrement intéressé à lui au cours des dix dernières années, s'assurant de toujours lui réserver un moment à chaque fois que le Padawan et son Maître étaient de passage sur la planète capitale.

Le jeune apprenti, encore secoué par les images criantes de vérité de son terrible rêve, trouva un peu de réconfort en pensant à l'homme d'État. Le Chancelier, ce sage qui dirigeait à présent la République, lui avait promis que ses pouvoirs atteindraient des sommets encore inégalés, qu'il deviendrait encore plus puissant que les plus puissants des Jedi.

Peut-être s'agissait-il là de la réponse. Peut-être que

le Jedi le plus puissant, le plus puissant de tous, empêcherait la désintégration des fragiles silhouettes de verre.

— On arrive sur Ansion ! appela de nouveau la voix depuis l'avant de l'appareil. Anakin ? Rejoins-moi sur la passerelle !

1

Shmi Skywalker Lars se tenait sur la dune de sable qui délimitait le périmètre de la ferme de culture d'humidité, une jambe devant l'autre, un pied posé sur la crête et le genou légèrement plié. Appuyée d'une main sur ce genou, cette femme d'âge mûr, au visage buriné et fatigué et dont les cheveux sombres commençaient à grisonner, releva les yeux vers le champ d'étoiles dont l'éclat ponctuait la nuit froide de Tatooine. Aucune arête ne déchirait le paysage qui s'étendait tout autour d'elle. Les dunes environnantes, sculptées par les vents, n'étaient que rondeur et douceur, comme si la planète était un océan de sable s'étalant à perte de vue. Quelque part dans le lointain, une créature poussa un grognement, un son plaintif dans la nuit qui fit vibrer Shmi au plus profond de son être.

Cette nuit si spéciale.

Son fils, Anakin, son cher petit Anakin, allait avoir vingt ans ce soir. C'était un anniversaire que Shmi observait scrupuleusement chaque année, même si cela faisait près d'une décennie qu'elle n'avait pas vu son fils bien-aimé. Comme il avait dû changer ! Comme il avait dû grandir, devenir fort, devenir sage, au contact de tous ces Jedi ! Shmi, qui avait passé toute son existence dans cette région reculée de Tatooine, ce monde si terne, avait toutes les peines à imaginer quelles merveilles son fils avait pu découvrir dans les étoiles. Là-haut, il avait dû visiter des planètes si différentes de celle-ci, des mondes drapés de couleurs vives, aux vallées sillonnées de torrents d'eau fraîche.

Un sourire nostalgique se dessina sur son visage toujours gracieux. Elle repensa à ces moments si lointains, lorsque son fils et elle étaient des esclaves à la solde de ce pauvre diable de Watto. Anakin, gamin espiègle et rêveur, à l'attitude farouchement indépendante et au courage indestructible, empoisonnait perpétuellement la vie du Toydarian. Malgré leur condition d'esclaves, Shmi se remémorait cette période comme d'un temps heureux. Malgré le manque de nourriture, malgré l'inexistence de leurs possessions, malgré les remontrances et les ordres perpétuels de Watto, elle était à l'époque avec Anakin, son cher fils.

— Tu devrais rentrer, annonça une voix calme juste derrière elle.

Le sourire de Shmi se fit plus rayonnant et elle se retourna pour constater que son beau-fils, Owen Lars, était en train de marcher à sa rencontre. C'était un jeune homme trapu, costaud, du même âge qu'Anakin, avec de courts cheveux bruns un peu ébouriffés. Son visage franc était incapable de dissimuler la moindre émotion venue des tréfonds de son cœur.

Shmi passa une main dans les cheveux d'Owen lorsqu'il arriva à sa hauteur. Le jeune garçon répondit en passant un bras affectueux autour des épaules de sa belle-mère et en l'embrassant sur la joue.

— Pas de vaisseau, ce soir, Maman ? demanda Owen d'un ton aimable.

Il savait bien pourquoi Shmi était venue jusqu'ici, pourquoi elle venait si souvent sur ces dunes à la tombée de la nuit.

Shmi leva la main pour caresser délicatement le visage d'Owen en souriant. Elle aimait ce garçon autant qu'elle aimait son propre fils. Il avait été si bon avec elle, il avait si bien compris la terrible absence qu'elle ressentait dans ses entrailles. Sans jalousie, sans émettre le moindre jugement, Owen avait accepté la douleur de Shmi et il lui avait toujours offert une épaule secourable sur laquelle s'appuyer.

— Non, pas de vaisseau ce soir, répondit-elle en relevant la tête vers la voûte étoilée. Anakin doit être bien trop occupé à sauver la galaxie, à pourchasser des contrebandiers ou autres bandits de la pire espèce. C'est son devoir, tu sais ?

— Bon, eh bien dorénavant, je sais que je peux dormir sur mes deux oreilles, répondit le jeune homme en souriant.

Même si ses paroles avaient été formulées sur le ton de la plaisanterie, Shmi ne pouvait s'empêcher de penser qu'elles contenaient un fond de vérité. Anakin était un enfant spécial, en dehors de toute norme. Même pour un Jedi, songea-t-elle. Anakin avait toujours dépassé les autres. Pas physiquement, non. Shmi se souvenait de lui comme d'un gamin à la bouille souriante, avec de grands yeux curieux et des cheveux blonds comme le sable. Mais Anakin était capable de prouesses et il les accomplissait si bien. Du temps où il n'était encore qu'un enfant, il avait participé à des courses de Podracers, damant le pion aux meilleurs coureurs de tout Tatooine. Il avait été le premier être humain à remporter une Podrace et il n'était alors âgé que de neuf ans ! Il avait gagné la course, se souvint Shmi en souriant de toutes ses dents, aux commandes d'un engin qu'il avait lui-même construit, à partir de pièces détachées récupérées dans les tas de ferraille du magasin de Watto.

Et c'était bien cela qui faisait qu'Anakin était si spécial. Il n'avait rien de commun avec les autres enfants, il n'avait rien de commun, même, avec les adultes. Anakin pouvait « sentir » les choses avant qu'elles se produisent. Il était tellement en phase avec le monde qui l'entourait qu'il pouvait anticiper de façon innée l'enchaînement des événements, quels qu'ils soient, jusqu'à leur conclusion logique. Il pouvait percevoir les problèmes techniques de son Podracer, par exemple, bien longtemps avant que ces problèmes se manifestent et entraînent une catastrophe. Anakin était vraiment spécial. Les Jedi qui avaient débarqué sur Tatooine avaient remarqué la nature unique du garçon. C'est pour cela qu'ils l'avaient libéré de Watto, qu'ils l'avaient pris sous leur protection pour s'occuper de son éducation.

— J'ai dû le laisser partir... dit Shmi très calmement. Je ne pouvais pas le garder avec moi, ici, parmi les esclaves...

— Je sais, lui assura Owen.

— Même si nous n'avions pas été esclaves, je n'aurais pas pu le garder avec moi, continua-t-elle, regardant Owen, comme surprise par ses propres propos. Anakin a tant de choses à offrir à la galaxie. Ses dons n'auraient servi à rien sur Tatooine. Il est à sa place, là-haut, à voler dans les étoiles, à parcourir les planètes. Son destin était de devenir un Jedi, de mettre ses dons au service du plus grand nombre.

— C'est pour ça que je vais mieux dormir, dorénavant, réitéra Owen.

Lorsque Shmi le regarda, elle vit que le sourire du jeune homme était plus éclatant que jamais.

— Oh, arrête de te moquer de moi ! dit-elle, accompagnant ses paroles d'une tape amicale sur l'épaule de son beau-fils.

Owen ne broncha pas. Le visage de Shmi devint sérieux.

— Anakin voulait partir, reprit-elle. (Ce discours, elle l'avait déjà tenu à Owen auparavant, ce même discours qu'elle s'était répété inlassablement, toutes les nuits, au cours des dix dernières années.) Son rêve, c'était de voler dans les étoiles, de visiter toutes les planètes de la galaxie, d'entreprendre des choses grandioses. Il est né esclave, certes, mais son destin n'était pas de le rester. Non, pas mon Anakin. Pas mon Anakin.

Owen lui serra l'épaule.

— Tu as fait ce qu'il fallait. Si j'étais Anakin, je t'en serais très reconnaissant. Je comprendrais que tu as fait ce qu'il y avait de mieux pour moi. Il n'y a pas de plus grande preuve d'amour que celle-ci, Maman.

Shmi caressa encore le visage d'Owen, laissant paraître sur ses lèvres un petit sourire amer.

— Allez, rentrons, Maman, dit Owen en lui prenant la main. Ça va devenir dangereux par ici.

Shmi hocha la tête et n'offrit d'abord aucune résistance lorsque le jeune homme l'entraîna à sa suite. Elle s'arrêta cependant très soudainement et adressa un regard dur à son beau-fils lorsque celui-ci se tourna pour lui faire face.

— Mais c'est encore plus dangereux là-haut, dit-elle, la voix tremblante, ravalant un sanglot. (Visiblement prise de panique, elle releva la tête vers l'immensité du champ d'étoiles.) Imagine qu'il soit blessé, Owen. Imagine qu'il soit mort.

— Mieux vaut mourir en pourchassant ses propres rêves que de vivre une existence sans espoir, dit Owen.

Shmi reposa les yeux sur lui et parvint à sourire de nouveau. Owen, tout comme son père, était aussi ancré dans le pragmatisme qu'il était possible de le concevoir. Elle comprit que le jeune homme avait dit cela pour la réconforter. Cela n'en était que plus exceptionnel.

Elle ne résista plus quand l'adolescent la prit par la main à nouveau pour la conduire vers l'humble demeure de Cliegg Lars, son époux, le père d'Owen.

Elle avait fait le bon choix pour son propre fils, se répétait Shmi à chacun de ses pas. En ce temps-là, ils étaient esclaves, sans aucun espoir d'accéder à la liberté. Jusqu'à l'arrivée des Jedi. Comment aurait-elle pu obliger Anakin à rester ici, sur Tatooine, alors que ces Chevaliers lui offraient la possibilité de concrétiser ses rêves ?

Bien sûr, à cette époque, Shmi ne pouvait pas imaginer qu'elle rencontrerait Cliegg Lars, par le plus heureux des hasards, dans les rues de Mos Espa. Et encore moins que le cultivateur d'humidité tomberait amoureux d'elle, qu'il s'acquitterait de son affranchissement, qu'il la libérerait de Watto et que, une fois Shmi arrachée à sa condition d'esclave, il la demanderait en mariage. Auraitelle laissé Anakin s'envoler si elle avait pu prédire les changements qui surviendraient dans sa vie juste après le départ de son fils ?

Sa vie ne serait-elle pas meilleure aujourd'hui, plus entière, plus complète, avec Anakin à ses côtés ?

Shmi sourit en se reposant la question. Non, réalisa-t-elle. Elle aurait tout de même souhaité qu'Anakin s'en aille. Elle l'aurait souhaité pour Anakin, pas pour elle-même. Sa place était là-haut. Elle en était persuadée.

Shmi secoua la tête, submergée par l'intensité de ses émotions, par les nombreux tournants et carrefours de son propre destin, du destin d'Anakin. En prenant un peu de recul, elle était encore incapable de dire si la situation actuelle représentait ce qu'il était possible d'imaginer de mieux pour elle comme pour son fils.

Pourtant, ce vide terrible, cette absence, était toujours là, au fond de son cœur.

2

— Laissez-moi vous aider... dit Beru, se levant pour rejoindre Shmi qui était en train de préparer à dîner.

Cliegg et Owen étaient encore à l'extérieur, occupés à vérifier les installations, à préparer la ferme pour la nuit à venir. Une nuit pour laquelle on prévoyait une tempête de sable.

Souriant chaleureusement, heureuse de savoir que cette jeune femme ferait bientôt partie de la famille, Shmi tendit un couteau à Beru. Owen n'avait pas encore précisément parlé de mariage mais Shmi se doutait bien de quelque chose, à la façon dont les deux jeunes gens se dévoraient des yeux. Ce n'était qu'une question de temps. De très peu de temps, d'ailleurs, se dit Shmi, connaissant son beau-fils. Owen n'était pas du genre aventureux, il avait les pieds solidement ancrés dans le sol et, lorsqu'il souhaitait quelque chose, il faisait tout pour l'obtenir, avec une résolution inébranlable.

Beru paraissait du même genre et, visiblement, elle aimait Owen aussi profondément que le jeune homme l'aimait. Elle avait tout ce qu'il fallait pour devenir l'épouse d'un cultivateur d'humidité, songea Shmi, observant la jeune femme qui s'appliquait méthodiquement à la cuisine. Le travail ne lui faisait pas peur, elle était capable et diligente.

Elle n'attend rien de la vie. Apparemment, elle n'a pas besoin de grand-chose pour être heureuse, se dit Shmi. Cette vérité représentait le point central de leur existence. Celle-ci était simple et carrée. Les aventures peu nombreuses et rarement bienvenues. Les bouleversements, ici, se résumaient à apercevoir des Hommes des Sables rôdant dans la région ou bien à essuyer une énorme tempête ou tout autre phénomène météorologique à fort potentiel destructeur.

La famille Lars se contentait de choses simples, principalement d'être ensemble, pour vivre plaisamment. Pour Cliegg, c'était la seule existence qu'il ait jamais connue, un style de vie qui se perpétuait depuis des générations chez les siens. Il en allait de même pour Owen. Quant à Beru, même si elle avait grandi à Mos Eisley, elle semblait parfaitement à sa place parmi eux.

Oui, Owen l'épouserait un jour, Shmi en était persuadée, et quel heureux jour ce serait !

Les deux hommes revinrent peu de temps après, suivis de C-3PO, le droïde de protocole construit par Anakin, du temps où la ferraille de Watto lui servait de terrain de jeu.

— Deux autres mandaracines pour vous, Maîtresse Shmi, dit le droïde longiligne en lui tendant une paire fraîchement ramassée de légumes orange et vert. J'en aurais bien ramené d'autres mais on m'a annoncé, et pas de la façon la plus civile, permettez-moi de vous le dire, qu'il fallait que je me dépêche.

Shmi se tourna vers Cliegg. Son époux lui sourit et haussa les épaules.

— On aurait très bien pu le laisser dehors, dit-il. Je suppose que sa carcasse aurait été parfaitement nettoyée par le sable. De plus, les cailloux qui vont pleuvoir avec la tempête de ce soir auraient pu lui bousiller un ou deux circuits…

— Je vous demande pardon, Messire Cliegg, dit C-3PO. Je voulais simplement dire…

— On sait très bien ce que tu as voulu dire, C-3PO, répondit Shmi en posant une main rassurante sur l'épaule du droïde.

Elle l'ôta rapidement, songeant qu'il s'agissait d'un geste de sympathie relativement incongru envers un assemblage de boulons et de câbles. Bien entendu, C-3PO représentait bien plus qu'un assemblage de boulons et de câbles aux yeux de Shmi Skywalker Lars. Anakin avait construit ce droïde. Enfin presque. Lorsque le jeune garçon était parti avec les Jedi, il avait laissé C-3PO en parfait état de fonctionnement mais sans aucune carapace pour protéger ses circuits exposés. Shmi l'avait laissé ainsi pendant quelque temps, imaginant qu'Anakin reviendrait vite pour terminer le travail. Ce fut seulement après son mariage avec Cliegg que Shmi se décida à achever le droïde elle-même, apposant sur son squelette des plaques d'un métal terne. Le moment avait été fort touchant pour Shmi, une sorte de rite d'initiation lui confirmant qu'Anakin et elle avaient respectivement trouvé leurs places dans l'univers. Le droïde de protocole pouvait, de temps en temps, se montrer fort enquiquinant mais, pour Shmi, C-3PO était un symbole qui lui rappelait son fils.

— Bien sûr, si une paire de Tusken l'avaient découvert, ils se seraient empressés de le couvrir de bandelettes pour le protéger de la tempête, reprit Cliegg, visiblement très amusé à l'idée de taquiner le pauvre droïde. Tu n'as pas peur des Hommes des Sables, hein, C-3PO ?

— Il n'y a rien dans ma programmation qui soit en rapport avec une telle peur, répondit C-3PO.

Il aurait certainement été plus convaincant s'il n'avait pas prononcé cette phrase en tremblant et d'une voix aussi perçante qu'hésitante.

— Ça suffit ! déclara Shmi à son mari. Mon pauvre C-3PO, dit-elle, tapotant à nouveau l'épaule du droïde. Tu peux disposer, à présent. J'ai toute l'aide qu'il me faut pour ce soir. (Finissant sa phrase, elle fit signe au droïde de s'en aller.) Tu ne peux vraiment pas t'empêcher de tarabuster ce pauvre diable, remarqua-t-elle en venant se poster derrière son mari et en posant les mains sur ses larges épaules.

— Oh, alors, si je ne peux plus m'amuser un peu avec lui, il va bien falloir que je me trouve une autre victime, répondit Cliegg, pourtant rarement d'humeur espiègle.

Il plissa les yeux et inspecta la pièce puis posa un regard menaçant sur Beru.

— Cliegg... s'empressa d'intervenir Shmi.

— Eh bien quoi ? protesta-t-il de façon théâtrale. Si elle espère venir vivre avec nous ici, elle aurait tout intérêt à apprendre à se défendre !

— Papa ! cria Owen.

— Oh, ne vous faites pas trop de souci, mon vieux Cliegg, intervint Beru, insistant bien sur le mot « vieux ». De quel genre d'épouse aurais-je l'air si j'étais incapable de vous tenir tête lors d'une petite joute verbale, hein ?

— Ah ! Mais elle me lance un défi ! gronda Cliegg.

— Un défi ? Mais vous ne faites vraiment pas le poids ! répondit sèchement Beru.

Elle et Cliegg se mirent alors à échanger toutes sortes de piques amicales, entrecoupées, de temps à autre, de tentatives d'Owen pour endiguer le flot.

Shmi ne prêta guère attention à l'échange, trop occupée à étudier Beru. Oui, elle serait certainement à sa place parmi eux, ici, à la ferme de culture d'humidité. Elle avait le tempérament idéal. Elle était fiable et solide, mais savait s'amuser lorsque la situation le permettait. Cliegg, tout bourru qu'il soit, pouvait tenir tête verbalement à presque n'importe qui. Et il avait trouvé en Beru une adversaire d'élite. Shmi retourna à la préparation du dîner, souriant à chaque fois que la jeune femme assenait à Cliegg une repartie particulièrement cinglante.

Trop absorbée par son travail, Shmi ne vit pas le projectile lui arriver dessus. Lorsque le légume trop mûr la frappa à l'oreille, elle poussa un cri de surprise.

Bien entendu, cela ne fit que déclencher un tonnerre de rires de la part des trois autres personnes présentes dans la pièce.

Shmi se tourna pour leur faire face. Ils étaient tous trois attablés, à l'observer. À l'expression embarrassée qui se devinait sur la figure de Beru – et vu l'endroit où elle se trouvait, installée juste en face de Cliegg –, Shmi devina immédiatement que la jeune femme avait lancé le projectile. Elle avait souhaité toucher Cliegg, mais elle avait mal visé.

— Les filles… Ça écoute uniquement quand on leur donne un ordre ! tonna Cliegg Lars, dont le ton sarcastique se noya dans un éclat de rire irrépressible lui montant de la gorge.

Qui s'interrompit lorsque Shmi lui envoya au visage les restes du fruit juteux, dont les morceaux lui dégoulinèrent sur les épaules.

Ce fut le signal du démarrage des hostilités alimentaires. Le combat fut mesuré, bien entendu, et les menaces fusèrent bien plus que les projectiles eux-mêmes.

Lorsque le combat prit fin, Shmi se mit à nettoyer. Les trois autres s'empressèrent de lui donner un coup de main.

— Allez, vous deux, vous pouvez passer un moment ensemble, loin de ce vieil empoisonneur, dit Shmi, s'adressant à Beru et Owen. C'est Cliegg qui a commencé, c'est Cliegg qui va nettoyer tout ça. Allez, filez. Je vous appellerai quand le dîner sera prêt.

Cliegg poussa un petit rire.

— Et s'il recommence, j'en connais un qui va crever de faim, dit-elle en menaçant son mari avec une cuillère. Et crever de faim tout seul, en plus !

— Oh, non, pitié ! dit Cliegg, levant les deux mains en geste de soumission.

Du revers de sa cuillère, Shmi fit signe à Beru et à Owen qu'ils pouvaient s'éclipser. Les deux jeunes gens quittèrent la salle d'un pas joyeux.

— Elle sera une parfaite épouse pour lui, dit Shmi à Cliegg.

Il marcha jusqu'à elle, la saisit par la taille et la serra contre lui.

— Nous, les hommes de la famille Lars, nous ne tombons amoureux que des meilleures femmes.

Shmi se tourna et découvrit le sourire chaleureux et sincère de son époux. Elle s'empressa de le lui retourner. C'était ainsi que les choses devaient être. Un travail bon et honnête et suffisamment de temps libre pour pouvoir se détendre un peu. C'était la vie dont Shmi avait toujours rêvé. Tout était parfait. Presque parfait.

Une lueur de nostalgie s'alluma dans ses yeux.

— Tu penses encore à ton fils, annonça Cliegg Lars, plus sur le ton de l'affirmation que de l'interrogation.

Shmi le regarda. Son expression était un mélange de joie et de tristesse, pareille à un nuage noir traversant seul un ciel d'été ensoleillé.

— Oui, c'est vrai. Mais ça va, cette fois, dit-elle. Il est en sécurité, je le sais, et il accomplit de grandes choses.

— Mais quand on s'amuse, comme ça, entre nous, tu aimerais bien qu'il soit là, non ?

Shmi sourit à nouveau.

— Oui, à ce moment-là et tout le temps, en fait. J'aurais aimé qu'Anakin soit ici dès le début, dès le jour où toi et moi avons fait connaissance.

— C'était il y a cinq ans… remarqua Cliegg.

— Je suis certaine qu'il t'aimerait autant que moi je t'aime. Et puis, lui et Owen…

Sa voix faiblit. La phrase resta en suspens.

— Tu penses qu'Anakin et Owen pourraient être bons amis ? demanda Cliegg. Mais enfin, évidemment qu'ils le seraient !

— Tu n'as jamais rencontré Anakin ! réprimanda Shmi.

— Ils seraient les meilleurs amis du monde, lui assura Cliegg, serrant à nouveau les bras autour de sa taille. Ce ne serait pas possible autrement, avec toi comme mère…

Shmi accepta le compliment avec élégance, détourna les yeux, puis gratifia son époux d'un baiser sincère autant que reconnaissant. Elle pensa à Owen, à la romance que le jeune homme était en train de vivre avec la jolie Beru. Shmi les adorait, ces deux-là !

Mais cette pensée lui procura un sentiment de malaise. Shmi s'était souvent demandé si Owen n'était pas la principale raison pour laquelle elle avait accepté d'épouser Cliegg avec tant d'empressement. Elle observa son mari et passa ses mains autour de ses larges épaules. Oui, elle l'aimait, profondément, et elle ne pouvait nier la joie profonde qu'elle éprouvait d'avoir été arrachée à sa condition d'esclave. Mais, en dépit de tout cela, quel rôle la présence d'Owen avait-elle joué dans sa décision ? C'était une question qu'elle n'avait cessé de se poser au cours de toutes ces années. Existait-il, à ce point, un vide dans son cœur qu'elle essayait de le combler avec Owen ? Un besoin maternel inassouvi depuis le départ d'Anakin ?

En vérité, les deux garçons étaient bien différents. Owen était un jeune homme solide, un peu collet monté, un roc qui prendrait les rênes de l'exploitation des mains de Cliegg en temps utile. Cette ferme de culture d'humidité se transmettait de génération en génération chez les Lars. Owen était prêt, voire très excité, à l'idée d'en être l'héritier légitime. Il se sentait déjà capable d'en assumer la dure responsabilité, en échange de la fierté et de ce sens de l'honnête accomplissement que lui procurerait la parfaite gestion des lieux.

Quant à Anakin...

Shmi manqua d'éclater de rire en repensant au caractère impétueux de son fils, à son irrépressible envie de voyager et à son comportement pour peu qu'on ait voulu l'obliger à rester à la ferme. Sans aucun doute, il finirait par donner autant de fil à retordre à Cliegg qu'il en avait donné, en son temps, à Watto. L'esprit aventureux d'Anakin ne se laisserait jamais amadouer par de quelconques responsabilités si terre à terre. Shmi en était persuadée. Son besoin de foncer tête baissée dans la moindre aventure, de piloter des Pods, de voler au milieu des étoiles, ne faiblirait jamais. Et cela rendrait Cliegg complètement dingue.

Shmi ne put se retenir de pouffer, imaginant son mari, rouge de colère, face à un Anakin ayant, encore une fois, failli à ses tâches quotidiennes.

Entendant ce son si réconfortant, Cliegg, visiblement inconscient de l'image qui venait de se matérialiser dans l'esprit de son épouse, serra Shmi un peu plus fort dans ses bras.

Cette dernière se laissa aller, comprenant qu'elle était

à sa place, trouvant un peu de réconfort dans l'espoir qu'Anakin, lui aussi, avait trouvé la sienne.

Elle ne portait pas l'une de ces robes grandioses qui avaient marqué son statut au cours de la dernière décennie. Ses cheveux n'étaient pas, non plus, coiffés de façon somptueuse, appareillés de tous ces ornements que l'on tressait dans ses épaisses mèches brunes. Et, dans toute sa simplicité, Padmé Amidala n'en paraissait que plus belle et plus rayonnante.

La femme qui était assise à ses côtés sur la balancelle – apparemment une intime – était un peu plus âgée, un peu plus matrone peut-être. Elle portait des vêtements encore plus simples que ceux de Padmé et ses cheveux étaient encore moins bien arrangés. Mais elle n'en était pas moins belle et semblait irradiée d'un rayonnement intérieur au moins aussi puissant que celui de sa cadette.

— Tu en as fini de tes entretiens avec la Reine Jamillia ? demanda Sola.

Il semblait évident, à son ton, que les entretiens en question ne faisaient pas partie de ses priorités personnelles.

Padmé se tourna vers elle, puis reposa les yeux sur le terrain de jeu où les filles de Sola, Ryoo et Pooja, se livraient à une partie enragée de chat perché.

— Tu parles d'un entretien, expliqua Padmé. La Reine s'est contentée de me passer des informations.

— À propos de la loi sur l'enrôlement militaire... annonça Sola.

Padmé ne prit même pas la peine de le lui confirmer. L'acte en question, qui devait être à présent soumis au Sénat, était la notion politique la plus importante de toutes ces dernières années. De son issue dépendrait le sort de la République, un sort dont la gravité dépasserait même les sinistres événements survenus sur Naboo dix ans auparavant, lorsque Padmé y était souveraine et que la Fédération du Commerce avait voulu asservir la planète.

— La République est en plein tumulte mais ne craignez rien car le Sénateur Amidala va y remédier ! dit Sola.

Padmé tourna la tête vers elle, surprise de découvrir un tel sarcasme dans le ton de Sola.

— C'est bien ce que tu fais, non ? Remédier aux choses ? demanda Sola innocemment.

— C'est ce que j'essaye de faire...

— C'est *tout* ce que tu essayes de faire.

— Qu'est-ce que tu veux dire ? demanda Padmé, les traits tiraillés par la perplexité. Je suis Sénateur, après tout.

— Sénateur, après avoir été Reine, et probablement encore plein d'années devant toi au service du peuple, dit Sola avant de rappeler à l'ordre Ryoo et Pooja, sur le terrain de jeu.

— Tu en parles comme si c'était mal, remarqua Padmé.

Sola la dévisagea très sérieusement.

— Non, c'est génial, dit-elle. À condition que tu le fasses pour des raisons valables.

— Ce qui signifie ?

Sola haussa les épaules, comme si elle n'était pas si sûre d'elle-même.

— Je pense que tu as fini par te convaincre toi-même que tu es devenue indispensable à la République, dit-elle. Qu'ils ne pourraient pas faire un geste sans te consulter.

— Frangine !

— Si, c'est vrai, insista Sola. Tu donnes, tu donnes, tu donnes. Tu n'as jamais eu envie de recevoir, ne serait-ce qu'un petit peu ?

Le sourire de Padmé prouva à Sola que ses paroles avaient fait mouche.

— Recevoir quoi ?

Sola tourna les yeux vers Ryoo et Pooja.

— Tiens, regarde-les. Il y a des étincelles dans tes yeux à chaque fois que tu te retrouves avec mes enfants. Je sais combien tu les aimes.

— Bien sûr que je les aime !

— Tu n'aurais pas envie d'avoir des enfants bien à toi ? demanda Sola. Fonder une vraie famille ?

Padmé se redressa sur son siège et écarquilla les yeux.

— Je... commença-t-elle avant de s'arrêter, puis de reprendre, puis de s'arrêter à nouveau. Je travaille en ce moment sur quelque chose qui me tient réellement à cœur, finit-elle par dire. Quelque chose de très important.

— Et une fois que tout cela sera réglé, une fois que la loi sur l'enrôlement militaire ne sera plus que de l'histoire ancienne, tu trouveras autre chose qui te tiendra réellement à cœur, autre chose de très important. Quelque chose en rapport avec la République et le gouvernement, mais sans grand rapport avec toi.

— Comment peux-tu dire une chose pareille ?

— Parce que c'est la vérité et tu sais que c'est la vérité ! Quand vas-tu prendre le temps de t'occuper de toi ?

— Mais je m'occupe de moi !

— Arrête, tu vois très bien ce que je veux dire...

Padmé laissa échapper un petit rire et secoua la tête. Elle regarda à nouveau en direction de Ryoo et Pooja.

— Faut-il juger chaque individu sur ses enfants ? demanda-t-elle.

— Bien sûr que non, répondit Sola. Ce n'est pas que cela. Je te parle de quelque chose de plus essentiel, petite sœur. Tu passes tout ton temps à te soucier des problèmes des autres, à résoudre les conflits entre telle et telle planète, à essayer de savoir si telle ou telle guilde de négociants se conduit de façon loyale à l'égard de tel ou tel système...

— Et qu'est-ce qu'il y a de mal à cela ?

— Et ta vie, ta propre vie, ma vieille ? demanda Sola très sérieusement. Qu'advient-il de Padmé Amidala, hein ? As-tu déjà réfléchi à ce qui pourrait améliorer ta vie ? Je sais bien que tu tires une pleine satisfaction de pouvoir rendre service aux autres, de te mettre à la disposition du peuple. C'est évident. Mais qu'en est-il des choses essentielles que tu pourrais faire pour toi ? Qu'en est-il de l'amour, petite sœur ? Et, oui, d'accord, qu'en est-il de l'envie d'avoir des enfants ? Y as-tu déjà songé ? Tu ne t'es pas déjà posé la question de ce que tu ressentirais si tu décidais de te ranger et de te préoccuper de toutes ces choses qui pourraient améliorer ton existence tout entière ?

Padmé voulut répondre que son existence n'avait pas besoin d'être améliorée, mais les mots lui restèrent en travers de la gorge. Curieusement, ces mots lui semblaient vides de sens, là, à cet instant précis, alors qu'elle observait ses nièces en train de se pourchasser en riant dans le jardin de la maison, gambadant autour de ce pauvre R2-D2, son fidèle droïde-astromécano.

Pour la première fois depuis longtemps, les pensées de Padmé se détachèrent de ses responsabilités et de ce vote si important qu'elle devrait défendre devant le Sénat moins d'un mois plus tard.

Soudain, les mots « loi sur l'enrôlement militaire » ne parvenaient plus à filtrer à travers l'espiègle mélodie que Ryoo et Pooja étaient en train de chantonner en dansant autour de R2-D2.

— C'était drôlement proche d'ici, déclara Owen d'un ton grave à Cliegg.

Tous deux étaient en train d'arpenter le périmètre de la ferme de culture d'humidité pour en vérifier les systèmes de sécurité. Le cri d'un bantha, cette énorme bête hirsute souvent utilisée comme monture par les Tusken, avait interrompu leur conversation.

Ils savaient bien qu'il y avait fort peu de chance qu'un bantha se promène en liberté dans les environs. Les zones de pâture étaient très rares à proximité de la ferme de culture d'humidité isolée. Mais ils avaient bien entendu le cri et ils l'avaient identifié sans le moindre doute. Ils avaient donc supposé que des ennemis potentiels ne devaient pas se trouver très loin.

— Qu'est-ce qui peut bien les attirer si près des fermes ? demanda Owen.

— Trop de temps s'est écoulé depuis la dernière fois que nous avons organisé une battue pour les repousser, répondit Cliegg d'un ton bourru. Tu lâches un peu la bride à ces animaux et voilà qu'ils en oublient les leçons qu'on leur a données par le passé. (Il répondit d'un regard sévère à l'expression sceptique de son fils.) De temps en temps, il faut opérer une sortie, histoire d'apprendre les bonnes manières à ces fichus Hommes des Sables. Tu constitues une équipe de gars bien décidés et tu te lances à leur poursuite pour en éliminer le maximum. Ceux qui en réchappent se souviennent alors des limites à ne pas franchir. Ils sont comme des bêtes sauvages, ils ont régulièrement besoin d'un bon coup de fouet !

Owen resta immobile, sans rien dire.

— Tu vois ? Ça fait trop longtemps, dit Cliegg en grognant. Tu ne te souviens même pas de la dernière fois que nous sommes partis en chasse contre les Tusken ! Il est bien là, le problème, il est bien là !

Le bantha poussa un nouveau cri.

Cliegg gronda dans la direction du son, fit un signe de la main et retourna vers la maison.

— Garde un œil sur Beru, ordonna-t-il. Tous les deux, ne quittez pas le périmètre et conservez un blaster à portée de main.

Owen hocha la tête et, obéissant, suivit Cliegg jusqu'à la maison. Juste avant qu'ils n'atteignent le porche, le bantha poussa un nouveau gémissement.

Il ne semblait plus si éloigné.

— Qu'est-ce qui se passe ? demanda Shmi au moment où Cliegg pénétrait à l'intérieur.

Son mari s'arrêta et parvint à afficher un semblant de sourire réconfortant.

— Rien que du sable, dit-il. Un senseur était déjà recouvert. Je commence à en avoir ma claque de devoir sans arrêt les désensabler !

Il sourit de plus belle, fit le tour de la salle et se dirigea vers la salle de bains.

— Cliegg... appela Shmi d'un ton soupçonneux, forçant son époux à s'arrêter en plein élan.

Owen passa la porte à son tour et Beru le regarda.

— Qu'est-ce qui se passe ? demanda-t-elle à son tour, répétant la question de Shmi.

— Rien, rien du tout, répondit Owen.

Le jeune homme voulut traverser la pièce mais Beru s'interposa et le retint par le bras. Elle l'obligea à la regarder droit dans les yeux.

— Juste les prémices d'une tempête de sable, mentit Cliegg. Et assez éloignée, en plus. Vraiment rien de grave.

— Suffisamment grave pour que certains senseurs du périmètre soient déjà ensevelis, rétorqua Shmi.

Owen lui adressa un regard plein de curiosité. Il entendit Cliegg s'éclaircir la gorge. Il regarda son père, qui hocha légèrement la tête, puis se tourna vers Shmi pour acquiescer :

— Ce ne sont que les premiers vents. Je ne crois pas que ce sera aussi fort que Papa le pense...

— Et vous allez continuer à nous mentir encore longtemps, tous les deux ? aboya soudainement Beru, arrachant presque les mots de la bouche de Shmi.

— Qu'est-ce que tu as vu, Cliegg ? demanda Shmi.

— Mais rien, répondit-il avec conviction.

— Alors, qu'est-ce que tu as entendu ? insista Shmi, connaissant l'art de jouer sur les mots de son cher époux.

— Un bantha, rien de plus, admit Cliegg.

— Et tu crois qu'il s'agissait d'une monture Tusken, affirma Shmi. Loin ?

— Qui pourrait le dire, en pleine nuit, avec tout ce vent, hein ? Il pourrait bien être à des kilomètres...

— Ou bien ?

Cliegg revint du fond de la salle pour se poster devant son épouse.

— Mais enfin, qu'est-ce que tu attends de moi, ma femme, hein ? De l'amour, non ? demanda-t-il en la serrant fermement dans ses bras. J'ai entendu un bantha. Je ne sais pas s'il y avait un Tusken monté dessus !

— C'est vrai qu'on a découvert quelques traces de ces pillards, admit Owen. La famille Dorr a retrouvé des bouses de bantha recouvrant à moitié l'un des détecteurs de sécurité de leur périmètre.

— Il est possible que quelques banthas traînent en liberté dans les environs, proposa Cliegg. Ils sont probablement affamés et ils cherchent de quoi manger…

— Ou bien cela veut dire que les Hommes des Sables prennent de plus en plus d'assurance, qu'ils s'approchent autant que possible des fermes et qu'ils commencent même à tester les systèmes de sécurité, annonça Shmi d'un ton presque prophétique.

À peine avait-elle fini sa phrase que l'alarme se déclencha, indiquant une brèche dans le périmètre de défense.

Owen et Cliegg empoignèrent leurs fusils blasters et se précipitèrent à l'extérieur, Shmi et Beru sur leurs talons.

— Restez ici ! ordonna Cliegg aux deux femmes. Ou alors, prenez au moins une arme !

Il inspecta les environs du regard et indiqua un point élevé à Owen. De là, son fils pourrait s'installer en position de défense et aisément le couvrir.

Cliegg traversa l'exploitation en courant en zigzag, fusil blaster au poing. Il resta courbé, près du sol, à l'affût du moindre mouvement. Si la silhouette d'un bantha ou d'un Tusken venait à apparaître, il comptait bien tirer le premier. Ensuite, seulement, il irait voir de plus près de quoi il retournait.

Mais ce ne serait pas nécessaire.

Cliegg et Owen explorèrent tout le périmètre, scrutèrent toute la zone et vérifièrent de nouveau les alarmes. Ils ne découvrirent aucun signe d'effraction.

Les quatre membres de la famille demeurèrent sur le qui-vive le restant de la nuit. Chacun conserva une arme à portée de main et ils organisèrent des tours de garde.

Au matin, près de la clôture est, Owen découvrit ce qui avait déclenché l'alarme. Une empreinte de pas, dans une zone de sable plus meuble, en bordure de la ferme. Il ne s'agissait pas de la grande dépression circulaire qu'aurait laissée l'énorme patte d'un bantha mais bien de la trace d'un pied entouré de bandelettes de tissu souple. Le type même de trace à laquelle il fallait s'attendre de la part d'un Homme des Sables.

— On devrait aller parler avec les Dorr. Et avec les

autres aussi, dit Cliegg lorsque Owen lui montra l'empreinte. Il faut organiser une battue. Il faut repousser ces fauves vers le désert.

— Les banthas ?

— Non, les Tusken ! gronda Cliegg en crachant par terre.

Owen découvrit alors dans les yeux de son père une lueur glacée et furieuse qu'il n'avait jamais eu l'occasion d'observer auparavant.

Le Sénateur Padmé Amidala se trouvait étrangement mal à l'aise dans le bureau qui lui était alloué, au cœur du complexe administratif jouxtant le palais royal de la Reine Jamillia. Des piles d'holodiscs et de documents divers encombraient son poste de travail. Au bout de la table, un hologramme affichait des pourcentages de part et d'autre d'une balance de pesée. Un soldat se trouvait sur l'un des plateaux, un drapeau portant les symboles de la trêve flottait sur l'autre, en prévision du vote qui serait prochainement soumis au Sénat sur Coruscant. Pour l'heure, les deux plateaux de la balance représentée par l'hologramme semblaient en parfait équilibre.

Padmé savait bien que les résultats du vote seraient serrés. Le Sénat était d'ailleurs divisé en deux clans presque égaux à propos de cette création d'une armée officielle au service de la République. Elle était révulsée à l'idée que le vote de nombre de ses collègues serait d'abord dicté par leurs intérêts personnels – des contrats potentiels de fournitures militaires, dont les profits juteux bénéficieraient à leurs propres planètes, jusqu'aux retombées politiques, en cas d'écrasement des systèmes séparatistes – plutôt que par le bien commun souhaitable à la République.

Dans son cœur, Padmé demeurait résolue à se battre pour empêcher la création de cette armée. La République était bâtie sur la tolérance. C'était un vaste réseau constitué de dizaines de milliers de systèmes, eux-mêmes peuplés d'encore plus d'espèces vivantes aux motivations diverses. Le seul élément que tous partageaient était la tolérance. Une tolérance mutuelle. La création d'une armée pourrait créer un malaise, voire une menace, pour tous ces systèmes, toutes ces espèces. Tous ces individus qui vivaient si loin de la grande ville-planète de Coruscant.

Une clameur venant de l'extérieur attira Padmé jusqu'à sa fenêtre. Elle regarda dans la cour du complexe administratif et aperçut un groupe d'hommes qui se bousculaient, en venant presque aux mains. Un détachement des forces de la sécurité de Naboo intervint prestement pour tenter de maîtriser la situation.

Il y eut alors un coup sec à la porte de son bureau. Padmé se retourna pour voir de quoi il s'agissait. Le panneau s'ouvrit et le capitaine Panaka entra dans la pièce.

— Simple vérification, Sénateur, dit l'homme qui lui avait jadis servi de garde du corps personnel, du temps où elle était souveraine.

Grand, la peau sombre, un regard d'acier et un physique athlétique rehaussé par la coupe parfaite de son gilet de cuir, de sa chemise bleue et de son pantalon d'uniforme, Panaka offrit à Padmé, une fois de plus, une vision réconfortante. Il devait avoir la quarantaine passée, à présent, mais donnait toujours l'impression de pouvoir damer le pion à n'importe quel individu sur Naboo.

— Ne devriez-vous pas être en train d'assurer la sécurité de la Reine Jamillia ? demanda Padmé.

— Elle est bien protégée, je vous assure, répondit Panaka en hochant la tête.

— De quoi s'agit-il ? insista Padmé, indiquant d'un hochement du menton la fenêtre de son bureau et le tumulte qu'on devinait à l'extérieur.

— Des mineurs d'épices, expliqua Panaka. Rien qui ne soit d'importance pour vous, Sénateur. En fait, je suis venu vous rendre visite pour m'entretenir avec vous de la sécurité de votre voyage de retour vers Coruscant.

— Mais c'est dans plusieurs semaines…

Panaka regarda vers la fenêtre.

— Ce qui nous laisse donc encore plus de temps pour bien le préparer.

Padmé savait par expérience qu'il était inutile d'essayer de discuter avec cet homme si buté. Puisqu'elle était censée voyager à bord de l'un des vaisseaux spatiaux de la flotte de Naboo, Panaka avait le droit, voire la responsabilité, de se mêler de sa sécurité. En vérité, l'inquiétude de l'officier la rassurait mais elle n'avait jamais osé le lui avouer.

Un cri à l'extérieur et le redoublement des bruits de rixe attirèrent brièvement son attention. Elle frissonna. Encore des problèmes en perspective. Il y avait toujours des problèmes quelque part. Padmé se demandait régulièrement si cela n'était pas dans la nature des gens de semer la pagaille, alors que tout semblait bien aller. À cette pensée désagréable, les mots de Sola rejaillirent dans son esprit, accompagnant l'image de Ryoo et Pooja. Vraiment, elle les adorait, ces deux gamines espiègles et insouciantes !

— Sénateur ? dit Panaka, la tirant de sa rêverie personnelle.

— Oui ?

— Nous devrions discuter des procédures de sécurité.

Padmé eut du mal à laisser s'évanouir l'image de ses nièces à ce moment précis. Elle hocha la tête et se força à reporter son attention sur ses responsabilités. Le capitaine Panaka voulait discuter de sécurité, Padmé Amidala discuterait donc de sécurité avec lui.

— Ça fait longtemps qu'on aurait dû tous les tuer ! aboya Cliegg, en frappant violemment l'assiette de son dîner sur la table.

Cette nuit encore, la sérénade des plaintes de banthas avait repris. Aucun des quatre membres de la famille n'avait plus aucun doute, à présent. Les Tusken étaient bien là, dans les environs de la ferme. Peut-être même tout près, à les observer en bordure du périmètre lumineux.

— Ce sont des bêtes sauvages. On aurait dû demander

aux autorités de Mos Eisley d'exterminer toute cette vermine. Eux et ces saletés de Jawa !

Shmi soupira et posa une main sur l'avant-bras contracté de son époux.

— Les Jawa nous ont aidés, lui rappela-t-elle gentiment.

— Bon d'accord, pas les Jawa, alors ! gronda Cliegg. (Shmi sursauta. Remarquant l'expression horrifiée sur le visage de son épouse, Cliegg se calma immédiatement.) Pardonne-moi. Pas les Jawa. Mais les Tusken, oui ! Ils tuent et pillent à leur guise, dès qu'ils en ont l'occasion. Il n'y a rien de bon à tirer d'eux !

— Qu'ils essayent un peu d'approcher jusqu'ici ! On verra combien en réchapperont pour retourner se planquer dans le désert, fit Owen.

Cliegg lui adressa un hochement de tête en témoignage de son appréciation.

Ils essayèrent de finir leur dîner mais, à chaque nouveau gémissement de bantha, tous sursautaient et leurs mains lâchaient immédiatement couteaux et fourchettes pour se poser sur leurs blasters.

— Écoutez… dit soudainement Shmi.

Ils demeurèrent parfaitement immobiles et tendirent l'oreille. À l'extérieur, tout était calme. Plus aucun bantha ne criait.

— Peut-être qu'ils ne font que passer, avança Shmi, au bout de quelques instants. Peut-être qu'ils retournent vers leurs campements, loin dans le désert…

— Demain matin, nous irons voir les Dorr, dit Cliegg à Owen. Il va falloir que tous les fermiers s'organisent, on va même envoyer un message à Mos Eisley. (Il se tourna vers Shmi.) Histoire d'être sûrs de notre coup.

— Demain matin, acquiesça Owen.

À l'aube, le matin suivant, Owen et Cliegg quittèrent la ferme sans même prendre le petit déjeuner. Shmi était partie de bonne heure, bien avant eux, comme presque tous les jours, pour ramasser les champignons qui poussaient près des vaporateurs.

Le père et le fils pensaient donc la croiser en se rendant à la ferme des Dorr. Mais ils ne découvrirent que ses traces de pas. Les siennes et celles de tas d'autres pieds entourés de bandelettes souples. Des traces de Tusken.

Cliegg Lars, l'un des hommes les plus forts et les plus résistants qui aient jamais vécu dans cette région, tomba à genoux et se mit à pleurer.

— On doit se lancer à sa poursuite, Papa, dit soudainement une voix ferme et décidée.

Cliegg releva les yeux, se tourna et vit Owen qui se tenait près de lui. Ce n'était plus un gamin, c'était bien un homme, à l'expression farouche et déterminée.

— Elle est vivante, on ne peut pas l'abandonner, poursuivit Owen d'une voix étrange, avec un calme presque surnaturel.

Cliegg sécha ses larmes et hocha la tête, l'air sinistre.

— Va porter la nouvelle aux fermes voisines.

3

— Les voilà ! cria Sholh Dorr, indiquant un point droit devant lui tout en maintenant sa motojet à pleine puissance.

Juste derrière lui, les vingt-neuf autres membres de l'expédition aperçurent leur cible : le nuage de poussière d'un troupeau de banthas en mouvement. Poussant à l'unisson un cri de colère, les fermiers forcèrent l'allure, déterminés à se venger, déterminés à sauver Shmi Skywalker des griffes des pillards Tusken. Pour peu qu'elle soit toujours vivante.

Dans le rugissement des moteurs et les hurlements de fureur, ils dévalèrent une dune et gagnèrent du terrain sur les banthas.

Cliegg balança sa tête d'avant en arrière, grognant entre ses dents, comme pour essayer de faire accélérer sa motojet. Depuis le flanc gauche, où il progressait, Cliegg gagna le centre de la formation, Owen à ses trousses. Puis il poussa sur les gaz, tentant de rejoindre les pilotes de tête. Oui, Cliegg voulait être aux premières loges, il voulait serrer ses doigts puissants autour de la gorge d'un Tusken.

Les banthas, ainsi que leurs cavaliers emmitouflés dans leurs tuniques, étaient à présent bien en vue.

Un nouveau cri s'éleva, un cri de revanche.

Qui se transforma vite en hurlement d'horreur.

L'avant-garde de l'armée de fermiers venait de foncer la tête la première dans un piège. Leurs speeders passèrent sous un filin d'acier tendu en travers du chemin, juste à la hauteur du cou d'un homme chevauchant une motojet.

Le cri de Cliegg s'étrangla dans sa gorge lorsqu'il vit plusieurs de ses amis se faire décapiter. Il en aperçut d'autres se faire désarçonner de leurs machines et rouler à terre. Par pur instinct, sachant qu'il ne parviendrait pas à s'arrêter à temps, l'homme se redressa, mit un pied sur la selle de sa moto et se projeta dans les airs.

Il sentit alors une décharge lui vriller le corps et il bascula en tourbillonnant dans le vide. Il se réceptionna très mal et glissa brièvement sur la surface rugueuse du terrain.

Le monde qui l'entourait se brouilla dans une soudaine et frénétique activité. Il aperçut les bottes de certains de ses amis fermiers, il entendit Owen l'appeler, mais il lui sembla que sa voix était lointaine, très lointaine.

Il vit alors les bandelettes si caractéristiques d'une botte de Tusken, aperçut la tunique couleur de sable et, avec une rage qui l'emporta sur sa vision brouillée, il agrippa le pied de l'Homme des Sables qui courait à proximité.

Il releva les yeux et porta ses bras devant lui pour se protéger. Le Tusken leva son bâton et l'abattit sur Cliegg. Acceptant la douleur, mais ne la ressentant pas vraiment en raison de sa fureur, le fermier plongea en avant et lança ses bras autour des jambes de son adversaire, plaquant la créature au sol. Il rampa sur elle, la frappant à coups de poing, et trouva enfin la prise qu'il recherchait.

Des cris de douleur, poussés par autant de fermiers que d'Hommes des Sables, s'élevaient tout autour de lui. Cliegg ne les entendait pas. Ses mains se serrèrent encore plus fermement autour de la gorge du Tusken. Il l'étrangla de toutes ses forces puis il souleva la tête du pillard avant de l'écraser violemment contre le sol. Encore et encore. Bien longtemps après que le Tusken eut cessé de résister.

— Papa !

Ce seul cri fit reprendre conscience à Cliegg. Il laissa

choir sa victime et se retourna pour voir Owen en plein combat avec un autre des pillards.

Cliegg voulut se relever et il poussa durement sur ses jambes.

Il retomba lourdement, ayant perdu l'équilibre de façon inexplicable, et baissa les yeux, s'attendant à découvrir le Tusken qui l'avait ainsi plaqué à terre. Mais c'était son propre corps qui lui avait fait défaut.

Ce n'est qu'à ce moment précis que Cliegg Lars comprit qu'il avait perdu une jambe en sautant de sa motojet.

Le sang qui imbibait le sol s'écoulait abondamment de son membre sectionné. Écarquillant les yeux sous le coup de l'horreur, Cliegg porta les mains à son moignon.

Il appela Owen. Il appela désespérément Shmi.

Une motojet passa en trombe juste sous ses yeux. Un fermier visiblement en train de fuir le massacre. L'homme ne ralentit pas.

Cliegg essaya d'appeler à l'aide mais sa voix ne parvint pas à passer au travers de sa gorge serrée. Il se rendit compte qu'il avait échoué et que tout était perdu.

C'est alors qu'une deuxième moto passa devant lui. Celle-ci s'arrêta. Cliegg s'y accrocha et, avant même qu'il ait pu se rétablir sur la selle et se hisser sur l'engin, la moto démarra en le traînant.

— Tiens bon, Papa ! lui cria Owen, qui était aux commandes.

Et c'est exactement ce que fit Cliegg. Avec le même entêtement qui lui avait permis de résister aux épreuves de la rude vie de cultivateur d'humidité, avec la même détermination, le même cran qui lui avaient permis de conquérir les terres sauvages de Tatooine, Cliegg Lars tint bon. Pour sauver sa vie, surtout maintenant, avec les Tusken à leurs trousses, Cliegg Lars tint bon.

Et pour Shmi, pour la toute petite chance de la sauver, Cliegg Lars tint bon.

Après avoir escaladé une dune, Owen arrêta sa machine et bondit à terre. Il se précipita sur la jambe blessée de son père et y apposa un garrot improvisé. Il l'attacha du mieux qu'il put, étant donné le court laps de temps dont il disposait, puis aida Cliegg, qui était en train de sombrer dans l'inconscience, à s'asseoir sur la selle de la motojet.

Owen remit les gaz et détala, accélérant à fond, il savait qu'il lui fallait ramener son père à la ferme le plus rapidement possible. Sa blessure devait être soignée et pansée au plus vite.

Owen vit alors que deux engins étaient parvenus à échapper au massacre et filaient à présent loin devant lui. Dans le tumulte qui régnait derrière lui, il ne parvint pas à entendre le son d'un autre moteur.

Trouvant au fond de lui la même détermination qui avait permis à Cliegg de tenir le coup, Owen se refusa à penser à tous les amis qu'il venait de perdre, à l'état critique de son père. La seule chose à laquelle il pensait fut de conserver son cap afin de rejoindre sa destination au plus vite.

— Ce n'est guère encourageant, déclara le capitaine Panaka après avoir annoncé la mauvaise nouvelle au Sénateur Amidala.

— Nous savions bien que le Comte Dooku et ses Séparatistes tenteraient de courtiser la Fédération du Commerce et les diverses Guildes des Marchands, répondit Padmé, essayant de ne pas avoir l'air trop abattue. (Panaka, arrivé en compagnie de son neveu Typho, venait de lui apprendre que les Neimoidiens et leur Fédération du Commerce avaient rejoint ce mouvement séparatiste qui menaçait l'existence même de la République.) Le Vice-Roi Gunray est un opportuniste, continua-t-elle. Il ferait n'importe quoi, du moment que cela peut accroître ses bénéfices financiers. Sa loyauté se mesure à la taille de son portefeuille. Le Comte Dooku lui a certainement proposé des accords commerciaux très favorables, la liberté de produire à tout va, sans tenir compte des conditions de travail des ouvriers et des effets sur l'environnement. Le Vice-Roi Gunray a saigné plus d'une planète à blanc, ne laissant derrière lui qu'une sphère inerte et déserte flottant dans l'espace. À moins que le Comte Dooku n'ait proposé à la Fédération du Commerce de prendre le contrôle absolu des marchés les plus lucratifs, éliminant ainsi toute concurrence.

— Ce qui m'inquiète le plus, ce sont les retombées vous impliquant personnellement, Sénateur, remarqua Panaka, s'attirant ainsi un regard chargé de curiosité de la part de Padmé. Les Séparatistes nous ont plusieurs fois prouvé que la violence ne leur faisait pas peur, expliqua-t-il. Les tentatives d'assassinats se sont multipliées dans toute la République.

— Mais, à l'heure actuelle, le Comte Dooku et ses Séparatistes pourraient considérer le Sénateur Amidala comme un de leurs alliés, non ? intervint le capitaine Typho.

Padmé et Panaka, surpris, se tournèrent vers cet homme d'ordinaire si avare de paroles.

Le regard d'Amidala se fit plus sombre. La colère commença à se dessiner sur son doux visage.

— Je ne serai jamais l'amie d'une personne qui tenterait de dissoudre la République, capitaine, insista-t-elle, son ton ne laissant aucune ouverture à la discussion.

Et, bien entendu, personne n'irait la contredire. Au cours des quelques années passées à son poste de Sénateur, Amidala s'était révélée l'une des plus loyales et des plus puissantes partisanes de la République. En tant que législatrice, elle était déterminée à perfectionner et améliorer le système, à condition, néanmoins, que cela se passe dans le cadre de la Constitution républicaine. Le Sénateur Amidala croyait avec ferveur que la vraie beauté d'un système gouvernemental résidait dans ses aptitudes et ses exigences à s'améliorer de lui-même.

— Certainement, Sénateur, dit Typho en s'inclinant. (Il était plus petit que son oncle mais tout aussi costaud. Ses muscles saillaient sous le tissu bleu des manches de son uniforme, ses pectoraux tendaient le cuir de sa tunique brune. Il portait un bandeau noir, de cuir également, sur l'œil gauche. Œil qu'il avait perdu dix ans auparavant lors de la bataille contre cette même Fédération du Commerce. À l'époque, il n'était qu'un adolescent, mais il avait fait preuve d'un courage qui suscitait encore la fierté de son oncle.) Je ne souhaitais pas vous offusquer. Mais, en ce qui concerne la création d'une armée républicaine, vous avez fermement défendu vos positions, en appelant aux négociations plutôt qu'aux démonstrations de force. Les Séparatistes ne peuvent qu'être en accord avec votre vote, non ?

Padmé laissa sa colère s'apaiser et considéra la question. Elle fut bien obligée d'acquiescer.

— Le Comte Dooku frayant avec Nute Gunray… intervint Panaka. Cette simple notion exige que nous renforcions la sécurité du Sénateur Amidala.

— Je vous prierai de ne pas parler de moi comme si je n'étais pas là ! le réprimanda-t-elle.

Panaka ne broncha pas.

— Pour les questions de sécurité, je considère effectivement que vous n'êtes pas là, Sénateur, répondit-il. Vous n'avez malheureusement pas voix au chapitre. Mon neveu ne reçoit d'ordres que de moi. Je vous demanderai de ne pas saper ses responsabilités. Nous devons prendre toutes les précautions qui s'imposent.

Sur ce, il s'inclina respectueusement et tourna les talons. Padmé se retint de lui faire la moindre réflexion. Il avait raison. Puisqu'il avait osé aborder le sujet, il valait mieux qu'elle ne s'en mêle pas. Elle posa les yeux sur le capitaine Typho.

— Nous serons vigilants, Sénateur.

— J'ai des devoirs envers le peuple et ces devoirs exigent que je retourne très vite sur Coruscant, dit-elle.

— Moi aussi, j'ai mes devoirs, lui assura Typho.

Tout comme Panaka, il s'inclina et tourna les talons.

Padmé Amidala l'observa en train de s'éloigner et poussa un long soupir. Elle se remémora les paroles de Sola, se demandant honnêtement si elle trouverait un jour l'opportunité de suivre le conseil de sa sœur. Un conseil qu'elle trouvait étonnamment tentant, en cet instant précis. Elle réalisa soudainement qu'elle n'avait pas vu Sola, ni ses nièces, ni ses parents en près de deux semaines, depuis cet après-midi passé dans le jardin en compagnie de Ryoo et Pooja.

Le temps semblait lui filer entre les doigts.

— Ça n'ira jamais assez vite pour rattraper ces foutus Tusken ! aboya Cliegg Lars sur le ton de la protestation.

Son fils et sa future belle-fille étaient en train de l'aider à s'installer dans la chaise volante d'invalide qu'Owen venait juste de finir de lui fabriquer.

— Les Tusken ont décampé depuis longtemps, Papa, dit Owen Lars très calmement, posant une main sur l'ample épaule de Cliegg pour tenter d'apaiser son père. Si tu ne veux pas qu'on te pose une prothèse mécanique à la place de la jambe, alors il te faudra te contenter de ce fauteuil flottant.

— Hors de question de me voir transformé en demi-droïde, ça c'est sûr ! rétorqua Cliegg. Ce petit engin conviendra parfaitement. On va rassembler plus d'hommes, tonna-t-il d'un ton montant frénétiquement. (D'instinct, il porta ses mains à ce qui restait de sa jambe droite, tranchée à peu près à mi-cuisse.) File à Mos Eisley et va voir comment on peut obtenir leur soutien. Beru, fais le tour de toutes les fermes…

— Elle n'y trouvera rien, répondit Owen en toute honnêteté. (Il se rapprocha de la chaise et se pencha pour regarder son père droit dans les yeux.) Toutes les fermes vont mettre des années à récupérer de cette bataille. Il y a eu tant de familles dévastées par l'attaque et tant d'autres éradiquées par la tentative de riposte…

— Comment peux-tu dire une chose pareille, alors que ta mère est là, dehors, quelque part, hein ? gronda Cliegg Lars, sentant la fureur monter en lui.

Il était d'autant plus en colère qu'au fond de son cœur il savait qu'Owen disait la vérité.

Owen inspira profondément mais ne baissa pas les yeux face à son père.

— Soyons réalistes, Papa. Cela fait deux semaines qu'ils l'ont enlevée, dit-il d'un ton sinistre, préférant laisser les implications en suspens.

Des implications que Cliegg Lars, qui connaissait parfaitement les mœurs des Hommes des Sables, comprit immédiatement.

Soudain, les épaules de Cliegg semblèrent s'affaisser sous le coup de la défaite, son regard de braise s'adoucit et, le menton dans la poitrine, il regarda le sol devant lui.

— Elle est partie... chuchota l'homme blessé. Vraiment partie...

Derrière lui, Beru Whitesun se mit à pleurer.

À ses côtés, Owen ravala ses propres larmes avec difficulté et resta calme, stoïque, seul élément suffisamment résistant en ces temps si difficiles qui menaçaient de les emporter tous.

4

Les quatre vaisseaux spatiaux approchaient des gigantesques gratte-ciel de Coruscant. Ils zigzaguèrent entre les immenses structures ambrées, ces stalagmites artificielles qui, au fil des années, s'étaient élevées de plus en plus haut, au point de masquer définitivement les reliefs naturels de la planète. Une planète sans égale à travers toute la Galaxie. La lumière du soleil se reflétait dans les innombrables fenêtres, pareilles à des miroirs, de ces imposants bâtiments. Elle vint caresser en scintillant toutes les parties chromées des quatre appareils. Le plus grand d'entre eux, évoquant un vaste croissant argenté, semblait animé d'une lueur intérieure. Il volait avec élégance, porté par les puissants moteurs installés près de la pointe de ses ailes. À ses côtés évoluaient les chasseurs stellaires de Naboo, avec leurs gracieux propulseurs saillant de part et d'autre de leur carlingue et leur queue effilée si caractéristique.

L'un des chasseurs ouvrait la procession, allant et venant d'une tour à une autre, dégageant le passage au deuxième appareil, le croiseur royal Naboo. Derrière le grand yacht progressaient deux autres chasseurs, en formation serrée, assurant sa protection, prêts à intervenir instantanément en cas de menace.

L'engin de tête évitait soigneusement les couloirs de circulation les plus encombrés de la grande ville, où des ennemis potentiels auraient pu se dissimuler parmi les milliers de véhicules ordinaires.

Beaucoup de gens savaient que le Sénateur Padmé

Amidala, de Naboo, s'apprêtait à regagner le Sénat pour soutenir le vote contre la création de l'armée officielle. Cette armée était supposée prêter main-forte aux Jedi, eux-mêmes débordés par la montée en puissance du mouvement séparatiste. Et beaucoup de gens ne souhaitaient pas la voir votée.

Amidala s'était fait beaucoup d'ennemis au cours de son règne en tant que Reine de Naboo. Des ennemis influents, disposant de grandes ressources. Des ennemis nourrissant suffisamment de haine à l'encontre de cette jeune et belle femme, devenue Sénateur, pour décider d'employer ces ressources contre elle.

Dans le chasseur de tête, le Caporal Dolphe, qui s'était illustré lors de la guerre opposant Naboo à la Fédération du Commerce, poussa un soupir de soulagement quand il aperçut l'aire d'atterrissage qu'on leur avait assignée. Le site semblait sûr et dégagé. Dolphe, un farouche guerrier qui révérait grandement le Sénateur, contourna la plate-forme par la gauche. Puis il exécuta un virage serré sur la droite afin de faire le tour de la structure adjacente, l'immeuble qui abritait les résidences allouées aux Sénateurs, avant de revenir vers l'aire d'atterrissage. Il maintint son appareil en position de défense. Les deux autres chasseurs se posèrent côte à côte à une extrémité de la piste. Le croiseur royal flotta quelques instants au-dessus de la plate-forme avant d'atterrir en douceur.

Dolphe fit à nouveau le tour de la structure. Ne remarquant aucun trafic suspect dans les environs, il manœuvra son chasseur pour descendre face à ses deux collègues. Il préféra cependant ne pas se poser complètement, conservant son appareil sur le qui-vive, prêt à intervenir immédiatement en cas d'attaque surprise.

Face à lui, les deux autres pilotes firent coulisser les verrières de leurs cockpits et débarquèrent de leurs engins. L'un d'entre eux, le capitaine Typho, récemment promu officier responsable de la sécurité d'Amidala par Panaka, son oncle, ôta son casque et secoua la tête. Il passa une main dans ses cheveux noirs et crépus et ajusta le bandeau de cuir qu'il portait sur l'œil gauche.

— On y est, dit Typho à son collègue pilote qui venait de sauter de l'aile de son engin pour se tenir à côté de lui. Je crois que j'avais tort. On n'a rencontré aucun problème.

— Il y a toujours du danger, capitaine, répondit l'autre, une femme à en juger à sa voix. De temps en temps, il faut simplement considérer qu'on a de la chance de passer au travers.

Typho voulut répondre mais s'en abstint. Il se tourna vers le croiseur. Sa rampe d'accès était déjà en train de s'abaisser vers la plate-forme. Deux soldats Naboo apparurent, sur leurs gardes, prêts à tout, leurs fusils blasters en position de tir. Typho laissa pointer un sourire un peu sinistre, heureux de constater que ses hommes ne prenaient pas la situation à la légère.

Ensuite apparut Amidala, dans toute sa splendeur, avec sa beauté presque paradoxale, à la fois simple et sophistiquée. Avec ses grands yeux bruns et ses traits élégants, Amidala était capable de faire de l'ombre à n'importe qui, même lorsqu'elle portait la tunique élémentaire d'une paysanne. Mais aujourd'hui, dans sa tenue sénatoriale – un savant assemblage de tissages noirs et blancs, les cheveux tirés en arrière et rehaussés par une coiffe noire –, Amidala aurait fait de l'ombre aux étoiles elles-mêmes. Ce mélange d'intelligence et de beauté, d'innocence et d'allure, de courage et d'intégrité, habilement relevé d'un soupçon d'espièglerie enfantine, stupéfiait Typho à chaque fois qu'il posait les yeux sur elle.

Le capitaine détourna son attention du groupe en train de débarquer pour regarder en direction de Dolphe, à l'autre bout de la piste. Il lui adressa un hochement de tête satisfait, en reconnaissance de sa vigilance zélée.

Et soudain, Typho se retrouva face contre terre, renversé par une formidable détonation, aveuglé par l'éclat brillant de l'explosion qui venait juste de se produire derrière lui. Il releva la tête, sa vision s'éclaircit et il vit Dolphe, descendu de son chasseur, s'écrouler sur le tarmac.

Pour Typho, tout sembla alors se mouvoir au ralenti en l'espace de quelques terribles secondes. Il s'entendit crier « Non ! » tout en tentant de se relever sur ses genoux et de se retourner.

Des pièces de métal en fusion retombaient du ciel de Coruscant. Pareils à des feux d'artifice, ils s'éparpillèrent tout autour du site de l'explosion. L'épave du croiseur royal s'embrasa, sept silhouettes gisant sur le sol, juste devant elle. L'une d'entre elles portait ces ornements officiels que Typho connaissait si bien.

Désorienté par l'onde de choc, le capitaine tituba en essayant de se relever. Il sentit une boule se former dans sa gorge en comprenant ce qui venait de se passer.

Typho était un vétéran, il avait assisté à des batailles, il avait vu des gens mourir de façon violente. En observant ces corps, en observant les atours magnifiques d'Amidala et la position des pans de tissu autour de sa silhouette immobile, il comprit.

Il comprit que les blessures de la jeune femme étaient certainement mortelles. Elle allait mourir d'ici peu, à moins qu'elle n'ait déjà succombé.

— Tu as changé la programmation des coordonnées ! déclara Obi-Wan Kenobi à son jeune Padawan.

Les cheveux couleur de blé du Jedi étaient plus longs à présent, ils lui tombaient librement sur les épaules. Une barbe, modérément entretenue, soulignait son visage encore un peu juvénile. Sa tenue Jedi de voyage, brun clair, ample et confortable, lui allait parfaitement. Obi-Wan semblait effectivement aujourd'hui beaucoup plus à l'aise, à présent qu'il avait mûri, maintenant qu'il assumait ses responsabilités de Chevalier Jedi. L'intense et impulsif élève Padawan, qui s'était entraîné sous la tutelle de Qui-Gon Jinn, était définitivement oublié.

Son compagnon, cependant, évoquait tout son contraire. Anakin Skywalker donnait l'impression que sa grande silhouette dégingandée était incapable de contenir ses débordements d'énergie. Il était vêtu comme Obi-Wan, mais ses habits paraissaient plus serrés, plus étroits.

Ses muscles, que l'on devinait sous le tissu des manches, semblaient perpétuellement tendus, prêts à passer à l'action. Ses cheveux blonds comme le sable étaient coupés très court. Seule une longue et fine tresse attestait de son statut de Padawan Jedi. Ses yeux bleus étincelaient régulièrement, comme si des décharges d'énergie tentaient de s'en échapper.

— C'était juste pour rallonger un petit peu notre saut dans l'hyperespace, expliqua le jeune homme. Nous quitterons la vitesse-lumière plus près de la planète, c'est tout.

Obi-Wan poussa un long soupir de résignation et s'installa à la console, prenant note des coordonnées programmées par Anakin. Le Chevalier ne pouvait plus y faire grand-chose, de toute façon. Un saut dans l'hyperespace ne pouvait être modifié une fois la vitesse de la lumière atteinte.

— On ne peut pas sortir de l'hyperespace si près des voies d'approche de Coruscant. Le trafic y est beaucoup trop dense pour pouvoir manœuvrer en toute sécurité. Je te l'ai déjà expliqué cent fois, non ?

— Mais...

— Anakin ! l'interrompit Obi-Wan, comme s'il était en train de réprimander un perootu, l'un de ces petits animaux de compagnie.

Il serra la mâchoire et regarda sévèrement son Padawan.

— Oui, Maître, répondit Anakin, baissant les yeux avec obéissance.

Obi-Wan maintint son regard sur son élève pendant quelques instants.

— Je sais que tu as hâte de rentrer, concéda-t-il. Ça fait beaucoup trop de temps que nous ne sommes pas revenus au bercail.

Anakin ne releva pas la tête, mais Obi-Wan repéra que les coins de ses lèvres étaient en train de se relever, en esquisse de sourire.

— Ne recommence jamais ! l'avertit Kenobi.

Sur ce, il tourna les talons et quitta la passerelle.

Anakin s'affala dans le fauteuil de pilote, appuya son

menton sur sa main et posa les yeux sur le tableau de bord. L'ordre avait été aussi direct que possible, bien entendu, et Anakin se dit silencieusement qu'il s'y tiendrait. Pourtant, considérant leur destination actuelle et ceux qui les y attendaient, le Padawan comprit que la réprimande était méritée, même si la programmation des nouvelles coordonnées leur permettait d'atteindre Coruscant avec quelques heures d'avance. Il avait effectivement hâte de rentrer, mais pas pour la raison invoquée par Obi-Wan. Le Temple Jedi n'était pas vraiment la préoccupation principale du Padawan. Non. Il s'intéressait plutôt à une rumeur, qu'il avait captée sur les canaux spatiaux de transmissions, concernant un certain Sénateur, une ancienne souveraine de Naboo, sur le point de prendre la parole à l'Assemblée.

Padmé Amidala.

Le nom résonna dans l'âme et dans le cœur d'Anakin. Cela faisait près de dix ans qu'il ne l'avait pas vue, depuis que Qui-Gon et Obi-Wan lui avaient prêté main-forte dans son combat sur Naboo contre la Fédération du Commerce. À l'époque, Anakin n'avait que neuf ans mais, dès qu'il avait posé les yeux sur Padmé, il avait tout de suite su qu'elle était la femme qu'il épouserait.

Anakin ne s'était pas posé de questions. L'image de la belle Padmé Amidala avait brûlé dans chacun de ses rêves, dans chacun de ses fantasmes, chaque jour depuis qu'il avait quitté Naboo en compagnie d'Obi-Wan, dix ans auparavant. Il pouvait encore sentir la douceur de ses cheveux, il pouvait encore distinguer cet éclair d'intelligence et de passion qui luisait au fond de ses formidables yeux bruns, il pouvait encore entendre le son mélodieux de sa voix.

À peine conscient de ses propres gestes, Anakin laissa ses mains se poser sur les commandes de l'ordinateur de navigation. Peut-être parviendrait-il à découvrir une route moins encombrée, dans les embouteillages à l'approche de Coruscant, qui leur permettrait de rejoindre plus rapidement leur destination.

Les klaxons retentirent et une myriade de signaux d'alarme s'élevèrent, tels des hurlements stridents, noyant les cris des passants stupéfaits et les gémissements des blessés.

La pilote qui accompagnait Typho passa en trombe devant lui. Le capitaine, en titubant, essaya de se remettre sur ses pieds. De l'autre côté de la piste, Dolphe se releva et se mit à courir à son tour en direction de la silhouette inanimée du Sénateur.

La pilote arriva en premier. Elle tomba à genoux près de la femme étendue. Elle ôta son casque et secoua ses longues tresses brunes.

— Sénateur ! cria Typho. (Car c'était bien Padmé Amidala qui venait de s'agenouiller près de la femme mourante qui avait servi de leurre.) Venez, tout danger n'est pas encore écarté !

Mais Padmé fit un geste furieux au capitaine pour lui intimer de reculer. Elle se pencha sur son amie étendue.

— Cordé, dit-elle tout doucement, la voix cassée.

Cordé était l'une de ses chères gardes personnelles, une jeune femme qui avait été à ses côtés, à son service et au service de Naboo, pendant bien des années. Amidala prit Cordé dans ses bras, la souleva et la serra tendrement contre elle.

La jeune garde ouvrit les yeux, de grands yeux bruns similaires à ceux de Padmé.

— Je suis désolée… Madame… chuchota-t-elle, luttant pour trouver le souffle de prononcer chaque mot. Je ne… suis pas sûre… (Elle marqua une pause et resta immobile, à observer Padmé.) Je… J'ai failli à ma tâche, lâcha-t-elle enfin.

— Non ! insista Padmé, niant le raisonnement de sa dame de compagnie, niant toute cette folie qui l'entourait. Non, non, non !

Cordé continuait à la regarder. Puis la jeune femme eut l'impression qu'elle regardait par-delà son épaule. Par-delà toutes choses. Les yeux de Cordé fixaient l'infini.

Padmé la sentit soudainement se relaxer, comme si son esprit venait d'abandonner son enveloppe corporelle.

— Cordé ! pleura le Sénateur, serrant son amie dans ses bras, se balançant d'avant en arrière, niant l'épouvantable réalité.

— Madame, vous êtes toujours en danger, déclara Typho, tentant d'avoir l'air compatissant, ne réussissant cependant pas à masquer l'inquiétude dans sa voix.

Padmé écarta son visage de celui de Cordé. Elle reprit lentement son souffle pour se donner de la contenance. Elle observa son amie morte, se souvenant de tous ces moments passés ensemble. Elle reposa délicatement le corps de Cordé sur le sol.

— Je n'aurais jamais dû revenir, dit-elle, se redressant à côté du soucieux Typho, essuyant les larmes qui coulaient sur ses joues.

Le capitaine Typho retrouva suffisamment de composition pour regarder le Sénateur droit dans les yeux.

— Ce vote est très important, lui rappela-t-il, d'un ton franc et direct. (C'était la voix d'un homme qui faisait passer le devoir avant toute chose, une voix si semblable à celle de son oncle.) Vous avez votre devoir à accomplir, Sénateur. Cordé a fait le sien. Allons, venez…

Il commença à marcher et empoigna le bras de Padmé. Elle se dégagea et demeura immobile, à observer le corps sans vie de son amie.

— Sénateur Amidala, je vous en prie !

Padmé se tourna vers le capitaine.

— Vous n'accorderiez que peu de considérations à la mort de Cordé en restant ici à risquer votre propre vie, reprit Typho d'un ton un peu brutal. À quoi son sacrifice pourrait bien servir, si…

— Ça suffit, capitaine ! l'interrompit Padmé.

Typho fit signe à Dolphe d'organiser un périmètre de défense tout autour d'eux, puis il entraîna Padmé, toujours bouleversée.

Près du chasseur naboo utilisé par la jeune femme, le droïde-astromécano R2-D2 couina et siffla. Puis il roula jusqu'à eux, fermant la marche.

5

Le bâtiment du Sénat sur Coruscant n'était pas l'un des plus hauts immeubles de la cité. En forme de dôme et assez peu élevé, il ne se dressait pas vers les nuages, tentant d'attraper les rayons du soleil de l'après-midi comme le faisaient, dans un foisonnement d'éclats ambrés, les autres tours des alentours. Pourtant, cette magnifique structure n'avait pas à souffrir de la présence écrasante des immenses gratte-ciel environnants, y compris ceux dans lesquels étaient installées les résidences allouées aux Sénateurs. Judicieusement implanté au cœur de ce complexe d'appartements, et de conception si différente par rapport aux immeubles de section carrée qui poussaient à des kilomètres à la ronde, ce dôme lisse et bleuté offrait une vision réconfortante à l'observateur de passage. C'était une véritable œuvre d'art, installée au cœur d'une communauté qui ne jurait que par le fonctionnel.

L'intérieur du bâtiment était tout aussi vaste et impressionnant. Sa gigantesque rotonde était tapissée, rang après rang, gradin après gradin, d'une multitude de balcons détachables. Ces plates-formes volantes étaient occupées par les nombreux Sénateurs de la République, représentants de la grande majorité des mondes habités de la Galaxie. Une quantité non négligeable de ces plates-formes étaient aujourd'hui inoccupées. La faute en incombait au mouvement des Séparatistes. Plusieurs milliers de systèmes avaient rallié la cause du Comte Dooku au cours des deux années passées. Ils avaient préféré se déclarer en sécession, s'écarter de cette République qui, à leur yeux, était devenue trop pesante pour faire preuve de la moindre efficacité. Un argument que même les plus fervents défenseurs de la démocratie ne pouvaient complètement rejeter.

En raison de l'importance du scrutin prévu pour la séance, les murs de la salle circulaire résonnaient de centaines de voix parlant en même temps. Les échos exprimaient toute une gamme d'émotions qui allait de la colère au regret, en passant par la détermination.

Au centre de la salle, debout au pupitre de médiateur – la seule plate-forme statique de toute la rotonde –, le Chancelier Suprême Palpatine observait et écoutait ses confrères. Il évalua le tumulte des voix et afficha une expression de profonde inquiétude. Les limites de son mandat étaient dépassées depuis bien longtemps, mais une série de crises lui avait permis de conserver son poste bien au-delà de la limite légale. L'âge avançant, ses cheveux avaient grisonné et son visage s'était strié de profonds sillons témoignant de son expérience. Un observateur distant aurait pu le trouver fragile mais, de près, il ne faisait aucun doute que cet homme accompli bouillonnait de puissance et de courage.

— Ils sont effrayés, Chancelier Suprême, remarqua Uv Gizen, l'assistant de Palpatine. La plupart ont entendu les rapports concernant les manifestations. Il y a des démonstrations de violence pas très loin d'ici. Les Séparatistes…

Palpatine leva une main pour intimer l'ordre à son nerveux assistant de se taire.

— Les Séparatistes sont des trouble-fête, répondit-il. Il semblerait que le Comte Dooku les ait poussés à sombrer dans cette frénésie meurtrière. À moins que… commença-t-il après quelques instants de réflexion. À moins que leur colère ne se soit amplifiée en dépit des efforts fournis par cet estimable ancien Jedi pour les ramener à la raison. Quoi qu'il en soit, il ne faut pas prendre les Séparatistes à la légère.

Uv Gizen voulut répondre, mais Palpatine posa son index sur ses lèvres pincées pour lui demander de garder le silence. Le Chancelier fit un signe de tête en direction du podium central, où le greffier, Mas Amedda, tentait de calmer l'assistance :

— Silence ! Silence dans la salle !

Sa peau bleutée sembla tressaillir. Ses tentacules crâniens, qui jaillissaient à l'arrière de sa tête et retombaient de part et d'autre de son cou en manière de parure très élaborée, se tordirent sous le coup de la nervosité, frappant de leurs pointes brunes le torse du greffier. Amedda se tourna d'un côté, puis de l'autre. Ses cornes principales, se dressant à près de cinquante centimètres au-dessus de sa tête, se mirent à pivoter comme des antennes, semblant rassembler des informations sur la turbulente assemblée. Mas Amedda était une personnalité imposante et respectée au sein du Sénat mais les conversations, les milliers de petites altercations privées, continuèrent.

— Mesdames et messieurs les Sénateurs, je vous en prie ! cria-t-il. Effectivement, il y a fort à débattre. Et de sujets très importants. Mais la motion dont nous devons discuter à présent, ce scrutin visant à créer une armée susceptible de protéger la République, l'emporte sur le reste. C'est pourquoi nous allons nous concentrer sur ce vote et sur ce vote uniquement ! Tous les autres sujets attendront donc que nous en ayons fini avec celui-ci.

Quelques plaintes fusèrent à l'intention du greffier. Certaines des conversations demeurèrent en suspens. Lorsque le Suprême Chancelier Palpatine s'approcha de la barre, embrassant toute l'assemblée du regard, le grand hall devint silencieux. Mas Amedda s'inclina avec respect devant le grand homme et fit un pas de côté.

Palpatine posa ses mains sur le rebord du pupitre. Ses épaules s'affaissèrent ostensiblement et il baissa la tête. Sa curieuse posture ne fit qu'amplifier la tension et l'immense rotonde caverneuse se fit encore plus silencieuse, si tant est que cela fût possible.

— Mes estimés collègues… commença-t-il avec une élocution volontairement lente.

En dépit de son effort à se maîtriser, sa voix s'étrangla

et le Chancelier donna l'impression qu'il allait craquer. Des murmures de curiosité montèrent de la très nerveuse congrégation. Le Chancelier Suprême Palpatine n'avait jamais semblé aussi éprouvé.

— Je vous prie de m'excuser, dit Palpatine très calmement. (Quelques instants plus tard, il inspira profondément et se redressa, semblant rassembler les forces nécessaires pour continuer. D'une voix bien étayée, il reprit la parole :) Mes estimés collègues. On vient, à l'instant, de me faire parvenir une nouvelle aussi tragique que perturbante. Le Sénateur Amidala, du système de Naboo... vient d'être assassinée !

Une onde de choc silencieuse parcourut la foule. Les yeux s'écarquillèrent et les bouches – pour tous ceux qui en étaient dotés – s'entrouvrirent sous le coup de l'incrédulité.

— Cette triste nouvelle me touche personnellement, expliqua Palpatine. Avant de devenir Chancelier, j'étais Sénateur au service d'Amidala du temps où elle était souveraine de Naboo. C'était une femme de tête, qui luttait pour la justice, non seulement au sein de cette honorable assemblée, mais aussi pour le bien du peuple de sa planète natale. Un peuple qui l'aimait et la respectait tellement qu'elle aurait très bien pu se faire élire Reine de Naboo à vie ! (Il poussa un long soupir et ne put se retenir de laisser s'échapper un petit éclat de rire étranglé, comme si cette notion, aussi ridicule soit-elle, avait pu un jour être prise au sérieux par l'idéaliste Amidala.) Mais le Sénateur Amidala croyait fermement aux mandats limités dans le temps. C'était une partisane acharnée de la démocratie. Sa mort est une perte pour nous tous. Nous pleurons le départ d'une indomptable championne de la liberté. (Le Chancelier Suprême inclina la tête, baissa les yeux et soupira de nouveau.) Et d'une amie très chère...

Quelques conversations s'engagèrent mais, dans l'ensemble, l'assemblée resta plongée dans un silence respectueux. Quelques Sénateurs hochèrent la tête, en signe d'approbation avec le panégyrique formulé par Palpatine.

Mais à cet instant tragique, en ce jour si important, la terrible nouvelle ne pouvait prévaloir sur la suite des débats. Palpatine vit, sans surprise, l'explosif Sénateur Ask Aak, représentant de Malastare, manœuvrer sa plate-forme volante pour se dégager des gradins et rejoindre le centre de l'arène. Sa large tête pivota doucement, ses trois yeux – implantés à l'extrémité de trois pédoncules gros comme le doigt – se mirent à bouger indépendamment les uns des autres et ses longues oreilles, saillant à l'horizontale de son crâne, se tordirent.

— Combien de Sénateurs trouveront encore la mort avant que ne cesse ce bouleversement civil ? cria le Malastarian. Nous devons affronter ces rebelles dès maintenant, et il nous faut une armée pour cela !

Cette déclaration brutale déclencha un tonnerre de cris d'approbation ou de désaccord dans la vaste assemblée. Plusieurs plates-formes se détachèrent des murs en même temps. L'une d'elles, transportant un individu à la fourrure bleue et au faciès écrasé, se glissa prestement juste devant le module d'Ask Aak.

— Comment se fait-il que les Jedi aient été incapables d'empêcher cet assassinat ? demanda Darsana, l'ambassadeur de Glee Anselm. Il me paraît évident à présent que nous ne sommes plus du tout en sécurité sous leur protection !

Une autre plate-forme vint flotter juste derrière celle de Darsana.

— La République a besoin de sécurité et vite ! acquiesça Orn Free Taa, le Sénateur Twi'lek, dont les lourdes bajoues et les longs lekkus, ses épaisses queues crâniennes bleutées, tressaillirent d'excitation. Tout de suite, même ! Avant que tout ceci ne se transforme en conflit global !

— Puis-je me permettre de rappeler au Sénateur de Malastare que des négociations sont en cours avec les Séparatistes ? intervint le Chancelier Suprême Palpatine. La paix est notre objectif. Pas la guerre.

— Comment pouvez-vous soutenir une chose pareille, alors que votre amie vient de mourir, assassinée par ces mêmes gens avec qui vous souhaitez négocier ? demanda

Ask Aak, son dur visage au derme orangé affichant pleinement l'incrédulité.

Tout autour du podium central, cris et altercations fusèrent. Les Sénateurs se mirent à s'invectiver entre eux avec véhémence. La tension monta d'un cran et de nombreux poings, ainsi que toutes sortes d'autres appendices plus ou moins exotiques, furent brandis dans les airs.

Palpatine, étonnamment calme, posa sur Ask Aak un regard particulièrement désarmant.

— Mais enfin, hurla Ask Aak, je viens bien de vous entendre parler d'Amidala comme d'une de vos plus chères amies, non ?

Palpatine se contenta de dévisager le Sénateur. Un exemple de maîtrise imperturbable. Le véritable œil de ce cyclone qu'était devenue l'assemblée.

Le greffier se précipita jusqu'au podium, sachant que son maître se devait de demeurer au-dessus des altercations, qu'il devait représenter la voix de la raison à travers ces débats déchaînés.

— Silence ! ordonna Mas Amedda à maintes reprises. Mesdames et messieurs les Sénateurs, je vous en prie !

Mais les cris, les hurlements et les poings brandis continuèrent de plus belle.

Sans que quiconque la remarque, une autre plateforme, transportant quatre personnes, approcha du hall du Sénat par une galerie latérale, progressant lentement mais avec détermination.

À bord de la nacelle, le Sénateur Padmé Amidala soupira, puis secoua la tête, dégoûtée par le manque de discipline qui régnait dans la rotonde qui s'ouvrait juste devant eux.

— Voilà exactement la raison pour laquelle le Comte Dooku est parvenu à convaincre tant de systèmes de se déclarer en sécession, expliqua-t-elle à sa dame de compagnie, Dormé, qui se trouvait juste à côté d'elle.

Le capitaine Typho et Jar Jar Binks étaient installés aux places avant et Typho s'occupait de piloter l'engin.

— Nombreux sont ceux qui croient que la République

est devenue beaucoup trop vaste et qu'elle manque de solidité, acquiesça Dormé.

Ils émergèrent de la galerie et commencèrent à glisser vers l'arène centrale. Les Sénateurs qui s'y trouvaient, ainsi que ceux occupant les rangées inférieures des balcons, étaient bien trop pris par leurs cris et leurs altercations pour remarquer les nouveaux arrivants.

Debout au podium, Palpatine, lui, remarqua Amidala. Une expression de choc absolu figea son visage pendant quelques instants, puis il se secoua et un sourire entendu lui illumina la figure.

— Mes nobles collègues, dit Amidala d'un ton ferme. (Le son si familier de sa voix fit taire plus d'un Sénateur. Tous se tournèrent pour la regarder.) Je suis d'accord avec le Chancelier Suprême. Coûte que coûte, il nous faut éviter la guerre.

Graduellement tout d'abord, puis de plus en plus rapidement, la rotonde plongea dans le silence. Soudain, un tonnerre d'acclamations et d'applaudissements retentit dans tout le hall.

— C'est avec surprise et bonheur que nous cédons la parole au Sénateur de Naboo, Padmé Amidala, déclara Palpatine.

Amidala attendit que les cris et les applaudissements se soient calmés, puis elle se mit à parler, lentement et de façon déterminée.

— Il y a moins d'une heure, on a tenté de m'assassiner. L'un de mes gardes du corps, ainsi que six autres personnes de mon entourage, ont été massacrés de façon aussi stupide qu'impitoyable. C'est moi-même qui étais visée mais je pense sincèrement que c'est la décision que nous devons prendre aujourd'hui qui était réellement la cible. Je me suis toujours opposée à la création d'une armée, mais il y a apparemment quelqu'un ici qui ferait n'importe quoi pour s'assurer du contraire.

Les acclamations se transformèrent en huées dans certaines sections de la rotonde lorsque ces propos surprenants retentirent. Certains Sénateurs secouèrent la tête en signe de confusion.

Amidala demeura immobile et embrassa la vaste salle d'un regard circulaire. Elle savait bien que ses paroles pourraient être considérées par certains comme des insultes. En vérité, ses pensées se portaient bien au-delà des simples auteurs de la tentative d'assassinat. Elle était animée d'un pressentiment qui défiait toute logique élémentaire. Les gens qui auraient dû, normalement, vouloir la réduire au silence étaient ceux qui étaient favorables à la création d'une armée de la République. Mais pour une raison qu'elle n'arrivait pas encore à vraiment saisir, par une impression subconsciente ou tout simplement une gêne en son for intérieur, Amidala était persuadée qu'il lui faudrait chercher la source de la tentative auprès de ceux qui, justement et logiquement, en apparence tout au moins, ne souhaitaient pas sa mort. Elle se rappela alors l'avertissement de Panaka. N'avait-il pas annoncé que la Fédération du Commerce venait de rejoindre le mouvement séparatiste ?

Elle inspira profondément, se préparant à affronter la rancœur croissante qui montait de l'assistance, et reprit la parole d'un ton résolu :

— Je vous préviens, si vous votez en faveur de la création de cette armée, vous signez vous-mêmes la déclaration de guerre. J'ai eu le malheur de faire personnellement l'expérience de la guerre. Je ne souhaite pas recommencer.

Les acclamations commencèrent à couvrir les huées.

— Mais je persiste à dire que c'est de la folie ! cria Orn Free Taa au-dessus du tumulte. Je suggère que nous différions ce vote immédiatement !

Sa suggestion ne fit qu'amplifier le volume des protestations.

Amidala dévisagea le Sénateur Twi'lek, comprenant son désir de retarder un vote sur lequel elle était parvenue à semer le doute.

— Reprenez-vous, Sénateurs… Ressaisissez-vous ! reprit-elle, haussant le ton à son tour. Si nous faisons preuve de violence à l'encontre des Séparatistes, ils ne pourront nous répondre que par la violence ! Beaucoup y laisseront la vie, tous y perdront leur liberté ! Cette décision pourrait tout simplement détruire les fondations de notre grande République. Je prie pour que la peur ne vous incite pas à prendre une décision aussi désastreuse. Approuver cette mesure de sécurité, c'est déclarer la guerre ! Est-ce que quelqu'un dans cette salle souhaite vraiment que nous en venions là ? Je ne peux pas le croire !

Ask Aak, Orn Free Taa et Darsana, sur leurs plates-formes volantes près du podium, échangèrent des regards nerveux. Les acclamations et les huées reprirent de plus belle dans le grand hall. Le fait qu'Amidala ait survécu à une tentative d'assassinat et qu'elle soit à nouveau en train d'implorer le Sénat de s'opposer à la constitution d'un mouvement de représailles ne faisait que consolider ses arguments. Pour certains, cela ne faisait que renforcer l'estime qu'ils éprouvaient pour Amidala. L'ancienne souveraine de Naboo était déjà fort estimée par un très grand nombre parce qu'elle avait tenu tête à la Fédération du Commerce, dix ans auparavant.

Sur un signe de tête d'Ask Aak, Orn Free Taa demanda la parole. Palpatine la lui donna promptement.

— Selon les règles de priorité, ma motion suggérant de différer ce vote doit être traitée en premier lieu ! déclara Orn Free Taa. La loi l'exige !

Amidala dévisagea le Twi'lek, furieuse et frustrée de devoir céder face à cette tactique visant à lui faire gagner du temps. Elle lança un regard plaintif à Palpatine. Le Chancelier Suprême, en retour, lui fit comprendre qu'il comprenait sa frustration tout en se contentant de hausser les épaules. Il s'avança jusqu'au pupitre et leva les mains pour essayer de rappeler l'assemblée à l'ordre. Lorsque le silence fut revenu dans la salle, il prit la parole :

— Vu l'heure tardive et étant donné le sérieux de cette motion, je suggère que nous remettions nos décisions à demain. En attendant, la séance est levée.

Les embouteillages obstruaient le ciel de Coruscant. Les flots de trafic avançaient au ralenti entre les volutes de brouillard chargées de pollution. Le soleil était levé depuis peu et baignait déjà la grande ville de son éclat ambré. Cependant, de nombreuses lumières étaient encore allumées, scintillant derrière les fenêtres des massifs gratte-ciel.

Le Chancelier Suprême Palpatine était assis à sa grande table de travail, dans son spacieux bureau décoré avec goût. Il observait les quatre Maîtres Jedi qui venaient lui rendre visite. De l'autre côté de la pièce, deux gardes, parés de rouge, flanquaient la porte. Deux silhouettes fort impressionnantes, avec leurs grands casques incurvés et leurs longues capes qui tombaient jusqu'au sol.

— Ce scrutin me fait peur, remarqua Palpatine.

— Il est inévitable, répondit Mace Windu, un humain grand, musclé et chauve, au regard perçant, qui se tenait près de Ki-Adi Mundi, un individu encore plus grand que lui.

— Et il pourrait bien contribuer à la dissolution du reste de la République, continua Palpatine. Je n'ai jamais vu les Sénateurs aussi partagés à propos d'un seul et même sujet…

— Rares sont les sujets impliquant la création d'une armée républicaine, remarqua le Maître Jedi Plo Koon. (Celui-ci était un Kel Dorian, grand et robuste, dont le crâne s'ornait d'arêtes qui lui retombaient de part et d'autre de la tête comme les cheveux bouclés d'une jeune fille. Il avait de grands yeux ténébreux et un masque noir couvrait la moitié inférieure de son visage.) Les Sénateurs sont anxieux et effrayés. Je crois qu'aucun vote ne sera jamais aussi important que celui qui leur est aujourd'hui proposé.

— D'une manière ou d'une autre, à beaucoup d'accommodations vous devez vous livrer, dit Maître Yoda, le plus petit de tous en terme de physique mais l'un des plus grands Maîtres Jedi que cette Galaxie ait jamais connus. (Yoda battit doucement des paupières et ses impressionnantes oreilles se tordirent subtilement, indiquant, à tous ceux qui le connaissaient, qu'il était plongé dans une profonde réflexion et qu'il accordait toute son attention à la situation.) Invisibles, beaucoup de choses sont encore, dit-il, fermant les yeux en signe de méditation.

— Je ne sais pas combien de temps encore je vais réussir à retarder ce vote, mes amis, expliqua Palpatine. Et j'ai bien peur que ce retard au sujet de cette décision si importante ne fasse qu'éroder encore plus notre fragile République. De plus en plus de systèmes stellaires sont en train de rejoindre les Séparatistes.

Mace Windu, véritable pilier de fermeté au sein de l'Ordre Jedi, hocha la tête en signe de compréhension face au dilemme.

— Et pourtant, lorsque ce scrutin aura eu lieu, les perdants voudront se séparer de…

— Je ne laisserai pas cette République, qui a su résister à l'adversité pendant plus de mille ans, se scinder en deux ! déclara Palpatine, abattant un poing déterminé sur le dessus de son bureau. Mes négociations n'échoueront pas !

— Mais, pour peu qu'elles échouent, vous devez comprendre que les Jedi ne seront pas assez nombreux pour défendre la République, annonça Mace Windu, très calme, conservant à sa voix chaleureuse un même ton contrôlé. Nous sommes des gardiens de la paix, pas des soldats.

Palpatine inspira plusieurs fois longuement, histoire de bien assimiler ces informations.

— Maître Yoda, dit-il, attendant que le vénérable Jedi à la peau verte lui prête attention. Pensez-vous que nous en viendrons vraiment à la guerre ?

Yoda ferma à nouveau les yeux.

— À pire que la guerre, je le crains, dit-il. Bien pire.

— Et à quoi donc ? demanda Palpatine, inquiet.

— Maître Yoda, que ressentez-vous ? insista Mace Windu.

— Impossible à discerner est le futur, répondit le petit Maître Jedi, ses grands yeux toujours clos. Masquer tout, le Côté Obscur doit. Mais certain je suis que… (il ouvrit soudainement les yeux et regarda Palpatine) que leur devoir, les Jedi accompliront.

Le Chancelier Suprême lui lança un regard chargé de perplexité. Avant qu'il puisse répondre à Yoda, un hologramme se matérialisa sur son bureau, représentant l'image de Dar Wac, l'un de ses assistants.

— Le comité loyaliste est arrivé, Monseigneur, dit Dar Wac en huttais.

— Faites-les entrer.

L'hologramme disparut. Palpatine se leva pour accueillir convenablement ses distingués visiteurs. Les quatre Jedi firent de même. Ils arrivèrent en deux groupes. En tête marchaient Padmé Amidala, le capitaine Typho, Jar Jar Binks, la dame de compagnie Dormé et le greffier Mas Amedda. Derrière suivaient deux autres Sénateurs : Bail Organa d'Alderman et Hors Rider.

Tous échangèrent les quelques politesses d'usage et Yoda tapota doucement la jambe de Padmé du bout de sa petite canne.

— Avec vous, puissante est la Force, jeune Sénateur, lui dit le Maître Jedi. Terrible fut votre tragédie sur la plate-forme d'atterrissage. Vous savoir vivante, à mon cœur apporte de la chaleur.

— Merci, Maître Yoda, répondit-elle. Avez-vous une idée de qui pourrait se cacher derrière cet attentat ?

La question incita toutes les personnes dans la pièce à se tourner pour les regarder directement, elle et Yoda.

Mace Windu s'éclaircit la gorge et fit un pas en avant.

— Sénateur, nous ne disposons de rien de précis, mais nos espions nous invitent à croire qu'il s'agit des mineurs d'épices mécontents qui travaillent sur les lunes de Naboo.

Padmé regarda le capitaine Typho. Celui-ci secoua la tête, incapable de fournir le moindre élément de réponse. Tous deux avaient été témoins de la colère de ces mineurs d'épices sur Naboo, mais ces manifestations semblaient à des années-lumière de la tragédie qui s'était déroulée sur l'air d'atterrissage, ici, sur Coruscant. Quittant Typho des yeux, Amidala adressa un regard sévère à Mace Windu, se demandant si l'instant était opportun pour lui faire part du pressentiment qu'elle avait éprouvé au Sénat. Elle était consciente de la controverse que cela pourrait déclencher, de l'illogisme qui baignait ses pensées, et pourtant...

— Je n'ai pas l'intention de vous contredire... dit-elle. Je pense cependant que le Comte Dooku est derrière tout cela.

Un vent de surprise souffla à travers la pièce. Les quatre Maîtres Jedi échangèrent des regards qui allaient de la stupéfaction à la désapprobation.

— Vous savez, Madame, dit Mace d'une voix calme et forte, que le Comte Dooku était jadis un Jedi. Je ne le vois pas assassiner qui que ce soit. Ce n'est pas dans sa manière.

— C'est un idéaliste politique, ajouta Ki-Adi Mundi, le quatrième Jedi du contingent. Pas un meurtrier.

Avec son haut crâne conique, le Maître Jedi Cerdan dominait tout le monde dans la salle. Les plis crénelés qui ornaient son visage pensif ajoutaient à sa stature physique déjà imposante une notion d'intense disposition à la réflexion.

Maître Yoda tapa de sa canne sur le sol pour attirer l'attention à lui. Ce simple geste eut une influence apaisante sur la tension croissante de l'assistance.

— En ces temps obscurs, les choses ce qu'elles sont, ne semblent pas toujours, annonça la petite silhouette. Mais le fait demeure, Sénateur, en grand danger vous êtes.

Le Chancelier Suprême Palpatine poussa un long et dramatique soupir, puis il marcha jusqu'à la fenêtre pour observer l'aube de Coruscant.

— Maîtres Jedi, dit-il. Puis-je me permettre de suggérer de placer le Sénateur sous votre protection ?

— Pensez-vous qu'il soit si sage d'utiliser nos ressources, déjà bien limitées, en une période si troublée ? intervint promptement le Sénateur Bail Organa en caressant sa barbe noire parfaitement taillée. Des milliers de systèmes ont déjà rejoint les rangs des Séparatistes et nombreux sont ceux qui s'apprêtent à le faire. Les Jedi sont notre seul...

— Chancelier ? l'interrompit Padmé. Si je puis me permettre, je ne crois pas que la...

— ... situation soit si grave que cela ? termina Palpatine. Vous, peut-être, mais moi, je le crois.

— Chancelier, je vous en prie ! l'implora-t-elle. J'en ai assez de tous ces gardes !

Palpatine la regarda comme le ferait un père trop protecteur. Un regard qu'Amidala aurait pu considérer comme condescendant s'il était venu d'un autre homme.

— Je ne suis que trop conscient du fait que toute sécurité additionnelle pourrait se révéler perturbante pour vous, commença-t-il. (Il marqua une pause et soudain son visage afficha une expression témoignant qu'il venait d'être frappé par l'idée d'un compromis logique et acceptable.) Mais imaginez qu'il s'agisse de quelqu'un qui vous soit familier, un vieil ami... (Avec un sourire entendu, il se tourna vers Mace Windu et Yoda.) Quelqu'un comme Maître Kenobi, peut-être ? finit-il en hochant la tête.

Son sourire se fit encore plus franc lorsque Mace Windu hocha également la tête en signe de compréhension.

— C'est tout à fait possible, confirma le Maître Jedi. Il vient juste de rentrer d'Ansion, où il était parti régler une dispute frontalière.

— Vous devez vous souvenir de lui, Madame, dit Palpatine, souriant comme si l'affaire était entendue. Il vous a protégée lors du blocus.

— Ce n'est vraiment pas nécessaire, Chancelier, dit Padmé d'un ton déterminé.

Palpatine continua à sourire, prouvant qu'il ne savait que trop bien comment se jouer des arguments de ce Sénateur, cette jeune femme si indépendante.

— Faites-le au moins pour moi, Madame, s'il vous plaît. Je dormirai bien mieux. Nous avons tous eu très peur, aujourd'hui. La seule pensée de vous perdre m'est insupportable.

Amidala voulut répondre, mais comment pouvait-elle dire quoi que ce soit qui serait susceptible d'apaiser les préoccupations du Chancelier Suprême ? Elle poussa un long soupir de défaite. Les Jedi se levèrent et s'apprêtèrent à partir.

— Je vais demander à Obi-Wan de vous rejoindre immédiatement, Madame, l'informa Mace Windu.

En passant près de Padmé, Yoda se pencha et lui chuchota quelques mots qu'elle seule entendit :

— Trop peu, de vous même, vous préoccupez-vous, Sénateur. Beaucoup trop de politique, en revanche. Des dangers soyez consciente, jeune Padmé. Acceptez notre aide.

Ils quittèrent la salle. Padmé Amidala contempla la porte flanquée des deux gardes encore un long moment.

Derrière elle, Palpatine observait tous les présents, après être retourné s'asseoir à sa table de travail.

— Cela me gêne d'entendre le nom du Comte Dooku prononcé dans ces circonstances, Maître, dit Mace Windu à Yoda, tandis que les Jedi repartaient vers leur salle d'audience. Surtout lorsque cela vient de quelqu'un d'aussi estimable que le Sénateur Amidala. Tout manque de confiance à l'encontre d'un Jedi, voire d'un ancien Jedi, en cette période de trouble, pourrait avoir de désastreuses retombées.

— Renier l'implication de Dooku dans le mouvement séparatiste, nous ne pouvons, lui rappela Yoda.

— Nous ne pouvons pas non plus renier le fait qu'il a commencé ce mouvement pour servir ses idéaux, argumenta Mace. Il était notre ami, nous ne devons pas l'oublier, et l'entendre ainsi se faire traiter d'assassin…

— Traité on ne l'a pas, dit Yoda. Mais sur nous les ténèbres tombent, sur nous tous, et dans les ténèbres, les choses ce qu'elles sont, ne semblent pas toujours.

— Mais je ne comprends pas pourquoi le Comte Dooku aurait intenté à la vie du Sénateur Amidala, alors que nous savons tous qu'elle s'oppose farouchement à la création d'une armée ! Les Séparatistes ne peuvent que la soutenir dans sa décision, non ? Ils sont susceptibles de croire qu'elle est une alliée à leur cause, même si cela n'est pas, de sa part, intentionnel. Ou bien nous faut-il vraiment croire qu'ils souhaitent entrer en guerre contre la République ?

Yoda s'appuya lourdement sur sa canne, l'air très fatigué, fermant doucement ses grands yeux.

— Plus ici, il y a, que deviner, nous ne pouvons, dit-il très calmement. Perturbée est la Force. Désarmant, cela est.

Mace voulut formuler une réponse bien pesée, pour défendre son vieil ami Dooku, mais il se ravisa. Le Comte Dooku était parmi les plus talentueux des Maîtres Jedi, il était respecté au sein du Conseil. Il était adepte des anciens préceptes Jedi et de leur style plus profond. Il avait maîtrisé une méthode de combat au sabre laser qui datait de la nuit des temps. Une technique qui reposait sur des mouvements d'avant en arrière, sur des coups directs et des ripostes, alors que la plupart des Jedi actuels travaillaient en mouvements circulaires. Quelle perte dramatique, pour l'Ordre et pour Mace Windu, lorsque Dooku avait décidé de quitter les Jedi de son plein gré ! Les raisons étaient à l'époque les mêmes que celles que les Séparatistes scandaient aujourd'hui : la République était devenue bien trop pesante et bien trop lente à la détente pour subvenir aux besoins des plus défavorisés, individus ou systèmes.

Le trouble de Mace Windu concernant Dooku n'était sans doute pas aussi perturbant que celui de Palpatine et d'Amidala au sujet des Séparatistes. Et pour cause, certains des arguments proférés contre la République n'étant pas complètement dénués de fondement.

6

Le jour tomba doucement sur Coruscant. Graduellement, la lumière naturelle de certaines étoiles très brillantes parvint à percer le halo perpétuel qui enveloppait cette métropole qui ne dormait jamais. Cette ville majestueuse et démesurée prit alors un tout autre aspect. Avec l'arrivée de la nuit, les gratte-ciel semblaient se transformer en gigantesques monolithes naturels. Toutes ces énormes structures qui dominaient la cité, qui faisaient de Coruscant un monument à la gloire des espèces pensantes, paraissaient se métamorphoser en témoignages de folie, de fierté futile luttant contre cette immensité et cette majesté dont aucun mortel ne pouvait s'emparer. Même le vent, dans les parties les plus élevées des structures, prenait un ton différent. Plus sinistre, plus triste, annonçant, en manière de héraut, ce qu'il adviendrait de façon inévitable de cette grande ville et de cette puissante civilisation.

Obi-Wan Kenobi et Anakin Skywalker venaient d'embarquer à bord du turbo-élévateur du complexe résidentiel des Sénateurs. Le Maître Jedi avait jugé le moment opportun pour méditer sur ces vérités universelles. Il n'en allait certainement pas de même pour le jeune Padawan qui se trouvait à ses côtés. Anakin allait enfin revoir Padmé, cette femme qui s'était emparée de son cœur et de son âme – alors qu'il n'avait que neuf ans – pour ne jamais les laisser s'évader.

— Je te sens un peu à cran, Anakin, remarqua Obi-Wan pendant que l'ascenseur continuait de monter.

— Non, non, pas du tout, répondit le jeune homme, de façon guère convaincante.

— Je ne t'ai pas vu aussi nerveux depuis la fois où nous sommes tombés sur ce nid de gundarks.

— C'est vous qui vous étiez fourré dans ce pétrin, Maître. Je me suis contenté de venir vous sauver, vous vous rappelez ?

Le petit stratagème mis au point par Obi-Wan pour détendre l'atmosphère sembla fonctionner car les deux hommes éclatèrent d'un rire bien mérité. Pourtant, quelques instants plus tard, Anakin semblait toujours aussi tendu.

— Tu transpires, nota Obi-Wan. Inspire à fond. Détends-toi.

— Ça fait dix ans que je ne l'ai pas vue…

— Anakin, relax ! réitéra Obi-Wan. Elle n'est plus Reine.

La porte de l'élévateur coulissa et Obi-Wan sortit dans le couloir.

— Ce n'est pas pour ça que j'ai le trac, marmonna Anakin, derrière lui, dans un souffle.

Les deux hommes s'avancèrent dans le corridor. La porte qui leur faisait face coulissa à son tour et un Gungan fort bien habillé, portant une tunique finement tissée de noir et de rouge vint à leur rencontre. Tous trois se regardèrent pendant quelques instants et puis, perdant tout sens de la réserve et de la bienséance, le diplomate gungan se mit à bondir en tous sens comme un petit enfant.

— Obi ! Obi ! Obi ! cria Jar Jar Binks, battant des oreilles et de la langue. Moi si content de voir toi toi ! Wahoooo !

Obi-Wan sourit poliment, mais le rapide regard qu'il adressa à Anakin témoignait d'un certain embarras. Il leva les mains devant lui, essayant de calmer le turbulent bonhomme qui s'agitait devant eux.

— Heureux de te revoir, Jar Jar.

Ce dernier fit encore quelques bonds puis, soudainement, se calma au prix d'un grand effort.

— Et ça lui ça, moi devine, c'est ton apprenti, ça, reprit le Gungan, qui semblait avoir retrouvé le contrôle de ses gestes. (Pendant quelques instants seulement car, ayant bien observé le jeune Padawan, il perdit à nouveau tout sens de la mesure.) Noooooon ! cria-t-il en frappant dans ses mains. Anakin ? Noooooon ! Le petit mini Anakin ? (Jar Jar empoigna le Padawan à bout de bras et l'étudia des pieds à la tête.) Nooooon ! T'as grandi ! Yiyiyiyi ! Anakin ! Moi pas croire moi !

Ce fut au tour d'Anakin d'afficher un sourire poli et embarrassé. Il n'offrit aucune résistance lorsque le Gungan surexcité le serra dans ses bras et il se laissa secouer sans broncher quand Jar Jar reprit ses petits sauts de puce.

— Salut Jar Jar, parvint à dire Anakin.

Le Gungan reprit sa petite danse, sautillant et poussant des petits gloussements, proférant toute une série de « yiyi ». La sérénade aurait continué pendant des heures si Obi-Wan n'avait pas attrapé, gentiment mais fermement, le bras du Gungan.

— Nous sommes venus nous entretenir avec le Sénateur Amidala. Peux-tu nous introduire auprès d'elle ?

Jar Jar cessa de sautiller et regarda Obi-Wan avec intensité. Son museau allongé adopta une expression de profond sérieux.

— Elle vous attend. Anakin ! Moi pas croire moi !

Il dodelina de la tête pendant quelques instants, puis saisit Anakin par la main et l'entraîna à sa suite.

L'appartement qui se trouvait derrière la porte était décoré avec goût. Des fauteuils confortables, ainsi qu'un divan, avaient été disposés en cercle au centre du salon et quelques œuvres d'art ornaient les murs. Dormé et Typho attendaient, debout près du divan. Le capitaine était paré de son habituel uniforme militaire, une tunique bleue sous un gilet de cuir brun, avec des gants de cuir noir et une casquette un peu guindée, en cuir noir elle aussi. À côté de lui se tenait Dormé, vêtue d'une de ces robes, discrètes mais fort seyantes, caractéristiques des dames de compagnie de Padmé.

Anakin, cependant, ne les remarqua même pas. Son regard était braqué sur la troisième personne présente dans le salon. Sur Padmé et sur elle seule. S'il subsistait en lui encore le moindre doute sur le fait qu'elle ait pu être aussi belle que dans ses souvenirs, ses craintes s'envolèrent immédiatement. Les yeux du Padawan scrutèrent la délicate silhouette vêtue de robes noires et pourpres, assimilant jusqu'au moindre détail. Il s'attarda sur les épais cheveux bruns, tirés en arrière et attachés sur le dessus de la tête en un chignon sophistiqué tenu par une sorte de manchon d'osier, et voulut s'y noyer. Il s'attarda sur les yeux et voulut les contempler pour l'éternité. Il s'attarda sur les lèvres et voulut...

Anakin ferma les yeux pendant quelques instants et inspira profondément. Il sentit à nouveau son parfum. Cette odeur qui, dans son âme, était définitivement rattachée à la jeune femme.

Il lui fallut faire preuve d'efforts incommensurables pour s'avancer lentement et respectueusement derrière son maître, plutôt que de se précipiter pour serrer Padmé dans ses bras. Il lui fallut cependant faire preuve d'encore plus d'efforts pour avancer un pied, puis un autre – car ses jambes semblaient soudainement se dérober sous lui –, pour faire le premier pas vers elle.

— Me voilà moi moi. Regarde ! Regarde ! couina Jar Jar. (Ce n'était guère l'introduction qu'Obi-Wan avait imaginée mais il savait pertinemment que c'était là le type de démonstration à laquelle il fallait s'attendre de la part de ce Gungan aux émotions si volatiles.) Les Jedi arrivés !

— Quel plaisir de vous revoir, Madame, dit Obi-Wan, s'avançant au-devant du jeune Sénateur à l'inégalable beauté.

Planté juste derrière son mentor, Anakin ne quittait pas la jeune femme des yeux, détaillant chacun de ses gestes. Elle le regarda une fois, très brièvement, et Anakin comprit qu'elle ne l'avait pas reconnu.

Padmé prit la main d'Obi-Wan dans la sienne.

— Cela fait si longtemps, Maître Kenobi. Je suis si

heureuse que nos chemins se croisent à nouveau. Mais je dois vous avertir que votre présence ici n'est guère nécessaire.

— Je suis certain que les membres du Conseil Jedi sont animés des meilleures intentions, répondit Obi-Wan.

Padmé arbora une expression d'approbation résignée en entendant cette réponse. Cette expression céda alors la place à la surprise lorsqu'elle regarda par-delà l'épaule du Maître Jedi, en direction du jeune Padawan qui se trouvait juste derrière lui. Elle fit un pas de côté pour se placer en face d'Anakin.

— Anakin ? demanda-t-elle, sur un ton de pure incrédulité.

Son sourire et l'éclair dans ses yeux indiquèrent qu'elle n'avait pas besoin de réponse.

L'espace d'une seconde, Anakin sentit son esprit s'envoler.

— Anakin... dit Amidala de nouveau. Est-ce possible ? Seigneur, comme tu as grandi !

Elle posa les yeux sur ses pieds puis remonta lentement le regard le long du corps athlétique du jeune homme. Penchant ensuite la tête en arrière pour terminer son appréciation, elle réalisa qu'il la dominait complètement.

Cela ne contribua guère à consolider la confiance d'Anakin, perdu comme il était dans son admiration pour Padmé. Celle-ci sourit de plus belle. Le signe évident qu'elle était contente de le voir. Mais Anakin ne s'en rendit pas compte, ou bien il n'en comprit pas la signification.

— Toi aussi, répondit-il de façon maladroite, comme s'il devait forcer chacun des mots hors de sa bouche. Enfin, tu as grandi en beauté, je veux dire. (Il s'éclaircit la gorge et bomba le torse pour mieux la dominer.) Pas en taille, plaisanta-t-il, essayant, sans succès, de prétendre contrôler la situation. Enfin, pour un Sénateur, c'est pas grave...

Anakin remarqua qu'Obi-Wan le foudroyait du regard. Mais Padmé éclata de rire et chassa toutes les tensions.

— Oh, Anakin, dit-elle en secouant la tête. Pour

moi, tu seras toujours ce petit garçon que j'ai rencontré sur Tatooine.

Si elle s'était emparée du sabre laser accroché à la ceinture du jeune homme pour lui trancher les jambes, elle n'aurait pas pu prendre Anakin Skywalker plus de court !

Il baissa les yeux et son embarras ne fut qu'amplifié par les regards que le capitaine Typho et Obi-Wan étaient en train de lui adresser.

— Notre présence sera invisible, Madame, entendit-il Obi-Wan assurer à Padmé.

— Nous vous sommes très reconnaissants d'être ici, Maître Kenobi, intervint le capitaine Typho. La situation est bien plus dangereuse que le Sénateur ne veut bien l'admettre.

— Je n'ai pas besoin de sécurité supplémentaire, dit Padmé, s'adressant d'abord à Typho, avant de se tourner vers Obi-Wan. J'ai besoin de réponses. Je veux connaître l'identité de ceux qui ont essayé de m'assassiner. Je suis persuadée qu'il y a une connexion avec le Sénat, une connexion de la plus haute importance. Il y a quelque chose de plus...

Elle s'interrompit en apercevant Obi-Wan froncer les sourcils.

— Nous sommes là pour vous protéger, Sénateur, pas pour mener une enquête, dit-il d'un ton calme et déterminé.

Mais à peine avait-il parlé qu'Anakin intervint pour le contredire :

— On va trouver qui a essayé de te tuer, Padmé, insista le Padawan. Je te le promets.

Dès qu'il eut fini, il comprit son erreur. Une erreur qui se matérialisa par le regard noir qui lui lança Obi-Wan. Il dut se contenter de baisser les yeux et de se mordre les lèvres.

— Sache que nous ne pouvons pas agir en dehors de notre mandat, mon jeune apprenti ! dit Obi-Wan d'un ton sec.

Anakin fut blessé de se voir ainsi réprimander en public, surtout devant un tel auditoire.

— Je voulais dire cela uniquement dans l'intérêt de notre mission de protection du Sénateur, Maître, bien entendu.

La justification parut particulièrement inepte, même aux propres oreilles d'Anakin.

— Nous n'allons pas remettre cela encore une fois sur le tapis, Anakin, continua Obi-Wan. Tu dois obéir à mes ordres.

Anakin ne pouvait croire qu'Obi-Wan puisse continuer ainsi à le blâmer en présence de Padmé.

— Pourquoi ? demanda-t-il, essayant de retourner la question et le débat à son avantage, tentant désespérément de recouvrer un semblant de crédibilité.

— Comment ça, pourquoi ? s'exclama Obi-Wan.

Anakin n'avait jamais perçu autant de surprise de la part de son Maître. Le jeune Padawan comprit qu'il avait sûrement poussé le bouchon un peu trop loin et un peu trop vite.

— Pour quelle raison croyez-vous qu'on nous a confié cette mission auprès d'elle, à part pour découvrir le tueur ? demanda-t-il, essayant de ramener un semblant de calme dans une situation bien tendue. La protection, c'est un travail pour les services locaux affectés à la sécurité, pas pour les Jedi. C'est une perte de temps, Maître. Il est évident que mener l'enquête devrait faire partie de notre mandat.

— Nous ferons uniquement ce que le Conseil nous a ordonné, le contra Obi-Wan. Et tu apprendras quelle est ta place, jeune homme.

— Peut-être que votre seule présence ici, à mes côtés, contribuera à éclaircir le mystère de cette menace, proposa Padmé, toujours diplomate. (Elle sourit alternativement à Anakin et à Obi-Wan. Une invitation à se comporter civilement. Lorsque tous deux se calmèrent, lorsque leurs épaules se détendirent, elle ajouta :) Maintenant, si vous voulez bien m'excuser, je vais me retirer.

Tous s'inclinèrent respectueusement quand Dormé et

Padmé quittèrent la pièce. Obi-Wan foudroya Anakin du regard, visiblement peu satisfait du comportement de son Padawan.

— En tout cas, moi, je suis drôlement content de vous savoir avec nous, annonça le capitaine Typho en s'approchant des deux Jedi. Je ne sais pas ce qui est en train de se tramer ici, mais je peux vous assurer que le Sénateur a besoin de toute la sécurité nécessaire. Vos amis du Conseil Jedi pensent que les mineurs d'épices sont impliqués dans cette histoire, mais j'ai un peu de mal à être d'accord avec eux.

— Que savez-vous de tout ceci ? demanda Anakin. (Obi-Wan lui adressa un regard d'avertissement.) Eh bien quoi ? Nous serons mieux préparés à protéger le Sénateur si nous en savons un peu plus sur ce qui nous attend, non ?

Des paroles logiques et raisonnables, que même Obi-Wan ne put réfuter.

— Pas grand-chose, admit Typho. Le Sénateur Amidala dirige l'opposition à la création d'une Armée de la République. Elle est persuadée qu'on peut parvenir à traiter avec les Séparatistes par la négociation plutôt que par la violence. Mais cette tentative d'assassinat, même si elle a échoué, ne fait que renforcer l'opinion de ses détracteurs au Sénat.

— Et puisque les Séparatistes, logiquement, s'opposent à la création de cette armée... songea Obi-Wan à voix haute.

— Cela signifie que nous n'avons pas la moindre idée de qui se cache derrière tout ça, admit Typho. À l'heure actuelle, tous les regards se tournent vers le Comte Dooku et les Séparatistes. (Un pli soucieux barra le front d'Obi-Wan.) Tout au moins vers tous ceux qui ont rallié le mouvement. Les Séparatistes sont impliqués dans des attaques similaires qui se sont produites à travers toute la République. Ils sont violents. De là à s'en prendre directement au Sénateur Amidala, cela dépasse notre entendement.

— Et nous ne sommes pas là pour tenter de répondre

à cette question. Nous sommes venus assurer sa protection, dit Obi-Wan d'un ton qui signifiait qu'il en avait clairement terminé avec ce sujet.

Typho s'inclina, ayant parfaitement compris que le débat était clos.

— Je vais poster un officier à chaque étage. Quant à moi, je me trouverai au centre de commandement, au premier niveau.

Le capitaine s'en alla. Obi-Wan se mit à explorer la pièce, ainsi que les salles adjacentes, pour se faire une meilleure idée des lieux. Anakin voulut en faire autant, mais il s'interrompit dans son élan en passant devant Jar Jar Binks.

— Moi content content de revoir toi, Anakin.

— Elle ne m'a même pas reconnu, dit Anakin, fixant la porte par laquelle Padmé s'était retirée. (Il secoua la tête, un peu découragé, et se tourna vers le Gungan.) Je pense à elle tous les jours depuis que je l'ai quittée et elle ne m'a même pas reconnu.

— Pourquoi tu dis ça ? demanda Jar Jar.

— Tu l'as bien vue, non ? répondit Anakin.

— Elle super heureuse, lui assura le Gungan. Plus heureuse que moi vu elle depuis longtemps longtemps. Pas bonne période, Anakin. Pas bonne du tout.

Anakin secoua à nouveau la tête et voulut réitérer sa détresse, mais il vit Obi-Wan s'approcher d'eux et préféra tenir sa langue.

Tout en sachant, bien sûr, que son Maître n'avait rien manqué de la conversation.

— Tu te concentres encore sur l'aspect négatif, dit-il à Anakin. Mesure bien tes pensées. Elle est ravie de nous avoir revus. Contente-toi de cela. Maintenant, occupons-nous un peu de la sécurité de cet endroit, il y a fort à faire.

— Oui, Maître, dit Anakin en s'inclinant.

Il réussit à formuler cette réponse adéquate car il s'y sentait obligé. Mais il ne parvint pas à se débarrasser de ces pensées qui lui torturaient le cœur et l'esprit.

Padmé était assise devant sa coiffeuse, à brosser ses épais cheveux bruns, regardant dans le miroir sans vraiment poser les yeux sur quoi que ce soit de précis. Elle ressassa ses pensées dans sa tête, revit l'image d'Anakin, se souvint de la façon dont il l'avait regardée. Elle entendit à nouveau ses paroles. « Tu as grandi en beauté. » Padmé était consciente de son physique, mais il s'agissait là de propos qu'elle n'avait guère l'habitude d'entendre. Depuis toute petite, Padmé s'était impliquée dans la politique. Elle s'était élevée rapidement à des postes de plus en plus élevés et de plus en plus influents. La plupart des hommes avec lesquels elle était en contact se préoccupaient plus de savoir ce qu'elle pouvait leur apporter sur le plan pratique. Aucun d'entre eux ne semblait s'intéresser à sa beauté. Aucun d'entre eux n'avait jamais fait part du moindre sentiment à son égard. D'abord en tant que Reine de Naboo puis, aujourd'hui, en tant que Sénateur, Padmé avait conscience que l'attirance qu'elle suscitait chez les hommes dépassait les limites de l'attrait physique, voire de l'attrait émotionnel.

Mais peut-être pas tant que cela, finalement, se dit-elle, incapable d'oublier l'intensité qu'elle avait décelée dans le regard d'Anakin quand il l'avait aperçue.

Qu'est-ce que cela pouvait bien signifier ?

Elle revit son image. Très clairement. Mentalement, elle détailla à nouveau la silhouette athlétique du jeune homme. Elle se remémora son visage, contracté par l'intensité – une intensité qu'elle avait toujours admirée – mais toujours illuminé par des yeux qui pétillaient de joie, de malice, de…

De désir ?

Cette pensée interrompit le Sénateur en plein mouvement. Elle laissa retomber ses mains le long de son corps et demeura assise, face à son miroir, à se regarder, à juger sa propre apparence, comme Anakin avait pu le faire.

Au bout d'un long moment, Padmé secoua la tête, convaincue qu'elle se faisait des idées. Anakin était un Jedi, à présent. Et ce dévouement, cette abnégation au serment étaient des choses que Padmé Amidala respectait par-dessus tout.

Comment Anakin aurait-il pu la regarder avec désir ?

L'imagination de la jeune femme lui jouait des tours.

À moins qu'il ne s'agisse d'un fantasme ?

Riant de sa rêverie, Padmé posa à nouveau la brosse sur ses cheveux, mais elle se figea immédiatement. Elle portait une chemise de nuit blanche et soyeuse et, après tout, la pièce était bardée de caméras de sécurité. Ces caméras ne l'avaient jamais vraiment gênée, elle avait toujours posé sur elles un œil clinique. Les caméras de sécurité, et les gardes chargés de surveiller chacun de ses faits et gestes, faisaient partie intégrante de son existence. Elle avait appris à vivre au jour le jour, même dans les moments les plus intimes, sans avoir la moindre arrière-pensée à leur sujet.

Mais elle venait de réaliser qu'un certain jeune Jedi pouvait très bien être en train de l'observer par l'une de ces caméras...

7

Paré de son armure grise – une armure un peu démodée, criblée d'innombrables impacts de blasters mais toujours aussi efficace –, le chasseur de primes se tenait debout en équilibre sur une corniche, à une bonne centaine d'étages au-dessus des rues de Coruscant. Son casque était gris, lui aussi, percé d'une visière bleue en forme de T qui lui couvrait les yeux et descendait de son front jusqu'à son menton. Son perchoir semblait des plus précaires, considérant le vent qui soufflait à ces hauteurs, mais pour quelqu'un d'aussi agile et d'aussi talentueux que Jango, un individu capable de se fourrer à son avantage dans les situations les plus inextricables, cela n'avait rien d'extraordinaire.

Juste à l'heure prévue, un speeder se rangea le long de la corniche et y demeura en vol stationnaire. L'associée de Jango, Zam Wesell, hocha la tête et sortit du véhicule. D'un pas souple, elle passa devant d'éclatants panneaux publicitaires et rejoignit Jango sur le rebord. Elle portait un voile rouge qui lui couvrait la moitié inférieure du visage. Le voile n'avait rien d'un simple élément vestimentaire. Comme tout ce qu'elle portait, de son blaster à son armure, en passant par toutes les armes mortelles dissimulées dans sa tenue, le voile de Zam était un accessoire très pratique, visant en l'occurrence à masquer ses traits de Clawdite.

Pour des raisons évidentes, personne ne faisait confiance aux Clawdites.

— Tu te rends compte que nous avons échoué ? demanda Jango, venant droit au fait.

— Tu m'as dit de tuer ceux qui se trouvaient à bord du vaisseau spatial Naboo, non ? répondit Zam. J'ai fait sauter le vaisseau, mais ils ont utilisé un leurre. Tous ceux qui se trouvaient à bord de l'appareil sont morts.

Jango la dévisagea en souriant de façon narquoise. Il ne prit même pas la peine de discuter ses explications.

— Il va falloir essayer quelque chose de plus subtil, ce coup-ci. Mon client s'impatiente. On n'a plus le droit à l'erreur.

Finissant sa phrase, il tendit à Zam un tube creux et transparent, d'environ trente centimètres de long, contenant deux créatures, de trente centimètres également, ressemblant à des mille-pattes.

— Des kouhuns, expliqua-t-il. Très, très venimeux.

Zam Wesell s'empara du tube et examina les deux merveilleux petits assassins avec empressement. Ses pommettes se soulevèrent, attestant que, sous le voile, sa bouche venait d'esquisser un sourire. Elle regarda à nouveau Jango et hocha la tête.

Considérant qu'elle avait compris ce qu'il attendait d'elle, Jango opina à son tour du chef et tourna les talons pour regagner son propre véhicule qui attendait non loin de là. Il s'interrompit pour regarder la tueuse à gages.

— Plus d'erreur ce coup-ci, pigé ?

La Clawdite acquiesça en tapotant le tube contenant les redoutables kouhuns contre son front.

— Et puis, soigne un peu ton image, tu veux ? lui ordonna Jango avant de repartir vers son speeder.

Zam Wesell pivota pour regagner son propre appareil et porta la main à son voile. Elle décrocha le carré de tissu et ses traits commencèrent à se métamorphoser. Sa bouche se mit à rétrécir, ses yeux noirs rentrèrent dans leurs orbites et les crêtes de son front s'adoucirent. À peine avait-elle rangé le voile dans sa poche qu'elle avait déjà adopté l'apparence d'une sculpturale et fort séduisante femme humaine, aux traits sensuels et ténébreux.

Même sa tenue semblait différente, à présent, et les pans d'étoffe flottaient élégamment tout autour d'elle.

Depuis son engin, Jango approuva d'un signe de tête et enclencha la manette des gaz. En tant que métamorph, Zam Wesell la Clawdite était un sérieux atout pour ce genre de boulot, admit-il.

L'immense Temple Jedi reposait sur une vaste surface plane. À l'inverse de la plupart des bâtiments de Coruscant, exemples d'efficacité et de simplicité, le temple était une véritable œuvre d'art, avec ses nombreuses colonnades richement décorées et ses courbes élégantes dont il était souvent difficile de détacher le regard. Bas-reliefs et statues égayaient la plupart des parois, et des jeux de lumière, installés selon des angles variés, projetaient des ombres déformées qui conféraient aux ornements une aura de mystère.

L'intérieur du temple n'était pas différent. C'était un lieu de méditation, un lieu dont l'architecture invitait l'esprit à vagabonder et à explorer, un lieu dont le dessin prêtait à de multiples interprétations. L'art faisait autant partie de la vie des Chevaliers Jedi que l'entraînement au combat. La plupart des Jedi, du passé comme du présent, considéraient l'art comme un lien conscient avec les mystères de la Force. Les sculptures et les portraits qui ornaient chaque corridor du bâtiment étaient bien plus que de simples représentations. Les statues étaient l'essence même de l'interprétation des grands hommes de l'Ordre, inspirant dans leurs formes les propos et pensées jadis formulés par ces grands Maîtres qu'elles représentaient.

Mace Windu et Yoda déambulaient lentement sur le sol poli de l'un de ces couloirs très décorés. Ils progressaient dans la lumière tamisée du corridor en direction d'une salle brillamment éclairée, à quelques dizaines de mètres de là.

— Pourquoi ne sommes-nous pas parvenus à empêcher cette attaque sur le Sénateur ? demanda Windu en secouant la tête. Quelqu'un de prudent ne se serait jamais laissé surprendre. Nous-mêmes, nous aurions pu facilement prévoir cet événement.

— À masquer le futur, cette perturbation dans la Force s'emploie, répondit Yoda.

Le petit Maître Jedi semblait bien fatigué. Mace devina aisément les raisons de cette lassitude.

— La prophétie se réalise. Le Côté Obscur prend de l'importance.

— Et seuls ceux qui ont embrassé le Côté Obscur peuvent percevoir les possibilités du futur, déclara Yoda. Seulement en sondant le Côté Obscur, pouvons-nous le prédire.

Mace passa un long moment à méditer cette remarque. Ce dont parlait Yoda n'était pas à prendre à la légère. Loin de là. S'aventurer vers le Côté Obscur était des plus dangereux. Funeste, même, car le fait que Maître Yoda pense que cette perturbation, que tous les Jedi avaient ressentie, était ancrée dans le Côté Obscur avait quelque chose de prémonitoire.

— Voilà dix ans que les Sith ne se sont pas montrés, déclara Mace, osant formuler ses pensées à voix haute.

Les Jedi n'aimaient guère mentionner le nom des Sith, leurs plus redoutables ennemis. À de nombreuses reprises, par le passé, les Chevaliers avaient osé espérer que les Sith étaient définitivement éradiqués, et la galaxie à jamais débarrassée de leur puanteur. Tous auraient aimé nier l'existence de ces mystérieux champions des ténèbres.

Mais c'était impossible. On ne pouvait plus douter, on ne pouvait pas nier que l'individu qui avait massacré Qui-Gon Jinn dix ans auparavant sur Naboo était bien un Seigneur de Sith.

— Pensez-vous que les Sith soient à l'origine de cette perturbation ? osa demander Mace.

— Là, dehors, quelque part, ils sont bien, répondit Yoda d'un ton résigné. D'une certitude, il s'agit.

Yoda, bien entendu, faisait référence à la prophétie qui annonçait l'avènement du Côté Obscur et la naissance d'un individu qui ramènerait l'équilibre à la Force et à la galaxie. Cette personne, cet Élu, était aujourd'hui connu et se trouvait parmi eux. Sa présence déclenchait déjà des remous, et pas des moindres, dans les couloirs sacrés du sanctuaire.

— Croyez-vous que l'apprenti d'Obi-Wan soit capable de rendre son équilibre à la Force ? demanda Mace.

Yoda s'arrêta de marcher et se tourna lentement pour dévisager l'autre Maître. Son expression passa par une gamme d'émotions qui rappela à Windu que personne ne savait réellement ce que « rendre son équilibre à la Force » pouvait signifier.

— Seulement si son destin, il choisit de suivre, répondit Yoda.

Question et réponse demeurèrent comme en suspens dans l'air entre eux deux. Ces croyances énoncées à voix haute témoignaient bien de l'incertitude ambiante.

Yoda et Mace Windu comprenaient que certains Jedi auraient à choisir différentes voies pour tenter de trouver des éléments de réponse. Et ces voies, plus émotionnelles que concrètes, ces choix cruciaux, pourraient pousser l'ensemble des Chevaliers dans les derniers retranchements de leurs aptitudes et de leurs sensibilités.

Les deux Maîtres reprirent leur marche. Seul le bruit rythmé de leurs pas résonnait dans le couloir. Dans leurs têtes, cependant, Mace et Yoda entendirent se répéter l'écho sinistre de la funeste phrase formulée par le petit Maître Jedi :

« Seulement en sondant le Côté Obscur, pouvons-nous prédire le futur... »

8

Le carillon de la porte ne la prit pas par surprise. D'une certaine manière, Padmé savait qu'Anakin viendrait lui parler dès que l'opportunité s'en présenterait. Elle s'avança vers la porte et se ravisa. Elle attrapa un peignoir, soudainement consciente que sa chemise de nuit était peut-être un peu trop transparente.

Encore une fois, elle fut frappée par son propre geste. Jamais auparavant Padmé Amidala n'avait fait preuve d'une telle pudeur.

Elle ferma soigneusement le peignoir et ouvrit la porte. Comme elle l'avait prédit, Anakin Skywalker se tenait juste devant elle.

— Salut ! dit-il, donnant l'impression d'être à bout de souffle.

— Tout va bien ?

Anakin hésita quelques instants avant de répondre.

— Oh oui, parvint-il enfin à dire. Oui, mon Maître est en bas, à vérifier les mesures de sécurité mises en place par le capitaine Typho. Tout semble calme.

— Tu as l'air déçu.

Anakin poussa un petit rire gêné.

— Ça ne te plaît pas, tout ça, hein ? avança Padmé.

— Il n'y a pas d'autre endroit dans cette galaxie où j'aimerais mieux être, balbutia-t-il.

Ce fut au tour de Padmé d'avoir l'air embarrassée.

— Mais, le manque d'action... élabora Padmé.

Anakin hocha la tête et reprit la parole :

— Nous devrions être plus agressifs dans notre

enquête pour retrouver les meurtriers, insista-t-il. Rester ici à attendre ne peut être qu'une invitation au désastre.

— Maître Kenobi n'a pas l'air de cet avis.

— Maître Kenobi applique les ordres à la lettre, expliqua Anakin. Il ne se risquerait pas à entreprendre quoi que ce soit qui ne lui aurait pas été explicitement demandé par le Conseil Jedi.

Padmé pencha légèrement la tête de côté et observa l'impétueux jeune homme plus attentivement. La discipline n'était-elle pas l'une des règles élémentaires de l'apprentissage du Jedi ? Les Jedi n'étaient-ils pas eux-mêmes intimement liés au respect de la structure de l'Ordre et de ses codes ?

— Maître Kenobi est vraiment différent de son propre mentor, dit Anakin. Maître Qui-Gon comprenait qu'il était parfois nécessaire de se montrer indépendant et de prendre des initiatives. Sinon, il m'aurait abandonné à mon sort sur Tatooine.

— Et tu te sens plus proche de Maître Qui-Gon ? demanda Padmé.

— J'accepte les tâches que l'on me confie, mais je réclame qu'on me laisse suffisamment de marge de manœuvre pour pouvoir les accomplir à mon idée.

— Tu réclames ?

— Enfin, en tout cas je le demande, répondit Anakin, souriant et haussant les épaules.

— Et tu présumes quand même disposer de cette latitude quand tu n'obtiens pas la réponse désirée, pas vrai ? dit Padmé avec un sourire entendu, sachant parfaitement que, dans son cœur, elle ne se moquait pas vraiment de lui.

— Je fais de mon mieux pour régler tous les problèmes que l'on me pose, répondit Anakin, obligé d'admettre ses limites.

— Donc, rester ici avec moi, à me servir de garde du corps, cela ne correspond pas vraiment à tes aspirations.

— Il y a certainement mieux à faire, des choses plus excitantes, dit Anakin.

Il y eut comme un début de sous-entendu dans sa voix,

un ton qui intrigua tellement Padmé que la jeune femme vérifia que son peignoir était bien fermé.

— Si nous attrapons l'assassin, nous pourrons enfin découvrir l'origine de ces attentats, expliqua rapidement le Padawan pour ramener la conversation sur un plan plus professionnel. Tu serais plus en sécurité et notre travail en serait facilité.

L'esprit de Padmé s'embrouilla quelque peu à tenter de tirer au clair les pensées et les motivations d'Anakin. Chacune de ses paroles la surprenait un peu plus, considérant qu'il n'était encore qu'un Padawan Jedi, mais, paradoxalement, ce feu qu'elle voyait brûler au fond des grands yeux bleus du jeune homme n'avait, lui, rien de si surprenant. Dans ce regard si passionné, crépitant, elle vit un grand trouble sur le point d'éclater, mais, plus que tout encore, elle découvrit de l'excitation, une anticipation à éprouver des sensations.

Peut-être seulement le désir de découvrir l'identité de ceux qui essayaient de la tuer.

Obi-Wan Kenobi sortit du turbo-élévateur avec circonspection, jetant un regard prudent à droite puis à gauche. Il remarqua les deux gardes à leur poste, en alerte, prêts à tout, et leur adressa un hochement de tête d'approbation. Chaque corridor de l'énorme complexe résidentiel était ainsi sous surveillance. Dans cette zone en particulier – au-dessus, en dessous et tout autour des quartiers privés d'Amidala –, la sécurité avait été renforcée.

Le capitaine Typho avait de nombreux soldats à sa disposition et il les avait judicieusement placés, créant ainsi le plus efficace des périmètres de défense qu'Obi-Wan ait jamais observés. Le Maître Jedi, constatant cela, se sentit soulagé. Il savait que Typho ferait l'impossible pour lui faciliter la tâche.

Mais il ne parvenait pas à se détendre complètement. Typho lui avait raconté, à grand renfort de détails, l'attaque qui avait eu lieu sur le croiseur Naboo. Considérant les nombreuses précautions qui avaient été prises pour protéger l'appareil – de la diffusion de faux codes de trajectoires aux multiples suggestions d'aires d'atterrissage, en passant par les boucliers déflecteurs, la présence des trois chasseurs Naboo en protection rapprochée, ainsi qu'un ensemble de vaisseaux banalisés, délégués par Naboo et la République, chargés de surveiller discrètement tous les vecteurs d'attaques possibles – il ne fallait surtout pas sous-estimer ces assassins. Ils étaient très doués et certainement appuyés par de puissantes relations. Cela ne faisait aucun doute.

De plus, ils étaient des plus têtus.

Il faudrait une armée pour réussir à atteindre le Sénateur Amidala à travers les murs et couloirs de ce bâtiment.

Il adressa un nouveau signe de tête aux deux gardes et poursuivit sa ronde à l'étage. Satisfait, il retourna enfin au turbo-élévateur.

Padmé inspira profondément, ressassant dans sa tête l'image d'Anakin qui venait de quitter la pièce. Le visage de sa sœur se matérialisa à son tour, et elle eut presque l'impression d'entendre Sola la taquiner.

La jeune femme chassa de ses pensées l'image de Sola, et surtout celle d'Anakin, puis fit signe à R2-D2, qui attendait, imperturbable, le long du mur près de la porte.

— Tu peux enclencher le verrouillage, lui ordonna-t-elle.

R2-D2 lui répondit par un petit gémissement craintif.

— Vas-y, R2. Tout va bien. Nous sommes en sécurité, ici.

Le droïde lui adressa un autre petit sifflement inquiet mais il s'exécuta. Il déploya l'un de ses bras articulés vers la console de sécurité installée dans le mur à côté de lui.

Padmé regarda à nouveau vers la porte, repensant à Anakin, son protecteur Jedi, si grand, si svelte. Elle revit ses yeux bleus étincelants aussi clairement que si le jeune homme s'était encore trouvé en face d'elle, ces yeux si intenses, qui l'observaient avec plus d'attention encore que ne le ferait jamais même la plus sophistiquée des caméras de surveillance.

Anakin se tenait debout au milieu du salon qui jouxtait la chambre de Padmé. Il s'imprégna du silence ambiant, profitant de l'absence de toute perturbation sonore pour focaliser sa connexion mentale sur les ondes si subtiles de la Force. Par la pensée, il perçut l'atmosphère tout autour de lui aussi distinctement que s'il avait utilisé ses cinq sens.

Ses yeux étaient fermés mais il pouvait sans problème discerner son environnement, il pouvait percevoir le moindre changement qui se produisait dans la Force.

Les yeux d'Anakin s'ouvrirent subitement. Le jeune homme embrassa le salon d'un preste regard circulaire et il posa la main sur la crosse du sabre laser accroché à sa ceinture.

Mais il s'interrompit en plein mouvement et se figea. La porte du salon coulissa et Maître Kenobi pénétra dans la pièce.

Obi-Wan posa un regard interrogatif sur Anakin.

— Le capitaine Typho dispose de tout l'effectif nécessaire, là, en bas, dit-il. Aucun assassin ne tentera de s'introduire ici par ce chemin. Et toi, du nouveau de ton côté ?

— C'est aussi calme qu'une tombe, répondit Anakin. Mais ça ne me plaît pas beaucoup de devoir attendre que quelque chose se produise.

Obi-Wan secoua brièvement la tête, un mouvement qui témoignait de sa résignation concernant son apprenti si prévisible. Il décrocha un scanner portatif de sa ceinture et en étudia l'écran. La raison de son expression, allant de la curiosité à la perplexité avant de tendre vers l'inquiétude, fut immédiatement comprise par Anakin. Le jeune homme savait que, sur son écran, Obi-Wan ne pouvait voir qu'une petite section de la chambre de Padmé : la zone de la porte et R2-D2 attendant près du mur. Rien de plus.

Une question se dessina sur le visage du Maître Jedi avant même qu'il ne prononce le moindre mot.

— Padmé… Enfin, le Sénateur Amidala, a recouvert la caméra, expliqua le Padawan. Je pense qu'elle n'aime pas beaucoup que je la surveille.

Le visage d'Obi-Wan se figea et il émit un petit grondement.

— Mais enfin, qu'est-ce qui lui passe par la tête ? Sa sécurité est primordiale ! Elle est grandement compromise si…

— Elle a programmé R2 pour qu'il nous prévienne en cas d'intrusion, expliqua Anakin, essayant de calmer Obi-Wan avant que la préoccupation ne le cède à la panique.

— Mais ce n'est pas une éventuelle intrusion qui me fait peur, le contra Obi-Wan. Ni même un éventuel intrus. Il y a des tas de façons de tuer un Sénateur…

— Je sais. Mais nous voulons aussi attraper cet assassin, dit Anakin, d'un ton déterminé, presque têtu. Pas vrai, Maître ?

— Attends… Tu veux te servir d'elle comme d'un appât ? demanda Obi-Wan, écarquillant les yeux sous le coup de la surprise et de l'incrédulité.

— C'est son idée, protesta Anakin, dont le ton sec attestait qu'il était d'accord avec ce plan. Ne vous inquiétez pas, Maître. Il ne lui arrivera rien. Je peux percevoir tout ce qui se passe dans sa chambre. Faites-moi confiance.

— C'est trop risqué, gronda Obi-Wan. De plus, tes sens ne sont pas aussi aiguisés que cela, mon jeune apprenti.

Anakin soupesa sa réplique et son ton avec précaution. Il ne fallait pas qu'il ait l'air sur la défensive mais plutôt qu'il donne l'impression d'être sur le point d'émettre une suggestion.

— Mais les vôtres le sont suffisamment, n'est-ce pas ?

Obi-Wan ne parvint pas à dissimuler une certaine appréhension.

— C'est possible, admit-il finalement.

Anakin sourit et hocha la tête. Il ferma à nouveau les yeux et se laissa porter par les ondes de la Force. Il les suivit jusqu'à Padmé, qui dormait paisiblement. Il aurait tant souhaité se trouver à côté d'elle, à l'observer, à surveiller les calmes mouvements de sa respiration, à écouter son souffle mélodieux, à humer la fraîcheur de ses cheveux, à palper la délicatesse de sa peau, à l'embrasser et à goûter la douceur de ses lèvres.

Mais il devait se contenter d'une chose : percevoir son énergie vitale dans la Force.

Et c'était déjà bien réconfortant.

Padmé, de son côté, pensait également à Anakin, mais d'une façon toute différente. Il était là, à côté d'elle. Dans son rêve.

Elle vit le tumulte qui se produirait bientôt au sein du Sénat. Les cris, les poings brandis, les menaces, les objections à voix haute… Tout ceci l'éreintait.

Anakin était là.

Son rêve tourna au cauchemar. Un assassin invisible se mit à la pourchasser. Des traits de blaster fusèrent tout autour d'elle. Elle eut soudainement l'impression que ses pieds s'enfonçaient profondément, comme dans de la boue.

Mais Anakin passa en trombe devant elle, sabre laser au poing, faisant de grands moulinets, parant tous les rayons mortels.

Padmé s'agita dans son sommeil et poussa un grognement. Curieusement, l'identité de son sauveur la mettait aussi mal à l'aise que la présence de son assassin. Elle ne se réveilla pas totalement. Elle s'ébroua, releva un peu la tête, ouvrit brièvement les yeux avant d'enfouir à nouveau son visage dans l'oreiller.

Elle ne remarqua pas le petit droïde qui flottait derrière les volets, à l'extérieur de sa fenêtre. Elle ne remarqua pas les délicats bras articulés qui se déployèrent tout autour du cadre de la baie, pas plus que les étincelles produites par le droïde pour neutraliser les systèmes de sécurité. Elle ne vit pas, non plus, le plus grand bras se mettre au travail pour découper un trou dans la vitre. Elle n'entendit pas le claquement étouffé du carreau se détachant de son support.

Près de la porte de la chambre de Padmé, les lumières de R2-D2 s'allumèrent soudainement. Le droïde fit pivoter sa tête hémisphérique pour inspecter la pièce et il poussa un doux sifflement interrogatif.

Et puis, ne détectant apparemment rien d'anormal, le droïde s'éteignit.

À l'extérieur, un tube transparent se détacha du droïde-sonde et son embouchure se colla au trou pratiqué dans la fenêtre. Dans le tube grouillaient une paire de kouhuns, d'affreux vers blancs boursouflés, dotés d'innombrables pattes noires, qui leur couraient le long des flancs, et de redoutables mandibules. Mais, bien que ces mâchoires aient un aspect particulièrement effrayant, le véritable danger du kouhun résidait à l'autre extrémité de son corps, là où saillait son dard gorgé de venin. Les épouvantables insectes s'introduisirent dans la chambre, passèrent sous les rideaux et se mirent à ramper en direction du lit et de la jeune femme qui y était endormie.

— Tu as l'air fatigué, dit Obi-Wan à Anakin dans la pièce voisine.

Le Padawan, toujours debout, ouvrit les yeux et s'extirpa de sa transe méditative. Il lui fallut quelques instants pour analyser ces propos, puis il haussa les épaules, attestant qu'il était relativement d'accord avec la constatation de son Maître.

— J'ai un peu de mal à dormir, en ce moment.

La réponse ne surprit guère Obi-Wan.

— À cause de ta mère ? demanda-t-il.

— Je ne sais pas pourquoi, mais je n'arrête pas de rêver d'elle, répondit Anakin, dont la voix s'était teintée d'un soupçon de frustration. Je ne l'ai pourtant pas revue depuis mon enfance.

— Ton amour pour elle était à l'époque très profond. Je pense qu'il l'est toujours, dit Obi-Wan. Il n'y a pas de quoi se mettre dans un état pareil.

— Mais j'ai l'impression que… commença Anakin. (Il s'interrompit, soupira et secoua la tête.) Est-ce que ce sont des rêves ou bien des visions ? Est-ce que ce sont des images d'événements qui se sont déjà produits ou bien sont-elles révélatrices de choses qui sont sur le point d'arriver ?

— Et si elles n'étaient que des rêves ? dit Obi-Wan, affichant un sourire apaisant sous sa barbe peu entretenue. Les rêves ne sont pas tous des prémonitions, des visions ayant une quelconque connexion mystique, tu sais. Certains rêves… ne sont que des rêves. Et même les Jedi peuvent rêver, mon jeune Padawan.

Anakin ne sembla guère satisfait de la réponse de son mentor. Il secoua de nouveau la tête.

— Les rêves s'estompent avec le temps, lui dit Obi-Wan.

— Je préférerais rêver de Padmé, lui répondit Anakin avec un petit sourire entendu. Se trouver comme ça, si près d'elle, a quelque chose… d'enivrant.

Obi-Wan fronça soudainement les sourcils. Son sourire, ainsi que celui d'Anakin, disparut complètement.

— Surveille tes pensées, Anakin, le réprimanda-t-il d'un ton sans ambiguïté. Elles te trahissent. Tu as prêté serment à l'Ordre Jedi. C'est un serment qu'on ne peut rompre facilement. Les Jedi ne peuvent se compromettre dans ce type de relation. Tout attachement est interdit. (Obi-Wan poussa un petit grondement moqueur et fit un signe de tête en direction de la porte de la chambre.) N'oublie pas que c'est une politicienne. Ce sont des gens à qui il ne faut pas faire confiance.

— Mais elle n'est pas comme les autres membres du Sénat, Maître, protesta Anakin avec véhémence.

Obi-Wan étudia son apprenti avec attention.

— Je sais d'expérience que les Sénateurs ne cherchent à plaire qu'à ceux qui financent leurs campagnes électorales. Je sais également qu'ils ont un peu vite tendance à oublier les règles élémentaires de la démocratie pour obtenir ces financements.

— Maître, pas de conférence, je vous en prie, dit

Anakin en soupirant, ayant déjà eu droit, à maintes reprises, à la même diatribe. Épargnez-moi au moins tout ce qui concerne le mode de fonctionnement des politiciens.

Il savait bien qu'Obi-Wan n'appréciait pas particulièrement les gens en place au gouvernement.

Kenobi voulut continuer mais Anakin l'interrompit à nouveau :

— Maître, s'il vous plaît, dit-il avec emphase. De plus, vous généralisez. Je sais que Padmé...

— Le Sénateur Amidala, le corrigea sévèrement Obi-Wan.

— ... n'est pas comme ça, finit Anakin. Et le Chancelier ne me semble pas corrompu.

— Palpatine est un politicien. J'ai remarqué qu'il était très versé dans tout ce qui concerne les passions et problèmes des autres Sénateurs.

— Je pense que c'est un homme bon, déclara Anakin. Mon instinct est très positif à ce...

Le jeune Padawan s'interrompit en pleine phrase. Il écarquilla les yeux et la stupéfaction se dessina sur son visage.

— Je l'ai senti, moi aussi, dit Obi-Wan, le souffle coupé.

Les deux Jedi passèrent instantanément à l'action.

Dans la chambre, les kouhuns étaient en train de ramper doucement mais inexorablement vers le visage et le cou dénudé de Padmé. Leurs mandibules claquèrent d'excitation.

— Wee Oooo ! cria R2-D2, détectant la menace.

Le droïde siffla toute une série de signaux de détresse puis braqua une lampe vers le lit, repérant immédiatement les meurtriers à mille pattes.

Anakin et Obi-Wan firent irruption dans la pièce.

Padmé se réveilla, elle ouvrit grand les yeux et poussa un cri terrifié en apercevant les viles petites créatures se redresser en sifflant pour l'attaquer.

Mais elles n'en eurent pas le temps. Anakin était là. La lame bleutée de son sabre laser fouetta l'air juste au-dessus des couvertures. Un aller-retour, et les deux horribles insectes s'écroulèrent, coupés en deux.

— Un droïde ! hurla Obi-Wan.

Anakin et Padmé se retournèrent et virent le Chevalier se précipiter vers la fenêtre. Là, à l'extérieur, flottait l'assassin télécommandé. Le droïde rétracta prestement ses nombreux bras articulés.

Obi-Wan bondit à travers les stores et défonça la baie vitrée, emportant tout sur son passage. Il invoqua la Force tout en sautant, se servant de sa puissance pour augmenter sa détente et se projeter suffisamment loin pour attraper le droïde-assassin sur le point de battre en retraite. Avec ce soudain excédent de poids, le droïde volant perdit rapidement de l'altitude. Ses compensateurs et ses stabilisateurs rétablirent vite la situation et le Chevalier Jedi se retrouva suspendu dans le vide, une centaine d'étages au-dessus du sol.

— Reste là ! ordonna Anakin à Padmé. R2, surveille-la !

Il fila jusqu'à la porte et s'interrompit en plein élan. Le capitaine Typho, les deux gardes et Dormé, la dame de compagnie, venaient juste d'entrer dans la chambre.

— Occupez-vous d'elle !

Ce furent les seules paroles qu'il parvint à formuler. Il passa en courant devant eux et se précipita vers le turbo-élévateur.

Équipé de ses propres systèmes de défense, le droïde-sonde envoya plusieurs décharges électriques à la surface de sa coque pour brûler les mains d'Obi-Wan.

Le Chevalier Jedi serra les dents, luttant contre la douleur. Sa seule option était de bien s'accrocher. Il savait qu'il ne fallait pas qu'il regarde vers le sol. Mais il ne put s'en empêcher et la cité lui parut bien minuscule, là, très loin, en bas.

Une nouvelle décharge faillit le décramponner et l'expédier au beau milieu de l'activité qui bouillonnait dans la rue en contrebas.

Plus par réflexe qu'autre chose, ne se souciant guère des implications, l'une des mains du Jedi tâtonna la structure du droïde et découvrit un câble d'alimentation. Obi-Wan tira violemment dessus et les décharges cessèrent.

Mais cela coupa également l'alimentation des modules qui permettaient au droïde de se maintenir en vol.

Ils tombèrent tous deux comme des pierres. Les lumières des étages se mirent à défiler à toute vitesse, créant un effet stroboscopique pendant leur chute.

Mauvaise idée, très mauvaise idée, se répétait Obi-Wan, encore et encore, tout en essayant frénétiquement de rebrancher le câble.

Il finit par y arriver et les signaux lumineux du droïde clignotèrent. La sonde remonta immédiatement en chandelle. Obi-Wan s'y accrocha du mieux qu'il put. Sans perdre de temps, le droïde déclencha une nouvelle série d'arcs électriques. Le Jedi encaissa, choc après choc. Entêté et déterminé, il ne lâchait pas prise.

Anakin ne se sentait pas la patience d'attendre l'arrivée du turbo-élévateur. Il dégaina son sabre laser et, d'un simple coup bien ajusté, il força les portes à s'ouvrir. La cabine, bien évidemment, ne se trouvait pas à cet étage. Le jeune homme ne prit même pas le temps de vérifier si elle se trouvait au-dessus ou en dessous de lui. Il se contenta de bondir dans le puits, attrapa d'une main l'un des poteaux cylindriques de soutènement, cala ses pieds de part et d'autre et se laissa couler vers le sol, glissant en spirale tout autour de sa perche improvisée. Son esprit se mit à fonctionner à toute vitesse, essayant de se rappeler l'architecture du bâtiment et l'emplacement des niveaux de garages.

Soudain, son sixième sens, sa perception de la Force, l'avertit d'un danger imminent.

En contrebas, la cabine du turbo-élévateur montait vers lui à grande vitesse.

Il serra le poteau de plus belle et dirigea la paume de sa main libre vers le bas. Il projeta une formidable onde de Force, non pas pour stopper la cabine, mais pour se propulser lui-même vers le haut du puits. Cette initiative lui permit de conserver un peu d'avance. Profitant de la vitesse accumulée, il lâcha le poteau et atterrit à plat ventre sur le toit de l'ascenseur.

Il activa de nouveau son sabre laser et le plongea dans les charnières de la trappe technique. Ignorant les cris des passagers de l'élévateur, Anakin fit sauter le panneau. Il éteignit son sabre laser, posa les mains de part et d'autre de l'ouverture et se laissa tomber à l'intérieur de la cabine, exécutant un saut périlleux pour se rétablir.

— Le niveau des garages ? demanda-t-il aux deux Sénateurs stupéfaits, un Sullustain et un humain.

— Quarante-sept ! répondit immédiatement le Sénateur humain.

— Trop tard ! ajouta le Sullustain, désignant d'un signe de tête le panneau lumineux où défilaient les étages. Le prochain, c'est soixante et quelque chose...

Mais Anakin avait déjà appuyé sur la commande des freins. Comme cela ne semblait pas fonctionner aussi vite qu'il l'espérait, il invoqua à nouveau la Force, concentra ses ondes sur le mécanisme d'arrêt d'urgence et l'obligea à se bloquer.

Tous trois furent précipités sur le sol de la cabine au moment où celle-ci s'arrêta brusquement. Le Sullustain se réceptionna fort mal.

Anakin tambourina contre la porte, criant pour qu'on lui ouvre. Le panneau ne bougea pas d'un pouce. Une main se posa sur son épaule, l'obligeant à se calmer. Il se retourna et découvrit le Sénateur humain. Celui-ci leva l'index, intimant au jeune Jedi de patienter quelque peu.

Le Sénateur appuya sur un bouton, clairement indiqué sur la console de la cabine. La porte du turbo-élévateur coulissa.

Anakin haussa les épaules, affichant un sourire un peu penaud. Le jeune homme se glissa par l'ouverture et déboucha dans le corridor. Il se mit à courir frénétiquement, à gauche, à droite, et repéra un balcon adjacent au niveau des garages. Il sortit, enjamba d'un bond le garde-corps et retomba devant une rangée de speeders parfaitement garés. L'un d'entre eux, un véhicule jaune au nez arrondi, était ouvert. Anakin s'engouffra à l'intérieur, démarra et appuya sur la commande des gaz. L'engin fila à travers le parking, décolla de la plate-forme et s'éleva en direction des flux de trafic qui striaient le ciel de Coruscant.

Tout en prenant de l'altitude, Anakin essaya de se repérer. De quel côté du bâtiment se trouvait-il à présent ? Par quel côté Obi-Wan était-il lui-même sorti ? Quelle direction avait bien pu prendre le droïde ?

Essayant de tirer toutes ces questions au clair, Anakin réalisa que deux options pouvaient lui permettre de retrouver la trace d'Obi-Wan : la chance ou bien…

Le Padawan s'abandonna de nouveau à la Force, sondant ses ondes à la recherche de la sensation qu'il pourrait identifier comme provenant de son Maître Jedi.

Zam Wesell était appuyée contre son speeder, tapotant de la pointe de ses doigts gantés contre le toit du véhicule. Elle portait un casque violet un peu trop grand, à la face biseautée et pleine. Seule une petite visière rectangulaire laissait entrevoir ses yeux. Même si le casque ne laissait rien paraître de la beauté artificielle de la Clawdite, la combinaison spatiale très moulante qu'elle portait soulignait le moindre détail de sa féminité.

Mais Zam n'en avait pas grand-chose à faire, en cet instant précis. Pour cette mission si particulière, elle avait dû faire preuve d'une grande discrétion. À maintes reprises, elle avait accepté des contrats pour lesquels ses artifices féminins lui avaient été d'une très grande aide, jouant de la faiblesse évidente de certains hommes à l'égard de la gent féminine pour mieux s'approcher d'eux.

Mais ces atours ne lui étaient guère utiles pour ce contrat précis, Zam le savait bien. Cette fois-ci, on l'avait engagée pour tuer un Sénateur, une femme farouchement gardée par des individus dévoués, aussi attentifs que des parents le seraient avec de jeunes enfants. Zam se demanda ce qu'avait bien pu faire la femme en question pour susciter une telle colère de la part des commanditaires de l'assassinat.

Ou plutôt, elle commença à se poser la question, comme elle l'avait déjà fait plusieurs fois depuis que Jango l'avait engagée pour tuer le Sénateur. En tant qu'assassin professionnel, elle ne laissait jamais son esprit vagabonder. Les motivations des gens qui la payaient ne la regardaient pas. Elle n'était pas là pour juger de la moralité de qui que ce soit. Ni pour décider de ce qui était bien ou mal. Non. Elle n'était qu'un outil, une sorte de machine. Elle était la main qui exécutait les désirs de ses employeurs, rien de plus.

Jango lui avait fait miroiter une forte somme pour tuer Amidala. Elle tuerait donc Amidala, retournerait récupérer son dû et se chercherait une nouvelle mission. C'était clair, net et précis.

Zam avait encore toutes les peines du monde à croire que la charge explosive – qu'elle était parvenue à dissimuler sur l'aire d'atterrissage – n'avait pas rempli ses fonctions. Elle avait pris cet échec à cœur et en avait tiré une leçon. Elle avait compris qu'on ne pouvait pas deviner et exploiter les faiblesses du Sénateur Amidala aussi facilement que cela.

La métamorph aplatit son poing sur le toit du speeder. Elle détestait l'idée d'avoir eu recours à une aide extérieure, d'avoir été obligée de se procurer un droïde-sonde pour exécuter une tâche qu'elle aurait tant aimé accomplir personnellement.

Mais, à présent, les Jedi tournaient autour d'Amidala. Et, ayant entendu toutes sortes de rumeurs à leur sujet, Zam n'éprouvait aucune envie d'affronter en combat singulier l'un de ces perturbateurs fanatiques.

Elle jeta un œil à l'intérieur du speeder, vers l'horloge de la console, et hocha la tête de façon sinistre. À l'heure qu'il était, le boulot devait être terminé. Les kouhuns venimeux étaient certainement parvenus à destination et une simple égratignure de leur dard empoisonné avait dû suffire.

Zam se redressa, percevant soudainement une sensation de malaise.

Elle entendit un cri. De peur ou de surprise ? Elle regarda tout autour d'elle et écarquilla les yeux par la petite visière rectangulaire de son casque. Stupéfaite, elle vit le droïde-sonde, son acolyte télécommandé, zigzaguer entre les immenses bâtiments de Coruscant avec un homme – habillé comme un Jedi – accroché à sa coque ! Zam sentit ses craintes s'apaiser et elle laissa échapper un sourire en regardant le droïde employer les grands moyens pour se défendre. Celui-ci était vraiment bien programmé. Il alla heurter la paroi d'un immeuble, manquant, de peu, de faire lâcher prise au Jedi. Constatant que cela n'avait eu aucun effet, la sonde pleine de ressources fusa vers les voies de circulation, se glissa juste derrière un speeder et se posta à la sortie des réacteurs de l'engin.

Le Jedi poussa un cri et parvint, in extremis, à éviter l'infernal échappement. Le droïde fit donc un bond de côté, décidant d'adopter une nouvelle tactique. La sonde plongea pour voler en rase-mottes au-dessus du toit d'un des bâtiments.

Zam, observant le spectacle, n'en croyait pas ses yeux. Elle fut réellement impressionnée par le Jedi. Ce dernier, plutôt que de chercher par tous les moyens à éviter les obstacles, baissa les jambes suffisamment pour se préparer à courir le long de la surface du toit que le droïde était en train de survoler. Bon sang, il était doué !

La meurtrière, visiblement amusée, décida que les meilleures choses devaient cependant avoir une fin.

Elle se pencha à l'intérieur du speeder et en sortit un long fusil blaster. Elle le cala au creux de son épaule et visa soigneusement. Elle tira une rafale et une série d'explosions se produisirent autour du Jedi et du droïde.

Zam releva la tête, surprise de constater que son talentueux adversaire était arrivé à éviter les tirs. Qu'il les avait évités ou bien, songea-t-elle, qu'il les avait parés en faisant appel à ses pouvoirs de Jedi.

— Essaye donc de parer celui-ci, dit le chasseur de primes, relevant son arme et visant la poitrine du Jedi.

Elle fit pivoter son canon un peu plus vers le haut et pressa la détente.

Le droïde-sonde explosa.

Le Jedi tomba vers le sol et Zam le perdit de vue.

Elle soupira et haussa les épaules, se disant que le spectacle auquel elle venait d'assister valait bien le prix qu'elle avait payé pour le droïde-assassin. Avec un peu d'espoir, la réussite était à la clé. Si le Sénateur Amidala, à cet instant précis, gisait morte dans son lit, alors le coût supplémentaire engagé pour la sonde ne serait que broutille. La prime qu'on avait promise à Zam dépassait, de très loin, tout ce qu'elle avait déjà eu l'occasion de gagner au cours de sa carrière.

Le chasseur de primes rangea son fusil blaster dans le speeder puis s'installa dans l'habitacle et décolla vers les voies de circulation de Coruscant.

Obi-Wan hurla tout en tombant... Plus rien, dans son répertoire de Jedi, ne pouvait le sauver, à présent. Il regarda frénétiquement tout autour de lui. Mais il n'y avait rien. Pas de rambarde, pas de plate-forme, aucune échappatoire.

Rien. À part quelques dizaines d'étages avant d'atteindre le sol.

Il essaya de retrouver son calme, de se fondre dans la Force pour accepter cette fin si peu enviable.

Et soudain, un speeder vint se ranger à ses côtés. Le Chevalier aperçut le sourire en coin de son turbulent Padawan. Jamais, au grand jamais, Obi-Wan Kenobi n'avait été aussi heureux de le voir.

— En général, les stoppeurs attendent le long des trottoirs ! lui annonça Anakin, tout en manœuvrant le véhicule afin qu'Obi-Wan puisse s'y accrocher. Il doit s'agir d'une nouvelle méthode. On peut dire que ça attire l'attention des conducteurs !

Obi-Wan était bien trop occupé à se rétablir sur la carrosserie de l'engin afin de se glisser dans le siège du passager pour répondre quoi que ce soit. Il s'installa finalement à côté d'Anakin.

— J'ai bien failli vous perdre, déclara le Padawan.

— Sans blague ? T'en as mis du temps...

Anakin s'affala dans son fauteuil, passa un coude par la portière du speeder cabriolet et adopta une pose des plus décontractées.

— Oh, vous savez, Maître, dit-il avec désinvolture, je n'arrivais pas à trouver de speeder qui soit à mon goût. Il me fallait une version décapotable, avec suffisamment de reprise pour pouvoir courser votre destrier droïde. Et puis, j'en voulais un qui soit de la bonne couleur...

— Là ! cria Obi-Wan, indiquant un speeder qui volait à proximité et reconnaissant le véhicule de l'assassin qui venait de lui tirer dessus.

L'engin passa en trombe au-dessus d'eux. Anakin braqua à fond, enclencha les gaz et vira pour se lancer à sa poursuite.

Immédiatement, une main jaillit par la fenêtre ouverte du speeder de tête. Une main qui tenait un blaster. Le chasseur de primes leur décocha une rafale de traits de laser.

— Si tu passais autant de temps à perfectionner ta maîtrise du sabre laser que tu en passes à raconter des sornettes, jeune Padawan, tu serais au moins aussi bon bretteur que Maître Yoda ! dit Obi-Wan, bringuebalé dans son siège, se baissant instinctivement pendant qu'Anakin exécutait toutes sortes de manœuvres périlleuses.

— Je pensais que je l'étais déjà...

— Dans tes rêves, mon très jeune Padawan, uniquement dans tes rêves, rétorqua Obi-Wan. (Il poussa un petit cri et se baissa sous la planche de bord. Anakin zigzaguait au milieu du trafic, évitant de justesse chaque véhicule qu'ils croisaient.) Attention ! Hé ! Doucement ! Tu sais bien que je déteste que tu fasses cela !

— Ah oui, pardon, Maître, j'avais oublié que vous aviez horreur de voler ! dit Anakin, dont la voix monta d'un cran quand il fut obligé de faire piquer son speeder afin d'éviter un autre rayon de blaster tiré par l'entêté chasseur de primes.

— Ce n'est pas que j'aie horreur de voler, insista Obi-Wan. C'est que je trouve que ta manière de piloter relève du suicide !

Ses mots s'étranglèrent dans sa gorge et son estomac se révulsa. Anakin fit un brusque virage à droite puis plongea soudainement. Il accéléra à fond, braqua vers la gauche et releva le nez de son engin. Le speeder traversa à nouveau en trombe les voies de circulation avant de se retrouver juste derrière le véhicule du chasseur de primes. Ce dernier s'empressa de leur décocher une nouvelle rafale de laser.

Puis il vira soudainement sur l'aile. Les deux Jedi écarquillèrent les yeux et laissèrent échapper un cri de surprise. Un train de banlieue venait de faire irruption par la droite et leur coupait la route.

Obi-Wan sentit la bile lui remonter à nouveau dans la bouche. Aussi incroyable que cela puisse paraître, Anakin réussit à éviter le convoi et leur véhicule se retrouva de l'autre côté du train. Kenobi se tourna vers son Padawan. Anakin était tranquillement assis au volant, arborant une posture attestant qu'il contrôlait parfaitement la situation.

— Maître, vous devriez vous rappeler que je savais piloter bien avant de savoir marcher, dit Anakin avec un petit sourire en coin. Je suis vraiment doué pour ce genre de choses…

— Oui, eh bien ralentis ! lui ordonna Obi-Wan, d'une voix qui laissait entendre que le Maître Jedi était sur le point de rendre son dîner.

Anakin ignora la remarque, accéléra pour gagner du terrain sur le glisseur de l'assassin et s'engagea dans la voie réservée aux massifs camions volants. Ils virèrent à gauche, à droite, coupant la route aux convois, se glissant au-dessus du trafic, en dessous, rasant les immeubles, sans jamais perdre de vue le speeder de l'assassin. Anakin amorça une montée en chandelle et frôla la paroi d'un bâtiment.

— Il ne peut pas me semer, exulta le Padawan. Ses actions sont de plus en plus désespérées.

— Génial… répondit sèchement Obi-Wan. Oh, non, attends ! ajouta-t-il prestement lorsqu'il vit le speeder qu'ils poursuivaient s'engouffrer dans un tunnel réservé aux transports en commun. Non, pas par là !

Anakin plongea dans l'embouchure. Pour en ressortir presque immédiatement, pourchassé par un puissant train lancé à pleine vitesse. Les deux Jedi se mirent à hurler et leur cri se mêla à l'avertisseur sonore de l'énorme convoi.

— Je n'aime vraiment pas quand tu fais ça ! tonna Obi-Wan.

— Désolé, Maître, répondit Anakin sans conviction. Ne vous en faites pas. Ce type va commettre une erreur et se tuer d'une minute à l'autre !

— Eh bien, qu'il le fasse tout seul ! insista Obi-Wan.

Ils virent alors l'assassin replonger au cœur du trafic et s'engager à contresens dans une voie fort embouteillée.

Anakin se lança à sa suite.

Les deux speeders zigzaguèrent sauvagement, frénétiquement, et des tirs de blaster fusèrent à intervalles réguliers du véhicule de tête. Soudain, l'assassin changea de tactique. Il fila en chandelle, exécuta un looping et son engin se retrouva juste derrière celui des deux Jedi.

— Joli coup ! le félicita Anakin. À moi de jouer, maintenant !

Il appuya sur le frein, inversa ses propulseurs, et le speeder de l'assassin remonta brusquement à leur hauteur.

Par l'ouverture, le chasseur de primes s'apprêtait à tirer sur Obi-Wan à bout portant.

— Mais qu'est-ce que tu fais ? demanda Obi-Wan. Il va me tirer dessus !

— Effectivement… acquiesça Anakin, essayant désespérément de semer leur agresseur. Ma technique n'a pas fonctionné.

— Ravi que tu l'aies remarqué ! éructa Obi-Wan.

Il rentra la tête dans ses épaules et s'accrocha aux bras du fauteuil. Leur speeder exécuta un piqué soudain.

Anakin manœuvra pour placer leur engin sous celui de l'assassin.

— De là, il ne peut pas nous tirer dessus, annonça le Padawan, se congratulant lui-même.

Son sourire s'évanouit presque aussitôt. En l'espace d'une fraction de seconde, leur opposant avait analysé la tactique en question. L'assassin jaillit hors de la voie de circulation et mit le cap droit sur un immeuble, calculant son angle pour frôler le rebord du toit.

Obi-Wan voulut crier le nom de son Padawan mais le seul son qui sortit de sa bouche fut quelque chose comme « Ananananana ». Anakin contrôlait cependant bien la situation. Il releva légèrement le nez de son appareil et le speeder passa de justesse au ras de la terrasse.

Mais un nouvel obstacle se matérialisa presque immédiatement devant eux. Un imposant vaisseau spatial était en train d'aborder le toit, à vitesse réduite et à faible altitude.

— Il va se poser ! cria Obi-Wan. (Comme Anakin ne répondait pas, il s'empressa d'ajouter :) Sur nous ! Il va se poser sur nous !

Là encore, le dernier mot résonna comme « nououououououous ! », car Anakin venait de tirer sur les commandes pour changer de cap in extremis. Il exécuta un virage serré, heurta un pylône, arrachant le drapeau qui y était accroché.

— Enlevez-moi ça, dit le Padawan d'un ton imperturbable, hochant le menton en direction du drapeau qui s'était coincé dans l'une des prises d'air avant du speeder.

— Enlever quoi ?

— Le drapeau ! Nous perdons de la puissance ! Magnez-vous !

Grommelant à chacun de ses gestes, Obi-Wan rampa hors du cockpit et s'avança péniblement le long du capot. Il se baissa par-dessus la calandre et libéra le drapeau. Le speeder, recouvrant toute sa puissance, fit un bond en avant, manquant de désarçonner le Chevalier.

— Arrête ! hurla Obi-Wan. Je déteste quand tu fais ça !

— Vraiment désolé, Maître.

— Il se dirige vers les raffineries, dit Obi-Wan. Vas-y mollo. C'est dangereux par là, avec tous ces coupleurs énergétiques.

Anakin passa en trombe devant l'une des plaques à haute tension et un très violent arc électrique claqua dans l'air juste à côté d'eux.

— Ralentis ! ordonna Obi-Wan. Ralentis ! Ne passe pas par là !

Mais Anakin passa effectivement par là, virant à gauche, puis à droite, puis encore à gauche.

— Mais qu'est-ce que tu fabriques ?

— Pardon, Maître.

De nouvelles décharges fusèrent tout autour d'eux. Le speeder tourna à droite, à gauche, encore à droite, releva le nez, fila en chandelle, plongea, exécuta un large virage et, aussi incroyable que cela paraisse, émergea de l'autre côté de la zone dangereuse.

— Pas mal ! acquiesça Obi-Wan. Pas mal du tout !

— C'était de la folie ! le corrigea Anakin en claquant des dents.

Le mentor adressa un coup d'œil à son Padawan et découvrit la seyante couleur verte qui lui teintait le visage. Il se prit la tête entre les mains et poussa un gémissement.

— C'est bon, je le tiens ! annonça Anakin.

L'assassin venait de manœuvrer son speeder pour s'engouffrer dans une allée s'ouvrant entre deux immeubles.

Le Padawan le suivit et découvrit le véhicule qu'ils pourchassaient, arrêté en vol stationnaire, bloquant le passage au beau milieu de l'allée. L'assassin se pencha par la portière et ajusta la visée de son fusil blaster.

— Ah, zut ! remarqua le Padawan.

— Stop ! lui dit Obi-Wan.

Tous deux se baissèrent prestement pour éviter la rafale de laser.

— Non, on peut encore y arriver ! insista Anakin tout en appuyant sur l'accélérateur.

Le speeder plongea sous celui de l'assassin, le frôlant, remonta de l'autre côté et se glissa dans une étroite ouverture entre deux bâtiments. Mais des canalisations leur barrèrent la route. Même le plus doué des pilotes n'aurait pu franchir un tel obstacle. Le véhicule rebondit de droite à gauche puis se lança dans une série de tonneaux sur le nez, passa au ras d'une grue géante et défonça des piliers. Les dégâts déclenchèrent une explosion et une infernale boule de gaz manqua de peu de les immoler. Le véhicule, échappant à tout contrôle, tourbillonna de plus belle, heurta les flancs d'un autre bâtiment et cala brutalement.

Anakin frissonna, s'attendant à prendre de plein fouet une volée de remontrances. Il se décida finalement à regarder Obi-Wan et vit le Maître Jedi, les yeux écarquillés, regardant droit devant lui sans ciller, répétant :

— C'est de la folie, c'est de la folie, c'est de la folie...

— Peut-être mais ça a marché, osa Anakin. On s'en est tirés...

— Non, on ne s'en est pas tirés ! lui cria Obi-Wan. Nous sommes en rade ! Et tu as failli nous tuer !

Anakin baissa les yeux, inspecta ses mains, son corps, et agita les doigts.

— Mais nous sommes toujours vivants ! dit-il en souriant, tentant de désamorcer la furie croissante de son Maître.

Obi-Wan semblait sur le point d'exploser.

— C'était stupide ! grogna-t-il en se contenant à grand-peine.

Anakin se mit très vite au travail pour essayer de redémarrer le speeder.

— J'aurais pu y arriver, protesta-t-il, tout penaud.

Une expression de confiance se dessina sur son visage lorsque le moteur du speeder gronda à nouveau.

— Mais tu ne l'as pas fait ! Et maintenant, nous l'avons perdu !

À peine avait-il terminé sa phrase qu'une pluie de rayons laser s'abattit sur eux, déclenchant des explosions qui ballottèrent leur véhicule d'avant en arrière. Les deux Jedi levèrent la tête et virent le speeder de l'assassin prendre la tangente.

— On ne l'a pas perdu ! rayonna Anakin.

Il enclencha les gaz et la poussée violente de leur engin les catapulta contre le dossier de leurs sièges. Ils émergèrent de la fumée et de la zone de dégâts. Des petites flammes jaillirent de la planche de bord et Obi-Wan s'empressa de taper dessus du plat de la main pour tenter de les éteindre.

Ils regagnèrent les voies principales de circulation, toujours aux trousses de l'assassin, virevoltant et virant pour éviter le flot des véhicules. Droit devant eux, l'assassin braqua brusquement sur la gauche entre deux immeubles. Anakin réagit immédiatement. Il vira vers la droite et prit de l'altitude.

— Tu peux m'expliquer ? demanda Obi-Wan d'un ton perplexe. Il est parti par là, de l'autre côté...

— C'est un raccourci. Enfin, je crois.

— Comment ça, « tu crois » ? Quel genre de raccourci ? Il est parti complètement dans l'autre direction ! Tu l'as encore perdu !

— Maître, si cette poursuite continue ainsi, ce salopard va finir par se planter, tenta d'expliquer Anakin. Personnellement, je préférerais savoir qui il est et pour qui il travaille.

— Oh, répondit Obi-Wan, la voix suintante de sarcasme. Alors pourquoi allons-nous dans la mauvaise direction ?

Anakin fit prendre de l'altitude au speeder avant d'amorcer un virage. Finalement, il passa en vol stationnaire à une cinquantaine d'étages au-dessus de la rue.

— C'est bien ce que je disais, tu l'as perdu ! dit Obi-Wan.

— Je suis vraiment désolé, Maître, répondit le Padawan qui, encore une fois, n'avait pas l'air très convaincant. (Il donnait l'impression d'avoir dit cela pour éviter de s'attirer plus de foudres de la part d'Obi-Wan. Lorsque le Chevalier Jedi se tourna pour le regarder, il constata que son élève avait fermé les yeux, qu'il se concentrait intensément et qu'il était en train de compter à voix basse.) Excusez-moi un instant... dit le Padawan.

Il se leva et, à la grande surprise d'Obi-Wan, sauta du speeder dans le vide.

Obi-Wan se pencha par la portière et vit Anakin tomber, sur environ cinq étages, avant de se réceptionner sur le toit d'un speeder familier qui, justement, était en train de passer en dessous d'eux.

— Je déteste quand il fait ça, marmonna Obi-Wan, incrédule, tout en secouant la tête.

Zam Wesell rasait les murs des immeubles, essayant de rester juste en bordure des voies principales de circulation. Elle ignorait si le droïde-sonde avait rempli sa mission mais elle se sentait toute ragaillardie d'être parvenue ainsi à duper deux Jedi.

Soudain, son véhicule tressaillit à la suite d'un choc. Tout d'abord, elle crut avoir été touchée par un rayon de blaster mais, inspectant le speeder pour repérer le moindre dégât, elle devina la véritable nature du projectile. Quelque chose, ou plutôt quelqu'un, avait atterri sur le toit de l'engin.

Zam posa la main sur la commande des gaz et appuya brusquement de toutes ses forces. L'appareil fit un bond en avant. La puissance de l'accélération soudaine manqua de déloger Anakin. Il glissa jusqu'à la queue de l'engin et s'y accrocha du mieux qu'il put. Puis, à la surprise de Zam, il rampa à nouveau vers le cockpit.

Zam eut un reniflement dédaigneux. Elle enclencha la commande des freins.

Mais le jeune Jedi entêté s'agrippa à l'une des deux pointes saillant à l'avant du véhicule et y resta accroché.

Zam accéléra. Elle attrapa son blaster et décocha une série de rayons dans la direction du jeune homme. L'angle de visée était mauvais et aucun trait n'atteignit Anakin. Celui-ci se mit à ramper inexorablement vers le toit, visiblement peu troublé par les tentatives de Zam Wesell de se débarrasser de lui. La métamorph en perdit sa concentration et elle recouvra, brièvement seulement, son apparence de Clawdite.

Le chasseur de primes poussa un juron, vira pour

regagner le trafic, essayant de mettre un plan au point afin d'éliminer ce Jedi si enquiquinant. Elle enchaîna une nouvelle série de manœuvres, plongeant, braquant, évitant les autres véhicules dans la circulation au dernier moment, se disant qu'elle pourrait peut-être se rapprocher de l'échappement de l'un des plus gros transports et rôtir le crétin qui se trouvait sur son toit.

Elle s'était presque convaincue de passer à l'action lorsque la lame bleutée d'un sabre laser défonça le toit de son speeder et plongea juste à côté d'elle. Elle releva la tête et découvrit l'entêté Jedi en train de découper la tôle.

Elle fit une embardée et décocha un coup de blaster dans la direction d'Anakin, puis un autre. Finalement, à son grand soulagement, un rayon fit voler le sabre laser. Zam aurait été incapable de dire si elle avait désintégré l'arme ou bien la main qui la tenait.

Obi-Wan aperçut enfin le speeder de Zam Wesell et découvrit Anakin perché sur son toit. Le Padawan alluma son sabre laser pour le lâcher presque aussitôt et le laisser tomber.

Obi-Wan secoua la tête. Il fit piquer son speeder du nez et se prépara à l'interception.

La main d'Anakin plongea par le trou du toit. Zam leva son blaster dans sa direction. Le jeune homme ne tenta pas de la saisir par le col. Il se contenta d'ouvrir les doigts. Avant que Zam puisse tirer, une force invisible fit voler le blaster de ses mains. Le Jedi s'empara immédiatement de l'arme.

— Non ! cria le chasseur de primes, s'étranglant de stupéfaction.

Elle bondit de son siège, abandonna les commandes, et tenta désespérément d'agripper le pistolet à deux mains. Les deux adversaires luttèrent farouchement pour l'arme. Le speeder commença à tanguer de droite à gauche. Dans la mêlée, le blaster tira. Aucun des deux opposants ne fut touché mais le rayon perça un trou dans le plancher du véhicule, tranchant en même temps relais et câbles de commande.

Le glisseur échappa à tout contrôle. Zam se rua sur son volant, en une tentative désespérée et futile.

Ils piquèrent et tourbillonnèrent, d'un côté, de l'autre, en avant, en arrière. L'humain et la Clawdite poussèrent un long hurlement, s'accrochant du mieux qu'ils pouvaient. L'appareil plongea en spirale vers la rue.

Finalement, à la toute dernière seconde, Zam parvint à reprendre le contrôle de l'engin. Une tempête d'étincelles se déchaîna lorsque la tôle du véhicule frôla les pavés inégaux de ce quartier malfamé des entrailles de Coruscant.

Le speeder rebondit, se coucha sur le flanc et finit par s'arrêter, plutôt brutalement. Anakin fit un vol plané et retomba loin, beaucoup plus loin, dans la rue. Lorsqu'il recouvra ses esprits, il vit l'assassin bondir de son véhicule endommagé et courir sur le trottoir. Le Padawan se releva et se lança à ses trousses.

Il mit le pied dans une flaque fangeuse et comprit soudainement où il se trouvait. Dans les bas-fonds de Coruscant, dans le labyrinthe de ses rues salles et nauséabondes. Anakin ralentit l'allure – l'assassin avait disparu de son champ visuel, de toute façon – et regarda tout autour de lui avec curiosité, remarquant toutes sortes de sinistres individus, appartenant à des espèces variées, pour la plupart des non-humains. Le Padawan fronça le nez, surpris et incrédule de voir ainsi autant de gens sans abri traîner dans la rue.

Il secoua rapidement la tête, cependant, se rappelant la véritable raison pour laquelle il se trouvait ici. Pour Padmé et pour la sécurité de cette dernière. Revigoré par l'image de la belle jeune femme, l'apprenti Jedi se mit à courir sur les trottoirs éventrés. Il repéra vite l'assassin, progressant au milieu de la foule des badauds. Anakin força le pas, joua des coudes et des épaules, mais ne parvint guère à gagner de terrain dans la cohue.

Il aperçut l'assassin de nouveau, juste au moment où le tueur casqué s'engouffrait par l'ouverture d'une porte.

Anakin allongea la jambe, s'arrêta juste devant la porte et leva les yeux vers l'enseigne au néon qui signalait que l'établissement était une sorte de cercle de jeu. Pas découragé pour deux sous, il fit un pas vers la porte. Il n'alla pas plus loin car il entendit alors Obi-Wan crier son nom.

La silhouette déjà familière d'un speeder jaune descendit du ciel et se rangea le long du trottoir.

— Anakin !

Obi-Wan s'avança vers le jeune Jedi, tenant ostensiblement le sabre laser que son élève avait laissé tomber.

— Elle est entrée dans ce club, Maître !

Obi-Wan leva une main en l'air pour intimer à son apprenti l'ordre de se calmer, ne prêtant pas attention au fait qu'Anakin venait d'employer un pronom féminin.

— Patience, dit le Chevalier. Fais appel à la Force, Anakin. Réfléchis.

— Désolé, Maître.

— Il est entré là-dedans pour se cacher, pas pour fuir, raisonna Obi-Wan.

— Oui, Maître.

Kenobi tendit son sabre laser à son disciple.

— La prochaine fois, tâche de ne pas le perdre.

— Pardon, Maître.

Au moment où Anakin allait récupérer son arme, Obi-Wan la releva prestement et regarda sévèrement son élève droit dans les yeux.

— Le sabre laser d'un Jedi est sa plus précieuse possession.

— Oui, Maître.

Encore une fois, Anakin tenta de récupérer son arme et, encore une fois, Obi-Wan la lui ôta des mains au dernier moment, sans jamais quitter son élève des yeux.

— Il doit le conserver en permanence sur lui.

— Je sais, Maître, répondit Anakin avec une pointe d'exaspération dans la voix.

— Cette arme, c'est ta vie.

— J'ai déjà entendu cette leçon, Maître.

Obi-Wan baissa doucement le bras, adopta un regard moins dur et laissa Anakin récupérer son arme. Le jeune homme l'accrocha à sa ceinture.

— Tu l'as entendue mais tu n'as rien appris, dit le Maître Jedi en tournant les talons.

— J'ai pourtant essayé.

Le Chevalier détecta clairement de la sincérité dans le ton de son élève. Un peu de regret, également. Obi-Wan se souvint alors des circonstances difficiles dans lesquelles Anakin avait rejoint l'Ordre Jedi. À l'époque, il était presque trop vieux puisqu'il avait déjà neuf ans. Maître Qui-Gon avait décidé de le prendre sous sa coupe sans permission, sans le consentement du Conseil Jedi. Maître Yoda avait perçu le danger potentiel qui émanait du jeune Anakin Skywalker. Jamais ils n'avaient eu la possibilité de se retrouver face à quelqu'un d'aussi puissant, doté d'une si grande capacité à utiliser la Force. Mais l'Ordre Jedi exigeait que l'entraînement d'un nouvel élève démarre dès son plus jeune âge. La Force était un outil puissant. Non pas un simple outil. Et c'était bien là que résidait le problème. Un Jedi mal entraîné pouvait considérer la Force comme un outil, comme un moyen de parvenir à ses propres fins. Mais un véritable Jedi savait que la Force était une alliée qui avançait à ses côtés, partageant une même voie d'harmonie et de compréhension.

Après la mort de Qui-Gon des mains du Seigneur Sith, le Conseil Jedi avait révisé sa décision concernant le jeune Anakin. Les membres avaient donné le feu vert à son entraînement et Obi-Wan avait tenu la promesse faite à Qui-Gon de prendre le jeune garçon sous sa tutelle. Le Conseil avait cependant longuement hésité, visiblement peu enchanté par cette idée. Yoda avait alors paru résigné, comme si cette destinée avait représenté une voie qu'on ne pouvait éviter, plutôt qu'un chemin sur lequel on s'engagerait avec volonté et détermination. On chuchotait déjà qu'Anakin était l'Élu, celui qui rendrait son équilibre à la Force.

Obi-Wan ne savait pas vraiment ce que cela signifiait et ses craintes ne cessaient de croître. Il releva les yeux vers Anakin, qui attendait patiemment non loin de lui. Il trouva un peu de réconfort dans cette image, l'image de ce garçon têtu et effronté mais pourtant si sympathique.

Il s'empêcha cependant de sourire, car il semblait évident qu'Anakin ne comprendrait pas le fait d'être si vite pardonné, surtout après ses actions relevant du suicide et la perte de son sabre laser.

Obi-Wan déguisa son éclat de rire en quinte de toux. Après tout, n'avait-il pas lui-même sauté par la fenêtre, à une centaine d'étages au-dessus des rues de Coruscant ?

Le Maître Jedi fit un signe à son élève et ils entrèrent tous deux dans le casino. Extraterrestres et humains allaient et venaient dans l'atmosphère enfumée, sirotant des boissons de toutes les couleurs, tirant des bouffées de pipes exotiques, bourrées de plantes qui l'étaient tout autant. La plupart des tuniques que portaient les clients présentaient des déformations qui attestaient de la présence d'une arme cachée. Regardant tout autour d'eux, les deux Jedi comprirent que tous les individus à proximité représentaient une menace potentielle.

— Pourquoi est-ce que je n'arrête pas de penser que tu causeras ma mort un jour, hein ? commenta Obi-Wan dans le brouhaha.

— Ne dites pas ça, Maître, répondit Anakin, soudain très sérieux. (L'intensité de son ton surprit Obi-Wan.) Pour moi, vous êtes ce qui ressemblerait le plus à un père. Je vous aime et je ne veux vous causer aucun mal.

— Alors pourquoi ne m'écoutes-tu jamais ?

— Je vous écouterai dorénavant, Maître, dit Anakin très sincèrement. Je vais m'améliorer, je vous le promets.

Obi-Wan hocha la tête et embrassa la salle du regard.

— Tu vois notre homme ?

— Je pense que c'est une femme, plutôt.

— Alors sois encore plus prudent, grogna Obi-Wan.

— En plus, je crois que c'est une métamorph, ajouta Anakin.

Obi-Wan fit un signe de tête en direction de la foule.

— Va à sa recherche, dit-il avant de partir dans la direction opposée.

— Où allez-vous, Maître ?

— Me chercher un verre, se contenta de répondre Obi-Wan.

Anakin cligna plusieurs fois des yeux sous le coup de la surprise en regardant son Maître se diriger vers le bar. Il voulut lui emboîter le pas, en savoir un peu plus, mais il se rappela qu'il venait déjà de se faire sévèrement réprimander et qu'il avait promis à son Maître de faire des efforts. Il tourna donc les talons et se mêla à la foule, tentant de conserver son calme à la vue de tous ces visages qui l'inspectaient, certains avec suspicion, d'autres avec une évidente hostilité.

Depuis le comptoir, Obi-Wan observait son élève du coin de l'œil. Il fit signe au serveur. On posa un verre devant lui qu'on remplit prestement d'un liquide ambré.

— Tu veux de la létadone ? demanda une voix gutturale à ses côtés.

Obi-Wan ne prit même pas la peine de se tourner pour observer le personnage qui venait de lui adresser la parole. Celui-ci portait une épaisse tignasse de cheveux noirs, d'où dépassaient deux antennes en spirales, pareilles à des cornes tire-bouchonnées.

— Personne dans ce coin n'a de meilleure létadone que le gars Elan Sleazebaggano, ajouta le bandit en affichant un sourire parfaitement machiavélique.

— Tu ne veux pas me vendre de létadone, dit très froidement le Jedi, agitant très légèrement ses doigts, ajoutant tout le poids de la Force au son de sa voix.

— Je ne veux pas te vendre de létadone, répéta, obéissant, Elan Sleazebaggano.

Le Jedi agita ses doigts encore une fois.

— Tu veux rentrer chez toi et envisager un changement de carrière.

— Je veux rentrer chez moi et envisager un changement de carrière, acquiesça Elan.

Sur ce, il fit volte-face et quitta l'établissement.

Obi-Wan termina son verre et fit signe au barman de le resservir.

À quelques mètres de là, Anakin, marchant dans la foule, continuait son inspection. D'après lui, quelque chose n'allait pas. Mais comment pouvait-il en être autrement, dans un endroit aussi sordide ? Pourtant, la sensation planait tout autour de lui, une impression maléfique en expansion continue, dépassant largement le niveau auquel on pouvait s'attendre dans un lieu pareil.

Il ne vit pas réellement le pistolet blaster jaillir de son étui, il ne le vit pas non plus se lever en direction du dos d'Obi-Wan qui ne se doutait de rien.

Mais il le sentit...

Anakin se retourna prestement pour voir son Maître se retourner, lui aussi, sabre laser activé, dans un mouvement aussi beau que gracieux, exemple d'équilibre parfait. Le Padawan eut l'impression que tout se passait au ralenti. Bien entendu, Obi-Wan était en train de se mouvoir à une vitesse proprement effarante et avec une précision redoutable. Sa lame – bleue, comme celle d'Anakin – exécuta une boucle verticale très rapide, puis une seconde, permettant à Kenobi de se rapprocher à chaque fois un peu plus de son agresseur. L'assassin en puissance poussa un cri d'agonie – Obi-Wan constata qu'il s'agissait effectivement d'une femme, à présent qu'elle avait ôté son casque – en voyant son avant-bras et sa main, qui tenait fermement le blaster, se détacher de son coude et choir sur le sol.

La salle tout entière céda à la panique. Anakin se précipita pour rejoindre Obi-Wan. Les clients du club se bousculèrent pour tenter de fuir.

— On se calme ! tonna Anakin, levant les mains en l'air, imprégnant sa voix de toute la puissance de persuasion de la Force. Mission officielle. Retournez à vos tables.

Graduellement, très graduellement, le club retrouva son atmosphère habituelle et les conversations reprirent, comme si rien ne s'était passé. Obi-Wan, imperturbable, fit signe à Anakin de venir l'aider. Ensemble, ils emmenèrent l'assassin à l'extérieur.

Ils la déposèrent doucement sur le sol et elle se réveilla au moment où Obi-Wan s'apprêtait à s'occuper de son bras blessé.

Elle poussa un grognement sauvage et fut parcourue

d'un frisson de douleur, tout en regardant avec haine les deux Jedi.

— Connaissez-vous celle que vous avez essayé de tuer ? lui demanda Obi-Wan.

— Oui. Le Sénateur de Naboo, dit Zam Wesell tout à trac, comme si elle s'en moquait.

— Qui vous a engagée ?

— C'était juste un contrat comme un autre, répondit-elle en le foudroyant du regard.

— Répondez-nous ! exigea Anakin, faisant un pas en avant pour appuyer son ton menaçant.

Le chasseur de primes ne broncha pas.

— Le Sénateur va mourir, de toute façon, dit-elle. Moi disparue, les tentatives continueront. Il y a des tas de chasseurs de primes qui sont en train de faire la queue pour obtenir ce boulot. Et le suivant ne commettra probablement pas les mêmes erreurs que moi.

En dépit de sa robuste constitution, elle termina sa phrase dans un grognement de douleur.

— Cette blessure a besoin de bien plus de soins que je ne peux en prodiguer ici, expliqua Obi-Wan, visiblement inquiet, à Anakin.

Même si le jeune homme s'était quelque peu soucié de la santé de l'assassin, il fit tout pour ne pas le montrer. Laissant la colère affluer en lui, il s'approcha davantage.

— Qui vous a engagée ? demanda-t-il à nouveau. Répondez ! Maintenant ! ajouta-t-il, appuyant ses propos avec tout le poids de la Force.

La puissance des paroles stupéfia Obi-Wan, elle semblait émaner d'une zone qui dépassait de loin leur dévouement à mener cette mission à bien.

Le chasseur de primes continua de le dévisager. Et puis, ses lèvres se tordirent et elle commença à répondre :

— C'est un autre chasseur de primes appelé…

Un léger sifflement. L'assassin fut prise d'une convulsion et poussa un râle. La seconde d'après, elle était morte. Son visage de femme se métamorphosa de façon grotesque, révélant alors l'aspect initial de sa vraie nature de Clawdite.

Anakin et Obi-Wan détournèrent le regard de cet affreux spectacle. Ils levèrent la tête ensemble au son d'un mugissement. Ils aperçurent alors un homme en armure, doté d'un réacteur dorsal, en train de s'élever dans la nuit pour disparaître dans les cieux de Coruscant.

Obi-Wan posa à nouveau les yeux sur la créature qui gisait à leurs pieds. Il se pencha, saisit un petit objet fiché dans son cou et le montra à Anakin.

— Une fléchette empoisonnée...

Anakin soupira et détourna les yeux. Ils étaient parvenus à enrayer cette tentative et avaient éliminé l'assassin.

Mais il lui semblait évident que le Sénateur Amidala – Padmé – courait encore de graves dangers.

9

Anakin, très calme, se tenait debout au milieu de la Chambre du Conseil Jedi, encerclé par les grands Maîtres de l'Ordre. À ses côtés se tenait Obi-Wan, son Maître mais pas l'un des Maîtres. Obi-Wan, comme la plupart des dix mille autres Jedi, était un Chevalier. Les individus qui étaient aujourd'hui assis tout autour de la salle étaient les Maîtres, les membres les plus puissants de l'Ordre. Anakin ne s'était jamais senti complètement à l'aise en présence d'une si auguste compagnie. Il savait bien que près de la moitié des Maîtres Jedi du Conseil avaient exprimé de sérieux doutes quant à sa possibilité de rejoindre l'Ordre à l'âge avancé de dix ans. Il savait bien que Yoda avait fait pencher le vote en sa faveur, l'autorisant ainsi à étudier sous la tutelle d'Obi-Wan. Quelques Maîtres, cependant, nourrissaient encore des doutes à son sujet.

— Pister ce chasseur de primes, tu dois, Obi-Wan, dit Maître Yoda pendant que ses confrères se passaient la fléchette empoisonnée de main en main pour l'étudier.

— Plus important, encore. Tu dois découvrir pour qui il travaille, ajouta Mace Windu.

— Et que faire au sujet du Sénateur Amidala ? demanda Obi-Wan. Elle a toujours besoin de protection.

Anakin, anticipant ce qui allait se produire, se raidit lorsque Yoda tourna les yeux dans sa direction.

— S'occuper de cela, ton Padawan peut bien.

Anakin sentit son cœur bondir dans sa poitrine en entendant la déclaration de Yoda. Non seulement en raison de la confiance évidente qu'on lui accordait enfin mais aussi parce qu'il s'agissait là d'une mission qu'il apprécierait tout particulièrement.

— Anakin, tu vas escorter le Sénateur jusqu'à sa planète natale de Naboo, ajouta Mace. Elle y sera bien plus en sécurité. Évitez cependant d'emprunter les voies officielles. Faites-vous passer pour des réfugiés. (Anakin hocha la tête alors qu'on lui expliquait ce qu'on attendait de lui, et il comprit immédiatement que le voyage ne serait pas dénué d'obstacles.) Puisqu'elle est le chef de l'opposition à la loi sur l'enrôlement militaire, il sera fort difficile de faire quitter la capitale au Sénateur Amidala.

— Jusqu'à ce que ce tueur capturé soit, notre jugement, respecter elle doit, déclara Yoda.

Anakin hocha la tête.

— Je sais cependant qu'elle se soucie grandement du futur scrutin, Maître, répondit le jeune homme. Elle se préoccupe bien plus d'invalider l'acte que de...

— Anakin ! l'interrompit Mace. Va au Sénat demander au Chancelier Palpatine de s'entretenir avec elle.

Le ton de sa voix signifiait clairement qu'ils avaient déjà consacré suffisamment de temps à cette conversation. Le Chevalier Jedi et le Padawan étaient à présent tous deux nantis d'une mission. Yoda, d'un hochement de tête, leur fit signe qu'ils pouvaient disposer.

Anakin voulut dire autre chose, mais Obi-Wan le saisit immédiatement par le bras pour le faire sortir de la pièce.

— Mais je voulais leur expliquer combien Padmé se passionne pour ce vote, dit Anakin lorsqu'ils se retrouvèrent enfin dans le hall.

— Je pense que tu as été très clair au sujet des sentiments du Sénateur Amidala, répondit Obi-Wan. C'est pour cela que Maître Windu t'a ordonné d'aller trouver le Chancelier Palpatine afin qu'il intervienne.

Le duo se mit à marcher dans le couloir. Anakin se força à garder pour lui toutes les réponses qui étaient en train de lui venir à l'esprit.

— Le Conseil Jedi comprend la situation, Anakin, déclara Obi-Wan.

— Oui, Maître.

— Tu dois leur faire confiance, Anakin.

— Oui, Maître.

La réponse du jeune homme fut presque automatique. Dans sa tête, il était déjà passé à autre chose. Il savait pertinemment que Padmé ne se laisserait pas si facilement convaincre de quitter la planète avant le scrutin. Mais, en vérité, cela ne lui importait guère. Ce qui importait, c'était qu'il serait bientôt en sa compagnie, à la protéger pendant qu'Obi-Wan partirait à la poursuite du chasseur de primes. Padmé serait alors sous sa seule responsabilité. Et pour Anakin, ce n'était pas négligeable.

Bien au contraire.

Anakin n'éprouvait aucune nervosité à se trouver dans le bureau du Chancelier Palpatine. Il comprenait fort bien le pouvoir que représentait cet homme et respectait les fonctions rattachées à son mandat. Mais, curieusement, le Padawan se trouvait bien, ici, comme s'il était en présence d'un ami. Il avait eu peu souvent l'occasion de passer un peu de temps en compagnie de Palpatine mais, en ces rares opportunités, chaque fois qu'il avait eu la possibilité de s'entretenir avec cet homme en privé, Anakin avait toujours eu l'impression que le Chancelier Suprême éprouvait un réel intérêt pour lui. D'une certaine façon, Anakin considérait Palpatine comme un second mentor. La relation n'était pas aussi directe que celle qu'il entretenait avec Obi-Wan, bien entendu, mais l'homme lui avait toujours dispensé des conseils aussi précieux que judicieux.

— Je vais lui parler, acquiesça Palpatine, après avoir écouté la requête du jeune Jedi concernant le départ de Padmé de Coruscant en vue de se mettre à l'abri sur Naboo. Le Sénateur Amidala ne pourra pas refuser de se plier à un ordre officiel. Je la connais suffisamment pour te rassurer à ce sujet.

— Merci, Votre Excellence.

— Alors, mon jeune Padawan, on t'a enfin confié une mission, dit le Chancelier, affichant un franc et chaleureux sourire, semblable à celui d'un père qui s'entretiendrait avec son fils. Ta patience a enfin payé.

— Ce sont vos conseils, plus que ma patience, qui ont payé, répondit Anakin. Je pense que ma patience n'aurait jamais tenu le coup si vous ne m'aviez pas rassuré sur le fait que mes Maîtres Jedi étaient en train de me tester, qu'ils attendaient le bon moment pour me confier une mission digne de ce nom.

Palpatine hocha la tête et sourit.

— Tu n'as pas besoin de conseils, Anakin, dit-il. En temps et en heure, tu apprendras à faire confiance à ton instinct. Alors, tu deviendras invincible. Je l'ai déjà dit et je le redis encore, tu es le Jedi le plus doué que j'aie jamais rencontré.

— Merci, Votre Excellence, répondit calmement Anakin.

Le jeune homme, en vérité, redoubla d'efforts à ce moment pour s'empêcher de trembler. Entendre un tel compliment de la bouche de Palpatine, le Chancelier Suprême de la République, était une expérience sans équivalent. Palpatine était un homme accompli, bien plus accompli encore que quiconque dans toute la galaxie. Il n'était ni le subalterne de Yoda, ni celui de Windu. Anakin comprit qu'un homme comme Palpatine ne formulerait pas de tels compliments s'ils n'étaient pas sincères.

— Je te vois même devenir le plus grand de tous les Jedi, Anakin, continua Palpatine. Plus puissant même que Maître Yoda.

Le Padawan espéra que ses jambes ne se déroberaient pas sous lui. Il avait un peu de mal à croire à ces paroles mais pourtant, quelque chose, dans son esprit, était persuadé de leur véracité. La puissance bouillonnait en lui, c'était un pouvoir qui dépassait toutes les limites que les Jedi lui avaient imposées, qui dépassait également celles qu'ils s'étaient eux-mêmes imposées. Anakin le sentait bien. Il savait qu'Obi-Wan, lui, ne comprenait pas, et c'était là une source de frustration répétée envers son mentor. Au goût d'Anakin, la bride par laquelle le tenait Obi-Wan était un peu trop serrée.

Il ne sut comment répondre aux compliments incessants

de Palpatine. Il se contenta donc de rester debout, au milieu de la pièce, à sourire silencieusement pendant un long moment. Le Chancelier alla jusqu'à la baie vitrée et observa les flots de trafic ininterrompus qui striaient le ciel de Coruscant.

Au bout de quelques instants, Anakin rassembla tout son courage, contourna la table de travail et le rejoignit à la fenêtre. Il suivit le regard du Chancelier Suprême, au long du trafic aérien.

— Je me fais du souci pour mon Padawan, dit Obi-Wan Kenobi à Yoda et Mace Windu, alors que tous trois arpentaient les corridors du Temple Jedi. Il n'est pas prêt pour mener à bien, tout seul, cette mission.

— Le Conseil, en sa décision, a confiance, Obi-Wan, dit Yoda.

— Ce garçon possède des dons exceptionnels, ajouta Mace.

— Mais il a encore tant à apprendre, Maître, expliqua Obi-Wan. Ses dons l'ont rendu... Comment dire ? Arrogant...

— Certes, certes, acquiesça Yoda. Un défaut commun à de plus en plus de Jedi, il est vrai. Bien trop sûrs d'eux, ils sont. Y compris les aînés, les plus expérimentés des Jedi.

Obi-Wan approuva ces paroles d'un hochement de tête. Leur véracité était indiscutable. La situation actuelle des Jedi, en ces temps de tension croissante, avec tant de membres de l'Ordre éparpillés aux quatre coins de la galaxie, était des plus inconfortables. L'arrogance n'avait-elle d'ailleurs pas joué un rôle prépondérant dans la décision du Comte Dooku de tourner le dos à l'Ordre Jedi et à la République ?

— Souviens-toi bien d'une chose, Obi-Wan, remarqua Mace. Si la prophétie est exacte, ton apprenti est le seul qui puisse rendre son équilibre à la Force.

Comment Obi-Wan aurait-il pu oublier une chose pareille ? Qui-Gon avait été le premier à s'en rendre compte, le premier à prédire qu'Anakin serait l'Élu qui permettrait à la prophétie de se réaliser. Ce que Qui-Gon – ou qui que ce soit d'autre, d'ailleurs – n'était pas parvenu à expliquer, c'était ce que « rendre son équilibre à la Force » signifiait exactement.

— À condition qu'il suive le bon chemin, annonça le Chevalier Jedi aux deux Maîtres.

Aucun d'entre eux ne le corrigea.

— Vaquer à tes propres tâches, tu dois, lui rappela Yoda, tirant Obi-Wan de sa méditation, comme s'il avait été capable de lire dans l'esprit du jeune Chevalier. Quand éclairci, le mystère de cet assassin sera, alors d'autres énigmes se résoudront.

— Oui, Maître, répondit Obi-Wan, posant les yeux sur la petite fléchette qu'il avait extraite du cou de la Clawdite morte et qu'il tenait à présent entre ses doigts.

Avec des gestes délicats, Shmi Skywalker Lars souleva la plaque thoracique à la patine dorée et la posa sur le torse parcouru de câbles et de relais du droïde. Elle sourit à l'adresse de C-3PO et, sachant pourtant que la figure de ce dernier était incapable de se tordre, comprit que lui aussi, à sa manière d'individu mécanique et électronique, était satisfait. Combien de fois s'était-il plaint du sable qui envahissait ses circuits, qui rongeait ses isolants de silicone et pénétrait dans ses rouages au point de créer faux contacts et courts-circuits ? Aujourd'hui, Shmi remédiait enfin à ce problème, terminant le travail entrepris par Anakin sur ce droïde bien des années auparavant…

— C'est mieux maintenant ? parvint-elle à dire à voix haute, entre ses lèvres prises dans une gangue de sang séché.

Non, réalisa-t-elle, « maintenant » n'était pas le terme approprié. Elle avait achevé la carapace de C-3PO bien des jours auparavant. À moins que ce ne soit des semaines auparavant, voire des années, lorsque Cliegg l'avait conduite pour la première fois à la ferme d'hydrorécolte. Oui, effectivement, elle avait découvert des plaques d'armure, qui pouvaient convenir au droïde de protocole, dans le garage, le long d'un mur, sous un vieil établi.

Elle s'en souvenait clairement mais elle ne parvenait pas à se rappeler de quand cela datait.

Et maintenant... Maintenant... elle était... ailleurs.

Elle ne put ouvrir les yeux pour voir où elle se trouvait, elle n'en avait pas l'énergie, et le sang qui lui couvrait le visage avait séché, rendant le moindre battement de paupière douloureux.

Elle trouva curieux, d'ailleurs, que seules ses paupières lui fassent mal à cet instant précis. Elle pensait qu'elle était plus gravement blessée.

Elle pensait...

Shmi entendit quelque chose derrière elle. Un bruissement de pas ? Et puis des marmonnements. Oui, il y avait toujours des marmonnements.

Ses pensées revinrent à C-3PO, ce pauvre C-3PO, dont les bras n'avaient pas encore été protégés. *Avec des gestes délicats, elle souleva la plaque...*

Elle entendit un bruit sec – elle comprit qu'il s'agissait d'un bruit sec, même s'il semblait provenir de très loin – et sentit quelque chose lui balayer les reins.

Mais il n'y avait plus en cet endroit un seul nerf sensible pour enregistrer la morsure du fouet plus distinctement.

10

Anakin Skywalker et Jar Jar Binks se tenaient sur le pas de la porte qui séparait les quartiers privés de Padmé de l'antichambre, cette porte même devant laquelle le Padawan et son Maître avaient monté la garde la nuit précédente. Leurs regards traversèrent la pièce et franchirent les limites de la fenêtre cassée pour se poser sur le paysage urbain de Coruscant et ses interminables colonnes de trafic.

Padmé et sa dame de compagnie Dormé allaient et venaient précipitamment dans la chambre, rassemblant les bagages à la hâte. À ses gestes vifs, Anakin et Jar Jar avaient vite compris qu'il était préférable de se tenir à distance respectable de la jeune et furieuse politicienne. Comme les Jedi le lui avaient demandé, Palpatine était intervenu, implorant Padmé de retourner sur Naboo. La jeune femme s'exécutait, mais cela ne signifiait pas pour autant qu'elle s'en réjouissait.

Poussant un profond soupir, Padmé se redressa et porta une main au bas de son dos, douloureux à force de se pencher sur les valises. Elle soupira de nouveau et s'approcha des deux observateurs.

— Je prends un congé prolongé, dit-elle à Jar Jar d'une voix grave et sinistre, espérant injecter un peu de son sérieux au déluré Gungan. Il est de ta responsabilité de me représenter au Sénat, Délégué Binks, et je sais que je peux compter sur toi.

— Moi très honoré, éructa Jar Jar, bombant le torse

mais ne pouvant empêcher sa tête de dodeliner et ses oreilles de battre l'air.

On pouvait toujours habiller un Gungan comme un dignitaire, mais on ne pouvait rien faire pour changer la nature imprévisible de ces créatures.

— Pardon ?

La voix de Padmé était sévère, à la limite de l'exaspération. Elle offrait à Jar Jar une mission de confiance et cela ne l'enchantait guère de le voir se comporter ainsi, comme le bouffon qu'il était d'ordinaire.

Visiblement gêné, le Gungan s'éclaircit la gorge et se redressa un peu plus.

— Moi très honoré par si lourdes responsabilités. Moi accepter avec mucho, mucho humilité et…

— Jar Jar, je ne voudrais pas te retenir plus longtemps, l'interrompit Padmé. Je suis certaine que tu as fort à faire.

— Bien sûr, Madame.

S'inclinant respectueusement, et essayant de masquer le fait qu'il rougissait comme un crabe de feu darellian, le Gungan tourna les talons et sortit, adressant un sourire radieux à Anakin au passage.

Les yeux du Padawan suivirent le Gungan en train de s'en aller. Toute la légèreté qui avait présidé au dernier échange disparut instantanément lorsque Padmé s'adressa à lui sur un ton rappelant clairement qu'elle n'était pas de très bonne humeur.

— Cela ne me plaît pas beaucoup de devoir me cacher ainsi, dit-elle avec emphase.

— Ne t'inquiète pas. Maintenant que le Conseil a donné son feu vert à l'enquête, il ne faudra pas longtemps à Maître Obi-Wan pour retrouver le commanditaire de ce chasseur de primes. On aurait d'ailleurs dû commencer par là. Contre une telle menace, rien de mieux que l'offensive. Il faut remonter à la source du problème plutôt que de subir et réagir face à chaque nouvelle situation.

Il voulut continuer, insister sur le fait qu'il avait depuis longtemps réclamé qu'on lance une investigation, bien faire comprendre à Padmé qu'il avait raison dès le début de cette affaire, qu'il avait fallu pas mal de temps au Conseil pour s'en remettre à son idée de départ. Il nota, cependant, que le regard de la jeune femme était déjà ailleurs. Il préféra se taire pour la laisser parler.

— Et pendant que ton Maître mène l'enquête, moi je dois me cacher.

— C'est plus prudent, oui.

Padmé laissa échapper un petit soupir frustré.

— Je n'ai quand même pas travaillé toute l'année passée à contrer cette loi sur l'enrôlement militaire pour m'éclipser au moment du scrutin qui va décider de son sort, quand même !

— De temps en temps, il est nécessaire de ravaler sa fierté et de faire ce qu'on nous demande, répondit Anakin.

Une affirmation guère convaincante, venant de lui. Il se rendit compte, au moment où il prononçait ces mots, qu'il aurait certainement dû s'abstenir de formuler les choses ainsi.

— Ravaler sa fierté ? rugit-elle en guise de réponse. Mais enfin, Annie, tu es jeune, tu n'as aucune idée de ce qu'est la politique ! Je te suggère de remettre ton jugement à plus tard.

— Désolé, Madame, j'essayais seulement…

— Annie, je t'en prie !

— S'il te plaît, ne m'appelle pas comme ça.

— Comment ?

— Annie. Je te prie de ne plus m'appeler « Annie ».

— Mais je t'ai toujours appelé comme ça, non ? C'est bien ton nom, pourtant…

— Mon nom, c'est Anakin, dit très calmement le jeune Jedi, serrant la mâchoire et durcissant le regard. Quand tu m'appelles Annie, c'est comme si tu t'adressais encore à ce gamin que je ne suis plus depuis longtemps.

Padmé se figea et l'observa des orteils à la racine des cheveux, puis hocha la tête. Il devina alors un reste de perplexité sur le visage de la jeune femme. Elle hocha de nouveau la tête et son ton se fit beaucoup plus respectueux :

— Pardonne-moi, Anakin. C'est impossible de nier le fait que tu as... que tu as grandi.

À sa façon de dire cela, Anakin sentit que Padmé reconnaissait enfin qu'il était un homme à présent et, de plus, qu'il était plutôt bien de sa personne. Sa réflexion, ajoutée au petit sourire qu'elle lui adressa, obligea le jeune homme à rougir un peu. Il s'ébroua, repéra un petit objet décoratif posé sur l'une des étagères du mur à côté de lui et s'en empara. Puis, se servant de la Force, il le fit flotter au-dessus de sa main, histoire de détourner la conversation.

Il lui fallut cependant s'éclaircir la gorge pour masquer son embarras, ayant trop peur que sa voix ne déraille tandis qu'il reprenait la parole :

— Maître Obi-Wan ne s'en est pas encore rendu compte. Il critique chacun de mes faits et gestes, comme si j'étais toujours un enfant. Il n'a pas voulu m'écouter quand j'ai insisté pour que nous menions une enquête afin de découvrir qui se cache derrière les tentatives d'assassinat.

— Les mentors ont toujours tendance à remarquer nos défauts plus que nous ne le souhaiterions, acquiesça Padmé. Mais je suppose que c'est comme ça qu'on réussit à mûrir.

Concentrant ses pensées, Anakin se servit de la Force pour faire voler le petit objet sphérique un peu plus haut dans les airs. Il le fit tournoyer sur lui-même.

— Ne me fais pas dire ce que je n'ai pas dit, remarqua-t-il. Obi-Wan est un mentor génial, aussi sage que Maître Yoda et aussi puissant que Maître Windu. Je suis vraiment très reconnaissant d'être son apprenti. Seulement... (Il marqua une pause et secoua la tête, à la recherche de ses mots.) Seulement voilà, même si je ne suis qu'un Padawan, un élève, j'ai l'impression souvent – très souvent, même – de le devancer. Je suis fin prêt pour ce test. J'en suis sûr ! Et il le sait aussi. Il croit que je suis trop imprévisible. Pourtant, d'autres Jedi de mon âge ont également subi ce genre d'épreuve et s'en sont très bien sortis. D'accord, mon entraînement a démarré plus tard que prévu, mais j'ai la sensation qu'il veut m'empêcher de progresser...

L'expression de Padmé vira à la stupéfaction et Anakin comprit immédiatement l'origine de sa surprise car lui aussi se trouvait fort étonné d'avoir parlé de façon si ouverte, et si critique, d'Obi-Wan. Il se dit qu'il était préférable d'en rester là et se réprimanda intérieurement.

— Mais ça doit être très frustrant, dit enfin Padmé avec beaucoup de compassion.

— C'est pire que ça ! gémit Anakin en réponse, sautant à pieds joints sur l'occasion de vider son sac. Il me critique sur tout ! Il ne m'écoute jamais ! Il ne comprend rien ! C'est pas juste !

Il aurait bien continué ainsi pendant un moment, mais Padmé se mit à rire et Anakin s'interrompit aussi brusquement que s'il venait de recevoir une gifle en pleine figure.

— Je suis désolée, dit-elle entre deux gloussements. Mais là, j'ai vraiment l'impression d'entendre ce gamin, celui rencontré jadis, gémissant parce qu'il n'arrive pas à obtenir ce qu'il veut...

— Mais je ne gémis pas ! Je t'assure que non !

À l'autre bout de la chambre, Dormé, à son tour, se mit à rire.

— Je n'ai pas voulu dire ça pour te blesser, assura Padmé.

Anakin inspira profondément, expira tout doucement et ses épaules semblèrent se relaxer.

— Oui, je sais.

Il faisait pitié, sans pour autant paraître lamentable, comme si son âme était en détresse. Padmé ne put résister. Elle s'approcha de lui, leva une main et lui caressa doucement la joue.

— Anakin...

Pour la toute première fois depuis leurs retrouvailles, Padmé regarda droit dans les yeux bleus du jeune Padawan. Leurs regards se fixèrent et tous deux semblèrent s'observer jusqu'au plus profond de leurs cœurs. La sensation fut fugace car la raison de Padmé reprit le dessus. Elle s'empressa de changer de ton en formulant une requête aussi légère que sincère :

— Ne grandis pas trop vite.

— Mais j'ai grandi ! répondit Anakin. Tu l'as dit toi-même.

Il termina sa phrase en laissant planer le ton de la suggestion et regarda à nouveau droit dans les grands yeux bruns de Padmé, cette fois-ci plus intensément, plus passionnément.

— Je t'en prie, ne me regarde pas comme ça, dit-elle en baissant les yeux.

— Et pourquoi non ?

— Parce que j'ai peur de deviner ce que tu penses.

Anakin rompit la tension, tout au moins essaya-t-il, en éclatant de rire.

— Oh ! Alors toi aussi tu as des pouvoirs Jedi ?

Padmé se détourna et regarda Dormé pendant quelques instants. Cette dernière l'observait avec une évidente inquiétude. Elle n'essayait même plus de dissimuler ses préoccupations. Padmé comprit ce que devait ressentir sa dame de compagnie, étant donné le cours inattendu que venait de prendre la conversation. Elle regarda à nouveau Anakin droit dans les yeux.

— Parce que ça me met mal à l'aise, dit-elle enfin, son ton ne laissant aucune ouverture au débat.

Anakin se calma et détourna les yeux à son tour.

— Je suis désolé, Madame, annonça-t-il, très professionnel, faisant un pas en arrière pour la laisser terminer ses bagages.

Il était redevenu un simple garde du corps.

Mais ce n'était pas tout à fait vrai. Padmé le savait bien. Même si sa raison la poussait à le souhaiter.

Sur un monde délavé par les eaux, balayé par les vents, aux confins de la Bordure Extérieure, un père et son fils étaient assis sur un parapet de métal noir et brillant. Ils observaient attentivement les zones de calme relatif créées par les courants qui zébraient le turbulent océan. La pluie s'était un peu apaisée – une rare accalmie sur cette planète aquatique – et les vagues s'étaient par endroits aplanies, permettant au duo d'essayer de repérer les sombres silhouettes, d'environ un mètre de long, des poissons-rouleaux.

Ils se trouvaient sur l'une des passerelles les plus basses de l'un des gigantesque pilotis qui soutenaient Tipoca, la ville la plus importante de Kamino. La cité était constituée de structures élancées et arrondies, destinées à pourfendre les vents en douceur plutôt que de leur faire face. Kamino avait été conçue, et maintes fois modifiée, par les meilleurs architectes qu'il était possible de rencontrer dans la galaxie. Ces ingénieurs avaient compris que le meilleur moyen de combattre les intempéries permanentes était de s'y fondre avec subtilité. De très hauts panneaux de transparacier garnissaient les innombrables ouvertures des bâtiments. Le père, Jango, se demandait régulièrement pourquoi les Kaminoan – ces créatures grandes et minces, à la peau blafarde, aux grands yeux en amande fichés dans leurs têtes oblongues et aux cous aussi longs que des avant-bras humains – tenaient tant à ces fenêtres. Que pouvait-on bien vouloir observer d'autre que ces vagues déchaînées et ces averses constantes ?

Kamino avait cependant ses bons côtés. Jango savait combien tout ceci était relatif. Pourtant, lorsque la pluie avait un peu baissé d'intensité, il avait emmené son petit garçon à l'extérieur.

Il posa une main sur l'épaule de son fils et hocha le menton en direction d'un tourbillon plus calme que les autres. Le garçon, dont le visage exprimait toute l'exubérance d'un gamin de dix ans, leva son harpon, un atlati à pulsions ioniques, et mit en joue. Il n'utilisa pas la visée laser, dont le collimateur pouvait automatiquement compenser la réfraction de l'eau. Non. Ce tir devait faire appel à ses seuls talents.

Il expira longuement, comme son père le lui avait appris, se servant de cette technique pour se tenir parfaitement immobile. La proie lui présenta son flanc. Le garçon propulsa son bras vers l'avant pour lancer son missile. À moins d'un mètre de la main tendue de l'enfant, le petit réacteur du projectile s'alluma. Un éclat de puissance aussi soudain que bref projeta le harpon avec autant de célérité qu'un rayon de blaster. Il creva la surface de l'eau et sa pointe acérée traversa le poisson de part en part.

Poussant un cri de joie, le garçon fit tourner la poignée de l'atlati, ferrant sa prise au moyen de sa ligne presque invisible mais particulièrement solide. Le poisson se débattit et le filin se tendit. Doucement et méthodiquement, l'enfant fit tourner son moulinet afin de ramener sa proie.

— Bien joué, le congratula Jango. Mais si tu avais tiré à un centimètre de plus vers l'avant, tu aurais touché l'un des muscles primaires, juste à côté des ouïes, et tu l'aurais complètement immobilisé.

Le garçon hocha la tête, nullement perturbé par le fait que son père, son mentor, trouve toujours quelque chose à redire, même en cas de succès. L'enfant savait que son père bien-aimé se comportait ainsi pour le pousser à se perfectionner sans cesse. Dans une galaxie aussi dangereuse que celle-ci, la perfection était un outil essentiel à la survie.

Le gamin aimait tellement son père qu'il ne prenait jamais ombrage de ses critiques.

Jango se raidit soudainement, percevant du mouvement à proximité. Un bruit de pas, peut-être une odeur, signala au chasseur de primes que lui et son fils n'étaient pas seuls. Les ennemis n'étaient pas nombreux sur Kamino, exception faite de ceux qu'on rencontrait sous la surface des océans, où rôdaient d'immenses créatures pleines de tentacules. La vie au-dessus des eaux se limitait aux Kaminoan eux-mêmes et Jango ne fut donc pas surpris de découvrir que le nouvel arrivant était l'un d'entre eux. Il s'agissait de Taun We, son contact permanent avec les habitants de cette planète.

— Mes hommages, Maître Jango, dit la grande et souple créature, levant un long bras et déployant sa main en un geste de paix et d'amitié.

Jango hocha la tête mais ne sourit pas. Pourquoi donc Taun We était-elle venue jusqu'ici ? Les Kaminoan ne s'aventuraient que très peu dans les structures inférieures de la cité. Pourquoi était-elle venue interrompre Jango alors que celui-ci était en compagnie de son fils ?

— On vous a peu vu dans le secteur, dernièrement, remarqua Taun We.

— J'avais mieux à faire.

— Avec votre enfant ?

Sans répondre, Jango regarda son fils, sur le point d'éperonner un autre poisson-rouleau. Enfin, en apparence. Et cette constatation déclencha chez le grincheux chasseur de primes un hochement de tête satisfait. Il avait enseigné à son fils l'art de la duplicité et de la ruse. Il lui avait appris à laisser croire qu'il était plongé dans une activité précise alors qu'en réalité il était concentré sur tout autre chose. En l'occurrence, écouter la conversation, évaluer chacune des paroles de Taun We.

— Son dixième anniversaire approche, reprit la Kaminoan.

Jango se tourna vers elle et lui adressa un regard acerbe.

— Vous croyez que je ne me souviens pas de la date de naissance de Boba ?

Si Taun We s'offusqua de la réponse, ses délicats traits de Kaminoan n'en laissèrent rien entrevoir.

— Nous sommes prêts à reprendre le processus... dit-elle.

Jango posa à nouveau les yeux sur Boba, l'un de ses milliers d'enfants, mais le seul qui soit un clone parfait, une réplique exacte, n'ayant subi aucune manipulation génétique afin de le rendre plus obéissant. Et le seul qui ait été exempté de la procédure de vieillissement accéléré. Le groupe de clones qui avait été créé en même temps que Boba arrivait à présent à maturité. Ils étaient tous des guerriers adultes en parfaite santé.

Jango avait toujours songé que cette méthode d'accélération du vieillissement était une erreur. Après tout, l'expérience seule permettait de se forger des talents de combattant, pas la génétique. Mais il n'avait jamais fait ouvertement part de son opinion aux Kaminoan. On l'avait engagé pour accomplir un travail, afin de servir de modèle, de matrice, et se poser des questions sur les méthodes employées ne faisait pas partie des termes de son contrat.

Taun We pencha la tête de côté, clignant doucement des yeux.

Jango reconnut cette attitude comme exprimant une certaine curiosité, et il dut se retenir de laisser échapper un rire entre ses lèvres. Les Kaminoan se ressemblaient, entre eux, bien plus que les êtres humains, surtout quand ces humains provenaient de planètes différentes. Peut-être que leur conception si singulière de l'existence, cette uniformité qui régnait au sein de l'espèce, était issue de leur mode de reproduction si particulier. Un mode qui faisait appel à de nombreuses manipulations génétiques, voire au clonage pur et simple. Les Kaminoan, en tant que société, donnaient l'impression de partager une seule âme et un seul cœur. Taun We parut visiblement perplexe – elle l'était réellement, d'ailleurs –, à l'idée qu'un humain pût avoir aussi peu d'affinités avec les autres représentants de sa propre espèce, clones ou non.

Mais Jango ne s'en souciait guère. Il était un chasseur de primes, un solitaire, un reclus. Enfin, il l'aurait été s'il n'y avait pas eu Boba. Jango n'avait que faire de la politique, de la guerre ou de cette armée de clones. Si tous ces individus devaient se faire massacrer, soit. Il n'éprouvait de l'attachement pour aucun d'entre eux.

Il tourna les yeux et réfléchit à cela. Pour aucun d'entre eux, à part Boba, bien sûr.

En dehors de toutes ces considérations, ceci n'était finalement qu'un boulot comme un autre. Facile et plutôt bien payé. Financièrement, il n'aurait jamais pu demander plus que ce qu'on lui proposait ici. Et seuls les Kaminoan avaient été à même de lui fournir Boba... Plus qu'un simple fils... Une réplique parfaite. Boba donnait à Jango le plaisir de découvrir ce que sa vie aurait pu être s'il avait eu la chance d'avoir un père attentionné et aimant, un mentor suffisamment appliqué pour ne pas hésiter à le critiquer, à l'obliger à se perfectionner. En tant que chasseur de primes, en tant que guerrier, il était aussi bon qu'il était possible de le concevoir. Mais il ne faisait aucun doute que Boba, élevé et entraîné à la perfection, finirait un jour par lui être supérieur, qu'il deviendrait le plus grand combattant que cette galaxie ait jamais connu.

Et ça, c'était la plus grande des récompenses pour Jango. Une récompense qu'il chérissait, passant de paisibles instants en compagnie de son fils, de sa jeune réplique.

De paisibles moments au cœur de ce tumulte qui avait animé l'existence tout entière de Jango Fett, lui qui avait dû apprendre à survivre aux périls de la Bordure Extérieure, dès ses premiers pas. Chaque nouveau péril, chaque nouvelle épreuve, l'avait rendu plus fort, l'avait poussé vers la perfection, avait aiguisé ses talents. Ces talents qu'il s'apprêtait à présent à transmettre à Boba. Dans toute la galaxie, il n'y avait pas de meilleur instructeur pour son fils que lui. Lorsque Jango Fett souhaitait vous capturer, il vous capturait. Lorsque Jango Fett souhaitait vous éliminer, il vous éliminait.

Non. Le souhait n'avait rien à voir là-dedans. Cela n'avait jamais rien de personnel. La chasse, l'assassinat, ça faisait partie du travail, et la plus précieuse leçon que Jango ait jamais apprise était bien de ne pas éprouver de compassion. Jamais. C'était là son arme la plus redoutable.

Il regarda Taun We puis sourit à Boba. Jango n'éprouvait aucune compassion, à part lors de ces moments qu'il pouvait passer seul avec son fils. Lorsqu'il se trouvait avec Boba, Jango éprouvait de la fierté et de l'amour, mais il devait redoubler de vigilance pour contenir au maximum ces faiblesses potentielles. Même s'il aimait son fils tendrement – parce qu'il aimait son fils tendrement –, Jango lui avait transmis les mêmes dispositions au manque de compassion, à la dureté, que lui-même avait acquises pendant sa jeunesse.

— Nous reprendrons le processus dès que vous serez prêt, remarqua Taun We, arrachant Jango à sa rêverie.

— Ne disposez-vous pas de suffisamment de matériel pour vous passer de moi ?

— Eh bien, puisque vous êtes là, nous préférerions tout de même nous assurer de votre présence pendant le processus, dit Taun We. C'est toujours mieux de travailler à partir de l'hôte originel.

Jango leva les yeux au ciel, se remémorant toutes les aiguilles et les sondes qu'on lui avait déjà appliquées, mais il acquiesça en hochant la tête. Considérant le salaire, ce boulot était tout de même facile.

— Dès que vous serez prêt, dit Taun We, s'inclinant et tournant les talons.

Si tu attends que je sois prêt, tu risques d'attendre longtemps, songea Jango. Mais il ne dit rien et se tourna vers Boba pour faire signe au petit garçon de se remettre au travail avec son atlati. *Parce que figure-toi que maintenant, j'ai tout ce qu'il me faut*, se dit-il, détaillant la fluidité des mouvements de Boba, le regardant se mettre à l'affût, prêt à capturer le prochain poisson-rouleau.

Le secteur industriel de Coruscant disposait probablement des plus grands quais de chargement de toute la galaxie. De lourds vaisseaux de transport allaient et venaient continuellement. D'énormes grues volantes se tenaient en permanence prêtes à décharger les millions de tonnes de ressources nécessaires à la survie de cette ville-planète. Une planète qui, en raison de sa surpopulation, était incapable depuis longtemps de subvenir à ses propres besoins. En dépit de l'efficacité plus que stupéfiante dont faisait preuve le personnel des docks, un tumulte incessant régnait en cet endroit. Il arrivait régulièrement que se créent des embouteillages en raison de la quantité de vaisseaux en attente d'accostage et du nombre de grues volantes.

Les quais grouillaient également d'une foule de passagers, la paysannerie de Coruscant, essayant d'embarquer sur des cargos en partance. Des milliers et des milliers de personnes qui cherchaient à fuir cette intense frénésie qu'était devenue la planète.

Mêlés à cette foule, Anakin et Padmé suivaient le mouvement, tous deux vêtus de simples tuniques et pantalons bruns, la tenue des réfugiés émigrants. Ils sortirent côte à côte de la navette qui les avait conduits aux docks et s'avancèrent sur le quai en direction de l'énorme cargo sur lequel ils comptaient embarquer. Le capitaine Typho, Dormé et Obi-Wan les attendaient près de la passerelle.

— J'espère que tout ira bien, Madame, dit le capitaine Typho, incapable de masquer son inquiétude.

Il était évident que cela ne l'enchantait guère de laisser Padmé échapper à sa surveillance et à son contrôle. Il tendit une paire de petites valises à Anakin et adressa un hochement de tête confiant au jeune Jedi.

— Merci, capitaine, répondit Padmé, la voix teintée de gratitude. Prenez bien soin de Dormé. Toutes les menaces reposent sur vous deux, à présent.

— Il sera en sécurité avec moi ! s'empressa de dire Dormé.

Padmé sourit, appréciant la tentative de légèreté émise par sa dame de compagnie. Elle s'approcha d'elle et la prit affectueusement dans ses bras. Elle serra un peu plus dès qu'elle entendit Dormé se mettre à pleurer.

— Tout ira bien, chuchota Padmé à l'oreille de la jeune femme.

— Oui, Madame. Mais c'est pour vous que je m'inquiète. Que se passera-t-il lorsqu'on découvrira que vous avez quitté la capitale ?

Padmé fit un pas en arrière pour tenir sa servante à bout de bras. Elle parvint à sourire en adressant un regard en direction d'Anakin.

— Alors, mon protecteur Jedi devra m'apporter la preuve de tous ses talents.

Dormé laissa fuser un petit rire nerveux et essuya une larme qui perlait à son œil. Elle sourit et hocha la tête.

Un peu en retrait, Anakin se retint de sourire, décidant consciemment d'adopter une posture inspirant confiance et contrôle. Mais, tout au fond de lui, il se réjouit d'entendre Padmé émettre un compliment le concernant.

Obi-Wan mit fin à sa rêverie en tirant son Padawan à l'écart.

— Tu restes sur Naboo, compris ? dit le Maître. Vous évitez d'attirer l'attention. Je te défends d'entreprendre quoi que ce soit sans nous tenir, moi ou le Conseil, au courant. C'est clair ?

— Oui, Maître, répondit Anakin, d'un ton très soumis.

Mais, intérieurement, il sentit son estomac se révulser. Ne rien faire, ne rien entreprendre sans en référer d'abord au Conseil, sans en demander la permission ? N'avait-il pas enfin mérité un peu plus de respect que cela ? N'avait-il pas déjà fourni la preuve de ses talents, démontré qu'il était un Padawan en qui on pouvait avoir confiance ?

— Je vais tirer cette histoire de complot au clair dans les plus brefs délais, Madame, entendit-il Obi-Wan annoncer à Padmé. (Anakin sentit la colère l'envahir. Ne s'agissait-il pas de la démarche qu'il avait suggérée à son Maître lorsqu'on les avait assignés à la protection du Sénateur ?) Vous serez de retour ici très rapidement, assura le Chevalier.

— Je vous suis très reconnaissante pour votre efficacité, Maître Jedi.

Anakin n'apprécia guère d'entendre Padmé éprouver tant de gratitude envers Obi-Wan. Il ne souhaitait pas que la jeune femme accorde plus de valeurs aux propos d'Obi-Wan qu'aux siens.

— Il est temps de partir, annonça le Padawan, faisant un pas en avant.

— Je sais, répondit Padmé, d'un ton un peu maussade.

Anakin se rappela de ne pas prendre pour lui la remarque. Padmé savait que son devoir était de rester ici, sur Coruscant. Quitter ainsi la planète, incognito, ne l'amusait certainement pas. Pas plus, d'ailleurs, que de savoir qu'une autre de ses chères dames de compagnie allait devoir prendre sa place et accepter le risque de mettre sa vie en danger. L'image du cadavre de Cordé lui revint à l'esprit.

Padmé et Dormé s'embrassèrent à nouveau. Anakin ramassa les bagages et s'éloigna du bus volant, en direction de la passerelle où attendait R2-D2.

— Que la Force soit avec toi, dit Obi-Wan.

— Que la Force soit avec vous, Maître.

Anakin était sincère. Il pensait chacun de ses mots. Il souhaitait qu'Obi-Wan découvre enfin qui se cachait derrière les tentatives d'assassinat. Il souhaitait que son Maître fasse en sorte que la galaxie soit à nouveau sûre pour Padmé. Mais il dut admettre qu'il ne souhaitait pas que cela se produise trop vite. Sa mission lui offrait la possibilité de rester auprès de la femme qu'il aimait. Il ne serait pas heureux que cette mission soit de courte durée et de devoir à nouveau se séparer de Padmé.

— J'ai peur, d'un seul coup, lui dit la jeune femme, alors qu'ils avançaient tous deux vers le cargo spatial géant qui devait les emmener sur Naboo.

R2-D2 roulait juste derrière eux, en sifflotant joyeusement.

— C'est ma première mission en solo. Moi aussi, j'ai peur, répondit Anakin, en se tournant vers Padmé pour la regarder droit dans les yeux en souriant de toutes ses dents. Mais ne t'inquiète pas, R2 est avec nous !

Encore une fois, la légèreté de son ton fut grandement appréciée.

Près du bus volant qui devait les ramener en ville, Obi-Wan, Typho et Dormé regardaient Anakin, Padmé et R2 disparaître dans la cohue qui régnait sur le vaste spatioport.

— J'espère qu'il ne commettra pas d'imprudence, dit Obi-Wan à voix haute.

Le simple fait qu'il s'adresse ainsi ouvertement au capitaine au sujet de son Padawan prouva à Typho combien le Maître Jedi avait confiance en lui.

— En fait, j'aurais plutôt tendance à m'inquiéter davantage pour elle que pour lui, répondit Typho, secouant la tête, l'air très sérieux. Elle n'est pas du genre à se plier aux ordres.

— De parfaits compagnons de voyage, observa Dormé.

Obi-Wan et Typho se tournèrent vers elle et le capitaine secoua à nouveau la tête, l'air désespéré. Obi-Wan ne pouvait qu'être d'accord avec la remarque de Dormé, même si celle-ci l'avait formulée de façon innocente. Padmé Amidala était quelqu'un de têtu, une forte tête, une personnalité indépendante, plaçant son propre jugement au-dessus de celui des autres, quelle que soit leur fonction ou leur expérience.

Mais, des deux personnes qui venaient de quitter le bus volant, elle n'était certainement pas la plus bornée.

Et cette pensée n'avait rien de réconfortant.

11

Le grand Temple Jedi était un lieu dédié à la réflexion et à l'entraînement intensif. C'était aussi un lieu où il était possible de trouver des informations. Par tradition, les Jedi étaient les gardiens de la paix dans la galaxie. Ils étaient également les gardiens du savoir. Sous de très hauts plafonds, en retrait de l'un des corridors du Temple, étaient alignées de petites cabines allouées à la recherche. Ces espaces de travail grouillaient de droïdes de tailles et de formes diverses, dévolus à toutes sortes de tâches.

Tout en avançant dans les couloirs du Temple, Obi-Wan Kenobi pensait à Anakin et à Padmé. Il se demanda – pas pour la première fois et certainement pas pour la dernière – s'il avait été sage de laisser Anakin accompagner le Sénateur Amidala. L'enthousiasme avec lequel le Padawan avait accepté sa nouvelle mission avait déclenché comme un signal d'alarme dans la tête d'Obi-Wan. Mais il avait tout de même accepté de le laisser partir, principalement parce qu'il savait qu'il serait lui-même bien trop occupé à suivre les indices qui lui indiqueraient d'où provenaient les ennuis d'Amidala.

Ce jour-là, les cabines d'analyse étaient presque toutes occupées, comme c'était toujours le cas d'ailleurs, par des étudiants ou des Maîtres en train de procéder à des recherches. Obi-Wan aperçut enfin une cabine inoccupée où se tenait un droïde-analyste de type SP-4. C'était exactement ce qu'il lui fallait. Le Chevalier s'assit face à la console et le droïde réagit immédiatement en déployant un petit plateau.

— Veuillez placer le sujet à analyser sur le plateau-capteur, s'il vous plaît, annonça la voix métallique du droïde.

Obi-Wan s'exécuta et sortit de sa poche la fléchette empoisonnée qui avait causé la mort de la tueuse à gages.

Le plateau fut prestement escamoté. Le moniteur qui se trouvait devant Obi-Wan s'alluma. Une série de diagrammes et de données se mit à défiler rapidement.

— C'est une fléchette empoisonnée, expliqua le Jedi au SP-4. Je veux savoir d'où elle vient et qui l'a fabriquée.

— Un moment, s'il vous plaît.

D'autres schémas apparurent, d'autres blocs de textes s'affichèrent. Soudain, l'écran se figea sur l'image d'une fléchette assez similaire. Mais les différences étaient encore trop nombreuses, et le défilement des informations reprit de plus belle. Des dessins représentant toutes sortes de dards se superposèrent sur l'image de celui fourni par Obi-Wan. Rien ne concordait.

L'écran s'éteignit. Le plateau se déploya à nouveau.

— Comme vous pouvez le constater sur votre écran, l'arme analysée n'appartient à aucune civilisation connue, expliqua le SP-4. Aucune marque ne peut être identifiée. Elle a probablement été réalisée par un guerrier indépendant, n'ayant aucun rapport avec une culture répertoriée. Veuillez céder votre place, je vous prie.

— Pardon ? demanda Obi-Wan sur le ton de la frustration. Est-ce que tu ne pourrais pas encore essayer ?

— Maître Jedi, nos archives sont très complètes. Elles couvrent quatre-vingts pour cent de la galaxie. Si je ne suis pas capable de vous dire d'où provient votre sujet, alors personne d'autre ne le sera.

Kenobi ramassa la fléchette, regarda le droïde et soupira, manière de montrer son profond désaccord avec cette dernière phase.

— Merci infiniment pour ton aide, dit-il, se demandant si les SP-4 étaient programmés pour comprendre les inflexions sarcastiques. Tu n'es peut-être pas capable de tirer ça au clair, mais je crois bien que je connais quelqu'un qui l'est, lui, capable...

— Les probabilités m'indiquent que c'est impossible, commença à répondre SP-4, roulant alors hors de la cabine pour disserter sur le caractère exhaustif de ses banques de données et ses capacités de recherche inégalées...

Mais Obi-Wan n'était pas d'humeur. Il fila à grandes enjambées le long des couloirs et quitta le Temple Jedi.

Il sortit sans dire un mot à qui que ce soit, perdu dans ses propres pensées, essayant de se concentrer. Il avait besoin de ces réponses, et vite. Il le savait instinctivement. Une sensation était en train de le tirailler. La sécurité du Sénateur Amidala n'était probablement plus le seul enjeu. Kenobi sentait que des choses plus importantes se tramaient mais, à cet instant précis, il ne pouvait qu'essayer de deviner de quoi il s'agissait. Est-ce que cela concernait Anakin ? Un complot encore plus funeste contre la République ?

Peut-être était-il tout simplement irrité parce que le SP-4, d'ordinaire fiable, n'avait pas été à même de l'aider. Il avait besoin de réponses et les méthodes conventionnelles pour les obtenir ne semblaient guère fonctionner, apparemment. Mais Obi-Wan Kenobi, par bien des côtés, n'était pas un Jedi conventionnel. S'il avait toujours tendance à paraître réservé, surtout en face de son Padawan, Kenobi avait beaucoup appris auprès de son ancien Maître, Qui-Gon Jinn, et en était resté profondément marqué.

Il savait où aller chercher les réponses.

Il prit un speeder et gagna le quartier des affaires de Coco Town, une zone très éloignée de celle où Anakin et lui-même avaient appréhendé l'assassin en puissance.

Obi-Wan, une fois parqué son véhicule, s'approcha d'un petit bâtiment aux murs métalliques peints de couleurs vives et aux fenêtres complètement embuées. Le nom de l'établissement était inscrit en lettres extraterrestres au-dessus de la porte. Même s'il était incapable de lire ces caractères, Obi-Wan savait ce qui était écrit : RESTAURANT DEX.

Le Chevalier sourit. Cela faisait bien longtemps qu'il n'avait pas vu Dex. Bien trop longtemps, songea-t-il, en pénétrant dans le restaurant.

L'intérieur de l'établissement était assez typique des restaurants de ce quartier, avec des cabines alignées le long d'un des murs et de nombreuses tables rondes entourées de hauts tabourets. La zone du bar était également dotée de hauts tabourets. Des individus de toutes espèces se tenaient debout près du comptoir ou bien y étaient accoudés. Une clientèle de durs à cuire, se dit Obi-Wan, des pilotes de cargos, des employés des docks, des gens qui se servaient encore de leurs muscles dans cette galaxie rendue si flasque par la surenchère des technologies.

Le Jedi trouva un coin isolé et s'installa sur un tabouret pendant qu'un droïde-serveuse était en train de passer un coup de torchon sur le dessus de la table.

— J'peux vous aider ? demanda le droïde.

— Je cherche Dexter.

Le droïde-serveuse produisit un son des plus déplaisants.

Obi-Wan se contenta de sourire.

— J'ai juste besoin de lui parler.

— Et qu'est-ce que vous lui voulez, à Dexter, hein ?

— Je ne lui veux aucun mal, lui assura le Jedi. C'est personnel.

La serveuse le dévisagea pendant un court instant, l'évaluant des pieds à la tête, puis, secouant la tête, regagna l'arrière du comptoir par une petite porte de service.

— Chéri ? C'est quelqu'un pour toi, dit-elle. Un Jedi, d'après ce que je vois.

Un gros visage, entouré de volutes de vapeur grise, apparut par la trappe de service presque immédiatement. Un large sourire – esquissé par une bouche assez grande pour gober la tête d'Obi-Wan d'un seul coup – révélant de grosses dents carrées se dessina sur l'immense figure de l'extraterrestre lorsqu'il posa les yeux sur le visiteur.

— Obi-Wan !

— Salut, Dex ! répondit celui-ci, se levant de son tabouret pour avancer jusqu'au comptoir.

— Installe-toi dans l'une des cabines, vieux frère ! J'arrive tout de suite !

Obi-Wan regarda autour de lui. Le droïde-serveuse vaquait à ses occupations et servait d'autres clients. Il alla jusqu'à une alcôve qui se trouvait juste à côté du bar.

— Je vous sers une tasse d'ardees ? demanda la serveuse, d'un ton beaucoup plus aimable que précédemment.

— Oui, merci.

Elle retourna vers le comptoir et se glissa contre le mur pour laisser le passage au notoirement célèbre Dexter Jettster. Celui-ci poussa la porte de service et s'approcha, d'une démarche un peu raide. C'était un individu fort impressionnant, une montagne de chair dénuée de cou, capable de reléguer à l'arrière-plan même les clients les plus redoutables qui fréquentaient l'établissement. Son estomac colossal dépassait de sa chemise et de son pantalon, eux-mêmes d'une propreté douteuse. Il était chauve et suintant de transpiration. Même s'il commençait à accuser son âge, même s'il ne se déplaçait plus avec autant de souplesse qu'auparavant en raison des nombreuses vieilles blessures qui le ralentissaient, Dexter Jettster était encore, de toute évidence, une créature à qui il valait mieux ne pas se frotter. Surtout en raison de ses quatre bras très musclés, terminés par des poings massifs, capables de réduire totalement en bouillie la tête d'un humain. Obi-Wan remarqua quantité de regards respectueux se posant sur son vieil ami pendant que celui-ci rejoignait tranquillement la cabine.

— Salut, mon pote !

— Salut, Dex ! Ça fait une paye.

Avec grande difficulté, Dexter se glissa sur la banquette en face d'Obi-Wan. Le droïde-serveuse revint et posa deux tasses fumantes d'ardees sur la table.

— Alors, mon petit vieux, qu'est-ce que je peux faire pour toi ? demanda le patron du restaurant.

Obi-Wan comprit tout de suite que Dex souhaitait réellement l'aider. Il n'en fut pas surpris. Certes, il n'approuvait pas toujours les habitudes de l'extraterrestre, son restaurant crasseux et les rixes qui y éclataient régulièrement, mais il savait que Dexter faisait partie des personnes les plus loyales qu'il était possible d'imaginer. Dex pouvait éliminer n'importe quel ennemi, mais il était capable de donner sa propre vie pour sauver une personne qui lui était chère. C'était là une manière de code de l'honneur en vigueur chez les voyageurs stellaires qui passaient par Coruscant. Un code qu'Obi-Wan appréciait tout particulièrement. De bien des façons, le Chevalier Jedi préférait se trouver ici, chez Dex, que de passer du temps avec l'élite qui gouvernait l'univers.

— Peux-tu me dire ce que c'est que ce truc-là ? dit Obi-Wan en posant la fléchette sur la table sans quitter Dex du regard.

Il regarda le massif extraterrestre reposer sa tasse tout en écarquillant les yeux pour mieux détailler le singulier petit objet.

— Eh bien, qu'est-ce que vous dites de ça ? dit prestement Dex, donnant l'impression qu'il avait du mal à reprendre son souffle. (Il ramassa la fléchette délicatement, presque avec respect, et l'arme sembla disparaître entre les plis de ses gros doigts.) C'est la première fois que je revois un de ces machins depuis l'époque où j'étais prospecteur sur Subterrel, par-delà la Bordure Extérieure.

— Tu sais d'où ça vient ?

Dexter reposa la fléchette devant Obi-Wan.

— Ce p'tit bijou appartient à un de ces foutus généticiens. Ce que tu as devant toi, mon gars, c'est un saberdard de Kamino.

— Un saberdard de Kamino ? répéta Obi-Wan. Je me demande pourquoi il n'est pas répertorié dans nos archives…

Dex tapota le dessus de la fléchette d'un de ses doigts boudinés.

— Ce sont ces drôles de petites encoches, là, sur le côté, qui l'ont trahi, expliqua-t-il. Ces droïdes-analystes que vous avez au Temple, ils ne se contentent que d'observer les symboles, tu sais ? Je croyais que vous, les Jedi, vous aviez un peu plus de respect pour la différence qui existe entre la connaissance et la sagesse...

— Eh bien, mon vieux Dex, si les droïdes étaient capables de raisonner, nous ne serions plus de ce monde, pas vrai ? répondit Obi-Wan, éclatant de rire.

Au bout de quelques instants, Dex embraya et pouffa à son tour.

Le Chevalier Jedi recouvra rapidement son sérieux, se souvenant de la gravité de sa mission.

— Kamino... Kamino... Ça ne me dit rien. C'est sur le territoire de la République ?

— Non, c'est au-delà de la Bordure Extérieure. Je dirais facilement à douze parsecs du Dédale de Rishi, en allant vers le sud. Ça devrait quand même pas être trop dur à trouver, même pour tes droïdes aux archives, ça, non ? Ces Kaminoan sont plutôt du genre reclus. Ils pratiquent le clonage. Et ils sont doués, en plus.

Obi-Wan prit de nouveau la fléchette entre ses doigts. Le coude posé sur la table, il la fit tourner à hauteur de ses yeux.

— Le clonage, tu dis ? Et ils sont sympa, ces Kaminoan ?

— Ça dépend.

— Ça dépend de quoi ? demanda le Jedi, relevant les yeux de la fléchette.

Le sourire qui s'affichait sur le visage de Dexter lui fournit une réponse avant même que l'extraterrestre ne reprenne la parole.

— Ça dépend de tes bonnes manières et de la grosseur de ton portefeuille.

Obi-Wan posa à nouveau les yeux sur le saberdard de Kamino, guère surpris par la réponse de son ami.

12

Le Sénateur Padmé Amidala, ancienne souveraine de Naboo, n'avait certainement pas l'habitude de voyager dans ces conditions. Le cargo ne proposait qu'une seule classe – la troisième – car, en vérité, le vaisseau n'était rien de plus qu'un appareil de transport doté de vastes soutes plus adaptées au convoyage de marchandises inertes que d'êtres vivants. L'éclairage était affreux. La puanteur, bien pire encore. Padmé était incapable de deviner si l'odeur nauséabonde provenait du vaisseau lui-même, ou bien de la horde d'émigrants, constituée de nombreux individus appartenant à des espèces aussi diverses que variées. Mais la jeune femme s'en moquait. D'une certaine façon, Padmé appréciait véritablement ce voyage. Elle savait qu'elle finirait pas retourner sur Coruscant, s'opposer à tous ceux qui soutenaient la création de cette armée républicaine. Mais, curieusement, pour le moment, elle se trouvait bien ici, elle se sentait détendue. Libre.

Libre de toute responsabilité. Libre pour quelques temps de n'être que Padmé et non le Sénateur Amidala. De pareils moments étaient fort rares. Ils l'avaient été, d'ailleurs, depuis sa plus tendre enfance. Elle avait consacré toute son existence, lui semblait-il, au service de son peuple. Toute son attention s'était portée sur le bien commun, elle n'avait finalement jamais eu le temps de se consacrer à elle-même, Padmé, à ses besoins et à ses désirs.

La politicienne n'éprouvait cependant pas de regret

face à la réalité de sa vie. Elle était fière de ce qu'elle avait accompli. Mais, plus que tout, elle éprouvait ce sentiment de profonde chaleur, de parfaite communion, d'appartenance à quelque chose qui dépassait de loin sa seule petite personne.

Et pourtant, ces moments au cours desquels les responsabilités cessaient de peser sur ses épaules étaient indéniablement agréables.

Elle regarda en direction d'Anakin, qui dormait d'un sommeil visiblement agité. Elle le vit tel qu'en lui-même, pas comme un Padawan Jedi, pas comme un garde du corps, mais comme un simple jeune homme. Un très beau jeune homme, dont les actions témoignaient en permanence de l'amour qu'il éprouvait pour elle. Un jeune homme dangereux, très certainement. Un Jedi qui songeait à des choses qui lui étaient interdites. Padmé ne pouvait nier son attirance. Anakin et elle avaient finalement emprunté le même chemin, celui qui les mettait au service d'autrui. Elle en tant que Sénateur, lui en tant que Padawan Jedi. Mais il semblait vouloir se rebeller contre la voie qu'il avait choisie, en l'occurrence contre le Maître qui l'accompagnait sur cette voie, ce que Padmé, elle, n'avait jamais envisagé.

Mais ne l'avait-elle vraiment jamais envisagé ? Padmé Amidala n'avait-elle jamais souhaité n'être que Padmé ? Rien qu'une fois, au moins ?

Elle sourit et se détourna délibérément d'Anakin pour observer la salle à l'éclairage sinistre et ses autres compagnons de voyage. Elle repéra finalement R2-D2, en train de faire la queue pour obtenir de la nourriture. La silhouette du droïde contrastait avec le reste des êtres vivants. Juste devant R2, des serveurs remplissaient des bols pleins d'un gruau peu engageant et chaque personne se voyant remettre l'une de ces rations poussait inévitablement un grognement peu enthousiaste.

Padmé regarda avec amusement l'un des serveurs se mettre en colère et faire de grands signes de la main à R2, invitant le droïde à reculer.

— Pas de droïde dans la file d'attente ! cria le serveur. Allez, dégage de là !

R2 roula le long du comptoir puis s'arrêta brusquement. Il sortit un tube de son corps cylindrique bourré d'outils et accessoires, le déploya au-dessus du buffet et aspira une bonne quantité du gruau dans l'un de ses conteneurs afin de ramener suffisamment de nourriture à ses compagnons.

— Hé ! On a dit pas de droïde ! cria à nouveau le serveur.

R2 aspira prestement une nouvelle rasade de bouillie et déploya une de ses pinces pour saisir un morceau de pain. Il pivota sur lui-même, puis détala en sifflotant. Derrière lui, le serveur explosa de colère et agita le poing.

Le droïde traversa la vaste soute aussi vite que possible, essayant de rouler en ligne droite pour rejoindre la rayonnante Padmé, contraint cependant de zigzaguer pour éviter les nombreux émigrants endormis à même le sol.

— Non ! Non ! appela Anakin juste derrière la jeune femme. Maman ! Non !

Padmé se tourna rapidement et vit que son compagnon était toujours endormi. Il transpirait à grosses gouttes et se débattait, visiblement sous l'emprise d'un cauchemar.

— Anakin ? dit-elle en le secouant par l'épaule.

— Non ! Maman ! cria-t-il, s'écartant de Padmé.

Elle baissa les yeux et vit ses pieds battre l'air comme s'il était en train de fuir quelque chose.

— Anakin ! dit à nouveau Padmé, plus fort, tout en le secouant avec plus de fermeté.

Il cligna plusieurs fois de ses yeux bleus, regardant autour de lui avec effarement avant de se reporter sur Padmé.

— Quoi ?

— Je crois que tu étais en train de faire un cauchemar.

Padmé s'empara du bol de gruau et du morceau de pain que lui tendait R2.

— Tu as faim ?

Anakin prit la nourriture, se redressa, passa une main dans ses cheveux et secoua la tête.

— Nous sommes passés en hyperespace depuis un petit moment, expliqua-t-elle.

— J'ai dormi longtemps ?

Padmé lui sourit, essayant de le réconforter.

— Tu as fait une bonne sieste, répondit-elle.

Anakin lissa les pans de sa tunique et s'installa plus confortablement. Il regarda autour de lui, histoire de se repérer.

— J'ai hâte de revoir Naboo, remarqua-t-il, tout en changeant de position pour faire face à Padmé. (Son expression tourna à l'amertume quand il baissa les yeux sur la bouillie blanchâtre. Il se pencha pour la humer et plissa le nez de dégoût.) Naboo, dit-il, relevant la tête vers Padmé. J'y pense tous les jours depuis que j'en suis parti. Je crois que c'est le plus bel endroit qu'il m'ait été donné de voir.

Tout en parlant, il fixa son regard dans celui de la jeune femme. Intensément. Elle cilla plusieurs fois et détourna les yeux, un peu mal à l'aise.

— Le souvenir que tu en as est peut-être différent de la réalité. Certaines fois, le temps peut altérer la perception.

— Certaines fois, oui, acquiesça Anakin. (Lorsque Padmé reporta son attention sur lui, notant qu'il la dévisageait toujours, elle comprit ce qu'il voulait dire.) En mieux, même.

— Ça doit être difficile d'avoir prêté serment à l'Ordre Jedi, non ? demanda-t-elle, essayant une nouvelle tactique pour éviter le regard du jeune homme. Ne pas pouvoir visiter les endroits que tu aimes, faire les choses que tu aimes…

— Ou bien être avec les gens que j'aime… enchaîna Anakin, comprenant où elle voulait en venir.

— Tu es autorisé à aimer ? demanda brutalement Padmé. Je croyais que c'était interdit pour les Jedi.

— L'attachement est interdit, commença Anakin, d'une voix dénuée de la moindre passion, comme s'il récitait une leçon. La possession est interdite. La compassion, que je pourrais rapprocher d'un amour inconditionnel, est en revanche essentielle dans la vie d'un Jedi. Donc, tu peux dire qu'on nous encourage à aimer.

— Tu as tellement changé, s'entendit déclarer Padmé, d'un ton qui lui semblait un peu déplacé, d'un ton qui sonnait comme une invitation à…

Elle cilla quand Anakin profita de l'invitation :

— Et toi, tu n'as pas changé d'un iota. Tu es exactement comme dans le souvenir que j'avais de toi. Je ne pense pas que Naboo ait beaucoup changé non plus.

— Non, c'est vrai… dit Padmé, presque hors d'haleine.

Ils étaient trop près l'un de l'autre. Elle s'en rendait bien compte. Elle savait qu'elle progressait sur un terrain glissant, aussi dangereux pour elle que pour Anakin. Il était Padawan, apprenti Jedi, et les Jedi n'avaient pas le droit de…

Et elle, alors ? Qu'en était-il de tout ce pour quoi elle avait travaillé si dur toute sa vie ? Qu'en était-il du Sénat, de ce scrutin essentiel concernant la création d'une armée ? Si Padmé se mettait à entretenir une relation avec un Jedi, les implications découlant des résultats du scrutin n'en seraient pas moins catastrophiques ! Une telle armée, si elle venait à voir le jour, serait là pour épauler les Jedi dans leurs lourdes tâches et pourtant, Padmé continuerait à s'y opposer, et…

Et alors ?

Tout était si compliqué mais, pire encore, tout devenait si dangereux. Elle repensa alors à sa sœur et à leur dernière conversation juste avant le départ de Padmé pour Coruscant. Elle repensa à Ryoo et Pooja.

— Tout à l'heure, tu étais en train de rêver de ta mère, non ? demanda-t-elle, ressentant le besoin de changer de sujet.

Elle changea de position en s'écartant un peu d'Anakin, histoire de créer une marge de sécurité entre eux deux.

Anakin se rallongea et détourna le regard en hochant doucement la tête.

— J'ai quitté Tatooine il y a si longtemps. Le souvenir que j'ai d'elle est en train de s'estomper. (Il reporta son regard intense sur Padmé.) Je ne veux pas perdre ce souvenir. Je ne veux pas cesser de voir son visage.

— Je sais... commença-t-elle, s'apprêtant à lever la main pour lui caresser la joue.

Elle se ravisa et le laissa continuer :

— Je la vois en rêve. Des rêves criants de vérité. Des rêves effrayants. Je me fais du souci pour elle.

— Tu m'aurais déçue si tu m'avais dit le contraire, lui répondit Padmé, d'une voix douce et pleine de compassion. On ne peut pas dire que tu l'aies quittée dans les meilleures circonstances.

Anakin frissonna, comme si ces paroles l'avaient réellement blessé.

— Mais tu as eu raison de partir, lui rappela Padmé, lui serrant le bras et le regardant droit dans les yeux. Ton départ était ce que ta mère souhaitait de mieux pour toi, ce dont elle avait vraiment besoin.

« L'opportunité offerte par Qui-Gon lui a redonné espoir. C'est essentiel pour un parent de savoir que son enfant, toi, en l'occurrence, se voit offrir les perspectives d'une vie meilleure.

— Mais ces rêves...

— Je crois que tu ne peux pas t'empêcher de culpabiliser d'être parti, c'est tout, répondit Padmé. (Anakin secoua la tête, comme si elle s'était trompée. Elle pensait cependant qu'elle avait raison et continua :) C'est tout naturel de vouloir que ta mère quitte Tatooine, de vouloir qu'elle soit ici, avec toi. Sur Naboo ou sur Coruscant. Ou dans tout autre endroit que tu estimerais plus sûr pour elle. Plus sûr et plus beau. Fais-moi confiance, Anakin, dit-elle doucement mais fermement, serrant à nouveau son avant-bras. En partant, tu as fait ce qu'il fallait. Pour toi et pour ta mère.

Son expression, si pleine d'attention, de gentillesse, empêcha Anakin de répondre quoi que ce soit.

La ville portuaire de Theed, sur Naboo, ressemblait par bien des façons à Coruscant en raison de l'important trafic de cargos et de navettes qui descendaient des cieux. Mais la comparaison s'arrêtait là. À l'inverse de Coruscant, la cité Naboo était plus douce d'aspect, dénuée de très hautes tours, dénuée d'immenses gratte-ciel de métal froid et de transparacier étincelant. Ici, les bâtiments étaient en pierre de taille et autres matériaux plus nobles. Les lignes des toitures étaient arrondies et ornées de couleurs délicates. Des plantes grimpantes de toutes sortes poussaient çà et là, le long des murs, ajoutant vie et senteurs à l'architecture, créant une indéniable sensation de confort.

Anakin et Padmé, traînant leurs bagages, traversèrent une place très familière. Une place sur laquelle, dix ans auparavant, une bataille s'était livrée contre les droïdes de la Fédération du Commerce. R2-D2 roulait tranquillement à leur suite, sifflotant une joyeuse ritournelle, comme si l'aura paisible de Theed avait une quelconque influence sur lui.

Padmé, du coin de l'œil, ne cessait d'observer Anakin, remarquant cette sensation de sérénité qui s'était installée sur son visage, remarquant son large sourire.

— Si j'avais grandi ici, déclara Anakin, je n'aurais jamais voulu m'en aller.

— J'en doute, dit Padmé en riant.

— Non, je t'assure. Lorsque j'ai commencé mon entraînement, j'ai eu le mal du pays, je me suis senti tout seul. Cette cité et ma mère furent les seules pensées plaisantes qui me permirent de tenir le coup.

L'expression de Padmé céda à la perplexité et à la gêne. Le court séjour d'Anakin ici, sur cette planète, avait eu lieu pendant une terrible guerre ! Avait-il été, à ce point, obsédé par Padmé et par Naboo que les mauvais souvenirs ne pouvaient en rien contrer le sentiment chaleureux qu'il éprouvait ?

— Le problème, continua Anakin, c'est que plus je pensais à ma mère et plus je me sentais mal. J'arrivais à trouver un peu de réconfort en repensant à Naboo et à son palais.

Même s'il ne le déclara pas à haute voix, Padmé devina que ce qu'il voulait dire était qu'il se sentait mieux quand il pensait à elle, quand, au moins, il réussissait à l'inclure dans le fil de ses souvenirs les plus plaisants.

— Le palais... Et sa manière de briller dans les rayons du soleil. Et toutes ces odeurs de fleurs qui flottent dans l'air...

— Et le murmure apaisant des cascades distantes, ajouta Padmé, remarquant la sincérité qui teintait les propos d'Anakin. (Elle se trouvait elle-même obligée d'acquiescer, d'embrasser cette vérité concernant Naboo, même si elle s'était résolue à se tenir le plus possible éloignée de ce genre de sentiment.) La première fois que je suis venue à la capitale, j'étais très jeune. Je n'avais jamais vu la moindre chute d'eau. Je les ai trouvées si belles. Je n'imaginais pas qu'un jour je vivrais au palais.

— Alors, raconte-moi, est-ce que tu rêvais de pouvoir et de politique lorsque tu étais petite fille ?

Padmé éclata d'un rire franc et sonore.

— Non, c'était le cadet de mes soucis. (Elle ressentit une certaine nostalgie croître en elle. Elle sentit remonter les souvenirs d'une jeunesse lointaine, d'une époque où son innocence n'était pas encore ternie par la guerre, par les trahisons et les complots qui animaient la vie politique. Elle eut toutes les peines du monde à croire qu'elle était ainsi en train de se confier si ouvertement à Anakin.) Moi, je rêvais de travailler pour le Mouvement de Soutien aux Réfugiés. Je n'imaginais même pas me présenter à un poste officiel. Mais, en étudiant un peu plus l'histoire, je me suis rendu compte qu'un bon politicien pouvait réaliser de grandes choses. Donc, à l'âge de huit ans, j'ai rejoint les rangs des Apprentis Législateurs. Ce qui, ici, sur Naboo, correspond à une profession de foi, à une attestation de ton entrée dans les services publics. De là, je suis devenue conseillère sénatoriale, m'attaquant à mon travail avec une telle ardeur que, en moins de temps qu'il en faut pour le dire, on a fini par m'élire Reine. (Padmé regarda Anakin et haussa les épaules, essayant de conserver un semblant d'humilité.) En fait, j'avais obtenu d'excellents scores à mon certificat d'éducation, expliqua-t-elle. Mais je dois mon élection en grande partie à ma conviction qu'il était possible de réformer les choses. Le peuple de Naboo a embrassé cette vision avec enthousiasme et, du coup, le problème de mon âge n'a eu que peu d'incidence sur la campagne électorale. Je ne crois pas avoir été la plus jeune Reine accédant au trône mais, maintenant que j'y repense, je crois que je n'étais pas assez mûre pour ça. (Elle marqua une pause et regarda Anakin droit dans les yeux.) Je ne suis pas sûre que j'étais prête.

— Le peuple que tu as servi pense que tu as fait du bon travail, lui rappela Anakin. Je crois avoir entendu dire qu'ils souhaitaient modifier la Constitution pour que tu puisses demeurer leur souveraine.

— Les opinions populaires ne sont pas toujours le reflet de la démocratie, Anakin. Donner au peuple ce qu'il souhaite ne doit pas l'emporter sur la nécessité de lui fournir ce dont il a réellement besoin. Et, très franchement, je me suis sentie très soulagée au terme de mon deuxième mandat. Tout comme mes parents ! ajouta-t-elle en pouffant avant de reprendre avec emphase : ils se sont faits un sang d'encre à mon sujet pendant le blocus. Ils avaient hâte que je cède ma place sur le trône à quelqu'un d'autre. En fait, maintenant, il faudrait peut-être que je songe à fonder une famille…

Elle se détourna légèrement, sentant le rouge lui monter aux joues. Comment avait-elle pu se confier à lui si rapidement ? Après tout, Anakin n'était pas un ami de longue date, songea-t-elle. Mais ce signal d'alarme sembla sonner dans le vide, à l'intérieur de sa tête. Elle regarda à nouveau Anakin. Elle se sentait bien, elle se sentait à l'aise en sa compagnie, un peu comme s'ils avaient été amis toute leur vie.

— Ma sœur a les gosses les plus merveilleux qui soient, dit-elle. (Ses yeux pétillèrent. Elle cilla à plusieurs reprises pour masquer son émotion, elle qui avait si souvent dû masquer ses désirs personnels pour favoriser tout ce qui lui semblait être dans l'intérêt du bien commun.) Mais, lorsque la Reine m'a demandé d'accepter ce poste de Sénateur, je n'ai pas pu refuser, expliqua-t-elle.

— Je suis on ne peut plus d'accord ! répondit Anakin. Je pense que la République a besoin de toi. Je suis ravi que tu aies choisi cette fonction. Je crois que des événements vont se produire, au cours de notre génération, des événements qui risquent de changer la galaxie de façon fondamentale.

— C'est une prémonition Jedi ? plaisanta-t-elle.

Anakin éclata de rire.

— Non, juste une impression, expliqua-t-il (ou plutôt essaya-t-il d'expliquer, car il n'était pas très sûr de ce qu'il voulait dire). J'ai le sentiment que tout est en veilleuse, que quelque chose doit se produire…

— Je pense pareil, l'interrompit Padmé avec sincérité.

Ils venaient d'arriver devant les grandes portes du palais. Ils marquèrent un temps d'arrêt pour contempler l'admirable bâtiment. À l'opposé des constructions de Coruscant, qui semblaient avoir été édifiées pour ne remplir que des fonctions utilitaires, cette structure évoquait plus le Temple Jedi et témoignait d'une compréhension de l'importance de l'esthétique, d'une volonté de faire cohabiter le fond et la forme.

Padmé connaissait bien son chemin dans le palais, évidemment, et tous les gens qu'ils rencontrèrent la saluèrent. Ils n'eurent donc aucun mal à rejoindre la salle du trône et furent immédiatement annoncés.

Des visages souriants les accueillirent. Sio Bibble, le cher ami de Padmé et son conseiller personnel du temps où elle était Reine, se tenait debout près du trône, près de la Reine Jamillia, comme il s'était si souvent tenu près de Padmé. Il n'avait guère vieilli, en dépit de toutes ces années. Ses cheveux blancs et sa barbe étaient toujours parfaitement soignés et lui donnaient son allure si distinguée. Ses yeux rayonnaient toujours avec la même intensité, une intensité que Padmé appréciait tant.

À côté de lui, Jamillia semblait tenir à merveille son

rôle de souveraine. Elle portait l'une de ces grandes coiffes et l'une de ces amples robes que Padmé avait revêtues pendant si longtemps. Le Sénateur se dit que Jamillia avait au moins autant de prestance qu'elle-même du temps de son règne.

Des dames de compagnie, des conseillers et des soldats allaient et venaient. Padmé repensa soudainement que l'un des aspects de la vie de Reine – l'un des moins plaisants, en tout cas – était de ne jamais pouvoir être tranquille.

La Reine Jamillia, se tenant parfaitement droite afin d'éviter de faire tomber sa coiffe, se leva, marcha jusqu'à Padmé et lui prit les mains.

— Nous étions inquiets à votre sujet. Je suis si heureuse que vous soyez ici, Padmé, dit-elle d'une voix riche, teintée de ces intonations du Sud-Est qui mettaient l'accent tonique sur les consonnes.

— Merci, Votre Altesse. J'aurais seulement souhaité pouvoir mieux vous servir en demeurant sur Coruscant afin de participer au scrutin.

— Le Chancelier Suprême Palpatine nous a tout expliqué, intervint Sio Bibble. Revenir ici était la seule option à votre disposition.

Padmé lui adressa un hochement de tête résigné. Pourtant, ce retour au bercail, ici, sur Naboo, la peinait grandement. Elle avait travaillé si dur à s'opposer à la création de cette armée républicaine.

— Combien de systèmes se sont encore joints au Comte Dooku et aux Séparatistes ? demanda abruptement la Reine Jamillia, qui n'était pas du genre à se perdre en conjectures.

— Des milliers, répondit Padmé. Et de plus en plus de planètes tournent le dos à la République tous les jours. Si le Sénat donne son accord à la loi sur l'enrôlement militaire, je suis certaine que nous courons au-devant d'une guerre civile.

Sio Bibble frappa la paume de sa main gauche de son poing droit.

— Mais c'est impensable ! dit-il, grinçant des dents à

chacun de ses propres mots. Il n'y a pas eu de conflit généralisé depuis la formation de la République.

— Pensez-vous qu'on puisse, par la négociation, amener les Séparatistes à revenir à la raison et à intégrer de nouveau la République ? demanda Jamillia, gardant tout son calme face à l'agitation évidente de Sio Bibble.

— Non, pas tant qu'ils se sentiront menacés. (Padmé fut stupéfaite de se sentir elle-même aussi à l'aise en formulant cette supposition. Elle eut soudain l'impression de réellement percevoir toutes les nuances de sa position, comme si elle pouvait s'en remettre implicitement à son instinct. Elle comprit que tous ses talents seraient bientôt mis à contribution.) Les Séparatistes ne disposent d'aucune armée mais, si on les provoque, ils feront tout pour se protéger. Dans la mesure où ils n'ont ni temps, ni argent pour former des soldats, je crois pouvoir affirmer qu'ils vont aller chercher de l'aide auprès de la Guilde des Marchands ou bien de la Fédération du Commerce.

— Des troupes de négociants ! enchaîna la Reine Jamillia avec colère et dégoût.

Tous, sur Naboo, connaissaient bien les problèmes associés à ces groupes indépendants. La Fédération du Commerce avait essayé d'asservir la planète sous son joug. Sans les interventions héroïques d'Amidala, des deux Jedi, du jeune Anakin, sans le savoir-faire et le dévouement des pilotes de la flotte Naboo, elle y serait certainement parvenue. Et encore avait-il fallu, en plus de tout cela, que la Reine Amidala forge une alliance des plus inattendues avec les formidables Gungan.

— Pourquoi n'a-t-on rien entamé au Sénat pour tenter de les contraindre ? poursuivit-elle.

— J'ai bien peur qu'en dépit des meilleurs efforts du Chancelier, il y ait encore de nombreux bureaucrates, juges, voire des Sénateurs, qui reçoivent toujours de l'argent des Guildes, admit Padmé.

— Alors c'est donc vrai, la Guilde s'est bien rapprochée des Séparatistes, comme nous le craignions, déclara la Reine Jamillia.

Sio Bibble écrasa à nouveau son poing dans la paume de son autre main.

— Quel outrage ! tonna-t-il. Quel outrage de constater qu'après ces audiences, et ces quatre procès à la Cour Suprême, Nute Gunray soit toujours le vice-roi de la Fédération du Commerce ! Ces grippe-sous finiront-ils par tout contrôler ?

— Souvenez-vous, Conseiller, que la Cour est parvenue à réduire les effectifs des armées de la Fédération du Commerce, lui rappela Jamillia, conservant une voix calme et contrôlée. C'est déjà un premier pas dans la bonne direction.

Padmé frissonna, sachant qu'on attendait d'elle un rapport des plus honnêtes.

— Il y a des rumeurs, Votre Altesse, selon lesquelles l'armée de la Fédération n'a pas été réduite, cela en dépit des ordres.

S'éclaircissant la gorge, Anakin fit un pas en avant.

— On n'a pas autorisé les Jedi à mener une enquête à ce sujet, expliqua-t-il. On nous a dit que cela pouvait se révéler trop dangereux pour l'économie.

La Reine Jamillia le regarda et hocha la tête, puis elle se tourna vers Padmé, bomba le torse, serra les dents, adoptant sous ses riches atours une allure des plus royales, une allure de souverain planétaire, fidèle à la République.

— Nous devons garder toute notre foi en la République, déclara-t-elle. Le jour où nous cesserons de croire que la démocratie est viable, nous signerons notre perte.

— Prions pour que ce jour n'arrive jamais, répondit calmement Padmé.

— En attendant, nous devons nous préoccuper de votre sécurité, dit la Reine Jamillia.

Elle adressa un regard à Sio Bibble. Ce dernier fit un geste à l'attention du personnel. Tous ceux qui étaient présents dans la pièce – conseillers, serviteurs, dames de compagnie – s'inclinèrent et quittèrent prestement les lieux. Sio Bibble s'approcha d'Anakin, le garde du corps appointé, puis attendit patiemment que tout le monde soit sorti.

— Quelles sont vos suggestions, Maître Jedi ? demanda-t-il enfin.

— Anakin n'est pas encore un Jedi, Conseiller, l'interrompit Padmé. Il est apprenti, un Padawan. Je pensais que...

— Hé ! Une petite minute ! l'interrompit Anakin, plissant les yeux, fronçant les sourcils, visiblement choqué de se voir ainsi déconsidéré.

— Pardon ! rétorqua Padmé sans céder au regard furieux d'Anakin. Mais je pensais me rendre dans la région des lacs. Certains endroits y sont très isolés.

— Pardon ! répondit Anakin, reprenant exactement le ton de Padmé. Mais c'est moi qui suis en charge de la sécurité, ici, Madame.

Padmé voulut se défendre mais elle remarqua l'échange de regards perplexes entre Sio Bibble et la Reine Jamillia. Elle et Anakin ne devaient pas se chamailler ainsi en public, réalisa-t-elle. C'était risquer de laisser croire qu'il se passait quelque chose entre eux. Elle se calma et s'imposa plus de douceur dans son expression et dans sa voix :

— Anakin, ma vie est en danger et ici, c'est chez moi. Je connais bien cette planète. C'est pour ça que nous sommes là. Je pense qu'il serait sage, pour toi, de tirer avantage de mes connaissances.

Anakin leva les yeux vers les deux spectateurs puis reposa le regard sur Padmé. L'expression de dureté disparut de son visage.

— Bien sûr, Madame.

— Elle a raison, annonça Sio Bibble, visiblement amusé, tout en prenant le bras d'Anakin. La contrée des lacs est l'endroit le plus isolé de Naboo. Il n'y a pas grand monde là-bas et le terrain y est bien dégagé. Il s'agit d'un excellent choix, un endroit où il vous sera beaucoup plus facile de protéger le Sénateur Amidala.

— Parfait ! acquiesça la Reine Jamillia. Tout est réglé, donc.

Padmé comprit, à la façon qu'il avait de la regarder, qu'Anakin n'était pas des plus enthousiastes. Pour toute réponse, elle haussa innocemment les épaules.

— Padmé, reprit la souveraine. Je me suis entretenue avec votre père hier. Je lui ai raconté ce qui se passait. Il espère que vous irez rendre visite à votre mère avant votre départ. Votre famille se fait beaucoup de souci pour vous.

Comment pouvait-il en être autrement ? pensa Padmé. Elle eut de la peine en songeant que les multiples dangers qu'elle encourait en raison de ses opinions pouvaient affecter tous ceux qu'elle aimait.

Comment, effectivement ? C'était là l'exemple parfait lui rappelant que vie politique et vie familiale n'allaient généralement pas de pair. Padmé Amidala avait fait un choix aussi délibéré que définitif. Service public ou vie de famille ? Certains, sur Naboo, parvenaient à jongler avec les deux, mais Padmé avait toujours été persuadée que le double rôle – celui d'épouse, voire de mère, et de Sénateur – ne pouvait être bénéfique à la fois à l'État et à la famille.

Au cours des multiples épreuves qui s'étaient dressées en travers de son chemin, elle ne s'était jamais souciée de sa propre sécurité et s'était toujours tenue prête à accepter les sacrifices qu'elle jugeait nécessaires. Mais aujourd'hui, soudainement, voilà qu'on lui rappelait que ses choix et ses positions pouvaient aussi affecter son entourage, à un niveau très personnel.

Elle sortit de la salle du trône en compagnie d'Anakin, de Sio Bibble et de la Reine Jamillia et, la mine sombre, se dirigea vers le grand escalier du palais.

13

La plus grande pièce du vaste Temple Jedi sur Coruscant était la salle des archives. Des consoles d'ordinateurs allumées formaient deux longues, très longues lignes aux reflets bleutés de part et d'autre des murs. Si longues qu'un observateur, installé à une extrémité de la salle, aurait eu l'impression qu'elles convergeaient à l'autre bout. Il y avait partout des représentations de célèbres Jedi, appartenant au passé ou contemporains, des groupes de bustes sculptés dans de la pierre blanche par les plus grands artistes de Coruscant.

Obi-Wan Kenobi se tenait justement devant l'un de ces bustes. Il l'étudia, le toucha, comme si l'examen des traits de la personne représentée était à même de lui fournir des indices sur son comportement. Les visiteurs étaient peu nombreux aux archives ce jour-là – d'une manière générale, il n'y avait jamais grand monde – et le Chevalier Jedi espérait donc qu'il serait rapidement répondu à sa demande de rendez-vous avec Madame Jocasta Nu, l'archiviste Jedi.

Il attendit patiemment, étudiant à nouveau les caractéristiques du buste, les pommettes hautes et fières, les cheveux méticuleusement coiffés, les yeux, grands et alertes... Obi-Wan ne connaissait pas bien cet homme, cette légende, le fameux Comte Dooku. Il ne l'avait rencontré que rarement, mais il était à même de dire que le buste avait parfaitement capturé l'essence même de Dooku. Il y avait chez cet homme une intensité presque palpable, cette même intensité qui émanait parfois de

Maître Qui-Gon, surtout lorsque celui-ci s'entichait d'une cause qu'il jugeait très importante. Qui-Gon n'hésitait pas à s'opposer au Conseil Jedi lorsqu'il sentait qu'il avait raison, comme il l'avait fait au sujet d'Anakin, dix ans auparavant. Le Conseil avait tout de même fini par reconnaître les talents spéciaux de cet enfant, son incroyable potentiel à maîtriser la Force, et la possibilité qu'il soit l'Élu dont parlait la prophétie.

Oui, effectivement, Obi-Wan avait remarqué cette intensité chez Qui-Gon à plusieurs reprises mais, il savait que Dooku, à l'opposé de son mentor, refusait catégoriquement de se taire, de lâcher prise quand il s'était braqué sur quelque chose de précis. Les éclats au fond de ses yeux étaient pareils à des feux qui brûlaient en permanence.

Mais Dooku avait dépassé les limites, de dangereuses limites, même, admit Obi-Wan. Il avait quitté l'Ordre Jedi, avait tourné le dos à sa mission et à ses pairs. Quel problème avait-il rencontré qu'il ne puisse parvenir à résoudre en restant parmi les Jedi ?

— Vous avez demandé de l'aide ? annonça une voix sévère juste derrière Obi-Wan, le tirant de ses pensées.

Il se tourna et vit Madame Jocasta Nu qui se tenait devant lui, ses mains croisées disparaissant pratiquement sous les manches de sa tunique Jedi. C'était une créature d'allure fragile et relativement âgée. Remarquant cela, Obi-Wan ne put s'empêcher de sourire. Combien de jeunes Jedi, moins expérimentés, avaient eu un jour à contempler cette vision ? Ce visage ridé et ce cou très mince, ces cheveux blancs tirés en arrière... Combien de ces jeunes recrues avaient imaginé qu'ils parviendraient à duper cette femme, à lui faire rédiger leurs devoirs, avant de se casser le nez en découvrant qui était en réalité Madame Jocasta Nu ? Car Madame Jocasta Nu était comme un tison prêt à déclencher un incendie, son apparence de fragilité dissimulait puissance et détermination. Cela faisait des années et des années qu'elle était l'archiviste du Temple. Cet endroit était son domaine, son royaume. Tout Jedi qui se présentait ici, même le plus érudit des Maîtres, se devait d'obéir aux règles dictées par Madame Jocasta Nu, sous peine de subir sa colère.

— Oui, oui, c'est exact, parvint finalement à dire Obi-Wan, réalisant que Madame Jocasta Nu le fixait d'un regard inquisiteur, attendant une réponse.

La vieille femme sourit et passa devant lui pour s'approcher du buste du Comte Dooku.

— Son visage respire la puissance, n'est-ce pas ? commenta-t-elle d'un ton calme, apaisant soudainement la tension de la rencontre. C'était l'un des meilleurs Jedi qu'il m'ait été donné de connaître.

— Je ne comprendrai jamais pourquoi il est parti, dit Obi-Wan, suivant le regard de Jocasta Nu sur la sculpture. Ils ne sont qu'une vingtaine à avoir quitté l'Ordre Jedi.

— Les Vingt Égarés, dit Jocasta Nu en soupirant. Et le Comte Dooku fut le dernier à s'en aller. Son départ fut des plus douloureux. Personne n'aime en parler. Ce fut une grande perte pour notre Ordre.

— Que s'est-il passé ?

— Eh bien, on pourrait dire qu'il n'était jamais complètement en phase avec les décisions du Conseil, répondit l'archiviste. Un peu comme ton Maître Qui-Gon.

Kenobi était justement en train de penser à la même chose. Entendre ainsi Jocasta Nu proférer ces paroles avec autant de fermeté, dépeindre Qui-Gon sous un aspect plus indiscipliné qu'il ne l'avait jamais connu, le prit toutefois par surprise. Il savait pourtant que son Maître avait connu quelques heurts – la plus grande de ces confrontations avait concerné Anakin –, mais jamais Obi-Wan n'avait imaginé Qui-Gon en rebelle. Apparemment, Jocasta Nu, qui n'avait pas son pareil pour prendre le pouls des rumeurs et des tendances qui rôdaient dans les couloirs du Temple Jedi, n'avait pourtant aucun mal à le faire.

— Vraiment ? insista Obi-Wan, souhaitant obtenir des informations sur le Comte Dooku, tout en espérant, bien entendu, en apprendre un peu plus sur son regretté et vénéré instructeur.

— Oh oui, ils étaient semblables, de bien des façons. Des penseurs individualistes. Des idéalistes. (Elle regarda intensément le buste et Obi-Wan eut soudainement l'impression que l'esprit de la vieille femme était ailleurs, loin, très loin.) Il était animé d'un insatiable désir de devenir un Jedi encore plus puissant. Il voulait être le meilleur. Au sabre laser, avec cette façon bien à lui de se fendre à l'ancienne, il n'avait pas son pareil. Sa connaissance de la Force était… unique. Finalement, je pense qu'il est parti parce qu'il avait perdu toute foi en la République. Il estimait que les politiciens étaient trop corrompus… (Jocasta Nu marqua une pause pendant quelques instants et regarda Obi-Wan. Un regard très révélateur, qui indiqua au jeune Chevalier que l'archiviste pensait que le Comte Dooku était finalement peut-être plus en phase avec la réalité que certains ne le laissaient entendre.) Il a finalement estimé que les Jedi se trahissaient eux-mêmes en servant les politiciens, conclut-elle.

Obi-Wan cligna plusieurs fois des yeux pour bien assimiler l'information. Il savait que nombre de ses congénères, y compris Qui-Gon, y compris lui-même, étaient de cet avis.

— Quand je pense qu'il avait placé toutes ses attentes dans le gouvernement, commenta Jocasta Nu. Et puis il a disparu, pendant neuf ou dix ans, pour ne réapparaître que tout récemment à la tête du mouvement séparatiste.

— Intéressant, remarqua Obi-Wan, détournant les yeux du buste pour observer l'archiviste. Mais je ne suis toujours pas sûr de bien comprendre…

— Personne ne comprend, répondit Jocasta Nu, son expression de profond sérieux cédant la place à un chaleureux sourire. Enfin, passons. Je suppose que vous n'êtes pas venu me trouver pour une leçon d'histoire. Quel est votre problème, Maître Kenobi ?

— Ah oui, pardon. J'essaye de trouver un système planétaire qui s'appellerait Kamino. Il n'apparaît sur aucune carte stellaire et je n'en trouve aucune trace dans les archives.

— Kamino ? (Jocasta Nu regarda tout autour d'elle, comme si elle espérait trouver le système quelque part dans la pièce.) Le nom de ce système ne m'est pas familier. Voyons voir…

En quelques pas, ils rejoignirent la console d'ordinateur sur laquelle Obi-Wan avait procédé à ses recherches initiales. Elle se pencha et pianota quelques lignes de commandes au clavier.

— Vous avez une idée des coordonnées ?

— D'après mes informations, le système devrait se trouver quelque part dans ce quadrant, répondit Obi-Wan. Juste au sud du Dédale de Rishi.

Elle pressa de nouveau quelques touches du clavier. Le résultat n'entraîna qu'une succession de plis perplexes sur le vieux front buriné de Jocasta Nu.

— Bon, d'accord, mais quelles sont les coordonnées exactes ?

— Je ne connais que le quadrant, admit Obi-Wan.

Jocasta Nu se retourna pour l'observer.

— Vous n'avez pas les coordonnées ? Autant demander son chemin à un mendiant aveugle, un vieux mineur d'épices ou un marchand de firbog !

— Ou aux trois à la fois ! acquiesça Obi-Wan en souriant.

— Vous êtes sûr que ce système existe ?

— Sûr et certain.

Jocasta Nu s'assit devant la console et, pensive, se caressa le menton.

— Essayons un scanner de gravité, dit-elle, plus pour elle-même que pour Obi-Wan.

Elle appuya sur de nouvelles touches et la carte stellaire holographique du quadrant demandé se mit à tourner sur elle-même. L'archiviste et Obi-Wan étudièrent les mouvements des astres pendant quelques instants.

— Je note quelques anomalies, là, regardez, remarqua Jocasta Nu d'un œil expert. Peut-être que la planète que vous recherchez a été détruite.

— Mais on devrait être au courant, non ?

— Oui, on devrait. À moins que ce ne soit très récent, répondit Jocasta Nu. (Elle secoua la tête en terminant sa phrase, ne parvenant visiblement pas à se convaincre elle-même.) Ça me fait de la peine de vous dire ça, mais j'ai l'impression que le système que vous recherchez n'existe pas.

— C'est impossible. Peut-être que les archives sont incomplètes.

— Les archives sont aussi complètes et aussi fiables que possible, mon jeune Jedi, répondit-elle de façon autoritaire, abandonnant le ton plaisant qu'elle avait utilisé jusqu'à présent avec Obi-Wan pour recouvrer son statut de chef absolu des archives. Il y a bien quelque chose dont vous pouvez avoir la certitude : si un élément n'apparaît pas dans nos archives, c'est qu'il n'existe pas.

Tous deux se dévisagèrent pendant un long moment. Obi-Wan remarqua qu'il n'y avait pas la moindre parcelle de doute dans les déclarations de Jocasta Nu.

Il regarda à nouveau la carte stellaire, perplexe, coincé qu'il était par cette énigme apparemment sans réponse. Il savait pertinemment qu'il n'y avait personne de plus fiable dans cette galaxie en matière d'informations que Dexter Jettster. À part peut-être Madame Jocasta Nu. Et ils étaient en totale opposition, concernant ce renseignement précis. Dexter avait donné l'impression d'être parfaitement certain des origines de la fléchette empoisonnée. Quant à Jocasta Nu, elle s'affirmait certaine de ce qu'elle avançait. Tous deux ne pouvaient avoir raison en même temps.

Avec la permission de l'archiviste, le Jedi appuya sur une touche du clavier et téléchargea toutes les informations disponibles sur le quadrant dans un petit hologlobe. Puis, tenant l'objet à la main, il quitta la salle.

Sans manquer d'adresser au passage un long regard à l'imposant buste du Comte Dooku.

Plus tard dans la journée, Obi-Wan décida de laisser tomber archives et droïdes-analystes et de ne plus compter que sur lui-même. Il s'installa dans l'une des petites et confortables alcôves qui s'ouvraient le long du grand balcon du Temple, l'une de ces nombreuses salles allouées aux Jedi recherchant le calme et la réflexion. Une petite fontaine gargouillait dans l'un des coins de la pièce. Obi-Wan s'assit en tailleur sur un tapis doux et ferme. L'eau qui coulait en cascade sur un assemblage de galets polis produisait un son délicat, un petit bruit de fond d'une beauté naturelle, aux résonances élémentaires.

Sur le mur en face du Chevalier était accrochée une peinture, un dégradé de rouge virant vers le pourpre et le noir, représentation libre d'une coulée de lave en train de refroidir. La toile n'était pas uniquement là pour être admirée, elle devait servir à la méditation et à l'immersion : réconforté par ses couleurs chatoyantes, apaisé par le bruit de fond continu, un Jedi, face à elle, se détacherait aisément des contraintes matérielles.

Là, dans sa transe, Obi-Wan partit à la recherche de ses réponses. Il se concentra d'abord sur le mystère de Kamino, espérant que l'analyse formulée par Dexter était correcte. Mais pourquoi le système n'apparaissait-il pas dans les archives ?

Une autre image envahit la méditation d'Obi-Wan alors qu'il essayait de tirer cette énigme au clair. L'image d'Anakin et de Padmé, ensemble sur Naboo.

Le Maître Jedi eut un sursaut, soudain effrayé qu'il puisse s'agir d'une prémonition, pressentant qu'un danger allait s'abattre sur son Padawan et la jeune politicienne…

Mais non, songea-t-il, se calmant aussi soudainement. Il n'y avait aucun danger. Les deux jeunes gens semblaient détendus, en train de s'amuser.

Le soulagement d'Obi-Wan ne fut que de courte durée. Il réalisa que la scène en train de défiler dans son esprit représentait peut-être le plus grand des dangers. Il chassa cette vision, incapable de dire s'il s'agissait d'une prémonition, d'une image de la réalité, ou, plus simplement, si ses propres craintes n'étaient pas en train de lui jouer des tours. Obi-Wan se rappela, à juste titre, que plus vite il résoudrait ce mystère de Kamino, ce mystère concernant l'identité de celui qui souhaitait tant se débarrasser d'Amidala, et plus vite il pourrait retourner auprès d'Anakin pour parfaire son enseignement.

Le Maître Jedi se concentra donc sur l'image du buste du Comte Dooku, recherchant un indice, une raison… Mais le visage d'Anakin se superposa soudain à celui du comte renégat…

Quelques instants plus tard, Obi-Wan, aussi frustré que perplexe, sortit de la petite chambre de méditation. Il secoua la tête, guère plus avancé qu'il ne l'était avant sa séance.

Sa patience manquant de céder la place à la colère, le Chevalier Jedi décida d'aller trouver une instance supérieure, quelqu'un de plus sage et de plus expérimenté. Sa courte déambulation le conduisit hors du Temple, sur la véranda. Il marqua une pause et regarda alentour. La scène bien innocente qui se déroulait sous ses yeux lui apporta un peu de réconfort.

Maître Yoda surveillait les vingt plus jeunes recrues de l'Ordre Jedi, des enfants de quatre ou cinq ans, pendant l'exercice matinal qui consistait à affronter des droïdes volants d'entraînement au moyen de sabres laser miniatures.

Obi-Wan se remémora ses jeunes années de pratique. Il ne pouvait pas voir les yeux des enfants, car ils portaient tous des casques à visière opaque, mais il imaginait très bien la gamme d'émotions par laquelle leurs innocents visages étaient en train de passer. Il imaginait l'intensité, puis la joie immense d'être parvenu à bloquer le rayon d'énergie tiré par l'un des droïdes. Et puis le désarroi, lorsque la joie entraînait un moment de distraction et que cette distraction empêchait de remarquer cet autre rayon énergétique qui venait vous frapper soudainement, provoquant une vive douleur.

Car ces petites décharges électriques faisaient réellement mal, se rappela Obi-Wan. Elles vous blessaient physiquement et heurtaient votre fierté. Il n'y avait rien de pire que de se laisser toucher par un rayon. Surtout à l'arrière-train, obligeant la victime à exécuter une petite danse, à se tordre et sautiller sur place, ce qui n'améliorait guère une situation déjà bien embarrassante. Obi-Wan se remémora l'incident comme s'il datait de la veille, se souvenant qu'à l'époque tous les regards s'étaient tournés vers lui.

L'entraînement pouvait parfois être humiliant.

Mais il était également très tonifiant, car des échecs naissaient les succès. Chaque nouveau succès étayait votre confiance. Chaque nouvelle réussite vous en apprenait un peu plus sur la beauté intrinsèque des flux de la Force et renforçait cette connexion qui séparait les Jedi du reste des individus de la galaxie.

Voir ainsi Yoda surveiller l'exercice du jour, exactement comme il le faisait un quart de siècle auparavant, du temps où Obi-Wan participait à l'entraînement, apporta une bouffée de chaleur réconfortante au Chevalier Jedi.

— Ne pensez pas... Sentez... ordonna Yoda au groupe. Ne faites plus qu'un avec la Force.

Obi-Wan, souriant, prononça silencieusement la fin de la phrase en même temps que le vénérable Maître.

— Vous aider, elle pourra.

Combien de fois avait-il entendu cela ?

Il sourit de plus belle et vit Yoda se tourner vers lui.

— Jeunes gens, arrêtez ! commanda le grand Maître Jedi. Un visiteur, nous avons. Le saluer, vous devez.

Vingt petits sabres laser s'éteignirent simultanément. Les élèves se tournèrent vers le nouveau venu. Ils enlevèrent leurs casques et les calèrent sous leur bras gauche.

— Voici Maître Obi-Wan Kenobi, dit Yoda, conservant une pointe de sévérité dans la voix afin de bien faire comprendre aux étudiants qu'il n'avait pas interrompu l'exercice pour rien.

— Bienvenue, Maître Obi-Wan ! lancèrent à l'unisson les vingt enfants.

— Je suis désolé de vous déranger, Maître, dit Obi-Wan à Yoda en s'inclinant respectueusement.

— En quoi, utile, puis-je t'être ?

Obi-Wan réfléchit à la question pendant quelques instants. Il était tout spécialement venu jusqu'ici pour rencontrer Yoda mais, à présent qu'il se rendait compte qu'il importunait le Maître au cours d'un travail important, il se demanda s'il n'avait pas un peu trop facilement cédé à sa propre impatience. Était-ce bien le moment et l'endroit pour demander à Yoda de l'aider pour une mission dont la responsabilité lui incombait totalement ? Il ne fallut que très peu de temps à Obi-Wan pour chasser cette question de ses pensées et se décider. Il ne s'attendait pas à ce que Yoda puisse l'aider sur ce problème particulier mais, encore une fois, Yoda pouvait réserver bien des surprises, des surprises qui pouvaient dépasser toute attente.

— Je suis à la recherche d'une planète que m'a décrite un vieil ami, expliqua-t-il, découvrant que Yoda absorbait chacune de ses paroles. Je lui fais confiance et je crois que les informations qu'il m'a fournies sont fiables. Cependant, le système n'apparaît pas sur les cartes stellaires de nos archives.

Finissant sa phrase, il montra à Yoda le petit hologlobe qu'il avait apporté.

— D'une intéressante énigme, il s'agit, répondit Yoda. Perdu une planète, Maître Obi-Wan a. Embarrassant est ceci... Très embarrassant... Une intéressante énigme. Approchez, jeunes gens. Autour du lecteur de cartes, formez un cercle. Videz vos esprits. Essayer de trouver la planète manquante d'Obi-Wan, nous allons.

Ils se rendirent tous dans une petite pièce adjacente à la véranda. Au centre de la salle se dressait un étroit poteau terminé par une dépression creuse. Obi-Wan, le globe en main, s'avança vers le poteau et déposa l'objet dans le logement pratiqué à son sommet. Les volets de la pièce se fermèrent automatiquement et, dans l'obscurité soudaine, l'hologramme d'une carte stellaire se matérialisa en scintillant de façon très caractéristique.

Obi-Wan attendit un petit moment avant d'exposer le dilemme auquel il était confronté. Il laissa aux jeunes élèves le loisir de se calmer, regardant avec amusement certains d'entre eux tendre la main pour essayer de toucher la projection immatérielle. Puis, lorsque l'assistance se fut enfin apaisée, il s'avança jusqu'au centre de l'hologramme.

— Voilà l'endroit où elle devrait être, expliqua-t-il. La gravité attire toutes les étoiles vers l'intérieur de ce secteur, vers ce point précis. Il devrait y avoir un soleil, ici, mais il n'y en a pas.

— Fort intéressant, dit Yoda. Le spectre gravitationnel demeure, mais le soleil et toutes les planètes ont disparu. Comment est-ce possible ? Alors, jeunes gens, selon vous, quelle est la première chose que vous voyez ? Une réponse ? Une suggestion ? Quelqu'un ?

Obi-Wan profita de la question de Yoda pour rester en retrait, à étudier le Maître Jedi observant ses jeunes recrues.

Une main se leva. Obi-Wan dut se retenir de rire à l'idée qu'un gamin puisse résoudre une énigme qui, jusqu'à présent, avait rendu perplexes trois Maîtres Jedi accomplis, y compris Yoda et Madame Jocasta Nu. Il remarqua cependant que Yoda était très concentré et très sérieux.

Le Maître fit un signe de tête à l'enfant, qui s'empressa de prendre la parole :

— Quelqu'un a dû effacer sa trace des banques de données aux archives.

— C'est cela ! enchaîna immédiatement un autre enfant. C'est exactement ce qui s'est passé. Quelqu'un a dû l'effacer.

— Si la planète avait explosé, le spectre gravitationnel aurait disparu, annonça encore un autre.

Obi-Wan, stupéfait, observait d'un œil fixe le groupe de jeunes élèves enthousiastes. Yoda poussa un petit ricanement.

— Vraiment merveilleux, l'esprit d'un enfant est, expliqua-t-il. Logique. Sans entrave. Les données, effacées, ont dû être.

Yoda se dirigea vers la porte de la salle et Obi-Wan lui emboîta le pas. Le Chevalier, invoquant la Force, fit jaillir l'hologlobe de son logement au sommet du piédestal pour qu'il flotte jusqu'à sa main. La carte stellaire disparut instantanément.

— Au centre de cette perturbation gravifique, tu dois aller. Ta planète tu y trouveras, lui conseilla Yoda.

— Mais, Maître, qui aurait bien pu effacer cette information de nos archives ? C'est impossible, pourtant, non ?

— Dangereuse et perturbante, cette énigme est, répondit Yoda en fronçant les sourcils. Seul un Jedi, effacer ces données aurait pu. Mais qui et pourquoi ? Difficile de répondre. Méditer sur ceci, je dois. Que la Force soit avec toi.

Un millier de questions traversèrent la tête d'Obi-Wan mais il comprit que Yoda venait de lui intimer l'ordre de disposer. Tous avaient tant d'énigmes à résoudre, mais au moins le chemin d'Obi-Wan semblait-il plus clair, à présent. Il s'inclina avec respect. Yoda, qui avait déjà rejoint les enfants pour reprendre l'entraînement, n'y prêta guère attention. Obi-Wan s'éclipsa.

Peu de temps après, ne souhaitant pas perdre un seul instant, Obi-Wan se rendit sur la plate-forme de lancement. Il gagna son appareil prêt au décollage, un élégant chasseur stellaire de type Delta-wing, profilé comme une flèche, dont le cockpit se trouvait complètement à la poupe. Mace Windu l'y rejoignit. Le grand Maître Jedi, aux traits si puissants, dévisagea Obi-Wan en faisant montre de son calme et de son contrôle habituels. Mace Windu avait quelque chose de rassurant. Il émanait de lui une sensation de pouvoir et, plus que tout encore, une impression d'intime connaissancc du destin. Mace Windu n'avait pas son pareil pour conforter silencieusement son entourage dans le fait que les choses se déroulaient comme il était convenu qu'elles se déroulent.

— Sois prudent, dit-il à Obi-Wan, inclinant légèrement la tête en arrière, une posture qui lui donnait encore plus de prestance. Cette perturbation dans la Force est en train de croître.

Obi-Wan hocha la tête mais, en vérité, ses préoccupations étaient axées sur quelque chose de plus tangible à cet instant précis.

— Je me fais du souci pour mon Padawan. Il n'est pas prêt à agir tout seul.

Mace opina du chef, comme pour rappeler à Obi-Wan qu'ils avaient déjà réglé ce problème.

— Il possède des talents exceptionnels, répondit le Maître. Le Conseil a confiance en sa décision, Obi-Wan. Toutes les questions à son sujet demeurent encore sans réponse, bien entendu, mais il ne faut surtout pas négliger ses dons. De plus, nous ne sommes pas déçus par les progrès qu'il a effectués sous ta tutelle.

Obi-Wan médita ces paroles avec soin. Il hocha de nouveau la tête, sachant qu'il avançait là en terrain glissant. S'il insistait trop sur ses préoccupations au sujet d'Anakin, il ne pouvait que rendre un mauvais service aux Jedi et à la galaxie tout entière. Cependant, si l'importance qu'il accordait à l'entraînement qu'il avait fait subir à Anakin Skywalker l'incitait à garder le silence sur ces questions précises, ne commettrait-il pas, là aussi, un impair ?

— Si la prophétie est exacte, Anakin sera celui qui rendra son équilibre à la Force, conclut Mace.

— Mais il a encore tant à apprendre. Ses talents l'ont rendu... Eh bien... (Obi-Wan marqua une pause, cherchant ses mots avec soin.) Arrogant. Je comprends à présent ce que vous-même et Maître Yoda saviez dès le début. Ce garçon était trop âgé pour démarrer l'entraînement et...

Un pli barra le front de Mace Windu, indiquant à Obi-Wan qu'il était peut-être en train de pousser le bouchon un peu trop loin.

— Il y a autre chose, observa Mace Windu.

Obi-Wan inspira profondément pour se donner du courage.

— Maître, peut-être aurait-il été préférable de ne pas

nous confier cette mission, à Anakin et à moi. J'ai bien peur qu'Anakin ne soit pas en mesure de protéger correctement le Sénateur.

— Comment cela ?

— Il a... je pense qu'il entretient une relation émotionnelle avec elle. Je crois qu'elle date même de son enfance. Aujourd'hui, il est distrait, confus...

Tout en parlant, Obi-Wan s'avança vers son chasseur. Il escalada l'échelle du cockpit et s'installa aux commandes.

— Ça, tu nous l'as déjà dit, lui rappela Mace. Et tes préoccupations ont été mesurées avec soin. Elles n'ont changé en rien la décision du Conseil. Obi-Wan, tu dois avoir confiance dans le fait qu'Anakin choisira la bonne voie.

C'était évident, bien entendu. Si Anakin était destiné à devenir ce grand chef, l'Élu de la prophétie, il fallait bien que son caractère soit mis à l'épreuve d'une façon ou d'une autre. Anakin était donc en train de subir l'une de ces épreuves, comprit Obi-Wan. Il allait passer un long moment seul, sur une planète lointaine, en compagnie de la femme qu'il aimait profondément. Il lui faudrait être fort pour réussir ce test. Obi-Wan espérait simplement qu'Anakin serait en mesure de reconnaître cette épreuve à sa juste valeur.

— Maître Yoda est-il parvenu à obtenir un quelconque indice concernant la probabilité d'une déclaration de guerre ? demanda Kenobi pour changer de sujet.

Mais, intérieurement, il savait que tous ces éléments étaient liés. Découvrir l'assassin, négocier la paix avec les Séparatistes... Toutes ces choses lui permettraient de mieux se concentrer sur la formation d'Anakin, elles permettraient d'apporter un peu de stabilité au turbulent Padawan.

— Sonder le Côté Obscur est un processus dangereux, déclara Mace. J'ignore quand il se décidera à le faire mais, une fois son choix effectué, il se peut qu'il soit obligé de rester enfermé pendant plusieurs jours de suite.

Obi-Wan acquiesça en hochant la tête. Mace lui sourit et le salua d'un ample signe de la main.

— Que la Force soit avec toi.

— Calcule le cap pour l'anneau hyperdrive, R4, ordonna Obi-Wan à son droïde-navigateur, une unité R4-P installée dans son logement de connexion sur l'aile gauche du chasseur effilé.

Essayons de faire un peu avancer les choses, ajouta le Chevalier Jedi intérieurement.

14

La scène était toute simple. Des enfants en train de jouer, des adultes assis tranquillement au soleil ou bien en train de discuter de part et d'autre de haies impeccablement taillées. La scène était des plus normales pour la planète Naboo, mais Anakin n'avait jamais réellement assisté à quoi que ce soit de similaire. Sur Tatooine, les maisons pouvaient être isolées, au beau milieu du désert, ou bien accolées les unes aux autres dans des cités comme Mos Eisley, des agglomérations grouillant de personnages bigarrés qui allaient et venaient. Sur Coruscant, des rues comme celle-ci n'existaient plus depuis bien longtemps. Les haies taillées et les arbres avaient disparu de sa surface, cédant la place au permaciment, aux vieux immeubles et aux fondations grisâtres des immenses gratte-ciel. Sur Coruscant, les gens ne discutaient pas. Il n'y avait pas, non plus, d'enfants insouciants cavalant en tous sens.

Pour Anakin, cette scène si simple était d'une grande beauté.

Il avait abandonné sa tenue d'émigrant et portait à nouveau ses vêtements de Jedi. Padmé avançait à ses côtés, parée d'une robe bleue toute simple. Anakin n'arrêtait pas de regarder dans sa direction, essayant de voler son image, de la marquer au fer rouge dans son esprit pour s'en souvenir à tout jamais. Il réalisa qu'elle était belle, quelle que soit la tenue qu'elle portait.

Le Padawan sourit en se souvenant des parures très ornées dont s'habillait Padmé, du temps où elle était

Reine de Naboo. Ces robes aux broderies complexes, constellées de pierres précieuses, ces incroyables coiffes de plumes et de volutes, de tresses et de nattes.

Tout bien réfléchi, il aimait mieux les vêtements qu'elle avait adoptés à présent. Toutes les décorations de ses anciennes parures de souveraine avaient été dessinées avec goût, mais elles ne faisaient que dissimuler la réelle beauté de Padmé. Porter l'une de ces coiffures si complexes ne faisait que cacher ses cheveux bruns et soyeux. Maquiller son visage de blanc et de rouge vif masquait la douceur naturelle de sa peau. Les broderies de ces élégantes robes détournaient l'attention des formes exquises de son corps.

C'était ainsi qu'Anakin la préférait, lorsque ses vêtements se contentaient de rehausser sa beauté naturelle.

— Voilà ma maison ! cria Padmé soudainement, tirant Anakin de sa plaisante rêverie.

Il suivit son regard jusqu'à une simple mais élégante demeure, entourée – comme presque tout sur Naboo – par des fleurs, des arbustes et des haies. Padmé se mit à courir vers la porte. Anakin ne la suivit pas tout de suite. Il étudia la maison, chaque ligne, chaque détail, essayant de s'imprégner de l'environnement dans lequel la jeune femme avait vu le jour. Elle lui avait raconté tellement d'histoires de son enfance au cours du voyage en provenance de Coruscant, des histoires se déroulant dans cette maison, qu'Anakin était à présent capable de se les rejouer dans sa tête, de les replacer dans leur contexte, maintenant que le jardin s'étalait devant lui.

— Qu'est-ce qu'il y a ? lui demanda Padmé à quelque distance de là, remarquant qu'il ne la suivait pas. Ne me dis pas que tu es timide !

— Non, mais je... commença à répondre Anakin, arraché à sa réflexion, avant d'être interrompu par les cris de deux petites filles qui venaient de faire irruption par la porte du jardin pour courir à la rencontre de la jeune femme.

— Tante Padmé ! Tante Padmé !

Le visage de Padmé rayonna d'un sourire qu'Anakin

ne lui avait jamais vu. Elle se précipita vers les petites filles et se pencha pour les attraper toutes deux dans ses bras. Les gamines étaient à peine âgées de quelques années, l'une d'entre elles plus grande que l'autre. La plus petite avait des cheveux courts, blonds et bouclés. Ceux de la plus grande ressemblaient aux cheveux de Padmé.

— Ryoo ! Pooja ! cria Padmé, enlaçant les deux petites pour les soulever dans ses bras. Je suis si contente de vous voir !

Elle les embrassa et les reposa à terre. Puis elle les prit par la main et les conduisit jusqu'à Anakin.

— Voici Anakin. Anakin, je te présente Ryoo et Pooja !

Les gamines le saluèrent timidement et le rouge qui leur monta au joue déclencha un éclat de rire chez Padmé et un sourire gêné chez Anakin. Le jeune homme semblait au moins aussi embarrassé que les deux fillettes.

Leur timidité ne dura pas lorsqu'elles remarquèrent le petit droïde qui arrivait derrière Anakin, roulant aussi vite que possible pour rejoindre le groupe.

— R2 ! crièrent les petites filles à l'unisson, quittant l'étreinte de Padmé pour courir vers le droïde et couvrir sa tête hémisphérique de bises affectueuses.

R2 eut l'air tout aussi ravi, il se mit à siffler et à chantonner très joyeusement. Anakin ne l'avait jamais entendu s'exprimer pareillement.

Le Padawan ne put s'empêcher d'être touché par la scène. C'était là une vision de l'innocence qui lui était parfaitement inconnue.

Non, pas vraiment, dut-il admettre. Shmi était parvenue, quelques fois, à trouver le moyen d'apporter un peu de joie à la rudesse de leur vie d'esclaves sur Tatooine. À leur façon, sur cette planète poussiéreuse, sale, brûlante et nauséabonde, Anakin et sa mère étaient arrivés à se réserver quelques instants de joie innocente.

Ici, cependant, de tels instants semblaient plus appartenir à la norme qu'à l'exception.

Anakin se tourna vers Padmé et découvrit qu'elle ne

regardait plus dans sa direction mais vers la maison. Une autre femme, qui lui ressemblait beaucoup, venait d'apparaître sur le porche.

Elle lui ressemblait, certes, mais de petites différences apparaissaient. Elle était un peu plus âgée, un peu plus ronde, un peu plus... usée. Ce furent les seuls mots qui vinrent à l'esprit d'Anakin. Cela n'avait rien de péjoratif, bien au contraire, songea-t-il en regardant Padmé et l'autre femme s'enlacer affectueusement. Voilà à qui pourrait ressembler Padmé si elle décidait de se poser, de profiter de la vie. Face à une ressemblance aussi frappante, Anakin ne fut guère surpris quand Padmé lui présenta l'autre femme comme étant sa sœur Sola.

— Maman et Papa vont être contents de te voir, dit Sola à Padmé. Les dernières semaines ont été un peu dures.

Padmé fronça les sourcils. Elle savait bien que l'information concernant la tentative d'assassinat à son égard était arrivée jusqu'aux oreilles de ses parents. Pour elle, c'était probablement la chose la plus pénible qui soit.

Anakin s'en rendit compte en observant le visage de la jeune femme. Il comprit bien ce qu'elle ressentait, et son amour pour elle, pour sa nature si généreuse, n'en fut que renforcé. Padmé n'avait pas peur de grand-chose, en vérité. Elle était capable de faire face à la situation actuelle, à cette terrible réalité qui impliquait qu'on en veuille à sa vie, avec détermination et courage. La seule chose qui la troublait réellement, en dehors des ramifications politiques et du fait que sa position au Sénat puisse être affaiblie, était l'effet que cette réalité pourrait avoir sur les gens qu'elle aimait. Elle ne souhaitait aucunement causer le moindre mal aux membres de sa famille.

Anakin, qui avait laissé sa mère à son sort d'esclave sur Tatooine, comprenait parfaitement ce sentiment.

— Maman est en train de faire à dîner, expliqua Sola, changeant généreusement de sujet après avoir remarqué le malaise éprouvé par Padmé. Comme d'habitude, ta notion de l'heure est excellente !

Elle retourna vers la maison. Padmé attendit qu'Anakin

arrive à sa hauteur puis elle lui prit la main, le regarda en souriant et le conduisit vers la demeure familiale. R2-D2 se mit à rouler à leur suite, Ryoo et Pooja gambadant toujours autour de lui.

L'intérieur de la maison était tout aussi merveilleux, tout aussi coloré et plein de vie que l'était le jardin. Il n'y avait pas de lumière aveuglante, pas de console en train de sonner, ni d'écran d'ordinateur en train de clignoter. Le mobilier était accueillant et confortable. Le sol était en pierres polies, recouvertes de moelleux tapis.

Ce n'était pas le type de bâtiment qu'Anakin avait pu voir sur Coruscant, ni le type de baraquement que l'on rencontrait sur Tatooine. Non, observer cet endroit, cette rue, ce jardin, cette maison ne fit que renforcer la confiance d'Anakin dans la déclaration qu'il avait faite à Padmé quelque temps auparavant : s'il avait eu la possibilité de grandir sur Naboo, il n'en serait jamais parti.

La rencontre suivante fut un peu plus délicate, mais la gêne ne fut que de courte durée. Padmé présenta Anakin à son père, Ruwee, un homme aux larges épaules, au visage épanoui, exprimant à la fois rudesse et compassion. Il portait des cheveux bruns coupés très court. Ce n'était pas spécialement élégant, mais ça semblait pratique et confortable. Padmé lui présenta ensuite Jobal et le Padawan comprit immédiatement, sans qu'on le lui dise, qu'il s'agissait de la mère de la jeune femme. Dès qu'il la vit, Anakin devina de qui Padmé tenait son sourire sincère et innocent, cette expression à même de désarmer une meute de pillards gamorréens assoiffés de sang. Le visage de Jobal reflétait cette même qualité réconfortante, cette même générosité évidente.

Peu de temps après, Anakin, Padmé et Ruwee s'assirent à la table du dîner. Ils demeurèrent silencieux, à écouter les bruits en provenance de la pièce voisine, les claquements des assiettes et des tasses en céramique, et Sola qui ne cessait de répéter : « Tu en as fait beaucoup trop, Maman ! » À chaque fois qu'elle disait cela, Padmé et Ruwee s'adressaient en souriant un regard entendu.

— Mais enfin, tu imagines vraiment qu'on les a laissés

crever de faim pendant tout le voyage depuis Coruscant ? lança Sola d'un ton exaspéré par-dessus son épaule tout en quittant la cuisine.

Elle gagna la table, apportant avec elle un saladier plein de nourriture.

— Il y a de quoi alimenter toute la ville, c'est ça ? demanda doucement Padmé à Sola pendant que sa sœur aînée déposait le plat sur la table.

— Tu connais Maman... répondit Sola.

Au ton, Anakin devina qu'il ne devait pas s'agir d'un incident isolé et que Jobal savait effectivement recevoir ses invités. Même s'il avait mangé récemment, le plat chargé de nourriture sentait incroyablement bon et lui sembla particulièrement appétissant.

— Personne n'a jamais quitté cette maison affamé, expliqua Sola.

— Ah, si, une fois, la corrigea Padmé. Mais Maman a couru après l'invité dans la rue pour le ramener ici.

— Pour le nourrir ou pour le passer à la casserole ? rétorqua le Padawan.

Les trois autres le regardèrent un moment. Puis ils comprirent la plaisanterie et éclatèrent de rire.

Ils étaient toujours en train de pouffer lorsque Jobal pénétra dans la pièce, apportant avec elle un autre plat – encore plus grand que le premier –, garni de victuailles fumantes. Les rires reprirent de plus belle. La mère de Padmé lança un regard sévère à sa famille et les gloussements cessèrent petit à petit.

— Ils sont arrivés juste à temps pour le dîner, annonça-t-elle. Moi au moins, je sais ce que cela signifie. (Elle installa le plat juste devant Anakin et posa une main sur l'épaule du jeune homme.) J'espère que tu as faim, Anakin.

— Un petit peu, répondit-il, levant les yeux vers elle en lui souriant.

Cette expression de gratitude n'échappa pas à Padmé. Elle lança un petit clin d'œil à Anakin puis se tourna vers sa mère.

— C'est de la politesse, Maman, dit-elle. Je t'assure que nous mourons de faim.

Jobal sourit généreusement tout en adressant un regard supérieur à Sola et Ruwee, qui ne purent se retenir de pouffer à nouveau. Pour Anakin, tout semblait si agréable, si naturel… Tout cela ressemblait tellement à la vie qu'il avait tant souhaitée, jusque-là sans le savoir. L'instant était parfait, absolument parfait. Sauf que Shmi n'était pas là.

Son visage s'assombrit brièvement en repensant à sa mère sur Tatooine. Il réfléchit quelques instants aux rêves pénibles qui, depuis quelque temps, hantaient son sommeil. Il chassa prestement ces pensées et regarda autour de lui, heureux de constater que personne n'avait remarqué son brusque changement d'humeur.

— Eh bien, si vous mourez de faim, vous êtes venus au bon endroit au bon moment, dit Ruwee. Attaque, mon gars ! lança-t-il enfin à Anakin.

Jobal et Sola allèrent s'asseoir et commencèrent à faire circuler les plats à la ronde. Anakin se servit copieusement en puisant dans divers récipients. Les mets lui étaient inconnus, mais les délicieux fumets lui signalèrent qu'il ne serait certainement pas déçu. Il resta assis à déguster tranquillement ce qu'il y avait dans son assiette, écoutant d'une oreille distraite les conversations qui allaient bon train autour de lui. Il repensa à Shmi. Comme il aimerait l'amener ici, en tant que femme libre, pour qu'elle puisse profiter enfin de la vie qu'elle méritait !

Quelques minutes s'écoulèrent et Anakin, attiré par le ton de sérieux qui venait soudainement de poindre dans la voix de Jobal, reporta son attention sur la discussion.

— Ma chérie, je suis heureuse de te voir en bonne santé. On s'est fait du souci, tu sais ?

Anakin se tourna vers Padmé juste à temps pour la voir adresser à sa mère un regard désapprobateur. Ruwee, essayant visiblement d'apaiser la tension avant que les choses ne s'enveniment, posa une main sur le bras de son épouse.

— Chérie… commença-t-il doucement.

— Oui, je sais, je sais ! l'interrompit Jobal, soudainement très agitée. Mais il fallait que je le dise. Voilà, maintenant, c'est fait !

Sola s'éclaircit la gorge.

— Eh bien, c'est drôlement passionnant de te rencontrer, Anakin, dit-elle quand elle eut enfin l'attention de tout le monde. Tu sais, je crois que tu es le premier petit ami que ma frangine nous ramène à la maison...

— Sola ! s'exclama Padmé, levant les yeux au ciel. Anakin n'est pas mon petit ami ! C'est un Jedi, assigné par le Sénat à ma protection.

— Un garde du corps, alors ? demanda Jobal, très préoccupée. Oh, Padmé, tu ne nous avais pas dit que c'était si grave !

Padmé soupira et laissa échapper un petit grognement.

— Mais ce n'est pas si grave, Maman, je te le promets. En plus, Anakin est un ami. Ça fait des années que je le connais. Tu te souviens de ce petit garçon qui était avec les Jedi pendant l'embargo ?

Quelques « Ah ! » de reconnaissance, accompagnés de hochements de tête, fusèrent en guise de réponse. Padmé sourit à Anakin.

— Et il a grandi, ajouta-t-elle avec suffisamment de conviction pour bien faire comprendre au jeune homme qu'elle avait révisé sa précédente opinion à son sujet.

Anakin regarda Sola et nota que celle-ci était en train de l'observer, de le scruter avec attention. Mal à l'aise, il changea de position sur sa chaise.

— Ma fille, quand vas-tu enfin te poser, hein ? reprit Jobal. Tu n'en as pas assez de cette vie que tu mènes ? Moi, en tout cas, je n'en peux plus !

— Maman, je ne suis pas en danger, insista Padmé en prenant la main d'Anakin dans la sienne.

— Et à ton avis ? s'empressa de demander Ruwee au Padawan.

Ce dernier regarda le père de Padmé et décela une réelle inquiétude. Cet homme qui, visiblement, aimait tellement sa fille devait savoir la vérité.

— Oui, j'ai bien peur qu'elle le soit.

En prononçant ces paroles, Anakin sentit la main de Padmé se serrer sur la sienne.

— Mais pas tant que ça ! ajouta rapidement la jeune femme. (Elle se tourna vers le Padawan en le foudroyant du regard, l'air de dire : « Tu vas me le payer ! ») N'est-ce pas, Anakin ? dit-elle doucement entre ses dents, serrant la mâchoire de façon menaçante.

— Le Sénat a jugé plus prudent de la tenir quelque temps à l'écart, sous la protection des Jedi, enchaîna Anakin d'un ton débonnaire, ne laissant rien trahir de la douleur qu'il éprouvait au fur et à mesure que Padmé enfonçait ses ongles plus profondément dans sa chair. Mon Maître, Obi-Wan, est à l'heure actuelle en train de s'occuper de la question. Tout devrait rentrer dans l'ordre rapidement, conclut-il.

Padmé lâcha prise et il respira un peu plus facilement. Ruwee et Jobal semblèrent, eux aussi, se détendre. Anakin comprit qu'il avait correctement agi, mais il fut surpris de constater que Sola le regardait toujours, souriant toujours, comme si elle venait de percer un secret.

Il lui adressa un regard perplexe et elle se contenta de sourire de plus belle.

— Parfois, je regrette de ne pas plus voyager, admit Ruwee à l'intention d'Anakin, alors que tous deux marchaient dans le jardin après le dîner. Mais je dois avouer que je suis très heureux ici.

— Padmé m'a dit que vous étiez enseignant à l'université.

— Exact. Et avant, j'étais entrepreneur de chantiers, répondit Ruwee en hochant la tête. J'ai aussi travaillé un moment pour le Mouvement de Soutien aux Réfugiés, quand j'étais très jeune.

Anakin se tourna vers lui, pas vraiment surpris.

— Vous semblez tous particulièrement intéressés par les services publics, remarqua-t-il.

— Naboo est généreuse, expliqua Ruwee. La planète elle-même, j'entends. Nous avons tout ce que nous voulons, tout ce que nous pourrions souhaiter. La nourriture est abondante, le climat agréable, et l'environnement...

— Magnifique, intervint Anakin.

— Effectivement, dit Ruwee. Nous sommes des gens très chanceux et nous le savons. Cette chance ne devrait pas être considérée comme un acquis. Alors nous essayons de partager, nous essayons de rendre service. C'est notre manière à nous de dire que nous sommes prêts à ouvrir les bras aux plus défavorisés. Nous ne revendiquons pas la propriété de ce que nous possédons. Nous avons juste l'impression d'avoir été bénis de pouvoir ainsi bénéficier de plus de choses que nous n'en méritons réellement. C'est ainsi que nous partageons, c'est comme cela que nous fonctionnons. Cette façon d'agir nous conforte dans l'idée que nous ne devons pas nous consacrer exclusivement à nos petites personnes, c'est beaucoup plus gratifiant que de se rendre compte que nous profitons de façon désinvolte de notre bonne étoile.

Anakin médita les propos de Ruwee pendant quelques instants.

— Je suppose que c'est pareil pour nous, les Jedi, dit-il. Nous possédons des dons extraordinaires et nous travaillons dur pour en tirer le meilleur parti. Ensuite, nous utilisons nos pouvoirs pour aider la galaxie, pour faire en sorte que les choses soient meilleures.

— Et pour faire en sorte que ceux que vous aimez soient protégés ?

Anakin le regarda, comprenant la signification de sa question, et sourit. Il nota une trace de respect dans le regard de Ruwee. De respect et de gratitude. Il en fut très heureux. Il comprit que si Ruwee et Jobal ne l'avaient pas apprécié, lui, sa relation avec la jeune femme en aurait été grandement perturbée.

Il était heureux d'être venu jusqu'ici, non seulement pour accompagner Padmé mais aussi pour la protéger.

À l'intérieur de la maison, Padmé, Sola et Jobal étaient

en train de débarrasser la table des dernières assiettes et plats encore chargés de nourriture. Padmé remarqua une certaine tension dans les gestes de sa mère. Elle savait que les événements récents – les tentatives d'assassinat, les rixes au Sénat à propos d'un problème qui pouvait plonger la galaxie dans un conflit généralisé – pesaient lourdement sur les épaules de Jobal.

Elle se tourna alors vers Sola, afin d'essayer de déceler chez sa sœur un moyen quelconque d'alléger cette tension. Tout ce qu'elle rencontra fut une expression de curiosité évidente qui la déstabilisa encore plus que l'air inquiet de sa mère.

— Pourquoi ne nous as-tu jamais parlé de lui auparavant ? demanda Sola avec un petit sourire en coin.

— Qu'est-ce que tu veux que je te dise ? répondit Padmé, d'un air aussi détaché que possible. Anakin est encore un gamin…

— Un gamin ? répéta Sola en éclatant de rire. Tu as vu comment il te regarde ?

— Sola ! Arrête !

— C'est évident qu'il éprouve quelque chose pour toi, continua Sola. Est-ce que tu veux me faire croire, ma toute petite sœur, que tu n'as rien remarqué ?

— Je ne suis pas ta toute petite sœur, Sola, dit Padmé sèchement, d'un ton qui était en train de virer à la consternation. Anakin et moi, nous sommes amis. Notre relation est strictement professionnelle.

Sola sourit à nouveau.

— Maman ? Tu veux bien lui demander d'arrêter ? explosa Padmé, aussi gênée que furieuse.

Sola laissa échapper un rire tonitruant.

— Eh bien, je crois savoir pourquoi tu n'as pas remarqué sa façon de te regarder. C'est parce que ça te fait peur.

— La ferme !

Jobal s'interposa entre ses deux filles. Elle adressa un regard sévère à Sola puis elle se tourna vers Padmé.

— Sola est inquiète, ma chérie, dit-elle.

Ses mots résonnèrent dans la tête de Padmé comme

ceux d'une mère essayant de protéger une fillette sans défense.

— Oh, Maman, tu es vraiment impossible, dit Padmé en poussant un soupir de résignation. Mon travail est plus important.

— Tu as déjà rendu tous les services possibles à cette planète, répondit Jobal. Tu ne crois pas qu'il faudrait envisager de te réserver un peu de temps à toi ? Tu n'as pas idée de ce que tu rates !

Padmé pencha la tête en arrière et ferma les yeux, essayant d'accepter toutes les bonnes intentions qui imprégnaient les propos de sa mère. L'espace d'un instant, elle regretta d'être revenue jusqu'au foyer familial, pour voir toujours les mêmes choses, entendre toujours les mêmes rengaines.

L'espace d'un instant, seulement. Tout bien réfléchi, Padmé dut admettre que, en vérité, elle était heureuse d'avoir près d'elle des gens qui l'aimaient tant, qui se souciaient à ce point de son bien-être.

Elle adressa à sa mère un sourire apaisant. Jobal hocha la tête et caressa le bras de sa fille. Padmé se tourna ensuite vers Sola et vit que sa sœur souriait toujours.

Qu'avait-elle encore bien pu deviner ?

— Maintenant, dis-le-moi franchement, mon garçon. Est-ce que tout ceci est vraiment sérieux ? demanda brutalement Ruwee, alors qu'Anakin et lui revenaient vers la porte de la maison. Est-ce que ma fille est réellement en danger ?

Anakin n'hésita pas une seule seconde, comprenant, comme déjà au cours du dîner, que le père de Padmé méritait qu'on lui réponde honnêtement.

— On a déjà, par deux fois, attenté à sa vie. Il y a des chances pour que cela se reproduise. Mais je ne vous ai pas menti et je n'ai pas tenté de minimiser les choses. Mon Maître est bien sur la trace des assassins. Je suis sûr qu'il va bientôt découvrir leur identité et qu'il va s'occuper d'eux. Cette situation ne durera pas.

— Je ne veux pas qu'il arrive quoi que ce soit à ma

fille, dit Ruwee, avec tout le sérieux d'un parent inquiet pour son enfant bien-aimée.

— Moi aussi, lui assura Anakin avec la même gravité.

Padmé dévisageait sa sœur aînée. Celle-ci finit par craquer.

— Quoi ? demanda-t-elle.

Elles étaient toutes deux seules, pendant que Jobal et Ruwee discutaient avec Anakin dans le salon.

— Pourquoi n'arrêtes-tu pas tes insinuations à propos d'Anakin et moi, hein ?

— Parce que c'est évident, répondit Sola. Tu vois ? Tu n'arrives même pas à le nier !

Padmé soupira et s'assit sur le lit. Sa réaction et son attitude fournirent à Sola la confirmation dont elle avait besoin.

— Je croyais que les Jedi n'avaient pas le droit de penser à de telles choses, remarqua Sola.

— Ils ne l'ont pas.

— Mais, apparemment, Anakin le prend, lui. (Les paroles de Sola obligèrent Padmé à regarder sa sœur droit dans les yeux.) Et tu sais que j'ai raison.

Padmé secoua la tête, l'air désespérée. Sola éclata de rire.

— Tu te comportes plus en Jedi que lui ! dit-elle. Alors que tu ne devrais pas.

— Qu'est-ce que tu veux dire ?

Padmé se demanda si, oui ou non, elle devrait prendre ombrage des propos de sa sœur, ne sachant pas très bien où celle-ci voulait en venir.

— Tu es tellement empêtrée dans tes responsabilités que tu ne te soucies même pas de tes propres désirs, expliqua Sola. Tu ne fais pas attention aux sentiments que tu pourrais avoir envers Anakin.

— Tu ne sais rien de mes sentiments envers Anakin.

— Et toi non plus, apparemment, dit Sola. Parce que tu ne veux même pas prendre la peine d'y réfléchir. La vie de Sénateur et celle de compagne ne sont pas totalement incompatibles, tu sais ?

— Mon travail est plus important !

— Qui a dit qu'il ne l'était pas ? demanda Sola, levant les mains devant elle pour apaiser la tension de sa sœur. C'est marrant, Padmé, parce que tu agis comme si on t'interdisait des choses alors que ce n'est pas le cas, tandis qu'Anakin, lui, se comporte comme si tout lui était autorisé, ce qui est loin d'être vrai !

— Tu n'as pas l'impression d'aller un peu vite en besogne, là, non ? dit Padmé. Anakin et moi ne sommes ensemble que depuis quelques jours seulement. Et cela faisait près de dix ans que je ne l'avais pas vu !

Sola haussa les épaules. Son expression se modifia. Ce sourire en coin qu'elle arborait depuis le début du dîner céda la place à une réelle inquiétude pour sa sœur. Elle vint s'asseoir sur le lit et passa ses bras autour des épaules de Padmé.

— Je ne sais rien des détails, tu as raison. Je ne sais pas ce que tu ressens, je ne connais rien de la situation. Je sais seulement qu'il éprouve quelque chose à ton égard et que tu l'as remarqué.

Padmé ne la contredit pas. Elle resta assise sur le lit, confortablement enlacée par les bras de sa sœur, regardant ses pieds, essayant de ne pas penser.

— Et tu es effrayée, déclara Sola. (Surprise, Padmé releva les yeux vers elle.) De quoi as-tu peur, ma vieille ? demanda Sola avec sincérité. Des sentiments que peut éprouver Anakin et des responsabilités auxquelles il ne peut tourner le dos ?

D'un geste délicat, elle prit le menton de Padmé dans sa main et elles se regardèrent directement dans les yeux, leurs visages à quelques centimètres l'un de l'autre.

— J'ignore ce que tu ressens, admit-elle à nouveau. Mais j'ai l'impression que c'est, pour toi, quelque chose de tout nouveau. Quelque chose d'effrayant et de merveilleux.

Padmé ne dit rien, sachant que nier les propos de sa sœur serait malhonnête de sa part.

— Pas évident de tous les rencontrer d'un coup au cours de la même soirée, hein ? dit Padmé à Anakin un peu plus tard.

Ils se trouvaient tous deux dans la chambre de la jeune femme. À peine avait-elle défait ses bagages qu'elle s'occupait déjà à entasser d'autres affaires dans un sac. Des vêtements différents, cette fois, moins formels que les tenues qu'elle était obligée de porter en tant que représentante de Naboo.

— Ta mère est une excellente cuisinière, répondit Anakin.

Sa remarque lui attira un regard surpris de la part de Padmé. Cette dernière finit par se rendre compte qu'il plaisantait et qu'il avait parfaitement compris ce qu'elle avait voulu insinuer.

— Tu as de la chance d'avoir une famille si merveilleuse, dit Anakin, plus sérieusement. Peut-être que tu pourrais envisager de faire cadeau de certaines de tes affaires à ta frangine, non ? ajouta-t-il en souriant.

Padmé pouffa et observa le tas de vêtements qui se trouvait devant elle. Anakin n'avait peut-être pas totalement tort.

— Ne t'en fais pas, lui assura-t-elle. Je n'en ai pas pour longtemps.

— Je ne m'en fais pas, j'aimerais simplement que nous arrivions à destination avant qu'il fasse complètement nuit. Quelle que soit cette destination, d'ailleurs. (Anakin reprit son inspection de la pièce, stupéfait par le nombre de placards, tous pleins.) Tu habites toujours chez tes parents ? dit-il en secouant la tête. Je ne m'attendais pas à cela de ta part.

— Je voyage tellement, répondit Padmé. Je n'ai jamais pris le temps de me chercher un logement bien à moi. Je ne suis pas certaine d'en avoir envie, en fait. Les résidences officielles n'ont aucune chaleur. Ce n'est pas comme ici. Ici, je me sens bien, je me sens chez moi.

La simplicité de sa déclaration força Anakin à réfléchir quelques instants.

— Je n'ai jamais eu de vraie maison, dit-il, plus pour

lui-même que pour Padmé. Pour moi, une maison, ce serait là où se trouverait ma mère.

Il leva les yeux vers Padmé et trouva un certain réconfort dans son regard plein de compassion. La jeune femme retourna à ses préparatifs.

— Tu vas voir, la contrée des lacs est vraiment magnifique, commença-t-elle à lui expliquer.

Elle s'interrompit, le regarda et découvrit qu'il observait un petit hologramme d'un air attendri.

— C'est toi, là ? demanda-t-il, désignant une fillette, d'à peine sept ou huit ans, entourée de plusieurs douzaines de petites créatures verdâtres souriantes, tenant l'une d'entre elles dans ses bras.

Padmé éclata d'un rire gêné.

— Oui, c'est quand je suis allé sur Shadda-Bi-Boran avec le Mouvement de Soutien aux Réfugiés. Leur soleil était sur le point d'imploser et la planète était condamnée. J'ai aidé au rapatriement des enfants. (Elle vint se poster à côté d'Anakin, posa une main sur son épaule et indiqua la petite créature qu'elle tenait dans ses bras sur le cliché.) Tu vois celui-là ? Eh bien, il s'appelait N'a-kee-tula, ce qui signifie « adorable ». Il était si plein de vie. Tous ces gosses l'étaient.

— L'étaient ?

— Ils n'ont jamais pu s'adapter, expliqua-t-elle d'un ton grave. Ils n'ont jamais réussi à vivre loin de leur planète natale.

Anakin frissonna, puis s'empara prestement d'un autre hologramme, qui représentait Padmé, quelques années plus tard. Elle portait une tenue officielle et était flanquée de deux législateurs, un peu plus âgés, mais vêtus de la même façon qu'elle. Il posa à nouveau les yeux sur le premier cliché, puis sur le second, notant que l'expression de Padmé y était beaucoup plus sévère.

— Ma première journée en tant qu'apprentie législatrice, expliqua Padmé. Tu remarques une différence ? ajouta-t-elle, comme si elle venait de lire dans ses pensées.

Anakin étudia les deux hologrammes pendant un

long moment, puis releva la tête et éclata de rire, se rendant compte que Padmé arborait toujours cette même expression de gravité. Elle se mit à rire, elle aussi, serra affectueusement son épaule et retourna à ses bagages.

Anakin reposa les hologrammes côte à côte sur l'étagère et les détailla longtemps, très longtemps. Ils représentaient deux facettes de cette femme qu'il aimait tant.

15

L'aqua-speeder filait au-dessus de la surface du lac, ses propulseurs ascensionnels ne laissant derrière lui qu'un sillage très léger, presque indiscernable. De temps à autre, l'étrave fendait la crête d'une vague et de fins embruns s'abattaient sur la proue du navire. Anakin et Padmé semblaient se délecter de cette eau fraîche et du vent, les yeux mi-clos. La luxuriante chevelure brune de la jeune femme flottait librement derrière elle.

À leurs côtés, assis aux commandes, Paddy Accu s'esclaffait à chaque vague, ses cheveux grisonnants s'ébouriffant à chaque nouvelle bourrasque.

— C'est toujours mieux quand on rase la surface de l'eau ! cria-t-il de sa voix rocailleuse pour couvrir le vent et le bruit du speeder. Ça vous dit ?

Padmé se tourna vers lui et lui adressa un sourire sincère. L'homme aux cheveux gris tira sur la commande des gaz.

— C'est encore plus rigolo quand on se pose ! expliqua-t-il. Ça vous plairait, Sénateur ?

Padmé et Anakin lui lancèrent de concert un regard chargé de curiosité, ne comprenant pas vraiment ce qu'il voulait dire.

— Heu, nous pensions nous rendre sur cette île, remarqua Anakin avec une pointe d'inquiétude dans la voix.

— Oh, vous allez y arriver, dit Paddy Accu en laissant fuser un rire sifflant.

Il poussa sur un levier et le vaisseau s'aplatit dans l'eau.

— Paddy ? demanda Padmé.

L'homme se mit à rire de plus belle.

— Ne me dites pas que vous avez oublié ! tonna-t-il, enclenchant de nouveau la commande des gaz.

Le speeder prit de la vitesse. Un véritable rodéo sur les flots ondoyants du lac se substitua au calme du vol en rase-mottes au-dessus de l'eau.

— Oh non ! lui dit Padmé. Je n'ai rien oublié du tout.

Passé le choc initial, après avoir posé les yeux alternativement sur Padmé et sur Paddy, se demandant si ce dernier n'était pas en train de leur monter un mauvais coup, Anakin se prêta vite au jeu. Il se laissa porter par les mouvements syncopés de l'engin.

Les embruns, à présent, leur fouettaient le visage de façon continue, à chaque fois que la proue crevait une vague.

— C'est merveilleux ! s'exclama Padmé.

Anakin était on ne peut plus d'accord.

— Et dire qu'on passe tellement de temps à essayer de contrôler les choses ! enchaîna-t-il.

Son esprit se mit à vagabonder, Anakin repensant à ses jeunes années sur Tatooine, alors qu'il avait l'habitude de flirter avec le désastre au cours de folles épreuves de Podracing. Cette cavalcade n'en était pas si éloignée que cela. Paddy, qui n'avait pas l'air si pressé de rejoindre la zone d'appontage de l'île, manœuvrait le speeder d'une vague à une autre, dévalant creux et bosses, zigzaguant à travers le lac. Anakin fut vraiment très surpris de constater que cette petite modification, naviguer plutôt que voler en douceur au-dessus de l'eau, venait de changer soudainement la vision qu'il avait du voyage. Il savait bien qu'en vérité la technologie avait dompté les éléments. Certes, il s'agissait d'une amélioration en termes d'efficacité et de confort, mais Anakin dut se rendre à l'évidence, certaines choses avaient été perdues. Comme le fait de vivre en permanence en marge d'un désastre. Ou bien, plus simplement, de ressentir les sensations grisantes d'une balade comme celle-ci, bondir de vague en vague, laisser l'eau glacée vous asperger et le vent vous gifler le visage.

À un moment, Paddy inclina tellement le speeder dans un virage qu'Anakin et Padmé crurent qu'ils allaient capoter. Le Padawan faillit faire appel à la Force pour maintenir le navire sur sa trajectoire, mais il préféra s'en abstenir pour mieux profiter des frissons du voyage.

Et ils ne se renversèrent pas. Paddy était un véritable expert du pilotage, il savait comment pousser son speeder dans ses derniers retranchements sans pour autant mettre sa vie et celle de ses passagers en danger. Quelques minutes plus tard, il ralentit et laissa l'engin dériver doucement vers le pont d'accostage.

Padmé attrapa la main du vieil homme et se pencha pour l'embrasser sur la joue.

— Merci !

Anakin fut stupéfait de voir que, en dépit de son teint buriné, l'homme venait de rougir.

— C'était… très amusant, déclara-t-il.

— Si ce n'était pas amusant, je n'en verrais même pas l'intérêt ! répondit l'homme à l'allure bourrue en éclatant d'un rire sonore.

Paddy rangea le speeder le long du ponton et Anakin sauta à terre. Il se pencha pour prendre la main de Padmé, afin qu'elle ne tombe pas pendant le débarquement. De l'autre main, la jeune femme attrapa sa valise.

— Je vais m'occuper du reste des affaires, proposa Paddy. (Padmé le regarda en souriant.) Vous deux, allez faire un tour, explorez les environs. Inutile de perdre votre temps avec vos bagages !

— Perdre du temps… répéta Padmé avec une authentique pointe de nostalgie dans la voix.

Le jeune couple s'engagea sur une longue volée de marches en bois. Ils passèrent entre des massifs de fleurs et de buissons grimpants. Ils atteignirent une terrasse qui dominait un superbe jardin. Au-delà s'étendaient le lac étincelant et une chaîne de montagnes, dans un magnifique dégradé de bleus et de violets.

Padmé, les bras croisés, s'appuya à la balustrade et laissa son regard se perdre sur le splendide paysage.

— On voit les montagnes se refléter dans l'eau, remarqua Anakin, secouant la tête et souriant.

L'eau était lisse, la luminosité parfaite. Le reflet sur les flots apparaissait presque comme une réplique exacte.

— Bien sûr ! acquiesça Padmé sans bouger.

Le Padawan la regarda jusqu'à ce qu'elle se tourne vers lui.

— Pour toi, c'est peut-être évident, dit-il. Mais, là où j'ai grandi, il n'y avait pas un seul lac. Quand je vois autant d'eau, quand je peux discerner autant de détails, ça me...

Il laissa sa phrase en suspens et secoua la tête, visiblement subjugué.

— Ça te stupéfie ?

— Et ça me fait du bien, ajouta-t-il avec un sourire chaleureux.

Padmé se tourna à nouveau vers le lac.

— Je suppose que c'est difficile de conserver toujours la même appréciation pour certaines choses, admit-elle. Mais, même après toutes ces années, j'arrive toujours à me délecter de la beauté du reflet des montagnes à la surface de l'eau. Je pourrais admirer cela toute la journée, tous les jours...

Anakin s'approcha de la balustrade, juste à côté d'elle, tout près d'elle. Il ferma les yeux et huma l'exquis parfum de Padmé, sentit la chaleur de sa peau.

— Quand j'étais élève de niveau trois, il nous arrivait de venir jusqu'ici avec l'école. (Elle désigna une autre île, plus loin sur le lac.) Tu vois cette île ? On venait y nager tous les jours. J'adore l'eau.

— Moi aussi. Mais je suppose que, pour moi, c'est parce que j'ai grandi sur une planète désertique.

Il la regarda à nouveau et laissa ses yeux se noyer dans sa beauté. Il était persuadé que la jeune femme pouvait sentir qu'il était en train de l'observer mais elle continua, délibérément, à regarder la vaste étendue d'eau.

— Après, nous restions étendus sur le sable. Nous

laissions le soleil nous sécher, tout en essayant de deviner le nom des oiseaux qui chantaient.

— Je n'aime pas le sable. C'est granuleux, sec, irritant. Et puis, ça se colle partout.

Padmé se tourna enfin pour le regarder.

— C'est peut-être pas comme ici, continua Anakin. Mais sur Tatooine, c'est le cas. Tout est comme ça sur Tatooine. Ici, tout est doux, tout est lisse.

Tout en finissant sa phrase, à peine conscient de son geste, il tendit la main et caressa le bras de Padmé.

Il faillit prestement s'interrompre et reculer lorsqu'il réalisa enfin ce qu'il était en train de faire mais, puisque Padmé ne semblait y voir aucune objection, il décida de rester tout près d'elle. Elle lui parut hésitante, un peu effrayée, mais elle ne s'écarta pas non plus.

— Il y avait un vieil homme qui vivait sur cette île, dit-elle. (Ses yeux bruns se perdirent sur l'horizon, ils semblèrent ainsi remonter le fil des années.) Il fabriquait du verre à partir du sable. Et, à partir de ce verre, il fabriquait des vases et des colliers. C'était magique !

Anakin s'approcha un peu plus d'elle et la regarda intensément jusqu'à ce qu'elle finisse par tourner la tête vers lui.

— Tout est magique, ici, dit-il.

— Quand on regardait à travers ses objets en verre, on pouvait discerner l'eau. On pouvait la voir onduler. C'était presque réel, sauf que cela ne l'était pas.

— Certaines fois, quand on croit à la réalité des choses, eh bien elles deviennent réelles.

Anakin crut un instant qu'elle allait détourner les yeux. Mais elle ne le fit pas. Elle plongea son regard dans le sien. Il en fit de même.

— À l'époque, je croyais qu'on pouvait se noyer à force de trop regarder dans ces objets en verre… dit-elle, sa voix pareille à un murmure.

— Je pense que c'est vrai…

Tout en parlant, il se pencha sur elle. Ses lèvres caressèrent les siennes. L'espace d'un instant, elle ne résista pas, elle ferma les yeux et s'abandonna. Anakin se pencha un peu plus. Le baiser se fit plus fort, plus profond. Leurs lèvres se pressèrent doucement les unes contre les autres. Lui aussi pourrait s'abandonner, là, maintenant, il pourrait l'embrasser ainsi pendant des heures, pour toujours…

Mais Padmé recula soudainement, comme se réveillant en sursaut.

— Non, je n'aurais pas dû faire ça…

— Je suis désolé, dit Anakin. Quand je suis près de toi, ma raison semble échapper à mon contrôle.

Il la regarda encore, avec intensité, comme il aurait pu regarder l'un de ces objets en verre, pour se noyer dans sa beauté.

Mais cela ne dura pas. Padmé croisa à nouveau les bras et s'appuya contre la balustrade pour observer le lac.

Dès que le champ d'étoiles se modifia, que les lignes de vitesse s'évanouirent au profit de points fixes et scintillants, Obi-Wan Kenobi découvrit sa planète « disparue » exactement à l'endroit où la perturbation gravifique l'avait prédit.

— La voilà, R4, là où elle devrait être, dit-il à son droïde-astromécano, qui lui sifflota une réponse depuis son logement dans l'aile gauche de l'appareil. Oui, c'est bien Kamino, notre planète invisible. Les archives ont bien été effacées…

R4 émit un trille curieux.

— Non, je n'ai aucune idée de l'identité de la personne qui aurait pu faire une chose pareille, répondit Obi-Wan. Peut-être que nous trouverons une réponse à cette question, là, en bas.

Il ordonna à R4 de détacher l'anneau hyperdrive, une sorte de ruban équipé d'une paire de puissants hyperpropulseurs, encerclant la partie centrale du chasseur stellaire. Laissant l'engin d'accélération en orbite, le Delta-7 descendit doucement vers la planète, enregistrant un maximum d'informations sur ses scanners.

En approchant de la surface, Obi-Wan remarqua que, par-delà la couche nuageuse, Kamino n'était qu'un monde océanique, sans la moindre parcelle de terre visible. Le Chevalier vérifia ses capteurs, pour s'assurer qu'aucun autre vaisseau ne se trouvait dans les environs, ne sachant pas réellement à quoi s'attendre. Son ordinateur de bord intercepta une transmission à son intention, lui intimant l'ordre de s'identifier. Obi-Wan enclencha sa balise et envoya les informations requises. Quelques instants plus tard, à son grand soulagement, il reçut une deuxième transmission en provenance de Kamino, lui fournissant les coordonnées d'approche d'un lieu appelé Tipoca.

— Eh bien, c'est parti, R4. Essayons de trouver nos fameuses réponses…

Le droïde émit un petit soupir électronique et transféra les coordonnées à l'ordinateur de navigation. Le chasseur plongea vers la planète, pénétra dans l'atmosphère et se retrouva au-dessus d'un océan déchaîné et balayé par les pluies. Le voyage à travers les intempéries fut un peu plus perturbé que la rentrée dans l'atmosphère elle-même, mais le chasseur maintint parfaitement son cap et, au bout de quelques minutes, Obi-Wan put enfin apercevoir la ville de Tipoca. Tout n'était que dômes et flèches étincelants, avec des murs élégamment incurvés, construits sur d'immenses pilotis s'élevant au-dessus de la mer démontée.

Obi-Wan repéra l'aire d'atterrissage qu'on lui avait allouée, mais il procéda d'abord à un vol d'observation, tout autour de la ville, pour étudier le superbe spectacle depuis tous les angles possibles. La cité semblait être autant une œuvre d'art qu'une magnifique démonstration d'ingénierie. L'endroit lui évoquait un mélange du Sénat et du Temple Jedi de Coruscant. L'éclairage urbain avait été judicieusement installé pour mettre en valeur les coupoles et les murs incurvés.

— Il y a tant de choses à voir dans cet univers, R4, se lamenta le Jedi.

Au cours de sa vie, il avait visité des centaines de planètes mais en admirant Tipoca, ce lieu aussi étrange que majestueux, il se rappela qu'il y avait encore des milliers et des milliers de mondes à découvrir. Beaucoup trop pour une seule personne, même si celle-ci y consacrait l'essentiel de son existence.

Enfin, Obi-Wan se décida à poser son chasseur sur l'aire qu'on lui avait désignée. Il rabattit sa capuche sur sa tête et fit coulisser la verrière du cockpit puis, luttant contre le vent et la pluie, il traversa la plate-forme de permaciment en courant pour aller se mettre à l'abri. Une porte s'ouvrit devant lui, déversant un torrent de lumière aveuglante, il s'y engouffra et traversa une pièce aux murs blancs brillamment éclairée.

— Maître Jedi, comme je suis heureuse de vous voir, déclara une voix mélodieuse.

Obi-Wan ôta sa capuche – qui finalement ne lui avait offert que très peu de protection contre l'ouragan – et brossa l'eau de ses cheveux. Il se tourna pour répondre à son interlocuteur et marqua une pause, stupéfait par l'image de la Kaminoan.

— Je suis Taun We, se présenta-t-elle.

Elle était bien plus grande qu'Obi-Wan, sa peau était blafarde et sa silhouette aux courbes harmonieuses était très élancée. Elle était pourtant bien substantielle. Mince, certes, mais dotée d'une présence imposante. Ses grands yeux sombres en amande semblaient luire, comme ceux d'un enfant curieux. Son nez se limitait à une paire de fentes verticales, reliées par une ouverture horizontale, dessinant comme un pont au-dessus de sa lèvre supérieure. Elle tendit gracieusement la main vers le Jedi en un mouvement de bras aussi délicat que celui d'une danseuse.

— Le Premier ministre vous attend.

Les mots tirèrent Obi-Wan de son observation rêveuse de cette créature au physique extraordinaire.

— On m'attend ? demanda-t-il, ne faisant rien pour dissimuler sa surprise.

Comment était-il possible que, à un point aussi éloigné de la galaxie, ces êtres se soient attendus à sa visite ?

— Bien entendu, répondit Taun We. Lama Su est très impatient de vous voir. Après toutes ces années, nous commencions à penser que vous ne viendriez jamais. Veuillez me suivre, je vous prie.

Obi-Wan hocha la tête et joua le jeu, gardant pour lui les millions de questions qui hantaient à présent ses pensées. *Après toutes ces années ?* Ils commençaient à croire qu'il ne viendrait jamais ?

Le couloir était aussi éclairé que la salle qu'ils venaient de quitter, mais les yeux d'Obi-Wan finirent par s'habituer et le Chevalier trouva que la luminosité était étrangement agréable. Ils passèrent devant de nombreuses fenêtres et Kenobi aperçut d'autres Kaminoan vaquant à leurs occupations dans différentes salles. Les mâles se distinguaient par la crête qui ornait le sommet de leur crâne. Les femmes étaient installées à des tables de travail qui semblaient émettre leur propre lumière, comme si le mobilier lui-même était constitué de lumière solide. Il fut frappé par la propreté de l'endroit. Tout y était poli, lisse et brillant. Il s'abstint de poser la moindre question, cependant, aussi impatient de rencontrer ce Lama Su, ce Premier ministre, que Taun We l'était de le conduire à lui, à en juger à l'allure de ses pas.

La Kaminoan s'arrêta devant une porte et l'ouvrit d'un simple mouvement de balayage de la main. Elle fit signe à Obi-Wan d'entrer le premier.

Un autre Kaminoan, un peu plus grand et arborant la crête distinctive des mâles, les accueillit. Il observa Obi-Wan, cligna plusieurs fois de ses grands yeux et sourit chaleureusement. Il fit un geste et deux sièges ovoïdes descendirent en tourbillonnant du plafond.

— Permettez-moi de vous présenter Lama Su, Premier ministre de Kamino, dit Taun We avant de se tourner vers l'autre Kaminoan. Voici le Maître Jedi...

— Obi-Wan Kenobi, termina le Chevalier, hochant respectueusement la tête.

Le Premier ministre leur indiqua les sièges puis alla s'asseoir à son tour. Obi-Wan resta debout, s'imprégnant le plus possible de la scène qui se déroulait devant ses yeux.

— J'espère que vous allez apprécier votre séjour parmi

nous, dit le Premier ministre. Nous sommes ravis que ayez choisi cette date pour votre visite, c'est le meilleur moment de la saison.

— Je suis très touché par votre accueil.

Obi-Wan préféra s'abstenir d'ajouter que si le déluge qui se déchaînait à l'extérieur correspondait, effectivement, au « meilleur moment de la saison », il ne souhaitait pas voir à quoi ressemblait le pire !

— Je vous en prie, dit Lama Su, indiquant à nouveau le fauteuil. (Il attendit qu'Obi-Wan soit installé avant de reprendre la parole :) Venons-en à nos affaires. Vous serez heureux d'apprendre que nous sommes parfaitement dans les délais prévus. Deux cent mille unités sont déjà prêtes et nous travaillons actuellement au développement d'un million d'unités supplémentaires.

Obi-Wan eut soudainement l'impression que sa langue était en train d'enfler au fond de sa bouche. Il s'ébroua discrètement, ravala ses questions et décida d'improviser :

— Quelle bonne nouvelle !

— Nous pensions bien que vous seriez satisfait.

— Bien entendu.

— S'il vous plaît, allez dire à maître Sifo-Dyas que nous sommes très confiants : nous pourrons honorer sa commande en temps et en heure. Comment va-t-il, à propos ?

— Je vous demande pardon ? répondit le Jedi, complètement stupéfait. Maître qui ?

— Le Maître Jedi Sifo-Dyas. Il est bien toujours membre du Conseil, n'est-ce pas ?

Le nom, qu'Obi-Wan identifia immédiatement comme celui d'un ancien Maître, déclencha dans la tête du Chevalier toute une nouvelle série de questions. Encore une fois, il s'abstint de les formuler à voix haute et se concentra sur Lama Su, espérant le faire parler un peu plus afin d'apprendre des informations utiles.

— Je suis au regret de vous apprendre que Maître Sifo-Dyas est mort il y a une dizaine d'années.

Lama Su cligna à nouveau de ses grands yeux.

— Oh, je suis vraiment désolé d'entendre cela. Je suis certain qu'il aurait été très fier de l'armée que nous avons conçue pour lui.

— L'armée ? demanda Obi-Wan avant même de réfléchir à ce qu'il était en train de dire.

— Oui, l'armée des clones. Et je dois vous avouer que ce sont certainement les meilleurs jamais sortis de nos laboratoires.

Obi-Wan se demanda s'il pouvait encore pousser un peu plus avant. Si c'était bien Sifo-Dyas qui avait passé commande d'une armée de clones, comment se faisait-il que ni Maître Yoda ni les autres membres du Conseil n'en aient jamais parlé ? Sifo-Dyas avait été un Jedi très puissant avant sa mort accidentelle, mais se serait-il permis d'agir seul dans une affaire de cette importance ? Le Jedi étudia les deux Kaminoan, allant jusqu'à invoquer la Force afin d'en apprendre un peu plus sur leurs sentiments. Tout lui parut normal, honnête et franc. Il décida donc de suivre son instinct et de prolonger la discussion :

— Dites-moi, Premier ministre, quand mon Maître vous a contacté à propos de cette armée, vous a-t-il confié ce qu'il avait l'intention d'en faire ?

— Bien sûr ! répondit très spontanément Lama Su. L'armée est destinée à la République.

Obi-Wan manqua de crier « La République ? », mais sa discipline de Jedi lui permit de garder sa stupéfaction pour lui, ainsi que d'empêcher le tumulte de ses pensées d'égaler l'ouragan furieux qui faisait rage à l'extérieur. Par toutes les étoiles, que se passait-il ici ? Une armée de clones pour la République ? Commissionnée par un Maître Jedi ? Est-ce que le Sénat était au courant de tout ceci ? Est-ce que Yoda et Maître Windu en étaient informés ?

— Vous comprenez la responsabilité qui vous incombe en acceptant de créer une telle armée pour la République ? demanda-t-il pour tenter de masquer sa confusion. Nous attendons ce qui se fait de mieux. Nous devons avoir les meilleures unités.

— Mais certainement, Maître Kenobi, dit Lama Su, qui paraissait de fait extrêmement confiant. Vous devez avoir hâte d'inspecter ces unités de vos propres yeux.

— C'est pour ça que je suis là, non ? répondit Obi-Wan, acceptant la proposition de Lama Su.

Sur ce, il se leva et suivit le Premier ministre et Taun We.

Des étendues d'herbes verdoyantes, parsemées de fleurs de toutes formes et de toutes couleurs, recouvraient la prairie qui ornait le sommet de la colline. Dans le lointain, des chutes d'eau étincelantes se déversaient dans le lac. De ce point surélevé, beaucoup d'autres lacs, séparés par des buttes distantes, disparaissaient à perte de vue vers l'horizon.

Des pollens flottaient dans la brise chaude et des nuages joufflus paressaient dans la voûte bleutée du ciel. L'endroit débordait de vie et d'amour, de chaleur et de tendresse.

Pour Anakin Skywalker, ce lieu était un parfait prolongement de la personnalité de Padmé Amidala.

Un troupeau de créatures paisibles, des shaaks, paissait tranquillement à proximité, visiblement peu troublé par la présence du couple. Il s'agissait de curieux quadrupèdes, aux corps presque bouffis. Des insectes bourdonnaient dans l'air, bien trop occupés à butiner les fleurs pour s'intéresser de près à Anakin ou à Padmé.

Cette dernière était assise dans l'herbe, cueillant distraitement des fleurs avant de les porter à son nez pour en humer le délicat parfum. De temps en temps, elle jetait un coup d'œil à Anakin. Très brièvement seulement, de peur qu'il ne remarque son manège. Elle appréciait tout particulièrement sa manière de réagir à cet endroit, à Naboo. Le bonheur qu'il éprouvait obligeait Padmé à redécouvrir les choses telles qu'elle les avait connues pendant son enfance, avant que la dure réalité du monde ne la pousse à accepter ses lourdes responsabilités. Elle fut surprise de constater qu'un Padawan Jedi pouvait être aussi…

Mais quel était le mot ? Insouciant ? Joyeux ? Fougueux ? À moins que ce ne soit une combinaison des trois ?

— Eh bien ? demanda Anakin, obligeant Padmé à repenser à la question qu'il lui avait posée quelques minutes auparavant.

— Je ne sais pas, dit-elle un peu agacée, exagérant délibérément son irritation.

— Bien sûr que tu le sais ! Tu ne veux pas me le dire, c'est tout !

Padmé laissa échapper, malgré elle, un petit rire nerveux.

— Tu vas te servir de tes pouvoirs Jedi pour lire dans mes pensées ?

— Ils ne fonctionnent que sur les faibles d'esprit, expliqua Anakin. Ce qui est loin d'être ton cas, termina-t-il, adressant à Padmé un regard innocent, candide, auquel elle ne put résister.

— Bon, d'accord, dit-elle, acceptant enfin. J'avais douze ans. Il s'appelait Palo. Nous étions tous deux membres du Programme des Jeunes Législateurs. Il était un tout petit peu plus âgé que moi... (Elle plissa les yeux pour finir sa phrase, regardant intensément Anakin d'un air taquin.) Très mignon, dit-elle, sa voix adoptant alors sciemment un ton très suggestif. Des cheveux bruns et bouclés... Des yeux rêveurs...

— C'est bon, je vois le topo ! rétorqua le Jedi, levant les mains en signe d'exaspération. (Il se calma très rapidement, cependant, et reprit sérieusement le fil de la discussion :) Qu'est-ce qu'il est devenu ?

— Je suis entrée dans les services publics. Il a préféré devenir artiste.

— Il a choisi la meilleure voie !

— Tu n'aimes vraiment pas les politiciens, n'est-ce pas ? demanda Padmé avec une pointe de colère dans la voix, en dépit du cadre idyllique et de la brise chaude.

— J'en apprécie deux ou trois, répondit Anakin. J'ai encore des incertitudes sur l'un d'entre eux, ajouta-t-il avec un sourire parfaitement désarmant, au point que la jeune femme eut du mal à conserver un semblant de crédibilité dans son allure sévère. Je ne pense pas que le système fonctionne correctement, termina-t-il, restant concentré sur le sujet.

— Ah oui ? demanda-t-elle de façon sarcastique. Eh bien, explique-moi, que faudrait-il faire pour qu'il fonctionne ?

Anakin se leva, soudain très grave et très sérieux.

— Nous avons besoin d'un système qui obligerait tous les politiciens à s'asseoir autour d'une table pour vraiment débattre des problèmes. Qu'ils se mettent d'accord sur ce qui serait réellement dans l'intérêt du peuple et qu'ils l'appliquent, dit-il comme si tout pouvait être aussi simple et aussi logique.

— Mais c'est exactement ce que nous faisons, répondit Padmé sans hésiter.

Anakin lui adressa un regard dubitatif.

— Le souci, c'est que le peuple n'est pas toujours d'accord avec nos décisions, expliqua-t-elle. Il l'est rarement, d'ailleurs.

— Alors on devrait l'obliger à être d'accord.

Cette remarque frappa Padmé par surprise. Était-il si convaincu de détenir la réponse qu'il pourrait... Non. Padmé chassa cette pensée déplaisante de son esprit.

— Mais qui ? demanda-t-elle. Qui pourrait l'y obliger ?

— Je ne sais pas, annonça-t-il, levant les mains en un signe de frustration évidente. Quelqu'un...

— Toi ?

— Bien sûr que non !

— Mais quelqu'un quand même...

— Oui, quelqu'un de sage.

— Ça ressemble terriblement à une dictature, ça, tu sais ? déclara Padmé, remportant visiblement la partie.

Elle observa Anakin. Un curieux petit sourire malicieux se dessina sur le visage du jeune homme.

— Eh bien, reprit-il calmement, si ça pouvait marcher...

Padmé essaya de dissimuler sa stupeur. Mais de quoi

parlait-il ? Comment pouvait-il croire une chose pareille ? Elle le regarda sévèrement. Il essaya de faire de même – sans réellement y parvenir – et éclata de rire.

— Tu te moques de moi ! lança Padmé.

— Oh non, dit Anakin. (Il fit un pas en arrière, tomba dans les herbes folles et leva les mains devant lui en un geste défensif.) J'aurais bien trop peur de chercher des noises à un Sénateur !

— Tu es vraiment insupportable !

Elle tendit la main, ramassa un fruit et le lança à Anakin. Puis elle en attrapa un autre, et un autre et encore un autre.

— Tu es vraiment trop sérieuse ! la réprimanda le Padawan tout en se mettant à jongler avec les fruits.

— Moi ? Trop sérieuse ?

Son incrédulité n'était que feinte car Padmé savait combien il avait raison. Pendant toute sa vie, elle avait vu des gens, comme Palo, tout laisser tomber pour suivre leurs envies. Elle s'était accrochée à son sens du devoir. Elle avait connu de grandes victoires et éprouvé de grandes joies, il est vrai, mais toutes ces sensations étaient intimement liées aux tenues extravagantes de souveraine de Naboo et à ces perpétuelles responsabilités de Sénateur galactique. Peut-être voulait-elle se débarrasser de toutes ces entraves, de tous ces atours, et plonger dans l'eau scintillante, pour le seul plaisir de profiter de l'instant, pour le seul plaisir de s'amuser.

Elle attrapa un autre fruit et le lança à Anakin. Il l'intercepta au vol et, comme si de rien n'était, l'incorpora à sa jonglerie. Padmé lui en lança un autre, puis un autre, jusqu'à ce que le nombre soit suffisamment important pour lui faire perdre le contrôle de sa petite démonstration d'habileté. Il essaya, vainement, d'éviter les fruits qui lui retombaient dessus.

Padmé rit tellement qu'elle fut obligée de se tenir les côtes. Pris dans le tourbillon du moment, Anakin bondit sur ses pieds et se mit à courir. Il coupa la route à un shaak, effrayant le pauvre animal avec ses cris de joie.

Le ruminant, d'ordinaire fort paisible, poussa un

grondement et se mit à galoper aux trousses du jeune homme. Anakin courut plusieurs fois en cercle avant de disparaître au sommet de la colline.

Padmé se redressa et médita sur cet instant, sur cette journée, sur son compagnon de voyage. Que se passait-il donc ? Impossible de se débarrasser de ce sentiment de culpabilité. Elle était là, s'amusant en toute insouciance, alors que d'autres travaillaient si dur à contrer cette loi sur l'enrôlement militaire, alors qu'Obi-Wan parcourait la galaxie de long en large à la recherche de ceux qui souhaitaient la voir disparaître.

Elle aurait dû être là, avec eux, à faire quelque chose...

Ses pensées s'évanouirent, laissant place à un éclat de rire incrédule lorsqu'elle aperçut de nouveau Anakin et le shaak. Cette fois, le Jedi était juché sur l'animal, se tenant d'une main à l'un des nombreux plis de sa peau et conservant l'autre main derrière lui en guise de balancier. Le plus ridicule, dans tout cela, c'était qu'Anakin montait le ruminant à l'envers, la tête tournée vers la queue de l'animal.

— Anakin ! cria-t-elle, stupéfaite.

Elle répéta son appel, avec un peu plus d'inquiétude, cette fois. Le shaak venait de se lancer au galop et Anakin était en train d'essayer de se tenir debout sur son dos.

Il faillit y arriver mais la lourde créature rua soudainement. Le Padawan partit en vol plané et retomba sur le sol.

Padmé, portant les mains à son estomac, fut prise d'une nouvelle crise de fou rire.

Anakin ne bougeait plus.

Elle reprit son souffle et le regarda, soudainement effrayée. Elle se releva précipitamment, imaginant tout son bonheur en train de s'effondrer autour d'elle, et courut jusqu'à lui.

— Anakin ? Anakin ? Tu vas bien ?

Doucement, Padmé le retourna. Il avait l'air serein mais il ne bougeait toujours pas.

Et puis son visage se tordit en une parfaite expression de stupidité et il poussa un rire tonitruant.

— Oh ! cria Padmé en lui administrant un coup de poing.

Il saisit sa main et attira la jeune femme à lui. Elle se laissa tomber de tout son poids sur Anakin et se débattit comme une furie.

Le Padawan parvint finalement à reprendre l'avantage et il la cloua au sol. Padmé cessa de se défendre, soudain consciente de leur proximité. Elle le regarda droit dans les yeux, sentit son corps se presser contre le sien.

Anakin rougit et abandonna. Il roula de côté, se releva et, très sérieux, tendit la main à Padmé.

Padmé avait à présent abandonné toute timidité. Elle fixa les yeux bleus d'Anakin, acceptant finalement et silencieusement la vérité. Elle prit sa main et le suivit jusqu'au shaak, qui broutait un peu plus loin avec délectation.

Anakin monta sur le dos du ruminant et aida Padmé à s'asseoir derrière lui. Ils traversèrent paisiblement la prairie. La jeune femme passa ses bras autour de la taille d'Anakin, pressa son corps contre le sien et sentit un tourbillon d'émotions et de questions lui envahir l'esprit.

Padmé sursauta en entendant qu'on cognait à sa porte. Son instinct lui indiqua de qui il s'agissait et qu'il n'y avait rien à craindre.

Les images de l'après-midi passé sur les collines défilèrent dans sa tête, particulièrement la balade à dos de shaak, quand Anakin l'avait ramenée jusqu'à l'auberge. Pendant tout le temps qu'avait duré cette promenade, Padmé ne s'était pas dissimulée derrière le masque de la négation, ni derrière quelque masque que ce soit, d'ailleurs. Assise derrière Anakin, les bras passés autour de sa taille, la tête posée sur son épaule, elle s'était sentie si détendue, tellement en sécurité, parfaitement heureuse et…

Elle inspira profondément pour empêcher ses mains de trembler et saisit le loquet.

Elle ouvrit la porte et ne vit rien d'autre que la haute silhouette élancée du jeune homme se dessiner dans le soleil couchant.

Anakin se décala un peu de côté, bloquant l'éclairage rosé suffisamment pour que Padmé puisse voir son sourire. Il voulut entrer dans la chambre, mais la jeune femme lui barra le passage. Il ne s'agissait pas d'un geste conscient. Padmé était tout simplement subjuguée, ayant l'impression que le soleil ne se couchait pas à l'horizon mais bien derrière les épaules du Padawan, comme s'il était assez grand pour commander au jour et à la nuit. Des flammes orangées dansaient autour de sa silhouette, estompant la mince frontière qui séparait Anakin de l'éternité.

Padmé dut se forcer à respirer à nouveau. Elle fit un pas en arrière et Anakin entra, apparemment inconscient du moment de grâce dont elle venait de faire l'expérience. Il lui adressa un sourire espiègle et, pour une raison ou pour une autre, elle se sentit gênée. L'espace d'un instant, elle se demanda si elle n'aurait pas dû choisir une autre tenue car la robe de soirée qu'elle portait était noire et dénudée aux épaules, laissant voir une agréable section de sa peau soyeuse. Elle portait également un col de tissu noir, relié au devant de sa robe par un mince ruban dissimulant à peine son décolleté.

Elle voulut refermer la porte mais s'interrompit en plein geste. Elle regarda le lac et les couleurs rosées qui se reflétaient à la surface de l'eau ondoyante.

Lorsqu'elle se retourna enfin, Anakin l'attendait près de la table, observant la coupe de fruits et le reste des décorations que Padmé avait installées. Elle le vit s'intéresser de près à l'un des globes lumineux flottants, dont l'intensité croissait au fur et à mesure que la lumière du jour diminuait à l'extérieur. L'air amusé, il tapota le globe de l'index, ne se souciant guère du fait qu'elle était en train de le regarder. Son sourire se dessina d'une oreille à l'autre lorsque le globe rebondit sur l'extrémité de son doigt et que la sphère lumineuse se déforma.

Ces quelques instants passés à observer ainsi Anakin se révélèrent des plus agréables pour Padmé. Mais les minutes qui suivirent, lorsque le jeune homme reporta son attention sur elle, qu'il commença à la détailler avec une expression partagée entre l'amusement et l'intensité, lui furent davantage inconfortables.

Très rapidement, le couple s'installa à table, l'un en face de l'autre. Deux serveuses de l'auberge, Nandi et Teckla, leur apportèrent leur dîner. Anakin se mit alors à raconter les aventures qu'il avait vécues au cours des dix dernières années, à s'entraîner et à voyager aux côtés d'Obi-Wan.

Padmé écouta attentivement, captivée par le talent inné de narrateur du jeune homme. Mais elle attendait autre chose. Elle souhaitait reparler de ce qui s'était passé l'après-midi même, sur les collines. Elle voulait essayer, avec Anakin, de trouver un sens à tout cela, de partager avec lui un moment de réflexion, comme ils avaient partagé ces instants de pure émotion insouciante. Mais elle ne put se résoudre à lancer le sujet et elle le laissa poursuivre son récit, se délectant de le voir ainsi lui raconter sa vie avec autant d'enthousiasme.

Le dessert était l'un des préférés de Padmé. Des shuuras, ces fruits aux reflets jaune et crème, sucrés et juteux. Elle sourit lorsque Nandi en déposa une coupe juste devant elle.

— Et, lorsqu'on arriva à destination, on décida de passer à des méthodes de négociation plus... (Anakin marqua une pause, affichant un sourire en coin, attendant d'obtenir toute l'attention de Padmé.) Plus agressives, termina-t-il, tout en remerciant Teckla d'un hochement de tête pour la coupe de fruits qu'elle venait de déposer devant lui.

— Des méthodes de négociation plus agressives ? Et c'est quoi ?

— Eh bien, heu, des négociations au sabre laser ! dit le Padawan, toujours souriant.

— Oh, dit Padmé en riant, plantant sa fourchette avec délectation dans un morceau de fruit pour attaquer son dessert.

Le morceau de shuura changea brusquement de place et sa fourchette heurta le fond de son assiette. Un peu perplexe, Padmé réitéra son geste.

Le fruit bougea à nouveau.

Elle releva les yeux vers Anakin et découvrit qu'il avait – le nez dans son assiette, l'air un peu trop innocent – toutes les peines du monde à se retenir de rire.

— C'est toi qui as fait ça !

Il releva la tête, l'air surpris.

— Fait quoi ?

Padmé le foudroya du regard, pointant sa fourchette vers lui de façon menaçante. Puis elle s'attaqua de nouveau au shuura.

Mais Anakin fut encore plus prompt et le fruit glissa. La fourchette heurta encore l'assiette. Puis, avant même qu'elle puisse réprimander à nouveau Anakin, le morceau de fruit s'éleva dans les airs et se mit à flotter au-dessus d'elle.

— Ça ! tonna Padmé. Arrête, maintenant !

Mais elle ne parvint pas à feindre plus longtemps la colère et éclata de rire. Anakin se mit à faire de même. Sans quitter le Padawan des yeux, Padmé tendit prestement la main vers le morceau de fruit.

Anakin bougea ses doigts et le shuura, en tournoyant, échappa à la jeune femme.

— Anakin !

— Si Maître Obi-Wan était là, il serait très en colère, admit le Padawan. (Il baissa la main vers la table et le fruit vola jusqu'à lui.) Mais il n'est pas là, ajouta-t-il en découpant le fruit.

Invoquant la Force, il fit flotter un morceau au-dessus de la table pour le diriger vers Padmé. Cette dernière l'attrapa dans sa bouche en plein vol.

La jeune femme poussa un rire sonore. Anakin pouffa à son tour. Ils terminèrent leur dessert en s'adressant de petits regards furtifs. Lorsque Nandi et Teckla se présentèrent pour débarrasser la table, le jeune couple se retira au salon, une pièce dotée d'un canapé et de fauteuils très confortables, entourant un grand feu de cheminée.

Nandi et Teckla finirent de travailler et souhaitèrent une bonne nuit aux jeunes gens. Ceux-ci se retrouvèrent seuls. Complètement seuls. Et la tension s'installa immédiatement.

Elle voulait vraiment, désespérément, qu'il l'embrasse et ce fut précisément cette sensation de perte de tout contrôle qui l'arrêta. Ce n'était pas bien. Elle le savait, en dépit de ce que son cœur lui dictait. Tous deux étaient soumis à de grandes responsabilités. Pour l'heure, elle devait s'occuper de ces conflits qui affaiblissaient la République, il devait terminer son entraînement de Jedi.

— Non, dit-elle à nouveau, levant un doigt en signe d'avertissement alors qu'Anakin, plus entêté que jamais, s'avançait pour essayer encore de l'embrasser.

Anakin se rassit à sa place. Une frustration évidente se dessina sur ses traits juvéniles.

— Depuis que je t'ai rencontrée, il y a des années de cela, il ne s'est pas passé une seule journée sans que je pense à toi. (Sa voix était rauque, intense, et l'éclat qui luisait au fond de ses yeux semblait vouloir la transpercer de part en part.) Et aujourd'hui que je suis enfin avec toi, je suis comme à l'agonie. Plus je suis près de toi, pire c'est. La seule pensée de ne pas me trouver avec toi me révulse l'estomac, me dessèche la bouche. Ça me tourne la tête ! Je n'arrive plus à respirer ! Ce baiser, que tu n'aurais jamais dû me donner, continue de me hanter. Mon cœur bat la chamade, en espérant que ce baiser ne se transformera pas en blessure.

Padmé laissa doucement tomber ses mains le long de son corps et resta assise, stupéfaite, à l'écouter s'ouvrir ainsi à elle, dénuder son cœur, sachant pertinemment qu'elle pourrait à jamais le lui briser d'un simple mot. Elle fut sincèrement honorée, réellement touchée, par la confidence. Honorée, touchée, mais effrayée.

— Tu es là, au fond de mon âme, à me torturer ! continua Anakin en toute franchise.

Il ne s'agissait pas là d'une ruse quelconque pour gagner ses faveurs. C'était honnête et direct, presque nouveau pour cette jeune femme qui avait passé la plus grande partie de son existence à se laisser dorloter par des dames de compagnie, dont le travail était de la servir coûte que coûte, et à distraire des dignitaires, dont les motivations réelles n'étaient jamais ce qu'elles semblaient être.

— Que dois-je faire ? demanda doucement Anakin. Je ferai tout ce que tu veux...

Padmé détourna les yeux, emportée par le bouillonnement de ses propres frustrations.

— Je ne peux pas... dit-elle en se redressant, essayant de se redonner un semblant de contenance. Nous ne pouvons pas... ajouta-t-elle aussi calmement que possible. Ça n'est simplement pas possible...

— Tout est possible, répondit Anakin en se penchant vers elle. Padmé, je t'en prie, écoute...

— Non, toi tu vas m'écouter, dit-elle d'un ton sévère, ayant soudain l'impression que son refus lui avait redonné l'énergie qui lui manquait tant. Le monde dans lequel nous vivons est bien réel. Il faut que tu t'en rendes compte, Anakin. Tu es en train d'étudier pour devenir un Chevalier Jedi. Je suis Sénateur. Si tu suis tes pensées jusqu'à la seule conclusion possible, tu comprendras que nous ne pouvons pas nous engager dans cette voie, en dépit de ce que nous éprouvons l'un pour l'autre.

— Alors, ça veut dire que tu éprouves quelque chose !

Padmé déglutit avec difficulté.

— Les Jedi n'ont pas la permission de se marier, insista-t-elle, cherchant à détourner son attention de ses propres sentiments en un moment aussi difficile. Tu serais banni de l'Ordre. Je ne te laisserai pas mettre ton futur en péril rien que pour moi.

— Tu me demandes d'être rationnel, répondit Anakin sans la moindre hésitation. (Sa confiance en lui, son audace prirent Padmé par surprise. Il n'y avait plus rien de juvénile dans cet homme qui se trouvait à ses côtés. Elle sentit la situation échapper quelque peu à son contrôle.) Et ça, je sais que, pour moi, ce n'est pas possible, reprit-il. Tu peux me faire confiance, si je pouvais tirer un trait sur mes propres sentiments, je le ferais. Mais je ne le peux pas.

— Et moi, je ne peux pas m'impliquer, dit-elle avec

toute la conviction qu'elle parvint à rassembler. (Elle serra la mâchoire, sachant qu'il lui fallait se montrer la plus forte des deux à cet instant précis.) J'ai des choses bien plus importantes à faire que de tomber amoureuse.

Anakin se tourna, visiblement blessé. Elle eut un frisson.

Le jeune homme regarda le feu et son visage exprima une réflexion intense. Elle comprit qu'il était en train de chercher un moyen de la faire revenir sur sa décision.

— On pourrait agir différemment, annonça-t-il enfin. On pourrait garder le secret.

— Alors nous serions obligés de vivre dans le mensonge. Un mensonge que nous ne pourrions entretenir longtemps même si nous le voulions. Ma sœur a compris... Ma mère aussi... Non, je ne pourrais pas. Et toi, Anakin, tu pourrais vivre comme ça ? Dans le mensonge ?

Il la regarda intensément pendant quelques instants puis détourna à nouveau les yeux vers la cheminée avec l'air d'abandonner la partie.

— Non, tu as raison, admit-il finalement. Ça nous détruirait tous les deux.

Padmé le regarda puis observa le feu à son tour. Qu'est-ce qui la détruirait ? Qu'est-ce qui les détruirait ? se demanda-t-elle. Les faits ou les pensées ?

16

— Ouah ! s'exclama Boba Fett, traversant en courant l'aire d'atterrissage pour admirer le chasseur stellaire de plus près.

— Bel engin, acquiesça Jango, rejoignant calmement son fils, observant l'appareil sous toutes ses coutures.

Il admira la conception générale, remarqua les marques d'identification, la puissance de feu augmentée et le droïde astromécano, installé dans son logement de l'aile gauche, qui sifflotait joyeusement.

— C'est un Delta-7, annonça Boba, tout excité, tout en indiquant la position du cockpit, en retrait sur la poupe.

Jango hocha la tête, heureux de constater que son fils prenait toutes ses leçons au sérieux. Ces appareils étaient d'un nouveau type, si nouveau qu'on ne les avait pas encore équipés d'hyperpropulseurs, songea Jango. Instinctivement, il leva les yeux vers le ciel nuageux, se demandant si un quelconque vaisseau-mère n'était pas en train d'attendre sur orbite. Il chassa la pensée de sa tête et reporta son attention sur Boba.

— Et le droïde, alors ? demanda-t-il. Peux-tu identifier cette unité ?

Boba escalada le flanc du chasseur et étudia les marquages pendant un petit moment. Puis, il se tourna vers son père, un index posé sur ses lèvres, avec une expression intense sur le visage.

— C'est un R4-P, déclara-t-il.

— Et trouve-t-on couramment ce genre de droïde sur ce type de chasseur stellaire ?

— Non, répondit Boba sans hésiter. Un pilote de Delta-7 se sert en général d'une unité R3-D. Elle est mieux adaptée au repérage des cibles. Le chasseur réagit si vite que c'est difficile de tirer au laser tout en manœuvrant. J'ai lu quelque part que certains pilotes, dans le feu de l'action, s'étaient même tirés dessus ! Ils larguent leurs missiles, exécutent une boucle et oublient d'enclencher manuellement les compensateurs de rotation...

Tout en parlant, l'enfant leva les bras devant lui pour démontrer sa théorie et s'emberlificota les mains.

Jango ne prêta guère attention aux détails. Il fut ravi d'entendre que Boba récitait ses leçons avec tant d'énergie.

— Supposons maintenant que le pilote n'ait pas besoin des talents supplémentaires d'artilleur d'une unité R3-D... reprit-il.

Boba le regarda avec curiosité, comme s'il ne comprenait pas.

— Dans ce cas, est-ce que le R4-P ne serait pas un meilleur choix ?

— Oui, répondit le gamin en hésitant.

— Quel genre de pilote pourrait aisément se passer des talents d'artilleur d'un droïde ?

Boba dévisagea son père, les yeux vides, puis un large sourire se dessina sur sa figure.

— Toi ! exulta-t-il, visiblement très content de lui.

Jango accepta le compliment avec un sourire d'appréciation. C'était la vérité. Jango pouvait piloter n'importe quel type d'engin et, si l'opportunité de voler à bord d'un Delta-7 lui était donnée, il choisirait certainement un R4-P plutôt qu'un R3-D. Mais ce n'était pas cela qu'il avait actuellement à l'esprit. Il connaissait un autre genre de pilotes. Des pilotes aux sens particulièrement aiguisés, dont le choix se porterait plus facilement sur un droïde de navigation que sur un droïde affecté à l'artillerie.

Jango Fett regarda à nouveau vers le ciel, se demandant

si une escouade de Jedi ne s'apprêtait pas à fondre sur Tipoca.

Des râteliers soutenant des sphères de verre transparent s'alignaient à perte de vue sous les yeux d'Obi-Wan dans l'immense salle. Chaque sphère contenait un embryon flottant dans un liquide visqueux. Lorsque le Jedi projeta les ondes de la Force vers l'un d'entre eux, il perçut en retour d'intenses pulsations d'énergie vitale.

— Des couveuses… déclara-t-il, plus sur le ton de l'affirmation que sur celui de l'interrogation.

— Pour la première phase, effectivement, répondit Lama Su.

— Très impressionnant.

— J'espérais bien que vous seriez satisfait, Maître Jedi, dit le Premier ministre. Les clones sont dotés d'un mode créatif de pensée. Vous découvrirez qu'ils sont immensément supérieurs aux droïdes et que nos unités sont les meilleures de toute la galaxie. Nos méthodes bénéficient de plusieurs siècles de perfectionnement.

— Combien en avez-vous ? demanda Obi-Wan. Enfin, ici, je veux dire…

— Nous disposons de plusieurs salles de ce type, réparties dans toute la ville. Cette phase, bien entendu, est la plus cruciale. Cependant, avec nos techniques, nous obtenons un taux de survie qui dépasse les quatre-vingt-dix pour cent. Il arrive, de temps en temps, qu'une couvée entière développe… comme un problème. Mais nous parvenons cependant à ne pas ralentir notre allure de production. Avec nos méthodes de vieillissement accéléré, ceux que vous voyez ici seront complètement matures et prêts au combat dans un peu plus de dix ans.

Deux cent mille unités sont déjà prêtes, et nous travaillons actuellement au développement d'un million d'unités supplémentaires. La précédente déclaration de Lama Su résonna de façon sinistre dans la tête d'Obi-Wan. Un centre de production, terriblement efficace, fabriquant à la chaîne, et sans interruption, une ribambelle de guerriers superbement entraînés et parfaitement conditionnés. Les implications étaient stupéfiantes.

Obi-Wan observa l'embryon le plus proche de lui, qui flottait paisiblement dans son liquide, suçant son petit pouce. Dans dix courtes années, cette petite créature, cet homme miniature, serait un soldat. Un soldat prêt à tuer et, vraisemblablement, à se faire tuer.

Il frissonna et se tourna vers son interlocuteur Kaminoan.

— Venez, dit Lama Su, avant de l'entraîner dans le couloir.

Jusqu'à une gigantesque salle de classe, équipée de rangées de pupitres parfaitement alignées, eux-mêmes occupés par des rangées d'élèves tout aussi bien distribuées. Ils ne paraissaient pas avoir plus de dix ans. Ils étaient tous vêtus de la même façon, coiffés de la même façon. Tous arboraient les mêmes traits, les mêmes postures, les mêmes expressions. Obi-Wan, l'air songeur, observa les murs d'un blanc éclatant de l'immense salle, s'attendant presque à découvrir un système de miroirs démultipliant l'image d'un seul petit garçon en plusieurs centaines d'autres.

Les étudiants, absorbés par leurs devoirs, n'adressèrent qu'un regard bref et désintéressé aux visiteurs.

Ils sont disciplinés, observa Obi-Wan. *Bien plus disciplinés que des enfants ordinaires.*

Une autre pensée se formula dans sa tête :

— Vous m'avez parlé d'un processus de vieillissement…

— Oh oui, c'est une phase essentielle, répondit le Premier ministre. Sinon, il faudrait toute une vie pour qu'un clone parvienne enfin à maturité. Nous sommes parvenus à couper ce délai en deux. Les unités que vous verrez bientôt à l'inspection ont été mises en route il y a dix ans, lorsque Sifo-Dyas nous a adressé sa commande. Ils sont à présent mûrs et bons pour le service.

— Et ceux-ci, donc, ont été fabriqués il y a environ cinq ans… déduisit Obi-Wan.

Lama Su hocha la tête.

— Souhaiteriez-vous inspecter le produit final, à présent ? demanda le Premier ministre. (Obi-Wan décela une réelle excitation dans sa voix. Il était clairement fier de ce qu'il avait accompli.) J'aimerais obtenir votre approbation avant la livraison.

La dureté des termes frappa profondément Obi-Wan. *Unités. Livraison. Produit final.* Ils étaient, après tout, en train de parler d'êtres vivants. Des êtres qui pensaient, qui respiraient. Créer ainsi des clones dans un but si spécifique, assujettis à un tel contrôle, au point de les priver de la moitié de leur enfance au seul nom de l'efficacité, ébranlait sérieusement toute perception du bien et du mal. Le fait qu'un Maître Jedi puisse être à l'origine de tout ceci n'arrangeait certainement pas les choses.

La visite se poursuivit par un tour de la cantine, où des centaines de clones adultes – des jeunes gens de l'âge d'Anakin – étaient assis, bien alignés là aussi, tous vêtus de noir, mangeant tous la même nourriture avec les mêmes gestes.

— Vous allez voir qu'ils sont totalement obéissants, déclara Lama Su, ne remarquant pas le malaise du Jedi. Nous avons modifié leur structure génétique pour les rendre moins indépendants que l'original, bien entendu.

— Et qui est l'original ?

— Un chasseur de primes nommé Jango Fett, répondit Lama Su sans hésitation. Au départ, nous pensions qu'un Jedi serait un choix parfait, mais Sifo-Dyas a lui-même sélectionné Jango.

L'idée qu'un Jedi aurait pu servir de modèle faillit terrasser Obi-Wan. Une armée de clones possédant des aptitudes à maîtriser la Force ?

— Où est ce chasseur de primes à présent ? demanda le Jedi.

— Il vit ici, répondit Lama Su. Mais il est libre de partir et de revenir à sa guise.

Tout en parlant, il conduisit Obi-Wan dans un corridor où étaient alignés d'étroits tubes transparents.

Le Jedi regarda, médusé, des clones grimper dans ces tubes, s'y installer, fermer les yeux et s'endormir.

— Très disciplinés, remarqua-t-il.

— C'est le secret, répondit Lama Su. Disciplinés mais cependant capables de penser de façon créative. Cette combinaison est des plus efficaces. Sifo-Dyas nous avait fait part de l'aversion des Jedi pour les droïdes de commandement. Il nous avait dit que les Jedi ne pourraient donner des ordres qu'à une armée d'êtres vivants.

Et vous auriez souhaité qu'un Jedi soit l'hôte original ? songea Obi-Wan, en évitant de formuler sa pensée à haute voix. Il inspira profondément, se demandant comment Maître Sifo-Dyas, comment n'importe quel Jedi, avait pu ainsi délibérément enfreindre les règles et commander la création d'une armée de clones. Obi-Wan comprit que, pour l'heure, il valait mieux s'abstenir de répondre directement à cette question, il valait mieux écouter et observer, rassembler autant d'informations que possible, pour que lui-même et le Conseil Jedi essayent de tirer cela au clair.

— Donc, Jango Fett reste ici, sur Kamino, de son plein gré ?

— Le choix lui appartient. En dehors de son salaire, déjà considérable, je peux vous l'assurer, Fett ne nous a demandé qu'une seule chose : un clone non modifié pour son usage personnel. Curieux, n'est-ce pas ?

— Non modifié ?

— Une pure réplique génétique, expliqua le Premier ministre. Aucune modification de la structure pour le rendre plus docile. Aucun vieillissement accéléré.

— J'aimerais beaucoup rencontrer ce Jango Fett, dit Obi-Wan, autant pour lui-même que pour Lama Su.

Le Jedi était à présent fort intrigué. Qui était donc cet homme que Sifo-Dyas avait lui-même sélectionné comme modèle parfait pour son armée de clones ?

Lama Su se tourna vers Taun We. Celle-ci hocha la tête et déclara :

— Je serais très heureuse d'arranger cela pour vous.

Elle s'éclipsa et la visite reprit. Lama Su emmena Obi-Wan dans plusieurs zones, où le Jedi put admirer les clones à l'œuvre aux différents stades de leur développement. La visite culmina lorsque Taun We rejoignit Lama Su et Obi-Wan sur un balcon, protégé du vent brutal et de la pluie, qui donnait sur un vaste terrain d'entraînement. Là, des milliers et des milliers de soldats clones, tous parés d'armures blanches et portant des casques intégraux, étaient en train de marcher au pas avec la précision d'une armée de droïdes programmés. Chaque formation, comprenant plusieurs centaines de soldats, se mouvait comme un seul homme.

— Ils sont magnifiques, n'est-ce pas ? dit Lama Su.

Obi-Wan se tourna vers le Kaminoan. Il vit ses yeux luire de fierté en admirant sa création. Lama Su ne devait ressentir aucun problème d'éthique, comprit immédiatement le Jedi. Peut-être était-ce pour cela que les Kaminoan étaient si doués pour le clonage. Leur conscience n'entravait jamais leurs actions.

Le Premier ministre regarda Obi-Wan en souriant, attendant probablement une réponse. Le Jedi se contenta de hocher la tête silencieusement.

Certes, ils étaient magnifiques. Obi-Wan pouvait aisément imaginer l'efficacité d'un tel groupe au combat, une spécialité pour laquelle ils avaient été tout spécialement conçus.

Encore une fois, et ce ne serait ni la première ni la dernière de la journée, un frisson glacé parcourut la colonne vertébrale d'Obi-Wan. Il comprit enfin la croisade du Sénateur Amidala visant à empêcher la création d'une armée pour la République. Il en comprit enfin l'inévitable conséquence : la guerre !

Un Chevalier Jedi, ici, sur Kamino. La pensée n'avait rien de très rassurant pour Jango Fett.

Le chasseur de primes se laissa aller contre le dossier de son fauteuil et serra la mâchoire en signe de frustration. C'était bien là le genre de problème qu'on rencontrait lorsqu'on travaillait pour des individus aussi compliqués que les membres de la Fédération du Commerce. Ceux-ci étaient des experts dans l'art de la manipulation, passant leur temps à mélanger ruse et trahison. Ils étaient impliqués dans tant d'intrigues que Jango était bien incapable de déterminer le sens précis de leurs actions.

Il regarda à l'autre bout de la pièce, en direction de Boba. Le gamin était occupé à télécharger schémas et fiches techniques du chasseur stellaire Delta-7, afin de pouvoir étudier les qualités et défauts de l'unité R4-P.

La vie était si simple pour cet enfant, songea Jango avec une pointe d'envie. L'amour, entre père et fils. L'attrait pour les études. En dehors de ces deux activités, le seul réel challenge pour l'enfant était de se trouver des distractions lorsque Jango était en déplacement ou bien occupé avec les Kaminoan.

À cet instant précis, à observer son fils, Jango se sentit vulnérable, profondément vulnérable, et il s'agissait d'une émotion qui le mettait très mal à l'aise. Il faillit dire à Boba d'abandonner son travail pour filer faire ses bagages, là tout de suite, afin qu'ils puissent quitter Kamino le plus rapidement possible. Mais Fett comprit immédiatement les implications d'une telle décision. Il partirait sans rien apprendre de son ennemi potentiel, ce Chevalier Jedi qui venait de faire irruption sur la planète. Et son patron voudrait certainement en savoir plus à son sujet.

Jango lui-même voulait en savoir plus à son sujet. S'il décollait tout de suite – alors qu'il venait de recevoir un message de Taun We lui signalant l'arrivée imminente d'un visiteur –, il laisserait évidemment planer un doute quant à son rôle dans cette affaire.

Et il se retrouverait avec un Chevalier Jedi à ses trousses, un Chevalier Jedi dont il ne savait pratiquement rien.

Jango continua d'observer Boba, car c'était là la seule chose qui lui importait.

— N'ayons l'air de rien, se chuchota-t-il. Après tout, tu n'es rien de plus ici qu'une source de matière première destinée au clonage, suffisamment bien payée pour ne pas chercher à savoir pourquoi on tient tellement à te cloner…

C'était là sa litanie, son plan. Et il lui fallait s'en tenir à ça.

Pour le bien-être de Boba.

Taun We fit un geste de la main qui déclencha un carillon invisible. Un geste qui rappela à Obi-Wan combien ce monde de Kamino, et particulièrement cette ville de Tipoca, lui était encore étranger. Il ne s'attarda pas sur cette pensée, préférant se concentrer sur le mécanisme de verrouillage de la porte qui se trouvait devant lui, un système de loquets et de clenches très élaboré. Il lui sembla qu'on ne lésinait pas avec la sécurité. Ce qui était curieux, étant donné le rapport prétendument amical que Jango Fett entretenait avec les Kaminoan et le contrôle évident que les cloneurs exerçaient sur l'ensemble de leur cité. Ce mécanisme de fermeture était-il destiné à empêcher les visiteurs d'entrer ou bien Jango de sortir ?

Il devait certainement s'agir de la première option, raisonna le Jedi. Jango était un chasseur de primes, après tout. Il s'était probablement constitué son content d'ennemis dangereux.

Il était encore en train d'étudier le verrou lorsque la porte s'ouvrit soudainement, révélant un jeune garçon, réplique exacte de ceux qu'Obi-Wan avait aperçus quelques heures auparavant.

Ce clone parfaitement identique dont Jango avait fait la demande, sauf que celui-ci devait réellement être âgé de dix ans.

— Boba, dit Taun We sur un ton de grande familiarité. Est-ce que ton père est là ?

Boba Fett resta debout sur le pas de la porte à dévisager le visiteur humain pendant un long moment.

— Ouais.

— Pouvons-nous le voir ?

— Sûr, répondit Boba.

Il fit un pas en arrière et garda les yeux fixés sur Obi-Wan lorsque le Jedi et Taun We pénétrèrent dans la pièce.

— Papa ! appela Boba.

Le terme attisa la curiosité d'Obi-Wan, dans la mesure où il s'agissait d'un clone et non d'un enfant naturel. Existait-il une connexion ? Une vraie connexion ? Jango avait-il demandé cette réplique exacte non pour des raisons professionnelles mais tout simplement parce qu'il désirait un fils ?

— Papa ! appela de nouveau le gamin. Taun We est là !

Jango Fett entra dans la pièce, vêtu d'une chemise et d'un pantalon tout simple. Obi-Wan le reconnut immédiatement, même s'il était plus âgé que le plus mature des clones, même si son visage crevassé et mal rasé était barré de cicatrices. Son corps avait un peu épaissi avec l'âge, mais son allure était toujours très imposante, semblable à celle de ces vieux briscards qu'Obi-Wan avait eu l'occasion de rencontrer dans des endroits tels que le restaurant de Dexter. Quelques kilos de trop, certes, mais ces kilos recouvraient à peine une musculature de fer, forgée par des années d'une existence mouvementée. Des tatouages ornaient les avant-bras musclés de Jango et Obi-Wan fut incapable de reconnaître les étranges motifs.

Relevant la tête, il remarqua l'évidente expression de suspicion sur les traits de Jango. Cet homme était sur le qui-vive, comprit le Chevalier. Et dangereux.

— Heureuse de vous revoir, Jango, annonça Taun We. Votre voyage a-t-il été productif ?

Obi-Wan étudia intensément le chasseur de primes. Un voyage ? Mais Jango était un professionnel et son expression ne révéla aucune surprise, aucun tressaillement.

— Pas mal, répondit l'homme d'un ton détaché.

Ayant parlé, il continua de dévisager Obi-Wan. Il plissa les yeux en un regard presque menaçant.

— Voici le Maître Jedi Obi-Wan Kenobi, dit Taun We, d'un ton plus léger, visiblement destiné à alléger la tension si palpable qui régnait dans la pièce. Il est venu inspecter nos progrès.

— Tiens donc ?

Si Jango éprouvait la moindre inquiétude, il s'abstint de la montrer.

— Vos clones sont très impressionnants, dit Obi-Wan. Vous devez en être très fier.

— Oh, vous savez, je ne suis qu'un homme très simple qui cherche sa place dans l'univers, Maître Jedi.

— N'est-ce pas le cas pour chacun d'entre nous ?

Obi-Wan détourna finalement les yeux de Jango en parlant. Il se mit à inspecter la pièce à la recherche d'indices. Il se concentra sur la porte entrouverte par laquelle Jango était arrivé. Il aperçut, dans la pièce voisine, les morceaux d'une armure criblée d'impacts et souillée, semblable à celle portée par le mystérieux homme-fusée qui avait abattu, d'une seule fléchette empoisonnée, la métamorph Zam Wesell. Il aperçut également la courbe bleutée de la visière et du respirateur de ce même casque qu'il avait remarqué sur Coruscant. Avant qu'Obi-Wan puisse pousser plus avant son investigation, Jango se posta devant lui pour lui bloquer délibérément la vue.

— Et cette place, ne seriez-vous pas allé la chercher sur Coruscant ? demanda brusquement Obi-Wan.

— Une ou deux fois.

— Récemment ?

Le regard du chasseur de primes s'assombrit.

— Possible…

— Alors, vous devez connaître Maître Sifo-Dyas, déclara Obi-Wan.

Il ne cherchait pas réellement à donner une suite logique à son raisonnement, plutôt à étudier les réactions de l'individu.

Il n'y en eut aucune. Jango Fett ne bougea pas d'un centimètre, bloquant toujours la vue au Jedi. Lorsque ce dernier essaya avec subtilité de se décaler légèrement de côté pour reprendre son inspection, Jango dit à Boba, en langage codé, d'aller fermer la porte.

Jango Fett attendit que le gamin eût obéi pour faire un pas de côté. Obi-Wan eut alors l'impression que l'homme était à son tour en train de le jauger.

— Maître qui ? demanda Jango.

— Sifo-Dyas. C'est bien lui qui vous a engagé pour ce travail, non ?

— Jamais entendu parler, répondit Jango.

Obi-Wan fut incapable de détecter si cette réponse était, ou non, un mensonge.

— Vraiment ?

— J'ai été recruté par un homme appelé Tyranus, sur l'une des lunes de Bogden, expliqua Jango.

Obi-Wan eut la sensation qu'il disait la vérité.

— Comme c'est curieux, marmonna Obi-Wan, baissant les yeux, surpris et troublé par tout ce que cela induisait.

— Votre armée vous plaît ? lui demanda Jango Fett.

— J'ai hâte de les voir à l'action, répondit le Jedi.

Jango continuait de le dévisager et Obi-Wan fut alors certain qu'il était en train d'essayer de deviner ses intentions. Et puis, comme si tout n'avait soudainement plus d'importance, le chasseur de primes lui sourit de toutes ses dents.

— Ils feront bien leur travail. Je peux vous le garantir.

— Comme leur modèle ?

Jango continua de sourire.

— Merci pour votre accueil, Jango, dit Obi-Wan pour contrer l'expression chargée de sous-entendus du chasseur de primes.

Il fit signe à Taun We et se dirigea vers la porte.

— J'ai toujours plaisir à rencontrer un Jedi, répondit Jango.

Une réponse lourde de signification, quelque chose comme une menace à peine voilée.

Obi-Wan préféra ne pas relever. Jango Fett était visiblement un homme dangereux, rusé, élevé à l'école de la rue. Il ne devait pas avoir son pareil dans le maniement des armes. Avant de pousser un peu plus avant son enquête, Obi-Wan jugea sage de relayer au Conseil Jedi sur Coruscant tout ce qu'il avait appris jusqu'à présent. La découverte de cette armée de clones lui avait causé un réel choc. Tout cela n'avait aucun sens.

Jango était-il bien l'homme-fusée qu'Obi-Wan avait

entrevu sur Coruscant, la nuit où Padmé Amidala avait été attaquée ?

En son for intérieur, Obi-Wan en était persuadé. Mais comment relier cela avec le fait que cet homme était également le géniteur d'une impressionnante armée de clones, une armée prétendument commandée par un ancien Maître Jedi ?

Taun We à ses côtés, le Chevalier quitta l'appartement. La porte se referma en coulissant derrière eux. Obi-Wan marqua une pause et concentra son attention derrière lui, projetant même une onde de la Force en direction du panneau.

Le mécanisme se verrouilla silencieusement.

— C'était bien son chasseur stellaire, hein, Papa ? demanda Boba Fett. C'est un Chevalier Jedi, il peut se servir d'une unité R4-P.

Jango adressa à son fils un hochement de tête absent.

— Je le savais ! cria Boba.

Mais Jango mit un terme à son excitation en lui adressant un de ses regards dépourvus d'ambiguïté que le jeune garçon avait appris à comprendre.

— Qu'est-ce qu'il y a, Papa ?

— Prépare tes affaires, on s'en va.

Boba voulut répondre quelque chose.

— Et vite, dit le chasseur de primes.

Boba se mit à courir vers sa chambre, manqua de s'étaler par terre en passant le seuil.

Jango secoua la tête. Il n'avait pas besoin de ça. Pas maintenant. Encore une fois, le chasseur de primes regretta sa décision d'avoir accepté le contrat sur Padmé Amidala. Il avait été fort surpris lorsque la Fédération du Commerce lui avait proposé le marché. Mais ils avaient insisté, ils lui avaient expliqué que la mort d'un Sénateur serait nécessaire au ralliement de factions supplémentaires. Ils lui avaient ensuite fait une offre si lucrative que Jango n'avait pu la refuser, une offre qui leur permettrait, à lui et à Boba, d'aller s'installer tranquillement sur la planète de leur choix pour le restant de leur vie.

Jango ne s'était pas douté, cependant, qu'en acceptant le contrat sur le Sénateur Padmé Amidala il aurait maille à partir avec les Chevaliers Jedi.

Il regarda vers Boba, qui se trouvait dans la chambre.

Kamino n'était décidément pas le lieu où il fallait être à cet instant précis. Pas du tout.

17

Padmé se réveilla soudainement, essayant d'ajuster ses sens à son environnement. Quelque chose n'allait pas, comprit-elle instinctivement, et elle sauta de son lit, de peur de découvrir un autre de ces terribles mille-pattes en train de ramper vers elle.

Mais la chambre était calme, rien ne semblait bouger. Quelque chose l'avait pourtant réveillée, mais ce quelque chose n'était pas dans la pièce.

— Non ! entendit-elle, venant de la chambre voisine où Anakin était endormi. Non ! Maman ! Ne faites pas ça !

Padmé s'écarta du lit et courut jusqu'à la porte, sans prendre le temps d'enfiler un peignoir sur son déshabillé de soie. Arrivée au panneau, elle écouta attentivement. Il y eut une série de grognements, suivis d'autres cris. Elle réalisa qu'il n'y avait aucun danger immédiat, qu'Anakin était encore en train de faire un cauchemar, comme celui qu'il avait eu à bord du vaisseau qui les avait conduits sur Naboo. Elle ouvrit la porte et posa les yeux sur lui.

Il se retourna plusieurs fois dans le lit en criant « Maman ! Maman ! ». Peu rassurée, Padmé entra dans la chambre.

Anakin se calma soudainement et roula sur le dos. Le rêve, ou la vision, s'était apparemment évanoui.

C'est à cet instant que Padmé se souvint qu'elle ne portait pas grand-chose sur elle. Elle retourna à la porte, la ferma doucement, attendit un petit moment. Le silence était revenu et elle regagna son lit.

Elle resta éveillée, dans le noir, longtemps, très longtemps. Elle pensa à Anakin, se disant qu'elle voulait être auprès de lui, le serrer dans ses bras, l'aider à se sortir de ce mauvais rêve. Elle essaya de chasser cette idée de sa tête. Les jeunes gens avaient déjà débattu de ce sujet et étaient parvenus à un commun accord. Cet accord ne stipulait pas qu'elle le rejoigne dans son lit.

Au matin, elle trouva Anakin, installé sur le balcon est de l'auberge, en train d'admirer le lac et le soleil levant. Il se tenait près de la balustrade, tellement perdu dans ses réflexions qu'il ne remarqua pas l'arrivée de Padmé.

Elle s'approcha lentement, soucieuse de ne pas le déranger. Lorsqu'elle arriva à sa hauteur, elle constata qu'il n'était pas seulement perdu dans ses pensées. Il était en pleine méditation. Reconnaissant qu'Anakin avait certainement besoin de ce moment d'intimité, la jeune femme tourna doucement les talons et s'éloigna, aussi discrètement que possible.

— Ne pars pas, lui dit Anakin.

— Je ne voulais pas te déranger, lui répondit-elle, surprise.

— Ta présence est réconfortante.

Padmé réfléchit à ses paroles quelques instants, mesurant le plaisir qu'elle éprouvait à les avoir entendues, puis se reprochant d'avoir ressenti un tel plaisir. Pourtant, à se tenir là, à observer le visage serein du jeune homme, elle ne put nier l'attraction qu'il exerçait sur elle. Il lui apparut comme un jeune héros, un Jedi en herbe, et elle eut la certitude qu'il deviendrait un jour le membre le plus puissant que ce grand ordre ait jamais connu. Mais, dans le même temps, Anakin lui rappelait ce petit gamin qu'elle avait rencontré pendant la guerre contre la Fédération du Commerce. Un gamin à la fois curieux et impétueux, agaçant et charmeur.

— Tu as encore fait des cauchemars, la nuit dernière, dit-elle doucement quand Anakin ouvrit enfin ses grands yeux bleus.

— Les Jedi ne font pas de cauchemars, répondit-il sur un air de défi.

— Je t'ai entendu, s'empressa de rétorquer Padmé.

Anakin se tourna vers elle, son expression affichant clairement que le sujet n'était pas ouvert à la discussion. Elle savait pourtant que son affirmation était ridicule et lui fit comprendre, d'un regard, qu'elle en était parfaitement consciente.

— J'ai vu ma mère, admit-il en baissant les yeux. Je l'ai vue aussi clairement que je te vois à présent. Elle souffre, Padmé. Ils sont en train de la tuer ! Elle souffre énormément !

— Qui est en train de la tuer ? demanda Padmé, s'approchant de lui et posant une main sur son épaule.

Elle l'observa attentivement et nota qu'il était habité d'une solide détermination qui la déstabilisa.

— Je sais que je vais faillir à ma mission de te protéger, essaya d'expliquer Anakin. Je sais que je serai puni et qu'il est possible qu'on me chasse de l'Ordre Jedi. Mais je dois partir.

— Partir ?

— Je dois aller l'aider ! Je suis désolé, Padmé, dit-il. (Elle vit à son air qu'il était sincère, que la quitter était certainement la dernière chose qu'il voulait faire.) Je n'ai pas le choix.

— Non, bien sûr. Surtout si tu penses que ta mère est en danger.

Anakin lui adressa un hochement de tête.

— Je pars avec toi, décida-t-elle. (Anakin écarquilla les yeux. Il voulut répondre, s'opposer à cette idée, mais le sourire de Padmé l'empêcha de prononcer le moindre mot.) Comme ça, tu pourras continuer à me surveiller ! avança-t-elle. (Sa théorie lui parut imparable.) Et tu ne failliras pas à ta mission !

— Je ne pense pas que cela corresponde à ce qu'avait imaginé le Conseil Jedi. J'ai bien peur d'aller au-devant d'un grand danger, et t'emmener avec moi…

— Aller au-devant d'un grand danger ? répéta Padmé en riant. Mais, Anakin, j'y suis déjà allée !

— Et Maître Obi-Wan ?

— Eh bien, je suppose qu'il vaut mieux ne rien lui

dire, pas vrai ? répondit-elle du tac au tac, affichant un irrésistible sourire.

Anakin la regarda, croyant à peine à ce qu'il venait d'entendre. Il ne pouvait lutter et il se mit aussi à sourire. Pour des raisons qu'il avait encore du mal à comprendre, le Padawan disposait de toutes les justifications nécessaires pour désobéir aux ordres, maintenant que Padmé proposait délibérément de l'accompagner.

Padmé et Anakin furent frappés par le contraste violent qui s'offrit à leurs yeux, lorsque l'élégant vaisseau surgit de l'hyperespace et s'approcha de la sphère brune de la planète Tatooine. Ici, tout était différent de Naboo, planète d'herbes vertes, d'eaux bleues et profondes, entourée de volutes nuageuses. Tatooine n'était rien de plus qu'une boule brune, flottant dans l'espace, une vraie désolation par rapport à la richesse de Naboo.

— « Ma maison, ma maison, pour dormir nous y rentrons », récita Anakin, reprenant une comptine de son enfance.

— « Mon foyer, mon repaire, ma maison c'est mon cocon », ajouta Padmé, s'attirant du coup un regard agréablement surpris de la part d'Anakin.

— Tu la connais ?

— Tout le monde la connaît.

— Je ne savais pas, dit Anakin. Enfin, je ne savais pas que quelqu'un d'autre pouvait... Je croyais que c'était une berceuse que ma mère avait composée pour moi.

— Oh, je suis désolée, dit Padmé. Elle a peut-être écrit ses propres paroles. Peut-être qu'elles sont différentes de celles que ma mère me chantait.

Anakin secoua la tête d'un air dubitatif, mais l'explication ne le gêna pas plus que ça. Curieusement, cela lui faisait plaisir de découvrir que Padmé connaissait cette comptine, cela lui faisait plaisir de savoir qu'il partageait ce don maternel avec d'autres enfants.

— Ils ne nous ont pas encore transmis les coordonnées, remarqua la jeune femme.

— Ils ne le feront certainement pas, à moins que nous

ne le leur demandions spécifiquement, répondit Anakin. Les choses ne sont pas très strictes par ici, en général. Tu trouves une place, tu t'y gares. Ensuite, tu espères qu'on ne te piquera pas ton vaisseau pendant que tu vaques à tes occupations.

— C'est aussi charmant que dans mon souvenir !

Anakin la regarda et hocha la tête. Les choses avaient bien changé depuis que Padmé avait été forcée, dix ans auparavant, de se poser en catastrophe sur Tatooine, en compagnie de Qui-Gon et d'Obi-Wan, pour effectuer des réparations d'urgence sur son vaisseau. Il essaya de sourire, mais sa nervosité intérieure gâcha l'effet. Trop de pensées déplaisantes étaient en train de l'assaillir. Sa mère allait-elle bien ? Son rêve était-il la prémonition d'un incident sur le point de se produire ou bien la vision de quelque chose qui était déjà arrivé ?

Anakin appuya sur la commande des gaz, plongea dans l'atmosphère et fila à travers le ciel.

— Mos Espa ! annonça-t-il lorsque la silhouette de la ville se profila à l'horizon.

Il força son chemin dans la circulation aérienne, ce qui déclencha un tonnerre de protestations dans le comlink. Mais Anakin connaissait bien les lieux, aussi bien que s'il n'avait jamais quitté la planète. Il survola la périphérie de la cité avant de poser le vaisseau sur une immense aire d'atterrissage, elle-même encombrée par un assortiment d'appareils appartenant à des marchands ou à des mercenaires.

— Vous ne pouvez pas débarquer comme ça sans y avoir été invités ! hurla l'officier, une créature corpulente au visage porcin, dotée d'épines lui courant sur le dos et la queue.

— Dans ce cas, c'est une bonne chose de nous avoir invités, dit Anakin très calmement, appuyant sa phrase d'un vague geste de la main.

— Dans ce cas, c'est une bonne chose de vous avoir invités, répondit joyeusement l'officier.

Anakin et Padmé passèrent le poste de contrôle. La jeune femme eut du mal à contenir son envie de rire.

— Anakin, tu es vraiment incorrigible, dit-elle lorsqu'ils débouchèrent dans la rue poussiéreuse.

— Ce n'est pas comme si des douzaines de vaisseaux étaient en train d'attendre pour pouvoir atterrir, répondit Anakin, se sentant apparemment parfaitement à l'aise d'avoir employé la Force pour convaincre l'officier porcin.

Il fit signe à un speeder pousse-pousse remorqué par un droïde ES-PSA, une petite machine élancée dotée d'une roue à la place des jambes.

Anakin donna l'adresse au droïde et celui-ci entraîna son chariot flottant dans la circulation, fonçant dans les rues de Mos Espa, zigzaguant pour éviter les convois plus importants et poussant un signal strident à chaque fois que quelqu'un se trouvait dans le passage.

— Tu penses qu'il est mêlé à tout ça ? demanda Padmé à Anakin.

— Qui ? Watto ?

— Oui, c'est bien son nom, n'est-ce pas ? C'est bien ton ancien maître ?

— Si Watto a fait du mal à ma mère, je lui arrache les ailes du dos ! promit-il avec sincérité.

Il ne savait pas comment il réagirait en revoyant son ancien geôlier. Watto n'avait peut-être rien à voir avec les problèmes de Shmi. Le ferrailleur les avait traités, elle et Anakin, bien mieux que la plupart des propriétaires d'esclaves de Mos Espa. Il ne les avait pas battus trop souvent. Pourtant, Anakin avait encore en mémoire le fait que Watto avait refusé de laisser partir Shmi lorsque Qui-Gon et Obi-Wan avaient proposé de l'affranchir. Anakin comprit alors qu'il était peut-être en train de transférer sa propre culpabilité d'avoir abandonné sa mère sur Watto qui, après tout, était un homme d'affaires.

— C'est ici, ES-PSA, dit Anakin au droïde.

Le pousse-pousse s'arrêta en douceur devant un magasin qu'Anakin jugea bien trop familier. Là, sur un tabouret, travaillant avec un tournevis électronique sur une pièce qui semblait provenir d'un droïde, était assis un

Toydarien rondouillard, ailé et doté d'une trompe. La créature portait un petit chapeau rond et noir, ainsi qu'un gilet tiré autant que possible vers l'avant pour masquer son embonpoint. Anakin le reconnut immédiatement.

Il l'observa si longuement sans bouger que Padmé descendit du véhicule et tendit la main à Anakin pour l'inviter à la rejoindre.

— Attendez ici, ordonna-t-elle au droïde. S'il vous plaît.

— *No chuba da wanga, da wanga !* cria Watto à l'adresse de la pièce endommagée et au trio de petits droïdes mécanos qui cavalaient en tous sens devant lui pour essayer de l'aider.

— C'est du huttais, expliqua Anakin à Padmé.

— « Non, pas celui-là, celui-là ! » répondit-elle. (Devant l'expression d'Anakin, surpris de constater qu'elle connaissait ce langage étrange, elle s'empressa d'ajouter :) Tu crois que c'est facile, d'être Reine ?

Anakin secoua la tête et reposa les yeux sur Watto, puis sur Padmé, il les regarda tous deux à nouveau, plusieurs fois de suite, en s'approchant.

— *Chut, chut, Watto*, annonça-t-il pour saluer le Toydarien.

— *Ke booda ?* répondit celui-ci, surpris.

— *Di nova, chut, chut*, réitéra Anakin, d'une voix à peine audible parmi les glapissements des droïdes mécanos.

— *Go ana bopa !* cria Watto aux droïdes, qui se déconnectèrent et se replièrent dans leur position de stockage.

— *Ding mi chasa hopa*, proposa Anakin, prenant la pièce endommagée des mains de Watto pour l'étudier d'un œil expert.

Watto le dévisagea quelques instants, ses grands yeux globuleux s'écarquillant sous le coup de la surprise.

— *Ke booda ?* demanda-t-il. *Yo baan pee hota. No wega mi condorta. Kin chasa du Jedi. No bata tutu.*

— Il ne te reconnaît pas, chuchota Padmé à Anakin,

essayant de contenir son hilarité après avoir entendu la dernière phrase de Watto qui signifiait, plus ou moins : « Je ne sais pas de quoi vous parlez, je n'y suis pour rien. »

— *Mi boska di Shmi Skywalker*, déclara brusquement Anakin.

Watto l'observa d'un regard soupçonneux. Qui pouvait donc s'intéresser à Shmi, son ancienne esclave ? Les yeux du Toydarien allèrent d'Anakin à Padmé et revinrent sur Anakin.

— Anakin ? demanda-t-il en basic. Le petit Anakin ? Naaaan !

En guise de réponse, Anakin déplaça ses doigts agiles sur la pièce endommagée dont le petit moteur se mit subitement à ronronner. Souriant de toutes ses dents, il rendit la pièce à Watto.

Rares étaient ceux qui pouvaient ainsi réparer comme par magie les pièces de droïdes cassées.

— C'est bien Anakin ! cria le Toydarien. C'est bien toi ! répéta-t-il en battant furieusement des ailes. (Il décolla de son tabouret et se mit à voleter devant le jeune couple.) Mince, t'as drôlement poussé !

— Salut, Watto.

— Ben dis donc ! s'exclama le Toydarien. T'es devenu un Jedi, regardez-moi ça ! Hé ! Peut-être que tu pourrais m'aider avec deux ou trois crétins qui me doivent un paquet de pognon…

— Ma mère… l'interrompit Anakin.

— Ah ouais, Shmi. Je ne l'ai plus. Je l'ai vendue.

— Vendue ? demanda Anakin, sentant Padmé lui serrer le bras.

— Il y a des années, expliqua Watto. Désolé, Anakin mais tu sais, les affaires sont les affaires. Je l'ai vendue à un cultivateur d'humidité appelé Lars. Enfin, je crois qu'il s'appelle Lars. Tu vas pas le croire, j'ai entendu dire qu'il l'avait affranchie pour l'épouser. Tu te rends compte ?

Anakin secoua la tête, essayant de tout assimiler en même temps.

— Et tu sais où ils sont, à présent ?

— Très loin d'ici. Quelque part au-delà de Mos Eisley, je crois.

— Tu ne pourrais pas être plus précis ?

Watto réfléchit quelques instants puis haussa les épaules.

— J'aimerais bien le savoir, dit Anakin, d'un ton sinistre et déterminé, presque menaçant.

Les traits de Watto se figèrent l'espace d'un instant, révélant qu'il avait bien compris qu'Anakin ne plaisantait pas du tout.

— Ouais, d'accord, dit-il. Absolument. On va jeter un œil à mes registres.

Tous les trois rentrèrent dans la boutique et la vision de l'intérieur raviva des souvenirs à Anakin. Combien d'heures, combien d'années passées ici, à réparer tout ce que Watto lui confiait ? Et là, dans l'arrière-cour, combien d'heures passées dans la ferraille à chercher des pièces pour se construire un Podracer ? Tous ces souvenirs n'étaient pas foncièrement mauvais, admit le jeune homme. Mais les bons souvenirs avaient tout de même du mal à lutter contre la réalité de ce qu'avait été sa vie d'esclave. L'esclave de Watto.

Heureusement pour Watto, les registres révélèrent l'emplacement d'une ferme de culture d'humidité appartenant à un certain Cliegg Lars.

— Reste un peu, Anakin, proposa le Toydarien après lui avoir fourni l'information sur le nouveau propriétaire – le mari ? – de Shmi.

Sans un mot, Anakin tourna les talons et se dirigea vers la sortie. C'était la dernière fois qu'il voulait voir Watto et son magasin, décida-t-il. À moins, bien entendu, qu'il ne découvre que Watto lui avait menti et qu'il ne soit impliqué, d'une façon ou d'une autre, dans les souffrances de sa mère.

— On retourne aux docks, ES-PSA, dit-il au droïde pendant que Padmé et lui s'installaient à bord du pousse-pousse. Et vite !

— Vous êtes sûrs que je ne peux rien vous offrir à boire ? appela Watto depuis la porte de son magasin.

Mais ils étaient déjà loin, comme l'attestait le petit nuage de poussière que leur engin laissait derrière lui.

— *Annie du Jedi*, grommela Watto, agitant les mains devant lui en signe d'incrédulité. Eh ben, qu'est-ce que vous dites de ça…

Anakin fit décoller le vaisseau spatial avec encore plus de violence qu'il ne l'avait posé. Il s'éleva de l'aire à toute allure, manquant de heurter un petit cargo en train de manœuvrer pour atterrir. Des appels de protestation, en provenance de la tour de contrôle de Mos Espa, retentirent dans le cockpit et Anakin coupa le son de la console de communication. Le vaisseau traversa à vive allure le ciel de la ville. Quelques instants plus tard, ils passèrent au-dessus du champ de course où Anakin, quand il était plus petit, allait piloter des Podracers. Le jeune homme adressa un vague coup d'œil à l'arène avant de mettre le cap sur le désert, direction Mos Eisley. Lorsque cette autre cité apparut, il vira vers le nord et prit de l'altitude.

Ils repérèrent une première ferme, puis une autre et enfin une troisième, formant presque une ligne droite depuis la ville.

— C'est celle-là ! dit Padmé.

Anakin hocha la tête, l'air sombre, et posa le vaisseau sur un promontoire qui dominait la propriété.

— Je vais vraiment la revoir, chuchota-t-il en coupant les réacteurs.

Padmé lui serra le bras et lui adressa un sourire réconfortant.

— Tu ne sais pas ce que c'est de devoir abandonner sa mère comme ça, dit-il.

— J'abandonne ma famille tout le temps, répondit-elle. Mais tu as raison. Ce n'est pas pareil. Je ne peux pas imaginer ce que c'est d'être esclave, Anakin.

— C'est encore pire de savoir que ta mère en est une…

Padmé hocha la tête.

— Reste avec le vaisseau, R2, ordonna-t-elle au droïde.

Ce dernier sifflota une réponse.

La première silhouette qu'ils aperçurent, en approchant de la ferme, fut celle d'un mince droïde, couvert de plaques de métal grisâtre érodées par le temps. Ayant apparemment besoin d'un bon bain d'huile, il se pencha, raide comme un piquet, et se mit au travail sur une sorte de capteur de périmètre. Il se releva d'un mouvement brusque en les voyant arriver.

— Oh, bonjour, les salua-t-il. Puis-je vous aider ? Je suis C…

— … 3PO ? dit Anakin, le souffle court, en croyant à peine ses yeux.

— Par tous mes circuits ! s'exclama le droïde, tremblant de tous ses membres. Oh ! Mon fabricant ! Messire Anakin ! Je savais que vous reviendriez ! J'en étais sûr ! Et cette jeune personne doit être Mademoiselle Padmé !

— Bonjour, C-3PO, dit-elle.

— Oh, par mes circuits ! Je suis si content de vous voir, tous les deux !

— Je suis venu voir ma mère, expliqua Anakin.

Le droïde se tourna brusquement vers lui puis donna l'impression de battre en retraite de façon craintive.

— Je pense… Je pense… balbutia C-3PO. Je pense que nous ferions mieux de rentrer, dit-il enfin, se tournant vers la propriété et invitant le jeune couple à le suivre.

Anakin et Padmé échangèrent un regard inquiet. Le jeune homme sentit à nouveau une impression sinistre s'abattre sur lui, cette même sensation qu'il éprouvait après chaque cauchemar.

Ils rattrapèrent le droïde dans la cour de la ferme. Celui-ci était en train d'appeler le propriétaire des lieux :

— Messire Cliegg ! Messire Owen ! Puis-je vous présenter deux importants visiteurs ?

Un jeune homme et une jeune femme sortirent précipitamment de la maison, mais ils ralentirent l'allure en apercevant Padmé et Anakin.

— Je suis Anakin Skywalker, annonça ce dernier.

— Anakin ? répéta l'autre jeune homme, écarquillant les yeux. Anakin !

La jeune femme qui se trouvait à côté de lui porta ses mains devant sa bouche.

— Anakin le Jedi ! dit-elle, presque hors d'haleine.

— Vous me connaissez ? Shmi Skywalker est ma mère.

— C'est la mienne aussi, dit l'autre jeune homme. Enfin, pas ma vraie mère, s'empressa-t-il d'ajouter en remarquant le regard perplexe d'Anakin. Mais la seule mère que j'aie jamais connue. (Il tendit la main à Anakin.) Je suis Owen Lars. Voici ma fiancée, Beru Whitesun.

— Bonjour, dit Beru en les saluant de la tête.

Padmé, ayant abandonné tout espoir qu'Anakin finirait par la présenter, fit un pas en avant.

— Je suis Padmé.

— On peut conclure que je suis ton beau-frère, déclara Owen, sans quitter des yeux le jeune Jedi dont il avait si souvent entendu parler. Je me disais bien que tu finirais par te pointer dans le coin.

— Est-ce que ma mère est là ?

— Non, elle n'est pas là, répondit une voix bourrue derrière Owen et Beru.

Tous les quatre se tournèrent pour apercevoir, dans l'ombre de la porte, un homme robuste sur sa chaise flottante. Une de ses jambes était couverte de pansements. L'autre avait été, apparemment, arrachée. Anakin comprit que les blessures étaient relativement récentes. Il sentit son cœur lui remonter dans la gorge.

— Je suis Cliegg Lars, annonça l'homme en se rapprochant pour lui serrer la main. Shmi est mon épouse. Nous devrions rentrer, nous avons beaucoup de choses à nous dire.

Anakin le suivit. Il eut l'impression d'être dans un rêve. Un rêve épouvantable.

— C'était juste avant l'aube… commença Cliegg, glissant doucement vers la table de la cuisine avec Owen à ses côtés.

Beru alla chercher à manger et à boire pour leurs invités.

— Ils ont surgi de nulle part ! ajouta Owen.

— Une bande de pillards Tusken, expliqua Cliegg.

Anakin se sentit sombrer, ses genoux se dérobèrent sous lui et il se laissa choir sur la chaise juste en face de celle d'Owen. Il avait lui-même déjà eu l'occasion de rencontrer les Tusken. Très brièvement. Il s'était une fois occupé d'un pillard gravement blessé. Lorsque les congénères de ce dernier étaient enfin venus le rechercher, ils avaient laissé la vie sauve à Anakin, ce qui, au dire de tout le monde sur Tatooine, était exceptionnel. Même s'il s'était tiré de cet incident sans dommage, il ne plaisait guère à Anakin d'entendre prononcer, dans la même phrase, le nom de Shmi et celui, sinistre, des Hommes des Sables.

— Ta mère était sortie de bonne heure, comme elle le faisait toujours, afin d'aller cueillir les champignons qui poussent le long des vaporateurs, expliqua Cliegg. D'après les traces, elle devait se trouver à mi-chemin de la maison quand ils l'ont enlevée. Ces Tusken marchent debout, comme des hommes, mais ce sont des monstres vicieux dénués de scrupules.

— Cela faisait plusieurs jours que nous les soupçonnions de traîner dans les environs, intervint Owen. Elle n'aurait jamais dû sortir toute seule !

— Mais on ne peut pas vivre éternellement recroquevillés dans la terreur ! le réprimanda Cliegg. (Il se calma immédiatement et reporta son attention sur Anakin.) Tous les indices nous donnaient à penser que nous avions réussi à chasser ces Tusken. Nous ne savions pas, en fait, qu'il s'agissait d'une bande très organisée, à l'effectif nombreux. Je crois que nous n'en avions jamais affronté d'aussi forts. Nous sommes partis à trente pour sauver Shmi. Seuls quatre d'entre nous sont revenus en vie.

Il fit la grimace et frotta sa jambe blessée. Anakin ressentit distinctement la douleur de l'homme.

— Je serais toujours à sa recherche… Si je n'étais pas blessé à la jambe…

Cliegg faillit fondre en larmes et Anakin comprit combien cet homme aimait Shmi.

— Je ne peux plus bouger, reprit Cliegg. Tant que je ne serai pas guéri...

Cet homme si fier inspira profondément et s'obligea à se redresser, à bomber le torse.

— Ce n'est pas ainsi que j'aurais souhaité faire ta connaissance, mon fils, dit-il à Anakin. Ce n'est pas comme ça que ta mère et moi avions planifié les choses. Je ne veux pas avoir l'air d'abandonner la partie, mais cela fait plus d'un mois qu'elle a disparu. Il y a peu d'espoir pour qu'elle ait tenu le coup si longtemps.

Les paroles frappèrent Anakin avec la même intensité que la morsure d'un fouet. Il détourna son attention, se referma sur lui-même, se fondit dans la Force, utilisant ce lien qu'il partageait avec sa mère pour tenter de discerner sa présence dans ses ondes.

Puis il se leva soudainement.

— Où vas-tu ? demanda Owen.

— Chercher ma mère, répondit Anakin d'une voix sinistre.

— Non, Anakin ! intervint Padmé, se levant à son tour pour lui saisir le bras.

— Ta mère est morte, fils, ajouta Cliegg d'un ton résigné. Il faut l'accepter.

Anakin le foudroya du regard.

— Je peux la sentir souffrir, dit-il entre les dents de sa mâchoire serrée. Elle souffre toujours. Et je vais la trouver.

Un moment de silence gêné s'installa.

— Prends ma motojet, proposa Owen, sautant de sa chaise et marchant jusqu'à Anakin.

— Je sais qu'elle est en vie, dit Anakin à Padmé. J'en suis sûr.

Padmé frissonna mais ne dit rien. Elle lâcha le bras d'Anakin et emboîta le pas à Owen.

— J'aurais tellement aimé qu'il vienne plus tôt, se lamenta Cliegg.

Padmé le regarda puis leva les yeux vers Beru, qui se tenait près de l'homme en larmes et avait passé ses bras autour de ses épaules.

Ne trouvant rien à dire, elle tourna les talons et rejoignit Anakin et Owen à l'extérieur. Lorsqu'elle sortit, elle constata qu'Owen était déjà en train de revenir vers la maison. Anakin, lui, se tenait près de la motojet, le regard perdu sur l'immensité du désert.

— Il va falloir que tu restes ici, dit-il à Padmé pendant qu'elle le rejoignait en petites foulées. Ces gens sont très bien. Tu seras en sécurité avec eux.

— Anakin…

— Je sais qu'elle est en vie, dit-il, observant toujours les dunes de sable.

Padmé le prit dans ses bras.

— Va la retrouver, murmura-t-elle.

— Je ne serai pas long, promit-il.

Il enfourcha la motojet, enclencha le démarreur d'un coup de talon et fila vers l'horizon.

18

Lorsque l'appel fut transmis au Temple Jedi sur Coruscant, codé avec un brouillage de type cinq et adressé aux « copains à la maison », Mace Windu et Yoda comprirent que c'était important. Extrêmement important.

Ils décidèrent de prendre l'appel dans l'appartement de Yoda. Mace inspecta le corridor soigneusement et referma doucement la porte.

L'hologramme d'Obi-Wan Kenobi apparut devant eux. Le Chevalier, visiblement nerveux, jeta, plusieurs fois, des coups d'œil inquiets par-dessus son épaule.

— Maîtres, je suis parvenu à entrer en contact avec Lama Su, Premier ministre de Kamino.

— Ah, bon il est, de savoir que ta planète, trouvé tu as, dit Yoda.

— Exactement à l'endroit où vos élèves l'avaient prédit, répondit Obi-Wan. Ces Kaminoan sont des experts en clonage. Probablement les meilleurs de toute la galaxie, d'après ce qu'on m'a dit. Et, d'après ce que j'ai vu, je ne mets pas cette affirmation en doute.

Les deux Maîtres Jedi froncèrent les sourcils.

— Ils se sont servis d'un chasseur de primes appelé Jango Fett comme modèle pour créer une armée de clones.

— Une armée ? répéta Mace.

— Oui, pour la République, annonça Obi-Wan. De plus, j'ai l'intime conviction que ce chasseur de primes est impliqué dans le complot visant à assassiner le Sénateur Amidala.

— Crois-tu que les Kaminoan soient, eux aussi, impliqués ?

— Non, Maître, il ne semble pas.

— De rien tu ne dois présumer, Obi-Wan, lui conseilla Yoda. Dégagé, ton esprit doit être, pour trouver celui qui, derrière ceci, se cache.

— Oui, Maître, répondit Obi-Wan. Le Premier ministre Lama Su m'a annoncé que le premier bataillon de soldats-clones est prêt pour la livraison. Il m'a également demandé de vous signaler que si vous avez besoin d'unités supplémentaires – ils en ont un million en cours d'élaboration –, il leur faudra un peu plus de temps pour leur développement.

— Un million de guerriers clonés ? demanda Mace Windu, incrédule.

— Oui, Maître, ils disent que Maître Sifo-Dyas a commandé l'armée de clones, à la requête du Sénat, il y a près de dix ans. C'est curieux, j'ai toujours eu l'impression qu'il avait été tué bien avant cela. Le Conseil a-t-il, un jour, autorisé la création d'une telle armée ?

— Non, répondit Mace sans hésitation, sans même prendre le temps d'interroger Yoda du regard. Celui qui a commandé cette armée l'a fait sans l'autorisation du Conseil Jedi.

— Alors comment ? Et pourquoi ?

— Le mystère s'épaissit, dit Mace. Et il s'agit d'un mystère qu'il nous faut résoudre, un mystère dont l'importance dépasse même la sécurité du Sénateur Amidala.

— Les clones sont très impressionnants, Maître, poursuivit Obi-Wan. Ils ont été créés et entraînés dans un seul et unique but.

— Placer aux arrêts, ce Jango Fett, tu dois, lui ordonna Yoda. Ramène-le ici. L'interroger, nous allons.

— Oui, Maître. Je vous rappellerai dès que je l'aurai capturé.

Obi-Wan regarda à nouveau par-dessus son épaule et ordonna à R4 de couper la communication.

— Une armée de clones... médita Mace Windu, de

nouveau seul en compagnie de Yoda après la disparition de l'hologramme. Pourquoi donc Sifo-Dyas...

— Apprendre la date de cette commande, nous renseigner, cela pourrait, dit Yoda.

Mace hocha la tête. Si ses calculs étaient exacts, Sifo-Dyas avait dû passer la commande juste avant de mourir.

— Si ce Jango Fett est impliqué dans les tentatives d'assassinat sur la personne du Sénateur et que, comme par hasard, il ait été choisi comme source pour cette armée de clones destinée à la République...

Mace Windu s'interrompit et secoua la tête. La coïncidence était bien trop importante pour que la rencontre de ces deux facteurs ne soit que pur hasard. Mais comment relier l'un à l'autre ? Était-il possible d'envisager que celui qui avait décidé de créer une armée de clones ait pu prévoir que le Sénateur Amidala s'opposerait un jour à sa mise en service ?

Le Maître Jedi se passa une main sur la figure et regarda Yoda. Celui-ci s'était assis et avait fermé les yeux. Il était probablement absorbé par ses réflexions sur ces nouvelles énigmes, songea Mace. Et au moins aussi troublé que lui, certainement. Rares étaient les Jedi en faveur du clonage, et Yoda en était indubitablement le plus farouche opposant.

— Aveugles nous sommes, si le développement de cette armée des clones, remarqué nous n'avons pas, déclara Yoda.

— Je pense qu'il est temps d'informer le Sénat que notre aptitude à nous servir de la Force a faibli.

— Seuls les Seigneurs Noirs des Sith connaissent notre faiblesse, répondit Yoda. Si le Sénat informé se trouve, plus nombreux nos adversaires seront.

Pour les deux Maîtres Jedi, ce surprenant développement était perturbant à plus d'un titre.

Obi-Wan s'avança dans le corridor avec précaution. Il ne savait rien des états de service de ce Jango Fett, mais il se doutait qu'ils devaient être considérables puisque l'homme avait été sélectionné comme prototype pour l'armée de clones. Il marqua une pause et ferma les yeux, projetant les ondes de la Force pour détecter un éventuel ennemi caché. Quelques instants plus tard, convaincu que Jango ne se trouvait pas dans les environs immédiats, il s'approcha de la porte. Doucement, il passa ses doigts le long du cadre, à la recherche d'un piège quelconque et repéra finalement le mécanisme de verrouillage. Conservant sa main sur ce point précis, il appuya sur la porte.

Le panneau ne bougea pas.

Obi-Wan posa son autre main sur la crosse de son sabre laser, envisageant de se frayer un chemin à travers la cloison, mais il changea d'avis. Il ferma les yeux et transféra sa puissance vers sa main tendue, parvenant à manipuler délicatement le mécanisme. Ensuite, la main toujours posée sur son sabre laser, il essaya à nouveau d'ouvrir la porte. Celle-ci coulissa très facilement.

En pénétrant dans la pièce, il sut tout de suite qu'il n'aurait pas besoin de son arme. L'appartement était en désordre. Les tiroirs de tous les placards étaient grands ouverts, certains traînaient à même le sol, des chaises avaient été renversées.

Sur le côté, la porte de la chambre était ouverte. Cette autre pièce était également en désordre. Tous les indices d'un départ précipité.

Obi-Wan regarda tout autour de lui, à la recherche d'une piste quelconque. Son regard se posa finalement sur un petit écran d'ordinateur posé sur un comptoir dans la pièce principale. Il se précipita vers l'appareil et l'alluma. Il reconnut immédiatement qu'il s'agissait d'un moniteur relié à un système de surveillance pilotant plusieurs caméras installées dans les environs. Obi-Wan fit défiler les images et vit le corridor par lequel il était arrivé, ainsi que différents angles de la salle dans laquelle il se trouvait. Il tomba sur une vue extérieure qui représentait le toit de l'appartement, battu par les intempéries. Il se vit, lui-même, à travers la fenêtre de transparacier.

Il reprit son étude des images, élargissant certains

plans, grossissant certains détails lorsqu'il remarquait quelque chose de suspect.

Il repéra une vue d'une aire d'atterrissage sur laquelle était posé un curieux vaisseau, doté d'une vaste base aplatie et de flancs allant en se rétrécissant vers un cockpit excentré. Un cockpit susceptible d'accueillir deux hommes, trois peut-être.

Et, courant vers le vaisseau posé, une silhouette déjà familière. Celle de Boba Fett. À moins qu'il ne s'agisse d'un autre clone.

Obi-Wan hocha la tête et sourit en observant les mouvements du garçon. Il reconnut, à la fluidité et à l'imprévisibilité de ses actions, qu'il s'agissait bien de Boba et non d'un clone parfaitement contrôlé et conditionné.

Kenobi cessa vite de sourire, car une autre silhouette familière venait d'apparaître sur l'écran. C'était Jango, paré de son armure et de son réacteur dorsal, ce même équipement que le Jedi avait repéré dans les cieux de Coruscant. Si Obi-Wan avait encore le moindre doute sur le fait que Jango était l'homme qui avait engagé Zam Wesell, ces doutes étaient à présent évanouis. Il sortit de l'appartement et se précipita dans le couloir, à la recherche d'une porte donnant sur l'extérieur.

— Bon, d'accord, je vais te laisser piloter, dit Jango à Boba.

Le gamin leva un poing en signe de triomphe, excité à l'idée que son père lui laisse les commandes du *Slave I*. Cela faisait bien longtemps, des mois même, que Boba n'avait pas été autorisé à s'asseoir à la console de pilotage.

— Mais pas pour le décollage, ajouta Jango, douchant soudainement les ardeurs de son fils. Notre départ est précipité, fils, mais nous quitterons la vitesse-lumière plus tôt que prévu et ça te laissera le temps de t'amuser un peu avec.

— Je pourrais m'occuper de l'atterrissage ?

— On verra.

Boba comprit que son père voulait dire « non », mais

il n'insista pas. Il savait que quelque chose d'important, de dangereux, était en train de se produire. Il décida donc d'accepter ce que son père lui proposait et de s'en contenter. Il s'empara d'un sac et remonta la rampe qui conduisait à la soute. Il se retourna vers son père. Son regard dépassa Jango et se posa sur une silhouette, un humain, qui venait de sortir du turbo-élévateur et courait à leur rencontre sous la pluie battante.

— Papa ! Regarde !

Jango fit volte-face. Boba écarquilla les yeux. La silhouette en train de courir était le Jedi qui leur avait rendu visite. Ce dernier dégaina son sabre laser et activa sa lame bleutée, qui se mit à crépiter dans les gouttes de pluie.

— Monte à bord ! cria Jango à son fils.

Boba hésita, vit son père dégainer son blaster et décocher une rafale sur le Jedi en train de charger. Avec des réflexes ahurissants, Obi-Wan leva son sabre et dévia tous les rayons qui lui étaient destinés.

— Boba ! hurla Jango.

Le gamin sortit de sa transe et se précipita sur la rampe du *Slave I*.

Obi-Wan se propulsa dans les airs pour intercepter le chasseur de primes. Un autre tir de blaster suivit sa course, puis un autre. Le Jedi les para avec aisance, déviant le premier et renvoyant le second vers Jango. Mais, au moment où le rayon allait l'atteindre, le chasseur de primes fit un bond, son réacteur dorsal s'alluma et il gagna illico le sommet de la tour voisine.

Obi-Wan retomba à terre, exécuta un roulé-boulé tout en se retournant, prêt à parer une nouvelle attaque de Jango. Celui-ci tira de nouveau. Sans même songer à ses mouvements, laissant la Force guider sa main, le Jedi tendit son sabre laser, à gauche puis vers le bas, détournant chacun des rayons.

— Jango, vous êtes en état d'arrestation ! cria-t-il.

L'homme lui répondit par une nouvelle rafale et des traits mortels fusèrent vers le Jedi. Le sabre laser tourna alternativement de gauche à droite, interceptant chaque rayon. Jango changea de tactique. Gauche, droite, gauche, droite et enfin droite. La Force guida à chaque fois les gestes d'Obi-Wan avec précision.

— Jango ! cria-t-il à nouveau.

Il réalisa alors que le dernier tir du chasseur de primes n'était pas un simple rayon laser mais bien une décharge explosive. Au dernier moment, il plongea et fit appel à la Force pour augmenter la puissance de son action.

La déflagration fit tomber Boba à la renverse. *Slave I*, tout entier, recula de quelques mètres sous le coup de l'onde de choc.

— Papa ! cria le garçon.

Il se releva, courut jusqu'à la console, alluma la caméra de surveillance extérieure et la pointa sur la fusillade.

Il vit immédiatement son père et laissa échapper des larmes de soulagement. Il se calma rapidement et inspecta la zone à la recherche du Jedi ennemi. Il vit Obi-Wan rouler sur lui-même, se rétablir, se relever et dévier une nouvelle série de rayons avec une agilité effarante.

Boba posa les yeux sur la console, essayant de se rappeler tout ce qu'il avait appris à propos du *Slave I*, heureux d'avoir été un élève si appliqué. Avec un sourire mauvais, qui aurait certainement rendu son père fier, il alluma les cellules énergétiques et enclencha le mécanisme de verrouillage de cible du laser principal.

— Essaye donc de parer ce coup, Jedi ! murmura-t-il.

Il visa Obi-Wan et pressa la gâchette.

— Vous devez répondre à beaucoup de questions ! cria Obi-Wan à Jango, la voix couverte par le tonnerre des précipitations et les hurlements du vent. Ce serait plus facile, pour vous et pour votre fils, de...

Il s'interrompit, enregistrant dans son subconscient la mise en route d'un canon laser. La Force le poussa à agir avant même de comprendre ce qui était en train de se passer. Il bondit dans les airs et exécuta un double saut périlleux.

Il atterrit au moment où le sol était en train de trembler, agité de secousses consécutives aux impacts du canon laser du *Slave I*. Le canon pivota à nouveau vers lui.

Obi-Wan se jeta à terre. Cette fois-ci, la détonation l'empêcha de se rétablir correctement et son sabre laser lui échappa des mains. L'arme glissa sur la surface de la plate-forme détrempée par la pluie.

Fort heureusement, le canon du *Slave I* se tut, sa cellule énergétique ayant besoin de se recharger. Obi-Wan ne perdit pas un instant, il se releva et chargea Jango Fett, lui-même en train de courir à sa rencontre.

Le chasseur de primes déclencha les hostilités en lui expédiant un nouveau rayon laser. Obi-Wan sauta par-dessus le trait de lumière mortelle, vola vers l'avant tout en pivotant sur lui-même afin de désarmer Jango d'un coup de pied circulaire.

Le chasseur de primes ne dévia pas de sa course. Il fonça droit sur le Jedi au moment où celui-ci posait les pieds à terre. Il prit Obi-Wan à bras-le-corps et le fit tomber à la renverse.

Il essaya de plaquer Obi-Wan au sol mais le Jedi était bien trop rapide. Il recouvra presque immédiatement son équilibre, glissa une jambe entre les pieds du chasseur de primes et la fit pivoter de côté pour faire lâcher prise à Jango.

Celui-ci eut un sourire mauvais et envoya un grand coup de tête dans le nez d'Obi-Wan. Le Jedi en resta sonné une bonne seconde. Le chasseur de primes dégagea une de ses mains et voulut expédier un coup de poing à son adversaire. Il comprit son erreur immédiatement. Le Jedi évita le coup, exécuta un bref saut périlleux sur place pour voler autour du bras de Jango. Au passage, il battit des pieds et frappa le chasseur de primes en pleine poitrine. Jango partit en arrière.

Obi-Wan recouvra l'avantage et prit l'initiative de lancer une charge féroce. Il entra en collision avec le chasseur de primes, lui-même en train de tituber, dans l'idée de le clouer au sol, sachant que, dans ce cas, la lourde armure que portait son adversaire jouerait en sa défaveur.

Alors Jango fit au Jedi la démonstration de ce pourquoi on l'avait choisi comme modèle pour les clones. Il se laissa porter par le flot du mouvement puis, soudainement, changea de position sur un pied et inversa son équilibre, interrompant net Obi-Wan dans sa course.

Fett lança un crochet du gauche. Obi-Wan évita le coup et répondit par un direct du droit. Jango détourna la tête et le poing de son opposant l'effleura à peine. Il déclencha une brève poussée de son réacteur dorsal. Il s'éleva brusquement dans les airs et lança un coup de pied circulaire à Obi-Wan. Celui-ci se jeta à genoux et se glissa sous la jambe de Jango. Puis il se releva et bondit à son tour, sautant cette fois-ci par-dessus la jambe de son opposant.

Obi-Wan décocha alors un coup de pied. Jango encaissa le choc au niveau de la hanche, envoya son bras gauche dans le tibia du Jedi, bloquant suffisamment la jambe pour envoyer un coup de poing entre les cuisses d'Obi-Wan.

Le Jedi projeta sa tête et son torse en arrière, se retrouvant sur le dos, leva sa jambe gauche dans le mouvement et plaça un violent coup de pied dans les côtes de Jango. Une rapide prise en ciseaux, la jambe droite s'abaissant et la jambe gauche se relevant à sa rencontre, et les deux hommes se retrouvèrent à rouler ensemble à terre. Obi-Wan se rétablit en pivotant sur le ventre, il tendit les bras et se sortit de la prise. Il rua, envoyant ses deux pieds en plein dans la poitrine de Jango, qui tomba à la renverse. Puis il glissa sur la plate-forme, histoire de gagner de l'élan, se remit sur ses pieds, se retourna et chargea à nouveau vers Jango qui était en train de tituber.

Un nouveau direct du droit heurta le chasseur de primes au visage, suivi d'un crochet du gauche ascendant qui aurait dû complètement l'assommer. Mais encore une fois, grâce à ses incroyables réflexes, Jango évita le coup et surprit Obi-Wan d'un court, mais violent, droite-gauche à l'estomac.

Le Jedi tendit sa main droite entre son visage et celui de Jango. Il projeta une onde de la Force afin de faire reculer son adversaire, en profitant pour se rétablir et recouvrer une meilleure position de défense.

Jango repassa farouchement, sauvagement, à l'attaque, frappant des poings et des pieds sans discontinuer.

Les mains d'Obi-Wan se tendirent devant lui presque instinctivement. Bougeant à peine, elles déviérent et parèrent, coup après coup, avec une efficacité et une précision effarantes. Le Jedi tourna l'un de ses poignets, abattit une main vers le bas, profita de l'élan donné par un coup de pied de Jango pour intercepter le poing droit du chasseur de primes. Dans le mouvement, Obi-Wan raidit ses doigts, tendit la main et frappa violemment l'une des jointures de l'armure de son opposant. Celui-ci tressaillit et partit en arrière. Obi-Wan se catapulta vers l'avant, plongeant vers la gorge de l'homme, et la victoire.

Mais Jango réagit dans l'instant, en allumant son réacteur dorsal et en décollant, emportant dans les airs le Chevalier Jedi en guise de passager. Une poussée d'un réacteur latéral envoya les deux hommes par-delà l'aire d'atterrissage, en direction du parapet qui descendait vers l'océan.

Les mains de Jango bougèrent de façon imperceptible, tordant les bras et les mains du Jedi, obligeant Obi-Wan à desserrer son étreinte. Le chasseur de primes enclencha une nouvelle poussée de ses réacteurs directionnels, vira à gauche puis à droite, causant une violente et soudaine secousse qui força Obi-Wan à lâcher prise.

Le Chevalier heurta violemment le parapet et glissa dangereusement vers le bord, suffisamment près pour entendre les vagues s'écraser contre les pilotis de la plate-forme en contrebas. Il repéra son sabre sur une saillie et invoqua la Force pour le faire venir à lui.

Il entendit quelque chose fuser à côté de lui. Ce n'était pas le crissement d'un rayon de blaster, plutôt une sorte de sifflement. Il roula sur lui-même afin de s'écarter le plus possible.

Mais pas assez. Un mince filin d'acier s'enroula subitement autour de ses poignets, l'entravant complètement.

Il glissa à nouveau. Cette fois-ci vers le haut, remontant le long du parapet et glissant sur la plate-forme, remorqué par le redoutable homme-fusée. Avec des réflexes forgés par des années d'entraînement intensif, et avec toute l'aptitude à manipuler la Force d'un Maître Jedi, Obi-Wan exécuta un roulé-boulé vers l'avant, au-dessus de ses mains attachées. Il se rétablit tant bien que mal sur ses pieds et sauta de côté au moment où le filin se tendait à nouveau, prêt à le faire tomber face contre terre. Il courut jusqu'à un pylône et s'y agrippa.

Invoquant de nouveau la Force, il se stabilisa, ne faisant, l'espace d'un instant, plus qu'un avec la plate-forme.

Le filin se raidit à nouveau mais Obi-Wan ne bougea pas.

Il sentit l'angle de traction se modifier : l'homme-fusée, dont le réacteur dorsal venait de rendre l'âme, était en train de piquer vers l'aire d'atterrissage.

Obi-Wan voulut s'écarter du poteau mais il stoppa net son mouvement et se couvrit les yeux. Le réacteur de Jango Fett venait d'exploser, dans un fracas de tonnerre et une cascade de lumière.

— Papa ! hurla Boba en voyant le réacteur exploser sur son moniteur.

Mais il vit tout de suite Jango, indemne, qui venait de rouler sur le côté, tout en tirant frénétiquement sur le filin à présent contrôlé par le Jedi.

Boba, impuissant, frappa son écran du plat de la main. Il chuchota encore le nom de son père et sursauta lorsqu'il vit le Jedi foncer vers Jango. Frappant des poings et des pieds, les deux hommes se retrouvèrent à nouveau enlacés. Ils roulèrent à terre et se mirent à dévaler le long du parapet, glissant vers le précipice et l'océan déchaîné.

Obi-Wan décocha un coup de pied et tenta d'invoquer la Force. Jango lui administra une série de coups de poing. Une mort certaine les attendait au bout de leur chute. Le Jedi parvint à s'écarter et vit Jango lever un bras en affichant un étrange sourire. Le chasseur de primes serra le poing et une série de griffes se déploya sur l'avant-bras de son armure.

Obi-Wan, instinctivement, se recroquevilla au moment où Jango levait le bras. Puis le chasseur de primes abattit sa main. Non pas sur son adversaire mais sur le parapet de la plate-forme, où il s'ancra, littéralement. Simultanément, de son autre main, Jango parvint à déverrouiller le mécanisme de son bracelet lance-filin. L'accessoire lui glissa prestement du poignet.

Jango regarda Obi-Wan glisser le long du parapet.

— Ramène-moi un poisson-rouleau ! entendit le Jedi.

Il bascula dans le vide, par-dessus le rebord, et plongea vers les vagues écumantes.

— Papa ! Oh, Papa ! cria Boba Fett, soulagé, en voyant son père se hisser du parapet sur la plate-forme.

Jango se redressa et tituba vers le *Slave I*. Boba courut jusqu'à l'écoutille, l'ouvrit et tendit la main pour aider son père à embarquer.

— Fais-nous partir d'ici ! dit Jango, abattu et assommé.

Boba sourit et se précipita jusqu'au poste de pilotage pour enclencher la mise à feu des moteurs.

— On va vite passer en vitesse-lumière !

— Non, contente-toi de quitter l'atmosphère et de filer tout droit ! ordonna l'adulte, poussant en même temps un grognement de douleur et portant la main à ses côtes endolories. (Il remarqua alors que son fils avait baissé la tête, sous le coup de la déception.) D'accord, d'accord, allume l'ordinateur de navigation et prépare les coordonnées de saut, concéda-t-il.

Le sourire de Boba fut plus rayonnant que jamais.

— Décollage ! cria-t-il.

Obi-Wan se servit de la Force pour s'emparer de l'extrémité libre du filin qui lui entravait toujours les poignets. Il lança cette extrémité autour de l'une des poutrelles de la plate-forme. Sa chute fut brutalement stoppée.

Il regarda autour de lui puis commença à se balancer, d'avant en arrière, jusqu'à obtenir l'élan nécessaire lui permettant de lâcher le filin et de se rétablir sur un petit praticable de service, à quelques mètres seulement au dessus des vagues furieuses.

Il ne s'accorda qu'un instant pour reprendre son souffle puis, d'un geste de la main, commanda l'ouverture de la porte, qui donnait accès à un turbo-élévateur. Juste avant de rejoindre le niveau de l'aire d'envol, il entendit rugir les propulseurs du vaisseau du chasseur de primes.

Obi-Wan gagna la plate-forme, repéra immédiatement son sabre laser qui traînait sur le sol et fit appel à la Force pour ramener l'arme dans sa main.

Mais il était trop tard. Le vaisseau était déjà en train de s'élever, prêt à filer vers le ciel.

Le Jedi sortit un petit émetteur de sa poche de ceinture et, faisant à nouveau appel à la Force, le lança vers le *Slave I*. Le mécanisme de verrouillage magnétique permit à la minuscule balise de détection de s'accrocher à la coque de l'engin.

Trempé par la pluie battante, indifférent aux vapeurs émises par les réacteurs, Obi-Wan resta debout sur la plate-forme un long moment, jusqu'à ce que le *Slave I* ait disparu dans le lointain.

Il étudia l'aire d'envol, ressassant dans sa tête les images de la lutte. Il éprouvait du respect pour ce chasseur de primes, pour ce Jango Fett. Il savait maintenant pourquoi Jango avait été sélectionné par Sifo-Dyas. Ou par qui que ce soit, d'ailleurs. L'homme était doué, plein de ressources et incroyablement talentueux.

Il avait failli causer la perte d'Obi-Wan Kenobi, un Chevalier Jedi, l'homme qui avait terrassé Dark Maul, le Seigneur des Sith.

Mais Obi-Wan n'était pas mécontent de l'issue du combat. Il serait à même de suivre Jango à la trace, à présent. Peut-être qu'à la fin de ce voyage il obtiendrait les réponses qu'il cherchait et ne se retrouverait pas, pour changer un peu, face à de nouvelles énigmes.

19

Boba était tranquillement assis dans son coin, évaluant la tension dans le cockpit, pendant que le *Slave I* quittait Kamino. Il voulait expliquer à son père comment il était parvenu à manipuler les canons laser, comment il avait réussi à sonner le Chevalier Jedi, allant même jusqu'à lui faire lâcher son sabre laser. Mais ce n'était apparemment pas le moment. Jango arborait l'une de ces expressions intenses qui signifiaient clairement que l'heure n'était pas à la discussion.

Boba s'adossa à la cloison, à l'autre bout du cockpit. Jango était à présent installé à la console de pilotage, programmant les coordonnées du saut dans l'hyperespace.

— Allez ! Allez ! répéta Jango, se balançant d'avant en arrière comme si cela pouvait faire avancer l'appareil plus vite, jetant régulièrement un coup d'œil à ses scanners, de peur d'y découvrir une flotte entière de vaisseaux lancée à ses trousses.

Puis il poussa un cri de victoire et enclencha l'hyperdrive. Boba se colla à la cloison et regarda, par la verrière, les étoiles se déformer et s'allonger.

Jango se laissa aller dans son fauteuil et poussa un soupir de soulagement. Son expression se radoucit immédiatement.

— Eh bien, c'était vraiment moins une, ce coup-ci, dit-il en riant.

— Tu lui as collé une bonne raclée, répondit Boba,

sentant son excitation bouillonner à nouveau. Il n'avait aucune chance contre toi, Papa !

Jango sourit et hocha la tête.

— Pour te dire la vérité, fiston, il m'a donné pas mal de fil à retordre, admit-il. Après la dernière explosion, j'ai bien cru que je finirais dans l'océan !

Boba fronça les sourcils, prêt à se lancer dans une attaque verbale contre quiconque osait lever la main sur son père. Mais il réfléchit à ce que son père avait dit et à ce qui s'était passé. Son expression soucieuse se transforma en sourire.

— Je l'ai bien eu avec le canon, pas vrai ?

— Tu as été génial ! répondit Jango. Tu as tiré juste quand il le fallait. Et puis, tu t'es trouvé là, au bon moment, pour m'aider quand il a été temps de partir. Tu apprends vite et bien, Boba. Plus vite et mieux que je ne l'aurais jamais imaginé.

— C'est parce que je suis ton double miniature ! raisonna le gamin.

Jango secoua la tête.

— Non, tu es bien meilleur que je ne l'étais au même âge. Et de très loin. Si tu continues à travailler aussi assidûment, tu deviendras le meilleur chasseur de primes que cette galaxie ait jamais connu.

— Ce qui, somme toute, était ton idée de départ quand tu as rencontré les Kaminoan, non ? C'est pour ça que tu m'as voulu.

Jango s'écarta de la console et passa une main dans les cheveux ébouriffés de Boba.

— Pour ça et pour des tas d'autres raisons, dit-il doucement, presque respectueusement. Et je dois avouer que tu as dépassé de très loin tous les espoirs et tous les rêves que je nourrissais à ce sujet.

Jango programma le *Slave I* pour qu'il quitte la vitesse-lumière plus tôt que prévu afin que Boba puisse prendre les commandes du vaisseau à l'approche de Géonosis. Pour Boba, il ne pouvait y avoir rien de plus enviable que de se retrouver assis à la place de son père, à manipuler les commandes. À frimer un petit peu, même. Le gamin sentit une pointe de tristesse se former lorsqu'il aperçut Géonosis, la planète rouge, et la ceinture d'astéroïdes qui l'entourait.

— Ils ne rigolent pas avec la sécurité dans le coin, expliqua Jango en reprenant les commandes. Il vaudrait mieux que je m'occupe de l'atterrissage.

Boba retourna s'asseoir dans son coin sans un mot. Il savait que son père avait raison. De toute façon, même s'il n'avait pas été d'accord, il aurait gardé son sentiment pour lui.

Il porta son attention sur les écrans des scanners, qui affichaient la composition du champ d'astéroïdes tout proche, ainsi que les allées et venues de vaisseaux stellaires, de l'autre côté de la planète.

Il nota une balise en particulier, sortant du champ de roches spatiales pour se glisser derrière le *Slave I*. Il ne s'y intéressa guère plus, jusqu'à ce que le signal se matérialise à nouveau, cette fois juste à la poupe du vaisseau. Le signal ne semblait pas assez consistant pour qu'il s'agisse d'un autre engin.

— On y est presque, fiston, annonça Jango.

— Papa ? Je crois que quelqu'un nous suit, lui dit Boba. Regarde l'écran du scan. On dirait un voile d'invisibilité juste en retrait de notre vaisseau.

Jango lui adressa un regard perplexe avant de poser les yeux sur l'écran du scanner. Boba observa son père et sentit monter l'adrénaline en voyant son regard s'intensifier tout en hochant doucement la tête.

— Ce Jedi a dû nous coller une balise de détection sur la coque juste avant notre départ de Kamino, admit-il. Mais comment s'y est-il pris pour…

— Quelqu'un nous suit, répéta Boba.

— On va arranger ça ! lui assura Jango. Accroche-toi, fiston. Regarde bien. On va pénétrer dans le champ d'astéroïdes, il ne sera pas capable de nous suivre. (Il se tourna vers son fils et lui adressa un clin d'œil.) Et s'il lui en prenait quand même l'envie, eh bien, je lui réserve quelques surprises de mon cru.

Jango ouvrit l'un des panneaux latéraux de la planche

de bord et tira sur un levier. Une décharge électrique se propagea à la surface de la coque, conçue, justement, pour détruire tous les mouchards qui pourraient y être collés. Un coup d'œil rapide au scan leur indiqua que le signal du voile d'invisibilité avait disparu.

— C'est parti, dit Jango.

Il fit plonger le *Slave I* dans le champ d'astéroïdes, rasant de très près l'un des rochers en le contournant, avant de prendre prestement la tangente. L'appareil zigzagua entre les aérolithes tourbillonnants, se glissant de justesse entre deux énormes masses. Il alla de droite à gauche, sans trajectoire réellement prévisible. Quelques instants plus tard, Boba inspecta l'écran des capteurs.

— Il a disparu.

— Peut-être qu'il est plus malin qu'on ne le croit et qu'il a mis le cap vers la surface de la planète, dit Jango, souriant, en adressant un autre clin d'œil à son fils.

La console se mit à sonner.

— Papa ! Regarde ! cria Boba en indiquant la balise, qui se trouvait à présent dans le champ d'astéroïdes. Il est revenu !

— Accroche-toi ! dit Jango.

Il lança le *Slave I* dans une série de piqués, de remontées en chandelles et de virages serrés qui se termina par une fuite en ligne droite. Jango désactiva la protection d'une gâchette de tir et appuya sur le bouton.

— Charges sismiques ! expliqua-t-il à son fils, qui se mit immédiatement à sourire.

Mais, brusquement, le gamin poussa un cri, en découvrant que leur champ de vision était soudainement occulté par un énorme rocher.

Jango était déjà en action. Il fit tourner son engin sur lui-même et contourna l'obstacle.

— Reste calme, fils, dit-il à Boba. On va s'en tirer. Ce Jedi ne sera pas capable de nous suivre jusqu'ici.

Comme pour souligner sa déclaration, un aveuglant éclair et une secousse violente se produisirent lorsque les charges soniques explosèrent derrière eux.

— Il est passé au travers ! annonça Boba quelques

secondes plus tard, voyant le vaisseau du Jedi apparaître à nouveau sur le moniteur du scanner.

— Ce type ne comprend pas vite ! annonça Jango sans se démonter. Bon, eh bien, si on ne peut pas le semer, il va falloir l'achever…

Boba hurla à nouveau mais son père contrôlait parfaitement la situation. Il fit plonger le *Slave I* dans un étroit tunnel qui s'ouvrait à la surface d'un des plus gros astéroïdes. Il ralentit un peu pour terminer sa manœuvre et fit ressortir son appareil à l'autre bout. Jango et Boba virent alors le chasseur stellaire Jedi leur passer devant. La proie venait de se transformer en chasseur.

— Tu l'as, Papa ! cria Boba. Tu l'as ! Feu !

Des décharges de laser fusèrent du *Slave I* et filèrent vers l'autre appareil. Celui-ci, au dernier moment, exécuta un brusque tonneau vers la droite avant de piquer vers le bas.

Jango lui fila le train, essayant d'aligner à nouveau son tir. Mais le Jedi était doué, enchaînant boucles et esquives, passant au plus près des astéroïdes avant de se glisser dessous pour protéger sa fuite.

Boba n'avait de cesse d'encourager son père. Jango, lui, gardait tout son calme et toute sa patience. Tôt ou tard, ce Jedi finirait bien par commettre une erreur.

Un plongeon rapide, suivi d'une soudaine remontée en chandelle et d'un virage très serré sur la droite, entraîna le Jedi derrière un autre astéroïde. Au lieu de le suivre, Jango fonça sur le point de ressortie présumé en ouvrant le feu de tous ses canons.

Le chasseur stellaire Jedi émergea de derrière l'immense rocher, en pleine ligne de mire. Un rayon le toucha. Il exécuta une sorte de ruade et des pièces volèrent en tous sens.

— Tu l'as eu ! hurla Boba sur le ton de la victoire.

— Et maintenant, nous allons terminer le travail, expliqua Jango, toujours aussi froidement. C'est fini, les cavalcades.

Il appuya sur une série de boutons pour armer les torpilles et ouvrir les panneaux extérieurs. Il approcha ensuite sa main de la gâchette de mise à feu. Il s'interrompit, sourit et fit signe à Boba de s'approcher.

Le gamin en eut le souffle coupé. Son père lui prit la main pour la poser sur la lisse poignée de la commande de tir. Puis il sourit et hocha la tête.

Le garçon appuya sur le bouton. *Slave I* fut agité d'une brève secousse. Ils virent la torpille filer vers sa cible, plongeant vers le chasseur stellaire du Jedi qui essayait désespérément de s'échapper.

Quelques secondes plus tard, la verrière du cockpit du *Slave I* fut noyée sous la lueur aveuglante d'une formidable explosion. Boba et son père furent obligés de se couvrir les yeux avec leurs bras. Lorsque les choses se furent calmés, ils regardèrent à nouveau et découvrirent des pièces de métal tordu et carbonisé flottant devant eux. L'écran du scanner était à présent exempt de tout signal importun.

— Je l'ai eu ! cria Boba. Ouais !

— Joli coup, fiston, dit Jango en passant une main dans les cheveux de Boba. Tu as droit à tous les honneurs ! En voilà un qu'on ne reverra pas de si tôt…

En quelques manœuvres périlleuses entre les rochers, Jango fit sortir son engin du champ d'astéroïdes pour filer vers la surface de Géonosis. Contrairement à ce qu'il avait décidé quelque temps auparavant, Jango Fett laissa Boba piloter le vaisseau pendant la phase d'atterrissage. En vérité, la petite aventure qu'ils venaient de vivre n'était guère recommandée pour les gamins. Mais Boba n'était pas un gamin comme les autres.

Anakin traversa de vastes canyons de pierres multicolores, bondit au-dessus de dunes de sables mouvants balayées par les vents et longea le lit d'une rivière asséchée depuis bien longtemps. Son seul guide était la perception qu'il avait de Shmi, la sensation de sa douleur. Mais ce n'était pas aussi précis qu'une balise de détection. Anakin supposait cependant qu'il avançait dans la bonne direction. Tatooine était vaste et vide, et personne n'était mieux à même de se cacher au milieu du sable et des pierres que les pillards Tusken.

Sur une haute butte, Anakin marqua une pause et inspecta l'horizon. Vers le sud, il aperçut un énorme engin, ressemblant à une grosse boîte et semblant progresser sur une unique chenille. Le jeune homme hocha la tête, reconnaissant le vaisseau des Jawa. Sachant que personne ne connaissait mieux les mouvements de toutes les créatures infestant le désert que ces gars-là, Anakin redémarra sa motojet d'un coup de talon.

Il les rattrapa peu de temps après et se rangea au milieu d'un groupe de ces petites créatures, vêtues de bures noires et brunes, dont les yeux rouges inquisiteurs luisaient sous l'ombre de leurs capuches, et dont les jacassements incessants résonnaient comme une curieuse musique.

Il lui fallut un bon moment pour convaincre les Jawa qu'il n'avait pas l'intention de leur acheter un droïde. Et encore plus de temps pour leur faire comprendre qu'il était juste à la recherche d'informations concernant les Hommes des Sables.

Les Jawa piaillèrent entre eux de façon excitée, indiquant une direction, une autre, sautillant dans tous les sens. Les Jawa n'étaient pas les amis des Tusken. Ces derniers les attaquaient régulièrement, comme ils s'attaquaient régulièrement à tous ceux qu'ils savaient plus faibles qu'eux. Ce qu'il y avait de pire pour les Jawa, incorrigibles hommes d'affaires, c'était que les Tusken n'achetaient jamais le moindre droïde !

Le groupe parvint enfin à un accord et désigna l'est. D'un hochement de tête, Anakin remercia ses informateurs, puis il fila dans la direction indiquée. Le manque de compensation monétaire plongea les Jawa dans une colère noire, mais Anakin n'avait pas le temps de s'appesantir sur le sujet.

Les astéroïdes roulaient silencieusement les uns contre les autres, indifférents au passage des vaisseaux qui venaient de se donner la chasse, insensibles aux explosions qui venaient de se produire.

Au fond d'une gorge de la face cachée de l'un de ces immenses corps célestes se terrait un petit chasseur stellaire. Ses lignes effilées et ses couleurs vives contrastaient avec la surface rugueuse et striée, couverte de minéraux pulvérisés, de l'astéroïde.

— Bon sang. Voilà pourquoi j'ai horreur des vols spatiaux ! déclara Obi-Wan à R4.

Le droïde répondit par une série de sifflements attestant de son acquiescement. Peu de choses étaient susceptibles de perturber le Chevalier Jedi, et s'engager ainsi dans une bataille spatiale contre quelqu'un d'aussi doué que Jango Fett était certainement l'une d'entre elles. À l'inverse de la plupart de ses confrères Jedi, Obi-Wan Kenobi n'avait jamais été grand amateur de voyages cosmiques et encore moins de pilotage.

Il frissonna lorsque, l'astéroïde terminant son cycle complet de rotation, il revit les morceaux de métal brillant qui semblaient à présent faire partie intégrante de la ceinture. Son vaisseau n'avait été que légèrement endommagé par le dernier tir de laser, mais le Jedi avait compris qu'il ne pourrait pas échapper à la torpille à tête chercheuse. Il avait donc ordonné à R4 d'éjecter dans l'espace tout ce qui se trouvait dans le compartiment des pièces détachées. Fort heureusement, cette ruse avait suffi à déclencher le missile.

Ce qu'il souhaitait, c'était de ne plus avoir à affronter ce Jango Fett en duel spatial. De ne plus avoir à se jouer des armements de son étrange autant que formidable engin. Il resta donc au fond de sa crevasse, laissant les minutes s'écouler.

— Tu as enregistré leur dernière trajectoire ? demanda-t-il au droïde avant de hocher la tête lorsque R4 lui répondit que c'était le cas. Bien. Je crois qu'on a assez attendu. En route. (Obi-Wan marqua une pause, essayant de faire le point sur tout ce qu'il avait appris à propos de Jango Fett.) J'ai l'impression qu'avec le temps ce mystère s'épaissit un peu plus, R4. Tu crois qu'on finira par trouver des réponses à nos questions ?

R4 émit un couinement qu'Obi-Wan comprit comme la version sonore d'un haussement d'épaules.

Il s'engagea sur la trajectoire qu'avait empruntée le *Slave I*. Obi-Wan ne fut guère surpris de constater que le cap filait droit sur Géonosis, la planète rouge. Ce qui le surprit, en revanche, ce fut de constater qu'il n'était plus tout seul dans l'espace.

Une série de cris et de sifflements émis par R4 attira son attention. Obi-Wan ajusta l'écran de son scanner en fonction des indications du droïde. Il détecta une immense flotte de vaisseaux, attendant en orbite de l'autre côté du champ d'astéroïdes.

— Des engins de la Fédération du Commerce, songea-t-il à voix haute, tout en changeant d'angle afin de parfaire son observation. Combien sont-ils ?

Perplexe, il secoua la tête, notant plusieurs grands vaisseaux de guerre croisant avec la flotte. Leur conception unique – une sphère entourée d'un anneau presque complet – les distinguait clairement des autres appareils. Si l'armée des clones, commandée par un Maître Jedi, était destinée à la République et que Jango Fett avait servi de modèle pour les clones en question, quel rapport existait donc entre Jango et la Fédération du Commerce ? Et si Jango se cachait effectivement derrière les tentatives d'assassinat sur le Sénateur Amidala, elle-même porte-parole de l'opposition à la création de l'armée républicaine, pourquoi la Fédération du Commerce irait-elle cautionner ses actes ?

Obi-Wan songea qu'il avait peut-être mal jugé Jango ou les motivations de celui-ci. Peut-être que Jango, à l'instar d'Anakin et de lui-même, était, lui aussi, lancé sur les traces de l'assassin qui avait tenté de tuer Amidala. Peut-être que la fléchette empoisonnée n'était pas destinée à faire taire l'assassin mais plutôt à le punir d'avoir intenté à la vie d'Amidala.

Mais le Chevalier ne parvint pas à s'en convaincre. Il était toujours persuadé que Jango se trouvait bien derrière les attentats et qu'il avait abattu la métamorph de peur qu'elle ne le trahisse. Mais quel rapport avec l'armée des clones ? Quel rapport avec la Fédération du Commerce ? Il n'y avait aucune logique apparente dans tout ceci.

Il comprit qu'il ne trouverait pas les réponses à ces questions en restant dans l'espace. Il mit donc le cap sur la planète Géonosis, en prenant bien soin de toujours conserver la ceinture d'astéroïdes entre lui et la flotte de la Fédération.

Franchissant l'atmosphère de Géonosis, il conserva l'assiette la moins élevée possible afin d'échapper à tout système de détection. Il vola au-dessus des plaines rougeâtres et des roches acérées, zigzaguant entre les buttes et les collines. La planète n'était qu'une vaste plaine rouge et aride, mais ses capteurs repérèrent bientôt de l'activité dans le lointain. Obi-Wan perdit encore de l'altitude, montant et descendant le long des reliefs. Il glissa son appareil sous une saillie rocheuse et se posa. Puis il mit pied à terre et avança jusqu'au bord de la falaise voisine.

L'air nocturne avait un curieux goût métallique et la température était relativement agréable. Une forte brise fouetta le visage d'Obi-Wan, apportant un peu plus de ces effluves de métal. Il entendit également une étrange plainte s'élever dans le lointain.

— R4 ? Je reviens...

Le droïde poussa un long gémissement.

— Tout ira bien, lui assura Obi-Wan. Je n'en ai pas pour longtemps.

Il regarda tout autour de lui, essayant de se repérer par rapport à ce qu'il avait précédemment détecté sur ses scanners. Heureux de se retrouver enfin sur la terre ferme, Obi-Wan s'engagea sur un chemin rocailleux.

Les heures paraissaient interminables à Padmé. Owen et Beru étaient très sympathiques et Cliegg semblait apparemment très content d'avoir quelqu'un de plus auprès de lui en ces moments si difficiles, d'inquiétude et de grande affliction. Mais Padmé se sentait incapable de leur parler, trop préoccupée par Anakin. Elle ne l'avait jamais vu ainsi. Elle ne l'avait jamais senti aussi perturbé qu'au moment où il avait quitté la ferme de culture d'humidité. Sa détermination avait été palpable. Si intense. Presque destructrice. Elle avait ressenti toute la puissance d'Anakin au moment de leur séparation, et il s'agissait d'une force intérieure dépassant tout ce que Padmé connaissait.

Si la mère du Jedi était en vie – et la jeune femme en était persuadée, puisque Anakin le lui avait dit –, Padmé savait qu'aucune armée ne serait à même de les séparer bien longtemps.

Cette nuit-là, elle ne parvint pas à trouver le sommeil. Elle se leva plusieurs fois de son lit pour faire les cent pas dans la propriété. Elle alla jusqu'au garage, perdue dans ses pensées. Seule. Enfin le croyait-elle.

— Bonsoir, Mademoiselle Padmé, déclara une voix métallique.

Après le premier instant de surprise, Padmé reconnut son interlocuteur.

— Vous n'arrivez pas à dormir ? demanda C-3PO.

— Non. Je suppose qu'il y a trop de choses qui me passent par la tête.

— Êtes-vous soucieuse à propos de votre travail au Sénat ?

— Non. Je m'inquiète pour Anakin. J'ai dit des choses... J'ai peur de l'avoir blessé. Je ne sais pas. Peut-être que, finalement, c'est moi qui suis blessée. Pour la toute première fois de ma vie, je ne comprends plus rien.

— Je ne sais pas si cela peut vous réconforter, Mademoiselle Padmé, mais je crois bien qu'il n'y a pas eu un seul instant dans ma vie sans que je ressente la même chose.

— J'aimerais tant lui faire comprendre que je l'apprécie, C-3PO, dit Padmé tout doucement. Que je l'aime vraiment. Et il est là, dehors, en danger...

— Ne vous inquiétez pas pour Messire Anakin, lui assura le droïde, s'approchant d'elle pour lui caresser l'épaule. Il est bien capable de se débrouiller tout seul. Même dans cet horrible endroit.

— Horrible ? demanda Padmé. Tu n'es pas heureux ici ?

C-3PO fit un pas en arrière et écarta les mains, révélant sa carapace rongée par les intempéries, les défauts de son isolation et les parties exposées de ses rouages et circuits. Padmé s'approcha et se pencha. Elle remarqua du sable incrusté dans les nombreuses articulations du droïde.

— Eh bien, on peut dire que l'environnement est plutôt dur, ici, j'en ai bien peur, expliqua C-3PO. Lorsque Messire Anakin m'a fabriqué, il n'a jamais trouvé le temps de me donner une armure digne de ce nom. Maîtresse Shmi a bien terminé le travail, mais avec tout ce vent et tout ce sable, ce n'est pas évident. Ça passe sous mon blindage et ça… Ça démange.

— Ça te démange ? répéta Padmé en éclatant d'un rire attestant qu'elle avait réellement besoin de distraction.

— J'ignore comment décrire cela autrement, Mademoiselle Padmé. Et je crains bien que le sable n'endommage mes câblages.

Padmé regarda tout autour d'elle. Ses yeux se posèrent sur une chaîne suspendue au-dessus d'un bassin dans lequel reposait un liquide noir.

— Tu as besoin d'un bon bain d'huile, dit-elle.

— Oh, que cela me ferait plaisir !

Heureuse de pouvoir s'occuper, Padmé s'approcha du bassin et prépara la chaîne et le treuil. En l'espace de quelques minutes, elle arrima C-3PO et fit doucement descendre le droïde dans le bain d'huile.

— Oh ! gémit ce dernier. Ça chatouille !

— Ça te chatouille ? Tu es sûr ? Je croyais que ça te démangeait ?

— Je sais parfaitement faire la différence entre ce qui chatouille et ce qui gratouille, répondit C-3PO, vexé.

Padmé pouffa et, pendant un moment, oublia tous ses tracas.

Lorsqu'il arriva sur les lieux et qu'il découvrit l'horrible scène, Anakin comprit tout de suite qu'il s'agissait là de l'œuvre des Tusken. Trois fermiers, certainement ceux qui avaient accompagné Cliegg avant que celui-ci ne soit forcé de rebrousser chemin, gisaient, morts, autour d'un feu de camp éteint. Leurs corps étaient battus et mutilés. Deux eopies – ces sortes de dromadaires à longues jambes, aux pieds matelassés et aux têtes chevalines qui ne reflétaient guère l'intelligence – étaient attachés à proximité et poussaient des gémissements plaintifs. Derrière eux, fumants, les restes d'un speeder.

Anakin passa ses doigts dans ses cheveux blonds.

Du calme, se dit-il. *Tu dois la retrouver.*

Il se concentra, s'immergea dans la Force, projeta sa perception aussi loin qu'il le put, cherchant à découvrir si sa mère n'avait pas déjà connu le même sort.

Une décharge de douleur le foudroya. Un cri, entre l'espoir et l'abandon, résonna dans son esprit.

— Maman, dit-il, hors d'haleine.

Il comprit que le temps commençait à manquer, que Shmi subissait d'atroces souffrances et qu'elle ne résisterait peut-être plus très longtemps.

Il ne pouvait s'attarder pour enterrer proprement les pauvres fermiers, mais il se promit de revenir pour s'en occuper. Il enfourcha sa motojet et poussa la commande des gaz à fond. Il fila à travers le sombre paysage du désert, suivant l'appel de sa mère…

Le sentier était étroit et abrupt, mais Obi-Wan était heureux de fouler la terre ferme. Enfin, plus ou moins ferme.

Un cri strident déchira soudain l'air. Surpris, le Jedi sursauta. Il manqua de tomber mais recouvra son équilibre. Quelques pierres dévalèrent et rebondirent alors en contrebas de la falaise.

Le Chevalier dégaina son sabre laser mais ne l'activa pas. Il avança avec précaution et poursuivit sa descente sinueuse le long de la sente rocailleuse.

Il vit alors une imposante créature ressemblant à un

lézard s'avancer vers lui. L'animal ouvrit la gueule, révélant une rangée de terribles crocs dégoulinants de bave. Il se tenait sur deux puissantes pattes arrière et ses petits membres antérieurs se tordirent pour saisir sa proie. Le sabre laser se mit à bourdonner. Obi-Wan plongea de côté et, dans le mouvement, ficha sa lame dans les flancs de la bête, tranchant la chair des pattes avant jusqu'aux membres postérieurs. La créature s'écroula et essaya de se retourner. Elle fut parcourue d'un spasme de douleur, perdit l'équilibre et bascula dans le vide, poussant un hurlement qui accompagna sa chute sur plusieurs centaines de mètres.

Obi-Wan n'eut guère le temps de savourer sa victoire. Une autre bête apparut et fonça sur lui, la gueule béante.

Le Jedi plongea son sabre laser dans la bouche de la bête, déchiquetant d'un seul coup dents et gencives. La lame ressortit par l'arrière de la tête de l'animal. Il tira d'un coup sec pour dégager son arme et le tranchant de lumière découpa le crâne de son assaillant en deux. Il fit volte-face et vit une autre créature bondir vers lui. Il s'accroupit pour éviter le lézard.

Il se releva immédiatement, inversa sa prise sur la crosse du sabre laser et porta un coup vers l'arrière, empalant une quatrième créature. Il se retourna prestement, fit sauter son arme de sa main droite à sa main gauche, la planta dans la poitrine de la bête mourante. Il prolongea son mouvement et se retrouva dans sa position de départ, face au troisième lézard qu'il avait esquivé une seconde auparavant.

La créature fit un pas de côté, comme si elle cherchait à évaluer son adversaire. Obi-Wan fit un pas de côté à son tour, inspectant les environs des yeux et des oreilles.

Il crut, sincèrement que, puisque deux de ses congénères gisaient à terre et que le troisième avait basculé dans le vide, l'animal allait prendre la tangente.

Il n'en fut rien. La bête féroce fit claquer sa mâchoire et chargea.

Le Jedi exécuta un pas chassé et trancha net la tête de la créature, qui roula au sol.

— Chouette planète ! remarqua le Chevalier au bout de quelques instants, s'étant assuré que plus un seul lézard ne viendrait l'importuner.

Il rangea son arme, reprit sa route et tourna au coin de la falaise.

Une vaste plaine s'étendait devant lui. Dans le lointain, peu discernables dans les ténèbres, se dressaient de hautes silhouettes. Obi-Wan saisit ses macrobinoculaires et les pointa sur l'extrémité de la plaine. Il aperçut un ensemble de grandes tours, sans rapport avec les stalagmites naturelles qui ponctuaient le paysage. Non, il s'agissait de structures fabriquées. D'un vif mouvement de l'index, il augmenta l'agrandissement et la luminosité de l'image que lui renvoyaient ses jumelles. Puis il les fit doucement pivoter sur le côté.

Des vaisseaux stellaires de la Fédération du Commerce, en quantité incroyable, étaient alignés à l'horizon, posés sur des aires d'atterrissage. Stupéfait, le Jedi vit une plate-forme d'embarquement s'élever vers l'un des engins. Des milliers de droïdes de combat franchirent la passerelle et s'engouffrèrent dans les soutes de l'appareil. Celui-ci ne tarda pas à décoller.

Très rapidement, un autre vaisseau prit sa place sur l'aire d'envol. Une autre passerelle s'éleva et, encore une fois, des milliers de droïdes pénétrèrent dans les soutes. L'embarquement des soldats terminé, l'engin décolla à son tour.

— Incroyable… marmonna le Jedi.

Il tourna les yeux vers l'est, essayant d'évaluer le temps qui lui restait avant le lever du soleil, se demandant s'il pourrait franchir la distance sans être rattrapé par la lumière du jour.

Il n'y parviendrait pas s'il lui fallait continuer à descendre de la falaise à petits pas. Il ferma les yeux et invoqua la Force. Puis il sauta dans le vide, utilisant tous ses pouvoirs pour ralentir sa chute. Plusieurs mètres en contrebas, il heurta le flanc du dénivelé, poussa sur ses pieds, retomba et atterrit plus bas encore, et ainsi de suite. Volant et rebondissant à la fois, il prit enfin pied sur la sombre plaine.

Le soleil était toujours très bas sur les crêtes est des falaises et il atteignit enfin le complexe au moment où les ténèbres cédaient leur place aux lueurs de l'aube. L'entrée principale était gardée par des droïdes de combat, mais Obi-Wan n'avait absolument pas l'intention de s'approcher de cette zone. Se servant de la Force et de sa parfaite condition physique, il entreprit l'escalade d'une des faces de la tour, jusqu'à une petite fenêtre qu'il avait repérée d'en bas.

Il se glissa silencieusement à l'intérieur, avançant de zone d'ombre en zone d'ombre. Il s'accroupit soudain derrière une sorte de paravent. Deux étranges créatures étaient en train d'approcher. Des Géonosien, sans aucun doute. Ils ne portaient que très peu de vêtements, leur teint était rougeâtre, comme presque tout ici, une peau flasque retombait en plis autour de leurs frêles silhouettes, et leurs ailes parcheminées saillaient de leurs épaules noueuses. Leurs crânes étaient larges et allongés, parcourus de crêtes osseuses sur le dessus et sur les côtés. Ils étaient dotés de grands yeux globuleux recouverts d'épaisses paupières qui leur donnaient une perpétuelle expression de méchanceté.

— Beaucoup trop d'êtres vivants… entendit Obi-Wan.

— Ce n'est pas à toi de juger les décisions de l'Archiduc Poggie le Bref, répondit l'autre créature sur le ton de la réprimande.

Les deux individus s'éloignèrent dans le couloir en grommelant.

Obi-Wan sortit de sa cachette juste derrière eux et emprunta la direction opposée. Il se glissa dans l'ombre d'un corridor où s'élevait un alignement de colonnes. Il ne put s'empêcher de comparer cet endroit à la ville de Tipoca. Alors que cette dernière était une véritable œuvre d'art, toute en rondeurs et douceur, verre et lumière, on ne trouvait ici que rudesse, angles aigus, et des constructions strictement utilitaires.

Le Jedi, progressant lentement, s'approcha d'une ouverture d'où s'élevaient des bruits secs et des chocs sourds. Il regarda autour de lui, s'allongea sur le sol et rampa avec précaution jusqu'au bord d'un balcon.

Une chaîne d'assemblage, avec de vastes rangées de presses hydrauliques reliées par des tapis roulants, s'offrit alors à son champ de vision. Obi-Wan, parfaitement stupéfait, put contempler à loisir de nombreux, très nombreux, Géonosien – différents de ceux qu'il venait de rencontrer, ceux-ci étant dépourvus d'ailes – en train de s'agiter à différents postes de montage de droïdes de combat. À l'extrémité du tapis roulant, les droïdes terminés quittaient de façon autonome la chaîne pour s'engouffrer dans un couloir.

Un couloir qui devait certainement conduire aux plates-formes d'embarquement des vaisseaux de la Fédération du Commerce en attente, se dit Obi-Wan.

Secouant la tête, le Jedi se remit en route. Soudain, il perçut quelque chose. Quelque chose de lointain, mais de tangible. Il suivit son instinct pour trouver son chemin dans le dédale de couloirs et déboucha sur une vaste chambre souterraine aux très hauts plafonds voûtés soutenus par des arches au style rudimentaire. Il s'engagea dans la salle, avançant de pilier en pilier, sentant que quelque chose, ou quelqu'un, était tout proche.

Il entendit leurs voix avant même de les voir et s'aplatit aussitôt contre le mur de pierre.

Un groupe de six personnages, quatre devant et deux derrière, passa devant lui. Deux Géonosien étaient dans le quatuor de tête, accompagnés d'un certain vice-roi Neimoidien qu'Obi-Wan ne connaissait que trop bien. Le Chevalier reconnut le dernier individu, et revit en pensée le buste qu'il avait si attentivement observé dans les corridors du Temple Jedi sur Coruscant.

— ... à présent, nous devons persuader la Guilde des Marchands et l'Alliance des Corporations de signer le traité, était en train de dire le comte Dooku.

C'était un homme grand et majestueux, au port parfait et à la démarche gracieuse. Des cheveux argentés, élégamment coiffés, et des traits fins – mâchoire décidée et yeux perçants – complétaient le portrait de ce personnage qui avait compté parmi les plus grands Chevaliers Jedi de l'histoire. Il portait une cape noire, accrochée à ses épaules par une chaîne d'argent, une chemise de la même couleur et un pantalon coupé dans une étoffe luxueuse.

— Et qu'en est-il du Sénateur de Naboo ? demanda Nute Gunray, le Neimoidien. (Ses yeux bulbeux et ses traits fins semblaient presque disparaître sous l'énorme tricorne vissé en permanence sur sa tête.) Est-elle morte ? Je ne signerai pas ce traité tant que sa tête ne trônera pas sur mon bureau.

Obi-Wan hocha la tête. Les pièces du puzzle commençaient à s'encastrer les unes dans les autres. Il lui apparut que Nute Gunray souhaitait la mort d'Amidala, même si cette dernière, en s'opposant à la création d'une Armée de la République, travaillait en sa faveur. Après tout, Amidala avait gravement humilié le Neimoidien au cours de la Bataille de Naboo.

— Je suis un homme de parole, Vice-Roi, répondit l'un des deux autres personnages, probablement un Séparatiste, en se rapprochant du quatuor.

— Avec ces nouveaux droïdes de combat que nous avons construits pour vous, Vice-Roi, vous disposerez de la meilleure armée de toute la galaxie, déclara l'un des Géonosien qu'Obi-Wan identifia comme étant Poggie le Bref.

Il ne ressemblait pas à ses congénères ailés ou aux ouvriers qu'Obi-Wan avait observés précédemment. Sa peau était plus claire, plus grise que rouge, son crâne large, et sa bouche légèrement tombante lui donnait un air féroce. Son menton allongé évoquait presque une très longue barbe lui pendant sur le torse.

Ils continuèrent leur discussion mais furent bientôt hors de portée d'oreille. Obi-Wan n'osa pas leur emboîter le pas. Le groupe traversa la salle et commença à monter un escalier.

Après une courte pause, histoire de s'assurer qu'ils avaient pris suffisamment d'avance, Obi-Wan courut jusqu'à l'escalier et risqua un coup d'œil dans la cage. Il gravit les degrés avec précaution et déboucha sur un petit passage voûté qui donnait sur une autre salle, plus petite. Le groupe de six personnes venait d'y rejoindre d'autres individus, parmi lesquels Obi-Wan reconnut trois Sénateurs de l'opposition. Le premier était Po Nudo, un Aqualish dont le visage, à l'état naturel, donnait toujours l'impression qu'il était paré d'un énorme casque pourvu de grandes lunettes de protection. À côté de lui était assis Toonbuck Toora, de la planète Sy Myrth, un personnage dénué de cou, tête de rongeur et large bouche. Enfin venait le Sénateur Tessek, un Quarren, dont les tentacules faciaux gigotaient anxieusement. Obi-Wan avait déjà eu l'occasion de croiser ce trio sur Coruscant.

— Connaissez-vous Shu Mai ? demanda le comte Dooku, assis au bout de la table, aux trois Sénateurs. Elle représente ici la Guilde des Marchands.

De l'autre côté de la table, Shu Mai hocha respectueusement la tête. Son visage gris, ridé et délicat, surmontait un cou très haut. Sa caractéristique la plus frappante, en dehors de ses oreilles pointues et horizontales, était sa coiffure, qui évoquait des rangées de cornes saillant du haut de son crâne avant de s'incurver vers le bas.

— Et voici San Hill, membre distingué du Clan Bancaire Intergalactique, continua Dooku, indiquant une créature dotée du visage le plus long et le plus étroit qu'Obi-Wan ait jamais vu.

Pendant quelques instants, toutes les personnes rassemblées autour de la table se saluèrent mutuellement, hochant la tête et murmurant quelques politesses. Le silence retomba et tous les regards se tournèrent vers le Comte Dooku. Obi-Wan eut l'impression qu'il contrôlait complètement la situation, cela malgré la présence de l'archiduc de la planète.

— Comme je vous l'ai expliqué auparavant, je suis persuadé que dix mille systèmes supplémentaires sont prêts à rallier notre cause pour peu que vous nous accordiez votre soutien, dit le Comte. Laissez-moi, de plus, vous rappelez notre total dévouement au capitalisme... Baisse des taxes, tarifs réduits et abolition éventuelle des embargos marchands. Signer ce traité vous apportera des profits qui dépassent vos rêves les plus fous. Ce que nous vous proposons, c'est une libéralisation totale du marché. (Il regarda Nute Gunray. Celui-ci hocha la tête.) Nos amis de la Fédération du Commerce nous ont déjà assurés de leur soutien, continua Dooku. Lorsque leurs droïdes de combat se joindront aux vôtres, nous serons à la tête de la plus puissante armée de toute la galaxie. La République sera obligée de céder.

— Si je puis me permettre, Comte... fit l'un des autres membres du groupe, un de ceux qui avaient accompagné Dooku jusqu'à cette salle.

— Certainement, Passel Argente, répondit le Comte. Nous sommes toujours prêts à écouter l'opinion de l'Alliance des Corporations.

Le petit homme voûté et nerveux adressa un hochement de tête respectueux à Dooku.

— Je suis habilité, par l'Alliance des Corporations, à signer ce traité.

— Nous sommes très reconnaissants de votre coopération, Magistrat, dit Dooku.

Obi-Wan décoda l'échange de propos et comprit qu'il s'agissait d'une mise en scène donnée au profit de tous ceux, moins enthousiastes, qui étaient assis autour de la table. Apparemment, le Comte Dooku cherchait à soigner ses effets.

Mais la démonstration se heurta à un obstacle, quelques instants plus tard, lorsque Shu Mai prit la parole :

— La Guilde des Marchands, à l'heure actuelle, ne souhaite pas s'impliquer ouvertement. (Son ton se fit immédiatement plus rassurant :) Cependant, nous vous apporterons notre soutien en secret et nous avons hâte de faire affaire avec vous.

Plusieurs gloussements fusèrent autour de la table. Dooku se contenta de sourire.

— C'est tout ce que nous demandons, assura-t-il à Shu Mai.

Il se tourna vers le membre distingué du Clan Bancaire Intergalactique et tous les regards se braquèrent sur San Hill.

— Le Clan Bancaire Intergalactique se propose de vous soutenir totalement, Comte Dooku, déclara San Hill. Mais uniquement dans le cadre d'un accord non exclusif.

Obi-Wan recula, essayant de deviner les implications de tout ceci. Le Comte Dooku avait donc tout manigancé, et la République courait là certainement le plus gros risque de toute son histoire. Avec l'argent des banquiers, le soutien des guildes marchandes et commerçantes, avec cette usine – qui ne devait probablement pas être la seule dans son genre – produisant des armées de droïdes de combat à tour de bras, le danger potentiel était effrayant.

Était-ce la raison pour laquelle Sifo-Dyas avait passé commande de l'armée de clones ? Le Maître avait-il senti croître la menace ? Était-ce pure coïncidence que l'homme qui avait été choisi pour servir de modèle à cette armée de clones – susceptibles de défendre la République – ait été également engagé par la Fédération du Commerce pour éliminer le Sénateur Amidala ?

Obi-Wan ne croyait guère à la coïncidence mais, pour l'heure, c'était la seule piste dont il disposait. Il aurait voulu rester un peu plus longtemps, à écouter ce qui se disait, là, dans la salle, mais il savait qu'il lui fallait partir. Il devait rejoindre son vaisseau et demander à R4 d'envoyer un message d'alerte à l'autre bout de la galaxie, au Conseil Jedi.

Au cours des dernières heures, Obi-Wan n'avait vu rien d'autre que des déploiements d'armées, clones ou droïdes. Il paraissait évident que celles-ci n'allaient pas tarder à s'affronter, en une explosion qui dépasserait tout ce que la galaxie avait connu au cours de ses nombreux siècles d'existence.

20

Ses yeux ne lui permettaient plus de voir grand-chose. Pris dans une gangue de sang séché et tuméfiés par les coups répétés, elle pouvait à peine les ouvrir. Ses oreilles ne lui étaient pas d'un plus grand secours. Les sons, autour d'elle, étaient perpétuellement rudes et menaçants. Elle ne sentait plus son corps, qui ne lui semblait plus être qu'une seule et même plaie douloureuse.

Shmi s'était recroquevillée sur elle-même, repensant à ces moments d'un lointain passé, lorsque Anakin et elle vivaient leur condition d'esclaves à la solde de Watto. Ce n'était pas une vie facile mais au moins avait-elle son fils avec elle. Et, pour cette raison, elle chérissait ces pensées. Aujourd'hui, sans plus d'espoir de revoir un jour son fils, elle se rendait compte combien il lui avait manqué au cours des dix dernières années. Pendant toutes ces nuits passées à observer les cieux nocturnes, elle l'avait imaginé volant à travers la galaxie, portant secours aux plus démunis, sauvant des planètes entières des griffes de monstres dévastateurs ou de tyrans malfaisants. Mais elle avait toujours souhaité revoir Anakin un jour. Elle l'avait toujours imaginé débarquant à la ferme de culture d'humidité, avec ce sourire espiègle au coin des lèvres, ce sourire qui pouvait illuminer une salle entière. Elle avait songé qu'il la saluerait comme s'ils n'avaient jamais été séparés.

Shmi aimait Cliegg et Owen. Profondément. Cliegg avait été son sauveur, son chevalier servant. Owen avait été comme le fils qu'elle avait perdu, toujours attentif, toujours prêt à l'écouter narrer les exploits d'Anakin. Et Shmi avait également appris à connaître, à aimer, Beru. Comment pouvait-il en être autrement ? Beru était animée de ce mélange si subtil de compassion, de calme et de force intérieure.

Mais, en dépit de la chance qui lui avait permis d'accueillir ces trois personnes dans son existence, cette chance qui lui avait permis d'améliorer sa vie d'incroyable façon, Shmi Skywalker avait toujours gardé une place de choix à Anakin dans son cœur. Son fils. Son héros. Et aujourd'hui, sentant la fin de son existence approcher, les pensées de Shmi se concentraient sur les souvenirs qu'elle gardait de son fils. En même temps, elle essayait de l'atteindre, d'entrer en contact avec lui, de toucher ses pensées et son cœur. Anakin avait un don très particulier pour ce genre de perception. Il était parfaitement en phase avec cette Force si mystérieuse. Les Jedi qui étaient venus sur Tatooine l'avaient bien compris, eux aussi.

Alors, peut-être qu'Anakin finirait par entendre son appel, par capter son amour. Elle en avait besoin. Il lui fallait boucler la boucle. Il fallait que son fils, en dépit des années et de la grande distance qui le séparait d'elle, comprenne qu'elle n'avait jamais cessé de l'aimer de toute son âme, qu'elle n'avait jamais cessé de penser à lui.

Anakin était son réconfort. Dans ses pensées, il lui permettait d'échapper aux souffrances que lui infligeaient les Hommes des Sables. Chaque jour, ils venaient la torturer, dardant son corps de la pointe de leurs lances, la battant à coups de bâton ou de fouet. Même si elle n'entendait rien à leur langage guttural, Shmi comprenait qu'ils ne semblaient pas animés d'une propension particulière au sadisme. Non. C'était ainsi que les Tusken évaluaient leurs ennemis et, à en juger par les signes de tête et le ton de leurs voix, elle comprit que sa résistance les impressionnait.

Ils ignoraient cependant que sa résistance était alimentée par tout l'amour d'une mère pour son fils. Sans le souvenir d'Anakin et l'espoir de lui faire comprendre tout l'amour qu'elle éprouvait pour lui, Shmi aurait certainement abandonné la partie depuis longtemps et se serait laissée mourir.

Sous la pâle luminosité de la pleine lune, Anakin Skywalker amena la motojet au sommet d'une dune de sable pour observer les vastes étendues désertiques de Tatooine. Pas très loin en contrebas, il aperçut un campement organisé autour d'une petite oasis. Il sut immédiatement, sans prendre la peine d'identifier l'un des occupants, qu'il s'agissait là d'un camp tusken. Il perçut la présence de sa mère, là, en bas. Il perçut sa douleur.

Il s'approcha du campement silencieusement, étudiant les huttes de paille et de peaux de bêtes, espérant découvrir des indices qui lui permettraient de deviner les fonctions de chacune d'elles. Un logis particulièrement robuste, édifié en marge du camp, attira son attention. Il semblait faire l'objet de moins d'attention, mais paraissait construit plus solidement que les autres huttes. Anakin, de plus en plus intrigué, s'approcha encore un peu. Il remarqua une seule hutte gardée, surveillée par deux Tusken flanquant l'entrée.

— Oh, Maman, murmura-t-il.

Silencieux comme une ombre, le Padawan traversa le camp, progressant de hutte en hutte, s'aplatissant contre les murs ou bien à même le sol lorsqu'il lui fallait avancer en terrain découvert. Il gagna, petit à petit, les abords de la construction où il lui semblait percevoir la présence de sa mère. Il en atteignit enfin le mur et posa ses mains à plat sur la peau de bête lisse qui servait de paroi. Il capta des sensations de douleur émanant d'une personne enfermée à l'intérieur. Un coup d'œil rapide vers l'entrée lui confirma que les deux gardes Tusken étaient assis à une certaine distance de la porte.

Anakin dégaina son sabre laser et l'activa. Il se baissa, dissimulant l'éclat de sa lame du mieux qu'il pouvait. Il plongea le sabre dans la paroi et en découpa le matériau très facilement. Sans prendre le temps de vérifier si un Tusken se trouvait dans la hutte, il rampa à l'intérieur.

— Maman ! murmura-t-il encore, sentant ses jambes se dérober sous lui.

La pièce était éclairée par des douzaines de chandelles et par un trou dans le toit par lequel tombait la lumière de la lune, baignant le visage de Shmi. Cette dernière était ligotée face à une sorte de râtelier adossé à l'une des parois de la hutte. Ses bras étaient attachés en croix, ses poignets lacérés et ensanglantés par la rudesse des liens, et son visage – lorsqu'elle se tourna légèrement de côté – témoignait de semaines de mauvais traitements.

Anakin la libéra rapidement. Il la fit descendre doucement de son poteau de torture et, la prenant dans ses bras, la déposa délicatement sur le sol.

— Maman... Maman... Maman... chuchota-t-il doucement.

Anakin sut qu'elle était toujours vivante, même si elle ne réagit pas immédiatement à sa supplique, se laissant couler à terre comme un poids mort. Il sentit sa présence dans la Force, mais il ne s'agissait que d'une sensation ténue, terriblement ténue.

Il prit sa tête entre ses mains et répéta doucement son nom, encore et encore. Finalement, les paupières de Shmi s'entrouvrirent péniblement, au milieu des ecchymoses et du sang séché.

— Anak... murmura-t-elle. (Il entendit un sifflement dans sa voix quand elle essaya de parler et comprit que plusieurs de ses côtes devaient être fracturées.) Anakin, c'est toi ?

Graduellement, ses yeux se fixèrent sur lui et le jeune homme vit un mince sourire reconnaissant se dessiner au milieu de son visage tuméfié.

— Je suis là, Maman, lui dit-il. Tu es sauvée, maintenant. Tiens bon. Je vais te faire sortir d'ici.

— Anakin... Anakin... répéta Shmi, tout en penchant la tête, comme elle l'avait fait si souvent pour le regarder, attendrie et amusée, au temps où il était encore enfant. Comme tu es beau...

— Garde tes forces, Maman, dit-il pour essayer de la calmer. Il faut qu'on dégage d'ici.

— Mon fils... reprit Shmi d'un ton qui donna l'impression à Anakin qu'elle ne se trouvait pas dans le même lieu que lui. Mon fils a grandi. Je savais que tu reviendrais me chercher. Je l'ai toujours su.

Anakin tenta à nouveau de lui dire de se tenir tranquille afin d'économiser son énergie, mais les mots ne réussirent pas à sortir de sa bouche.

— Je suis si fière de toi, Anakin. Si fière. Tu m'as tellement manqué.

— Tu m'as beaucoup manqué aussi, Maman. On parlera de tout ça plus tard...

— Maintenant, je suis heureuse, annonça alors Shmi.

Elle regarda vers le haut, par-delà le visage d'Anakin, par-delà le puits du plafond, vers la lune étincelante.

Tout au fond de lui, Anakin comprit.

— Reste avec moi, Maman, la supplia-t-il, essayant de toutes ses forces de dissimuler le désespoir qui teintait sa voix. Je vais t'aider à guérir. Tout va... Tout va aller très bien...

— Je t'aime... commença Shmi.

Et puis elle se raidit. Anakin vit les dernières lueurs de vie quitter ses yeux.

Il eut du mal à reprendre son souffle. Les yeux écarquillés, incrédule, il souleva Shmi, la serra contre sa poitrine, puis il la berça pendant un long moment. Non. Elle ne pouvait pas être partie ! Elle ne le pouvait pas ! Il s'écarta d'elle et la regarda droit dans les yeux, la suppliant silencieusement de lui répondre. Mais la lueur était partie. Les yeux étaient vides, dépourvus de vie. Il la serra pour la bercer à nouveau.

Puis il la déposa à terre et lui ferma les yeux.

Anakin ne savait plus quoi faire. Il resta assis, immobile, à contempler le corps de sa mère puis il releva la tête et ses yeux bleus se mirent à bouillir de haine et de colère. Il se remémora tous les événements récents, se demandant s'il aurait pu agir différemment, et mieux, pour sauver la vie de Shmi. En fait, il n'aurait jamais dû la quitter, se dit-il. Il n'aurait jamais dû laisser Qui-Gon l'emmener, lui, de Tatooine en laissant Shmi derrière eux. Elle venait de dire qu'elle était fière de lui, mais comment pouvait-il mériter cette fierté alors qu'il avait été incapable de la sauver ?

Certes, il voulait que Shmi soit fière, il voulait raconter à sa mère tout ce qui lui était arrivé, son entraînement Jedi, tout le formidable travail qu'il avait déjà accompli, et, plus que tout, il souhaitait lui parler de Padmé. Oh, comme il aurait voulu que sa mère fasse un peu mieux connaissance avec Padmé ! Elle l'aurait tant aimée ! Comment en aurait-il été possible autrement ? Et Padmé l'aurait tant aimée en retour…

Que faire, à présent ?

Les minutes s'égrenèrent, une à une. Anakin restait assis, figé dans son trouble, dans sa rage en pleine ébullition. Immobilisé par la plus grande sensation de vide qu'il eût jamais connue. Lorsque les lueurs de l'aube commencèrent à illuminer l'intérieur de la tente, lorsque le jour sembla balayer les dernières flammes des chandelles presque complètement consumées, Anakin se souvint de l'endroit où il se trouvait.

Il regarda tout autour de lui, se demandant comment il parviendrait à emmener le corps de sa mère loin d'ici, car il n'avait aucunement l'intention de l'abandonner aux pillards Tusken. Il ne parvint pas à faire un geste. Tout lui semblait si vain, comme une suite de sentiments sans signification.

La rage qui grondait au plus profond de lui, pour avoir perdu la seule personne qu'il n'aurait jamais voulu abandonner, c'était tout ce qu'il pouvait ressentir en cet instant.

Une voix, dans sa tête, le suppliait de ne pas s'abandonner à cette colère, que c'était là le plus sûr moyen de basculer vers le Côté Obscur.

Puis il regarda Shmi, étendue devant lui, si immobile, si paisible, mais portant les marques criantes de toutes les tortures infligées à son pauvre corps.

Le Padawan Jedi se leva, décrocha son sabre laser de sa ceinture et avança d'un pas décidé vers la porte.

Les deux gardes Tusken poussèrent un grognement,

levèrent leurs armes et foncèrent vers lui. La lame bleue étincelante, en un tourbillon de lumière meurtrière de la gauche vers la droite, les terrassa tous les deux.

Mais la rage d'Anakin était loin d'être apaisée.

Plongé au plus profond de ses méditations, scrutant le Côté Obscur, Maître Yoda perçut soudainement une décharge de colère brute, une vague de furie dépassant tout contrôle. Les yeux du petit maître s'ouvrirent brusquement sous la violence de la sensation.

Et soudain, Yoda entendit une voix, une voix familière qui criait : « Non, Anakin ! Non ! Ne fais pas cela ! »

Qui-Gon. Yoda comprit que c'était Qui-Gon. Mais Qui-Gon était mort, il ne faisait plus qu'un avec la Force ! À ce stade, tout état de conscience, tout état de perception de soi était impossible. Personne ne pouvait parler ainsi par-delà la mort.

Mais Yoda avait bien entendu l'appel spectral et, au cours de sa séance de méditation profonde, ses pensées étaient restées aussi alertes, aussi précises qu'à l'habitude. Le Maître Jedi savait qu'il ne s'était pas trompé.

Il voulut se concentrer sur ce point, essayer de pister l'appel jusqu'à sa source surnaturelle, mais il n'y parvint pas, submergé par cette soudaine décharge de colère… et de puissance.

Il poussa un grognement et se courba en deux. Il sortit de sa transe. La porte s'ouvrit et Mace Windu fit irruption dans la pièce.

— Que se passe-t-il ? demanda Mace.

— Douleur. Souffrance. Mort ! Quelque chose de terrible est arrivé, je crains. Le jeune Skywalker souffre. Il souffre énormément.

Il s'abstint de faire part à Mace du reste de son expérience, de lui expliquer que l'agonie soudaine d'Anakin, en se manifestant dans la Force, avait réveillé l'esprit du Maître Jedi qui l'avait découvert. Trop de choses s'étaient produites simultanément.

Cette voix si familière, dépourvue d'enveloppe corporelle, résonnait toujours dans les pensées de Yoda. Ce dernier comprit qu'il ne s'était pas trompé, pour peu qu'il ait bien compris ce qu'il était certain d'avoir entendu…

Anakin, lui aussi, avait entendu la voix de Qui-Gon, l'implorant de ne pas céder, de ne pas laisser la rage le gagner. Mais il ne l'avait pas reconnue, rendu sourd par sa douleur et sa colère. Il repéra une femme Tusken sur le côté, face à une autre hutte. Elle transportait une outre remplie d'eau sale. Il repéra un enfant Tusken, debout dans l'ombre d'un autre abri, le dévisageant, l'air incrédule.

Il se mit en mouvement, à peine conscient de ses propres gestes. Il courut et sa lame fendit l'air. La Tusken poussa un hurlement et se retrouva empalée sur le sabre de lumière.

Le campement céda à la panique et des Tusken jaillirent des nombreuses tentes, l'arme au poing. Trop tard. Anakin avait déjà entrepris sa danse de mort, ne faisant plus qu'un avec l'énergie de la Force. Il fit un bond, très haut par-dessus une hutte, et retomba devant une autre habitation. Sa lame bourdonna avant même qu'il touche le sol, avant même que le couple de Tusken qu'il avait pris pour cible, puisse comprendre que l'heure de mourir était venue.

Un troisième Homme des Sables chargea Anakin avec une lance. Le jeune homme leva sa main vide et projeta une onde de la Force aussi solide que la pierre. Puis, il fit fouetter sa main dans l'air et le Tusken exécuta un vol plané de plus de trente mètres, avant d'aller s'écraser contre la paroi d'une autre hutte.

Anakin reprit aussitôt sa course, bondissant de plus belle, faisant tournoyer sa lame de droite à gauche dans un flou étincelant, faisant mouche à chaque coup, tranchant de part en part, envoyant voler au loin les membres et les têtes des Hommes des Sables…

Bientôt, plus un seul pillard n'osa s'interposer. Tous prirent la fuite. Mais Anakin n'avait pas l'intention d'en rester là. Il vit un groupe de Tusken se précipiter vers une hutte afin de s'y terrer. Le jeune homme posa les yeux sur un énorme rocher qui se trouvait non loin de là. Il le souleva par la seule puissance de son esprit et l'envoya voler à travers la plaine, balayant au passage les Tusken qui se trouvaient sur sa trajectoire.

Le rocher retomba sur la hutte, écrasant tous ses occupants.

Il reprit sa course effrénée, ses foulées, décuplées par la Force, lui permirent de rattraper les fuyards, qu'il massacra un à un.

Il ne ressentait plus cette impression de vide, à présent. Celle-ci avait été rapidement remplacée par une décharge d'énergie et de puissance dépassant tout ce qu'il avait déjà connu. Il se sentit investi par la Force, investi par la puissance, investi par la vie.

Soudainement, tout fut terminé. Anakin resta debout au milieu des ruines fumantes du campement. Des douzaines et des douzaines de Tusken gisaient, morts, éparpillés autour de lui. Une seule hutte était encore debout.

Il rangea son sabre laser, marcha jusqu'à la hutte en question et, aussi délicatement que respectueusement, saisit le corps de sa mère entre ses bras.

21

— Voilà ! déclara Padmé en hissant C-3PO hors du bain d'huile.

Elle dut se retenir de rire car elle venait juste, par inadvertance, de laisser retomber le droïde trop profondément dans le bassin. Il avait alors agité ses bras dans tous les sens, criant qu'il était devenu aveugle.

Padmé le fit redescendre sur le bord du bain et s'empara d'un chiffon pour lui essuyer les yeux. Ceci fait, elle aida C-3PO à mettre pied à terre et décrocha le système de treuillage.

— Ça va mieux ? demanda-t-elle.

— Oh, beaucoup mieux, Mademoiselle Padmé, dit C-3PO en faisant de grands gestes, visiblement très satisfait.

— Ça ne te démange plus ? s'enquit la jeune femme, inspectant son travail.

— Ça ne me démange plus, lui confirma le droïde.

— Parfait ! déclara-t-elle en souriant.

Mais son sourire s'estompa lorsqu'elle se dit qu'elle avait terminé. Le bain donné au droïde lui avait permis d'oublier un moment les terreurs qui l'avaient hantée au cours des dernières heures – remarquant à peine que le soleil s'était levé – et, à présent, la peur qu'elle éprouvait pour Anakin revenait la tourmenter.

Les moyens de détourner son attention commençaient à lui manquer.

— Oh, Mademoiselle Padmé, merci ! Merci ! dit C-3PO.

Il s'avança vers elle, écartant les bras, prêt à la serrer contre sa poitrine. Mais il s'interrompit et fit brusquement un pas en arrière, comme s'il avait soudainement pris conscience du manquement au protocole que son geste impliquait. Et du fait qu'il ruisselait d'huile de vidange.

— Merci, dit-il à nouveau, d'un ton beaucoup plus digne. Merci beaucoup.

Owen Lars s'approchait, suivi de son fils.

— Alors, c'est donc là que tu étais, dit-il à Padmé. On t'a cherchée partout, tu sais ?

— Je n'ai pas bougé d'ici, je donnais un bain d'huile bien mérité à C-3PO.

— Eh bien, chère Padmé, commença Owen. (La jeune femme se tourna vers lui et constata qu'il souriait de toutes ses dents.) J'ai l'intention de rendre ce droïde à Anakin. Je sais que c'est ce que Maman aurait voulu.

Padmé sourit en hochant la tête.

— Il est de retour ! Il est de retour ! appela Beru depuis la cour devant le garage.

Les sourires des deux jeunes gens s'évanouirent. Padmé et Owen se précipitèrent à l'extérieur.

Ils rejoignirent Beru. Bientôt, Cliegg en fit de même, sa chaise flottante heurtant et éraflant les meubles et les cadres de la porte lorsqu'il sortit du garage.

— Où ça ? demanda Padmé.

Beru indiqua un point dans le désert.

Padmé plissa les yeux et leva une main pour se protéger des rayons du soleil. Elle repéra finalement la petite tache noire qui fonçait vers eux et qui devait être Anakin. Lorsque la tache se transforma en une silhouette mieux discernable, la jeune femme remarqua qu'Anakin n'était pas seul. Quelqu'un était attaché à l'arrière de la motojet.

— Oh... Shmi... dit Cliegg Lars dans un souffle.

Il se mit à trembler.

Beru renifla et lutta pour s'empêcher de sangloter. Owen, qui se tenait à côté d'elle, passa une main autour de ses épaules. Quand Padmé se tourna vers eux, elle sentit qu'une larme était en train de couler le long de sa joue.

Anakin pénétra dans la propriété quelques instants plus tard et s'arrêta pile devant le groupe pétrifié. Sans un mot, il mit pied à terre et entreprit de détacher le cadavre de sa mère. Il la souleva délicatement dans ses bras. Il marcha jusqu'à Cliegg et marqua une pause devant lui. Les deux hommes partagèrent ce bref moment de douleur silencieuse.

Et puis, toujours sans parler, Anakin entra dans la maison.

Pendant tout ce temps, ce qui frappa le plus Padmé fut l'expression qui se dessinait sur le visage d'Anakin, une expression que la jeune femme n'avait jamais remarquée auparavant chez le Padawan. Un mélange de colère, de tristesse, de culpabilité, de résignation et même de défaite. Elle comprit qu'Anakin allait avoir besoin d'elle. Et vite.

Mais elle n'avait pas la moindre idée de ce qu'elle pourrait faire pour lui.

Dans la ferme des Lars, le silence régna pendant le restant de la journée. Chacun vaqua à ses propres tâches, n'importe quelles tâches, essayant visiblement de retarder ce moment où la douleur et les sanglots reprendraient le dessus. Un moment – tous le savaient bien – qui finirait inévitablement par se produire.

S'affairant à préparer à manger pour Anakin, Padmé fut surprise lorsque Beru s'approcha pour l'aider, encore plus surprise quand la jeune femme entama la conversation :

— C'est comment, chez toi ? demanda Beru.

Padmé se tourna vers elle et la regarda avec curiosité.

— Je te demande pardon ?

— Sur Naboo. C'est comment ?

Padmé eut du mal à décrypter la question, car ses pensées étaient trop concentrées sur Anakin. Il lui fallut un long moment pour se décider à répondre, mais elle réussit finalement à prendre la parole :

— Oh, c'est très... C'est très vert. Il y a beaucoup

d'eau, avec des arbres et des plantes partout, tu vois ? Pas comme ici.

Elle détourna prestement les yeux en finissant sa phrase, comprenant qu'elle avait été un peu fort. Tout ce qu'elle voulait, c'était se retrouver seule avec Anakin. Elle commença donc à préparer une assiette sur un plateau.

— Je me plais bien ici, moi, remarqua Beru.

— Peut-être que tu pourrais venir voir Naboo, un de ces jours, dit Padmé par politesse.

— Non, je ne crois pas, répondit Beru, très sérieuse. Je n'aime pas beaucoup voyager.

Padmé ramassa son plateau, s'apprêtant à quitter la cuisine.

— Merci, Beru, dit-elle en essayant de sourire du mieux qu'elle pouvait.

Elle trouva Anakin, debout face à un établi dans le garage, en train de travailler sur une pièce de la motojet.

— Je t'ai apporté à manger.

Anakin la regarda... et revint immédiatement à son travail. Elle nota qu'il forçait chacun de ses gestes, visiblement frustré, visiblement incapable de se concentrer sur sa tâche.

— L'embrayage a cassé, expliqua-t-il, d'un ton un peu trop insistant. La vie paraît bien plus simple quand tu doit réparer des choses. Je suis plutôt doué pour ça. Je l'ai toujours été. Mais je...

Finalement, il lança rageusement son outil sur l'établi et resta debout, la tête inclinée.

Padmé comprit qu'il était sur le point de craquer.

— Pourquoi a-t-il fallu qu'elle meure ? lâcha-t-il dans un souffle.

La jeune femme déposa son plateau sur le plan de travail, passa derrière lui, glissa ses bras autour de sa taille et appuya sa tête contre son dos.

— Pourquoi ne suis-je pas arrivé à la sauver ? demanda Anakin. Je sais que j'aurais pu le faire !

— Anakin, tu as essayé... dit-elle en le serrant un peu plus. Il y a des fois où il est impossible de réparer certaines choses. Tu n'es pas tout-puissant.

Il se raidit en entendant ces mots et s'écarta soudainement d'elle. Elle réalisa qu'il était en colère.

— Mais je devrais l'être ! gronda-t-il. (Puis, il la regarda droit dans les yeux. Son visage n'était plus qu'un masque de farouche détermination.) Un jour, je le serai !

— Anakin, ne dis pas des choses pareilles, dit Padmé, effrayée.

Mais il ne l'écoutait pas.

— Je serai le plus puissant de tous les Jedi ! reprit-il. Je te le promets ! Je ferai tout pour apprendre comment on peut empêcher les gens de mourir !

— Anakin…

— Tout ça, c'est de la faute d'Obi-Wan ! (Il traversa la pièce puis revint jusqu'à l'établi et tapa du poing sur le plan de travail, manquant de faire tomber l'assiette de nourriture.) C'est lui qui m'a écarté de tout ça !

— Pour te demander de me protéger… dit-elle calmement.

— J'aurais dû partir avec lui, pour traquer les assassins ! Je les aurais capturés depuis longtemps ! J'aurais eu le temps de revenir jusqu'ici et ma mère serait toujours en vie !

— Tu ne peux pas savoir…

— Il est jaloux de moi ! tonna Anakin, ne prêtant aucune attention à Padmé. (Elle comprit qu'en fait il ne lui parlait pas. Toute cette diatribe, il ne la formulait que pour lui-même. Et la jeune femme n'en croyait pas ses oreilles.) C'est lui qui m'a écarté parce qu'il sait parfaitement que je suis bien plus puissant que lui. Il m'empêche de progresser !

Il termina sa phrase en ramassant la clé à molette qui gisait sur l'établi et la lança à travers le garage. Elle rebondit sur le mur du fond et retomba bruyamment au milieu des pièces détachées.

— Anakin, qu'est-ce qui ne va pas ? fit Padmé, assez fort pour enfin attirer son attention.

— Mais je viens de te le dire !

— Non ! rétorqua Padmé, hurlant à son tour. Non. Qu'est-ce qui ne va pas *vraiment* pas ?

Anakin se contenta de la dévisager longuement. Elle comprit qu'elle venait de toucher une corde sensible.

— Je sais que tu souffres, Anakin. Mais il y a autre chose. Dis-moi ce qui ne va pas.

Il la regarda.

— Anakin ?

Le corps du jeune homme sembla soudainement s'affaisser, se recroqueviller.

— Je... Je les ai tués, admit-il. (Si Padmé n'avait pas eu le réflexe de courir vers lui pour le serrer entre ses bras, il aurait certainement défailli.) Je les ai tous tués, reprit-il. Ils sont morts. Tous. Sans exception.

Il la regarda alors et il sembla à la jeune femme que son attention semblait revenir d'un lieu lointain, très lointain.

— Tu les as combattus... commença-t-elle.

Il secoua la tête.

— Non, pas que les hommes, reprit-il. Chez les Tusken, seuls les hommes sont des guerriers. Pas que les hommes. Les femmes et les enfants, aussi. (Son visage se tordit de douleur, partagé entre la colère et la culpabilité.) Ce sont des animaux ! tonna-t-il brusquement. Et je les ai massacrés comme des animaux ! Je les déteste ! Tous !

Padmé recula un peu, trop stupéfaite pour répondre quoi que ce soit. Elle savait qu'Anakin attendait d'elle un geste ou une parole, mais elle était complètement paralysée. Il ne la regardait même plus. Ses yeux étaient perdus, à observer le vide. Puis il baissa la tête et se mit à pleurer, ses puissantes épaules sursautant à chacun de ses sanglots.

Padmé l'attira vers elle et le serra très fort, souhaitant ne plus s'en séparer, ne sachant cependant toujours pas quoi lui dire.

— Pourquoi faut-il que je les déteste ? lui demanda Anakin.

— Est-ce que tu les détestes, eux, ou bien est-ce que tu détestes ce qu'ils ont fait à ta mère ?

— Je les déteste ! insista-t-il.

— Ils ont mérité ta colère, Anakin.

Il releva la tête vers elle, les yeux chargés de larmes.

— Mais c'était plus que de la colère… commença-t-il avant de secouer la tête et d'enfouir son visage contre la poitrine de la jeune femme.

Quelques instants plus tard, il se redressa, déterminé à expliquer.

— Je n'ai… Je n'ai pas pu… (Il tendit le bras et serra le poing.) Je n'ai pas pu me contrôler, admit-il. Je… je ne veux pas les détester. Je sais bien qu'il ne faut pas succomber à la haine. Mais je ne peux pas leur pardonner !

— Se mettre en colère est humain, Anakin, lui assura Padmé.

— Contrôler sa colère, c'est être un Jedi, répondit prestement Anakin.

Il s'écarta d'elle, se redressa et se tourna vers la porte ouverte pour observer le désert.

Padmé vint se poster à côté de lui. Elle passa un bras autour de sa taille.

— Chut… dit-elle doucement en l'embrassant gentiment sur la joue. Tu es humain.

— Non. Je suis un Jedi. Je sais que je suis bien meilleur que ça. (Il la regarda droit dans les yeux et secoua la tête.) Je suis désolé. Je suis tellement désolé.

— Tu es comme tout le monde, dit Padmé, essayant de l'attirer un peu plus à elle.

Mais Anakin se raidit, préférant visiblement conserver ses distances. Sa résolution ne dura pas bien longtemps et il éclata de nouveau en sanglots.

Padmé le serra dans ses bras et le berça doucement, lui assurant que tout irait bien…

Obi-Wan Kenobi s'installa dans le fauteuil de son chasseur stellaire et secoua la tête, sous le coup de la frustration. Il lui avait fallu un long moment pour ressortir sain et sauf de la ville-usine. Lorsqu'il avait enfin regagné son appareil, il avait pourtant cru que l'aventure était terminée, mais il se trompait.

— L'émetteur fonctionne, annonça-t-il à R4. (Le droïde sifflota son acquiescement.) Mais nous ne recevons pas de réponse. Nous sommes trop loin de Coruscant. (Il se tourna dans le cockpit pour faire face au droïde.) Tu peux amplifier le signal ?

Les gargouillis électroniques de son astromécano ne lui offrirent rien de bien réconfortant.

— D'accord, on va essayer autre chose.

Obi-Wan regarda tout autour de lui, à la recherche d'une solution. Il ne voulait pas décoller de la planète et risquer d'être détecté. Si loin dans la galaxie, coincé par l'atmosphère métallique de Géonosis, il n'aurait aucune chance de contacter Coruscant.

— Naboo ! C'est plus près, dit-il soudainement. (R4 émit un petit cliquetis.) Peut-être qu'on pourrait contacter Anakin pour lui demander de relayer le signal, non ?

R4 lui répondit avec enthousiasme et Obi-Wan s'extirpa du cockpit afin de modifier son message à l'attention d'Anakin.

Quelques instants plus tard, cependant, le droïde lui annonça que quelque chose n'allait pas.

Poussant un grognement frustré, Obi-Wan remonta à bord de son engin.

— Comment cela, il n'est pas sur Naboo ? demanda-t-il.

R4 poussa un gémissement plaintif. Plutôt que de discuter avec le droïde, Obi-Wan vérifia lui-même les instruments de bord. Effectivement, le signal d'Anakin avait disparu du secteur de Naboo.

— Anakin ? Anakin, est-ce que tu me reçois ? Ici Obi-Wan Kenobi ! cria-t-il, levant le micro devant ses lèvres et braquant le signal vers Naboo.

Au bout d'un long moment, n'ayant pas reçu de réponse, le Jedi reposa son comlink et se tourna vers R4.

— Il n'est plus sur Naboo, R4. Je vais essayer d'étendre les recherches. J'espère qu'il ne lui est rien arrivé.

Il se rassit dans son siège et les minutes s'écoulèrent. Il savait pertinemment qu'il était en train de perdre un temps précieux, mais ses options étaient fort limitées. Il ne pouvait pas retourner vers la ville et prendre le risque de se faire capturer. Les informations qu'il détenait étaient bien trop vitales pour ne pas être au plus tôt relayées vers le Conseil Jedi. Il ne voulait pas non plus décoller, pour les mêmes raisons. Il y avait encore certainement beaucoup de choses à apprendre sur cette planète.

Il attendit. Quelque temps plus tard, R4 sifflota avec insistance. Obi-Wan se pencha sur sa console et écarquilla les yeux en décryptant les lignes de code.

— Oui, c'est bien le signal de repérage d'Anakin, tu as raison. Mais il provient de Tatooine ! Qu'est-ce qu'il fout là-bas ? Je lui ai pourtant ordonné de ne pas quitter Naboo !

R4 poussa un autre gémissement.

— D'accord, d'accord, je suis prêt. On tentera de répondre à cette question plus tard. (Il descendit de son appareil et sauta à terre.) Paré à transmettre, R4, nous n'avons plus beaucoup de temps.

Le droïde relaya le message et obtint en réponse une série de cliquetis et de sifflements. Ceux-ci n'appartenaient pas au langage habituel du R4-P mais à un autre droïde qu'Obi-Wan connaissait bien.

— R2 ? C'est toi ? génial ! Est-ce que tu me reçois bien ?

Le sifflement fut affirmatif.

— Enregistre ce message et transmets-le au Jedi Skywalker, ordonna-t-il au droïde.

Un autre sifflement affirmatif.

— Anakin, mon émetteur longue portée est inopérant. Occupe-toi de relayer ce message jusqu'à Coruscant...

Le Jedi commença alors son rapport. Il ignorait que les Géonosiens avaient capté son appel et repéré, par triangulation, la position de son chasseur stellaire. Trop absorbé par sa tâche, il ne remarqua pas l'arrivée des droïdekas puissamment armés. Les droïdes se déployèrent en position d'attaque.

Même les deux étincelants soleils de Tatooine ne parvenaient pas à égayer la sinistre ambiance, la grisaille tangible qui planait dans l'air, autour de la nouvelle sépulture creusée juste à l'extérieur de la ferme des Lars.

Deux vieilles pierres tombales marquaient le sol tout près de la nouvelle, en un poignant témoignage de la rudesse de l'existence sur Tatooine. Ils étaient réunis tous les cinq – Cliegg, Anakin, Padmé, Owen et Beru –, en compagnie de C-3PO, pour rendre un dernier hommage à Shmi.

— Je sais que, où que tu sois, tu as trouvé un monde meilleur, dit Cliegg Lars. (Il prit une poignée de sable et la lança sur la tombe.) Tu as été la compagne la plus aimante qu'un homme puisse jamais espérer. Adieu, ma très chère épouse. Et merci.

Il jeta un rapide coup d'œil vers Anakin puis baissa la tête pour tenter de dissimuler ses larmes.

Anakin fit un pas en avant et s'agenouilla devant la stèle. Il ramassa une poignée de sable qu'il laissa couler entre ses doigts.

— Je n'ai pas été assez fort pour te sauver, Maman, dit le jeune homme, se sentant soudainement redevenir un petit garçon. (Ses épaules se soulevèrent et s'abaissèrent une ou deux fois.) Je n'ai pas été assez fort. Mais je fais la promesse que cela ne se reproduira plus. (Son souffle se fit plus court, plus rapide. Il sentit une nouvelle vague de tristesse le submerger et manqua de vaciller. Mais le jeune Padawan bomba le torse et se releva, arborant un air déterminé.) Tu me manques tellement.

Padmé s'approcha et posa une main sur l'épaule d'Anakin. Le groupe demeura un long moment silencieux autour de la tombe.

Le recueillement fut alors interrompu par une série de sifflements impatients. Ils se tournèrent pour apercevoir R2-D2 qui roulait à leur rencontre.

— R2 ? Mais qu'est-ce que tu fais là ? demanda Padmé.

Le droïde répondit en sifflant de façon frénétique.

— Il semblerait qu'il soit porteur d'un message émis par un certain Obi-Wan Kenobi, traduisit prestement C-3PO. Ça vous dit quelque chose, Messire Anakin ?

— Qu'est-ce qui se passe ? demanda Anakin en se raidissant.

R2 poussa quelques gargouillis électroniques.

— Retransmettre ? demanda Anakin. Pourquoi ? Qu'est-ce qui ne va pas ?

Après un bref coup d'œil à Cliegg et aux deux autres, Anakin, Padmé et C-3PO suivirent le droïde-astromécano jusqu'au vaisseau Naboo. À peine étaient-ils montés à bord que R2 pivota sur lui-même, siffla et projeta une image tridimensionnelle d'Obi-Wan Kenobi, sur le sol, juste devant lui.

« Anakin, mon émetteur longue portée est inopérant, expliqua l'hologramme du Jedi. Occupe-toi de relayer ce message jusqu'à Coruscant. »

R2 interrompit la projection et l'image d'Obi-Wan se figea.

Anakin regarda Padmé.

— Relayons cela au Conseil Jedi.

Padmé s'approcha d'une console et appuya sur un bouton. Elle attendit quelques instants, le temps de s'assurer que le signal était clair, puis hocha la tête. Anakin se tourna à nouveau vers R2-D2.

— Vas-y, R2.

Le droïde sifflota et l'hologramme d'Obi-Wan se mit à nouveau en mouvement.

« J'ai suivi la piste du chasseur de primes Jango Fett jusqu'aux usines de droïdes de Géonosis. La Fédération du Commerce est en train d'y prendre livraison d'une nouvelle armée et il est clair que le Vice-Roi Nute Gunray se cache derrière les tentatives d'assassinat sur le Sénateur Amidala. »

Anakin et Padmé échangèrent un coup d'œil. Aucun d'entre eux ne parut surpris d'entendre cette information. La jeune politicienne repensa à son entretien avec Panaka et Typho sur Naboo, avant même son voyage pour Coruscant, au cours duquel elle s'était fait passer pour l'une des escortes du vaisseau condamné.

« La Guilde des Marchands et l'Alliance des Corporations ont offert leurs propres armées au Comte Dooku. Ils ont l'intention de former une... »

L'hologramme fit volte-face.

« Non ! Attendez ! Je n'ai... »

Padmé et Anakin se figèrent en apercevant des droïdekas pénétrer dans le champ tridimensionnel. L'un d'entre eux se jeta sur le Chevalier et le maîtrisa. L'hologramme fut alors parcouru de parasites et disparut totalement.

Anakin bondit sur ses pieds et courut vers R2-D2. Il s'interrompit en plein mouvement, soudain conscient du fait qu'il ne pouvait rien faire de plus.

Sur Coruscant, à l'autre bout de la galaxie, Yoda Mace Windu et les autres membres du Conseil Jedi regardèrent une nouvelle fois le message holographique, partagés entre l'impatience et la tristesse.

— Il est vivant, déclara Yoda, je sens sa présence dans la Force.

— Mais ils l'ont emprisonné, intervint Mace. Et j'ai l'impression que nous plongeons dans un tourbillon de plus en plus dangereux.

— Plus, sur Géonosis, il se passe, que ce nous savons déjà, je ressens.

— Je suis d'accord, déclara Mace. Nous ne pouvons pas rester assis à ne rien faire.

Il regarda Yoda, comme tous les autres membres de l'assemblée. Le petit Maître Jedi ferma les yeux, parut soudain très éprouvé, comme blessé par ce qui était en train de se passer.

— Le Côté Obscur, je perçois, dit-il. Embrumé, tout est.

Mace hocha la tête et adressa un regard sinistre à ses confrères.

— Rassemblement ! ordonna-t-il. (Un commandement qui n'avait pas été prononcé au sein du Conseil Jedi depuis de nombreuses, très nombreuses années.) Nous allons nous occuper du Comte Dooku, annonça Mace à Anakin par l'intermédiaire de son communicateur. Pour toi, ce qu'il y a de plus important, c'est de rester où tu es, Anakin. Protège le Sénateur à tout prix. C'est ta priorité.

— Bien compris, Maître, répondit Anakin.

Son ton, plein de résignation et de défaite, stupéfia Padmé. La farouche jeune femme sentit son estomac se révulser à l'idée qu'Anakin serait obligé de rester là, à la surveiller, alors que son Maître courait un grave danger.

Lorsque l'hologramme de Mace eut disparu, elle alla jusqu'à la console de pilotage du vaisseau. Elle activa des commutateurs et vérifia des coordonnées sur son écran, ce qui lui confirma ce qu'elle savait déjà.

— Ils vont devoir traverser plus de la moitié de la galaxie, dit-elle, se tournant vers Anakin, qui ne semblait guère plus préoccupé que cela. Ils n'arriveront jamais à temps pour le sauver.

Toujours pas de réponse.

— Écoute, Géonosis se trouve à moins d'un parsec d'ici ! annonça Padmé en appuyant sur un bouton afin d'afficher la trajectoire stellaire sur son écran de contrôle. Anakin ?

— Tu l'as bien entendu, non ?

— Ils n'auront jamais le temps de venir depuis Coruscant pour le sauver ! répéta la jeune femme en élevant le ton.

Elle commença à appuyer sur d'autres boutons de la console, entamant ainsi le préchauffage des moteurs. Anakin vint poser sa main sur la sienne pour interrompre son geste.

— Pour peu qu'il soit toujours vivant, dit le jeune Jedi d'un ton sinistre.

Padmé lui adressa un regard très dur. Il tourna les talons et s'éloigna.

— Anakin, qu'est-ce que tu as l'intention de faire ? Rester ici à attendre qu'il meure ? cria-t-elle. (Elle se lança à sa poursuite sur la passerelle du vaisseau pour le retenir par le bras.) C'est ton ami ! Ton mentor !

— Oui, il est même comme un père pour moi ! rétorqua Anakin. Mais tu as entendu Maître Windu. Il m'a donné l'ordre de ne pas bouger d'ici.

Padmé comprit ce qui était en train d'arriver. Anakin doutait de lui-même. Il éprouvait les remords de l'échec, car il avait été incapable de sauver sa propre mère. Peut-être que, pour la première fois de sa vie, il ne faisait plus confiance à sa voix intérieure, à son instinct. Padmé se devait de trouver un moyen de faire basculer les choses, et vite. Autant pour Anakin que pour Obi-Wan. S'ils restaient tous deux ici à ne rien faire, Padmé savait qu'elle perdrait deux amis. Obi-Wan succomberait aux Géonosien et Anakin à sa propre culpabilité.

— Il t'a donné l'ordre de rester ici dans le seul but de me protéger, non ? avança Padmé avec un petit sourire en coin, espérant rappeler au jeune homme qu'il avait tout bonnement désobéi à l'ordre précédent lui demandant de rester sur Naboo.

Elle s'écarta de lui et retourna à la console. Elle bascula quelques commutateurs et les propulseurs se mirent à rugir.

— Padmé !

— Il t'a donné l'ordre de me protéger ! dit-elle à nouveau. Et moi, je pars à la rescousse d'Obi-Wan. Si tu veux continuer à me protéger, tu as intérêt à être du voyage !

Anakin la dévisagea quelques instants. Elle le regarda droit dans les yeux, la tête légèrement penchée de côté, les cheveux défaits tombant en cascade sur son visage. Rien ne pouvait occulter cet éclat de détermination.

Anakin fut alors conscient qu'ils s'apprêtaient à agir en contradiction des ordres de Mace Windu, et peu importait les justifications que Padmé lui avait fournies. Il savait parfaitement qu'il ne s'agissait pas là de ce qu'on attendait de lui, en tant que Padawan Jedi.

Mais depuis quand était-ce un problème ?

Alliant sa détermination à celle de la jeune femme, il marcha jusqu'à la console. Quelques instants plus tard, le vaisseau spatial Naboo s'élevait en grondant dans les cieux de Tatooine.

22

La beauté paisible de la Résidence de la République, avec ses fontaines et ses bassins, ses colonnes crénelées et ses multiples statues, contrastait avec l'agitation qui régnait dans ses couloirs. L'information avait été transmise. D'abord d'Obi-Wan à Yoda et aux membres du Conseil Jedi, puis au Chancelier et aux divers chefs politiques du Sénat. La République était en train de trembler sur ses bases. L'ambiance, dans le bureau du Chancelier Palpatine, était à la fois sinistre et frénétique. Tous semblaient tout à la fois submergés par le désespoir, animés d'une volonté d'agir et apparemment frustrés par le manque évident d'options.

Yoda, Mace Windu et Ki-Adi Mundi, représentants des Jedi, arboraient un air presque calme face à l'énergie nerveuse des Sénateurs Bail Organa et Ask Aak, ainsi que du représentant Jar Jar Binks. Derrière sa grande table de travail, Palpatine les écouta les uns après les autres, l'air fort triste. Son assistant, Mas Amedda, qui se tenait debout à ses côtés, paraissait au bord des larmes.

Un lourd silence tomba sur l'assistance après que Mace Windu eut terminé son rapport concernant ce qui se tramait sur Géonosis.

Yoda, appuyé sur sa petite canne, leva les yeux vers Bail Organa, un homme compétent, toujours digne de confiance, et hocha la tête. Comprenant cela comme un signal, le Sénateur d'Alderaan entama la discussion :

— Les guildes marchandes se préparent à la guerre,

dit-il. D'après le rapport du Jedi Obi-Wan Kenobi, il n'y a aucun doute là-dessus.

— Si ce rapport est exact, répondit le fougueux Ask Aak.

— Il l'est, Sénateur, lui assura Mace Windu.

Ask Aak, en homme d'action, accepta l'affirmation. Yoda comprit que le Sénateur n'avait formulé cette remarque que parce qu'il souhaitait en entendre la confirmation de la bouche d'un Jedi, afin de bien faire comprendre au reste de l'assistance que la situation était en train de tourner à la catastrophe.

— Le Comte Dooku a dû signer un traité avec eux, raisonna le Chancelier Palpatine.

— Nous devons les arrêter avant qu'ils soient prêts, dit Bail Organa.

Jar Jar Binks fit quelques pas en avant et gagna le centre de la pièce. Il tremblait un petit peu mais parvint au moins à conserver sa langue à l'intérieur de sa bouche.

— Scusez-moi, vous toi honorable Chancelier Suprême, m'sieur, commença le Gungan. P'têtre que ces Jedi peuvent arrêter l'armée rebelle.

— Merci, Jar Jar, répondit poliment Palpatine avant de se tourner vers Yoda. Maître Yoda, combien de Jedi sont prêts à partir pour Géonosis ?

— À travers la galaxie, des milliers de Jedi nous avons, répondit le petit Maître. Pour une mission si spéciale, deux cents seulement sont prêts.

— Avec tout le respect que je vous dois, à vous et à l'Ordre Jedi, cela ne paraît pas suffisant, dit Bail Organa.

— Par la négociation, les Jedi maintiennent la paix, répondit Yoda. Commencer une guerre, nous n'en avons pas l'intention.

Son calme sembla pousser le frénétique Ask Aak dans ses derniers retranchements :

— Le débat est terminé ! hurla-t-il. C'est maintenant que nous avons besoin de cette armée !

Yoda ferma les yeux tout doucement, peiné par la vérité qui teintait ces paroles funestes.

— Malheureusement non, le débat n'est pas terminé,

dit Bail Organa. Le Sénat n'approuvera jamais l'utilisation de cette armée avant que les Séparatistes ne nous attaquent. Et alors, à ce moment-là, il sera beaucoup trop tard.

— Nous sommes en situation de crise ! intervint Mas Amedda. Le Sénat doit voter les pleins pouvoirs d'urgence au Chancelier ! Lui, alors, pourrait approuver l'armée des clones.

Palpatine se balança d'avant en arrière dans son fauteuil, réfléchissant à la question, visiblement très troublé.

— Mais quel Sénateur aurait le courage de proposer un amendement aussi radical ? demanda-t-il, d'un ton hésitant.

— Moi, je le veux bien ! annonça Ask Aak.

À ses côtés, Bail Organa secoua la tête en laissant échapper un petit rire désespéré.

— Ils ne vous écouteront pas, j'en ai bien peur. Pas plus que moi, d'ailleurs, ajouta-t-il prestement lorsque Ask Aak le foudroya du regard. Nous avons gaspillé beaucoup trop de notre capital politique en débattant de la philosophie des Séparatistes et en nous disputant sur les actions à entreprendre. Le Sénat risque de ne pas prendre notre avertissement au sérieux et considérera notre appel comme alarmiste, un point c'est tout. Nous avons besoin d'une voix, d'une voix de la raison, quelqu'un susceptible de faire s'inverser la vapeur, même, vu la gravité de la situation…

— Ah, si seulement le Sénateur Amidala était là… murmura Mas Amedda.

Sans hésiter, Jar Jar Binks fit un pas en avant.

— Mon mucho Chancelier Suprême, dit le Gungan, bombant le torse du mieux qu'il pouvait. Mes distinguo poteaux, dit-il respectueusement aux autres. Moi fier de proposer la motion pour donner à Votre Honneur les pouvoirs d'urgence.

Palpatine regarda le Gungan qui tremblait avant de se tourner vers Bail Organa.

— Il parle au nom d'Amidala, dit le Sénateur d'Alderaan. D'après les règles en vigueur au sein du Sénat, les paroles de Jar Jar Binks sont les reflets des désirs du Sénateur Amidala.

Palpatine hocha la tête de façon sinistre. Yoda sentit chez l'homme une immense terreur, comme s'il savait qu'il allait devoir affronter le plus grand danger que lui-même et la République aient jamais connu.

Tournoyant lentement sur lui-même à l'intérieur du champ de force, entravé par des décharges énergétiques bleutées, Obi-Wan Kenobi, incapable de bouger, vit le Comte Dooku pénétrer dans sa cellule. Il affichait une expression témoignant d'une grande sympathie mais qui n'inspirait aucune confiance à Obi-Wan. L'homme à l'allure majestueuse s'approcha du jeune Chevalier.

— Traître ! dit Obi-Wan.

— Bonjour, mon ami, répondit Dooku. Il s'agit d'une erreur, d'une lamentable erreur. Ils sont allés trop loin. C'est de la folie !

— Je pensais que vous étiez leur chef, Dooku, dit Obi-Wan, conservant sa voix aussi neutre que possible.

— Cela n'a rien à voir avec moi, je vous l'assure, insista l'ancien Jedi, paraissant presque blessé d'avoir été ainsi accusé. Je vous promets que je vais demander qu'on vous libère dans les plus brefs délais.

— Parfait, j'espère que ça ne prendra pas trop longtemps, j'ai du travail à faire...

Obi-Wan perçut une légère faille dans l'expression pleine de remords de Dooku, une légère pulsation de... de colère ?

— Puis-je vous demander ce qu'un Chevalier Jedi fait ici, sur Géonosis ?

Après quelques secondes de réflexion, Obi-Wan se dit qu'il n'avait rien à perdre. Il voulait, de toute façon, presser Dooku afin de connaître toute la vérité.

— J'ai poursuivi un chasseur de primes appelé Jango Fett. Vous le connaissez ?

— Je ne crois pas qu'il y ait le moindre chasseur de primes sur cette planète. Les Géonosien ne leur font pas confiance.

Confiance. Quel joli mot dans la bouche de Dooku, se dit Obi-Wan.

— Eh bien, on ne peut pas leur en vouloir, pas vrai ? répondit Obi-Wan d'un ton désarmant. Pourtant, il est ici, je vous l'assure.

Le Comte marqua une pause, puis hocha la tête, apparemment d'accord avec l'opinion de Kenobi.

— Quel dommage que nos chemins ne se soient pas croisés plus tôt, Obi-Wan, dit-il d'une voix chaleureuse et agréable. Qui-Gon m'a toujours dit le plus grand bien de vous. J'aimerais tant qu'il soit toujours vivant. J'aurais bien besoin de son aide, en cet instant précis.

— Qui-Gon Jinn ne se serait jamais associé avec vous.

— N'en soyez pas si sûr, mon jeune Jedi, répondit immédiatement le Comte Dooku, affichant un sourire déroutant, calme et confiant. Vous semblez oublier que Qui-Gon fut mon apprenti, tout comme, par la suite, vous avez été le sien...

— Et vous pensez que cette loyauté l'aurait emporté sur celle qui est due au Conseil Jedi et à la République ?

— Il était au courant de toutes les corruptions qui minent le Sénat, reprit Dooku sans se formaliser. Tout le monde est au courant, d'ailleurs. Yoda. Mace Windu. Mais Qui-Gon ne se serait jamais contenté de ce statu quo, de toute cette corruption, s'il avait découvert la vérité que moi seul connais...

Il marqua une pause, une pause théâtrale, dramatique, ménagée pour laisser à Obi-Wan le loisir de réagir. Ce qu'il fit :

— Quelle vérité ?

— La seule vérité, dit Dooku, très sûr de lui. Et si je vous disais que la République est à présent sous le contrôle d'un Seigneur Noir de Sith ?

Cette éventualité choqua Obi-Wan plus que l'un des arcs électriques qui le retenaient prisonnier.

— Non ! Ce n'est pas possible ! (Son esprit s'emballa, cherchant à nier ce qu'il venait d'entendre. Lui seul, parmi les Jedi encore vivants, avait affronté un Seigneur de Sith. Et cet affrontement avait coûté la vie à Qui-Gon, son bien-aimé Maître.) Les Jedi seraient au courant !

— Le Côté Obscur de la Force a brouillé leur vision, mon ami, expliqua calmement Dooku. Des centaines de Sénateurs sont à présent sous l'influence d'un Seigneur Sith appelé Dark Sidious.

— Je ne vous crois pas, rétorqua sèchement Obi-Wan, souhaitant s'opposer fermement à ce que son interlocuteur venait de lui présenter comme une pure vérité.

— Le Vice-Roi de la Fédération du Commerce s'est jadis allié à Dark Sidious, expliqua Dooku. (Étant donné ce qui s'était produit une décennie auparavant, cette affirmation semblait des plus crédibles.) Mais le Seigneur Noir l'a trahi, voilà dix ans de cela. Il est venu implorer mon aide. Il m'a tout raconté. Et le Conseil Jedi ne l'a jamais cru. J'ai essayé de les avertir, de nombreuses fois, mais ils n'ont pas voulu m'écouter. Quand ils auront perçu la présence du Seigneur Noir et qu'ils auront compris leur erreur, il sera trop tard. Vous devez vous joindre à moi, Obi-Wan. Ensemble, nous pouvons détruire ce Sith.

Tout cela semblait si logique, si raisonnable, si en phase avec la légende de Dooku qu'Obi-Wan connaissait ! Mais, sous ces mots et ces paroles sensées, se terrait un sentiment qui défiait toute logique.

— Je ne me joindrai jamais à vous, Dooku !

L'homme majestueux et cultivé poussa un long soupir de déception, puis tourna les talons.

— En ce cas, il me semble difficile d'obtenir votre libération, lança-t-il à Obi-Wan avant de quitter la salle.

S'approchant de Géonosis, Anakin employa la même technique qu'Obi-Wan, utilisant la ceinture d'astéroïdes qui entourait la planète pour cacher le vaisseau stellaire Naboo aux yeux de la flotte de la Fédération du Commerce, toute proche. Tout comme son mentor, le Padawan remarqua les mouvements, aussi curieux que menaçants, de cette flotte qu'il ne s'attendait pas à trouver ici.

Après avoir franchi les limites de l'atmosphère, Anakin vola à basse altitude, rasant la surface de la planète, allant et venant entre les formations rocheuses et les vallées, contournant les falaises. Padmé se tenait juste à côté de lui, sur le pont, et observait le paysage à la recherche d'un point de repère quelconque.

— Tu vois ces colonnes de vapeur, là, droit devant ? demanda-t-elle en joignant le geste à la parole. On dirait qu'elles proviennent de sortes de cheminées d'évacuation.

— Ça ira très bien, acquiesça Anakin.

Il fit pivoter le vaisseau et mit le cap sur les volutes de fumée blanche. Il amena l'appareil en plein milieu d'une des colonnes et le fit descendre, tout doucement, par le conduit de la cheminée.

Lorsqu'ils furent enfin posés, Padmé et Anakin se préparèrent à débarquer.

— Écoute, quoi que ce soit qui se passe ici, fais ce que je te dis, lui déclara Padmé. Je n'ai vraiment pas l'intention de leur déclarer la guerre. En tant que membre du Sénat, peut-être pourrai-je trouver une solution diplomatique à tout ce bazar.

Les mots résonnèrent de façon douloureuse dans la tête d'Anakin, qui avait récemment eu recours à un tout autre genre de diplomatie, à base de sabre laser.

— Tu me fais confiance ? demanda Padmé, reconnaissant la sensation de douleur que venait d'éprouver Anakin.

— Ne te fais pas de souci, dit-il en se contraignant à sourire. J'ai abandonné tout espoir de discuter avec toi !

Ils se dirigèrent vers la rampe de débarquement et, derrière eux, R2 poussa un petit gémissement plaintif.

— Restez à bord du vaisseau, ordonna Padmé aux deux droïdes.

Puis elle et Anakin s'engouffrèrent dans le complexe souterrain. Ils découvrirent immédiatement qu'ils venaient de pénétrer dans une gigantesque usine de fabrication de droïdes.

Peu de temps après leur départ, R2 déploya sa troisième jambe, quitta sa plate-forme d'amarrage et se dirigea immédiatement vers la sortie du vaisseau.

— Mon pauvre petit ami, s'ils avaient eu réellement besoin de ton aide, ils te l'auraient demandée, lui lança C-3PO. Tu as encore beaucoup à apprendre des humains.

R2 lui répondit par une série de cliquetis et continua d'avancer.

— Pour une mécanique, je trouve que tu réfléchis un peu trop, le contra C-3PO. Moi, au moins, je suis programmé pour comprendre les humains.

La réponse de R2 lui parvint sous forme de brusques cliquetis très brefs.

— Ce que ça veut dire ? rétorqua C-3PO. Ça veut dire que c'est moi qui commande, ici !

R2 ne prit même pas la peine de discuter. Il roula jusqu'à la rampe et sortit du vaisseau.

— Attends ! cria C-3PO. Mais où vas-tu ? Es-tu donc dépourvu de toute logique ?

Le sifflement qu'il obtint en guise de réponse lui parut bien dissonant.

— Quelle incorrection !

R2 prit de la vitesse et s'éloigna.

— S'il te plaît, attends-moi ! cria C-3PO. Est-ce que tu sais au moins où tu vas ?

Pas de réponse. Pour rien au monde, C-3PO ne voulait rester seul. Il força donc l'allure pour rattraper R2 et se mit dans son sillage, en bougonnant nerveusement.

Anakin et Padmé se glissèrent silencieusement dans les vastes corridors à colonnades de la ville-usine. Le bruit de leurs pas était couvert par les bourdonnements et les claquements sonores des nombreuses machines installées dans les immenses hangars qu'ils croisaient. L'endroit semblait désert. Beaucoup trop, au goût d'Anakin.

— Où sont-ils tous ? murmura Padmé, verbalisant inconsciemment les pensées du jeune homme.

Anakin leva une main pour lui signaler de se taire. Il pencha la tête de côté et écouta, percevant… quelque chose.

— Attends… dit-il.

Anakin leva la main un peu plus haut. Il continua son

inspection, pas avec ses oreilles mais par le truchement de sa sensibilité à la Force. Il y avait quelque chose, ici, tout près. Son instinct lui commanda de lever les yeux vers le plafond. Stupéfait et horrifié, il lui sembla que les poutrelles se mettaient à bouger, comme animées d'une vie propre.

— Anakin ! cria Padmé.

Elle vit, elle aussi, des silhouettes ailées se détacher des colonnes et fondre sur eux. Les créatures étaient grandes et sveltes, pas vraiment maigres, plutôt dotées de muscles noueux. Elles étaient couvertes d'une peau à la teinte orangée et pourvues d'ailes parcheminées.

Le sabre laser d'Anakin s'alluma brusquement. Le jeune homme pivota sur lui-même, par instinct et par réflexe, et abattit son arme, tranchant dans le mouvement l'aile de la créature qui était en train de foncer sur lui. La chose le frôla et alla rebondir sur le sol. Une autre créature, puis une autre se précipitèrent furieusement vers le Padawan.

Anakin donna un coup de sabre sur la droite, dégagea sa lame de la chair fumante de son adversaire puis la fit tournoyer au-dessus de sa tête et frappa vers la gauche. Deux autres créatures tombèrent à terre.

— Dégage ! cria-t-il à Padmé.

Mais elle s'était déjà mise en route, avançant dans le corridor pour rejoindre une porte à quelque distance de là. Fouettant de son sabre pour tenir en respect les créatures déterminées, Anakin se mit à courir à son tour. Il passa précipitamment la porte derrière Padmé et manqua de basculer dans le vide à l'extrémité d'une petite passerelle qui donnait sur une profonde crevasse.

— Faisons demi-tour ! hurla Padmé.

Mais, au moment où ils s'apprêtaient à faire volte-face, la porte se referma brutalement derrière eux, les prenant au piège sur leur perchoir précaire. D'autres créatures ailées apparurent au-dessus d'eux et, pire encore, la petite passerelle commença à s'escamoter dans le mur.

Padmé n'hésita pas un seul instant. Elle sauta vers le

point de réception le plus proche, un tapis roulant qui se trouvait juste en contrebas.

— Padmé ! cria Anakin, désespéré.

Il sauta à sa suite et retomba juste derrière elle sur la bande de roulement. Les Géonosien volants foncèrent alors sur lui, battant de leurs ailes, frôlant son visage. Il leva son sabre laser et entreprit méthodiquement de les maintenir à distance.

— Dieu du ciel ! dit C-3PO, tournant en tous sens pour scruter l'immense usine. (R2-D2 et lui se tenaient à présent sur une haute corniche qui dominait la vaste salle.) Des machines en train de créer d'autres machines ! Quelle perversion !

R2 lui répondit par un sifflement catégorique.

— Comment ça, ne pas paniquer ? lui dit C-3PO. Mais de quoi parles-tu ? Je ne suis pas dans tes pieds !

R2 ne prit pas la peine de discuter. Il roula vers son compagnon et le fit basculer par-dessus la corniche. C-3PO, hurlant, heurta un droïde volant de surveillance de la chaîne de montage et retomba sur un tapis roulant. R2 sauta à son tour, de son plein gré, et utilisa ses petits réacteurs pour franchir le vide et rejoindre une console située à quelque distance de là.

— Maudit sois-tu, R2 ! cria C-3PO, essayant tant bien que mal de se redresser. Tu aurais pu m'avertir ou bien me faire part de tes plans !

Tout en parlant, il parvint à se remettre sur ses pieds et se releva juste devant la lame d'une scie horizontale.

Il eut à peine le temps de pousser un petit cri. La scie détacha sa tête de ses épaules. Son corps tituba sur le tapis roulant et sa tête alla rebondir sur le ruban d'une autre chaîne, où étaient alignées d'autres têtes, des têtes de droïdes de combat.

Après un passage sous un poste de soudure, la tête de C-3PO se retrouva greffée au corps d'un droïde de combat.

— Quelle horreur ! s'exclama-t-il. Pourquoi quelqu'un voudrait-il construire des droïdes aussi repoussants ?

Il regarda sur le côté et vit son corps, toujours debout, avancer sur la chaîne de montage, au milieu d'une ligne d'autres corps. Bientôt, une tête de droïde de combat y fut soudée.

— Je n'y comprends plus rien ! gémit C-3PO.

Dans les hauteurs de l'usine, R2-D2 ne s'intéressait plus vraiment à son compagnon mécanique. Il venait de repérer Padmé, sa maîtresse, et s'était immédiatement lancé à sa poursuite.

Padmé brassa l'air de ses bras, roula sur elle-même, battit des pieds sur le tapis et se coucha à plat dos pour reculer, avant de se relever prestement pour échapper à l'énorme presse hydraulique dont les embouts d'acier étaient destinés au découpage précis de pièces détachées d'un droïde d'artillerie à gros calibre. Elle plongea précipitamment sous un marteau-pilon avant qu'il ne l'écrase, puis bondit en arrière pour éviter le suivant, sautant frénétiquement sur place, attendant l'instant précis où la puissante tête d'acier se soulèverait sur son axe de guidage.

C'est alors qu'un Géonosien volant fondit sur elle, lui saisit les épaules et la déséquilibra. Elle détourna un peu son attention pour se libérer de son étreinte et recouvrer son équilibre momentanément. Espérant qu'elle avait calculé juste, elle plongea en avant et rampa rapidement pour ressortir juste de l'autre côté de la presse de métal.

Qui venait elle-même de s'abattre sur le crâne du Géonosien, le réduisant en bouillie.

Padmé n'y prêta pas attention. Elle se retrouva face à une autre presse. Elle parvint à rouler dessous, mais, au moment où elle se relevait, une autre créature volante se dressa devant elle pour l'envelopper de ses ailes parcheminées et la saisir dans ses bras puissants.

Padmé résista vaillamment mais la créature était trop forte. Cette dernière fit un bond de côté et prit son envol au-dessus du tapis roulant, lâchant alors brutalement sa proie. Padmé retomba lourdement au fond d'un grand creuset. Elle se remit bien vite sur ses pieds et essaya de s'extirper du creuset. Mais celui-ci était profond, dépourvu de prises, et la jeune femme n'arriva pas à se hisser au-dehors.

Anakin, se battant toujours contre un essaim de Géonosien, dansant d'un pied sur l'autre pour échapper aux coups des marteaux-pilons de la chaîne d'assemblage, parvint à deviner ce qui était arrivé à sa compagne.

— Padmé ! cria-t-il, évitant de justesse une autre presse mortelle et réalisant qu'un désastre était sur le point de se produire.

Impossible de la rejoindre dans les temps, comprit-il. Le creuset avançait déjà à grande vitesse vers le déversoir d'un haut fourneau où bouillait du métal en fusion.

— Padmé !

Et il dut alors reporter son attention sur le combat, frappa de côté, éliminant une autre créature ailée, tout en regardant sa chère et tendre avancer vers une mort certaine.

Il lutta de plus belle, repoussa les créatures, tentant désespérément de rejoindre Padmé, de l'appeler. Il sauta et retomba au beau milieu d'une autre chaîne de montage, envoyant voler des pièces détachées de droïdes en tous sens. Puis il bondit sur un autre tapis roulant et traversa l'usine en direction du creuset. Padmé, toujours emprisonnée, cherchait toujours un moyen d'échapper à la douche mortelle de métal brûlant. Anakin songea qu'il pourrait peut-être atteindre la jeune femme en propulsant son saut au moyen de la Force. Mais, avant qu'il ait pu passer à l'action, une machine, tout près de lui, déploya un étau qui lui emprisonna le bras, afin de le mettre en position devant un appareil de découpage préprogrammé.

Anakin leva les deux pieds et frappa violemment une autre créature ailée qui l'avait suivi. Le Géonosien fit un vol plané. Le jeune homme tenta d'échapper à l'emprise de la machine. Il parvint à se détourner, juste à temps, pour éviter la lame tranchante. Horrifié, il constata que la machine venait de couper son sabre laser en deux.

— Padmé ! hurla-t-il à nouveau.

À l'autre bout de la chaîne, R2-D2 venait de se poser

près du creuset où était retenue la jeune femme. Il se mit dans l'instant à la tâche, déployant son bras d'interface informatique pour le ficher dans la prise de connexion de l'ordinateur du tapis roulant. Il fit défiler les fichiers à l'écran.

Imperturbable, R2 continua son travail, essayant de ne pas se laisser retarder par la pensée – perturbante – que la jeune femme était sur le point d'être noyée dans une gangue de métal en fusion.

Il parvint enfin à stopper le défilement de la chaîne et le creuset s'arrêta à moins d'un mètre du déversoir du haut fourneau. Padmé eut à peine le temps de souffler. Un groupe de créatures ailées fondit du plafond. Ils s'emparèrent d'elle entre leurs bras musclés.

Anakin donna plusieurs coups de pied aux créatures qui l'attaquaient, tout en essayant de se dégager de la machine qui lui enserrait toujours le bras. Stupéfait, il vit alors un peloton de redoutables droïdekas rouler vers lui et se déployer en position de combat.

C'est alors qu'un homme équipé d'un réacteur dorsal se posa juste devant lui.

— Ne bouge pas, Jedi ! ordonna l'homme en pointant son blaster sur le Padawan.

Le Sénateur Amidala se tenait à un bout de la longue table de conférence. Anakin attendait juste derrière elle, prêt à intervenir. À l'autre extrémité était assis le Comte Dooku. Jango Fett se tenait debout, juste derrière lui. La rencontre n'avait cependant rien d'équilibré. Jango Fett était armé, Anakin ne l'était pas, et la pièce était ceinturée de gardes géonosiens.

— Vous retenez en otage un Chevalier Jedi du nom d'Obi-Wan Kenobi, dit calmement Padmé, utilisant le ton qui lui avait permis si souvent de mener à bien ses nombreuses négociations sénatoriales. Je vous demande formellement de le libérer immédiatement et de me le livrer.

— Il a été accusé d'espionnage, Sénateur, et sera exécuté. Dans quelques heures, d'ailleurs.

— Il est officier de la République, dit-elle, haussant un peu la voix. Vous ne pouvez pas faire une chose pareille.

— Cette planète est en dehors de la juridiction de la République, dit Dooku. Cependant, si Naboo souhaite rejoindre notre alliance, je me ferai un plaisir d'écouter votre requête en grâce.

— Et si je refuse de rejoindre votre rébellion, je suppose que le Jedi qui m'accompagne sera, lui aussi, mis à mort…

— Je ne souhaite pas obtenir votre soutien à notre cause contre votre gré, Sénateur. Mais vous êtes un représentant, rationnel et honnête, de votre peuple. Je suppose que vous comptez agir dans son plus grand intérêt. Les Naboo ne sont-ils pas écœurés par la corruption, les bureaucrates et l'hypocrisie qui nimbe tout ceci ? Et vous-même ? Soyez franche, Sénateur.

Ses mots la pétrifièrent, car elle savait pertinemment qu'ils étaient teintés de vérité. Suffisamment pour donner à Dooku un semblant de crédibilité. Une manœuvre qui avait permis au Comte de rallier tant de systèmes à sa cause. Bien évidemment, la réalité qui l'entourait à présent était tout aussi choquante. Elle savait qu'il avait raison, que ses idéaux avaient de l'importance. Mais comment cette impression pouvait-elle peser dans la balance, sachant que la nier conduirait certainement à son exécution ? Pire, comment ses précieux idéaux pouvaient-ils aider Anakin dans la mesure où il allait mourir en les défendant ? Elle comprit, juste à cet instant, combien elle aimait le Padawan. Mais elle comprit également qu'elle ne pouvait pas simplement renier tout ce pour quoi elle s'était battue au cours de toute son existence, même si la vie du jeune homme – et la sienne – en dépendait.

— Les idéaux sont toujours debout, Comte, même lorsque s'effondrent les institutions.

— Vos idéaux sont les mêmes que les nôtres ! répondit immédiatement Dooku, saisissant l'opportunité évidente. Ces mêmes idéaux que nous défendons farouchement dans l'espoir de les mettre en pratique.

— Si ce que vous dites est vrai, alors vous devriez rester au sein de la République pour aider le Chancelier Palpatine à remettre les choses en ordre.

— Le Chancelier est bien gentil, Madame, mais il est incompétent, dit Dooku. Il a promis de lutter contre la bureaucratie, mais les bureaucrates sont plus forts que jamais. Non. On ne peut plus rien changer pour la République, Madame. Il est temps de tout reprendre à zéro. Le processus démocratique est une pantalonnade, un jeu en défaveur des votants. L'heure a sonné, pour ce culte de la cupidité que vous appelez la République, de perdre ses plus infimes onces de démocratie et de liberté.

Padmé serra la mâchoire en entendant l'assaut verbal, se rappelant que l'homme exagérait, qu'il se mettait lui-même en scène afin de se rendre plus crédible. Tout ce qu'elle avait à faire pour percer ces mensonges à jour, pour dévoiler les crocs acérés dissimulés derrière son sourire de serpent, c'était de se souvenir que le Comte avait emprisonné Obi-Wan et s'apprêtait à le mettre à mort. La République se serait-elle permis de capturer quelqu'un pour le mettre ainsi à mort impunément ? L'aurait-elle fait ?

— Je ne vous crois pas, dit-elle, recouvrant toute sa détermination. Je connais vos accords avec la Fédération du Commerce, la Guilde des Marchands et tous les autres, Comte. Ce qui est en train de se passer ici n'a rien à voir avec un gouvernement racheté par le monde des affaires. C'est le monde des affaires sur le point de se transformer en gouvernement ! Je ne vais pas tourner le dos à tout ce que j'honore, à tout ce pour quoi j'ai travaillé, pour trahir la République.

— Alors, vous trahiriez vos amis Jedi ? Sans votre coopération, je ne peux rien faire pour arrêter leur exécution.

— Et dans cette déclaration repose la vérité même de ces améliorations politiques que vous proposez, dit-elle sèchement.

Ses paroles étaient fermes dans le tourbillon et l'agonie qui étaient en train de s'attaquer à son cœur et à son âme.

Dans le silence qui suivit, le regard de Dooku passa de celui d'un aimable dignitaire à celui d'un ennemi redoutable. Cela ne dura qu'un instant et le Comte recouvra son calme et son port majestueux.

— Et moi, alors ? reprit Padmé. Est-ce qu'on va m'exécuter aussi ?

— Je ne permettrais pas une telle offense, dit Dooku. Mais je connais certains individus qui souhaitent grandement votre disparition, Madame. Cela n'a rien à voir avec la politique, j'en ai bien peur. C'est simplement personnel. Et ces individus ont déjà dépensé de fortes sommes pour tenter de vous faire assassiner. Je suis persuadé qu'ils feront tout leur possible pour ajouter votre nom à la liste des suppliciés. Je suis vraiment navré mais, si vous refusez de coopérer, je me verrai forcé de vous remettre aux mains de la justice géonosienne. Si vous ne coopérez pas, j'aurai fait tout ce qu'il était possible de faire pour vous.

— Justice… répéta Padmé d'un ton incrédule, secouant la tête en affichant un sourire qui en disait long.

Le silence retomba.

Dooku attendit encore quelques instants puis se tourna pour faire un signe à Jango Fett.

— Emmenez-les ! ordonna le chasseur de primes.

À son grand désarroi, C-3PO découvrit la signification de ce que le Géonosien avait voulu dire en criant « Dans les rangs ! ».

Il se trouvait au milieu d'un bataillon de droïdes de combat à l'entraînement. Une formation rectangulaire de douze lignes de vingt soldats, subissant les tests ultimes de programmation avant d'être conduite aux passerelles d'embarquement des vaisseaux de guerre de la Fédération du Commerce.

Lorsque l'instructeur géonosien cria « À gauche toute ! », le droïde de protocole, si troublé et si peu accoutumé à son nouveau corps, pivota, lui, vers la droite. Quand le Géonosien donna l'ordre de marcher au pas, le droïde de combat qui lui faisait face le poussa, suivant le commandement à la lettre sans laisser de place à l'improvisation, obligeant le pauvre C-3PO à marcher à reculons.

— Oh, arrêtez, je vous en prie ! l'implora C-3PO. Vous me faites mal ! Je vous en supplie, arrêtez-vous !

Aucune réponse ne lui parvint, car les droïdes avaient été programmés pour obéir uniquement au sergent instructeur.

— Assez ! cria de nouveau C-3PO, de peur d'être renversé et piétiné par le droïde de combat et les quatre autres qui marchaient derrière lui.

Les capteurs du droïde de protocole, relié à son nouveau torse, lui démontrèrent qu'il y avait une solution à son problème. Sans même comprendre ce qu'il était en train de faire, C-3PO ouvrit le feu avec le laser de son bras gauche, tirant à bout portant dans la poitrine de l'autre droïde. Celui-ci vola en éclats.

— Seigneur ! s'exclama C-3PO.

— Halte ! ordonna l'instructeur.

Tous les droïdes se figèrent sauf, bien entendu, C-3PO, qui gigotait sur place, faisant pivoter son torse de gauche à droite, cherchant désespérément quelque chose à faire.

— Ramenez Quatre point Sept à la programmation, entendit-il crier l'instructeur.

Lorsqu'il évalua sa position dans les rangs, il comprit que le Géonosien parlait de lui.

— Non, attendez, c'est une erreur ! cria-t-il lorsqu'une paire de robustes droïdes de maintenance roulèrent jusqu'à lui pour le saisir entre leurs pinces-étaux. Attendez, c'est une lamentable erreur, je suis programmé pour parler plus de trois millions de langues, pas pour marcher au pas !

23

Avant même d'avoir atteint l'extrémité du corridor, Mace Windu perçut la profonde tristesse de Yoda. Le Maître était assis au bord d'un balcon qui dominait le Sénat galactique. En contrebas, le chaos régnait. Mugissements et protestations, opinions exprimées à hautes voix, et leurs contraires, l'agitation générale sembla frapper une corde sensible chez Mace Windu. Il comprit alors la tristesse de Yoda et la partagea. C'était là le gouvernement que lui-même, et les autres membres de son ordre si fier, avait promis de protéger. Mais, à cet instant précis, très peu de Sénateurs paraissaient mériter cette protection.

Ici et là, les erreurs commises par la République apparaissaient comme mises à nu sous les yeux de Mace Windu. Pour Maître Yoda, toute cette mascarade bureaucratique semblait inévitablement entraver toute forme de progrès véritable. C'était ce chaos même qui avait favorisé l'avènement de Dooku et de ses Séparatistes. C'était cette mascarade qui donnait sa crédibilité à toutes les revendications et autorisait les organisations les plus cupides, comme la Fédération du Commerce, à exploiter impunément la galaxie.

L'athlétique Maître Jedi atteignit le bout du couloir et alla s'asseoir à côté de Yoda. Il ne dit rien, parce que, à cet instant précis, il n'y avait rien à dire. Leurs seules options étaient d'observer et de se battre pour défendre la République.

Comme nombre des représentants de cette assemblée leur paraissaient ridicules, à présent !

Mace et Yoda assistèrent à des joutes verbales enlevées entre certains Sénateurs. Des poings, et autres appendices divers, furent levés dans les airs de façon menaçante. Sur le podium, de l'autre côté de la rotonde, Mas Amedda attendait, debout, l'air anxieux, tout en tentant de rappeler l'assemblée à l'ordre.

Finalement, au bout de très longues minutes, les cris s'atténuèrent.

— Silence ! Silence ! répéta Mas Amedda plusieurs fois, essayant visiblement de faire en sorte que les choses n'échappent pas à nouveau à toute forme de contrôle.

Le Chancelier Palpatine s'avança jusqu'au centre du podium et parcourut le grand amphithéâtre des yeux, croisant les regards de nombreux politiciens, insistant silencieusement sur la gravité de la situation.

— En l'absence regrettable du Sénateur Amidala, dit-il enfin, s'exprimant lentement et distinctement, la parole est donnée à Jar Jar Binks, représentant en chef de Naboo.

Mace adressa un coup d'œil à Yoda. Celui-ci ferma les paupières en entendant la tornade de quolibets et de hourras, exprimés à volumes égaux. Tout le monde, dans le Sénat, savait ce qui allait se produire. Tout le monde comprenait que la menace qui pesait sur eux risquait de déchirer à tout jamais le tissu du corps politique.

Mace regarda à nouveau vers le centre de la coupole. Il repéra enfin Jar Jar Binks, flanqué de deux assistants Gungan, en train d'approcher du podium à bord de son balcon volant.

— Sénateurs ! déclara Jar Jar. Ders chélégués…

Les rires furent aussi assourdissants que les précédents échanges verbaux. Mais l'humour de la déclaration s'estompa bien vite et les hurlements reprirent.

— Tenez bon, Jar Jar, murmura Mace en regardant la plate-forme et le pauvre Gungan, dont le visage et les oreilles étaient à présent rouges de confusion.

— Silence ! ordonna Mas Amedda depuis son podium.

Que le Sénat ait au moins la courtoisie de laisser le représentant s'exprimer !

L'assemblée se calma. Mas Amedda fit un signe de tête à Jar Jar, et ce dernier agrippa fermement la rambarde de son balcon.

— En réponse à la menace directe sur la République, commença le Gungan, parlant à haute et intelligible voix, moi proposer que le Sénat accorde immédiatement les pleins pouvoirs d'urgence au Chancelier Suprême.

Il y eut un bref moment de silence. Les membres de l'assistance échangèrent quelques regards. Graduellement, des applaudissements retentirent et des cris de protestation fusèrent des factions adverses. Les acclamations l'emportèrent rapidement sur les huées de l'opposition. Bien qu'elle ne soit pas présente, Mace comprit qu'Amidala était la cause d'un tel engouement. Pendant toutes ces années, elle avait travaillé dur pour gagner la confiance des autres. Tout ce travail avait conduit à cette victoire si cruciale. Si quelqu'un d'autre qu'un représentant de Naboo, qu'un délégué officiel mandaté par Amidala, avait suggéré pareille motion, une mesure si drastique, alors l'issue du débat n'aurait certainement pas été aussi claire. Mais, le jour même où la jeune politicienne avait décidé de s'opposer à la création de cette armée, nombreux étaient ceux qui, partageant ce même avis, s'étaient alliés à sa cause.

Les éclats sonores durèrent encore quelques minutes. Les injures s'estompèrent et les acclamations n'en prirent que plus de poids. Finalement, le Chancelier Palpatine leva les mains pour demander le silence.

— C'est avec grande répugnance que j'ai accepté cette réunion extraordinaire, commença Palpatine. J'aime la démocratie. J'aime la République. Je suis de nature paisible et ne souhaite aucunement assister à la destruction de cette démocratie. Ce pouvoir que vous me confiez, je compte bien y renoncer une fois cette crise résolue. Je vous le promets. Et, comme premier acte découlant de cette autorité nouvelle, j'appelle à la création d'une grande armée républicaine afin de contrer la menace croissante des Séparatistes.

— La machine est donc lancée, dit Mace à Yoda. (Le petit Maître Jedi hocha la tête de façon sinistre.) Je vais rassembler les Jedi qui nous restent et partir pour Géonosis afin d'aider Obi-Wan.

— Et rendre visite, je vais, à ces généticiens de Kamino, pour voir cette armée qu'ils ont créée pour la République, ajouta Yoda.

Ensemble, les deux Jedi quittèrent la grande salle du Sénat.

L'endroit ressemblait à toutes les salles d'audience qu'on rencontrait à travers la galaxie. Une pièce circulaire, divisée par des rambardes incurvées et dotée de hautes tribunes sur l'arrière afin d'accueillir la foule des curieux. Mais les représentants de cour, en train de s'installer à leurs places, confirmèrent à Padmé que toute ressemblance avec un palais de justice ordinaire s'arrêtait là. Poggle le Bref, Archiduc de Géonosis, présidait le procès, assisté de Sun Fac, son secrétaire géonosien personnel. Il n'y aurait clairement aucune possibilité de s'exprimer librement, songea Padmé en apercevant également les autres membres du prétoire constitué de Sénateurs séparatistes, ainsi que de dignitaires appartenant aux diverses guildes de négociants et au Clan Bancaire Intergalactique.

Elle les observa attentivement, remarquant la haine viscérale qui se lisait dans leurs yeux. Ce ne serait ni une audience, ni un procès. Non. Ce serait une pure déclaration de haine, et rien d'autre.

Padmé ne fut donc guère surprise lorsque Sun Fac fit un pas en avant et déclara :

— Vous êtes accusés et reconnus coupables d'espionnage.

— Avez-vous quelque chose à ajouter avant que la sentence ne soit prononcée ? enchaîna l'Archiduc Poggle le Bref.

Peu troublée, la farouche politicienne regarda le Géonosien droit dans les yeux.

— Vous commettez un acte de guerre, Archiduc. J'espère que vous êtes préparé à en assumer les conséquences.

Le Géonosien pouffa.

— Nous fabriquons des armes, Sénateur. La guerre est notre affaire ! Bien sûr que nous sommes préparés !

— Qu'on en finisse ! cria Nute Gunray, installé sur le côté. Prononcez la sentence ! Je veux la voir souffrir !

Padmé se contenta de secouer la tête. Tout ceci parce qu'elle avait contrecarré les plans du Neimoidien visant à exploiter sa planète du temps où elle était Reine de Naboo. Tout ceci parce qu'elle ne s'était pas aplatie devant Gunray et ses sbires. Et dire qu'elle avait accordé sa grâce au Neimoidien après sa défaite sur Naboo !

— Votre autre ami Jedi vous attend, Sénateur, annonça l'Archiduc Poggle le Bref. (Il fit un signe à ses gardes.) Qu'on les conduise à l'arène !

À l'arrière de la salle, un jeune garçon écoutait attentivement. Il releva les yeux vers son père, parfaite réplique, en plus âgé, de lui-même.

— Tu crois qu'ils vont les livrer aux fauves ? demanda Boba Fett.

Jango Fett regarda son fils si impatient et poussa un petit rire.

— Oui, Boba.

Il avait, à maintes reprises, parlé à Boba des jeux qui se déroulaient dans les arènes de Géonosis.

— Oh, j'espère qu'il y aura un acklay, dit Boba, sans pour autant céder à l'excitation. Je veux voir si cette créature est aussi puissante qu'on le dit.

Jango sourit et hocha la tête, amusé de constater que son fils se passionnait déjà pour de telles choses, heureux de le voir ainsi n'éprouver aucun sentiment dans un moment pareil. Boba était parvenu à demeurer parfaitement pragmatique, même en apprenant qu'il allait assister à l'exécution de trois personnes. Il avait appris à assimiler la situation avec ce sang-froid et cette détermination qui lui permettraient de survivre dans cette galaxie si rude.

Et il apprenait vite.

La quantité d'informations qu'on était en train de télécharger dans les mémoires de C-3PO aurait dû complètement saturer le droïde. Son conditionnement aurait été parfait si l'essentiel de ses banques de données n'avait pas déjà été occupé par des programmes linguistiques. C-3PO décida donc de s'appliquer à traduire, sous de multiples formes, toutes les instructions et, faisant cela, il réussit à occuper suffisamment ses matrices pour ne pas se plier aux ordres.

Cette subtilité échappa totalement aux individus chargés de le conditionner. Au bout de quelques heures de ce régime, ils le firent sortir de la salle des programmes et le conduisirent jusqu'à un grand hall de rassemblement.

Là, C-3PO entendit un gémissement plaintif autant que familier.

— R2 ! cria-t-il en tournant la tête.

Son compagnon au dôme si reconnaissable était en train de travailler sur une console. Il fit pivoter son œil électronique et poussa une autre plainte.

— Mon pauvre R2 ! gémit C-3PO.

Disant cela, il leva sa visée laser devant ses yeux et ajusta son tir sur le boulon d'entrave qui retenait son ami prisonnier.

Un seul rayon fusa, qui frôla la coque du droïde-astromécano et envoya le boulon rouler sur le sol.

— Hé ! cria l'un des droïdes-instructeurs en courant vers C-3PO.

— On dirait bien que celui-ci a besoin d'être reprogrammé ! déclara un autre.

Le chef des droïdes de maintenance étudia brièvement la situation avant de secouer le dôme qui lui servait de tête.

— Nan... dit-il. Y a pas de dégâts. Faites-le sortir d'ici et conduisez-le à l'embarquement.

Et ils emmenèrent C-3PO.

Peu de temps après leur départ, R2-D2 s'écarta de sa console sans se faire remarquer. Puisque les droïdes inoffensifs qui travaillaient dans cette salle étaient tous parés de boulons d'entrave, il n'y avait pas un seul garde en vue.

Le petit droïde s'empressa de détaler.

Le tunnel était sombre, sinistre à souhait et relativement calme, à l'exception d'un écho occasionnel provenant de la foule immense rassemblée sur les gradins de l'arène. On avait préparé un simple chariot, un engin de forme ovale, ouvert à l'arrière et à la proue descendant en pente douce vers le sol. L'appareil ressemblait à une tête d'insecte dont on aurait tranché la partie supérieure. Anakin et Padmé y furent conduits sans le moindre ménagement, puis attachés, face à face, à un râtelier.

Tous deux manquèrent de perdre l'équilibre lorsque le chariot se mit en mouvement et s'enfonça en glissant silencieusement dans le tunnel.

— N'aie pas peur, chuchota Anakin.

Padmé lui sourit, affichant une expression de calme imperturbable.

— Je n'ai pas peur de mourir, répondit-elle d'une voix grave et douce. Chaque jour de ma vie, depuis que je suis venue au monde, j'ai eu l'impression de mourir un petit peu plus.

— De quoi parles-tu ?

Alors elle se confessa. Des paroles authentiques et chaleureuses.

— Je t'aime.

Et les mots submergèrent le jeune homme.

— Tu m'aimes ? demanda-t-il, bouleversé. Tu m'aimes ! Je croyais que tu avais décidé de ne pas tomber amoureuse ! Que tu serais alors forcée de vivre ton existence dans le mensonge, que cela nous détruirait tous les deux...

— Je pense, de toute façon, que nos vies respectives

sont sur le point d'être détruites, répondit Padmé. Mon amour pour toi est une énigme, Anakin. Une question à laquelle je ne trouve aucune réponse. Je ne peux plus le contrôler. Et je m'en moque, à présent. Je t'aime, sincèrement, profondément. Et je voulais que tu le saches avant que nous soyons exécutés.

Padmé se pencha par-dessus ses liens et inclina légèrement la tête de côté. Anakin fit de même. Ils s'approchèrent suffisamment l'un de l'autre pour que leurs lèvres s'effleurent en un doux baiser, un baiser qui se prolongea, qui s'intensifia. Un geste qui leur confirma qu'ils auraient dû tous deux se confier l'un à l'autre longtemps auparavant. Un baiser qui ruinait définitivement leur détermination à renier les sentiments qu'ils éprouvaient l'un pour l'autre.

Et cela ne dura qu'un instant car, d'un claquement de son fouet, le conducteur du chariot fit sortir son attelage du tunnel. Ils débouchèrent en pleine lumière et traversèrent lentement les sables de l'immense arène dont les gradins regorgeaient de spectateurs géonosiens.

Quatre poteaux de torture, très solides, d'environ un mètre de diamètre, avaient été fichés au centre de la piste. Chacun des poteaux était doté de lourdes chaînes. Une silhouette familière venait d'y être attachée.

— Obi-Wan ! cria Anakin en descendant de la charrette.

Il fut entraîné par ses tortionnaires et attaché au poteau voisin de celui de son Maître.

— Je commençais à me demander si tu avais bien eu mon message, répondit Obi-Wan.

Tous deux frissonnèrent quand ils virent que Padmé, sans le moindre ménagement, était à son tour traînée et brutalement enchaînée au poteau le plus proche de celui d'Anakin. Ils la virent se recroqueviller un peu sur elle-même, en une posture défensive un peu futile. Ce qu'ils ne virent pas, en revanche, c'était que Padmé, toujours pleine de ressources, avait glissé dans sa main un petit fil de fer qu'elle avait jusque-là dissimulé dans sa ceinture.

— J'ai retransmis le message comme vous me l'aviez

demandé, Maître, expliqua Anakin. Ce n'est qu'après que nous avons décidé de venir à votre rescousse.

— Bien joué ! répondit prestement, et de façon sarcastique, Obi-Wan.

Il poussa un grognement lorsqu'on lui tira les bras bien au-dessus de la tête pour les enchaîner solidement au poteau. Anakin et Padmé reçurent un traitement similaire. Ils parvinrent cependant à se tourner légèrement de côté et assistèrent à l'arrivée, dans les tribunes, des dignitaires, ces maîtres de cérémonie dont ils ne connaissaient que trop bien les visages.

— Les félons qui se trouvent devant vous ont été accusés d'espionnage contre le système souverain de Géonosis, annonça Sun Fac, le laquais. Ils ont été condamnés à mort. La sentence va être immédiatement exécutée dans cette arène.

Une acclamation tonitruante retentit aux oreilles du trio de suppliciés.

— On peut dire qu'ils apprécient le spectacle ! dit sèchement Obi-Wan.

Dans la loge des dignitaires, Sun Fac céda sa place à l'Archiduc Poggle le Bref. Celui-ci leva les mains devant lui pour réclamer le calme.

— J'ai décidé que les jeux d'aujourd'hui devaient être particulièrement distrayants, annonça-t-il. (Des grondements d'appréciation parcoururent la foule.) Et je me suis posé, encore et encore, la même question : lequel de nos chers petits animaux sera-t-il à même de s'occuper de l'exécution de criminels aussi prestigieux ? J'ai longtemps réfléchi sans trouver de réponse. Finalement, j'ai choisi… (Il marqua une pause très théâtrale et la foule se mit à murmurer.) Le reek ! conclut Poggle le Bref.

Une lourde porte fut hissée le long d'un des murs de l'arène. Un énorme quadrupède aux épaules massives, à la tête allongée, aux trois cornes redoutables – l'une saillant de son groin et les deux autres jaillissant de part et d'autre de sa large gueule –, sortit en pleine lumière. Il était aussi haut qu'un Wookiee, aussi large qu'un humain était haut, et mesurait près de quatre mètres de long. Il fut poussé vers le centre de l'arène par une rangée de picadors équipés de longues lances, montés sur des créatures bovines aux museaux allongés.

Lorsque les cris de la foule se furent calmés, Poggle surprit l'assistance tout entière en proclamant :

— J'ai aussi choisi le nexu !

Une deuxième porte s'ouvrit, révélant une massive créature féline. Sa tête était extraordinaire, moitié moins longue que le reste de son corps, et percée d'une gueule garnie de crocs acérés, capable de couper un être humain en deux. Une crête de fourrure lui courait du crâne jusqu'à la croupe, se prolongeant en une queue fouettante.

Avant que la foule stupéfaite ait pu exprimer son contentement, Poggle le Bref reprit la parole :

— Ainsi que l'acklay !

Une troisième porte fut hissée et la plus épouvantable des créatures se précipita sur le sable de l'arène. Elle se déplaçait sur quatre pattes semblables à celles d'une araignée, chacune terminée par une griffe démesurée. Ses autres pattes, terminées par des pinces, battaient l'air en claquant de façon menaçante. Sa tête, ornée de longues cornes torsadées, se tendait à plus de deux mètres audessus du sol et ses yeux affamés dardaient impatiemment les environs. Alors qu'il avait fallu pousser les deux autres monstres au moyen de perches et de lances pour les faire avancer, ce dernier animal semblait ne guère avoir besoin d'encouragements.

L'acklay parut plaire énormément à la foule. Surtout à un jeune garçon, le fils cloné de Jango Fett, assis avec les dignitaires. Boba sourit de toutes ses dents et commença à réciter tout ce qu'il avait pu lire à propos des exploits de la créature mortelle.

— Bon, eh bien, au moins, ça promet d'être amusant. Pour eux, en tout cas, se lamenta Obi-Wan, observant la frénésie croissante dans les gradins.

— Quoi ? fit Anakin.

— Laisse tomber, répondit Kenobi. Tu es prêt à te battre ?

— Me battre ? rétorqua Anakin, l'air sceptique, levant les yeux vers ses poignets enchaînés puis reportant son attention sur les trois monstres.

Après avoir arpenté l'arène de long en large, ceux-ci semblèrent enfin comprendre que l'heure du dîner avait sonné.

— Il faut bien que les spectateurs en aient pour leur argent, non ? demanda Obi-Wan. Tu prends celui de droite. Je m'occupe de celui de gauche...

— Et Padmé ?

Tous deux se tournèrent vers elle et découvrirent que leur astucieuse compagne d'infortune était parvenue, grâce à son petit fil de fer, à crocheter l'un des cadenas de ses chaînes. Faisant maintenant face au poteau de torture, elle l'escalada et se mit au travail sur le deuxième verrou qui entravait son autre poignet.

— Apparemment, elle domine bien la situation, commenta Obi-Wan d'un ton amusé.

Anakin baissa la tête juste à temps pour voir arriver, droit sur lui, le redoutable reek. Agissant purement par réflexe, le jeune Jedi fit un bond vers le haut et la bête entra en collision avec le poteau, juste en dessous de lui. Saisissant l'opportunité, Anakin retomba sur le dos de l'animal et enroula sa chaîne autour d'une de ses solides cornes. Le reek rua et tira violemment sur la chaîne. Celle-ci fut arrachée de son support. La monture et son cavalier se lancèrent dans un rodéo effréné, le reek ruant de plus belle, Anakin s'accrochant du mieux qu'il pouvait. Le jeune homme abattit l'extrémité de la chaîne contre la tempe de l'animal. Le reek saisit le lien de métal entre ses dents et ne lâcha plus prise, offrant ainsi à Anakin des rênes improvisées.

Les spectateurs étaient aux anges.

Après avoir enregistré tous les plans nécessaires dans ses mémoires, R2-D2 n'eut guère de difficulté à se repérer dans l'immense complexe industriel. Le petit droïde progressait en roulant tranquillement, sifflotant de façon détachée pour ne pas attirer l'attention des nombreux Géonosien qui allaient et venaient dans l'usine.

Aucun d'entre eux ne sembla s'intéresser à lui et R2 en comprit la raison, au gré de quelques mots surpris çà et là : une triple exécution était en train de se dérouler. Il devina aussitôt l'identité des trois condamnés à mort.

Il continua son chemin, zigzaguant à travers le complexe, évitant autant de Géonosien que possible, passant devant ceux qu'il ne pouvait contourner avec un air aussi décontracté que possible, essayant de donner l'impression d'être affairé.

Il savait que la foule des natifs serait plus nombreuse à l'approche de l'arène. Il espéra simplement que les Géonosien seraient trop absorbés par les événements pour prêter attention à un petit droïde de navigation.

Obi-Wan comprit rapidement pourquoi l'acklay remportait les faveurs de la foule. La créature se cabra et fonça droit sur lui. Obi-Wan, au dernier moment, parvint à contourner le poteau et la bête s'y écrasa, enfonçant ses terribles pinces dans le bois et le métal. Soudainement libéré de ses liens par la fureur de l'animal, Obi-Wan tourna les talons et détala en direction du picador le plus proche. L'acklay se lança à ses trousses. Le Géonosien menaça le Jedi de sa lance. Obi-Wan esquiva et se saisit de l'arme. Il tira brusquement dessus pour s'en emparer puis il donna un coup violent sur les flancs de la monture du picador, l'obligeant à battre en retraite. Sans perdre un instant, Kenobi planta fermement sa lance dans le sol et s'en servit comme d'une perche pour sauter pardessus le bovin et son cavalier.

L'acklay, ayant pris une route plus directe, vint heurter de plein fouet le picador et sa monture, envoyant le Géonosien rouler à terre. Le monstre se jeta aussitôt sur le picador et le broya d'un simple coup de pince.

Au sommet de son poteau, Padmé était en train de travailler frénétiquement à se débarrasser définitivement de sa dernière entrave. Le nexu – la créature à l'aspect félin – essaya d'escalader le pilori, tendant ses griffes redoutables vers la jeune femme. Padmé évita le coup, le nexu glissa jusqu'au sol et repartit à l'assaut.

Padmé lui fouetta alors la gueule de l'extrémité libre de sa chaîne.

Mais cela n'arrêta pas la créature, qui s'employa à déchiqueter le poteau au fur et à mesure de son ascension. Soudain, en un bond puissant, elle atteignit le sommet et se dressa sur ses pattes arrière devant la jeune femme en poussant un rugissement victorieux.

La foule se tut, sentant qu'elle allait assister à la première mise à mort.

Le nexu gifla l'air avec l'une de ses pattes. Padmé esquiva en se tournant dans le sens inverse. Les griffes de la bête déchirèrent sa tunique et lui éraflèrent le dos mais Padmé se rétablit et frappa violemment la créature en pleine gueule avec l'extrémité de sa chaîne. Le nexu partit à la renverse et bascula du poteau. Padmé, n'en ayant pas terminé, fit un bond de côté. Elle sauta dans le vide au bout de sa chaîne et descendit en tournoyant autour du pilori. Tout en glissant, elle replia ses jambes et administra un violent coup de pied double à l'animal qui venait de s'écraser au sol.

Ne prenant pas le temps de vérifier l'efficacité de son œuvre, elle escalada de nouveau le poteau et se remit frénétiquement au travail sur le cadenas qui la retenait encore prisonnière.

La foule, à l'unisson, hurlait sa joie.

— Imbéciles ! hurla Nute Gunray depuis la loge des dignitaires. Elle n'a pas le droit de faire ça ! Faites quelque chose ! Abattez-la !

— Ouah ! cria Boba Fett, visiblement admiratif.

Jango posa une main sur l'épaule de son fils, appréciant le spectacle autant que le jeune Boba.

— Le nexu va se charger d'elle, Vice-Roi, assura Poggle le Bref au Neimoidien agité de tremblements nerveux.

Gunray s'était levé, comme toutes les autres personnes présentes dans la loge. Comme tous les spectateurs présents dans les gradins de l'arène. La foule poussa un nouveau cri de stupeur, au spectacle d'Obi-Wan contournant en courant la monture du picador pour planter la lance dont il venait de se saisir dans le cou de l'acklay déchaîné. La bête poussa un hurlement de douleur et, d'un coup de patte, envoya balader la pauvre monture apeurée au sol.

Un peu plus loin, Padmé tentait toujours de se libérer de sa dernière entrave. Le nexu recouvra ses esprits et s'avança en grognant vers le poteau. Enfin, la jeune femme se débarrassa de ses chaînes.

Mais le nexu se trouvait à présent juste au-dessous d'elle. Il releva la tête, la mort dans le regard, un filet de bave dégoulinant entre les crocs de son immense mâchoire. Il se recroquevilla alors, prêt à bondir.

Et fut immédiatement piétiné par le reek sur lequel était juché Anakin.

— Ça va ? demanda le jeune homme.

— Très bien !

— Monte en croupe ! cria Anakin.

La jeune femme ne se fit pas prier. Elle sauta du poteau de torture et se rétablit juste derrière Anakin.

Ils passèrent près de l'acklay, blessé et enragé, et Obi-Wan attrapa la main que lui tendait Padmé. Il s'installa rapidement derrière les deux autres.

Boba Fett avait poussé un cri de stupeur, à l'instar de presque tous les Géonosien rassemblés sur les gradins.

Nute Gunray, cependant, ne semblait guère trouver le spectacle à son goût.

— Mais enfin, cela ne devrait pas se passer comme ça ! cria-t-il au Comte Dooku. Elle devrait être morte, à présent !

— Patience, lui répondit très calmement le Comte.

— Non, ça suffit ! hurla Gunray. Jango, abattez-la !

Jango adressa un regard amusé à Nute Gunray. Le Comte Dooku lui fit signe de ne pas bouger et Jango acquiesça d'un hochement de tête entendu.

— Patience, Vice-Roi, dit Dooku à Gunray, à présent hors de lui. Elle va mourir.

Tout en parlant, avant même que le Neimoidien ait eu le temps d'exploser de colère, Dooku fit un geste en direction de l'arène. Un groupe de droïdekas venait de pénétrer en roulant sur la piste. Ils entourèrent le reek et les trois prisonniers, se déployèrent en position de combat, obligeant ainsi Anakin à tirer violemment sur sa bride improvisée afin d'arrêter la créature.

— Vous voyez ? demanda très calmement Dooku.

Dont l'expression se modifia, en l'espace d'un instant, lorsqu'un bourdonnement familier retentit, juste à côté de lui. Il jeta un bref coup d'œil vers sa droite et aperçut la lame violette d'un sabre laser pointée sur le cou de Jango Fett. Il releva les yeux pour en découvrir le propriétaire.

— Maître Windu, dit-il, de son ton charmeur si typique. Comme c'est aimable de vous joindre à nous ! Vous arrivez juste à temps pour assister au moment de vérité. Je pense que vos deux jeunes recrues auraient dû suivre un entraînement plus intensif...

— Désolé de vous décevoir, Dooku, répondit froidement Mace. Mais la fête est terminée.

Disant cela, le Maître Jedi exécuta un bref salut de la pointe de sa lame étincelante – un signal prédéterminé – et rapprocha un peu plus son arme du cou de Jango Fett.

Alors, sur tous les pourtours du stade, se produisirent des éclairs de lumière parfaitement synchronisés. Une centaine de Chevaliers Jedi venaient d'activer simultanément leurs sabres laser.

La foule se tut complètement.

Après quelques secondes de réflexion, le Comte Dooku se tourna légèrement de côté pour regarder Mace Windu du coin de l'œil.

— Courageux mais stupide, mon vieil ami Jedi. Vous êtes largement inférieurs en nombre.

— Je ne crois pas, le contra Mace, les Géonosien ne sont pas des guerriers. Et un Jedi vaut bien à lui tout seul une centaine de Géonosien.

Le Comte Dooku reporta les yeux sur l'arène et se mit à sourire.

— Ce n'est pas aux Géonosien que je pensais. Comment croyez-vous que vos Jedi vont s'en tirer, face à un millier de droïdes de combat ?

Il avait à peine terminé sa phrase qu'une colonne de droïdes de combat faisait irruption par le corridor juste derrière Mace Windu en tirant à tout va. Le Jedi réagit prestement, fit volte-face et leva son sabre laser pour parer les rayons de blasters qui fusaient sur lui, les renvoyant vers les tireurs. Il comprit immédiatement que cette poignée de droïdes n'était qu'un avant-goût. Il releva la tête et découvrit la raison de l'expression si confiante de Dooku. Des milliers de droïdes de combat venaient de surgir par tous les accès et les escaliers qui desservaient l'arène en contrebas.

Le combat démarra sur-le-champ et le stade fut bientôt plongé dans un ouragan de rayons laser. Les Jedi bondissaient et tournoyaient, se regroupant en formations de défense, parant frénétiquement tous les traits mortels qui fusaient vers eux. Les Géonosien cédèrent à la panique. Certains tentèrent de s'attaquer aux Jedi et furent rapidement mis hors de combat, d'autres se mirent à courir en tous sens pour échapper aux rayons.

Mace Windu pivota, comprenant que ses plus redoutables ennemis se trouvaient juste derrière lui. Il se retrouva face à Jango Fett, qui levait vers lui le canon d'un lance-flammes.

Une tornade infernale jaillit de l'arme en direction du Maître Jedi, mettant le feu à son ample manteau. Le Jedi fut contraint de bondir hors de la loge, se propulsant dans les airs au moyen de la Force pour atterrir sur le sable de l'arène. Il se débarrassa de son manteau, toujours en train de brûler, et le jeta à terre.

Tout autour de lui, le combat s'intensifiait. Certains Jedi affrontaient les Géonosien des gradins tandis que d'autres sautaient sur la piste pour livrer bataille à l'important contingent de droïdes de combat. Mace frissonna en apercevant Obi-Wan, Anakin et Padmé soudainement désarçonnés par une ruade du reek. Il voulut faire un signe aux autres Jedi mais n'en eut pas besoin. Ceux qui se trouvaient à proximité des trois condamnés, à présent vulnérables, se précipitaient déjà pour leur porter secours. On confia alors des sabres laser à Obi-Wan et à Anakin.

Lorsque ceux-ci en activèrent enfin la lame – verte pour Anakin, bleue pour Obi-Wan – et que Padmé vint se poster entre eux deux, tenant en main un blaster qu'elle venait de ramasser, Mace poussa un soupir de soulagement.

Mais le répit fut de courte durée et le Maître Jedi se remit immédiatement en mouvement, faisant tournoyer sa lame furieusement en un flou de lumière, renvoyant les rayons laser mortels qui fondaient sur lui vers la multitude de droïdes de combat. Il rejoignit Obi-Wan au centre de l'arène. Dos à dos, ils passèrent à l'action, s'avançant au beau milieu d'un escadron de droïdes, parant de nombreux rayons, pivotant à l'unisson, tranchant dans le métal de leurs adversaires.

Près de Windu et de Kenobi, Anakin et Padmé avaient adopté la même posture, dos à dos. Anakin s'employait à assurer leur défense, parant chacun des rayons qui fusaient vers eux. Padmé, elle, choisissait ses cibles avec soin, abattant, les uns après les autres, droïdes de combat et Géonosien.

Malgré tous leurs efforts et le nombre croissant d'ennemis – droïdes et natifs de la planète en quantités égales – qui gisaient au sol, l'issue du combat commençait à se profiler. Les Jedi étaient sur le point d'être submergés. On ordonna une retraite générale vers l'arrière de l'arène, même si cette zone de la piste n'offrait que très peu de protection. D'autant que les deux monstres encore debout, cavalant en tous sens, broyaient tous ceux qui se trouvaient sur leur passage.

Au beau milieu de ce maelström s'avança C-3PO. Ou, plus exactement son corps, dominé par une tête de droïde de combat solidement soudée sur ses épaules. Quelques instants plus tard, ce curieux assemblage fut frappé par un tir de blaster juste au niveau du cou. La tête du soldat, détachée du corps du droïde de protocole, dégringola à terre.

De l'autre côté de l'arène, dans un tunnel qui donnait

sur les gradins, la tête de C-3PO, fixée au corps d'un droïde de combat, perçut très faiblement la sensation.

— Mes jambes ne bougent plus ! s'exclama-t-il, bien que celles qui se trouvaient sous lui soient en train de continuer leur progression. Je dois avoir besoin d'un bon bain d'huile !

Dans un camp comme dans l'autre, il était devenu impossible de mener une action rationnelle et coordonnée. L'heure était donc à l'improvisation.

Exactement le type de combat dans lequel excellait Padmé. Décochant un tir de blaster à chacun de ses pas, elle courut jusqu'à la charrette qui les avait menés, elle et Anakin, jusqu'à l'arène et bondit à l'intérieur, par-dessus l'orray, la malheureuse bête de somme qui avait tiré l'attelage jusque-là.

Juste derrière elle apparut Anakin, faisant tournoyer son sabre laser au-delà de la perception humaine, renvoyant les rayons tirés par les droïdes de combat.

Ils chargèrent sur la piste, piétinant les droïdes de combat et les Géonosien qui gisaient à terre, Padmé décochant rafale après rafale, Anakin ouvrant de sa lame un véritable sillon de destruction en arrière de la charrette.

C-3PO pénétra au cœur de la mêlée. Si ses orbites avaient été capables de se mouvoir, le droïde aurait certainement écarquillé les yeux sous le coup de la surprise et de la terreur.

— Mais où sommes-nous ? cria-t-il. Une bataille ? Oh, non ! Je ne suis qu'un simple droïde de protocole ! Je ne suis pas programmé pour ça ! Je ne veux pas y aller ! Je ne veux pas être détruit !

Cet autre curieux assemblage résista à peine plus longtemps que son alter ego, de l'autre côté de l'arène. C-3PO pivota sur lui-même pour se retrouver face à face avec le Maître Jedi Kit Fisto. Celui-ci projeta une violente onde de la Force qui envoya le droïde rouler au sol. Puis l'agile Chevalier exécuta une pirouette avant de se débarrasser – d'un vicieux coup de son sabre laser – du droïde qui se trouvait juste derrière C-3PO. Le soldat s'écroula sur le pauvre droïde de protocole allongé à plat dos sur le sol.

— Au secours ! Je suis coincé ! Je ne peux pas me relever ! gémit C-3PO.

Un appel qui passa inaperçu de tous les combattants. Sauf un.

R2-D2 pénétra sur la piste de l'arène et entreprit de se frayer un chemin au beau milieu du carnage.

Aucun contingent de droïdes de combat, aussi important soit-il, n'aurait pu séparer Mace et Obi-Wan. Les mouvements des deux Chevaliers étaient parfaitement coordonnés, les deux hommes parfaitement en phase l'un avec l'autre. Toutefois, lorsque le reek les chargea, ils n'eurent d'autre choix que de courir chacun de leur côté.

Le reek se lança aux trousses de Mace et le Jedi dut fouetter l'air de sa lame plusieurs fois afin de repousser l'animal. Il parvint à le faire reculer mais, dans la cohue, il fut heurté par quelqu'un et laissa choir son sabre laser. Au même instant, un homme-fusée faisait irruption juste devant lui, pointant son blaster dans sa direction.

Mace invoqua la Force et son sabre laser vola jusqu'à sa main. Il dévia le premier tir de Jango Fett. Lorsque le chasseur de primes ouvrit à nouveau le feu, Mace contrôlait mieux la situation. La parade renvoya le rayon directement vers le tireur. Mais Jango s'était déjà mis en mouvement. Il plongea de côté et se redressa, prêt à décocher une nouvelle rafale de rayons sur le Jedi.

Son action fut cependant interrompue par l'arrivée inopinée du reek. Incapable de distinguer un adversaire d'un allié, le monstre avait choisi de s'attaquer à Jango. Ce dernier tira à bout portant, faisant mouche à chaque fois, mais sans pour autant ralentir l'animal. Il trébucha et tomba à la renverse. Le reek fonça sur lui pour l'écraser. Jango, très rapide, roula sur le côté, ouvrant le feu, encore et encore, farcissant l'estomac du reek enragé d'une pluie de rayons mortels.

Enfin, l'énorme créature tituba, avant de s'effondrer d'un bloc.

Mace plongea immédiatement sur Jango en brandissant son sabre laser. Le chasseur de primes esquiva puis enclencha ses fusées pour décoller dans les airs, essayant de se maintenir à distance de la lame mortelle et de profiter du recul pour tirer sur Mace.

Mace dut parer en catastrophe pour renvoyer les rayons qui lui étaient destinés, obligeant Jango à reculer devant ses attaques directes et ses coups de fouet tranchants.

Un seul faux pas et…

Et celui-ci se produisit. Brusquement. Windu entama un balayage vers la gauche, interrompit son geste et se fendit vers l'avant. Puis, il changea de prise et fouetta l'air immédiatement de son sabre laser, de la gauche vers la droite. Il fit un tour complet sur lui-même, prêt à parer le tir de blaster auquel il s'attendait en réponse à son attaque. Mais rien ne vint.

Ce coup de gauche à droite avait fait mouche. La tête de Jango Fett se détacha de ses épaules, heurta le sol et roula hors de son casque avant de s'arrêter dans la poussière.

— Droit devant… se chuchota Obi-Wan alors que l'acklay fonçait sur lui en faisant claquer ses redoutables pinces.

Kenobi feinta vers la gauche puis vers la droite, avant de plonger vers l'avant en direction de l'animal. Il se rétablit entre les pattes puissantes et les pinces du monstre, se redressa et plongea la lame brûlante du sabre laser qu'on lui avait confié en plein dans la poitrine de l'acklay. Dégageant son arme, le Jedi fit un bond au moment où la créature se laissait tomber en avant pour l'écraser sous son propre poids. Kenobi retomba en douceur sur le dos de l'acklay, ficha plusieurs fois sa lame dans la chair de la bête avant de sauter à nouveau sur le sol.

— Droit devant, se répéta-t-il alors que l'animal enragé se redressait pour le charger encore.

Obi-Wan perçut un rayon laser arrivant sur lui, pivota

d'un quart de tour, dévia le rayon et l'envoya directement dans la gueule de l'acklay.

Lequel ne ralentit même pas sa course, obligeant le Jedi à se précipiter à terre pour éviter ses terribles pinces.

Obi-Wan roula sur le côté, évitant la patte qui s'apprêtait à le piétiner, puis trancha à nouveau, ouvrant une profonde blessure dans les flancs de la bête.

L'acklay poussa un hurlement et chargea de plus belle. Une autre pluie de rayons laser s'abattit sur le Jedi.

Celui-ci fit furieusement tournoyer sa lame, renvoyant rayon après rayon vers la créature qui fonçait sur lui. L'animal ralentit. Puis s'arrêta, comme assommé.

Obi-Wan se précipita, bondit et plongea sa lame droit dans la tête de l'acklay. Prenant son appel sur l'épaule de la créature, il sauta par-dessus son monstrueux adversaire. Il entendit celui-ci s'écrouler derrière lui. Le monstre succomba enfin, après s'être tordu de douleur sur le sol.

La bataille semblait loin d'être finie. Loin d'être gagnée, même. Mace Windu venait de terrasser Jango Fett et, à l'autre bout de l'arène, Anakin et Padmé continuaient à se battre, retranchés derrière la charrette des condamnés qu'ils avaient retournée et transformée en barricade. Anakin renvoyait chacun des rayons qui fusaient dans leur direction et Padmé tirait avec le plus grand soin, éliminant les droïdes l'un après l'autre. Malgré cela, et en dépit du nombre de Jedi qui continuaient à se battre bravement sur le sable de l'arène, le flot continu des droïdes de combat menaçait à tout moment de les submerger.

— R2 ? Mais qu'est-ce que tu fais là ? demanda C-3PO lorsque son ami vint rouler à hauteur de son corps retenu sous la carcasse du droïde de combat.

En guise de réponse, R2 déploya une sorte de ventouse d'un de ses compartiments à outils et l'arrima fermement à la tête du droïde de protocole.

— Attends ! cria C-3PO lorsque R2 se mit à tirer. Non ! Mais comment oses-tu ? Tu y vas beaucoup trop fort ! Arrête de me tirer comme ça, espèce de tas de ferraille !

Il sentit alors des étincelles crépiter à la base de son cou lorsque sa tête se détacha enfin de son corps de droïde de combat. R2 remorqua la tête de C-3PO jusqu'à son corps décapité et légitime. L'astromécano déplia son fer à souder et connecta à nouveau les deux parties du droïde protocolaire.

— R2 ! fais attention ! Tu pourrais brûler mes circuits. Tu es sûr que ma tête est bien attachée dans le bon sens, au moins ?

Moins de la moitié des effectifs Jedi était encore debout.

— Nos choix sont limités, dit Ki-Adi Mundi à Mace Windu, épuisé et couvert de sang.

Bientôt, ils ne furent plus qu'une vingtaine, tous rassemblés dans l'arène. Les gradins, tout autour d'eux, étaient envahis d'innombrables rangées de droïdes de combat, l'arme au poing.

Soudain, tout mouvement cessa.

— Maître Windu ! cria le Comte Dooku depuis la loge des dignitaires. (Son expression exprimait clairement qu'il avait véritablement apprécié le spectacle de la bataille.) Vous avez combattu honorablement. Vous êtes digne de figurer au panthéon des archives Jedi. Mais, maintenant, tout est fini. (Il marqua une pause et regarda tout autour de lui, obligeant les Jedi à constater qu'ils étaient encerclés par une quantité incroyable d'adversaires, tous prêts à ouvrir le feu.) Rendez-vous ! ordonna Dooku. Et vos vies seront épargnées.

— Nous ne nous laisserons pas prendre en otages, Dooku ! Nous ne vous laisserons pas la possibilité de nous utiliser comme monnaie d'échange, répondit Mace sans la moindre hésitation.

— Dans ce cas, je suis désolé, mon vieil ami, dit le Comte Dooku d'un ton qui n'exprimait aucun regret. Vous serez donc détruits…

Il leva une main et regarda son armée assemblée autour de lui, se préparant à donner le signal final.

— Regardez ! hurla alors Padmée, les yeux levés.

Une demi-douzaine de canonnières, comme tombant du ciel, convergeaient vers l'arène. Les réacteurs mugirent et un nuage de sable se souleva autour des Jedi. Lorsque les vaisseaux se posèrent, leurs flancs s'ouvrirent, déversant des bataillons entiers de soldats-clones.

Une tempête de laser accueillit les nouveaux arrivants, mais les déflecteurs des canonnières avaient été activés pour protéger le débarquement des troupes.

Au milieu de la confusion et du feu nourri, Maître Yoda apparut à la porte de l'un des vaisseaux et adressa un petit salut à Mace et aux autres.

— Jedi ! En avant ! cria Windu.

Les survivants se précipitèrent vers la canonnière la plus proche pour y embarquer prestement. Mace s'installa à côté de Yoda et l'engin décolla sur-le-champ, ouvrant le feu de toutes ses batteries, détruisant un nombre incalculable de droïdes de combat tout en survolant les gradins.

Mace eut toutes les peines à croire à l'incroyable vision qui s'étalait à présent sous ses yeux. Des milliers de vaisseaux de la République fonçaient à la surface de la planète vers les engins de la Fédération du Commerce posés près du complexe, débarquant sur le champ de bataille des dizaines de milliers de soldats-clones. À côté de lui, Windu entendit Yoda organiser le conflit :

— Plus de bataillons sur la gauche, indiqua-t-il à l'officier des relais chargé de transmettre les ordres aux tacticiens du front. Les encercler, nous devons. Puis les diviser.

— Oh, R2, tu m'as reconstitué ! pleura C-3PO.

Au terme de quelques efforts, il parvint à se relever. Il se rendit compte alors du vacarme qui régnait dans l'arène, au bout du tunnel. Avec tous ces rayons qui rebondissaient sur les parois du corridor, C-3PO ne se sentait guère en sécurité. Il fit volte-face et voulut détaler.

Malheureusement pour lui, R2-D2 avait oublié de détacher la ventouse de son front. Le câble se tendit et C-3PO tomba à la renverse.

R2 poussa un petit sifflement d'excuse, roula jusqu'à son ami et détacha la ventouse.

— Je m'en souviendrai ! cria C-3PO d'un ton indigné, avant de se relever et de courir à la suite de son agaçant petit compagnon.

Profitant du décollage des canonnières et du fait que les droïdes de combat se lançaient à leur poursuite, Boba trouva enfin la possibilité de descendre jusqu'au sable de l'arène. Il appela son père à plusieurs reprises, courant d'une dépouille à une autre. Il passa devant le cadavre de l'acklay, puis devant celui du reek, criant le nom de Jango.

C'est alors qu'il vit le casque.

— Papa… laissa échapper le jeune garçon, sentant ses jambes se dérober sous lui.

Et il tomba à genoux devant le casque vide de Jango Fett.

24

L'Archiduc Poggle le Bref entraîna le Comte Dooku et les autres jusqu'au centre de commandement des Géonosien, une immense salle équipée en son centre d'un grand moniteur circulaire et, sur les murs, de nombreux autres écrans de contrôle. De là, les soldats géonosiens surveillaient et dirigeaient la bataille qui faisait rage à l'extérieur.

Poggle courut s'entretenir avec un commandant de l'armée puis revint vers Dooku et Nute Gunray, arborant une expression féroce.

— Toutes les communications sont brouillées ! leur annonça-t-il. Nous sommes attaqués, ici et dans le ciel !

— Les Jedi ont rassemblé une immense armée ! s'exclama Nute Gunray.

— Mais d'où peut-elle donc provenir ? demanda Dooku, visiblement perplexe. Cela semble impossible. Comment les Jedi ont-ils pu rassembler une armée aussi rapidement ?

— Nous devons envoyer tous les droïdes disponibles au combat ! exigea Nute Gunray.

Mais Dooku, observant la myriade de scènes de bataille et d'explosions qui se jouaient sur tous les moniteurs, secoua la tête.

— Ils sont trop nombreux, dit le Comte, d'une voix pleine de résignation. Ils vont finir par nous encercler…

Alors qu'il finissait sa phrase, Dooku et les deux autres frissonnèrent en observant, sur l'écran de contrôle principal, l'éclair attestant qu'une importante position de défense géonosienne venait de disparaître dans une explosion.

— Les choses ne se passent pas vraiment comme prévu, admit Nute Gunray.

— Sonnez la retraite ! dit Poggle, tremblant de tous ses membres au point qu'il donnait l'impression qu'il allait défaillir. Envoyez tous les guerriers géonosiens dans les catacombes pour qu'ils s'y cachent !

Finissant sa phrase, il hocha la tête à l'attention de tous ses officiers. Ceux-ci, par leurs comlinks, relayèrent ses ordres.

— Nous devons faire décoller nos vaisseaux de cette planète le plus rapidement possible ! s'exclama l'un des associés de Gunray.

Celui-ci, réfléchissant brièvement aux propos de son congénère, hocha la tête. Puis il reporta son regard sur les scènes de dévastation retransmises par la multitude d'écrans.

— Je retourne sur Coruscant, annonça Dooku. Mon Maître ne laissera certainement pas la République s'en tirer si facilement après cette trahison.

Poggle le Bref traversa la salle en courant, rejoignit une console et y pianota quelques codes qui déclenchèrent l'affichage d'un schéma technique représentant une arme de la taille d'une petite planète. Il sauvegarda les données sur un disque qu'il sortit ensuite de son lecteur avant de le confier à Dooku.

— Les Jedi ne doivent pas découvrir nos travaux, insista l'Archiduc. S'ils se rendent compte de ce que nous avons l'intention de construire, nous sommes perdus !

Dooku s'empara du disque.

— J'emmène vos schémas avec moi, dit-il. Ces plans seront parfaitement en sécurité auprès de mon Maître.

Obi-Wan, Anakin et Padmé étaient accroupis près de la baie grande ouverte de la soute de la canonnière. L'engin survolait le champ de bataille qui dépassait à présent les limites de l'arène, faisant feu de tous ses canons, renforçant ses boucliers déflecteurs afin de se protéger des tirs des droïdes de combat en contrebas.

Juste en dessous, des soldats-clones juchés sur des motojets traversaient le front en zigzaguant, décochant des rafales de laser en tous sens.

— Ils sont doués, remarqua Obi-Wan.

Anakin hocha la tête.

La canonnière était en train de se rapprocher d'un énorme vaisseau stellaire ennemi. L'engin de la République ouvrit le feu, ses rayons frappèrent le géant de plein fouet sans pour autant produire le moindre résultat.

— Visez juste au-dessus des cellules de combustible ! cria Anakin à l'artilleur.

Ce dernier procéda à une légère modification et pressa à nouveau la détente.

D'énormes explosions secouèrent le croiseur et celui-ci commença alors à prendre de la gîte. La canonnière ainsi que tous les autres appareils qui croisaient dans le secteur changèrent de cap pour contourner l'énorme vaisseau endommagé.

— Bien pensé ! lança Obi-Wan à son Padawan, avant de se retourner pour s'adresser à l'équipage : Ces engins spatiaux de la Fédération du Commerce sont sur le point de décoller ! Mettez-les en joue !

— Ils sont trop volumineux, Maître, répondit Anakin. Les fantassins vont devoir les attaquer directement.

La canonnière survola en trombe le champ de bataille en pleine expansion. Elle fila à travers une pluie de laser, évita une série d'explosions. La scène n'était plus qu'un immense spectacle de destruction et de frénésie. Mace Windu secoua la tête et regarda Yoda. Ils étaient tous deux Maîtres Jedi et pourtant, ils n'avaient jamais eu l'occasion d'assister à pareille empoignade.

— Capturer Dooku, nous devons, dit Yoda de sa voix calme et modulée, qui, au beau milieu de ce chaos, eut un effet apaisant sur Mace. Si à s'échapper, il réussit, d'autres systèmes à sa cause, il ralliera.

Mace regarda le petit Maître Jedi et hocha la tête.

— Capitaine, posez-vous à ces coordonnées de ralliement, ordonna-t-il au clone qui pilotait la canonnière.

Le pilote, obéissant, atterrit prestement à l'endroit indiqué. Mace, Ki-Adi Mundi et un détachement de soldats-clones mirent pied à terre. Yoda ne suivit pas le mouvement.

— À notre poste avancé de commandement, emmenez-moi, ordonna-t-il.

Et la canonnière reprit l'air.

Dès que l'engin se fut posé dans la zone relativement sûre qui avait été réquisitionnée comme poste de commandement, le commandeur clone courut jusqu'à la porte ouverte de l'appareil pour s'adresser au Maître Jedi :

— Maître Yoda, toutes nos positions avancées sont en train de gagner du terrain.

— Très bien, très bien, dit Yoda. Concentrez vos tirs sur les vaisseaux les plus proches.

— À vos ordres !

Le commandeur clone fit volte-face et relaya les ordres à ses chefs de sections. Peu de temps après, les groupes de tête commencèrent à sélectionner leurs cibles de façon plus coordonnée. Les tirs concentrés réussirent là où les explosions sporadiques avaient échoué, et les vaisseaux ennemis furent détruits l'un après l'autre.

La canonnière transportant Obi-Wan et ses compagnons ralentit et vira brusquement. Elle contourna la tourelle d'un canon-droïde suffisamment vite pour empêcher la batterie de pivoter dans les temps. Un ouragan de feu détruisit complètement la position, mais le canon était parvenu à décocher un unique tir, qui ébranla sérieusement le vaisseau républicain.

— Accrochez-vous ! hurla Obi-Wan, s'agrippant aux montants de la porte ouverte.

— Merci du conseil ! lui rétorqua Padmé.

Obi-Wan voulut lui adresser un petit sourire en coin, mais son regard fut attiré par un speeder géonosien en train de prendre la fuite. Une silhouette fort reconnaissable était installée dans le cockpit à ciel ouvert du petit engin. Deux chasseurs flanquaient le speeder et le trio d'appareils détalait de la zone principale de combat.

— Regardez ! Là, en bas !

— C'est Dooku ! cria Anakin. Abattez-le !

— Nous sommes à court de munitions, Monsieur, répondit le capitaine clone.

— Suivez-le ! ordonna Anakin.

Le pilote inclina son appareil sur le côté et se lança dans un virage très serré afin de mettre le cap droit sur le fuyard.

— Il va nous falloir de l'aide, remarqua Padmé.

— Pas le temps, répondit Obi-Wan, Anakin et moi, nous pouvons régler ça.

La canonnière se rapprochait de sa proie. Soudain, les deux chasseurs qui escortaient le speeder rompirent la formation, l'un vers la gauche, l'autre vers la droite, et firent demi-tour pour attaquer le vaisseau républicain. Le pilote clone de la canonnière s'arc-bouta sur ses commandes, faisant rouler son vaisseau pour esquiver les tirs de laser de ses opposants. C'est alors qu'un rayon frappa la canonnière de plein fouet. L'engin, en pleine manœuvre, était presque couché sur le flanc, et Obi-Wan et Anakin durent s'arc-bouter pour ne pas tomber par la porte ouverte.

Padmé n'eut pas le même réflexe.

Un instant, elle était là, juste à côté d'Anakin. Une seconde plus tard, elle avait basculé dans le vide.

— Padmé ! hurla Anakin.

Elle avait heurté le sol et demeurait étendue, immobile.

— Padmé ! cria de nouveau Anakin. (Il se tourna alors vers le pilote.) Posez cet appareil !

Obi-Wan s'interposa, les mains sur les épaules de son élève pour le tenir fermement.

— Tu ne dois pas laisser tes sentiments personnels entraver tes pensées, rappela-t-il à son Padawan. Suivez ce speeder ! ajouta-t-il à l'attention du pilote.

Anakin le repoussa pour tendre la tête par-dessus l'épaule de son Maître.

— Posez ce vaisseau, j'ai dit, gronda-t-il.

Obi-Wan se tourna pour lui faire face et lui adresser un regard fort peu avenant.

— Anakin, dit-il sèchement, d'un ton signifiant qu'il n'y avait pas matière à débat. Je ne peux pas affronter Dooku tout seul. Si nous le rattrapons, nous pouvons mettre un terme à cette guerre. Nous avons une mission à accomplir.

— Je m'en fous ! cria Anakin. (Il le poussa à nouveau pour s'adresser au pilote :) Posez le vaisseau !

— Tu seras banni de l'Ordre Jedi, lui dit Obi-Wan. À jamais.

La brutalité de la déclaration frappa Anakin.

— Mais je ne peux pas la laisser là... dit-il dans un souffle à peine plus audible qu'un chuchotement.

— Ressaisis-toi, dit Obi-Wan, implacable. Que crois-tu que Padmé ferait dans une situation pareille ?

Les épaules d'Anakin s'affaissèrent.

— Elle ferait son devoir... admit-il.

Il se tourna et regarda vers l'endroit où la jeune femme était tombée. Mais ils étaient trop loin et il y avait beaucoup trop de poussière.

Les canonnières balayaient les cieux en faisant mugir leurs réacteurs, échangeant des tirs nourris de laser avec les batteries d'artillerie. Au sol, des milliers de soldats-clones étaient en train d'affronter les droïdes de combat. Il devint rapidement évident que ces nouveaux soldats étaient effectivement supérieurs. À un contre un, un droïde de combat était à peine de taille à affronter un soldat-clone. Les super droïdes de combat, en revanche, faisaient un peu plus le poids. Mais, avançant en groupes épars ou en formations serrées, les soldats-clones improvisaient, réagissant aux perpétuels changements du champ de bataille ou suivant les ordres que leur relayait leur commandeur Jedi. Rapidement, ils investirent les places clés, occupèrent les postes avancés et terrassèrent les positions les mieux défendues.

La bataille s'étendit à l'espace environnant. Des vaisseaux de guerre de la République s'attaquèrent aux appareils de la Fédération du Commerce qui venaient à peine de décoller de la planète ou qui n'étaient pas encore parvenus à s'y poser. La plupart des vaisseaux neimoidiens présents dans la ceinture d'astéroïdes, ou croisant dans le périmètre de la bataille, n'étaient en fait que des transports de troupes. Les appareils républicains gagnèrent facilement du terrain là aussi.

Au centre de commandement, Mace Windu, épuisé et couvert de poussière, rejoignit Maître Yoda. Tous deux échangèrent un regard, mélange d'espoir au sujet du présent et de crainte à propos de l'avenir.

— Vous avez finalement décidé de les amener jusqu'ici... commença Mace.

— Troublant, est tout ceci, répondit Yoda, clignant lentement et plusieurs fois de ses grands yeux. Deux voies s'offraient à moi. Celle-ci, seule, permettait de voir revenir plus de Jedi vivants.

Mace Windu hocha la tête en signe d'approbation vis-à-vis de ce choix. Yoda se contenta d'observer le tumulte et la destruction qui se déployaient devant lui. Il cligna une fois encore de ses grands yeux.

La canonnière emmenant Obi-Wan et Anakin volait en rase-mottes. Ils repérèrent rapidement le speeder, garé à l'extérieur d'une immense tour. L'appareil républicain ralentit l'allure et descendit suffisamment pour qu'Obi-Wan et Anakin puissent sauter. Les deux Jedi coururent jusqu'à la porte de la tour. Ne prenant pas la peine de marquer une pause, Anakin s'engouffra dans le bâtiment, sabre laser au poing. Il déboucha dans un immense hangar, rempli de ponts de levage, de consoles de contrôle, de vaisseaux remorqueurs et de bancs de travail.

Ils découvrirent Dooku à l'intérieur. Le Comte se tenait devant un panneau et manipulait des instruments. Un petit voilier interstellaire reposait dans une cale sèche, à proximité. Un vaisseau élégant, étincelant, doté d'une capsule cylindrique reposant sur deux trains d'atterrissage. Ses voiles étaient rétractées vers l'arrière et semblaient se rejoindre par-delà la poupe, comme des ailes repliées.

— Vous allez payer pour tous les Jedi que vous avez tués aujourd'hui, Dooku ! lui cria Anakin, s'avançant vers lui avec détermination.

À nouveau, il sentit Obi-Wan le retenir.

— Nous y allons tous les deux, expliqua le Maître. Toi, tu le contournes par…

— Non ! J'y vais maintenant ! cria le jeune homme, s'écartant de son maître pour se mettre à courir.

— Anakin, non !

Comme un reek en train de charger, le jeune Jedi fonça, brandissant la lame verte de son sabre laser, décidé à trancher Dooku en deux. Le Comte le regarda du coin de l'œil, souriant comme si la situation l'amusait vraiment.

Mais Anakin ne voyait rien. La rage seule guidait ses pas, exactement comme lorsqu'il s'était attaqué aux Tusken.

Son adversaire n'avait rien d'un guerrier ordinaire. La main de Dooku se leva brusquement en direction du Jedi, projetant un mur invisible aussi solide que du roc et décochant une vague de décharges énergétiques bleutées, totalement inconnues des Jedi, qui soulevèrent le Padawan de terre.

D'un nouveau geste de la main, Dooku envoya Anakin voler à travers le hangar. Le jeune homme heurta violemment un mur et glissa jusqu'au sol, assommé.

— Comme vous pouvez le constater, mes pouvoirs Jedi dépassent de très loin les vôtres, dit Dooku, calme et confiant.

— Je ne crois pas, le contra Obi-Wan, s'avançant lentement vers son adversaire, son sabre laser à lame bleue en diagonale au-dessus de son épaule.

Dooku sourit et activa son propre sabre à lame rouge.

Obi-Wan avança d'abord doucement puis chargea soudainement, lançant sa lame bleue de la droite vers la gauche.

Dans un mouvement presque imperceptible, la lame rouge croisa la bleue puis se releva brusquement. Le sabre d'Obi-Wan manqua sa cible et s'en alla frapper le vide. D'un léger retournement de poignet, Dooku attaqua, obligeant Obi-Wan à faire un bond en arrière. Ce faisant, il ramena son arme devant lui pour parer. Mais Dooku s'était déjà reculé pour adopter une parfaite position de défense.

Contre cette tactique, la soudaine volée d'attaques d'Obi-Wan sembla aussi exagérée qu'inefficace, car Dooku semblait les contrer les unes après les autres, parant ou esquivant, sans pour autant donner l'impression de bouger. Alors qu'Obi-Wan et la plupart des autres Jedi étaient d'excellents sabreurs, le Comte Dooku, lui, était un bretteur hors pair, se battant selon une technique ancienne. Une technique qui paraissait bien plus appropriée contre un sabre laser que contre une arme à projectiles comme les blasters. Les Jedi, dans l'ensemble, avaient abandonné cette vieille technique de duel, considérant qu'elle était dépassée face aux ennemis qu'ils rencontraient le plus souvent dans la galaxie. Mais Dooku s'était entêté à la perfectionner, affirmant qu'il s'agissait là de la plus noble des disciplines de combat.

Et l'ancienne technique faisait la preuve de toute son efficacité. Obi-Wan bondit et tourna sur lui-même, frappant sur le côté, dardant son sabre vers l'avant. Mais tous les mouvements de Dooku paraissaient infaillibles. Ses gestes suivaient une ligne droite, d'avant en arrière, et ses pieds se déplaçaient constamment afin de conserver à son corps un équilibre parfait. Il reculait ou attaquait avec une telle vivacité, avec des coups si dévastateurs, qu'Obi-Wan était la plupart du temps obligé de battre en retraite.

— Maître Kenobi, vous me décevez, lança le Comte. Yoda a pourtant une bien haute estime de vous.

Ses paroles incitèrent Obi-Wan à l'offensive et il chargea avec une série de coups droits et balayages. Mais la lame rouge de Dooku se leva en diagonale de gauche à droite, forçant celle de Kenobi à glisser sur le côté. Le Chevalier dut à nouveau faire quelques pas en arrière pour reprendre son souffle.

— Allons, allons, Maître Kenobi, dit Dooku, les lèvres retroussées en un sourire mauvais. Abrégez vos souffrances…

Obi-Wan se raidit et fit sauter la crosse de son sabre d'une main à l'autre afin de raffermir sa prise. Puis il passa de nouveau à l'action dans un déferlement de mouvements, attaquant férocement, faisant aller sa lame bleue en tous sens, mesurant mieux ses coups, cette fois-ci, renversant régulièrement ses angles, transformant brusquement un large balayage en une poussée directe. Dooku finit par reculer, agitant sa lame rouge pour tenir Obi-Wan en respect.

Kenobi renforça son assaut mais Dooku continuait de se défendre avec application. Quelques instants plus tard, la situation s'inversa de nouveau en sa faveur. Le Comte avait conservé son équilibre parfait, prêt à contre-attaquer, alors que le Chevalier s'était un peu trop avancé.

Ce fut alors au tour de Dooku d'attaquer. Sa lame rouge frappa et se rétracta avec une telle rapidité que toutes les tentatives de parades de la part d'Obi-Wan se soldèrent par des coups dans le vide. Obi-Wan fut alors obligé de battre en retraite, encore et encore, et chacun des coups de son adversaire semblait, progressivement et irrémédiablement, sur le point de faire mouche.

Dooku fit soudainement un pas en avant, visiblement prêt à frapper Obi-Wan au niveau de la cuisse. La lame bleue fut abaissée pour l'interception. Mais, au grand désarroi de Kenobi, le Comte interrompit son mouvement et releva brusquement sa lame selon un angle opposé. Obi-Wan n'eut pas le temps de changer la position de son propre sabre. Il n'eut pas le temps, non plus, d'esquiver suffisamment le coup.

La lame rouge de Dooku s'enfonça violemment dans son épaule gauche. Kenobi se jeta en arrière. Le Comte retira sa lame et celle-ci suivit à nouveau sa course pour frapper la cuisse droite du Chevalier. Celui-ci tituba, perdit l'équilibre, heurta un mur. Dooku fonça sur lui, sa lame rouge fit un moulinet à l'intérieur de celle d'Obi-Wan et, d'un brusque mouvement vers le haut, il envoya voler le sabre laser de Kenobi à quelques mètres de là.

— Voilà, c'est fini, dit Dooku à un Obi-Wan privé de défense.

Haussant les épaules, le Comte leva bien haut la lame de son sabre et l'abattit en direction de la tête de son adversaire.

Une lame verte s'interposa, interrompant le mouvement dans un fracas d'étincelles.

Le Comte fit un pas en arrière et se tourna pour faire face à Anakin.

— C'est très courageux de ta part, mon garçon, mais c'est stupide. Je croyais que tu avais appris ta leçon...

— Je comprends vite, mais il faut m'expliquer longtemps, répondit froidement Anakin.

Et il passa à l'attaque, si soudainement, si puissamment, sa lame tournoyant si rapidement, qu'on eut alors l'impression que tout son corps était nimbé de lumière verte.

Pour la toute première fois, l'expression du Comte Dooku laissa paraître comme un début de trouble. Son sourire disparut et il dut redoubler d'efforts, esquivant plus que parant, pour tenir la lame d'Anakin à distance. Il essaya de faire un pas de côté mais fut brusquement arrêté, comme s'il venait de s'écraser contre un mur. Il écarquilla les yeux en se rendant compte que le jeune Padawan, au beau milieu de la mêlée, avait réussi à invoquer la Force pour bloquer sa tentative.

— Tes pouvoirs sont peu ordinaires, jeune Padawan, le félicita-t-il d'un ton sincère.

Son petit sourire lui revint aux lèvres. Graduellement, Dooku se retrouva d'égal à égal avec le jeune homme, échangeant avec lui coups et balayages, forçant Anakin à esquiver et à parer à chaque fois qu'il essayait de se fendre pour une nouvelle attaque.

— Peu ordinaires, répéta Dooku. Mais pas assez extraordinaires pour te sauver, toutefois !

Il frappait sauvagement, espérant faire perdre l'équilibre

à Anakin comme il l'avait fait avec Obi-Wan. Mais le jeune homme entêté maintenait sa position. Sa lame verte allait à gauche, à droite, vers le bas, avec tant de force et de précision qu'aucun des coups de Dooku n'atteignait sa cible.

À quelques mètres de là, Obi-Wan comprit que le duel ne durerait pas longtemps. Anakin dépensait beaucoup plus d'énergie que le redoutable Dooku et dès que le jeune Jedi commencerait à montrer des signes de fatigue...

Obi-Wan devait tenter quelque chose. Il essaya de se relever mais, saisi par une vague de douleur, il retomba à terre. Il rassembla ses pensées, comprenant qu'il valait mieux s'en remettre à la Force. Il rampa jusqu'à son sabre laser et l'empoigna fermement.

— Anakin ! appela-t-il tout en lançant l'arme en direction du jeune Padawan.

Anakin l'attrapa au vol sans même interrompre le flux de ses attaques. D'un geste brusque, il retourna la poignée dans sa main et activa la lame afin d'intégrer ce nouvel atout dans son jeu.

Obi-Wan l'observa, admiratif. Anakin manipulait les deux sabres en parfaite harmonie, les faisant tournoyer en tous sens avec une vitesse et une précision effarantes.

Il devina que le Comte Dooku devait ressentir la même admiration. Sa lame rouge étincelait, se mouvant avec la même précision, parant attaque après attaque, réussissant même, une ou deux fois, à contrer le barrage de lumière que lui opposait Anakin.

Le cœur d'Obi-Wan se chargea d'espoir lorsqu'il vit le Padawan foncer soudainement sur son adversaire, levant sa lame verte bien au-dessus de son épaule pour l'abattre sur Dooku. Kenobi comprit immédiatement, avant même de remarquer que la lame bleue de son élève était en train de se soulever dans la direction opposée, que la première lame repousserait le sabre laser du Comte, ouvrant ainsi la voie à la seconde lame pour porter l'estocade !

Mais Dooku se repositionna de façon incroyablement rapide et la lame verte d'Anakin s'abattit dans le vide.

Dooku tendit sa lame droit devant lui, interceptant le sabre bleu du Padawan. La main du Comte se retourna vers le haut et l'intérieur, puis vers l'extérieur, créant une torsion soudaine qui fit sauter le sabre laser bleu de la main d'Anakin. Dooku passa immédiatement à l'attaque, obligeant Anakin, surpris et déséquilibré, à reculer.

Anakin redoubla d'efforts pour recouvrer sa position de combat mais Dooku, implacable, frappa à multiples reprises, forçant le Padawan à tituber vers l'arrière.

Soudain, Dooku s'arrêta. Presque par réflexe, Anakin poussant un hurlement, et frappa sauvagement son opposant.

— Non ! cria Obi-Wan.

Dooku se fendit d'un coup droit et fouetta l'air de côté. Il n'intercepta pas la lame verte du jeune homme mais le bras du Padawan, juste au niveau du coude. L'avant-bras d'Anakin vola au loin, sa main toujours serrée sur la crosse du sabre laser.

Anakin tomba à terre, à l'agonie, serrant son coude tranché.

Dooku eut à nouveau un haussement d'épaules résigné.

— Voilà, c'est fini, dit-il pour la seconde fois.

Alors qu'il finissait sa phrase, les grandes portes du hangar de la tour coulissèrent et la fumée en provenance du champ de bataille s'engouffra par l'ouverture. Et, à travers cette fumée, apparut une petite silhouette, une silhouette qui semblait pourtant plus imposante que toutes les autres en cet instant précis.

— Maître Yoda... souffla Dooku.

— Comte Dooku... dit Yoda.

Dooku écarquilla les yeux et se tourna de côté pour faire face à Yoda. Il leva son sabre laser à hauteur de son visage puis éteignit la lame avant de baisser la crosse en un salut officiel.

— C'est la dernière fois que vous contrecarrez nos plans.

De sa main libre, Dooku fit un geste en direction d'une pièce de moteur traînant à terre. Celle-ci vola en direction du petit Jedi pour l'écraser.

Yoda agita la main et, se servant des ondes de la Force, envoya voler la pièce au loin.

Dooku se concentra sur le plafond, en détacha d'énorme blocs qui dégringolèrent alors vers Yoda.

Ce dernier leva ses petites mains et les blocs rebondirent de part et d'autre, roulant sur le sol sans toucher le Maître Jedi.

Dooku poussa un petit grognement, leva sa main devant lui et projeta une décharge énergétique bleutée en direction de son adversaire.

Celui-ci intercepta l'ouragan de Force du plat de la main et le dévia sur le côté, sans effort.

— Puissant tu es devenu, Dooku, admit Yoda. (Le Comte sourit mais Yoda s'empressa d'effacer ce sourire en ajoutant :) Le Côté Obscur, en toi, je sens.

— Je suis devenu bien plus puissant que n'importe lequel des Jedi, rétorqua Dooku. Bien plus puissant que vous, mon vieux Maître !

De nouveaux éclairs jaillirent des doigts de Dooku et Yoda les arrêta encore avant de les repousser, paraissant plus à l'aise dans sa position de défense.

— Beaucoup à apprendre, tu as encore, remarqua Yoda.

— Il semble évident que l'issue de ce duel ne dépendra pas de nos aptitudes à maîtriser la Force mais de nos talents de bretteurs au sabre laser ! rétorqua l'autre.

Yoda, s'inclinant, dégaina son sabre laser et en activa la lame verte.

Dooku l'imita en tous points. Ces formalités terminées, il fonça sur son adversaire, en une attaque aussi soudaine que dévastatrice.

Qui n'atteignit pas son but. D'un geste imperceptible, Yoda venait de dévier le coup.

Les actions de Dooku se transformèrent en un acharnement sauvage, plus violent encore que le déchaînement dont il avait fait preuve face à Obi-Wan et Anakin, et les coups se mirent à pleuvoir vers le petit Maître Jedi. Yoda, pourtant, ne semblait pas bouger d'un iota. Il ne prit même pas la peine de faire un pas en arrière ou de côté. Ses esquives subtiles et ses parades précises rendaient inoffensifs tous les coups et balayages exécutés par Dooku.

L'échange dura pendant un long moment. À terme, les attaques de Dooku se ralentirent. Le Comte, acceptant l'inutilité de sa tentative à terrasser son opposant, fit brusquement un pas en arrière.

Mais pas assez vite.

Dans une démonstration soudaine de puissance à l'état brut, Maître Yoda bondit en avant. Sa lame fouetta l'air avec tant d'énergie que son tracé résiduel parut encore plus étincelant que celui laissé par les deux sabres d'Anakin, lorsque ce dernier semblait dominer son duel. Dooku tint bon, cependant, sa lame rouge contrant avec efficacité, chacune de ses parades blocages appuyée par la Force, sans laquelle les coups de Yoda auraient certainement porté.

Au moment même où il s'apprêtait à lancer une contre-attaque, Yoda disparut. Le Maître Jedi bondit très haut dans les airs, effectua un saut périlleux, se rétablit parfaitement juste derrière Dooku et frappa avec détermination.

Dooku renversa sa prise et projeta son arme derrière lui, interceptant l'attaque. Il lança son sabre vers le haut, le lâcha brièvement, fit demi-tour et le rattrapa sans même perdre le contact avec la lame de Yoda.

Poussant un grondement de colère, Dooku invoqua la Force, la laissant affluer en lui comme si son corps n'était plus qu'un vecteur de la manifestation physique de cette énergie. Le tempo de ses attaques s'accéléra, soudainement et considérablement. Trois pas en avant, deux pas en arrière, le tout dans un équilibre parfait.

Il ne parvenait cependant pas à abattre son arme correctement, car Yoda ne semblait jamais en contact avec le sol. Le petit Maître sautait, tournoyait, volait en tous sens, parant chaque coup et répondant au moyen de bottes insensées qui obligeaient Dooku à faire des pas chassés en arrière.

Dooku darda son arme vers le haut, obliquant son

sabre laser, anticipant le fait que Yoda esquiverait vers la gauche. Mais Yoda, s'attendant à une telle offensive, ne vira ni à gauche ni à droite mais se laissa retomber au sol. Le Comte frappa de nouveau, cette fois-ci vers le bas. Yoda, ayant également anticipé cette attaque, se redressa juste derrière la lame de Dooku.

Un coup droit soudain de la part de Yoda obligea le Comte à battre de nouveau en retraite et, pour la première fois, l'homme sembla perdre l'équilibre. Puis le petit Maître Jedi se projeta lui-même en arrière.

Dooku se lança à sa poursuite, visant la tête de son adversaire. Il poussa un cri de rage lorsque son coup rata de nouveau sa cible. Il voulut contre-attaquer en frappant par le côté.

Le sabre de Yoda intercepta le coup, maintenant la lame rouge en respect. Les deux opposants se retrouvèrent coincés en un véritable bras de fer, une épreuve aussi physique que mentale.

— Bien combattu, tu as, mon vieux Padawan, le félicita Yoda, tout en décalant légèrement son sabre laser de côté afin d'obliger Dooku à reculer.

— La bataille est loin d'être finie ! rétorqua Dooku d'un ton entêté. Elle ne fait que commencer !

Invoquant la Force, il décrocha l'une des énormes grues du hangar de son support et la fit voler vers Anakin et Obi-Wan.

— Anakin ! cria Kenobi, invoquant à son tour la Force pour arrêter la grue.

Anakin, reprenant soudainement conscience, en fit de même. Malgré leurs efforts joints, ils ne disposaient pas de la puissance nécessaire pour arrêter la masse du projectile lancé sur eux.

Yoda, lui, en avait encore les ressources.

Le Maître stoppa la descente de la grue. Ce faisant, il avait détourné son attention de Dooku. Celui-ci ne perdit pas de temps et courut jusqu'à la rampe d'accès à son voilier. Au moment où Yoda déposait doucement la grue à terre, les moteurs de l'engin spatial se mirent à vrombir. Et les trois Jedi, impuissants, regardèrent le Comte Dooku prendre la fuite.

Anakin et Obi-Wan rejoignirent Yoda, qui était visiblement épuisé. Padmé fit irruption par la porte et se précipita sur Anakin pour tenter de panser du mieux qu'elle pouvait sa blessure.

— D'un sombre jour, il s'agit, déclara Yoda tout doucement.

ÉPILOGUE

Dans les entrailles de Coruscant, un élégant voilier solaire replia délicatement ses ailes avant d'adopter un mode de propulsion plus conventionnel. Il se posa en silence sur le trottoir défoncé devant un immeuble visiblement abandonné.

Le Comte Dooku débarqua de son vaisseau et s'avança dans l'ombre de l'immeuble. Une silhouette encapuchonnée l'attendait. Dooku s'approcha du sinistre individu et s'inclina respectueusement.

— La Force est avec nous, Maître Sidious.

— Soyez le bienvenu, Seigneur Tyranus, répondit le Sith. Vous avez bien agi.

— Je vous apporte de bonnes nouvelles, Monseigneur. La guerre a commencé.

— Excellent, dit Sidious dont la voix rocailleuse se mit à siffler. (Sous les sombres replis de l'impressionnante capuche, le Seigneur Noir afficha un large sourire.) Tout se déroule comme prévu.

À l'autre bout de la ville, l'ambiance était des plus sombres dans le Temple Jedi. Nombreux étaient ceux qui pleuraient la perte d'un ami ou d'un collègue. Obi-Wan et Mace Windu regardaient par la fenêtre de l'appartement de Yoda. Le petit Maître, lui, était assis sur une chaise de l'autre côté de la pièce, à méditer sur les événements.

— Croyez-vous ce que vous a déclaré Dooku, concernant le contrôle opéré par Sidious sur le Sénat ? demanda

Obi-Wan, rompant soudainement le silence pesant. Ça n'a aucun sens, non ?

Mace voulut répondre mais Yoda intervint :

— Peu fiable Dooku est devenu. Sombré dans le Côté Obscur, il a. Mensonges, trahisons et abus de confiance sont dans sa façon, à présent.

— Quoi qu'il en soit, je crois que nous devrions garder un œil sur le Sénat, ajouta Mace.

Yoda acquiesça.

Après quelques instants de calme réflexion, Mace adressa un regard chargé de curiosité à Obi-Wan.

— Où est ton apprenti ?

— En route pour Naboo, répondit Obi-Wan. Il escorte le Sénateur Amidala jusqu'à chez elle.

Mace hocha la tête. Obi-Wan devina une vague lueur de préoccupation dans les grands yeux sombres du Maître. Une préoccupation que Kenobi partageait au sujet d'Anakin et d'Amidala. Ils décidèrent de ne plus s'en soucier, à cet instant précis, car des problèmes plus graves requéraient leur attention. Encore une fois, ce fut Obi-Wan qui rompit le silence :

— Je dois admettre que, sans les clones, nous n'aurions pas remporté la victoire.

— La victoire ? répéta Yoda avec un grand scepticisme. La victoire, tu dis ?

Obi-Wan et Mace Windu se tournèrent à l'unisson vers le Maître Jedi, devinant clairement la grande tristesse qui noyait le son de sa voix.

— Maître Obi-Wan, d'une victoire il ne s'agit pas, reprit Yoda. Le voile du Côté Obscur pèse sur nous. Commencé, cette Guerre des Clones a !

Ses paroles semblèrent se figer dans l'air juste au-dessus d'eux. Des propos chargés d'émotion, de préoccupation. Une prédiction des plus funestes, que personne, au sein du Conseil Jedi, ne s'était permis jusque-là d'imaginer.

Les Sénateurs Bail Organa et Mas Amedda flanquaient le Chancelier Suprême Palpatine alors que celui-ci, depuis son balcon, observait les déploiements de l'armée de la

République. Sous leurs yeux, des dizaines de milliers de soldats-clones marchaient au pas en formations serrées. Une procession bien ordonnée qui avançait en colonnes vers les passerelles d'accès aux énormes appareils d'assaut.

Une profonde tristesse marquait les traits fins de Bail Organa. Lorsqu'il releva la tête vers le Chancelier Suprême, il lut une sinistre détermination dans les yeux de celui-ci.

Sur la lointaine planète Naboo, dans une roseraie dominant un lac étincelant, Anakin et Padmé se tenaient par la main. Anakin portait sa tunique Jedi de cérémonie et Padmé était vêtue d'une splendide robe bleue à motif floral. Anakin conservait son nouveau bras mécanique le long de son corps, ouvrant et fermant les doigts par pur réflexe.

Devant eux se tenait un prêtre Naboo, les bras levés au-dessus de la tête des jeunes gens, récitant les anciens textes du mariage.

Une fois l'union proclamée, R2-D2 et C-3PO, seuls témoins de la cérémonie, applaudirent et sifflotèrent leurs félicitations.

Anakin Skywalker et Padmé Amidala échangèrent leur premier baiser en tant que mari et femme.

LA REVANCHE DES SITH

par

MATTHEW STOVER

D'après une histoire et un scénario
de George LUCAS
Traduit de l'anglais (États-Unis) par
Dominique HAAS *et Denis* BOUCHAIN

L'auteur dédie respectueusement cette adaptation
à George Lucas.
Avec sa gratitude infinie pour avoir fait rêver
toute une génération,
et bien des générations futures.
Depuis vingt-huit ans déjà, et pour les années
à venir...

Merci, Monsieur.

IL Y A BIEN LONGTEMPS, DANS UNE GALAXIE LOINTAINE, TRÈS LOINTAINE...

Cette histoire est arrivée il y a bien longtemps dans une galaxie lointaine, très lointaine. Elle est aujourd'hui terminée. Et rien ne pourra la changer.

C'est une histoire d'amour et de perte, de fraternité et de trahison, de courage et de sacrifice, et qui voit la mort des rêves. C'est l'histoire de la ligne floue qui sépare ce qu'il y a de pire et de meilleur en nous.

C'est l'histoire de la fin d'une époque.

Et comme toutes les histoires, celle-ci recèle quelque chose d'étrange...

Elle s'est déroulée si loin et il y a si longtemps qu'il n'existe pas de mots pour en définir le lieu ou la date. Et pourtant, en même temps, elle se passe ici, et maintenant.

Sous vos yeux, alors que vous lisez ces mots.

Et c'est ainsi que s'achèvent vingt-cinq millénaires d'histoire. La corruption et la traîtrise ont eu raison de mille années de paix. Ce n'est pas seulement la fin d'une République ; les ténèbres s'abattent sur la civilisation même.

C'est le crépuscule des Jedi.

La fin commence aujourd'hui.

INTRODUCTION

L'époque des héros

Les combats embrasent les cieux de Coruscant.

Strié par les sillages entrecroisés des propulsions ioniques, le jour artificiel que répandent les miroirs orbitaux du monde-capitale est parcouru d'explosions stellaires. Dans l'atmosphère, une pluie de débris forme des entrelacs nébuleux. Le ciel nocturne est devenu une résille inextricable de traînées étincelantes, fines comme des cheveux, qui décrivent autour des planétoïdes des spirales erratiques, tel un essaim de moustiques luminescents. Des hauteurs de Coruscant, avec son interminable paysage de toits, le spectacle peut paraître fabuleux.

De l'intérieur, il en va tout autrement.

Les moustiques sont les cônes de propulsion des chasseurs. Les lignes brillantes, fines comme des cheveux, sont des tirs de turbolasers, des décharges assez puissantes pour pulvériser une petite ville. Et les planétoïdes sont des vaisseaux de la capitale.

De l'intérieur, la bataille est une tempête de confusion et de panique, de rayons de particules ionisées filant le long de votre chasseur, si près que votre cockpit mugit comme une sirène éraillée. C'est le tumulte des vibrations remontant à travers les semelles de vos bottes tandis que votre croiseur est touché par les missiles percutants, et que meurent ceux avec qui vous vous êtes entraîné, avec qui vous avez partagé vos repas, avec qui vous avez ri et plaisanté. Vu de l'intérieur, le combat est un mélange de terreur, de désespoir et de la certitude écœurante que la galaxie tout entière essaie de vous tuer.

Par-delà les vestiges de la République, les habitants de la galaxie regardent, abasourdis, horrifiés, les comptes rendus de la guerre sur l'HoloNet. Tout le monde sait que l'affaire se présente mal. Tout le monde sait que, chaque jour, un nombre sans cesse croissant de Jedi sont tués ou faits prisonniers, que la Grande Armée de la République est repoussée, système après système. Mais là, c'est vraiment pire que tout…

La République frappée au cœur ?

Coruscant attaquée ?

Comment est-ce possible ?

C'est un cauchemar, et personne n'arrive à se réveiller.

Sur l'HoloNet, les habitants de la galaxie regardent en direct l'armée de droïdes Séparatistes envahir le quartier du gouvernement. Les informations sont saturées d'images de soldats clones pliant devant les droïdes destroyers et impitoyablement massacrés jusque dans les salles du Sénat Galactique.

Un soupir de soulagement : les soldats semblent repousser l'assaut. On se congratule, et à travers toute la galaxie, les salons bruissent d'acclamations furtives, alors que les forces Séparatistes battent en retraite, et se réfugient dans leurs barges de débarquement pour repartir en orbite…

Nous avons gagné ! se disent les habitants de la galaxie. *Nous les avons repoussés !*

C'est alors que de nouvelles dépêches tombent. Au début, il ne s'agit que d'une rumeur : l'attaque n'était pas une invasion. Absolument pas. Les Séparatistes n'ont jamais essayé de s'emparer de la planète. C'était juste un raid éclair sur le Sénat proprement dit.

Et le cauchemar redouble d'horreur : le Chancelier Suprême a disparu.

Palpatine, le Sénateur de Naboo, l'homme le plus respecté de la galaxie, qui, par ses dons politiques exceptionnels, a réussi à préserver la cohésion de la République ; Palpatine, qui, par son intégrité et son courage, a révélé que les rumeurs de corruption au sein du Sénat n'étaient que de la propagande Séparatiste ; Palpatine, qui, par son autorité charismatique, a donné à la République entière la volonté de poursuivre le combat.

Palpatine est plus que respecté. Il est aimé.

La seule rumeur de sa disparition est un coup de poignard pour tous les partisans de la République. Chacun le sait au fond de lui, dans son cœur, dans ses tripes, et jusque dans la moelle de ses os...

Sans Palpatine, la République est perdue.

Et voilà que la rumeur est confirmée. Et c'est plus grave que tout ce qu'on pouvait imaginer : le Chancelier Suprême Palpatine a été capturé par les Séparatistes. Pire encore...

Il est entre les mains du général Grievous.

Or Grievous n'est pas comme les autres chefs Séparatistes. Nute Gunray est un fourbe vénal, mais c'est un Neimoïdien : que pouvait-on attendre de lui sinon de la fourberie et de la vénalité ? Pour le Vice-Roi de la Fédération du Commerce, ce sont même des vertus. Poggle le Bref est Archiduc des Maîtres Armuriers de Géonosis, la planète où la guerre a commencé : il est calculateur et sans pitié, mais c'est un pragmatique. Un rationnel. Le cœur politique de la Confédération Séparatiste, le Comte Dooku, est connu pour son intégrité, sa position de principe contre ce qu'il considère comme la corruption du Sénat. Si beaucoup pensent qu'il se trompe, chacun respecte le courage avec lequel il défend ses idées, même chimériques.

Ce sont des durs. Dangereux. Impitoyables et agressifs.

Mais le général Grievous...

Grievous est un *monstre*.

Le Commandant Suprême des Séparatistes est, par sa nature même, une abomination : fusion de chair et de droïde, et l'on dit que ses parties droïdes ont plus de compassion que ce qui lui reste de sa chair d'alien. Cette créature à moitié vivante a tué des populations par milliers. Des planètes entières ont été calcinées sur son ordre. C'est le mauvais génie de la Confédération. L'architecte de ses victoires.

Le maître d'œuvre de ses atrocités.

Et sa poigne d'acier s'est refermée sur Palpatine. Il a personnellement confirmé sa capture par un message transmis sur bande élargie, depuis son croiseur de commandement posté au cœur de la bataille orbitale. Les habitants de toute la galaxie regardent, frémissent, et prient le ciel de se réveiller rapidement de ce terrible cauchemar.

Parce qu'ils savent ce qu'ils contemplent en direct sur l'HoloNet : c'est la mort de la République.

Beaucoup fondent en larmes ; d'autres s'empressent d'apporter un peu de réconfort à leur mari, à leur femme, à leurs compagnons de ruche, leur tribu ou leur triade, au fruit de leur chair et de leur sang – enfants, alevins ou jeunes mammifères.

Mais, étrangement, ils ne sont que quelques-uns de la jeune génération à ressentir un besoin de réconfort. Au contraire, c'est eux qui consolent leurs aînés. D'un bout à l'autre de la République, le message de la jeunesse – qu'il soit exprimé en mots, en phéromones, par pulsations magnétiques, nœuds de tentacules ou télépathie mentale – est le même : *Ne vous en faites pas. Tout ira bien.*

Anakin et Obi-Wan vont arriver.

Ils disent cela comme si leurs noms seuls pouvaient accomplir des miracles.

Anakin et Obi-Wan. Kenobi et Skywalker. Depuis le début de la Guerre des Clones, il y a trois ans, « Kenobi et Skywalker » retentit comme un seul et même mot. Ils sont partout. En retransmettant leurs exploits, l'HoloNet en a fait les plus célèbres Jedi de la galaxie.

La jeunesse tout entière connaît leurs noms, sait tout d'eux, suit leurs prouesses comme s'il s'agissait de sportifs de haut niveau et non de guerriers menant un combat désespéré pour sauver la civilisation. Même les adultes sont conquis. D'un bout à l'autre de la galaxie, il n'est pas rare de voir un parent exaspéré demander à un gamin qui fait l'intéressant : « Alors, pour qui tu te prends, pour Kenobi ou Skywalker ? »

Kenobi préfère les discours aux combats, mais quand il faut se battre, rares sont ceux qui lui arrivent à la cheville. Skywalker, lui, est un champion d'audace ; son énergie, sa vaillance et sa chance stupéfiante complètent parfaitement l'équilibre et la force tranquille de Kenobi. Ensemble, ils forment le marteau-pilon Jedi qui a écrasé l'infestation Séparatiste sur une multitude de mondes.

La jeunesse qui observe les combats dans le ciel de Coruscant le sait bien : le jour où Anakin et Obi-Wan viendront, ces vils Séparatistes regretteront de ne pas être restés au lit.

Mais les adultes savent à quoi s'en tenir, évidemment. Ce sont des adultes ; ils savent que c'est l'HoloNet qui crée les héros, et que, dans la vie réelle, Kenobi et Skywalker ne sont, somme toute, que des êtres humains.

Et même s'ils sont à la hauteur de leur légende, qui peut dire s'ils arriveront à temps ? Qui peut dire où ils se trouvent en ce moment même ? Peut-être sont-ils piégés dans un bourbier Séparatiste. Peut-être ont-ils été capturés. Ou blessés. Peut-être sont-ils morts.

Certains adultes vont jusqu'à murmurer qu'ils ont peut-être été abattus.

Parce qu'on raconte toutes sortes d'histoires. Pas sur l'HoloNet, évidemment – l'information est contrôlée par les Services du Chancelier Suprême, et bien que Palpatine soit réputé pour sa droiture, on ne laisserait jamais l'HoloNet diffuser de telles nouvelles. Mais on entend des rumeurs. Et des noms de gens dont les Jedi voudraient bien qu'ils n'aient jamais existé.

Sora Bulq. Depa Billaba. Autant de Jedi qui ont succombé aux forces des ténèbres. Qui ont rejoint les Séparatistes, ou pire : qui ont massacré des civils, et peut-être même leurs propres frères. Et les adultes sont tenaillés par un soupçon : on ne peut pas, on ne peut plus faire confiance aux Jedi. Car même les plus grands d'entre eux peuvent tout à coup… juste comme ça… craquer.

Les adultes savent que les héros légendaires ne sont que des légendes, et jamais des héros.

Et ces adultes-là, leurs enfants ne peuvent pas les réconforter. Palpatine a été capturé. Grievous va s'en tirer. La République va s'effondrer. Aucun être humain ne peut survivre à ce raz de marée. Aucun être humain n'essaierait, d'ailleurs. Pas même Kenobi et Skywalker.

Et c'est ainsi que, d'un bout à l'autre de la galaxie, ces adultes regardent l'HoloNet avec des cendres à la place du cœur.

Des cendres, parce qu'ils ne peuvent pas voir deux éclairs de réversion prismatiques dans l'espace réel, loin au-delà du puits gravifique de la planète ; parce qu'ils ne voient pas deux chasseurs stellaires laisser froidement derrière eux les anneaux hyperdrive et se jeter dans la tempête des chasseurs vautours Séparatistes en faisant feu de tout bois.

Deux chasseurs stellaires. Des chasseurs Jedi. Deux, pas un de plus.

Mais deux, ça suffit.

Ça suffit, parce que les adultes se trompent, et que leurs enfants ont raison.

C'est peut-être le crépuscule des héros, mais l'histoire a gardé les meilleurs pour la fin.

PREMIÈRE PARTIE

LA VICTOIRE

L'obscurité est généreuse.

Son premier cadeau est qu'elle masque tout : votre vrai visage est dans le noir, sous votre peau, votre vrai cœur reste dans l'ombre, tout au fond. Mais ce que l'obscurité masque le plus, ce n'est pas votre vérité secrète ; c'est la vérité des autres.

L'obscurité vous protège de ce que vous ne voulez surtout pas connaître.

Son deuxième cadeau consiste à vous maintenir dans une illusion rassurante : c'est la douce étreinte du rêve dans l'abandon de la nuit, la beauté que l'imagination donne à ce qui serait repoussant dans la lumière crue du plein jour. Mais le plus grand réconfort de l'obscurité est de vous faire croire qu'elle passera : que toute nuit amène un nouveau jour. Car, en réalité, c'est le jour qui est éphémère.

Le jour est une illusion.

Le troisième cadeau de l'obscurité est la lumière elle-même : comme les jours sont définis par les nuits qui les séparent, comme les étoiles sont définies par les ténèbres insondables dans lesquelles elles tournoient, l'obscurité renferme la lumière, et la ramène de ses propres abîmes.

À chaque victoire de la lumière, c'est l'obscurité qui gagne.

1

Anakin et Obi-Wan

Des canons antichasseurs jetaient des éclairs de toute part dans l'espace autour de lui. Au rugissement de ses propulseurs subluminiques s'ajoutaient le grondement et les vibrations de son cockpit ébranlé par les décharges de turbolaser qu'émettaient les vaisseaux de la capitale. Parfois, dans sa plongée tourbillonnante et hurlante à travers le nuage de la bataille, il frôlait les explosions de si près que l'onde de choc menaçait de disloquer son chasseur.

Chaque fois qu'il se cognait la tête contre les montants de son siège, Obi-Wan Kenobi enviait les clones : eux, au moins, avaient des casques.

— R4, dit-il sur le canal interne, tu ne peux rien faire avec les commandes inertielles ?

Abrité sous l'aile gauche de son chasseur, le droïde siffla quelque chose. Obi-Wan se dit avec un soupçon de méfiance que ça ressemblait bien à une excuse humaine, et il se renfrogna. R4-P17 avait passé beaucoup trop de temps avec R2-D2, l'astromech excentrique d'Anakin, et il avait pris toutes ses mauvaises habitudes.

De nouvelles salves de shrapnels encadrèrent sa trajectoire. Il plongea dans la Force, à la recherche d'un passage sûr à travers l'essaim d'éclats et le réseau crépitant de rayons ionisés.

Il n'y en avait pas.

Les dents serrées, il grommela quelque chose et fit contourner à son chasseur une autre explosion qui aurait pu littéralement peler son blindage comme un fruit stellaire Ithorien trop mûr. Il détestait ça. Il *dé-tes-tait* ça.

Voler, c'était bon pour les droïdes.

Les enceintes de son cockpit grésillèrent.

— *Maître, le droïde qui pourrait vous surpasser aux commandes reste à inventer.*

Il arrivait encore que cette voix le surprenne par sa gravité nouvelle. Par son calme confiant. Sa maturité. Qui aurait pu dire qu'Anakin était hier encore le gamin de dix ans qui ne cessait de le harceler pour livrer avec lui un combat au sabre laser de la Première Forme ?

— Pardon, marmonna-t-il en plongeant, pour éviter de peu – moins d'un mètre – un tir de turbolaser. J'ai parlé tout haut ?

— *De toute façon, ça ne changerait rien. Je vous entends penser.*

— Vraiment ?

Il leva les yeux au ciel et, juste au-dessus de lui, vit son ex-Padawan voler à l'envers, si près que, sans la verrière de transparacier qui les séparait, ils auraient pu se serrer la main. Obi-Wan lui adressa un sourire.

— Encore un cadeau de la Force ?

— *Pas de la Force, Maître. De l'expérience. Si j'en crois ce que vous m'avez toujours enseigné.*

Obi-Wan espérait toujours deviner dans la voix d'Anakin un peu de son sourire moqueur de jadis, mais il ne l'y retrouvait jamais. Plus depuis Jabiim. Peut-être même depuis Géonosis.

La guerre l'avait comme cautérisé.

Obi-Wan essayait encore, de temps à autre, d'arracher un vrai sourire à son ancien Padawan. Et chaque fois, Anakin s'efforçait de le contenter.

Ils tâchaient désespérément de faire comme si la guerre ne les avait pas changés.

— Si tu le dis !

Empoignant le manche, Obi-Wan attira l'attention de son ami – toujours retourné et la tête en bas – sur ce qui se détachait à l'horizon. Droit devant eux, un point lumineux blanc-bleu se divisait en quatre rayons rectilignes comme des lasers : des propulseurs ioniques.

— Et l'expérience te dit de faire quoi avec ces tri-fighters qui nous arrivent dessus ?

— *Elle nous dit de décrocher... par la droite !*

Obi-Wan fit aussitôt exactement le mouvement que préconisait Anakin. Mais ils étaient inversés l'un par rapport à l'autre : Obi-Wan fila dans une direction et Anakin partit dans l'autre. Les canons des chasseurs-droïdes calcinèrent l'espace qui les séparait, et leurs ennemis fondirent sur eux, rendant toute retraite impossible.

L'alarme de sa console de bord lança un avertissement sonore : deux des droïdes avaient verrouillé sur lui leurs capteurs de proximité. Les autres avaient dû accrocher son partenaire.

— Anakin ! Ils se déploient en mâchoire !

— *C'est exactement ce que je pensais.*

Décrivant plusieurs loopings entre les tri-fighters, ils tentèrent de s'échapper. Les chasseurs-droïdes les prirent en chasse, exécutant des manœuvres qui auraient causé la mort de n'importe quel pilote de chair et de sang.

La manœuvre dite en mâchoire devait son nom aux mandibules en forme de ciseaux de l'araignée-cobra de Kashyyyk. Lorsque les droïdes se rapprochant à toute vitesse les serrèrent de près, leurs tirs zébrant l'espace de tous les côtés, les deux Jedi firent décrire à leurs vaisseaux une série de tonneaux parfaitement symétriques qui les envoyèrent de part et d'autre d'un gigantesque croiseur de la République.

Pour de simples pilotes humains, cela aurait été une manœuvre suicidaire. Le temps d'apercevoir le chasseur de votre partenaire qui fonce dans votre direction, à une fraction respectable de la vitesse de la lumière, et il est déjà trop tard pour que vos réflexes humains puissent réagir.

Mais ces pilotes étaient loin d'être de simples humains.

La Force appliqua sa poigne sur les commandes, et les chasseurs Jedi virèrent, puis se croisèrent coque contre coque, assez près pour érafler la peinture de leurs carlingues. Les tri-fighters étaient les plus récents et les meilleurs spatiodroïdes de la Fédération du Commerce. Mais ici, même les réflexes électroniques de leurs cerveaux se révélèrent trop lents : l'un des poursuivants d'Anakin rentra de plein fouet dans l'un de ceux qui l'attaquaient frontalement. Ils disparurent dans une gerbe de flammes.

Chargée de débris et de gaz en expansion, l'onde de choc heurta violemment Obi-Wan et déséquilibra son chasseur. Tirant sur le manche, il parvint de justesse à empêcher son appareil de partir en vrille et de venir ravager la coque ventrale du croiseur. Il n'eut pas le temps de redresser que, déjà, une alarme retentissait à nouveau sur son tableau de bord.

L'assaillant survivant d'Anakin avait changé de cible.

— Super, marmonna Obi-Wan. Pourquoi faut-il toujours que ça m'arrive à moi ?

— *Génial*, fit la voix d'Anakin dans les enceintes du cockpit. *Maître, vous les avez tous les deux aux trousses.*

— « Génial » n'est peut-être pas le terme que j'aurais employé, commenta Obi-Wan en repoussant le manche, virant follement sur l'aile alors que, tout autour de lui, l'espace devenait d'un rouge écarlate et flamboyant. Il faut qu'on les sépare !

— *Plongez à gauche !* fit la voix d'Anakin, froide et dure comme la pierre. *L'extrémité de son turbolaser est à portée de votre rayon bâbord : suivez l'axe de ses canons ! À partir de là, je m'en occupe.*

— Facile à dire !

Obi-Wan plongea latéralement le long de la gigantesque superstructure du croiseur auquel les tirs des tri-fighters arrachèrent des bandes de blindage calcinées.

— Pourquoi dois-je toujours servir d'appât ?

— *Je suis juste derrière vous. R2, accroche-toi !*

Tandis que les turbocanons refluaient sous l'effet du recul, Obi-Wan fit louvoyer son chasseur si près que la vague d'énergie libérée fit résonner son cockpit comme un gong. Bientôt les tirs au canon des tri-fighters le frôlèrent par l'arrière.

— Anakin ! Ils sont sur moi !

— *Droit devant ! Virez à droite pour dégager ma ligne de tir. Tout de suite !*

Obi-Wan fit cracher ses moteurs bâbord, et le chasseur bascula sur la droite. Derrière lui, l'un des tri-fighters renonça à la poursuite et amorça un virage sur l'aile qui l'amena droit dans l'axe des canons d'Anakin.

Il disparut dans un nuage de gaz surchauffés.

— *Joli tir, R2 !* commenta Anakin.

Obi-Wan écoutait son ricanement sec, transmis par le système audio du cockpit, quand tout fut recouvert par le vacarme des lasers qui balayaient le bouclier ablatif de son aile gauche.

— Là, je suis un peu à court d'idées..., fit-il.

En quittant l'abri du vaste croiseur de la République, il s'était retrouvé en plein sur la trajectoire qui menait à la courbe incurvée d'un vaisseau de guerre de la Fédération du Commerce. L'espace qui séparait les deux bâtiments était irradié par les échanges au turbolaser, et, autour d'eux, certaines des éclatantes décharges d'énergie étaient aussi vastes que son vaisseau tout entier. Un simple frôlement, et il serait atomisé.

Obi-Wan fonça droit dedans.

Il avait la Force pour le guider, alors que le tri-fighter n'avait que ses réflexes électroniques – mais des réflexes qui agissaient presque à la vitesse de la lumière. Le tri-fighter resta juste derrière lui, comme s'il était remorqué par un câble.

Quand Obi-Wan virait sur la gauche et Anakin sur la droite, le tri-fighter s'engageait à mi-chemin. De même lorsque l'un d'eux montait et que l'autre descendait. Il réglait ses mouvements sur ceux d'Anakin. Incontestablement, son cerveau droïde avait compris que tant qu'il restait entre les deux Jedi, Anakin ne pouvait lui tirer dessus sans atteindre son partenaire. Mais le tri-fighter n'avait pas la même contrainte : Obi-Wan volait à travers une tempête d'aiguilles écarlates.

— Pas étonnant que nous perdions la guerre, marmonna-t-il. Ils deviennent de plus en plus futés.

— *Qu'avez-vous dit, Maître ? Je n'ai pas entendu.*

D'une impulsion sur le manche, Obi-Wan fit décrire à son chasseur une étroite spirale qui l'amena vers le croiseur de la Fédération.

— Je vise le pont !

— *Bonne idée. J'ai besoin de place pour manœuvrer.*

Les tirs au canon se rapprochèrent. Les enceintes du cockpit d'Obi-Wan bourdonnèrent.

— *Plongez à droite, Obi-Wan ! À droite toute ! Ne lui donnez pas prise sur vous ! R2, verrouille-toi sur lui !*

Le chasseur d'Obi-Wan fila, longeant la courbe que dessinait la coque supérieure du croiseur Séparatiste. Les éclairs des canons lourds à éclats fusaient de tous les côtés alors que les batteries du croiseur essayaient de l'intercepter. Il bascula sur l'aile droite dans la tranchée de service qui filait tout le long du croiseur : si bas et si près du pont que les batteries antichasseurs ne pouvaient pas suffisamment incliner leur angle de tir pour faire feu. Mais le tri-fighter restait juste derrière lui.

Tout au bout de la tranchée de service, les arcs-boutants de l'immense passerelle du croiseur ne laissaient pas un passage suffisant, même pour le petit appareil d'Obi-Wan. Il fit décrire à son chasseur un demi-tonneau qui le projeta hors de la tranchée, vers le haut et le bord d'attaque incliné de la tour. Un jet de ses propulseurs inférieurs, une embardée, et il vira à trois mètres à peine des hublots avant du pont. Le tri-fighter le suivit aveuglément.

— Évidemment..., marmonna-t-il. Ç'aurait été trop facile. Anakin, où es-tu ?

L'une des gouvernes de son aile gauche explosa dans un nuage de plasma, et Obi-Wan eut l'impression d'avoir été atteint au bras. Il fit basculer une série de connecteurs et tira sur le manche. R4-P17 poussa un hurlement strident. Obi-Wan brancha le comlink.

— N'essaie pas d'arranger les choses pour le moment, R4. J'ai déjà tout coupé.

— *Je le tiens !* répondit Anakin. *C'est bon ! Feu ! Maintenant !*

Obi-Wan s'appuya à fond sur son aile intacte, et son chasseur fusa en un arc presque incontrôlé, très haut, sur la droite, alors que les canons d'Anakin pulvérisaient le dernier tri-fighter.

Obi-Wan mit les rétrofusées à feu pour stabiliser son chasseur dans l'angle mort, derrière le pont du croiseur Séparatiste. Il resta là quelques secondes, le temps de reprendre son souffle et que les battements de son cœur s'apaisent.

— Merci, Anakin. C'était... Merci. C'est tout.

— *Ne me remerciez pas. C'est R2 qui a tiré.*

— Oui... Si tu veux, tu peux remercier ton droïde pour moi aussi. Et, euh... Anakin ?

— *Oui, Maître ?*

— La prochaine fois, c'est toi qui sers d'appât.

Tel est Obi-Wan Kenobi :

Un pilote prodigieux qui n'aime pas voler. Un guerrier redoutable qui évite le combat. Un négociateur hors pair qui préfère, de loin, rester assis à méditer seul dans le silence d'une grotte.

Un Maître Jedi. Un général de la Grande Armée de la République. Un membre du Conseil Jedi. Et qui, en même temps, au fond, sent qu'il n'est rien de tout cela.

Qui, tout au fond, se sent encore un Padawan.

C'est un truisme de l'Ordre Jedi que l'éducation d'un Chevalier ne commence vraiment que lorsqu'il devient Maître : que tout ce qui compte, le Maître l'apprend de son élève. Obi-Wan comprend tous les jours cette vérité.

Il rêve parfois de l'époque où il n'avait pas seulement l'impression d'être un Padawan, mais où il l'était vraiment. Il rêve que son propre Maître, Qui-Gon Jinn, n'est pas mort dans le cœur du générateur à plasma de Theed. Il rêve que la main de son Maître, si plein de sagesse, le guide toujours. Mais la mort de Qui-Gon est désormais une vieille douleur, une douleur qu'il a appris à gérer.

Un Jedi ne se cramponne pas au passé.

Et puis Obi-Wan Kenobi sait aussi que s'il n'avait

pas été le Maître d'Anakin Skywalker, il aurait été un homme différent. Il lui aurait manqué quelque chose.

Anakin lui a tellement appris.

Et Obi-Wan retrouve tellement de Qui-Gon en Anakin que parfois son cœur se serre. Par exemple, ce sens de l'action et ce total mépris des règles qu'Anakin a hérités de Qui-Gon. Former Anakin et combattre à ses côtés, pendant toutes ces années, a débloqué quelque chose chez Obi-Wan. Comme si Anakin avait un peu déteint sur lui, et l'avait délié de son attachement exagéré aux principes, dont Qui-Gon disait toujours que c'était son principal défaut.

Obi-Wan Kenobi a appris à se détendre.

Il sourit, maintenant, et il lui arrive même de plaisanter, au point de s'être fait connaître pour la sagesse que peut procurer une pointe d'humour. Il ne le sait pas, mais sa relation avec Anakin a fait de lui ce grand Jedi que Qui-Gon avait toujours vu en lui.

De tout ça, Obi-Wan n'a absolument pas conscience. Et ça lui ressemble bien.

Sa nomination au Conseil l'a pris complètement au dépourvu. Aujourd'hui encore, il lui arrive d'être stupéfait de la foi que le Conseil Jedi a en ses facultés, et de la confiance qu'il accorde à sa sagesse. Il n'a jamais eu de rêves de grandeur. Tout ce qu'il veut, c'est accomplir la tâche qui lui a été assignée, en y mettant le meilleur de lui-même.

Il est respecté dans tout l'Ordre Jedi pour sa capacité à voir au-delà des choses, ainsi que pour ses talents de guerrier. Il est devenu le héros d'une nouvelle génération de Padawans. Il est le Jedi que leurs Maîtres considèrent comme un modèle. Il est celui à qui le conseil confie ses missions les plus importantes. Il est modeste, toujours affable, et il ne se disperse jamais.

Il est le Jedi ultime.

Et il est fier d'être le meilleur ami d'Anakin Skywalker.

— R2, où est le signal ?

De sa prise, à côté du cockpit, R2-D2 émit des bips

et des sifflements dont Anakin put lire le décryptage sur l'écran de sa console : SCANNING. BEAUCOUP DE BROUILLAGE DE SIGNAUX EM.

— Continue à scanner.

Il jeta un coup d'œil au chasseur d'Obi-Wan qui se démenait tant bien que mal dans le combat, à cent mètres de sa propre aile gauche.

— Il s'affole, je le sens d'ici.

Un pépiement : UN JEDI GARDE TOUJOURS SON CALME.

— Je doute qu'il trouve ça drôle. D'ailleurs, ça ne l'est pas. Allez, blague un peu moins et scanne un peu plus.

Pour Anakin Skywalker, il n'y avait pas de meilleure occasion de s'amuser qu'un combat en chasseur.

Mais celui-ci n'était pas amusant.

Non parce que toutes les probabilités étaient contre lui, non pas à cause du danger dans lequel il se trouvait ; Anakin se moquait des probabilités, et ne se croyait pas particulièrement en danger. Ce n'étaient pas quelques chasseurs-droïdes qui allaient impressionner un homme qui savait piloter un Podracer depuis son sixième anniversaire, et avait remporté la Classique de la Boonta à neuf ans. Qui était, en fait, le seul être humain à avoir jamais fini *vivant* une course de Podracer.

En ce temps-là, il utilisait la Force sans le savoir ; il croyait que la Force était une chose qu'il avait en lui, une simple sensation, une impression, un instinct, un enchaînement d'astucieuses déductions qui le faisaient se lancer dans des manœuvres que d'autres pilotes n'auraient jamais tentées. Mais maintenant...

Maintenant...

Maintenant, il pouvait puiser dans la Force et sentir son action à travers l'espace de Coruscant comme si la bataille tout entière se déroulait dans sa propre tête.

Son fighter devenait sa chair. Les pulsations de ses moteurs, le battement de son propre cœur. Quand il volait, il arrivait à oublier son esclavage, sa mère, Géonosis et Jabiim, Aargonar et Muunilinst, et tous les malheurs de cette guerre sans merci. Il oubliait à peu près tout ce qu'on lui avait fait.

Et tout ce qu'il avait fait.

Aussi longtemps que le combat ferait rage autour de lui, il pourrait même écarter le feu stellaire de son amour pour la femme qui était restée à l'attendre sur le monde en dessous de lui. La femme dont le souffle était l'air qu'il respirait, dont les battements du cœur étaient sa seule musique, dont le visage était la seule beauté que ses yeux contempleraient jamais.

Il pouvait écarter tout ça parce qu'il était un Jedi. Parce que le moment était venu de faire un travail de Jedi.

Mais aujourd'hui, c'était différent.

Aujourd'hui, il ne s'agissait pas d'éviter des lasers et de pulvériser des droïdes. Aujourd'hui, la vie de l'homme qui aurait pu être son père était en jeu : un homme qui pouvait mourir si Anakin n'arrivait pas à temps.

Et jadis, il était déjà arrivé en retard.

Monocorde et tendue, la voix d'Obi-Wan lui parvint dans les enceintes du cockpit.

— *Ton droïde a été touché ? R4 est HS. Je pense que ce dernier tir a grillé son motivateur.*

Anakin visualisait exactement l'expression que devait arborer le visage de son ancien Maître : un masque de calme, démenti par une mâchoire tellement crispée que, lorsqu'il parlait, c'est à peine si sa bouche remuait.

— Ne vous en faites pas, Maître. Si la balise du Chancelier est activée, R2 la localisera. Vous ne vous êtes jamais demandé comment nous retrouverions le Chancelier si…

— *Non*, fit Obi-Wan avec une certitude absolue. *Nous n'avons aucun besoin d'envisager ça. Tant que le possible n'est pas réel, il n'est qu'une distraction. Ne pense pas à ce qui pourrait être, mais à ce qui est.*

Anakin dut se retenir pour ne pas rappeler à Obi-Wan qu'il n'était plus un Padawan.

— J'aurais dû être là, dit-il entre ses dents. Je vous l'avais bien dit. J'aurais dû être là.

— *Anakin, il était protégé par Stass Allie et Shaak Ti. Si deux Maîtres n'ont pu empêcher ça, crois-tu que tu y serais arrivé ? Stass Allie est intelligent et courageux, et Shaak Ti est la Jedi la plus astucieuse que j'ai jamais rencontrée. Elle m'a même appris quelques trucs, à moi !*

Anakin supposa qu'il devait être impressionné.

— Mais le général Grievous...

— *Maître Ti a déjà eu affaire à lui auparavant, Anakin. Après Muunilinst. Elle n'est pas seulement rusée et expérimentée, elle est aussi très capable. On n'accorde pas les sièges au Conseil Jedi pour faire plaisir à ses amis.*

— Ça, j'avais remarqué...

Il en resta là. Le cœur d'un combat spatial n'était pas l'endroit idéal pour aborder ce sujet particulièrement sensible.

Membre du Conseil ou non, si seulement il avait été là, à la place de Shaak Ti et de Stass Allie, le Chancelier Palpatine serait chez lui, sain et sauf. Au lieu de cela, on avait envoyé Anakin faire le tour de la Bordure Extérieure pendant des mois, comme un pauvre Padawan de seconde zone... Enfin, comme pour sa protection, Palpatine pouvait compter sur des Jedi *intelligents et rusés...*

Intelligents et rusés... Il aurait pu éliminer dix Jedi intelligents et rusés sans dégainer son sabre laser.

Mais il était trop intelligent et rusé pour le dire.

— *Reste avec nous, Anakin. Concentre-toi.*

— Bien reçu, Maître, répondit sèchement Anakin. Je me concentre.

R2-D2 gazouilla quelque chose, et Anakin vérifia l'écran de sa console.

— On le tient, Maître. Le croiseur, droit devant. C'est le vaisseau amiral de Grievous – la *Main Invisible.*

— *Anakin, il y a des dizaines de croiseurs, droit devant !*

— C'est celui qui grouille de chasseurs vautours.

Les chasseurs vautours accrochés aux vastes courbes du croiseur de la Fédération d'où provenait le signal de Palpatine dessinaient des ondes étrangement vivantes. De loin, on aurait dit une sorte de prédateur marin métallique hérissé d'un foisonnement de bernacles Alderaaniennes.

— *Celui-là... ? Un jeu d'enfant...*

Anakin aurait juré entendre un spasme contracter l'estomac d'Obi-Wan.

Des chasseurs vautours s'arrachèrent alors au croiseur, se laissèrent tomber vers les deux Jedi et mirent leurs moteurs à feu.

— Un jeu d'enfant... ? Pas sûr. Mais ça promet d'être amusant, dit-il pour asticoter Obi-Wan, histoire de le décoincer un peu. Si j'en pulvérise deux pour chacun de ceux que vous détruirez, vous me payez à déjeuner chez Dex. R2 tiendra le score.

— *Anakin...*

— Bon, bon, à dîner, si vous préférez. Et je vous promets d'empêcher R2 de tricher.

— *Pas de pari, Anakin ; cette fois, l'enjeu est trop important.* (C'était exactement le ton qu'Anakin attendait : un ton de légère réprimande, limite moralisateur. Obi-Wan retrouvait la forme.) *Dis à ton droïde d'envoyer un rapport par faisceau concentré au Temple. Et envoie un appel à tous les chasseurs Jedi. On va l'encercler.*

— J'y serai bien avant vous.

Mais quand il vérifia les données de son comlink, il secoua la tête.

— Il y a encore trop d'EM. R2 ne pourra pas atteindre le Temple. Je pense que si on arrive à se parler, c'est juste parce qu'on est pratiquement côte à côte.

— *Et les balises Jedi ?*

Anakin sentit son estomac se nouer, mais réussit à répondre d'un ton serein :

— Calmez votre joie, Maître. On est peut-être les deux seuls Jedi dans le secteur.

— *Alors il faudra faire avec. On passe sur le canal des chasseurs clones.*

Anakin régla son comlink sur la nouvelle fréquence, juste à temps pour entendre Obi-Wan demander :

— *Oddball, vous me copiez ? On a besoin d'aide !*

Oddball était le capitaine des clones.

— *Je vous copie, Red Leader.*

Le micro intégré à son casque ôtait toute humanité à sa voix.

— *Notez ma position et mettez-vous en formation derrière moi. On engage le combat.*

— *C'est comme si c'était fait.*

Sur les écrans, les chasseurs-droïdes avaient disparu de la zone de combat, mais R2-D2 les suivait à la trace sur son scanner. Anakin changea de prise sur la commande manuelle de son chasseur.

— Dix vautours en approche, en haut à gauche de mon écran. Et d'autres derrière.

— *Je les ai. Anakin, attends... Le croiseur... les boucliers des soutes viennent de s'éclipser ! Je vois quatre... non, six appareils !* (La voix d'Obi-Wan devint stridente.) *Des tri-fighters ! Et ils arrivent à toute vitesse !*

Le sourire d'Anakin se crispa. Les choses sérieuses allaient commencer.

— Les tri-fighters d'abord, Maître. Les vautours attendront.

— *D'accord. Range-toi sur la droite, et passe derrière moi. On va les prendre de biais.*

Laisser Obi-Wan passer devant ? Avec une gouverne gauche endommagée et une unité-R à moitié hors d'usage ? Alors que la vie de Palpatine était en jeu ?

Même pas en rêve !

— Négatif, répondit Anakin. Je fais le tour et je vous rejoins par l'autre côté.

— *Du calme, Anakin.... Attends Oddball et l'Unité Sept.*

Il entendait la frustration dans la voix d'Obi-Wan alors qu'il envoyait une impulsion sur les subluminiques de son chasseur et fonçait vers l'avant. Décidément, son ex-Maître ne pouvait pas s'empêcher de lui donner des ordres.

Non qu'Anakin ait jamais été du genre à obéir aux ordres. Pas plus à ceux d'Obi-Wan qu'à ceux de quiconque.

— *Désolé d'être en retard.*

La voix digitalisée du clone qui répondait au surnom

d'Oddball avait l'air aussi calme que s'il passait une commande au restaurant.

— On est sur votre droite, Red Leader. Où est Red Five ?

— *Anakin, en formation !*

Mais Anakin filait déjà droit sur les chasseurs de la Fédération du Commerce.

— J'arrive !

Le soupir familier d'Obi-Wan lui parvint distinctement sur le comlink. Anakin savait exactement ce que le Maître Jedi se disait. La même chose qu'il se disait toujours.

Qu'il avait encore beaucoup à apprendre.

Mais lorsque les chasseurs se mirent à fourmiller autour d'Anakin, son sourire s'affina en une ligne sinistre. Et il se dit ce qu'il se disait toujours.

Qu'on verrait bien ce qu'on verrait…

Il s'engagea dans le combat : son chasseur tournoya, ses canons se mirent à cracher, et de tous côtés des droïdes explosèrent en nuages de débris et de gaz surchauffés.

C'était sa façon à lui de se détendre.

Tel est Anakin Skywalker :

Le plus puissant Jedi de sa génération. De tous les temps, peut-être. Le plus rapide. Le plus fort. Un pilote inégalable. Un guerrier indomptable. Sur terre comme sur mer, dans les airs comme dans le vide de l'espace, personne ne peut rivaliser avec lui. Et non seulement il a la puissance et l'habileté, mais il a aussi du panache, cette rare et inestimable alliance d'audace et de grâce.

Il est le meilleur dans tout ce qu'il fait. Le meilleur qu'il y ait jamais eu. Et il le sait.

Sur l'HoloNet, on l'a baptisé le Héros Sans Peur. Pourquoi pas ? Que pourrait-il craindre ?

À part…

À part cette peur qui l'habite, et érode les murailles érigées autour de son cœur.

Anakin pense parfois à la menace qui lui ronge le cœur comme à un dragon. Sur Tatooine, les enfants se racontent des histoires de dragons vivant dans les soleils. Ils disent aussi que les petits cousins de ces dragons vivent dans les réacteurs à fusion qui donnent leur énergie à tout ce qui bouge, des vaisseaux stellaires aux Podracers.

Mais la peur d'Anakin est une autre espèce de dragon. Un dragon à sang froid. Un dragon d'une espèce morte.

Ou presque...

Il était depuis peu le Padawan d'Obi-Wan, il y a déjà tant d'années, lorsqu'une banale mission les avait conduits dans un système mort : un système d'une ancienneté si incommensurable que son étoile s'était depuis longtemps changée en une naine glacée de métaux rares hypercompactés, dont la température descendait à une fraction de degré du zéro absolu. Anakin ne se souvenait pas de ce que cette mission avait pu être, mais il n'avait jamais oublié cette étoile morte.

Elle l'avait transi de peur.

« Les étoiles peuvent... mourir ?

— C'est la manière d'être de l'univers, ce qui est une autre façon de désigner le pouvoir de la Force, avait répondu Obi-Wan. Tout meurt. Avec le temps, même les étoiles se consument. C'est pour ça que les Jedi n'ont pas d'attaches : tout passe. S'attacher à quelque chose – ou à quelqu'un – au-delà de son temps, c'est se condamner à opposer ses désirs égoïstes à la Force. C'est un chemin qui n'amène que du malheur, Anakin. Les Jedi ne suivent pas cette voie. »

Voilà le genre de peur qui habite Anakin Skywalker : le dragon de cette étoile morte. Il a dans le cœur une vieille voix, froide et morte, qui murmure : *tout meurt...*

Le jour, il ne l'entend pas ; un combat, une mission, un simple rapport devant le Conseil Jedi lui fait même oublier qu'elle est là. Mais la nuit...

La nuit, les murs qu'il a érigés commencent parfois à se déliter. Il arrive qu'ils se fissurent.

La nuit, le dragon de l'étoile morte s'insinue dans les fissures et rampe jusqu'à son cerveau pour lui ronger l'intérieur du crâne. Le dragon murmure ce qu'Anakin a perdu. Et ce qu'il perdra encore.

Le dragon lui rappelle, toutes les nuits, comment il a tenu sa mère mourante dans ses bras, comment elle a brûlé ses dernières forces pour lui dire : « Je savais que tu reviendrais me chercher, Anakin… »

Le dragon lui rappelle, toutes les nuits, qu'un jour il perdra Obi-Wan. Qu'il perdra Padmé. Ou qu'ils se perdront.

Tout meurt, Anakin Skywalker. Même les étoiles se consument.

Tout ce qu'il peut opposer à ces murmures, ce sont les souvenirs qu'il garde de la voix d'Obi-Wan, ou de Yoda.

Et parfois, il n'arrive même pas à s'en souvenir.

Tout meurt…

Parfois, il n'arrive même pas à y penser.

Mais pour le moment, il n'a pas le choix : l'homme au secours duquel il vole est un ami si proche qu'il n'aurait jamais espéré en avoir un comme ça un jour. C'est ce qui fait vibrer sa voix quand il essaie de plaisanter ; c'est ce qui crispe ses lèvres et réveille la cicatrice brûlante qu'il a sur la pommette droite.

Le Chancelier Suprême a toujours été proche d'Anakin : toujours là, attentif, prêt à lui donner un conseil, ou à lui proposer généreusement son aide. À lui offrir son écoute attentive et à faire preuve d'un amour inconditionnel et bienveillant. À l'accepter exactement pour ce qu'il est. Une connivence comme Anakin n'en obtiendrait jamais d'un autre Jedi. Pas même d'Obi-Wan. Anakin peut dire à Palpatine des choses qu'il ne lui viendrait jamais à l'idée de raconter à son Maître.

Des choses qu'il ne raconterait même pas à Padmé.

Et voilà que le Chancelier Suprême est dans le plus grand danger. Anakin vole vers lui, malgré la terreur qui lui glace le sang. Parce que ce qui en fait un véritable héros, ce n'est pas la façon dont l'HoloNet parle de lui, mais c'est justement *ça* : Anakin n'ignore pas la peur, il est plus fort qu'elle.

Il regarde le dragon droit dans les yeux et il ne ralentit même pas.

Si quelqu'un peut sauver Palpatine, c'est bien Anakin : non content d'être déjà le meilleur, il s'améliore encore. Mais emprisonné derrière les murailles de son cœur, le dragon de sa peur n'en finit pas d'enrouler ses anneaux, de se tortiller et de siffler.

Et sa vraie peur, dans un univers où tout jusqu'aux étoiles peut mourir, c'est que, même s'il est le meilleur, il ne soit jamais assez bon.

Le chasseur d'Obi-Wan fit une embardée. Anakin fila à ses côtés et utilisa ses fusées directionnelles pour esquisser une embardée oblique : il fit un tête-à-queue pour pulvériser les derniers tri-fighters qui le pourchassaient. Il ne restait plus maintenant que les chasseurs vautours.

Beaucoup de chasseurs vautours.

— *Vous avez apprécié, Maître ?*

— Très joli, répondit Obi-Wan en mitraillant de ses canons à plasma un chasseur vautour qui plongeait sur lui. Mais nous ne sommes pas encore tirés d'affaire.

Le droïde explosa.

— *Regardez ça !*

Anakin effectua un nouveau tête-à-queue et se laissa tomber en feuille morte, en plein dans une escadrille de chasseurs vautours. En le voyant, ils accélérèrent, et Anakin les attira vers le pont supérieur d'un croiseur Séparatiste couvert des traînées calcinées laissées par des impacts de rayons laser.

— *Je vais les faire passer par le chas d'une aiguille.*

— Ne les fais passer nulle part ! (L'écran de détection zooma sur les vautours lancés à la poursuite d'Anakin. Ils étaient douze. Douze.) Principe Numéro Un du Jedi au combat : survivre.

— *Je n'ai pas le choix. Je vais vous dégraisser tout ça.*

Obi-Wan appliqua une poussée sur le manche comme si, en le projetant contre la butée, il incitait son vieux chasseur à donner le maximum. Les dégraisser ? Et puis quoi encore !

— Ne tente rien d'exotique, R2, dit-il comme si le vieux droïde amoché risquait de tenter quoi que ce soit d'exotique. Contente-toi de me maintenir.

Obi-Wan puisa dans la Force et sentit sa décharge.

— À mon commandement, décroche par la gauche… Allez !

Avec la gouverne de son aile gauche sectionnée, son décrochement vers la gauche aboutit à une spirale serrée qui amena l'axe de ses armes laser sur la trajectoire de quatre vautours.

Flash ! flash ! flash ! flash !

… et ils disparurent tous les quatre.

Il vola à travers les nuages de plasma embrasé. Il n'avait pas de temps à perdre ; Anakin en avait encore huit aux trousses.

Et qu'est-ce que c'était que ça ? Obi-Wan fronça les sourcils.

Le croiseur avait un air familier.

Le chas d'une aiguille… ? se dit-il. *Oh non, par pitié, faites que ce soit une blague.*

Le chasseur d'Anakin passa juste à quelques mètres de la coque supérieure du croiseur. Les tirs d'armes des chasseurs vautours qui fondaient sur lui arrachaient des fragments au blindage du croiseur.

— C'est bon, R2. Où est cette tranchée ?

Son écran avant affichait un diagramme figurant la coque du croiseur. Droit devant se trouvait la tranchée dans laquelle Obi-Wan avait attiré le chasseur qu'il avait abattu. Anakin effectua un virage serré qui l'amena à passer, couché sur le côté, au-dessus du bord, en contrebas. Les parois de la tranchée de service filèrent en dessous de lui alors qu'il fonçait vers la passerelle et sa tourelle, tout au bout. De sa position, il ne voyait même pas la minuscule fente qui séparait les deux pylônes.

Avec huit droïdes vautours à ses trousses, jamais il n'entreprendrait d'escalader le bord d'attaque de la tour comme Obi-Wan l'avait fait. De toute façon, peu importait.

Il n'en avait pas l'intention.

Son comlink vibra.

— *N'essaie même pas, Anakin. C'est trop étroit.*

Trop étroit pour vous, peut-être.

— Je vais y arriver.

R2-D2 protesta d'un chuintement fébrile. Il était d'accord avec Obi-Wan.

— Du calme, R2, dit Anakin. Nous l'avons déjà fait.

Ses mots furent salués par un tir de barrage, qui heurta les structures des contreforts devant lui. Il était trop tard pour changer d'avis : c'était parti. Ou il faisait passer son chasseur à travers, ou il était mort.

Ce dont, pour le moment, il se moquait étrangement.

— *Utilise la Force !* (Obi-Wan semblait inquiet.) *Pense que tu passes à travers, et le vaisseau suivra.*

Qu'est-ce que vous croyez que je vais faire ? Que je vais fermer les yeux et me mettre à siffloter ? marmonna Anakin *in petto*, avant d'ajouter tout haut :

— Bien reçu. Phase « pensée » amorcée.

R2-D2 poussa un piaulement aussi terrifié que pouvait le permettre le synthétiseur vocal d'un droïde. Vives comme des araignées affolées, des lettres lumineuses défilèrent sur le lecteur d'Anakin : STOP ! STOP ! STOP !

Anakin eut un sourire.

Il avait eu une mauvaise idée.

Obi-Wan ne put que regarder, bouche bée, le chasseur d'Anakin basculer sur le côté et effleurer les rebords de la faille à deux centimètres de distance. Un instant, il s'attendit que l'un des montants arrache la verrière du cockpit de R2.

Les droïdes vautours essayèrent de le suivre… mais ils étaient juste un peu trop larges.

Lorsque les deux premiers vautours s'écrasèrent, Obi-Wan arma ses canons et les inclina pour leur faire effectuer un balayage vers le bas. Les manœuvres d'esquive préprogrammées dans le cerveau des droïdes vautours leur firent éviter les lasers d'Obi-Wan… et se jeter droit dans la boule de feu qui les attendait devant les pylônes.

Obi-Wan regarda vers le haut et vit qu'Anakin remontait, s'éloignant du croiseur avec un rapide battement d'ailes pour saluer sa victoire. Obi-Wan l'imita – sans toutefois ce petit mouvement d'ailes triomphant.

— *Je vous accorde les quatre premiers*, fit Anakin sur le comlink, *mais les huit autres sont à moi.*

— Anakin…

— *D'accord. On partage.*

Comme ils laissaient le croiseur derrière eux, leurs capteurs localisèrent l'Unité Sept droit devant. Enchaînant les loopings, les pilotes clones étaient engagés dans un combat implacable, si âpre que les traînées ionisées de leurs sillages dessinaient une sorte de pelote étincelante.

— *Oddball a des problèmes. Il faut que j'aille l'aider.*

— Ne fais pas ça. Il accomplit sa tâche. Nous avons la nôtre.

— *Maître, ils sont en train de se faire dévorer tout crus…*

— Chacun d'eux serait heureux de donner sa vie pour sauver celle de Palpatine. Tu préférerais échanger la vie de Palpatine contre la leur ?

— *Non… Non, bien sûr que non, mais…*

— Anakin, je comprends : tu veux sauver tout le monde. Comme toujours. Mais ce n'est pas possible.

— *Ne remuez pas le couteau dans la plaie*, répondit Anakin d'une voix tendue.

— File vers le vaisseau amiral.

Sans attendre de réponse, Obi-Wan cibla le bâtiment et fonça à la poussée maximale.

La cicatrice en forme de croix qu'Anakin avait près de l'œil blêmit alors qu'il faisait virer son chasseur pour le suivre. Obi-Wan avait raison. Il avait presque toujours raison.

Tu ne peux pas sauver tout le monde.

Le corps de sa mère, brisé, ensanglanté, dans ses bras…

Ses yeux bouffis, qu'elle s'efforçait d'ouvrir…
L'effleurement de ses pauvres lèvres tuméfiées…
Je savais que tu reviendrais me chercher… Tu m'as tellement manqué…
Voilà ce que c'était que de ne pas être assez bon.
Ça pouvait arriver n'importe quand. N'importe où. Il suffisait de quelques minutes de retard. De quelques minutes d'inattention. D'une légère faiblesse.
N'importe où. N'importe quand.
Mais pas ici. Pas maintenant.
Il obligea le visage de sa mère à retourner sous la surface de sa conscience.
Il était temps de se remettre au travail.
Ils foncèrent dans la bataille, esquivant les éclairs et les rayons turbolaser, frôlant les croiseurs pour s'abriter des capteurs des chasseurs-droïdes. Ils n'étaient qu'à quelques dizaines de kilomètres du vaisseau amiral, quand deux tri-fighters leur coupèrent la route en les mitraillant.
L'écran radar d'Anakin se mit à flasher, et R2-D2 lança un avertissement strident.
— Des missiles !
Il ne s'en faisait pas pour lui-même : les deux qu'il avait aux trousses venaient vers lui en un parfait tandem. Les missiles n'avaient pas les cerveaux sophistiqués des chasseurs-droïdes. Pour empêcher leurs vecteurs internes de se croiser, l'un d'eux se calait sur le propulseur gauche du chasseur ennemi, l'autre sur son propulseur droit. Un rapide tonneau suffirait pour que les vecteurs se rencontrent.
Ce qu'ils firent, dans une gerbe de flammes silencieuses.
Obi-Wan n'avait pas eu la même chance. Les deux missiles verrouillés sur ses propulseurs subluminiques n'étaient pas exactement côte à côte ; un tonneau n'aurait servi à rien. À la place, il déclencha la mise à feu de ses rétrofusées et poussa ses propulseurs dorsaux à plein régime afin de diminuer sa vitesse et de piquer du nez sur quelques mètres. Le missile de tête passa au-dessus de lui et partit en vrille dans la bataille orbitale.

Le missile à la traîne se rapprocha suffisamment pour que le chasseur déclenche ses capteurs de proximité, et le pulvérise dans une explosion d'éclats étincelants. Obi-Wan fila en abandonnant derrière lui un sillage de débris... qui le suivirent.

Soudain, de petites sphères d'argent voltigeantes s'accrochèrent à la carlingue de son chasseur, avant de se démultiplier pour bourgeonner en une nuée de bras tentaculaires. Rattachés à une sorte de corps minuscule, ils soulevèrent le capot du chasseur, offrant ses rouages internes à un gigantesque tournoiement de lames circulaires qui rappelaient les tronçonneuses mécaniques du temps jadis.

Il y avait un problème.

— *Je suis touché*, fit Obi-Wan, plus irrité qu'inquiet. *Je suis touché.*

— J'ai un visuel, répondit Anakin, dont le chasseur, poursuivant sa course, vint se ranger tout près. Ce sont des droïdes buzz. J'en compte cinq.

— *Sors-toi de là, Anakin. Tu ne peux rien faire.*

— Je ne vous abandonnerai pas, Maître.

Sous les scies des droïdes buzz, des cataractes d'étincelles cascadèrent dans l'espace.

— *Anakin, la mission ! File vers le vaisseau amiral ! Récupère le Chancelier !*

— Pas sans vous, répondit Anakin entre ses dents.

L'un des droïdes buzz s'était accroupi à côté du cockpit, empoignant R4 dans ses bras argentés. Un autre s'affairait sur le nez du chasseur pendant qu'un troisième se jetait sur les systèmes hydrauliques ventraux. Les deux derniers de ces petits mechs agressifs avaient rampé comme des araignées vers l'aile gauche d'Obi-Wan, s'activant sur la gouverne endommagée.

— *Tu ne peux rien faire pour m'aider*, répondit Obi-Wan en conservant son calme Jedi. *Ils coupent les commandes.*

— Je peux y remédier...

Anakin amena son chasseur en ligne à quelques mètres seulement de l'aile d'Obi-Wan.

— Doucement..., marmonna-t-il. Tout doux...

Et il déclencha une unique giclée de son canon laser droit qui pulvérisa les deux droïdes buzz et les réduisit en flaques de métal fondu.

Tout comme la majeure partie de l'aile gauche d'Obi-Wan.

— Aïe..., fit Anakin.

Le chasseur se cabra si violemment que la tête d'Obi-Wan fut projetée contre sa verrière. Une fumée pestilentielle emplit le cockpit. Obi-Wan tira sur le manche pour empêcher son chasseur de partir dans un tonneau incontrôlable.

— Anakin, ça ne m'aide pas.

— *Vous avez raison, ce n'était pas la chose à faire. Tenez, essayez plutôt ça... partez vers la gauche et passez en dessous de moi... doucement...*

— Anakin, tu es trop près ! Attends !

Obi-Wan regarda comme s'il n'en croyait pas ses yeux le chasseur d'Anakin se rapprocher et, d'un plongeon de l'aile, écraser littéralement un droïde buzz qu'il réduisit en une crêpe de métal. Projetant à nouveau Obi-Wan contre le montant, l'impact forma une profonde entaille dans la coque de son chasseur, et pulvérisa la gouverne avant de l'aile d'Anakin.

Anakin avait oublié le Principe Numéro Un du combat. Encore une fois. Comme d'habitude.

— Tu vas nous faire tuer tous les deux !

Ses aérateurs aspirèrent la fumée du cockpit, mais le droïde agrippé à la gouverne avant droite d'Obi-Wan avait suffisamment dénudé les plaques de la coque pour que ses bras-scie articulés pénètrent à l'intérieur. Des étincelles jaillirent, et une fontaine de gaz se diffusa pour se cristalliser instantanément dans le vide intersidéral. Poussé par une vitesse égale à celle d'Obi-Wan, le gaz chatoyant se fixa sur le nez de son chasseur comme un nuage de brouillard.

— Bon sang ! marmonna Obi-Wan. Je n'y vois plus rien. Je perds les commandes !

— *Vous vous en sortez très bien. Restez sur mon aile.*

C'était plus facile à dire qu'à faire.

— Je dois accélérer pour me sortir de là.

— *Je vous suis. Allez-y.*

Obi-Wan fit cracher ses moteurs, et son chasseur creva le nuage, mais un autre jaillissement de vapeur le remplaça aussitôt.

— C'est le dernier que j'ai encore sur le nez ? R4, tu peux faire quelque chose ?

Seule la réponse d'Anakin lui parvint.

— *Négatif pour R4... Un droïde buzz s'en est pris à lui.*

— À *ça*, rectifia machinalement Obi-Wan. Attends, ils l'ont eu ?

— *Et ce n'est pas fini. L'un d'eux a réussi à se cacher en dessous lorsque nous nous sommes touchés.*

Bon sang ! pensa à nouveau Obi-Wan. *Ils deviennent vraiment de plus en plus futés.*

À travers une déchirure du nuage, le long de la courbure de son cockpit, Obi-Wan vit R2-D2 en pleine partie de bras de fer avec un droïde buzz. Même en volant à l'aveuglette, presque sans commandes, en plein cœur d'un combat spatial, Obi-Wan ne put s'empêcher de regarder avec incrédulité la stupéfiante variété d'outils auxiliaires et la désinvolture nouvelle qu'Anakin avait conférées à son astromech : cela allait bien au-delà des mises à jour sophistiquées qu'effectuaient les Ingénieurs Royaux de Naboo. Le petit droïde était virtuellement un partenaire à part entière.

La scie de R2 sectionna l'un des bras préhensiles du droïde buzz, et projeta le membre articulé dans l'espace où il voleta paresseusement. Puis, alors qu'il récidivait sur un autre bras, un panneau s'ouvrit dans son flanc. Son câble d'interface en jaillit, et, d'un coup, arracha à la coque d'Anakin le droïde buzz déjà amoindri. Il tournoya vers l'arrière, et fut éjecté par le souffle des moteurs subluminiques. Il disparut si vite qu'Obi-Wan ne put le suivre des yeux.

Obi-Wan se dit que les droïdes Séparatistes n'étaient pas les seuls à devenir plus futés.

Le câble d'interface se rétracta, et un autre panneau s'ouvrit, dans le dôme de R2-D2, cette fois. Un câble terminé par une mâchoire en jaillit et pénétra dans le nuage de gaz qui sortait toujours en bouillonnant de l'aile avant droite d'Obi-Wan. Il en revint en traînant un droïde buzz qui se débattait frénétiquement. Le droïde argenté se tortillait et se convulsait alors que ses palpes étreignaient le câble, le remontaient, ses bras-scie s'agitant en tous sens. Anakin régla le problème en allumant les propulsions ventrales du chasseur, et R2 n'eut plus qu'à couper le câble pour que le droïde buzz soit projeté, impuissant, au cœur de la bataille.

— Tu sais, dit Obi-Wan, je commence à comprendre pourquoi, quand tu parles de R2, on dirait qu'il est un être vivant.

— *Vraiment ?* répondit Anakin, et Obi-Wan eut l'impression d'entendre un sourire dans sa voix. *Vous ne voulez pas plutôt dire que « c'est » un être vivant ?*

— Ah si, répondit Obi-Wan en se renfrognant. Oui, bien sûr. *C'est.* Euh, tu remercieras « ça » pour moi, hein ?

— *Remerciez ça vous-même.*

— Euh… oui. Merci, R2.

Le comlink lui transmit un sifflement qui voulait manifestement dire : « De rien. »

Puis les dernières bribes de brouillard se dissipèrent enfin, et le ciel, devant eux, fut plein de vaisseaux.

S'étendant sur plus d'un kilomètre de la proue à la poupe, le gigantesque vaisseau amiral remplissait soudain tout le ciel. À cette distance, Obi-Wan ne voyait qu'un désert de couleur sable hérissé de pylônes : les turbolasers qui illuminaient l'espace de leur énergie dévastatrice.

Et cet immense vaisseau devenait de plus en plus gros. Très vite.

— Anakin, on va lui rentrer dedans !

— *C'est bien le plan. On fonce vers le hangar.*

— Ce n'est pas...

— *Je sais : le Principe Numéro Un du Jedi...*

— Non, ça ne marchera tout simplement pas. Pas pour moi en tout cas.

— *Comment ça ?*

— Je n'ai plus de commandes. Je ne peux foncer vers *rien du tout.*

— *D'accord. Compris. Pas de problème.*

— Pas de problème ?

C'est alors que le chasseur d'Obi-Wan résonna comme s'il avait heurté un gong aussi grand que son vaisseau.

Obi-Wan, rudement secoué, se tordit la tête afin de voir l'autre chasseur juste au-dessus de sa queue. Au sens propre du terme : la gouverne principale gauche d'Anakin était à une largeur de main à peine des propulseurs subliminiques d'Obi-Wan.

Anakin lui était rentré dedans. Exprès.

Et il recommença.

CLANG.

— Qu'est-ce que tu fais ?

— *Je vous aide...*, fit la voix d'Anakin, calme, tendue, concentrée... *à rectifier un peu votre trajectoire.*

Obi-Wan secoua la tête. C'était rigoureusement impossible. Aucun autre pilote n'aurait tenté une chose pareille.

Mais, pour Anakin Skywalker, le « rigoureusement impossible » avait une fâcheuse tendance à n'être que « difficile ».

Il se dit qu'il aurait dû y être habitué, depuis le temps.

Pendant que ces pensées vagabondaient dans son esprit, il regardait sans le voir un vacillement d'énergie de couleur bleue qui emplissait l'ouverture béante du hangar, juste devant eux. Avec un temps de retard, il réalisa ce qu'il regardait.

Oh, se dit-il, *ça, c'est mauvais.*

— Anakin..., commença Obi-Wan.

Il tenta de reprendre les commandes en main par l'intermédiaire de son manche, mais en vain.

Anakin se redressa et bascula ses gouvernes en direction d'un tas de débris jetant des étincelles et qui avait été R4.

— Anakin… !

— *Laissez-moi… juste une seconde, Maître*, fit la voix d'Anakin, un peu plus crispée. *Ce n'est pas tout à fait… aussi facile que ça en a l'air…*

Il y eut un choc assourdi, puis un autre. Plus violent. Et un bruit de frottement, de grincement, de métal qu'on arrache.

— Anakin !

— *Quoi ?*

— La porte du hangar…

— *Oui, qu'est-ce qu'elle a, la porte du hangar ?*

— Tu n'as pas vu que le bouclier était toujours en place ?

— Vraiment ?

— Vraiment.

Sans compter qu'ils en étaient si près qu'Obi-Wan avait l'impression de pouvoir le sentir.

— *Oh, pardon. J'étais occupé.*

Obi-Wan ferma les yeux.

Puisant dans la Force, son esprit suivit les circuits complexes du chasseur pour localiser et activer les commandes manuelles des moteurs subluminiques. D'une légère poussée, il activa une commande normalement réservée aux tests de laboratoire : l'inversion totale de poussée.

Son chasseur se désintégra en une queue de comète pleine de débris étincelants, qui s'évapora en une cascade d'étincelles miniatures au contact du bouclier du hangar. C'était une véritable répétition générale de ce qui allait lui arriver.

Le seul effet de l'inversion de poussée sur ses moteurs défaillants fut de lui laisser plus de temps pour voir ce vers quoi il se précipitait.

C'est alors que le chasseur d'Anakin se profila devant lui, passant de la gauche vers la droite selon un angle aigu. Ses canons crachèrent des décharges d'énergie, et les émetteurs de bouclier à droite de la porte du hangar explosèrent. Le vacillement bleu du bouclier s'affaiblit, s'estompa, et disparut à l'instant même où Obi-Wan franchissait le seuil en tournoyant et s'écrasait sur le pont, dispersant des étincelles dans un hurlement de métal déchiqueté.

Son chasseur tout entier – du moins, son épave – vibrait sous le rugissement de l'air qui sortait en hurlant de la porte maintenant débarrassée de son bouclier. D'énormes portes blindées se refermèrent comme des mâchoires. Un nouveau contact de la Force sur le clavier manuel coupa les moteurs, mais Obi-Wan ne parvint pas à actionner les boulons explosifs de sa verrière, et il eut le mauvais pressentiment que ces boulons étaient la seule chose de son appareil qui n'allait pas exploser.

Son sabre laser trouva sa main et une énergie bleue en jaillit. D'un coup, il fit voler la verrière, qui fut emportée par le tourbillon d'air s'échappant dans l'espace et qui prit immédiatement en glace. Obi-Wan se laissa emporter alors que le cercueil volant qu'était devenu son appareil se volatilisait enfin.

Il encaissa l'onde de choc tout en laissant la Force rétablir son équilibre, et se posa avec la souplesse d'un chat dans le sillon noirci – encore assez brûlant pour calciner la semelle de ses bottes – que son atterrissage avait creusé dans le pont.

Le hangar était plein de droïdes soldats.

Il sentit ses épaules tomber et ses genoux ployer, puis son sabre laser se dressa devant son visage. Ils étaient beaucoup trop nombreux pour qu'il les combatte seul, mais Obi-Wan s'en moquait.

Il était enfin sorti de son chasseur dévasté.

D'une dernière impulsion sur le manche, Anakin glissa son appareil dans le hangar à travers un déluge de débris et de gaz instantanément congelés. Il franchit les dents des portes blindées qui se refermaient au moment même où la verrière d'Obi-Wan fusait vers le ciel.

Le vaisseau d'Obi-Wan était un tas de détritus luisants qui semblait ponctuer une longue trace fumante. Obi-Wan en personne, la barbe hérissée de givre, le sabre laser flamboyant, se tenait debout au milieu d'un cercle de droïdes de combat qui se rapprochaient de lui.

Dans un dérapage, Anakin immobilisa son chasseur, envoyant valser des droïdes en tous sens avec le rayon de particules de ses moteurs subluminiques, et pendant une seconde il eut à nouveau neuf ans : il était aux commandes d'un appareil, dans le hangar royal de Theed, et pour la première fois il faisait tirer les vrais canons d'un vaisseau, qui pulvérisaient des droïdes de combat...

En cet instant, il aurait fait la même chose, si Palpatine n'avait pas été quelque part à bord de ce bâtiment. Ils pourraient avoir besoin de l'une des navettes légères de ce hangar pour ramener le Chancelier sain et sauf sur Coruscant. Les ricochets de quelques dizaines de tirs au canon risquaient de toutes les détruire.

Il allait être obligé de faire ça à la main.

Il appuya sur un bouton, faisant sauter la verrière de son cockpit et, prenant appui sur l'aile, jaillit de son chasseur. Les droïdes de combat ouvrirent le feu instantanément, et le sabre laser d'Anakin se mit à briller.

— R2, trouve-moi un câble d'interface.

Le petit droïde lui répondit dans un sifflement, et Anakin s'autorisa un imperceptible sourire. Il y avait des moments où il avait vraiment l'impression de comprendre son code électrosonique.

— Ne t'en fais pas pour nous. Trouve Palpatine. Allez, vas-y, je te couvre.

R2 jaillit de son logement et bondit sur le pont. Anakin sauta devant lui dans une avalanche de tirs laser, et laissa la Force guider sa lame. Dans un véritable feu d'artifice, les droïdes de combat commencèrent à s'effondrer.

— Trouve-moi ce câble !

Anakin devait hurler pour se faire entendre dans le gémissement des blasters et les explosions de droïdes.

— Je vais chercher Obi-Wan.

— Pas la peine.

Anakin fit volte-face et constata que le Maître Jedi était debout juste derrière lui, et trépanait un droïde de combat.

— J'apprécie l'intention, Anakin, dit-il avec son gentil sourire. Mais, en l'occurrence, c'est plutôt moi qui suis venu te chercher.

Tels sont, enfin, Obi-Wan et Anakin :

Plus proches que des amis. Plus proches que des frères. Obi-Wan a seize ans de plus qu'Anakin, mais c'est ensemble qu'ils sont devenus des hommes. Incapables d'envisager la vie l'un sans l'autre, tant la guerre a fondu leurs deux vies en une.

La guerre qui a permis cela n'est pas la Guerre des Clones. Obi-Wan et Anakin ont commencé leur guerre sur Naboo, lorsque Qui-Gon Jinn trouva la mort de la main d'un Seigneur Sith. Ensemble, le Maître, le Padawan et les Chevaliers livrent bataille depuis treize ans. La guerre est leur vie.

Et leur vie est une arme.

On pourra dire ce qu'on voudra de la sagesse du vieux Maître Yoda, ou de l'habileté implacable du sombre Mace Windu, du courage de Ki-Adi-Mundi ou des menées subtiles de Shaak Ti ; si la grandeur de tous ces Jedi ne fait aucun doute, la légende qui entoure Kenobi et Skywalker les fait pâlir.

Ils sont sans égal.

Ensemble, rien ne peut les arrêter. Ils sont invincibles. Ils sont le recours ultime de l'Ordre Jedi. Quand les Gens de Bien doivent absolument, impérativement gagner, l'appel est lancé.

Et Obi-Wan et Anakin répondent toujours « présent ».

L'astuce légendaire d'Obi-Wan l'emporte-t-elle sur la puissance brute d'Anakin, son caractère entier, son refus des règles ? D'un bout à l'autre de la République, la question est à l'origine de beaucoup de bagarres dans les cours d'école, d'empoignades dans les maternelles, et de guerres de boules puantes dans les centres de clonage. De toute façon, tout le monde finir toujours par reconnaître que ça n'a aucune importance.

Anakin et Obi-Wan ne se battraient jamais l'un contre l'autre.

Ils ne pourraient pas.

Ils forment une équipe. Ils sont l'équipe.

Et ils sont sûrs, l'un comme l'autre, qu'il en sera toujours ainsi.

2

Dooku

La tempête de tirs au blaster qui faisait rage dans le hangar cessa brusquement. Les droïdes de combat se replièrent par petits groupes derrière les vaisseaux et s'esquivèrent par les écoutilles.

Obi-Wan rétracta la lame de son sabre levé devant son visage, laissant paraître sa moue familière.

— Je déteste quand ils font ça.

Anakin avait déjà raccroché son sabre laser à sa ceinture.

— Quand ils font quoi ?

— Quand ils renoncent au combat et battent en retraite comme ça, sans raison.

— Il y a toujours une raison, Maître.

Obi-Wan acquiesça.

— C'est bien ce que je te dis : je n'aime pas ça.

Anakin regarda les débris de droïdes fumants qui jonchaient le hangar, haussa les épaules et remonta son gant noir sur sa main mécanique.

— R2, où est le Chancelier ?

Le câble d'interface du petit droïde vint se ficher dans la prise. Son œil holoprojecteur pivota et le laser bleu fit apparaître une image fantomatique à côté de la botte d'Anakin : Palpatine était enchaîné dans un large fauteuil pivotant. Même dans cette petite image spectrale, translucide, il semblait épuisé et triste ; néanmoins, il était vivant.

Anakin sentit son cœur cogner une fois fortement,

durement, contre ses côtes. Il n'était pas arrivé trop tard. Pas cette fois.

Il mit un genou à terre et jeta un coup d'œil à l'image. Palpatine semblait avoir vieilli de dix ans depuis qu'Anakin l'avait vu pour la dernière fois. Ses muscles saillaient le long de sa mâchoire. Si Grievous avait molesté le Chancelier, s'il l'avait seulement touché…

Sous son gant noir, sa main de duracier se crispa si fortement que l'impulsion électronique lui fit mal à l'épaule.

— Est-ce que tu as un nom de lieu, un endroit ? fit Obi-Wan, par-dessus cette même épaule.

L'image ondula et se métamorphosa en une carte schématique du croiseur. Tout en haut, au sommet du centre opérationnel, R2 cadrait un pulsar d'un bleu éclatant.

— Les quartiers du général, grommela Obi-Wan. Aucune trace de Grievous ?

Le pulsar bascula sur la passerelle du croiseur.

— Y a-t-il des gardes ?

L'image holographique vacilla à nouveau et revint sur les quartiers du général. Palpatine semblait seul : son fauteuil se dressait au centre d'un arc de cercle vide, face à un vaste mur panoramique incurvé.

Anakin murmura :

— Ça n'a *aucun* sens.

— Bien sûr que si : c'est un piège.

Mais c'est à peine si Anakin l'écoutait. Il contemplait son poing ganté de noir. Il l'ouvrit, le serra, le rouvrit. La douleur qui lui embrasait l'épaule courait jusqu'à son biceps.

Et ne cessait pas.

Son coude grésilla, ainsi que son avant-bras. Son poignet était comme entouré de gravier chauffé au rouge, et sa main…

Il avait la main *en feu.*

Sauf que ce n'était pas *sa* main. Ni son poignet, son avant-bras, ou son épaule. C'était un objet, d'acier et de circuits électroniques.

— Anakin ?

Anakin eut un rictus qui dévoila ses dents.

— J'ai mal.

— Qu'est-ce que tu me racontes ? À ton bras de duracier ? Depuis quand l'a-t-on équipé de capteurs sensoriels ?

— On ne l'a *jamais* équipé. Justement.

— La douleur est dans ta tête, Anakin.

Anakin sentit son cœur se glacer. Sa voix devint froide comme l'espace.

— Non... Je le sens.

— Quoi donc ?

— Dooku. Il est là. Sur le vaisseau.

Obi-Wan opina.

— J'en étais sûr.

— Vous le saviez ?

— Je le supposais. Comment expliques-tu que Grievous n'ait pas capté la balise de Palpatine ? Il y a peu de chances pour qu'avec tous ces parasites EM le signal de reconnaissance du Chancelier soit aussi clair. C'est un piège. Un piège à Jedi.

Obi-Wan posa la main sur l'épaule d'Anakin. Il avait la main toute chaude et jamais son visage n'avait eu l'air aussi grave.

— C'est peut-être un piège. Spécialement tendu pour nous.

— Vous pensez à la façon dont il a essayé de vous recruter sur Géonosis, avant de vous condamner à mort, reprit Anakin entre ses dents.

— Il n'est pas impossible que nous soyons de nouveau confrontés à ce choix.

— Il ne s'agit pas d'un choix. Qu'ils nous le redemandent donc. Ma réponse est accrochée à ma ceinture, sur la droite...

Anakin se releva. Son poing de duracier se serra et resta crispé, à un centimètre de son sabre laser.

— Du calme, Anakin. La sécurité du Chancelier est notre seule priorité.

Anakin sentit fondre le hérisson de glace qu'il avait dans la poitrine.

— Oui… Bien sûr. D'accord, c'est un piège. Et maintenant, qu'est-ce qu'on fait ?

Obi-Wan esquissa un sourire et se dirigea vers la plus proche sortie du hangar.

— Comme d'habitude, mon jeune ami, quand il y a un piège : on le déjoue.

— C'est un plan qui me va. Toi, R2, tu restes ici, fit Anakin en se tournant vers son droïde astromech.

Lequel l'interrompit d'un vrombissement enjôleur.

— Et tu ne discutes pas. Je te dis de rester là.

R2 répondit par une sorte de sifflement distinctement boudeur.

— Écoute, R2, il faut que quelqu'un maintienne le contact informatique ; est-ce que tu vois un câble d'interface sur *moi* ?

Le droïde gémit quelque chose qui semblait suggérer l'endroit où il fallait regarder, mais il parut acquiescer.

Obi-Wan, qui attendait à côté de l'écoutille, secoua la tête.

— Vraiment, tu ne devrais pas parler comme ça à cette mécanique.

Anakin s'approcha de lui.

— Attention, Maître, vous pourriez le froisser…

Soudain, il s'arrêta. Il avait l'air bizarre : un peu comme s'il essayait de sourire et de froncer les sourcils en même temps.

— Anakin ?

Il ne répondit pas. Il ne pouvait pas répondre. Il regardait une image qu'il avait dans la tête. Pas une image. Une réalité.

Le souvenir d'un événement qui ne s'était pas encore produit.

Il voyait Dooku à genoux. Il voyait des sabres laser croisés sur la gorge du Comte.

La grisaille qui lui embrumait le cœur se dissipa : la grisaille de Jabiim, d'Aargonar, de Kamino, et même du camp Tusken. Pour la première fois depuis de trop longues années, il se sentit jeune : jeune comme il l'était.

Jeune et libre. Et riche d'une lumière intérieure.

— Maître…

Sa voix semblait être celle de quelqu'un d'autre. Quelqu'un qui n'avait pas vu ce qu'il avait vu. Qui n'avait pas vécu ce qu'il avait vécu.

— Maître, c'est ici… et maintenant… que vous et moi…

— Oui ?

Il cligna des yeux.

— Je pense que nous allons gagner la guerre.

Sur le vaste hémisphère du mur panoramique, des fleurs de lumière bourgeonnaient et s'estompaient au gré des combats. Des algorithmes complexes traduisaient en images visibles à l'œil nu la guerre qui faisait rage dans l'orbite du monde-capitale : des croiseurs qui, situés à des centaines de kilomètres les uns des autres, échangeaient des tirs à une vitesse voisine de celle de la lumière, semblaient presque coque à coque, reliés par des câbles de feu pulsatifs. Les tirs de turbolasers devenaient des traits fulgurants de lumière qui se brisaient en éclats prismatiques contre les boucliers, ou explosaient telles des mini-supernovae, engloutissant des bâtiments de guerre entiers. Les invisibles essaims formés par les affrontements des chasseurs évoquaient la danse étincelante des phalènes à la fin du trop bref printemps de Coruscant.

Au centre de l'espace vide formé par cette immense fresque courbe, de ce carnage visualisé par le filtre de l'informatique, se dressait un seul meuble : un fauteuil, le fauteuil du général. Il se trouvait dans les quartiers situés au sommet du centre opérationnel du vaisseau amiral.

Tournant le dos à ce fauteuil et à l'homme qui y était attaché, les mains croisées derrière lui, sous sa cape d'armorweave soyeuse, se tenait le Comte Dooku.

Alias Dark Tyranus, Seigneur Sith.

Il contemplait l'œuvre de son Maître et la trouvait bonne.

Mieux que ça : *magnifique*.

Même les occasionnels tremblements du pont sous ses bottes, lorsque le vaisseau tout entier vibrait sous le choc des torpilles ennemies et des explosions de turbolaser, retentissaient à ses oreilles comme des applaudissements.

Dans son dos, le système de communication holographique du vaisseau émit un bourdonnement annonçant une voix à la fois électronique et très expressive : c'était comme si un homme avait parlé à travers le vocodeur d'un droïde.

— *Seigneur Tyranus, Kenobi et Skywalker viennent d'arriver.*

— Très bien. Conduis-les vers moi.

Dooku n'eut pas d'autre réaction. Il les avait tous les deux sentis à travers la Force.

— *Seigneur, permettez que je vous fasse à nouveau part de mes objections...*

Dooku se retourna. De sa stature impérieuse, il jaugea l'image holographique bleue du commandant de la *Main invisible.*

— Vos objections ont été entendues, général. Laissez-moi les Jedi.

— *Mais les conduire à vous, c'est aussi les mener directement au Chancelier ! D'ailleurs, pourquoi le garder à bord de ce vaisseau ? Il devrait être caché. Et sous bonne garde. Nous aurions dû l'expédier hors du système depuis déjà des heures !*

— Si les choses sont ainsi, répondit le Comte Dooku, c'est parce que le Seigneur Sidious *souhaite* qu'elles soient ainsi. Si vous tenez absolument à lui faire part de vos suggestions, surtout ne vous gênez pas.

— *Bon... euh... Je ne pense pas que ce soit nécessaire...*

— Très bien. Tâchez plutôt d'empêcher leurs renforts d'embarquer. Sans leurs clones apprivoisés, aucun Jedi ne peut être un danger pour moi.

Le pont eut une secousse, plus forte, suivie d'un changement brutal de gravité artificielle qui aurait fait vaciller tout autre que lui. Mais la Force maintenait la digne fermeté de sa posture, et Dooku n'eut qu'un imperceptible haussement de sourcils.

— Et puis-je vous suggérer de consacrer une attention

toute particulière à la protection de ce vaisseau ? Sa destruction alors que nous sommes à bord pourrait quelque peu entraver l'effort de guerre, ne croyez-vous pas ?

— *C'est déjà chose faite, Seigneur. Mon Seigneur désire-t-il visualiser la progression des Jedi ? Je peux connecter les moniteurs de sécurité sur votre canal.*

— Merci, général. Bien volontiers.

— *Je reconnais bien la courtoisie de Votre Seigneurie. Grievous, terminé.*

Le Comte Dooku ne put s'empêcher d'esquisser un sourire quasiment invisible. Son inaltérable courtoisie – le sceau du véritable aristocrate – était naturelle, pourtant, d'une manière ou d'une autre, elle semblait toujours impressionner le vulgum pecus. Tout comme ceux qui n'avaient qu'une intelligence ordinaire, et cela quels que soient leurs exploits ou leur rang : comme, par exemple, Grievous, ce cyborg répugnant.

Il soupira. Grievous était plein de ressources ; non seulement c'était un chef de guerre efficace sur le terrain, mais encore il ferait bientôt un bouc émissaire idéal qu'on pourrait charger de toutes les atrocités de cette guerre tristement nécessaire. Il faudrait bien quelqu'un pour les endosser, et Grievous était le personnage idéal pour ça. En tout cas, ce ne serait certainement pas Dooku.

À vrai dire, c'était l'un des buts de cette bataille apocalyptique.

Mais ce n'était pas le seul.

L'image bleue scannée devant lui révéla des miniatures de Kenobi et Skywalker comme il les avait déjà vus des centaines de fois : épaule contre épaule, leurs sabres laser tournoyant tandis qu'ils démantelaient les droïdes à la chaîne. Convaincus de gagner, alors qu'ils étaient précisément rabattus là où les Seigneurs Sith voulaient les conduire.

De vrais enfants. Dooku secoua la tête.

C'était presque trop facile.

Tel est Dooku, Dark Tyranus, Comte de Serenno.

Jadis un grand Jedi, aujourd'hui un Seigneur Sith plus

grand encore, Dooku, un colosse noir qui parcourt la galaxie à grands pas. Némésis de la République corrompue, porte-étendard de la Confédération des Systèmes Indépendants, il est l'incarnation même du choc et de l'effroi.

Il avait été l'un des Jedi les plus puissants et les plus respectés de l'Ordre au cours de ses vingt-cinq mille années d'existence, jusqu'à ce que – il avait alors soixante-dix ans – ses principes ne lui permettent plus de servir une République où le pouvoir politique était à vendre au plus offrant. Il avait dit adieu à son ancien Padawan, Qui-Gon Jinn, alors devenu un Maître de légende. Il avait dit adieu à ses plus proches amis du Conseil Jedi, Mace Windu et le vieux Maître Yoda. Il avait dit adieu à l'Ordre Jedi lui-même.

Il comptait au nombre des Égarés : ces Jedi qui avaient renié l'Ordre et leur mandat de Chevalier pour se mettre au service d'idéaux plus grands que ceux de l'Ordre lui-même. Chez les Jedi, c'est avec honneur et regret qu'on se souvenait des Vingt Égarés, comme on les appelait depuis le reniement de Dooku. Leurs statues de bronze étaient conservées religieusement dans les Archives du Temple.

Ces effigies faisaient office d'aide-mémoire, de tristes rappels du fait que certains Jedi avaient des besoins que l'Ordre ne pouvait satisfaire.

Dooku s'était retiré sur le fief de sa famille, le système planétaire de Serenno. Il brandissait son titre héréditaire comme si sa couronne de comte faisait de lui l'un des plus riches personnages de la galaxie. Compte tenu de la corruption éhontée omniprésente dans la République, son immense fortune aurait pu lui permettre d'acheter l'allégeance de tous les Sénateurs qu'il aurait voulu. Il aurait peut-être même pu acheter la République tout entière.

Mais quel homme issu d'une telle ascendance, porteur de tels principes, aurait pu s'abaisser à être le seigneur d'un dépôt d'ordures, le chef d'une horde de chiffonniers passant leur temps à se chamailler le contenu d'une poubelle ? Parce que, pour lui, la République n'était pas autre chose.

Alors, au lieu de cela, il avait utilisé l'immense pouvoir que lui procurait sa fortune familiale – et le pouvoir encore plus vaste que lui concédait son indiscutable intégrité – pour commencer à purifier la galaxie de la purulence de cette prétendue démocratie.

Il est aujourd'hui l'icône du Mouvement Séparatiste, sa figure emblématique. Il est à la Confédération des Systèmes Indépendants ce que Palpatine est à la République : le symbole vivant de cette juste cause.

Ça, c'est pour l'histoire officielle.

C'est l'histoire que même Dooku, à certains moments de faiblesse, arriverait presque à croire.

La vérité est plus compliquée.

Dooku est… à part.

Il ne se souvient plus vraiment du jour où il a fait cette découverte. Peut-être lorsqu'il était un jeune Padawan, et qu'un autre apprenti l'avait trahi après lui avoir juré qu'il était son ami. Lorian Nod lui avait jeté en pleine face :

— Tu ne sais pas ce qu'est l'amitié.

Ce qui était vrai.

Il avait été furieux, assurément ; furieux de cette atteinte à sa réputation. Et il s'en était aussi voulu de son erreur de jugement qui l'avait amené à prendre pour un allié quelqu'un qui s'était révélé être un ennemi. Mais la chose la plus étonnante de toute cette affaire avait été que, alors même qu'il s'était retourné contre lui devant les Jedi, l'autre garçon lui avait demandé de participer à un mensonge, au nom de leur « amitié ».

C'était tellement grotesque qu'il n'avait pas su quoi répondre.

En fait, il n'a jamais vraiment su ce que les gens entendaient par le mot amitié. Quant à l'amour, la haine, la joie, ou la colère, même s'il ressent l'énergie que ces émotions provoquent chez les autres, chez lui, elles se traduisent par des sentiments différents.

Des sentiments qui veulent vraiment dire quelque chose.

Il comprend la jalousie. Il comprend la possessivité : il peut devenir féroce lorsque quelqu'un empiète sur ce qu'il estime être à lui.

L'intolérance devant l'insoumission de l'univers et la vie dissolue de ses habitants est son état normal.

La méchanceté est sa distraction favorite ; la souffrance de ses ennemis lui procure un plaisir considérable.

L'orgueil est une vertu d'aristocrate, et l'indignation son droit le plus sacré, notamment lorsque quelqu'un ose contester son intégrité, son honneur, ou la place qui lui est évidemment réservée au sommet de la hiérarchie naturelle.

Et l'indignation vertueuse s'impose à lui lorsque l'incorrigible désordre des affaires humaines refuse de se conformer à l'évidente structure qui devrait être celle de la société.

Il est absolument incapable de s'intéresser aux sentiments qu'il peut inspirer aux autres. Tout ce qui l'intéresse, c'est ce que les autres peuvent faire pour lui. Ou contre lui.

Très probablement, il est ce qu'il est, simplement parce que les autres ne sont pas véritablement… intéressants.

Ou même, pas vraiment réels, d'une certaine façon.

Pour Dooku, les autres sont plus ou moins des abstractions, des sortes d'ébauches d'êtres vivants qu'on peut classer en deux grandes catégories. La première regroupe les Instruments : c'est-à-dire ceux qui peuvent servir ses divers intérêts. Parmi eux – en tout cas, cela aura été vrai pendant une grande partie de sa vie et, d'une certaine façon, c'est encore le cas à ce jour – figurent les Jedi, et notamment Mace Windu et Yoda, qui l'ont considéré comme un ami pendant si longtemps que cela les a aveuglés sur la vraie nature de ses activités. Et bien sûr – en tout cas jusqu'à nouvel ordre – la Fédération du Commerce, le Clan Bancaire Intergalactique, le Techno Syndicat, l'Alliance Intercorporation et les Maîtres Armuriers de Géonosis. On pourrait même ajouter la populace de la galaxie, dont la raison d'être est d'abord de lui offrir une assistance à la mesure de sa grandeur.

L'autre catégorie est celle des Bâtons-dans-les-Roues. Cette catégorie comprend tous les êtres doués d'intelligence qui n'entrent pas dans la première.

Il n'y a pas de troisième catégorie.

Un jour, peut-être qu'il n'y aura même plus de seconde catégorie ; être un Bâton-dans-les-Roues aux yeux du Comte Dooku est synonyme de condamnation à mort. Une condamnation qu'il prévoit d'ailleurs d'infliger à ses instruments habituels : les dirigeants des organisations sus-mentionnées : la Fédération du Commerce, le Clan Bancaire Intergalactique, le Techno Syndicat, l'Alliance Intercorporation et les Maîtres Armuriers de Géonosis.

La traîtrise est la manière d'être des Sith.

Le Comte Dooku regardait avec un vague dégoût les holoscans bleutés montrant les tentatives grotesques de Kenobi et Skywalker pour échapper à une meute de droïdes destroyers en entrant et en sortant de capsules de turbo-élévateurs qui montaient et descendaient, et se déplaçaient même latéralement.

— Évidemment, être capturé par *ça* risque d'être gênant, dit-il lentement, d'un ton songeur, comme s'il se parlait à lui-même.

La voix qui lui répondit était si familière qu'elle semblait parfois exprimer ses propres pensées.

— Vous vous en remettrez, Seigneur Tyranus. Après tout, n'est-il pas le plus grand Jedi de notre époque ? Et n'avons-nous pas fait en sorte que toute la galaxie partage cette opinion ?

— En effet, Maître. En effet, soupira à nouveau Dooku, qui sentait peser sur ses épaules chacune des heures de ses quatre-vingt-trois années. C'est… épuisant d'avoir à jouer les traîtres pendant si longtemps. Je me surprends à rêver d'une captivité honorable.

Une captivité qui lui permettrait de passer confortablement le reste de la guerre et d'abjurer ses anciennes allégeances – lorsqu'il feindrait de découvrir la véritable ampleur des crimes perpétrés par les Séparatistes contre la civilisation, et s'allierait au nouveau gouvernement avec une réputation intacte d'intégrité et d'idéalisme.

Le *nouveau gouvernement.*

C'était l'étoile qu'il avait suivie, durant ces nombreuses années.

Un gouvernement intègre, pur, direct ; pas l'un de ces melting-pots anarchiques mis en place pour le bas peuple abruti et les sous-races de créatures qui constituaient cette République qu'il exécrait. Le gouvernement qu'il servirait serait l'Autorité personnifiée.

L'autorité *humaine.*

Ce n'était pas un hasard si les puissances fondamentales de la Confédération des Systèmes Indépendants étaient composées de Neimoïdiens, de Skakoans, de Quarres, et d'Aqualiens, de Muuns et de Gossams, de Sy Myrthiens, de Koorivars et de Géonosiens. La guerre terminée, les non-humains seraient écrasés, dépossédés de tous leurs biens, et leurs systèmes, avec leurs richesses, reviendraient aux seuls êtres dignes de confiance.

Les êtres humains.

Dooku servirait un Empire d'Hommes.

Et il le servirait de tout son être. Il était *né* pour ça. Il balaierait l'Ordre Jedi pour en construire un nouveau ; qui, cette fois, ne serait pas confisqué par toutes ces méprisables petites créatures corrompues, égoïstes, qui se targuaient de faire de la politique ; mais un Ordre libre d'apporter la vraie autorité et la vraie paix à la galaxie qui en avait si cruellement besoin.

Un Ordre qui ne négocierait pas. Qui ne transigerait pas.

Un Ordre qui *régnerait par la force.*

Les rescapés de l'Ordre Jedi deviendraient l'Armée Sith.

Le bras armé de l'Empire.

Et ce bras armé verrait son pouvoir surpasser les rêves les plus sombres des Jedi. Les Jedi n'étaient pas les seuls à utiliser la Force dans la galaxie ; de Hapes à Haruun Kal, de Kiffu à Dathomir, des humains et des presque humains, puissants, capables d'utiliser la Force, avaient refusé de livrer leurs enfants à l'Ordre Jedi pour qu'ils le servent à jamais. Ils ne refuseraient pas aussi facilement lorsqu'ils auraient affaire à l'Armée Sith.

Ils n'auraient pas le choix.

Fronçant les sourcils, Dooku regarda l'holoscan de Kenobi et Skywalker. Ils se livraient à une comédie de bas étage avec un autre turbo-élévateur poussif – peut-être Grievous s'amusait-il avec les leviers de commande – tandis que des droïdes de combat réduits à l'impuissance couraient à leur propre destruction.

Tout cela manquait vraiment...

De dignité.

— Puis-je vous suggérer, Maître, de laisser encore une chance à ce Kenobi ? L'appui d'un Jedi de cette droiture serait un atout inestimable pour la légitimité politique de notre Empire.

— Ah... Kenobi, en effet, ronronna son Maître d'une voix de velours. Il y a longtemps que vous vous intéressez à Kenobi, n'est-ce pas ?

— Bien sûr. Son Maître était mon Padawan ; d'une certaine façon, il est un peu mon petit-fils...

— Il est déjà trop âgé. Trop endoctriné. À jamais corrompu par les faibles Jedi. Nous avions pourtant réglé les choses sur Géonosis. Servir la Force est la seule chose qui compte pour lui. Face à de telles convictions, la réalité n'est rien.

Dooku soupira. Pour lui, ce ne serait pas un problème. Il avait déjà ordonné la mort du Maître Jedi.

— C'est juste. Nous avons beaucoup de chance que je ne me sois jamais bercé de telles illusions.

— Kenobi doit mourir. Aujourd'hui même. De votre main. Sa mort est le verrou ultime par lequel nous enchaînerons à jamais Skywalker.

Dooku comprit : non seulement la mort de son mentor romprait l'équilibre émotionnel déjà très fragile de Skywalker, le faisant basculer vers ses plus noirs penchants, mais elle ferait disparaître le plus grand obstacle à sa conversion. Tant que Kenobi serait vivant, rien ne pourrait garantir que Skywalker serait indéfectiblement attaché au camp des Sith ; la foi inébranlable que Kenobi vouait aux valeurs Jedi entretiendrait l'aveuglement de Skywalker et les entraves Jedi sur ses vrais pouvoirs.

Dooku avait quand même des réticences. Tout cela s'était fait trop rapidement. Sidious avait-il pris en compte tout ce qu'impliquait cette opération ?

— Pourtant, Maître… Skywalker est-il vraiment l'homme que nous voulons ?

— Il est puissant. Il l'est même potentiellement plus que moi.

— C'est précisément pour ça que je ferais peut-être mieux de le tuer plutôt que l'*autre*, fit Dooku, méditatif.

— Es-tu certain d'y arriver ?

— De grâce… À quoi servirait un pouvoir qui ne serait pas structuré par la discipline ? Ce garçon représente autant un danger pour lui-même que pour ses ennemis. Et ce bras mécanique…, fit Dooku avec une moue d'un dédain tout aristocratique. C'est vraiment répugnant.

— Si tel est votre point de vue, vous auriez dû épargner son bras.

Dooku fit un petit geste de la main, comme pour chasser cette idée.

— Certes… Mais un gentleman aurait appris à se battre avec un seul membre. Il n'est même plus entièrement humain. Chez Grievous, l'utilisation de composants biodroïdes est excusable. Il était tellement abject à la base que cela constitue plutôt une amélioration. Mais un mélange d'être humain et de *droïde* ? C'est épouvantable. Le comble du mauvais goût. Comment peut-on justifier une association avec un personnage pareil ?

— J'ai vraiment de la chance…, susurra son Maître, et sa voix de velours se fit encore plus douce, d'avoir un apprenti qui estime justifié de me *sermonner*.

Dooku leva un sourcil.

— Je suis peut-être allé un peu trop loin, Maître, fit-il sans se départir de sa grâce habituelle. Je ne critique pas. Pas le moins du monde. Je me contente d'observer.

— Le bras de Skywalker le rend encore plus parfait

pour ce qui nous intéresse. Il est le symbole permanent des sacrifices qu'il a accomplis au nom de la paix et de la justice. C'est la médaille de l'héroïsme qu'il arborera aux yeux de tous jusqu'à la fin de ses jours. En le voyant, qui pourrait douter de son honneur, de son courage, de son intégrité ? Il est parfait, ainsi. *Parfait.* Maintenant, Seigneur Comte, reste à savoir s'il est capable de transcender les limites artificielles de son endoctrinement Jedi. Et c'est précisément pour le découvrir que nous avons échafaudé l'opération d'aujourd'hui.

Dooku n'avait rien à répondre. Le Seigneur Noir l'avait introduit à des niveaux de pouvoir qui dépassaient ses rêves les plus fous. En politique, Sidious était un manipulateur si machiavélique que ses talents passaient pour ridiculiser la puissance du Côté Obscur même. On disait que chaque fois que la Force fermait une écoutille, elle ouvrait un hublot… et que chaque fois qu'un hublot s'était entrouvert au cours des trente dernières années, un Seigneur Noir des Sith était déjà assis sur le bastingage et lorgnait par l'entrebaîllement, scrutant, supputant le meilleur moyen de s'insinuer à l'intérieur.

Améliorer le plan de son Maître était quasiment impossible. Il devait bien reconnaître que son idée à lui – mettre Kenobi à la place de Skywalker – était le pur produit d'un sentimentalisme parasite. Skywalker était certainement l'homme idéal pour ce genre de situation.

Il y avait de quoi. Dark Sidious avait passé un nombre considérable d'années à faire en sorte qu'il le soit.

Le test d'aujourd'hui tirerait un trait sur le *certainement.*

Il n'avait aucun doute que Skywalker succomberait. Dooku comprenait que l'opération n'était pas seulement destinée à tester Skywalker. Sidious ne le lui avait jamais dit, mais Dooku était persuadé qu'il était également sur la sellette. En cas de succès aujourd'hui, il prouverait au Maître qu'il était lui-même digne du rang de Maître : à l'issue du combat de ce jour, il aurait initié Skywalker à l'incommensurable gloire du Côté Obscur, tout comme Sidious l'avait initié.

Il n'envisageait pas l'éventualité d'un échec. Pourquoi échouerait-il ?

— Pardonnez-moi, Maître, mais quand même... Une fois Kenobi tombé sous ma lame, êtes-vous certain que Skywalker acceptera mon autorité ? Reconnaissez que sa biographie offre peu d'exemples de son obéissance.

— Le pouvoir de Skywalker draine avec lui beaucoup plus que de la simple obéissance. Il s'accompagne de créativité, et de chance. Le talent d'un Grievous, par exemple, ne nous intéresse pas. Même les crétins bornés du Conseil Jedi y voient assez clair pour le comprendre : ils se contentent de lui dire *quoi* faire, ils n'essaient plus de lui dire *comment*. Et il trouve un moyen. Il l'a toujours trouvé.

Dooku opina. Pour la première fois depuis que Sidious lui avait révélé les subtils dessous de sa carte maîtresse, Dooku crut pouvoir se détendre suffisamment pour imaginer l'issue des événements.

La capture héroïque du Comte Dooku ferait d'Anakin Skywalker le héros suprême : le plus grand héros de toute l'histoire de la République et peut-être de l'Ordre Jedi lui-même. La perte de son compagnon bien-aimé ajouterait exactement un parfum de nostalgie, une petite pointe de piment tragique à chacune de ses paroles, lorsque l'HoloNet diffuserait ses interviews dénonçant la corruption du Sénat comme un élément perturbateur de l'effort de guerre, lorsqu'il insinuerait délicatement – très délicatement, presque à contrecœur – que la corruption de l'Ordre Jedi prolongeait la guerre même.

C'est alors qu'il annoncerait la création d'un nouvel ordre guerrier utilisant la Force.

Il serait le parfait général de l'Armée Sith.

Dooku ne put que secouer la tête d'effroi. Et dire que, quelques jours auparavant seulement, les Jedi semblaient sur le point de dévoiler, voire de détruire, tout ce à quoi son Maître et lui-même avaient œuvré. Mais il n'aurait jamais dû avoir peur. Son Maître *n'échouait* jamais, et n'échouerait jamais. Par définition, il était invincible.

Comment peut-on défaire un ennemi qu'on prend pour un ami ?

Et maintenant, en un seul et magistral coup, son Maître allait renverser l'Ordre Jedi, le retourner comme un ouroboros qui se mordrait la queue.

C'était le jour. Et c'était l'heure.

La mort d'Obi-Wan Kenobi signerait la mort de la République.

Ce jour verrait la naissance de l'Empire.

— Tyranus ? Ça va ?

Dooku réalisa que ses yeux s'étaient embués.

— Je suis... Oui, mon Maître. Ça va mieux que bien. Aujourd'hui, cet apogée – ce Grand Final –, l'aboutissement de toutes vos années de travail... Je me sens un peu dépassé.

— Du calme, Tyranus. Kenobi et Skywalker sont presque à notre porte. Joue ton rôle, mon disciple, et la galaxie est à nous.

Dooku se redressa, et pour la première fois il regarda son Maître dans les yeux.

Dark Sidious, le Seigneur Noir des Sith, était assis dans le fauteuil du général, enchaîné par les poignets et les chevilles.

Dooku s'inclina devant lui.

— Merci, Chancelier.

Palpatine de Naboo, le Chancelier Suprême de la République, répondit :

— Retirez-vous. Ils sont ici.

3

La manière Sith

Les portes du turbo-élévateur s'ouvrirent dans un souffle. Anakin se colla contre la paroi, au milieu d'un amoncellement de droïdes qu'il avait réduits en pièces avec son sabre laser. De la cabine, il voyait une batterie d'élévateurs parfaitement ordinaire : éclairée *a giorno*, et déserte. Personne.

Il y était arrivé. Enfin.

Le corps d'Anakin vibrait en écho avec le chant de sa lame bleue, rayonnante.

— Anakin...

Obi-Wan était adossé au mur opposé. Il avait l'air calme, et Anakin parvenait mal à comprendre pourquoi. Il jeta un regard sans équivoque au sabre laser qu'Anakin tenait à la main.

— Anakin, dit-il doucement. C'est un sauvetage. Pas un massacre.

Anakin garda son arme dans la même position.

— Et Dooku ?

— Quand le Chancelier sera en sécurité, répondit Obi-Wan avec l'ombre d'un sourire, nous pourrons faire sauter le vaisseau.

Les doigts mécaniques d'Anakin se crispèrent sur la poignée de son sabre laser au point de la faire craquer.

— Je préférerais faire ça à la main.

Obi-Wan se glissa précautionneusement par la porte de l'élévateur. Il n'essuya aucun tir. Il fit signe à Anakin.

— Je sais que c'est difficile, Anakin. Je sais que c'est

très personnel pour toi, à tous les niveaux. Mais tu devrais davantage penser à la globalité de ton entraînement, et pas seulement à ton entraînement au combat.

Anakin sentit la chaleur lui monter aux joues.

— Je ne suis plus…

Je ne suis plus votre Padawan, voilà ce qu'il se disait hargneusement, dans son for intérieur. Mais c'était l'adrénaline qui parlait, et il ravala ces paroles pour dire :

— … Je ne vous laisserai pas tomber, Maître. Et je ne laisserai pas non plus tomber le Chancelier Palpatine.

— Je n'ai aucun doute à ce sujet. Rappelle-toi seulement que Dooku n'est pas un Jedi Noir comme cette Ventress ; c'est un Seigneur Sith. Les mâchoires du piège sont sur le point de se refermer, et il se peut qu'il y ait du danger ici, en dehors des risques purement physiques.

— Oui.

Anakin rétracta sa lame et passa devant Obi-Wan, sur le palier des turbo-élévateurs. Dans le lointain, des explosions ébranlaient le vaisseau, et le sol tanguait comme un radeau sur une rivière en crue. Mais c'est à peine s'il y prêtait attention.

— C'est juste… qu'il y a eu tellement… ce qu'il a fait… pas seulement aux Jedi, mais à la galaxie tout entière…

— Anakin…, commença Obi-Wan sur un ton d'avertissement.

— Ne vous en faites pas. Je ne suis pas en colère, et je ne cherche pas à me venger. Seulement… j'ai hâte d'en finir, dit-il en soulevant son sabre laser.

— L'impatience…

— … est une distraction. Je sais. Et je sais que l'espoir est aussi vain que la crainte. Et je sais aussi, ajouta Anakin en s'autorisant un – léger – sourire, je sais tout ce que vous mourez d'envie de me dire en ce moment précis.

Obi-Wan esquissa, en signe d'acquiescement, une petite révérence contrite, aussi affectueuse que s'il avait serré Anakin sur son cœur.

— Je suppose qu'il faudra bien, à un moment donné, que j'arrête de vouloir t'entraîner.

Le sourire d'Anakin s'élargit et devint un petit ricanement.

— Dites donc, c'est la première fois que vous l'admettez !

Ils s'arrêtèrent devant la porte du quartier général : un gigantesque ovale d'iridiite opalescente veinée d'or. Anakin regarda son reflet fantomatique en s'immergeant dans la Force afin d'inspecter la pièce voisine.

— Je suis prêt, Maître.

— Je sais que tu es prêt.

Ils restèrent un moment debout côte à côte.

Anakin ne le regarda pas ; il regardait par la porte – *à travers* la porte –, scrutant les profondeurs vacillantes de la pièce à la recherche du moindre indice d'un indiscernable avenir.

Il ne pouvait pas s'imaginer autrement qu'en guerre.

— Anakin, fit Obi-Wan d'une voix douce, et sa main pesait sur le bras d'Anakin. Il n'y a pas un seul autre Jedi que je préférerais avoir à mon côté en ce moment précis. Pas un seul autre homme.

Anakin se détourna et trouva dans les yeux d'Obi-Wan une profondeur de sentiment qu'il n'avait que rarement entrevue durant toutes les années qu'ils avaient passées ensemble ; et le pur et simple amour qui monta alors en lui était comme une promesse de la Force elle-même.

— Je... je ne voudrais pas qu'il en soit autrement, Maître.

— Je le crois, répondit son ex-Maître avec un regard aussi doucement étonné qu'amusé par ses propres paroles. Je crois que tu devrais t'habituer à m'appeler Obi-Wan.

— Obi-Wan, répondit Anakin, allons voir le Chancelier.

— C'est ça, répondit Obi-Wan. Allons-y.

Dans une capsule du turbo-élévateur, Dooku regardait les images holographiques de Kenobi et de Skywalker. Ils descendaient prudemment l'escalier en courbe menant du balcon d'accès au niveau principal des quartiers du général. Ils marchaient lentement pour ne pas être déséquilibrés par l'inclinaison du croiseur. Sous les explosions des torpilles, le vaisseau frissonnait et se cabrait. Les lumières s'éteignirent à nouveau. L'éclairage était la première chose qui flanchait lorsque l'énergie était détournée du support-vie pour être utilisée au contrôle de dégâts.

— *Mon Seigneur*, fit Grievous sur le comlink. (Il avait l'air très préoccupé.) *Les dégâts deviennent sévères. Trente pour cent des systèmes d'armes automatiques sont endommagés, et il se peut que nous perdions bientôt la faculté de vol dans l'hyperespace.*

Dooku hocha intérieurement la tête en regardant d'un air entendu, les sourcils froncés, les fantômes bleus, translucides, qui glissaient vers Palpatine.

— Général, ordonnez le repli de toutes les forces d'assaut, et préparez le bâtiment pour le saut. Quand les Jedi seront morts, je vous rejoindrai sur la passerelle.

— À *vos ordres, Seigneur. Grievous, terminé.*

— Comme tu dis, infâme créature, marmonna Dooku lorsque la ligne fut redevenue muette. C'est terminé pour toi, Grievous.

Il laissa tomber le comlink par terre. Il n'en avait plus besoin. Qu'il disparaisse, anéanti, avec Grievous, ses répugnants gardes du corps et tout le reste du croiseur, une fois qu'il serait capturé, sain et sauf, et loin d'ici.

Il adressa un hochement de tête aux deux superdroïdes de combat qui l'encadraient de toute leur hauteur. L'un d'eux ouvrit la porte de la cabine, et ils entrèrent dans l'ascenseur, pivotant pour se positionner de chaque côté de lui.

Dooku réarrangea sa cape d'armorweave chatoyante, et entra à grands pas dans le salon baigné par une lumière crépusculaire. À la lueur blafarde des veilleuses de sécurité, il vit que la porte des quartiers du général était calcinée. Ces deux paysans bestiaux l'avaient défoncée à coups de sabre laser. S'il essayait de passer par le trou, qui fumait encore, il risquait de brûler son pantalon. Dooku poussa un soupir, fit un geste, et les vantaux ravagés de la porte dégagèrent la voie en silence.

Il n'avait pas l'intention de combattre deux Jedi avec un feu de pantalon.

Anakin longea les sièges rangés le long de l'immense table qui occupait le centre de la salle de crise des quartiers du général. Obi-Wan se déplaçait parallèlement, de l'autre côté. La seule lumière de la salle était apportée par les éclairs silencieux qui crevaient les ténèbres sur l'énorme mur panoramique du fond : ce n'était qu'une tempête de tirs au canon lourd à éclats, de décharges de turbolasers et de supernovae miniatures, dont chacune traduisait la disparition corps et biens d'un vaisseau.

Noyée dans l'ombre, sur ce fond de carnage, se découpait la forme d'un gigantesque fauteuil.

Anakin croisa le regard d'Obi-Wan, de l'autre côté de la table, et eut un mouvement de tête en direction de la silhouette sombre qui se dressait devant eux. Obi-Wan répondit par le geste de la main Jedi qui voulait dire « Avance prudemment », et ajouta le signe « Tiens-toi prêt à agir ».

Anakin pinça les lèvres. Comme s'il avait besoin qu'on le lui dise. Après tous les ennuis qu'ils avaient eus avec les turbo-élévateurs, ils pouvaient s'attendre à tout, maintenant. Il ne fallait pas être sorcier pour imaginer que l'endroit devait grouiller de droïdes destroyers.

Les lumières se rallumèrent.

Anakin s'immobilisa.

La forme sombre, assise dans le fauteuil… c'était bien le Chancelier Palpatine. Il n'y avait pas de droïdes en vue, et son cœur aurait dû bondir de joie dans sa poitrine, sauf que…

Sauf que Palpatine avait l'air au plus mal.

Plus que vieux ; il avait l'air aussi âgé que Yoda : d'un âge indicible. Épuisé, souffrant. Et pire…

Anakin voyait sur son visage quelque chose qu'il n'aurait jamais pensé y trouver. Et ça lui coupait le souffle, et ça lui vidait le cerveau de toute parole.

Palpatine avait l'air terrifié.

Anakin ne savait que dire ; il n'imaginait même pas

ce qu'il aurait pu dire. Il ne pouvait qu'imaginer ce que Grievous et Dooku avaient pu faire pour graver une peur pareille sur le visage de cet homme brave et juste…

Et ce qu'il imaginait lui embrasait le sang, lui crispait le visage, lui embrumait le cœur, et ranimait ce sourd roulement de tonnerre qu'il avait dans les oreilles : le tonnerre d'Aargonar. De Jabiim.

Le tonnerre du campement des Tusken.

Si Obi-Wan éprouvait une détresse comparable, il n'en laissait rien paraître. Avec sa courtoisie habituelle, le Maître Jedi inclina gravement la tête.

— Chancelier, dit-il, calme et respectueux, comme s'ils s'étaient croisés par hasard dans le Grand Hall du Sénat Galactique.

Pour toute réponse, Palpatine émit un murmure assourdi.

— Anakin, derrière toi… !

Anakin ne se retourna pas. C'était inutile. Ce n'était pas seulement le claquement des talons de bottes et le bruit que faisaient les magnépèdes en franchissant le seuil du balcon d'entrée ; la Force monta soudainement en lui et se referma autour de lui comme les poings d'un homme surpris.

Dans la Force, à travers le regard fixe de Palpatine, il sentait la source de la peur qui bouillonnait dans ses veines comme la vapeur descendant dans une masse d'air glacial. Et il sentait aussi, plus froide encore, une onde de pouvoir, plus mordante que l'écume dans la bouche d'un mynock, s'insinuer dans la salle derrière lui, telle une dague de glace qui se serait plantée dans son dos.

C'est bizarre, se dit-il. *Depuis Ventress, je ne sais pas pourquoi, mais je m'attends toujours que le Côté Obscur soit chaud…*

Quelque chose se dénoua dans sa poitrine. Le tonnerre qu'il avait dans les oreilles se dissipa en une fumée rouge qui s'enroula à la base de sa colonne vertébrale. Son sabre laser trouva sa main, et ses lèvres découvrirent ses dents en un sourire qu'un dragon krayt aurait compris.

Anakin retrouva la parole.

— Ça, murmura-t-il à l'adresse de Palpatine, et pour lui-même, ce n'est pas un problème.

La voix qu'on entendait sur le balcon d'accès était une voix de basse, élégante, qui retrouvait les tonalités onctueuses de ces trompes des cavernes taillées dans le bois de kriin.

La voix du Comte Dooku.

— Général Kenobi. Anakin Skywalker. Mes Seigneurs – selon le terme consacré –, vous êtes mes prisonniers.

C'est alors qu'Anakin décida que, vraiment, il n'avait plus aucun problème.

Le balcon d'accès – situé bien au-dessus des Jedi, les dominant de toute sa hauteur – avait l'angle idéal pour que Dooku prenne les mesures finales avant que ne commence la farce.

Comme dans toutes les vraies farces, le dénouement obéirait à une logique implacable, bâtie sur ce principe ridicule : à la base, Dooku ne pourrait jamais être vaincu par un simple Jedi. Quel dommage que son vieil ami Mace n'ait pu être des leurs aujourd'hui. Le Maître de Korun aurait sans doute apprécié le spectacle qui se préparait.

Dooku avait toujours aimé bénéficier d'un public de connaisseurs.

Au moins, Palpatine était là, menotté dans le grand fauteuil. Au fond de la salle, le combat spatial faisait rage sur le mur lumineux derrière lui, comme si sa silhouette austère répandait de grands sillages de guerre. Sauf que Palpatine était moins un public qu'un acteur.

Ce qui n'était pas du tout la même chose.

Skywalker tournait le dos à Dooku, mais sa lame était déjà dégainée, et sa grande silhouette mince était figée par l'attente, tellement immobile qu'elle semblait presque frémissante. Pathétique. Dire que ce garçon était un Jedi ; c'était tout simplement une insulte.

Quant à Kenobi… c'était une autre paire de manches : l'archétype de son espèce désuète. Il était simplement là, debout, à regarder calmement Dooku et les superdroïdes de combat qui l'encadraient, les mains ouvertes, complètement détendu, son visage n'exprimant qu'un intérêt débonnaire.

Dooku s'abandonna brièvement à une certaine satisfaction mélancolique – une agréable contemplation solitaire de sa grandeur méconnue – alimentée par cette pensée fugitive : Skywalker ne comprendrait jamais combien de réflexion, de prévision, combien de travail, le Seigneur Sidious avait investi dans sa piètre victoire si hâtivement orchestrée. Et il ne comprendrait jamais non plus la dimension artistique et la maîtrise que Dooku mettrait dans sa propre défaite.

Enfin, c'était la vie. Il fallait savoir faire des sacrifices pour les besoins de la cause.

C'était la guerre, après tout.

Il fit appel à la Force, la faisant monter en lui, s'y enroulant. Il l'inspira et la retint, tourbillonnante, dans son cœur, s'y cramponnant jusqu'à ce qu'il sente la galaxie tournoyer autour de lui.

Jusqu'à ce qu'il devienne l'axe de l'univers.

C'était le vrai pouvoir du Côté Obscur, le pouvoir qu'il avait soupçonné alors même qu'il était enfant, qu'il avait cherché tout au long de sa vie, jusqu'à ce que Dark Sidious lui montre qu'il l'avait en lui depuis toujours. Et le Côté Obscur ne l'amenait pas au centre de l'univers : il faisait de lui le centre de l'univers.

Il attira le pouvoir dans son être le plus intime, jusqu'à ce que la Force elle-même n'existe que pour servir sa volonté.

C'est alors que la scène, en dessous de lui, changea de manière indéfinissable. En apparence, elle était restée la même, mais intensifiée par le Côté Obscur, la perception de Dooku mesura avec une précision exaltante la vraie nature de ceux qui se trouvaient à ses pieds.

Kenobi était un être lumineux, transparent, une fenêtre ouverte sur la prairie ensoleillée qu'était la Force.

Skywalker était un nuage d'orage, parcouru d'éclairs menaçants, déclenchant une rotation qui menaçait de se muer en tornade.

Et puis, il y avait Palpatine, évidemment : il était au-delà du pouvoir. Il ne montrait rien de ce qu'il pouvait y avoir en lui. Alors même qu'il le voyait en cet instant avec les yeux du Côté Obscur, pour Dooku, Palpatine était un horizon événementiel. Sous cette surface parfaitement ordinaire, il y avait un néant total, absolu. Des ténèbres qui dépassaient les ténèbres.

Un trou noir de la Force.

Et il jouait à la perfection son rôle d'otage sans défense.

— Allez chercher de l'aide ! faisait-il dans un chuchotement rauque, où même Dooku reconnaissait de la panique. Vous devez aller chercher de l'aide ! Vous ne faites pas le poids, ni l'un ni l'autre, face à un Seigneur Sith !

Alors Skywalker se retourna et croisa le regard de Dooku pour la première fois depuis l'épisode du hangar abandonné, sur Géonosis. Et sa réponse lui était manifestement autant destinée qu'à Palpatine.

— Dites ça à celui qu'Obi-Wan a réduit en miettes sur Naboo.

Hum. Des rodomontades vides de sens. Maul était un animal. Un animal doué, mais un animal tout de même.

— Anakin…

Dans la Force, Dooku sentait que Kenobi n'approuvait pas les hâbleries de Skywalker ; et il sentait aussi la contrainte que Kenobi s'imposait pour se concentrer sur la situation.

— Cette fois, on va se le faire ensemble.

L'œil d'aigle de Dooku vit la main droïde de Skywalker se crisper sur la poignée de son sabre laser.

— Vous m'ôtez les mots de la bouche !

Eh bien, tout était parfait. Il était temps de donner un coup de pouce à cette petite comédie.

Dooku se pencha en avant et sa cape d'armorweave se déploya comme des ailes. Il s'éleva doucement dans l'air en prenant appui sur la Force et se laissa descendre lentement, majestueusement, sur le niveau principal. Il effleura le bout de la table d'état-major et regarda les deux Jedi, les sourcils froncés.

— Vos armes, mes Seigneurs, s'il vous plaît. Faisons grâce au Chancelier d'un spectacle désolant.

Obi-Wan souleva son sabre laser à deux mains et se mit en garde, selon l'attitude équilibrée Ataro : le style de Qui-Gon et de Yoda. Sa lame s'anima d'une vie crépitante, et l'air s'emplit d'une odeur de foudre.

— Cette fois, Dooku, vous ne nous échapperez pas !

— Vous échapper ? Je vous en prie, fit Dooku en s'autorisant à élargir son sourire coutumier. Vous croyez que j'ai orchestré toute cette opération avec l'intention de m'enfuir ? J'aurais pu quitter le système avec le Chancelier depuis des heures, déjà. Mais j'avais mieux à faire que de lui servir de nounou en attendant votre inévitable tentative de sauvetage.

Skywalker adopta une garde Shien : sa main de duracier gantée de noir, levée haut devant l'épaule, son sabre laser tendu vers le haut, la pointe un peu détournée.

— C'est un peu plus qu'une tentative.

— Et un peu moins qu'un sauvetage.

Dans un mouvement flamboyant, Dooku renvoya sa cape en arrière, sur son épaule droite, dégagea son sabre et l'agita négligemment vers les superdroïdes de combat postés sur le balcon d'accès, au-dessus d'eux.

— Maintenant, mes Seigneurs, me permettez-vous d'ordonner aux droïdes d'ouvrir le feu ? C'est vraiment la chienlit, avec ces éclairs de laser qui rebondissent dans tous les sens. Ce n'est pas très dangereux pour nous trois, évidemment, mais je n'aimerais pas qu'il arrive du mal au Chancelier.

Kenobi s'approcha lentement de lui, avec une sorte de grâce hypnotique, comme s'il flottait, monté sur une plate-forme à répulseurs invisible.

— Pourquoi ai-je tant de mal à vous croire ?

Skywalker l'imita, faisant un mouvement vers le flanc de Dooku.

— Question effusion de sang, vous n'étiez pas si regardant sur Géonosis.

— Ah, fit Dooku, et son sourire s'élargit encore. Et comment va la Sénateur Amidala ?

L'orage que devenait Skywalker dans la Force bouillonna soudain d'énergie.

— Je vous... je vous interdis de prononcer son nom !

Dooku écarta ses protestations d'un geste. Les problèmes personnels de ce gamin étaient trop ennuyeux pour qu'il s'y arrêtât. Il n'en savait que trop déjà sur la vie privée compliquée de ce Skywalker.

— Stupide blanc-bec, je ne veux pas de mal au Chancelier Palpatine ! Il n'est ni un soldat ni un espion, contrairement à vous qui êtes les deux, votre ami et vous. C'est par un malheureux accident de l'histoire qu'il a choisi de défendre une République corrompue contre mes tentatives de réforme.

— De destruction, vous voulez dire.

— Le Chancelier est un civil. Alors que vous constituez, le général Kenobi et vous, des cibles militaires légitimes. C'est à vous de décider si vous voulez m'accompagner comme prisonniers... ou comme cadavres.

Dans un mouvement si rapide qu'il fut invisible, une convulsion de la Force amena son sabre laser à sa main, sa lame écarlate, étincelante, inclinée latéralement vers le bas...

— Par une drôle de coïncidence, répondit sèchement Kenobi en faisant prestement le tour de Dooku, de sorte que le Comte se retrouva exactement entre Skywalker et lui-même, vous êtes confronté à un choix identique.

Dooku les regarda tous les deux à tour de rôle avec un calme inébranlable. Il leva sa lame selon le salut Makashi et revint en garde basse.

— Ce n'est pas parce que vous êtes deux que vous devez croire que vous avez l'avantage.

— Oh, nous le savons, répondit Skywalker. Parce que vous êtes deux, vous aussi.

Dooku réprima à grand-peine un sursaut de surprise.

— Ou plutôt, vous *étiez* deux, rectifia le jeune Jedi. Nous sommes sur la piste de votre partenaire, Sidious. Nous l'avons suivi d'un bout à l'autre de la galaxie. À cette heure-ci, il est probablement entre les mains des Jedi.

— Vraiment ? Vous en avez de la chance, fit Dooku en se détendant.

Bien que ce ne soit évidemment pas la chose à faire, il était terriblement, terriblement tenté de faire un clin d'œil à Palpatine.

C'était très simple, en fin de compte, se dit-il. *D'abord, isoler Skywalker et assassiner Kenobi.* Ensuite, il n'aurait plus qu'à mettre Skywalker suffisamment en rage pour ouvrir une brèche dans sa retenue Jedi, et lui révéler la portée infinie du pouvoir des Sith.

À partir de là, le Seigneur Sidious prendrait le relais.

— Rendez-vous, fit Kenobi, sur un ton sans équivoque. Vous n'aurez pas d'autre chance.

Dooku haussa un sourcil.

— Je doute d'en avoir besoin, à moins que l'un de vous ne se trouve avoir Yoda dans sa poche.

La Force crépita entre eux, et, piquant du nez, le vaisseau se cabra sous l'impulsion d'un nouveau barrage de turbolasers. Dooku décida alors que le moment était venu. Il feignit de jeter un coup d'œil par-dessus son épaule – une diversion élémentaire afin de déclencher l'attaque…

Et ils bougèrent tous les trois en même temps.

Le vaisseau frémit, et la fumée rouge s'éleva de la colonne vertébrale d'Anakin pour envahir ses bras, ses jambes et sa tête, et quand Dooku, distrait l'espace d'un instant, jeta ce coup d'œil légèrement préoccupé par-dessus son épaule, Anakin ne put se retenir plus longtemps.

Il bondit, son sabre laser prêt à tuer.

Dans une coordination parfaite, Obi-Wan bondit, de l'autre côté de Dooku, et ils se rencontrèrent à mi-chemin, dans le vide… parce que le Seigneur Sith n'était plus entre eux.

Anakin leva les yeux… juste à temps pour entrevoir les semelles de ses bottes en cuir de rancor : Dooku se laissa retomber en plein sur son visage et le renversa, les quatre fers en l'air. Anakin puisa dans la Force pour se relever sans effort, se rétablit dans un équilibre parfait et rebondit vers les éclairs flamboyants, écarlates et d'un bleu céleste, qui jaillissaient des sabres entrechoqués. Dooku repoussait les assauts d'Obi-Wan par une succession de coups entrelacés de fioritures, détournant la lame du Jedi alors qu'elle allait l'atteindre au cœur.

Anakin se laissa tomber sur le dos de Dooku – et le Comte, se tournant à demi, esquissa un geste désinvolte tout en tenant Obi-Wan à distance d'un mouvement élégant. Les chaises se mirent à voler autour de la table d'état-major, en direction de la tête d'Anakin. Il repoussa la première avec une sorte de mépris, mais la seconde l'atteignit aux genoux et la troisième s'écrasa sur son épaule, l'expédiant à terre.

Il réprima une grimace de douleur et plongea dans la Force pour projeter des chaises à son tour, jusqu'à ce que la table d'état-major elle-même s'abatte sur lui et le repousse contre la paroi. Il laissa échapper son sabre laser qui tomba bruyamment sur le dessus de la table, puis par terre, de l'autre côté.

Dooku semblait à peine faire attention à lui.

Cloué au mur, à bout de souffle, à moitié assommé, Anakin se dit : *Si ça continue comme ça, je vais devenir fou.*

Tout en esquivant sans effort Kenobi et l'averse de coups d'estoc de son sabre bleu, Dooku sentit la Force repousser la table d'état-major et la catapulter dans son dos à une vitesse stupéfiante. Il eut juste le temps de sauter et de rouler par-dessus, évitant qu'elle ne lui brise la colonne vertébrale.

— Eh bien ! dit-il avec un ricanement. Ce gamin a donc un peu de pouvoir, malgré tout.

Après sa roulade arrière, il se retrouva debout sur ses deux pieds, juste devant le jeune homme désarmé qui chargeait, tête baissée, à la suite de la table qu'il avait écartée d'un coup de pied.

— Je suis deux fois le Jedi que j'étais la dernière fois ! dit-il, le visage empourpré.

Ah, se dit Dooku. *Un petit ego si fragile... Sidious*

devra l'aider à développer tout ça. Enfin, n'anticipons pas...

La poignée du sabre de Skywalker siffla dans l'air et rencontra sa main dans un ample revers de lame.

— Sachez, Comte, que mes pouvoirs ont doublé depuis la dernière fois que nous nous sommes rencontrés.

— Grand bien vous fasse.

Dooku fit un écart précis, visant avec sa lame la jambe du jeune homme. L'arme de Skywalker l'intercepta, et il réussit à passer son sabre derrière sa tête pour parer le coup que Dooku destinait sournoisement à sa nuque. Mais sa charge maladroite l'avait placé devant Kenobi, de sorte que le Maître Jedi dut employer la Force pour rouler par-dessus la tête de son partenaire.

Droit vers la lame levée de Dooku.

En pivotant en apesanteur, Kenobi repoussa l'assaut, et Dooku fit un nouveau pas de côté, de sorte que ce fut au tour de Kenobi de se retrouver en plein sur la trajectoire de Skywalker.

— Vraiment, commenta Dooku, c'est pathétique.

Oh, assurément, ils avaient assez d'énergie : ils bondissaient et tournoyaient bravement, faisant pleuvoir les coups dans le désordre le plus complet, réduisant les chaises en morceaux et utilisant la Force pour les projeter en tous sens pendant que Dooku, méthodique et gracieux, déjouait leurs menées avec une telle efficacité qu'il avait du mal à retenir un éclat de rire.

Il lui suffisait de contrer leurs tactiques, si évidentes que c'en était déprimant. Skywalker, le plus rapide, filait de-ci, de-là comme un bat-faucon pris de frénésie – tentant une variante Jedi des mâchoires de la tenaille en se jetant sur lui par les deux côtés à la fois –, alors que Kenobi affectait une cadence Shii-Cho mesurée, avec toute la grâce d'un droïde de marchandise, avançant pas à pas, arrondissant les angles, essayant maladroitement, mais avec une obstination inébranlable, d'acculer Dooku.

Dans tout ça, Dooku n'avait qu'à glisser d'un côté à l'autre – et parfois sauter par-dessus l'un d'eux – afin de les combattre chacun à tour de rôle, au lieu de les affronter en même temps. Il supposait que dans leur environnement habituel ils auraient pu passer pour raisonnablement efficaces. Il était clair qu'ils avaient mis leur style au point en combattant en équipe contre un grand nombre d'adversaires. Mais ils n'étaient pas habitués à se battre ensemble contre un seul et unique virtuose de la Force, et assurément pas un adversaire du niveau de Dooku. Lui, au contraire, s'était toujours battu seul. Amener les Jedi à se marcher sur les pieds, à trébucher et à s'empêtrer en se mettant sur le chemin l'un de l'autre était d'une facilité grotesque.

Ils ne comprenaient même pas à quel point il dominait entièrement le combat. Parce qu'ils combattaient comme on les y avait entraînés, en relâchant tout désir et en laissant la Force s'écouler en eux, ils n'avaient aucun espoir de contrer la maîtrise que Dooku avait acquise des techniques Sith. Ils n'avaient rien appris depuis qu'il les avait vaincus, sur Géonosis.

Ils se laissaient diriger par la Force, alors que Dooku dirigeait la Force.

Il aspirait la puissance de leurs coups dans ses propres esquives et nourrissait ses ripostes de poussées de Pouvoir Noir qui modifiaient imperceptiblement l'équilibre des deux Jedi et les prenaient à contre-pied. Il aurait pu les assassiner avec la même désinvolture que la créature appelée Maul avait détruit les Vigus du Soleil Noir.

Cela dit, il n'avait qu'une mort en projet, et cette comédie commençait à l'ennuyer. Pour ne pas dire qu'elle le fatiguait. Le Côté Obscur de la Force qui le servait avait ses limites, et après tout, il n'était plus un jeune homme.

Il se pencha pour porter dans le ventre de Kenobi un coup d'estoc que le Maître Jedi para d'une esquive qui releva son sabre, et ils se retrouvèrent poitrine contre poitrine, leurs lames embrasées verrouillées l'une contre l'autre, à une main de leur gorge à tous les deux.

— Vos mouvements sont trop lents, Kenobi. Trop prévisibles. Il va falloir faire mieux.

En réponse à cet aimable avertissement, Kenobi

considéra son adversaire avec une lueur doucement amusée dans l'œil.

— Bon, très bien, répondit le Jedi.

Et il sauta juste au-dessus de la tête de Dooku, si vite que ce fut comme s'il s'était volatilisé.

Là où se trouvait la poitrine de Kenobi, il n'y avait plus que l'éclair bleu lancé par la lame de Skywalker qui plongeait droit vers le cœur de Dooku.

Grâce à un tourbillon désespéré sur le côté, ce qui aurait été une plaie fumante dans sa poitrine se limita à un accroc calciné sur sa cape d'armorweave.

Qu'est-ce que ça veut dire ? se demanda Dooku.

Il se jeta en tourbillonnant vers le haut, loin des deux Jedi, et se laissa retomber sur la table d'état-major, rompant un instant le combat pour reprendre ses esprits – il l'avait échappé belle –, mais ses bottes eurent à peine le temps de toucher la table que Kenobi était là à l'attendre, sa lame dessinant des mouvements défensifs à une telle vitesse que Dooku n'osait même pas tenter de frapper. Il tenta une feinte vers le visage de Kenobi, puis abandonna et tourna sur lui-même, effectuant un balayage à hauteur de la cheville...

Sauf que non seulement Kenobi esquiva aisément l'assaut, mais encore Dooku manqua perdre son propre pied : surgi de nulle part, Skywalker lui avait assené un coup de sabre. Il tailladait maintenant la table qui finit par s'effondrer sous le poids de Dooku et envoya le Seigneur Sith rouler à terre sans cérémonie.

Ce n'était pas du tout ce qui était prévu.

Skywalker porta ensuite vers le bas un coup si violent que, lorsqu'il le para, Dooku sentit ses coudes se disloquer sous la force du choc. Il entreprit alors de faire un roulé-boulé sur le dos, qui le remit debout... mais la lame de Kenobi était là, à la rencontre de son cou. Une roue sur deux mains avec réception sur la jambe d'appel, couplée à un coup de pied retourné qui atteignit Kenobi à la cuisse, lui donna le temps de bondir à nouveau, et quand il toucha le sol...

Skywalker était déjà là.

Le premier revers de lame de Skywalker fut détourné par Dooku qui s'était instinctivement mis en garde. Le deuxième tordit le poignet de Dooku. Le troisième éclair de flamme bleue repoussa la lame écarlate si loin en arrière que son propre sabre laser lui calcina l'épaule, et qu'il fut obligé de céder du terrain.

Dooku se sentit blêmir. D'où venait ce coup ?

Skywalker s'approcha, mécaniquement, inexorablement, avec l'incroyable puissance d'un droïde destroyer armé d'un sabre laser : à chaque pas, un coup, et à chaque coup, un pas en avant. Dooku recula aussi vite que possible. Skywalker continuait droit sur lui. Dooku commençait à manquer de souffle. Il n'essayait même plus de parer les coups de Skywalker, il s'efforçait seulement de les détourner. Sa puissance physique ne lui permettait pas de rivaliser avec Skywalker. Non seulement le jeune homme disposait de terrifiantes réserves d'énergie alimentée par la Force, mais encore sa puissance était purement stupéfiante.

C'est alors seulement que Dooku comprit qu'il s'était fait avoir.

La posture convenue du Shien de Skywalker était une ruse, tout comme ses mouvements Ataro : le jeune Jedi était un styliste du Djem So, et le meilleur que Dooku ait jamais vu. Son propre Makashi élégant ne générait tout simplement pas le pouvoir cinétique d'affronter le Djem So. Surtout pas alors qu'il se défendait aussi contre un second assaillant.

Il était temps de modifier sa propre tactique.

Il s'abaissa et effectua un nouveau balayage des deux pieds – la faiblesse du Djem So était son manque de mobilité – qui atteignit la botte de Skywalker avec une force suffisante pour le déséquilibrer, procurant à Dooku l'occasion d'esquiver d'un bond…

Pour se retrouver à nouveau devant la roue de lumière bleue que traçait la lame de Kenobi.

Dooku décida que la comédie avait assez duré.

Il était temps de porter l'estocade finale.

Le Maître de Kenobi était Qui-Gon Jinn, le propre

Padawan de Dooku ; Dooku avait affronté Qui-Gon des milliers de fois, et il connaissait toutes les faiblesses du style Ataro, avec ses ridicules acrobaties. Il enchaîna une série de coups fulgurants vers les jambes de Kenobi, afin de conduire le Maître Jedi à lui sauter par-dessus la tête, dans l'espoir de lui brûler la colonne vertébrale de part en part, des reins aux omoplates… Et cette image et ce plan étaient tellement clairs dans l'esprit de Dooku que c'est à peine s'il vit que Kenobi répondait à chacun de ses coups sans même bouger les pieds, parfaitement centré, parfaitement équilibré, son arme ne bougeant jamais d'un millimètre de plus que nécessaire, esquivant sans effort, ripostant avec des coups foudroyants et des attaques plus vives que la langue d'une vipère fantôme Garollienne. Et quand Dooku sentit que Skywalker reprenait pied et avançait à nouveau dans son dos, quand il enregistra enfin d'où venait l'aveuglante rapidité de réaction dont Kenobi avait fait preuve un instant plus tôt – alors seulement, avec un temps de retard, il comprit que l'Ataro et le Shii-Cho de Kenobi étaient également des stratagèmes.

Kenobi était devenu un maître de Soresu.

Dooku se rendit compte que tout ça lui inspirait soudain, de façon tout à fait inattendue, un mauvais pressentiment, aussi déconcertant que rigoureusement désespérant.

Sa farce était soudain, sans raison, passée de la comédie au drame mortel, et sombrait rapidement dans la terreur. L'esprit de Dooku fut le théâtre d'une prise de conscience aussi fulgurante que les boules de feu provoquées par les explosions des vaisseaux qui se volatilisaient au-dehors : ces deux imbéciles de Jedi avaient réussi, il n'aurait su dire comment, à devenir extrêmement dangereux.

Ce n'était encore qu'une possibilité, mais ces clowns étaient peut-être bien capables de le vaincre.

Il n'avait aucune raison de prendre des risques ; même son Maître aurait été d'accord avec ça. Le Seigneur Sidious aurait moins de mal à trouver un nouveau plan qu'un nouvel apprenti.

Il s'emplit à nouveau de Force en une unique inspiration

qui draina de l'énergie d'un bout à l'autre de l'univers. Une infime étincelle de cette énergie, aussi infime qu'un mouvement de poignet, projeta Kenobi contre le mur, où il s'écrasa rudement. Mais Dooku n'eut pas le temps de se réjouir.

Skywalker était déjà sur lui.

Le sabre laser bleu, étincelant, tournoya et crépita, et tous les revers de lame s'écrasèrent contre les parades de Dooku avec l'invincible puissance d'un météore. Pour simplement répondre à ces assauts sans être coupé en deux, le Seigneur Sith gaspillait ses réserves de Force. Et Skywalker...

Skywalker devenait *de plus en plus fort.*

Chaque parade coûtait à Dooku plus d'énergie qu'il n'en avait utilisé pour projeter Kenobi à l'autre bout de la salle ; chaque fois qu'il bloquait un assaut de son adversaire, il vieillissait de dix ans.

Il décida qu'il avait intérêt à revoir sa stratégie, encore une fois.

Il n'essayait même plus de riposter. La Force s'épuisait, et ses perceptions commençaient à s'émousser, ramenant sa conscience à son niveau naturel, le piégeant dans son propre crâne jusqu'à ce qu'il ait du mal à entrevoir les contours de la salle autour de lui. Il sentait vaguement les marches dans son dos, les marches de l'escalier qui menait vers le balcon d'accès. Il battit en retraite, remontant l'escalier, profitant de sa position surélevée pour accroître la puissance de ses coups, mais Skywalker continuait à avancer, avec une implacable férocité.

Cette lame bleue était partout, jetant des éclairs et tournoyant de plus en plus vite jusqu'à ce que Dooku voie la pièce à travers un brouillard électrique. C'est alors que Kenobi revint dans son champ de vision : dans un hurlement amplifié par la Force, il bondit comme une torpille sur les marches, derrière Skywalker, et Dooku décida que, compte tenu de ces circonstances assez extrêmes, un gentleman pouvait se sentir incité à tricher quelque peu.

— Gardes ! lança-t-il aux deux superdroïdes de

combat qui étaient toujours au garde-à-vous des deux côtés de la porte d'entrée. Ouvrez le feu !

Les deux droïdes se précipitèrent aussitôt, les mains tendues. L'énergie jaillit puissamment des lourds blasters incorporés dans leurs bras. Skywalker tournoya sur lui-même, et sa lame intercepta tous les tirs des droïdes, les leur renvoyant, leur carapace polie comme un miroir déviant les éclairs. Bientôt, les ricochets aveuglants des particules de rayons galvanisés crépitèrent à travers la salle.

Kenobi gagna le haut de l'escalier, et d'un seul coup de son sabre laser démantela les deux droïdes. Avant que leurs pièces ne heurtent seulement le sol, Dooku s'était mis en mouvement : atterrissant dans un tourbillon, il porta un coup de pied latéral qui plia Skywalker en deux. Il utilisa sa dernière décharge d'énergie sombre pour continuer son tournoiement par un mouvement de la jambe de bas en haut d'une rapidité aveuglante. Heurtant la pointe du menton de Kenobi avec un craquement qui évoqua la détonation d'un énorme lance-slug perforant, son talon projeta le Maître Jedi à la renverse, en bas de l'escalier. Il y eut un craquement, comme s'il s'était cassé le cou.

Ce qui aurait été merveilleux…

Mais il n'était pas question de prendre des risques.

Et alors que le corps de Kenobi, inerte et désarticulé, tombait vers le sol, tout en bas, Dooku envoya une décharge d'énergie à travers la Force. La chute de Kenobi s'accéléra soudain comme l'aurait fait un missile brûlant ses dernières réserves d'énergie avant l'impact. Le Maître Jedi heurta le sol de biais, glissa et s'écrasa sur le mur, si rudement que l'hydromousse de permaciment céda et s'effondra sur lui.

Ce que Dooku trouva excessivement plaisant.

Quant à Skywalker…

Dooku ne put pas aller plus loin, parce que, le temps qu'il ramène son attention sur le jeune Jedi, sa vision était pratiquement obstruée par la semelle d'une botte qui approchait de son visage, avec quelque chose qui ressemblait à la vitesse de libération de l'attraction planétaire.

L'impact fut une explosion de feu blanc, puis il y eut un second choc contre son dos : c'était la rambarde du balcon. La pièce se renversa complètement, et il tomba vers le plafond ; mais pas vraiment, bien sûr : c'était seulement une impression qu'il avait parce qu'il venait de basculer par-dessus la rambarde. Il tombait tête la première vers le sol, et ni ses bras ni ses jambes n'écoutaient ce qu'il essayait de leur faire effectuer. La Force semblait être mobilisée ailleurs, et vraiment, tout ce processus était mortifiant au dernier degré.

Évitant un impact destructeur, il parvint in extremis à invoquer une dernière bouffée du Côté Obscur. La Force l'enveloppa, amortit sa chute et le remit sur ses pieds.

Il s'épousseta et braqua un regard courroucé sur Skywalker, qui se tenait à présent debout sur le balcon et le regardait d'en haut. Dooku ne put soutenir son regard ; ce renversement de leurs positions de départ lui semblait étrangement dérangeant. Déboussolant.

Il y avait quelque chose d'étonnamment *adéquat* dans tout ça.

Voir Skywalker se tenir à l'endroit même où Dooku en personne se trouvait quelques instants plus tôt... c'était comme s'il essayait de se rappeler un rêve qu'il n'avait jamais fait en réalité...

Il repoussa cette notion, puisant une fois de plus dans la certitude de son invincibilité personnelle pour s'ouvrir un canal vers la Force. La puissance s'insinua en lui, et le poids de ses années tomba de ses épaules.

Il souleva sa lame, et attendit.

Skywalker bondit du balcon. Alors que le jeune homme se précipitait vers lui, Dooku éprouva un nouveau changement d'impulsion dans les courants de la Force qui les séparaient, et il comprit enfin.

Il comprit comment Skywalker devenait de plus en plus fort. Pourquoi il ne parlait plus. Comment il était devenu une machine de guerre. Il comprit pourquoi Sidious s'intéressait tellement à lui, depuis si longtemps.

Skywalker était un *naturel*.

Il avait à la place du cœur un réacteur thermonucléaire qui brûlait à travers les murs pare-feu de son entraînement Jedi. Il maintenait la Force dans l'étau de son poing chauffé à blanc. Il était déjà à moitié Sith, et il ne le savait même pas.

Ce gamin avait le don de fureur.

Pour l'instant, il se retenait. Pour l'instant, alors qu'il atterrissait juste à côté de Dooku et faisait pleuvoir ses coups sur les parades du Seigneur Sith et l'obligeait à reculer, pas après pas, Dooku sentait comment Skywalker maintenait sa fureur enfermée derrière les murailles de sa volonté : des murailles qui étaient renforcées par une menace incontrôlable.

Une menace de lui-même, supposa Dooku. Ou de ce qui pourrait arriver s'il laissait jamais ce réacteur qu'il avait à la place du cœur atteindre le stade critique.

Dooku s'écarta d'un revers et fit un bond en arrière.

— Je sens une grande peur en toi. Une peur qui te consume. Le Héros Sans Peur, tu parles ! Tu es une escroquerie ambulante, Skywalker. Tu n'es qu'un poseur !

Il pointa son sabre laser sur le jeune Jedi comme un doigt accusateur.

— Tu n'es pas un peu trop grand pour avoir peur du noir ?

Skywalker bondit à nouveau sur lui, et cette fois Dooku repoussa aisément sa charge. Ils étaient debout presque pied à pied, leurs lames jetant des éclairs si rapides que l'œil ne pouvait les suivre, mais Skywalker avait perdu son mordant ; il avait suffi de lui faire une remontrance pour le déconcentrer : au lieu de rester focalisé sur la victoire, il consacrait son attention au contrôle de ses propres émotions. Plus il était en rage, et plus il avait peur, et la peur nourrissait à son tour sa colère. Comme le proverbial multipède Corellien, il avait commencé à réfléchir à ce qu'il faisait, et il ne pouvait plus marcher.

Dooku s'autorisa à se détendre ; il sentit que toute la maîtrise du jeu revenait sur lui, alors que Skywalker et lui se tournaient autour dans leur danse mortelle.

Quelque joie qu'il y ait à tirer de ça, il avait intérêt à en profiter pendant qu'il en était encore temps.

C'est alors que, pour une raison ou une autre, Sidious décida d'intervenir.

— N'aie pas peur de ce que tu éprouves, Anakin, sers-t'en ! Utilise-le ! aboya-t-il par la voix de Palpatine. Fais appel à ta rage. Concentre-la, et il ne pourra pas te tenir tête. La fureur est ton arme. Maintenant, frappe ! *Frappe ! Tue-le !*

Dooku se dit abstraitement : *Me tuer ?*

Skywalker et lui se figèrent un dernier, un suprême instant, leurs lames soudées l'une à l'autre, se regardant par-dessus une croix crépitante de bleu et d'écarlate, et à cet instant, Dooku réalisa qu'il se demandait avec une naïveté émerveillée si Sidious n'avait pas soudain perdu l'esprit. Ne comprenait-il pas le conseil qu'il venait de donner ?

De quel côté était-il, en fin de compte ?

Et à travers la croix formée par leurs lames, il vit dans les yeux de Skywalker la promesse de l'enfer, et il eut, comme dans une nausée, le pressentiment qu'il connaissait déjà la réponse à cette question.

La traîtrise était typique de la manière Sith.

4

Piège à Jedi

Telle est la mort du Comte Dooku :

Des étoiles fleurissent et entrent en éruption dans l'esprit d'Anakin Skywalker, et il se dit : *Bon, ça y est*, et il découvre que la peur nichée dans son cœur peut également être une arme.

C'est aussi simple. Et aussi complexe.

Et c'est définitif.

Dooku est mort. Le reste relève du détail.

La farce continue ; cette histoire d'éclairs de sabres laser, de claquements et de chuintements. Dooku & *Skywalker*, une seule et unique représentation réservée à un unique spectateur. Jedi et Sith et Sith et Jedi, tournoyant, tourbillonnant, se percutant, tailladant, tranchant et parant, s'étreignant, glissant, fouettant et déchirant l'air avec des grondements hargneux.

Et tout ça pour rien, parce qu'une flamme nucléaire a anéanti la retenue Jedi d'Anakin Skywalker, et que sa peur est devenue un jaillissement de fureur, et que sa fureur est une lame qui réduit son sabre laser à un jouet.

La farce continue, mais il n'y a plus de suspens. C'est devenu une simple pantomime, aussi compliquée et vide de sens que les courbes spatio-temporelles qui guident les amas galactiques à travers l'espace infini.

Les décennies d'expérience de Dooku au combat ne font pas le poids. Son aptitude au combat est vaine. Son immense fortune, son influence politique, son éducation impeccable, ses manières irréprochables, son goût exquis – toutes les quêtes et les conquêtes dont il est si fier et auxquelles il a consacré tant de temps et de soins durant les longues années de sa longue vie – sont des chaînes qui pèsent sur son esprit et lui font courber la tête devant la hache.

Même sa connaissance de la Force n'est plus qu'une farce.

C'est cette même connaissance qui lui fait voir sa mort, la lui fait toucher du doigt, qui, dans son esprit, la lui fait regarder sous toutes les coutures et en examiner toutes les facettes, comme s'il s'agissait d'un diamant noir si froid qu'il en serait brûlant. L'élégante farce de Dooku est devenue un mélodrame pathétique, et pas une larme ne sera versée à la mort de son héros.

Mais pour Anakin, le combat n'est que terreur et que rage.

Il est seul à se dresser entre la mort et les deux hommes qu'il aime le plus au monde, et il ne peut pas se permettre la moindre retenue. Le dragon de l'étoile morte, le dragon imaginaire, se démène pour pétrifier sa force, lui murmurer que Dooku l'a déjà vaincu, que Dooku a pour lui toute la puissance des ténèbres, lui rappeler comment Dooku lui a pris la main, comment Dooku a réussi à jeter Obi-Wan en personne à terre sans le moindre effort apparent et qu'Anakin est tout seul à présent et qu'il ne sera jamais de taille à affronter un Seigneur Sith…

Mais les paroles de Palpatine – *la fureur est ton arme* – ont permis à Anakin de briser le rempart qui enfermait la fournaise qu'il a dans le cœur, et la puissance de sa flamme calcine toutes ses peurs et tous ses doutes.

Lorsque le Comte Dooku fond sur lui, sabre au clair, le poing de Watto surgit de l'enfance d'Anakin pour frapper le Seigneur Sith et le projeter à terre, à la renverse.

Lorsque, armé de tout le pouvoir que le Côté Obscur peut drainer à travers l'univers, Dooku lui lance un fragment arraché à la table de duracier, la douce voix de Shmi Skywalker murmurant, *je savais que tu reviendrais me chercher,* Anakin fait dévier le projectile de sa trajectoire.

Sa tête s'est emplie des fumées de son cœur, dont les braises ont trop longtemps couvé ; un grondement de tonnerre obscurcit son esprit. Sur Aargonar, sur Jabiim, au campement des Tusken, sur Tatooine, cette fumée lui avait embrumé l'esprit, l'avait aveuglé, et laissé se débattre dans le noir, comme une stupide machine à tuer. Mais ici et maintenant, dans ce vaisseau, dans cette minuscule parcelle de vie au milieu de l'immense désert stérile de l'espace, toutes les barrières qui le protégeaient se sont effondrées, et la terreur et la fureur se déchaînent, et il les met dans la bataille. Il se les sort de la tête, et dans son esprit, tout est clair comme de l'eau de roche.

Dans cette lucidité parfaite, Anakin ne voit qu'une seule chose à faire.

Décider.

Et il le fait.

Il décide de *gagner.*

Il décide que Dooku doit perdre la main, celle-là même qu'il lui a prise. Et cette décision devient réalité : sa lame bouge au rythme de sa volonté, une flamme, un plasma bleu, pulvérise la nanosoie noire Corellienne, désintègre la peau et tranche l'os, et la main du Seigneur Sith – celle-là même qui tenait son sabre – tombe, dans des traînées de fumée et une odeur de corne calcinée et de cheveux brûlés. Sa main tombe dans une traînée de feu écarlate qui s'étend tout autour d'elle – cette main même qui, dans la mort, se crispe convulsivement –, et le cœur d'Anakin exulte à la chute de cette lame rouge.

Il tend le bras pour la prendre, et la Force s'en empare pour lui.

Alors, Anakin prend l'autre main de Dooku.

Comme vidé, Dooku tombe à genoux, le visage livide, bouche bée, tandis que son arme fend l'air en vrombissant vers la main de son vainqueur, et sous ses yeux, Anakin voit se concrétiser sa vision prophétique : deux lames croisées sur la gorge du Comte Dooku.

Mais ici et maintenant, la vérité dément le rêve. C'est

lui qui tient les deux sabres laser, et celui qu'il serre dans sa main de chair est de la couleur du sang synthétique des sabres Sith.

Dooku, rampant, se ratatinant d'effroi, trouve encore dans son cœur l'espoir qu'il s'est trompé, que Palpatine ne l'a pas trahi, que tout est bien conforme au plan...

Jusqu'à ce qu'il entende ces mots :

— Bien, Anakin, bien. *J'étais sûr* que tu pouvais le faire.

Il comprend alors qu'il s'agit de la voix de Palpatine et sent depuis les plus noires profondeurs qu'il est la cible de l'ordre à venir :

— Tue-le ! Tue-le, maintenant !

Dans les yeux de Skywalker, il ne voit que du feu.

— Chancelier, de grâce ! suffoque-t-il, désespéré et désarmé.

Son attitude aristocratique a disparu, son courage n'est plus qu'un souvenir cuisant. Il en est réduit à supplier pour rester en vie, comme ont dû le faire bon nombre de ses victimes :

— De grâce, vous m'aviez promis *l'immunité* ! Nous avions un *accord* ! Aidez-moi !

Cette supplique ne lui vaut pas plus de pitié que celle dont il a su faire preuve.

— Un accord, à condition que tu me libères. Pas que tu m'utilises comme appât afin d'attirer mes amis, répond Palpatine, sur un ton aussi glacial que l'espace intergalactique.

Dooku sait alors qu'en effet tout s'est déroulé conformément au plan. Celui de Sidious, pas le sien.

Car c'était bien un piège à Jedi, mais dont les Jedi n'étaient pas la proie.

Ils en étaient l'appât.

— Anakin, dit calmement Palpatine, achève-le.

Des années de formation Jedi font hésiter Anakin. Il contemple Dooku à ses pieds et ne voit pas un Seigneur Sith, mais un vieillard abattu, brisé, et rampant.

— Je ne devrais pas...

Mais lorsque Palpatine aboie :

— Vas-y ! Maintenant !

Anakin comprend que ce n'est pas un ordre.

C'est, en fait, exactement ce qu'il a attendu toute sa vie.

Une autorisation.

Quant à Dooku...

Tandis qu'il plonge pour la dernière fois ses yeux dans ceux d'Anakin Skywalker, le Comte Dooku réalise que ce n'est pas aujourd'hui qu'il a été trahi, mais il y a de très, très longues années. Qu'il n'a jamais été le véritable apprenti. Qu'il n'a jamais été l'héritier du pouvoir des Sith. Il n'a été qu'un instrument.

Toute sa vie – toutes ses victoires, tous ses combats, ses principes et ses sacrifices, tout ce qu'il a fait, ce qu'il a possédé, ce qu'il a été, son héritage, ses rêves et son grand dessein pour le futur Empire et l'Armée Sith –, tout cela, tout en lui, n'était qu'une comédie pathétique, parce que toutes ces choses n'ont concouru qu'à ce seul résultat.

Il n'a jamais existé que pour ça.

Ça.

Être la victime du premier meurtre commis de sang-froid par Anakin Skywalker.

Le premier, mais – il en a la certitude – pas le dernier.

Ensuite, les lames viennent se croiser dans sa gorge, comme des ciseaux.

Tchac.

Et tout ce qu'il était bascule dans le néant.

Le meurtrier et sa victime se regardèrent sans se voir.

Mais seul le meurtrier cligna des yeux.

C'est moi qui ai fait ça.

La tête tranchée fixait un point situé au-delà du visible. La prière désespérée se figea sur ses lèvres et le silence seul lui fit écho. Tandis qu'un soupir évanescent s'échappait lentement de la trachée béante et déjà cautérisée, le corps décapité s'affaissa doucement, ployant comme s'il faisait vœu d'obéissance au pouvoir qui lui avait retiré la vie.

Celui qui avait retiré la vie cilla à nouveau.

Qui suis-je ?

Était-il le jeune esclave sur une planète déserte, apprécié pour son étonnant pouvoir sur les machines ? Était-il le légendaire pilote de Podracer, le seul être humain qui ait jamais survécu à ce sport mortel ? Était-il l'élève indiscipliné du grand Maître Jedi, tellement plein de vie qu'il n'arrêtait pas de s'attirer des ennuis ? Le célèbre pilote ? Le héros ? L'amant ? Le Jedi ?

Pouvait-il être toutes ces choses – pouvait-il être une *seule* de ces choses – et en même temps avoir fait ce qu'il avait fait ?

Alors qu'il comprenait la nécessité de se poser la question, il découvrait déjà la réponse.

Le pont fit une embardée tandis que le croiseur essuyait un nouveau tir de barrage de torpilles et de turbolasers. Puis la tête tranchée de Dooku, avec son expression médusée, rebondit sur le pont et continua sa course en roulant. Alors Anakin se réveilla.

— Oui… ?

Il avait fait un rêve. Il avait volé, et il s'était battu, et battu encore, et d'une certaine façon, dans son rêve, il pouvait faire ce qu'il voulait. Dans son rêve, tout ce qu'il faisait était juste, simplement parce qu'il voulait le faire. Dans son rêve, il n'y avait pas de règle ; il n'y avait que du pouvoir.

Et ce pouvoir était le sien.

Désormais, il se tenait devant un corps décapité dont la vision lui était insupportable, dont il ne pouvait pourtant pas se détourner, et il sut qu'il n'avait absolument pas rêvé, qu'il l'avait réellement *fait* : il tenait toujours les sabres entre ses mains, et l'océan de mal où il avait plongé s'était refermé sur lui.

Et il se noyait.

Le sabre laser du mort s'échappa de ses doigts qui desserraient leur étreinte.

— Je… je ne pouvais pas m'arrêter…

Avant même que ces mots ne franchissent ses lèvres, il entendit combien ce mensonge était vain et évident.

— Tu as bien fait, Anakin, dit Palpatine, et sa voix avait la chaleur d'un bras qui l'aurait pris par les épaules. Et non seulement tu as bien fait, mais tu as fait *la seule chose à faire*. Il était trop dangereux pour rester en vie.

Dans la bouche du Chancelier, ces paroles sonnaient juste, mais lorsque Anakin se les répéta, il sut que la vérité de Palpatine était de celles qu'il ne pourrait jamais croire. Un tremblement qui partait des épaules menaça de se muer en puissants spasmes.

— C'était un *prisonnier* désarmé...

Et ce simple et insupportable constat était la pure vérité. Même si elle le brûlait comme son propre sabre laser, la vérité était quelque chose sur quoi il pouvait s'appuyer. Et d'une certaine façon, cela l'aida à se sentir un peu mieux. Un peu plus fort. Il essaya une nouvelle vérité : ce n'était pas qu'il n'ait pu s'arrêter lui-même, mais...

— Je n'aurais pas dû faire ça, dit-il, et sa voix s'échappa, ferme, et simple, et sans appel.

Il regarda le corps étendu à ses pieds. Il contempla la tête coupée.

Et il les reconnut pour ce qu'ils étaient.

Un crime.

Il était devenu un criminel de guerre.

La culpabilité le frappa comme un poing. Il en prit un coup, un coup en plein cœur qui lui coupa le souffle et les jambes. Et le poids de sa faute pesa sur ses épaules, comme un fardeau invisible, trop lourd pour un simple mortel et qui broyait sa vie.

Il n'y avait pas de mots en lui pour ça. Tout ce qu'il pouvait dire était :

— C'était une erreur.

Et tout était dit. C'était ça.

Une erreur.

— Tu te trompes. Le désarmer était peu de chose ; il avait des pouvoirs qui dépassent ton imagination.

Anakin secoua la tête :

— Peu importe. Ce n'est pas la manière de faire des Jedi.

Le vaisseau eut une nouvelle secousse, plus forte, et les lumières s'éteignirent.

— N'as-tu donc jamais remarqué que la manière Jedi, fit Palpatine, invisible, dans l'ombre austère du fauteuil du général, n'est pas toujours la *bonne* manière de faire ?

Anakin se tourna vers l'ombre.

— Vous ne comprenez pas. Vous n'êtes pas un Jedi. Vous *ne pouvez pas* comprendre.

— Anakin, écoute-moi. Combien de vies as-tu sauvées par ce coup de sabre laser ? Peux-tu les compter ?

— Mais...

— Ce n'était pas une erreur, Anakin. Ce n'était peut-être pas *la manière Jedi*, mais c'était *juste*. Parfaitement naturel... Tu voulais te venger, dit-il en lui prenant la main. Et ta vengeance s'est faite *justice*.

— La vengeance n'est jamais juste. Elle *ne peut pas l'être*...

— Ne fais pas l'enfant, Anakin. La vengeance est le *fondement* de la justice. La justice commence avec la vengeance, et la vengeance est encore à ce jour la seule justice que certains peuvent espérer. Après tout, il s'agit de ta première expérience. Est-ce que Dooku méritait plus de pitié que les Hommes des Sables qui ont torturé ta mère à mort ?

— C'était différent.

Au camp Tusken, il avait perdu l'esprit ; il était devenu une force de la nature, incapable de jugement, tuant sans plus de réflexion ou d'intention qu'une tempête de sable. Les Tusken avaient été tués, décimés, massacrés – mais tout cela s'était produit hors de son contrôle, et désormais il lui semblait qu'il s'agissait de l'œuvre d'un autre : comme s'il avait entendu une histoire qui avait peu à voir avec lui.

Mais Dooku...

Dooku avait été assassiné.

De sa main.

À dessein.

Ici, dans les quartiers du général, il avait regardé un être vivant dans les yeux et décidé de mettre fin à sa vie. Il aurait pu choisir la bonne manière de faire. Il aurait pu choisir la manière Jedi.

Mais, au lieu de cela…

Il regarda la tête tranchée de Dooku.

Il ne pourrait jamais plus défaire ce choix. Il ne pourrait plus jamais revenir dessus. Comme disait Maître Windu, il n'y a pas de seconde chance.

Il n'était même pas sûr d'en vouloir une.

Il ne pouvait se permettre de penser cela. De même qu'il ne pouvait se permettre de penser à ces morts sur Tatooine. Il se cacha les yeux avec sa main, comme si cela devait effacer ses souvenirs.

— Vous aviez promis que nous n'en parlerions plus jamais.

— Nous n'en parlerons plus. De même que nous ne parlerons plus jamais de ce qui s'est passé ici, aujourd'hui. J'ai toujours gardé tes secrets, n'est-ce pas ?

C'était comme si cette voix douce était celle de l'ombre.

— Oui… Oui, bien sûr, Chancelier, mais…

Anakin aurait voulu ramper dans un coin, quelque part ; il était persuadé que si les choses voulaient bien s'arrêter un instant – une heure, une minute –, il arriverait à se reprendre et à trouver le moyen d'avancer. Avancer était la seule chose qu'il pouvait faire.

En tout cas, il ne pouvait rester sur place, à regarder en arrière.

Le mur panoramique derrière le fauteuil du général s'illumina : des spirales ionisées apparurent, tracées par des missiles qui fonçaient sur eux. Le frémissement du vaisseau devint un tremblement continu qui gagnait en violence à chaque impact.

— Anakin, détache-moi, s'il te plaît, demanda l'ombre. J'ai peur que ce vaisseau ne soit en train de se disloquer. Nous ne pouvons pas rester à bord…

Dans la Force, la signature du champ constitué par les liens magnétiques du Chancelier lui annonça la marche à suivre aussi clairement que si un texte avait soudain annoncé : DÉTACHE-MOI COMME ÇA. Anakin les rompit d'une simple impulsion de l'esprit. L'ombre devint une tête, puis des épaules, et à l'issue d'une soudaine mitose, le Chancelier Suprême se retrouva debout, le fauteuil du général derrière lui.

Palpatine se fraya un chemin parmi les débris qui jonchaient la pièce noyée d'ombre et gagna l'escalier avec une rapidité surprenante.

— Suis-moi, Anakin. Il ne nous reste que peu de temps.

Le mur panoramique s'illumina de blanc sous les impacts de missiles dont l'un avait dû endommager le générateur : le vaisseau sembla s'incliner, forçant Palpatine à se cramponner désespérément à la rampe et envoyant Anakin glisser le long d'un sol qui était brutalement devenu un plan incliné à quarante-cinq degrés.

Sa roulade l'envoya dans une pile de gravats : des débris d'hydromousse de permaciment.

— Obi-Wan… !

Il se leva d'un bond et déblaya les débris qui recouvraient le corps de son ami. Obi-Wan gisait, inerte, les yeux clos. Il avait au cuir chevelu une entaille où la poussière se mêlait au sang coagulé.

Si mal en point qu'Obi-Wan puisse paraître, Anakin avait vu les cadavres de trop de ses compagnons sur trop de champs de bataille pour s'effrayer à la vue d'un peu de sang. Il palpa la gorge d'Obi-Wan, vérifia son pouls, et par cette palpation laissa le flux de la Force s'insinuer dans tout le corps de son ami. Il respirait bien, régulièrement, et il n'avait rien de cassé : il était juste commotionné.

Apparemment, la tête d'Obi-Wan était plus solide que les cloisons internes du croiseur.

— Laisse-le, Anakin. Nous n'avons plus de temps, dit Palpatine, qui était en position précaire, suspendu à la rambarde. Toute cette partie du bâtiment est à deux doigts de se détacher…

— Eh bien, nous partirons à la dérive tous ensemble.

Anakin jeta un coup d'œil au Chancelier Suprême, et à

cet instant, il n'aima pas du tout cet homme – et puis il se rappela aussitôt que sa bravoure, son courage étaient ceux de la conviction. Palpatine n'était pas un soldat. Il n'avait aucun moyen de savoir ce qu'il exigeait d'Anakin.

— Son destin sera le nôtre, déclara-t-il, au cas où Palpatine n'aurait pas compris.

Entre Obi-Wan inconscient et Palpatine qui l'attendait au-dessus de lui, la responsabilité des vies de ses deux meilleurs amis reposant complètement sur lui, Anakin s'aperçut qu'il avait retrouvé son équilibre intérieur. En cas de crise, de tension, sans personne à appeler au secours, il parvenait toujours à se recentrer. Il le fallait bien.

C'était pour ça qu'il était né : pour sauver les autres.

La Force déposa le sabre laser d'Obi-Wan entre ses mains. Il le remit à la ceinture de son ami, ensuite il chargea son corps inerte sur son épaule et laissa la Force l'aider à remonter vivement, avec légèreté, le sol en pente raide pour rejoindre Palpatine.

— Impressionnant, fit celui-ci, avant de lancer un regard significatif vers le haut de l'escalier, que le vecteur de gravité artificielle avait rendu abrupt comme une falaise. Et maintenant ?

Avant qu'Anakin n'ait eu le temps de répondre, la gravité aléatoire s'inversa comme un pendule. Alors qu'ils s'accrochaient tous deux à la rampe, la salle sembla rouler autour d'eux. Toutes les chaises brisées, les débris de table, et les morceaux de gravats glissèrent vers le mur opposé, et, de falaise, l'escalier devint une sorte d'étendue de sol accidenté.

— On dit…, commença Anakin en faisant un geste de la tête en direction des turbo-élévateurs, que lorsque la Force ferme une écoutille, elle ouvre un hublot. Après vous.

5

Grievous

L'ARC-170 de l'Unité Sept avait rejoint la formation en V de l'Unité Quatre en harcelant les derniers chasseurs vautours qui protégeaient la *Main Invisible*, l'immense vaisseau amiral de la Fédération du Commerce. Avec leur précision mécanique habituelle, les pilotes clones avaient détruit les droïdes à la chaîne. Lorsque le dernier des chasseurs vautours avait été transformé en un globe de gaz surchauffé en expansion, les chasseurs-clones s'étaient éloignés, laissant la *Main Invisible* sous la mitraille du Groupe d'Assaut Cinq de la Home Fleet : trois croiseurs légers de classe Carrack – l'*Intégrité*, l'*Indomptable* et la *Persévérance* –, pour épauler le *Mas Ramdar*, un cuirassé.

Le Groupe d'Assaut Cinq s'était déployé en triangle autour du *Mas Ramdar*, et sur une orbite plus haute, afin de précipiter la *Main Invisible* dans les profondeurs du puits gravifique de Coruscant. Malgré le tir nourri des turbolasers contre ses boucliers défaillants, la *Main Invisible* ripostait vaillamment : le *Mas Ramdar* avait déjà encaissé tellement de déflagrations que ce n'était plus qu'une cible bonne à absorber le feu ennemi, et l'*Indomptable*, dont l'équipage avait été presque entièrement massacré ou évacué, n'était qu'une coquille vide pilotée à distance par son capitaine et ses hommes. Il décrivait des oscillations aléatoires dans l'espace conique des trajectoires d'évasion qui restaient à la *Main*, pour l'empêcher de fuir par le saut.

Puis les boucliers de la *Main Invisible* flanchèrent définitivement, et elle commença à tanguer et à tourner sur elle-même, tandis que la cristallisation des gaz jaillissant des innombrables failles de sa coque dessinait dans son sillage une dentelle spiralée. Le mouvement de roulis s'accéléra, rendant caducs les verrouillages de cible opérés par les adversaires du vaisseau de la République. Ne mitraillant plus le même point en continu, leurs turbolasers se révélaient impuissants à briser directement le lourd blindage ; leurs impacts formaient des anneaux autour du vaisseau, rongeant progressivement la coque selon des garrots de feu qui allaient en se resserrant.

Sur le pont de la *Main*, des Neimoïdiens accablés de chaleur étaient sanglés à leur poste de combat dans leurs résilles antichocs intégrales. L'air puait le métal brûlant et la peur exhalée par les hormones de stress reptiliennes, et les changements de gravité désordonnés n'arrangeaient pas les choses : plusieurs des officiers de pont étaient déjà blêmes, leur teint ordinairement d'un vert-de-gris éclatant ayant pris un ton rose nauséeux.

Le seul personnage présent sur le pont qui n'était pas sanglé sur son siège faisait les cent pas dans un martèlement métallique, sa cape qui traînait jusqu'à terre drapée sur des épaules aussi anguleuses qu'une carcasse mise à nu. Il ignorait les secousses des impacts et les variations imprévisibles du vecteur de gravité : il était chaussé de prothèses à talons de duranium magnétique, articulées pour saisir et broyer comme les serres du sanguinaigle Vratixien.

Si son expression était indéchiffrable – son visage livide était un masque de plastocéramique armée, spécialement fabriqué pour lui en forme de crâne humanoïde –, sa voix qui sifflait à travers le vocodeur électrosonique était un pur venin.

— Débrouillez-vous pour étalonner les générateurs de gravité, ou désactivez-les complètement, dit-il avec un rictus hargneux à l'holoscan bleuté d'un ingénieur Neimoïdien qui rentra la tête dans les épaules. Si ça continue, vous ne vivrez pas assez longtemps pour que la République ait le temps de vous exécuter.

— Mais... mais... mais... Seigneur, en réalité, c'est aux droïdes réparateurs de...

— Comme ce ne sont que des droïdes et qu'il ne servirait à rien de les menacer, c'est vous que je menace. Compris ?

Il se détourna avant que l'ingénieur ait le temps de bredouiller une réponse. Il tendit vers l'écran panoramique avant une main couverte d'un gantelet articulé de plastocéramique soudé à son squelette en alliage de duranium.

— Concentrez le feu sur l'*Indomptable*, ordonna-t-il à l'officier de tir. Toutes les batteries, puissance de feu maximale ! Tir d'efficacité ! Pulvérisez-moi cette épave, que nous fassions le saut dans l'hyperespace à travers ses débris !

— Mais, Seigneur... les tours avant sont déjà saturées, répondit l'officier d'une voix tremblante, à la limite de la panique. Elles seront toutes hors service d'ici moins d'une minute.

— Eh bien, qu'elles crament !

— Voyons, Seigneur, quand nous n'en aurons plus...

L'objection de l'officier de tir se perdit dans le bruit humide et définitif que fit son visage écrasé sous l'impact d'un poing de plastocéramique. Un poing qui se rouvrit, l'empoigna par le col de sa veste d'uniforme et l'arracha à son siège, traînant le filet anticollision derrière son cadavre.

Le Seigneur tourna ensuite son crâne inexpressif vers l'officier de tir en second.

— Félicitations pour votre promotion. Prenez votre poste.

— Ou-ou-oui, Seigneur.

Le visage de l'officier de tir nouvellement promu devint d'un rose mortel, et ses mains tremblaient si fort qu'il eut le plus grand mal à dégrafer son filet anticollision.

— Vous comprenez ce que je viens de dire ?

— Ou... ou... ou...

— Vous avez des objections, peut-être ?

— N... n... n...

— Bien. Très bien, répondit le général Grievous avec un calme glacé et impénétrable. Alors, allez-y.

Tel est le général Grievous :

Du duracier. De la plastocéramique armée sur une armature de duranium. Des électrodrivers et des circuits de cristal.

À l'intérieur de tout ça : les vestiges d'un être vivant.

Il ne respire pas. Il ne mange pas. Il ne sait pas rire, et il ne pleure pas.

Il y a toute une vie de ça, il était un être vivant, organique, doué de pensée. Il y a toute une vie de ça, il avait des amis, une famille, un métier ; il y a toute une vie de ça, il y avait des choses qu'il aimait et il y avait des choses qui lui faisaient peur. Maintenant, il n'a plus rien de tout ça.

À la place, il a un but.

Un but intégré en lui.

Il est conçu pour intimider. La ressemblance avec un squelette humain auquel on aurait soudé des membres copiés sur ceux des légendaires droïdes de combat Krath est intentionnelle. C'est une forme et un visage exhumés d'insondables cauchemars d'enfance.

Il est conçu pour dominer. Un chasseur stellaire pourrait lui tirer dessus au canon laser, son visage, son torse et ses membres seraient protégés par leur blindage de plastocéramique. Ses bras indestructibles sont dix fois plus puissants que des bras humains, et bougent à la vitesse des réflexes électroniques : si vite que l'œil ne peut les suivre.

Il est fait pour éradiquer. Ses mains de taille humaine portent des doigts de taille humaine conçus pour une seule fonction : tenir un sabre laser.

Il en a quatre, dans la doublure de sa cape.

Il n'a jamais construit un sabre laser. Il n'en a jamais acheté, et il n'a pas non plus récupéré ceux qu'il a perdus ; ceux qu'il possède, il les a arrachés aux mains sans vie des Jedi qu'il a tués.

Personnellement.

Il a beaucoup, beaucoup de trophées de ce genre. Les quatre qu'il transporte sont ses grands favoris. L'un d'eux appartenait à l'invincible K'Kruhk, qu'il a vaincu sur Hypori. Un autre, à la Viraanntesse Jedi Jmmaar, qui est tombée sur Vandos ; les deux autres ont été créés par Puroth et Nystammall, que Grievous a assassinés en même temps sur les plaines d'herbe-à-feu de Tovarskl, afin que chacun apprenne la mort de son compagnon au moment où il se découvrait lui-même perdu. Il se rappelle ces meurtres avec tellement de plaisir que le fait d'effleurer ces trophées avec ses mains de plastocéramique et de duracier lui procure quelque chose qui ressemble à de la joie.

Enfin, ça ne fait qu'y ressembler.

Il se rappelle la joie. Il se rappelle la colère, et la frustration. Il se rappelle le chagrin, la souffrance.

Mais il n'éprouve vraiment rien de tout ça. Plus maintenant.

Il n'a pas été conçu pour ça.

Des étincelles d'un blanc aveuglant fusaient et crépitaient dans la fumée qui bouillonnait devant les batteries de turbo-élévateurs. Sur l'épaule d'Anakin, le Maître Jedi inconscient respirait péniblement. Derrière son autre épaule, Palpatine étouffait une quinte de toux dans la manche de sa robe, qu'il avait levée devant son visage pour se protéger des résidus de combustion corrosifs provoqués par les courts-circuits divers et variés.

— R2 ? demanda Anakin en secouant vigoureusement son comlink.

Ce maudit engin était détraqué depuis qu'Obi-Wan avait marché dessus, lors d'un combat dans une capsule de turbo-élévateur.

— R2, tu me reçois ? Je voudrais que tu actives…

La fumée était tellement épaisse qu'il peinait à déchiffrer les nombres sur la plaque d'identification.

— ... la cabine 324. 324, tu me reçois ?

Le comlink émit un *fwouip* mourant qui pouvait être une réponse, et la porte s'ouvrit, mais avant qu'Anakin ait eu le temps de porter Obi-Wan dans la cabine, elle remonta tandis que le vecteur de gravité artificielle changeait à nouveau, les projetant en tas, son partenaire et lui, à côté de Palpatine, dans le coin opposé du palier.

Toussant de plus belle, Palpatine s'efforçait de se relever, l'air très affaibli. Anakin laissa la Force soulever Obi-Wan jusqu'à son épaule, puis il se redressa.

— Vous devriez peut-être rester accroupi, Chancelier, dit-il. Les changements de gravité ne cessent d'empirer.

— Quand même, Anakin..., commença Palpatine en hochant la tête.

Anakin leva les yeux. La porte de la capsule était encore ouverte.

— Attendez-moi ici, Chancelier.

Il s'ouvrit plus complètement à la Force, et se plaça mentalement, avec Obi-Wan toujours inconscient, en équilibre au bord de la porte ouverte, au-dessus d'eux. Conservant cette image, il bondit, et la Force transforma son intention en réalité : son saut les emmena, le Maître Jedi et lui, précisément sur l'encadrement de la porte.

Le vecteur de gravité modifié avait changé le puits du turbo-élévateur en un couloir horizontal de duracier obscur et rectiligne comme un rayon laser, qui se perdait dans le noir. Anakin connaissait les spécifications des croiseurs de combat de la Fédération du Commerce ; la flèche oblique du kiosque faisait près de trois cents mètres de long. Dans ce sens, ils pouvaient la parcourir en deux ou trois minutes. Mais si un mouvement du vecteur gravifique les piégeait dans le puits...

Secouant la tête, il calcula sombrement les probabilités.

— Il va falloir que nous fassions vite.

Il jeta un coup d'œil derrière lui, vers Palpatine, toujours affalé par terre.

— Ça va, Chancelier ? Vous vous sentez assez fort pour courir ?

Le Chancelier Suprême se releva enfin, tapota sa robe dans l'espoir futile de l'épousseter.

— Je n'ai pas couru depuis que j'étais gamin, sur Naboo.

— Il n'est jamais trop tard pour commencer à entretenir sa forme.

Anakin puisa dans la Force pour donner un coup de main à Palpatine et l'aider à grimper jusqu'à la porte ouverte.

— Il y a des navettes légères dans la soute. Nous pouvons y être en cinq minutes.

Une fois que Palpatine fut en sécurité dans le couloir, Anakin dit « suivez-moi » et se mit en route, mais le Chancelier l'arrêta en posant la main sur son bras.

— Anakin, attends. Il faut que nous allions sur le pont.

En traversant un vaisseau entier, plein de droïdes de combat ? Et puis quoi encore ?

— La soute est juste en dessous, enfin, au-dessus de nous, maintenant. C'est notre meilleure chance.

— Mais le pont... C'est là qu'est Grievous.

Du coup, Anakin s'arrêta net. Grievous. Le plus grand tueur de Jedi depuis Durge. Avec toute cette excitation, Anakin avait complètement oublié que le général biodroïde était à bord.

— Tu as vaincu Dooku, poursuivit Palpatine. Capture Grievous et tu auras causé une blessure dont les Séparatistes ne se remettront peut-être jamais.

Je pourrais le faire..., se dit simplement Anakin.

Il rêvait de capturer Grievous depuis Muunilinst, et voilà que le général était tout près. Si près qu'il avait l'impression de le flairer... or il ne s'était jamais senti aussi puissant. La Force était avec lui, aujourd'hui, et il avait l'impression qu'elle était plus puissante que jamais.

— Réfléchis, Anakin.

Palpatine était près de son épaule, de l'autre côté d'Obi-Wan, si près qu'il n'avait besoin que de chuchoter.

— Tu as détruit leur tête politique. Empare-toi de leur commandant militaire et tu auras pratiquement gagné la guerre. Tout seul. Qui d'autre en serait capable, Anakin ? Yoda ? Mace Windu ? Ils n'ont même pas réussi à capturer Dooku. Qui aurait une chance contre Grievous, sinon Anakin Skywalker ? Les Jedi n'ont jamais affronté une crise comme la Guerre des Clones, mais ils n'ont jamais eu de héros comme toi non plus. Tu peux les sauver. Tu peux sauver tout le monde.

Anakin sursauta. Il jeta un coup d'œil perçant vers Palpatine. Le ton sur lequel il avait dit cela...

C'était comme s'il avait parlé en rêve.

Anakin essaya de rire ; mais son rire fut un peu hésitant.

— C'est... Obi-Wan n'arrête pas de me dire le contraire.

— Oublie Obi-Wan, reprit Palpatine. Il n'a aucune idée de ton réel pouvoir. Utilise ton pouvoir, Anakin. Sauve la République.

Anakin voyait ça d'ici, aussi nettement qu'aux informations, sur l'HoloNet : il arrivait au Sénat, traînant Grievous entravé par des électroliens, se tenant modestement en retrait tandis que le Chancelier annonçait la fin de la guerre, puis revenant au Temple, et à la Chambre du Conseil, où enfin, après tout ce temps, un siège lui était offert, à lui et à nul autre...

Ils ne pouvaient pas lui refuser le statut de Maître, maintenant qu'il avait gagné la guerre pour eux...

Mais Obi-Wan glissa sur son épaule en gémissant faiblement, et Anakin revint d'un coup à la réalité.

— Non, dit-il. Désolé, Chancelier. Mes ordres sont clairs. Il y a une mission de sauvetage en cours. Votre sécurité est ma seule priorité.

— Tant que Grievous sera en vie, je ne serai jamais en sécurité, contra Palpatine. Maître Kenobi va revenir à lui d'un moment à l'autre. Laisse-le ici, avec moi ; il veillera à ce que je regagne sain et sauf le hangar. Pour trouver le général.

— Je... je voudrais vraiment, Chancelier, mais...

— Je peux t'en donner l'ordre, Anakin...

— Avec tout le respect que je vous dois, Chancelier :

non. Vous ne pouvez pas. Mes ordres viennent du Conseil Jedi, et le Conseil tient ses ordres du Sénat. Vous n'avez pas d'autorité directe sur moi.

Le visage du Chancelier s'assombrit.

— Ça pourrait changer.

Anakin hocha la tête.

— Ça devrait peut-être changer, Chancelier. Mais en attendant, on fera comme je dis. Allons-y.

— Seigneur ?

En entendant la voix faible de l'officier de communications, Grievous cessa de faire les cent pas.

— Seigneur, nous avons un message de l'*Intégrité*. Ils proposent un cessez-le-feu.

À travers le masque mortuaire, des yeux jaune sombre scrutèrent les écrans d'affichage tactique. Une pause dans les combats permettrait aux batteries de turbolasers de refroidir, et aux ingénieurs de reprendre le contrôle des générateurs de gravité.

— Accusez réception de la transmission. Et tenez-vous prêts à cesser le feu.

— Nous sommes prêts, Seigneur.

L'officier de tir tremblait toujours comme une feuille.

— Cessez le feu !

Les rayons d'énergie qui emprisonnaient la *Main* dans la résille formée par le Groupe d'Assaut de la Home Fleet se dissipèrent.

— Encore un message, Seigneur. C'est le capitaine de l'*Intégrité*.

— Initialisez-le, acquiesça Grievous.

Une image spectrale apparut au-dessus de l'holo-générateur de liaison vaisseau à vaisseau : c'était un jeune homme de taille moyenne, vêtu d'un uniforme de lieutenant-commandant. Le calme et la confiance de son regard tranchaient sur ses traits inexpressifs.

— *Général Grievous*, dit sèchement le jeune homme. *Je suis le lieutenant-commandant Lorth Needa, du RSS* Intégrité. *général, à ma demande, mes supérieurs ont accepté de vous accorder une chance de vous rendre, avec votre bâtiment.*

Le vocodeur de Grievous émit un simulacre très crédible de reniflement.

— Me rendre ? Quelle présomption !

— *Général, je vous demande de bien vouloir réfléchir à cette proposition, car nous ne la renouvellerons pas. Songez aux vies de votre équipage.*

Grievous parcourut d'un regard de glace le pont grouillant de Neimoïdiens tous plus poltrons les uns que les autres.

— Et pourquoi ça ?

Le jeune homme n'eut pas l'air surpris, mais exprima une pointe de tristesse.

— *Alors, c'est votre réponse ?*

— Détrompez-vous.

Grievous se redressa de toute sa hauteur ; en replaçant correctement ses articulations, il pouvait ajouter cinquante centimètres à sa taille déjà impressionnante.

— J'ai une contre-proposition à vous faire. Maintenez le cessez-le-feu, écartez la carcasse de l'*Indomptable* de mon passage et retirez-vous à une distance minimale de cinquante kilomètres jusqu'à ce que ce vaisseau ait effectué son saut dans l'hyperespace.

— *Si je puis me permettre de reprendre votre expression, Seigneur : quelle présomption !*

— Dites à vos supérieurs que si mes demandes ne sont pas satisfaites d'ici dix minutes, j'étripe personnellement le Chancelier Supérieur Palpatine, en direct sur l'HoloNet. Me suis-je bien fait comprendre ?

Le jeune officier encaissa sans sourciller.

— *Ah. Le Chancelier est donc à bord de votre bâtiment.*

— En effet. Vos prétendus, vos *pathétiques* héros Jedi ont échoué. Ils sont morts, et Palpatine est toujours entre mes mains.

— *Ah*, répéta le jeune officier. *Alors, vous me permettrez certainement de lui parler. Afin de… euh… prouver à mes supérieurs que vous n'êtes pas tout simplement – pour parler par euphémisme – en train de bluffer ?*

— Je ne m'abaisserais pas à mentir à des gens de votre espèce. Passez-nous le Comte Dooku, ordonna Grievous en se tournant vers l'officier de communications.

L'homme effleura son écran et secoua la tête.

— Il ne répond pas, Seigneur.

Grievous secoua la tête, écœuré.

— Eh bien, montrez-nous le Chancelier. Transmettez les images de mes quartiers sur l'écran de sécurité.

L'officier de communications effleura son écran et émit un bruit comme s'il s'étranglait. Il était devenu aussi rose que l'officier de tir.

— Hmm, Seigneur ?

— Qu'est-ce que vous attendez ? Envoyez-moi ces images !

— Seigneur, vous devriez peut-être d'abord regarder ça...

L'extrême urgence de sa voix fit venir Grievous à côté de lui. Il se pencha vers l'écran qui montrait une vue de ses quartiers et se rendit compte qu'il contemplait un amas de débris provoqués par des rayons énergétiques, et qui entouraient la forme vide de son fauteuil.

Et on aurait dit... il y avait quelque chose qui aurait pu être un cadavre...

Drapé dans une cape d'armorweave.

Grievous se tourna vers l'holocom intravaisseau.

— Le Chancelier est... indisponible.

— *Ah. Je comprends.*

Grievous soupçonna que le jeune officier comprenait beaucoup trop de choses.

— Je vous assure...

— *Ce n'est pas ce que je vous demande, général. Vous avez le même délai que vous nous aviez accordé : dix minutes. Après quoi soit vous vous rendez, soit vous me confirmez que Palpatine de Naboo est vivant, sain et sauf – et bel et bien là –, ou la* Main Invisible *sera détruite.*

— Attendez ! Ce n'est pas si simple...

— *Dix minutes, général. Needa, terminé.*

Grievous tourna vers l'officier de sécurité du pont un masque plus atone que jamais, mais son inexpressivité était compensée par sa voix. Une voix qui exprimait ouvertement le meurtre.

— Dooku est mort, et les Jedi sont en liberté. Ils tiennent le Chancelier. Trouvez-les et amenez-les-moi !

Son poing de plastocéramique armée s'écrasa sur la console de sécurité, si violemment qu'il la réduisit en un tas de débris fumants, crépitants, hérissés d'étincelles.

— Tout de suite !

6

Sauvetage

Anakin avançait prudemment dans la cage du turbo-élévateur, Obi-Wan sur son épaule, Palpatine à côté de lui. Il avait atteint le niveau cent deux – le tiers seulement de la longueur du kiosque –, lorsqu'il sentit la gravité changer.

Dans le plus mauvais sens possible : l'immense conduite basculait du *haut* vers le *bas*.

De son bras libre, il arrêta le Chancelier :

— On a un problème. Trouvez quelque chose à quoi vous raccrocher pendant que je nous tire de là.

L'une des portes du turbo-élévateur était toute proche, et placée latéralement. Le sabre laser d'Anakin trouva sa main, et avec sa lame grésillante, il sabota le mécanisme de commande, tant et si bien que la porte s'ouvrit, mais il n'avait pas eu le temps d'écarter les câbles qui crachaient des étincelles que le vecteur gravitationnel adoptait brusquement la position verticale, et il tomba, glissant le long de la paroi, sa main libre cherchant désespérément une prise. Il saisit un câble au vol, s'y cramponna…

C'est alors que les portes du turbo-élévateur s'ouvrirent.

L'appareil était accueillant. Sûr. Mais désespérément hors de portée : à un mètre au-dessus de son bras tendu…

Et son autre bras était la seule chose qui maintenait Obi-Wan au-dessus d'un puits de deux cents mètres de profondeur, un puits qui se perdait dans l'infini, dans lequel tombait et dégringolait à présent la poignée de son sabre. Un bref instant, Anakin fut vraiment heureux qu'Obi-Wan soit inconscient, parce qu'il ne se sentait pas d'humeur à subir un sermon sur la façon de tenir son sabre en pareille circonstance. Mais cette pensée fut vite remplacée par une autre : quelque chose venait de *s'agripper à sa jambe*...

Il baissa les yeux.

C'était Palpatine.

Le Chancelier s'accrochait aux chevilles d'Anakin avec une force surhumaine, scrutant avec effroi les ténèbres qui s'étendaient en dessous.

— Anakin, fais quelque chose ! Tu *dois* faire quelque chose !

Je suis ouvert à toutes les suggestions, pensa-t-il, mais il lança :

— Ne paniquez pas ! Tenez bon, c'est tout !

— Je ne vais pas pouvoir..., fit le Chancelier, son visage dévoré par l'angoisse levé vers lui, implorant : Anakin, je glisse. Donne-moi ta main... Tu dois me donner ta main !

Et laisser tomber Obi-Wan ? Pas pour tout l'or du monde. Le Chancelier avait manifestement perdu l'esprit.

— Surtout, ne paniquez pas, répéta Anakin. Je peux nous tirer de là.

Il aurait aimé y croire. Il avait espéré que la gravité artificielle continuerait à osciller jusqu'à ce que la conduite redevienne un couloir, mais il semblait que la situation était bloquée.

Et les générateurs ne se remettraient pas à fonctionner avant un temps phénoménal.

D'un coup d'œil, il jaugea la distance qui le séparait de la porte ouverte ; peut-être trouverait-il dans la Force suffisamment d'énergie pour les porter tous les trois en sécurité.

Mais ce *peut-être* était extrêmement hasardeux.

Obi-Wan, mon vieil ami, mon vieux camarade, pensa-t-il, *ce serait vraiment bien que tu te réveilles*.

Obi-Wan ouvrit un œil et se retrouva à contempler ce qu'il soupçonna fort être le postérieur d'Anakin.

On aurait bien dit le postérieur d'Anakin – ou en tout cas son pantalon –, même s'il était rigoureusement impossible à Obi-Wan d'en être certain, puisqu'il n'avait encore jamais eu l'occasion d'examiner l'arrière-train d'Anakin d'en haut, comme cela semblait être le cas, et surtout pas dans cette promiscuité plutôt embarrassante.

Et comment il était parvenu à se retrouver dans cette position et cette promiscuité… ça, c'était une vraie question.

Il risqua :

— Aurais-je manqué quelque chose ?

— Accrochez-vous, entendit-il Anakin répondre, nous sommes actuellement dans une situation pour le moins complexe.

Il s'agissait donc bien du postérieur d'Anakin. Il supposa que c'est ce qui lui valait ce minimum de confort. En levant les yeux, il découvrit les jambes d'Anakin et ses bottes, et, ce qui se révéla extrêmement étonnant, il eut une vision en raccourci du Chancelier Suprême Palpatine, apparemment suspendu au-dessus d'eux, retenu seulement par ses jointures blanchies par l'effort d'empoigner sauvagement les chevilles d'Anakin.

— Bien le bonjour, Chancelier, lança-t-il avec douceur. Ça va, de votre côté ?

Le Chancelier jeta un regard affolé par-dessus son épaule.

— *J'espère…*

Obi-Wan suivit le regard du Chancelier ; au-dessus de Palpatine s'ouvrait un long, un très long conduit vertical…

C'est alors qu'il comprit enfin : il ne regardait pas du tout *vers le haut*.

C'est ce qu'Anakin avait dû entendre par « situation pour le moins complexe ».

— Bon, fit Obi-Wan.

Au moins, il commençait à comprendre où il se tenait. Enfin, se tenait… Où il était suspendu. Qu'importe.

— Et le Comte Dooku ?

— Mort, répondit Anakin.

— Dommage, soupira Obi-Wan. Vivant, il aurait pu nous aider.

— Franchement, Obi-Wan…

— Pas dans cette situation, j'en conviens, mais quand même…

— Bon, on ne pourrait pas discuter de tout ça plus tard ? Le bâtiment part en morceaux.

— Très bien.

Une succession électrosonique familière de *ferouwhouip* filtra vaguement à travers un comlink.

— Serait-ce R2-D2 ? Qu'est-ce qu'il nous veut ?

— Je lui ai demandé de déclencher l'élévateur, répondit Anakin.

Dans les ténèbres, tout en haut, retentit un *clang*, puis un *shirr* et un *clong*, autant d'indices qui évoquèrent dans l'esprit encore quelque peu embrumé d'Obi-Wan l'image d'un turbo-élévateur en cours de descente. La pertinence de cette supposition fut rapidement confirmée par un courant d'air qui charriait une forte odeur d'huile brûlée, bientôt suivi par le fond d'une cabine d'élévateur lancée dans le conduit comme un météore.

— Oh, oh…, fit Obi-Wan.

— Ça paraissait pourtant une bonne idée sur le coup…

— Je ne disais pas ça pour toi.

— R2, cria Anakin, arrête ça !

— Plus le temps, fit Obi-Wan. Saute.

— Sauter ? ricana Palpatine. Vous voulez plutôt dire *tomber*, non ?

— Hum… En effet. Qu'en penses-tu, Anakin ?

Anakin lâcha tout.

Ils tombèrent.

Et tombèrent. Si vite que les parois de la cage d'élévateur devinrent floues.

Et ils tombèrent encore, jusqu'à ce que le vecteur de gravité se déplace enfin de quelques degrés et qu'ils se remettent à glisser sur la paroi du conduit. Ils en devinèrent bientôt le fond tandis que l'appareil fonçait sur eux en hurlant, si vite que, même en courant, ils n'auraient pu lui échapper. Anakin parvint enfin à rétablir son comlink et cria :

— R2, ouvre les portes ! Toutes les portes ! À tous les niveaux !

Une porte s'ouvrit et les trois hommes se jetèrent dans l'ouverture. Ils atterrirent en tas contre le mur d'un hall d'ascenseurs juste au moment où la cabine passait au-dessus de leurs têtes.

Ils parvinrent peu à peu à se dégager.

— Vos opérations de sauvetage sont-elles toujours aussi…, hoqueta Palpatine en cherchant désespérément son souffle, … *mouvementées* ?

Obi-Wan fronça franchement les sourcils à l'intention d'Anakin. Anakin lui répondit avec un haussement d'épaules.

— Maintenant que vous m'y faites penser, fit Obi-Wan, je dirais oui.

Anakin contemplait les monceaux de débris épars qui jonchaient le hangar, essayant de retrouver un semblant d'engin. On aurait dit que l'endroit avait essuyé un tir direct. Un vent hurlant s'engouffrait par l'écoutille où se tenaient Obi-Wan et le Chancelier, soulevait des fragments de débris tourbillonnants, et les emportait dans l'espace à travers les ouvertures des portes antisouffle noircies et défoncées par les explosions.

— Aucun de ces appareils ne nous emmènera nulle part ! cria Palpatine afin de couvrir le bruit du vent, et Anakin ne put qu'acquiescer. Comment allons-nous faire ?

Anakin secoua la tête. Il n'en avait pas idée et la Force ne lui donnait aucun indice.

— Obi-Wan ?

— Comment le saurais-je ? répondit Obi-Wan, appuyé contre la paroi du passage, sa tunique battue par le vent. C'est toi le héros, je ne suis que ton Maître !

Mais derrière l'épaule d'Obi-Wan, Anakin vit un groupe de superdroïdes de combat apparaître au détour du couloir.

— Maître ! Derrière vous !

Obi-Wan vit volte-face, son sabre laser flamboyant, juste à temps pour parer une rafale d'explosions.

— Protège le Chancelier !

Et te laisser faire joujou tout seul, c'est ça ? Anakin plaqua le Chancelier contre le mur du hangar, à côté de l'écoutille.

— Restez à couvert pendant que nous nous occupons des droïdes !

Il allait se ruer à côté d'Obi-Wan, lorsqu'il se souvint qu'il avait laissé tomber son sabre laser dans la cage d'ascenseur. Affronter des superdroïdes de combat sans arme risquait de se révéler assez délicat. Sans compter qu'Obi-Wan allait encore en faire toute une histoire.

— Les droïdes ne sont pas notre seul problème, fit Palpatine en désignant l'autre côté de la soute. Regardez !

Tout au fond, des masses de débris bougeaient, glissant vers le mur contre lequel se tenaient Anakin et Palpatine. Bientôt, des débris moins éloignés commencèrent à se déplacer, suivis par des amas toujours plus proches. L'avant d'une vague invisible traversait le hangar. Le vecteur gravitationnel avait basculé de quatre-vingt-dix degrés.

Une rupture de gravité ?

Anakin serra les dents. De mieux en mieux.

Il déroula une longueur de câble de sa ceinture utilitaire et tendit le bout à Palpatine. Le câble vibra dans le vent.

— Attachez-vous ça à la taille. Ça va décoiffer !

— Que se passe-t-il ?

— Les générateurs de gravité se sont désynchronisés… Ils vont déchirer le bâtiment en deux.

Anakin empoigna l'un des leviers antigrav à côté de l'écoutille, se pencha dans la tourmente de tirs de blasters et d'éclairs de sabres laser, et tapota l'épaule d'Obi-Wan.

— Il est temps de partir !

— Comment ?

Le mouvement de bascule coupa court à toute explication, et le mur devint le sol. Anakin empoigna Obi-Wan par le col, mais pas pour l'empêcher de tomber ; le mouvement de torsion imprimé par le changement de gravité avait déformé les portes – qui se trouvaient maintenant au-dessus –, et l'ouragan qui s'échappait de la conduite aspirait le Maître Jedi vers le vide. Anakin le tira de la tempête juste au moment où des morceaux de superdroïdes de combat commençaient à jaillir dans le hangar comme des torpilles en perdition.

Certains superdroïdes de combat étaient encore assez intacts pour ouvrir le feu au passage.

— Accrochez-vous à ma ceinture ! cria Obi-Wan.

Il faisait tournoyer son sabre laser dans une sorte de frénésie afin de détourner les éclairs les uns après les autres. Anakin ne pouvait rien faire de plus pour lui que le retenir. S'accrocher au levier antigrav était la seule chose qui leur évitait d'être aspirés dans l'espace avec le Chancelier.

— C'est loin d'être le meilleur plan que nous ayons mis au point ! hurla-t-il.

— Parce que c'était un *plan* ?

Palpatine semblait consterné.

— On fonce dans le tas et on sort ! cria Obi-Wan. Ici, il n'y a que des droïdes. Quand nous arriverons dans les quartiers de l'équipage, il y aura des capsules de sauvetage.

Il n'y a que des droïdes ici, résonnait dans la tête d'Anakin.

— Obi-Wan, *attendez* ! cria-t-il. R2-D2 est quelque part dans le coin. On ne peut pas l'abandonner.

— Il aura été détruit ou aspiré dans le vide.

Obi-Wan détourna les tirs des deux derniers droïdes emportés par le vent à travers les portes antisouffle défoncées. Obi-Wan raccrocha son sabre laser et parvint à atteindre une poignée située à côté d'Anakin.

— Nous n'avons pas le temps de le chercher. Je suis désolé, Anakin. Je sais tout ce qu'il représente pour toi.

Anakin sortit désespérément son comlink.

— R2 ! R2, viens !

Il secoua son comlink et recommença. R2 ne pouvait avoir été détruit. C'était tout simplement impossible.

— R2, tu m'entends ? Où es-tu ?

— Anakin… (La main d'Obi-Wan s'était posée sur son bras, et il se tenait si près de lui que même s'il avait parlé à voix basse, il l'aurait entendu malgré le vacarme.) Nous devons y aller. Être un Jedi exige de tout laisser sortir de notre vie, même les choses auxquelles nous tenons.

Anakin secoua le comlink une nouvelle fois.

— R2 !

Il ne pouvait pas l'abandonner. Il ne pouvait pas. Et il n'avait aucune véritable explication à fournir.

Aucune qui aurait pu satisfaire Obi-Wan, de toute façon.

Un Jedi possède vraiment peu de choses ; même son sabre laser est moins un objet qui lui appartient qu'une expression de son identité. Être un Jedi exige de renoncer aux biens. Et Anakin avait essayé très fort, très longtemps pour y arriver.

Même le jour de leur mariage, Anakin n'avait fait aucun cadeau à son épouse ; il ne *possédait* absolument rien.

Mais l'amour trouve toujours une façon de s'exprimer.

Il lui avait apporté une sorte de cadeau, chez elle, à Theed. Il était toujours un peu intimidé devant elle, toujours submergé de découvrir chez elle les sentiments qu'il avait lui-même éprouvés si longtemps, ne sachant pas vraiment comment lui remettre un présent qui n'en était pas tout à fait un. Et qui d'ailleurs n'était pas tout à fait à lui, de sorte qu'il ne pouvait pas le lui donner.

N'ayant rien à lui donner que son amour, il ne pouvait lui offrir qu'un ami.

— Enfant, je n'ai pas eu beaucoup d'amis, lui avait-il annoncé, alors je m'en suis fabriqué un.

Et, derrière lui, C-3PO s'était avancé en traînant les pieds, brillant comme s'il était plaqué or.

Padmé s'était illuminée, mais elle avait commencé par protester :

— Je ne peux pas accepter. Je sais combien il compte pour toi.

Anakin s'était contenté de rire. À quoi un droïde protocolaire pouvait-il bien servir à un Jedi ? Même un droïde aussi perfectionné que C-3PO – Anakin avait équipé sa création de tant de circuits annexes, de programmes supplémentaires et d'algorithmes heuristiques, que le droïde était pratiquement humain.

— Je ne te le donne pas, avait-il répondu. Il faudrait déjà qu'il soit vraiment à moi. Lorsque je l'ai construit, j'étais un esclave, et quoi que je puisse fabriquer, ça appartenait à Watto. Cliegg Lars l'avait acheté avec ma mère ; Owen me l'a ensuite cédé, mais je suis un Jedi. J'ai renoncé à toute possession. Ce qui veut dire qu'il est désormais libre. Aujourd'hui, je te demande simplement de t'occuper de lui à ma place.

— M'occuper de lui ?

— Oui. De lui donner peut-être du travail. Il est un peu tatillon, reconnut-il et peut-être n'aurais-je pas dû lui donner une telle conscience de lui-même – c'est un grand angoissé –, mais il est très futé, et il pourrait être très précieux à une diplomate en vue... comme une Sénateur de Naboo, par exemple.

Padmé avait alors tendu la main et invité avec grâce C-3PO à rejoindre sa suite, parce qu'à Naboo les droïdes les plus performants étaient respectés comme des êtres pensants, et C-3PO avait été tellement ému de se voir traiter comme un être de chair et de sang qu'il s'était retrouvé presque incapable de parler. Il s'était contenté de grommeler qu'il espérait se rendre utile, parce que après tout il « possédait à fond plus de six millions de formes de langage ». Ensuite, elle s'était tournée vers Anakin et avait passé sa main si douce, si douce, sur la courbe de sa mâchoire afin qu'il baisse la tête et l'embrasse : c'était tout ce dont il avait besoin, tout ce qu'il avait espéré ; il lui donnerait tout ce qu'il avait, tout ce qu'il était...

Et il y avait eu un autre jour, deux ans plus tard, un jour presque aussi important pour lui que celui de leur mariage : le jour où il avait enfin passé ses Épreuves.

Le jour où il était devenu un Jedi.

Dès que les circonstances s'étaient présentées, il s'était échappé, désormais autonome, sans Maître pour regarder par-dessus son épaule, personne pour contrôler ses allées et venues, et il avait arpenté le vaste complexe du 500 Republica de Coruscant où la digne Sénateur de Naboo avait ses vastes appartements.

C'est là que, finalement, deux ans plus tard, il lui avait fait le cadeau symbole de son amour.

Il y avait alors une chose qui lui appartenait vraiment, qu'il avait méritée, à laquelle on ne lui avait pas demandé de renoncer. Un présent qu'il pourrait lui faire pour célébrer son amour.

Le point d'orgue de la Cérémonie d'adoubement est la coupe de la tresse du nouveau Padawan. Et c'est ce qu'il avait déposé dans la main tremblante de Padmé.

Une longue et fine tresse de cheveux brillants : une simple petite chose, d'aucune valeur.

Une simple petite chose qui, à ses yeux, avait autant de prix que la galaxie.

Alors elle l'avait embrassé, elle avait posé sa joue toute douce contre sa mâchoire, et elle avait murmuré à son oreille qu'elle aussi avait quelque chose pour lui.

De sa penderie était sorti en vrombissant R2-D2.

Anakin le connaissait, bien sûr ; il le connaissait depuis des années – le petit droïde était lui-même un héros : il avait été décoré pour avoir sauvé la vie de Padmé lorsqu'elle était Reine de Naboo. Sans compter l'aide qu'il avait apportée au jeune Anakin alors âgé de neuf ans, lorsqu'il avait détruit le vaisseau-amiral droïde de la Fédération du Commerce, mettant fin au blocus et sauvant la planète. Le savoir-faire des Ingénieurs Royaux de Naboo avait fait des unités-R customisées les plus recherchées de toute la galaxie ; il avait tenté de protester, mais elle l'avait fait taire d'un doigt plein de douceur posé sur ses lèvres, d'un charmant sourire et d'un murmure :

— Après tout, que ferait une politicienne d'un droïde astromech ?

— Mais je suis un Jedi...

— C'est bien pour ça que je ne te le donne pas, avait-elle ajouté dans un sourire. Je te demande juste de t'en occuper. Ce n'est pas vraiment un cadeau. C'est un ami.

Tout cela passa en un éclair dans l'esprit d'Anakin durant la longue seconde qui précéda le grésillement de son comlink aussitôt suivi d'un *fwoui-wouiiou* familier. L'étau qui lui étreignait le cœur se relâcha.

— R2, où es-tu ? Viens, il faut partir d'ici !

Tout là-haut, sur la paroi qui constituait normalement le sol, la porte de duracier d'un casier cabossé coulissa, repoussée par un dôme bleu et argent. La porte s'ouvrit d'un coup et R2-D2 en personne déploya ses fusées de propulsion, vola hors du casier, et fonça vers la sortie la plus éloignée.

Anakin adressa un sourire mordant à Obi-Wan. Laisser disparaître de sa vie quelqu'un qu'il aimait ? Hors de question.

— Qu'est-ce qu'on attend ? lança-t-il. Allons-y !

Sur le pont de la *Main Invisible*, le tournoiement du croiseur donnait l'impression que la vaste courbe formée par l'horizon de Coruscant l'avait capturé dans son orbite, l'entraînant dans un tourbillon vertigineux. Chaque rotation offrait aussi un aperçu de la lente désagrégation du kiosque. Arraché au vaisseau et catapulté vers la planète par les forces centripètes, il entamait une longue descente en flammes vers la surface entièrement urbanisée.

Le général Grievous observait tout cela pendant que ses circuits droïdes égrenaient les secondes de vie restant à son vaisseau.

Il ne craignait par pour sa vie ; son module de sauvetage particulier était spécialement programmé pour rejoindre un bâtiment paré à effectuer le saut. Quelques secondes après qu'il se serait enfermé avec le Chancelier dans sa capsule à coque blindée, ils seraient emmenés vers le bâtiment réservé à leur fuite. L'appareil effectuerait une série de microsauts aléatoires afin de déjouer toute tentative de poursuite, puis ce serait le saut final jusqu'à la base secrète d'Utapau.

Mais il n'allait pas partir sans le Chancelier. Cette opération avait coûté à la Confédération beaucoup en hommes et en bâtiments. Revenir les mains vides entamerait encore davantage son prestige. Gagner cette guerre était avant tout une affaire de propagande : la faiblesse de la République était due pour une large part à la peur superstitieuse de ses citoyens devant la victoire *a priori* inévitable des Séparatistes – une peur cultivée et entretenue par le financement occulte de la CSI qui empoisonnait la propagande gouvernementale sur l'HoloNet. Les masses populaires étaient persuadées que la République était en train de perdre ; voir le légendaire Grievous être vaincu et fuir piteusement risquait de leur redonner l'illusion qu'ils pouvaient encore gagner la guerre.

Or il ne pouvait se permettre de leur laisser le moindre espoir.

Son comlink interne vibra à son oreille gauche. Il effleura l'implant sensoriel logé dans la mâchoire de son masque.

— Oui ?

— *Seigneur, les Jedi ont très certainement fui le kiosque.*

C'était la voix de l'un de ses favoris, un de ces MagnaGardes de la série IG-100 reconditionnée : un prototype de droïde de combat humanoïde, automotivé, spécialement conçu, programmé et armé pour combattre les Jedi.

— *Avant que le kiosque se détache, nous avons retrouvé un sabre laser au fond de la cage des turboélévateurs.*

— Compris. Attendez les instructions.

En une grande enjambée, Grievous se retrouva à côté de l'officier de sécurité, un Neimoïdien.

— Vous les avez localisés, ou vous vous préparez à mourir ?

— En fait, je… je…

L'officier de sécurité pointait un index tremblant vers une représentation schématique du hangar de la *Main Invisible* : un spot lumineux traversait doucement la soute Numéro Un.

— Qu'est-ce que c'est ?

— C'est… c'est… c'est la *balise* du Chancelier, Seigneur.

— Comment ? Le Jedi ne l'aurait pas désactivée ? Pourquoi donc ?

— Pour l'instant, je ne peux pas trop…

— Bande de crétins !

Il toisa l'officier de sécurité qui rampait déjà à ses pieds et songea à tuer cet idiot qui avait mis tant de temps à comprendre ce qui se passait.

Le Neimoïdien semblait également avoir compris les pensées de Grievous qui devaient être lisibles comme une enseigne au néon sur son masque couleur d'os.

— Si… si… si seulement vous n'aviez pas… euh… je veux dire… S'il vous plaît, souvenez-vous que ma console de surveillance a été détruite, et qu'il a bien fallu que je trouve un autre moyen de…

Silence. Grievous esquissa mentalement un geste de dédain. De toute façon, cet imbécile serait bientôt mort ou fait prisonnier.

— Ordonnez à tous les droïdes de cesser leurs recherches algorithmiques et de se rendre sur la passerelle. Attendez, oubliez ça : laissez tomber les droïdes de combat. On n'en a rien à fiche, marmonna-t-il dans son masque. Ils sont encore plus dangereux pour nous que pour les Jedi. Je ne veux *que* des superdroïdes de combat et des droïdekas. Compris ? Ne prenons pas de risques.

Tandis que l'officier de sécurité retournait à ses écrans, Grievous réactiva l'implant sensoriel de sa mâchoire.

— IG 101…

— *Seigneur ?*

— Formez un commando de superdroïdes de combat et de droïdekas – tous ceux que vous pourrez trouver –, et dirigez-vous vers la soute. Je vous transmettrai les coordonnées exactes dès qu'elles seront disponibles.

— *Entendu, Seigneur.*

— Vous trouverez au moins un Jedi, peut-être deux, en compagnie du Chancelier Palpatine, emprisonné dans un bouclier radiant. Ils doivent être considérés comme très dangereux. Désarmez-les et conduisez-les sur le pont.

— *S'ils sont dangereux, peut-être devrions-nous les exécuter sur place.*

— Non. C'est clair : interdiction de toucher à un cheveu du Chancelier. Quant aux Jedi…

La main droite du général glissa sous sa cape et vint caresser le lot de sabres laser qui y étaient accrochés.

— Les Jedi, je les tuerai de ma main.

Un rideau d'énergie chatoyante apparut brusquement devant eux, obstruant le couloir, de l'autre côté de l'intersection qu'ils s'apprêtaient à franchir, et Obi-Wan s'arrêta si brutalement qu'Anakin manqua lui rentrer dedans. Il tendit la main et attrapa Palpatine par le bras.

— Attention, Chancelier, fit-il à voix basse. Mieux vaut ne pas s'y frotter tant que nous ignorerons de quoi il retourne.

Obi-Wan décrocha son sabre laser, l'activa, et, du bout, effleura précautionneusement le champ d'énergie, provoquant un geyser d'étincelles et d'éclairs. Il faillit lâcher son arme.

— C'est un bouclier radiant, déclara-t-il, plus pour lui-même que pour ses compagnons. Il faut que nous trouvions un moyen de le contourner.

Mais il avait à peine fini de parler qu'une autre nappe vacillante se formait en travers du couloir qu'ils venaient à peine de quitter, et que deux autres venaient en grésillant bloquer les deux dernières issues.

Ils étaient cernés.

Coincés.

Obi-Wan resta debout une seconde ou deux, clignant des yeux, puis il regarda Anakin et secoua la tête, incrédule.

— Je nous croyais meilleurs que ça.

— Apparemment non. C'est le plus vieux piège de tous les temps et nous sommes tombés dedans tête baissée. Ou plutôt, reprit Anakin, aussi confus qu'Obi-Wan, *vous* y êtes tombé tête baissée. Je me contentais de vous suivre.

— Alors comme ça, maintenant, c'est de ma faute ?

Anakin lui fit un sourire acide.

— N'êtes-vous pas le Maître et moi juste un héros ?

— Garde tes blagues pour plus tard, grommela Obi-Wan. C'est le Côté Obscur – l'ombre de la Force. Nous ne pouvons pas toujours nous fier à notre instinct. Tu ne comprends pas ça ?

Compte tenu de la situation, le Côté Obscur était la dernière chose à laquelle Anakin avait envie de penser.

— Ou alors, c'est peut-être ce coup sur la tête, avança-t-il.

Obi-Wan ne prit même pas la peine de sourire.

— Non. Toutes nos décisions tournent mal. Comment ont-ils pu nous localiser avec tant de précision ? Il y a vraiment quelque chose qui cloche, ici. La mort de Dooku aurait dû nous faciliter la tâche…

Palpatine l'interrompit aigrement :

— Si vous avez du goût pour les intrigues, Maître Kenobi, peut-être saurez-vous résoudre l'énigme suivante : comment allons-nous nous *échapper* ?

Obi-Wan acquiesça en regardant d'un air sombre le piège de boucliers radiants comme s'il le voyait pour la première fois. Au bout d'un moment, il reprit son sabre laser, l'alluma et enfonça la pointe dans le sol à ses pieds. La lame rentrait dans la couche de duracier comme dans du beurre… quand, tout à coup, elle lança un éclair : elle avait rencontré le bouclier radiant dissimulé dans l'espace ménagé sous le sol, manquant projeter Obi-Wan dans le bouclier d'énergie mortelle situé derrière lui.

— Il y en a sûrement aussi un dans le plafond, soupira-t-il en regardant ses compagnons. Des idées, quelqu'un ?

— Peut-être, jeta Palpatine sur un ton inspiré. Je propose que nous nous rendions tout simplement au général Grievous. Le Comte Dooku étant mort, vous devriez pouvoir… (Il jeta un regard en biais, insistant, à Anakin…) *négocier* notre *reddition*.

Je dois reconnaître qu'il a de la constance, pensa Anakin. Il se prit à sourire en se rappelant les discussions qu'il avait eues avant la guerre avec Padmé, sur Naboo, au sujet de la « négociation ». Il revint à la dure réalité de la situation en songeant qu'amorcer des « négociations offensives » pouvait s'avérer très délicat, surtout sans son sabre laser.

— *Je* préconiserais…, dit-il lentement, la patience.

— La patience ? (Obi-Wan haussa un sourcil.) C'est ça, le plan ?

— Vous devez savoir ce que dit Maître Yoda : *De patience preuve tu dois faire, jusqu'à ce que retombe la boue et que claire l'eau redevienne*. Alors, attendons.

Obi-Wan semblait sceptique.

— Attendre quoi ?

— Une patrouille de sécurité. Une bande de droïdes ne va pas tarder à nous tomber dessus à bras raccourcis. Ils devront bien traverser le bouclier radiant pour nous emmener en lieu sûr.

— Et ensuite ?

Anakin haussa les épaules avec allégresse.

— Ben, ensuite, on les liquide.

— Très pertinent, comme d'habitude, répliqua sèchement Obi-Wan. Qu'est-ce qu'on fait s'il s'agit de droïdes destroyers ? Ou de quelque chose de pire ?

— Allons, Maître. Pire que des destroyers ? En outre, les patrouilles de sécurité sont toujours constituées de ces petits droïdes de combat aussi chétifs qu'inefficaces.

À ce moment, quatre de ces droïdes de combat aussi chétifs qu'inefficaces s'avancèrent vers eux, un par couloir, dans un bruit de ferraille, leurs blasters à l'horizontale. L'un d'eux lança l'une de ses consignes de sécurité préprogrammées :

— *Lâchez vos armes !*

Les trois autres renchérirent en poussant des aboiements

enthousiastes : « *Compris, compris ?* » et en agitant spasmodiquement leurs têtes.

— Vous voyez ? fit Anakin. Pas de problème.

Avant qu'Obi-Wan ait eu le temps de répondre, les boucliers qui obstruaient les couloirs s'éclipsèrent brutalement, laissant passer des droïdes destroyers à roues de bronzium, deux par couloir. Les huit droïdes destroyers se positionnèrent derrière les droïdes de combat, entourés d'un étincelant bouclier énergétique, leurs canons jumeaux braqués sur la poitrine des Jedi.

Obi-Wan soupira.

— Tu disais ?

— Bon, d'accord, fit Anakin en levant les yeux au ciel. C'est le Côté Obscur. Ou je ne sais quoi. Enfin, au moins, vous êtes débarrassé de ce piège à bouclier radiant.

Par les mêmes corridors, seize superdroïdes de combat arrivèrent en renfort, les canons de leurs armes levés afin de tirer au-dessus des boucliers des destroyers.

Derrière les superdroïdes de combat venaient deux droïdes d'un type qu'Anakin n'avait jamais vu. Mais il avait une idée de ce qu'ils pouvaient être.

Et ce n'était pas pour le rassurer.

Obi-Wan grimaça en les voyant approcher.

— Tu es un expert, Anakin. Qu'est-ce que c'est que ça ?

— Vous vous souvenez de ce que vous disiez à propos d'engins *pires que des destroyers* ? répondit Anakin d'un ton sinistre. Je pense que c'est ce que nous avons sous les yeux.

Ils défilaient en rang, d'un pas aisé et assuré, presque aussi souple qu'une démarche humaine. En fait, on aurait dit des hommes, des hommes de deux mètres de haut et faits de métal. Ils portaient de longues capes flottantes, naguère blanches, mais à présent maculées de fumée et de ce qu'Anakin supposa être du sang. Ils avançaient, leur cape rejetée derrière l'épaule, afin de dégager leur bras gauche qui tenait une arme inconnue ressemblant à une perche d'environ deux mètres de long – quelque chose qui évoquait la pique électrique des Gardes sénatoriaux, mais plus courte, et avec une curieuse lame à décharge *à chaque extrémité*.

Ils marchaient comme s'ils se réjouissaient du combat à venir, et il était évident qu'ils en avaient déjà livré quelques-uns. La poitrine de l'un arborait un cratère superficiel entouré d'une auréole roussie, souvenir d'un tir de blaster à bout portant et qui avait failli le transpercer. L'autre exhibait une cicatrice qui allait de son crâne à un photorécepteur hors service – une cicatrice qui semblait avoir été causée par un sabre laser.

Ce droïde avait manifestement combattu un Jedi. Et survécu.

Le Jedi, en déduisit Anakin, sûrement pas.

Ces deux droïdes spéciaux progressaient entre les superdroïdes de combat et les destroyers, et en repoussaient parfois un sur le côté si rudement qu'il percutait la paroi et s'effondrait dans un étincelant amoncellement de ferraille.

Celui dont le photorécepteur était hors d'usage brandit sa lance en direction des Jedi, et les boucliers radiants disparurent.

— Ôtez vos mains de vos armes, Jedi ! ordonna-t-il, et il ne s'agissait assurément pas d'une commande préprogrammée.

Anakin déclara calmement :

— J'ai vu un rapport des Renseignements sur ces nouveaux modèles. Je pense qu'il s'agit des cyber-gardes du corps personnel de Grievous. Des prototypes spécialement conçus, selon ses instructions, pour combattre les Jedi… ajouta-t-il en regardant Obi-Wan, puis Palpatine.

— Ah, fit Obi-Wan. Au regard des circonstances, je pense qu'il nous faut un plan B.

Anakin jeta un regard entendu à Palpatine :

— L'idée du Chancelier me semble assez intéressante, tout d'un coup.

Obi-Wan acquiesça pensivement.

Lorsqu'il se tourna pour remettre son sabre laser au cyber-garde du corps, Anakin s'approcha du Chancelier et lui glissa :

— Les choses se passent comme vous l'espériez, en fin de compte.

— C'est souvent le cas, répondit Palpatine dans un infime sourire énigmatique.

Tandis que des droïdes de combat s'approchaient avec des électroliens pour leurs poignets et un boulon bloquant pour R2-D2, Obi-Wan jeta un regard sombre par-dessus son épaule.

— Au fait, Anakin, fit-il du ton à la fois calme, las et résigné d'un parent exaspéré par les frasques d'un galopin incorrigible, *où* est ton *sabre laser* ?

Anakin n'osait pas le regarder.

— Il n'est pas perdu, si c'est ce que vous pensez.

Et c'était vrai : Anakin pouvait le sentir dans la Force et il savait exactement où il était.

— Vraiment ?

— Vraiment.

— Alors où est-il ?

— On ne pourrait pas en parler plus tard ?

— Sans ton sabre laser, tu *n'auras* peut-être pas de « plus tard ».

— Épargnez-moi ce sermon, d'accord ? Combien de fois avons-nous eu cette discussion ?

— Apparemment, une fois de moins que nous n'aurions dû.

Anakin soupira. Avec Obi-Wan, il avait toujours l'impression d'avoir neuf ans. Il fit un geste boudeur en direction du droïde-garde du corps.

— C'est lui qui l'a.

— Lui ? Et comment est-ce arrivé ?

— Je ne veux pas en parler.

— Anakin…

— Attendez ! Il a le vôtre aussi !

— C'est différent…

— Cette arme est votre *vie*, Obi-Wan ! fit Anakin dans une imitation si réussie de Kenobi que Palpatine ne put retenir un petit rire. Vous devez en *prendre soin*.

— Peut-être, convint Obi-Wan, tandis que les droïdes

refermaient leurs liens et les emmenaient. Nous en parlerons plus tard.

Anakin reprit sur un ton sévère :

— Sans votre sabre laser, vous n'aurez peut-être pas...

— Ça va, ça va, soupira le Maître Jedi, rendant les armes avec un sourire piteux. Tu as gagné.

Anakin lui jeta un regard narquois. Il n'arrivait pas à se souvenir de la dernière discussion où il avait réussi à l'emporter sur Obi-Wan.

— Pardon ? Que dites-vous ? Vous ne pourriez pas rallonger un peu la sauce ?

— Ce n'est pas très Jedi de jubiler comme ça, Anakin.

— Je ne jubile pas, Maître, fit-il en glissant un regard en coulisse à Palpatine. Je savoure juste... ce moment.

Voici ce que ça fait, en ce moment précis, d'être Anakin Skywalker :

Le Chancelier Suprême vous renvoie votre regard avec une pointe de sourire et un petit hochement de tête approbateur, et pour vous, cette petite victoire sans ostentation, en camarade, vous réchauffe et vous détend, et desserre les griffes du dragon d'épouvante qui vous étreignent le cœur.

Vous oubliez que vous avez été capturé. Vous avez déjà été capturé, avec Obi-Wan. Vous oubliez le bâtiment en perdition, les droïdes tueurs de Jedi ; vous avez affronté pire. Vous oubliez le général Grievous. Qu'est-il à côté de Dooku ? Il ne peut même pas utiliser la Force.

Ce qui veut dire que, maintenant, pour vous, la situation est la suivante : vous marchez entre vos deux meilleurs amis, avec votre précieux ami droïde qui bourdonne fidèlement sur vos talons...

Vous allez gagner la Guerre des Clones.

Ce que vous avez fait – ce qui est arrivé dans les quartiers du général et, plus important, *pourquoi* c'est arrivé –, tout cela se consume dans le ciel de Coruscant, avec le corps décapité de Dooku. Déjà, vous avez l'impression que c'est arrivé à quelqu'un d'autre, comme si *vous* étiez quelqu'un d'autre au moment où vous l'avez fait, et que cet homme – l'homme possédé par un dragon avec un brasier à la place du cœur et un esprit aussi glacial que la surface d'une étoile morte –, cet homme n'était en fait qu'une image réfléchie dans les yeux écarquillés de Dooku.

Et le temps que ce qui reste du kiosque s'écrase sur la croûte urbanisée sur plusieurs kilomètres d'épaisseur qui est la surface de Coruscant, ces yeux morts seront à jamais calcinés, et le dragon aura brûlé avec eux.

Et vous, pour la première fois de votre vie, vous serez vraiment libre.

Voilà ce que ça fait d'être Anakin Skywalker.

En ce moment précis.

7

Obi-Wan et Anakin II

Tel est Obi-Wan dans la lumière :

Alors qu'on le pousse vers le pont, avec Anakin et le Chancelier Palpatine, il n'a pas besoin de regarder autour de lui pour voir les Neimoïdiens terrifiés assis derrière leurs batteries de consoles. Il n'a pas besoin de tourner la tête pour compter les droïdes destroyers et les superdroïdes de combat, ou pour estimer la position des redoutables cyber-gardes du corps. Il ne prend même pas la peine de lever les yeux pour croiser le regard jaune et glacé, braqué sur lui à travers un masque de plasto-céramique en forme de crâne.

Il n'a même plus besoin de puiser dans la Force.

Il s'est déjà laissé investir par la Force.

La Force se déverse en lui et autour de lui comme s'il passait sous une cascade d'une pureté cristalline perdue dans le vert dédale d'une forêt tropicale oubliée. Lorsqu'il s'ouvre à cette onde étincelante, elle coule avec lui, en lui et le traverse sans le moindre concours de sa volonté consciente. La partie de lui qui s'appelle Obi-Wan Kenobi n'est qu'une ride sur l'eau, un tourbillon dans la mare où il se déverse interminablement.

Il y a aussi d'autres parties de lui à cet endroit ; il n'y a rien, ici, qui ne fasse partie de lui, depuis l'éraflure sur le dôme de R2-D2 jusqu'à l'ourlet effiloché de la robe de Palpatine, de la fissure étoilée sur l'un des panneaux de transparacier dont est fait le mur panoramique, incurvé, au-dessus d'eux, jusqu'aux grands vaisseaux stellaires qui combattent toujours au-delà.

Parce que tout cela fait partie de la Force.

D'une certaine façon, le nuage qui assombrit la Force depuis près d'une décennie et demie s'est aujourd'hui mystérieusement éclairci autour de lui, et il retrouve la clarté limpide du temps où il était élève au Temple Jedi, quand la Force était pure, nette, et parfaite. C'est comme si l'obscurité s'était retirée, repliée sur elle-même, pour lui offrir ce moment de clarté et lui restituer la pleine puissance de la lumière, ne serait-ce que l'espace de cet unique instant. Il ne sait pas pourquoi, et il ne se le demande même pas. Dans la Force, il est au-delà des questions.

Pourquoi n'a pas de sens ; c'est un écho du passé, ou un murmure du futur. Tout ce qui compte, pour cet infini présent, c'est *quoi*, et *où*, et *qui*.

Il est chacun des seize superdroïdes de combat qui luisent de tous leurs chromes étincelants à la lumière des lasers, les bras armés de lourds blasters. Il est ces blasters et il est leurs cibles. Il est les huit droïdes destroyers qui attendent avec une patience électronique derrière leurs boucliers d'énergie, et les deux cyber-gardes du corps, et chacun des Neimoïdiens transis de crainte. Il est leurs vêtements, leurs bottes, et même chaque gouttelette d'humidité chargée d'odeur reptilienne que les brumisateurs projettent pour les aider à abaisser leur température. Il est les liens qui lui entravent les poignets, et il est la pique électrique dans les mains du cyber-garde derrière lui.

Il est les deux sabres laser que l'autre cyber-garde présente au général Grievous.

Et il est le général lui-même.

Il est les côtes en duranium du général. Il est le battement de son cœur non humain, et il est la pulsation silencieuse de l'oxygène pompé dans ses veines inhumaines. Il est le poids des quatre sabres laser accrochés à la ceinture du général, et la lueur d'avidité que les armes capturées ont allumée dans ses yeux. Il est même le plan de sa propre exécution qui fermente dans le cerveau du général.

Il est toutes ces choses, mais – plus important que tout – il est toujours Obi-Wan Kenobi.

C'est pourquoi il se contente de rester planté là. C'est pourquoi il attend, simplement. Il n'a pas besoin d'attaquer, ou de se défendre. On se battra, ici, mais il est parfaitement détendu, parfaitement satisfait de laisser le combat commencer quand il commencera, et de le laisser finir quand il finira.

Exactement comme il se laissera vivre, ou mourir.

Voilà comment un grand Jedi fait la guerre.

Le général Grievous souleva les deux sabres laser dans ses mains de duranium, afin de les admirer à la lumière des turbolasers qui se déchaînaient toujours, et dit :

— Des trophées rares : l'arme d'Anakin Skywalker, et l'arme du général Kenobi. J'ai hâte de les ajouter à ma collection.

— Ça n'arrivera pas. C'est moi qui suis aux commandes, ici.

Cette réplique lui parvint de la bouche d'Obi-Wan, mais ce n'était pas vraiment lui qui parlait. Obi-Wan n'avait plus le contrôle ; il n'en avait plus besoin. Il avait la Force.

C'était la Force qui parlait à travers lui.

Grievous fit un pas en avant. Obi-Wan vit la mort dans le regard jaune et glacé qu'il distinguait au fond des orbites percées dans le masque en forme de crâne, mais cela n'avait aucun sens à ses yeux.

Il n'y avait pas de mort. Il n'y avait que la Force.

Il n'avait pas besoin de dire à Anakin d'écarter discrètement le Chancelier Palpatine de leur ligne de tir. Une partie de lui était Anakin, et le faisait déjà. Il n'avait pas besoin de dire à R2-D2 de faire appel à ses sous-programmes de combat et de détourner l'énergie vers sa tuyère de poussée, son bras préhensile et son lance-câble. La partie de lui qui était le petit astromech y avait veillé avant même qu'ils ne soient entrés sur la passerelle.

Grievous le dominait de toute sa hauteur.

— Vous êtes tellement sûr de vous, Kenobi.

— Pas sûr, calme, seulement.

De si près, Obi-Wan voyait les fissures fines comme des cheveux et les trous qui grêlaient le masque d'une pâleur d'ossement, et il sentait la voix électrosonique du général vibrer, résonner dans sa poitrine. Il se rappela la Question de Maître Jrul : *Qu'est-ce que le bien, sinon ce qui enseigne le mal ? Qu'est-ce que le mal, sinon la raison d'être du bien ?*

— Nous pouvons régler la situation sans en rajouter dans la violence, dit-il. Je suis prêt à accepter votre reddition.

Le masque en forme de crâne s'inclina dans une attitude de questionnement.

— J'en suis sûr. Mais cette affirmation présomptueuse sur le thème « J'accepterai votre reddition » est-elle digne de foi ?

— Parfois. Quand elle ne s'applique pas, il y a des gens qui sont blessés. Ou qui meurent. Par le terme « gens », dans ce cas, vous devez comprendre que c'est de vous qu'il s'agit.

Les yeux bleu-gris d'Obi-Wan se rivèrent fermement aux yeux jaunes, derrière le masque.

— Je ne le comprends que trop. Je comprends que c'est moi qui vais vous tuer. Ici. Et tout de suite. Avec votre propre sabre.

Grievous renvoya sa cape en arrière et alluma les deux sabres laser.

— Ça, je ne crois pas, répondit la Force par les lèvres d'Obi-Wan.

Les électrodrivers actionnaient les membres de Grievous si vite que l'œil humain ne pouvait les suivre. Quand il balança son bras, il disparut, avec son poing et le sabre laser qu'il tenait : il fut littéralement balayé de l'existence par le seul effet de sa vitesse hallucinante, une véritable imitation d'événement quantique. Aucun être humain ne pouvait se déplacer aussi vite que Grievous, et de loin. Pas même Obi-Wan, qui, de toute façon, n'en avait pas besoin.

Il agit en premier.

Dans la Force, une partie de lui prévoyait de tuer Grievous, et le passage de l'intention aux actes se traduisit chez lui sans intervention de la pensée. Il n'avait pas besoin de plan, pas besoin de tactique.

Il avait la Force.

Cette cascade étincelante le traversa, chassant toute pensée de danger ou de salut, de gain ou de perte. Comme l'eau, la Force prend naturellement la forme de ce qui la contient. L'eau qu'était Obi-Wan se déversa dans le réceptacle qu'était l'attaque de Grievous, et si certains matériaux pouvaient être étanches, Obi-Wan n'en avait pas encore rencontré un seul qui soit, si l'on peut dire, vraiment « étanche à la Force »...

Alors que l'intention de balancer son bras se formait encore dans l'esprit de Grievous, la partie de la Force qu'était Obi-Wan était aussi la partie de la Force qui incarnait R2-D2. Elle était surtout le chalumeau dont Anakin avait équipé son bras préhensile d'origine, de sorte que toute communication réelle entre eux était inutile. C'était uniquement ce sens du style propre à Obi-Wan qui amenait ce sourire gentil sur son visage, et ce murmure sur ses lèvres :

— R2 ?

Le temps qu'il ouvre la bouche, un panneau coulissait déjà sur le fuselage du petit droïde. Le temps que ses lèvres aient articulé son surnom, et le chalumeau s'était déployé, crachant un jet d'étincelles aveuglantes assez chaudes pour fondre le duranium. Et dans le quart de seconde que les réflexes électroniquement accélérés de Grievous mirent à lui donner l'air surpris et déconcerté, la partie de la Force qui était Obi-Wan essaya un petit tour, une petite astuce secrète qu'il gardait en réserve exactement pour ce genre d'occasion.

Parce que tout, là, sur le pont, ne faisait qu'un dans la Force, depuis la structure du bâtiment jusqu'à la danse quantique de chaque électron autour de l'atome de son noyau ; parce que les nerfs et les muscles du général biodroïde n'étaient pas des tissus vivants dotés d'une volonté propre mais des créations d'électronique et de duranium… il est tout à fait possible que, dans ce quart de seconde de vulnérabilité, Grievous, surpris, ait eu un mouvement de recul devant le jaillissement d'une flamme assez chaude pour brûler sa carcasse blindée. Et il se peut aussi que, d'une impulsion de son esprit, Obi-Wan ait pu temporairement renverser la polarité des électrodrivers qui animaient les mains mécaniques du général.

Et c'est exactement ce qui se passa.

Dans un spasme, ses doigts de duracier s'ouvrirent et lâchèrent les deux sabres laser.

Obi-Wan plongea dans la Force, et la Force plongea en lui ; son sabre s'anima d'une vie flamboyante alors qu'il était encore en l'air. Il vola vers lui, comme Obi-Wan levait les mains pour s'en saisir. Sa flamme bleue jaillit entre ses poignets et trancha ses liens avant que la poignée ne se plaque fermement dans la paume de sa main.

Obi-Wan était si profondément investi dans la Force qu'il ne s'étonna même pas de son succès.

Il fit un quart de tour vers Anakin qui, déjà dans les airs, avait bondi en entendant le murmure d'Obi-Wan, tous deux n'étant, finalement, que les deux parties d'une même chose. Le saut périlleux d'Anakin l'emmena au-dessus de la tête d'Obi-Wan, juste à la bonne distance pour que sa lame jaillisse et brûle les liens de son partenaire. Et alors que Grievous reculait encore, effrayé, devant la gerbe de flammes, il retomba, la main tendue. Devenu cascade, Obi-Wan sentit un jaillissement liquide le renverser, et le sabre laser d'Anakin siffla dans les airs. Anakin l'attrapa, et c'est ainsi qu'une seconde à peine après que Grievous eut commencé à manifester l'intention d'esquisser un mouvement, Obi-Wan Kenobi et Anakin Skywalker étaient debout, dos à dos, au centre du pont, impassibles derrière la lame d'énergie bleue de leur sabre.

Impavide, Obi-Wan regarda le général.

— Vous devriez peut-être reconsidérer mon offre.

Grievous prit appui sur une console de commande dont la structure de duracier fléchit sous son poids.

— Ma réponse, la voilà !

Arrachant bel et bien la console sur laquelle était également accoudé son opérateur Neimoïdien sidéré, il la souleva au-dessus de sa tête et la lança vers les Jedi. Ils se séparèrent, roulant hors de sa trajectoire, et la console s'écrasa sur le pont dans un jaillissement d'étincelles et de fumée.

— Ouvrez le feu ! ordonna Grievous en secouant les poings comme si chacun d'eux était crispé sur un cou de Jedi. Tuez-les ! *Tuez-les tous !*

Pendant une seconde, tout fut couvert par le crépitement des détentes de blasters actionnées par dizaines.

Une seconde encore, et le pont explosait dans une tempête de feu.

Grievous se tint prudemment à l'écart, accroupi, regardant un instant ses MagnaGardes se ruer vers les Jedi, leurs piques électriques tournoyant dans l'aveuglant déluge de feu qui balayait le pont. Grievous avait déjà combattu des Jedi, parfois même en combat singulier, et il en avait conclu que, quand on en avait combattu un, on les avait tous combattus.

Mais Kenobi...

L'aisance avec laquelle Kenobi avait pris l'avantage de la situation était terrifiante. Surtout lorsqu'on pensait que, des deux, Skywalker était de l'avis général encore meilleur au combat. Même leur unité R2 pouvait se battre : avec l'espèce de lance-câble dont il était équipé, le petit astromech avait entortillé les jambes d'un superdroïde pour le soulever de terre. Et maintenant, il le faisait tourner autour de lui de sorte que, en tirant avec ses bras-canons, le superdroïde réduisait ses compagnons d'escouade en charpie, au lieu des Jedi.

Grievous commençait moins à penser à remporter ce combat qu'à y survivre.

Ses MagnaGardes n'avaient qu'une fonction : combattre les Jedi ; c'était pour ça qu'ils étaient faits, et ils le faisaient bien. L'IG-101 avait acculé Kenobi contre une console, sa pique électrique jetant des éclairs aux endroits où elle rencontrait la lame de Kenobi. Le général Jedi aurait pu mourir à cet endroit, à ce moment précis, si l'un des superdroïdes de combat n'avait stupidement braqué ses deux bras-canons sur son dos, donnant à Kenobi l'occasion de plonger et de laisser les décharges de blaster meurtrières heurter le 101, qui tomba en arrière. Skywalker avait caché le Chancelier quelque part – cette poule mouillée de Palpatine tremblait probablement sous l'une des consoles de commande – et avait réussi à couper les deux jambes du 102 sous le genou, espérant le mettre hors de combat. Skywalker sembla extrêmement surpris quand le 102, tournoyant habilement sur un des bouts de sa pique électrique, utilisa les moignons de ses jambes pour le frapper si violemment que le Jedi partit en dérapage sur le sol.

Malgré tout, se dit Grievous, *la situation n'est pas désespérée.*

Il brancha le capteur de mâchoire de son comlink interne sur la fréquence de commande générale des droïdes.

— Le Chancelier se cache sous l'une des consoles. Section Seize, trouvez-le, et amenez-le immédiatement à ma capsule de sauvetage. Section Huit, poursuivez la mission. Tuez les Jedi.

Puis le vaisseau eut une sorte de ruade, plus brutale que les précédentes. Les panneaux du mur panoramique furent envahis d'une clarté aveuglante, et un jaillissement de radiations parcourut le pont. Des sirènes d'alarme retentirent. Une console disjoncta, projetant des étincelles à la face d'un pilote Neimoïdien, mettant le feu à son uniforme. Tandis que ses hurlements ajoutaient au vacarme, une autre console explosa, réduisant l'officier de tir nouvellement promu en un tas de viande déchiquetée.

« Ah », se dit Grievous. Avec toute cette excitation, il avait complètement oublié le lieutenant-commandant Needa, et l'*Intégrité*.

L'autre pilote – celui qui ne hurlait pas et qui essayait d'éteindre son uniforme en se flanquant de grandes claques, ne réussissant d'ailleurs qu'à se brûler les mains – s'écarta de son partenaire vociférant autant que le lui permettait son filet anticollision, et se mit à beugler :

— Général ! Cette frappe a détruit les dernières cellules de commande arrière ! Le vaisseau quitte l'orbite ! Nous allons prendre feu !

— Parfait, répondit calmement Grievous. Gardez le cap.

Peu importait désormais que ses gardes du corps aient ou non le dessus sur les Jedi : de toute façon, tout le monde allait être réduit en cendres.

Sur le capteur intégré à sa mâchoire, il composa la fréquence des capsules de sauvetage. Une séquence codée lui permit de vérifier que sa capsule personnelle l'attendait, tous moteurs allumés et la vérification des systèmes achevée.

Lorsqu'il se retourna pour regarder les combats, tout ce qu'il vit de l'IG-102, ce fut son bras, dont l'articulation, sectionnée au laser, était encore incandescente. Tandis que Skywalker poursuivait deux superdroïdes de combat qui tenaient Palpatine par les bras et les démantelait en deux coups de sabre, Kenobi faisait dc même avec l'IG-101 : le MagnaGarde sautait à cloche-pied sur sa jambe intacte en grinçant d'improbables menaces où il était question de certaine cavité naturelle de Kenobi et de la pique électrique qu'il faisait tournoyer avec son bras valide. Sans cesser de grincer, il partit en sautillant récupérer le bras que Kenobi lui avait coupé, puis il réussit bel et bien à lui flanquer un coup de pied surpuissant avant que le Jedi n'ait le temps de lui couper l'autre jambe, ce qu'il fit pourtant avec désinvolture, réduisant le 101 à un torse démembré qui continua de se tortiller sur le pont en glapissant.

Les deux MagnaGardes à terre, les huit destroyers s'ouvrirent, leurs canons jumeaux crachant des salves de rayons à particules galvanisées. Instantanément, les deux Jedi bondirent pour protéger le Chancelier de leur corps, et avant que Grievous n'ait eu le temps d'ordonner aux destroyers de cesser le feu, ils avaient détourné suffisamment de leurs tirs pour faire sauter les trois quarts des derniers superdroïdes de combat et envoyer les survivants se terrer quelque part à côté de ce qui restait de Neimoïdiens recroquevillés sur eux-mêmes.

Les destroyers commencèrent à se rapprocher, accablant les Jedi sous un feu nourri, avançant pas à pas, les canons pointés contre leurs sabres laser. Interceptant chacun des coups, les Jedi les détournaient vers les boucliers des destroyers qui les absorbaient en émettant des halos sphériques. Les destroyers auraient très bien pu l'emporter, s'il n'y avait eu un problème mineur.

Une nouvelle rupture de gravité.

Les huit destroyers semblèrent soudain inexplicablement bondir dans les airs, suivis de Skywalker, de Palpatine, de sièges, de bouts de MagnaGardes, et littéralement de tout ce qui, sur le pont, n'était pas fixé au sol – en dehors de Kenobi, qui avait réussi à empoigner une console de commande. Il s'y cramponnait d'une main, la tête en bas, parant toujours sans effort les tirs de blasters.

Le pilote Neimoïdien qui avait survécu hurlait des ordres aux droïdes, leur disant de se magnétiser, puis il commença à brailler que le vaisseau était en train de se briser. Il réussit à faire tellement de bruit que Grievous, exaspéré, finit par lui fracasser le crâne. Après quoi le général regarda autour de lui et se rendit compte qu'il venait de tuer le dernier membre de son équipage : tous ceux qu'il n'avait pas assassinés avaient été fauchés au hasard de la mitraille désordonnée des blasters et de leurs ricochets.

Grievous secoua le poing pour détacher la cervelle du pilote qui y était collée. Ces Neimoïdiens étaient vraiment répugnants.

La modification du plan invisible qui maintenait la gravité n'eut aucun effet sur le général biodroïde – ses griffes de duranium magnétique le maintenaient bien en place –, et comme l'une des piques électriques des MagnaGardes passait à sa portée, il l'empoigna si vite que le mouvement fut invisible. C'est alors qu'un autre basculement gravifique balaya la passerelle, projetant les droïdes, le Chancelier et les Jedi sur le sol.

De tous les droïdes de combat fabriqués en série, le droïdeka, aussi connu sous le nom de droïde destroyer, était le plus puissant de l'infanterie, mais il avait un défaut de conception majeur. Le bouclier énergétique, tellement efficace pour intercepter les blasters, les slugs, les éclats et même les sabres laser, était réglé avec précision pour protéger le droïde en position debout. S'il n'était plus debout – si, par exemple, il était à terre, ou projeté contre un mur –, le générateur de champ ne pouvait faire de différence entre le sol, la paroi et une arme. Il augmentait la puissance au point de désintégrer ce qu'il percevait comme une menace, jusqu'à ce qu'il grille.

Entre sa chute vers le plafond, les nombreuses fois où il avait rebondi dessus, et celles où il était retombé à terre, tout ce que pouvaient produire les générateurs de bouclier de la Section Huit se résumait à un énorme nuage de fumée noire.

Impossible de dire lequel des droïdekas ouvrit le feu sur les Jedi, et de toute façon, peu importe : en deux secondes, les huit droïdes destroyers étaient devenus huit tas de débris fumants, tandis que les deux Jedi sortaient de la fumée côte à côte, rigoureusement indemnes.

Sans un mot, ils se séparèrent pour encadrer le général.

Grievous régla sa pique électrique sur la puissance maximale, et l'arme se mit à cracher des éclairs.

— Je suis désolé, mais je n'ai pas le temps de vous combattre – ç'aurait été un duel intéressant –, seulement j'ai rendez-vous avec une capsule de sauvetage. Tandis que vous...

Il indiqua le mur panoramique de transparacier et déclencha son propre lance-câble jusqu'alors invisible, et qui ressemblait un peu à celui de leur drôle d'astromech. Le câble en jaillit, et sa mâchoire à grappins s'enfonça dans l'un des montants des panneaux.

— ... Vous, poursuivit-il, vous avez rendez-vous en enfer !

Les Jedi bondirent, et Grievous lança sa pique électrique crépitante, mais pas sur les Jedi.

Dans la vitre.

D'un tir fulgurant, le canon d'un chasseur avait déjà craquelé l'un des panneaux de transparacier. Quand la pique électrique le heurta de plein fouet et explosa comme une grenade à protons, il fut soufflé dans l'espace.

Une tornade rugit soudain sur le pont, emportant les cadavres des Neimoïdiens, les fragments de droïdes et toutes sortes de débris, et les projeta par le trou béant, dans un torrent d'air blanc instantanément congelé. Grievous se redressa d'un bond au milieu du tourbillon déchaîné, évitant de peu les deux Jedi, qui, culbutés en tous sens, s'efforçaient de ne pas se laisser aspirer avec lui. Mais Grievous n'avait pas besoin de respirer, et grâce à la synthépeau pressurisée qui enrobait ses parties vitales à l'intérieur de son exosquelette, il n'avait pas à craindre que ses fluides corporels ne se mettent à bouillonner dans le vide, de sorte qu'il se laissa simplement entraîner dans l'espace, jusqu'à ce qu'il arrive au bout du câble. Il s'y cramponna. Le câble se tendit et le renvoya comme un coup de fouet vers la coque de la *Main Invisible*.

Il lâcha le câble. Ses pieds et ses mains de duranium magnétique lui permirent de grimper sans difficulté le long de la coque, tandis que, plongée dans la nuit et striée de lumières, la courbe que dessinait l'hémisphère de Coruscant tournoyait autour de lui. Il grimpa jusqu'au sas externe des capsules de sauvetage et composa un code. Regardant par-dessus son épaule, il eut une satisfaction glaçante à voir les capsules de sauvetage vides s'éloigner de la *Main Invisible* pour filer dans le vide.

Toutes.

Sauf une.

Aucun stratagème de la Force ne permettrait à Kenobi et Skywalker de s'enfuir. Il regretta de ne pas avoir de sonde-espion sous la main à laisser sur le pont : il aurait aimé regarder brûler les plus grands héros de la République.

Décrivant des spirales dans le combat qui faisait toujours rage, les traînées ionisées des capsules de sauvetage flamboyèrent en silence dans le vide, poursuivies par les chasseurs stellaires et les vaisseaux de récupération armés. Grievous hocha intérieurement la tête ; ça les occuperait suffisamment longtemps pour que sa capsule-amiral parvienne jusqu'au vaisseau avec lequel il comptait prendre la fuite.

Alors qu'il entrait dans sa capsule aménagée, il réalisa que, pour la première fois de sa carrière, il violait les ordres : il avait reçu la consigne expresse de ne pas faire de mal au Chancelier, or Palpatine était sur le point de mourir avec ses chers Jedi.

Grievous haussa les épaules et eut un soupir. Qu'y pouvait-il, après tout ? C'était la guerre.

Il était sûr que le Seigneur Sidious lui pardonnerait.

Sur le pont, un bouclier antisouffle s'était brusquement refermé sur l'ouverture laissée par la vitre de transparacier détruite, et les droïdes de combat restants avaient été réduits en pièces avant que l'atmosphère n'ait eu le temps de se stabiliser.

Mais il y avait un problème plus sérieux.

Le vaisseau n'en finissait plus de se cabrer. Au-dehors, des flammèches chauffées à blanc rentraient par le mur panoramique. À en croire les trois alarmes différentes qui hurlaient en même temps sur le pont, ces flammèches étaient ce qui restait du bouclier ablatif jadis situé à l'avant du croiseur ravagé.

Anakin jeta un regard sombre sur un écran de la console.

— Toutes les capsules de sauvetage sont parties. Il n'en reste plus une seule à bord. Nous sommes coincés, conclut-il en relevant les yeux sur Obi-Wan.

Obi-Wan parut plus intrigué que véritablement préoccupé.

— Bon. Eh bien, mon jeune ami, c'est l'occasion ou jamais de faire la démonstration de tes légendaires dons de pilote. Tu peux piloter ce croiseur, non ?

— Le problème n'est pas de le piloter. Le problème, c'est l'atterrissage, ce qui, euh… (Anakin eut un petit rire légèrement tremblant.) Ce qui n'est pas précisément ce pour quoi les croiseurs sont conçus. Surtout si nous devons garder celui-ci en un seul morceau.

Obi-Wan n'eut pas l'air impressionné.

— Et alors ?

Anakin détacha le filet anticollision qui maintenait le cadavre du pilote sur son siège et tira dessus.

— Alors, vous feriez mieux de vous accrocher, dit-il en prenant place dans le fauteuil, ses doigts glissant sur les commandes qui lui étaient inconnues.

Le croiseur fit un bond encore plus puissant, et commença à s'incliner, alors qu'une nouvelle sirène joignait son hurlement au concert général.

— Ce n'est pas moi ! fit Anakin en levant précipitamment les mains de la console de commande. Je n'ai encore rien fait.

— Non, sûrement pas, fit la voix de Palpatine d'un calme surnaturel. On dirait plutôt que quelqu'un nous tire dessus.

— Génial, marmonna Anakin. Cette journée ne pourrait-elle pas commencer à s'améliorer ?

— On pourrait peut-être parlementer, fit Obi-Wan en s'approchant du poste de communication, et en commençant à tapoter sur l'écran tactile. On va leur expliquer qu'on a capturé le vaisseau.

— C'est bon, prenez les communications, fit Anakin, puis il indiqua le poste du copilote. R2, ton fauteuil. Chancelier, accrochez-vous. Et vite. Ça va chauffer. Au sens propre comme au sens figuré…, ajouta-t-il avec une grimace en regardant les débris de coque flamboyants passer devant le mur panoramique.

L'immense combat spatial qui avait embrasé et déchiqueté l'espace de Coruscant durant toute cette longue journée commença enfin à diminuer d'intensité.

Le dais moiré de stries ionisées et d'explosions de turbolasers se réduisait à des traînées de vaisseaux qui effectuaient le saut alors que la force de frappe Séparatiste battait en retraite. La lumière du lointain soleil de Coruscant se divisa en nuages iridescents de gaz cristallisés qui étaient les derniers vestiges des chasseurs stellaires, et de leurs pilotes. Progressant péniblement vers les bases où ils seraient réparés, des croiseurs endommagés louvoyaient entre les épaves fracassées qui dérivaient dans le jour infini de l'espace intersidéral. Des équipages de mercenaires prenaient les commandes des vaisseaux qui s'étaient rendus, contraignant les rescapés à rejoindre leurs équipages et fixant des boulons bloquants aux droïdes.

La surface éclairée du monde-capitale disparaissait sous le voile de fumée des millions de feux déclenchés par les fragments de vaisseaux venus s'écraser comme autant de météorites. Il en était beaucoup trop tombé pour que les défenses de la planète les repèrent et les détruisent tous. Du côté plongé dans la nuit, l'éclat blanc-rouge de ces impacts formait des cratères d'acier en fusion qui éclipsaient le halo des lumières artificielles. Dans les cieux de Coruscant, les vaisseaux qui comptaient n'étaient plus, désormais, les bâtiments de guerre, mais la flotte de sauvetage et de lutte anti-incendie qui sillonnait la planète.

C'est alors qu'un dernier vaisseau disloqué s'abattit en hurlant dans l'atmosphère. Il arrivait trop vite, trop à pic, ses pièces se détachant pour se disperser dans un sillage de vapeur surchauffée. Sur les tours de défense antimétéores, des batteries de turbolasers isolaient leurs signatures radar, et des chasseurs stellaires se hâtaient de gagner les trajectoires d'interception pour balayer les fragments qui auraient pu échapper aux tours de contrôle. Pendant ce temps, loin au-dessus, au-delà de l'atmosphère, sur le pont du RSS *Intégrité*, le lieutenant-commandant Lorth Needa parlait d'un ton pressant à un fantôme bleuté qui lui arrivait au genou, l'holocom auquel les lasers des radars DCM avaient donné vie : c'était un non-humain en robe Jedi, aux yeux globuleux dans un visage ridé, et aux longues oreilles pointues, étrangement flexibles.

— Maître ! Vous devez vous positionner sous les systèmes de défense de surface ! C'est le général Kenobi !

insista Needa. Son code le confirme, Skywalker est avec lui, et *ils ont le Chancelier Palpatine* !

— *Bien reçu et compris*, répondit calmement le Jedi. *Dites-moi de quoi besoin ils ont.*

Needa baissa les yeux vers le revêtement de coque en fusion qui se détachait, calciné, du croiseur lancé en chute libre, quand, sous ses yeux, le vaisseau se scinda en deux au niveau du hangar. La partie arrière se détacha et explosa, mais celui qui pilotait l'avant du vaisseau devait être l'un des plus grands pilotes dont Needa ait jamais entendu parler : la proue oscilla et bascula, mais réussit, inexplicablement, à se redresser par le seul moyen d'une batterie de propulseurs et de ses gouvernes atmosphériques.

— D'abord, d'une flottille de vaisseaux anti-incendie, reprit Needa sur un ton plus calme. Ensuite, d'une plate-forme d'atterrissage renforcée, la plus solide qu'ils pourront trouver. Enfin, même s'ils arrivent à contrôler le sinistre, et qu'il leur reste assez de coque pour atteindre la surface, de toute façon, ils n'arriveront jamais à se poser. Ce ne sera pas un atterrissage, mais un écrasement contrôlé. Je répète : un écrasement contrôlé.

— *Bien reçu et compris*, répéta le Jedi holographique. *Leur signature transpondeur confrontez.*

Quand ce fut fait, le Jedi opina gravement du chef.

— *Merci, lieutenant-commandant. Grand et vaillant service à la République vous avez aujourd'hui rendu – et la gratitude de l'Ordre Jedi bien mérité vous avez. Yoda, terminé.*

Lorth Needa ne pouvait plus que regarder, debout sur la passerelle de l'*Intégrité*, les mains nouées dans le dos. La discipline militaire lui interdisait d'exprimer la moindre émotion, mais, partant des articulations de ses doigts, des bandes pâles montaient presque jusqu'à ses poignets.

Chacun des os de son corps souffrait de ne pouvoir agir.

Parce qu'il le savait : ce fragment de vaisseau était un piège mortel. Personne ne pouvait poser une telle masse, même pas Skywalker. Chaque seconde qui avait passé depuis que le bâtiment s'était rompu pour entamer sa destruction dans les flammes était un miracle en soi, un témoignage des dons exceptionnels d'un pilote à juste titre légendaire. Mais quand chaque seconde est un miracle, combien peut-on espérer en enfiler l'une derrière l'autre ?

Lorth Needa n'était pas croyant, ce n'était pas non plus un philosophe ou un métaphysicien ; il ne connaissait les vertus de la Force que par ouï-dire, mais malgré tout il se retrouva à l'implorer dans son cœur, pour que, quand la fin violente fondrait sur les hommes à bord de cette épave, au moins elle vienne rapidement.

Ses yeux le piquaient. L'ironie de ce drame voulait qu'il en ait l'arrière-gorge en feu. La Home Fleet avait vaillamment combattu, et les Jedi avaient joué un rôle surhumain ; envers et contre tous, la République l'avait emporté.

Mais ce combat avait été justement livré pour sauver le Chancelier Suprême Palpatine.

Et s'ils avaient remporté le combat, maintenant qu'il regardait ça, impuissant, Needa ne pouvait s'empêcher de penser qu'ils étaient sur le point de perdre la guerre.

Tel est le chef-d'œuvre d'Anakin Skywalker.

Beaucoup disent qu'il est le meilleur pilote de chasseur stellaire de la galaxie, mais ce n'est qu'une légende, née de ce que l'HoloNet rappelle constamment sa succession inégalée de victoires contre les chasseurs ennemis. Or abattre des droïdes vautours et des tri-fighters n'est qu'une question de réflexes supérieurs, et de confiance dans la Force. Et il a passé tellement d'heures dans son cockpit que son chasseur Jedi est pour lui comme un simple vêtement. C'est devenu son propre corps, avec des propulseurs en guise de jambes et des canons à la place des poings.

Ce qu'il fait en ce moment précis est au simple vol ce que le combat Jedi serait à une bagarre de cour de récréation.

Il est assis dans un siège éclaboussé de sang, déchiqueté

par les tirs de blasters, derrière une console qu'il n'a jamais vue de sa vie, une console de pilotage avec des commandes conçues pour des doigts non humains. Non seulement le vaisseau à bord duquel il se trouve se cabre comme un dewback, dans les tourbillons brutaux et implacables produits par les turbulences de l'air cristallin, mais surtout il est en feu, et il se désagrège comme une comète qui foncerait vers une géante gazeuse. Il n'a que quelques secondes pour apprendre à manœuvrer un vaisseau non humain, et qui n'a plus de cellules de commandes arrière – simplement parce qu'il n'a plus d'arrière.

Pour être clair, c'est impossible. On ne peut pas le faire.

Mais lui, il va quand même le faire.

Parce qu'il est Anakin Skywalker, et qu'il ne croit pas à l'impossible.

Il tend les mains devant lui, et l'espace d'un long, long moment, il se contente de caresser les commandes, de sentir leur forme sous ses doigts, d'écouter les frissons que la douceur de son contact provoque sur chacune des surfaces encore sous contrôle du vaisseau en cours de désintégration, puis de laisser leurs résonances se rejoindre dans sa tête jusqu'à ce qu'elles créent une harmonie, comme le ferait une joueuse de harpe de joie Ferroenne accordant son instrument.

Il puise aussi la puissance de la Force. Il accumule les perceptions, et la chance, il attire en lui l'intuition instinctive de ce qui va arriver dans les dix secondes – ce qui a toujours été au cœur de son talent.

Et puis il commence.

Quand le tempo l'exige, les gouvernes atmosphériques se déploient. Alors qu'il modifie leur angle, les replie et les redéploie afin de ralentir la descente sans les carboniser complètement, elles se mettent à rugir selon une séquence régulière, comme un cœur auquel il arriverait parfois d'omettre un battement. Les propulseurs d'attitude avant, endommagés par le vaisseau ennemi, crachent maintenant dans toutes les directions, mais il sent où ils l'emmènent et il les caresse en rythme, faisant de leur chant le thème de son concerto impromptu.

Et la véritable inspiration, la note de grâce, étincelante, qui fait que son chef-d'œuvre prend vie, est une séquence syncopée d'écoutilles extérieures qui, en coulissant sur la coque, s'ouvrent et se referment, et se rouvrent à nouveau, modifiant subtilement l'aérodynamisme du vaisseau, lui conférant l'exacte dose de dérive, de portance ou de lacet pour amener l'énorme moitié de croiseur dans le cône d'approche de sa cible. Une cible pas plus grosse qu'une tête d'épingle, à une distance égale au huitième de la planète.

C'est la Force qui permet cela, mais c'est aussi plus que la Force. Anakin n'a aucune envie d'accepter sereinement ce que la Force lui apporte. Pas ici. Pas maintenant. Pas alors que les vies de Palpatine et d'Obi-Wan sont en jeu. Bien au contraire : c'est lui qui saisit la Force avec un refus obstiné d'échouer.

Il posera ce vaisseau.

Il sauvera ses amis.

Entre sa volonté et la volonté de la Force, il n'y a aucun conflit.

DEUXIÈME PARTIE

SÉDUCTION

L'obscurité est généreuse, et elle est patiente.

C'est l'obscurité qui sème la cruauté dans le terreau de la justice, qui fait pleuvoir insidieusement le mépris dans la compassion, qui empoisonne l'amour avec les germes du doute.

L'obscurité peut se permettre d'être patiente, car la plus petite goutte de pluie fera germer les graines.

La pluie viendra et les graines germeront, puisque l'obscurité est le terreau dans lequel elles poussent, comme elle est les nuages au-dessus d'elles, et comme elle attend embusquée derrière le soleil qui leur donne sa lumière.

La patience de l'obscurité est infinie.

Avec le temps, même les étoiles finissent par s'éteindre.

8

Lignes de faille

Mace Windu se cramponnait d'une main au levier rouillé de l'écoutille ouverte sur la soute de la canonnière. Il grimaçait dans le vent qui faisait claquer sa cape derrière lui comme les ailes d'une immense chauve-souris. De l'autre main, il se protégeait les yeux du reflet des miroirs orbitaux qui, le jour, diffusaient leur lumière sur le monde-capitale. Les miroirs pivotaient lentement, de sorte que la destination de la canonnière était peu à peu gagnée par le crépuscule.

Cette destination – une plate-forme d'un kilomètre de hauteur dressée au cœur de la vaste zone industrielle de Coruscant – était repérable à une colonne de vapeur et de fumée qui montait en biais vers les couches supérieures de l'atmosphère. Cette colonne commençait à s'étendre et à onduler depuis son point d'origine et, portée par les vents stratosphériques, formait une traînée qui venait se confondre avec l'horizon.

La canonnière gronda au-dessus des insondables canyons de duracier et de permaciment qui formaient le paysage coutumier de Coruscant, se dirigeant droit vers la zone industrielle au mépris des règles de circulation drastiques qui régissaient le trafic aérien de la planète galactique. Tant que le Sénat n'aurait pas officiellement levé la loi martiale, les cieux qui allaient en s'assombrissant ne seraient sillonnés que par les bâtiments militaires de la République, les vaisseaux de transport Jedi et les engins de secours.

Cette canonnière remplissait ces trois fonctions.

Maintenant, Mace voyait le bâtiment – ou plutôt ce qu'il en restait – abattu sur la plate-forme noircie par le feu : un morceau, un fragment, moins d'un tiers de ce qui avait jadis été le vaisseau amiral de la Fédération du Commerce, qui continuait de brûler en dépit des cataractes de mousse antifeu déversées par cinq véhicules et des brigades de clones spécialisées dans les interventions d'urgence.

Mace secoua la tête. Encore un coup de Skywalker. L'Élu.

Qui d'autre aurait pu réussir un tel atterrissage ? Qui aurait seulement pu faire quelque chose d'approchant ?

La canonnière bascula et négocia un atterrissage précipité, ses répulseurs hurlant. Mace descendit d'un bond avant que l'appareil ne soit stabilisé et, d'un geste de la main, fit signe au pilote de l'attendre. Le pilote, un homme sans visage derrière son casque, répondit en levant un poing fermé.

Sauf que sous son casque blindé, ce pilote clone avait un visage, bien sûr, un visage dont Mace Windu ne se souvenait que trop bien.

Un visage qui lui rappellerait à jamais qu'il avait eu Dooku entre les mains et l'avait laissé fuir.

À l'autre bout de la plate-forme, le sas d'une capsule de sauvetage s'ouvrit. Les équipes d'intervention s'affairèrent autour d'une échelle de secours, et, un moment après, le Chancelier Suprême, Obi-Wan Kenobi et Anakin Skywalker étaient tous sur le pont à côté de la carcasse calcinée du vaisseau, suivis de près par une unité R2 quelque peu cabossée qui se posa en douceur à l'aide de fusées directionnelles manifestement rajoutées après coup.

Mace s'approcha rapidement.

La robe de Palpatine était brûlée, déchirée au niveau de l'ourlet, et le Chancelier n'avait pas l'air en forme. Il s'appuyait sur l'épaule de Skywalker tandis qu'ils s'éloignaient du vaisseau. De l'autre côté de Skywalker, Maître Kenobi était encore plus dépenaillé : il était couvert de poussière et il avait au cuir chevelu une blessure qui saignait encore.

Skywalker, par opposition, semblait rigoureusement conforme à l'image de héros diffusée par l'HoloNet. Il semblait dominer ses compagnons, comme s'il avait grandi pendant les quelques mois où Mace ne l'avait pas vu. Il arborait une mine radieuse sous ses cheveux ébouriffés, et il marchait toujours de cette démarche ferme d'homme né pour la guerre, mais quelque chose avait changé dans son physique : dans sa manière de bouger la tête, peut-être, ou la façon dont Palpatine appuyait son bras sur son épaule comme si c'était sa place... À moins que ce ne soit quelque chose de plus indéfinissable. Une nouvelle décontraction, une nouvelle confiance en soi. Une aura de puissance intérieure.

Une présence.

Skywalker n'était plus le jeune homme que le Conseil avait envoyé vers la Bordure Extérieure cinq mois auparavant.

— Chancelier, fit Mace en les rejoignant. Comment allez-vous ? Avez-vous besoin de soins ? Une infirmerie est à votre disposition..., ajouta-t-il en montrant la canonnière par-dessus son épaule.

— Non, non, pas besoin, fit Palpatine d'une voix assez éteinte. Merci, Maître Windu, mais tout va bien. Vraiment bien, grâce à ces deux hommes.

Mace acquiesça :

— Maître Kenobi ? Anakin ?

— Je ne me suis jamais senti aussi bien, répliqua Skywalker, dont la posture confirmait le propos.

Kenobi se contenta de hausser les épaules, et effleura avec une petite grimace son crâne blessé.

— C'est juste un coup sur la tête. L'infirmerie sera sans doute plus utile ailleurs.

— En effet. Nous n'avons même pas une estimation provisoire des pertes civiles, ajouta Mace avec amertume.

Il fit signe à la canonnière de repartir, et l'appareil s'éleva dans un grondement vers les innombrables feux qui embrasaient le crépuscule.

— Chancelier, une navette est en route. Dans une heure, vous serez au Sénat. L'HoloNet a déjà été averti que vous alliez faire une déclaration.

— C'est vrai, c'est vrai. En effet. Vous avez toujours été un allié précieux, Maître Windu. Merci, dit-il en posant la main sur son bras.

— Les Jedi sont fiers de servir le Sénat, répondit Mace avec, sembla-t-il, une petite insistance sur le mot *Sénat*. Il resta impassible, mais retira doucement son bras de la main du Chancelier et se tourna vers Obi-Wan.

— Quelque chose à signaler, Maître Kenobi ? Des nouvelles du général Grievous ?

— Le Comte Dooku était avec lui, coupa Skywalker. Et maintenant, il est mort.

Mace avait du mal à déchiffrer son expression : un mélange de fierté, de circonspection… et une sorte de déception.

— Comment ça ? (Il regarda Anakin puis Obi-Wan et de nouveau Anakin.) Il est mort ? Vous avez tué le *Comte Dooku* ?

— Mon jeune ami est trop modeste. C'est *lui* qui a tué le Comte Dooku. Pour ma part, je… faisais la sieste.

Tout sourire, Kenobi toucha la bosse sur sa tête.

— Mais…

Mace cligna des yeux.

Dooku était aux Séparatistes ce que Palpatine était à la République : un centre de gravité qui attirait dans son orbite une série de galaxies unies par un intérêt commun. Dooku disparu, la Confédération des Systèmes Indépendants ne resterait pas longtemps une confédération. Elle aurait volé en éclats, dans quelques semaines.

Dans quelques *jours*.

Mace fit encore :

— Mais…

Mais il n'y avait pas de *mais*.

Toute cette affaire était tellement étonnante que, pour un peu, il aurait esquissé un sourire. Enfin, il en aurait fallu un peu plus.

— Eh bien, fit-il, c'est la meilleure nouvelle que j'ai

entendue depuis… (Il secoua la tête.) Depuis si longtemps que je ne m'en souviens même pas. Anakin… comment t'y es-tu pris ?

Chose inexplicable, le jeune Skywalker semblait extrêmement mal à l'aise. Sa belle assurance s'effondra en un instant comme un transformateur grillé, et, au lieu de se tourner vers Mace, il fixa son regard sur Palpatine. Mace ne pensait pas vraiment que ce fût par modestie. Il regarda le Chancelier à son tour, et son allégresse se mua en un étonnement mêlé de suspicion.

— Ç'a été… absolument extraordinaire, dit doucement Palpatine, ignorant le regard pénétrant de Mace. Je ne connais quasiment rien aux combats à l'épée, bien sûr ; mais à mes yeux de néophyte, le Comte Dooku a peut-être péché par… excès de confiance en lui. Surtout après avoir défait si facilement Maître Kenobi.

Obi-Wan rougit, juste un peu… Et Anakin beaucoup plus.

— Peut-être le jeune Anakin était-il simplement plus… déterminé, susurra Palpatine, lui jetant un sourire attendri. Après tout, Dooku se battait seulement pour abattre un ennemi ; Anakin se battait pour sauver… si je puis me permettre de m'attribuer cet honneur… un ami.

Mace se rembrunit encore. Les paroles étaient habiles. Peut-être même étaient-elles vraies. Mais quoi qu'il en soit, elles ne lui plaisaient pas.

Au Conseil Jedi, on n'appréciait pas beaucoup la proximité de Skywalker et du Chancelier – il y avait eu plusieurs conversations sur le sujet avec Obi-Wan lorsque Skywalker était encore son Padawan –, et Mace n'aimait guère entendre Palpatine parler pour un jeune Jedi qui semblait incapable de s'exprimer par lui-même.

— Je suis sûr, Anakin, que le Conseil sera très intéressé d'entendre la *totalité* de votre rapport, lança-t-il avec juste assez d'insistance sur le mot totalité pour bien se faire comprendre.

Skywalker déglutit, et, avec la même soudaineté qu'elle s'était effondrée, il retrouva cette aura d'assurance, de confiance en lui.

— Oui. Bien sûr, Maître Windu.

— Et nous devons signaler que Grievous s'est enfui, ajouta Obi-Wan. Il est toujours aussi lâche.

Mace acquiesça à ces nouvelles :

— Ce n'est qu'un cadre de l'armée. Sans Dooku pour maintenir la coalition, ces soi-disant Systèmes Indépendants vont voler en éclats, et ils le savent. C'est notre meilleure chance de demander la paix, ajouta-t-il en regardant le Chancelier Suprême droit dans les yeux. C'est l'occasion de mettre un terme à cette guerre.

Et pendant que Palpatine répondait, Mace Windu pénétra dans la Force.

Là, il eut la perception que les mots se cristallisaient autour d'eux telles des gemmes de réalité sillonnées de lignes de faille qui étaient autant de possibilités. C'était le don particulier de Mace : il voyait comment les personnes et les situations se rejoignaient dans la Force, quels étaient les plans de clivage qui pouvaient les amener à se briser utilement, et quel coup permettrait d'effectuer cette fracture. Il ne pouvait pas systématiquement déterminer la signification des structures qu'il percevait – le nuage sombre qui dominait la Force et qui s'était levé avec la renaissance des Sith compliquait chaque jour l'exercice –, mais la présence de points de rupture était toujours évidente.

Mace avait appuyé l'entraînement d'Anakin Skywalker, même si celui-ci allait à l'encontre de la tradition millénaire, parce que, dans les lignes de faille de la Force qui l'entouraient, il avait senti que les intuitions de Qui-Gon Jinn étaient justes : le jeune garçon réduit à l'esclavage sur Tatooine était en fait l'Élu de la prophétie, né pour rétablir l'équilibre de la Force. Il s'était battu pour qu'Obi-Wan Kenobi soit élevé au rang de Maître, parce que cette perception à nulle autre pareille lui avait montré les voies du destin qui unissaient leurs vies, pour le meilleur et pour le pire. Le jour où Palpatine avait été élu à la Chancellerie, Mace avait vu que Palpatine était lui-même une ligne de fracture d'une importance inouïe : un homme dont dépendrait le sort de la République.

Maintenant qu'il voyait les trois hommes ensemble, l'inextricable entrelacs des lignes de faille et de fracture qui les reliaient était d'une puissance tellement renversante que sa structure échappait à toute mesure.

Anakin était en quelque sorte le pivot, le point d'appui d'une balance avec Obi-Wan d'un côté, Palpatine de l'autre, et la galaxie en équilibre entre les deux. Mais le nuage noir de la Force empêchait la perception de Mace d'atteindre le futur, de lui fournir le moindre indice sur son évolution. L'équilibre était déjà tellement délicat qu'il ne pouvait pas deviner les conséquences de chaque variation : la plus légère impulsion sur l'un ou l'autre des plateaux provoquerait des oscillations désordonnées. Tout pouvait arriver.

Tout et n'importe quoi.

Et le réseau de lignes de faille qui les reliaient les uns aux autres puait le Côté Obscur.

Il leva la tête vers le ciel et distingua parmi les étoiles la navette Jedi qui venait sur eux dans le crépuscule.

— J'ai peur que la paix ne soit pas possible tant que Grievous sera en liberté, déclara tristement le Chancelier. Dooku était le seul garde-fou de la folie destructrice de Grievous. Sans Dooku, le général a les mains libres pour dévaster la galaxie. J'ai peur que, loin d'être terminée, cette guerre ne soit sur le point de devenir plus *effroyable* encore.

— Et que faites-vous des Sith ? demanda Obi-Wan. La mort de Dooku aurait dû au moins entraîner l'affaiblissement de l'obscurité, or elle semble plus forte que jamais. Je crains que l'intuition de Maître Yoda ne soit juste : Dooku était plutôt l'apprenti du Seigneur Sith que son Maître.

Mace se dirigea vers le petit quai où la navette Jedi allait atterrir, et les autres lui emboîtèrent le pas.

— Le Seigneur Sith, si Seigneur Sith il y a encore, apparaîtra en temps voulu. C'est ce qu'ils font toujours.

Mace espérait qu'Obi-Wan comprendrait le sous-entendu et n'en dirait rien ; il n'avait aucune envie de parler clairement de ses investigations devant le Chancelier Suprême.

Moins Palpatine en saurait, mieux ça vaudrait.

— L'énigme la plus intéressante reste Grievous, fit-il. Il vous tenait à sa merci, Chancelier, et la miséricorde ne figure pas au nombre de ses vertus. Nous sommes tous très heureux qu'il vous ait épargné, mais je ne peux m'empêcher de me demander pourquoi.

Palpatine écarta les mains devant lui dans une attitude évasive.

— Je peux seulement supposer que les Séparatistes préféreraient m'avoir comme otage plutôt que de faire de moi un martyr. Bien qu'il me soit impossible de l'affirmer. Ce n'est peut-être qu'une lubie. Le général est connu pour sa versatilité.

— Peut-être l'autorité Séparatiste pourrait-elle le maîtriser, en échange de certaines…, considérations, fit Mace en laissant son regard remonter progressivement vers un point situé au-dessus de la tête du Chancelier.

Palpatine se redressa, et remit de l'ordre dans les plis de sa tunique.

— Hors de question. Négocier une paix séparée reviendrait à reconnaître la CSI comme le gouvernement légitime des systèmes rebelles… autant dire à perdre la guerre ! Non, Maître Windu, cette guerre ne pourra finir que d'une seule manière. Une capitulation sans conditions. Et tant que Grievous sera en vie, cela n'arrivera jamais.

— Très bien, fit Mace. Désormais, les Jedi feront de la capture de Grievous la première de leurs missions.

Il jeta un coup d'œil à Anakin et Obi-Wan, et se pencha légèrement vers Palpatine.

— Cette guerre a bien assez duré. Nous allons retrouver le général, et rétablir la paix, dit-il d'un ton ferme et sans appel, qui laissait planer une ombre de suspicion, et une subtile mise en garde.

— Je n'en doute pas, convint Palpatine en s'éloignant, comme s'il était déjà passé à autre chose. Mais il ne faut pas sous-estimer la sournoiserie des Séparatistes. Il est possible que la guerre elle-même n'ait été qu'une étape dans un jeu beaucoup plus vaste, conclut-il dans un élégant euphémisme.

Lorsque la navette Jedi arriva sur la plate-forme d'atterrissage privée du Chancelier, sur le bâtiment du Sénat, Obi-Wan observa Anakin qui feignait de ne pas regarder par le hublot. Sur la plate-forme, quelques Sénateurs formaient un petit comité d'accueil, et Anakin faisait désespérément semblant de ne pas chercher avec avidité quelqu'un dans la foule. Feindre était une perte de temps ; Anakin irradiait dans la Force une si vive excitation qu'Obi-Wan avait l'impression d'entendre le tonnerre des battements de son cœur.

Obi-Wan étouffa un soupir. Il avait une idée bien précise du visage que cherchait son ancien Padawan.

Lorsque la navette se posa, Maître Windu lui jeta un coup d'œil, dans le dos d'Anakin. Le Maître de Korun fit un geste quasiment invisible auquel Obi-Wan ne sembla pas répondre. Mais lorsque Palpatine, Anakin et R2-D2 se dirigèrent vers le comité d'accueil, Obi-Wan resta en arrière.

Anakin s'arrêta sur la plate-forme d'atterrissage et se tourna vers Obi-Wan.

— Vous venez ?

— Je n'ai pas la force d'aller voir des politiciens, fit Obi-Wan, avec son petit sourire habituel. Je vais faire mon rapport au Conseil.

— Mais il vaudrait mieux que je vienne, non ?

— Ce n'est pas la peine. Il ne s'agit pas du rapport officiel. En outre, et Obi-Wan eut un petit geste vers les équipes de l'HoloNet massées devant l'entrée, c'est toi, le garçon sur l'affiche, pas moi.

Anakin prit un air chagrin :

— L'*homme* sur l'affiche.

— C'est vrai, c'est vrai, fit Obi-Wan avec un petit rire. Va à la rencontre de ton public, tête d'affiche !

— Attendez une minute ! Toute cette opération était *votre* idée. C'est vous qui l'avez planifiée, c'est vous qui avez mené la mission de sauvetage. À vous de faire les salamalecs.

— Tu ne t'en tireras pas comme ça, mon jeune ami. Sans toi, je n'aurais jamais atteint le vaisseau amiral. C'est toi qui as tué le Comte Dooku, et qui as secouru le Chancelier d'une seule main... tout en portant sur ton dos, pardon pour ce détail, un vieux Maître Jedi fort malmené et inconscient. Et je ne parle pas de ton atterrissage qui va redéfinir les critères de l'Impossible dans tous les manuels de vol pour les mille ans à venir.

— Tout ça grâce à votre entraînement, Maître...

— Trêve de justification. C'est toi le héros. Va vivre ton jour de gloire entouré de... politiciens, acheva Obi-Wan avec une petite toux dédaigneuse.

— Allons, Maître... Vous avez une *dette envers moi*. Et pas seulement pour avoir sauvé votre peau pour la dixième fois...

— *Neuvième*. Cato Neimoïdia ne compte pas ; d'abord, c'était de ta faute. Bon, on se retrouve dans la matinée au briefing sur la Bordure Extérieure, conclut Obi-Wan avec un geste d'adieu.

— D'accord. Va pour cette fois.

Anakin rit et s'éloigna sur un signe de la main, en pressant le pas pour rattraper Palpatine qui s'enfonçait parmi les Sénateurs avec la décontraction du politicien chevronné, souple comme un mécanisme de transparacier bien huilé.

L'écoutille se ferma, la navette s'éleva et le sourire d'Obi-Wan disparut tandis qu'il se tournait vers Mace Windu.

— Vous vouliez me parler.

Windu se rapprocha d'Obi-Wan, désignant la scène qui se déroulait de l'autre côté de la vitre, sur la plate-forme d'atterrissage.

— C'est Anakin. Je n'aime pas la relation qu'il entretient avec Palpatine.

— Nous avons déjà eu cette conversation.

— Il y a quelque chose entre eux. Quelque chose de nouveau. Je le vois dans la Force, ajouta Mace d'une voix monocorde et triste. Ça m'a l'air puissant. Et incroyablement dangereux.

Obi-Wan écarta les mains :

— Je réponds d'Anakin sur ma vie.

— Je sais. Je voudrais seulement que nous puissions compter sur le Chancelier Palpatine pour veiller de la même façon sur Anakin.

— Oui, dit Obi-Wan, fronçant les sourcils. Les décisions de Palpatine sont... parfois discutables. Et il adore Anakin comme un gentil vieil oncle adorerait son neveu favori.

Mace regarda par la fenêtre.

— Le Chancelier adore le pouvoir. S'il a une autre passion, je ne l'ai pas discernée.

Obi-Wan secoua la tête d'un air dubitatif.

— Je vous rappelle qu'il n'y a pas si longtemps encore, vous comptiez au nombre de ses admirateurs.

— Les choses... changent, répliqua Mace Windu tristement.

Obi-Wan ne pouvait dire le contraire, alors qu'ils survolaient ce paysage de ruines fumantes, où jadis de grands immeubles peuplés d'êtres vivants resplendissaient sous le soleil, alors qu'ils se dirigeaient vers un Temple rempli des souvenirs de tant de Jedi qui ne reviendraient jamais de cette guerre.

Après un silence, il demanda :

— Que feriez-vous à ma place ?

— Je ne suis pas certain. Vous connaissez mon pouvoir ; je ne peux pas toujours interpréter ce que j'ai vu. Soyez vigilant ; prenez soin d'Anakin et prenez garde à Palpatine. On ne peut pas lui faire confiance et son influence sur Anakin est dangereuse.

— Mais Anakin est l'Élu...

— Raison de plus pour se méfier d'une influence extérieure. Une piste sérieuse relie Sidious au cercle intime de Palpatine...

Soudain, Obi-Wan eut du mal à respirer.

— Vous en êtes certain ?

Mace secoua la tête.

— Rien n'est certain. Mais ce raid… l'enlèvement de Palpatine ont été fomentés de l'intérieur. Et le timing… nous étions sur ses talons, Maître Kenobi ! L'information que vous avez découverte avec Anakin… Nous poursuivions le Seigneur Sith dans une usine abandonnée du quartier industriel, non loin de l'endroit où Anakin a posé son croiseur. Lorsque l'attaque a commencé, nous le traquions dans les galeries du sous-sol.

Mace regarda le panorama d'un vaste complexe résidentiel qui dominait l'horizon, à l'ouest.

— La piste conduisait aux soubassements du 500 Republica.

Le 500 Republica était la résidence la plus huppée de la planète. Elle n'était habitée que par des personnalités incroyablement riches ou incroyablement puissantes, de Raith Sienar, le fondateur de la PSS – la Propulsion Stellaire Sienar –, à Palpatine lui-même.

— Oh, répondit Obi-Wan, enregistrant l'information.

— Nous devons envisager la possibilité – la probabilité – que ce que Dooku vous a dit sur Géonosis était *vrai* : le Sénat est sous l'influence – sous le contrôle – de Dark Sidious. Et cela depuis des années.

Obi-Wan dut déglutir avant de pouvoir poursuivre.

— Avez-vous… avez-vous des suspects ?

— Trop. Nous savons seulement de Sidious que c'est un bipède de conformation grossièrement humaine. Sate Pestage me vient immédiatement à l'esprit. Je n'exclurais pas Mas Amedda non plus. Le Seigneur Sith pourrait même se cacher parmi les Gardes Rouges. Il n'y a aucun moyen de savoir.

— Qui mène les investigations ? demanda Obi-Wan. J'aimerais bien y participer. Je n'ai peut-être pas une perception aussi fine que certains autres, mais…

Mace secoua la tête.

— Interroger les conseillers et les assistants personnels du Chancelier Suprême ? Impossible !

— Mais…

— Palpatine ne le permettra jamais. Il ne l'a jamais dit explicitement…, fit Mace en regardant par la vitre, mais je ne suis pas persuadé qu'il croie seulement à l'existence des Sith.

Obi-Wan cilla.

— Mais… comment pourrait-il… ?

— Il faut voir les choses de son point de vue : la seule preuve réelle que nous en ayons, c'est ce que nous a dit Dooku, et maintenant qu'il est mort…

— Et le Seigneur Sith de Naboo, le Zabrak qui a tué Qui-Gon ?

Mace haussa les épaules.

— Il est mort aussi, vous savez bien. Les relations avec les services du Chancelier sont difficiles, poursuivit-il en secouant la tête. Je sens qu'il ne fait plus confiance aux Jedi. Et quant à moi, je ne lui fais plus confiance.

— Mais il n'a pas le pouvoir d'interférer avec les enquêtes des Jedi. Rassurez-moi ! fit Obi-Wan en fronçant les sourcils.

— Le Sénat a abdiqué de tellement de pouvoirs qu'il est difficile de dire où l'autorité de Palpatine s'arrête.

— C'en est à ce point-là ?

La mâchoire de Mace se referma d'un coup.

— La seule raison pour laquelle Palpatine n'est pas suspect est qu'il dirige *déjà* la galaxie.

— Mais nous n'avons jamais été aussi près de débusquer les Sith, fit doucement Obi-Wan. Ça ne peut être qu'une bonne nouvelle. Je serais tenté de croire que l'amitié d'Anakin pour Palpatine pourrait nous aider – il a un accès privilégié à Palpatine qu'aucun autre Jedi ne pourrait avoir, même pas en rêve. Leur amitié est un atout, pas un danger.

— Sauf que vous ne devez pas lui en parler.

— Je vous demande pardon ?

— De tout le Conseil, seuls Yoda et moi savons ce qu'il en est vraiment de leur relation. Si j'ai décidé de vous en parler, c'est que vous êtes dans la situation idéale pour observer Anakin. Observez-le. Rien d'autre.

Obi-Wan secoua la tête, accablé.

— Nous… nous n'avons pas de secret l'un pour l'autre.

— Vous devez garder celui-ci.

Mace croisa ses doigts et fit craquer ses articulations comme des tirs de blasters.

— On peut dire que Skywalker est le plus puissant des Jedi vivants, et il est chaque jour plus fort. Mais il n'est pas *stable*. Vous le savez. Nous ne le savons tous. C'est pour cela qu'il ne peut pas passer Maître. Nous ne pouvons le faire entrer au Conseil, en dépit de ses dons extraordinaires. Et la prophétie Jedi… n'est pas irréfutable. Moins il aura affaire à Palpatine, mieux ce sera.

— Mais sûrement que…

Obi-Wan s'interrompit. Il pensa à toutes les fois où Anakin avait violé les ordres, à quel point Anakin était loyal envers tous ceux qu'il considérait comme ses amis. Il pensa au danger que courait Palpatine sans le savoir, avec un Seigneur Sith parmi ses conseillers…

Maître Windu avait raison. Ils ne pouvaient espérer un seul instant qu'Anakin garderait le secret.

— Que puis-je lui dire ?

— Ne lui dites rien. Je devine le Côté Obscur autour de lui. Autour d'eux.

— Il est partout autour de nous, lui rappela Obi-Wan. Le Côté Obscur touche chacun de nous, même vous.

— Je ne le sais que trop, Obi-Wan. Il est possible que nous ayons à… agir contre Palpatine.

L'espace d'une seconde, Obi-Wan vit une lueur âpre hanter les yeux du Maître Korun. Mace se détourna.

— Agir *contre* ?

— S'il est vraiment sous le contrôle du Seigneur Sith, c'est peut-être la seule chose à faire.

Obi-Wan était pétrifié. Tout cela semblait presque irréel. Il était impossible qu'ils aient vraiment cette conversation.

Mace regarda sombrement ses mains.

— Vous n'étiez pas *là*, Obi-Wan. Vous étiez en mission, vous vous battiez sur la Bordure Extérieure. Vous ne saviez pas ce que c'était que de gérer toutes les chamailleries mesquines, les intérêts particuliers et les imbéciles cupides et avides du Sénat, au milieu des manœuvres constantes, cyniques et sans état d'âme de Palpatine pour conquérir le pouvoir... Il ampute ce qui nous reste de liberté et bande nos blessures avec de petites touches de sécurité. Et dans quel but ? Regardez la planète, Obi-Wan ! Nous avons renoncé à tant de libertés... Avons-nous *l'air* plus *en sécurité* ?

Le cœur d'Obi-Wan se serra. Ce n'était pas le Mace Windu qu'il connaissait et admirait ; c'était comme si le Côté Obscur de la Force était si dense ici, sur Coruscant, qu'il avait insufflé son poison dans l'esprit de Mace... et faisait peut-être naître la suspicion et la dissension parmi les membres du Conseil Jedi.

L'obscurité du monde n'était jamais plus dangereuse que lorsqu'un Jedi la nourrissait de ses ténèbres intérieures.

En retournant à Coruscant et au Temple, il craignait que les choses ne se soient détériorées ; mais même dans ses pires cauchemars, il n'imaginait pas que les choses iraient aussi mal.

— Maître Windu... Mace. Allons consulter Yoda, dit-il fermement. Nous allons voir ce qu'il en pense, et à nous trois nous parviendrons bien à élaborer quelque chose. Nous y arriverons, vous verrez.

— Il est peut-être déjà trop tard.

— Peut-être. Mais peut-être pas. Nous ne pouvons faire que ce qui est à notre portée, Mace. Un Jedi extrêmement intelligent m'a un jour dit : *Nous ne sommes pas tenus de gagner. Nous devons seulement nous battre.*

Quelques rides disparurent alors du visage du Maître korun, et lorsqu'il croisa les yeux d'Obi-Wan, il avait aux commissures des lèvres un petit retroussis qui pourrait un jour devenir un sourire – un sourire fatigué, triste, mais un sourire quand même.

— Apparemment, j'ai oublié ce Jedi, fit-il lentement. Merci de me le rappeler.

— C'était le moins que je puisse faire, répondit Obi-Wan avec légèreté, mais la poitrine étreinte par un étau de tristesse.

Vraiment, les choses changeaient.

Anakin sentait son cœur battre la chamade, mais il continuait de sourire, d'acquiescer, de serrer des mains, et il essayait désespérément de se frayer un chemin jusqu'à un droïde de protocole doré qui se tenait derrière la foule des Sénateurs, le bras droit levé pour faire un petit signe de la main à R2-D2.

Elle n'était pas là. Pourquoi n'était-elle pas là ?

Il avait dû lui arriver quelque chose.

Il savait, au plus profond de ses entrailles, qu'il lui était arrivé quelque chose. Un accident, ou elle était malade, ou elle s'était trouvée dans l'un des nombreux et vastes bâtiments que les combats de la journée avaient dévastés... À l'heure qu'il était, elle était peut-être quelque part, blessée, en train d'*étouffer*, appelant son nom, sentant peut-être l'approche des *flammes*...

Arrête, se morigéna-t-il. *Elle n'est pas blessée.* S'il lui était arrivé quelque chose, il l'aurait senti. Même à l'autre bout de la Bordure Extérieure, il l'aurait senti.

Alors pourquoi n'était-elle pas là ?

Est-ce que quelque chose...

Il pouvait à peine respirer. Il n'osait même pas y penser. Sauf qu'il ne pouvait s'empêcher d'y penser.

Est-ce que quelque chose avait changé ? Pour elle ? Dans son cœur ?

Il parvint à se libérer de la poigne moite de Tundra Dowmeia qui le soûlait avec ses invitations à visiter ses propriétés de famille sous-marines de Mon Calamari. D'un haussement d'épaules faussement navré, il expédia Ask Aak, le Sénateur malastaréen.

Il avait un autre Sénateur en tête.

R2 émettait des *whouip*, des *biips* et des *whizz* véhéments lorsque Anakin parvint enfin à se dégager de la foule des politiciens suants et transpirants, avides de lui serrer la main. C-3PO s'était détourné dans une attitude un peu hautaine :

— Ça n'a pas dû être si terrible ! Tu exagères ! Tu es à peine cabossé.

R2 répondit d'un *whouip-feeroo* légèrement indigné.

Le vocodeur de C-3PO laissa échapper un grésillement qui évoquait indéniablement un reniflement réprobateur.

— Sur ce point, je te suis ; il y a longtemps que tu mérites une révision. Et, si je puis me permettre, un *bain*.

— 3PO...

Anakin s'approcha du droïde qu'il avait construit dans un recoin, au fond du taudis réservé aux esclaves où il vivait avec sa mère sur Tatooine : le droïde qui avait été à la fois un projet et un ami tout au long de sa douloureuse enfance : le droïde qui servait désormais la femme qu'il aimait...

C-3PO était resté avec elle durant tous ces mois, l'avait vue chaque jour, l'avait *touchée*, peut-être *aujourd'hui* même... Il sentait ces échos émaner de son revêtement électrométallique, et ils lui coupaient le souffle.

— Oh, Maître Anakin ! s'exclama C-3PO. Je suis très heureux de vous retrouver sain et sauf ! On s'inquiète, lorsque ses amis sont au loin ! C'est ce que je disais à la Sénateur, pas plus tard que l'autre jour... ou était-ce la semaine dernière ? Comme le temps file ! Vous croyez que vous aurez l'occasion de vous occuper des réglages de mon calendrier interne maintenant que vous êtes...

— 3PO, est-ce que tu l'as *vue* ? coassa Anakin d'une voix étranglée à force de se retenir de crier. Où *est*-elle ? Pourquoi n'est-elle pas *ici* ?

— Oh, bien sûr, certainement, certainement. Officiellement, la Sénateur Amidala est *extrêmement* occupée, poursuivit imperturbablement C-3PO. Elle a été retenue toute la journée à l'ambassade de Naboo, à réviser le Traité de Sécurité, à préparer le débat de demain...

Anakin ne pouvait pas respirer. Elle n'était pas venue l'accueillir parce qu'elle était absorbée par un *débat* ?

Le Sénat. Il détestait le Sénat. Il le vomissait.

Une brume rouge lui envahit la tête. Ces sales petits querelleurs mesquins, sûrs d'eux, étroits d'esprit... Il ferait une *faveur* à la galaxie en allant tout de suite les...

— Attends un peu, murmura-t-il en clignant des yeux. Tu as dit *officiellement* ?

— Oh oui, Maître Anakin, se récria vertueusement

C-3PO. C'est ma réponse *officielle* à toutes les questions concernant la Sénateur. Pour tout l'après-midi.

La brume rouge s'évapora, laissant réapparaître un soleil brillant et un air frais, enivrant. Anakin sourit.

— Et *officieusement* ?

Le droïde de protocole se rapprocha et dit, dans un murmure de conspirateur :

— Officieusement, elle vous attend dans le hall.

Il se sentit frappé par la lumière. Mais dans le bon sens. D'une façon qu'aucun homme n'avait ressentie depuis, en gros, la naissance de l'univers.

C-3PO fit un petit geste en direction des équipes de l'HoloNet et des Sénateurs massés dans le passage :

— Elle estimait préférable d'éviter la... scène publique. Et elle m'a chargé de vous dire qu'elle suggérait que vous évitiez tous les deux la scène publique... tout l'après-midi. Et peut-être aussi toute la nuit.

— 3PO ! (Anakin battit des paupières, en proie à une folle envie de rire bêtement.) Qu'entends-tu au juste par là ?

— Oh, par là, pas grand-chose, Monsieur. Je me contente de vous transmettre les instructions de la Sénateur.

Anakin secoua la tête, émerveillé, tandis que son sourire entreprenait de lui faire trois fois le tour de la figure.

— Tu... tu es stupéfiant !

— Merci, Maître Anakin, mais le crédit en revient essentiellement à... à mon créateur, conclut C-3PO avec une élégante courbette.

Le sourire d'Anakin s'élargit encore si c'était possible.

En même temps, le droïde de protocole doré posa une main affectueuse sur le dôme de R2.

— Viens, R2-D2. J'ai découvert sur la Voie Lipartienne le plus délicieux des magasins de données...

Ronronnant et cliquetant, ils laissèrent derrière eux les Sénateurs autour desquels grouillaient les équipes de l'HoloNet. Le sourire d'Anakin s'estompa tandis qu'il les regardait s'éloigner.

Il sentit une présence derrière son épaule, et, en se

retournant, vit Palpatine à côté de lui, un sourire chaleureux et un mot gentil aux lèvres, comme toujours quand Anakin était préoccupé.

— Qu'y a-t-il, Anakin ? demanda aimablement le Chancelier. Quelque chose te tracasse. Je le vois bien.

Anakin haussa les épaules et fit un mouvement de dénégation, embarrassé :

— Ce n'est rien.

— Anakin, il doit vraiment falloir *quelque chose* pour inquiéter un homme tel que toi. Laisse-moi t'aider.

— Vous ne pouvez rien faire. C'est juste... Je me disais qu'après tout ce que j'avais fait, C-3PO est la seule personne qui m'appelle *Maître*.

Il fit un petit geste vers C-3PO et R2-D2.

Palpatine passa amicalement un bras autour de ses épaules.

— Ah. Le Conseil Jedi. Je pense que pour ce problème, je peux t'aider.

— Vous pouvez ?

— Le contraire m'étonnerait beaucoup.

Le sourire de Palpatine était toujours chaleureux, mais ses yeux regardaient au loin.

Il murmura :

— Tu as dû remarquer que j'ai une certaine propension à parvenir à mes fins.

9

Padmé

Dans la lumière rouge de l'après-midi filtrant par l'ogive de transparacier qui coiffait l'Atrium du Sénat, elle regardait, dissimulée dans l'ombre d'un grand pilier, les Sénateurs entrer par l'arcade de la plate-forme d'atterrissage et se regrouper à l'intérieur. Soudain, elle vit le Chancelier en personne, et C-3PO, et enfin : R2-D2 ! Il ne pouvait pas être loin… Et puis il fut là, parmi les Sénateurs : grand et droit, ses cheveux décolorés par les radiations, avec leurs mèches blondes, et sur ses lèvres un sourire plein de vie. L'étau qu'elle avait autour du cœur se desserra.

Et elle put respirer à nouveau.

Prise dans le tourbillon de reporters de l'HoloNet, le bavardage des Sénateurs où l'on distinguait les accents doucement réconfortants de la voix policée, rassurante et paternelle de Palpatine, elle ne bougea pas, ne leva pas la main, ne tourna même pas la tête. Silencieuse et immobile, elle s'autorisait seulement à respirer et à sentir battre son cœur. Elle aurait pu rester là jusqu'à la fin des temps, dans l'ombre, et son rêve le plus cher aurait été exaucé, simplement parce qu'elle le regardait, et qu'il était vivant.

Mais quand il s'écarta du groupe en bavardant paisiblement avec Bail Organa, le Sénateur d'Alderaan, qui parlait de la mort du Comte Dooku, de la fin de la guerre et des manœuvres de Palpatine en matière de sécurité intérieure, elle retint à nouveau son souffle : elle savait que la prochaine chose qu'elle entendrait serait *sa* voix.

Elle ne se trompait pas…

— Je voudrais bien qu'il en soit ainsi, dit-il, mais les combats continueront tant que le général Grievous ne sera pas réduit en pièces détachées. Le Chancelier est très clair là-dessus, et je crois que le Sénat et le Conseil Jedi seront d'accord tous les deux.

Et rien n'aurait pu la rendre plus heureuse… jusqu'à ce que le regard d'Anakin tombe sur sa forme immobile et silencieuse dans l'ombre. Alors ce fut comme si une lumière dorée baignait son visage, il se redressa et il dit au Sénateur d'Alderaan :

— Excusez-moi.

Et l'instant d'après, il était auprès d'elle, dans l'ombre. Et ils étaient dans les bras l'un de l'autre.

Leurs lèvres se rencontrèrent, et l'univers redevint parfait. Pour la dernière fois.

Telle est Padmé Amidala :

C'est une jeune femme incroyablement accomplie, qui, au cours de sa courte vie, a été la plus jeune Reine jamais élue de sa planète, une courageuse partisane de la guérilla, dont la voix mesurée, pondérée et persuasive incarne la raison dans l'Arène du Sénat Galactique.

Mais pour l'heure, elle n'est rien de tout cela.

Elle peut encore leur jouer la comédie à tous, faire la Sénateur, assumer toujours son autorité morale d'ex-Reine, utiliser sans retenue sa réputation farouche de courage physique dans l'intérêt du débat politique, sa réalité intérieure la plus profonde, la plus fondamentale, le noyau indestructible de son être, est bien différent.

Elle est la femme d'Anakin Skywalker.

Sauf que *femme* est un mot trop réducteur pour exprimer toute la vérité de ce qu'elle est vraiment ; *femme* est un petit mot si commun, un mot qui pourrait sortir d'une bouche pincée, sous-entendre tant de petits échos mesquins, déplaisants. Or, pour Padmé Amidala, déclarer

« Je suis la femme d'Anakin Skywalker » revient ni plus ni moins à dire « Je suis vivante ».

Sa vie, avant Anakin, était celle d'une autre, une créature trop médiocre pour inspirer la pitié, un pauvre esprit insignifiant, et qui n'aurait jamais soupçonné avec quelle intensité la vie devait être vécue.

Sa vraie vie a commencé lorsqu'elle a, pour la première fois, croisé le regard d'Anakin Skywalker et qu'elle y a trouvé non plus l'adoration aveugle du petit Anny de Tatooine, mais la passion directe, fière et dévorante d'un puissant Jedi : un jeune homme, certes, mais un homme à chaque fibre de son être, un homme dont la légende grandissait déjà à l'intérieur comme au-dehors de l'Ordre Jedi. Un homme qui savait exactement ce qu'il voulait, et qui avait assez d'honnêteté pour le demander, tout simplement ; un homme assez fort pour dévoiler ses sentiments les plus profonds devant elle sans crainte et sans honte. Un homme qui l'aimait depuis dix ans, d'un cœur patient et sincère, en attendant le signe du destin qui, il en était sûr, ouvrirait le cœur de la jeune femme à la flamme qui brûlait dans le sien.

Mais bien qu'elle aime son mari sans réserve, l'amour ne la rend pas aveugle à ses défauts. Elle est plus âgée que lui, et assez sage pour le comprendre mieux qu'il ne se comprend lui-même. Ce n'est pas un homme parfait : il est plein d'orgueil, sujet à des sautes d'humeur, prompt à la colère, sauf que ses défauts ne font qu'accroître son amour pour lui, parce qu'ils sont largement compensés par d'immenses qualités : sa joie de vivre, son rire qui efface tout, l'extraordinaire générosité de son esprit, sa dévotion passionnée, non seulement pour elle, mais aussi au service de chaque être vivant.

C'est une créature sauvage qui est venue doucement vers sa main, un tigre des lianes qui ronronne contre sa joue. La délicatesse de chacune de ses caresses, chacun de ses tendres regards, chacun de ses mots doux est un véritable petit miracle. Comment pourrait-elle ne pas être reconnaissante de ces présents ?

C'est pourquoi elle ne veut pas que l'on ait vent de

leur mariage. Son mari a besoin d'être un Jedi. Il est né pour sauver les gens ; lui enlever ce rôle flétrirait tout ce qu'il y a de bon dans son cœur déjà troublé.

Pour l'heure, tandis qu'elle l'étreint dans leur baiser infini, elle a noué ses bras autour de son cou pour conjurer la froide menace qu'elle a dans le cœur, et qui lui murmure que ce baiser n'est absolument pas infini, que ce n'est qu'une pause dans la course précipitée de l'univers, et que, lorsqu'il prendra fin, elle devra affronter l'avenir.

Et elle est terrifiée.

Parce que, pendant qu'il était au loin, tout a changé.

Aujourd'hui, ici, dans le hall du Sénat, elle vient lui annoncer qu'ils se sont fait un cadeau l'un à l'autre – un sujet de joie et de terreur. Ce cadeau est comme une lame qui a déjà séparé leur passé et leur avenir.

Pendant ces longues années, ils ne se sont étreints qu'en secret, lors de rares moments volés au cours de la guerre et aux affaires de la République. Leur amour a été le refuge parfait, un long après-midi tranquille, chaud et ensoleillé, loin de la peur et du doute, du devoir et du danger. Mais aujourd'hui, Padmé transporte en elle un terminateur planétaire qui mettra fin pour toujours à leur chaud après-midi de soleil et les abandonnera aveugles dans la nuit à venir.

Aujourd'hui, elle est plus que la femme d'Anakin Skywalker.

Elle est la mère du futur enfant d'Anakin Skywalker.

Après une trop brève éternité, leur baiser prit fin.

Elle se cramponna à lui, se contentant de boire sa présence après si longtemps, chuchotant des paroles d'amour contre sa large et forte poitrine pendant qu'il lui murmurait sa tendresse, le visage enfoui dans les torsades de ses cheveux doucement parfumés.

Un peu plus tard, elle retrouva la parole.

— Anakin, Anakin, oh, mon Anakin, je... je n'arrive pas à croire que tu sois rentré. Ils disaient... La rumeur disait... que tu avais été tué. Tous les jours... Je n'en pouvais plus...

À ces tristes souvenirs, sa voix se brisa.

— Il ne faut pas croire tout ce qu'on raconte, murmura-t-il. Jamais. Je reviendrai toujours te chercher, Padmé.

— J'ai vécu presque une année sans te voir...

— C'était une autre vie. Deux vies.

Elle porta la main à la cicatrice de brûlure qu'il avait à la pommette.

— Tu as été blessé...

— Rien de grave, dit-il en esquissant un sourire. Juste un rappel pas très amical du fait que je devrais m'entraîner davantage au maniement du sabre laser.

— Cinq mois, dit-elle d'une voix réduite à un gémissement. Cinq mois... comment ont-ils pu nous faire ça ?

Il posa doucement sa joue sur sa tête.

— Si le Chancelier n'avait pas été enlevé, je ne serais pas encore rentré. Je suis presque... c'est terrible à dire, mais je suis reconnaissant. Je suis heureux qu'il ait été enlevé. C'est comme s'ils l'avaient fait exprès pour que je puisse revenir...

Il avait les bras forts et chauds, et sa main effleurait ses cheveux dans une caresse si douce que c'était presque comme s'il craignait qu'elle ne soit aussi fragile qu'un rêve. Il se pencha pour lui donner un autre baiser, un nouveau baiser, un baiser qui allait effacer tous ces mauvais rêves, toutes ces heures, ces minutes et ces jours lourds d'une insupportable menace...

Mais à quelques pas de là à peine, les Sénateurs et les équipes de l'HoloNet étaient toujours dans la salle principale de l'Atrium, et parce qu'elle savait le prix qu'Anakin aurait à payer si leur amour venait à être connu, Padmé détourna le visage et posa les mains sur sa poitrine pour l'éloigner.

— Pas ici, Anakin. C'est trop risqué.

— Non, ici ! À cet endroit même.

Il l'attira à nouveau contre lui, triomphant sans effort de sa faible résistance.

— J'en ai assez de ces dissimulations. De tricher et

de mentir. Nous n'avons pas à avoir honte ! Nous nous aimons et nous sommes mariés. Comme des milliards et des milliards d'êtres dans la galaxie. C'est quelque chose que nous devrions hurler à la face de tous, et non chuchoter...

— Non, Anakin. Nous ne pouvons pas faire comme tous ces gens-là. Ce ne sont pas des Jedi. Si notre amour était découvert, on t'obligerait par la force à quitter l'Ordre...

— M'obliger, par la Force, à quitter l'Ordre ? répéta-t-il en lui souriant tendrement. C'était un jeu de mots ?

Il arrivait encore à la mettre en colère sans le vouloir.

— Anakin... Écoute-moi. Nous avons des devoirs envers la République. Tous les deux, mais ton rôle est bien plus important. Tu es le visage des Jedi, Anakin. Même après toutes ces années de guerre, beaucoup de gens aiment encore les Jedi, mais c'est surtout parce qu'ils t'aiment, toi, tu comprends ça ? Ils aiment ton histoire. Tu es comme l'un de ces contes qu'on lit avant de dormir, le prince secret, caché parmi les paysans, qui grandit sans connaître son destin hors du commun – sauf qu'en ce qui te concerne, tout est vrai. Parfois, je me dis que la seule raison pour laquelle les citoyens de la République croient encore que nous pouvons gagner la guerre, c'est parce que tu te bats pour eux...

— Avec toi, tout se ramène toujours à la politique, répondit Anakin, et il ne souriait plus. Je suis à peine rentré chez nous que tu essaies déjà de me convaincre de retourner au combat...

— Ce n'est pas une histoire de politique, Anakin. Il s'agit de toi.

— Alors quelque chose a changé, c'est ça ? répliqua-t-il, et le tonnerre grondait dans sa voix. Je le sens, je le sens même dehors. Quelque chose a changé.

Elle baissa la tête.

— Tout a changé.

— Quoi ? Qu'est-ce que c'est ? demanda-t-il en la prenant par les épaules, de ses mains fermes, d'une puissance irrésistible. Il y a quelqu'un d'autre. Je le sens dans la Force ! Il y a quelqu'un qui vient entre nous...

— Pas de la façon dont tu le penses, répondit-elle. Anakin, écoute-moi...

— Qui est-ce, hein ? Qui ?

— Arrête, Anakin, arrête ! Tu vas nous faire mal.

Il ouvrit les mains comme si elle était soudain devenue brûlante. Il fit un pas en arrière, mal à l'aise, le visage devenu brutalement couleur cendre.

— Padmé... Jamais je n'aurais... Je suis désolé, c'est juste que...

Il s'appuya à un pilier et porta à ses yeux une main comme engourdie.

— Le Héros Sans Peur. Quelle blague ! Padmé, je ne peux pas te perdre. Je ne peux pas. Tu es tout ce pour quoi je vis. Attends... Pourquoi as-tu dit « nous » ?

Il releva la tête et haussa un sourcil interrogateur.

Elle tendit la main vers lui, et il vint à sa rencontre. Elle avait les yeux brûlants de larmes et les lèvres tremblantes.

— Je suis... Anny, je suis enceinte.

Elle le regarda et réalisa alors, dans un violent tourbillon intérieur, tout ce que leur enfant représentait. Et son cœur vibra quand elle vit toute la joie sauvage, presque explosive, qui naissait sur son visage : quoi qu'il ait pu vivre dans la Bordure Extérieure, il était resté son Anny.

Et la guerre qui avait balafré son visage n'avait pas meurtri son esprit.

Et puis elle vit cette joie s'estomper alors qu'il réalisait peu à peu que leur mariage ne pourrait pas rester secret plus longtemps ; que même les amples robes qu'elle portait ne pourraient dissimuler éternellement sa grossesse. Qu'il tomberait en disgrâce, serait rejeté de l'Ordre Jedi. Elle serait relevée de sa fonction et renvoyée à Naboo. La célébrité même qui avait fait de lui quelqu'un de si important pour cette guerre se retournerait contre leur couple, faisant d'eux des proies de choix pour une galaxie peuplée de gens avides de scandale.

Et elle le vit décider qu'il s'en moquait.

— C'est..., dit-il lentement, et cette étincelle farouche revint dans ses yeux.... Merveilleux... Padmé... C'est merveilleux. Tu le sais depuis combien de temps ?

Elle secoua la tête.

— Qu'est-ce qu'on va faire ?

— On va être heureux, voilà ce qu'on va faire. Et on va être ensemble. Tous les trois.

— Mais...

— Non, dit-il avec un sourire, en posant doucement un doigt sur ses lèvres. Il n'y a pas de mais. Pas de soucis. Tu t'en fais déjà bien trop comme ça.

— Comment pourrais-je faire autrement, répondit-elle en souriant à travers les larmes qui lui brûlaient les yeux, quand toi, tu ne t'en fais jamais ?

Anakin se redressa d'un bond, dans son lit, hoquetant, les yeux grands ouverts sur les ténèbres d'un autre monde.

La façon dont elle avait crié son nom... La façon dont elle l'avait imploré, alors que ses forces la quittaient sur cette table médicale d'un autre monde, comment, à la fin, elle ne pouvait plus que gémir : « Anakin, je suis désolée. Je t'aime, je t'aime... » Ces mots retentissaient dans sa tête, l'aveuglant, lui masquant les contours de cette pièce envahie de ténèbres, le rendant sourd au monde en dehors du bruit de marteau-pilon de son cœur.

Sa main de chair trouva des draps de satin froissés, trempés de sueur, enroulés autour de sa taille. Des draps qui ne lui étaient pas familiers. Il se rappela enfin où il était.

Il se tourna à demi, et elle était là, avec lui, couchée sur le côté, sa lourde chevelure étalée sur l'oreiller, les yeux clos, un demi-sourire sur ses lèvres si précieuses, et quand il vit sa poitrine se soulever et s'abaisser lentement, très lentement, au rythme de sa respiration, il se détourna, enfouit son visage dans ses mains et se mit à pleurer.

Et les larmes qui coururent alors entre ses doigts étaient des larmes de gratitude.

Elle était vivante, et elle était avec lui.

Dans un silence si parfait qu'il entendait la vibration des électrodrivers de sa main mécanique, il écarta les draps et se leva.

Il traversa son cabinet de travail et prit le long escalier incurvé menant à la véranda qui surplombait l'aire d'atterrissage privée de Padmé. S'appuyant à la rambarde glacée, Anakin regarda le paysage de Coruscant qui se perdait dans l'infini de la nuit.

Le monde-capitale brûlait toujours.

La nuit, Coruscant se changeait en une galaxie interminable de lumières : celles des milliards de bâtiments étirés sur des kilomètres et des kilomètres, dont les milliards de fenêtres éclairées montaient à l'assaut du ciel ; et aussi celles des feux de navigation, des enseignes lumineuses et des fleuves mouvants, infinis, que déroulaient les speeders, le long des voies de circulation aériennes. Mais cette nuit-là, les coupures de courant avaient réduit des rubans déchiquetés de la ville en de vastes nébuleuses de ténèbres que venaient rompre les innombrables incendies dans leur éclat de naines rouges, maléfiques.

Anakin n'aurait su dire combien de temps il resta là, les yeux écarquillés dans le noir. La cité était comme il se sentait. Blessé ; brisé au combat.

Éclaboussé de ténèbres.

Mais il préférait regarder la cité plutôt que de penser aux raisons pour lesquelles il était là, à la regarder.

Elle s'avança plus silencieusement que la brise enfumée, mais il la sentit approcher. Elle vint à côté de lui, le long de la rambarde, et posa sa douce main humaine sur sa dure main mécanique, restant simplement debout avec lui, à regarder sans un mot la ville qui était devenue son second foyer. Attendant patiemment, pleine de confiance, qu'il lui dise ce qui n'allait pas.

Il avait conscience de sa patience et de sa confiance, et il lui en était tellement reconnaissant qu'il sentit à nouveau les larmes lui monter aux yeux. Il les chassa d'un clignement de paupières, les renvoyant à la nuit brûlante, et cilla encore une fois pour empêcher ces larmes froides de se répandre sur ses joues. Il lui prit la main dans sa main de chair et la serra doucement jusqu'à ce qu'il se sente capable de parler.

— J'ai fait un rêve, dit-il enfin.

Elle accepta sa réponse avec un hochement de tête, grave et lent.

— Un mauvais rêve ?

— Comme... comme ceux que je faisais avant.

Il ne pouvait se décider à la regarder.

— J'ai rêvé de ma mère.

Elle acquiesça d'un nouveau hochement de tête, plus lent, plus grave encore.

— ... et ?

— Et... et tu y étais aussi.

Il baissa les yeux sur ses petits doigts minces, et y glissa les siens, serrant leurs deux mains en un nœud de prière.

Alors, toujours appuyée contre la rambarde, elle se tourna sur le côté, vers la nuit, et, dans la lente pulsation de lumière rose que jetaient les incendies dans le lointain, elle était plus belle que jamais.

— D'accord, dit-elle doucement. Alors j'étais dans ton rêve.

Puis elle attendit simplement, toujours confiante.

Quand Anakin réussit enfin à lui parler, ce fut d'une voix rauque, âpre, comme s'il avait crié toute la journée.

— C'était... ta mort, dit-il. Je n'ai pas pu le supporter. Je ne peux pas le supporter.

Il ne pouvait pas non plus la regarder. Il parcourait la ville, l'aire d'atterrissage, les étoiles, et il n'y avait aucun endroit qu'il pouvait supporter de voir.

Il ne pouvait que fermer les yeux.

— Tu vas mourir en mettant notre enfant au monde.

— Oh..., dit-elle.

Et ce fut tout.

Elle n'avait plus que quelques mois à vivre. Ils n'avaient plus que quelques mois devant eux pour s'aimer. Elle ne verrait jamais leur enfant. Et tout ce qu'elle disait, c'était : « Oh. »

Bientôt, il sentit sa main sur sa joue, et lorsqu'il la regarda, il se rendit compte qu'elle levait calmement les yeux sur lui.

— Et le bébé ?

Il secoua la tête.

— Je ne sais pas.

Elle hocha la tête et s'écarta, se dirigeant vers les fauteuils de la véranda. Elle s'assit et baissa les yeux sur ses mains croisées.

Il ne pouvait pas supporter ça. Il ne pouvait pas la voir, si calme, acceptant sa propre mort. Il s'approcha d'elle et s'agenouilla.

— Ça n'arrivera pas, Padmé. Je ne permettrai pas que ça arrive. J'aurais pu sauver ma mère… un jour plus tôt, une heure… Je… Ce cauchemar ne deviendra pas réalité, dit-il entre ses dents, ravalant la souffrance qu'il sentait monter en lui.

Elle hocha la tête.

— Je n'ai pas pensé non plus qu'il se réaliserait.

Il cilla.

— Tu n'y as pas cru ?

— Nous sommes sur Coruscant, Anny, pas sur Tatooine. Ici, les femmes ne meurent pas en couches. Pas même les créatures crépusculaires des niveaux inférieurs. Et j'ai un droïde médical exceptionnel, qui m'assure que je suis en parfaite santé. Ton rêve devait être… une sorte de métaphore, ou je ne sais quoi.

— Je… mes rêves sont à prendre au pied de la lettre, Padmé. Et je ne reconnaîtrais pas une métaphore si elle me mordait. Je n'ai pas identifié l'endroit où tu te trouvais. Ce n'était peut-être même pas Coruscant.

Elle détourna les yeux.

— Je me disais… Je pensais aller quelque part. Ailleurs. Mettre l'enfant au monde en secret, pour te protéger. Pour que tu puisses rester dans l'Ordre.

— Je n'ai pas envie de rester dans l'Ordre !

Il prit son visage entre ses deux mains pour l'obliger à

le regarder dans les yeux, pour qu'elle voie à quel point il pensait chacun des mots qu'il prononçait.

— Ne me protège pas. Je n'en ai pas besoin. Il faut que nous commencions à réfléchir, tout de suite, sur la façon de te protéger, toi. Parce que tout ce que je veux, c'est que nous restions ensemble.

— Mais on restera ensemble, répondit-elle. Ton rêve devait parler d'autre chose que de ma mort durant l'accouchement. Ça n'a aucun sens.

— Je sais. Mais je n'ai pas idée de ce que ça peut être. C'est trop... Je ne peux même pas y réfléchir, Padmé. Je vais devenir fou. Qu'est-ce qu'on va faire ?

Elle embrassa la paume de sa main de chair.

— On va faire ce que tu me répondais quand je t'ai posé la même question, cet après-midi. On va être heureux ensemble.

— Mais on ne peut pas... on ne peut pas rester là... à attendre. Je ne peux pas ! Il faut que je fasse quelque chose.

— Mais bien sûr que tu vas faire quelque chose, répondit-elle avec un sourire plein d'amour. C'est tout toi, ça. C'est même le principe du héros. Et Obi-Wan ?

Il fronça les sourcils.

— Quoi, Obi-Wan ?

— Tu m'as dit, une fois, qu'il était aussi sage que Yoda, et aussi puissant que Mace Windu. Il ne pourrait pas nous aider ?

— Non.

Anakin sentit une pression sur sa poitrine, comme si un poing se refermait sur son cœur.

— Je ne peux pas... Il faudrait que je lui dise...

— Il est ton meilleur ami, Anny. Il doit déjà se douter de quelque chose.

— C'est une chose que de le laisser avoir des soupçons. C'en est une autre que de lui jeter la nouvelle en plein visage. Il fait toujours partie du Conseil. Il serait obligé de me dénoncer. Et...

— Et quoi encore ? Y a-t-il quelque chose que tu ne m'as pas dit ?

Il se détourna.

— Je ne suis pas sûr qu'il soit de mon côté.

— De ton côté ? Anakin, mais qu'est-ce que tu racontes ?

— Il fait partie du Conseil Jedi, Padmé. Je sais qu'on m'a proposé pour devenir Maître. Je suis plus puissant qu'aucun des Maîtres Jedi vivants. Mais quelqu'un me barre la route. Obi-Wan pourrait me dire qui et pourquoi… seulement il ne le fait pas. Je ne suis même pas sûr qu'il me défende contre les autres.

— Je n'en crois rien.

— Que tu y croies ou non est sans importance, murmura-t-il doucement, amèrement. C'est la vérité.

— Alors, il doit y avoir une bonne raison, Anakin. C'est ton meilleur ami. Il t'aime.

— Peut-être. Mais je ne pense pas qu'il me fasse confiance. Et je ne suis pas sûr que nous puissions lui faire confiance.

Ses yeux devinrent aussi vides que les ténèbres de la nuit.

— Anakin ! fit-elle en se cramponnant à son bras. Qu'est-ce qui te fait dire ça ?

— Aucun d'eux n'a confiance en moi, Padmé. Aucun d'eux. Tu sais ce que je ressens, quand ils me regardent ?

— Anakin…

Il se tourna vers elle. Il n'était que souffrance. Il aurait voulu pleurer, se mettre en colère, et faire de sa colère une arme qui le libérerait à jamais.

— De la peur, dit-il. Je sens de la peur. Sans aucune raison.

Pourtant il aurait pu leur faire voir. Il aurait pu leur donner des raisons d'avoir peur.

Il aurait pu leur montrer ce qu'il avait découvert en lui, dans les quartiers du général, à bord de la *Main Invisible*.

Quelque chose avait dû transparaître sur son visage parce qu'il vit une ombre de doute passer dans le regard de la jeune femme : cela dura l'espace d'une seconde, le temps d'un éclair, mais cela le brûla comme un sabre laser. Il frémit, et son frémissement devint un frisson qui se mua en tremblement. Alors il la serra contre sa poitrine et enfouit son visage dans ses cheveux, dont le parfum doux et fort parvint à peine à le rafraîchir.

— Padmé, murmura-t-il. Oh, Padmé, je suis tellement désolé. Oublie tout ce que je t'ai dit. Rien de tout ça n'a d'importance, maintenant. J'aurai bientôt quitté l'Ordre, parce que je ne te laisserai pas partir au loin, pour mettre notre bébé au monde je ne sais où. Je ne te laisserai pas affronter mon rêve toute seule. Je serai là pour toi, Padmé. Toujours. Quoi qu'il arrive.

— Je le sais, Anny. Je le sais.

Elle le repoussa doucement, tout doucement, et leva les yeux vers lui. Ses larmes brillaient comme des rubis à la lumière des incendies.

Aussi rouges que la lueur de sang synthétique du sabre laser de Dooku.

Il ferma les yeux.

— Remonte, Anakin, dit-elle. La nuit devient fraîche. Reviens te coucher.

Il se rendit compte qu'il arrivait à respirer à nouveau, et que son tremblement s'était apaisé.

— D'accord, d'accord. Simplement…

Il la prit par les épaules, pour ne pas avoir à croiser son regard.

— Écoute, ne dis rien à Obi-Wan, d'accord ?

10

Les Maîtres

Obi-Wan et Mace Windu regardaient, assis côte à côte, Yoda parcourir le rapport des yeux. Ici, dans la sobre cellule de Yoda à l'intérieur du Temple Jedi, chaque table à la forme organique et chaque siège pédonculaire doucement arrondi était animé d'une force douce et réconfortante : la même puissance vive dont Obi-Wan se souvenait qu'elle l'avait enveloppé depuis son plus jeune âge. Ces pièces étaient la demeure de Yoda depuis plus de huit cents ans. Tout en elles faisait écho à la résonance harmonique, à la calme sagesse de Yoda. Au fil des siècles, elles s'étaient accordées à son contact. S'asseoir dans les appartements de Yoda, c'était inhaler la sérénité ; pour Obi-Wan, c'était un sacré cadeau en ces temps troublés.

Mais le regard de Yoda, à travers le chatoiement translucide de l'holoprojection d'un rapport sur les derniers amendements apportés au Traité de Sécurité, était tout sauf calme : ils étaient rétrécis, glacés, et ses oreilles étaient rabattues sur son crâne.

— Ce rapport, d'où vient-il ?

— Pour l'instant, les Jedi ont toujours des amis au Sénat, répondit Mace Windu de son ton monocorde.

— Quand cet amendement présenté sera, voté il sera ?

Mace hocha la tête :

— Mes contacts s'attendent qu'il soit adopté à l'unanimité. Une victoire écrasante. Dès cet après-midi, peut-être.

— Le but du Chancelier dans cette affaire, flou pour moi est, dit doucement Yoda. Si, pour la forme, à la tête du Conseil, le Sénat le place, les Jedi le contrôler ne peuvent. Morale, bien plus que légale, notre autorité toujours été a. Simplement des ordres exécuter, les Jedi, ça ne font pas !

— Je ne crois pas qu'il ait l'intention de contrôler les Jedi, dit Mace. En plaçant le Conseil Jedi sous l'autorité du Chancelier Suprême, cet amendement lui donnera le droit constitutionnel de dissoudre l'Ordre lui-même.

— Que son intention ce soit, vous ne pouvez sûrement pas croire.

— *Son* intention ? répéta Mace lugubrement… Peut-être pas. Mais *ses* intentions ne sont pas en cause. Seul compte désormais le dessein du Seigneur Sith qui tient notre gouvernement entre ses mains. Et l'Ordre Jedi pourrait bien être le dernier obstacle entre la domination galactique et lui. Que *pensez*-vous qu'il fera ?

— L'autorité pour les Jedi dissoudre, jamais le Sénat ne lui accordera.

— C'est exactement ce que le Sénat votera cet après-midi.

— Les conséquences, mesurer ils ne doivent pas !

— Peu importe désormais ce qu'ils mesurent ou non, dit Mace. Ils savent où est le pouvoir.

— Mais même dissous, même sans autorité légale, toujours Jedi nous serons. Les Chevaliers Jedi, la Force servent depuis bien avant que la République Galactique n'existe, et encore nous la servirons quand cette République plus que poussière ne sera.

— Maître Yoda, ce jour pourrait arriver bien plus tôt que nous ne l'imaginons. Aujourd'hui même, peut-être.

Mace jeta un regard agacé à Obi-Wan, qui reçut le signal cinq sur cinq.

— Nous ne savons quels peuvent être les plans du Seigneur Sith, fit Obi-Wan, mais ce que nous savons, c'est qu'il ne faut pas nous fier à Palpatine. Plus maintenant. Ce projet de résolution n'est pas le fruit d'un délégué trop zélé. On peut être sûr que c'est Palpatine lui-même qui l'a rédigé et fait présenter par un Sénateur à sa botte, pour faire croire que le Sénat une fois de plus « le contraint à accepter malgré lui une extension de ses pouvoirs au nom de la sécurité ». On peut craindre qu'il ne continue à agir ainsi jusqu'à ce qu'un jour il soit « contraint d'accepter malgré lui une dictature à *vie* ».

— Je suis convaincu que c'est la prochaine étape de ce plan qui vise directement les Jedi, dit Mace. C'est un pas vers notre destruction. Le Chancelier est entouré par le Côté Obscur de la Force.

Obi-Wan ajouta :

— Tout comme il entourait et voilait les yeux des Séparatistes avant même le début de la guerre. Si le Chancelier est influencé par le Côté Obscur, toute cette guerre pourrait bien n'avoir été, depuis le début, qu'un complot ourdi par les Sith pour détruire l'Ordre Jedi.

— Pure spéculation ! fit Yoda en frappant le sol de son bâton gimer, imprimant une légère secousse à son siège. Sur de telles théories, nous reposer nous ne pouvons. De *preuves* besoin nous avons. Des preuves !

— Des preuves... Je crains que ce ne soit un luxe que nous ne pouvons nous offrir. Nous devons nous préparer à *agir*.

Une lumière dangereuse brillait à présent dans les yeux de Mace Windu.

— Agir ? releva Obi-Wan avec douceur.

— On ne peut le laisser intervenir contre l'Ordre. Pas plus qu'on ne peut le laisser prolonger la guerre inutilement. Trop de Jedi sont déjà morts. Il est en train de démanteler la République même ! J'ai vu ce qu'est la vie hors de la République. Vous aussi, Obi-Wan. Esclavage. Torture. Guerre sans fin.

Mace se rembrunit. Obi-Wan avait vu la même ombre distante et hantée passer sur son visage, la veille.

— J'ai vu ça à Nar Shadaa et sur Haruun Kal. J'ai vu le résultat sur Depa, et sur Sora Bulq. Quelles que soient ses imperfections, la République est notre seul espoir de justice et de paix. C'est notre seule défense contre l'obscurité. Palpatine doit être sur le point de réaliser ce que les Séparatistes ne pouvaient faire : renverser la République. S'il essaye, il doit être démis de son poste.

— Démis ? fit Obi-Wan. Vous voulez dire *arrêté* ?

Yoda secoua la tête :

— Vers l'obscurité, cette façon de penser nous conduit. Très prudents être nous devons.

— La République *est* la civilisation. C'est la seule que nous ayons. Nous devons nous préparer à une action radicale. C'est notre devoir.

Mace replongea ses yeux dans ceux de Yoda, puis dans ceux d'Obi-Wan, et Obi-Wan sentit la chaleur dans le regard du Maître de Korun.

— Mais, protesta faiblement Obi-Wan, c'est de *trahison* que vous parlez.

— Obi-Wan, n'ayons pas peur des mots ! lança Mace. Si c'est de trahison qu'il s'agit, ainsi soit-il. J'agirais dès maintenant, si j'avais l'assentiment du Conseil. La *véritable* trahison serait de *ne pas* agir.

— Une telle action détruire l'Ordre Jedi pourrait, dit Yoda. La confiance du peuple, déjà perdu nous avons.

— Avec tout mon respect, Maître Yoda, coupa Mace, ce sont des arguties de politicien. Nous ne pouvons pas laisser l'opinion publique nous empêcher de faire ce qui est *bon*.

— Convaincu que cela est bien, je ne suis pas, dit Yoda sévèrement. Pour découvrir le Seigneur Sidious, travaillé dans les coulisses nous avons ! Marcher contre notre République alors que les Sith toujours vivants sont, c'est peut-être *justement* le plan des Sith pour le Sénat et le peuple contre les Jedi retourner ! Ainsi non seulement dissous mais *hors la loi* nous serions.

Mace manqua bondir de son siège :

— *Attendre* donne l'*avantage* aux Sith...

— L'*avantage*, déjà ils ont ! répondit Yoda, brandissant son bâton gimer dans sa direction. *Augmenter* leur avantage nous allons si dans la hâte nous agissons !

— Maîtres, Maîtres, du calme, dit Obi-Wan, son regard allant de l'un à l'autre, puis il inclina respectueusement la tête. Peut-être y a-t-il une solution intermédiaire ?

Mace Windu se laissa retomber dans son fauteuil.

— Ah, évidemment : Kenobi le Négociateur. J'aurais dû m'en douter. C'est pour cela que vous avez tenu à ce que nous nous rencontrions, n'est-ce pas ? Pour servir d'intermédiaire entre nos divergences. Si possible.

Yoda enveloppa de ses poings le haut de son bâton.

— Tellement sûr de tes capacités tu es ? Facile à négocier, ce sujet n'est pas !

— Il me semble, dit prudemment Obi-Wan, tête basse, que Palpatine lui-même nous a fourni une ouverture. Dans son intervention sur l'HoloNet, juste après sa libération, il a dit – à vous, Maître Windu, comme au public – que le général Grievous était le seul obstacle à la paix. Oublions le reste du commandement Séparatiste pour le moment. Laissons courir Nute Gunray, San Hill et consorts pendant que nous déploierons tous nos Jedi disponibles et tous nos agents – et même l'ensemble des Services de Renseignement de la République si nous y arrivons – afin de localiser Grievous. Cela forcera la main du Seigneur Sith ; il saura que Grievous ne pourra nous échapper bien longtemps, à partir du moment où nous nous serons exclusivement consacrés à sa capture. Cela obligera Sidious à se manifester ; il devra bouger d'une façon ou d'une autre s'il souhaite que la guerre continue.

— Si ? ironisa Mace. Depuis le début, la guerre est une opération Sith avec Dooku d'un côté et Sidious de l'autre : c'est un complot mené contre *nous*. Contre les Jedi. Pour nous saigner à blanc en tuant les meilleurs et les plus jeunes d'entre nous. Pour nous faire basculer là où nous n'avons jamais voulu aller.

Il secoua la tête amèrement :

— J'ai mis le doigt sur la vérité depuis des années – depuis Haruun Kal, dans les premiers mois de la guerre. J'avais vu juste, mais je ne savais pas à quel point.

— Aperçu quelques parcelles de cette vérité, tous nous avons, fit Yoda tristement. Notre arrogance, d'ouvrir complètement les yeux empêchés nous a.

— Jusqu'à présent, glissa doucement Obi-Wan. Nous

comprenons désormais le but du Seigneur Sith, nous connaissons ses tactiques, et nous savons où le trouver. Ses actions le dénonceront. Il ne peut pas nous échapper. Il ne nous *échappera* pas.

Yoda et Mace se regardèrent de travers pendant un long moment, puis se tournèrent tous deux vers Obi-Wan et, comme en écho, inclinèrent la tête tandis qu'il se courbait dans une attitude respectueuse.

— Compris le fond du problème, le jeune Kenobi a.

Mace acquiesça.

— Nous resterons à Coruscant, Yoda et moi, pour surveiller les conseillers et les laquais de Palpatine. Nous agirons contre Sidious dès qu'il aura révélé son identité. Mais qui capturera Grievous ? Je l'ai affronté en duel. La plupart des Jedi ne feront pas le poids contre lui.

Un léger sourire mélancolique se dessina sur le visage d'Obi-Wan :

— Nous nous en préoccuperons une fois que nous l'aurons trouvé. J'ai l'impression d'entendre Qui-Gon me rappeler que *tant que le possible n'est pas réel, il n'est qu'une distraction.*

Debout, les jambes écartées, les mains jointes derrière le dos, le général Grievous regardait par le hublot blindé du cuirassé géonosien. L'immense vaisseau sphérique semblait pourtant petit, à côté du gouffre gigantesque qui l'entourait.

C'était Utapau, un monde lointain et reculé, à la limite de la Bordure Extérieure. Au niveau du sol, la planète semblait être une simple balle de roche aride, érodée et arasée par des vents violents, incessants. Cependant, depuis l'orbite – depuis l'endroit où se trouvait Grievous –, la rotation de la planète faisait défiler des villes, des usines, des spatioports ménagés dans de formidables entonnoirs naturels. Ces gouffres avaient la taille de montagnes renversées et sur chaque mètre carré de leurs parois intérieures s'étendaient des villes. Et chaque mètre carré de chaque ville était sous la domination armée des droïdes de combat Séparatistes, qui veillaient à ce que les Utapauns se tiennent bien.

Utapau n'avait aucun intérêt dans la Guerre des Clones ; elle n'avait jamais été membre de la République et avait prudemment maintenu une position de neutralité pacifique.

Jusqu'à ce que Grievous la conquière.

La neutralité, en ces temps-là, était une blague ; une planète restait neutre tant que ni la République ni la Confédération n'en voulait. Si Grievous avait su rire, il aurait bien ri.

Les membres du Commandement Séparatiste traversaient à toute allure la plate-forme d'atterrissage, comme les rats d'égout qu'ils étaient, galopant après le vaisseau qui pourrait les emmener en sûreté vers la base récemment construite sur Mustafar.

Mais un rat manquait à l'appel.

Grievous scanna les environs du regard, et découvrit le reflet de Nute Gunray dans le transparacier. Le Vice-Roi des Neimoïdiens se tenait, très agité, au beau milieu du passage qui menait vers le centre de commande. Grievous considéra l'image réfléchie des yeux globuleux, glacés, sous la grande mitre pointue.

— Gunray. Que faites-vous encore ici ?

Le Vice-Roi ne bougea pas d'un cil, mais son reflet regarda à la dérobée le couloir derrière la porte.

— Il y a des choses que l'on ne peut dire qu'en privé, général. Je suis embêté par cette nouvelle opération. Vous m'aviez dit qu'Utapau serait un endroit sûr pour nous. Pourquoi le commandement est-il transféré à Mustafar ?

Grievous soupira. Comme s'il avait du temps à lui accorder. Il attendait une communication secrète de Sidious en personne. Il ne pouvait pas la prendre en présence de Gunray, pas plus qu'il ne pouvait suivre ses inclinations naturelles et flanquer au Vice-Roi des Neimoïdiens un tel coup de botte dans l'arrière-train qu'il prendrait feu en réintégrant l'atmosphère. Chaque jour, Grievous espérait que le Seigneur Sidious l'autoriserait à briser le crâne de Gunray et de ce lèche-bottes de Rune Haako. Deux larves répugnantes et geignardes, tout juste bonnes à fouir gloutonnement le sol. Et le reste du Commandement Séparatiste ne valait pas mieux.

Mais pour l'instant, il était tenu de feindre la cordialité.

— Utapau, fit Grievous lentement, comme s'il faisait la leçon à un enfant, est une planète ennemie sous occupation militaire. Il n'a jamais été question d'en faire autre chose qu'une position défensive, le temps d'achever la base de Mustafar. Maintenant qu'elle est terminée, Mustafar est la planète la plus sûre de la galaxie. La forteresse construite pour vous accueillir peut résister à toute la Flotte de la République.

— J'y compte bien, murmura Gunray. Sa construction a failli causer la banqueroute de la Fédération du Commerce !

— Ne venez pas pleurer auprès de moi pour des questions d'argent, Vice-Roi. Ça ne m'intéresse pas.

— Vous devriez vous y mettre, général. C'est mon argent qui finance toute cette guerre ! C'est *mon* argent qui finance le *corps* que vous portez, et vos MagnaGardes d'un coût démentiel ! C'est mon *argent*...

Grievous bougea si rapidement qu'il sembla s'être téléporté depuis la fenêtre jusqu'à un mètre de Gunray.

— À quoi vous servira tout votre argent, lança-t-il en crispant son poing en alliage de duranium sous le nez du Neimoïdien, face à ça ?

Gunray tressaillit et recula d'un pas.

— J'étais juste... je m'inquiétais seulement de votre capacité à assurer notre *sécurité*, général, voilà tout. Je... nous, enfin... la Fédération du Commerce ne peut pas travailler dans un climat de *peur*. Et les *Jedi* ?

— Oubliez les Jedi. Ils n'ont rien à voir avec le problème.

— Ils ne tarderont pas à découvrir cette *base* !

— Cette base est sécurisée. Je peux tenir tête à mille Jedi. *Dix mille* Jedi.

— Vous rendez-vous compte de ce que vous dites ? Êtes-vous *fou* ?

— Ce que je suis, répliqua Grievous sur un ton égal, n'est pas habitué à voir discuter ses ordres.

— Nous sommes le commandement ! Vous ne pouvez pas *nous* donner d'ordres ! Ici, c'est *nous* qui donnons les ordres !

— En êtes-vous bien sûr ? Vous voulez parier avec moi ? (Grievous se rapprocha si près qu'il pouvait voir le reflet de son crâne dans les yeux rosâtres de Gunray.) Vous mettriez votre tête en jeu là-dessus ?

Gunray recula encore d'un pas.

— Vous nous avez dit que nous serions en sécurité sur Mustafar... Mais vous nous avez dit *aussi* que vous nous livreriez Palpatine en *otage*, et il a réussi à vous filer entre les doigts !

— Rendez grâce au ciel, Vice-Roi, de ne pas vous être vous-même retrouvé *entre mes doigts*, fit Grievous, admirant l'harmonieuse souplesse de ses articulations comme si sa main était une variété de prédateur exotique.

Il revint au hublot et reprit sa position initiale, les jambes écartées, les mains croisées dans le dos. S'il contemplait une seconde de plus le rose anémique qui pointait sur les joues vert pâle de Gunray, il risquait d'oublier les ordres et de lui éclater si bien le crâne qu'on retrouverait de la cervelle de Vice-Roi jusqu'à Ord Mantell.

— Votre vaisseau vous attend.

Ses capteurs auditifs saisirent parfaitement le glissement des sandales de Gunray qui battait en retraite dans le couloir. Il était temps : un signal du centre de contrôle retentissait sur l'holocom. Il se retourna, appuya sur la touche « réception » et s'agenouilla.

La tête ainsi penchée, il ne voyait de l'holoscan du terrible Seigneur que l'ourlet de sa robe, mais ça lui suffisait.

— Oui, Seigneur Sidious.

— *As-tu envoyé le Conseil des Séparatistes à Mustafar ?*

— Oui, Maître.

Il risqua un coup d'œil par le hublot. Une grande partie du Conseil était déjà à bord du vaisseau stellaire. Gunray allait les rejoindre dans quelques secondes. Grievous avait vu de ses propres yeux combien le Vice-Roi pouvait aller vite s'il en avait envie.

— Le vaisseau ne va pas tarder à partir.

— *Très bien, général. Maintenant, je vais te confier une mission : préparer un piège ici, sur Utapau. Les Jedi en ont après toi personnellement. Prépare-toi à leur attaque.*

— Oui, Maître.

— *Grievous, je suis en train de faire en sorte que tu aies une seconde chance d'accomplir mes ordres. Attends-toi que le Jedi envoyé pour te capturer soit Obi-Wan Kenobi.*

— Kenobi ? (Grievous serra les poings si fort que ses électrodrivers carpiens émirent un gémissement de protestation.) Et Skywalker ?

— *Je crois que Skywalker sera... pris ailleurs.*

Grievous inclina encore plus bas la tête :

— Je n'échouerai plus, mon Maître. Kenobi mourra.

— *Je l'espère.*

— Maître ? J'espère ne pas vous agacer par mon audace... Mais pourquoi ne m'avez-vous pas laissé tuer le Chancelier Palpatine ? Nous n'en aurons peut-être plus jamais l'occasion.

— *L'heure n'avait pas encore sonné. Patience, général. La fin de la guerre est proche, et la victoire est assurée.*

— Bien que nous ayons perdu le Comte Dooku ?

— *Nous n'avons pas perdu Dooku, il a été sacrifié... un sacrifice stratégique, comme lorsqu'on offre une pièce au jeu de dejarik : pour amener l'adversaire à commettre une erreur fatale.*

— Je n'ai jamais joué au dejarik, Maître. Je préfère la vraie guerre.

— *Et tu en auras pour ta faim, je te le promets.*

— Quelle est cette erreur fatale ?... si je puis encore me permettre...

— *Tu comprendras bien assez tôt.*

Grievous entendait le sourire de son Maître dans sa voix.

— *Tout s'éclairera lorsque tu rencontreras mon* nouvel *apprenti.*

Anakin se peignait avec ses doigts en traversant l'aire d'atterrissage située au sommet de la ziggourat du Temple, à côté de la Tour du Conseil Supérieur. La navette du Chancelier se trouvait de l'autre côté, sa rampe d'accès encadrée par deux grands gardes vêtus de robes rouges.

Et qui venait vers lui, de la navette, penché en avant et se protégeant les yeux du vent matinal qui balayait l'étendue découverte ?... Mais c'était Obi-Wan !

— Enfin, murmura Anakin.

Il avait parcouru le Temple à la recherche de son ancien Maître. Il avait presque abandonné l'espoir de le retrouver, lorsqu'un Padawan lui avait dit avoir vu Obi-Wan se diriger vers la plate-forme d'atterrissage pour accueillir la navette de Palpatine. Il espérait qu'Obi-Wan ne remarquerait pas qu'il avait changé de tenue.

Il aurait pu s'en expliquer, mais voilà... il n'avait pas envie d'en parler maintenant. Avec Padmé, ils avaient décidé de rester discrets le plus longtemps possible. Il n'était pas prêt à quitter l'Ordre Jedi. Pas tant qu'elle serait en danger.

Padmé lui avait dit que son cauchemar ne devait être qu'une métaphore, mais il savait à quoi s'en tenir. La prophétie de la Force n'était pas absolue, seulement elle n'avait jamais été prise en défaut. Pas même dans ses détails les plus insignifiants. Il savait étant enfant qu'il serait choisi comme Jedi. Il savait que ses aventures agiteraient la galaxie. Dès l'âge de neuf ans, bien avant qu'il ne comprenne ce qu'était l'amour, il avait regardé le visage pur de Padmé Amidala et il y avait vu qu'elle l'aimerait, et qu'un jour ils se marieraient.

Il n'y avait eu aucune métaphore quand il avait vu sa mère en rêve. Hurlant de douleur. Torturée à mort.

Je savais que tu reviendrais, Anny... Tu m'as tellement manqué...

Il aurait pu la sauver.

Peut-être.

Il avait toujours pensé que s'il était rentré sur Tatooine un jour, une heure plus tôt, il aurait pu retrouver sa mère et qu'elle serait encore en vie. Et pourtant...

Pourtant, la leçon des grands prophètes Jedi était qu'en essayant d'empêcher une vision du futur de se réaliser, tout ce qu'on risquait, c'était de provoquer sa réalisation : par exemple, en se projetant dans le temps pour sauver sa mère, Anakin aurait pu d'une certaine façon causer sa mort.

Comme si en essayant de sauver Padmé, il risquait – même si cela était complètement impossible – de la tuer *lui-même...*

En même temps, ne rien faire... Attendre, les bras croisés, que Padmé meure...

Pouvait-on imaginer une chose plus impossible ?

Lorsqu'un Jedi avait des questions sur les plus profondes subtilités de la Force, il y avait une source vers laquelle il pouvait toujours se tourner. Et donc, c'était la première chose qu'il avait faite ce matin-là : sans même prendre le temps de repasser chez lui pour se changer, Anakin était allé trouver Yoda pour lui demander son avis.

Il avait été surpris de la courtoisie avec laquelle l'ancien Maître Jedi l'avait invité dans ses appartements, et de la patience dont il avait fait preuve alors qu'Anakin tentait confusément de formuler sa question sans livrer son secret ; Yoda n'avait jamais essayé de cacher ce qu'Anakin avait toujours ressenti comme une réprobation bourrue de sa propre existence.

Mais ce matin-là, Yoda avait manifestement autre chose en tête. Malgré sa perception bien imparfaite dans la Force, Anakin avait détecté des traces de conflit et d'inquiétude dans l'appartement du Maître : Yoda lui avait simplement offert de prendre place dans l'un de ses sièges pédonculaires et de méditer avec lui.

Au bout d'un moment, les yeux de Yoda s'étaient ouverts lentement et les profondes rides de son front s'étaient encore creusées.

« Prémonitions, prémonitions... de profondes questions il s'agit. Sentir le futur, jadis tous les Jedi pouvaient... maintenant quelques-uns seulement ce pouvoir ont. Des visions... des dons de la Force, et aussi des malédictions. Des signes et des pièges. Ces visions qui sont les tiennes...

— ... sont des visions de douleur, avait dit Anakin. De souffrance... et de mort, avait-il péniblement ajouté.

— En ces temps troublés, à cela rien de surprenant. C'est toi que vu tu as, ou quelqu'un que tu connais ? »

Anakin n'avait pas osé répondre.

« Quelqu'un qui t'est proche ? avait soufflé Yoda.

— Oui », avait répondu Anakin en détournant les yeux, incapable de soutenir le regard de Yoda.

Sa fixité le gênait. Mieux valait le laisser penser qu'il parlait d'Obi-Wan. Au fond, ce n'était pas loin de la vérité.

Yoda poursuivit, de sa voix douce et compréhensive :

« La peur de la perte, le chemin qui mène au Côté Obscur est, jeune Padawan.

— Maître, je ne permettrai pas à mes visions dc sc réaliser. Je ne laisserai pas faire ça.

— Pour ceux qui se transforment dans la Force, te réjouir tu dois. Et non les pleurer. Te manquer, ils ne doivent pas.

— Alors pourquoi nous battons-nous, Maître ? Pourquoi sauvons-nous n'importe qui ?

— De n'importe qui, il ne s'agit pas, avait répondu Yoda d'un ton morne. De toi, de ta vision, et de ta peur, nous parlons. L'ombre de l'avidité, dc l'attachement, cela est. Ce que de perdre tu crains, à l'abandonner entraîne-toi. La peur, laisse partir, et la perte te faire mal ne pourra. »

C'est alors qu'Anakin avait compris que Yoda ne pourrait lui être d'aucune aide. Le plus grand sage de l'Ordre Jedi n'avait rien de mieux à lui offrir que des paroles pieuses sur le thème Laissez Les Choses Sortir De Votre Vie.

Comme s'il n'avait pas déjà entendu ça un million de fois.

C'était tellement facile pour Yoda – de qui s'était-il jamais soucié ? Vraiment soucié ? L'une des choses dont Anakin était sûr, c'était que le vieux Maître n'avait jamais été amoureux.

Ou bien il aurait su qu'il ne fallait pas demander à Anakin de rester assis là, les mains jointes et les yeux fermés, à méditer pendant que ce qui restait de la vie de Padmé s'évaporait comme les brumes fantomatiques de la rosée, à l'aube, l'hiver, sur Tatooine.

Il n'avait plus qu'à trouver un moyen de se retirer respectueusement.

Et d'aller trouver Obi-Wan.

Parce qu'il n'était pas disposé à se reposer. Pas dans ce millénaire.

Le Temple Jedi était le plus grand noyau d'énergie de toute la République. Sa forme de ziggourat concentrait la Force, comme la gemme du sabre laser concentrait son flux d'énergie. Avec les milliers de Jedi et de Padawans qui s'y trouvaient tous les jours, en contemplation, en quête de connaissance ou en méditation sur la justice et l'abandon à la volonté de la Force, le Temple était une fontaine de lumière.

Le simple fait de se retrouver sur l'aire d'atterrissage, sur le toit, envoya dans tout le corps d'Anakin une poussée de Force ; si la Force devait un jour lui montrer une façon de changer le sombre futur qui lui apparaissait dans ses cauchemars, c'est ici qu'elle le ferait.

Le Temple Jedi hébergeait également les Archives, la vaste bibliothèque qui renfermait les vingt-cinq millénaires d'existence de l'Ordre : tout, depuis les études cosmographiques les plus complètes jusqu'aux journaux intimes de milliards de Jedi. C'était là qu'Anakin espérait trouver toutes les informations connues sur les rêves prophétiques, et tout ce qu'on savait pour empêcher les prophéties de se réaliser.

Son seul problème était que les plus profonds secrets des plus grands Maîtres de la Force étaient conservés sous la forme d'holocrons confidentiels. Or, depuis l'affaire Lorian Nod, soixante-dix ans plus tôt, l'accès à ces holocrons était interdit à tous – sauf aux Maîtres Jedi.

Et il ne se voyait pas vraiment expliquer au Maître des Archives pourquoi il en avait besoin.

Mais voilà qu'arrivait Obi-Wan – Obi-Wan qui l'aiderait, Anakin le savait, à condition de trouver la bonne façon de le lui demander…

Il cherchait toujours ses mots quand Obi-Wan le rejoignit.

— Tu as manqué le rapport sur les mondes assiégés de la Bordure Extérieure.

— J'étais… retenu, répondit Anakin. Je n'ai pas d'excuse.

Au moins, c'était la vérité.

— Palpatine est là ? demanda Anakin, pour changer de sujet. Il s'est passé quelque chose ?

— Ce serait plutôt le contraire, fit Obi-Wan. Cette navette n'a pas amené le Chancelier. Elle t'attend pour *te* conduire à *lui*.

Anakin fronça les sourcils. Les soucis et le manque de sommeil lui embrumaient complètement l'esprit ; il n'y comprenait rien. Il tapota distraitement sa toge.

— Il m'attend ? *Moi ?* Mais… ma balise n'était pas coupée. Si le Conseil voulait me voir, pourquoi ne m'a-t-on pas…

— Le Conseil, coupa Obi-Wan, n'a pas été consulté.

— Je ne comprends pas.

— Moi non plus, fit Obi-Wan avec un discret signe de tête vers la navette. Lorsque les Padawans en faction sur l'aire ont interrogé l'équipage, on leur a répondu que le Chancelier requérait ta présence.

— Pourquoi n'est-il pas passé par le Conseil ?

— Peut-être avait-il des raisons de croire, osa Obi-Wan prudemment, que le Conseil n'aurait pas accepté de t'envoyer. Peut-être qu'il ne voulait pas révéler les raisons de cette requête. Les relations entre le Conseil et le Chancelier sont... tendues.

Une sorte de nœud fort désagréable commença à se former dans l'estomac d'Anakin.

— Obi-Wan, que se passe-t-il ? Il y a quelque chose qui cloche, n'est-ce pas ? Vous savez quelque chose, je le vois bien.

— Savoir ? Non : je soupçonne seulement. Ce qui n'est pas du tout la même chose.

Anakin se souvint de ce qu'il avait dit à Padmé pas plus tard que la nuit dernière. Le nœud se resserra.

— Et ?

— Et c'est pour cela que je suis ici, Anakin. Pour te parler. En privé. Pas en tant que membre du Conseil Jedi... En fait, si le Conseil devait avoir vent de cette conversation... Disons qu'il vaudrait mieux que ça n'arrive pas.

— *Quelle* conversation ? Je ne sais toujours pas de quoi il retourne !

— Aucun d'entre nous non plus. En tout cas pas vraiment. (Obi-Wan posa une main sur l'épaule d'Anakin et fronça les sourcils en le regardant droit dans les yeux.) Anakin, tu sais que je suis ton ami.

— Bien sûr...

— Non. Rien n'est *sûr*, Anakin. Plus rien n'est *sûr*. Je suis ton ami, et en tant qu'ami, je te le demande : méfie-toi de Palpatine.

— Que voulez-vous dire ?

— Je sais que tu es son ami. Je crains qu'il ne soit pas vraiment le tien. Prends garde à lui, Anakin. Et prends garde à tes propres sentiments.

— Comment ça ? Vous ne voulez pas plutôt dire *prends soin* ?

Le froncement de sourcils d'Obi-Wan s'accentua.

— Non. Pas du tout. La Force devient de plus en plus obscure autour de nous, et nous en sommes tous affectés, comme nous l'affectons nous-mêmes. C'est une époque dangereuse pour les Jedi. S'il te plaît, Anakin, s'il te plaît, *prends garde*.

Anakin sortit son fameux sourire désinvolte :

— Vous vous inquiétez trop.

— Il le faut bien…

— Parce que moi je ne m'en fais jamais, c'est ça ? termina Anakin à sa place.

Le froncement de sourcils d'Obi-Wan se mua en un sourire.

— Comment savais-tu que j'allais te dire ça ?

— Vous vous trompez, vous savez.

Anakin regarda au loin, à travers le brouillard matinal, la navette et au-delà…

Vers le 500 Republica, et les appartements de Padmé.

— Je m'inquiète énormément, fit-il.

Le trajet jusqu'à l'appartement de Palpatine fut à la fois calme et tendu. Anakin essaya bien de faire la conversation avec les deux grands gaillards en robe rouge et au visage masqué par leur casque, mais ils n'étaient pas vraiment bavards.

Le malaise d'Anakin ne fit que croître quand ils arrivèrent au bureau de Palpatine. Il était venu ici si souvent qu'il ne le voyait plus vraiment : les murs doucement incurvés, tendus de rouge profond, les grands divans confortables, l'immense baie vitrée derrière le bureau de Palpatine, tout cela était si familier que c'en était presque invisible, mais aujourd'hui…

Aujourd'hui avec, dans un coin de la tête, la voix d'Obi-Wan qui lui chuchotait Méfie-toi de Palpatine, tout semblait différent. Nouveau. Et le changement n'était pas agréable.

Tout paraissait voilé par une tristesse indéfinissable, comme si les miroirs orbitaux qui concentraient la lumière du lointain soleil de Coruscant avaient été endommagés, ou maculés par la fumée brune qui enveloppait la ville. L'éclat des lumidisques du Chancelier semblait plus fort que d'habitude, presque trop cru, mais, d'une certaine façon, cela ne faisait qu'accroître la tristesse ambiante. Soudain, la vision du mur panoramique courbe sur lequel l'énorme fauteuil de Palpatine se détachait en ombre chinoise déclencha dans sa mémoire un étrange et accidentel écho, une nouvelle résonance harmonique.

Le bureau de Palpatine lui rappela les quartiers du général à bord de la *Main Invisible*.

Et le fait que les robes des gardes fussent exactement de la même couleur que les tentures de Palpatine le frappa comme un mauvais présage.

Palpatine, quant à lui, se tenait près du mur panoramique, les mains nouées dans le dos, le regard perdu dans les volutes de fumée matinale.

— Anakin. Rejoins-moi.

Il avait vu le reflet d'Anakin dans la baie de transparacier ; il n'avait pas bougé. Anakin vint se placer à côté de lui, imitant sa posture. Le paysage urbain s'étendait à perte de vue devant eux. Ici et là, dans les vestiges, des incendies couvaient encore. Le trafic revenait à la normale dans les couloirs aériens, et, comme des essaims d'insectes, les speeders, les aérotaxis et les bus à répulseurs traversaient la ville en tous sens. Tout près se dressait le vaste dôme du Sénat Galactique, pareil à un gigantesque champignon jailli de l'étendue de duraciment qu'était Republica Plaza. Plus loin, à travers un voile brunâtre, Anakin distinguait la quintuple flèche qui dominait la ziggourat du Temple Jedi.

— Tu vois, Anakin ? dit Palpatine d'une voix douce, enrouée par l'émotion. Tu vois ce que nous avons fait de notre superbe ville ? Cette guerre doit cesser. Nous ne pouvons laisser un tel… un tel…

Sa voix s'étrangla, et, secouant la tête, il laissa sa phrase en suspens. Anakin posa gentiment sa main sur l'épaule du Chancelier, et se rembrunit légèrement en sentant combien la chair et les os étaient frêles sous la robe.

— Vous aurez tout mon appui, et celui de tous les Jedi, dit-il.

Palpatine acquiesça, baissant la tête.

— Je sais que j'ai le tien, Anakin. Quant au reste des Jedi…

Il soupira. Il semblait encore plus fatigué que la veille. Peut-être avait-il passé une nuit blanche, lui aussi.

— Anakin, je t'ai fait venir, reprit-il lentement, parce que j'ai besoin de ton soutien sur un sujet extrêmement sensible. J'espère pouvoir compter sur ta discrétion.

Anakin se figea un instant, et retira lentement sa main de l'épaule du Chancelier.

Méfie-toi de Palpatine

— En tant que Jedi, il y a… des limites à ma discrétion, Chancelier.

Dans ses yeux reparut un peu de son sourire familier.

— Mais bien sûr. Ne t'inquiète pas, mon garçon. Nous sommes amis depuis bien des années ; t'ai-je jamais demandé de faire quelque chose de contraire à ta conscience ? Si peu que ce soit ?

— Eh bien…

— Et je ne le ferai jamais. Je suis très fier de tes exploits de Jedi, Anakin. Tu as gagné de nombreuses batailles alors que le Conseil Jedi me soutenait qu'elles étaient perdues, et tu m'as sauvé la vie. C'est franchement consternant qu'ils ne veuillent pas te faire entrer au Conseil.

— Mon heure viendra… quand je serai plus âgé. Et, j'imagine, plus avisé.

Il ne voulait pas rentrer dans ce débat avec Palpatine. Quand il parlait avec lui de cette façon – sérieusement, d'homme à homme –, il se sentait bien, il se sentait fort, en dépit des avertissements d'Obi-Wan. Il n'allait pas commencer à se plaindre de ne pas avoir été admis au rang de Maître comme un adolescent qui n'aurait pas été choisi pour une équipe de scramball.

— Balivernes. L'âge n'a rien à voir avec la sagesse. Ils ne t'admettent pas au Conseil parce qu'ils savent que c'est leur dernier moyen de pression sur toi, Anakin ; c'est comme ça qu'ils te manipulent. Si tu passes Maître, comme tu le mérites, comment t'obligeront-ils à faire leurs quatre volontés ?

— Eh bien…, répondit Anakin avec un sourire un

peu penaud, ils ne peuvent pas m'y *obliger*, même aujourd'hui.

— Je sais, mon garçon, je sais. C'est justement le problème. Tu n'es pas comme eux. Tu es plus jeune. Plus fort. Meilleur. S'ils ne peuvent te contrôler, que se passera-t-il lorsque tu seras Maître à part entière ? Comment vont-ils t'amener à suivre les lignes de leur politique ? Tu as le pouvoir de devenir plus fort qu'eux tous réunis. C'est pour ça qu'ils t'enfoncent. Ils ont peur de ton pouvoir. Ils ont peur de *toi*.

Anakin baissa les yeux. Palpatine avait touché la corde sensible.

— J'ai senti... des choses comme cela.

— Je t'ai demandé de venir aujourd'hui, Anakin, parce que j'éprouve moi-même certaines inquiétudes. J'en viens à craindre les Jedi.

Il se détourna, attendant qu'Anakin le regarde dans les yeux, et son visage exprimait une sorte de sombre désespoir.

Anakin esquissa un sourire incrédule.

— Enfin, Chancelier. Il n'y a rien de plus loyal qu'un Jedi... Pensez à tout le temps où...

Mais Palpatine s'était déjà rassis dans son fauteuil derrière son bureau, tête basse comme s'il avait honte de dire certaines choses.

— Le Conseil fait constamment pression pour obtenir de plus en plus de pouvoir. Plus d'autonomie. Ils ont perdu tout respect de la loi. Ils sont plus préoccupés de se passer du contrôle du Sénat que de gagner la guerre.

— Sauf votre respect, Chancelier, beaucoup au Conseil pourraient dire la même chose de vous.

Il pensa à Obi-Wan, et retint un tressaillement. Venait-il de trahir un secret ?

Et si Obi-Wan n'avait fait qu'exécuter les ordres du Conseil, après tout ?

... *Méfie-toi de Palpatine*, avait-il dit, *et prends garde à tes propres sentiments*...

Ces conseils étaient-ils honnêtes, désintéressés ? Ou

étaient-ils *calculés* : des graines semées pour écarter Anakin du seul homme qui le comprenait vraiment ?

Du seul homme qu'il pouvait vraiment croire...

— Oh, je n'ai aucun doute là-dessus, disait Palpatine. Bien des Jedi du Conseil préféreraient me voir démis de mes fonctions... parce qu'ils savent que je les ai percés à jour. Ils avancent masqués, obnubilés par leurs manœuvres contre de mystérieux ennemis sans visage.

— Mais les Sith ne sont pas vraiment sans visage, n'est-ce pas ? Je pense à Dooku, par exemple...

— Était-il vraiment le Seigneur des Sith ? Ou n'était-ce encore qu'un de ces Jedi Égarés, qui prenait la pose avec son sabre laser rouge pour t'impressionner ?

Anakin fronça les sourcils. Comment savoir ?

— Je... Mais *Sidious*...

— Ah oui, le mystérieux Seigneur Sidious. « *Le Sith infiltré* dans les plus *hautes* sphères du *gouvernement.* » Ça ne te paraît pas un peu rebattu, Anakin ? Un peu trop commode ? Comment peux-tu savoir que Sidious existe ? Comment peux-tu savoir s'il ne s'agit pas d'une *fiction*, une fiction créée par le Conseil Jedi, afin de lui donner un bon prétexte pour harceler ses ennemis politiques ?

— Les Jedi ne font pas de politique...

— En démocratie, *tout* est politique, Anakin. Et tout le monde. Le Seigneur Sith de leur imagination... Même s'il existe, faut-il le craindre ? Au point de le pourchasser en tous lieux et de l'exterminer sans autre forme de procès ?

— Par définition, les Sith sont mauvais...

— C'est du moins ce qu'on t'a dressé à penser. Je lis l'histoire des Sith depuis des années, Anakin. Avant même que le Conseil n'y voie suffisamment clair pour me révéler son... allégation... selon laquelle ces sorciers morts depuis des années seraient subitement revenus à la vie. Toutes les histoires que l'on raconte à leur sujet ne sont pas enfouies dans le secret des Archives du Temple. D'après ce que j'ai lu, ils ne sont pas si différents des Jedi ; ils recherchent le pouvoir, bien sûr, mais le Conseil ne fait pas autre chose.

— Le Côté Obscur.

— Oui, bien sûr, le Côté Obscur. Écoute-moi : si votre « Dark Sidious » venait à passer *cette* porte, tout de suite – et si j'arrivais miraculeusement à t'empêcher de le tuer sur-le-champ –, tu sais ce que je ferais ?

Palpatine se leva, et sa voix se leva avec lui.

— Je lui demanderais de *s'asseoir*, et je lui demanderais s'il n'aurait pas le pouvoir de mettre un terme à cette guerre.

— Vous... vous feriez ça...

Anakin n'en croyait pas ses oreilles. Le tapis rouge sang sembla bouger sous ses pieds, et sa tête commença à tourner.

— Et s'il me répondait qu'il en a le moyen, ce serait bien volontiers que j'en discuterais avec lui autour d'un verre de cognac !

— Vous... Chancelier, vous ne parlez pas sérieusement...

Palpatine soupira, haussa les épaules, et s'affaissa dans son fauteuil.

— Pas vraiment, bien sûr. C'est juste un exemple, Anakin. Je ferais n'importe quoi pour restaurer la paix dans la galaxie, tu comprends ? C'est tout ce que je peux dire. Enfin..., ajouta-t-il avec un sourire fatigué, tristement ironique, combien y a-t-il de chances de voir un Seigneur Sith passer par cette porte ?

— Je ne sais pas, fit Anakin avec chaleur, mais je sais que c'est un... *exemple* que vous feriez sûrement mieux de ne pas utiliser... devant le Conseil Jedi.

— Oh oui, gloussa Palpatine. Pour sûr. Ils pourraient y trouver un prétexte pour m'accuser.

— Je suis sûr qu'ils ne feraient pas *ça*...

— Moi, si. Je ne crois plus que quoi que ce soit puisse les arrêter, Anakin. C'est d'ailleurs pour ça que je t'ai fait venir aujourd'hui.

Il se pencha en avant, posa ses coudes sur le bureau et dit avec force :

— Tu as dû avoir vent que cet après-midi le Sénat va

demander que le Conseil Jedi soit placé sous le contrôle direct de ce bureau.

Le froncement de sourcils d'Anakin s'accentua :

— Les Jedi ne dépendront plus du Sénat ?

— Ils dépendront de moi. Personnellement. Le Sénat est trop éclaté pour conduire cette guerre, on le constate depuis des années. Lorsque ce bureau sera la seule autorité qui mènera les opérations, nous mettrons rapidement fin aux hostilités.

Anakin acquiesça.

— Je peux voir ce que cela va nous apporter, Chancelier, mais le Conseil ne verra sûrement pas les choses du même œil. Je peux vous dire qu'ils ne sont pas d'humeur à accepter d'autres amendements constitutionnels.

— Oui, bien sûr, mon ami. Mais aujourd'hui, je n'ai pas le choix. Cette guerre doit être gagnée.

— Tout le monde sera d'accord avec ça.

— Je l'espère, mon garçon. Je l'espère.

Dans sa tête, il entendait la voix d'Obi-Wan lui murmurer : *Les relations entre le Conseil et le Chancelier sont… tendues*. Que s'était-il passé ici, dans la capitale ? N'étaient-ils plus tous dans le même camp ?

— Je peux vous assurer, fit-il solennellement, que les Jedi sont entièrement dévoués aux valeurs fondamentales de la République.

Palpatine haussa les sourcils.

— Leurs actions parleront plus que leurs paroles… tant que quelqu'un les tiendra à l'œil. Et ça, mon garçon, c'est exactement ce que j'attends de toi.

— Je ne comprends pas.

— Anakin, je te demande… comme une faveur personnelle, au nom de notre vieille amitié, d'accepter d'être mon représentant personnel au Conseil Jedi.

Anakin cligna des yeux une première fois.

Puis une deuxième.

— Moi ? fit-il.

Palpatine eut un haussement d'épaules et étendit les mains devant lui dans une attitude résignée.

— Qui d'autre ? Tu es le seul Jedi que je connaisse, que

je connaisse réellement, en qui je peux avoir confiance. J'ai besoin de toi, mon garçon. Il n'y a personne d'autre qui puisse faire ce travail : être mes yeux, mes oreilles... et la voix de la République au Conseil Jedi.

— Au Conseil..., murmura Anakin.

Il se voyait déjà assis dans les fauteuils incurvés, face à Mace Windu. Face à *Yoda*. Il serait assis à côté de Ki-Adi-Mundi, de Plo Koon, ou même à côté d'Obi-Wan ! Et il ne pouvait pas, *vraiment pas*, ignorer la petite voix qui lui susurrait, derrière les portes de feu qui gardaient son cœur, qu'il était sur le point de devenir le plus jeune Maître que l'Ordre Jedi ait connu au cours de ses vingt-cinq mille années d'histoire.

Mais rien de tout cela n'avait d'importance.

D'une façon ou d'une autre, Palpatine avait vu dans le secret de son cœur, et avait décidé de lui offrir la chose qu'il voulait le plus au monde, dans toute la galaxie, même. Il se moquait du Conseil, enfin presque : c'était un rêve d'enfant. Il n'avait pas besoin du Conseil. Il n'avait pas besoin de reconnaissance, ou de respect. Ce qu'il voulait, c'était seulement le titre.

Être Maître, c'était tout ce qui comptait.

Tout ce qui comptait, c'était Padmé.

C'était le don entre tous les dons : en tant que Maître, il aurait accès à ces holocrons interdits, stockés dans les Cryptes secrètes.

Il pourrait y trouver une façon de la sauver de son rêve...

Il se secoua et revint au présent.

— Je... je suis confus, Chancelier. Mais c'est le Conseil qui élit ses membres. Ils n'accepteront jamais cela.

Palpatine fit pivoter son fauteuil afin de regarder par la fenêtre les lointaines flèches du Temple.

— Je te promets que si, murmura-t-il, imperturbable. Ils ont plus besoin de toi que tu ne l'imagines. Tout ce qu'il faudra pour ça, c'est quelqu'un...

Il fit un signe de la main sans équivoque.

— ... qui le leur *explique*.

11

Politique

Les miroirs orbitaux qui décomposaient la faible lumière du soleil de Coruscant se réorientèrent, faisant soudain pâlir les étoiles. Le ciel était sillonné par les nettoyeurs d'air chimiques des vaisseaux anti-incendie qui effaçaient les traces de sinistres des semaines passées. Au Temple Jedi, les restes glacés de la nuit glissaient sur la Tour du Conseil Supérieur tandis que, dans la salle du Conseil, Obi-Wan essayait encore de dissuader ses pairs.

— Mais oui, bien sûr que je lui fais confiance, disait-il patiemment. On peut toujours compter sur Anakin pour faire ce qu'il croit juste. Seulement on ne peut jamais être sûr qu'il va faire ce qu'on lui dit. On ne peut l'obliger à obéir, c'est tout. Croyez-moi, il y a des années que j'essaie.

Des courants d'énergies adverses tournoyaient et s'entrechoquaient dans la Chambre du Conseil. Selon la tradition, les décisions du Conseil étaient prises par l'immersion silencieuse et collective dans le courant de la Force, jusqu'à ce qu'un consensus soit atteint. Mais Obi-Wan ne connaissait cette tradition que par ouï-dire, par les histoires qu'il avait lues dans les Archives, ou que lui avaient racontées des Maîtres nommés au Conseil avant le retour des Sith. Au cours des trop courtes années qui avaient suivi son élévation au rang de Maître, les disputes dans la Chambre avaient été la règle plus que l'exception.

— Une occasion que le Chancelier sans le vouloir

fournie nous a, dit gravement Yoda. Une fenêtre que pour nous ouverte il a, dans le cadre de sa fonction. Vraiment stupides pour fermer les yeux il faudrait que nous soyons.

— Alors il faut utiliser les yeux de quelqu'un d'autre, répliqua Obi-Wan. Pardonnez-moi, Maître Yoda, mais vous ne le connaissez tout simplement pas comme moi je le connais. Aucun de vous ne le connaît aussi bien. Il est d'une loyauté farouche, et il n'y a pas un gramme de traîtrise en lui. Vous l'avez tous vu ; c'est l'un des arguments que certains d'entre vous, ici, dans cette pièce, ont fait valoir pour lui refuser l'élévation au rang de Maître : il n'a pas « la vraie réserve Jedi », voilà ce que vous disiez. Et par là, nous entendions tous qu'il affichait ses émotions comme dans une pub sur l'HoloNet. Comment pourriez-vous lui demander de mentir à un ami, de l'espionner ?

— C'est pour ça que nous devons faire appel à un ami pour lui poser la question, répondit Agen Kolar, le Zabrak, de sa chaude voix de baryton.

— Vous ne comprenez pas. Ne l'obligez pas à choisir entre Palpatine et moi…

— *Et pourquoi pas ?* demanda l'holoprésence de Plo Koon, qui se trouvait sur la passerelle du Courageux, où il dirigeait la force de frappe de la Marine de la République qui cherchait à réduire le goulot d'étranglement Séparatiste du système de Ywllandr. *Vous avez peur de perdre la partie ?*

— Vous ne savez pas ce que l'amitié de Palpatine a signifié pour lui pendant toutes ces années. Vous lui demandez d'utiliser cette amitié comme une arme ! De poignarder son ami dans le dos. Vous ne comprenez pas combien ça lui coûterait, même si Palpatine est rigoureusement innocent ? *Surtout* s'il est innocent. Leur relation ne sera plus jamais la même…

— Justement, intervint Mace Windu. C'est peut-être le meilleur argument en faveur de ce plan. Je vous ai dit à tous quelle énergie j'ai vue passer entre Skywalker et le Chancelier Suprême. Tout ce qui peut éloigner le jeune Skywalker de l'influence de Palpatine vaut le coup d'être tenté.

Obi-Wan n'avait pas besoin de plonger dans la Force pour savoir qu'il n'aurait pas gain de cause. Il inclina la tête.

— Je m'en remettrai, évidemment, à la décision de ce Conseil.

— De cela, aucun d'entre nous ne doute, fit Yoda en parcourant du regard les autres membres de l'assemblée. Mais si cela être doit, comment mieux en user décider nous devons.

L'holoprésence de Ki-Adi-Mundi vacillait, devenant floue puis retrouvant sa netteté, alors que le Maître céréen se penchait en avant, se tordant les mains.

— *Moi aussi, j'ai des réserves sur la question, mais on dirait qu'en ces temps désespérés seuls les plans désespérés ont une chance de succès. Nous avons vu que le jeune Skywalker avait le pouvoir de vaincre seul un Seigneur Sith. Il l'a prouvé avec Dooku. S'il est vraiment l'Élu, nous devons le conserver comme arme contre les Sith... Le mettre en position d'accomplir son destin.*

— Et même si nous avons mal interprété la prophétie, ajouta Agen Kolar, Anakin est, de tous les Jedi, celui sur qui nous pouvons compter pour survivre à une confrontation avec un Seigneur Sith. Alors, utilisons-le aussi pour nous aider à tendre un piège. Au sein du Conseil, soulignons que nous intensifions les recherches de Grievous. Anakin le rapportera certainement au Bureau du Chancelier. Et peut-être, comme vous le dites, cela poussera-t-il Sidious à agir.

— Il se peut que ça ne suffise pas, objecta Mace Windu. Allons un peu plus loin... il faut que nous ayons l'air empotés et faibles, et que nous offrions à Sidious une occasion de faire un mouvement dont il pense qu'il passera inaperçu. Je pense que nous devrions peut-être faire savoir au Bureau du Chancelier que nous avons dû, Yoda et moi, nous éloigner...

— Ça, trop risqué c'est, répondit Yoda. Et trop simple. L'un de nous seulement partir devrait.

— Alors, il faut que ce soit vous, Maître Yoda, fit Agen Kolar. C'est votre sensibilité aux divers courants de la Force qu'un Seigneur Sith a le plus de raison de craindre.

Obi-Wan sentit l'onde d'approbation parcourir la Chambre, et Yoda hocha solennellement la tête.

— L'attaque Séparatiste sur Kashyyyk, un excellent prétexte fournira. De bonnes relations avec les Wookiees j'ai. Détruire les armées droïdes, et disponible pour Coruscant encore être je pourrai, au cas où Sidious à notre appât mordrait.

— D'accord, fit Mace Windu en regardant la Chambre du Conseil à moitié vide avec un froncement de sourcils. Je propose une dernière touche : faisons part au Chancelier, par l'intermédiaire d'Anakin, de la désignation de notre Maître le plus rusé, le plus pénétrant – et le plus tenace –, pour mener la traque de Grievous.

— *Alors, Sidious devra agir, et vite, s'il veut que la guerre continue*, ajouta Plo Koon d'un ton approbateur.

Yoda hocha la tête avec sagacité.

— D'accord.

Agen Kolar opina aussi, tout comme Ki-Adi-Mundi.

— Ça paraît être un bon plan, commenta Obi-Wan. Mais quel Maître avez-vous en tête ?

Pendant un instant, personne ne répondit, comme si tout le monde était surpris par sa question.

Ce n'est qu'au bout de quelques secondes, qu'il passa à parcourir les Maîtres du regard, qu'Obi-Wan, intrigué par leur expression doucement amusée, comprit enfin que tous le regardaient, lui.

Bail Organa s'arrêta net au milieu de la grande galerie qui entourait la Salle de Convocation du Sénat. Le torrent de représentants de toutes les races qui piétinaient le long de l'énorme corridor incurvé coulait autour de lui comme un fleuve contournant un rocher. Il regardait, incrédule, l'un des énormes panneaux d'affichage par holoprojection. Le système avait été récemment installé au-dessus de la galerie pour tenir les milliers de Sénateurs informés en temps réel des événements de la guerre, et des derniers ordres du Chancelier.

Son cœur s'arrêta de battre un instant, et il eut l'impression que sa vue s'était brouillée. Il se fraya un chemin vers un poste d'impression et pianota rapidement un code. Lorsqu'il eut les flimsis à la main, ils disaient bien la même chose.

Il s'attendait que ce jour arrive. Depuis la veille, depuis que le Sénat avait voté à Palpatine les pleins pouvoirs sur les Jedi, il savait que ça ne tarderait pas. Il avait même commencé à anticiper la suite.

Mais ça ne rendait pas les choses plus faciles à supporter.

Il trouva une cabine de comlink publique, et il composa un code privé. La cabine de transparacier devint aussi opaque que la pierre, et un instant plus tard, une image pas plus grande que la main s'anima au-dessus du petit holodisque : celle d'une femme mince, aux cheveux auburn, coupés court, vêtue d'une robe blanche qui descendait jusqu'à terre. Elle avait un regard clair, couleur d'aigue-marine, d'une ferme intelligence.

— *Bail*, dit-elle. *Que s'est-il passé ?*

La petite barbe élégante de Bail s'incurva vers le bas autour de sa bouche.

— Vous avez vu le décret de ce matin ?

— *Le décret d'application du Gouvernement ? Oui, j'ai vu…*

— Écoutez, Mon, dit-il sombrement. Il est temps d'arrêter de parler et de passer à l'action. Nous devons faire appel au Sénat.

— *Je suis d'accord, mais nous devons y aller très prudemment. Vous avez réfléchi à ceux que nous devrions consulter ? À qui nous pouvons faire confiance ?*

— Pas précisément. Le premier nom qui me vient à l'esprit est celui de Giddean Danu. Je suis sûr que nous pouvons aussi compter sur Fang Zar.

— *D'accord. Et Iridik'k-stallu ? Elle a les cœurs bien accrochés. Ou Chi Eekway ?*

Bail secoua la tête.

— Plus tard, peut-être. Il faudra quelques heures, au moins, pour voir exactement de quel côté ils sont. Nous devons commencer avec des Sénateurs à qui nous sommes sûrs de pouvoir nous fier.

— *Très bien. Après, je proposerais Terr Taneel. Et, je pense, Amidala de Naboo.*

— Padmé ? fit Bail en faisant la moue. Je ne suis pas sûr…

— *Vous la connaissez mieux que moi, Bail, mais à mon avis, c'est exactement le genre d'alliée dont nous avons besoin. Elle est intelligente, très structurée, elle a des principes, et une âme de guerrière.*

— C'est aussi une amie de longue date de Palpatine, lui rappela-t-il. Il était son ambassadeur quand elle était Reine de Naboo. Comment pouvez-vous être sûre qu'elle ne prendra pas son parti, mais le nôtre ?

La Sénateur Mon Mothma répondit sereinement :

— *Il n'y a qu'une façon de le savoir.*

Les portes de la Chambre du Conseil Jedi étaient à peine ouvertes qu'Anakin était déjà très en colère.

Si on le lui avait demandé, il l'aurait farouchement nié, en toute bonne foi… Mais ils l'avaient laissé attendre si longtemps, sans rien d'autre à faire qu'à regarder, à travers la suie qui maculait les baies vitrées incurvées de la Tour du Conseil Supérieur, le paysage crénelé des toits de la Cité Galactique – en partie ravagée par une bataille qu'il avait, d'ailleurs, personnellement remportée, presque tout seul, à mains nues… Tout ça sans rien d'autre à faire que de se demander pourquoi cette simple décision leur prenait si longtemps…

En colère ? Mais non, pas du tout. Il n'était absolument pas en colère. À force de se le répéter, il avait fini par y croire lui-même.

Anakin entra dans la Chambre du Conseil, la tête baissée en signe d'humilité et de respect. Mais tout au fond de lui, autour du bouclier nucléaire qui protégeait son cœur, il cachait quelque chose.

Mais ce n'était pas de la colère. Sa colère n'était qu'un camouflage.

Sous sa colère, c'est le dragon qui se dissimulait.

Il ne se rappelait que trop la première fois où il était entré dans cette Chambre, la première fois où il s'était tenu au milieu d'un cercle de Maîtres Jedi réunis pour décider de son destin. Il se rappelait comment le regard vert de Yoda avait vu, au fond de son cœur, le ver froid de la terreur qui le dévorait, malgré tous ses efforts pour le nier : sa terrible peur de ne jamais revoir sa mère.

Il ne pouvait pas les laisser voir ce que le ver était devenu.

Il s'avança lentement vers le centre de l'enceinte et se tourna vers les Conseillers Seniors.

Yoda était impénétrable, comme toujours, ses traits non humains figés dans un masque de contemplation sereine.

Mace Windu aurait pu être sculpté dans la pierre.

Des images fantômes de Ki-Adi-Mundi et Plo Koon planaient à un centimètre au-dessus de leurs sièges de Conseillers, scannées par les holoprojecteurs des fauteuils. Agen Kolar était assis seul, entre les sièges vides de Shaak Ti et de Stass Allie.

Obi-Wan occupait la place qui avait jadis été celle d'Oppo Rancisis. Il avait l'air pensif. Presque inquiet.

— Anakin Skywalker, fit Maître Windu d'un ton si sévère que le dragon tapi en Anakin se recroquevilla instinctivement. Le Conseil a décidé de suivre les directives du Chancelier Palpatine, et les instructions du Sénat qui lui donnent une autorité sans précédent pour commander ce Conseil. On t'accorde donc un siège au Conseil Supérieur des Jedi, en tant que représentant personnel du Chancelier.

Anakin resta parfaitement immobile pendant un long moment, jusqu'à ce qu'il soit absolument certain d'avoir bien entendu ce qu'il pensait avoir saisi.

Palpatine avait raison. Il semblait d'ailleurs avoir raison à propos d'un tas de choses, ces temps-ci. Maintenant qu'Anakin y réfléchissait, il n'arrivait même pas à se souvenir d'une seule occasion où il avait pris le Chancelier Suprême en défaut.

Alors qu'il prenait conscience de l'information, alors qu'il s'autorisait peu à peu à comprendre que le Conseil avait fini par décider d'exaucer son vœu le plus cher, qu'il avait finalement reconnu ses hauts faits, son dévouement, son pouvoir, il inspira profondément, lentement, et dit :

— Merci, mes Maîtres. Je fais devant vous le serment de me montrer digne des plus hauts principes de l'Ordre Jedi.

— Cette nomination à la légère le Conseil ne prend pas, dit Yoda, ses oreilles s'enroulant vers l'avant, vers Anakin, comme des doigts accusateurs. Troublant ce mouvement du Chancelier Palpatine est. À plusieurs niveaux.

Ils sont plus inquiets à l'idée d'éviter que le Sénat ne soit évincé que de gagner la guerre.

Anakin inclina la tête.

— Je comprends.

Mace Windu se pencha en avant et regarda Anakin dans les yeux, les paupières plissées comme s'il le jaugeait du regard.

— Je n'en suis pas sûr, dit-il.

Mais c'est à peine si Anakin y prêtait attention ; dans son esprit, il se voyait déjà quitter la Chambre du Conseil, prendre le turbo-élévateur qui menait aux Archives, et grâce à l'autorité que lui conférait son nouveau rang, demander accès aux Cryptes secrètes…

— … Tu assisteras aux réunions de ce Conseil, disait le Maître Korun, mais le rang et les privilèges de Maître Jedi ne te sont pas accordés.

— Pardon ?

C'était un petit, un simple petit mot, un recul instinctif devant des paroles qui lui faisaient l'effet de coups en plein visage, de décharges paralysantes explosant dans son cerveau, qui résonnaient dans sa tête et lui donnaient l'impression que la salle se mettait à tourner autour de lui. Et lorsqu'elle retentit à ses propres oreilles, il eut l'impression que la voix qui sortait de ses lèvres n'était pas la sienne. Elle était plus grave, plus noire, tranchante et huileuse à la fois, montant des profondeurs de son cœur.

Elle ne lui ressemblait pas du tout, et elle fumait de rage.

— Comment osez-vous ? Comment *osez-vous* ?

Anakin restait rivé au sol, pétrifié. Il n'avait même pas conscience de parler. C'était comme si quelqu'un d'autre s'exprimait par sa bouche, et puis, finalement, il reconnut la voix.

Elle avait les accents de celle de Dooku. Mais ce n'était pas la voix de Dooku.

C'était la voix de celui qui avait anéanti Dooku.

— Aucun Jedi, dans cette salle, n'égale mon pouvoir. Aucun Jedi dans la galaxie ! Et vous pensez pouvoir me dénier le rang de Maître ?

— Représentant du Chancelier tu es, répondit Yoda. Et c'est en tant que son représentant qu'assister au Conseil tu vas. Siéger dans cette Chambre tu vas, mais voter, tu ne pourras pas. Les points de vue du Chancelier tu présenteras. Ses souhaits, ses idées et ses instructions. Mais pas les tiens.

Des profondeurs de la fournaise qui brûlait dans son cœur fusa une réponse qui transcendait la fureur de si loin qu'elle résonna avec une froideur glaciale semblable à celle de l'espace.

— C'est un affront que vous me faites ainsi qu'au Chancelier ! N'imaginez pas qu'il sera toléré.

Les yeux de Mace Windu étaient aussi froids que la voix qui sortait de la bouche d'Anakin.

— Prends place, jeune Skywalker.

Anakin soutint son regard. *C'est peut-être ton siège que je prendrai.* Sa propre voix, dans sa tête, était un feu noir, brûlant, qui montait en fumant des profondeurs de la fournaise qu'était son cœur. *Vous croyez pouvoir m'empêcher de sauver mon amour ? Vous pensez que vous pourrez m'obliger à la regarder mourir ? Vas-y, et tâte de mon Vaapad, espèce de…*

— Anakin, dit gentiment Obi-Wan en lui indiquant le siège libre, à côté du sien. S'il te plaît.

Quelque chose dans la voix douce d'Obi-Wan, dans sa demande simple, directe, réduisit sa colère, qui s'estompa honteusement, et Anakin se retrouva tout seul, debout au milieu du Conseil Jedi, les yeux papillotants.

Tout à coup, il se sentait très jeune, et très stupide.

— Pardonnez-moi, mes Maîtres.

Sa révérence de contrition ne pouvait dissimuler la rougeur qui montait à ses joues.

Le reste de la séance passa dans un brouillard. Ki-Adi-Mundi dit quelque chose à propos de Grievous, dont on n'avait aucune trace, sur aucun monde de la République, et Anakin éprouva un choc assourdi quand le Conseil donna à Obi-Wan *seul* la tâche de coordonner les recherches.

Pour couronner le tout, voilà qu'ils divisaient *l'équipe* ?

Il était tellement sidéré, tellement sonné par tout ça que c'est à peine s'il parvint à réaliser ce qu'ils disaient à propos d'un droïde qui s'était posé sur Kashyyyk. Pourtant, il devait dire quelque chose. Maître ou non, il ne pouvait pas rester là sans rien dire lors de la première réunion du Conseil à laquelle il assistait, et il connaissait le système de Kashyyyk presque aussi bien que les ruelles sordides de Mos Espa.

— Je peux m'en occuper, proposa-t-il, s'illuminant soudain. Je peux être sur cette planète en un jour ou deux…

— Skywalker, c'est ici que tu es assigné, lança Mace Windu, le regard aussi froid que le duracier, et tout proche de l'hostilité ouverte.

Puis Yoda se porta volontaire, et pour une raison ou une autre, le Conseil ne prit même pas la peine de soumettre la proposition au vote.

— Alors, c'est réglé, décréta Mace. La Force soit avec chacun de nous.

Et alors que les holoprésences de Plo Koon et de Ki-Adi-Mundi s'éclipsaient, alors qu'Obi-Wan et Agen Kolar se levaient et discutaient sur un ton à la fois calme et grave, alors que Yoda et Mace Windu quittaient la salle, Anakin resta là, le cœur brisé, incapable de bouger, assommé par le désarroi.

Padmé... oh, Padmé, qu'allons-nous devenir ?

Il n'en savait rien. Il n'en avait pas idée. Il savait juste ce qu'il ne ferait pas.

Renoncer.

Même si le Conseil était contre lui – même si *l'Ordre* tout entier était contre lui –, il trouverait un moyen.

Il la sauverait.

D'une façon ou d'une autre.

— Ça ne me fait pas plus plaisir qu'à vous, dit Padmé en indiquant, d'un geste, le tirage sur flimsi du décret d'application émanant du Gouvernement posé sur le bureau de Bail Organa. Mais je connais Palpatine depuis des années ; c'était le conseiller en qui j'avais le plus confiance. Je ne peux pas croire qu'il ait l'intention de démanteler le Sénat.

— Pourquoi s'en donnerait-il la peine ? contra Mon Mothma. Dans les faits, depuis ce matin, le Sénat n'existe plus.

Padmé parcourut leurs visages un à un – des visages sinistres. Giddean Danu opina du chef. Terr Taneel garda les yeux baissés, feignant d'arranger les plis de sa robe. Fang Zar remit de l'ordre dans son chignon strié de gris.

Bail se pencha en avant. Ses yeux étaient aussi durs que des éclats de silex. Il croisa les mains si fort qu'il en avait mal aux jointures.

— Palpatine n'a plus besoin de se préoccuper de contrôler le Sénat. En plaçant ses laquais à la tête du gouvernement de chacune des planètes de la République, il contrôle directement notre système. Il est devenu un dictateur. *Nous* avons fait de lui un dictateur.

Et c'est l'ami et le mentor de mon mari, se dit Padmé. *Je ne devrais même pas écouter ça.*

— Mais qu'est-ce qu'on peut y faire ? demanda Terr Taneel en regardant toujours sa robe, les sourcils froncés.

— C'est pour en parler que nous vous avons demandé

de nous rejoindre ici, répondit calmement Mon Mothma. Pour discuter de ce que nous allons faire.

Fang Zar se tortilla, mal à l'aise.

— Je ne suis pas sûr d'aimer la tournure que tout ça prend.

— Personne n'aime la tournure que ça prend, convint Bail en se redressant comme s'il allait se lever. C'est bien le problème. Nous ne pouvons laisser un millier d'années de démocratie disparaître sans nous battre !

— Nous battre ? releva Padmé. Je n'en crois pas mes oreilles ! Bail, vous parlez comme un Séparatiste !

— Je..., bredouilla Bail en se rasseyant. Je vous demande pardon. Je ne voulais pas dire ça. Je vous ai tous fait venir parce que, de tous les Sénateurs de la galaxie, vous êtes, tous les quatre, les plus fiables et les plus influents. Vous incarnez la voix de la raison et de la modération. Vous faites tout ce que vous pouvez pour préserver les ruines de notre pauvre Constitution. Loin de vouloir nuire à la République, avec votre aide, nous pouvons espérer la sauver.

— Il est de plus en plus clair, intervint Mon Mothma, que Palpatine est devenu un ennemi de la démocratie. Il faut mettre fin à ses manœuvres.

— C'est le Sénat qui lui a donné tous ses pouvoirs, reprit Padmé. C'est le Sénat qui peut les restreindre.

Giddean Danu s'assit vers l'avant.

— Je crains que vous ne sous-estimiez à quel point la corruption a gangrené le Sénat. Qui votera contre Palpatine, maintenant ?

— Moi, répondit Padmé, et elle se rendit compte qu'elle le pensait. Et j'en trouverai d'autres.

Il le faudrait bien. Même si ça devait faire du mal à Anakin. *Oh, mon amour, pourras-tu jamais me pardonner ?*

— Faites-le, décréta Bail. Faites autant de bruit que vous pourrez, faites en sorte que Palpatine ait les yeux rivés sur vous. Ça devrait faire diversion le temps que nous commencions, Mon Mothma et moi, à échafauder notre organisation...

— Arrêtez, fit Padmé en se levant. Il vaut mieux taire certaines choses. Pour le moment, il vaut mieux que je ne sache rien de... au sujet de quoi que ce soit.

Ne m'obligez pas à mentir à mon mari, telle était sa prière silencieuse, et elle essaya de la leur transmettre par son regard. *Je vous en prie, Bail. Ne m'obligez pas à lui mentir. Ça lui briserait le cœur.*

Peut-être se rendit-il compte de quelque chose ; au bout d'un moment d'hésitation, il hocha la tête.

— Très bien. Les autres questions peuvent être remises à plus tard. En attendant, cette réunion doit rester absolument secrète. La moindre allusion à une opposition effective à Palpatine pourrait se révéler, comme nous l'avons tous vu, très dangereuse. Nous devons nous mettre d'accord pour ne jamais aborder ces questions sauf entre nous. Nous ne devons mettre personne dans le secret sans le consentement de tous.

— Ce qui inclut même vos proches. Même votre famille, ajouta Mon Mothma. Partager ce secret avec eux les exposerait au même danger qui nous attend nous-mêmes. Nous ne pouvons parler à personne. Personne.

Padmé les regarda tous hocher la tête. Que pouvait-elle faire ? Que pouvait-elle dire ? *Vous pouvez tous garder vos secrets, moi, il faudra bien que je parle à mon mari Jedi, qui est le protégé de Palpatine...*

— Oui, soupira-t-elle. Oui, c'est d'accord.

Et elle n'avait qu'une pensée, alors que le petit groupe se dispersait dans ses bureaux : *Oh, Anakin, Anakin, je suis désolée...*

Je suis tellement désolée...

Anakin se réjouit que l'immense galerie du Temple, avec son plafond voûté, soit déserte en dehors d'Obi-Wan. Il n'avait pas besoin de baisser la voix.

— C'est outrageant. Comment peuvent-ils faire ça ?

— Comment peuvent-ils ne pas le faire ? contra Obi-Wan. C'est ton amitié pour le Chancelier – la même amitié qui t'a valu ce siège au Conseil – qui empêche de t'accorder la Maîtrise. Aux yeux du Conseil, ça reviendrait à y nommer Palpatine lui-même !

Anakin écarta l'objection d'un geste. Il n'avait pas de temps à perdre avec les manœuvres politiques du Conseil... Padmé n'avait pas de temps devant elle.

— Je ne vous avais pas demandé ce siège. Je n'en ai pas besoin. Si nous n'étions pas amis, Palpatine et moi, je serais déjà Maître, c'est ce que vous me dites ?

— Je ne sais pas, répondit Obi-Wan, l'air chagriné.

— J'ai autant de pouvoir quc cinq Maîtres. Que dix Maîtres. Quels qu'ils soient. Vous le savez, et ils le savent aussi.

— Le pouvoir seul ne suffit pas...

Anakin fit un large mouvement du bras en direction de la Tour du Conseil.

— Et c'est eux qui m'appellent l'Élu ! Élu pour quoi ? Pour être une marionnette dans un jeu politique poisseux ?

Obi-Wan tiqua comme s'il avait encaissé le coup.

— Je t'avais prévenu, Anakin, non ? Je t'avais averti de... de la tension... entre le Conseil et le Chancelier. J'ai été très clair ; pourquoi ne m'as-tu pas écouté ? Tu es tombé en plein dans le panneau !

— Un piège comme celui du bouclier radiant, renifla Anakin. Et ça aussi je dois le mettre sur le compte du Côté Obscur ?

— Quoi qu'il ait pu arriver, répondit Obi-Wan, tu es dans une situation très... délicate.

— Quelle situation ? Qui se soucie de moi ? Je ne suis pas Maître, donc je ne suis qu'un gamin, d'accord ? C'est ça le problème ? Maître Windu dresse-t-il tout le monde contre moi parce que, jusqu'à ce que j'arrive, il était le plus jeune Jedi jamais nommé au Conseil ?

— Tout le monde s'en fiche, de ça...

— Ben voyons ! Laissez-moi vous rappeler ce qu'un *vieux* monsieur plein d'astuce me disait, il n'y a pas si longtemps : *l'âge n'est pas une garantie de sagesse*. Si c'était le cas, Yoda serait vingt fois plus intelligent que vous...

— Maître Yoda n'a rien à voir là-dedans.

— Très juste. Le problème, c'est moi. Le problème, c'est qu'ils sont tous contre moi. Ils l'ont toujours été, la plupart ne voulaient même pas que je sois un Jedi. Et s'ils avaient eu gain de cause, où en seraient-ils, maintenant ? Qui aurait fait ce que j'ai fait ? Qui aurait sauvé Naboo ? Qui aurait sauvé Kamino ? Qui aurait tué Dooku et sauvé le Chancelier ? Qui serait revenu vous chercher, Alpha et vous, après que Ventress…

— Oui, Anakin, bien sûr. Évidemment. Personne ne remet en cause ce que tu as fait. C'est ta relation avec Palpatine qui pose problème. Et c'est un problème très sérieux.

— Je suis trop proche de lui, c'est ça ? Peut-être que je devrais me fâcher avec un homme qui s'est toujours montré gentil et généreux à mon égard depuis que je suis arrivé sur cette planète ! Je devrais peut-être tourner le dos au seul homme qui m'accorde le respect que je mérite…

— Arrête, Anakin. Rends-toi compte de ce que tu dis. Ce sont des pensées pleines de jalousie et d'orgueil. Des pensées obscures. Dangereuses, en cette période de ténèbres. Tu es concentré sur toi-même, quand tu devrais te concentrer sur ton devoir. Ton emportement, au Conseil, était le meilleur argument pour ne pas t'accorder la Maîtrise. Comment peux-tu prétendre être un Maître Jedi si tu n'arrives pas à te maîtriser ?

Anakin passa sa main de chair sur ses yeux et poussa un long, un lourd soupir. D'une voix beaucoup plus grave, plus calme, plus basse, il dit :

— Que dois-je faire ?

— Pardon ? demanda Obi-Wan en fronçant les sourcils.

— Ils attendent quelque chose de moi, n'est-ce pas ? C'est le vrai problème, en fait. C'est le seul problème depuis le début. Ils ne m'accorderont pas ce titre tant que je ne leur aurai pas donné ce qu'ils veulent.

— Le Conseil ne fonctionne pas comme ça, Anakin, et tu le sais.

Si tu passes Maître, comme tu le mérites, comment t'obligeront-ils à faire leurs quatre volontés ?

— C'est vrai. Bien sûr que je le sais, répondit Anakin.

Et soudain, il se sentit las, si incroyablement las que le seul fait de se tenir debout, ici même, était une souffrance. Parler lui faisait mal. Il en avait assez de tout ça. Pourquoi tout ne pouvait-il pas simplement s'arrêter ?

— Dites-moi ce qu'ils veulent.

Le regard d'Obi-Wan glissa sur lui, et la fatigue mortelle qui nouait les tripes d'Anakin devint plus sombre. Les choses allaient-elles donc si mal qu'Obi-Wan ne pouvait plus le regarder dans les yeux ?

— Écoute, Anakin, je suis de ton côté, dit doucement Obi-Wan, l'air très fatigué tout à coup : aussi fatigué et écœuré qu'Anakin. Je n'ai jamais voulu que tu te retrouves dans cette situation.

— Quelle situation ?

Obi-Wan hésita encore.

— Bon, fit Anakin, quoi que ce soit, ça n'ira pas mieux tant que vous ne trouverez pas le courage de me le dire. Allez, Obi-Wan. Finissons-en.

Obi-Wan parcourut du regard la galerie vide, comme pour s'assurer qu'ils étaient bien seuls, mais Anakin eut l'impression que ce n'était qu'un prétexte pour éviter de le regarder lorsqu'il lui parla.

— Le Conseil, reprit lentement Obi-Wan, approuve ta nomination parce que tu as la confiance de Palpatine. Ils veulent que tu leur rapportes tous ses faits et gestes. Ils ont besoin de savoir ce qu'il mijote.

— Ils veulent que j'espionne le Chancelier Suprême de la République ? Mais c'est de la trahison, Obi-Wan ! fit Anakin en cillant, abasourdi.

Qu'Obi-Wan n'arrive pas à le regarder en face n'avait rien d'étonnant.

— C'est la guerre, Anakin, répondit Obi-Wan d'un air contrit. Le Conseil a juré de maintenir les principes de la République par tous les moyens nécessaires. Nous devons le faire. Surtout quand le plus grand ennemi de ces principes semble être le Chancelier lui-même !

Les yeux d'Anakin se rétrécirent et prirent une dureté nouvelle.

— Pourquoi le Conseil ne m'a-t-il pas confié cette mission pendant que nous étions en réunion ?

— Parce que ça doit rester top secret, Anakin. Tu dois bien comprendre pourquoi.

— Ce que je comprends, répondit sombrement Anakin, c'est que vous essayez de me dresser contre Palpatine. Vous voudriez que je lui fasse des cachotteries. Que je lui mente. Voilà ce qui se passe, en réalité.

— Non, insista Obi-Wan, l'air blessé. Il s'agit de savoir avec qui il traite, et qui traite avec lui.

— Ce n'est pas un mauvais homme, Obi-Wan. C'est un grand homme, qui maintient l'unité de la République à la force des poignets...

— En restant au pouvoir bien après que son mandat a expiré. En réunissant des pouvoirs dictatoriaux...

— C'est le Sénat qui lui a demandé de rester ! C'est eux qui l'ont obligé à accepter ces pouvoirs...

— Ne sois pas naïf. Les Sénateurs sont tellement intimidés qu'ils lui donnent tout ce qu'il réclame !

— Alors, c'est leur faute, pas la sienne ! Ils devraient avoir le courage de lui résister !

— C'est ce que nous te demandons de faire, Anakin.

Anakin n'avait pas de réponse. Le silence tomba entre eux comme une masse.

Anakin secoua la tête et regarda sa main mécanique qu'il avait crispée en un poing serré.

Enfin, il dit :

— C'est mon ami, Obi-Wan.

— Oui, répondit doucement, tristement, Obi-Wan. Je le sais.

— S'il me demandait de vous espionner, vous pensez que je le ferais ?

Ce fut au tour d'Obi-Wan de ne rien dire.

— Vous savez combien il a été gentil pour moi, reprit Anakin d'une voix étouffée. Vous savez comment il s'est occupé de moi, comment il a fait tout ce qu'il pouvait pour m'aider. Il est comme ma famille.

— Les Jedi sont ta famille…

— Non, fit Anakin, contredisant son ancien Maître. Non, les Jedi sont peut-être votre famille. La seule que vous ayez jamais connue. Mais moi, je ne suis pas comme vous. J'avais une mère, qui m'aimait…

Et une femme qui m'aime, ajouta-t-il intérieurement. *Et bientôt un enfant qui m'aimera, lui aussi.*

— Vous vous rappelez ma mère ? Vous vous rappelez ce qui lui est arrivé ?

… Parce que vous ne m'avez pas permis de retourner la sauver ? acheva-t-il intérieurement. *Et la même chose va arriver à Padmé, et la même chose arrivera à notre enfant.*

Au fond de lui, le froid chuchotement du dragon rongeait son énergie. *Tout meurt, Anakin Skywalker. Même les étoiles se consument.*

— Oui, Anakin. Bien sûr. Tu sais à quel point je suis désolé pour ta mère. Écoute : nous ne te demandons pas d'agir contre Palpatine. Tout ce que nous attendons de toi, c'est que tu… que tu suives ses activités. Tu dois me croire.

Obi-Wan se rapprocha et mit la main sur le bras d'Anakin. Il inspira lentement, profondément, comme s'il s'apprêtait à prendre une décision difficile.

— Il se peut que Palpatine lui-même soit en danger, dit-il. Il se peut que ce soit la seule façon de l'aider.

— Que voulez-vous dire ?

— Je ne suis pas censé t'en parler. Je te demande de ne rapporter cette conversation à personne. Personne, tu comprends ?

— Je sais garder un secret, répondit Anakin.

— Très bien, répondit Obi-Wan, et il reprit sa respiration à nouveau, lentement, profondément. Maître Windu a retrouvé la trace de Dark Sidious au 500 Republica avant l'attaque de Grievous… Nous pensons que le Seigneur Sith appartient au premier cercle des conseillers de Palpatine. C'est lui que nous te demandons d'espionner, tu comprends ?

Une fiction créée par le Conseil Jedi… Un prétexte pour harceler ses ennemis politiques…

— Si Palpatine est sous influence d'un Seigneur Sith, il se peut qu'il soit en très grand danger. La seule façon dont nous pouvons l'aider est de trouver Sidious, et de l'arrêter. Ce que nous te demandons, ce n'est pas une trahison, Anakin… C'est peut-être la seule façon de sauver la République !

Si ce Dark Sidious devait passer par la porte en ce moment précis… Je lui demanderais de s'asseoir, et je lui demanderais s'il n'aurait pas le pouvoir de mettre fin à cette guerre.

— Alors, tout ce que vous me demandez en réalité, reprit doucement Anakin, c'est d'aider le Conseil à trouver Dark Sidious.

— Oui, fit Obi-Wan, l'air soulagé, incroyablement soulagé, comme si une horrible douleur venait soudainement, inexplicablement, de prendre fin. Oui, c'est exactement ça.

Enfermé dans la fournaise qu'était son cœur, Anakin murmura dans un écho qui n'en était pas tout à fait un, puisque la fin en était légèrement modifiée : *Je lui demanderais de s'asseoir, et je lui demanderais s'il n'aurait pas le pouvoir de…*

… de sauver Padmé.

La canonnière filait à travers le ciel de la capitale.

Par-delà Yoda et Mace Windu, à travers la verrière du cockpit, Obi-Wan regardait la vaste plate-forme qui se déployait, et l'essaim de clones qui chargeait le croiseur d'assaut, tout au bout.

— Vous n'étiez pas là, dit-il. Vous n'avez pas vu son visage. Je pense que nous avons fait une terrible erreur.

— Nous n'avons pas toujours la bonne réponse, fit Mace Windu. Il arrive qu'il n'y ait pas de bonne réponse.

— Combien ton amitié avec le jeune Anakin importante pour toi est, je le sais.

Yoda regardait aussi vers les angles aigus du croiseur d'assaut qu'on chargeait en prévision de la contre-attaque sur Kashyyyk. Il était appuyé sur son bâton gimer comme s'il ne se sentait pas assuré sur ses jambes.

— Ce genre d'attachement laisser de sa vie sortir, un Jedi doit.

Un autre homme – un autre Jedi, même – aurait pu lui en vouloir de cette rebuffade, mais Obi-Wan se contenta de pousser un soupir.

— Je suppose... Il est l'Élu, après tout. La prophétie dit qu'il est né pour rétablir l'équilibre de la Force et détruire les Sith, mais...

Il n'acheva pas sa pensée. Il ne se rappelait plus ce qu'il s'apprêtait à dire. Il ne se souvenait que de l'expression d'Anakin.

Yoda leva la tête, et ses yeux se plissèrent pensivement.

— Oui, toujours en mouvement, l'avenir est. Et la prophétie, mal déchiffrée être aurait pu.

Mace avait l'air encore plus sinistre que d'habitude.

— Depuis la chute de Dark Bane, il y a plus d'un millénaire, des centaines de milliers de Jedi ont vu le jour – des centaines de milliers de Jedi qui ont nourri la lumière avec chacune des choses que leurs mains ont créées, avec chacun de leurs souffles et chaque battement de leur cœur, apportant la justice, érigeant la société civile, irradiant la paix, agissant par un amour désintéressé pour toutes les choses vivantes –, et pendant tous ces milliers d'années, il n'y a eu que deux Sith en même temps. Deux seulement. Et si les Jedi créent la lumière, les Sith ne créent pas les ténèbres. Ils ne font qu'utiliser l'obscurité qui est toujours là. Qui a toujours été là. L'avidité, la jalousie, l'agressivité, la lubricité et la peur, toutes ces choses sont naturelles aux êtres conscients. C'est la loi de la jungle, l'héritage que nous avons reçu des ténèbres.

— Je suis désolé, Maître Windu, mais je ne suis pas sûr de vous suivre. Êtes-vous en train de me dire – pour filer votre métaphore – que les Jedi ont projeté trop de lumière ? D'après ce que j'ai vu ces dernières années, la galaxie n'est pas devenue si brillante que ça.

— Tout ce que je dis, c'est que nous n'en savons rien.

Nous ne comprenons même pas vraiment ce que veut dire « rétablir l'équilibre de la Force ». Nous n'avons aucun moyen de prévoir ce que ça peut impliquer.

— Un mystère infini la Force est, chuchota Yoda. Plus nous apprenons, plus nous découvrons combien nous n'en savons rien.

— Alors vous le sentez aussi, tous les deux, dit Obi-Wan, et ces paroles lui faisaient mal. Vous sentez tous les deux que nous avons franchi un cap invisible.

— En mouvement les événements de notre vie sont. Imminente la crise est.

Mace entrelaça ses doigts et les serra jusqu'à ce que ses jointures craquent.

— Oui. Mais nous sommes dans une mine d'épices sans bâton de lumière. Arrêtons de marcher, et nous n'atteindrons jamais le bout du tunnel.

— Et s'il n'y a pas de lumière au bout ? demanda Obi-Wan. Et si, arrivés au bout du voyage, nous ne trouvons que la nuit ?

— Confiance il faut avoir. Foi dans la volonté de la Force. Quel autre choix avons-nous ?

Obi-Wan acquiesça d'un hochement de tête, mais quand il pensait à Anakin, une sombre menace commençait à se figer sous son cœur.

— J'aurais dû m'opposer plus fermement à la décision du Conseil, aujourd'hui.

— Vous pensez que Skywalker ne pourra pas dominer la situation ? demanda Mace. Je croyais que vous aviez plus confiance en ses facultés.

— Je lui confierais ma vie, répondit simplement Obi-Wan. Et c'est bien le problème.

Les deux autres maîtres Jedi le regardèrent sans mot dire pendant qu'il essayait de trouver les paroles qui convenaient.

— Pour Anakin, dit enfin Obi-Wan, il n'y a rien de plus important que l'amitié. C'est l'homme le plus loyal que j'aie jamais rencontré. Il est d'une loyauté qui va au-delà de la raison, en fait. Malgré tout ce que j'ai essayé de lui enseigner sur les sacrifices qui sont au cœur même de la condition de Jedi, il… Je crois qu'il ne comprendra jamais vraiment.

Il regarda Yoda.

— Maître Yoda, nous sommes proches, vous et moi, depuis que je suis enfant. Depuis que je suis un bébé, même. Et pourtant, si, pour mettre fin à cette guerre ne serait-ce qu'une semaine, un jour, plus tôt, je devais sacrifier votre vie, vous savez que je le ferais.

— Bien sûr, dit Yoda. Comme la tienne je sacrifierais, jeune Obi-Wan. Comme n'importe quel Jedi, pour la cause de la paix, un autre sacrifierait.

— N'importe quel Jedi, répondit Obi-Wan. Sauf Anakin.

Yoda et Mace échangèrent un regard pensif et morne. Obi-Wan devina qu'ils se rappelaient les fois où Anakin avait violé les ordres – les fois où il avait mis en danger des opérations entières, la vie de milliers d'individus, le contrôle de systèmes planétaires tout entiers – pour voler au secours d'un ami.

Plus d'une fois, en fait, pour voler au secours d'Obi-Wan.

— Je pense, dit prudemment Obi-Wan, que les abstractions comme la paix n'ont pas beaucoup de sens pour lui. Il n'est pas loyal envers les principes mais envers les êtres. Et il s'attend qu'ils soient loyaux envers lui. Rien ne pourrait l'empêcher de me sauver, par exemple, parce qu'il pense que j'en ferais autant pour lui.

Mace et Yoda le regardaient fixement, et Obi-Wan se sentit obligé de baisser la tête.

— Parce que, admit-il à regret, il sait que je le ferais pour lui.

— Comprendre exactement ce qui te préoccupe, je ne peux pas.

Les yeux verts de Yoda étaient devenus doucement compatissants.

— *Donner un nom* à ta peur, tu dois, afin que de la bannir capable tu sois. Crains-tu que accomplir sa tâche il ne puisse pas ?

— Oh non, ce n'est pas ça du tout. Je suis absolument

convaincu qu'Anakin peut tout faire. À part trahir un ami. Ce que nous lui avons fait aujourd'hui...

— Mais c'est ce que sont les Jedi, répondit Mace Windu. C'est ce à quoi nous nous sommes engagés par serment : à un service purement altruiste...

Obi-Wan se tourna à nouveau pour regarder le vaisseau d'assaut qui emporterait Yoda et le bataillon de clones vers Kashyyyk, mais il ne voyait que le visage d'Anakin.

S'il me demandait de vous espionner, vous pensez que je le ferais ?

— Oui, dit-il lentement. C'est pour ça que je pense qu'il ne nous fera plus jamais confiance.

Il eut l'impression que ses yeux étaient incroyablement brûlants, tout à coup, et sa vision se brouilla, envahie par des larmes qu'il ne pouvait verser.

— Ce en quoi il n'aurait pas tort.

12

Trop fort pour un Jedi

Ce soir-là, le coucher du soleil sur la Cité Galactique fut stupéfiant : les derniers incendies avaient chargé l'atmosphère de particules, et le soleil bleu pâle du monde-capitale fragmentait les strates de nuages en traînées prismatiques.

Anakin le remarquait à peine.

De la large véranda arrondie qui bordait la plate-forme d'atterrissage privée, il regardait, caché dans l'ombre, Padmé descendre de son speeder et accepter avec grâce le bonsoir de Typho. Tandis que le capitaine repartait vers le parking de l'immense tour résidentielle, elle congédia ses deux dames de compagnie, envoya C-3PO faire quelques courses et vint s'appuyer sur le balcon, à l'endroit même où Anakin s'était tenu la nuit précédente.

Elle regardait le soir tomber, mais lui ne voyait qu'elle.

C'était tout ce dont il avait besoin. Être là, avec elle. Voir le coucher du soleil cuivrer sa peau d'ivoire.

Sans ses rêves, il aurait dit adieu à l'Ordre ce jour-là. Tout de suite. Les Vingt Égarés seraient vingt et un. Tant pis pour le scandale ; il ne détruirait pas leurs vies. Pas leurs vraies vies. Il détruirait seulement les vies qu'ils avaient eues avant, l'un et l'autre : ces années de séparation qui désormais ne voulaient plus rien dire.

Il dit doucement :

— C'est beau, hein ?

Elle sursauta comme s'il l'avait piquée avec une épingle.

— Anakin !

Il sortit de l'ombre en souriant tendrement et s'approcha d'elle.

— Je suis désolé. Je ne voulais pas te faire peur.

Elle porta une main à sa poitrine comme pour empêcher son cœur d'en jaillir.

— Non… non, tout va bien. C'est juste que… Anakin, tu ne devrais pas être ici, *en plein jour*.

— Je ne pouvais pas attendre, Padmé. Il fallait que je te voie, dit-il en la prenant dans ses bras. Cette nuit n'aura plus de fin… Comment veux-tu que je la vive sans toi ?

Sa main alla de sa poitrine à celle d'Anakin.

— Mais des milliers de gens nous regardent et peuvent te reconnaître. Rentrons.

Il l'éloigna du bord de la véranda, mais n'entra pas dans l'appartement.

— Comment te sens-tu ?

Elle prit sa main de chair et la pressa contre la douce rondeur de son ventre, et son sourire était aussi radieux que la première aube sur Tatooine.

— Il n'arrête pas de me donner des coups de pied.

— Il ? releva Anakin, tendrement. Je pensais que tu avais demandé à ton droïde médecin de ne pas te gâcher la surprise.

— Oh, ce n'est pas lui qui me l'a dit. C'est mon… mon intuition maternelle, confia-t-elle avec un petit sourire espiègle.

Il sentit un brusque frémissement sous sa paume et rit.

— Intuition maternelle, hein ? Un coup aussi violent, ça ne peut être qu'une fille.

Sa tête vint se blottir au creux de son épaule.

— Anakin, rentrons.

Il enfouit son visage dans ses tresses de cheveux brillants.

— Je ne peux pas rester. J'allais voir le Chancelier.

— Oui, j'ai entendu parler de ta nomination au Conseil. Anakin, je suis fière de toi.

Il leva la tête, son front se plissa. Pourquoi avait-il fallu qu'elle parle de ça ?

— Il n'y a pas de quoi être fier, dit-il. Ce n'est qu'une manœuvre politique entre le Chancelier et le Conseil. J'ai été pris entre les deux, c'est tout.

— Quand même, entrer au Conseil, à ton âge...

— Ils m'ont pris au Conseil, parce qu'ils ne *pouvaient pas* faire autrement. C'est lui qui le leur a demandé, lorsque le Sénat lui a donné le contrôle sur les Jedi. Et parce qu'ils pensent pouvoir m'utiliser contre lui, ajouta-t-il d'une voix réduite à un grondement.

Les yeux de Padmé étaient étrangement lointains, et pensifs.

— *Contre* lui, répéta-t-elle en écho. Les Jedi ne lui font pas confiance ?

La bouche d'Anakin s'était pincée en une petite ligne amère et fine.

— Ça ne veut pas dire grand-chose. Ils ne me croient pas non plus. Ils vont me donner un siège à la Chambre du Conseil, mais ça n'ira pas plus loin. Ils ne m'accepteront pas comme Maître.

Son regard revint de ces brumes lointaines et elle leva la tête avec un sourire.

— Prends patience, mon amour. Un jour, ils reconnaîtront ta valeur.

— Ils ont déjà reconnu ma valeur. Ils la *craignent*, fit-il avec amertume. Enfin, ce n'est pas de ça qu'il s'agit, là. Comme je te l'ai dit : c'est un jeu politique.

— Anakin...

— Je ne sais pas ce qui se passe dans l'Ordre, mais ce que je peux te dire, c'est que je n'aime pas ça, continua-t-il en secouant la tête. Cette guerre détruit tout ce que la République est censée représenter. Après tout, pourquoi nous battons-nous, désormais ? Qu'est-ce qui mérite d'être sauvé dans tout ce qu'il nous reste ?

Padmé acquiesça tristement, se coula sous son bras et s'écarta.

— Parfois, je me demande si nous ne sommes pas du mauvais côté.

— Le mauvais côté ?

Le grondement qu'il avait dans la tête devint des mots : *tu penses que ce que j'ai accompli l'a été en vain ?*

Il la regarda en fronçant les sourcils :

— Tu ne penses pas ce que tu dis.

Elle se détourna vers la vaste zone aérienne qui s'étendait au-delà de la véranda.

— À quoi tout cela rime-t-il si la démocratie pour laquelle nous nous battons *n'existe* plus ? dit-elle dans le vide. Si la République elle-même est devenue précisément le mal que nous combattons pour le détruire ?

— Oh, encore cette histoire ! fit Anakin avec un geste irrité. J'entends ces bêtises depuis Géonosis. Mais je ne pensais pas les entendre un jour de ta bouche.

— Il y a quelques secondes, tu disais quasiment la même chose !

— Que serait la République sans Palpatine ?

— Je n'en sais rien, répondit-elle. Mais je ne suis pas certaine qu'elle irait plus mal qu'aujourd'hui.

Tout ce danger, toute cette souffrance, toutes ces morts, tous mes amis qui ont donné leur vie... ?

Tout cela pour rien... *?*

Il fit un effort pour se dominer.

— Tout le monde se plaint que Palpatine ait trop de pouvoir, mais personne ne propose une meilleure solution. Qui devrait conduire la guerre ? Le Sénat ? Tu es au Sénat, tu connais ces gens-là... En combien d'entre eux as-tu confiance ?

— Tout ce que je sais, c'est que les choses ne s'y passent pas bien. Notre gouvernement va droit dans le mur. Tu le sais aussi... tu viens de le dire !

— Je ne voulais pas dire ça. Je suis juste... je suis fatigué de tout cela, c'est tout. Cette fange politicarde. Parfois je voudrais juste partir, retourner sur le front. Au moins, là-bas, je sais qui sont les méchants.

— Moi, j'ai peur de connaître les méchants qui sont *ici*, répondit-elle d'un ton acide, à mi-voix.

Ses yeux se plissèrent.

— Tu commences à parler comme une Séparatiste.

— Anakin, toute la galaxie sait que le Comte Dooku

est mort. Ce serait le moment de rechercher une solution diplomatique à la guerre… Et au lieu de ça, les combats s'intensifient ! Palpatine est ton ami. Il devrait t'écouter. Quand tu le verras ce soir, demande-lui, au nom de la *raison*, de proposer un cessez-le-feu…

Son visage devint dur :

— C'est un ordre ?

Elle cligna des yeux.

— Comment ça ?

— N'ai-je pas mon mot à dire ? lança-t-il en s'avançant vers elle. Mon avis n'a-t-il donc aucune importance ? Et si je pensais que la politique de Palpatine était la bonne ?

— Anakin, des centaines de milliers d'êtres meurent chaque jour !

— C'est une guerre, Padmé. Nous ne l'avons pas voulue, tu te souviens ? Tu étais là… On aurait dû « rechercher une solution diplomatique » avec les fauves de cette arène, peut-être ?

Elle recula en cillant, les sourcils froncés, devant ce qu'elle lisait sur son visage.

— Je… c'est juste que je demandais…

— Tout le monde passe son temps à demander. Tout le monde attend quelque chose de moi. Et s'ils ne l'obtiennent pas, je serai le méchant de l'histoire !

Il s'écarta brusquement d'elle et retourna au bord de la véranda. La rambarde de duracier gémit sous la poigne de sa main mécanique.

— Je suis écœuré, murmura-t-il. J'en ai assez de tout ça.

Il ne l'entendit pas approcher ; le vacarme de la circulation aérienne étouffait le bruit de ses pas. Il ne vit pas la souffrance inscrite sur son visage et les larmes qui brillaient dans ses yeux, mais il les *sentit*, à travers la timide douceur de sa caresse sur son bras, et il les entendit dans l'hésitation de sa voix.

— Anakin, que se passe-t-il ? Vraiment ?

Il secoua la tête. Il ne pouvait pas la regarder en face.

— Rien qui soit de ta faute, fit-il. Rien à quoi tu puisses changer quoi que ce soit.

— Ne m'en empêche pas, Anakin. Laisse-moi essayer.

— Tu ne peux pas m'aider.

Il regarda vers le bas à travers l'entrecroisement des dizaines de voies de circulation, vers le soubassement invisible de la planète.

— C'est moi qui essaie de t'aider.

Il avait vu quelque chose dans ses yeux lorsqu'il avait mentionné le Conseil et Palpatine.

Il l'avait vu…

— Pourquoi ne me parles-tu pas ?

Sa main se figea, et elle ne répondit pas.

— Je le sens, Padmé. Je sens que tu me caches quelque chose.

— Oh ? fit-elle doucement, légèrement. C'est drôle, je pensais justement la même chose de toi.

Il laissa son regard se perdre dans l'invisible distance en dessous. Elle se rapprocha encore de lui, s'appuya contre lui, passa les bras autour de ses épaules et posa sa joue contre son bras.

— Pourquoi les choses doivent-elles être comme ça ? Pourquoi faut-il qu'il y ait seulement des guerres ? On ne pourrait pas simplement… revenir *en arrière* ? Rien que par jeu, imaginons que nous sommes de retour au lac, sur Naboo, seuls tous les deux. Il n'y avait pas de guerre, pas de politique. Pas de complots. Rien que nous. Toi et moi, et notre amour. C'est tout ce dont nous avons besoin. Toi et moi, et de l'amour.

À cet instant, Anakin ne voyait même pas à quoi tout cela ressemblait.

— Il faut que j'y aille, fit-il. Le Chancelier attend.

Deux Gardes en robe rouge, masqués, silencieux, encadraient la porte de la loge particulière du Chancelier à l'Opéra des Galaxies. Anakin n'eut pas besoin de dire un mot ; le voyant approcher, l'un d'eux annonça : « Vous êtes attendu », et il ouvrit la porte.

Il n'y avait que quelques fauteuils dans la petite loge ronde qui dominait la foule des créatures somptueusement habillées. Tous les sièges de l'orchestre étaient occupés.

Pour cette première, le monde semblait avoir oublié la guerre. Anakin jeta à peine un coup d'œil vers l'immense sphère d'eau miroitante qui cascadait doucement dans l'apesanteur artificielle de la scène. Les ballets le rasaient profondément, sur Mon Calamari comme partout ailleurs.

Palpatine était assis dans l'obscure clarté, avec Mas Amedda, le Porte-Parole du Sénat, et Sly Moore, son assistant administratif. Anakin resta au fond de la loge.

Si j'étais l'espion que le Conseil souhaite que je sois, je pense que je devrais m'approcher furtivement afin de les écouter.

Une vague de dégoût passa sur son visage ; il prit soin de la dissimuler avant de prendre la parole.

— Pardon, Chancelier. Je suis en retard.

Palpatine se tourna vers lui et son visage s'illumina.

— Ah, Anakin ! Pas de problème. Approche, mon garçon, approche. Merci pour ton rapport sur la réunion du Conseil de cet après-midi… Très intéressant, vraiment. Et j'ai de bonnes nouvelles pour toi… Le Renseignement clone a localisé le général Grievous !

Anakin secoua la tête, se demandant si Obi-Wan serait déçu d'avoir été devancé par les clones.

— C'est formidable ! Cette fois, il ne nous échappera pas.

— Je vais… Moore, prenez note… Je vais demander au Conseil de te confier cette mission, Anakin. Tu gâches ton talent à Coruscant… Tu devrais être sur le théâtre des opérations. Tu pourras toujours assister aux réunions du Conseil par holoconférence.

Anakin se renfrogna.

— Merci, Chancelier, mais c'est le Conseil qui coordonne les affectations des Jedi.

— Bien sûr, bien sûr. Nous ne devons surtout pas marcher sur les plates-bandes des Jedi, pas vrai ? Ils sont si jaloux de leurs prérogatives. Cela dit, s'ils choisissent quelqu'un d'autre, je commencerai à m'interroger sur leurs facultés intellectuelles.

— Comme je le dis dans mon rapport, ils ont déjà désigné Obi-Wan pour retrouver Grievous.

Parce qu'ils veulent que je reste ici afin de vous espionner.

— Pour le retrouver, oui. Mais tu es celui qui a le plus de chances de l'*appréhender*... Enfin, on ne peut pas toujours exiger du Conseil Jedi qu'il fasse le bon choix.

— Ils essaient. Je crois... qu'ils essaient, Chancelier.

— Tu le crois toujours ? Assieds-toi. Laissez-nous, fit Palpatine à l'adresse des deux autres.

Ils se levèrent et se retirèrent. Anakin prit le siège de Mas Amedda.

Pendant un long moment, Palpatine regarda distraitement onduler le danseur étoile de Mon Calamari, fronçant les sourcils comme s'il avait tant de choses à dire qu'il ne savait par où commencer. Finalement il laissa s'échapper un profond soupir et se pencha vers Anakin.

— Anakin, je pense que désormais tu sais que je ne peux pas me fier au Conseil Jedi. C'est pour ça que je t'ai nommé à ce poste. S'ils n'ont pas encore essayé de te manipuler, ça ne va pas tarder.

Anakin s'efforça de garder un visage impassible.

— J'ai peur de ne pas comprendre.

— Tu dois bien ressentir ce que j'en suis arrivé à suspecter, fit Palpatine d'un ton aigre. Le Conseil Jedi cherche à s'affranchir davantage de la supervision du Sénat ; j'ai peur qu'ils n'aient l'intention de contrôler la République elle-même.

— Chancelier...

— Je pense qu'ils sont en train d'ourdir une trahison. Ils espèrent renverser mon gouvernement, et me remplacer par quelqu'un de suffisamment faible pour lui dicter le moindre de ses gestes avec leurs tours de passe-passe mentaux Jedi.

— Je ne peux pas croire que le Conseil...

— Anakin, analyse tes sentiments. Tu le sais, n'est-ce pas ?

Anakin regarda dans le vide :

— Je sais qu'ils ne vous font pas confiance.

— Ni au Sénat. Ni à la République. Ni, par conséquent, à la démocratie même. Le Conseil Jedi n'est pas *élu*. Il choisit ses membres selon ses propres règles – quelqu'un de plus cynique que moi dirait *lubies* – et leur confère l'autorité et le pouvoir qui va avec. Il dirige l'Ordre comme il voudrait diriger la République : à grands coups d'oukases.

Anakin regarda ses mains :

— Je dois reconnaître... que ma foi en eux a été... ébranlée.

— Comment ? Ils t'ont déjà approché ? Ils t'ont déjà ordonné de faire quelque chose de malhonnête ? Ils veulent que tu m'espionnes, n'est-ce pas ?

Le renfrognement de Palpatine s'éclaircit et laissa place à un sourire avisé et bienveillant qui rappelait étrangement celui de Yoda.

— Je...

— Tout va bien, Anakin. Je n'ai rien à cacher.

— Je... ne sais pas quoi dire...

— Tu souviens-tu, dit Palpatine, s'éloignant d'Anakin pour se caler confortablement contre le dossier de son fauteuil, comment, lorsque tu étais un jeune garçon qui venait d'arriver sur cette planète, j'ai essayé de t'initier aux tenants et aboutissants de la politique ?

Anakin sourit faiblement.

— Je me souviens que je n'écoutais pas toujours vos leçons.

— Jamais, si je me souviens bien. C'est dommage ; tu aurais dû. Comprendre la politique, c'est comprendre la nature fondamentale des êtres intelligents. En ce moment même, tu devrais te souvenir de l'une de mes premières leçons : tous ceux qui conquièrent une miette de pouvoir ont peur de la perdre.

— Les Jedi utilisent leur pouvoir pour le bien, fit Anakin d'un ton exagérément ferme.

— Le bien est un point de vue, Anakin. Et le concept Jedi du bien n'est pas le bon. Prends les Seigneurs Sith, par exemple. D'après ce que j'ai lu, je suis parvenu à comprendre que les Sith croient tout autant que les Jedi en la justice et la sécurité...

— Les Jedi croient en la justice et en la *paix*.

— En ces temps troublés, y a-t-il une différence ? demanda Palpatine d'un ton patelin. Tu reconnaîtras que les Jedi n'ont pas miraculeusement réussi à établir la paix dans la galaxie. Qui nous dit que les Sith n'y seraient pas parvenus ?

— Voilà un autre argument que je vous conseille de ne jamais utiliser devant le Conseil, si vous voyez ce que je veux dire, répliqua Anakin avec un sourire incrédule.

— Certes non. Parce que les Sith seraient une menace pour le *pouvoir* Jedi. Leçon Numéro Un.

Anakin secoua la tête :

— Parce que les Sith sont le mal.

— Du point de vue des Jedi, concéda Palpatine. Le mal est un label que nous imposons à tous ceux qui nous menacent, n'est-ce pas ? Mais les Sith et les Jedi sont presque en tous points pareils, y compris dans leur quête d'un pouvoir toujours supérieur.

— La quête des Jedi va dans le sens d'une plus grande *compréhension*, riposta Anakin. D'une plus grande connaissance de la Force...

— Qui amène un plus grand pouvoir, n'est-ce pas ?

Anakin se força à rire.

— En fait... oui. Je devrais savoir qu'il ne faut jamais débattre avec un politicien.

Palpatine s'installa plus confortablement dans son fauteuil.

— Nous ne débattons pas, Anakin. Nous discutons, c'est tout. Peut-être que la seule différence entre les Jedi et les Sith réside simplement dans leur orientation ; les Jedi conquièrent le pouvoir par la compréhension, et les Sith acquièrent la compréhension par le pouvoir. C'est la seule vraie raison susceptible d'expliquer que les Sith aient toujours été plus puissants que les Jedi. Les Jedi craignent tellement le Côté Obscur qu'ils se coupent eux-mêmes de l'un des plus importants aspects de la vie : la passion. Quelle qu'elle soit. Ils ne se permettent même pas d'aimer.

Sauf moi, pensa Anakin. *Mais il est vrai que je n'ai jamais été le Jedi idéal.*

— Les Sith n'ont pas peur du Côté Obscur. Les Sith n'ont pas peur. Ils embrassent tout le spectre de l'expérience, du sommet de la joie aux abysses de la haine et du désespoir. Et si les êtres vivants éprouvent ces émotions, c'est qu'il y a une raison, Anakin. C'est pour ça que les Sith sont plus puissants : ils n'ont pas peur de *ressentir* les choses.

— Les Sith s'appuient sur la passion du pouvoir, dit Anakin, mais lorsque la passion est éteinte, que reste-t-il ?

— Peut-être rien. Peut-être beaucoup. Peut-être n'est-elle jamais complètement éteinte. Qui peut le dire ?

— Leurs pensées sont tournées vers eux-mêmes. Ils ne pensent qu'à eux.

— Et pas les Jedi ?

— Les Jedi... Nous ne sommes pas personnels... nous *effaçons* tout ce qui est personnel pour rejoindre le courant de la Force. Nous ne pensons qu'aux autres...

Palpatine lui adressa à nouveau un sourire de sagesse bienveillante.

— En tout cas, c'est ce qu'on t'a inculqué. J'entends la voix d'Obi-Wan Kenobi dans tes paroles, Anakin. Mais toi, que penses-tu *vraiment* ?

Anakin sembla soudain trouver le ballet beaucoup plus intéressant que le visage de Palpatine.

— Je... ne sais plus que penser.

— On dit que si quelqu'un pouvait un jour comprendre entièrement un seul grain de sable... comprendre complètement, vraiment, *tout* ce qui le concerne, il pourrait du même coup comprendre l'univers tout entier. Qui peut donc dire qu'un Sith, parce qu'il regarde en lui-même, voit moins que le Jedi qui regarde au-dehors ?

— Les Jedi... les Jedi sont *bons*. C'est la différence. Je me moque de savoir *qui* voit *quoi*.

— Ce que sont les Jedi, poursuivit patiemment Palpatine, c'est un groupe de personnages très puissants que tu considères comme des camarades. Et tu es loyal envers tes amis ; je le sais depuis que je te connais, et je t'admire pour ça. Mais tes amis sont-ils loyaux envers *toi* ?

Anakin le regarda en fronçant les sourcils :

— Que voulez-vous dire ?

— Est-ce qu'un vrai ami te demanderait de faire quelque chose de mauvais ?

— Je ne suis pas sûr que ce soit mauvais, répondit Anakin.

Obi-Wan disait peut-être la vérité. C'était possible. Ils voulaient peut-être seulement attraper Sidious. Ils voulaient peut-être vraiment protéger Palpatine.

Peut-être.

C'était possible.

— T'ont-ils demandé d'enfreindre le Code Jedi ? De violer la Constitution ? De trahir une amitié ? De trahir tes propres *valeurs* ?

— Chancelier...

— *Réfléchis*, Anakin ! J'ai toujours essayé de t'apprendre à réfléchir. Bien sûr, bien sûr, les Jedi ne réfléchissent pas, ils *savent*... Mais ces réponses éculées ne suffisent plus désormais, en ces temps troublés. Interroge-toi sur leurs motivations. Purifie ton esprit de ses préjugés. La peur de perdre leur pouvoir est une faiblesse commune aux Jedi et aux Sith.

Anakin s'enfonça dans son fauteuil. Trop de choses s'étaient produites en trop peu de temps. Tout se mélangeait dans sa tête, et rien ne semblait faire sens.

Sauf ce que Palpatine disait.

Ça faisait beaucoup *trop* sens.

— Ça me rappelle une vieille légende, susurra Palpatine. Anakin, connais-tu *La Tragédie de Dark Plagueis le Sage* ?

Anakin secoua la tête.

— Ah, j'ai l'impression que non. Ce n'est pas le genre d'histoire que les Jedi ont dû te raconter. C'est une légende Sith, la légende d'un Seigneur Noir qui avait tourné son regard si profondément à l'intérieur de lui qu'il était parvenu à comprendre, et à maîtriser, la vie elle-même. Et – parce que les deux ne font qu'un, lorsqu'on est assez clairvoyant – la mort elle-même.

Anakin se redressa. Entendait-il vraiment tout ça ?

Il pouvait prémunir les gens contre la mort ?

— Selon la légende, poursuivit Palpatine, il savait directement influencer les midi-chloriens afin de leur faire créer la vie ; fort d'une telle connaissance, maintenir en vie un être déjà vivant ne serait qu'un jeu d'enfant, n'est-ce pas ?

Un univers de possibilités s'épanouit dans la tête d'Anakin.

— Plus fort que la mort..., murmura-t-il.

— Le Côté Obscur semblerait être – d'après ce que j'ai lu – le chemin vers des capacités que d'aucuns considéreraient comme loin d'être naturelles.

— Que lui est-il arrivé ? suffoqua Anakin.

— Ah, eh bien, *c'est* là que ça devient dramatique. Une fois qu'il eut acquis ce pouvoir ultime, il n'avait plus rien à craindre, sauf de le perdre – c'est d'ailleurs pour ça que le Conseil Jedi m'y a fait penser, vois-tu.

— Mais que lui est-il *arrivé* ?

— Eh bien, pour garantir la pérennité de son pouvoir, il enseigna à son apprenti le chemin qui y menait.

— Et... ?

— Et son apprenti l'a tué dans son sommeil, fit Palpatine avec un haussement d'épaules désabusé. Plagueis ne l'a pas vu venir. C'est une ironie tragique : lui qui pouvait sauver n'importe qui de la mort...

— Et son apprenti ? Que lui est-il arrivé ?

— Lui ? Oh, il poursuit toujours la voie qui fera de lui le plus grand Seigneur Noir que les Sith aient jamais connu...

— Autant dire, murmura Anakin, que la tragédie est pour *Plagueis* seul, pour l'apprenti, la légende finit bien...

— C'est vrai. Je ne te le fais pas dire. Je n'ai jamais abordé cette histoire sous cet angle-là, mais maintenant que tu m'y fais penser...

— Et si, commença lentement Anakin, hésitant à prononcer ces paroles, ce n'était pas une légende ?

— Pardon ?

— Si Dark Plagueis avait vraiment *existé*, et si quelqu'un lui avait vraiment *pris* son pouvoir ?

— Oh, je suis… presque certain… que Plagueis a vraiment existé. Et si quelqu'un a aujourd'hui son pouvoir… alors ce devrait être l'un des hommes les plus puissants de la galaxie, sans parler du fait qu'il serait peut-être immortel…

— Comment pourrais-je le *trouver* ?

— Ça, je suis bien incapable de le dire. Tu devrais demander à tes amis du Conseil Jedi, je suppose, mais s'ils venaient à le trouver, ils le tueraient évidemment aussitôt. Non pour le punir de son crime, tu comprends. L'innocence ne veut rien dire pour les Jedi. Ils le tueraient simplement parce qu'il est Sith. Et tout ce qu'il sait périrait avec lui.

Anakin était à moitié levé, tremblant et les poings serrés. Il se força à se calmer, retomba sur son siège, et prit une profonde inspiration.

— Il faut… il faut que… Vous semblez connaître tant de choses sur le sujet, j'ai besoin que vous me répondiez : serait-il possible, vraiment, d'acquérir ce pouvoir ?

Palpatine haussa les épaules et le regarda avec un sourire empreint d'une sagesse bienveillante.

— En tout cas, ce n'est pas à la portée des Jedi, conclut-il. C'est trop fort pour eux.

Très, très longtemps après avoir quitté l'Opéra, Anakin resta assis, immobile, dans son speeder qui avançait au ralenti, les yeux fermés, la tête appuyée sur sa main mécanique. Le speeder était doucement ballotté par les courants aériens du trafic ; mais il ne le sentait pas. Les klaxons beuglaient, les pilotes faisaient des embardées autour de lui ; il ne les entendait pas.

Enfin, il soupira et leva la main. Il tapa un code personnel sur la console du speeder. Au bout d'un moment, le visage de Padmé à moitié endormie apparut sur l'écran.

Elle se frotta les yeux, clignant des paupières.

— *Anakin… ? Où es-tu ? Quelle heure est-il ?*

— Padmé, je ne peux pas… (Il s'interrompit, souffla bruyamment par le nez.) Écoute, Padmé, il est arrivé quelque chose. Je dois passer la nuit au Temple.

— *Oh… Anakin. Bon, tant pis. Tu vas me manquer.*

— Tu vas me manquer aussi. (Il déglutit.) Tu me manques déjà.

— *Nous serons ensemble demain ?*

— Oui. Et bientôt, pour le reste de nos vies. Nous ne serons plus jamais séparés.

Elle acquiesça, encore endormie.

— *Repose-toi bien, mon amour.*

— Je vais essayer. Toi aussi.

Elle lui souffla un baiser du bout de ses doigts, et l'écran redevint blanc.

Anakin activa les propulseurs et glissa habilement le speeder dans le trafic, manœuvrant vers le Temple Jedi, parce que ça, au moins, ce n'était pas un mensonge : il allait passer la nuit au Temple.

Le mensonge concernait le fait qu'il allait se reposer. Ou même essayer. Comment pourrait-il se reposer quand, chaque fois qu'il fermait les yeux, il la voyait en train de hurler sur la table d'accouchement ?

L'affront du Conseil le brûlait plus fortement que jamais. Il avait un nom, une histoire, un point de départ, mais comment pourrait-il expliquer au Maître des Archives pourquoi il avait besoin de faire des recherches sur la légende Sith de l'immortalité ?

Mais peut-être n'avait-il pas besoin des Archives, au fond.

Le Temple était un concentré d'énergie de la Force. C'était le plus grand nexus de la planète, peut-être de la galaxie, et c'était sans nul doute le meilleur endroit au monde pour se livrer à une méditation intense et concentrée. Il avait tant de choses à apprendre de la Force, et si peu de temps pour ça.

Il allait d'abord penser par lui-même.

Penser à *lui-même*.

13

La volonté de la Force

Quand sa dame de compagnie, Moté, la réveilla en lui annonçant que, d'après C-3PO, un Jedi voulait la voir, Padmé se leva d'un bond, passa une robe d'intérieur et sortit de sa chambre, un sourire dissipant les brumes du sommeil, pareil à l'aube que l'on voyait poindre au-dehors...

Ce n'était qu'Obi-Wan.

Le Maître Jedi lui tournait le dos. Il allait et venait impatiemment, les mains sur les hanches, en regardant distraitement sa collection de sculptures rares.

— Obi-Wan, dit-elle, haletante. Est-ce que...

Elle ravala la fin de sa phrase : ... *est-ce qu'il est arrivé quelque chose à Anakin ?* Comment expliquerait-elle que ce soient les premières paroles qui franchiraient ses lèvres ?

— ... Est-ce que C-3PO vous a proposé quelque chose à boire ?

Il se tourna vers elle, et son froncement de sourcils se dissipa.

— Sénateur ! dit-il chaleureusement. Quel plaisir. Je vous prie d'excuser cette visite matinale, et oui, votre droïde du protocole semblait tenir absolument à ce que je boive quelque chose. Mais comme vous l'imaginez sûrement, ajouta-t-il en se rembrunissant, ce n'est pas une visite de courtoisie. Je suis venu vous parler d'Anakin.

Grâce aux années de politique qu'elle avait derrière elle, alors que son cœur battait la chamade et qu'une sirène d'alarme retentissait dans sa tête – *que sait-il au juste ?* –, elle réussit à conserver une expression d'une neutralité attentive.

Dans la République, la Règle politique Numéro Un était de dire la vérité, tant qu'on pouvait. Surtout à un Jedi.

— J'ai été très heureuse d'apprendre sa nomination au Conseil.

— Oui. Il mériterait peut-être mieux, même si je crains que ce n'en soit déjà plus qu'il n'en peut gérer. Est-il venu vous voir ?

— Plusieurs fois, répondit-elle d'un ton égal. Il y a quelque chose qui ne va pas ?

Obi-Wan inclina la tête, et un sourire vaguement attristé se dessina sous sa barbe.

— Vous auriez dû être une Jedi.

Elle parvint à émettre un petit rire.

— Et vous ne devriez jamais faire de politique. Vous n'arrivez pas très bien à dissimuler vos sentiments. Que se passe-t-il ?

— C'est Anakin, fit-il.

Sa jovialité s'estompa, et il sembla vieillir à vue d'œil. Il avait l'air très las, tout à coup, et profondément troublé.

— Je peux m'asseoir ?

— Je vous en prie, fit-elle avec un geste en direction d'un divan, et elle s'assit juste au bord, à côté de lui. Il s'est encore attiré des ennuis ?

— J'espère bien que non. C'est plutôt... un problème personnel, répondit-il en se tortillant, visiblement mal à l'aise. Il se retrouve dans une position délicate en tant que représentant du Chancelier, mais je pense que c'est plus compliqué que ça. Nous... nous nous sommes disputés, hier, et nous nous sommes quittés fâchés.

Elle sentit son cœur se serrer. Il devait être au courant, et il était venu pour l'affronter, pour que leur vie s'écroule autour d'eux. Elle avait mal pour Anakin, mais son visage ne témoignait qu'un intérêt poli.

— Et à quel propos vous êtes-vous disputés ? demanda-t-elle avec défiance.

— Je crains de ne pas pouvoir vous le révéler, répondit-il avec un froncement de sourcils vaguement navré. Des affaires Jedi. Vous comprenez.

Elle inclina la tête.

— Évidemment.

— C'est juste que... Eh bien, je m'en fais pour lui. J'espérais qu'il vous aurait peut-être parlé.

— Et pourquoi me parlerait-il... d'affaires Jedi ? répliqua-t-elle en le gratifiant de son meilleur sourire amical-mais-sceptique.

— Sénateur... Padmé... Je vous en prie, fit-il en la regardant avec un mélange de compassion, d'angoisse et de lassitude. Padmé, je ne suis pas aveugle. Et pourtant, j'ai essayé de fermer les yeux, pour le bien d'Anakin. Et pour le vôtre.

— Que voulez-vous dire ?

— Vous n'êtes pas très doués non plus pour cacher vos sentiments, tous les deux.

— Obi-Wan...

— Anakin vous aime depuis le premier jour de votre rencontre, dans cette horrible boutique de camelote, sur Tatooine. Il n'a même pas essayé de le cacher, bien que nous n'en ayons jamais parlé. Nous... faisons comme si je n'étais pas au courant. Et ça me convenait, parce que ça le rendait heureux. Vous le rendiez heureux, alors que rien n'y arrivait vraiment. (Il soupira et les rides de son front se creusèrent.) Et vous, Padmé, douée comme vous l'êtes au Sénat, vous ne pouvez cacher la lumière qui emplit vos yeux lorsqu'on prononce son nom devant vous.

Elle se leva d'un bond.

— Je... je ne peux pas... Obi-Wan, ne me faites pas parler de...

— Je ne suis pas venu vous faire de mal, Padmé. Ou pour vous mettre mal à l'aise. Je ne suis pas ici pour vous passer sur le gril. Les détails de votre relation ne m'intéressent pas.

Elle se détourna, marchant pour se donner une contenance, à peine consciente de franchir la porte qui menait à la véranda baignée par les premières lueurs de l'aube.

— Alors, pourquoi êtes-vous venu ?

Il la suivit respectueusement.

— Anakin est soumis à de fortes tensions. De terribles responsabilités pèsent sur lui. Des responsabilités trop lourdes pour un si jeune homme. À son âge, j'avais encore des années d'apprentissage devant moi. Il est en train de changer. Très vite. Mais en quoi ? C'est ce qui m'inquiète. Ce serait... une très grosse erreur... s'il devait quitter l'Ordre Jedi.

Elle accusa le coup, comme s'il l'avait giflée.

— Pourquoi... ? Ça paraît on ne peut plus... invraisemblable, non ? Et cette prophétie en laquelle les Jedi ont tellement foi ? N'est-il pas l'Élu ?

— Très probablement. Mais j'ai bien étudié la prophétie ; elle dit seulement qu'un Élu naîtra, qui détruira les Sith et rétablira l'équilibre de la Force. Il n'est dit nulle part que ce doit être un Jedi.

Le clignement de ses yeux s'accentua, et elle lutta contre une vague d'espoir irrépressible qui la laissait sans voix.

— Il n'est pas obligatoire que ce soit un Jedi ?

— Mon Maître, Qui-Gon Jinn, croyait que la volonté de la Force était qu'Anakin suive l'entraînement Jedi, et nous avons tous un certain... je pense qu'on peut appeler ça un préjugé jediphile. C'est une prophétie Jedi, après tout.

— Mais la volonté de la Force... n'est-ce pas le précepte que suivent les Jedi ?

— Oui, en effet. Mais vous devez comprendre que même les Jedi ne savent pas tout sur la Force. Aucun esprit mortel ne pourrait tout savoir à ce sujet. Nous parlons de « la volonté de la Force », comme quelqu'un qui ignorerait tout de la gravité pourrait dire que la volonté de la rivière est de couler vers l'océan : c'est une métaphore qui cache notre ignorance. La vérité toute simple – si tant est qu'une telle vérité puisse être simple –, c'est que nous ne savons pas vraiment ce que peut bien être la volonté de la Force. Et il se peut que nous ne le sachions jamais. Elle dépasse tellement notre compréhension limitée que nous ne pouvons que nous rendre à son mystère.

Elle déglutit péniblement.

— Et quel rapport avec Anakin ? demanda-t-elle d'une petite voix tendue. Et avec moi ?

— Je crains que certaines de ses... difficultés... actuelles ne soient liées à votre relation.

Si seulement vous saviez à quel point, songea-t-elle.

— Que voulez-vous que je fasse ?

Il baissa les yeux.

— Je ne peux pas vous dicter votre conduite, Padmé. Je ne peux que vous demander de songer aux intérêts d'Anakin. Vous savez que vous ne pourrez jamais être ensemble, tous les deux, tant qu'il sera dans l'Ordre.

— Obi-Wan, dit-elle, alors qu'un froid glacial lui envahissait le cœur, je ne peux pas parler de ça.

— Très bien. Mais rappelez-vous que les Jedi sont sa famille. C'est l'Ordre qui structure, qui donne un sens à sa vie. Vous savez à quel point il peut être... indiscipliné.

Et c'est pour ça qu'il était le seul Jedi qu'elle pourrait jamais aimer.

— Oui. Oui, bien sûr.

— Si son vrai chemin l'éloigne des Jedi, ainsi soit-il. Mais je vous en prie, pour vous deux, allez-y doucement. Soyez bien sûre de ce que vous ferez. Il y a des décisions sur lesquelles on ne peut revenir.

— Ooh oui, dit-elle lentement, d'un ton convaincu. À qui le dites-vous.

Il hocha la tête comme s'il comprenait, sauf qu'il ne pouvait évidemment pas comprendre.

— Ça vaut pour nous tous, en ce moment, répondit-il.

Une tonalité se fit entendre dans les plis de sa tunique.

— Excusez-moi, fit-il en se détournant, et il sortit un comlink d'une poche intérieure. Oui... ?

Une voix d'homme se fit entendre, lointaine, grave et précise :

— *Le Conseil est convoqué en réunion spéciale. Nous avons localisé le général Grievous !*

— Merci, Maître Windu, répondit Obi-Wan. J'arrive !

Le général Grievous ? Les yeux de Padmé s'emplirent de larmes brûlantes. Ils allaient donc lui reprendre Anakin.

Elle sentit quelque chose bouger sous ses côtes. *Nous le reprendre*, rectifia-t-elle, et tant d'amour, de peur, de joie et de perte tournoyaient et s'entrechoquaient en elle qu'elle n'osait pas parler. Elle regardait sans le voir le paysage de toits nimbé de brouillard lorsque Obi-Wan s'approcha de son épaule.

— Padmé, dit-il doucement, gentiment. (D'un ton de regret, presque.) Je ne parlerai pas de ça au Conseil. Je ne leur dirai rien. Je suis vraiment navré de vous accabler de ce fardeau, et je... j'espère ne pas vous avoir trop bouleversée. Nous sommes tous amis depuis tellement longtemps... et j'espère que nous le serons toujours.

— Merci, Obi-Wan, dit-elle faiblement sans oser le regarder.

Du coin de l'œil, elle vit qu'il inclinait respectueusement la tête et tournait les talons. Pendant un moment, elle resta là, sans rien dire, mais alors que le bruit de ses pas s'éloignait, elle appela :

— Obi-Wan ?

Elle entendit qu'il s'arrêtait.

— Vous l'aimez aussi, n'est-ce pas ?

Comme il ne répondait pas, elle se retourna et le regarda. Il était debout là, sans bouger, les sourcils froncés, au milieu de l'immense salon.

— Oui. Vous l'aimez.

Il baissa la tête. Il avait l'air très seul.

— Je vous en prie, faites tout ce que vous pourrez pour l'aider, dit-il.

Et il s'en alla.

L'holoscan d'Utapau tournait lentement sur lui-même au centre de la Chambre du Conseil Jedi. Anakin avait apporté l'holoprojecteur du bureau du Chancelier. Obi-Wan se demanda fugitivement si le projecteur avait été scanné à la recherche des éventuels mouchards placés dedans par Palpatine pour espionner leur réunion, puis il écarta cette pensée. D'une certaine façon, Anakin était le mouchard du Chancelier.

Et c'est notre faute, se dit-il.

En dehors d'Obi-Wan et d'Anakin, les seuls membres du Conseil présents en chair et en os étaient Mace Windu et Agen Kolar. Le quorum du Conseil était atteint grâce aux holoprésences de Ki-Adi-Mundi, qui faisait route pour Mygeeto, de Plo Koon, qui était déjà arrivé sur Cato Neimoïdia, et de Yoda, qui s'apprêtait à se poser sur Kashyyyk.

— Pourquoi Utapau ? demandait Mace Windu. Un système neutre, d'une importance stratégique toute relative, et à peu près dépourvu de forces de défense planétaires…

— C'est peut-être pour ça, justement, répondit Agen Kolar. Facile à prendre, et les entonnoirs où se terre leur civilisation pourraient dissimuler un nombre terrifiant de droïdes, invisibles même aux scanners à longue portée.

Le front de Ki-Adi-Mundi se plissa sur toute sa largeur.

— *Nos agents sur Utapau ne nous ont rien signalé.*

— Il se peut qu'ils soient prisonniers. Ou morts, répondit Obi-Wan.

Mace se pencha vers Anakin, perplexe.

— Comment le Chancelier a-t-il pu recevoir cette information, alors que nous ne sommes pas au courant ?

— Les services de renseignement clones ont intercepté un message fragmentaire dans une communication diplomatique du Président d'Utapau, répondit Anakin. Nous avons réussi à l'authentifier il y a une heure seulement.

À la façon dont Anakin disait maintenant « nous » en parlant du Bureau du Chancelier, Obi-Wan sentit les rides de son front se creuser.

— Les services de renseignement clones, releva lourdement Mace, en réfèrent directement à nous.

— Je vous demande pardon, Maître Windu, mais ce n'est plus le cas. Je pensais que ça vous avait été clairement spécifié, rectifia Anakin, et bien qu'il eût une expression parfaitement solennelle, Obi-Wan eut l'impression de détecter un soupçon de satisfaction dans la voix de son jeune ami. L'amendement à la Constitution qui place les Jedi sous l'autorité du Chancelier inclut naturellement les troupes commandées par les Jedi. Palpatine est maintenant le Commandant Suprême de la Grande Armée de la République.

— *De la loi contester, inutile il est*, fit l'image de Yoda. *Dans la légalité, agir nous devons.*

— Je crois que nous sommes tous d'accord sur ce point, commenta sèchement Anakin. Passons à la programmation stratégique. Le Chancelier a exigé que je prenne la direction de cette mission, et je vais...

— C'est le Conseil qui en décidera, coupa Mace d'une voix atone. Pas le Chancelier.

— *Dangereux Grievous est. Pour l'affronter, des esprits équilibrés nécessaires sont. Des Maîtres, envoyer il faudrait.*

Peut-être, de tous les membres du Conseil, Obi-Wan fut-il seul à détecter l'ombre de déception et de souffrance qui passa dans le regard d'Anakin. Obi-Wan comprenait parfaitement, et il partageait même ses sentiments : le combat aurait permis à Anakin d'échapper aux pressions de ce qu'il percevait comme des devoirs conflictuels.

— Compte tenu de la tension imposée à nos ressources actuelles, dit Mace Windu, je recommande que nous n'envoyions qu'un seul Jedi : Maître Kenobi.

Ainsi, Mace et Agen Kolar – qui étaient tous deux parmi les plus grands tireurs de sabre laser que l'Ordre Jedi ait jamais produits – restaient ici, sur Coruscant, au cas où Sidious profiterait de cette occasion pour effectuer un mouvement décisif. Sans parler d'Anakin, qui valait une brigade à lui tout seul, pour la puissance de feu.

Obi-Wan hocha la tête. Parfaitement logique. Tout le monde ne pouvait qu'être d'accord.

Sauf Anakin. Il se pencha en avant, les joues empourprées.

— Ça n'a pas été une grande réussite, la dernière fois qu'il a affronté Grievous !

— Anakin..., commença Obi-Wan.

— Ne le prenez pas mal, mon Maître. Je ne fais qu'énoncer un fait.

— Je ne le prends pas mal. Tu as tout à fait raison. Mais je sens bien, maintenant, sa façon de combattre, et de fuir. Je suis sûr de pouvoir le rattraper.

— Maître…

— Quant à toi, mon jeune ami, tu as des devoirs ici, sur Coruscant, lui rappela Obi-Wan. Des devoirs primordiaux, qui exigent ton attention pleine et entière. Suis-je clair ?

Anakin ne répondit pas. Il s'appuya au dossier de son fauteuil et se détourna.

— *Obi-Wan, mon choix est*, confirma Yoda.

L'image de Ki-Adi-Mundi opina.

— Je suis d'accord. Mettons la proposition aux voix.

Mace Windu compta les hochements de tête.

— Six voix pour.

Il attendit, regarda Anakin.

— Des commentaires ?

Anakin se contenta de regarder le mur.

Au bout d'un moment, Mace hocha la tête.

— La proposition est acceptée à l'unanimité.

La Sénateur Chi Eekway prit un tube de hoï-broth Aqualien sur le plateau de rafraîchissements que promenait C-3PO.

— Je vous suis très reconnaissante de m'avoir conviée, dit-elle, les fanons de son cou tremblotant alors qu'elle inclinait sa tête bleue comme pour englober le salon de Padmé où étaient réunis les Sénateurs. Je ne parlerai que pour mon Secteur, évidemment, mais je peux vous dire que beaucoup de Sénateurs commencent vraiment à s'énerver. Au cas où vous l'ignoreriez, de nouveaux Gouverneurs arrivent avec des régiments complets de clones – qu'ils appellent des *forces de sécurité*. Nous commençons tous à nous demander si ces troupes sont faites pour nous protéger des Séparatistes… ou pour défendre les Gouverneurs contre nous.

Padmé leva les yeux du lecteur de documents qu'elle tenait à la main.

— Je tiens d'une... source bien informée... que le général Grievous a été localisé, et que les Jedi font déjà mouvement contre sa position. Il se pourrait que la fin de la guerre soit proche.

— Et après ? demanda Bail Organa en se penchant en avant, les coudes sur les genoux, les mains croisées devant lui. Comment allons-nous pousser Palpatine à retirer ses Gouverneurs ? Comment allons-nous l'empêcher de créer des garnisons de troupes dans tous nos systèmes ?

— Nous n'avons pas besoin de lui faire faire quoi que ce soit, répondit Padmé d'un ton posé. Le Sénat ne lui a accordé les pouvoirs exécutifs que pour la durée de l'état d'urgence.

— Mais Palpatine est seul à avoir l'autorité nécessaire pour déclarer la fin de l'état d'urgence, contra Bail. Comment l'obliger à remettre ses pouvoirs au Sénat ?

Chi Eekway se redressa.

— C'est exactement ce que beaucoup d'entre nous sont prêts à faire, dit-elle. Et je ne parle pas seulement de mon peuple. Beaucoup de Sénateurs. Nous sommes prêts à l'obliger à rendre ses pouvoirs exceptionnels.

Padmé ferma le lecteur de documents avec un claquement sec. Elle promena sur les Sénateurs un regard inexpressif.

— Quelqu'un veut encore boire quelque chose ?

— Sénateur Amidala, dit Eekway, j'ai peur que vous n'ayez pas compris...

— Sénateur Eekway... un autre hoï-broth ?

— Non, c'est...

— Eh bien, dans ce cas... C-3PO, ce sera tout. Va dire à Moté et Ellé qu'elles peuvent disposer de leur journée, et tu pourras recharger tes batteries un moment.

— Merci, ma Dame, répondit C-3PO. Bien que, je dois le dire, cette conversation ait été des plus fasci...

— Merci, C-3PO, reprit plus fermement Padmé, ce sera tout.

— Oui, Maîtresse. Bien sûr. Je comprends parfaitement.

Le droïde pivota et quitta la pièce avec raideur.

Dès que C-3PO fut hors de portée de voix, Padmé brandit le lecteur de documents comme si c'était une arme.

— C'est une mesure très dangereuse. Il ne faudrait pas que cela mène à un nouvel embrasement.

— C'est la dernière chose que nous voulons, tous autant que nous sommes, répondit Bail avec un regard réprobateur en direction de la Sénateur Eekway. Alderaan n'a pas de forces armées ; nous n'avons même pas de système de défense planétaire. Notre seule issue est de trouver une solution politique.

— Ce qui est le but de ce manifeste, poursuivit Mon Mothma en posant la main sur celle de Padmé. Nous espérons que si Palpatine constate que le Sénat est solidaire, il hésitera à violer plus longtemps la Constitution, c'est tout. Les signatures de deux mille Sénateurs…

— … ne suffiront pas à empêcher sa supermajorité de modifier la Constitution comme bon lui semblera, acheva Padmé à sa place. Je suis disposée à présenter ceci à Palpatine, continua-t-elle en soupesant le lecteur de documents, mais je n'ai plus confiance dans les desseins du Sénat, ou même dans sa capacité à tenir la bride. Je pense que nous devrions consulter les Jedi.

Parce que je pense vraiment qu'ils peuvent nous aider, ou simplement parce que je ne peux pas supporter de mentir à mon mari ? Elle ne pouvait le dire. Elle espérait que les deux réponses étaient sincères, bien qu'elle ne soit sûre que de la seconde.

Bana Breemu examina ses ongles longs, élégamment manucurés.

— Ça, dit-elle d'une voix distante, ce serait dangereux.

Mon Mothma hocha la tête.

— Nous ne connaissons pas la position des Jedi dans toute cette affaire.

Bail se pencha vers l'avant.

— Les Jedi ne sont pas plus heureux que nous de la situation.

La Sénateur Breemu jeta à Padmé un regard que ses pommettes hautes firent paraître d'autant plus lointain et sceptique.

— Sénateur Amidala, vous avez l'air... remarquablement bien informée des affaires des Jedi.

Padmé se sentit rougir et n'osa pas répondre de crainte que sa voix ne la trahisse.

Giddean Danu secoua sa tête sombre d'un air dubitatif.

— Pour nous opposer ouvertement au Chancelier, nous aurons bien besoin des Jedi, de leur soutien, de leur autorité morale. À part eux, qui avons-nous ?

— L'autorité morale des Jedi, objecta Bana Breemu, s'est abondamment investie dans la guerre. Je crains qu'ils n'en aient plus guère à consacrer à la politique.

— Alors, l'aide *d'un* Jedi, proposa Padmé à ses compagnons. *Au moins, laissez-moi dire la vérité à mon amour. Rien que ça. Je vous en prie*, implora-t-elle silencieusement. Il y a un Jedi dont je sais que nous pouvons vraiment tous lui faire absolument confiance...

Elle laissa sa phrase en suspens lorsqu'elle se rendit compte avec consternation qu'elle ne parlait pas d'Anakin.

C'était pourtant bien de lui qu'il était question lorsqu'elle avait commencé – de lui, de son amour, de son besoin de franchise envers lui, du coup de poignard que ce secret lui portait au cœur à chacun de ses battements –, mais quand elle avait évoqué la notion de confiance, lorsqu'il s'était agi de quelqu'un à qui elle savait pouvoir avoir vraiment et absolument confiance...

Elle se rendit compte que c'était d'Obi-Wan qu'elle parlait.

Anakin... quelque chose se brisait en elle. *Oh, mon amour, qu'est-ce qu'ils nous ont fait ?*

Chi Eekway secoua la tête.

— Patience, Sénateur.

Fang Zar dénoua ses doigts sous sa barbe en broussaille et haussa les épaules.

— D'accord, nous ne pouvons bloquer la supermajorité du Chancelier, mais nous pouvons lui prouver que l'opposition à ses méthodes s'accroît. Peut-être cela l'amènera-t-il à modérer ses ambitions.

Bana Breemu reprit l'examen de ses ongles.

— Quand vous présenterez le Manifeste des Deux Mille, il se pourrait que beaucoup de choses changent.

— Mais changeront-elles pour le mieux ? objecta Giddean Danu.

Bail Organa et Mon Mothma échangèrent des regards subreptices qui suggéraient quelque secret partagé.

— Avant d'impliquer les Jedi, voyons ce que nous pourrons accomplir au Sénat, dit lentement Bail.

Et comme les Sénateurs approuvaient l'un après l'autre, Padmé resta assise, silencieuse. Endeuillée.

Pleurant intérieurement la mort soudaine d'une illusion.

Anakin… Anakin… Je t'aime. Si seulement…

Mais ce « si seulement » l'emmènerait dans un endroit où elle ne pouvait pas supporter d'aller. En fin de compte, elle ne pouvait que revenir à la pensée dont elle craignait qu'elle ne résonne en elle jusqu'à la fin de ses jours.

Anakin, je suis navrée.

Le dernier des hovertanks gravit dans un ronflement la rampe menant au croiseur d'assaut triangulaire qui bouchait le ciel. Il fut suivi par des rangées de soldats clones marchant au pas, avec un synchronisme absolu, et formant des bataillons qui se succédaient dans un ordre impeccable.

Debout à côté d'Obi-Wan sur l'aire d'atterrissage, Anakin les regardait partir.

Sans lui. Il n'arrivait pas à le croire.

Ce n'était pas qu'il ait vraiment envie d'accompagner Obi-Wan sur Utapau, et pourtant, cela aurait été un soulagement que de s'extirper de ce bourbier politique dans lequel il était englué. Mais comment pouvait-il quitter Padmé en ce moment ? Il ne se souciait même plus d'être le Jedi qui capturerait Grievous, exploit qui lui aurait pourtant sûrement valu de passer Maître. Il n'était même plus sûr de vouloir être élevé au rang de Maître.

À travers les longues et sombres heures de méditation de la nuit précédente – une méditation souvent indiscernable de la rumination –, il avait commencé à éprouver, à l'intérieur de la Force, une vérité plus profonde : une réalité enfouie qui le lorgnait comme un sarlaac sous les sables baignés de soleil de l'entraînement Jedi.

Quelque part, profondément enfoui, gisait tout le pouvoir dont il aurait jamais besoin.

Alors non, il n'avait pas envie de partir. C'était plutôt, inexplicablement, qu'il aurait voulu qu'Obi-Wan reste.

Il y avait dans sa poitrine un vide glacé dont il craignait qu'il ne s'emplisse bientôt de regret, et de chagrin.

Évidemment, il n'y avait aucune chance qu'Obi-Wan reste ; il serait le dernier Jedi de la galaxie à défier un ordre du Conseil. Et ce n'était pas la première fois qu'Anakin se prenait à regretter qu'Obi-Wan ne ressemble pas un peu plus au défunt Qui-Gon. Il n'avait connu Qui-Gon que pendant quelques jours, mais Anakin avait l'impression de le voir, en ce moment précis, le front plissé, penché sur son Padawan, le dominant de toute sa hauteur. Il avait l'impression d'entendre sa voix chaude, sa voix de baryton, alors qu'il donnait à Obi-Wan pour instruction de *prendre garde aux courants de la Force vive : faire son devoir n'est pas toujours faire ce qu'il faut. Préoccupe-toi de ce qui est bien. Et le devoir suivra.*

Sauf que cela, il ne pouvait pas le dire. Il avait passé ses Épreuves plusieurs mois auparavant, mais pour Obi-Wan, il était toujours l'élève, pas le Maître.

Il ne pouvait que dire :

— J'ai un mauvais pressentiment...

Obi-Wan observait, les sourcils froncés, un membre de l'équipage clone charger son chasseur bleu et blanc sur le pont d'envol du croiseur d'assaut.

— Pardon, Anakin. Tu disais quelque chose ?

— Vous auriez besoin de moi pour ça, Maître.

Et il sentit une vérité inattendue dans ses paroles, aussi s'il pouvait l'accompagner, s'il réussissait, il ne savait comment, à oublier Padmé pendant quelques jours, si seulement il pouvait s'abstraire de Palpatine, du Conseil, de ses méditations, de la politique et de tout ce qui, ici, sur Coruscant, le tiraillait d'un côté et de l'autre, et l'entraînait par le fond, si seulement il pouvait juste le suivre, et derechef jouer à être Kenobi et Skywalker pendant quelques jours, tout irait peut-être bien à nouveau.

Si seulement...

— Ce n'est peut-être rien, Anakin, qu'une chasse au bantha sauvage, répondit Obi-Wan. Ta mission, ici, est beaucoup plus importante.

— Je sais : le Sith.

Ce mot lui laissa un goût amer dans la bouche. Les manipulations du Conseil avaient une sale odeur de politique.

Anakin haussa les épaules, désarmé, et détourna le regard.

— C'est juste que..., fit-il. Je n'aime pas que vous partiez sans moi, comme ça. C'est une mauvaise idée de diviser l'équipe. Je veux dire, vous avez vu ce qui est arrivé, la dernière fois.

— Ne remue pas le couteau dans la plaie.

— Vous voulez passer encore quelques mois avec quelqu'un comme Ventress ? Ou pire ?

— Anakin..., soupira Obi-Wan, et Anakin entendit ce fameux petit sourire dans sa voix. Ne t'en fais pas. J'ai assez de clones pour prendre trois systèmes comme celui d'Utapau. Je devrais arriver à gérer la situation, même sans ton aide.

Anakin dut répondre à son sourire.

— Eh bien, il y a toujours une première fois.

— Nous ne nous séparons pas vraiment, Anakin, reprit Obi-Wan. Nous avons déjà travaillé seuls plusieurs fois – comme quand tu as emmené Padmé sur Naboo pendant que j'allais à Kamino et Géonosis.

— Et vous avez vu comment les choses ont tourné...

— D'accord. Mauvais exemple, admit Obi-Wan, son sourire prenant une tonalité attristée. Et pourtant, des années plus tard, nous sommes tous là : encore vivants, et toujours amis. Ce que je veux dire, Anakin, c'est que même quand nous partons en mission séparément, nous partons ensemble. Nous avons les mêmes buts : mettre fin à la guerre, et sauver la République des Sith. Tant que nous serons du même côté, tout finira bien. J'en suis sûr.

— Enfin..., soupira Anakin. Il se peut que vous ayez raison. Ça vous arrive parfois. De temps en temps.

Obi-Wan eut un petit ricanement et lui flanqua une claque dans le dos.

— Au revoir, mon ami.

— Maître, attendez !

Anakin se tourna face à lui. Il ne pouvait pas rester là, les bras ballants, à le regarder s'en aller comme ça. Pas maintenant. Il avait quelque chose à lui dire...

Il avait le sentiment désespérant qu'il n'en aurait peut-être plus l'occasion.

— Maître..., dit-il d'une voix hésitante. Je sais que... je vous ai déçu, ces derniers jours. J'ai été arrogant. J'ai... je n'ai guère fait honneur à votre entraînement, et ce qui est pire, à votre amitié. Je ne suis pas en train de chercher des excuses, Maître. Le Conseil... j'étais plein de frustration... Je sais que rien de tout ça n'est votre faute, et je vous demande pardon. Pour tout. Votre amitié est tout pour moi.

Obi-Wan prit la main mécanique d'Anakin, et de l'autre, il lui pressa le bras au-dessus de la jointure de la chair et du métal.

— Tu es sage et fort, Anakin. Tu fais honneur à l'Ordre Jedi, et tu as de loin surpassé mes humbles efforts d'éducation.

Anakin sentit son propre sourire devenir mélancolique.

— Pas plus tard que l'autre jour, vous disiez que je ne faisais pas honneur à mon pouvoir.

— Je ne parle pas de ton pouvoir, Anakin, mais de ton cœur. La grandeur qui est en toi est une grandeur morale. De courage, de générosité, de compassion et d'engagement. Ce sont tes vertus, dit gentiment Obi-Wan. Tu as fait de grandes choses, et je suis très fier de toi.

Anakin se rendit compte qu'il n'avait rien à dire.

— Eh bien, fit Obi-Wan en baissant les yeux, avec un petit rire, lâchant la main et le bras d'Anakin, je crois que le général Grievous m'appelle. Au revoir, mon ami. La Force soit avec toi.

Anakin ne put lui offrir en retour qu'un écho, un reflet :

— La Force soit avec vous.

Il resta planté là, immobile et silencieux, et regarda Obi-Wan s'éloigner. Puis il se retourna et, lentement, la tête basse, retourna vers son speeder.

Le Chancelier l'attendait.

14

En chute libre dans l'obscurité

Un vent glacial balayait la plate-forme d'atterrissage privée du Chancelier, sur le toit du Sénat. Anakin était debout, drapé dans sa robe, le menton contre la poitrine, les yeux baissés, regardant le sol, à ses pieds. Il ne sentait ni le froid ni le vent. Il n'entendait pas la plainte de la navette de Palpatine qui s'apprêtait à atterrir, il ne sentait pas les volutes de fumée brune qui ondulaient au gré du vent.

Il ne voyait que les visages des Sénateurs qui l'attendaient pour le congratuler. Il n'entendait que leurs exclamations de joie et leurs acclamations lorsqu'il leur avait ramené leur Chancelier Suprême sain et sauf. Il n'avait que le souvenir de l'immense fierté qu'il avait éprouvée lorsqu'il s'était retrouvé le point de mire de toutes les équipes de l'HoloNet, avides d'obtenir ne serait-ce qu'une image de l'homme qui avait éliminé le Comte Dooku.

Combien de temps, combien de jours cela faisait-il ? Il n'arrivait pas à s'en souvenir. Pas beaucoup. Lorsqu'on ne dort pas, les jours se mêlent dans une brume de fatigue si profonde qu'elle se mue en douleur. La Force avait le pouvoir de le maintenir debout, en mouvement, capable de penser, mais elle n'avait pas celui de lui apporter le repos. Non qu'il eût envie de se reposer, d'ailleurs. Le repos pouvait apporter le sommeil.

Et ce que le sommeil risquait d'apporter, il ne pouvait pas le supporter.

Obi-Wan lui avait un jour parlé d'un poète – Anakin ne se rappelait ni son nom, ni la citation exacte – qui disait qu'il n'y avait pas de plus grand malheur que se rappeler le bonheur enfui...

Comment tout était-il si vite passé du meilleur au pire ? Il n'arrivait même pas à se le représenter.

Les répulseurs de la navette qui se posait sur l'aire d'atterrissage soulevèrent un tourbillon de poussière grasse. Le sas s'ouvrit, et quatre gardes personnels de Palpatine sortirent silencieusement, le vent soulevant leurs robes en longues vagues de soie rouge. Ils se positionnèrent de chaque côté de la porte tandis que le Chancelier apparaissait derrière l'imposante silhouette de Mas Amedda, le Porte-Parole du Sénat. Le Chagrien inclinait ses cornes au-dessus de Palpatine alors qu'ils marchaient de conserve, manifestement en grande conversation.

Anakin s'avança à leur rencontre.

— Chancelier, fit-il courtoisement. Seigneur Porte-Parole.

Mas Amedda regarda Anakin, et ses lèvres bleues esquissèrent une moue qui, chez un être humain, aurait exprimé le dégoût ; c'était un sourire Chagrien.

— Mes hommages, Votre Grâce. J'espère que la journée aura été bonne pour vous ?

Anakin avait l'impression qu'on lui avait jeté du sable dans les yeux.

— Excellente, Seigneur Porte-Parole. Merci de votre sollicitude.

Amedda se tourna vers Palpatine, et le sourire poli d'Anakin se crispa, devint une grimace méprisante. Peut-être était-il exténué, mais d'une certaine manière, en regardant les masses crâniennes charnues qui se rejoignaient sur la poitrine du Chagrien, il se prit à espérer qu'Obi-Wan ne lui avait pas menti au sujet de Sidious. Pourvu que Mas Amedda soit un Sith caché, car le Porte-Parole du Sénat avait quelque chose de tellement répugnant qu'Anakin se voyait assez bien lui fendre la tête en deux...

Puis il s'avisa, confusément, que Palpatine congédiait Mas Amedda, et les robes rouges par la même occasion.

Bien. Il n'était pas d'humeur à jouer à ces jeux-là. À deux, ils pourraient se parler plus librement. Une simple conversation franche et directe était peut-être tout ce dont il avait besoin. Une simple conversation pourrait peut-être dissiper le brouillard de demi-vérités et d'arguties que le Conseil Jedi lui avait insidieusement déversées dans l'esprit.

— Eh bien, Anakin, fit Palpatine tandis que les autres s'éloignaient, tu as dit au revoir à ton ami ?

Anakin acquiesça.

— Si je ne détestais pas tant Grievous, je serais presque désolé pour lui.

— Oh ? fit Palpatine, l'air modérément intéressé. Les Jedi ont-ils le droit de détester ?

— C'est une façon de parler, répondit Anakin, écartant cette pensée. Peu importe ce que m'inspire Grievous. Obi-Wan aura bientôt sa peau.

— À condition, bien sûr, murmura Palpatine en prenant Anakin par le bras pour le guider vers l'entrée, que le Conseil ne commette pas d'erreur. Je pense toujours que Maître Kenobi n'est pas le Jedi qu'il faut pour cette mission.

Anakin haussa les épaules, irrité. Pourquoi tout le monde s'ingéniait-il à mettre sur le tapis des choses dont il ne voulait pas entendre parler ?

— Le Conseil avait l'air très... sûr de lui lorsqu'il a pris cette décision.

— C'est bien d'être sûr de soi, concéda le Chancelier. Sauf que ceux qui sont le plus sûrs d'eux sont aussi, souvent, ceux qui se trompent le plus. Que fera le Conseil si Kenobi se révèle incapable d'appréhender Grievous sans ton aide ?

— Je ne peux vraiment pas vous répondre, Chancelier. Je pense que, dans ce cas, ils aviseront. Les Jedi apprennent qu'anticiper c'est se disperser.

— Je ne suis pas un philosophe, Anakin. Dans ma position, anticiper est souvent le seul espoir de réussite.

Je dois anticiper les manœuvres de mes adversaires, parfois celles de mes alliés, et même..., poursuivit-il en tendant la main, paume ouverte, vers Anakin, celles de mes amis. C'est le seul moyen pour moi d'être toujours en mesure de profiter des occasions qui se présentent, ou, au contraire, d'éviter le désastre.

— Mais si un désastre survient par la volonté de la Force...

— Je ne crois pas, hélas, en la volonté de la Force, répondit Palpatine avec une moue d'excuse. Je pense que c'est *notre* volonté qui compte. Je crois que tout ce qu'il y a de bien dans notre civilisation est arrivé, non par l'action aveugle de quelque champ d'énergie mystique, mais par la volonté conjuguée de quelques hommes : les législateurs et les guerriers, les inventeurs et les ingénieurs, qui se sont battus jusqu'à leur dernier souffle pour fonder la culture galactique. Pour améliorer la vie de chacun.

Ils se tenaient maintenant près de la porte voûtée qui menait au bureau de Palpatine.

— Entre un moment, Anakin. J'apprécie beaucoup les discussions philosophiques, mais ce n'est pas pour ça que je t'ai demandé de venir. Nous devons discuter d'affaires cruciales. Vraiment cruciales.

Anakin suivit Palpatine à travers les antichambres jusqu'à son cabinet privé. Il adopta une posture respectueuse, quasiment au garde-à-vous, devant le bureau de Palpatine, mais celui-ci lui désigna une chaise.

— Je t'en prie, Anakin, mets-toi à l'aise. Je crains que certaines choses ne soient pénibles à entendre pour toi.

— Comme tout ce que j'entends ces jours-ci, murmura Anakin en s'asseyant.

Palpatine ne parut pas entendre.

— Il s'agit de Maître Kenobi. Certains de mes amis Sénateurs ont eu vent de... rumeurs plutôt dérangeantes à son sujet. Beaucoup au Sénat pensent que Kenobi n'est pas à la hauteur de sa tâche.

Anakin fronça les sourcils :

— Vous parlez sérieusement ?

— On ne peut plus sérieusement, hélas. La situation est… compliquée, Anakin. Il semble que certains, au Sénat, regrettent maintenant de m'avoir accordé par vote les pouvoirs exceptionnels.

— Il y avait des dissidents et des opposants avant même Géonosis, Chancelier. Pourquoi cela devrait-il devenir préoccupant aujourd'hui ? Et en quoi cela concerne-t-il Obi-Wan ?

Palpatine fit pivoter son fauteuil afin de regarder, par la baie de transparacier blindé, le paysage de toits qui s'étendait au-dessous de lui et prit une profonde respiration.

— J'y arrive. La différence, c'est qu'aujourd'hui certains de ces Sénateurs – et ils sont nombreux – semblent avoir abandonné la démocratie. Incapables de parvenir à leurs fins au Sénat, ils fomentent une cabale et s'apprêtent à me renverser par… d'autres moyens.

— Vous parlez de trahison ?

Anakin avait suffisamment de discipline Jedi pour évacuer de sa mémoire le fait qu'il avait utilisé ce mot avec Obi-Wan.

— J'en ai bien peur. D'après la rumeur, le noyau dur de ce groupe aurait été victime de… de manœuvres de persuasion… du Conseil Jedi, et ses membres seraient en passe de se rendre complices d'une conspiration contre la République.

— Écoutez, Chancelier, je…, fit Anakin en secouant la tête. Tout cela semble simplement… grotesque.

— Il se peut que ce soit complètement faux. Souviens-toi qu'il ne s'agit que de rumeurs. Non confirmées. Les bavardages du Sénat sont rarement d'une grande précision, mais si c'est la vérité… nous devons nous tenir prêts, Anakin. J'ai encore assez d'amis au Sénat pour avoir vent de ce que cette clique déloyale pourrait tramer. Et j'ai une très bonne idée de l'identité de ses chefs. En fait, lors de ma dernière réunion de cet après-midi, je dois rencontrer des représentants de cette coterie. J'aimerais que tu y assistes également.

Personne ne lui ficherait donc la paix, aujourd'hui ? Ne serait-ce que quelques heures ?

— Moi ? Mais pourquoi ?

— À cause de ton intuition Jedi, Anakin. De ta capacité à percevoir les mauvaises intentions. Je ne doute pas que les Sénateurs dissimuleront leurs manigances derrière le masque de la vertu. Avec ton aide, nous les percerons à jour et nous découvrirons la vérité.

Anakin soupira, frotta ses yeux brûlants. Comment pouvait-il laisser tomber Palpatine ?

— Je vais essayer, Chancelier.

— Il n'est pas question d'essayer, Anakin, mais de *faire*. Après tout, ce ne sont que des Sénateurs. La plupart ne parviendraient pas à dissimuler leurs pensées à un ver de terre aveugle à moitié lobotomisé. Alors, au plus puissant Jedi de la galaxie...

Il s'appuya au dossier de son fauteuil et fit un clocher avec ses doigts.

— Cela dit, reprit-il pensivement, le Conseil Jedi est un tout autre problème. Une société secrète de personnages antidémocratiques qui exercent un formidable pouvoir, individuellement et collectivement. Comment pourrais-je suivre le labyrinthe de leurs intrigues ? C'est pour ça que je t'ai fait nommer au Conseil. Si ces rumeurs sont fondées, il se peut que tu sois le dernier espoir de la démocratie.

Anakin laissa à nouveau son menton retomber sur sa poitrine et ferma les yeux. Il semblait qu'il était toujours le dernier espoir de quelqu'un.

Pourquoi tout le monde se croyait-il obligé de lui faire supporter le fardeau de ses problèmes ? On ne pouvait donc pas lui fiche la paix ?

Comment pouvait-on espérer qu'il gère tout ça alors que la vie de Padmé était en jeu ?

Il articula lentement, sans rouvrir les yeux :

— Vous ne m'avez toujours pas dit ce qu'Obi-Wan avait à voir là-dedans.

— Ah, ça... Eh bien, c'est la partie la plus problématique. La plus *gênante*. Il semble que Maître Kenobi ait été en contact avec un Sénateur connu pour participer à cette cabale. En contact très *proche*, apparemment. Selon la rumeur, on l'aurait vu quitter la résidence du Sénateur ce matin même, à une heure… indue.

Anakin rouvrit un œil et se redressa.

— Qui ? Quel Sénateur ? Allons l'interroger, *lui*.

— Je suis désolé, Anakin. Mais le Sénateur est, en fait, *une Sénateur*. Une femme que tu connais assez bien, à vrai dire.

Anakin n'en croyait pas ses oreilles. Ça ne pouvait pas être vrai.

— Vous… Vous voulez dire…

Il ne pouvait se résoudre à prononcer son nom.

Palpatine lui jeta un regard mélancolique, compatissant.

— J'ai bien peur que si.

Anakin toussota, retrouva sa voix.

— C'est *impossible* ! Je le saurais… Elle ne peut pas… Elle n'a pas pu…

— Parfois, ce sont les plus proches qui voient le moins clair, dit tristement Palpatine.

Anakin s'appuya à son dossier, comme étourdi. Il avait l'impression qu'un gamorréen lui avait flanqué un coup dans la poitrine. Pas un gamorréen, un *rancor*. Il avait les oreilles qui bourdonnaient, et la pièce roulait et tanguait autour de lui.

— Je le saurais, répétait-il, hébété. Je le saurais…

— Ne le prends pas trop à cœur, fit Palpatine. Il ne s'agit peut-être que de ragots. Ou d'une affabulation de mon imagination survoltée. Après toutes ces années de guerre, j'en suis arrivé à soupçonner chaque ombre de cacher un ennemi. Voici ce que j'attends de *toi*, Anakin : que tu trouves la vérité. Afin d'apaiser mon esprit.

Une braise s'enflamma tout au fond de la poitrine d'Anakin, si faible que c'était comme si elle n'était pas là, mais à la seule évocation de cette braise, il se leva d'un bond.

— Je peux le faire, dit-il.

La flamme grandissait. Devenait plus chaude. La

fatigue, la pesanteur qui paralysait ses membres commençait à se dissiper.

— Bien, Anakin. Je savais que je pouvais compter sur toi.

— Toujours, Chancelier. Toujours.

Il se leva. Il allait la retrouver. La voir. Il lui arracherait la vérité. Et tout de suite. Immédiatement. En plein jour. Et peu importait qu'on le voie.

De toute façon, il allait chez elle pour affaires.

— Moi aussi, je sais qui sont mes amis, dit-il avant de sortir.

Il traversait l'appartement de Padmé comme une ombre, comme un fantôme dans un banquet. Sans toucher à rien. Regardant tout.

Il avait l'impression de se trouver là pour la première fois.

Comment pouvait-elle lui faire ça ?

Parfois, ce sont les plus proches qui voient le moins clair.

Comment pouvait-*elle* ?

Comment pouvait-*il* ?

Dans la Force, les miasmes d'Obi-Wan planaient dans tout l'appartement.

Son doigt suivit le dossier incurvé du canapé.

Là. Obi-Wan s'était assis là.

Anakin fit le tour du canapé et s'assit à la place qu'il avait occupée. Sa main tomba naturellement à côté de lui… et là, il sentit un écho de Padmé.

Un peu trop près pour une conversation classique, murmura le dragon.

C'était une sorte de peur différente. Plus froide. Encore plus visqueuse.

La peur que Palpatine puisse avoir raison…

L'air de l'appartement charriait encore une atmosphère de discorde et d'inquiétude, et il y avait une odeur d'épices oxydées et d'algues bouillies… De l'hoï-broth, c'était ça. Quelqu'un, au cours des dernières heures, avait bu de l'hoï-broth dans cette pièce.

Padmé détestait l'hoï-broth.

Et Obi-Wan y était allergique. Un jour, lors d'une mission diplomatique sur Ando, sa réaction violente après un banal toast avait failli déclencher un incident entre les systèmes.

Ce qui voulait dire que Padmé avait reçu également d'autres invités.

D'une poche de sa ceinture utilitaire, il sortit un flimsi : la liste des Sénateurs que Palpatine soupçonnait. Il parcourut les noms, cherchant ceux des Sénateurs qu'il connaissait suffisamment pour identifier par la Force les échos de leur présence. Il y en avait beaucoup dont il n'avait jamais entendu parler ; il y avait des milliers de Sénateurs, après tout. Mais ceux qu'il connaissait de réputation représentaient la crème du Sénat : des gens comme Terr Taneel, Fang Zar, Bail Organa, Garm Bel Iblis…

Il commença à se dire que Palpatine se faisait des idées, tout compte fait. Tous étaient réputés pour leur intégrité.

Il fronça les sourcils en regardant le flimsi. C'était possible…

Un Sénateur pouvait se construire minutieusement une réputation, offrir à toute la galaxie une apparence d'honnêteté, de probité et de vertu, tout en cachant sa honteuse vérité. Et quand on soupçonnerait le mal qui était en lui, il serait trop tard : il aurait acquis un tel pouvoir qu'il serait trop tard pour mettre fin à ses agissements…

C'était possible.

Mais autant de gens ? Comment auraient-ils pu *tous*… ?

Padmé elle-même aurait-elle pu, elle aussi… ?

Le soupçon s'insinua dans son esprit et se concrétisa en un nuage si compact qu'il ne sentit pas son approche avant qu'elle ne soit dans la pièce.

— Anakin ? Que fais-tu ici ? En plein après-midi…

Il leva les yeux et la vit debout sous l'arcade, revêtue de toute la pompe sénatoriale : un lourd plissement de robe bordeaux et une coiffure qui évoquait l'anneau hyperdrive des chasseurs stellaires. Au lieu du sourire, des yeux pleins de soleil et de la joie sans retenue avec lesquels elle l'avait toujours accueilli, son visage était presque vide d'expression : attentivement atone.

C'était ce qu'Anakin appelait son Attitude Politicienne. Il détestait cela.

— Je t'attendais, répondit-il, un peu déconcerté. Que fais-*tu* ici, au milieu de l'après-midi ?

— J'ai une réunion très importante dans deux heures, fit-elle sèchement. J'ai laissé un lecteur de documents ici, ce matin.

— Cette réunion… c'est avec le Chancelier ? demanda Anakin d'une voix grave et dure. Ce ne serait pas sa dernière réunion de l'après-midi ?

— Oui… oui, c'est ça, répondit-elle en clignant des yeux, les sourcils froncés. Anakin, qu'est-ce qui…

— Je dois y assister aussi. Je commence à avoir hâte d'y être.

Il froissa le flimsi et le rangea dans sa ceinture utilitaire.

Elle s'approcha de lui, tendit la main vers lui.

— Anakin, que se passe-t-il ? Qu'est-ce qui ne va pas ?

Il se releva d'un bond.

— Obi-Wan est venu ici, n'est-ce pas ?

Elle s'arrêta. Sa main s'abaissa lentement à son côté.

— Il est passé ce matin. Pourquoi ?

— De quoi avez-vous parlé ?

— Anakin, qu'est-ce qui te prend ?

Une grande enjambée lui fit rejoindre Padmé. Il la dominait de toute sa hauteur. L'espace d'une longue seconde, elle sembla très petite, très insignifiante, un peu comme une sorte d'insecte qu'il aurait pu écraser sous son talon avant de poursuivre son chemin.

— De quoi avez-vous parlé ?

Elle le regarda fixement, et son visage n'était qu'inquiétude, assombri par une douleur grandissante.

— Nous avons parlé de toi.

— De quoi exactement ?

— Il s'en fait pour toi, Anakin. Il dit que tu subis beaucoup de tensions.

— Et pas lui, peut-être ?

— Ta façon de faire, depuis ton retour…

— En tout cas, moi, je ne fais pas semblant. Je ne joue pas la comédie, moi ! Je ne me faufile pas *ici* à la dérobée au beau milieu de *la matinée*.

— Non. C'est généralement à ce moment-là que tu *sors* d'ici à la dérobée, fit-elle dans un sourire.

Elle tendit le bras et posa sa main en coupe sur la courbe de sa mâchoire.

À ce contact, il sentit l'étau se desserrer autour de son cœur.

Il se laissa retomber dans un fauteuil et se cacha les yeux derrière sa main de chair.

Lorsqu'il eut suffisamment surmonté son embarras pour parler, il dit doucement :

— Je suis désolé, Padmé. Je suis désolé. Je sais que je suis… un peu dur à vivre. C'est juste que… je me sens comme en chute libre. En chute libre dans l'obscurité. Je ne sais pas où est le haut. Je ne sais pas où je vais atterrir. Ou m'écraser.

Il plaqua la main sur ses sourcils froncés, plissant très fort les yeux pour retenir ses larmes.

— Je pense que je vais m'écraser.

Elle s'assit sur le large accoudoir de son fauteuil et passa son bras mince sur ses épaules :

— Que se passe-t-il, mon amour ? Tu as toujours été tellement sûr de toi. Qu'est-ce qui a changé ?

— Rien, dit-il. Tout. Je ne sais pas. Tout est tellement embrouillé que je ne peux même pas t'en parler. Le Conseil se méfie de moi. Palpatine se méfie du Conseil. Ils complotent l'un contre l'autre et ils me mettent tous la pression, et…

— C'est sûrement ton imagination, Anakin. Le Conseil Jedi est le fondement de la République.

— Le fondement de la République, c'est la démocratie, Padmé… une chose que le Conseil n'aime pas trop lorsque les votes ne vont pas dans son sens. « Tous ceux qui conquièrent une miette de pouvoir ont peur de la perdre. » Vous devriez vous en souvenir, toi et tes *amis du Sénat*, dit-il en levant les yeux sur elle.

Elle ne cilla même pas.

— Mais Obi-Wan est au Conseil ; il n'a jamais participé à quoi que ce soit de louche…

— Tu crois vraiment ?

Parce que ça doit rester top secret, Anakin. Tu dois bien comprendre pourquoi.

Il chassa ce souvenir.

— Ce n'est pas grave. Obi-Wan est en route pour Utapau.

— De quoi s'agit-il en réalité ?

— Je ne *sais* pas, fit-il désespérément. Je ne sais plus *rien* du tout. Tout ce que je sais, c'est que je ne suis pas le Jedi que je devrais être. Je ne suis pas *l'homme* que je devrais être.

— Tu es celui qu'il me faut, dit-elle en se penchant pour l'embrasser sur la joue, mais il eut un mouvement de recul.

— Tu ne comprends pas. *Personne* ne comprend. Je suis l'un des plus puissants Jedi vivants, mais ce n'est pas suffisant. Ce ne sera *jamais* suffisant. Pas tant que…

Sa voix s'estompa et son regard devint distant. L'image d'une table d'accouchement d'un autre monde, du sang et des cris lui embrasaient la mémoire.

— Pas tant que quoi, mon amour ?

— Tant que je n'aurai pas réussi à te *sauver*, murmura-t-il.

— Me sauver ?

— De mes cauchemars.

Elle sourit tristement :

— C'est ce qui te tracasse ?

— Je ne te perdrai pas, Padmé. Ce n'est pas possible.

Il se pencha en avant et se tourna pour prendre entre les siennes ses deux petites mains, si douces et en même temps si fortes, et plus précieuses que tout au monde.

— Je continue d'apprendre, Padmé… J'ai trouvé une clef qui donne accès à des vérités beaucoup plus profondes que toutes celles que les Jedi pourront jamais m'enseigner. Je vais devenir si puissant que je te *garderai saine et sauve*. Pour toujours. Tu verras.

— Tu n'as pas besoin de davantage de pouvoir, Anakin. Je crois que tu pourrais me sauver de n'importe quoi, tel que tu es.

Elle dégagea gentiment l'une de ses mains et l'attira vers elle. Leurs lèvres se rencontrèrent, et Anakin s'abandonna à ce baiser, et tant qu'il dura, il crut Padmé aussi.

Un suaire crépusculaire s'étendait sur Galactic City.

Anakin se tenait dans une position qu'un soldat clone aurait appelée le repos de parade : une position stable, équilibrée, les pieds parallèles, les mains nouées dans le dos. Il se tenait à un pas derrière le fauteuil de Palpatine, dans le petit cabinet privé qui jouxtait son large bureau public.

De l'autre côté de son vaste bureau se tenait la délégation du Sénat.

À la façon dont ils l'avaient dévisagé en entrant dans la pièce – la façon dont ils continuaient à lui jeter des coups d'œil furtifs et à se détourner avant qu'il ne puisse les regarder dans les yeux –, à voir comment aucun d'eux, pas même Padmé, n'osait lui demander pourquoi le Chancelier Suprême avait un Jedi à côté de lui durant tout ce qui était censé être un entretien privé… il semblait qu'ils avaient déjà deviné pourquoi il était ici.

Ils avaient seulement peur d'en parler.

Ils ne savaient plus dans quel camp étaient les Jedi. La seule chose certaine, c'était de quel côté était Anakin…

Respectueusement au service du Chancelier Suprême Palpatine.

Anakin considéra les Sénateurs.

Fang Zar : le visage creusé par de vieilles rides, souvenirs de tant de rires, vêtu d'une robe si simple qu'elle semblait presque faite maison, les cheveux rassemblés en un chignon indiscipliné sur sa tête, et la barbe tout aussi désordonnée. La façon simple, presque simpliste, dont il parlait des choses aurait pu faire oublier qu'il était l'un des plus brillants esprits politiques du Sénat.

Il était aussi un ami si proche de Garm Bel Iblis qu'on pouvait considérer que le Sénateur Corellien était ici en personne.

Anakin l'observa durant toute la réunion. Fang Zar avait quelque chose en tête, c'était sûr – une chose dont il semblait ne pas vouloir parler.

De Nee Alavar et Malé-Dee, il n'avait rien à craindre. Ils se serraient les coudes – peut-être avaient-ils besoin du réconfort moral qu'ils s'apportaient mutuellement –, en tout cas, aucun des deux n'avait dit quoi que ce soit. Et puis, bien sûr, il y avait Padmé.

Resplendissante dans ses atours sénatoriaux, la perfection peinte sur son visage aussi lumineux que les quatre lunes de Coruscant réunies, pas un cheveu ne dépassant de sa coiffure...

Arborant son Attitude Politicienne, parlant de sa Voix de Politicienne.

Padmé menait le débat. Anakin avait la désagréable impression que tout cela était son idée.

— Nous ne voulons pas ôter sa légitimité à votre gouvernement, disait-elle. C'est pour cela que nous sommes ici. Si nous essayions d'organiser une opposition – si nous voulions imposer nos revendications –, nous ne vous les soumettrions pas de cette façon. Ce Manifeste a été signé par deux mille Sénateurs, Chancelier. Nous vous demandons juste de suggérer à vos soi-disant gouverneurs de ne pas interférer avec les affaires relevant du Sénat et d'ouvrir des négociations de paix avec les Séparatistes. Nous voulons seulement mettre un terme à la guerre, et faire revenir la paix et la stabilité dans nos territoires. Vous pouvez certainement le comprendre.

— Je comprends bien des choses, répondit Palpatine.

— Le système de gouverneurs que vous avez mis en place est très déroutant. Il semble que vous imposiez des contrôles militaires jusque sur les systèmes Loyalistes.

— Vos objections sont dûment notées, Sénateur Amidala. Je vous promets que la seule raison d'être des gouverneurs de la République est d'assurer la sécurité des systèmes, en coordonnant les forces de défense planétaires, en veillant à ce que les systèmes voisins fusionnent en unités coopérantes, et en aidant les industries à accélérer leur contribution à l'effort de guerre. C'est tout. En aucune façon ils n'entrent en compétition avec les devoirs et les prérogatives, avec le *pouvoir* du Sénat.

Quelque chose dans l'étrange emphase avec laquelle il prononçait le mot pouvoir amena Anakin à penser que Palpatine parlait davantage à son intention qu'à celle de Padmé.

Tous ceux qui conquièrent une miette de pouvoir ont peur de la perdre.

— Dois-je comprendre, dit Padmé, qu'il n'y aura pas de nouveaux amendements à la Constitution ?

— Ma chère Sénateur, que vient faire la Constitution là-dedans ? Je pensais que nous discutions d'un moyen de mettre fin à la guerre. Quand les Séparatistes auront été vaincus, nous commencerons à reparler de la Constitution. Dois-je vous rappeler que les pouvoirs extraordinaires accordés à ma fonction par le Sénat ne l'ont été que pour la durée de la guerre ? La guerre terminée, ils prendront aussitôt fin.

— Et vos gouverneurs ? Prendront-ils « fin » eux aussi ?

— Ce ne sont pas *mes* gouverneurs, ma chère, mais ceux de la République, répondit Palpatine, imperturbable. Leur avenir, le sort réservé à leur poste, sera entre les mains du Sénat, de qui ils relèvent.

Padmé ne semblait pas rassérénée.

— Et les négociations de paix ? Allez-vous offrir un cessez-le-feu ? Avez-vous seulement essayé de trouver une issue diplomatique à la guerre ?

— Comptez sur moi pour faire au mieux, dit-il. Après tout, je suis là pour ça.

Fang Zar s'ébroua :

— Sûrement, mais...

Il se leva, se redressant de toute sa hauteur, puis baissa la tête dans une attitude déterminée.

— J'ai dit que je ferais au *mieux*, dit Palpatine, une pointe d'irritation dans la voix. Et cela devrait satisfaire votre... comité.

Son ton disait : *Et ne vous laissez pas raboter le cul par la porte en sortant.*

La bouche de Padmé se pinça, formant une ligne sinistre.

— Au nom de la Délégation des Deux Mille, fit-elle sèchement, je vous remercie, Chancelier.

— Et je vous remercie, Sénateur Amidala, ainsi que vos amis, d'avoir apporté ceci à mon intention..., fit Palpatine en levant le lecteur de documents qui contenait le manifeste.

Les Sénateurs se détournèrent à contrecœur et commencèrent à sortir à la queue leu leu. Padmé marqua une pause, juste une seconde, le temps de croiser les yeux d'Anakin avec un regard aussi éloquent qu'un soufflet sur la bouche.

Il resta impassible. Il n'avait pas envie de lui faire connaître sa réponse.

Parce qu'il n'était pas sûr d'être encore dans son camp.

15

La mort sur Utapau

Pour construire un Piège à Jedi idéal – et pas le genre de chausse-trappe qui se soldera par deux lignes en bas de page dans les Archives du Temple –, et pour obtenir le meilleur résultat possible, il y a quelques principes de base à respecter.

Primo : il faut un appât irrésistible. Par exemple, le général en chef d'une nation proscrite, personnellement responsable de milliards de morts dans la galaxie.

Secundo : choisir un endroit éloigné, à peu près inaccessible, facile à prendre et à fortifier ; un théâtre d'opérations restreint, appartenant de préférence à quelqu'un d'autre. À l'ennemi, si possible. Les endroits choisis pour les Pièges à Jedi ne sortent pas de l'opération sans dégâts, et beaucoup restent sinistrés à jamais. Un excellent choix serait une planète aride, miteuse, de la Bordure Extérieure, peuplée d'indigènes inoffensifs, avec quelques cités bâties dans des entonnoirs, sur de vastes plateaux désertiques. Les cités-entonnoirs constituent virtuellement des pièges mortels géants. Dès que le Jedi visé se pose dedans, il n'y a plus qu'à laisser retomber le couvercle.

Tertio : comme il est toujours préférable de garder ses distances quand on complote contre la vie d'un Jedi – on considère généralement qu'il vaut mieux se trouver à l'autre bout de la galaxie –, on prendra soin de confier la mise à mort proprement dite à un exécutant fiable. L'exemple type sera un tueur de Jedi efficace et réputé pour son rendement, appuyé par une escouade de droïdes de combat perfectionnés, conçus, fabriqués et armés spécifiquement pour casser du Jedi. Enfin, l'élégance suprême consisterait à faire en sorte que l'exécutant serve aussi d'appât. Ainsi, la proie Jedi se porterait volontairement au contact du tueur de Jedi, et – par une combinaison de sens du devoir exacerbé et d'une arrogance somme toute justifiée – ne baisserait pas les bras même après avoir réalisé qu'elle était tombée dans un piège.

Le quatrième élément du Piège à Jedi idéal est une force de combat écrasante, prête à mettre la planète à feu et à sang, et à brûler avec, si nécessaire, pour que la proie Jedi ne s'en sorte pas.

Un exemple typique de Piège à Jedi est celui qui attendait Obi-Wan Kenobi sur Utapau.

Tandis que son chasseur descendait en vrille vers une passerelle d'atterrissage en saillie sur la paroi de grès lisse de la plus vaste des cités-entonnoirs, Obi-Wan parcourut les informations dont il disposait sur la planète et ses habitants.

Elles se résumaient à peu de chose, à vrai dire.

Il savait que, malgré les apparences, Utapau n'était pas une planète complètement désertique ; il y avait même toute l'eau qu'on voulait dans l'océan souterrain qui entourait le globe. Cet océan souterrain érodait la surface, et de fréquents séismes provoquaient des effondrements en forme d'entonnoir assez vastes pour accueillir un destroyer stellaire de classe Victory. Ces entonnoirs permettaient à la civilisation de survivre à l'abri des hypervents dévastateurs, ininterrompus, de la surface. Obi-Wan savait que le niveau technologique de la planète était rudimentaire, et que le vent était sa principale source d'énergie. Le commerce interstellaire y était limité et ne s'était amorcé que quelques décennies auparavant, quand les compagnies de forage étrangères avaient découvert que les eaux de ce monde-océan étaient riches en oligoéléments. Il savait que les habitants étaient quasi humains, divisés en deux espèces distinctes : les grands

Utapauns, majestueux, qui se déplaçaient lentement, et qu'on surnommait les Anciens à cause de leur extraordinaire longévité, et les petits Utaïs trapus, surnommés les Brefs, en raison non seulement de leur stature, mais aussi de la brièveté de leur vie laborieuse.

Et il savait que Grievous était là.

Comment il le savait, il aurait été bien incapable de le dire. Il ne pensait pas que cette certitude ait quoi que ce soit à voir avec la Force. Mais quelques secondes après la réversion dans l'espace réel, il en fut sûr. C'était bien ça. D'une façon ou d'une autre, c'était l'endroit où la traque du général Grievous entrait dans sa phase terminale.

Il le sentait dans ses os : Utapau était une planète terminale.

Il irait tout seul ; le commandant Cody et trois bataillons de combattants attendaient juste derrière l'horizon, dans les véhicules à déploiement rapide – les barges de débarquement de classe LAAT/i et Jadthu. Le plan d'Obi-Wan était de localiser Grievous, puis de l'occuper jusqu'à ce que les clones soient en position d'attaquer. Il constituerait une force de diversion à lui tout seul, attirant vers lui – et vers Grievous – ce qui devait à coup sûr être des milliers ou des dizaines de milliers de droïdes de combat, couvrant ainsi l'approche des clones. Deux bataillons frapperaient de toutes leurs forces, le troisième restant en réserve, à la fois comme renfort et pour bloquer les issues éventuelles.

« Je peux arriver à les distraire pendant un moment, avait dit Obi-Wan à Cody, sur le pont du *Vigilance*. Mais ne traînez pas trop.

— Allons, chef, avait dit Cody, avec le sourire de Jango Fett. Quand vous ai-je jamais laissé tomber ?

— Eh bien..., avait dit Obi-Wan avec un mince sourire qui valait toutes les réponses. Sur Cato Neimoïdia, pour commencer...

— Ça, c'était la faute d'Anakin. C'est lui qui était en retard...

— Ah bon ? Et sur qui allez-vous rejeter la faute, cette fois ? avait ricané Obi-Wan en grimpant dans le cockpit de son chasseur. Bon, d'accord. J'essaierai de ne pas détruire tous les droïdes avant votre arrivée. Je compte sur vous, chef. Ne me laissez pas tomber. »

Il avait sanglé son harnais de sécurité.

« Vous ai-je jamais laissé tomber ?

— Eh bien, avait répondu Cody, avec un immense sourire, il y a eu l'autre fois, sur Cato Neimoïdia... »

Le chasseur d'Obi-Wan se cabra dans les turbulences. Le bord de l'entonnoir captait suffisamment les hypervents de la surface pour que les premiers niveaux de la ville, qui n'en comptait pas beaucoup, d'ailleurs, vivent dans une tornade semi-permanente. Les pales tournoyantes des forêts d'éoliennes dépassaient de l'entonnoir. Les capots des générateurs étaient tellement fouaillés par les vents furieux qu'ils auraient pu être moulés dans le grès liquide. Obi-Wan se bagarra avec les commandes de son chasseur pour le faire descendre, niveau après niveau, jusqu'à ce que le vent se réduise à de simples bourrasques. Même lorsqu'il eut atteint le terrain d'atterrissage, au fond de l'entonnoir, R4-G9 dut déployer les grappins d'amarrage pour empêcher le chasseur d'être emporté.

Une coupole semi-transparente, cannelée, bascula pour recouvrir l'aire d'atterrissage. Quand elle fut refermée, le hurlement des vents laissa place au silence, et Obi-Wan ouvrit son cockpit.

Une meute d'Utaïs se précipitait déjà vers son chasseur – le seul sur le tarmac. Ils trimbalaient et traînaient derrière eux toute une variété d'outils et de matériel. Obi-Wan supposa qu'il devait s'agir d'une sorte d'équipage au sol. Derrière eux s'approchait la forme majestueuse d'un Utapaun vêtu d'une lourde robe qui traînait jusque par terre, d'un rouge profond, au col si large qu'il dissimulait ses disques auriculaires vestigiaux. Son crâne dénudé luisait d'une sorte d'humidité, et il marchait avec un bâton qui rappela vaguement à Obi-Wan le bâton gimer de son bien-aimé Yoda.

Ils ont fait vite, se dit Obi-Wan. *À croire qu'ils m'attendaient.*

— Salutations, jeune Jedi, dit gravement l'Utapaun dans un Basique fortement accentué. Je suis Tion Medon, Maître de l'Administration du Port de cet endroit de paix. Quelles affaires peuvent bien amener un Jedi dans notre sanctuaire isolé ?

Obi-Wan ne releva pas de malice chez lui, et les Utapaun irradiaient une aura de peur presque palpable. Obi-Wan décida de dire la vérité.

— L'affaire qui m'amène ici est la guerre, répondit-il.

— Il n'y a pas de guerre ici, à moins que vous ne l'ayez amenée avec vous, répliqua Medon, un masque de sérénité dissimulant une angoisse frisant la panique, comme la Force le disait à Obi-Wan.

— Très bien, donc, répondit Obi-Wan, jouant le jeu. Je vous serais reconnaissant de m'aider à refaire le plein, et de me permettre d'utiliser votre cité comme base de recherche des systèmes voisins.

— Que cherchez-vous ?

— Bien que vous trouvant dans la Bordure Extérieure, vous avez dû entendre parler du général Grievous. C'est lui que je cherche, ainsi que son armée de droïdes.

Tion Medon fit encore un pas vers Obi-Wan et se pencha pour lui parler à l'oreille.

— Il est ici ! murmura-t-il d'un ton pressant. Nous sommes pris en otage… On nous observe !

Obi-Wan hocha posément la tête.

— Merci, Maître Medon, dit-il d'une voix parfaitement naturelle. Je vous suis reconnaissant de votre hospitalité, et je repartirai dès que votre équipage aura refait le plein de mon chasseur.

— Écoutez-moi, jeune Jedi ! poursuivit Medon dans un chuchotement plus pressant. En vérité, vous devez repartir ! C'est eux qui m'ont ordonné de vous révéler leur présence… c'est un piège !

— Mais bien sûr, répondit Obi-Wan d'un ton égal.

— Au dixième niveau, des milliers de droïdes de combat, des dizaines de milliers !

— Que vos gens se mettent à l'abri, répondit Obi-Wan.

Il se tourna comme si de rien n'était, en fait pour

regarder vers le haut, et compter les niveaux. Au dixième, son regard tomba sur un petit sphéroïde métallique : une structure de la taille d'un cuirassé, et qui ne devait manifestement pas être là depuis longtemps – sa surface n'avait pas encore été abrasée, dépolie par le sable que charriaient les vents incessants. Il hocha distraitement la tête et dit doucement, comme pour lui-même :

— G9, ramène mon chasseur à bord du *Vigilance*. Dis au commandant Cody d'informer le Commandement Jedi, sur Coruscant, que j'ai établi le contact avec le général Grievous. J'entre en action. Cody doit attaquer avec toutes ses forces, comme prévu.

L'astromech acquiesça d'un *biiip* de sa prise avant, et Obi-Wan se retourna vers Tion Medon.

— Dites-leur que j'ai promis de télécharger un rapport au Renseignement de la République. Dites-leur que je ne voulais vraiment que le carburant nécessaire pour repartir immédiatement.

— Mais… qu'allez-vous faire en réalité ?

— Si vous avez des guerriers, répondit gravement Obi-Wan, c'est le moment…

Sur Coruscant, au centre holocom du Commandement Jedi, situé au cœur du Temple, Anakin regardait un holoscan grandeur nature du commandant des clones, Cody, annoncer qu'Obi-Wan avait établi le contact avec le général Grievous.

— *Nous lançons l'attaque de soutien, comme prévu. Et si je puis me permettre, Messieurs, moi qui ai servi sous les ordres du général Kenobi, j'ai comme une intuition que les jours de Grievous sont comptés.*

Si j'étais là avec lui, songea Anakin, *ce ne serait pas qu'une intuition. Fais attention, Obi-Wan…*

— Merci, commandant.

Le visage de Mace Windu ne traduisait absolument rien du mélange d'angoisse et d'impatience qu'il devait éprouver, Anakin en était sûr. Quant à lui, il était sur le point d'exploser alors que Windu avait l'air aussi calme qu'une pierre.

— Tenez-nous informés du déroulement des opérations. La Force soit avec vous, et avec Maître Kenobi.

— *Je suis sûr qu'elle le sera. Cody, terminé.*

L'holoscan disparut dans un vacillement. Mace Windu jeta des coups d'œil brefs mais significatifs aux deux autres Maîtres présents, eux-mêmes sous forme d'holoscan : Ki-Adi-Mundi, depuis le centre de commandement fortifié de Mygeeto, et Yoda, qui était dans un avant-poste de la guérilla sur Kashyyyk.

Puis il se tourna vers Anakin.

— Apporte ce rapport au Chancelier.

— Certainement, Maître.

— Et prends bonne note de sa réaction. Nous aimerions avoir un compte rendu détaillé.

— Pardon ?

— Ce qu'il dira, Anakin. Qui il appellera. Ce qu'il fera. Tout. Même ses expressions. C'est très important.

— Je ne comprends pas...

— Tu n'as pas besoin de comprendre. Fais-le, c'est tout.

— Enfin, Maître...

— Anakin, dois-je te rappeler que tu n'es encore qu'un Jedi ? Tu es toujours soumis aux ordres de ce Conseil.

— Oui, Maître Windu. Oui, bien sûr, dit-il.

Et il tourna les talons.

Skywalker une fois parti, Mace Windu se retrouva dans son fauteuil, les yeux rivés sur la porte par laquelle le jeune Chevalier Jedi était sorti.

— On va bien voir, maintenant, murmura-t-il. Enfin. L'eau ne devrait pas tarder à s'éclaircir...

Il partageait le Centre de Commandement avec les holoscans de deux autres Maîtres Jedi, mais ce n'était pas à eux qu'il s'adressait. Il parlait à l'image brouillée, embrumée, qu'il avait dans la tête. L'image de l'avenir.

— *Avez-vous réfléchi*, commença prudemment Ki-Adi-Mundi, depuis la lointaine Mygeeto, *que si Palpatine refuse de renoncer à ses pouvoirs, le déposer ne sera que la première étape ?*

Mace leva les yeux vers le fantôme bleuâtre du Maître Céréen.

— Je ne suis pas un politicien. Je me contenterai de déposer un tyran.

— *Mais ça ne suffira pas pour la République,* contra tristement Ki-Adi-Mundi. *La dictature de Palpatine a été légitimée, et pourrait être légalisée, voire sanctifiée dans une Constitution révisée par la supermajorité dont il dispose au Sénat.*

Le triste avenir que contemplait Mace s'assombrissait d'instant en instant. Le Céréen avait raison.

— *Le Sénat, plein de corruption est*, acquiesça Yoda, depuis Kashyyyk. *Être contrôlé, il doit, jusqu'à ce que les Sénateurs corrompus remplacés soient, par des Sénateurs honnêtes...*

— Non, mais vous entendez ce que nous sommes en train de dire ? demanda Mace en se prenant la tête dans les mains. Comment en sommes-nous arrivés là ? Arrêter un Chancelier. Prendre le Sénat ! On dirait que Dooku avait raison : pour sauver la République, il va falloir que nous la détruisions.

Yoda releva la tête et plissa les yeux comme s'il luttait contre une douleur intérieure.

— *À l'espoir, nous cramponner nous devons ; notre véritable ennemi, ni Palpatine ni le Sénat n'est. Le véritable ennemi plutôt le Seigneur Sith Sidious est, qui tous les deux les contrôle. Une fois Sidious détruit... Tous ces autres soucis, moins graves instantanément deviendront.*

— Oui, acquiesça Mace Windu en se levant. Oui, c'est vrai.

Il s'approcha de la fenêtre, les mains croisées dans le dos. Une lueur indigo montait entre les tours, au-dehors.

— Et nous comptons sur l'Élu pour vaincre le dernier Seigneur Sith, dit-il. En cela, nous devons avoir foi, et placer tous nos espoirs pour l'avenir de la République.

La coupole du terrain d'atterrissage s'ouvrit en deux, et le chasseur Jedi bleu et blanc fila vers le haut dans les vents furieux. Depuis les ombres profondes, au bout du terrain, Obi-Wan le regarda partir.

— Je dois pouvoir dire que je suis entré en action, maintenant, murmura-t-il.

Par les électrobinoculaires qu'il prit à sa ceinture utilitaire, il examina ce sphéroïde à l'éclat suspect, très haut, au dixième niveau. Les piquants qui le hérissaient étaient probablement des antennes de contrôle droïdes. C'est là que devait être Grievous : au centre nerveux de son armée.

— Alors, c'est là qu'il faut que je sois, moi aussi. Il n'y a jamais d'aérotaxi quand on en a besoin…, soupira-t-il, les sourcils froncés, en parcourant les environs du regard.

La coupole se referma, étouffant à nouveau le hurlement du vent, au-dehors. C'est alors que, des profondeurs de la ville, Obi-Wan entendit monter un chœur dissonant de cris rauques et de barrissements, qui évoquaient les hurlements de gros animaux… Ça lui rappelait quelque chose…

Des suubatars, voilà, ça ressemblait vaguement aux beuglements des suubatars qu'ils avaient chevauchés, Anakin et lui, lors d'une de leurs dernières missions avant la guerre, quand le plus grand souci d'Obi-Wan était de tenir la promesse qu'il avait faite à Qui-Gon…

Mais ce n'était pas le moment d'avoir le spleen. Il avait pratiquement l'impression d'entendre Qui-Gon lui rappeler de se concentrer sur l'instant présent, et de s'abandonner à la Force vive.

Alors, c'est ce qu'il fit.

Après avoir suivi les cris pendant quelques instants dans les corridors déserts et obscurs, sculptés dans le grès, Obi-Wan arriva en vue d'une immense arène circulaire. Un balcon la surplombait, relié au niveau inférieur par de larges rampes au sol cannelé, disposées tels les rayons d'une roue. Accrochées à la voûte, au-dessus, des barres lumineuses jaunâtres projetaient une lumière de la même couleur que le soleil filtrant par de larges ouvertures ovales percées dans les parois de l'entonnoir. Grâce aux vents qui soufflaient par ces larges arcades, la puanteur de nid de reptiles, si forte qu'elle piquait les yeux, n'était plus renversante, mais simplement nauséeuse.

Au niveau inférieur étaient tapies, allongées, ou vibrionnaient sans but une dizaine de bêtes pareilles à des lézards. On aurait dit le produit du croisement opéré par un généticien fou entre un dragon krayt de Tatooine et un ankkoxen de Haruun Kal : c'étaient des créatures de quatre mètres au garrot, aux longues pattes torses terminées par des serres à cinq griffes manifestement conçues pour escalader des parois rocheuses. Avec leur queue de dix mètres de long, puissante, hérissée de pointes et terminée par une massue de corne, leur cou flexible soutenant une tête cuirassée auréolée d'une crête de formidables piquants, ils avaient l'air vraiment féroces. Suffisamment pour qu'on puisse penser que c'étaient des espèces de dangereux prédateurs sauvages, ou de redoutables animaux de garde, sauf qu'ils toléraient avec docilité l'équipe de dresseurs Utaï qui marchaient parmi eux, les faisaient se coucher, leur raclaient les écailles pour les décrasser, et leur faisaient manger des poignées de fourrage dans leurs mains.

Non loin d'Obi-Wan, de vastes râteliers supportaient des selles à haut dossier de tous les styles et diversement ornées. Elles rappelaient beaucoup celles dont les Alwari d'Ansion harnachaient leurs suubatars.

Tout à coup, Anakin lui manqua beaucoup…

Anakin détestait presque autant les montures vivantes qu'Obi-Wan détestait voler. Obi-Wan avait longtemps soupçonné le don d'Anakin pour les machines de lui porter préjudice avec les suubatars, les dewbacks ou les banthas. Il ne serait jamais tout à fait à l'aise sur le dos d'une créature animée d'un libre arbitre. Il imaginait comme s'il y était les lamentations d'Anakin juché sur l'une de ces selles.

Obi-Wan eut soudain l'impression qu'il y avait atrocement longtemps qu'il n'avait pas eu l'occasion de taquiner un peu Anakin.

Avec un soupir, il repassa aux affaires sérieuses.

Sortant des ombres, il descendit l'une des rampes rainurées et esquissa un petit geste, presque imperceptible, de la main en direction des plus proches dresseurs de dragons-montures Utaïs.

— Je cherche un moyen de transport.

Les yeux globuleux du Bref se voilèrent, devinrent un peu vitreux, et il répondit par une succession de gargouillis de glotte trompetants qui recelaient indéniablement une tonalité affirmative.

Obi-Wan fit un autre geste.

— Trouvez-moi une selle.

Une nouvelle succession de gargouillis affirmatifs, puis le Bref s'éloigna en traînant les pieds.

En attendant sa selle, Obi-Wan examina les dragons-montures. Il passa sans s'arrêter devant le plus gros et le plus musclé ; il exclut le plus élancé, manifestement taillé pour la course, et se garda bien d'approcher de celui qui avait la lueur la plus farouche dans les yeux. Il se fichait de savoir s'ils étaient robustes, en bonne santé ou s'ils avaient bon caractère ; il utilisait ses yeux, ses mains et ses oreilles comme de simples vecteurs qui canalisaient la Force. Il ne savait pas ce qu'il cherchait, mais il avait confiance : il le reconnaîtrait quand il le trouverait.

Il se dit avec un sourire que Qui-Gon l'approuverait.

Pour finir, il arriva à un dragon aux yeux jaune clair, ronds, qui le regardaient sans ciller. Ses petites écailles, chaudes et sèches au toucher, étaient étroitement posées les unes sur les autres. La créature ne recula pas devant sa main, ne s'inclina pas avec soumission sous son contact, mais lui rendit son regard inquisiteur avec une intelligence calme, pensive. Dans la Force, il sentit chez la bête un engagement inébranlable à l'obéissance et le souci du bien-être de son cavalier : une dévotion presque Jedi à son devoir ultime, le service.

C'était pour ça qu'Obi-Wan préférerait toujours une monture vivante. Un speeder se fichait pas mal qu'il se crashe.

— Celui-ci, dit-il. Je prends celui-ci.

Le Bref était revenu avec une selle simple, solide et

fonctionnelle. Alors que les autres dresseurs l'aidaient à seller le dragon – et ce n'était pas une mince affaire –, il regarda Obi-Wan et dit, avec un hochement de tête :

— Boga.

— Ah, répondit Obi-Wan. Merci.

Il prit une poignée de fourrage dans un tonneau et la tendit à l'animal. La grande bête inclina la tête et, de son bec cruellement incurvé, saisit délicatement le fourrage de la main de son futur cavalier, et le mâchonna avec application jusqu'à la dernière brindille.

— Brave fille, Boga. Euh..., fit Obi-Wan en regardant le Bref, les sourcils froncés, c'est une femelle, hein ?

Le dresseur lui rendit son froncement de sourcils.

— *Warool noggaggllo ?* demanda-t-il en haussant les épaules, ce qu'Obi-Wan traduisit par : « Je n'ai pas idée de ce que vous me racontez. »

— Bon, eh bien, fit Obi-Wan en haussant les épaules à son tour. Si tu n'y vois pas d'objection, Boga, tu seras donc une femelle.

Boga n'éleva pas d'objection.

Il monta en selle d'un seul mouvement coulé, et le dragon – la dragonne, en l'occurrence – se redressa, arquant son puissant dos dans un étirement félin qui éleva Obi-Wan à plus de quatre mètres du sol. Obi-Wan baissa les yeux sur les dresseurs Utaïs.

— Je n'ai pas de quoi vous payer. En compensation, je ne peux vous offrir que la liberté de votre planète ; j'espère que ça suffira.

Sans attendre une réponse qu'il savait ne pas comprendre, de toute façon, Obi-Wan effleura le cou de Boga. La créature se redressa de toute sa hauteur, griffa l'air de ses serres avant comme si elle déchirait un droïde hailfire imaginaire, puis se ramassa sur elle-même et bondit, d'un seul élan, sur le balcon. Obi-Wan n'avait pas besoin d'utiliser la longue badine terminée par un crochet glissée dans un fourreau, sur le côté de la selle ; il se contenta de tenir légèrement les rênes d'une main. Boga semblait comprendre intuitivement où Obi-Wan voulait aller.

La dragonne se glissa en ondulant à travers l'une des larges ouvertures ovales percées dans la paroi de l'entonnoir, puis se retourna et, s'agrippant à la muraille de grès lisse avec ses pattes griffues, emmena Obi-Wan droit vers le sommet.

Ils grimpèrent ainsi, niveau après niveau. La cité avait l'air, *sentait* le vide. Rien ne bougeait hormis l'ombre des nuages qui passaient très loin au-dessus de l'entonnoir. Même les éoliennes avaient été déconnectées.

Il aperçut le premier signe de vie au dixième niveau, justement : une poignée d'autres dragons-montures se prélassaient au soleil de la mi-journée, non loin de la barnacle de duracier qui abritait le centre de commande droïde. Obi-Wan guida Boga vers une arcade ouverte, et sauta à terre.

L'arcade était l'entrée d'un corridor obscur, voûté, très haut de plafond, au sol de duracier, et complètement vide. Loin dans l'ombre, on distinguait cinq silhouettes au visage couleur d'ossements blanchis. Ou de plastocéramique ivoire.

On aurait dit qu'il était attendu.

Obi-Wan hocha la tête intérieurement et tapota le cou écailleux de Boga.

— Tu ferais mieux de retourner chez toi, fillette. Je ne sais pas pourquoi, mais quelque chose me dit que je n'aurai plus besoin de ton aide.

Boga poussa un coup de trompette suave, presque nostalgique, comme si elle avait compris, puis elle ploya son long cou flexible et posa doucement son bec sur la poitrine d'Obi-Wan.

— Tout ira bien, Boga. Je te remercie de ton aide, mais il serait dangereux de rester là. Ça va mitrailler, d'ici peu, dans le coin. Je t'assure. Rentre chez toi.

La dragonne trompeta à nouveau et s'éloigna. Obi-Wan quitta la zone éclairée par le soleil et rentra dans l'ombre.

Une vague de froid passa sur lui lorsqu'il retrouva l'obscurité. Il marchait sans hâte, sans précipitation. La Force accumulait les strates de connexions, et tout prit vie en lui : le sol frais, sous ses bottes, la pierre, sous ce sol, et loin en dessous encore, les flots noirs, lisses, de l'océan de ce monde. Il devint le tumulte du vent soufflant dans le corridor voûté, monumental ; il devint le soleil, au-dehors, et l'ombre à l'intérieur. Ses côtes humaines vibraient au rythme d'un cœur non humain, dans une cage de plastocéramique, et son esprit retentissait des éruptions de signaux électroniques qui tenaient lieu de pensée aux droïdes Jedicides.

Et quand la Force informa sa conscience de la structure de la salle où il se retrouvait, il se rendit compte, sans surprise ni détresse, que le volume entier de la voûte, au-dessus de sa tête, n'était qu'une ruche remplie d'alvéoles.

Remplies de droïdes de combat.

Ce qui lui fit prendre aussi conscience, sans surprise ni détresse, qu'il allait très probablement mourir ici.

La perspective de la mort ne lui apportait qu'une légère piqûre de regret, et un certain étonnement. Avant cet instant, il n'avait jamais réalisé qu'il avait toujours pensé, sans raison précise…

Qu'au moment de sa mort, Anakin serait avec lui.

Comme c'est curieux, se dit-il, et puis il revint aux affaires urgentes.

Anakin avait l'impression que Maître Windu allait être déçu.

C'est à peine si Palpatine avait réagi.

Le Chancelier Suprême de la République était assis à son bureau, dans son cabinet privé, et regardait distraitement une torsade de neuranium qu'Anakin avait toujours supposé être une sorte de sculpture abstraite. Palpatine s'était contenté de pousser un soupir, comme s'il avait des affaires bien plus importantes en tête.

— Pardon, Chancelier, dit Anakin en se dandinant d'un pied sur l'autre devant son bureau. Vous n'avez peut-être pas entendu : Obi-Wan a pris contact avec le général Grievous. Il a donné l'assaut – ils sont déjà en train de combattre !

— Oui, oui, bien sûr, Anakin. C'est cela, oui. Tout

à fait, répondit Palpatine comme s'il faisait à peine attention à lui. Je comprends parfaitement que tu t'en fasses pour ton ami. Espérons qu'il sera à la hauteur de sa tâche.

— Je ne m'inquiète pas seulement pour Obi-Wan. La capture du général Grievous sera la victoire finale de la République... !

— Vraiment ? fit le Chancelier en se tournant vers lui, et un froncement de sourcils remplaça son expression lointaine. Je crains, mon garçon, que la situation ne soit beaucoup plus grave que même moi je ne le craignais. Tu devrais peut-être t'asseoir.

Anakin ne bougea pas.

— Que voulez-vous dire ?

— Grievous n'est plus le véritable ennemi. Même la Guerre des Clones n'est plus qu'une... diversion.

— Comment cela ?

— Le Conseil est sur le point de faire mouvement, affirma Palpatine d'un ton sinistre. Si nous ne les en empêchons pas, à cette heure-ci, demain, les Jedi pourraient bien avoir fait main basse sur la République.

Anakin éclata d'un rire stupéfait.

— Enfin, Chancelier... Je vous en prie, vous ne pouvez pas croire une chose pareille...

— Je le sais, Anakin. Je serai le premier à être arrêté – le premier à être exécuté, mais je ne serai pas le dernier, loin de là.

Anakin ne put que secouer la tête, incrédule.

— Chancelier, je sais que vous avez des différends, le Conseil et vous, mais de là à...

— Ça dépasse de loin les querelles personnelles entre les membres du Conseil et moi. C'est un conflit majeur qui se prépare – un complot pour s'emparer de la République. Anakin, réfléchis : tu sais qu'ils ne te font pas confiance. Qu'ils ne t'ont jamais fait confiance. Tu sais qu'ils te font des cachotteries, qu'ils trament des intrigues dans ton dos. Tu sais que même ton grand ami Obi-Wan ne t'a pas fait part de ses véritables intentions... Tout ça parce que tu n'es pas comme eux, Anakin. Tu n'es pas seulement un Jedi, tu es un *homme.*

Anakin rentra malgré lui la tête dans les épaules comme s'il affrontait un tir ennemi.

— Je ne... Ils ne me...

— Pose-toi cette simple question : pourquoi t'ont-ils chargé de m'apporter la nouvelle ? Pourquoi ? Pourquoi ne pas me la transmettre par les canaux habituels ?

Et prends bonne note de sa réaction. Nous aimerions avoir un compte rendu détaillé.

— Chancelier, je... euh...

— Ne te fatigue pas à répondre, dit-il gentiment. Tu as déjà pratiquement admis qu'ils t'ont ordonné de m'espionner. Tu ne comprends pas que tout ce que tu leur diras ce soir – quoi que ça puisse être – sera utilisé comme prétexte pour ordonner mon exécution ?

— C'est impossible..., fit Anakin en cherchant désespérément une réponse. Le Sénat... Le Sénat ne laisserait jamais faire une chose pareille...

— Le Sénat sera bien incapable d'empêcher ça. Je t'ai dit que ça allait bien au-delà d'une inimitié personnelle entre le Conseil et moi. Je ne suis qu'un homme, Anakin. C'est du Sénat que je tiens mon pouvoir. C'est le Sénat qui est le véritable gouvernement de la République. Me tuer n'est rien ; pour contrôler la République, les Jedi devront d'abord prendre le contrôle du Sénat.

— Mais les Jedi... les Jedi sont au service du Sénat !

— Vraiment ? demanda doucement Palpatine. Ne seraient-ils pas plutôt au service de certains Sénateurs ?

— C'est complètement... Pardon, Chancelier, je vous en prie, il faut que vous compreniez à quel point tout ça paraît...

— Tiens, fit le Chancelier en fouillant un instant sur son bureau, puis il tendit un lecteur de documents. Tu sais ce que c'est ?

Anakin reconnut le sceau que Padmé avait placé sur le document.

— Oui, Monsieur. C'est le Manifeste des Deux Mille...

— Non, Anakin, non ! fit Palpatine en plaquant le

lecteur de documents sur le dessus de son bureau, si fort qu'Anakin sursauta. C'est une déclaration de forfaiture !

Anakin devint d'une immobilité absolue.

— Pardon ?

— Anakin, il n'y a plus, maintenant, que deux sortes de Sénateurs dans notre Gouvernement. Ceux dont les noms figurent sur cette *pétition*, et ceux que les Jedi sont sur le point d'arrêter.

Anakin ne pouvait que rester bouche bée.

Il ne pouvait discuter. Il n'arrivait même pas à douter.

Il n'avait qu'une idée en tête.

Padmé… ?

Dans quel guêpier s'était-elle fourrée ?

— Je t'avais prévenu, Anakin, non ? Je t'avais bien dit ce qu'Obi-Wan mijotait ? Pourquoi penses-tu qu'il rencontrait les chefs de cette… délégation… dans ton dos ?

— Mais… enfin, Chancelier, je vous assure, ils ne veulent qu'une chose : mettre fin à la guerre. C'est ce que les Jedi veulent vraiment. Je veux dire, c'est ce que nous voulons tous, non ? N'est-ce pas ?

— Peut-être. Mais comment y arriver ? C'est peut-être la seule question, la plus importante de cette guerre. Plus importante, même, que de savoir qui va gagner.

Oh, Padmé…, gémit intérieurement Anakin. *Padmé, dans quoi t'es-tu fourrée ?*

— Leur… *sincérité* est des plus admirables, reprit Palpatine. Ou du moins, elle le serait, si cette réunion ne cachait pas tout autre chose.

Anakin fronça les sourcils.

— Que voulez-vous dire ?

— Leur… *pétition* n'est pas ce qu'il semble, fit Palpatine avec un soupir. C'est en fait une menace à peine voilée. C'est une démonstration de force, Anakin. Une démonstration du pouvoir politique que les Jedi pourront réunir afin de soutenir leur rébellion.

Anakin cilla.

— Mais… c'est sûrement…, bredouilla-t-il, faisant le tour du bureau de Palpatine. Au moins, on peut sûrement faire confiance à la Sénateur Amidala…

— Je comprends que tu aies absolument besoin de le croire, répondit le Chancelier. Mais la Sénateur Amidala cache quelque chose. Tu l'as sûrement senti.

— Si elle est...

Anakin tituba ; le sol semblait se dérober sous ses pieds comme le pont de la *Main Invisible*.

— Et même si elle cache quelque chose, reprit Palpatine d'une voix atone, parfaitement maîtrisée, ça ne veut pas dire que ce qu'elle cache est forcément un complot contre l'État. Je m'étonne, poursuivit-il en fronçant les sourcils, qu'une chose pareille ait échappé à ton intuition Jedi.

— C'est tout simplement que je ne sens aucune traîtrise chez la Sénateur Amidala, insista Anakin.

Palpatine s'appuya au dossier de son fauteuil et fit un clocher avec ses doigts, en étudiant Anakin d'un œil sceptique.

— Mais si, dit-il au bout d'un moment. Seulement tu ne veux pas te l'avouer. C'est peut-être parce que vous ne comprenez ni l'un ni l'autre qu'en me trahissant, c'est toi qu'elle trahit.

— Elle serait incapable...

Anakin pressa la main sur son front ; son vertige allait en s'accentuant. Quand avait-il mangé pour la dernière fois ? Il ne s'en souvenait même pas. Ça devait être avant la dernière fois qu'il avait dormi.

— Jamais elle ne pourrait...

— Bien sûr que si, répondit Palpatine. C'est ça la politique, mon garçon. Ne le prends pas personnellement. Ça ne veut pas dire que vous ne pouvez pas être heureux ensemble, tous les deux.

— Comment ça ? se récria Anakin, alors que la pièce semblait s'assombrir autour de lui. Que voulez-vous dire ?

— Je t'en prie, Anakin. Nous n'en sommes plus au point de jouer à ces enfantillages, non ? Je *sais*, tu comprends ? J'ai toujours su. Je n'ai feint l'ignorance que pour éviter de t'embarrasser.

Anakin dut se retenir au bureau pour ne pas tomber.

— Que... que voulez-vous dire ?

— Anakin, Padmé était ma Reine. J'étais son ambassadeur au Sénat. Naboo, c'est chez moi. Tu devrais savoir mieux que personne quelle importance j'attache à la loyauté et à l'amitié. Tu penses que je n'ai pas d'amis parmi le clergé civil de Theed ? Votre cérémonie secrète n'a jamais été secrète. Pas pour moi, en tout cas. J'ai toujours été très heureux pour vous deux.

Les paroles tourbillonnaient dans l'esprit d'Anakin, mais aucune n'avait de sens.

— Vous..., commença-t-il. Mais si elle s'apprête à nous trahir...

— Ça, mon garçon, répondit Palpatine. Ça dépend entièrement de toi.

Le brouillard qu'Anakin avait dans la tête lui fit l'impression de se solidifier en un long tunnel de ténèbres. Et le point de lumière qui se trouvait au bout était le visage de Palpatine.

— Je... je ne comprends pas.

— Oh si, c'est très clair, répondit le Chancelier, et c'était comme si sa voix venait de très loin. Assieds-toi, mon garçon, je t'en prie. Tu n'as pas l'air bien. Tu veux boire quelque chose ?

— Je... non. Non, ça va, répondit Anakin en se laissant tomber avec soulagement dans un fauteuil dangereusement confortable. C'est juste que je suis... un petit peu fatigué, mais c'est tout.

— Tu dors mal ?

— C'est ça, répondit Anakin avec un petit ricanement las. Il y a quelques années, maintenant, que j'ai du mal à dormir.

— Je te comprends, mon garçon. Je te comprends très bien.

Palpatine se leva, fit le tour de son bureau et vint s'asseoir au bord, devant Anakin, dans une attitude familière.

— Anakin, nous devons arrêter de faire semblant. La crise finale est proche, et notre seul espoir de survie est d'être complètement, absolument, rigoureusement honnêtes l'un envers l'autre. Et envers nous-mêmes. Finis les faux-semblants. Tu dois comprendre que ce qui est en jeu, ici et maintenant, n'est rien de moins que le destin de la galaxie.

— Je ne…

— Ne t'inquiète pas, Anakin. Ce qui se dira entre nous, ici, ne sortira pas de ces murs. Réfléchis, Anakin : réfléchis à quel point il est difficile de garder tous tes secrets pour toi. Tu n'as jamais été amené à me cacher quelque chose ?

Il commença à compter sur ses doigts :

— Il y a trois ans que je te cache que je suis au courant de votre mariage. Tu m'as confessé le massacre au camp Tusken. J'étais là quand tu as exécuté le Comte Dooku. Et je sais où tu as trouvé le pouvoir nécessaire pour le vaincre. Tu vois : tu n'as jamais eu besoin de faire semblant avec moi, comme tu es obligé de le faire avec tes camarades Jedi. Tu dois comprendre que ce n'est pas la peine de me cacher quoi que ce soit. Que je t'accepte exactement tel que tu es.

Il ouvrit les bras comme s'il voulait serrer Anakin sur son cœur.

— Partage la vérité avec moi. La vérité absolue. Laisse-toi aller, Anakin.

— Je…, fit Anakin en secouant la tête.

Combien de fois avait-il rêvé de ne pas être obligé de jouer le Jedi idéal ? Mais que pouvait-il être d'autre ?

— Je ne saurais même pas par où commencer.

— C'est très simple, en fin de compte : demande-moi ce que tu veux.

Anakin le regarda avec ses paupières mi-closes.

— Je ne comprends pas.

Les derniers rayons du soleil auréolaient d'une sorte de halo les cheveux blancs comme neige de Palpatine, plongeant son visage dans l'ombre.

— Bien sûr que non. Tu as été entraîné à ne jamais te poser la question. À aucun moment, les Jedi ne te demandent ce que tu veux. Ils te disent seulement ce que tu es censé vouloir. Ils ne te laissent pas le choix. C'est pour ça qu'ils prennent leurs élèves – leurs victimes – si jeunes que le choix n'a pas de sens. Le temps qu'un Padawan soit en âge de choisir, il a été si bien endoctriné – on lui a si bien lavé le cerveau – qu'il est incapable de seulement réfléchir à la question. Mais tu n'es pas comme ça, Anakin. Tu as une vraie vie, en dehors du Temple Jedi. Tu peux crever le brouillard de mensonges dont les Jedi t'ont obscurci le cerveau. Je te le demande à nouveau : que veux-tu ?

— Je ne comprends toujours pas.

— Je t'offre… tout, répondit Palpatine. Demande et c'est à toi. Un verre d'eau ? Tu l'auras. Un sac plein de joyaux Coruscantis ? Tu l'auras. Regarde par la fenêtre, derrière moi, Anakin. Dis-moi ce que tu veux, et tu l'auras.

— C'est une plaisanterie ?

— L'heure n'est plus aux plaisanteries, Anakin. Je n'ai jamais été plus sérieux. Choisis quelque chose. N'importe quoi.

Dans l'ombre qui voilait le visage de Palpatine, Anakin ne voyait que les éclats jumeaux de ses yeux.

— Très bien…

Haussant les épaules, fronçant les sourcils, ne comprenant pas encore, Anakin regarda par la fenêtre et chercha la chose la plus ridiculement coûteuse qu'il pouvait repérer.

— Et si je voulais l'un de ces nouveaux custom speeders Sorosuub… ?

— Accordé.

— Vous êtes sérieux ? Vous savez combien ça coûte, ces machines-là ? Vous pourriez pratiquement équiper un croiseur de combat…

— Tu préférerais un croiseur de combat ?

Anakin se tut. Un vide glacé s'ouvrit dans sa poitrine. D'une petite voix prudente, il demanda :

— Et les appartements Sénatoriaux ?

— Un appartement privé ?

Anakin secoua la tête, leva les yeux vers les deux lueurs qui trouaient l'obscurité du visage de Palpatine.

— Tout le bâtiment.

Palpatine n'eut pas un battement de cils.

— Accordé.

— Il appartient à des capitaux privés...

— Plus maintenant.

— Mais vous ne pouvez pas... comme ça...

— Si, je peux. C'est à toi. Autre chose ? Annonce !

Anakin regarda sans la voir l'obscurité qui devenait de plus en plus profonde. Les étoiles commençaient à briller à travers la brume du crépuscule. Une constellation qu'il reconnaissait apparut au-dessus des tours du Temple Jedi.

— D'accord, répondit doucement Anakin. Corellia. Je voudrais Corellia.

— La planète ou tout le système stellaire ?

Anakin ouvrit de grands yeux.

— Anakin ?

— C'est juste que..., fit-il en secouant la tête, abasourdi. Je n'arrive pas à voir si vous plaisantez, ou si vous êtes complètement fou.

— Ni l'un ni l'autre, Anakin. J'essaie de te faire comprendre une vérité fondamentale de notre relation. Une vérité fondamentale sur toi-même.

— Et si je voulais vraiment le Système de Corellia ? Les Cinq Sœurs ? Toutes ?

Les lueurs jumelles dans l'ombre se précisèrent.

— Alors, elles seraient à toi. Tu pourrais avoir tout le Secteur, si ça te faisait plaisir. Tu comprends, maintenant ? Je te donnerai tout ce que tu veux.

Cette idée donnait le vertige.

— Et si je voulais... Si je voulais suivre Padmé et ses amis ? Et si je voulais la fin de la guerre ?

— Demain, ça t'irait ? Ce ne serait pas trop tôt ?

— Comment... comment pourriez-vous faire ça ? demanda Anakin qui avait du mal à reprendre son souffle.

— Pour le moment, la question est de savoir quoi. Comment, c'est un autre problème. Nous allons y venir tout de suite.

Anakin se tassa dans son fauteuil pendant qu'il laissait tout ça se frayer un chemin dans son esprit. Si seulement sa tête voulait bien arrêter de tourner... Pourquoi Palpatine avait-il commencé tout ça *maintenant* ?

Il aurait eu moins de mal à réfléchir si la Padmé mourante de son cauchemar ne lui hurlait pas sans arrêt dans la tête.

— Et en échange ? demanda-t-il enfin. Qu'est-ce que j'aurai à faire ?

— Tu n'auras qu'à faire ce que tu veux.

— Ce que je veux ?

— Oui, Anakin. Oui. Exactement ça. Seulement ça. Faire la chose que les Jedi redoutent le plus : décider par toi-même. Suivre ta conscience. Faire ce que tu crois juste. Je sais que tu as toujours eu envie d'une vie qui offre plus de perspectives que celle d'un Jedi ordinaire. Engage-toi dans cette vie. Je sais que tu brûles de conquérir un pouvoir que jamais un Jedi ordinaire n'arrivera à maîtriser. Accorde-toi le droit d'obtenir ce pouvoir, et d'en user. Tu as rêvé de quitter l'Ordre Jedi, d'avoir une famille à toi – une famille basée non sur des règles imposées de déni de soi mais sur l'amour.

— Je... je ne peux pas. Je ne peux pas... partir comme ça...

— Mais si, tu peux.

Anakin n'arrivait plus à respirer.

Il ne pouvait plus bouger un cil.

Il restait assis là, figé. Incapable de penser.

— Chacun de tes rêves peut se réaliser. Détourne-toi des mensonges des Jedi, et suis ta propre vérité. Quitte-les. Rejoins-moi sur le chemin du véritable pouvoir. Sois mon ami, Anakin. Sois mon élève. Mon apprenti.

L'obscurité se pencha sur lui.

La vision d'Anakin se réduisit à nouveau à un tunnel, mais cette fois il n'y avait pas de lumière au bout. Il retira sa main tremblante et la leva vers son visage pour soutenir sa tête.

— Je regrette, dit-il. Je regrette, mais... J'ai beau avoir envie de toutes ces choses – autant que je tiens à vous,

Chancelier – mais c'est impossible. Je ne peux pas. Pas encore. Parce qu'il n'y a qu'une chose que je veux vraiment, en ce moment. Tout le reste devra attendre.

— Je sais ce que tu veux vraiment, dit l'ombre. J'attendais seulement que tu te l'avoues à toi-même. Écoute-moi : *je peux t'aider à la sauver.*

Une main – une main humaine, chaude et compatissante – se posa sur son épaule.

— Vous..., fit Anakin en clignant des yeux, comme un aveugle essayant d'y voir. Comment pourriez-vous m'aider ?

— Tu te souviens de ce mythe dont je t'ai parlé, *La Tragédie de Dark Plagueis le Sage* ? murmura l'ombre.

Le mythe...

... *Influencer directement les midi-chloriens afin de leur faire créer la vie ; fort d'une telle connaissance, maintenir en vie un être déjà vivant ne serait qu'un jeu d'enfant...*

— Oui, répondit Anakin. Oui, je m'en souviens.

L'ombre se pencha sur lui, si près qu'elle semblait remplir le monde entier.

— Anakin, ce n'est pas qu'un mythe.

Anakin déglutit péniblement.

— Dark Plagueis a bien existé.

Anakin ne réussit qu'à émettre un murmure étranglé.

— *Vraiment... ?*

— Dark Plagueis était mon maître. C'est lui qui m'a transmis la clé de son pouvoir, poursuivit l'ombre, d'un ton sec, dépassionné. Avant que je le tue.

Sans savoir comment il avait bougé, sans même avoir l'intention de bouger, sans que son esprit effectue le passage vers la compréhension, Anakin se retrouva debout, une barre d'énergie crépitante immobilisée à un centimètre du menton de Palpatine, sa lueur projetant une ombre bordée de rouge sur son visage et jusqu'au plafond.

Anakin ne comprit que graduellement que c'était son sabre laser, et qu'il était dans sa main.

— Vous, dit-il.

Soudain, il n'était plus ni fatigué ni étourdi.
Soudain, tout prenait un sens.
— C'est vous. C'était vous, depuis le début !
Dans la lumière bleue, crue, de son sabre, il regarda bien en face un homme dont les traits lui étaient aussi familiers que son propre visage, mais qui lui semblait à présent aussi étranger qu'une comète extra-galactique – parce qu'il comprenait enfin, maintenant, que ces traits familiers n'étaient qu'un masque.
Il n'avait jamais vu le vrai visage de cet homme.
— Je devrais vous tuer, dit-il. Je *vais* vous tuer !
Palpatine le gratifia de ce sourire sage, ce sourire de bon oncle qu'Anakin voyait depuis qu'il avait neuf ans.
— Pourquoi ?
— Vous êtes un *Seigneur Sith* !
— En effet, dit-il simplement. Mais je suis aussi ton ami.
La barre d'énergie bleue frémit, juste un tout petit peu.
— Je suis aussi l'homme qui a toujours été là pour toi. Je suis l'homme à qui tu n'as jamais été obligé de mentir. Je suis l'homme qui n'attend rien de toi, que de te voir suivre ta propre conscience. Si cette conscience exige que tu commettes un meurtre, simplement pour un... différend philosophique... Je ne me défendrai pas.
Il ouvrit les mains, les bras ballants.
— Anakin, quand je t'ai dit que tu peux avoir tout ce que tu veux, tu pensais que j'excluais ma propre vie ?
Le sol sembla se ramollir sous les pieds d'Anakin, et la pièce commença à s'emplir de ténèbres tournoyantes, à suinter la confusion.
— Vous... vous ne vous défendrez même pas ?
Dans la lueur bleue qui projetait un triangle d'ombre sur son visage, Palpatine avait l'air sidéré qu'Anakin puisse seulement suggérer une chose pareille.
— Me battre contre toi ? Mais que se passera-t-il quand tu m'auras tué ? Qu'arrivera-t-il à la République ? demanda-t-il d'un ton gentiment raisonneur. Qu'arrivera-t-il à Padmé ?
— *Padmé...*

Son nom était un hoquet angoissé.

— Quand je mourrai, reprit Palpatine du ton d'un homme qui rappelle à un enfant une chose qu'il devrait savoir, tout ce que je sais périra avec moi. Enfin, à moins que je n'aie l'occasion de l'enseigner… à mon apprenti…

L'arme grésillante trembla. La vision d'Anakin se brouilla.

— Je…, fit-il dans un soupir de souffrance nue, et de désespoir. Je ne sais plus quoi faire…

Palpatine le regarda, doux et aimant, comme toujours, alors qu'il était à un poil de moustache de l'extrémité d'un sabre laser.

Et si son visage n'était pas un masque ? Et si le véritable visage du Sith était exactement ce qu'il voyait devant lui : un homme qui s'en faisait pour lui, l'avait aidé, avait été son ami loyal quand il pensait ne pas en avoir d'autre ?

Et après ?

— Anakin, dit doucement Palpatine. Il est temps que nous parlions.

Les quatre droïdes gardes du corps se répartirent selon un arc étroit entre Obi-Wan et Grievous, soulevant leurs piques électriques. Obi-Wan s'arrêta à distance respectable ; il avait encore les cicatrices de l'une de ces armes, et il n'était pas particulièrement pressé d'en ajouter à sa collection.

— Général Grievous, dit-il. Vous êtes en état d'arrestation.

Le général biodroïde s'avança à grands pas vers lui, écartant sans la moindre hésitation son écran de gardes du corps.

— Non, Kenobi, ne me dites rien ; laissez-moi deviner : c'est le moment où vous me laissez une chance de me rendre.

— C'est possible, convint Obi-Wan avec équanimité. Ou, si vous préférez, ça pourrait être le moment où je démantèle votre exosquelette et où je vous renvoie sur Coruscant dans la soute d'un cargo.

— Je choisis l'option Numéro Trois, fit Grievous en levant la main, et ses gardes du corps entourèrent Obi-Wan. C'est celle où je vous regarde mourir.

Un autre geste, et les droïdes connectés à leurs prises, sous la coupole de la ruche, s'animèrent.

Ils se déplièrent, la tête en bas, dans un concert de bourdonnements, de ronflements et de cliquetis qui allait crescendo et qui se densifia jusqu'à ce qu'Obi-Wan se dise qu'il aurait aussi bien pu tomber dans une colonie de guêpes-raptors Corelliennes. Ils commencèrent à tomber en chute libre du plafond, par petits paquets, d'abord, comme les premières gouttes d'un orage d'été, puis en masse, et ce fut bientôt un véritable déluge qui ébranla le duracier encastré dans la pierre du sol, au point qu'Obi-Wan en eut les oreilles cassées. Ils touchèrent terre par centaines, roulèrent sur eux-mêmes et se redressèrent. Et il en restait autant dans les hauteurs de la ruche, accrochés la tête en bas par leurs magnépèdes, leurs armes pointées sur Obi-Wan de sorte qu'il était maintenant au point focal d'un dôme de blasters.

Et pendant tout ce temps, il ne bougea pas d'un poil.

— Pardon, je n'ai pas été assez clair ? dit-il. Il n'y a pas d'option Numéro Trois.

Grievous secoua la tête.

— Vous n'en avez jamais assez de ces rodomontades pathétiques ?

— Je me lasse rarement de quoi que ce soit, répondit doucement Obi-Wan. Et je n'ai pas mieux à faire pour passer le temps, en attendant que vous décidiez de vous rendre, ou de mourir.

— Ce choix a été fait bien longtemps avant que je ne vous rencontre pour la première fois, fit Grievous en se détournant. Tuez-le.

Instantanément, l'espace délimité par les gardes du corps qui entouraient Obi-Wan se hérissa de piques crépitantes, qui cinglaient l'air si vite que l'œil humain n'arrivait pas à les suivre, ce qui était moins ennuyeux qu'il n'aurait pu y sembler, parce qu'il n'y avait déjà plus de Jedi dans cet espace.

La Force, qui l'avait laissé s'effondrer comme s'il s'était soudain évanoui, détacha son sabre laser de sa ceinture, le porta à sa main et l'alluma tout en changeant sa chute en roulé-boulé. Roulé-boulé au cours duquel son sabre laser décrivit un arc impeccable, sectionnant la jambe de l'un des gardes du corps. Puis, en même temps qu'elle permettait à Obi-Wan de se relever, la Force repoussa le garde du corps blessé sur le chemin de la lame, et deux morceaux fumants, qui lançaient des étincelles, furent projetés à terre dans un grand bruit de ferraille.

Et d'un.

Les trois droïdes restants forcèrent l'attaque, mais plus prudemment. Leurs armes étaient plus longues que celle d'Obi-Wan, et quand ils frappaient, ils étaient hors de portée de sa lame. Il céda du terrain, recula devant eux, sa vitesse de réaction maintenant à peine leurs lames crépitantes à distance.

Obi-Wan ne pouvait espérer vaincre ces trois MagnaGardes, armés d'une pique à double pointe qui générait un champ énergétique invulnérable aux sabres laser, d'autant que leurs réflexes agissaient à une vitesse voisine de celle de la lumière, et qu'ils étaient dotés d'algorithmes de combat heuristiques hypersophistiqués qui leur permettaient de tirer parti de leur expérience et d'adapter instantanément leur tactique à la situation. Mais ce n'était pas Obi-Wan qui les vaincrait ; ce n'était même pas lui qui se battait. Il n'était qu'un réceptacle, vide de lui-même. C'était la Force, façonnée par son talent et guidée par sa clarté d'esprit, qui combattait à travers lui.

Dans la Force, il les sentait : destructeurs, quelque part derrière lui, et au-dessus, à quelques secondes seulement.

Il alla à la rencontre de cette destruction d'un saut périlleux arrière, que la Force utilisa pour le soulever jusqu'à l'une des niches à droïdes vide, dans le plafond de la ruche. Les MagnaGardes bondirent derrière lui, mais le temps qu'ils le rejoignent, il n'était déjà plus là et bondissait plus haut dans le labyrinthe de poutres, de câbles et de conteneurs gros comme des cargos qui occupait le centre de commande de la superstructure.

Là, dit la Force qui était en lui, et Obi-Wan s'arrêta, en équilibre sur une poutre. Là, il regarda, les sourcils froncés, les droïdes tueurs qui venaient vers lui en bondissant d'une poutre à l'autre, comme des primates maléfiques de duracier. Il les sentait approcher, mais il n'avait aucune idée de la façon dont il allait bien pouvoir les anéantir, jusqu'à ce que la Force lui montre une poutre de soutènement à portée de sa lame et lui murmure : *Maintenant.*

Sa lame lança un éclair, et la poutre de duracier se détacha, ses extrémités fraîchement coupées étincelant, chauffées à blanc, et l'énorme masse du conteneur qu'elle supportait se détacha de ses autres supports dans un hurlement de métal déchiré, et s'écrasa sur les trois MagnaGardes avec la puissance destructrice d'un météore.

Et de deux, et de trois, et de quatre.

Là, se dit Obi-Wan avec une approbation détachée. Ça marchait plutôt bien.

Plus que dix mille et c'était bon. Plus ou moins.

Un instant plus tard, la Force le projetait à travers une tempête de tirs au blaster : tous les droïdes de combat du centre de commande ouvraient le feu sur lui en même temps.

Abandonnant toute intention, abandonnant tout désir, toute vie, Obi-Wan concentra son attention sur un fil de la Force qui l'attirait vers Grievous : non l'endroit où il se trouvait, mais l'endroit où il serait lorsque Obi-Wan y arriverait.

Bondissant de poutre en poutre, sectionnant des câbles pour se balancer à travers un entrelacs de rayons à particules, sa lame allant et venant si vite qu'elle devenait un bouclier déflecteur qui renvoyait les éclairs de blasters dans toutes les directions, sa présence même devenait une arme : alors qu'il tournoyait et tourbillonnait dans les superstructures du centre de commande, les décharges des canons à particules détruisaient le matériel et pulvérisaient les poutres, déchaînant un geyser de débris rouge feu qui retombaient sur le pont, écrasant les droïdes énergétiques de tous les côtés. Le temps qu'il fasse un saut périlleux dans le vide et retombe sur ses pattes, comme un chat, près de la moitié des droïdes qui se trouvaient entre Grievous et lui avaient été détruits par leur puissance de feu hostile.

Il se fraya un chemin dans la masse de droïdes restants, aussi facilement que si ce n'était qu'une touffe de canne à sucre près d'une plage ensoleillée. Laissant derrière lui, dans son avance implacable, une piste de droïdes réduits en rondelles fumantes.

— Continuez à tirer ! rugit Grievous en s'adressant aux droïdes-araignées qui le flanquaient. *Pulvérisez-le !*

Obi-Wan sentit que l'énorme canon à épaule d'un droïde-araignée le suivait, il sentit qu'il tirait et il sentit sa décharge, aussi puissante qu'une grenade à protons. Alors, il laissa la Force l'entraîner dans un saut qui l'emmena juste assez loin, à la limite de portée de l'arme, si bien qu'au lieu de lui fracasser les os, l'explosion lui appliqua seulement une poussée brutale, brûlante...

... Qui le projeta en tournoyant au-dessus des autres droïdes, et le reposa juste devant Grievous.

Un seul éclair de son sabre laser amputa le canon à épaule d'un droïde énergétique, et il poursuivit avec un coup de pied tournant, assisté par la Force, qui porta le talon de sa botte à la pointe du menton de duranium d'un second droïde énergétique, envoyant valdinguer sa tête assez violemment en arrière pour rompre les câbles cervicaux de ses capteurs. Privé d'ouïe et de vue, le droïde énergétique ne pouvait que continuer d'obéir à sa dernière instruction : il tourna sur lui-même en titubant, comme pris de frénésie, tirant convulsivement avec ses canons, atteignant au hasard les droïdes et les parois environnantes, jusqu'à ce qu'Obi-Wan le désactive d'un coup bien ajusté qui fora un trou de la taille du pouce dans son cerveau pectoral.

— Général, dit Obi-Wan avec un sourire poliment neutre, comme il aurait salué, dans la rue, un personnage qu'il détestait secrètement. Mon offre est toujours valide.

Les droïdes qui tiraient dans tout le centre de commande cessèrent le feu, et le silence se fit. Obi-Wan était debout si près de Grievous que le général était dans sa ligne de mire.

Grievous renvoya impérieusement sa cape en arrière.

— Vous croyez que je vais me rendre à vous maintenant ?

— Je suis encore disposé à vous prendre vivant, répondit Obi-Wan en englobant dans un mouvement de tête le désastre fumant, crépitant d'étincelles. Jusque-là, personne n'a été blessé.

Grievous inclina la tête en arrière et toisa Obi-Wan.

— Mes troupes comptent des milliers de droïdes. Vous ne pouvez tous les vaincre.

— Ce ne sera pas nécessaire.

— C'est votre dernière chance de vous rendre, général Kenobi. Je tiens Pau City dans mon poing, lança Grievous en indiquant de sa main de duranium la cité-entonnoir qui se trouvait derrière lui. Abaissez votre sabre ou je referme le poing… jusqu'à ce que tout cet endroit ruisselle de sang innocent.

— Ce n'est pas de sang qu'il va ruisseler, répliqua Obi-Wan. Vous devriez faire plus attention à la météo.

Les yeux jaunes s'étrécirent derrière le masque de plastocéramique.

— Quoi ?

— Regardez dehors, fit Obi-Wan en pointant son sabre laser vers l'arcade. Il va commencer à pleuvoir des clones.

— Quoi ? répéta Grievous en se retournant.

Une ombre était passée devant le soleil, comme si l'un des monstrueux nuages d'orage qui planaient sur l'horizon avait intercepté un courant vagabond dans les hypervents et s'était stabilisé au-dessus de Pau City. Mais ce n'était pas un nuage.

C'était le *Vigilance*.

Pendant que le crépuscule descendait sur le désert brûlant de soleil, une forteresse volante décrivait, au ras des dunes, une spirale centrée sur la cité-entonnoir, et qui allait en se refermant. Une grêle de droïdes hailfire surgit en roulant des grottes creusées dans les mesas battues par les vents, et déchaîna sur le vaisseau en approche une rafale de missiles au rythme d'un toutes les deux secondes et demie – juste le temps que les capteurs mettaient pour transférer les données aux batteries de turbolasers du *Vigilance*.

Des éclairs crevèrent l'atmosphère, et les droïdes hailfire se désintégrèrent dans un rugissement. Un contre-feu ciblé avec précision partit des tourelles en forme de bulbe des LAAT/i et intercepta les missiles, formant des boules de feu en expansion qui partaient en lambeaux de fumée lorsque le vaisseau fonçait à travers.

Les LAAT/i plongèrent dans l'entonnoir et descendirent en spirale, tous les canons crachant le feu, leurs batteries avant ciblées sur la paroi du trou. En même temps, au-dessus du bord, des barges d'atterrissage blindées de classe Jadthu planaient, leurs soutes grandes ouvertes, larguant des écheveaux de câbles de poly-plast blancs comme la glace qui tombaient jusqu'à l'embouchure de l'océan béant au fond de la cité. Le long de ces câbles descendaient en rappel, à une vitesse vertigineuse, des nuées continues de soldats clones puissamment armés et qui, tout en progressant, mitraillaient les escouades de droïdes venus à leur rencontre.

Les cuirasses blanches glissant le long des câbles faisaient comme des rideaux devant le balcon extérieur du centre de commande. Chaque clone avait la main posée sur un frein de descente mécanique et tenait dans l'autre un canon laser DC-15 réglé sur automatique, qui crachait un faisceau ininterrompu de rayons de particules. Partout, les droïdes tournoyaient sur eux-mêmes et s'écroulaient, bondissaient dans l'air et explosaient en une pluie de fragments. Les survivants mitraillaient les clones comme s'ils étaient reconnaissants d'avoir quelque chose sur quoi tirer, forant des trous énormes dans leurs cuirasses, la vapeur surchauffée des tissus carbonisés en profondeur faisant bouillir leurs chairs, atomisant littéralement les soldats clones suspendus à leurs câbles, les faisant dégringoler dix niveaux plus bas, vers un atterrissage final particulièrement répugnant.

Quand les survivants de la première vague de clones heurtèrent le sol, la vague suivante était juste derrière.

Grievous se tourna vers Obi-Wan. Il baissa la tête comme un bantha furieux, ses yeux jaunes rivés sur le Maître Jedi.

— Ce sera donc un duel à mort.

— Si vous y tenez, soupira Obi-Wan.

Le général biodroïde écarta les pans de sa cape, révélant les quatre sabres laser glissés dans des poches de la doublure. Il recula et écarta largement ses bras de duranium.

— Vous ne serez pas le premier Jedi que j'aurai tué, et vous ne serez pas le dernier non plus.

Pour seule réponse, Obi-Wan inclina légèrement son sabre laser vers le haut et l'avant.

Les bras largement écartés du général se fendirent alors sur toute leur longueur, se divisant en deux. Jusqu'aux mains…

De sorte qu'il avait maintenant quatre bras. Et quatre mains.

Et, alors que sa cape tombait à terre, chaque main prit un sabre laser.

Ils s'animèrent d'une vie lumineuse, perverse, et Grievous les maniait avec une rapidité impressionnante, dans des mouvements coulés, si pleins de panache qu'ils semblaient former une sphère palpitante d'énergie bleue et verte.

— Allez, Kenobi, venez donc me chercher ! dit-il. J'ai été entraîné dans vos arts Jedi par le Seigneur Tyranus lui-même !

— Vous voulez parler du Comte Dooku ? Quelle curieuse coïncidence, fit Obi-Wan avec un sourire trompeusement affable. C'est moi qui ai entraîné l'homme qui l'a tué.

Avec un rictus convulsif, Grievous plongea.

La sphère d'énergie du sabre laser bleu qui l'entourait s'enfla vers Obi-Wan et s'ouvrit comme une bouche pour le couper en deux. Obi-Wan tint bon, la lame silencieuse, immobile.

Des dents se refermèrent sur lui dans un éclair.

Voici ce que ça fait, en ce moment précis, d'être Anakin Skywalker :

Vous ne vous rappelez pas avoir rengainé votre sabre laser.

Vous ne vous rappelez pas avoir quitté le cabinet privé de Palpatine pour entrer dans son bureau officiel, plus vaste ; vous ne vous rappelez pas vous être effondré dans le fauteuil où vous êtes maintenant assis, et vous ne vous rappelez pas non plus avoir bu l'eau du verre à moitié vide que vous trouvez dans votre main mécanique.

Vous vous souvenez seulement que le dernier homme de la galaxie en qui vous pensiez pouvoir encore avoir confiance vous ment depuis le jour de votre rencontre.

Et vous n'êtes même pas en colère.

Seulement abasourdi.

— Après tout, Anakin, tu es le dernier homme à avoir le droit d'en vouloir à quelqu'un parce qu'il t'a fait des cachotteries. Que pouvais-je faire d'autre ?

Palpatine est assis dans son grand fauteuil ovale familier, derrière son bureau familier ; les lumidisques baignent la pièce d'une clarté blafarde.

La routine.

Comme si ce n'était que l'une de vos conversations amicales habituelles, les conversations du soir, informelles, auxquelles vous avez pris plaisir pendant tant d'années.

Comme s'il ne s'était rien passé.

Comme si rien n'avait changé.

— La corruption a fait de la République un cancer dans le corps de la galaxie, et personne ne peut le cautériser. Ni les législateurs ni le Sénat, pas même l'Ordre Jedi. J'étais le seul homme assez fort et assez compétent pour cette tâche ; j'étais le seul homme qui osait même s'y frotter. Sans ce petit mensonge, comment aurais-je pu guérir la République ? Si je m'étais révélé à toi, ou à qui que ce soit d'autre, les Jedi m'auraient traqué et assassiné sans autre forme de procès – exactement comme tu as manqué le faire, il y a un instant à peine.

Vous ne pouvez pas discuter ; vous n'avez pas de mots pour lui répondre.

Il se lève, fait le tour de son bureau, prend l'un des petits fauteuils et l'approche du vôtre.

— Tu n'imagines pas, Anakin, à quel point je regrettais de ne pas pouvoir te le dire. Pendant toutes ces années, depuis le jour même de notre rencontre, mon garçon. Je veille sur toi, je t'ai vu grandir en force et en sagesse, attendant en rongeant mon frein, attendant ce jour, ce moment, attendant que tu sois enfin prêt à comprendre qui tu es vraiment, et où se trouve ta vraie place dans l'histoire de la galaxie.

Des paroles pâteuses sortent de vos lèvres engourdies.

— L'Élu…

Il se penche vers vous, les yeux clairs. Fixes. D'une honnêteté absolue.

— Exactement, mon garçon. Exactement. Tu es l'Élu. Élu par moi.

Il indique, d'une main, le paysage urbain piqueté de lumière, à travers la fenêtre, derrière son bureau.

— Regarde dehors, Anakin. Un milliard d'êtres vivants, rien que sur cette planète – dans la galaxie tout entière, des quadrillions d'êtres vivants, on ne sait combien –, et entre tous, c'est toi, Anakin, que j'ai choisi, toi, Anakin Skywalker, pour hériter de mon pouvoir. De tout ce que je suis.

— Mais ce n'est pas… ce n'est pas la prophétie. Ce n'est pas la prophétie de l'Élu…

— Est-ce un tel problème pour toi ? Ta quête ne consiste-t-elle pas à trouver un moyen de contrer la prophétie ? Anakin, tu crois que les Sith ne connaissent pas cette prophétie ? Tu penses que le jour où elle se réaliserait, nous resterions les bras croisés ?

Palpatine se penche vers vous, souriant, chaleureux, amical.

— Vous voulez dire…

— C'est ce que tu dois comprendre. La soumission

Jedi au destin… Ce n'est pas la manière Sith, Anakin. Ce n'est pas ma manière d'être. Nous ne sommes pas comme ça. Nous ne l'avons jamais été. Nous ne le serons jamais.

Vous vous sentez sombrer.

Vous vous entendez dire :

— Je ne suis pas… de votre côté. Je ne suis pas mauvais.

— Qui parle du mal ? J'apporte la paix à la galaxie. C'est le mal, ça ? Je t'offre le pouvoir de sauver Padmé. C'est mal, ça ? T'ai-je attaqué ? Drogué ? As-tu été torturé ? Je te le demande, mon garçon. Je te demande de faire ce qu'il faut. Tourne le dos à la trahison. À tous ceux qui veulent nuire à la République. Je te demande de faire exactement ce que tu as juré de faire : ramener la paix et la justice dans la galaxie. Et sauver Padmé, évidemment. Tu as bien juré de la protéger, elle aussi, non ?

— Je… Mais… Je…

Les mots ne sont pas adaptés aux réponses dont vous avez besoin. Si seulement Obi-Wan était là… Obi-Wan saurait quoi dire. Quoi faire.

Obi-Wan saurait gérer la situation.

En ce moment précis, vous savez que vous ne pouvez pas.

— Je… je vais vous envoyer devant le Conseil Jedi… Ils sauront quoi faire…

— Ça, j'en suis sûr. Ils prévoient déjà de renverser la République. Ce serait exactement le prétexte rêvé pour eux. Et quand ils viendront m'exécuter, est-ce que ce sera la justice ? Est-ce qu'ils ramèneront la paix ?

— Ils ne le feront pas… Ils ne feraient pas ça !

— Bon, eh bien, j'espère que tu as raison, Anakin. Tu me pardonneras si je ne partage pas ta loyauté aveugle envers tes camarades. J'imagine que ça se ramène, en fin de compte, à une question de loyauté, dit-il pensivement. C'est ce que tu dois te demander, mon garçon : si ta loyauté va aux Jedi, ou à la République.

— Ce n'est pas… Ce n'est pas comme ça…

Palpatine hausse les épaules.

— Peut-être pas. Peut-être que la question est plutôt de savoir si tu aimes Obi-Wan plus que ta femme.

Ce n'est plus la peine de chercher les mots.

Il n'y a plus de mots du tout.

— Prends ton temps. Médite là-dessus. Je serai encore là quand tu auras pris ta décision.

Dans votre tête, il n'y a que du feu. Autour de votre cœur, le dragon chuchote que tout meurt.

Voilà ce que ça fait, en ce moment précis, d'être Anakin Skywalker.

On n'estimera jamais suffisamment l'élégance de la technique au sabre laser d'Obi-Wan Kenobi. Elle répand une sensation à nulle autre pareille. Elle ne ressemble à celle d'aucun des autres grands sabreurs de l'Ordre Jedi. Obi-Wan n'a absolument pas l'éclat, le pur brio d'un Anakin Skywalker ; on chercherait vainement en lui la férocité crépusculaire d'un Mace Windu ou d'un Depa Billaba, ou la grâce stylistique d'une Shaak Ti ou d'un Dooku, et il n'a rien du tourbillon dévastateur que peut devenir Yoda.

Il est la simplicité incarnée.

Tel est son pouvoir.

Avant qu'Obi-Wan ne quitte Coruscant, Mace Windu lui avait raconté comment il avait affronté Grievous en combat singulier sur le toit d'une rame de maglev, au cours de son raid audacieux pour capturer Palpatine. Mace lui avait dit comment les ordinateurs asservis au cerveau de Grievous avaient apparemment réussi, après cet unique échange, à analyser le Vaapad extraordinairement mortel de Mace et avaient pu réagir en conséquence.

— Il a dû être entraîné par le Comte Dooku, avait dit Mace. Alors vous pouvez vous attendre qu'il pratique aussi le Makashi. Compte tenu du nombre de Jedi qu'il a combattus et vaincus, il doit pouvoir attaquer avec n'importe quel style, voire tous. En réalité, Obi-Wan, je crois que de tous les Jedi vivants c'est vous qui avez les meilleures chances de le vaincre.

Cette déclaration avait surpris Obi-Wan, et il avait hautement protesté. Après tout, le seul style qu'il maîtrisait vraiment était le Soresu, qui était la forme de combat au sabre laser la plus commune dans l'Ordre Jedi. Fondé sur les principes d'esquive de base qu'on enseignait à tous les Padawans – pour leur permettre d'éviter les décharges de laser –, le Soresu était une technique rudimentaire, tellement limitée et orientée vers la défense qu'elle frisait la passivité.

— Pourtant, Maître Windu, avait répondu Obi-Wan, vous-même, qui disposez de la puissance du Vaapad, ou Yoda, avec sa maîtrise de l'Ataro…

Mace Windu avait esquissé l'ombre d'un sourire.

— J'ai créé le Vaapad pour répondre à ma faiblesse : il canalise ma propre obscurité pour en faire une arme de lumière. L'Ataro de Maître Yoda est aussi une réponse à une faiblesse : sa portée et sa mobilité limitées par sa stature et son âge. Mais pour vous ? À quelle faiblesse le Soresu répond-il ?

Obi-Wan avait été obligé d'admettre, en cillant, qu'il n'y avait jamais vraiment réfléchi de cette façon.

— Ça vous ressemble tellement, Maître Kenobi, avait repris le Maître Korun en secouant la tête. On dit que je suis un grand bretteur parce que j'ai inventé un style mortel ; mais qui est le plus grand : le créateur d'une forme meurtrière, ou le virtuose de la forme classique ?

— Je suis très flatté que vous me considériez comme un virtuose, mais vraiment…

— Pas un virtuose. *Le* virtuose, avait répondu Mace. Soyez celui que vous êtes, et Grievous ne vous vaincra jamais.

Et c'est ainsi que, face à la tornade d'énergie dévastatrice qu'est l'attaque de Grievous, Obi-Wan est simplement celui qu'il est.

Les quatre bras mécaniques de Grievous étaient alimentés en énergie par des électrodrivers qui permettaient à chacun d'attaquer trois fois en une seconde. Intégrée par des algorithmes de combat dans le réseau électronique de processeurs périphériques du biodroïde, chacune des douze frappes à la seconde venait d'un angle différent, à une vitesse et à une force différentes. Le rythme était en outre rompu de façon imprévisible de coups d'estoc, de taille et de revers, dont chacun aurait pu, à lui seul, ôter la vie à Obi-Wan.

Aucun ne le toucha.

Après tout, il avait souvent essuyé sans une égratignure des tempêtes de tirs de blaster, grâce à la seule protection de son sabre laser dirigé par la Force. Parer douze coups à la seconde n'était pas impossible ; juste difficile. Sa lame décrivait un entrelacs complexe d'angles et de courbes jamais véritablement rapides, mais toujours assez vifs, chaque déplacement de son sabre laser interférant subtilement avec trois, quatre ou huit coups du général, les autres grésillant derrière lui, ses changements de position et d'équilibre précis, minimaux, les déviant de quelques centimètres.

Grievous, montrant rageusement les dents, accentua l'intensité et la rapidité de ses assauts – seize par seconde, dix-huit –, jusqu'à ce que, à vingt coups à la seconde, la défense d'Obi-Wan soit finalement submergée.

Alors, Obi-Wan utilisa sa défense pour attaquer.

Un changement subtil dans l'angle d'une unique esquive amena la lame d'Obi-Wan en contact, non avec celle du sabre laser qui s'abattait sur lui, mais avec sa poignée.

Tchac...

La lame cessa d'exister à un cheveu du front d'Obi-Wan, dans lequel elle allait se frayer un chemin incandescent. La moitié du sabre laser tranché net tomba, ainsi que le pouce et l'index de duranium de la main qui le tenait.

Grievous s'immobilisa, les yeux exorbités, puis il plissa les paupières. Il leva sa main blessée et examina les moignons de doigts chauffés à blanc qui ne tenaient plus qu'une moitié de sabre laser inutilisable.

Obi-Wan le regarda en souriant.

Grievous plongea.

Obi-Wan esquiva.

Des bouts de sabre laser rebondirent sur le sol de duracier.

Grievous baissa les yeux sur les morceaux de métal qui étaient tout ce qui restait de ses armes, puis il releva les yeux sur la lame d'Obi-Wan, les baissa à nouveau sur ses mains, et sembla se rappeler tout à coup qu'il avait un rendez-vous urgent ailleurs.

N'importe où.

Obi-Wan s'avança vers lui, mais un choc de la Force lui fit faire un bond en arrière, juste au moment où un éclair écarlate à haute énergie frappait le sol à l'endroit précis où il s'apprêtait à poser le pied. Obi-Wan accompagna l'explosion, bondissant dans le vide et retombant sur ses pieds entre deux superdroïdes de combat qui tiraient frénétiquement sur le flanc d'une escouade de soldats clones, ce qu'ils continuèrent à faire jusqu'à ce qu'ils se retrouvent eux-mêmes en morceaux par terre.

Obi-Wan tourna sur lui-même.

Dans le chaos de droïdes en mille morceaux et d'hommes mourants, Grievous était invisible.

Obi-Wan agita son sabre laser flamboyant, d'un bleu céleste, en direction des clones.

— Le général ! hurla-t-il. Où est-il passé ?

Un clone décrivit un arc avec son bras comme s'il lançait une grenade à protons vers l'arcade par où Obi-Wan était entré. Celui-ci suivit le geste et entrevit, l'espace d'un instant, dans l'ombre du *Vigilance*, au-dehors, les courbes noires de deux anneaux jumeaux, hérissés de lames, appariés pour former une roue de la taille d'un chasseur, qui roulait à vive allure au bord du siphon.

Le général Grievous était très doué pour la fuite.

— Pas cette fois, marmonna Obi-Wan, et, d'un bond stupéfiant, il traversa la foule de droïdes entremêlés jusqu'à l'arcade, et se retrouva à l'air libre juste à temps pour voir tourner la roue hérissée de lames. C'était un anneau ouvert avec un siège de pilote à l'intérieur, et, assis dedans, Grievous. Grievous qui brandissait la lance électrique de l'un de ses gardes du corps dans un geste insultant, tout en filant droit par-dessus le bord. Quatre bras hérissés de griffes se déployèrent, s'enfonçant dans la roche, et il descendit presque à la verticale vers le fond de l'entonnoir.

— Bon sang !

Obi-Wan regarda autour de lui. Et comme toujours, pas un seul aérotaxi. Non qu'il fût très tenté de voler dans la tourmente des combats qui faisaient rage à tous les niveaux de l'entonnoir, mais il n'avait assurément aucune chance de rattraper Grievous à pied…

Dans les profondeurs d'une galerie, il entendit un *honnnnk !* tonitruant, comme si un bantha avait avalé une corne de brume, tout près de là.

— Boga ? demanda-t-il.

Le museau au bec corné de la dragonne pointa au détour du tunnel.

— Boga ! Viens ici, ma fille ! Nous avons un général à attraper.

Boga lui jeta un regard plein de reproche.

— *Honnnnnk !*

— D'accord, d'accord, fit Obi-Wan en levant les yeux au ciel. J'avais tort, et tu avais raison. Bon, on peut y aller, maintenant ?

Les derniers quinze mètres de la dragonne apparurent et la bestiole vint à sa rencontre au trot. Obi-Wan bondit en selle, et Boga vola littéralement vers le bord de l'entonnoir. Son énorme tête plana au ras du sol, à l'affût, jusqu'à ce qu'Obi-Wan repère la roue hérissée de lames qui fonçait vers l'aire d'atterrissage, en dessous.

— Là, ma fille ! C'est lui ! Allez, vas-y !

Boga prit son élan et bondit vers le niveau inférieur, se stabilisa et bondit à nouveau dans la tempête de feu qu'était devenue Pau City. Obi-Wan faisait tournoyer sa lame selon un mouvement continu de part et d'autre du dos de la dragonne, désintégrant les éclats de projectiles et déviant les tirs de blaster égarés. Ils dévalèrent ainsi les niveaux de la cité-entonnoir, gagnant des dizaines de mètres sur Grievous à chaque saut.

Sur une aire d'atterrissage, la coupole s'écartait,

dévoilant une petite navette blindée, ultrarapide, du genre qu'appréciaient les responsables Neimoïdiens de la Fédération du Commerce, réputés pour la précipitation de leurs départs. La roue de Grievous projeta un éventail d'étincelles d'un blanc aveuglant alors qu'elle se ruait sur le terrain d'atterrissage. Le biodroïde inclina la roue sur le côté et s'arrêta en dérapage, aspergeant la navette de duracier en fusion.

Mais avant qu'il n'ait le temps de quitter son siège, un dragon-monture chevauché par un Jedi, l'ensemble pesant plusieurs tonnes, sauta sur le toit de la navette, s'accroupit dans une attitude menaçante et siffla comme un cobra dans sa direction.

— Eh bien, général ! J'espère que vous avez un autre moyen de locomotion ! lança Obi-Wan en agitant son sabre laser vers les fusées arrière jumelles de la navette. Je crains que vos propulsions subluminiques ne soient un peu endommagées !

— Vous êtes fou ! Elles ne sont pas...

— Montre-lui, Boga, fit Obi-Wan avec un haussement d'épaules.

La dragonne indiqua docilement les dégâts avec deux coups fulgurants de sa queue terminée par une énorme massue – *sbam* et *re-sbam !* –, qui réduisirent les tuyères de la navette en deux nœuds de métal écrasés.

Obi-Wan lui fit signe.

— Bon, si on réglait ça ?

Grievous lui répondit par un hurlement de gyros torturés qui relevèrent le wheeler à la verticale, et un grincement de métal frottant sur du métal, alors que les lames déchiquetaient les plaques du sol en fonçant droit vers la paroi de l'entonnoir, dont l'engin entreprit l'escalade.

Obi-Wan poussa un soupir.

— C'est exactement de là qu'on vient, non ?

Boga se tassa sur elle-même, bondit vers la paroi, et la poursuite reprit.

Ils retournèrent à fond de train au cœur des combats, s'agrippant aux parois, se ruant dans des galeries, dérapant et bondissant, fonçant quand la voie était dégagée, et, quand elle ne l'était pas, décrivant des courbes insensées dans des stridences inouïes, faisant des virages en épingle à cheveux autour des paquets de droïdes et s'élançant par-dessus les soldats clones. Boga gravit la paroi verticale d'un hovertank clone, sauta de sa tourelle juste entre les roues surdimensionnées et fortement inclinées d'un hailfire. Obi-Wan faucha le droïde avec son sabre et le laissa sur le carreau. Les troupes indigènes occupaient le terrain : les cavaliers Utapauns, montés sur leurs dragons et armés de lances électriques crépitantes, chargeaient le long des chaussées, embrochant les droïdes au passage. Grievous fonçait droit devant lui, écrasant tout sur son chemin, les lames de son wheeler déchiquetant aveuglément les droïdes, les clones et les dragons. Derrière lui, le sabre laser d'Obi-Wan interceptait et renvoyait les éclairs des blasters en une pluie qui pulvérisait les droïdes assez imprudents pour faire feu sur lui. Quelques éclairs égarés atteignirent le wheeler qui fuyait devant lui, mais sans effet visible.

— Joli, murmura-t-il. Voyons ce que ça donne de plus près.

Boga gagnait régulièrement du terrain. Le véhicule de Grievous avait l'avantage en vitesse pure, mais Boga était plus maniable, et pouvait bondir sur place selon des angles stupéfiants. Elle avait aussi un instinct surnaturel pour anticiper l'endroit où le général allait se diriger, en même temps qu'une connaissance apparemment sans faille de raccourcis précieux dans des galeries latérales, le long de parois à pic, et par-dessus des gouffres hérissés d'éoliennes déconnectées. Grievous essaya, une fois, d'intercepter Obi-Wan en se jetant, dans un grand bruit de freins, sur un immense module qui supportait toute une batterie d'éoliennes. Par de rapides décharges de sa lance électrique, il fracassa les pales. Les éclats tranchants comme des rasoirs voltigèrent dans la bourrasque, mais Obi-Wan se contenta d'amener Boga le long des éoliennes et brandit la lame de son sabre laser dans les pales. Des fragments de carbocéramique déchiquetés filèrent dans tous les sens en hurlant et se fracassèrent sur les parois de pierre. Avec un juron, Grievous fit repartir son véhicule d'un coup de pied.

Le wheeler se précipita en rugissant dans un tunnel qui semblait s'enfoncer droit dans la roche du plateau. Le tunnel était bondé de véhicules terrestres, de dragons-montures, de wheelers, de jetsters, de toutes les espèces d'engins possibles et imaginables, et de toutes les sortes de bêtes de somme ou de trait capables de transporter les immenses hordes d'Utapauns et d'Utaïs qui fuyaient le combat. Grievous fonça dans la mêlée, son blade-wheeler détruisant les véhicules sur son passage et éclaboussant les tunnels avec des bouts de lézard déchiqueté. Boga fuyait le long des parois, au-dessus des embouteillages, parfois même galopant au plafond, ses griffes y arrachant des blocs de roche.

Dans un sursaut qui mua ses coups de trompe en faibles hoquets étranglés, Boga arriva enfin à la hauteur de Grievous. Obi-Wan se pencha en avant, tendit son sabre laser, atteignit de justesse la courbe postérieure de la roue, et découpa un arc de la jante hérissée de lames, de sorte que le véhicule décrivit des embardées et se cabra. Grievous réagit par un coup de sa lance électrique qui jeta des éclairs crépitants contre le cou tendu de Boga. La grosse bête se cabra en poussant un coup de trompe apeuré, et agita la tête comme si la brûlure était une créature qui lui mordait le flanc, et dont elle espérait se débarrasser en se secouant.

— Encore un saut, Boga ! hurla Obi-Wan en se plaquant contre le garrot de sa dragonne. Amène-moi à son niveau !

La bête obtempéra docilement, et quand Grievous frappa à nouveau, la main libre d'Obi-Wan jaillit et empoigna la lance sous sa lame à décharge, l'écartant de Boga. Grievous tira sur le manche, arrachant presque Obi-Wan à sa selle, puis le projeta à nouveau vers lui, la lame à décharge lui crachant ses étincelles en pleine face…

Avec un soupir, Obi-Wan se rendit compte qu'il devait y mettre les deux mains.

Il laissa tomber son sabre laser.

Alors que sa poignée désactivée glissait et rebondissait le long du tunnel, derrière lui, il se réjouit qu'Anakin ne soit pas là, tout compte fait ; il en aurait entendu parler jusqu'à la fin de ses jours.

Il prit la lance de l'autre main juste au moment où Grievous faisait faire un écart à son wheeler, le couchant presque sur le côté afin de s'engouffrer dans un petit tunnel latéral, juste devant. Obi-Wan le suivit obstinément, sombrement. Dans la Force, il sentait l'épuisement de Boga, l'accumulation des toxines qui accablaient les muscles des puissantes pattes de la dragonne. On voyait le jour par une arcade ouverte, droit devant. Boga réussit de justesse à négocier le virage, et ils filèrent côte à côte le long du passage sombre, désert, reliés par la lance qui crachait ses étincelles.

Comme ils sortaient de l'arcade qui menait sur une petite aire d'atterrissage secrète, dans un entonnoir privé, Obi-Wan bondit de sa selle, donnant une vive secousse à la lance, flanquant un grand coup de botte sur la tempe de duranium de Grievous. Les gyros internes du wheeler hurlèrent à la suite du soudain impact, et du changement d'assiette. Le vacarme cessa dans un geyser de fumée et de fragments de métal, et leur rupture fatale projeta le wheeler dans une cascade d'étincelles d'un blanc aveuglant.

Obi-Wan bondit à nouveau, laissant tomber la lance, la Force le soulevant au-dessus du carambolage.

Les réflexes électroniques de Grievous le projetèrent à bas de son siège, dans la direction opposée.

Le wheeler bascula par-dessus le bord de l'aire d'atterrissage et dans l'abîme ténébreux de l'entonnoir. Une traînée de fumée le suivit longtemps, jusqu'à ce qu'il s'écrase, très loin, dans un vacarme irrémédiable.

La lance électrique avait roulé hors de portée, s'immobilisant contre la passerelle d'un petit chasseur du Techno Syndicat garé à quelques mètres d'Obi-Wan. Derrière Grievous, dans l'arcade qui menait vers le réseau de galeries, apparut une dragonne haletante, épuisée, mais encore pleine d'une rage implacable.

Obi-Wan regarda Grievous.

Grievous regarda Obi-Wan.

Ils n'avaient plus besoin d'échanger la moindre parole.

Obi-Wan restait simplement là, centré dans la Force, attendant que Grievous fasse le premier mouvement.

Un compartiment dissimulé dans la cuisse droite du général s'ouvrit et un bras mécanique porta à sa main un petit blaster portatif. Il l'éleva et tira si vite que son bras devint un moment invisible.

Obi-Wan… tendit la main…

La lance électrique bondit dans l'air entre eux, sa lame à décharge interceptant l'éclair. L'impact projeta le bâton tourbillonnant…

Droit dans la main d'Obi-Wan.

Il y eut une pause imperceptible pendant qu'ils se regardaient dans les yeux, et partageaient la compréhension intime du fait que leur relation arrivait à sa fin.

Obi-Wan chargea.

Grievous recula, tirant à répétition, aussi vite qu'une moitié d'index lui permettait d'appuyer sur la détente de son blaster.

Obi-Wan fit tourner le bâton, interceptant tous les rayons sans ralentir, et quand il arriva à Grievous, il fit sauter le blaster de sa main. Il y eut un sinistre craquement. Sa lance jeta un éclair bleu qui remonta le long du bras du général.

Son coup suivant, il le porta avec le bout de la lance, dans la cuirasse segmentée de Grievous, au niveau du ventre. Le général fut projeté en arrière. Obi-Wan le frappa à nouveau au même endroit, ébréchant le blindage, faisant craquer le joint à l'endroit où il rejoignait les plaques pectorales, plus larges, plus épaisses. Grievous cherchait désespérément à reprendre son équilibre, mais quand Obi-Wan fit tournoyer son arme pour porter le coup suivant, le bras du général heurta le milieu de la lance. Il l'empoigna avec son autre main et réussit à se redresser, en quelque sorte soutenu par la poigne d'Obi-Wan, collant son masque métallique en forme de crâne sous le nez du Maître Jedi.

Il montra les dents :

— Vous me croyez assez stupide pour équiper mes gardes du corps avec des armes qui pourraient réellement me blesser ?

Sans attendre la réponse, il pivota sur lui-même, soulevant Obi-Wan comme une plume, le fit tourner au-dessus de sa tête et l'expédia à terre avec une violence meurtrière. Obi-Wan dut lâcher la lance et se laisser ployer par la Force afin d'effectuer un roulé-boulé. Grievous sauta sur lui en balançant la lance électrique avant qu'il n'ait le temps de reprendre son équilibre. L'impact projeta Obi-Wan sur le côté, et la décharge explosive enflamma sa tunique. Mais Grievous ne lâcha pas prise et chargea Obi-Wan avant qu'il n'ait le temps de comprendre ce qui lui arrivait, attaquant plus vite que la pensée...

Mais Obi-Wan n'avait pas besoin de réfléchir. La Force était avec lui, et il savait...

Quand Grievous fit tournoyer son bâton d'un revers de main, la lame à décharge crépitante pointée vers le bas, vers la tête d'Obi-Wan, pour le coup mortel, Obi-Wan l'entreprit au corps à corps.

Il heurta Grievous poitrine contre poitrine, sa main levée bloquant le poignet du général. Grievous émit un grommellement inintelligible et pesa de tout son poids pour contrer l'assaut, rapprochant sa lame toujours plus près du visage d'Obi-Wan...

Mais c'était la Force qui donnait sa puissance au bras d'Obi-Wan, et celui du général n'avait que la structure moléculaire cristalline de l'alliage de duranium.

L'avant-bras de Grievous ploya comme une cuillère de cantine.

Pendant que le général regardait, incrédule, son bras saboté, Obi-Wan passa les doigts de sa main libre sous le joint inférieur de la plaque stomacale ébréchée de Grievous.

Grievous baissa les yeux.

— Quoi ? Mais qu'est-ce que...

Obi-Wan flanqua un coup de coude dans la clavicule du général et, tirant de toutes ses forces sur la plaque stomacale, l'arracha. Elle protégeait une poche translucide de synthépeau contenant un mélange d'organes gris et verts.

Le vrai corps de l'alien qui occupait la carcasse du droïde.

Grievous poussa un hurlement et lâcha la lance pour saisir Obi-Wan de ses trois bras restants. Il le souleva à nouveau au-dessus de sa tête et le précipita par-dessus le bord, dans le vide noyé de ténèbres. Plongeant dans la Force, Obi-Wan réussit à se rattraper à la roche comme s'il y était ancré. Au lieu de tomber dans l'abîme, il heurta la roche si violemment qu'il en eut le souffle coupé.

Grievous reprit sa lance électrique et chargea.

Obi-Wan n'arrivait pas à reprendre son souffle. Il n'avait aucun espoir de remonter pour affronter le général.

Il ne pouvait que tendre une main.

Alors que le biodroïde se penchait au-dessus de lui, sa lance électrique levée, prêt à tuer, son blaster voltigea et vint se plaquer dans la paume d'Obi-Wan. Alors, sans hésitation, sans une arrière-pensée, sans la moindre pause pour savourer sa victoire, il pressa la détente.

L'éclair déchira le sac de synthépeau.

Les tripes de Grievous explosèrent en une douche qui évoquait, par la couleur et par l'odeur, un marécage pourrissant. L'énergie remonta le long de sa colonne vertébrale, faisant jaillir de ses tempes un crachin de cerveau vaporisé, et sa face dégringola en tournoyant dans le précipice.

La lance électrique heurta le sol, bientôt suivie par les genoux du général.

Puis par ce qui restait de sa tête.

Obi-Wan resta un instant allongé sur le dos, regardant le cercle de ciel sans nuages au-dessus de l'entonnoir tout en respirant par grandes goulées hoquetantes. Il réussit péniblement à rouler sur lui-même pour étouffer les flammes de sa robe, puis il retomba en arrière.

Et se réjouit simplement d'être en vie.

Un instant beaucoup trop bref plus tard, bien avant qu'il soit réellement prêt à se lever, une ombre tomba sur lui, accompagnée par une odeur de lézard surchauffé et un *honnnk* de reproche.

— Oui, Boga, tu as raison, acquiesça Obi-Wan, à regret.

Lentement, péniblement, il se releva.

Il ramassa la lance électrique et s'arrêta pour jeter un dernier regard aux restes du général biodroïde.

— C'est tellement... (Il chercha un terme parmi les plus osés de son vocabulaire.) Barbare.

Il déclencha son comlink et ordonna à Cody d'annoncer au Commandement Jedi, sur Coruscant, que Grievous avait été éliminé.

— *À vos ordres, mon général*, dit le petit holoscan du commandant des clones. *Et félicitations. Je savais que vous y arriveriez.*

Comme tout le monde, apparemment, se dit Obi-Wan. *À part Grievous et moi...*

— *Général ? Nous avons encore un petit problème, par ici. Une dizaine de milliers de petits problèmes armés jusqu'aux dents, en fait.*

— J'arrive. Kenobi, terminé.

Obi-Wan remonta péniblement sur la selle de sa dragonne.

— C'est bon, fillette, soupira-t-il. Allons gagner aussi cette bataille.

Comme on l'a dit, le Piège à Jedi qui avait été tendu sur Utapau pour Obi-Wan Kenobi était un modèle du genre.

Il avait marché à la perfection.

L'élément final essentiel à la réalisation du piège à Jedi idéal est une certaine froideur d'esprit. Une sorte d'indifférence, en quelque sorte, quant à l'issue souhaitable.

La meilleure façon de prévoir les choses est de faire en sorte que la situation soit gagnante à tout coup.

Par exemple, en choisissant un exécutant non seulement jetable, mais qu'on aurait fini par éliminer de toute façon. Comme ça, si l'exécutant échoue, s'il est détruit, ce ne sera pas une perte. En réalité, la proie Jedi vous aura même rendu un service en faisant un sale boulot que sans cela vous auriez dû accomplir vous-même.

Et la touche finale, signe de perfection, consiste à organiser le Piège à Jedi de telle sorte que le seul fait d'y entrer signe déjà sa défaite.

C'est-à-dire que le meilleur Piège à Jedi est celui dont le vrai but consiste à amener le Jedi en question à passer quelques heures, ou quelques jours, à l'autre bout de la galaxie. N'importe où, pourvu qu'il ne soit pas dans le coin pour interférer avec le vrai plan.

De sorte que, le temps qu'il revienne, il soit déjà trop tard.

16

Révélation

Mace Windu était debout dans le noir, au Centre de Commandement Jedi. Il regardait un holoscan grandeur nature de Yoda, émis à partir d'un QG wookie établi au cœur d'un arbre wroshyr, sur Kashyyyk.

— Il y a quelques minutes, nous avons reçu une confirmation d'Utapau : Kenobi a réussi. Grievous est mort.

— *De notre plan à exécution mettre, le moment venu est.*

— J'annoncerai personnellement la nouvelle de la mort de Grievous, déclara Mace en s'assouplissant les doigts. Il incombera au Chancelier de remettre ses pouvoirs exceptionnels au Sénat.

— *L'existence de Sidious n'oubliez pas. Votre action, anticiper il pourrait. Nécessaires les Maîtres seront, si le Seigneur des Sith affronter vous devez.*

— J'ai choisi les quatre meilleurs d'entre nous : Maître Tiin, Maître Kolar et Maître Fisto sont tous là, au Temple. Ils sont déjà en train de se préparer.

— *Et Skywalker ? L'Élu ?*

— Le risque est trop grand, répondit Mace. Je serai le quatrième.

Une moue s'inscrivit lentement sur le visage de Yoda, et il hocha la tête encore plus lentement.

— *De garde, mon Padawan, trop longtemps été tu as,* dit Yoda. *Te reposer, tu dois.*

— Maître, je me reposerai quand la République sera

de nouveau en sécurité. Nous n'attendons que votre vote, ajouta Mace en se redressant.

— *Alors, très bien c'est. Ma voix, vous avez. La Force soit avec vous.*

— Et avec vous, Maître.

Mais il ne parlait plus qu'au vide. L'holoscan avait déjà disparu dans un vacillement.

Mace baissa la tête et resta debout dans le noir et le silence.

La porte du Centre de Commandement s'ouvrit, et une lumière jaune envahit les ténèbres, détourant la silhouette d'un homme à moitié effondré contre le montant de la porte.

— Maître..., fit la voix, dans un soupir rauque. Maître Windu... ?

Mace fut aussitôt à côté de lui.

— Skywalker ? Qu'est-ce qui ne va pas ? Tu es blessé ?

Anakin s'accrocha au bras de Mace avec l'énergie du désespoir, et s'appuya sur lui pour se redresser.

— Obi-Wan..., dit-il faiblement. Il faut que je parle à Obi-Wan !...

— Obi-Wan est en mission sur Utapau. Il a éliminé le général Grievous. Nous partons tout de suite prévenir le Chancelier, et veiller à ce qu'il renonce à ses pouvoirs exceptionnels, comme il l'avait promis...

— Qu'il renonce... à ses pouvoirs ? fit la voix d'Anakin avec un mélange de sécheresse et d'âpreté. Vous n'avez pas idée...

— Anakin... ? Qu'est-ce qui ne va pas ?

— Écoutez-moi... Il faut que vous m'écoutiez...

Anakin s'effondra sur lui, tremblant des pieds à la tête. Mace passa ses bras autour du jeune Jedi et le guida vers le siège le plus proche.

— Vous ne pouvez pas... Je vous en prie, Maître Windu, donnez-moi votre parole, promettez-moi que vous vous contenterez de l'arrêter, que vous ne lui ferez pas de mal...

— Skywalker, Anakin, réponds-moi. As-tu été attaqué ? Es-tu blessé ? Tu dois me dire ce qui ne va pas !

Anakin bascula vers l'avant, le visage dans les mains.

Mace plongea dans la Force et ouvrit cette sorte de troisième œil qui était son don de perception particulier...

Et ce qu'il vit dans la Force lui glaça le sang.

L'entrelacs complexe de lignes de faille qui reliait – il l'avait vu – Anakin à Obi-Wan et à Palpatine avait disparu. Il avait laissé place à un unique nœud, pareil à une araignée, qui vibrait suffisamment pour fendre la planète. Anakin Skywalker n'avait plus de lignes de faille. Il *était* la ligne de faille.

Le point de rupture.

Tout dépendait de lui.

Tout.

Mace dit lentement, avec le soin délibéré qu'il aurait mis à examiner une sorte de bombe d'une nouvelle génération qui aurait eu le pouvoir de détruire l'univers entier :

— Anakin, regarde-moi.

Skywalker releva la tête.

— Tu es blessé ? Tu as besoin de...

Mace se renfrogna. Anakin avait les yeux rouges, gonflés, et son visage avait l'air tuméfié. Pendant un long moment, il se demanda si Anakin allait répondre, s'il pouvait répondre, s'il pouvait seulement parler. Le jeune Jedi semblait lutter contre quelque chose qui se trouvait en lui, comme s'il se débattait désespérément contre la naissance d'un monstre extraterrestre qu'il aurait couvé dans son sein.

Mais dans la Force, il n'y avait pas de « comme si ». Il n'y avait pas de « semblait ». Dans la Force, Mace sentait le monstre qui était à l'intérieur d'Anakin Skywalker, un *vrai* monstre, trop *réel*, un monstre qui le dévorait vivant, de l'intérieur.

La peur.

C'était la blessure qu'Anakin avait reçue. C'était le mal qui le faisait trembler et bredouiller, et qui l'affaiblissait au point qu'il n'arrivait pas à tenir debout. Une peur noire avait éclos, pareille à des guêpes de fièvre, dans son cerveau, et elle était en train de le tuer.

Pour finir, après un moment qui parut durer une éternité, Anakin ouvrit ses yeux injectés de sang.

— Maître Windu…

Il parlait si lentement, si péniblement, qu'on aurait dit que chaque mot lui arrachait un lambeau de chair à vif.

— J'ai… de mauvaises nouvelles.

— De mauvaises nouvelles ? répéta Mace d'une voix atone, en ouvrant de grands yeux.

Quelle nouvelle pouvait être assez mauvaise pour faire s'effondrer un Jedi comme Anakin Skywalker ? Quelle nouvelle pouvait donner à Anakin Skywalker l'impression que les étoiles s'étaient consumées ?

Alors, en neuf simples mots, Anakin le lui dit.

Tel est le moment qui définit Mace Windu.

Et non les innombrables victoires qu'il a remportées au combat, ou les innombrables batailles qu'il a évitées par sa diplomatie. Ce n'est pas son intelligence pénétrante, son talent dans la Force, ou ses dons inégalés au maniement du sabre. Non plus que son dévouement à l'Ordre Jedi, ou sa dévotion à la République qu'il sert.

Mais ça.

Ici.

Et maintenant.

Parce que Mace aussi a une attache. Mace a un amour secret.

Mace Windu aime la République.

Beaucoup de ses étudiants citent ses paroles à leurs propres étudiants : « *Les Jedi ne se battent pas pour la paix. Ce n'est qu'un slogan, et il est mensonger, comme tous les slogans. Les Jedi se battent pour la civilisation, parce que seule la civilisation crée la paix.* »

Pour Mace Windu, comme pour tous les Jedi qui l'ont précédé au cours des vingt-cinq mille années d'existence de l'Ordre, la vraie civilisation n'a jamais eu qu'un seul nom : la République.

Elle a tout son amour, et il a mis sa vie à son service. Il a supprimé des vies pour la servir, et il a perdu des âmes innocentes. Il a vu des êtres qu'il aimait se faire mutiler et tuer, et parfois pire : revenir tellement brisés par les horreurs de la guerre que leur seule réaction était de commettre des horreurs encore plus grandes.

Et à cause de cet amour, les neuf mots qu'Anakin Skywalker a à lui dire, ici et maintenant, lui brisent le cœur, le réduisent en morceaux et en cendres fumantes, qu'il lui fait manger.

Palpatine est Sidious. Le Chancelier est le Seigneur Sith.

Il n'entend même pas ces mots, pas vraiment ; ce qu'ils recouvrent, leur véritable sens, est trop énorme pour que son esprit l'englobe d'un seul coup.

Ils veulent dire que tout ce qu'il a fait, et que tout ce qu'on lui a fait…

Que tout ce que l'Ordre a accompli, tout ce qu'il a enduré…

Tout ce que la galaxie elle-même a enduré, toutes ces années de souffrances, de massacres, ces planètes entières détruites…

Tout ça n'a servi à rien.

Parce que tout ça a été fait pour sauver la République.

Qui avait déjà cessé d'être.

Qui était déjà tombée.

Dont le cadavre avait été défendu par un Ordre Jedi placé sous le commandement d'un Seigneur Noir des Sith.

L'existence entière de Mace Windu est devenue un cristal sillonné de tant de failles que le marteau de ces neuf mots l'a écrasé, réduit en poussière.

Mais parce qu'il est Mace Windu, il encaisse le coup sans ciller.

Parce qu'il est Mace Windu, en l'espace d'une seconde, l'homme de poussière redevient de pierre : un pur Maître Jedi, soupesant froidement le risque d'affronter le Seigneur Noir des Sith sans l'Élu…

Et le comparant au risque d'affronter le Seigneur Noir des Sith *avec* un Élu dévoré vivant par la peur.

Et parce qu'il est Mace Windu, le choix n'en est pas un.

— Anakin, va attendre notre retour dans la Chambre du Conseil.

— Que… comment ? Maître…

— C'est un ordre, Anakin.

— Mais… mais… mais le Chancelier…, articule désespérément Anakin en se cramponnant à la main du Maître Jedi. Qu'allez-vous faire ?

Et tel est Mace Windu qui, même en cet instant, dit encore la vérité lorsqu'il dit :

— Ce que je dois faire, ni plus ni moins.

Dans le non-espace virtuel de l'HoloNet, deux Maîtres Jedi se rencontrent.

L'un d'eux est vénérable, minuscule, il a la peau verte, parcheminée, et ses yeux recèlent une antique sagesse. Il est debout dans une grotte de Kashyyyk creusée dans le tronc d'un immense arbre wroshyr. L'autre est grand, farouche, et il est assis devant un holodisque, dans le Temple Jedi, sur Coruscant.

Ils sont l'un pour l'autre des fantômes bleus, auxquels un scanning laser donne vie. Bien qu'ils soient à des années-lumière l'un de l'autre, ils ne forment qu'un esprit. Peu importe qui dit quoi.

Maintenant, ils savent la vérité.

Depuis plus de dix ans, la République est aux mains des Sith.

Ici et maintenant, deux fantômes bleus décident de la reprendre.

TROISIÈME PARTIE

L'APOCALYPSE

L'obscurité est généreuse, et patiente, et elle gagne toujours.

Elle gagne toujours, parce qu'elle est partout.

Elle habite le bois qui brûle dans l'âtre, et la bouilloire qui chante sur le feu ; elle est sous votre chaise, sous votre table, et sous les draps de votre lit. Marchez en plein soleil, à midi, et l'obscurité vous accompagne, attachée à la semelle de vos chaussures.

Et plus vive est la lumière, plus noire est l'ombre qu'elle projette.

17

Le visage de l'obscurité

Des lumidisques éteints planaient, anneaux grisâtres, fantomatiques, dans l'obscurité. Le paysage de Coruscant, chatoyant comme un joyau, formait un écrin autour de la masse sombre du fauteuil qui paraissait détouré avec la précision d'une lame.

C'était le bureau du Chancelier.

Dans l'ombre du fauteuil était assise une autre ombre : plus profonde, plus sombre, sans forme et impénétrable, une ombre abyssale, si dense qu'elle attirait à elle, comme un trou noir, la lumière de la pièce.

De la cité. De la planète.

Et de la galaxie.

L'ombre attendait. Elle l'avait annoncé au jeune homme. Elle attendait le moment de tenir sa promesse.

Pour une fois.

La nuit environnait le Temple Jedi.

Sur l'aire d'atterrissage du toit, un mince pinceau de lumière jaune traçait un rectangle oblong partant de l'écoutille d'une navette, et se réfléchissait sur les visages de trois Maîtres Jedi.

— Je me sentirais mieux si Yoda était là, disait un Nautiloïde, grand et large d'épaules, aux tentacules crâniens retenus par des boucles de cuir repoussé. Ou même Kenobi. Sur Ord Cestus, Obi-Wan et moi...

— Yoda est sur Kashyyyk, et Kenobi sur Utapau, sans qu'on puisse les contacter. Le Seigneur Noir s'est révélé, et nous n'avons pas à hésiter. Bannissez les « si » de votre vocabulaire, Maître Fisto. Cette mission nous incombe. Et nous serons à la hauteur de la tâche.

Ce Maître, un Iktotchi, était plus petit et plus frêle que le précédent. Il avait sur le front deux longues cornes incurvées qui lui descendaient jusqu'en dessous du menton. Il en avait perdu une dans un combat, quelques mois plus tôt. Sur Bacta, on avait accéléré sa repousse, et la corne naguère amputée avait retrouvé sa longueur initiale.

— Nous y arriverons, répéta-t-il. Il le faut.

— Silence, dit le troisième Maître, un Zabrak.

La rosée qui perlait sur son éventail de piques crâniennes vestigielles émoussées luisait comme s'il était en sueur. Il fit un geste en direction d'une porte du Temple qui s'était ouverte.

— Windu arrive.

Avec le crépuscule, les nuages s'étaient accumulés et une petite pluie fine et pénétrante commençait à tomber. Le Maître approchait, son crâne rasé ruisselant, les mains glissées dans ses manches.

— Maître Ti et Maître Jurokk, le Maître de la Porte, organiseront la défense du Temple, annonça-t-il en rejoignant les autres. Toutes les balises et les signaux de navigation sont déconnectés. Nous avons armé les Padawans seniors, toutes les portes antisouffle sont hermétiquement fermées et les serrures encodées. Il est temps d'y aller.

— Et Skywalker ? L'Élu ? demanda le Maître Zabrak, comme s'il sentait une perturbation lointaine dans la Force.

— Je lui ai demandé d'attendre notre retour à la Chambre du Conseil.

Mace Windu braqua un regard morne vers la Tour du Conseil Supérieur, en plissant les paupières pour se protéger les yeux de la pluie qui tombait de plus en plus dru. Il sortit les mains de ses manches. Il tenait son sabre laser.

— Il a fait son devoir, Maîtres. Maintenant, à nous de faire le nôtre.

Il entra dans la navette entouré de ses compagnons.

Les trois autres Maîtres conservaient un silence significatif. Puis Agen Kolar hocha la tête d'un air entendu et entra. Saesee Tiin les suivit en caressant sa corne neuve.

— Je me sentirais quand même mieux si Yoda était là..., marmonna Kit Fisto, et il leur emboîta le pas.

Une fois le sas refermé derrière eux, la nuit rétablit son empire sur le Temple Jedi.

Seul dans la Chambre du Conseil Jedi, Anakin Skywalker se débattait avec son dragon.

Et il perdait la partie.

Il faisait les cent pas dans la pièce, décrivant des arabesques aléatoires, trébuchant entre les chaises. Il ne sentait pas les courants de la Force autour de lui ; il ne sentait pas les échos des Maîtres Jedi dans ces sièges millénaires.

Il n'aurait jamais imaginé qu'il y avait autant de souffrance dans l'univers.

La souffrance physique, il aurait pu la gérer sans même faire appel à ses dons mentaux Jedi ; il avait toujours été endurant. À quatre ans, il encaissait les pires raclées de Watto sans émettre une plainte.

Mais ça, rien ne l'y avait préparé.

Il aurait voulu s'ouvrir la poitrine à mains nues et s'arracher le cœur.

Qu'est-ce que j'ai fait ? La question, qui n'était au départ qu'un faible gémissement, devenait un hurlement qu'il n'arrivait plus à retenir. *Qu'est-ce que j'ai fait ?*

Il connaissait la réponse : son devoir. Il n'avait fait que son devoir.

Mais il n'arrivait plus à se rappeler pourquoi.

Quand je mourrai, lui avait dit Palpatine, si calmement, avec une telle chaleur, d'un ton si raisonnable, *tout ce que je sais mourra avec moi...*

Où que tombe son regard, il ne voyait que le visage de la femme qu'il aimait d'un amour plus fort que tout :

celle pour qui il canalisait dans son corps tout l'amour qui avait jamais existé dans la galaxie. Dans l'univers.

Il se fichait de ce qu'elle avait fait. Il se fichait des conspirations, des cabales, des alliances secrètes. La trahison ne voulait plus rien dire pour lui, désormais. Elle incarnait tout l'amour qui avait jamais existé, et il la regardait mourir.

La souffrance d'Anakin était devenue une sorte de main invisible, tendue à travers la Force, une main qui la cherchait, la trouvait, loin, toute seule dans son appartement plongé dans le noir, une main qui caressait le satin de sa peau et les boucles lisses de ses cheveux, une main qui se dissolvait en un champ d'énergie pure, de pur sentiment, qui plongeait en elle…

Il la sentait, il la sentait vraiment dans la Force, comme si elle avait été une sorte de Jedi, elle aussi, mais plus que ça : il sentait un lien, une connexion, d'une intensité et d'une intimité comme il n'en avait jamais connu, même avec Obi-Wan. L'espace d'un instant éternel et précieux, il fut elle… Il fut les battements de son cœur et les mouvements de ses lèvres, il fut la douceur de ses paroles, comme si elle élevait une prière aux étoiles…

Je t'aime, Anakin. Je suis à toi, dans la vie et dans la mort, où que tu sois, quoi que tu fasses, nous ne sommes plus qu'un, pour toujours et à jamais. Ne doute jamais de moi, mon amour. Je suis à toi.

… et sa pureté, et sa passion, et la vérité de son amour coulaient en lui, et chacun de ses atomes hurlait à la Force : *Comment pourrais-je la laisser mourir ?*

La Force n'avait pas de réponse à lui fournir.

Alors que le dragon, lui, en avait une.

Tout meurt, Anakin Skywalker. Même les étoiles se consument.

Et il avait beau faire, toute la sagesse de Yoda, tous les enseignements d'Obi-Wan ne pouvaient l'aider, et aucune des précieuses connaissances Jedi n'arrivait à terrasser le dragon.

Pourtant, il y avait une réponse ; il l'avait entendue pas plus tard que la nuit précédente.

Fort d'une telle connaissance, maintenir en vie un être déjà vivant ne serait qu'un jeu d'enfant, n'est-ce pas ?

Anakin s'arrêta. Son angoisse mortelle s'évapora.

Palpatine avait raison.

C'était bien simple.

Il n'avait qu'à décider ce qu'il voulait vraiment.

La nuit qui tombait sur Coruscant gagnait toute la galaxie.

L'obscurité inhérente à la Force n'était pas un obstacle pour l'ombre qui envahissait le bureau du Chancelier ; elle *était* l'obscurité. Partout où elle régnait, elle permettait à l'ombre d'étendre sa perception.

La nuit, l'ombre percevait l'angoisse du garçon, et c'était bien. L'ombre sentait l'implacable détermination de quatre Maîtres Jedi qui approchaient par la voie des airs.

Ça aussi, c'était bien.

Alors qu'une navette Jedi se posait sur l'aire d'atterrissage, au-dehors, l'ombre projetait son esprit dans la nuit infiniment plus profonde logée dans l'une des nombreuses sculptures abstraites qui ornaient le bureau : une torsade de neuranium massif, si lourde que le plancher du bureau avait dû être renforcé spécialement pour la supporter, si dense que, de tout près, les espèces les plus sensibles percevaient les minuscules déformations du tissu de l'espace-temps provoquées par sa gravitation.

Au-delà d'une épaisseur d'un millimètre à peu près, le neuranium était imperméable aux capteurs ; les scanners de sécurité standard auxquels étaient systématiquement soumis le matériel et le mobilier qui entraient dans le bâtiment du Sénat n'avaient rien révélé. Et pourtant, si quelqu'un avait pensé à utiliser un détecteur gravimétrique perfectionné, il aurait peut-être découvert qu'une minuscule partie de cette sculpture était moins dense qu'elle n'aurait dû, d'après le bordereau d'expédition qui l'accompagnait quand elle était arrivée de Naboo, parmi les effets personnels de l'ambassadeur d'alors : il spécifiait clairement qu'il s'agissait d'un bloc de neuranium massif ouvragé.

Le bordereau avait été falsifié. La sculpture n'était pas rigoureusement massive ; elle n'était pas composée que de neuranium.

À l'intérieur, une longue et étroite cavité cylindrique, autour de laquelle la sculpture avait été forgée, recelait un système qui attendait, dans les ténèbres absolues – des ténèbres qui passaient les ténèbres –, depuis des décennies.

Qui attendait que la nuit tombe sur la République.

L'ombre sentait les Maîtres Jedi arpenter le vaste vide plein d'échos qu'étaient les immenses corridors extérieurs. Elle entendait pratiquement les talons de leurs bottes heurter en cadence le marbre Alderaanien.

L'obscurité située à l'intérieur de la sculpture bruissait des secrets de la forme, des caractéristiques et de toutes les résonances intimes du système qu'elle hébergeait. D'une impulsion de sa volonté, l'ombre déclencha le système.

Le neuranium commença à chauffer.

Un petit point rond, plus petit que le cercle qu'un enfant pourrait faire en fermant le pouce et l'index, devint couleur de sang coagulé.

Puis de sang frais.

Puis de flamme vive.

Finalement, une lance d'énergie écarlate en jaillit, plongeant le bureau dans une lueur pareille à celles des étoiles vues à travers la fumée de planètes en feu.

La lance d'énergie s'allongea, attirant à elle les ténèbres du dispositif, puis la lame écarlate se rétracta et le système glissa dans l'obscurité plus douce d'un fourreau.

Alors que les hurlements de la Force dispersaient les Robes Rouges derrière les portes du bureau, l'ombre fit un geste, et des lumidisques s'allumèrent. Un autre hurlement de la Force ouvrit d'un coup la porte du cabinet privé. Alors que les Jedi se ruaient à l'intérieur, un dernier déclic de sa volonté, et l'ombre déclencha un système d'enregistrement dissimulé dans le bureau.

Audio, seulement.

— Eh bien, Maître Windu, dit l'ombre. Quelle agréable surprise !

Shaak Ti le sentit approcher avant de le voir. Les cavités sensibles aux infra et aux ultrasons des grands montrals incurvés qu'elle avait de chaque côté de la tête lui conféraient un sens comparable au toucher, et elle sentait que la texture de ses pas était aussi déchiquetée qu'une vieille loque. Il tourna au coin du corridor qui menait à l'aire d'atterrissage, et elle eut l'impression qu'il avalait un tas de gravier à chaque inspiration, et que les battements de son cœur étaient comme les piquants qui hérissaient la tête des Zabraks.

De fait, il n'avait pas l'air en forme. Il était d'une pâleur mortelle, même pour un être humain, et il avait les yeux rouges.

— Anakin, dit-elle avec chaleur, songeant qu'il n'avait peut-être besoin que d'un mot amical, et elle doutait qu'il en ait beaucoup entendu de la bouche de Mace Windu. Merci pour ce que tu as fait. L'Ordre Jedi a une dette envers toi… Toute la galaxie, en fait.

— Shaak Ti. Écartez-vous de mon chemin, dit-il.

Bien qu'il ait l'air ébranlé, sa voix était ferme, plus grave que dans son souvenir, plus mûre, et charriait des accents autoritaires qu'elle n'avait jamais entendus.

Et il ne lui avait pas échappé qu'il avait négligé de l'appeler Maître.

Elle lui tendit la main, lui offrant des énergies apaisantes par l'intermédiaire de la Force.

— Le Temple est fermé, Anakin. La porte est fermée et l'encodage est activé.

— Et vous me barrez le chemin de l'aire d'atterrissage.

Elle s'écarta d'un pas, le laissant passer. Elle n'avait aucune raison de le retenir contre son gré. Il composa avec avidité le code de la serrure.

— Si Palpatine contre-attaque, dit-elle d'un ton raisonneur, ta place n'est-elle pas ici, parmi nous, pour nous aider à nous défendre ?

La respiration d'Anakin devint plus âpre et il donnait l'impression d'aller plus mal à chaque instant.

— Je suis l'Élu. Ma place est là-bas, dit-il. C'est la prophétie, non ? Je dois être là-bas...

— Pourquoi, Anakin ? Ce sont les meilleurs Maîtres de l'Ordre. Que pourrais-tu faire de plus ?

La porte s'éclipsa.

— Je suis l'Élu, répéta-t-il. La prophétie ne peut être changée. Je vais faire...

Il la regarda avec des yeux mourants, et un spasme de souffrance insupportable passa sur son visage. Shaak Ti tendit la main vers lui – c'était à l'infirmerie qu'il aurait dû être, et non en train de se précipiter vers ce qui promettait d'être un combat sauvage –, mais il fit un écart pour éviter sa main.

— Je vais faire ce que je suis censé faire, dit-il, et il fonça sous la pluie, dans la nuit.

[Ce qui suit est une transcription d'un enregistrement audio produit devant le Sénat Galactique, l'après-midi du Premier Jour de l'Empire. L'identité de tous les protagonistes a été vérifiée et confirmée par analyse vocale.]

PALPATINE. Eh bien, Maître Windu, quelle agréable surprise !

MACE WINDU. Ce n'est sûrement pas une surprise, Chancelier. Et elle n'est agréable ni pour vous ni pour moi.

PALPATINE. Pardon ? Maître Fisto, bonsoir. Maître Kolar, je vous salue. J'espère que vous allez bien. Maître Tiin... Je vois que votre corne a repoussé. J'en suis fort aise. Qu'est-ce qui amène quatre Maîtres Jedi dans mon bureau à cette heure indue ?

MACE WINDU. Nous savons qui vous êtes. Ce que vous êtes. Nous sommes ici pour vous arrêter.

PALPATINE. Je vous demande pardon ? Ce que je suis ? Eh bien, Maître Windu, la dernière fois que j'ai vérifié, j'étais le Chancelier Suprême de la République que vous avez juré de servir. J'espère avoir mal compris ce que vous entendez par « m'arrêter ». Voilà qui pue la trahison.

MACE WINDU. Vous êtes en état d'arrestation.

PALPATINE. Vraiment, Maître Windu ? Vous voulez rire, sûrement. Et sous quel chef d'accusation ?

MACE WINDU. Vous êtes un Seigneur Sith !

PALPATINE. Vraiment ? Même si c'était vrai, ce ne serait pas un crime. Mes options philosophiques sont une affaire personnelle. À vrai dire – la dernière fois que j'ai lu la Constitution, en tout cas –, nous avons des lois très strictes contre ce genre de persécution. Alors je vous le demande à nouveau : de quel prétendu crime suis-je accusé ? Comment espérez-vous justifier votre mutinerie devant le Sénat ? À moins que vous n'ayez l'intention d'arrêter tout le Sénat ?

MACE WINDU. Nous ne sommes pas venus discuter avec vous.

PALPATINE. Non, vous êtes venus m'écrouer sans jugement. Sans même feindre la légalité. Voici donc, enfin, quel est le plan des Jedi : prendre le contrôle de la République.

MACE WINDU. Veuillez nous suivre, sur-le-champ.

PALPATINE. Je n'en ferai rien. Si vous avez l'intention de m'assassiner, vous pouvez le faire ici, et tout de suite.

MACE WINDU. N'essayez pas de résister !

[Des bruits qui ont été identifiés par analyse de fréquence comme étant l'allumage de plusieurs sabres laser.]

PALPATINE. Résister ? Comment pourrais-je résister ? C'est un meurtre, espèces de traîtres Jedi ! Comment pourrais-je constituer une menace pour vous ? Maître Tiin... vous qui êtes télépathe : que lisez-vous, en cet instant précis, dans mes pensées ?

[Des bruits de bagarre.]

KIT FISTO. Saesee...

AGEN KOLAR. *[Brouillé ; peut-être « ça ne fait pas mal » ?]*

[Bruits de bagarre.]

PALPATINE. À l'aide ! À l'aide ! Sécurité... Au secours ! Vite ! On veut me tuer ! Trahison !

[Fin de l'enregistrement.]

Une fontaine d'énergie améthyste jaillit du poing de Mace Windu.

— N'essayez pas de résister !

Au chant de sa lame fit écho un feu vert issu des mains de Kit Fisto, d'Agen Kolar et de Saesee Tiin. Kolar et Tiin se rapprochèrent de Palpatine, lui barrant le chemin de la porte. Des ombres suintaient, dégoulinantes de couleurs, se tordant et s'enroulant vers le haut des murs du bureau, glissant sur les sièges, s'étalant sur le sol.

— Résister ? Comment pourrais-je bien résister ?

Toujours assis à son bureau, Palpatine secoua un poing vide, parfaite image d'un vieil homme las, effrayé, impuissant.

— C'est un meurtre, espèces de traîtres Jedi ! Comment pourrais-je constituer une menace pour vous ?

Il se tourna désespérément vers Saesee Tiin.

— Maître Tiin… Vous qui êtes télépathe : que lisez-vous, en cet instant précis, dans mes pensées ?

Tiin fronça les sourcils et inclina la tête. Sa lame plongea vers le sol. De derrière le bureau jaillit une traînée d'obscurité parcourue d'éclairs rouges.

La tête de Saesee Tiin roula à terre et rebondit.

Une volute de fumée s'incurva à partir du cou, et des deux moignons jumeaux des cornes, coupées juste en dessous du menton.

Kit Fisto étouffa un hoquet :

— Saesee !

Le corps sans tête, toujours debout, se tordit alors que ses genoux cédaient sous son poids, et un imperceptible soupir s'échappa de sa trachée alors qu'il s'effondrait sur le sol.

— Ça ne fait pas…, fit Agen Kolar en chancelant.

Sa lame couleur émeraude se rétracta, et la poignée tomba de ses doigts gourds. Un petit trou bien net à travers lequel brillait la lumière apparut au milieu de son front, laissant échapper un filet de fumée.

— … mal…

Il tomba face contre terre, et resta immobile.

Palpatine s'approcha de la porte, mais elle resta fermée. De sa main droite sortit une lame de feu.

La porte se verrouilla dans son dos.

— À l'aide ! à l'aide ! s'écria Palpatine, avec les accents du désespoir, comme s'il craignait pour sa vie. Sécurité... *Au secours ! Vite ! On veut me tuer ! Trahison !*

Puis il eut un sourire.

Il porta un doigt à ses lèvres et, chose stupéfiante, fit un clin d'œil.

Dans la seconde de vide qui suivit, pendant que Mace Windu et Kit Fisto restaient plantés là, tenant leurs sabres laser dans la position dite en garde, Palpatine enjamba vivement les cadavres, retourna vers son bureau et, d'un revers rapide, chirurgical, abattit sa lame sur le dessus de son bureau.

— Ça suffit !

Le sabre laser entra dans le plateau de la table comme dans du beurre. Alors, il se retourna, souleva son arme et parut la considérer comme on pourrait dévisager un ami bien-aimé qu'on aurait longtemps cru mort. L'énergie se concentra autour de lui jusqu'à ce que la Force bouillonne d'obscurité.

— Si vous saviez, dit-il doucement, s'adressant peut-être aux Maîtres Jedi, peut-être à lui-même, ou encore à la lame écarlate, maintenant levée comme en un salut moqueur... depuis combien de temps j'attends ce moment...

Le speeder d'Anakin filait en hurlant sous la pluie, évitant les éclairs fourchus qui reliaient les tours aux nuages, coupant les voies de circulation, louvoyant entre les gratte-ciel tellement vite que l'onde de choc provoquée par son passage fissurait les vitres.

Il ne comprenait pas pourquoi les gens ne s'écartaient pas tout simplement de son chemin. Il ne comprenait pas comment les milliards d'êtres qui s'affairaient dans Galactic City pouvaient continuer à vaquer à leurs occupations triviales comme si l'univers n'avait pas changé.

Comment pouvaient-ils penser qu'ils avaient la moindre importance à côté de lui ?

Comment pouvaient-ils penser qu'ils comptaient encore si peu que ce soit ?

Aucune de leurs existences aveugles n'avait plus de sens, à présent. Parce que, droit devant lui, sur l'immense falaise qu'était l'immeuble du Sénat, une fenêtre crachait des éclairs dans la pluie, en écho à l'orage qui se déchaînait au-dehors – mais ces éclairs avaient la couleur des sabres laser qui s'entrechoquaient.

Des éventails verts, des draperies violettes…

Et une flamme écarlate.

Il arrivait trop tard.

Le feu vert s'estompa et s'éteignit. Il n'y avait plus à présent que des éclairs violets et rouges.

Ses répulseurs ascensionnels hurlèrent alors qu'il faisait virer le speeder sur le côté, plaçait un dérapage à travers les bourrasques et s'arrêtait net devant la fenêtre du cabinet privé de Palpatine. Une explosion de lumière heurta la tour du 500 Republica, à un kilomètre de là à peine, et une flamme blanche, aveuglante, jaillit de la baie vitrée. Il n'y voyait plus rien. Il cilla furieusement, se flanquant des claques sur les paupières, de frustration.

La lueur incolore qu'il avait dans les yeux s'estompa peu à peu, lui permettant de faire le point sur les corps qui jonchaient le sol du cabinet privé de Palpatine.

Des cadavres en tunique Jedi.

Sur le bureau était posée la tête de Kit Fisto, le visage tourné vers le haut, ses tentacules crâniens déliés faisant comme un grouillement de pieuvre sur un étal d'ébonite. Ses yeux grands ouverts regardaient le plafond sans le voir. Anakin se souvint de lui dans l'arène, sur Géonosis, sabrant sans effort apparent des vagues successives de droïdes de combat, un doux sourire aux lèvres, comme si l'horrible bataille n'était qu'une bagarre amicale. Sa tête tranchée arborait le même sourire bienveillant.

Il trouvait peut-être que la mort était drôle, après tout.

Le sabre d'Anakin lança son chant bleu en fracassant la vitre, et il fonça par l'ouverture. Il roula sur lui-même, se releva au milieu d'un affreux mélange de corps, se précipita vers la porte fracassée du petit couloir privé et arriva à une autre porte par laquelle jaillissaient des éclairs d'énergie.

Il s'arrêta net sur le seuil.

Dans le bureau public du Chancelier Suprême de la République Galactique, un dernier Maître Jedi affrontait seul à seul, lame contre lame, une ombre vivante.

Investi dans le Vaapad, Mace Windu luttait pour sa vie.

Plus que sa vie : chaque mouvement de lame, chaque éclair crépitant était un coup porté pour défendre la démocratie, la justice, la paix, les droits des êtres vivants, ordinaires, à vivre comme bon leur semblait.

Il se battait pour la République qu'il aimait.

Le Vaapad, la septième forme de combat au sabre laser, tenait son nom d'un redoutable prédateur originaire des lunes de Sarapin : le vaapad attaque ses proies en portant des coups implacables, d'une rapidité fulgurante, avec ses tentacules. La plupart des créatures en ont au moins sept, mais il n'est pas rare qu'ils en aient douze. Le plus grand qu'on ait jamais tué en avait vingt-trois. Avec un vaapad, on ne peut jamais savoir combien de tentacules il a tant qu'il n'est pas mort : il est trop rapide pour qu'on les compte. C'est tout juste si on arrive à les voir.

Comme la lame de Mace.

Le Vaapad est aussi agressif et puissant que la créature qui lui a donné son nom, mais on n'utilise pas impunément son pouvoir : l'immersion dans le Vaapad ouvre les portes qui contiennent les ténèbres intérieures de l'individu. Pour utiliser le Vaapad, un Jedi doit s'autoriser à apprécier le combat ; s'abandonner à son excitation, à sa joie. Se laisser porter par la vague qui accompagne la victoire. Le Vaapad est un chemin qui mène à travers la pénombre du Côté Obscur.

C'était Mace Windu qui avait créé ce style, et il en était le seul maître vivant.

C'était l'épreuve ultime du Vaapad.

Anakin cilla et se frotta à nouveau les yeux. Peut-être était-il encore un peu aveuglé par l'éclair, le Maître Korun semblait apparaître et disparaître, à moitié avalé par un brouillard noir qui allait en s'épaississant, où dansait une barre de feu solaire d'un mètre de long. Mace repoussait les ténèbres par son avance implacable ; sa propre lame, cet éclair améthyste distinct qui avait été la dernière vision de tant d'êtres maléfiques d'un bout à l'autre de la galaxie, diffusait un brouillard particulier : une sphère oblate de feu violet, à l'intérieur de laquelle des dizaines d'épées semblaient frapper dans toutes les directions à la fois.

L'ombre qu'il combattait, ce brouillard fulgurant... se pouvait-il que ce soit *Palpatine* ?

Leurs lames jetaient des flammes et des éclairs, s'entrechoquant dans des gerbes d'étincelles, tissant des résilles d'énergie meurtrière dans des échanges si rapides qu'Anakin ne pouvait véritablement les voir...

Mais il pouvait les sentir dans la Force.

La Force elle-même grondait, tonnait et s'écrasait autour d'eux, bouillonnante d'énergie et de ricochets mortels, foudroyants.

Et elle allait s'obscurcissant.

Anakin sentait comment la Force se nourrissait de l'exaltation meurtrière de l'ombre ; il sentait, dans la Force, la rage jaillir d'un abcès purulent qui empoisonnait leurs deux cœurs.

Il n'y avait pas de retenue Jedi à cet endroit.

Mace Windu était déchaîné.

Mace était en immersion totale : envahi par le Vaapad, englouti dedans, il n'existait plus en tant qu'être indépendant.

Le Vaapad était un canal de ténèbres, et ces ténèbres fluaient dans les deux sens. Il acceptait la vitesse furieuse du Seigneur Sith, attirait la fureur et la puissance de l'ombre dans son intimité la plus profonde...

... et les laissait resurgir.

Il renvoyait la fureur vers sa source comme un sabre laser dévie un éclair.

À une certaine époque, Mace Windu avait craint la puissance des ténèbres. À une certaine époque, Mace Windu avait redouté les ténèbres qui étaient en lui. Mais la Guerre des Clones lui avait fait don de la compréhension : sur un monde appelé Haruun Kal, il avait affronté sa propre obscurité et appris qu'il n'avait pas à redouter son pouvoir.

Il avait appris que c'était la peur qui donnait son pouvoir à l'obscurité.

Il ne la craignait pas. L'obscurité était sans pouvoir sur lui. Mais...

Il était aussi sans pouvoir sur elle.

Le Vaapad faisait de lui un canal ouvert, la moitié d'une boucle supraconductrice que complétait l'ombre. Ils devinrent une onde continue de combat qui envahissait le moindre recoin du bureau du Chancelier. Il n'y avait pas un centimètre carré de sol ou une écharde de chaise qui ne risquât de se désintégrer d'une seconde à l'autre dans un flamboiement rouge ou violet ; les lampes devenaient des boucliers fugitifs, découpés en tranches, en segments qui tournoyaient dans l'air ; les canapés devenaient une position à escalader pour conquérir un avantage, ou par-dessus laquelle sauter pour battre en retraite. Mais il n'y avait encore que le cycle de la puissance, en une boucle infinie, aucune blessure reçue d'un côté ou de l'autre, pas même la possibilité de fatigue.

C'était l'impasse.

La situation aurait pu se prolonger éternellement, si le Vaapad avait été le seul don de Mace.

Le combat ne lui demandait plus aucun effort. Son corps le livrait sans l'intervention de son esprit. Tandis que sa lame tournoyait et crépitait, alors que ses pieds se déplaçaient, que son poids se portait de l'un sur l'autre et que ses épaules décrivaient des courbes précises, mues par leur propre volonté, son esprit glissait le long du circuit de la puissance obscure, la remontant jusqu'à sa source infinie.

Cherchant à tâtons sa ligne de faille.

Il trouva, dans l'avenir de l'ombre, un nœud de lignes

de faille. Il choisit la plus large et la remonta jusqu'à l'instant présent, à cet endroit précis…

Et elle le conduisit, chose étonnante, vers un homme qui se tenait, immobile, dans l'ouverture formée par la porte fracassée. Mace n'avait pas besoin de regarder ; la présence dans la Force lui était familière, et il se sentit aussi exalté que si le soleil avait crevé les nuées d'orage.

L'Élu était là.

Mace désengagea sa lame de celle de l'ombre et bondit vers la baie vitrée. Il fracassa le transparacier d'un seul coup foudroyant.

Sa distraction d'un instant lui coûta cher : un sombre surgissement de la Force manqua le projeter à travers la brèche qu'il venait de créer. Il fallut une pression désespérée de la Force pour modifier suffisamment sa trajectoire afin de lui faire heurter un pilier au lieu d'effectuer une chute d'un demi-kilomètre à bas de la corniche, au-dehors. Il rebondit, et la Force lui dégagea les idées afin qu'il s'abandonne à nouveau au Vaapad.

La fin de ce combat approchait, il le sentait, tout comme la forme floue du Sith qu'il affrontait. Dans la Force, l'ombre était devenue un pulsar d'épouvante. Aisément, presque sans effort, il changea la peur de l'ombre en une arme : il orienta le combat de façon à les amener tous deux vers la fenêtre puis dehors, sur la corniche.

En plein vent. Parmi les éclairs. Sur un étroit rebord de permaciment rendu glissant par la pluie, au-dessus d'un vide de cinq cents mètres.

Dehors, où la peur fit hésiter l'ombre. Dehors, où la Force transforma une partie de sa vitesse en une meilleure prise sur la corniche.

Dehors, où Mace réussit, en faisant décrire à sa lame un arc précis, à couper en plein milieu le sabre laser de l'ombre.

L'extrémité vola à travers la vitre brisée. La poignée tomba des doigts qui s'ouvraient, rebondit sur la corniche et disparut dans les profondeurs noyées de pluie.

L'ombre n'était plus, maintenant, que Palpatine : un vieil homme ratatiné, aux cheveux clairsemés, blanchis par les ans et les soucis, au visage creusé par l'épuisement.

— Malgré tout votre pouvoir, vous n'êtes pas un Jedi. Tout ce que vous êtes, mon Seigneur, fit Mace d'un ton égal, sa lame levée devant son visage, c'est en état d'arrestation.

— Tu vois, Anakin, tu vois ? fit Palpatine qui avait retrouvé le phrasé saccadé d'un vieil homme terrorisé. Je t'avais bien dit ce qu'étaient les Jedi, je t'avais prévenu de leur traîtrise.

— Économisez vos paroles tordues, mon Seigneur, fit Mace en abaissant sa lame. Il n'y a pas de politiciens aux alentours. Les Sith ne reprendront jamais le contrôle de la République. C'est fini. Vous avez perdu. Vous avez été vaincu par ce qui fait toujours perdre les Sith : par votre propre peur.

Palpatine leva la tête.

Ses yeux charbonneux étaient embrasés de haine.

— Imbécile, dit-il.

Il leva les bras. Sa robe d'apparat s'écarta largement, formant des ailes de prédateur, ses mains devenant des serres crochues.

— Imbécile ! répéta-t-il d'une voix qui était devenue un grondement de tonnerre. Tu penses que la peur que tu sens est la mienne ?

Des éclairs crevèrent les nuages, au-dessus d'eux, et la foudre jaillit des mains de Palpatine. Mace n'eut pas le temps de comprendre ce que racontait Palpatine. Il n'eut que le temps de replonger dans le Vaapad et d'orienter sa lame afin de parer les arcs fourchus de haine pure, qui tendaient leurs griffes dans sa direction.

Parce que le Vaapad n'est pas qu'un style de combat. C'est un état d'esprit : un canal pour l'obscurité. Le pouvoir passait en lui, et ressortait sans le toucher.

Et le circuit se ferma : la foudre repartit vers sa source.

Palpatine tituba, montrant les dents, mais l'énergie fulgurante qui jaillissait de ses mains ne fit que s'intensifier.

Il nourrissait le pouvoir avec sa souffrance.

— Anakin ! appela Mace, d'une voix qui paraissait

lointaine, brouillée, comme si elle montait du fond d'un puits.

Il sentit qu'Anakin bondissait du sol du bureau vers la corniche, le sentit approcher dans son dos...

Et Palpatine n'avait pas peur.

Mace le sentait : il n'était même pas inquiet.

— Détruis ce traître ! ordonna le Chancelier en haussant la voix pour se faire entendre malgré le hurlement d'énergie foisonnante qui unissait ses mains à l'arme de Mace. Ça n'a jamais été une arrestation. C'est un assassinat !

C'est alors que Mace finit par comprendre. Il la tenait. La clé de la victoire finale. La ligne de faille de Palpatine. La ligne de faille absolue du Sith.

La ligne de faille du Côté Obscur de la Force ellemême.

Mace songea, avec un étonnement atone, que *Palpatine faisait confiance à Anakin Skywalker...*

Anakin se trouvait en cet instant précis derrière l'épaule de Mace. Palpatine ne faisait aucun mouvement pour se défendre contre Skywalker. À la place, il dévia les éclairs qui jaillissaient de ses mains, réorientant la fontaine éclatante qui se réfléchissait sur l'arme de Mace vers son visage.

Les yeux de Palpatine brûlaient de puissance. Son regard jaune vaporisait la pluie qui tombait autour d'eux.

— C'est un traître, Anakin. Détruis-le.

— Tu es l'Élu, Anakin, dit Mace, d'une voix que la tension réduisait à un filet. Tue-le, c'est ton destin.

Le pouvoir du Vaapad était dépassé. Il n'avait plus la force de combattre contre sa propre lame.

— Le *destin*..., répéta faiblement Skywalker, en écho.

— Aide-moi ! Je ne tiendrai pas plus longtemps !

L'éclat jaune qui filtrait par les yeux de Palpatine traversait sa chair. Sa peau coulait comme de l'huile, comme si les muscles en dessous fondaient, comme si même les os de son crâne se ramollissaient, s'enfonçaient et faisaient des bosses, se déformaient sous l'action de la chaleur et de la pression de sa haine électrique.

— Je t'en prie, Anakin, il est en train de me tuer ! *Anaaahhh*…

L'arme de Mace se rapprocha tellement de son visage que l'odeur d'ozone le faisait suffoquer.

— Anakin, il est trop fort pour moi… *Ahhh*…

Le rugissement de Palpatine qui couvrait le fracas sans cesse renouvelé de la foudre se réduisit à un gémissement désespéré.

L'éclair s'avala lui-même, ne laissant que la nuit et la pluie, et un vieil homme à genoux, recroquevillé sur lui-même, sur une corniche glissante.

— Je… ne peux pas. Je renonce. Je… je suis trop faible, en fin de compte. Trop vieux, trop faible. Ne me tuez pas, Maître Jedi. Par pitié… Je me rends.

La victoire envahit le corps souffrant de Mace. Il souleva sa lame.

— Espèce de maladie du Sith… !

— Attendez, Maître…, fit Skywalker en retenant son bras avec l'énergie du désespoir. Ne le tuez pas… Vous ne pouvez pas le tuer comme ça…

— Si, je peux, fit Mace d'un ton sinistre, assuré. Il le faut.

— Vous êtes venu pour l'arrêter. Il doit passer en jugement…

— Un procès serait une comédie. Il contrôle les tribunaux. Il contrôle le Sénat.

— Alors vous allez tous les tuer, comme lui ? Comme il l'a dit tout à l'heure ?

Mace lui arracha son bras.

— Il est trop dangereux pour qu'on lui laisse la vie sauve. Si tu avais pu prendre Dooku vivant, tu l'aurais fait ?

Le visage de Skywalker se vida de toute émotion.

— C'était différent.

Mace se tourna vers le Seigneur Sith vaincu, qui se recroquevillait sur lui-même.

— Vous lui expliquerez la différence quand il sera mort.

Il releva son sabre laser.

— Je le veux vivant ! hurla Skywalker. J'ai besoin de lui pour sauver Padmé !

Pour quoi ? songea Mace, comme abasourdi. Il fit un geste de son sabre laser vers le Chancelier tombé à terre.

Il n'eut pas le temps de porter son coup ; un arc soudain de plasma bleu lui traversa le poignet. Sa main retomba avec son sabre laser, tandis que Palpatine se redressait dans un rugissement, des éclairs jaillissant de ses mains. Sans lame pour l'intercepter, Mace fut heurté de plein fouet par la puissance de la haine de Palpatine.

Il s'était tellement concentré sur la ligne de faille de Palpatine qu'il n'avait jamais songé à chercher celle d'Anakin.

Un éclair noir anéantit son univers entier.

Il tomba pour ne jamais se relever.

Anakin Skywalker était agenouillé sous la pluie.

Il regardait une main. Une main à la peau noire. Qui tenait un sabre laser. L'endroit où elle aurait dû être attachée à un bras était un ovale de tissus carbonisés.

— Qu'est-ce que j'ai fait ?

Était-ce sa voix ? Sans doute. Parce que c'était sa question.

— Qu'est-ce que j'ai fait ?

Une autre main, une main chaude, humaine, se posa doucement sur son épaule.

— Tu suis ton destin, Anakin, dit une voix familière, gentille. Les Jedi sont des traîtres. Tu as sauvé la République de leur trahison. Tu le vois bien, n'est-ce pas ?

Anakin s'entendit répondre :

— Vous aviez raison. Comment ne l'avais-je pas compris ?

— Tu ne pouvais pas le comprendre, mon garçon. Ils se dissimulaient derrière la tromperie. Parce qu'ils craignaient ton pouvoir, ils ne t'auraient jamais fait confiance.

Anakin regardait la main, mais il ne la voyait plus.

— Obi-Wan… Obi-Wan avait confiance en moi.

— Pas assez pour te parler de leur complot.

Le mot « trahison » éveillait des échos dans sa mémoire.

... *Parce que cette mission doit rester top secret*, Anakin.

La main chaude et humaine appliqua sur son épaule une pression chaude, humaine.

— Je n'ai pas peur de ton pouvoir, Anakin. Je l'étreins. Le Côté Obscur a fait de toi le plus grand des Jedi. Le Côté Obscur fera de toi le plus grand des Sith. Je le crois, Anakin. Je crois en toi. J'ai confiance en toi. J'ai *confiance* en toi, *moi*, j'ai confiance en toi.

Anakin releva les yeux de la main morte abandonnée sur la corniche vers la main vivante posée sur son épaule, puis vers le visage de l'homme qui était dressé au-dessus de lui, et ce qu'il vit l'étouffa comme si un poing invisible lui avait écrasé la gorge.

La main sur son épaule était humaine.

Le visage... ne l'était pas.

Les yeux étaient d'un jaune glacé, sauvage, et ils brillaient comme si un prédateur était tapi derrière un rideau de flammes. Autour de ce regard sauvage, l'os s'était déformé, liquéfié, et fluait comme une coulée de duracier. La chair qui le recouvrait était devenue grise, cadavérique, et aussi rugueuse que du synthoplast pourri.

Abasourdi d'horreur, assommé de dégoût, Anakin ne pouvait que regarder la créature. Regarder l'ombre.

Et, regardant ce visage de ténèbres, c'est son avenir qu'il vit.

— Rentre, maintenant, dit l'obscurité.

Au bout d'un moment, il le fit.

Anakin était debout, immobile, dans le bureau.

Palpatine examinait dans un gigantesque miroir mural les dégâts causés à son visage. Anakin ne pouvait dire si son expression était de la révulsion, ou si ce n'était que la nouvelle forme qu'avaient pris ses traits. Palpatine leva une main, timidement, vers l'horreur difforme qu'il voyait maintenant dans le miroir, puis il se contenta de hausser les épaules et poussa un soupir teinté de mélancolie.

— Et c'est ainsi que le masque devint l'homme, fit-il avec philosophie. Le visage de Palpatine me manquera, je pense. Mais pour notre but, le visage de Sidious conviendra. Oui, il conviendra.

Il esquissa un geste, et un compartiment secret s'ouvrit dans le plafond, au-dessus de son bureau. Une énorme robe de brocart noir, lourd, flotta vers le bas. Dans la Force, Anakin sentit le courant qui portait la robe vers la main de Palpatine.

Il se rappela avoir joué à un jeu de la Force avec un fruit de shuura. Ils étaient assis, Padmé et lui, de part et d'autre d'une longue table, dans leur retraite près du lac, sur Naboo. Il se rappela lui avoir dit qu'Obi-Wan aurait été très mécontent de le voir utiliser la Force avec cette désinvolture.

Palpatine sembla surprendre cette pensée. Il lui jeta un coup d'œil en biais, de son regard jaune, alors que la robe se posait sur ses épaules.

— Tu dois apprendre à rejeter les restrictions mesquines que les Jedi ont tenté d'imposer à ton pouvoir, dit-il. Anakin, il est temps. J'ai besoin de toi pour m'aider à ramener l'ordre dans la galaxie.

Anakin ne répondit pas.

— Rejoins-moi, reprit Sidious. Prête serment d'allégeance aux Sith. Deviens mon apprenti.

Un picotement partit de la base du crâne d'Anakin et s'étendit à tout son corps, telle une onde de choc au ralenti.

— Je ne peux pas.

— Mais bien sûr que tu peux.

Anakin secoua la tête et s'aperçut qu'il tremblait maintenant de tout son corps.

— Je… Chancelier, je suis venu vous sauver la vie. Pas trahir mes amis.

— Quels amis ? rétorqua Sidious, dans un reniflement.

Anakin ne sut que répondre.

— Et tu crois que ta tâche est achevée, mon garçon ?

Sidious s'assit sur le coin de son bureau, les mains croisées sur ses cuisses, comme il faisait toujours quand il prodiguait à Anakin ses conseils paternels. Le masque difforme qu'était devenu son visage faisait de sa posture familière quelque chose d'horrible.

— Tu crois que la mort d'un traître mettra fin à la trahison ? Tu crois que les Jedi s'arrêteront avant que je sois mort ?

Anakin regardait ses mains. La gauche tremblait. Il la cacha dans son dos.

— C'est eux ou moi, Anakin. Ou plutôt, pour dire les choses plus clairement : c'est eux, ou Padmé.

Anakin leva la main droite – sa main de duracier et d'électrodrivers revêtue de son gant noir – et serra le poing.

— C'est juste... Enfin, ce n'est pas si... si facile. Il y a tellement longtemps que je suis un Jedi...

Sidious lui adressa un sourire désarmant.

— Il y a un endroit en toi, mon garçon, un endroit aussi propre et net que la neige au sommet d'une montagne, froide et lointaine. Trouve cet endroit élevé, et regarde d'en haut, tout au fond de toi. Inspire l'air pur et glacé en considérant ta honte et ta culpabilité. Ne les renie pas ; observe-les. Prends entre tes mains l'horreur qui est en toi et regarde-la. Examine-la comme un phénomène. Hume-la. Goûte-la. Apprends à la connaître comme toi seul peux le faire, parce qu'elle est la tienne, et qu'elle est précieuse.

Et tandis que l'ombre à côté de lui parlait, ses paroles devenaient réalité. D'un endroit lointain, glacé, et en même temps d'une chaleur plus intime, plus excessive qu'il ne l'aurait jamais imaginé, Anakin contrôlait ses émotions. Il les disséquait. Il les rassemblait et les redivisait. Il les éprouvait toujours, mais s'il ressentait quelque chose, c'était plus fort, plus brûlant qu'avant, et en même temps cela n'avait plus le pouvoir d'embrumer son esprit.

— Tu l'as trouvé, mon garçon ! Je te sens bien, là. Cette distance glacée – ce sommet de montagne qui est en toi –, c'est la première clé du pouvoir Sith.

Anakin ouvrit les yeux et regarda bien en face les traits effroyables de Dark Sidious.

Il ne cilla même pas.

Il regardait le masque de la corruption, et le dégoût qu'il éprouvait était réel, et puissant, et en même temps...

Intéressant.

Anakin leva sa main de duracier et d'électrodrivers, et la regarda comme s'il tenait la peur qui avait hanté ses rêves toute sa vie, et elle n'était pas plus grande que le morceau de shuura qu'il avait jadis chipé dans l'assiette de Padmé.

Sur le sommet de la montagne qui était en lui, il avait mis en balance la vie de Padmé et l'Ordre Jedi.

La question ne se posait pas.

— Oui, dit-il.

— Oui, quoi, mon garçon ?

— Oui, je veux votre connaissance.

— Bien ! Bien !

— Je veux votre pouvoir. Je veux le pouvoir d'arrêter la mort.

— C'est un pouvoir que seul mon Maître avait réellement acquis. Mais ensemble, je sais que nous le découvrirons. La Force qui est en toi est invincible, mon garçon. Tu deviendras tout-puissant.

— Les Jedi vous ont trahi, reprit Anakin. Les Jedi nous ont trahis tous les deux.

— Comme tu dis. Tu es prêt ?

— Je le suis, dit-il, et il le pensait. Je me donne à vous. Je jure allégeance à la manière Sith. Prenez-moi pour apprenti. Apprenez-moi. Guidez-moi. Soyez mon Maître.

Sidious releva le capuchon de sa robe et le drapa de façon à dissimuler dans l'ombre les ruines de son visage.

— Agenouille-toi devant moi, Anakin Skywalker.

Anakin mit un genou en terre, baissa la tête.

— Je me place à votre service. À la manière Sith.

— Veux-tu joindre ta destinée pour toujours à l'Ordre des Seigneurs Sith ? Est-ce ta volonté ?

— Oui, répondit-il sans une hésitation.

Dark Sidious posa une main pâle sur le front de son apprenti.

— Ainsi soit-il. Tu ne fais plus qu'un avec l'Ordre

des Seigneurs Noirs des Sith. À compter de ce jour, mon apprenti, de ce jour et à jamais, ton véritable nom sera Dark...

Une pause. Une quête dans la Force...

Une réponse, aussi sombre que le vide entre les galaxies...

Il entendit Sidious le dire : son nouveau nom.

— ... Vador.

Deux syllabes qui étaient lui.

Vador, dit-il en lui-même. *Vador*.

— Merci, mon Maître.

— Chaque Jedi, y compris ton ami Obi-Wan Kenobi, a prouvé qu'il était un ennemi de la République. Tu comprends cela, n'est-ce pas ?

— Oui, mon Maître.

— Rien n'arrête les Jedi. Si on ne les éradique pas jusqu'au dernier, la guerre n'aura pas de fin. La destruction du Temple Jedi sera ta première tâche. Fais ce qui doit être fait, Seigneur Vador.

— Je l'ai toujours fait, mon Maître.

— N'hésite pas. Ne montre aucune pitié. Ne laisse pas un être vivant derrière toi. Alors seulement tu seras assez puissant dans le Côté Obscur pour sauver Padmé.

— Et les autres Jedi ?

— Laisse-les-moi. Quand tu te seras occupé du Temple, ta seconde tâche sera de diriger les Séparatistes dans leur « bunker secret » sur Mustafar. Quand tu les auras exterminés, les Sith dirigeront la galaxie à nouveau, et la paix reviendra. À jamais. Lève-toi, Dark Vador.

Le Seigneur Sith qui avait autrefois été un héros Jedi appelé Anakin Skywalker se leva et se redressa de toute sa hauteur, mais il ne regarda pas son nouveau Maître, il ne regarda pas non plus le monde-capitale derrière lui, il ne regarda pas la galaxie sur laquelle ils régneraient bientôt. Il tourna son regard vers l'intérieur : il déverrouilla la porte de la fournaise qu'il avait dans le cœur et contempla avec des yeux nouveaux la froide, la glaciale menace du dragon de l'étoile morte qui hantait sa vie depuis toujours.

Je suis Dark Vador, se dit-il.

Le dragon essaya à nouveau de lui souffler des pensées d'échec, de faiblesse, de mort inévitable, mais le Seigneur Sith l'attrapa d'une main et lui fit rentrer ses paroles dans la gorge. Alors il essaya de se redresser, de s'enrouler sur lui-même, de se cabrer et de frapper, mais le Seigneur Sith posa son autre main sur lui et lui brisa l'échine d'une torsion, sans effort.

Je suis Dark Vador, se répéta-t-il alors qu'il réduisait mentalement le corps du dragon en poussière sous son talon, et regardait le souffle du brasier qu'il avait dans le cœur disperser la poussière et les cendres du dragon, *et toi...*

Tu n'es rien du tout.

Il était enfin devenu celui que tous appelaient « le Héros Sans Peur ».

Jurokk, le Maître de la Porte, courait dans le corridor voûté, désert. Les murs se renvoyaient les échos de ses pas, et il faisait autant de bruit que tout un bataillon. Les portes principales du Temple s'ouvraient lentement, déverrouillées de l'extérieur par quelqu'un qui avait composé le code secret.

Le Maître de la Porte l'avait vu, sur le moniteur.

Anakin Skywalker.

Tout seul.

Les énormes portes s'ouvraient en grinçant. Dès qu'elles furent suffisamment entrebâillées pour laisser passer le Maître de la Porte, il se faufila à l'extérieur.

Anakin était debout dans la nuit, tête basse et le dos rond sous l'averse.

— Anakin ! hoqueta-t-il, courant vers le jeune homme. Anakin, que s'est-il passé ? Où sont les Maîtres ?

Anakin le regarda comme s'il n'était pas très sûr de le reconnaître.

— Où est Shaak Ti ?

— En salle de méditation. Nous avons senti dans la

Force qu'il s'était passé quelque chose, quelque chose de terrible. Elle scrute la Force en état de profonde méditation, dans l'espoir de comprendre ce qui...

Il n'acheva pas sa phrase. Anakin n'avait pas l'air d'écouter.

— Il est arrivé quelque chose, n'est-ce pas ?

Jurokk regarda derrière Anakin. La nuit autour du Temple fourmillait de clones. Des compagnies de clones. Des régiments.

Des milliers.

— Anakin, dit-il lentement, que se passe-t-il ? Il est arrivé quelque chose. Quelque chose de terrible. Est-ce vraiment si terrible... ?

La dernière chose que sentit Jurokk fut la poignée d'un sabre laser contre la chair tendre du dessous de sa mâchoire. La dernière chose qu'il entendit, alors que le plasma bleu lui traversait la tête, faisant exploser le haut de son crâne et cautérisant sa vie, ce fut la réponse mélancolique d'Anakin Skywalker.

— Tu n'en as pas idée...

18

La Directive Soixante-Six

Pau City était le théâtre de combats acharnés.

De son poste d'observation, au dixième niveau, le commandant clone Cody parcourait du regard l'entonnoir naturel avec ses jumelles. Il était posté au pied de la passerelle de l'atterrisseur principal. Le Centre de Commandement droïde était en ruine, mais les Séparatistes avaient appris la leçon de Naboo. À la génération suivante, les droïdes de combat avaient été équipés d'automotivateurs sophistiqués qui s'activaient dès que les signaux de commande étaient coupés, envoyant un programme d'instructions permanentes.

La consigne Numéro Un était apparemment : « Tuez Tout Ce Qui Bouge. »

Il faut dire qu'ils l'exécutaient avec un certain talent, d'ailleurs.

La moitié de la ville était réduite à l'état de gravats, et le reste était une tempête de droïdes, de clones et de cavaliers montés sur des dragons d'Utapau, et au moment précis où le commandant Cody commençait à regretter de ne pas avoir un ou deux Jedi sous la main, plusieurs tonnes de dragon-monture tombèrent du ciel, sur le toit de la barge de débarquement. Le choc fut suffisamment fort pour ébranler le sol.

Sans endommager réellement la barge, toutefois. Les atterrisseurs blindés de classe Jadthu étaient, au départ, des forteresses volantes, et celle-ci était triplement blindée, équipée de suspensions inertielles et d'amortisseurs de choc internes conçus pour de véritables bunkers volants. Les instruments de commande et de contrôle sophistiqués qui se trouvaient à bord étaient bien protégés.

Cody leva les yeux sur le dragon-monture et son cavalier.

— Général Kenobi, dit-il. Je me réjouis que vous ayez pu nous rejoindre.

— Commandant Cody, répondit le Maître Jedi avec un hochement de tête, en parcourant le champ de bataille du regard. Vous avez pu informer Coruscant de la mort du général ?

— Conformément aux ordres, Monsieur, fit le commandant des clones avec un salut un peu sec. (Puis il le regarda plus attentivement.) Euh… Monsieur ? Ça va ? On dirait que vous en avez bavé.

Kenobi baissa les yeux sur sa tenue, essuya tant bien que mal son visage couvert de poussière et de sang avec la manche de sa toge – à moitié calcinée – et ne réussit qu'à étaler une traînée noire qu'il avait sur la joue.

— Oui, euh… en effet. La journée a été un peu… stressante. Mais nous avons encore une bataille à gagner, ajouta-t-il avec un signe en direction de Pau City.

— Alors, Monsieur, je suppose que vous aurez besoin de ça, avança Cody en lui tendant le sabre laser que ses hommes avaient retrouvé dans une coursive. Vous avez dû le laisser tomber.

— Ah oui. Merci.

L'arme flotta doucement vers la main de Kenobi, et quand il sourit à nouveau au commandant des clones, Cody aurait juré que le Maître Jedi avait juste un tout petit peu rougi.

— Euh, inutile de mentionner ça à… euh… Anakin, n'est-ce pas, Cody ?

— C'est un ordre, Monsieur ? demanda Cody avec un grand sourire.

Kenobi secoua la tête et eut un petit ricanement las.

— Allons-y. Vous avez dû remarquer que j'avais réussi à vous laisser quelques droïdes…

— Oui, Monsieur.

Un buzzer vibra dans un compartiment de sa cuirasse. Cody fronça les sourcils.

— Allez-y, général. Nous sommes juste derrière vous.

Ce compartiment secret recelait un comlink sécurisé, réglé sur une fréquence réservée au commandant en chef.

Kenobi hocha la tête et dit quelques mots à sa monture. L'énorme bestiole sauta par-dessus le commandant des clones et retourna au cœur des combats.

Cody prit le comlink et répondit.

Sur la paume de son gantelet apparut l'holoscan d'un homme encapuchonné.

— *C'est le moment*, ordonna l'holoscan. *Exécutez la Directive Soixante-Six.*

Cody répondit comme il y avait été entraîné depuis... depuis... avant même son réveil dans sa crèche-école.

— À vos ordres, mon Seigneur.

L'holoscan disparut. Cody remit le comlink dans sa cachette et regarda, les sourcils froncés, Kenobi qui retournait au combat, héroïquement, sans arrière-pensée, sur son dragon-monture.

Cody était un clone. Il exécuterait l'ordre fidèlement, sans hésiter, sans un regret. Mais il était aussi assez humain pour marmonner sombrement :

— J'aurais préféré que l'ordre arrive avant que je lui rende ce foutu sabre laser. Enfin, c'était sûrement trop demander...

La consigne n'aura été lancée qu'une seule fois. Son onde de choc s'étend à tous les commandants clones sur Kashyyyk et Felucia, Mygeeto et Tellanroaeg, sur tous les fronts et les champs de bataille, dans toutes les installations militaires, tous les hôpitaux, les centres de soins et les cantines des spatioports de la galaxie.

Partout, sauf sur Coruscant.

Sur Coruscant, la Directive Soixante-Six est déjà en cours d'exécution.

L'aube caressait Galactic City, rosissant la partie supérieure d'un vaste cône de fumée qui bouillonnait, battu par les vents.

Bail Organa n'était pas un blasphémateur, mais quand il entrevit la source de cette fumée, depuis le poste de pilotage de son speeder, le juron qui monta à ses lèvres aurait fait rougir un docker Corellien.

Il composa un code qui annulait la programmation de trajectoire de son speeder, initialement prévue pour l'emmener vers le bâtiment du Sénat, puis il prit le manche et fit décrire à son engin une vrille qui coupait une demi-douzaine de voies aériennes entrecroisées.

Il actionna le comlink de son speeder.

— Antilles !

C'était le capitaine de son équipage personnel. Il répondit aussitôt.

— *Oui, Monsieur ?*

— Envoyez un signal d'alerte à la CCS, ordonna-t-il. Le Temple Jedi est en feu !

— *Oui, Monsieur. Nous le savons. La Cellule de Crise du Sénat a décrété la loi martiale, et le Temple est en situation de lock-out. Il y a eu une sorte de rébellion Jedi.*

— Qu'est-ce que vous racontez ? C'est impossible ! Pourquoi les vaisseaux de lutte anti-incendie ne sont-ils pas sur place ?

— *Je n'ai pas les détails, Monsieur. Nous savons seulement ce que nous dit la CCS.*

— Écoutez, je suis tout près. Je vais descendre voir ce qui se passe.

— *Monsieur, je vous le déconseille...*

— Je ne prendrai pas de risques.

Bail tira sur le manche pour ralentir la descente du speeder vers le vaste terrain d'atterrissage, au sommet de la ziggourat du Temple.

— Capitaine, puisque vous parlez de ne pas prendre de risques : ordonnez à l'équipage du *Tantative* de faire chauffer les moteurs. Tout ça m'inspire un mauvais pressentiment...

— *Monsieur ?*

— Faites ce que je vous dis, c'est tout.

Bail posa son speeder tout près de l'entrée du bâtiment. Il sortit vivement de son cockpit. Une escouade de soldats clones étaient plantés dans l'ouverture de la porte. Des tourbillons de fumée sortaient du couloir, derrière eux.

En voyant approcher Bail, l'un des soldats leva la main.

— Ne vous inquiétez pas, Monsieur. Nous contrôlons la situation.

— Vous contrôlez la situation ? Où sont les équipes de la CCS ? Que fait l'Armée ici ?

— Je regrette, Monsieur, je ne peux pas en parler.

— Le Temple aurait-il été attaqué ?

— Je regrette, Monsieur, je ne peux pas en parler.

— Écoutez-moi, sergent. Je suis un Sénateur de la République Galactique, et, improvisa Bail, je suis en retard à une réunion du Conseil Jedi…

— Le Conseil Jedi n'est pas en session, Monsieur.

— Je préférerais m'en assurer par moi-même.

Les quatre clones se rapprochèrent pour lui barrer le chemin.

— Je regrette, Monsieur. Vous ne pouvez pas entrer.

— Je suis Sénateur…

— Oui, Monsieur…

Le sergent-clone épaula son DC-15 et Bail se retrouva, les paupières papillotantes, le nez face à l'embouchure noircie d'un canon. Il en était si près qu'il aurait pu l'embrasser.

— … Et il est temps, Monsieur, que vous partiez, conclut le sergent-clone.

— Si vous le prenez comme ça… C'est bon, c'est bon. Je m'en vais, fit Bail en battant en retraite, les mains levées dans un geste d'impuissance.

Une décharge de blaster creva la fumée et se dispersa dans l'aube. Bail regarda, bouche bée, un Jedi surgir de nulle part et commencer à traverser les clones. Non, pas un Jedi…

Un gamin.

Un enfant de dix ans à peine, qui balançait un sabre laser presque aussi grand que lui. D'autres salves retentirent à l'intérieur, et un bataillon entier de clones jaillit vers la plate-forme d'atterrissage. Le gamin fut touché, touché encore, et tomba, réduit en charpie, parmi les cadavres des clones qu'il avait tués. Bail commençait à reculer, de plus en plus vite, lorsqu'un clone portant les insignes de commandant sortit de la fumée et tendit le doigt vers Bail Organa.

— Pas de témoins, ordonna le commandant. Tuez-le !

Bail se mit à courir.

Il plongea à travers une grêle de tirs au blaster, se laissa tomber à terre et, dans une roulade, passa de l'autre côté de son speeder. Il se cramponna à la porte, côté pilote, passa ses jambes par-dessus la gouverne de direction et, à l'abri de la carlingue, il composa le code de réinitialisation de l'autorouteur. Des clones chargèrent en tirant dans tous les sens.

Son speeder se cabra et plaça un démarrage.

Bail se hissa à l'intérieur alors que le speeder s'insinuait dans les voies de circulation embouteillées. Il était aussi blanc qu'un flimsiplast et ses mains tremblaient si fort qu'il eut du mal à activer son comlink.

— Antilles ! brailla Organa. Répondez, capitaine !

— *Ici Antilles, Monsieur.*

— C'est pire que je ne pensais. Bien pire que tout ce que vous avez entendu. Envoyez quelqu'un au Chancelier Palp… Non, laissez tomber. Allez-y vous-même. Prenez cinq hommes et allez au spatioport. Je sais qu'il y a au moins un vaisseau Jedi à cet endroit, le *Sharp Spiral* de Saesee Tiin, qui est arrivé hier, en fin de soirée. J'ai besoin que vous récupériez sa balise de repérage.

— *Pardon ? Sa balise ? Mais pourquoi ?*

— Je n'ai pas le temps de vous expliquer. Récupérez la balise et retrouvons-nous au *Tantative.* Nous quittons la planète.

Il regarda, par-dessus son épaule, l'énorme colonne de fumée qui montait en tournoyant du Temple Jedi.

— Pendant qu'il en est encore temps.

La Directive Soixante-Six devait marquer le point culminant de la Guerre des Clones.

Pas la fin… La Guerre des Clones prendrait fin quelques heures plus tard, quand un signal codé, envoyé par Nute Gunray depuis le bunker Séparatiste secret de Mustafar, désactiverait d'un seul coup tous les droïdes de combat de la galaxie. Ce n'était que le point culminant.

Ce n'était pas très excitant. Ce n'était pas l'apogée d'un combat épique. Juste le contraire, en fait. La Guerre des Clones n'avait jamais été une bataille épique. Elle n'avait jamais été prévue pour ça.

Ce qui se passait en ce moment précis était justement la raison d'être de la Guerre des Clones. La Guerre des Clones avait toujours été, par essence même, la revanche des Sith.

Elle constituait un appât irrésistible. Les combats se déroulaient dans des endroits reculés, sur des planètes qui appartenaient – chose primordiale – à *quelqu'un d'autre*. Ils étaient livrés par des exécutants jetables. Et ils étaient conçus comme autant de situations gagnantes à tout coup.

La Guerre des Clones était le Piège à Jedi idéal.

Pour le Jedi, le seul fait de combattre signait sa défaite.

L'Ordre Jedi s'était exagérément étendu, étalé en couche mince sur toute la galaxie. Chaque Jedi s'était retrouvé bien isolé au milieu des soldats clones qu'il ou elle commandait. La guerre déversait les ténèbres dans la Force, assombrissant les nuages qui limitaient la perception des Jedi. Et les clones étaient sans méchanceté, sans haine, totalement dépourvus des mauvaises intentions qui auraient pu donner l'alerte. Ils se contentaient de suivre les ordres.

Comme, dans ce cas, la Directive Soixante-Six.

Des blasters portatifs apparurent dans les mains des clones. Des ARC-270 s'abattirent sur les queues de chasseurs Jedi. Des AT-ST pointèrent leurs armes. Des tourelles d'hovertanks pivotèrent silencieusement.

Des clones ouvrirent le feu, et des Jedi tombèrent.

Partout, dans toute la galaxie, tout d'un coup.
Des Jedi mouraient.

Kenobi n'avait pas vu venir le coup.

Cody coordonnait les opérateurs d'armes lourdes de cinq compagnies différentes déployées en arc de cercle, à trois niveaux différents de la cité-entonnoir. Il avait servi sous les ordres de Kenobi dans plus d'une dizaine d'opérations depuis le début des conflits sur la Bordure Extérieure, et bien que le Maître Jedi ne payât pas de mine, Cody voyait clairement, sans passion, que le tuer ne serait pas du gâteau. Il n'avait pas l'intention de prendre de risques.

Il leva son comlink.

— Exécution.

Aussitôt, les canons des T-21 firent mouvement, des lance-torpilles furent épaulés et des lance-grenades à protons se braquèrent selon des vecteurs calculés avec précision.

— Feu !

Et ils tirèrent.

Kenobi, son dragon-monture, et les cinq droïdes destroyers qu'il avait combattus disparurent dans une boule de feu qui éclipsa, l'espace d'un instant, le soleil d'Utapau.

Les polariseurs du casque de Cody réduisirent la luminosité de soixante-dix-huit pour cent. Sa vision se dégagea largement à temps pour qu'il voie des lambeaux de dragon-monture et des éclats difformes de droïdes pleuvoir dans la bouche de l'océan, au fond de l'entonnoir.

Cody fronça les sourcils et actionna son comlink.

— On dirait que le lézard a dégusté. Déployez les seekers. Tous.

Il regarda au fond de la bouche océane bouillonnante.

— Je veux voir le cadavre.

C-3PO cessa d'épousseter le Tarka-Null original sur son socle, devant le mur panoramique de la chambre à coucher de sa maîtresse, et utilisa le chiffon électrostatique pour donner rapidement un coup à ses propres photorécepteurs. L'astromech dans le chasseur Jedi vert, qui accostait à la véranda, en dessous… et si c'était R2-D2 ?

Eh bien, voilà qui était intéressant…

La Sénateur Amidala avait passé le plus clair des heures précédant l'aube à regarder la ville, et plus spécialement vers le panache de fumée qui montait du Temple Jedi. Elle allait enfin avoir des réponses.

Et C-3PO aussi. R2-D2 était loin d'avoir le genre de brillante conversation que prisait C-3PO, mais le petit astromech avait positivement le don de se retrouver dans les situations les plus improbables…

La verrière s'ouvrit et, bien sûr, le Jedi qui apparut était Anakin Skywalker. En regardant Maître Anakin descendre de son chasseur, les photorécepteurs de C-3PO saisirent des données qui activaient de façon inattendue ses routines d'évitement de menace.

— Oh, dit-il faiblement en portant la main à sa centrale énergétique. Oh, je n'aime pas du tout, *du tout* l'allure que ça prend…

Il lâcha son chiffon électrostatique et trottina aussi vite qu'il put vers la porte de la chambre.

— Ma Dame ! appela-t-il. Sur la véranda, un chasseur Jedi… s'est posé ! articula-t-il péniblement. Ma Dame !

La Sénateur Amidala, qui était debout devant la vaste baie vitrée, cilla et se précipita vers la porte de la chambre.

C-3PO la suivit en traînant les pieds et se faufila par la porte restée ouverte en passant au large des êtres humains, lesquels étaient engagés dans l'une de ces inexplicables étreintes qu'ils semblaient tellement apprécier.

En arrivant au chasseur Jedi, il dit :

— R2, tu vas bien ? Que se passe-t-il ?

L'astromech émit une série de bips et de couinements que l'autotraducteur de C-3PO traduisit par : PERSONNE NE ME DIT RIEN.

— Tu m'étonnes ! Si tu participais un peu plus à la conversation, aussi.

Un piaulement vibrant : IL Y A QUELQUE CHOSE QUI NE VA PAS. LES FACTEURS NE S'ÉQUILIBRENT PAS.

— Tu ne peux pas être plus perturbé que moi.

C'EST VRAI. PERSONNE NE PEUT ÊTRE PLUS PERTURBÉ QUE TOI.

— Très drôle. Maintenant, silence... Qu'est-ce que c'était que ça ?

La Sénateur était assise, gracieusement appuyée à l'une des élégantes tables de bistro si raffinées qui étaient disposées sur la véranda, Maître Anakin debout à côté d'elle.

— Je pense... qu'il parle d'une sorte de rébellion... Les Jedi auraient tenté de renverser la République ! Et... oh, mon Dieu ! Mace Windu aurait tenté d'assassiner le Chancelier Palpatine ! Il ne parle pas sérieusement ?

JE N'EN SAIS RIEN. ANAKIN NE ME PARLE PLUS.

C-3PO agita ce qui lui servait de tête dans une attitude impuissante.

— Comment Maître Windu pourrait-il être un assassin ? Lui qui a de si belles manières.

C'EST CE QUE JE TE DISAIS : LES TERMES DE L'ÉQUATION NE S'ÉQUILIBRENT PAS.

— J'ai entendu les rumeurs les plus épouvantables : on dit que le gouvernement va nous bannir. Bannir les droïdes, tu imagines ça ?

IL NE FAUT PAS CROIRE TOUT CE QU'ON RACONTE.

— Chut ! Pas si fort !

TOUT CE QUE JE DIS, C'EST QUE NOUS NE SAVONS PAS LA VÉRITÉ.

— Bien sûr que non ! soupira C-3PO. Et il y a peu de chances que nous la connaissions jamais.

— Et Obi-Wan ?

Elle avait l'air bouleversée. Pâle, terrifiée.

Et il ne l'en aimait que davantage.

Il secoua la tête.

— Beaucoup de Jedi ont été tués.

— Mais... tu es sûr ? demanda-t-elle en regardant les

voies de circulation qui sillonnaient le ciel. Ça paraît tellement… incroyable.

— J'y étais, Padmé. Tout cela est vrai.

— Mais… mais comment Obi-Wan pourrait-il être impliqué dans une chose pareille ?

— Nous ne le saurons peut-être jamais, dit-il.

— Banni…, murmura-t-elle. Et maintenant, que va-t-il se passer ?

— Tous les Jedi doivent se rendre immédiatement, dit-il. Ceux qui résisteront… on s'occupera d'eux.

— Anakin, c'est ta famille…

— Ce sont des traîtres, oui. Ma famille, c'est toi. C'est vous : le bébé et toi.

— Comment peuvent-ils être tous des traîtres ?

— Et ils ne sont pas les seuls. Il y avait aussi des Sénateurs parmi eux.

Elle le regarda enfin, les yeux brillants de crainte.

Il eut un sourire.

— Ne t'inquiète pas. Je ne permettrai pas qu'il t'arrive quoi que ce soit.

— À moi ?

— Il faut que tu prennes de la distance par rapport à tes… *amis*… du Sénat, Padmé. Il est très important que tu évites de donner la moindre apparence de déloyauté.

— Anakin… on dirait que tu me menaces…

— On vit une époque dangereuse, répondit-il. Nous sommes tous jugés selon nos fréquentations.

— Mais… j'étais contre la guerre, je me suis opposée à ce que l'on accorde les pouvoirs exceptionnels à Palpatine… Je l'ai publiquement accusé de menacer la démocratie !

— Tout ça, c'est le passé, maintenant.

— Quoi, qu'est-ce qui est passé ? Ce que j'ai fait ? Ou la démocratie ?

— Padmé…

Elle leva le menton et son regard se durcit.

— Serais-je soupçonnée ?

— Nous avons parlé de toi, Palpatine et moi. Tu es

hors de cause, tant que tu éviteras... de t'acoquiner avec n'importe qui.

— Comment ça, je suis « hors de cause » ?

— Parce que tu es avec moi. Parce que je dis que tu l'es.

Elle le regarda comme si elle le voyait pour la première fois.

— Tu lui as dit.

— Il le savait.

— Anakin...

— Nous n'avons plus besoin de nous cacher, Padmé. Tu ne comprends pas ? *Je ne suis plus un Jedi*. Il n'y a plus de Jedi. Il n'y a que moi.

Il lui prit la main. Elle le laissa faire passivement.

— Et toi. Et notre enfant.

— Alors nous pouvons partir, n'est-ce pas ? Nous pouvons quitter cette planète. Aller quelque part où nous pourrons être ensemble... Un endroit sûr.

Son regard fondit, devint implorant.

— Nous serons ensemble ici, répondit-il. Tu es en sûreté. J'ai fait en sorte que tu sois en sécurité.

— En sécurité..., répéta-t-elle amèrement en retirant des siennes sa main tremblante. Tant que Palpatine ne changera pas d'avis.

— Les chefs Séparatistes se cachent sur Mustafar. Je pars tout de suite m'occuper d'eux.

— T'*occuper* d'eux ? demanda-t-elle, les coins de sa bouche s'affaissant. Comme on s'est *occupé* des Jedi ?

— C'est une mission importante. Je suis sur le point de mettre fin à la guerre.

Elle détourna le regard.

— Tu y vas seul ?

— Aie confiance, mon amour, dit-il.

Elle secoua la tête, désarmée, et deux grosses larmes roulèrent sur ses joues. Il les effleura avec sa main mécanique. Le bout de ses doigts gantés de noir brillait dans la lueur de l'aube.

Deux joyaux liquides, indiciblement précieux... parce qu'ils étaient à lui. Il les avait mérités. Comme il l'avait méritée, elle. Comme il avait mérité l'enfant qu'elle portait.

Il les avait gagnés en versant le sang d'innocents.

— Je t'aime, dit-il. Ça ne sera pas long. Attends-moi.

De nouvelles larmes ruisselèrent sur l'ivoire de ses joues, et elle se jeta dans ses bras.

— Toujours, Anakin. Et à jamais. Reviens-moi, reviens à moi, mon amour. Ma vie. Reviens-moi. Reviens vers moi.

Il la regarda en souriant.

— À t'entendre, on dirait que je suis déjà parti.

Obi-Wan reprit brutalement conscience, choqué. Il flottait dans les ténèbres absolues de l'océan souterrain. Il n'y avait pas moyen de voir à quelle profondeur il avait plongé, ni même où étaient le haut et le bas. Il étouffait, il avait les poumons à moitié pleins d'eau salée, glacée, mais il ne paniqua pas. Il ne s'inquiéta même pas particulièrement. Il était plutôt vaguement content de découvrir que, même dans sa chute semi-consciente, il n'avait pas lâché son sabre laser.

Il le raccrocha, à tâtons, à sa ceinture, et – ayant, grâce à un exercice mineur de discipline Jedi, réussi à réprimer sa toux spasmodique – il contracta son diaphragme, vidant ses poumons de l'eau qu'ils contenaient. Il prit à sa ceinture son respirateur, et une petite bonbonne d'air comprimé prévue pour les cas d'urgence, quand l'environnement était irrespirable et menaçait son existence.

Obi-Wan croyait raisonnable d'estimer que la situation actuelle pouvait être qualifiée de cas d'urgence.

Il se rappela…

Le saut désespéré de Boga, qui avait effectué un rétablissement dans le vide, les impacts, les innombrables détonations qui les avaient projetés tous les deux dans le vide, loin de la paroi de l'entonnoir naturel…

Boga, qui avait protégé, derrière son corps massif, Obi-Wan de ses propres troupes…

Elle avait compris, on ne sait comment… la dragonne savait ce qu'Obi-Wan n'avait pas soupçonné un seul instant, et sans hésitation, elle avait donné sa vie pour sauver son cavalier.

J'imagine que ça fait de moi plus que son cavalier, se dit Obi-Wan en remisant la bonbonne et en réajustant son respirateur. *Je suppose que ça fait de moi son ami.*

En tout cas, elle est devenue la mienne.

Il se laissa envahir par le chagrin le temps nécessaire. Le chagrin, non de la mort d'une noble bête, mais du peu de temps qu'Obi-Wan avait eu pour apprécier le don que lui avait fait son amie en le servant.

Mais même le chagrin était une attache, et Obi-Wan le laissa couler hors de sa vie.

Adieu, mon amie.

Il n'essaya pas de nager. Il avait l'impression de planer, suspendu, immobile, dans une nuit infinie. Il se détendit, régula sa respiration, et se laissa emporter par l'eau.

C-3PO eut à peine le temps de souhaiter bonne chance à son petit ami et de lui recommander de prendre soin de sa carcasse que Maître Anakin passait à côté de lui sans égard pour sa personne, montait dans le cockpit de son chasseur, mettait les moteurs à feu et décollait, emmenant R2-D2 Dieu seul savait où. Probablement vers une planète alien, d'une horreur indescriptible, pleine de dangers sans nom. Il aurait tout de même pu songer aux conséquences sur le psychisme de son loyal droïde d'un départ précipité, à l'autre bout de la galaxie, comme ça, sans même un au revoir…

Décidément, ce jeune homme oubliait ses bonnes manières !

Il se tourna vers la Sénateur Amidala et vit qu'elle était en pleurs.

— Puis-je faire quoi que ce soit, ma Dame ?

Elle ne se tourna même pas vers lui.

— Non, merci, C-3PO.

— Un petit en-cas, peut-être ?

Elle tourna la tête.

— Un verre d'eau, alors ?

— Non.

Il ne pouvait que rester planté là.

— Je me sens tellement inutile...

Elle hocha la tête, détourna à nouveau le regard, suivant des yeux le petit point lumineux qu'était le chasseur de son mari, et qui devenait de plus en plus minuscule...

— Je sais, C-3PO. Comme nous tous..., dit-elle.

Dans l'ascenseur à vaisseaux souterrain, sous le bâtiment du Sénat, Bail Organa montait à bord du *Tantative IV*. Quand le capitaine Antilles l'accueillit, en haut de la passerelle, Bail esquissa, les sourcils froncés, un mouvement de menton vers les silhouettes vêtues de rouge qui entouraient les voies d'accès.

— Depuis quand les Robes Rouges gardent-elles les vaisseaux du Sénat ?

Antilles secoua la tête.

— Je n'en sais rien, Monsieur. On dirait qu'il y a des Sénateurs que Palpatine ne veut pas voir quitter la planète.

Bail acquiesça d'un hochement de tête.

— Louée soit la Force, je n'en fais pas partie. Pas encore. Vous avez la balise ?

— Oui, Monsieur. Personne n'a seulement essayé de nous empêcher de la prendre. Les clones du Chancelier semblaient un peu perdus, comme s'ils ne savaient pas très bien qui était le chef.

— Ça va bientôt changer. Trop vite. Nous savons tous qui est le chef, répondit Bail d'un ton sinistre. Préparez-vous à décoller.

— Nous retournons sur Alderaan, Monsieur ?

Bail secoua la tête.

— Sur Kashyyyk. Il n'y a pas moyen de savoir si des Jedi ont survécu à tout ça. Mais si je devais parier sur un nom, je miserais sur Yoda.

Un temps indéfinissable plus tard, Obi-Wan sentit que sa tête et ses épaules crevaient la surface de l'océan en apesanteur. Il dégrafa son sabre laser et l'éleva au-dessus de sa tête. À sa lueur bleue, il vit qu'il avait émergé dans une vaste grotte. Tenant sa lame au-dessus de lui, il rangea son respirateur et traversa le courant en diagonale en direction d'une surrection rocheuse assez accidentée pour lui offrir des prises. Il sortit de l'eau.

Les parois de la grotte, tout autour, étaient percées d'ouvertures. Après avoir inspecté les entrées de plusieurs grottes, Obi-Wan sentit un souffle d'air. D'air puant – l'odeur rappelait celle de l'enclos des dragons-montures –, mais quand il coupa son sabre laser et tendit l'oreille, il entendit un faible grondement qui pouvait être celui de roues distantes et de plates-formes à répulseurs passant sur le grès, et… tiens ? Une corne de brume ? Ou bien un dragon très en colère, dans le lointain ? Quoi qu'il en soit, ça paraissait être le chemin à prendre.

Il avait à peine parcouru quelques centaines de mètres, lorsque l'obscurité, au-dessus de sa tête, fut crevée par la lumière crue de puissants projecteurs. Il rétracta sa lame et se plaqua dans une faille profonde, étroite, lorsque deux droïdes seekers passèrent devant lui en planant.

Apparemment, Cody n'avait pas encore renoncé.

Les projecteurs des droïdes tombèrent sur une espèce d'immense cousin amphibie de Boga, le réveillant, apparemment. L'animal leva sa tête luisante d'un éclat visqueux, de la taille d'un chasseur, et les regarda en clignant des yeux, tout ensommeillé.

Oh, oh…, se dit Obi-Wan. *Ça explique l'odeur.*

Il insuffla dans la Force une suggestion que ces petits sphéroïdes voletants de duracier et de circuits étaient en fait, nonobstant leur odeur et leur aspect, une variété insolite de friandise incommensurablement délicieuse tombée du ciel par la grâce du bon Dieu des Gigantesques Monstres Gluants des Cavernes.

Le Gigantesque Monstre Gluant des Cavernes en question ouvrit promptement des mâchoires qui auraient aisément gobé un bantha, et qui gobèrent aisément, au vol, l'un des seekers, et le mastiquèrent avec toutes les apparences de la satisfaction. Le second seeker émit un *whouip-whouip-whouip* surpris et complètement apeuré, et fila dans les ténèbres, le Monstre aux trousses.

Réactivant son sabre laser et se déplaçant prudemment dans la grotte, Obi-Wan tomba sur un nid de ce qui devait être des bébés Monstres Gluants des Cavernes qui dardèrent leur tête vers lui en claquant du bec et en piaulant. Il contourna le nid en songeant distraitement que ceux qui disaient que tous les bébés étaient mignons feraient vraiment mieux de se renseigner un peu.

Obi-Wan continua à marcher, grimpant occasionnellement, glissant ou sautant, mais avançant toujours.

Bientôt, l'obscurité laissa place à la pâle lueur des feux de circulation d'Utapau, et Obi-Wan se retrouva dans une petite galerie latérale qui donnait sur une voie plus importante. Il était néanmoins clair qu'elle était peu fréquentée. Le sable du sol était tellement épais qu'on aurait dit une plage. Il voyait nettement les traces du dernier véhicule qui était passé par là.

De larges traces parallèles, semées de mottes de gazon : un blade-wheeler.

Et à côté s'étiraient les longues empreintes aux griffes écartées d'un dragon lancé à la course.

Obi-Wan cligna des yeux, quelque peu sidéré. Il n'avait jamais tout à fait réussi à s'habituer à la façon dont la Force se démenait toujours pour lui, mais il n'en acceptait pas moins les bienfaits avec reconnaissance. En fronçant pensivement les sourcils, il suivit les traces sur une courte distance et, à un détour de la galerie, arriva sur une petite plate-forme d'atterrissage.

Le chasseur de Grievous était toujours là. Et Grievous avec.

Apparemment, même les vautours des roches locaux ne pouvaient pas le gober.

Le *Tantative IV* parcourait silencieusement le système de Kashyyyk. C'était encore une zone de combat. Le capitaine Antilles ne voulait pas prendre le risque de balayer les environs avec les scanners standard, parce qu'ils étaient trop repérables, et qu'il ne tenait pas à faciliter la tâche aux forces Séparatistes.

Et les forces Séparatistes n'étaient pas la seule préoccupation d'Antilles.

— Revoilà le signal, Monsieur. Oups ! Attendez, je vais le récupérer.

Antilles bidouilla un instant les paramètres de la balise.

— Maudit truc, marmonna-t-il. Quoi, on ne peut pas la calibrer sans utiliser la Force ?

Bail regardait par la vitre d'observation avant. Kashyyyk n'était qu'un petit cercle vert, à deux cent mille kilomètres de là.

— Vous avez un vecteur ?

— À peine, Monsieur. Il semble indiquer une tangente orbitale, dirigée vers l'extérieur du système.

— Je pense que nous pouvons risquer un scan. Faisceau étroit.

— Très bien, Monsieur.

Antilles donna les instructions nécessaires, et quelques instants plus tard, le technicien radio annonçait que l'objet repéré semblait être une sorte de capsule de sauvetage.

— Ce n'est pas un modèle de la République, Monsieur… Attendez, voici la base de données…

Le technicien radio regarda l'écran en se rembrunissant.

— C'est… C'est wookie, Monsieur. Ça n'a pas de sens. Pourquoi une capsule de sauvetage wookie partirait-elle de Kashyyyk ?

— C'est intéressant, répondit Bail qui n'osait encore espérer. Des signes de vie ?

— Oui… Enfin, peut-être. Les données ne sont pas très… Je ne suis pas sûr, Monsieur, fit le technicien en haussant les épaules. Quoi que ce soit, ce ne peut pas être wookie.

Pour la première fois de la journée, Bail Organa s'autorisa un sourire.

— Capitaine Antilles ?

— Nous y allons, Monsieur, fit le capitaine avec détermination.

Obi-Wan pilota le chasseur du général Grievous hors de l'atmosphère si vite qu'il jaillit du puits gravifique et effectua le saut avant que le *Vigilance* n'ait le temps de mettre ses chasseurs en formation. Il réintégra l'espace réel bien au-delà du système, projeta le chasseur sur un nouveau vecteur et effectua encore un saut. Quelques sauts supplémentaires, dans des directions aléatoires, de durée différente, et il plongea dans l'espace interstellaire profond.

— Finalement, se dit-il, ces anneaux hyperdrive intégrés sont bien utiles. Pourquoi nos chasseurs n'en sont-ils pas encore équipés ?

Pendant que le système de navigation du chasseur recalculait sa position en ronronnant et en cliquetant, il composa les codes qui reliaient son comlink Jedi au système du chasseur.

Au lieu d'un holoscan, le comlink capta un signal audio – une série de bips qui allaient en accélérant.

Obi-Wan connaissait ce signal. Tous les Jedi le connaissaient ; c'était le code de rappel.

Il était émis sur tous les canaux par les répéteurs HoloNet. Il devait signifier que la guerre était finie. Le Conseil ordonnait à tous les Jedi de regagner immédiatement le Temple.

Obi-Wan le soupçonnait de vouloir dire, en réalité, que ce qui était arrivé sur Utapau était loin d'être un incident isolé.

Il régla le comlink sur audio et inspira profondément.

— Code d'Urgence Neuf Treize, dit-il, et il attendit.

Le système de communication du chasseur parcourut toutes les fréquences de réponse.

Il attendit encore.

— Code d'Urgence Neuf Treize. Ici Obi-Wan Kenobi. Je répète : Code d'Urgence Neuf Treize. Y a-t-il des Jedi à l'écoute ?

Il attendit encore, le cœur battant la chamade.

— Tous les Jedi à l'écoute, je vous en prie, répondez. Ici Obi-Wan Kenobi qui déclare une Urgence Neuf Treize.

Il essaya d'ignorer la petite voix silencieuse qui murmurait dans sa tête qu'il était peut-être le seul survivant dans le secteur.

Qu'il était peut-être le seul survivant, point final.

Il commença à composer les coordonnées d'un saut qui le rapprocherait suffisamment pour capter un signal direct de Coruscant, quand un jaillissement de parasites crépita sur son comlink. Un rapide coup d'œil lui confirma la fréquence : c'était bien un canal Jedi.

— Veuillez répéter, dit Obi-Wan. Je me cale sur votre signal. Veuillez répéter.

Le bruit blanc devint un jaillissement de laser bleu, qui se précisa rapidement, faisant apparaître la silhouette floue d'un homme élancé, aux cheveux noirs et au bouc élégant.

— *Maître Kenobi ? Vous allez bien ? Vous n'êtes pas blessé ?*

— Sénateur Organa ! s'exclama Obi-Wan avec un profond soulagement. Non, je ne suis pas blessé, mais ça ne va pas du tout. J'ai besoin d'aide. Mes clones se sont retournés contre moi. J'ai bien failli y rester !

— *Il y a eu des traquenards dans toute la galaxie.*

Obi-Wan baissa la tête, offrant à la Force le vœu silencieux que les victimes trouvent la paix en Elle.

— Vous avez eu des contacts avec d'autres survivants ?

— *Un seul*, répondit d'un ton sinistre le Sénateur d'Alderaan. *Verrouillez-vous sur mes coordonnées. Il vous attend.*

Un fléchissement des doigts balafrés par une cicatrice brunâtre, grenée de crasse et laissant suinter un liquide rouge…

Le poignet effrangé d'une manche beige, salie, maculée par les éclaboussures de la mort d'un général…

Le grain du bois lie-de-vin piqueté de points roussâtres sur un dessus-de-table de kriin Alderaanien poli…

Voilà tout ce qu'Obi-Wan Kenobi pouvait regarder sans trembler comme une feuille.

La petite salle de conférences du *Tantative IV* était trop banale pour retenir son attention. Il suffisait que son regard tombe sur l'une des parois pour que ses pensées se mettent à vagabonder, et alors...

Alors il se remettait à trembler.

Ses tremblements s'accentuaient quand il rencontrait l'antique regard vert du petit alien assis de l'autre côté de la table, en face de lui, parce que cette peau ridée, pareille à du cuir, et ces touffes de poils rabougris étaient ses premiers souvenirs, et lui rappelaient les amis qui étaient morts ce jour-là.

Ses tremblements s'aggravaient encore lorsqu'il se tournait vers l'autre personnage présent dans la pièce, parce qu'il portait une robe de politicien qui lui rappelait l'ennemi toujours en vie.

La trahison. La mort des Maîtres qu'il admirait, des Chevaliers qui avaient été ses amis ; la mort de son serment à Qui-Gon.

La mort d'Anakin.

Anakin avait dû tomber avec Mace et Agen, Saesee et Kit. Tomber avec le Temple.

Avec l'Ordre lui-même.

Des cendres.

Des cendres et de la poussière.

Vingt-cinq mille années effacées, balayées, à jamais disparues en un seul jour.

Tous les rêves, toutes les promesses.

Tous les enfants...

— Nous les avons arrachés à leurs foyers...

Obi-Wan devait faire un effort sur lui-même pour rester assis. Il souffrait trop. Il fallait qu'il bouge. La douleur devenait des vagues de tremblements irrépressibles.

— Nous avions promis à leurs familles...

— Te contrôler, il le faut. Toujours Jedi, tu es !

Cette cicatrice sur sa main... en se concentrant dessus, il arrivait à réprimer son tremblement.

— Oui, Maître Yoda. Oui, nous sommes des Jedi. Et si nous étions les seuls ?

Yoda posa son menton sur ses mains repliées sur le bout de son bâton gimer. Il faisait vraiment ses neuf cents ans, ou presque.

— Si les derniers nous sommes, inchangé notre devoir est. Tant qu'un Jedi vivra, l'Ordre survivra. Résister à l'obscurité à chaque souffle, nous devons.

Il releva la tête et son bâton se pointa vers le tibia d'Obi-Wan, le heurta.

— Surtout l'obscurité qui en nous est, jeune Jedi. Du Côté Obscur, le désespoir se trouve.

La simple vérité de cette parole s'imposa à lui. Même le désespoir était une attache : c'était un poing crispé sur la souffrance.

Lentement, très lentement, Obi-Wan Kenobi se rappela ce que c'était que d'être un Jedi.

Il s'appuya au dossier de son fauteuil et se cacha le visage dans ses deux mains, inhalant un mince filet d'air entre ses paumes. En lui, à chaque bouffée, il ramenait la souffrance, la culpabilité et le remords, et lorsqu'il expirait, ils s'éloignaient et disparaissaient.

C'était toute sa vie qu'il exhalait hors de lui.

Tout ce qu'il avait fait, tout ce qu'il avait été, les amis, et les ennemis, les rêves, les espoirs et les craintes.

Vidé, nettoyé, à neuf, il retrouva la clarté. La Force brillait à travers lui. Il s'assit et fit un signe de tête à Yoda.

— Oui, dit-il. Il se peut que nous soyons les derniers. Mais… Et si ce n'est pas le cas ?

Deux sourcils de cuir vert se rapprochèrent au-dessus des yeux brillants.

— La balise du Temple.

— Oui. Tous les Jedi survivants doivent obéir au rappel. Et s'ils le font, ils seront massacrés.

Bail Organa regarda l'un, puis l'autre, les sourcils froncés.

— Que voulez-vous dire ?

— Ce que je veux dire, répondit Obi-Wan, c'est que nous devons retourner sur Coruscant.

— C'est trop dangereux, coupa aussitôt le Sénateur. Toute la planète est un piège...

— Oui, nous avons un... ah...

La perte d'Anakin lui arrachait le cœur.

Puis il laissa aussi passer cette souffrance-là.

— J'ai..., rectifia-t-il, une théorie sur les pièges.

19

Le visage du Sith

Mustafar était une boule de lave incandescente, jaillissant d'innombrables volcans d'obsidienne luisante.

À la limite de son puits gravifique, un chasseur stellaire surgit d'une vaporisation de lumière prismatique. Se dépouillant de son anneau hyperdrive, l'appareil fila dans une atmosphère saturée de fumée opaque et de cendres.

Le chasseur suivait une trajectoire préprogrammée vers la seule zone habitable de la planète : une mine de lave automatisée, initialement construite par le Techno Syndicat pour extraire les métaux précieux des fleuves continus de roche en fusion. Équipée des défenses mécaniques les plus perfectionnées que l'argent pouvait acheter, la colonie était devenue le dernier bastion des chefs de la Confédération des Systèmes Indépendants. Un bastion absolument inexpugnable.

À moins de connaître ses codes de désactivation.

C'est ainsi que le chasseur stellaire réussit à se poser sans que les défenses de l'installation n'aient un frémissement.

La zone habitable de la colonie se composait de plusieurs tours pareilles à des champignons vénéneux qui auraient poussé au bord d'un fleuve de feu. Le centre névralgique était situé au sommet de la plus haute d'entre elles, à côté du petit terrain d'atterrissage où le chasseur s'était posé. C'est de là qu'un ordre codé avait été transmis, moins d'une heure auparavant, à tous les émetteurs relais HoloNet de la galaxie.

À ce signal, sur toutes les planètes, tous les droïdes de combat de toutes les armées avaient marché vers leurs engins de transport, s'étaient connectés à leur prise et désactivés. La Guerre des Clones était terminée.

Presque.

À un détail près.

Le cockpit du chasseur s'ouvrit, et une silhouette en descendit dans une grande envolée de sa cape sombre.

Bail Organa s'avança sur le pont des navettes du *Tantative* à la rencontre d'Obi-Wan et de Yoda qui regardaient d'un air dubitatif le petit cockpit du chasseur Jedi d'Obi-Wan.

— Enfin, fit Obi-Wan d'un ton résigné, si ça vous est égal de faire le trajet sur mes genoux...

— Nous ne serons peut-être pas obligés d'en arriver à cette extrémité, dit Bail. Mas Amedda vient de me rappeler sur Coruscant. Palpatine a convoqué le Sénat en session extraordinaire. Je dois y être.

— Ah, fit Obi-Wan en se renfrognant. On sait déjà de quoi il sera question.

— Je crains, dit lentement Bail, que ce ne soit un piège.

— Fort peu probable, c'est, intervint Yoda en clopinant vers lui. Le but de votre soudain départ de la capitale inconnu est. Morts, le jeune Obi-Wan et moi censés être nous sommes.

— Et Palpatine ne fera pas mouvement contre le Sénat en bloc, ajouta Obi-Wan. Pas encore, du moins ; il aura besoin de maintenir une illusion de démocratie pour conserver les systèmes stellaires individuels dans la ligne. Il ne prendra pas le risque de provoquer un soulèvement général.

Bail hocha la tête.

— Dans ce cas..., fit-il en inspirant profondément, je peux peut-être déposer Vos Grâces quelque part ?

Dans le centre de commande du bunker Séparatiste, sur Mustafar...

Wat Tambor ajustait le mélange gazeux à l'intérieur de sa cuirasse…

Poggle le Bref massotait ses tentacules buccaux charnus…

Shu Mai tripotait le lien de cuivre qui retenait ses cheveux relevés en forme de corne incurvée, à l'arrière de sa tête…

San Hill tiraillait sur son justaucorps qui le serrait à l'entrejambe…

Rune Haako se dandinait nerveusement d'un pied sur l'autre…

Pendant que Nute Gunray parlait à l'holoprésence de Dark Sidious :

— Le plan se déroule exactement comme vous l'aviez promis, mon Seigneur. C'est un jour de gloire pour la galaxie !

— *Oui, en vérité. Et c'est en grande partie grâce à vous, Vice-Roi. À vous, à vos associés du Techno Syndicat et du CBI, et bien sûr, à l'Archiduc Poggle. Vous vous êtes tous admirablement comportés. Vos armées de droïdes ont-elles achevé le blocus ?*

— Oui, Seigneur. Il y a près d'une heure.

— *Excellent ! Votre récompense sera magnifique. Mon nouvel apprenti, Dark Vador, est-il arrivé ?*

— Son vaisseau s'est posé il y a un moment à peine.

— *Parfait, parfait*, répondit plaisamment l'holoscan de l'homme à la cape. *Je lui ai confié votre récompense. Il va s'occuper de vous.*

Le sas s'ouvrit.

Une grande silhouette vêtue d'une cape, mince mais aux larges épaules et au visage ombré par un lourd capuchon, était debout sur le pas de la porte.

San Hill devança les autres dans la course aux salutations :

— Bienvenue, Seigneur Vador ! dit-il, manquant emmêler ses grandes jambes dans sa précipitation à serrer la main du Seigneur Sith. Au nom de la direction de la Confédération des Systèmes Indépendants, je tiens à être le premier à…

— Très bien. Vous serez donc le premier.

La silhouette encapuchonnée entra et fit un geste, de sa main gantée de noir. Les portes antisouffle se refermèrent à grand bruit sur toutes les issues. Le panneau de commande explosa dans un geyser d'étincelles.

La silhouette à la cape repoussa son capuchon.

San Hill rentra la tête dans les épaules, les mains battant l'air comme des oiseaux paniqués cousus à ses poignets.

Il eut le temps de hoqueter :

— Mais… mais… vous êtes… Anakin Skywalker !

Puis un jet de plasma blanc-bleu fora un trou brûlant dans sa poitrine et s'y enfonça en décrivant une boucle qui carbonisa ses trois cœurs.

Le chef des Séparatistes regarda, paralysé d'horreur, le cadavre du chef du Clan Bancaire Intergalactique s'effondrer comme un droïde protocolaire désactivé.

— La ressemblance, dit Dark Vador, est trompeuse.

Le garde du Sénat cilla, puis se redressa, et lissa le drapé de sa robe. Il risqua un coup d'œil vers son partenaire qui se tenait de l'autre côté de la porte.

Avaient-ils vraiment eu autant de chance qu'ils le pensaient ?

Ce Sénateur et ses assistants sortaient-ils vraiment du turbo-élévateur avec un groupe de Jedi encore libres ?

Waouh ! Des promotions en vue…

Le garde essaya de ne pas dévisager les deux Jedi et se força à dire, sur un ton professionnel :

— Bienvenue chez vous, Sénateur. Puis-je voir votre accréditation ?

Une identicarte fut produite sans hésitation : Bail Organa, Sénateur Senior d'Alderaan.

— Merci. Vous pouvez passer.

Le garde lui rendit son identicarte. Il était assez satisfait de son attitude ferme et compétente.

— Nous allons nous occuper des Jedi.

Le plus grand des deux Jedi murmura gentiment qu'il valait mieux qu'ils restent, son collègue et lui, avec le

Sénateur, et il avait l'air tellement raisonnable, vraiment, et ça paraissait être une si bonne idée… Après tout, la Grande Salle du Sénat Galactique était parfaitement sécurisée, il n'y avait vraiment aucun risque qu'un Jedi cause le moindre problème à qui que ce soit, et il serait toujours temps de les appréhender lorsqu'ils ressortiraient… Le garde ne souhaitait pas avoir l'air irrationnel, de sorte qu'il hocha la tête et approuva : oui, en effet, il était préférable que les Jedi restent avec le Sénateur.

Et tout le monde était tellement raisonnable et de bonne compagnie que le garde trouva parfaitement raisonnable et de bonne compagnie que les Jedi et le Sénateur, au lieu de rester ensemble, comme ils avaient dit, se disent adieu en murmurant, à voix basse, des « La Force soit avec vous ». Il ne lui vint pas à l'idée d'objecter, même quand le Sénateur entra dans la Grande Salle du Sénat et que les deux Jedi se dirigèrent vers… eh bien, ailleurs, de toute évidence.

Les huit membres de l'Unité de Diversion Cinq étaient déployés dans une strate d'un niveau inférieur, où étaient livrées quotidiennement les denrées que les Jedi ne pouvaient pas faire pousser dans les jardins de leur Temple.

Ce n'était plus le cas.

À ces profondeurs dans les sous-sols de Coruscant, le soleil ne brillait jamais. La seule lumière était fournie par d'antiques lumiglobes qui répandaient une lumière jaune voilée comme de vieux parchemins, et qui ne faisaient qu'approfondir les ombres environnantes. Dans ces ombres vivaient les laissés-pour-compte de la galaxie, des squatters et des récupérateurs d'ordures, des fous et généralement toutes sortes d'individus en rupture de ban avec la société, et qui fuyaient la justice des niveaux supérieurs. Certaines parties des bas-fonds de Coruscant pouvaient être pires que Nar Shaddaa.

Les hommes de l'Unité de Diversion Cinq auraient été en alerte n'importe où. Ils avaient été élevés pour ça. Mais ici, ils étaient dans une zone de combat, où leur vie et leur mission dépendaient de leurs réflexes, et de la vitesse à laquelle ils pouvaient dégainer leurs blasters de leurs toges de style Jedi.

Et c'est pourquoi, lorsqu'un bossu dépenaillé, bavant, sortit en titubant de l'obscurité à côté d'eux, un paquet emmailloté dans les bras, l'Unité de Diversion Cinq considéra immédiatement que c'était une menace. Des blasters apparurent avec une rapidité surnaturelle.

— Halte-là ! Identifiez-vous !

— Nan, nan, Vos Grâces. Nan, nan, j'viens vous aider, vous voyez, j'suis d'vot'côté !

Le bossu ravala sa bave dans ses lèvres molles en s'approchant tant bien que mal.

— R'gardez c'que j'ai là, quoi ! R'gardez ! C't'un bébé Jedi, s'pas ?

Le sergent de la patrouille – déguisé en Zabrak – jeta un coup d'œil en diagonale au bébé emmailloté que le bossu tenait dans ses bras.

— Un bébé Jedi ?

— Oooh, pour sûr, Vot'Grâce ! un bébé Jedi, sûr comme l'enfer qu'c'en est un ! Vient du Temple, s'pas ? R'gardez !

Le bossu était maintenant assez près pour que le sergent voie la chose enroulée dans des haillons crasseux. C'était bien un bébé. Enfin, une espèce de bébé. Alien ou non, c'était le plus vilain bébé que le sergent ait jamais vu, tout rabougri et ratatiné comme une vieille bourse de cuir moisi, avec de gros yeux globuleux et un sourire d'idiot édenté.

Le sergent fronçait les yeux d'un air sceptique.

— N'importe qui pourrait prendre un bébé difforme et raconter n'importe quoi. Qu'est-ce qui nous prouve que c'est un Jedi ?

— Un sabre laser un indice serait, non ? fit le bébé.

Une lame de lumière verte brûlante balafra le visage du sergent, si près qu'il sentit l'odeur d'ozone, et soudain le bossu ne fut plus un bossu : il tenait un sabre de la couleur du ciel en été, et il disait d'une voix sèche, précise, de Coruscanti cultivé :

— N'essayez pas de résister, je vous en prie. Personne n'a besoin d'être blessé.

Les hommes de l'Unité de Diversion Cinq n'étaient pas de cet avis.

Six secondes plus tard, ils étaient morts tous les huit.

Yoda leva les yeux vers Obi-Wan.

— Dissimuler les corps nécessaire ne sera pas.

Obi-Wan acquiesça d'un hochement de tête.

— Ce sont des clones. Un poste abandonné est aussi révélateur qu'un tas de cadavres. Allons trouver cette balise.

Bail se faufila au fond de la loge réservée à la Délégation Naboo au Sénat alors que Palpatine tempêtait du haut de son podium.

— Ces meurtriers Jedi m'ont laissé *balafré, estropié*, mais ils n'ont pas pu attenter à mon intégrité ! Ils n'ont pas réussi à entamer ma résolution ! Les traîtres survivants seront pourchassés et éradiqués, où qu'ils se cachent, et amenés devant la justice, morts ou vifs ! Tous les collaborateurs connaîtront le même sort ! Ceux qui protégeront l'ennemi sont nos ennemis ! Le moment est venu de réagir ! *Nous devons détruire les destructeurs ! Mort aux ennemis de la démocratie !*

Le Sénat fut ébranlé par un tonnerre d'acclamations.

Amidala ne jeta même pas un coup d'œil à Bail alors qu'il se glissait dans un siège à côté d'elle. De l'autre côté, le Représentant Binks hocha la tête et lui fit un clin d'œil solennel, mais ne dit rien. Bail se renfrogna. Si même l'ineffable Jar Jar s'en faisait, c'est que ça allait encore plus mal qu'il ne pensait. Et il pensait que ça allait très, très mal.

Il effleura doucement le bras d'Amidala.

— Tout ça n'est qu'une mascarade. Vous le savez, n'est-ce pas ?

Elle jeta un coup d'œil glacial vers l'estrade. Ses yeux brillaient de larmes qui ne voulaient pas couler.

— Je ne sais plus ce que je sais. Plus maintenant. Où étiez-vous passé ?

— J'étais... J'ai été retenu.

Comme elle le lui avait elle-même dit il n'y avait pas si longtemps, il valait mieux que certaines choses restent cachées.

— Il a porté des accusations tout l'après-midi, dit-elle d'un ton plat, atone. Pas seulement la tentative d'assassinat. Les Jedi étaient sur le point de renverser le Sénat.

— C'est une mascarade, répéta-t-il à nouveau.

Au centre de la Grande Salle, Palpatine était appuyé sur son Podium de Chancelier comme s'il tirait sa force de l'énergie du Grand Sceau placé sur le devant.

— Cette période aura été des plus éprouvantes, mais nous avons passé l'épreuve. La guerre est terminée !

Les applaudissements crépitèrent.

— Les Séparatistes sont complètement défaits, et *la République est toujours debout* ! Unie ! Unie et *libre* !

Nouveau rugissement.

— La Rébellion Jedi était l'épreuve finale, le dernier sursaut des forces des ténèbres ! Maintenant, ces ténèbres sont à jamais derrière nous, et une nouvelle ère commence ! C'est l'aube de la République !

Une tempête d'acclamations salua ses paroles.

— Et voilà, fit Padmé, le regard fixe.

Bail secoua la tête.

— Et voilà... quoi ?

— Vous allez voir.

— Nous ne serons plus jamais divisés ! Les secteurs ne se tourneront plus jamais les uns contre les autres ! Les planètes ne se battront plus jamais les unes contre les autres ! Les frères ne se battront plus entre eux ! Nous sommes une seule et unique nation ! Indivisible !

Le rugissement devint assourdissant.

— Et pour assurer notre unité, pour que nous parlions toujours d'une même voix et que nous agissions d'un même mouvement, la République doit changer. Nous devons *évoluer*. Nous devons *grandir* ! Nous sommes devenus un Empire dans les faits ! Devenons aussi un Empire par le nom ! Soyons le premier *Empire Galactique* !

C'était du délire dans le Sénat.

— Qu'est-ce qu'ils font ? demanda Bail. Ils ne comprennent pas ce qu'ils acclament ?

Padmé secoua la tête.

— Nous sommes un Empire ! poursuivait Palpatine. Qui continuera à être dirigé par cet auguste organisme ! Nous sommes un Empire qui ne replongera jamais dans les manœuvres politiques et la corruption qui nous ont si profondément blessés ; nous sommes un Empire qui sera dirigé par un *unique* souverain, choisi *à vie* !

Le Sénat devint carrément fou.

— Nous sommes un Empire gouverné par une *majorité* ! Un Empire gouverné par une nouvelle Constitution ! Un Empire de *lois*, pas de politiciens ! Un Empire consacré à la préservation d'une société juste. D'une société sûre, où la sûreté, la sécurité de tous sera assurée ! Nous sommes un Empire conçu pour durer dix mille ans !

Le rugissement du Sénat devint un roulement de tonnerre, un grondement continu, comme s'ils étaient au cœur d'un orage.

— Nous célébrerons l'anniversaire de ce jour – *le Jour de l'Empire*. Pour l'amour de nos enfants. Des enfants de nos enfants ! Pour les dix mille ans à venir ! Sûreté ! Sécurité ! Justice et Paix !

Nouveau grondement de tonnerre.

— Répétez avec moi ! Sûreté ! Sécurité ! Justice et Paix ! Sûreté, Sécurité, Justice et Paix !

Le Sénat reprit cette mélopée, de plus en plus fort, jusqu'à ce qu'on ait l'impression que c'était toute la galaxie qui rugissait en même temps.

Bail n'entendait plus Padmé par-dessus le vacarme, mais il lisait sur ses lèvres.

Voilà donc comment meurt la liberté, disait-elle, plus pour elle-même que pour lui. *Sous les applaudissements et les acclamations.*

— Nous ne pouvons pas laisser faire ça ! fit Bail en se relevant d'un bond. Il faut que je regagne ma loge... Nous pouvons encore faire passer une motion...

— Non, fit-elle en lui saisissant le bras avec une force stupéfiante, et pour la première fois depuis son arrivée, elle le regarda en face. Non, Bail, vous ne pouvez pas proposer une motion. Vous ne pouvez pas. Fang Zar a déjà été arrêté, et Tundra Dowmeia aussi, et d'ici peu, c'est la Délégation des Deux Mille tout entière qui sera déclarée ennemie d'État. Vous êtes resté hors de cette liste pour de bonnes raisons. N'y ajoutez pas votre nom par une action imprudente.

— Mais je ne peux pas me contenter de rester là, les bras croisés...

— Vous avez raison. Vous ne pouvez pas rester les bras croisés. Il va falloir que vous votiez *pour lui.*

— Comment ?

— Bail, il n'y a pas d'autre moyen. C'est votre seul espoir de rester en position de faire quoi que ce soit. Votez pour Palpatine. Votez pour l'Empire. Et dites à Mon Mothma de voter aussi pour lui. Soyez de bons petits Sénateurs. Faites attention à ce que vous dites et courbez bien le dos. Et continuez à faire... toutes ces choses dont nous ne pouvons pas parler. Toutes ces choses dont je ne veux rien savoir. Promettez-le-moi, Bail.

— Padmé, ce que vous me dites... ce dont nous ne parlons pas, ça pourrait prendre *vingt ans* ! Êtes-vous soupçonnée ? Qu'allez-vous devenir ?

— Ne vous en faites pas pour moi, dit-elle d'une voix lointaine. Je ne crois pas que je vivrai jusque-là.

Le bunker qui abritait le centre de commande des chefs Séparatistes hébergeait des dizaines de droïdes de combat : des gardes armés, blindés, et des systèmes de défense automatiques.

Il y avait des cris, des larmes, et des appels à la pitié.

Mais rien de tout ça n'avait la moindre importance.

Le Sith était venu sur Mustafar.

Poggle le Bref, Archiduc de Géonosis, rampait comme un animal pris au piège dans un magma de bras, de jambes et de têtes coupés, de métal et de chair, gémissant, faisant papillonner ses antiques ailes diaphanes, lorsqu'un rayon de lumière lui sectionna le cou, cautérisant la plaie, et que sa tête roula au loin.

Shu Mai, P-DG de la Guilde du Commerce, leva les yeux, ses mains jointes sur ses genoux, ses joues ridées ruisselantes de larmes.

— On nous avait promis une récompense, hoqueta-t-elle. Une m... m... magnifique récompense...

— Je suis votre récompense, rétorqua le Seigneur Sith. Vous ne me trouvez pas magnifique ?

— Pitié ! grinça-t-elle entre deux sanglots. Je vous en prie !

La lame blanc-bleu lui entra dans le crâne, lui carbonisant le cerveau, ressortit de l'autre côté, et son corps bascula. D'un revers négligent du poignet, il trancha net sa colonne cervicale cerclée de métal. Sa tête tomba à terre.

On n'entendit plus, alors, qu'un bruit de pas précipités : Wat Tambor et les deux Neimoïdiens détalaient dans un couloir.

Le Seigneur Sith n'était pas pressé de les poursuivre. Toutes les sorties du centre de commande étaient bloquées par des portes antisouffle hermétiquement fermées, et il avait détruit les commandes.

La situation était, selon le terme consacré, sans issue.

Des milliers de soldats clones vibrionnaient dans le Temple Jedi.

Les multiples bataillons déployés à chaque niveau n'étaient pas seulement une force d'occupation : ils se livraient au long et pénible processus de préparation des cadavres en vue de leur identification. Les Jedi massacrés devaient être confrontés aux Archives du Temple. Les cadavres des clones seraient comparés avec les registres des régiments. Tous les morts devaient être identifiés.

La tâche devait se révéler plus ardue que les officiers clones ne s'y attendaient. Bien que les combats aient pris fin des heures auparavant, les soldats clones essuyaient encore des pertes. Généralement de petites patrouilles – cinq soldats au plus –, qui procédaient à des incursions dans les corridors du Temple, vérifiant toutes les portes et les fenêtres, les bureaux et les placards.

Parfois, quand on ouvrait ces placards, on y trouvait cinq clones morts.

Et il y avait des rapports troublants, aussi ; les officiers qui coordonnaient l'opération de nettoyage notaient des mouvements – généralement une robe à peine entrevue qui disparaissait au détour d'un couloir, et qui semblait, après investigation, n'être que le fruit de l'imagination, ou une hallucination. On rapportait aussi des bruits inexplicables émanant de zones reculées qui se révélaient désertes.

Bien que les soldats clones soient entraînés, avant même leur réveil dans leurs crèches-écoles Kaminoennes, à devenir rigoureusement pragmatiques, matérialistes et complètement hermétiques à la superstition, certains commençaient à soupçonner le Temple d'être hanté.

Dans le vaste brouillard fuligineux qui emplissait la Chambre des Mille Fontaines, l'un des clones de l'équipe de nettoyage entrevit vaguement, du coin de l'œil, un mouvement furtif derrière un bosquet de bambous des marais hylaïens.

— Halte-là ! hurla-t-il. Vous, là-bas ! Ne bougez plus !

La silhouette ténébreuse se fondit dans l'obscurité, et le clone se tourna vers ses frères d'escouade.

— Venez ! Qui que ce soit, nous ne pouvons le laisser fuir !

Les clones jaillirent dans le brouillard. Derrière eux, dans le magma de cadavres parmi lesquels ils s'affairaient, les ténèbres donnèrent naissance à une paire de Maîtres Jedi.

Obi-Wan enjamba les cadavres cuirassés de blanc et s'agenouilla à côté des corps d'enfants calcinés par les blasters. Les larmes suivaient, sur ses joues, des traces qui n'avaient pas eu le temps de sécher depuis qu'il était entré dans le Temple.

— Même les plus jeunes n'ont pas survécu. On dirait qu'ils ont voulu faire un exemple, ici.

Le visage de Yoda se crispa, exprimant une antique tristesse.

— Ou bien en train d'essayer de fuir ils étaient, certains se retournant pour leurs poursuivants affronter.

Obi-Wan regarda un autre cadavre, plus âgé, un Jedi adulte, presque un vieillard. Le chagrin lui enfonça un poing dans la poitrine, lui arrachant un hoquet.

— Maître Yoda… C'est le Troll…

Yoda lui jeta un coup d'œil et hocha sombrement la tête.

— Ses jeunes élèves abandonner, Cin Drallig n'a pas pu.

Obi-Wan se laissa tomber à genoux à côté du Jedi abattu.

— C'était mon instructeur au sabre laser…

— Et moi, le sien j'ai été, répondit Yoda. Nous handicaper, le chagrin va, si faire nous le laissons.

— Je sais, Maître Yoda. Mais… C'est une chose que de savoir qu'un ami est mort. Et c'en est une autre que de trouver son corps.

— Oui.

Yoda se rapprocha. Avec son bâton gimer, il indiqua, à l'épaule de Drallig, une plaie qui ne saignait pas, et qui plongeait profondément dans sa poitrine.

— Oui, une autre chose, c'est. Cette blessure, tu la vois ? Aucun blaster faire ça n'a pu.

Un vide glacé s'ouvrit dans le cœur d'Obi-Wan. Il ravala sa souffrance et son chagrin, laissant derrière lui un calme vide, précaire.

— Un sabre laser ? murmura-t-il.

— Avec la balise de rappel, à faire encore nous avons, dit Yoda en indiquant avec son bâton les silhouettes qui se faufilaient vers eux, parmi les arbres et les bassins. De retour, les clones sont.

Obi-Wan se leva.

— Je saurai qui a fait ça.

— Savoir ? fit Yoda en secouant tristement la tête. Ça, déjà, tu le sais, dit-il, et il repartit dans l'ombre en clopinant.

Quand il sortit de la salle principale du centre de commande, Dark Vador ne laissait pas un être en vie derrière lui.

Négligemment, sans prendre de précaution, il suivait le couloir, traçant une ligne calcinée sur la paroi de duracier avec la pointe de sa lame, appréciant le crépitement du métal désintégré et savourant l'odeur de la chair alien brûlée.

La porte de la salle de conférences était fermée. Une si piètre barrière aurait été une insulte pour sa lame. Sa main gantée de noir se crispa, et son poing enfonça la porte qui tomba.

Le Seigneur Sith l'enjamba.

La salle était lambrissée de transparacier. Au-delà, des montagnes d'obsidienne crachaient un geyser de feu. Des fleuves de lave embrasaient la colonie.

Rune Haako, aide et secrétaire particulier du Vice-Roi de la Fédération du Commerce, recula maladroitement et trébucha sur une chaise. Il tomba à terre, agité de spasmes comme un asticot dans une poêle à frire, essayant de ramper sous la table.

— Arrêtez ! s'écria-t-il. Ça suffit ! Nous nous rendons, vous comprenez ? Vous ne pouvez pas nous tuer comme ça...

— Ah non, vraiment ? fit le Seigneur Sith avec un sourire.

— Nous sommes désarmés ! Nous nous rendons ! Pitié... Pitié, vous êtes un Jedi !

— Vous avez fait la guerre pour détruire les Jedi. Félicitations, vous avez réussi ! répondit Vador en se plantant au-dessus du Neimoïdien transi d'épouvante.

Il lui sourit de toute sa hauteur, et lui fit avaler un demi-mètre de plasma. Après quoi il enjamba son cadavre et s'approcha de Wat Tambor qui griffait en vain la paroi de transparacier avec ses gantelets blindés. Le chef du Techno Syndicat se tourna vers le Seigneur Sith en se recroquevillant sur lui-même, les bras levés devant sa visière pour se protéger des flammes qui brillaient dans les yeux du dragon.

— Je vous en prie, je vous donnerai *tout* ! *Tout ce que vous voulez !*

La lame crépita deux fois. Les bras de Tambor tombèrent à terre, bientôt suivis de sa tête.

— Merci.

Dark Vador se tourna vers le dernier chef vivant de la Confédération des Systèmes Indépendants.

Nute Gunray, Vice-Roi de la Fédération du Commerce, tremblait de tous ses membres dans un recoin, des larmes de sang coulant sur ses joues tavelées de vert.

— La guerre..., gémit-il. La guerre est finie... Le Seigneur Sidious nous l'a promis... Il nous a promis qu'on nous laisserait en paix...

La lame se leva.

— Il y avait des parasites sur la ligne : il vous avait promis qu'on vous laisserait *en pièces*.

Dans le principal centre holocom du Temple Jedi, tout en haut de la tour centrale, Obi-Wan plongea, grâce à la Force, sous le capot qui abritait le mécanisme de la balise de rappel, et modifia subtilement le réglage de la pulsation afin de faire passer le signal « Rentrez » sur « Fuyez et cachez-vous ». La modification étant invisible, les soldats mettraient un moment à la détecter, et encore un moment de plus pour la re-régler. Mais c'était tout ce qu'ils pouvaient faire pour les Jedi survivants : leur lancer un avertissement, pour leur laisser une chance de continuer à se battre.

Obi-Wan se détourna de la balise de rappel vers les scanners de sécurité interne. Il devait trouver exactement contre quoi il les mettait en garde.

— Faire ça, il ne faut pas, dit Yoda. Partir nous devons, avant de découverts être.

— Je dois le voir, fit sinistrement Obi-Wan. Comme je le disais tout à l'heure : savoir est une chose ; voir en est une autre.

— Voir, que du mal ne te fera.

— Alors, c'est une douleur que j'ai méritée. Je ne m'en préserverai pas. Je ne la fuirai pas. Je n'ai pas peur.

Il composa un code et fit surgir un holoscan montrant la Salle des Mille Fontaines.

Les yeux de Yoda s'étrécirent, se réduisirent à des fentes vert doré.

— Tu devrais.

Le visage de pierre, Obi-Wan regardait des gamins courir dans la pièce, fuyant une tempête de tirs au blaster. Il regarda Cin Drallig et deux Padawans adolescents – mais n'était-ce pas Whie, le gamin que Yoda avait amené à Vjun ? – reculer dans la salle, leurs lames tournoyant, trancher les soldats clones qui avançaient sur eux en détournant leurs éclairs.

Il regarda un sabre laser vaciller dans l'image, découpant d'abord un Padawan, puis l'autre. Il regarda une silhouette encapuchonnée s'approcher rapidement de Drallig, lui traverser l'épaule avec son sabre, puis s'écarter alors que le grand Troll tombait, mourant, laissant les enfants périr, abattus par les clones...

Obi-Wan ne cilla pas.

Il s'était ouvert à ce qu'il allait voir ; il y était préparé, concentré, il avait confiance en la Force, et pourtant...

Il se tourna vers une silhouette encapuchonnée qui se trouvait derrière lui, et c'était...

C'était...

Obi-Wan contemplait la scène, les yeux exorbités, en regrettant de ne pas avoir l'énergie de s'arracher les yeux de la tête pour ne pas voir ça.

Mais même aveugle, il le verrait éternellement.

Il verrait son ami, son élève, son frère, se retourner et s'agenouiller devant un Seigneur Sith en cape noire.

Un cri silencieux retentit dans sa tête.

— *Les traîtres ont été anéantis, Seigneur Sidious. Et les Archives sont sécurisées. Nos anciens holocrons sont à nouveau aux mains des Sith.*

— *Bien... Bien... Ensemble, nous maîtriserons tous les secrets de la Force*, dit le Seigneur Sith en ronronnant comme un rancor satisfait. *Tu as bien agi, mon nouvel apprenti. Sens-tu croître ton pouvoir ?*

— *Oui, mon Maître.*

— *Seigneur Vador, aucun Sith avant toi n'a égalé tes dons. Va de l'avant, mon garçon. Va de l'avant, et amène la paix sur notre Empire.*

Bouleversé, Obi-Wan réussit, il n'aurait su dire comment, à couper l'holoscan. Il s'appuya à la console, mais ses bras ne pouvaient le supporter. Ils fléchirent et il s'écroula.

Il se roula en boule contre la console, aveuglé de douleur.

— Averti, je t'avais, fit Yoda, aussi compatissant que la racine d'un arbre wroshyr.

— J'aurais dû les laisser m'abattre..., dit Obi-Wan.

— Comment ?

— Non, il était déjà trop tard. Sur Géonosis, il était déjà trop tard. Le Zabrak, sur Naboo... C'est là que j'aurais dû mourir. Avant de l'amener ici...

Yoda lui envoya un coup du bout de son bâton dans les côtes, assez fort pour qu'il se redresse.

— Ça, arrêter tu vas ! Un Jedi, faire tomber on ne peut pas ; même pour Lord Sidious, impossible c'est. Ça, Skywalker choisi a.

Obi-Wan baissa la tête.

— Et j'ai peur de savoir pourquoi.

— Pourquoi ? Pourquoi ne compte pas. De pourquoi il n'y a pas. Un Seigneur Sith il y a, et son apprenti. C'est tout. Deux Sith. Et deux Jedi, fit Yoda en se rapprochant.

Obi-Wan hocha la tête, mais il n'arrivait pas à soutenir le regard de son ancien Maître.

— Je prends Palpatine.

— Pour le Seigneur Sidious affronter, assez fort jamais tu ne seras. Mourir, et beaucoup souffrir tu vas.

— Maître, ne m'obligez pas à tuer Anakin, dit-il. Il est comme mon frère.

— Le garçon que entraîné tu as, mort il est... par le Côté Obscur distordu. Par Dark Vador consumé. Hors de cette souffrance, le mettre tu dois. Notre nouvel Empereur aller voir, ma tâche sera.

C'est alors qu'Obi-Wan lui fit face.

— Palpatine a affronté Mace et Agen, Kit et Saesee, quatre des plus grands bretteurs que notre Ordre ait jamais produits. Et il les a vaincus. Même à nous deux, nous n'avons aucune chance.

— Vrai cela est, répondit Yoda. Mais tous les deux séparés, une chance nous pourrions *créer*…

20

Chiaroscuro

C-3PO identifia le vaisseau qui accostait la véranda : c'était un speeder intergalactique DC0052. Par mesure de sécurité, il s'abstint de couper le rideau de protection. En ces temps troublés, la sécurité passait avant la courtoisie, même pour lui.

Un être humain – un homme vêtu d'une cape – émergea du DC0052 et s'approcha du voile d'énergie. C-3PO vint à sa rencontre.

— Bonjour. Je peux vous aider ?

L'homme porta les mains à son capuchon. Mais il ne l'ôta pas complètement ; il se contenta de le ramener en arrière, juste assez pour permettre à C-3PO d'enregistrer les caractéristiques de ses yeux, de son nez, de sa bouche et de sa barbe.

— Maître Kenobi !

C-3PO avait depuis longtemps reçu des instructions détaillées, très précises, sur la procédure à appliquer en cas d'arrivée imprévue d'un Jedi qui tenait à passer inaperçu.

Il désactiva aussitôt le rideau de protection et lui fit signe.

— Entrez, vite. On pourrait vous voir.

En se glissant rapidement dans le salon, Maître Kenobi demanda :

— Tu as vu Anakin ?

— Oui, répondit C-3PO, à regret. Il est arrivé peu

après qu'ils eurent, l'armée et lui, sauvé la République de la Rébellion Jedi...

Il s'interrompit net en remarquant que Maître Kenobi paraissait tout à coup sur le point de le démonter, boulon par boulon. Il n'aurait peut-être pas dû le laisser entrer aussi vite...

N'était-il pas une espèce de hors-la-loi, maintenant ?

— Je... euh... je devrais..., bredouilla C-3PO, avant de capituler. Il vaudrait mieux que j'aille chercher la Sénateur, n'est-ce pas ? Elle se repose... Après la Session Extraordinaire de ce matin, elle ne se sentait pas très bien, et...

La Sénateur apparut en haut de l'escalier en courbe. Elle nouait la ceinture d'une confortable robe de chambre sur sa chemise de nuit, et C-3PO décida que ce qu'il avait de mieux à faire pour l'instant était de s'éclipser discrètement.

Mais pas trop loin. Si Maître Kenobi mijotait quelque coup tordu, C-3PO devait être en mesure de prévenir immédiatement le capitaine Typho et le personnel de sécurité.

La Sénateur Amidala n'avait assurément pas l'air disposée à traiter Maître Kenobi comme un dangereux criminel...

Au contraire, même : en découvrant qu'il était encore en vie, elle lui était apparemment tombée dans les bras, et sa voix étranglée par l'émotion exprimait un degré de joie peut-être inapproprié.

Il s'ensuivit une conversation que C-3PO ne comprit pas dans son intégralité. C'était un échange d'informations politiques qui échappaient complètement à sa programmation mais qui avaient un rapport avec Maître Anakin, avec la chute de la République, et avec un Seigneur Sith, quoi que ça puisse vouloir dire. Il était aussi question du Chancelier Palpatine et d'une chose appelée le Côté Obscur de la Force. Il n'y comprenait absolument rien. Tout ce qu'il comprenait sans ambiguïté, c'était que l'Ordre Jedi avait été mis hors la loi, et pratiquement anéanti. On ne parlait que de ça, ce matin-là, sur la

Voie Lipartienne. Et aussi, mais ça, ce n'était pas tout à fait inattendu, que Maître Kenobi était venu ici chercher Maître Anakin. Ils faisaient équipe, après tout (même si, en dépit de toutes les années qu'ils avaient passées ensemble, le récent comportement de Maître Anakin laissait tristement apparaître que les belles manières de Maître Kenobi n'avaient absolument pas déteint sur lui).

— Quand l'avez-vous vu pour la dernière fois ? Vous savez où il est ?

Les photorécepteurs de C-3PO notèrent que la Sénateur baissait les yeux en rougissant et disait :

— Non.

Fort des trois années qu'il avait passées à tenir la maison d'une politicienne professionnelle, C-3PO réussit à s'empêcher de se mêler de la conversation et de rappeler à la Sénateur que Maître Anakin lui avait dit, pas plus tard que la veille, qu'il partait pour Mustafar. Il savait bien que la mémoire de la Sénateur ne lui faisait défaut que lorsqu'elle le décidait.

— Padmé, il faut que vous m'aidiez, reprit Maître Kenobi. Nous devons retrouver Anakin. Nous devons l'arrêter.

— Comment pouvez-vous dire une chose pareille ? lança-t-elle en s'écartant de lui. Il vient de gagner la guerre !

Elle se retourna, les bras croisés sur son ventre rond.

— La guerre n'a jamais opposé la République et les Séparatistes. C'était une guerre entre Palpatine et les Jedi. Nous l'avons perdue. Le reste n'était qu'un écran de fumée.

— C'était assez réel pour tous ceux qui sont morts !

— En effet, répondit Maître Kenobi en baissant les yeux. Notamment pour les enfants du Temple.

— Comment ça ?

— Ils ont été massacrés, Padmé. Je l'ai vu. Ils ont été massacrés par Anakin, poursuivit-il en la prenant par les épaules pour la forcer à se tourner vers lui.

— C'est un mensonge…

Elle le repoussa assez fort pour que C-3PO manque

déclencher l'alerte de sécurité sur-le-champ, mais Maître Kenobi se contenta de la regarder d'un air que C-3PO identifia, en parcourant ses fichiers de reconnaissance internes, comme correspondant à la tristesse et à la pitié.

— Il n'aurait jamais... jamais... Mon Anakin n'aurait jamais pu...

— Il faut le retrouver, répéta lentement, doucement, Maître Kenobi.

Elle répondit encore plus doucement, si bas que c'est à peine si les capteurs auditifs de C-3PO enregistrèrent sa réponse.

— Vous avez décidé qu'il devait mourir.

— Il est devenu trop dangereux, conclut gravement Maître Kenobi.

Sur quoi l'état de santé de la Sénateur sembla s'aggraver subitement. Ses genoux fléchirent, et Maître Kenobi dut la rattraper et l'aider à s'allonger sur le divan. Maître Kenobi en savait apparemment plus long que C-3PO sur la physiologie humaine. Il n'avait pas échappé à ses photorécepteurs que les formes de la Sénateur Amidala s'étaient récemment modifiées, mais C-3PO n'avait pas idée de ce que cela pouvait bien signifier.

Quoi qu'il en soit, Maître Kenobi sembla comprendre instantanément la situation. Il l'installa confortablement sur le canapé, et resta debout à côté d'elle, les sourcils froncés.

— Anakin est le père, n'est-ce pas ?

La Sénateur détourna le regard. Ses yeux se remirent à couler comme s'ils avaient une fuite.

Le Maître Jedi dit, tout gêné :

— Je suis vraiment désolé, Padmé. J'aurais donné n'importe quoi pour que les choses se passent autrement...

— Allez-vous-en, Obi-Wan. Je ne vous aiderai pas. Je ne peux pas. Je ne vous aiderai pas à le tuer, déclara-t-elle en détournant le visage.

— Je suis vraiment navré, répéta Maître Kenobi, et il tourna les talons.

C-3PO regagna le salon. Il s'en faisait pour la santé

de la Sénateur, mais avant qu'il ait eu le temps de formuler une phrase assez délicate pour aborder le sujet, la Sénateur dit doucement :

— 3PO ? Tu sais ce que c'est ?

Elle lui montra le pendentif qu'elle portait toujours autour du cou, au bout d'un lacet de cuir de Jerba.

— Oui, ma Dame. Pourquoi ? demanda le droïde de protocole, un peu déconcerté, mais content, comme toujours, de pouvoir lui être utile. C'est un petit bout de japor. Les enfants, sur Tatooine, y gravent des runes tribales pour en faire des amulettes. Les gens superstitieux pensent qu'elles leur portent bonheur et les protègent du mal. On en fait parfois des talismans qui attirent l'amour. Je dois dire, ma Dame, que je suis assez étonné que vous l'ayez oublié, dans la mesure où vous le portez depuis qu'il vous a été donné, il y a si longtemps, par Maître An...

— Je n'ai pas oublié ce que c'était, 3PO, dit-elle d'une voix lointaine. Merci. Je... je repensais au petit garçon qui me l'avait donné.

— Ma Dame ?

Si elle ne l'avait pas oublié, pourquoi le lui demandait-elle ? Avant que C-3PO n'ait eu le temps de formuler une question aussi courtoise que possible, elle reprit :

— Contacte le capitaine Typho. Je voudrais qu'il prépare mon skiff.

— Ma Dame ? Vous allez quelque part ?

— Nous partons, répondit-elle. Pour Mustafar.

Tapi dans l'ombre de la passerelle étincelante du skiff, Obi-Wan Kenobi regardait le capitaine Typho tenter de dissuader Padmé.

— Ma Dame, protestait le Naboo. Au moins, laissez-moi vous accompagner...

— Merci, capitaine, mais ce ne sera pas nécessaire, dit Padmé d'une voix lointaine. La guerre est finie, et... c'est une mission personnelle. Et... euh... Capitaine ? Elle doit rester secrète. Vous comprenez ? Vous n'êtes pas au courant de mon départ, vous ne savez pas où je vais, ni quand je dois revenir.

— Comme vous voudrez, ma Dame, répondit Typho en s'inclinant à regret. Mais je désapprouve formellement cette décision.

— Tout se passera bien, capitaine. Après tout, j'ai C-3PO pour veiller sur moi.

Obi-Wan entendit distinctement le droïde murmurer : « Oh, mon Dieu ! »

Lorsque Typho fut enfin parti, à bord de son speeder, Padmé et son droïde montèrent à bord du skiff. Elle ne perdit pas un instant. Les répulseurs du skiff donnèrent leur pleine puissance avant même que la passerelle ne se soit rétractée.

Obi-Wan se faufila à bord juste à temps.

Le sas se referma, et le vaisseau stellaire poli comme un miroir bondit vers le ciel.

Sur Mustafar, Dark Vador était debout dans le centre de commandement, sa main de duracier crispée derrière son dos sur sa main de chair. Il regardait par le mur panoramique de transparacier la galaxie sur laquelle il régnerait un jour.

Il ne voyait même pas les cadavres répandus à ses pieds.

Il sentait littéralement croître son pouvoir. Il se sentait déjà pleinement « Maître ». Dès que Palpatine aurait partagé avec lui le secret de la découverte de Dark Plagueis, leur relation connaîtrait une transformation… soudaine.

Une transformation fatale.

Tout se déroulait conformément à son plan.

Et pourtant…

Il ne pouvait se départir d'une sensation un peu désagréable, comme si quelque chose rampait dans ses veines, une sorte de froid, une sensation gluante qui infiltrait ses radicelles visqueuses et glacées dans ses viscères…

Presque comme s'il avait encore *peur*…

Elle va mourir, tu sais, murmurait le dragon.

Il se secoua, fronça les sourcils. Impossible. Il était

Dark Vador. La peur était sans prise sur lui. Il l'avait détruite.

Tout meurt.

Et pourtant, c'était comme si, quand il l'avait écrasé sous sa botte, le dragon lui avait enfoncé ses crocs venimeux dans le talon.

Et maintenant son poison le glaçait jusqu'à la moelle.

Même les étoiles se consument.

Il s'ébroua à nouveau et s'avança d'un pas ferme vers l'holocom. Il allait parler à son Maître.

Palpatine l'avait toujours aidé à mater le dragon.

Le comlink bipa.

Yoda ouvrit les yeux dans le noir.

— Oui, Maître Kenobi ?

— *Nous allons atterrir. Êtes-vous paré ?*

— Paré je suis.

Un instant de silence.

— *Maître Yoda... Si nous ne nous revoyons pas...*

— À plus tard, Obi-Wan, ne pense pas. Toujours maintenant, même l'éternité sera.

Un autre instant de silence.

Plus long.

— *La Force soit toujours avec vous.*

— Elle l'est. Et la Force soit toujours avec toi, jeune Obi-Wan.

La communication s'interrompit.

Yoda se leva.

D'un geste, il ouvrit la grille de la gaine de ventilation où il avait attendu, en méditation, révélant le vaste puits conique qui était la Grande Salle du Sénat Galactique et que l'on appelait parfois l'Arène du Sénat.

Jamais cette appellation n'aurait été plus appropriée que ce jour-là.

Yoda s'étira, faisant circuler le sang dans sa chair verte.

Le moment était venu.

Neuf cents ans d'études et d'entraînement, d'apprentissage et de méditation, se concentraient maintenant, se raffinaient et se résolvaient en ce moment entre tous. Cette énorme étendue d'existence n'avait eu qu'un but : le préparer à entrer dans le cœur de la nuit, et à ramener sa lumière pour qu'elle repousse les ténèbres.

Il rajusta l'angle de son arme, à sa ceinture.

Il drapa sa robe blanche sur ses épaules.

Avec vénération, avec gratitude, sans peur et sans colère, Yoda s'apprêtait à entrer en guerre.

Un éclair argenté, au-dehors, attira le regard de Dark Vador : un objet miroitant, élégamment profilé, décrivait une courbe dans la fumée chargée de cendres, réfléchissant la lueur de la lave chauffée à blanc. Il le suivit des yeux, à travers l'holoscan de son Maître, tout en continuant son rapport.

Il n'avait plus peur. Il était trop occupé à feindre le respect.

— La domination des Séparatistes appartient au passé, mon Maître.

— *Alors, c'est fini*, répondit l'image avec une parodie translucide de sourire. *Seigneur Vador, tu as restauré la paix et la justice dans la galaxie.*

— C'est ma seule ambition, mon Maître.

L'image inclina la tête. Son sourire se crispa et devint sans transition une moue.

— *Seigneur Vador... Je perçois une perturbation dans la Force. Il se peut que tu sois en danger.*

Il jeta un coup d'œil à l'objet miroitant, au-dehors. Il connaissait ce vaisseau. *En danger... de périr étouffé sous les baisers, peut-être.*

— Comment pourrais-je être en danger, Maître ?

— *Je ne peux le dire. Mais le danger est réel. Prends garde.*

Prends garde, prends garde, se dit-il avec un ricanement intérieur. *C'est tout ce que tu sais répéter ? Ça, Obi-Wan aurait pu me le dire...*

— Je prendrai garde, mon Maître. Merci.

L'image se dissipa.

Il se releva, ce même ricanement dans les yeux et sur la bouche.

— C'est toi qui ferais bien de prendre garde, « mon Maître » : la perturbation dans la Force, c'est moi.

Quand, au-dehors, le mince skiff se posa, il mit un moment à reprendre le visage d'Anakin Skywalker : il se laissa emplir par l'amour d'Anakin Skywalker, fit monter à ses lèvres le sourire heureux d'Anakin Skywalker, et l'énergie joyeuse d'Anakin Skywalker conférait un joyeux ressort à ses pas alors qu'il se précipitait vers l'entrée, enjambant l'affreux mélange de cadavres et de membres épars.

Il allait la rencontrer au-dehors, et il l'empêcherait d'entrer. Il doutait qu'elle apprécie la façon dont il avait… redécoré le centre de commandement.

Enfin, se dit-il avec un haussement d'épaules mental, *des goûts et des couleurs…*

Les locaux situés en bas de l'Arène du Sénat étaient réservés à la Chancellerie Suprême de la République. C'était une antichambre de forme circulaire, une salle verte où les invités du Chancelier pouvaient se détendre avant d'accéder au Podium du Sénat – la plate-forme circulaire montée sur un immense pilier hydraulique où se trouvaient les commandes des loges mobiles réservées aux délégués du Sénat – et de monter au point focal de la salle, au-dessus.

Au-dessus de ce podium, l'immense holoprésence d'un Sith était agenouillée, tête basse, devant une ombre flanquée de gardes vêtus de rouge. Un Chagrien rampait dans un coin, non loin de là.

— Mais le danger est réel. Prends garde.

— *Je prendrai garde, mon Maître. Merci.*

Après s'être agenouillée, l'holoprésence s'estompa et laissa apparaître une autre présence, minuscule, âgée, vêtue de blanc et appuyée sur un bâton de bois torsadé. Mais cette présence physique n'était qu'illusion. Sa vérité ne pouvait être perçue que dans la Force.

Dans la Force, c'était une fontaine de lumière.

— Votre nouveau disciple, je plains. Tout récemment encore, un apprenti, et bientôt sans Maître.

— Eh bien, Maître Yoda, quelle délicieuse surprise ! Soyez le bienvenu !

La voix de l'ombre ronronnait de plaisir anticipé.

— Permettez-moi d'être le premier à vous souhaiter un Joyeux Jour de l'Empire !

— Joyeux, vous ne le trouverez pas. Ni le meurtrier que Vador vous appelez.

— Ah, fit l'ombre en se rapprochant de la lumière. Voilà donc la menace que je sentais. Qui avez-vous envoyé pour le tuer, si je puis me permettre ?

— Que votre propre destructeur vous connaissiez, il suffit.

— De grâce, Maître Yoda. Ça ne peut pas être Kenobi, quand même ? Je vous en prie, dites-moi que c'est Kenobi… le Seigneur Vador est tellement excité quand il tue ceux qui tiennent à lui.

À quelques mètres derrière l'ombre, Mas Amedda – le Porte-Parole Chagrien servile du Sénat Galactique – entendit la voix de Palpatine murmurer : *Déguerpissez*.

Ce qu'il fit.

Ni la lumière ni l'ombre ne lui jetèrent un coup d'œil.

— Si facile à tuer, Obi-Wan n'est pas.

— Vous non plus, apparemment. Mais ça va bientôt changer.

L'ombre fit un autre pas, puis encore un.

Un sabre laser apparut, vert comme un coucher de soleil en forêt.

— L'épreuve, aujourd'hui lieu aura.

— Il y a plus de pouvoir dans une fraction du Côté Obscur que votre arrogance Jedi n'en peut concevoir. À vivre toujours dans la lumière, vous n'avez jamais vu la profondeur de l'obscurité…

L'ombre étendit les bras, et ses manches se changèrent en deux ailes noires.

— Eh bien, ça va changer.

Un éclair jaillit de ses mains tendues, et le combat commença.

Padmé dévala la passerelle et se jeta dans les bras d'Anakin.

Elle avait les yeux rouges, gonflés. Une fois à bord du vaisseau, elle avait craqué, et elle avait sangloté durant tout le trajet, poursuivie par les idées noires qui lui tournaient inlassablement dans la tête. Ses lèvres étaient molles et l'on entendait à peine ses paroles. Elle tremblait comme une feuille, et elle était juste tellement soulagée, tellement incroyablement soulagée, qu'elle se remit à pleurer toutes les larmes de son corps : soulagée qu'il soit en vie, soulagée qu'il soit venu en courant vers elle sur le terrain d'atterrissage, et qu'il soit toujours aussi fort et beau, que ses bras soient si chauds autour d'elle et ses lèvres si douces sur ses cheveux.

— Anakin, *mon Anakin*..., disait-elle, toute frémissante contre sa poitrine. J'avais si peur...

— Chh. Chh..., tout va bien.

Il lui caressa les cheveux jusqu'à ce que son tremblement s'apaise, puis il lui prit le menton et lui releva le visage pour qu'elle le regarde dans les yeux.

— Il ne fallait pas t'en faire pour moi. Tu n'as pas compris ? Personne ne peut me faire de mal. Personne ne nous fera jamais de mal.

— Ce n'était pas ça, mon amour, c'était... Oh, Anakin, il a dit des choses si terribles sur toi !

Il la regarda en souriant.

— Sur moi ? Qui pourrait dire des méchancetés sur moi ? fit-il avec un petit rire. Qui oserait ?

— Obi-Wan, répondit-elle en essuyant ses joues ruisselantes de larmes. Il a dit... il m'a dit que tu t'étais tourné vers le Côté Obscur, que tu avais tué les Jedi. Même les jeunes...

Rien que d'avoir évacué ces paroles, elle se sentit mieux. Maintenant, elle n'avait plus qu'à s'abandonner dans ses bras, se reposer sur lui, qui la serrait bien fort, la soutenait et lui promettait qu'il ne ferait jamais des choses pareilles. Esquissant un pauvre sourire, elle releva les yeux vers lui...

Mais au lieu de la lumière de l'amour qu'elle s'attendait à lire dans son regard, elle ne vit que le reflet de la lave.

Il ne dit pas : « Jamais je n'aurais pu me tourner vers le Côté Obscur ».

Il ne dit pas : « Tuer ces jeunes ? Moi ? Mais c'est dingue ! »

Il dit :

— Obi-Wan est toujours vivant ?

Et sa voix avait baissé d'une octave, et elle était plus froide que les doigts glacés qui remontaient le long de sa colonne vertébrale.

— O... oui... il... il a dit qu'il te cherchait...

— Tu lui as dit où j'étais ?

— Non, Anakin ! Il voulait te tuer. Je ne lui ai rien dit, tu penses bien !

— Dommage...

— Anakin, qu'est-ce que...

— C'est un traître, Padmé. Un ennemi de l'État. Il doit mourir.

— Arrête, dit-elle. Arrête de parler comme ça... Tu me fais peur !

— Ce n'est pas à toi d'avoir peur.

— C'est comme... On dirait..., commença-t-elle, les yeux à nouveau pleins de larmes. Je ne sais même plus qui tu es.

— Je suis celui *qui t'aime*, dit-il, mais il le dit entre ses dents. Je suis celui qui ferait n'importe quoi pour *te protéger*. Tout ce que j'ai fait, c'est pour toi que je l'ai fait.

— Anakin..., dit-elle, et l'horreur réduisait sa voix à un murmure : une voix de toute petite fille, fragile. Qu'est-ce que tu as fait ?

Et elle se prit à souhaiter qu'il ne réponde pas vraiment.

— Ce que j'ai fait ? J'ai ramené la paix dans la République.

— La République est morte, murmura-t-elle. Tu l'as tuée. Vous l'avez tuée, Palpatine et toi.

— Elle devait mourir.

De nouvelles larmes jaillirent, mais peu importait. Elle n'aurait jamais assez de larmes pour ça.

— Anakin... nous ne pourrions pas tout simplement... partir ? Je t'en prie. Allons-nous-en. Ensemble. Aujourd'hui. Tout de suite. Avant que tu... avant qu'il n'arrive quelque chose.

— Il n'arrivera rien. Il ne *peut* rien arriver. Que Palpatine se fasse donc proclamer Empereur. Laissons-le faire. Qu'il fasse le sale boulot, l'oppression brutale, sordide, inévitable pour unir la galaxie à jamais, pour qu'elle s'unisse contre lui. Il va devenir l'homme le plus détesté de l'histoire. Et quand le moment sera venu, nous le renverserons...

— Anakin, arrête !

— Tu ne vois pas ? Nous serons des héros. Toute la galaxie nous adorera, et nous régnerons. *Ensemble.*

— Arrête, Anakin, je t'en supplie, arrête, je ne peux pas supporter ça...

Mais il ne l'écoutait pas. Il ne la regardait pas. Il regardait derrière elle, par-dessus son épaule.

Une joie farouche brûlait dans ses yeux, et son visage n'était plus humain.

— *C'est toi...*

Et derrière elle, calme et précise, avec cet accent Coruscanti cultivé, une voix dit :

— Padmé. Écartez-vous de lui.

— Obi-Wan ?

Elle se retourna d'un bond, et il était là, sur la passerelle, triste et immobile.

— Non !

— Toi, grommela une voix qui aurait dû être celle de son amour. *C'est toi* qui l'as amené ici...

Elle se tourna à nouveau vers lui, et maintenant c'était elle qu'il regardait, les yeux pleins de flammes.

— Anakin ?

— Padmé, écartez-vous, fit Obi-Wan d'un ton pressant, vibrant d'une peur qu'elle n'avait jamais sentie. Il n'est pas celui que vous croyez. Il va vous faire du mal.

Les lèvres d'Anakin se retroussèrent sur ses dents.

— Je te remercierais pour ça, si c'était un cadeau d'amour.

Toute tremblante, secouant la tête, elle commença à reculer.

— Non, Anakin… non…

— Palpatine avait raison. Ce sont parfois les plus proches qui voient le moins clair. Je t'aimais trop, Padmé.

Il serra le poing, l'empêchant de respirer.

— Je t'aimais trop pour te voir ! Pour voir qui tu étais !

Un voile rouge descendit sur le monde. Elle porta les mains à sa gorge, mais ses mains n'atteignirent que du vide.

— Lâche-la, Anakin.

Pour toute réponse, il eut un rictus de prédateur sur le cadavre de sa proie.

— Tu ne me la prendras pas !

Elle tenta de hurler, d'implorer, de crier, *Non, Anakin,*

je regrette ! Je suis désolée… Je t'aime… Mais sa gorge emprisonna la vérité dans sa tête, et le voile rouge qu'était devenu le monde devint d'un noir opaque.

— Laisse-la partir !

— Jamais !

Le sol se déroba sous ses pieds, et puis il y eut une explosion, et un éclair blanc la projeta dans la nuit.

Dans l'Arène du Sénat, l'éclair se ramifia à partir des mains du Sith mais, détourné par le geste d'un Jedi, il assomma les Robes Rouges.

Alors ils se retrouvèrent seuls, tous les deux.

Leur affrontement transcendait l'antagonisme personnel. Chaque fois qu'un éclair fulgurant jaillissait, ce n'était pas Palpatine qui brûlait Yoda de sa haine ; c'était le Seigneur de tous les Sith qui réduisait le Maître de tous les Jedi en un petit tas de cendres fumantes qui avait été des vêtements et de la chair verte.

Tous les Sith qui, pendant mille ans, avaient vécu dans la clandestinité exultaient au moment de la victoire.

— Ton temps est passé ! Les Sith règnent sur la galaxie ! Maintenant et pour toujours !

Et c'était la totalité de l'Ordre Jedi qui surgissait de sa retraite, et faisait de son corps une arme afin de plaquer le Sith à terre.

— À sa fin ton règne arrive, et que trop long il n'a été, dire je dois.

C'est alors qu'apparut une lame couleur de vie.

De l'ombre d'une aile noire, une petite arme de poing, facile à dissimuler – un petit exemple de la traîtrise qui était l'expression de la manière Sith –, glissa dans une main crochue et cracha une lame couleur de flamme.

Le choc de ces lames fut plus fort que le combat de Yoda et de Palpatine, plus fort que l'opposition millénaire entre les Sith et les légions Jedi. C'était l'expression du conflit fondamental de l'univers lui-même.

Le conflit entre l'ombre et la lumière.

Et le gagnant raflerait la mise.

Obi-Wan était agenouillé à côté du corps inconscient de Padmé qui gisait, inerte, brisée, dans la fumée crépusculaire. Il chercha son pouls. Il était faible, fuyant.

— Anakin, Anakin, qu'as-tu fait ?

Dans la Force, Anakin brûlait comme une onde de feu.

— C'est toi qui l'as dressée contre moi.

Obi-Wan regarda le meilleur ami qu'il ait jamais eu.

— Tu l'as fait tout seul, dit-il tristement.

— Je vais te laisser une chance, Obi-Wan. En souvenir du bon vieux temps. Va-t'en.

— Si seulement je pouvais.

— Écarte-toi de mon chemin. Retire-toi. Fais une retraite. Médite. C'est ce que tu aimes faire, n'est-ce pas ? Tu n'as plus besoin de te battre pour la paix. La paix est ici. Mon Empire est la paix.

— Ton Empire ? Il ne connaîtra jamais la paix. Il a été fondé sur la traîtrise et des flots de sang innocent.

— Ne m'oblige pas à te tuer, Obi-Wan. Si tu n'es pas avec moi, tu es contre moi.

— Il n'y a que les Sith qui traitent dans l'absolu,

Anakin. La vérité n'est jamais toute noire ou toute blanche. Laisse-moi emmener Padmé à un centre médical, dit-il en se levant, ses mains vides étendues devant lui. Elle est blessée, Anakin. Elle a besoin de soins.

— Elle restera ici.

— Anakin...

— Tu ne l'emmèneras nulle part. Tu ne la toucheras pas. Elle est à *moi*, tu comprends ? Tout ça, c'est de ta faute ! C'est toi qui l'as obligée à me trahir !

— Anakin !

De la main d'Anakin jaillit une colonne de plasma bleu.

Obi-Wan poussa un soupir.

À son tour, il dégaina son sabre laser et le tint devant lui.

— Alors je vais faire ce que je dois faire.

— Tu *essaieras*, rectifia Anakin, et il fit un bond.

Obi-Wan le rencontra en plein vol.

Leurs lames bleues s'entrechoquèrent, et, au-dessus d'eux, le volcan répondit à leurs éclairs par un hurlement de feu.

C-3PO jeta prudemment un coup d'œil par l'écoutille du skiff.

Ses sous-programmes d'évitement de violence menaçaient de griller d'un instant à l'autre, et en réalité il n'avait qu'une envie : trouver un joli placard bien sombre dans lequel se rouler en boule avant de se déconnecter en attendant que tout ça soit fini – un placard blindé, de préférence, fermant de l'intérieur, hermétiquement, si possible. Et voilà qu'il se retrouvait en train de descendre à quatre pattes la passerelle du skiff sous une pluie rigoureusement terrifiante de lave en fusion et de cendres incandescentes...

Ce qui aurait été un comportement parfaitement ridicule pour n'importe quel droïde un peu sensé, mais il continuait quand même, parce qu'il n'avait pas aimé le ton que prenaient ces conversations.

Pas du tout, même.

Il n'était pas complètement sûr de comprendre la raison du différend qui opposait ces humains, mais il y avait une chose qui était claire.

Elle est blessée, Anakin. Elle a besoin de soins médicaux...

Il se traîna au-dehors, dans les tourbillons de fumée. Des roches en fusion s'écrasaient autour de lui. La Sénateur n'était pas en vue, et même s'il arrivait à la retrouver, il n'avait pas idée de la façon dont il pourrait la ramener à bord de son vaisseau – il n'avait assurément pas été conçu pour transporter quoi que ce soit de plus lourd qu'un plateau de verres à cocktail. Après tout, la capacité de transporter des fardeaux était réservée aux droïdes de marchandises...

Il en était là de ses réflexions, lorsque, malgré le grondement du volcan et les bourrasques de vent, ses capteurs auditifs perçurent un *ferooou-whiip-perooou*, que ses protocoles d'autotraduction traduisirent par « NE T'EN FAIS PAS. TOUT IRA BIEN, TU VAS T'EN SORTIR. »

— R2 ? appela C-3PO. R2, tu es là ?

C-3PO fit encore quelques pas, et vit le petit astromech : il avait entortillé les vêtements de la Sénateur autour de son bras manipulateur et il la traînait sur le terrain d'atterrissage.

— R2 ! Arrête-toi tout de suite ! Tu vas la détériorer !

Le dôme de R2-D2 pivota afin d'amener son photorécepteur dans l'axe du droïde protocolaire tout fébrile. QUE SUGGÈRES-TU AU JUSTE ? pépia-t-il.

— Eh bien... Oh, c'est bon ! On va le faire ensemble.

L'affrontement entre la lumière et les ténèbres arriva à un tournant.

Il ne découla pas d'un éclair de lumière ou d'un entrechoquement de lames d'énergie, et pourtant, ce n'était pas ce qui manquait ; il ne survint pas à l'issue d'un coup d'estoc ou d'un revers d'une précision chirurgicale, bien qu'il y en ait eu aussi à foison.

Il se produisit alors que le combat se transférait des locaux réservés à la Chancellerie vers le Grand Podium du Chancelier ; il se produisit alors que l'ascenseur hydraulique élevait le Podium sur sa colonne de duracier à une centaine de mètres au moins, si bien qu'il devint une pointe laser de combat flamboyant au cœur du vaste vide de l'Arène du Sénat. Il se produisit alors que la Force et les commandes du podium arrachaient les loges des délégués aux parois incurvées et les utilisaient comme des projectiles de catapulte, des béliers ou des masses d'armes, qui s'écrasaient et s'entrechoquaient dans un roulement de tonnerre, et ce vacarme assourdissant s'ajoutait aux acclamations du Sénat qui saluait l'avènement du nouvel Empereur.

Il survint alors que l'avatar de lumière se résolvait dans la lignée des Jedi ; alors que la lignée des Jedi se réduisait à un seul, un unique Jedi.

Il survint alors que Yoda se retrouvait seul contre l'obscurité.

Dans cette tempête d'éclairs, de coups de pied et de poing, de lames et d'engins de mort, sa vision finit par percer les ténèbres qui obscurcissaient la Force.

Et finalement, il vit la vérité.

Cette vérité : que lui, l'avatar de la lumière, le Maître Suprême de l'Ordre Jedi, le plus farouche, le plus implacable, le plus puissant ennemi que les ténèbres aient jamais connu…

n'était pas…

de taille…

à lutter.

Il ne l'avait jamais été. Il avait perdu le combat avant même qu'il ne commence.

Il avait perdu avant même sa naissance.

Les Sith avaient changé. Grandi. Évolué. Ils avaient investi un millier d'années d'études intensives dans tous les aspects de la Force, mais pas uniquement. Ils avaient acquis l'ensemble des connaissances Jedi proprement dites, en prévision de ce jour même. Les Sith s'étaient refondus.

Ils s'étaient renouvelés.

Alors que les Jedi…

Les Jedi avaient passé ce même millénaire à s'entraîner à livrer encore et toujours la *dernière* guerre.

Les Nouveaux Sith ne pouvaient être détruits avec un sabre laser. La flamme de la Force ne pouvait les brûler. Plus ardente était sa lumière, plus noire était leur ombre. Comment pouvait-on gagner une guerre contre les ténèbres quand la guerre était devenue l'arme même des ténèbres ?

Il sut à cet instant que cette vision entretenait l'espoir de la galaxie. Et s'il tombait là, cet espoir mourrait avec lui.

Hmm, se dit Yoda. *Ça, un problème, c'est.*

Sabre contre sabre, ils étaient identiques. Après ces milliers d'heures passées à croiser le laser, ils se connaissaient mieux que des frères, plus intimement que des amants. Ils étaient les moitiés complémentaires d'un unique guerrier.

Dans chaque échange, Obi-Wan perdait du terrain. C'était sa manière. Et il savait que s'il abattait Anakin, il réduirait son propre cœur en cendres.

Les éclairs fusaient. Leurs sauts s'achevaient par des glissades, des balayages esquivés ou des parades. La porte du centre de commande vola en éclats, et ils se retrouvèrent à l'intérieur, parmi les cadavres. Les consoles arrachées à leurs supports volaient dans des gerbes d'étincelles. Des mains de cadavres se refermaient spasmodiquement sur des gâchettes, et des éclairs de blasters jaillissaient et ricochaient, formant des résilles d'une complexité inextricable.

Obi-Wan interceptait à peine quelques tirs et les renvoyait vers Anakin : une manœuvre désespérée. N'importe quoi pour faire diversion. Pour le ralentir. Avec une aisance dédaigneuse, Anakin déviait les éclairs, qui fusaient entre leurs lames jusqu'à ce que leur puissance s'estompe et que les particules des rayons concentrés se dispersent en un brouillard radioactif.

— Ne m'oblige pas à t'anéantir, Obi-Wan, dit Anakin d'une voix devenue plus grave qu'un puits et aussi noire que des falaises d'obsidienne. Tu ne fais pas le poids face à la puissance du Côté Obscur.

— J'ai déjà entendu ça, rétorqua Obi-Wan, les dents serrées, en contrant frénétiquement. Mais je ne pensais pas l'entendre un jour de ta bouche.

Un rugissement de la Force projeta Obi-Wan contre un mur, où il resta, titubant, à moitié assommé, le souffle coupé. Anakin enjamba les cadavres et leva sa lame pour la mise à mort.

Obi-Wan n'avait plus qu'un tour dans sa manche, un tour qui ne marcherait pas deux fois...

Mais c'était un bon tour.

Il fit un geste du doigt, puisant dans la Force pour inverser la polarité des électrodrivers de la main mécanique d'Anakin.

Les doigts de duracier s'ouvrirent brusquement, libérant son sabre laser qui tomba à terre.

Obi-Wan tendit le bras, paume ouverte. Le sabre laser décrivit une parabole dans le vide et vint se plaquer dans sa main. Il présenta les deux lames en croix devant lui.

— Le défaut de la puissance est l'arrogance.

— Tu hésites, reprit Anakin. C'est le défaut de la compassion...

— Ce n'est pas de la compassion, répondit tristement Obi-Wan. C'est le respect de la vie. Même de la tienne. Le respect pour l'homme que tu as été. Le regret de l'homme que tu aurais dû être, ajouta-t-il dans un soupir.

Anakin rugit et fonça vers lui, utilisant à la fois la Force et son corps pour le plaquer à nouveau contre le mur. Ses mains saisirent les poignets d'Obi-Wan avec une puissance inouïe, l'obligeant à écarter les bras.

— J'en ai vraiment marre de tes sermons !

La puissance noire mit toute son énergie dans sa poigne.

Obi-Wan sentit les os de ses avant-bras fléchir, menaçant de se fracturer peu à peu.

Oh, se dit-il. *Ça, c'est mauvais.*

La fin survint avec une soudaineté stupéfiante.

L'ombre sentit à quel point il en coûtait au petit

monstre vert de dévier ses éclairs dans la cage d'énergie qui les enclosait tous les deux. Ce petit monstre avait atteint la limite de ses forces. L'ombre relâcha un instant son pouvoir, juste le temps d'effectuer un saut périlleux et d'atterrir sur l'une des loges des délégués, et le petit monstre bondit à sa suite…

Avec une demi-seconde de retard.

L'ombre déchaîna son éclair alors que le petit monstre vert n'avait pas encore touché terre, et le petit monstre vert le reçut de plein fouet. Le choc le projeta en arrière, contre le podium, et il tomba.

Il tomba de très, très haut.

Le sol de l'Arène se trouvait à une centaine de mètres en contrebas, et il était jonché de fragments tordus et d'éclats de métal arrachés aux loges détruites durant le combat. Alors que le petit monstre vert s'écrasait parmi les débris, l'ombre victorieuse redevint Palpatine : un vieil homme très vieux, très fatigué, qui s'appuyait sur la rambarde de la loge en hoquetant, cherchant sa respiration.

Il était peut-être vieux, mais sa vue était parfaite. Il parcourut du regard le chaos, en dessous, et ne vit pas de cadavre.

Il fit un geste du doigt, et dans le Podium du Chancelier, à une dizaine de mètres de là, un interrupteur fut actionné et des sirènes retentirent d'un bout à l'autre de l'énorme bâtiment. Un autre jaillissement de la Force projeta sa loge en vrille descendante, vers le pied de la colonne qui soutenait le Podium. Des troupes de clones s'y engouffraient déjà.

— C'était Yoda, dit-il en descendant vivement de la loge. Encore une tentative d'assassinat. Retrouvez-le et tuez-le. Faites sauter tout le bâtiment s'il le faut !

Il n'avait pas le temps de diriger personnellement les recherches. La Force bourdonna un avertissement dans la moelle de ses os : le Seigneur Vador était en danger.

En danger de mort.

Les clones se dispersèrent. Il arrêta un officier.

— Toi ! Appelle mon vaisseau et dis-leur que j'arrive.

Qu'ils fassent chauffer les moteurs et se tiennent prêts à décoller.

L'officier salua sèchement, et Palpatine, avec une vigueur qui le surprit lui-même, se mit à courir.

Avec l'aide de la Force, Yoda fonça dans le couloir d'accès, en dessous de l'Arène. Jamais un homme normal n'aurait pu courir aussi vite. Il sectionnait les tuyauteries sur son passage, obstruant le chemin, derrière lui, avec un enchevêtrement de câbles à haute tension, qui se tortillaient en crachant des étincelles. Toutes les quelques dizaines de mètres, il s'arrêtait juste le temps de faire une brèche dans la paroi du couloir. Quand ses poursuivants auraient réussi à franchir l'obstacle de câbles, ils devraient diviser leurs forces pour explorer chacune des issues possibles.

Mais il savait qu'ils pouvaient se le permettre ; ils étaient des milliers.

Sans ralentir, il tira son comlink d'un repli de sa robe et transmit un ensemble de coordonnées que lui indiquait la Force.

— De temps, ne perdez pas, ajouta-t-il. Les poursuivants se rapprochent rapidement. Échoué, j'ai, et me tuer, ils vont.

La Grande Salle du Sénat Galactique était un dôme de plus d'un kilomètre de diamètre monté sur une sorte de tambour, un espace creux. Même avec l'aide de la Force, Yoda était à bout de souffle lorsqu'il atteignit le bord de la coupole. De son sabre, il fora le sol et se laissa tomber dans une gaine technique utilisée pour l'entretien du gigantesque système d'éclairage qui illuminait la Plaza Republica. La lumière passant par les panneaux de transparacier l'aveugla, manquant le faire chuter vertigineusement à bas du rebord sur lequel il se tenait.

Sans hésitation, il fit un trou dedans et plongea, la tête la première, dans la nuit.

Saisissant les bords inférieurs de sa longue cape afin d'improviser une sorte de parachute, il descendit en chute libre, guidé par la Force, loin de la Grande Salle. Il était trop petit pour déclencher les alarmes automatiques, mais le speeder à cockpit ouvert vers lequel il tombait serait pulvérisé en plein vol s'il déviait d'un mètre de sa trajectoire en le récupérant.

Il lâcha sa toge qui remonta vers le haut avec un claquement, telle une sorte de stabilisateur qui le redressa en position verticale, si bien qu'il tomba les pieds les premiers dans le siège passager, à côté de Bail Organa.

Pendant que Yoda bouclait son baudrier, le Sénateur d'Alderaan fit décrire au speeder de location une courbe qui aurait impressionné Anakin Skywalker, et fila vers la première bretelle d'accès aux routes encombrées du ciel de Coruscant.

Yoda ferma les yeux.

— Maître Yoda ? Vous êtes blessé ?

— Dans mon orgueil, seulement, répondit Yoda. Dans mon orgueil, seulement.

Et il le pensait, bien que Bail ne puisse comprendre la profondeur de cette blessure, ou combien elle saignait.

La poigne d'Anakin ployant ses bras à les rompre, forçant leurs deux sabres à s'abaisser selon un arc lent, mais inexorable, Obi-Wan lâcha prise.

Sur toute chose.

Ses espoirs. Ses craintes. Ses obligations envers les Jedi, sa promesse envers Qui-Gon. Son échec avec Anakin.

Et leurs sabres laser.

Surpris, Anakin modifia instinctivement son contrôle sur la Force, relâchant l'un des poignets de sa proie pour saisir son arme. Obi-Wan en profita pour libérer sa main, et, avec la Force, empoigner sa propre lame. Esquivant prestement l'estocade fulgurante d'Anakin, il réussit non seulement à bloquer le coup, mais encore à orienter leurs lames vers le mur contre lequel il se tenait, y ouvrant une brèche. Il dirigea le coup suivant de la même manière, de sorte que les deux lames achevèrent d'effectuer une trouée dans la paroi. Utilisant la puissance du revers d'Anakin, il se propulsa en arrière, à travers le mur, dans la fumée et les cendres qui tombaient au-dehors.

Anakin le suivit, forçant l'assaut. Obi-Wan céda à nouveau du terrain, reculant le long d'un étroit balcon, très haut au-dessus du rivage de sable noir qui bordait un lac de feu.

Mustafar murmurait son chant de mort dans son dos, à quelques pas de là. Il se laissa pousser par Anakin vers les fleuves de roche en fusion.

C'était un endroit, décida-t-il, où ils devaient aller ensemble.

Anakin le força donc à reculer, de plus en plus loin, abattant sa lame vers le bas avec une force qui semblait issue du volcan dressé au-dessus d'eux. Il tournoyait et virait sur lui-même, arrachant à la paroi des échardes d'acier tranchantes comme des rasoirs, et les projetant sur Obi-Wan avec une violence nourrie de sa rage. Il explosa un panneau de commande le long de la coursive, et le bouclier radiant qui retenait la tempête de lave disparut.

Une pluie de feu s'abattit sur eux.

Obi-Wan recula vers le bout du balcon. Derrière lui, il n'y avait qu'une conduite de câbles pas plus grosse que son bras, reliée à l'unité de collecte principale du vieux filon de lave, par-dessus un fleuve de roche chauffée à blanc. Il recula sans hésitation vers la canalisation, conservant son équilibre alors qu'il parait coup après coup.

Anakin avançait toujours sur lui.

En équilibre précaire sur la conduite d'énergie, leurs lames s'entrechoquant si vite qu'elles en étaient floues, ils frappaient, paraient et se bloquaient l'un l'autre. Des bombes de lave s'abattaient sur le sol, en dessous, avec un bruit de tonnerre, projetant des gouttelettes de roche incandescente qui grêlaient leurs robes de trous noirs. Un halo de fumée voilait le soleil de la planète, et la seule lumière provenait maintenant de la lueur infernale de la lave en dessous d'eux, et de leurs lames mêmes. Des geysers d'énergie crépitaient et crachotaient.

Ce n'était pas le combat d'un Sith contre un Jedi. Ce n'était pas le combat de la lumière contre l'obscurité ou du bien contre le mal. Ça n'avait rien à voir avec le devoir, la philosophie, la religion ou la morale.

C'était la guerre d'Anakin contre Obi-Wan.

C'était personnel.

Il ne s'agissait que d'eux, et du mal qu'ils s'étaient fait l'un à l'autre.

Obi-Wan effectua un saut périlleux arrière en prenant appui sur la conduite, et retomba sur un raccord avec l'unité de collecte principale. Lorsque Anakin vola à sa poursuite, Obi-Wan bondit à nouveau. Ils effectuèrent des vrilles et des sauts périlleux à travers les niveaux du bâtiment, remontant ses escaliers et traversant ses plates-formes. Ils s'affrontaient sur les panneaux de collecte où se déversaient les cascades de lave, et Obi-Wan, planté sur le bord, faisait le dos rond sous une rigole de duracier qui déversait des flots de lave. C'est là, déviant les décharges de Force et contrant les frappes de cette créature de rage pure qui avait été son meilleur ami, qu'Obi-Wan comprit soudain une vérité profonde, inattendue.

L'homme face à qui il se trouvait était tout ce à la destruction de quoi il avait consacré sa vie : un meurtrier. Un traître. Un Jedi déchu. Un Seigneur Sith. Et ici, et maintenant, en dépit de tout ça…

Obi-Wan l'aimait encore.

Yoda l'avait dit platement : *À ce genre d'attache, permettre de quitter sa vie, un Jedi doit.* Mais Obi-Wan n'avait jamais voulu comprendre. Il avait plaidé la cause d'Anakin. Il lui avait trouvé des excuses, il l'avait couvert un nombre incalculable de fois. Et pendant tout ce temps, l'attachement qu'il niait avoir jamais ressenti l'avait aveuglé sur les noirs chemins que suivait son meilleur ami.

Le lac de feu, que ne retenait plus le bouclier radiant, dévorait le rivage sur lequel se tenait le bâtiment, et l'énorme structure se démantela et commença à s'effondrer. Les deux guerriers glissèrent et se débattirent désespérément pour retrouver une prise le long des pentes de duracier qui s'inclinaient rapidement, abruptes comme des falaises. Elles n'étaient plus soutenues que par des bouts de câbles, et la superstructure de l'édifice se retrouva à flotter sur la lave, où elle s'enfonça lentement, tandis que ses niveaux inférieurs fondaient et se consumaient.

Anakin donna un coup de talon à la superstructure qui s'écroulait et oscillait selon un large arc au-dessus du bouillonnement de lave. Obi-Wan prit son élan, et ils se rencontrèrent dans le vide, tenant le câble d'une main avec l'aide de la Force, leur sabre levé très haut. Anakin lui décocha un coup Shien fulgurant en plein dans les genoux. Obi-Wan leva très haut les jambes et trancha net le câble au-dessus de la main d'Anakin, le précipitant dans le vide.

Des poches de gaz bouillonnaient à la surface de la lave, projetant des flammes pareilles à des bras qui se tendaient vers lui pour le saisir.

Mais grâce à la Force, Anakin s'était déjà propulsé vers un autre câble. Obi-Wan eut un balancement des jambes, modifiant sa trajectoire de façon à se retrouver à portée du câble auquel Anakin était maintenant accroché, mais celui-ci le devança et se balança d'un câble à l'autre, s'élevant toujours davantage, obligeant Obi-Wan à faire de même. Sur ce terrain, l'altitude était primordiale.

Des surgissements simultanés de la Force leur firent remonter le câble en tournoyant, vers le pont roulant de la superstructure qui basculait dans le lac de lave en fusion. Obi-Wan réussit de justesse à prendre pied sur la pente de métal avant qu'Anakin ne lui saute dessus, et ils restèrent presque nez à nez, leurs armes tournoyant et s'entrechoquant de toutes parts. Et pendant ce temps-là, autour d'eux, les droïdes d'entretien de l'unité de collecte vaquaient aveuglément à leurs occupations entre les machines condamnées, comme ils continueraient à le faire jusqu'à ce que la lave les engloutisse, pour qu'ils s'y dissolvent, réduits à leurs molécules constitutives, et se fondent enfin dans les fleuves de roche en fusion.

Un rugissement encore plus fort que l'éruption du volcan monta du torrent de feu, devant eux. Le métal commença à se tordre, dans un hurlement. Le fleuve coula à la verticale, formant un rideau de flammes qui se dissipa en nuages bouillonnants de fumée et de gaz.

L'unité de collecte était emportée, inexorablement, vers une gigantesque cascade de lave.

Obi-Wan décida qu'il n'avait pas vraiment envie de voir ce qu'il y avait au fond.

Il dévia l'arme d'Anakin d'une parade à deux mains, et lui administra un coup de pied formidable qui les sépara. Avant qu'Anakin n'ait eu le temps de reprendre son équilibre, Obi-Wan prit son élan et effectua un saut gracieux qui le jeta, tête la première, loin du pont de levage. Il dévala les niveaux en courant, les uns après les autres, et à quelques dizaines de mètres à peine de la lave, la Force lui plaça un câble dans la main : sa chute devint un balancement qui l'emmena très haut et très loin.

Arrivé au bout du câble, il lâcha tout.

Comme lorsqu'il sautait d'une balançoire dans les salles de jeu du Temple, sa vitesse le projeta vers le ciel, selon une élégante parabole qui le ramena vers la berge du fleuve.

Vers. Mais pas *sur*.

La Force qui l'avait mené là ne le trahit pas cette fois non plus : bourdonnant à quelques mètres au-dessus du fleuve de lave, arrivait une plate-forme montée sur répulseurs. Cette grosse, lente et vieille chose transportait des droïdes et du matériel vers une unité de collecte dont la programmation n'était pas assez sophistiquée pour réaliser qu'elle était en cours d'anéantissement.

Obi-Wan effectua un retournement dans le vide et laissa la Force l'y déposer en douceur, sur ses pieds, comme un chat. D'une frappe de son sabre laser aussi vive qu'une vipère, il démantela le système de guidage de la plate-forme, et il réussit à la renvoyer vers le rivage d'un simple déplacement de son centre de gravité.

Il se retourna pour voir l'unité de collecte s'effondrer en mugissant comme les damnés d'un enfer Corellien, à la limite des cascades, où elle connaîtrait une inéluctable destruction.

Obi-Wan baissa la tête.

— Adieu, mon vieil ami.

Mais la Force lui chuchota un avertissement, et Obi-Wan leva la tête juste à temps pour voir Anakin surgir du tourbillon de fumée au-dessus des cascades et se ruer sur lui, perché sur un minidroïde à turborépulseur. Le petit droïde était infiniment plus rapide que la vieille plate-forme poussive d'Obi-Wan, et Anakin n'eut pas de mal à le contourner, lui coupant l'accès du rivage. Obi-Wan avait beau reporter son poids d'un pied sur l'autre, le droïde d'Anakin était aussi vif et habile qu'une panthère des sables. Il n'y avait pas moyen d'y couper : aussi près de la lave, la chaleur était tellement intense qu'elle roussissait les cheveux d'Obi-Wan.

— C'est la fin pour vous, Maître, dit-il. Je regrette que ça se termine comme ça.

— Oui, Anakin, moi aussi, répondit Obi-Wan en prenant son élan avant de plonger en brandissant son sabre, telle une lance.

Anakin l'esquiva en se penchant sur le côté, et dévia le coup avec une sorte de mépris. Il rata un coup de taille aux jambes d'Obi-Wan, alors qu'il volait au-dessus de lui.

Obi-Wan changea son plongeon en un roulé-boulé vers l'avant qui l'amena en équilibre précaire au bord d'une petite falaise de lave solidifiée, juste au-dessus du sable noir, mou, du rivage. Comprenant qu'il s'était fait avoir, Anakin cracha un juron et bondit de son droïde sur le dos d'Obi-Wan…

Une demi-seconde trop tard.

Obi-Wan tourbillonna pour éviter le sabre d'Anakin. Il l'atteignit une première fois à un genou. Puis à l'autre.

Et tandis qu'Anakin était encore en l'air, le bas de ses jambes calciné commençant seulement à dévaler la falaise, Obi-Wan se remit en garde, et son sabre traversa le bras gauche d'Anakin au-dessus du coude. Il fit un pas en arrière alors qu'Anakin tombait.

Anakin lâcha son sabre laser en se cramponnant au bord de la falaise avec sa main mécanique, mais sa prise était trop puissante. La lave pétrifiée s'effrita, et il glissa sur le sable noir. Ses jambes sectionnées et son bras coupé roulèrent dans le fleuve de feu, où de soudains jaillissements de flammes écarlates les réduisirent en cendres.

La même couleur, observa distraitement Obi-Wan, que celle des lames Sith.

Anakin tenta de trouver une prise sur le sable noir, meuble, mais ses efforts maladroits ne réussirent qu'à le faire glisser plus bas ; le sable lui-même était assez brûlant pour que le seul fait d'y plonger ses doigts de duracier calcine son gant et que sa robe commence à noircir et à fumer.

Obi-Wan ramassa le sabre laser d'Anakin. Il souleva le sien aussi, et les soupesa dans ses mains. Anakin avait basé la conception du sien sur celui d'Obi-Wan. Ils étaient tellement semblables...

Mais ils avaient été utilisés si différemment.

— Obi-Wan... ?

Il baissa les yeux. Des flammes léchaient l'ourlet de la robe d'Anakin, et ses longs cheveux commençaient à charbonner.

— Tu étais l'Élu ! dit Obi-Wan Kenobi. La prophétie disait que tu détruirais les Sith, pas que tu les rejoindrais. Tu devais restaurer l'équilibre de la Force, et non la plonger dans les ténèbres. Tu étais mon frère, Anakin ! Je t'aimais, et je n'ai pas réussi à te sauver.

Un éclair de métal déchira le ciel, et Obi-Wan sentit les ténèbres se refermer sur eux. Il connaissait ce vaisseau : c'était la navette du Chancelier. Ou plutôt, de l'Empereur, maintenant.

Yoda avait échoué. Il était peut-être même mort.

Obi-Wan se retrouvait peut-être tout seul : le dernier Jedi.

Sous ses pieds, Dark Vador s'embrasa.

— Je te hais ! hurla-t-il.

Obi-Wan baissa les yeux sur lui. Le tuer aurait été de la compassion.

Mais il n'éprouvait pas de compassion pour lui, en cet instant précis.

Il se sentait calme, et clair, et il savait que descendre vers cette plage noire lui prendrait plus de temps qu'il n'en avait devant lui.

Un autre Seigneur Sith approchait.

En fin de compte, il n'avait pas le choix. Le choix, il l'avait fait, bien des années auparavant, quand il avait passé ses Épreuves de Chevalerie, et prêté serment pour toujours aux Jedi. En fin de compte, il était toujours Obi-Wan Kenobi, il était toujours un Jedi, et il n'assassinerait pas un homme sans défense.

Il laisserait cela à la volonté de la Force.

Il se détourna et s'éloigna.

Au bout d'un moment, il se mit à courir.

Il se mit à courir, parce qu'il se disait que, s'il allait assez vite, il y avait une chose qu'il pouvait encore faire pour Anakin. Il pouvait encore honorer la mémoire de l'homme qu'il avait aimé, et de l'Ordre de Chevalerie disparu qu'ils avaient tous les deux servi.

Sur le terrain d'atterrissage, C-3PO était debout sur la passerelle du skiff et agitait frénétiquement les bras.

— Maître Kenobi ! Dépêchez-vous, je vous en prie !

— Où est Padmé ?

— Elle est déjà à bord, Monsieur. Mais elle est gravement blessée.

Obi-Wan gravit en courant la rampe qui menait au cockpit du skiff et mit les moteurs à feu. Alors que la navette du Chancelier décrivait une courbe qui l'amenait vers le terrain d'atterrissage, le mince appareil poli comme un miroir filait déjà vers les étoiles.

Obi-Wan n'eut pas un regard en arrière.

21

Un nouvel Ordre Jedi

Un esquif Naboo opéra la translation dans l'espace réel et fila vers une installation médicale alien dans la ceinture d'astéroïdes de Polis Massa.

Le *Tantative IV* réintégra la réalité quelques instants seulement plus tard.

Et sur Mustafar, sous le tonnerre rouge d'un volcan, un Seigneur Sith avait arraché au sable de verre noir le torse et la tête calcinés de ce qui avait naguère été un homme, il avait déjà bondi vers la paroi de la falaise, au-dessus de lui, puissamment, et sans effort, et il avait rugi à ses clones de lui *apporter immédiatement la capsule médicale !*

Le Seigneur Sith déposa tendrement l'homme démembré sur le sol frais, au-dessus, posa la main sur l'horreur noircie, crevassée, qui avait été son front, et appliqua sa volonté sur lui.

Vis, *Seigneur Vador.* Vis, *mon apprenti.*

Vis.

Au-delà du dôme d'observation en cristal transparent qui couvrait les canyons sans air de Polis Massa, la galaxie tournoyait dans un saupoudrage de têtes d'épingles dures, glacées, piquées sur le dais de la nuit infinie.

Sous ce dôme, Yoda était assis. Il ne regardait pas les étoiles.

Il resta très longtemps assis.

Même au bout de ces neuf cents ans, la route qui menait à la connaissance de soi était assez accidentée pour le laisser sanglant et meurtri.

Il parlait doucement, mais pas à lui-même.

Il n'y avait personne avec lui, et pourtant il n'était pas seul.

Il parlait à la Force.

Et la Force lui répondait. *Il ne faut pas t'en vouloir, mon vieil ami.*

Et comme la Force l'avait parfois fait au cours de ces treize dernières années, quand elle lui parlait, elle avait la voix de Qui-Gon Jinn.

— Trop vieux, j'étais, dit Yoda. Trop rigide. Trop arrogant pour voir que la voie ancienne la seule voie n'était pas. Ces Jedi, à devenir les Jedi qui entraîné m'ont, entraînés je les avais, pendant des siècles et des siècles, mais ces anciens Jedi à une différente époque appartenaient. Changé, la galaxie a. Changé, l'Ordre n'a pas, parce que le laisser changer, je n'ai pas.

C'était plus facile à dire qu'à faire, mon ami.

— Un mystère infini la Force est.

Yoda souleva la tête et tourna le regard vers la roue des étoiles.

— Beaucoup à apprendre, encore il y a.

Et tu auras le temps de l'apprendre.

— Une connaissance infinie..., dit Yoda en secouant la tête. Un temps infini, cela exige.

Avec mon aide, tu apprendras à t'unir à la Force tout en conservant ta conscience. Tu pourras y adjoindre ta lumière pour l'éternité. Et peut-être même, avec le temps, ton être physique.

Yoda ne bougea pas.

— La vie éternelle...

Le but ultime des Sith, bien qu'il soit à jamais hors de leur portée ; on ne l'atteint pas par l'exaltation de soi, mais en faisant don de soi. On ne l'atteint pas par l'avidité mais par la compassion. L'amour est la réponse aux ténèbres.

— Ne faire qu'un avec la Force, et pourtant une influence conserver…, fit rêveusement Yoda. Une puissance plus grande que tout, c'est.

Elle ne peut être accordée ; elle ne peut être qu'enseignée. C'est à toi de l'acquérir, si tu le souhaites.

Lentement, Yoda acquiesça.

— Un très grand Maître Jedi, tu es devenu, Qui-Gon Jinn. Un très grand Maître Jedi tu as toujours été, mais trop aveugle pour le voir j'étais.

Il se leva, croisa les mains devant lui et inclina respectueusement la tête, esquissant le salut Jedi.

Le salut de l'étudiant devant son Maître.

— Votre apprenti, avec reconnaissance je deviens.

Sa première leçon était bien entamée quand le sas s'ouvrit derrière lui. Il se retourna.

Dans l'ouverture se tenait Bail Organa. Il avait l'air bouleversé.

— Obi-Wan vous fait appeler dans l'amphithéâtre de chirurgie, annonça-t-il. C'est Padmé. Elle est mourante.

Obi-Wan était assis à côté d'elle et tenait sa main froide, inerte, dans les siennes.

— Il faut vous cramponner, Padmé.

— C'est…, commença-t-elle, les yeux perdus au loin, roulant dans leurs orbites. C'est une fille. Anakin pense que c'est une fille.

— Nous ne le savons pas encore. D'ici une minute… Restez avec nous, Padmé.

Sous la tente opaque qui voilait son corps à partir de la poitrine, deux droïdes chirurgiens l'aidaient à accoucher. Un droïde médical généraliste s'activait, farfouillant parmi les instruments, consultant les scanners.

— Si c'est… une fille… oh, oh, *oh noon*…

Obi-Wan lança un regard suppliant vers le droïde médical.

— Vous ne pouvez rien faire ?

— Nous avons remédié à tous les dégâts organiques, répondit le droïde en procédant à de nouvelles vérifications. Cette défaillance systémique n'est pas explicable.

Pas *physiquement*, en tout cas, songea Obi-Wan. Il lui pressa la main comme s'il pouvait, par cette simple pression, faire que sa vie reste dans son corps.

— Padmé, il faut vous cramponner.

— Si c'est une fille..., hoqueta-t-elle. Il faudra l'appeler Leia.

L'un des droïdes chirurgicaux émergea de derrière la tente, serrant dans ses bras capitonnés un tout petit bébé, déjà lavé et qui respirait sans verser un seul pleur.

Le droïde annonça doucement :

— C'est un garçon.

Padmé tendit vers lui une main tremblante, mais elle n'eut pas la force de le prendre dans ses bras ; elle lui effleura simplement le front du bout des doigts.

— Luke..., dit-elle avec un faible sourire.

L'autre droïde fit alors le tour de la tente, avec un second nouveau-né tout propre, d'un calme solennel.

— ... et une fille.

Mais Padmé était déjà retombée sur son oreiller.

— Padmé, vous avez des jumeaux, dit Obi-Wan, désespéré. Ils ont besoin de vous... Accrochez-vous, par pitié...

— Anakin...

— Anakin n'est pas là, Padmé, dit-il, mais il doutait qu'elle puisse encore l'entendre.

— Anakin, je suis désolée... Je suis tellement désolée... je t'en prie, Anakin, je t'aime...

Dans la Force, Obi-Wan sentit que Yoda approchait. Il leva les yeux pour voir le vieux Maître flanqué de Bail Organa. Ils regardaient tous les deux, derrière le panneau d'observation de l'amphithéâtre de chirurgie, absorbés dans une même et grave question.

La seule réponse d'Obi-Wan fut de secouer la tête dans une expression d'impuissance.

Padmé tendit la main, celle qu'elle avait posée sur le front de son premier-né, et déposa quelque chose dans la paume d'Obi-Wan.

L'espace d'un instant, son regard s'éclaira, et elle le reconnut.

— Obi-Wan... Il y a... encore du bon en lui. Je sais qu'il... y en a encore...

Sa voix s'estompa, devint un soupir vide, et elle s'effondra à nouveau sur son oreiller. Une demi-douzaine de scanners différents se mirent à vibrer, lançant des alarmes dissonantes, et les droïdes médicaux chassèrent Obi-Wan de la pièce.

Il se retrouva dehors, dans le couloir, et regarda ce qu'elle lui avait mis dans la main. C'était une sorte de pendentif. Une amulette, faite d'une matière organique passée sur un fil de cuir. Des signes qu'il ne connaissait pas étaient gravés dessus. Dans la Force, il reconnut les effluves de la peau de Padmé.

Lorsque Yoda et Bail vinrent le chercher, il était encore planté là, à regarder l'objet.

— Elle m'a mis ça dans la main... Et je ne sais même pas ce que c'est.

Pour ce qui lui parut être la dizième fois, ce jour-là, il refoula ses larmes.

— Précieux pour elle, ça a dû être, dit lentement Yoda. Enterré avec elle, ça devrait peut-être être...

Obi-Wan baissa les yeux sur les symboles enfantins, sculptés sur le pendentif, et sentit, dans la Force, qu'il en émanait des échos d'amour transcendant, et le désespoir noir, sinistre, insupportable d'un cœur brisé.

— Oui, dit-il. Oui. Ce serait peut-être mieux.

Bail Organa, Obi-Wan et Yoda étaient réunis autour d'une table de conférence, à bord du *Tantative IV*, pour décider du sort de la galaxie.

— Sur Naboo, son corps envoyer..., fit Yoda en relevant la tête comme s'il flairait un courant dans la Force. Enceinte, elle devra encore avoir l'air. Cachés, en sûreté, les enfants doivent être gardés. Les fondements du nouvel Ordre Jedi, ils seront.

— Nous devons les séparer, dit Obi-Wan. Comme cela, même si les Sith en trouvent un, l'autre survivra. Je pourrai prendre le garçon, et vous, Maître Yoda, vous prendrez la fille. Nous les cacherons. Nous les garderons en sûreté… Nous les entraînerons comme Anakin aurait dû les entraîner…

— Non.

L'ancien Maître baissa à nouveau la tête, ferma les yeux et posa son menton sur ses mains repliées en haut de son bâton.

Obi-Wan avait l'air perplexe.

— Mais comment vont-ils acquérir l'autodiscipline Jedi ? Comment apprendront-ils à maîtriser les subtilités de la Force ?

— L'entraînement Jedi, la seule source d'autodiscipline n'est pas. Quand le moment d'apprendre les dons venu sera, à nous la Force vivante les amènera. En attendant, patienter, et regarder, et apprendre nous allons.

— Je pourrais…, commença Bail Organa, et il s'interrompit en rougissant légèrement. Pardon de vous interrompre, mes Maîtres. Je ne sais pas grand-chose sur la Force, mais sur l'amour, j'en connais un rayon. La Reine et moi… Eh bien, nous avons toujours voulu adopter une fille. Si vous n'y voyez pas d'inconvénient, j'aimerais emmener Leia sur Alderaan, et l'élever comme notre fille. Elle recevrait tout notre amour.

Yoda et Obi-Wan échangèrent un coup d'œil. Yoda inclina la tête.

— Un destin plus heureux, aucun enfant ne pourrait souhaiter. Avec notre bénédiction, et celle de la Force, que Leia votre enfant soit.

Bail se leva, un peu tremblant, comme s'il ne pouvait tout simplement rester assis une seconde de plus. Il était toujours rouge, mais non plus d'embarras : de joie pure, simple.

— Merci, mes Maîtres… Je ne sais que dire… Merci, c'est tout. Et le garçon ?

— Cliegg Lars habite toujours sur Tatooine, je crois… Et le beau-frère d'Anakin… Owen, c'est ça, et sa femme, Beru, travaillent toujours dans la ferme d'humidité, du côté de Mos Eisley…

— De plus proches parents, cet enfant trouver ne

saurait, nota Yoda d'un ton approbateur. Mais Tatooine comme Alderaan n'est pas : d'une planète sauvage et dangereuse il s'agit, dans les profondeurs de la Bordure Extérieure située.

— Anakin y a survécu, nota Obi-Wan. Luke y arrivera aussi. Et je pourrais... Eh bien, je pourrais l'y emmener, et veiller sur lui. Le protéger des grands dangers de la planète, jusqu'à ce qu'il apprenne à se défendre tout seul.

— Comme le père que tu voudrais être, jeune Obi-Wan ?

— Plutôt... un vieil oncle excentrique, je pense. C'est un rôle auquel j'excelle. Veiller sur le fils d'Anakin... Je ne pourrais pas imaginer un meilleur moyen de passer la fin de mes jours.

Obi-Wan soupira, et son visage retrouva une évocation de son vieux sourire gentil de jadis.

— Alors, décidé c'est. Sur Tatooine, tu l'emmèneras.

Bail se dirigea vers la porte. Il s'arrêta sur le seuil et regarda en arrière.

— Si vous voulez bien m'excuser, mes Maîtres, je dois appeler la Reine. Maître Yoda, vous croyez que les jumeaux de Padmé réussiront à vaincre Palpatine ?

— Puissante est la Force, dans la lignée de Skywalker. Seulement espérer, nous pouvons. Jusqu'à ce que le moment soit venu, disparaître nous devrons.

Bail hocha la tête.

— Et je dois faire de même – métaphoriquement, au moins. Il se peut que vous entendiez des choses... troublantes sur ce que je ferai au Sénat. Nous devons donner l'impression de soutenir le nouvel Empire, mes pairs et moi. C'était... le souhait de Padmé, et elle avait un esprit politique infiniment plus aigu que le mien. Ayez confiance, je vous en prie : ce que nous ferons ne sera qu'une couverture pour notre vraie tâche. Nous ne trahirons jamais l'héritage Jedi. Je ne livrerai jamais la République aux Sith.

— Confiance, toujours nous aurons. Allez, maintenant. De bonnes nouvelles, votre Reine attend.

Bail Organa s'inclina, et disparut dans le couloir.

Obi-Wan s'apprêtait à le suivre lorsque le bâton gimer de Yoda lui barra le chemin.

— Un instant, Maître Kenobi. Dans ta solitude, sur Tatooine, un entraînement pour toi j'aurai. Avec mon nouveau Maître.

— Votre nouveau Maître ? fit Obi-Wan en cillant.

— Oui, répondit Yoda en souriant. Et avec ton ancien Maître...

Dans la coursive du vaisseau stellaire, C-3PO trottinait à côté de R2-D2. Ils suivaient le Sénateur Organa qui en avait hérité.

— Je ne puis assurément pas dire pourquoi elle a dysfonctionné, disait-il au petit astromech. Les organiques sont si terriblement compliqués, tu sais.

Devant eux, le Sénateur était accueilli par un homme dont ses algorithmes de conformation-reconnaissance informèrent C-3PO qu'il s'agissait d'un capitaine de la Flotte Civile Royale d'Alderaan.

— Je confie ces droïdes à vos bons soins, disait le Sénateur. Faites-les nettoyer, astiquer et rééquiper de tout ce qu'il y a de mieux. Ils appartiendront à ma nouvelle fille.

— Comme c'est beau ! s'exclama C-3PO. Sa fille est l'enfant de Maître Anakin et de la Sénateur Amidala, expliqua-t-il à R2-D2. J'ai hâte de lui parler de ses parents ! Je suis sûr qu'elle en sera *très* fière...

— Oh, et le droïde du protocole..., fit pensivement le Sénateur Organa. Il faudra lui effacer la mémoire.

Le capitaine acquiesça d'un salut.

— Oh, fit C-3PO. Oh, mon Dieu...

Sur Coruscant, dans le Centre de Reconstruction Chirurgicale nouvellement rebaptisé *Empereur* Palpatine, un prototype hypersophistiqué de droïde chirurgical Ubrikkien DD-13 s'éloigna du projet sur lequel ils avaient travaillé plusieurs jours, un droïde médical FX-6 amélioré et lui-même.

Il fit signe à une ombre en cape sombre qui se tenait debout au bord d'une flaque de lumière éclatante.

— Mon Seigneur, la reconstruction est achevée. Il est vivant.

— Bien. Bien.

L'ombre glissa sur la tache de lumière comme si l'éclairage, au-dessus de sa tête, ne fonctionnait pas bien.

Des droïdes reculèrent lorsqu'il arriva au bord de la table d'opération.

Sur la table était attaché le tout premier patient du Centre de ReconChir EmPal.

Pour un œil profane, cela aurait pu être un hybride rafistolé de droïde et d'être humain, logé dans une coque de support-vie d'un noir étincelant, assisté par un respirateur artificiel qui projetait une lueur pâle, clignotante, sur la cape noire de l'ombre. Pour un œil profane, ses membres articulés auraient pu avoir l'air maladroits, disgracieux, voire monstrueux ; les bosses noires, sans détails, qui lui servaient d'yeux auraient pu paraître inhumaines, et la grille proéminente de son vocodeur aurait pu évoquer les mâchoires d'un prédateur saurien muni d'un blindage antichoc brillant comme un miroir. Mais pour l'ombre...

C'était *une merveille.*

Un écrin magnifique, créé à la fois pour protéger et mettre en valeur le plus grand trésor des Sith.

Terrifiant.

Fascinant.

Parfait.

La table se releva lentement en position verticale, et l'ombre se pencha vers lui.

— Seigneur Vador ? Seigneur Vador ? Vous m'entendez ?

Voici ce qu'on ressent, quand on est Anakin Skywalker, pour toujours :

La première apparition de la lumière dans votre univers vous apporte de la souffrance.

La lumière vous brûle. Elle vous brûlera toujours ; une partie de vous reposera à jamais sur le sable volcanique noir, à côté d'un lac de feu dont les flammes vous dévorent les chairs.

Vous vous entendez respirer. Péniblement. Votre respiration rauque vous met les nerfs à vif, mais vous n'y pouvez rien. Vous ne pourrez jamais l'arrêter. Vous ne pourrez même pas la ralentir.

Vous n'avez même plus de poumons.

Des mécanismes reliés par des câbles à votre poitrine respirent pour vous. Ils pomperont à jamais l'oxygène dans votre système sanguin.

Seigneur Vador ? Seigneur Vador ? Vous m'entendez ?

Mais non. Vous n'entendez pas, pas comme vous entendiez autrefois. Des capteurs dans la coque qu'est devenue votre tête infiltrent le sens goutte à goutte, directement dans votre cerveau.

Vous ouvrez vos yeux livides, calcinés ; des capteurs optiques intègrent la lumière et l'ombre en un hideux simulacre du monde qui vous entoure.

À moins que le simulacre ne soit parfait, et que le monde ne soit vraiment hideux.

Padmé ? Tu es là ? Tu vas bien ? C'est ce que vous essayez de dire, mais une autre voix parle à votre place, à l'aide du vocodeur qui remplace vos lèvres, votre langue et votre gorge.

— Padmé ? Tu es là ? Tu vas bien ?

Je regrette vivement, Messire Vador. Je crains qu'elle ne soit morte. Il semble que, dans votre fureur, vous l'ayez tuée.

Et c'est une brûlure plus intense que celle de la lave.

— Non... Non, ce n'est pas possible !

Vous l'aimiez. Vous l'aimerez toujours. Vous n'auriez jamais pu souhaiter sa mort.

Jamais.

Mais vous vous rappelez...

Vous vous rappelez *tout*.

Vous vous rappelez le dragon que vous aviez dans le cœur, et que c'est pour le tuer que vous aviez fait naître Vador. Vous vous rappelez le venin glacé dans le sang de Vador. Vous vous rappelez la fournaise qu'était sa rage, et la haine noire qui s'était emparée de vous, vous forçant à lui serrer la gorge pour faire taire sa bouche menteuse...

Et il y a un moment fulgurant au cours duquel vous comprenez enfin qu'il n'y avait pas de dragon. Il n'y avait pas de Vador. Il n'y avait que vous. Vous seul, Anakin Skywalker.

Ce n'était, ce n'est que vous.

Vous seul.

C'est vous qui l'avez fait.

Vous l'avez tuée.

Vous l'avez tuée, finalement, parce que, quand vous auriez pu la sauver, quand vous auriez pu fuir avec elle, et penser à *elle*, c'est à *vous* que vous pensiez...

C'est dans ce moment fulgurant que vous avez finalement compris le piège du Côté Obscur, la cruauté ultime des Sith...

Parce que vous êtes désormais tout ce que vous aurez jamais.

Et vous tempêtez, et vous hurlez, et vous plongez dans la Force pour écraser l'ombre qui vous a détruit, mais vous êtes tellement *moins* maintenant que ce que vous étiez, vous êtes plus qu'à moitié mécanique, vous êtes comme un peintre qui aurait perdu la vue, un compositeur qui serait devenu sourd, vous vous rappelez où était le pouvoir, mais le pouvoir auquel vous avez accès n'est qu'un souvenir, et bien que votre fureur soit capable de détruire des mondes, il n'y a que les droïdes autour de vous et le matériel qui implosent, et la table sur laquelle vous étiez attaché qui est réduite en échardes, et en fin de compte, vous ne pouvez atteindre l'ombre.

Et finalement, vous n'en avez même pas envie.

Finalement, l'ombre est tout ce qui vous reste.

Parce que l'ombre vous comprend, l'ombre vous pardonne, l'ombre vous accueille en elle...

Et dans la fournaise qu'est votre cœur, vous vous consumez dans votre propre flamme.

Voilà ce qu'on ressent, quand on est Anakin Skywalker.

Pour toujours...

La longue nuit a commencé.

D'énormes foules solennelles se massent sur la Place du Palais, à Theed, la capitale de Naboo, où six beaux gualaars blancs tirent sous l'Arc de triomphe un cercueil ouvert, entouré de fleurs, qui contient le corps d'une Sénateur bien-aimée, ses doigts pour toujours et à jamais refermés sur un fragment de japor. Un petit bout de japor qui a été jadis sculpté par un petit garçon de neuf ans sur une obscure planète désertique, aux confins les plus éloignés de la Bordure Extérieure…

Sur Dagobah, une planète-jungle, un Maître Jedi inspecte le marécage étranger de son exil…

Sur le pont d'un destroyer stellaire, deux Seigneurs Sith et un Gouverneur de Secteur appelé Tarkin surveillent le squelette croissant d'une station de combat sphérique, de la taille d'une lune…

Même dans la plus profonde des nuits, il y en a qui rêvent de l'aube.

Sur Alderaan, un Prince Consort remet une petite fille dans les bras aimants de sa Reine.

Et sur Tatooine, un Maître Jedi amène un petit bébé – un garçon – au domaine d'Owen et Beru Lars…

Puis il remonte sur son éopie et disparaît dans les landes de Jundtland, vers les soleils couchants.

L'obscurité est généreuse, elle est patiente,
et elle gagne toujours, mais au cœur de sa force
il y a de la faiblesse : il suffit d'une chandelle
pour la tenir à distance.
L'amour est plus fort qu'une chandelle.
L'amour peut embraser les étoiles.

Composition et mise en pages
Nord Compo à Villeneuve-d'Ascq

Imprimé en Italie par
«La Tipografica Varese Srl» Varese
en février 2017

POCKET – 12, avenue d'Italie – 75627 Paris Cedex 13

Dépôt légal : octobre 2015
S26219/03